# 姑蘇謎語通覽

诸家瑜 编著

文匯出版社

**苏州市文学艺术界联合会文学艺术建设工程项目**

资 助：苏州市文学艺术界联合会 苏州市财政局

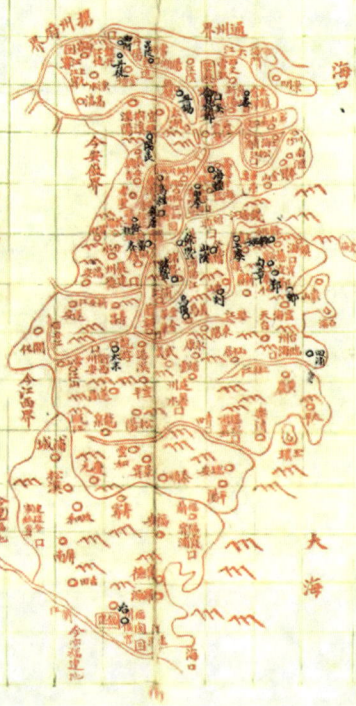

秦会稽郡图（清光绪《吴郡通典》）

东汉吴郡图（清光绪《吴郡通典》）

纪念苏州建城两千五百年"姑苏谜会"合影（摄于 1986 年 11 月 16 日）

《姑苏谜会》合影·1986.11.16

明代张云龙《广社》（下图为其韵谱）和书内画谜

易經

魁圭乳帝

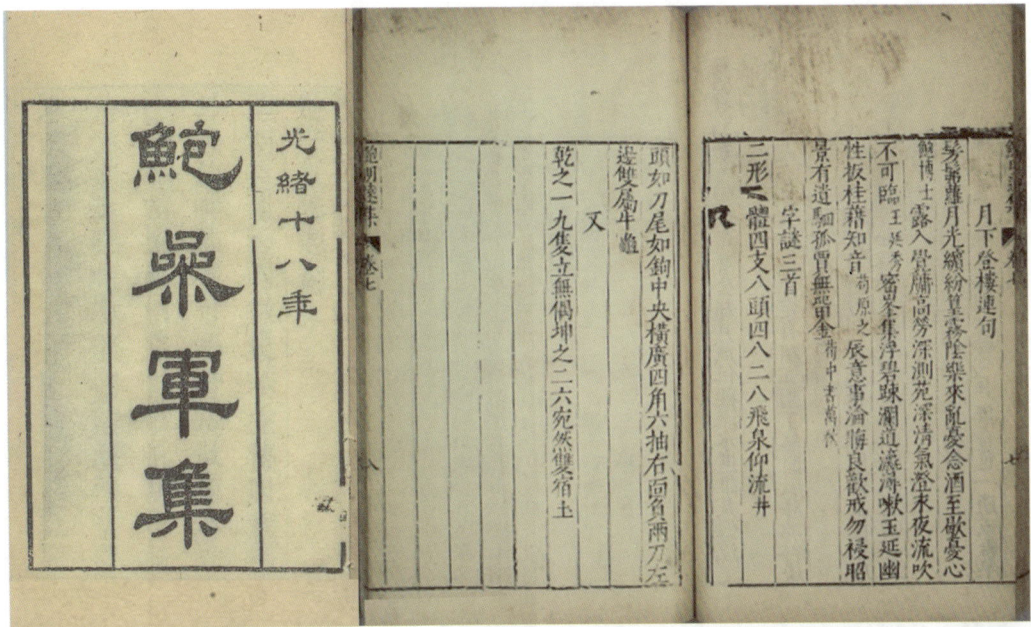

南北朝宋鲍照《鲍参军集》

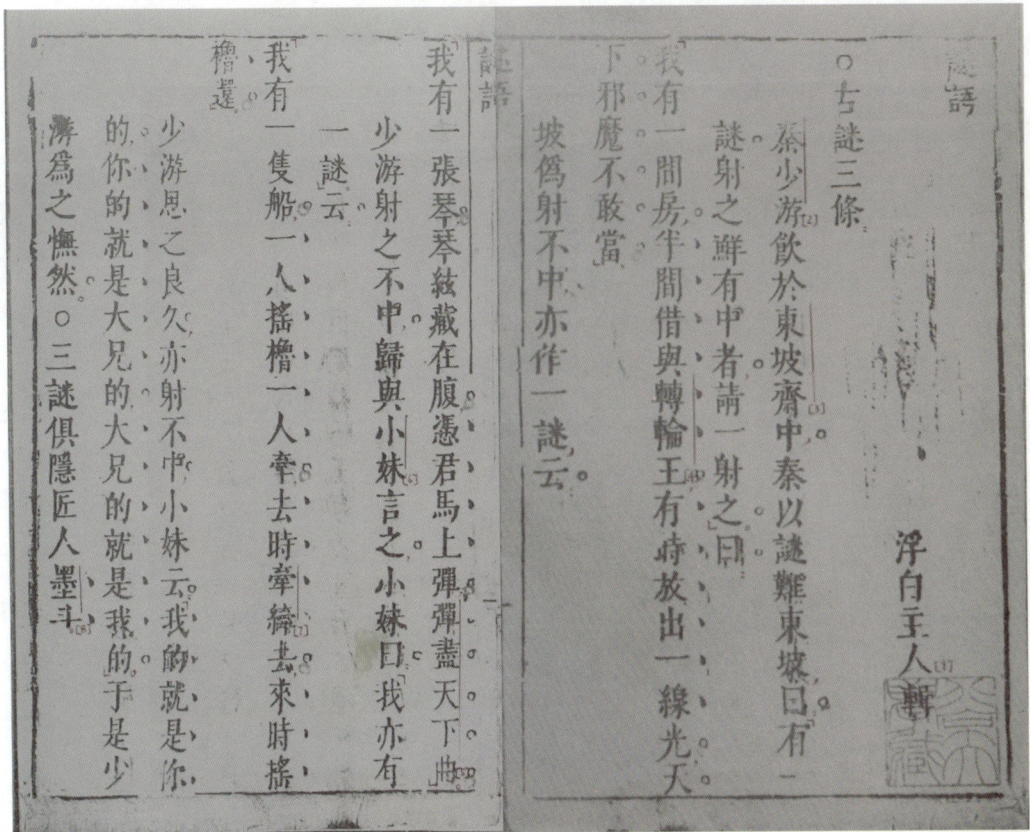

明代冯梦龙《山中一夕话·谜语》

清代俞樾《隐书》

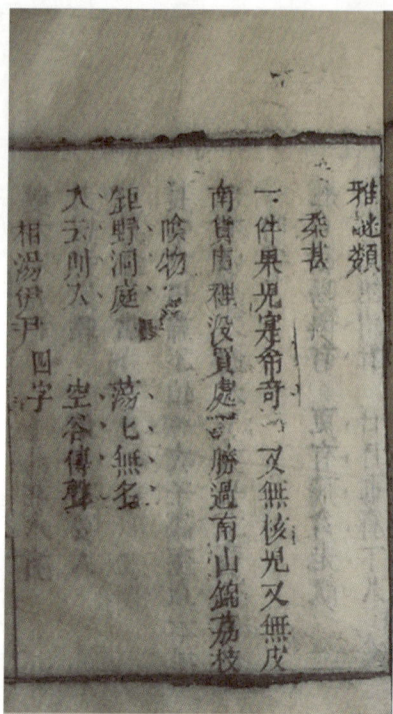

清代呦呦夫《一夕话·雅谜》

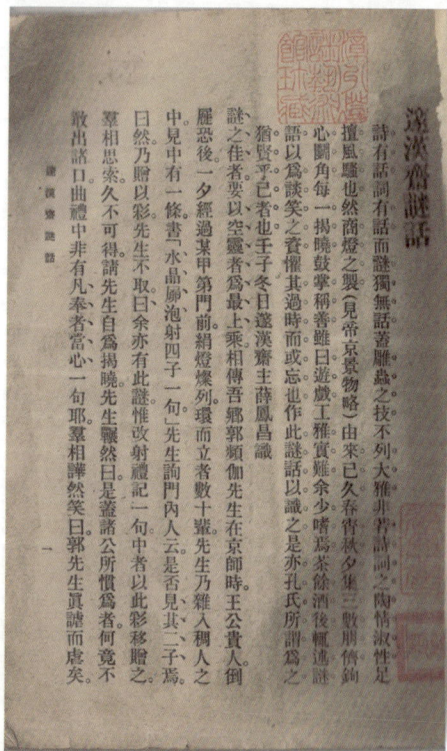

民国薛凤昌《遼汉斋谜话》

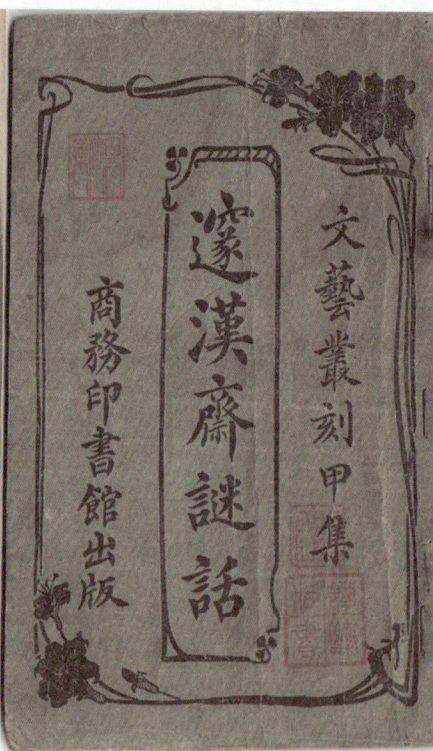

苏州市职工灯谜研究会聘请谜界前辈高伯瑜先生为顾问（摄于1986年11月）

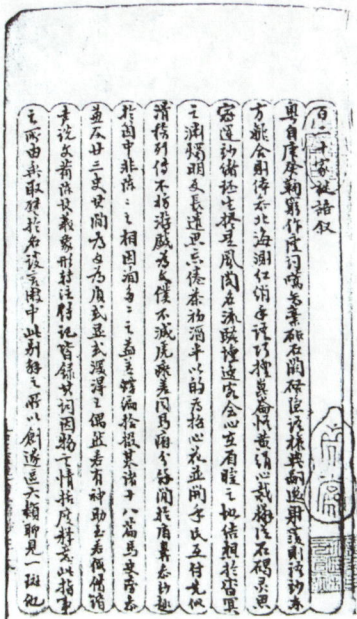

清代张玉森《百二十家谜语》

民国王文濡《春谜大观》

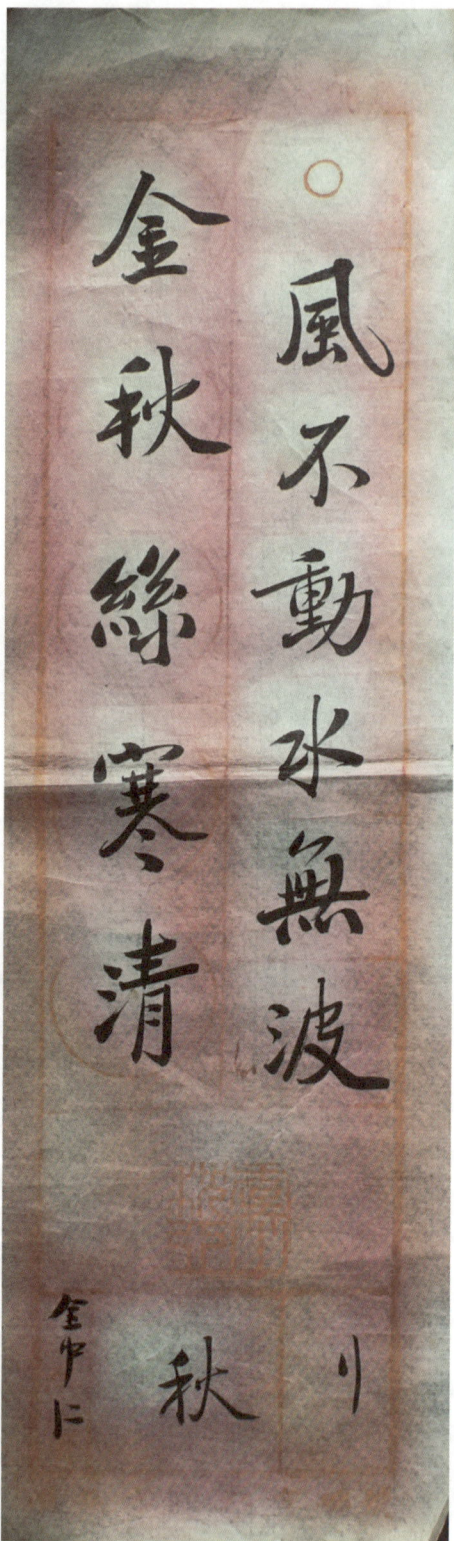

民国上海《文虎》刊物

民国徐枕亚手书谜笺条，钤"虞山枕亚"朱文印

民国徐子长《查先生（谜语集）》

新中国成立后第一本传授灯谜基础知识的通俗读物《打灯谜》（余真编著，上海文化出版社出版）

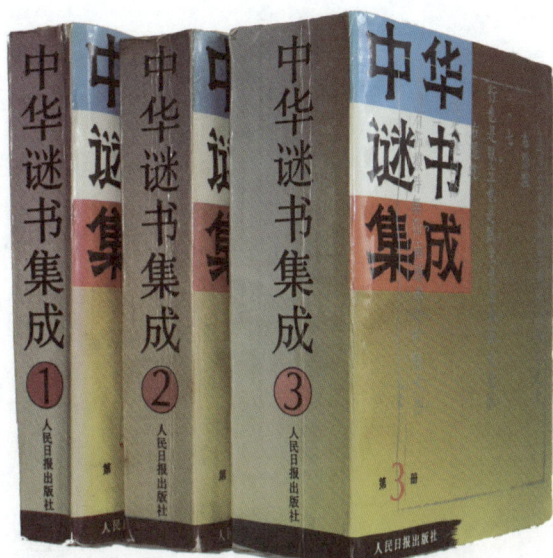

我国第一部历代谜语书籍汇编"中华谜书集成"丛书（高伯瑜、邱景衡、诸家瑜、陈秉才、郭龙春编纂，人民日报出版社出版）

"中华谜书集成"丛书编纂者（左起）邱景衡、郭龙春、高伯瑜、诸家瑜合影（摄于 1992 年 6 月 9 日）

群玉集（甲、乙、丙集）

邱景衡《中华灯谜鉴赏》

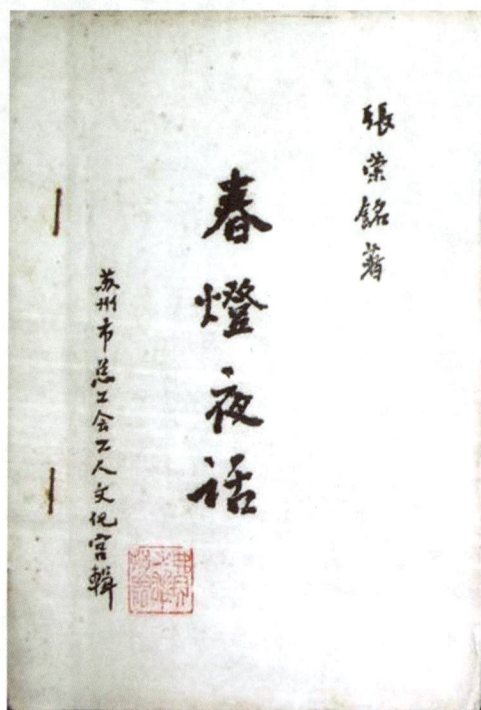

张荣铭《春灯夜话》

在苏的全国"五虎将"（左起）汪寿林、王能父、贲之雄合影
（摄于 1983 年）

鲍东东（主编）、安建平、诸家瑜（执行主编）
《中华体育谜语》

苏州市职工灯谜小组成员（左起）黄国泓、贲之雄、孙同庆、汪寿林、查坤林、谢毓骏、沈人安、张荣铭、王能父、
俞瑞元、周宗廉合影（摄于 1961 年）

# 源远流长的姑苏谜语（代序）

诸家瑜

谜语，简称"谜"，吴方言叫"谜谜子"（读音：妹妹子），它是人类从原始状态进化到现代人类（智慧人）后在劳动和生活中产生的，其演变和发展轨迹，先后经历了动作表意阶段、图形表意阶段和口头语言创作阶段，最后进入文字创制阶段。

古无"谜"字。史前至西周时期如何称呼它，不见文字记载。直到距今 2600 多年前，书本文学里才出现了对"谜"的最早称呼"谲"。《吕氏春秋·重言》："荆庄王三年（前611），不听政而好谲。"春秋战国到西汉初期，"谜"称"隐语""廋词（辞）"；汉代至魏晋，又分别称"射覆""离合""绝妙好辞""反切"。南朝宋文帝年间（424—453），"谜"字"诞生"。之后，为了不落俗套，历朝都赋予"谜"不同的称呼，所以"谜"就有了"灯谜""诗虎""文虎""诗禅""雅谜""春灯谜"等别称。

谜语，是一种中国特有的文字联想、益智的游戏，是一种中国特有的与楹联、诗钟、酒令、匾额等相衔接的特殊的文艺创作和活动，是一种具有中华民族特色的文化事象。它根植于社会最底层，有"闾阎文学"（即平民文学）之称，在素有"民族文化的基础"的民间文学中占有一席之地，与书法、美术、音乐等各类艺术一样，同属于中华民族传统文化范畴。诚如已故著名民间文艺家钟敬文先生在"中华谜书集成"序中所说："谜语活动，绝不是无足轻重的玩意。应该说，它是一种综合的心理活动和有意义的文化现象。"

史前，中华大地上就有了谜语。嗣后，流派纷呈，以苏派、扬派盛行。其中的苏派谜语，亦称姑苏谜语，历史悠久，源远流长，且影响甚广，其发展轨迹就如同现在的股票、基金走势一样，时高时低，时起时落。综观之，姑苏谜语大致可分为五个阶段：萌芽时期（先秦时期）、成熟时期（秦、汉至隋、唐时期）、发展时期（宋代至元、明时期）、鼎盛时期（清代至民国时期）、普及时期（新中国成立以后）。

## 一、从图腾"龙"到《弹歌》——姑苏谜语的萌芽时期

远古至春秋战国时期，是姑苏谜语的萌芽时期。史前的姑苏谜语是用动作表意的，但早已不复存在，所以谁也无法精确地说出它始自何时，历史只能从已知的太湖地区原始文明的源头——距今一万年前的三山岛遗址说起。三山岛，地处苏州市吴中区（原吴县），据在此出土的石器证实，当时三山岛的远古部民以渔猎经济为主，他们的祖先是一个擅长捕捉鱼的部族——古吴族。

"吴"实源于"鱼"。吴地在良渚时期即有文字,其中的""(吴)字形如鱼脊状。这从一个侧面说明,吴人与鱼,密不可分。鱼,在他们生活中的重要地位不可替代。当初,吴人过着渔猎生活,长期在江湖捕鱼,"善舟习水","视巨海为平道"(宋曾公亮、丁度主编《武经总要》),千百年来,他们操纵着那轻快而坚固的古老船只,频繁地活跃在江河湖海之间。最令他们感到恐怖惊慌的事,就是遇到惊涛骇浪、风雨雷电交加。所以,吴人以天上的云龙、水里的蛟龙、能上天入地的神龙作为图腾,人人文身刺龙纹,"以象龙子",以避"龙患"。

"龙",谐音"隆",形体曲折,象征着雷电形成的隆隆声和打雷时曲折的闪电。这原始宗教崇拜的图腾"龙",其实就是一则图形表意谜语。

商末(约前11世纪初期),周太王长子泰伯,为天下安宁,避宫廷之争,成就父愿,放弃王位继承权,假托为父采药治病,携次弟仲雍跋山涉水,千里南迁,最后定居江南梅里,入乡随俗,"断发纹身",建立"勾吴"。泰伯以"勾吴"为题,巧妙地将"勾"作动词引申为"捕捉";又运用了"吴"即"鱼"之义,隐示这里的土著居民吴人原先是捕捉鱼的部族。泰伯以字取义的制谜手法,从一个侧面证实了当时会意体(又称"转注体")谜语已经流行。

周章十四世孙乘,是吴国第十八任君主去齐之子,善隐。其名"乘",在青铜器铭文上为"一个人张开双臂、叉开双腿,站立在大木(筏)上",有"善舟习水"之意。东周简王元年(前585),他继位称王,以"梦"(古音读"忙",现代吴方言仍如此读)通"网"之义,取号"寿梦",隐"长久牢固之渔网"之意,以示其王号与吴地的水、鱼密切相连,且表明他是吴国一国之君。吴王寿梦的制谜手法,印证了假借体(又称"通假",有些谜书上写作"借代")谜语在春秋时期已盛行。

自吴国始有确切纪年,吴国的数位君主王族皆喜用隐语形式取名号,如"馀祭"其号隐"鱼祭""馀眜其号之义为鱼之祭""季札(又称延陵季子)原来名取船桨""阖闾名号之含义即是船首——最尊贵的船"(杨晓东《灿烂的吴地鱼稻文化》)。他们这种用名号或隐"鱼"或隐"船桨""船"的制谜手法,也属于早期的假借体谜语。

越勾践十四年(前483,即吴夫差十三年),越国大臣范蠡引进善射者楚人陈音,为越王献计。于是,一首内容为"断竹,续竹,飞土,逐宍(古肉字)"(东汉赵晔《吴越春秋·勾践阴谋外传》,现苏州博物馆内藏有吴县望亭出土的春秋至汉代的古弹丸,即为《弹歌》中所说的"飞土"之"土")的谜歌(即歌谣类谜语)——《弹歌》,通过楚人陈音之口传入越国。"二言肇于黄世,竹弹之谣是也。"(南朝刘勰《文心雕龙·章句》)《弹歌》是黄帝时期的作品,享有"楚歌源头"之称,这是一首远古时期的狩猎之歌,是楚文化的产物,也是一则仅存的远古文字谜语,被周作人誉为"中国最好的谜语"。

之后，《弹歌》以及陈音的弓弩制作技艺与训练方法通过水路流传到越国的邻邦吴国。从此，楚地的文字谜语在吴地这方热土上"生根、开花、结果"。虽然，越勾践二十四年（前473，即吴夫差二十三年），吴国灭亡后归属了越国，但楚国的《弹歌》却依然在吴国大地上流传着，生生不息。后来，在楚威王七年（前333），楚灭越，吴地纳入楚国版图，楚文化随之"长驱而入"，且很快融入吴文化，一种由楚、吴两种文化交融的新品种歌谣类谜语就此在吴地应运而生，出现在如今地处张家港、常熟、江阴、锡山四市相交汇的河阳山附近的《斫竹歌》，就是其中的一个代表作。

《斫竹歌》是吴人根据《弹歌》加以适当改造（改编），使其适应本地风俗才得以流传下来的。它近似于楚文化的产物《弹歌》，但神韵锐减，远不如《弹歌》。这首古老的谜歌"沉睡"了2328年。1996年，原文化部代部长、著名音乐家周巍峙带领一批音乐工作者来江苏考察，在张家港市河阳山附近发现了它，是由当地略识字的70余岁老农民张元元用河阳山歌的曲调唱出来的。如今，《弹歌》和《斫竹歌》这两首远古谜歌，都被载入了《中国民间歌曲集成·江苏卷》里。

在《弹歌》流传到吴国的过程中，吴人通晓谜语的也为数不少，但能被历史记录下来的则凤毛麟角。应该说，吴国大夫申叔仪是个幸运者。东周时期鲁哀公十三年（前482，即吴夫差十四年），他曾以隐语向其好友、鲁国大夫公孙有山乞借过粮食。此事后来被历史记录了下来，史称"呼庚呼癸"。

## 二、从"隐姓名谜"到"皮陆嵌字谜诗"——姑苏谜语的成熟时期

姑苏谜语的成熟时期，经历了一个相当漫长的过程，从秦、汉、三国、两晋、南北朝至隋、唐、五代十国，足足跨越了十几个朝代，时间长达1180年。

先秦时期，姑苏谜语正处在从萌芽趋向成熟的阶段，但发展十分缓慢。虽说早已有假借、会意两法，然而由于流行不广，谜语创作手法一直没有新的突破。

西汉成哀年间（前32—前1），以董仲舒为代表的儒家天命论与阴阳五行学说结合的产物——谶纬神学产生，其中的谶，是种用神秘的隐语、预言等向人们昭示吉凶祸福的图书符录，往往有图有文，所以也叫图谶。图谶中有相当一部分是文字之谶，是根据文字的离合拆解方式制作的。东汉建武初、中期（25—40前后），会稽人袁康、吴平将图谶中的文字之谶进行改良后，开创出一种谜语体裁——离合体（"增损离合"的简称，又名"拆字"）用于著书立说上，这无疑是一个很大的突破，不仅为姑苏谜语的开拓、创新和发展奠定了良好的基础，也为中华谜语的持续发展开辟了新路。

袁、吴二人合作撰写了一部地方史志——《越绝书》，是记述春秋时期吴越两国历史、地理的重要典籍。按一般常规，凡著书立说者都要在书上慎重署上自己的真实姓名，或者号、字、笔名等等，可是他们却一反常态，别出心裁创新法，采用了会意与离合两种

谜语体裁，将各自的姓名、籍贯隐在书末的《叙外传记》中，史称"隐姓名谜"。由于他俩的"隐姓名谜"是首创，一时鲜为人知，成了千古之谜，直至明代嘉靖年间，才被文学家杨慎给猜破："此书（指《越绝书》）为东汉袁康所作，吴平所定。"（杨慎《丹铅总录》）清钦定《四库全书总目提要》即采用了他的说法："然则此书为会稽袁康所作，同郡吴平所定也。"自后，《越绝书》始定为袁、吴二人合作。

袁康、吴平的"隐姓名谜"，为谜语的增损、拆拼的制谜手法开创了先例，成为姑苏谜语成熟时期的肇始，也成为中华谜语成熟时期的肇始。按理说，推动中华谜语走向成熟的"有功之臣"本该是开创离合体这一谜语新体裁的袁、吴二人，但由于他们的首创不为人知，被破解的时间又在1500多年后的明代，结果呢，"离合体谜语的始祖"之桂冠被戴到了比他俩晚出生100多年的汉末文学家、孔子后裔孔融（153—208，字文举）的头上，且写进了古代的中华谜语史里。这种不符合史实的说法一直影响到现在。对此，应该客观地讲，"离合一经运用，朝野仿作，风靡一时，当时多以古体诗形式出现，其中孔融《郡姓名谜诗》为最有名，以袁康、吴平《越绝书》为最早"（陆滋源《中华灯谜研究》）。袁、吴改良图谶中文字之谶的举措，以及创新发明离合且用于著书立说上，这是首创，《越绝书》中的《叙外传记》是我国历史上早期的一条记录完整的离合、会意体谜语。

东汉建武中元元年（56），刘秀在统一全国20余年后，"宣布图谶于天下"，于是整个东汉时期谶纬之术笼罩全国，由此推动了离合体谜语的兴盛和发展。元嘉年间（151—153），一种采用离合与衍义两种谜语体裁的制谜方法在吴越地区兴起，时称"曹娥"，源自蔡邕。之后，"曹娥体"广为流传，逐渐演化成一种谜格，史称"曹娥格"（又称"碑阴格"）。

迨及三国，姑苏谜语流行民间，男女老幼皆会猜制一二，创作体裁亦开始走向"多元化"。谜语除了作为一种文娱游戏互相猜射外，它还用于军国大事，为政治服务，如吴国阚泽创制"丕"字谜，预言曹丕代汉不足十年；又如吴国薛综巧制"蜀""吴"二字谜，击退了蜀使张奉；再如，吴国诸葛恪以"蜀""吴"二字谜，排解了蜀汉名臣费祎之嘲难……

魏晋南北朝，是我国文坛极盛时期，上承秦汉，下启唐宋，各种文体纷陈，谜语当然亦不例外。这个阶段，推动姑苏谜语历史进程的重要代表人物是史称"百代字谜之祖"的南朝宋文学家鲍照和南朝梁陈间著名文字训诂学家顾野王。

鲍照曾担任过海虞（今常熟市）令，首创"谜"这个字，还将历史上的隐语、廋辞、隐喻性的童谣、民谣编纂成集。目前保存下来的鲍照"井""龟（龟）""土"三则字谜，运用了离合、会意、象形、假借等几种创作手法。应该说，在那个时代可谓"多样化"了。后来，顾野王将鲍照创造的"谜"字收于他的训诂书《玉篇》内并作了注释。《玉篇》

是我国现存第一部完整的楷书字典，极为珍贵，顾野王是最早把民间流传已久的"谜"收进字典内并作注释的。宋代周密《齐东野语·隐语卷》云："古之所谓廋词，即今之隐语，而俗所谓谜。《玉篇》谜字释云：'隐也'。"

隋、唐、五代十国时期，姑苏谜事活动一直比较活跃。

隋开皇九年（589），文帝下诏废吴郡，改吴州为苏（苏）州。这繁写的"蘇"字，乃"谓吴中鱼禾所自出"，寓意深长。一个"苏"字，隐喻着苏州与鱼渊源深厚、稻作历史悠久，乃"鱼米之乡"；一个"苏"字谜，能窥见隋时之谜迹。

唐代，由于政治、经济上的昌盛，带来了文艺上的繁荣，在诗歌的领军下，各种文体百花齐放。姑苏谜语在这沃土中枝茂叶盛、苗壮成长，谜种也日趋繁多，文人在猜制谜语的队伍里占了很大比例。当时，大江南北最为风靡的首推含谜诗，吴地亦然。苏州刺史韦应物，人称"韦苏州"，擅长谜诗之道，有《咏玉》《咏露珠》《咏琉璃》《弹棋歌》等多首谜诗流传。苏州刺史白居易，既是著名诗人，又是谜道中人，创制的谜诗有《筝》《衰荷》《鹤》《鹦鹉》《琵琶》等数首。人称"皮陆"的皮日休和陆龟蒙，擅长诗文，更是猜制谜诗的高手。唐咸通十年（869），他俩以诗的形式创作嵌字谜，相互唱和猜射，后人将这种创作形式称之为"皮陆嵌字谜诗"。

## 三、从谜灯合璧到民"风"集萃——姑苏谜语的发展时期

宋、元、明三朝，是姑苏谜语的发展时期，也是"谜""灯"结缘、合璧、通义的阶段。

宋时，姑苏谜语的创作形式多样化，有用传统的方式口头报谜面的，有把书写好的谜条张贴在大门、粉墙、树木等物体上的，有在粉墙、树木等物体上牵绳（视规模或牵一根，或牵两根，或牵几根十数根不等）将用彩纸书写的谜条挂在绳上的，有在地上将谜面用沙或石灰书写或画出来的（时称"地谜"，属画谜类），有将谜面直接在粉墙上画出来的。之后，好事者"又以绢灯剪写诗词，时寓讥笑，及画人物、藏头隐语及旧京浑语，戏弄行人"（南宋周密《武林旧事》），由此产生出"粘谜于灯壁"的新形式，人们称它为"灯谜"，于是谜语又多了一个别称。

"谜"与"灯"联姻，缘于上元灯节。据史载，汉永平年间（58—75），明帝为弘扬佛法，下令正月十五夜在宫中和寺院"燃灯表佛"，从此，上元节赏灯成为民间习俗。及至唐代，睿宗接受胡人婆陀的请求，续增十六夜；玄宗时又增十四夜，以正月十五前后共三夜。北宋乾德年间（963—967），宋太祖曾下诏上元张灯，再增十七、十八为五夜，与民同乐，以示国泰民安，歌舞升平。那时，百戏骈陈，奇术异能斗智竞技，猜谜是其中的一项重要活动。由于朝廷的号召，谜事得以飞速发展，斯时，不但朝廷官员互以谜语讽谑，而且地方上也盛行。

"谜"与"灯"结合，当在宋仁宗时期（1023—1063）。据近代著名学者王文濡介绍：

"旧籍相传：宋仁宗时，君明臣良，人和年丰。上元佳节，金吾放夜，文人学士，相与妆点风雅，歌颂升平，拈诗成谜，悬灯以招猜者。然当时所撰，大都一句一谜，故有独脚虎之号。后人文虎、灯谜之名义，即本此。"（民国王文濡《春谜大观·序》）"灯谜"一词，在宋代时就流行于民间，然而直到明代才正式定名，其间竟历经了300多年。

宋室南渡后，吴地日渐繁荣，民间自发增十三为六夜。"十三试灯，十八落灯"成为吴俗，也推动了姑苏谜语的发展进程。那时候，每逢元宵灯节，吴地昼为市，夜张灯，施放烟花，其中必不可缺的"节目"，就是"县灯粘谜"，主事者有说书的、有卖药的、有占卦算命的，多数为下层庶民，也有文人墨客和达官显贵。据现存史籍记载，有名有姓的有：范仲淹、欧阳修、苏舜钦、李章、秦观、庄绰、韩世忠、范成大、费衮、卢祖皋、郑思肖等十数位。

元代，姑苏谜语发达程度比之前朝有过之无不及。元初，临济宗虎丘派高僧明本驻锡平江路（今苏州市）吴县，在雁荡村创立幻住庵并隐于此时，创立了"雪隐鹭鸶""柳藏鹦鹉""月轮穿海""竹影扫阶"四种谜语格体，成为继首创谜语格体的宋王安石之后的第二人。尔后，随着曲令、杂剧兴起，"折末商谜、续麻、合生，折末道字、说书、打令"（明初戏曲家朱权《太和正音谱》卷下《中吕篇》引无名氏散套内《剔银灯》小令）。谜语与诸般文艺融于一体，为丰富情节而添色增辉。时有散曲家顾德润自刊谜集《诗隐》，散曲家张可久将"《吴盐》《苏堤渔唱》等曲编于隐语中"，又有平江（今苏州市）人高德基著《平江记事》，记载姑苏谜事活动，并收入时任平江路达鲁花赤（蒙语，蒙元时期的官职）的巴图尔（一作八剌脱）国公创制的"图""毕"二字谜。遗憾的是，历代被视为"雕虫小技"的谜语，由于战乱等诸多原因，流传下来的极少，元代谜语亦如此。所幸的是，在一些元明史书、笔记小说里，记下了一批推动姑苏谜语发展的人物，他们是：释明本、顾德润、张可久、巴图尔、释惟则、高德基、花士良、魏士贤、施耐庵、夏庭芝，等等。

元亡明立，平民出身的朱元璋上台，因其本人喜好猜谜，故朝野效仿，由此推动了中华谜语的发展和普及。在这样的大环境下，姑苏谜语步入长足、健康发展之路，且为之后趋向鼎盛打下了坚实的基础。这一时期，每逢元宵佳节，吴地各县的街道、店铺皆悬挂花灯，好事者巧作谜语。花灯一面靠墙，三面粘贴谜条，供人猜射。"藏谜者曰'弹壁灯'"（明王鏊《姑苏志》），民间俗称"打灯谜"。后来，随着人们对谜语的兴趣日益剧增，不仅元宵节有猜谜活动，甚至到了七夕、中秋也有此举。文人雅士自发组织雅集行令猜谜，也成了当时的一道风景线。

纵观之，明代姑苏谜语得以循序渐进，且创作技巧和质量有不同程度的提高，谜语的猜射范围更趋丰富多彩，应归功于顾文昱、陈询、张弼、沈周、柏子亭、祝允明、唐寅、文徵明、徐祯卿、陈道复、陈继儒、冯汝弼、文伯仁、李诩、刘城、王穉登、江盈科、时大彬、钱谦益、冯梦龙、叶绍袁、冯舒、冯班、张云龙、张云鹏、金圣叹、吴伟业、周贞履、毛序始、褚人获、咄咄夫等等一批谜道中人的承前启后。其中尤为突出亦是最可圈可点的，就是晚明时期的文人，他们深入社会底层，致力于采集民"风"，且将散落在民间的谜语进行整理、汇辑成册。如陈继儒的《精辑时兴雅谜》、冯梦龙的《山中一夕话·谜语》、张云龙的《广社》等等，这些民间口头文学与文人结合的产品，为后人保存了一份极其珍贵的历史实例资料。尤其是冯梦龙，还在其"三言"等诸多"市民文学"作品里插入了许多猜谜情节，由此使原属"雕虫小技"的谜语走进了我国民间文学的殿堂。

## 四、从猜谜结社到著书立说——姑苏谜语的鼎盛时期

明亡清替后，姑苏谜语进入鼎盛时期，谜风远胜前朝。

清初，顺治帝亲题万寿灯，于是上行下效，文虎横行。但到康熙时，为了巩固统治，朝廷大兴文字狱，严禁知识分子结社，谜语亦列入违禁品。至乾隆亲政后，朝廷采取怀柔政策，由此呈现出盛世升平的景象。这时期，各种文学创作活跃，谜语复苏，文人好事，江之南、吴之地，每值新春岁首，文人墨客、乌衣子弟，往往于华堂深处，肆筵设席，张灯悬谜，斗角钩心，争相夸耀。吴地好谜者纷纷结社，主要以个体和"沙龙"两种形式为主。

个体形式的灯社，名曰"一人社"，为大户人家或爱谜者个人所设。每逢元宵节、中秋节，那些"一人社"就会在各自的家门口悬一只彩灯，彩灯的一面贴墙，三面粘谜，任人猜射，猜中有奖。谜赠（即赠品）的厚薄，主要视主谜者的经济实力而定，有笔、墨、纸、砚、巾扇、香囊、字、画、茗，还有果品、食物等。那时候崇尚重"猜"轻"赠"，有《都门竹枝调》为证："几处商灯挂粉墙，人人痴立费思量。秀才风味真堪笑，赠彩无非纸半张。"参与猜谜活动的只求猜射的精神满足，而对于赠品的物质要求不过是剩事。清代时期，最为著名的"一人社"，首推吴中四大家族"韩（状元韩菼）、彭（状元彭定求、彭启丰祖孙）、潘（进士潘奕隽、状元潘世恩）、吴（状元吴信中、吴廷琛叔侄）"所设的灯社；其次是以度曲知名吴中的沈起凤所设的灯社，人称"沈宅灯社"；再次是末代状元陆润庠和其兄弟百顺所设的"陆宅灯社"，以及石仲兰在苏州护龙街（今人民路）万仙茶园设的灯社。

清代、民国时期的猜谜"沙龙"，参加者都是一些谜语爱好者，这些自发组建的谜社，有几个人或者十几个人，甚至几十个人，有定期或不定期的集会活动，分内部和对外猜射两种。从现存的史籍了解到，同（治）、光（绪）年间，有姚福奎、何绮、杨锡章、蒋轼等人在松江华亭（今上海市松江区）组建的"日河隐社"，社员达20余人。光绪年间，有管礼昌、朱世德、徐钺等人在苏州城北五亩园内组建成立的"五亩园谜社"，坚持活动6年多。又有薛凤昌、金松岑等人在吴江同里结的"吴江灯社"，坚持活动9年多。

还有元和（今苏州市）亢廷镣经商成都，在红庙子内创设的"长春灯社"，组织灯谜活动，将姑苏谜语在蓉城传播，发扬光大。及至民国，苏州西亭棋社社员程瞻庐、王戟髯、朱枫隐、陈公孟、汪叔良、钮颂清、陆澹安、范烟桥、屠醉鞠、屠守拙、陈公孟、王轶周、卢彬士、彭望伟、程民祥、王厦材、陈显庭、程佩宜、高伯瑜等人在苏州公园设谜会、结"西亭谜社"，盛极一时。琴心茶社主人在常熟县城内创设"琴心文虎社"，徐枕亚、王吉民、胡素公等应邀莅社主持，以彩灯相赠。吴县（今苏州市）吴莲洲悬壶沪上，诊务余暇在上海西新桥畔大中楼发起文虎征射，此后组织"大中虎社"（又称"大中谜社"），每月逢朔、望之日开展征射活动，并与吴中谜宿曹叔衡联袂创办谜刊《文虎》，陆澹安、江红蕉、姚苏凤、杨剑花、程瞻庐、戚饭牛、沈中路、范烟桥、张光宇等纷纷响应，志同道合提倡中华国粹，不遗余力弘扬姑苏谜语。吴县孙亚二经商武汉，在汉口发起并组建谜语社团"新市场扶雅社"，亦为传承与发展姑苏谜语做出了贡献。

有清一代，随着猜谜结社的日趋兴盛，为谜语而著书立说亦蓬勃兴起，且风行一时，洛阳纸贵，遂使谜语成为清一代之文献。对此，窃以为："凡一代有一代之文学，楚之骚、汉之赋、六朝之骈语、唐之诗、宋之词、元之曲、明小说、清灯谜，皆所谓一代之文学，而后世莫能继焉者也。"清代至民国，姑苏谜语发展趋于鼎盛，其主要表现在这300余年里，吴地相继出现了50多种谜书，清代有呫呫夫《一夕话·雅谜》《又一夕话·续雅谜》，钱德苍《解人颐广集·消闷集》，沈起凤《绝妙好辞》，无名氏《韵鹤轩笔谈·谜语》《映雪山房谜语》，梁章钜《归田琐记·近人杂谜》《浪迹丛谈·杂谜续闻》，企杜《龙山灯虎》，东溪渔隐《隐语鲭腴》，徐嘉《隐语鲭腴》，俞樾《隐书》，管礼昌《新灯合璧》，天目山樵《廋辞偶存》，张玉森《百二十家谜语》《谜虎集腋》，胡养素《红樱绿蕉轩谜稿》，倪瑞庭《静观斋谜语》，徐益孙《虎汇》，袁薇生《钩月廋词》，徐兆玮《文虎琐谈》《灯虎汇编》《诗钟·联语·酒令·隐语》，佚名《新谜语》《谜虎录》等；民国有薛凤昌《邃汉斋谜话》，徐枕亚《谈虎偶录》《枕亚浪墨续集·文虎偶存》《枕亚浪墨四集·廋词选存》《琴心文虎初集》，王文濡《春谜大观》，亢廷镣《纸醉庐春灯百话》，张静盦《绣石庐谜语》，徐子长《查先生（谜语集）》，新市场扶雅社《新市场扶雅社百期谜选》，无名氏《吴县民间谜语》等。其中以晚清张玉森的《百二十家谜语》最有名，有清一代"谜库全书"之美誉。

姑苏谜语，著书林立，这种现象在全国谜坛实在是罕见，这从一个侧面印证了当时姑苏谜语之繁盛。

清末民初，西风渐进，各地兴起办报热。为吸引读者群，各新闻媒体开设栏目刊登谜语，还举办有奖猜谜活动，姑苏谜语由此走进媒体圈。20世纪初，马飞黄创办的《吴语》率先刊登介绍"灯谜"的短文；20年代，又刊登"吴语新文虎"，开设"诗谜征射"栏目。与此同时，张叔良创办的《苏州明报》亦在"明晶"副刊增设"文虎征射""新文虎"（后曾改名"滑稽文虎"，亦称"滑稽新文虎"）栏目；范烟桥、赵眠云等创办的《星报》，梅晴初创办的《苏州中报》（后由王伟公、洪笑鸿主持）也竞相载谜，分别增辟了"诗画谜联"和"灯谜集腋录"栏目。1930年1月1日，曹叔衡、吴莲洲在上海创办了我国最早的一本专业性谜语杂志——《文虎》周刊，邀请了40多位爱谜文人担任撰述者。1932年12月中旬，苏州娑罗花馆播音台每晚播发数条灯谜，备有薄酬，谜底则在《大光明》报上分期揭晓。这项活动历时半月之久。1934年12月18日，仇昆厂（音庵）创办的《大华报》"为提倡风雅起见"，开办了"谜诗征猜"活动。1936年1月6日，吴国熊创办的《吴县晶报》效仿之，亦举办"谜诗征猜"活动，"每隔三日征猜一期，每隔三期揭晓一次"。同年1月31日至2月7日，苏州乐群社还举办了为期8天的文虎大会。

在姑苏谜语处于鼎盛的时期里，在苏州从事教育工作的徐子长提出了"作文游戏化"的主张，即通过猜谜语、唱儿歌、吟诗歌、讲故事等游戏化的形式，开拓小学生作文教学新途径。他认为："小学教学适用游戏化，低年级更加需要。小学生的生活是游戏的生活，投其所好，借以教学，无有不收美满的效果。"1929年至1932年，江苏省立苏州女子中学实验小学（即今江苏省新苏师范学校附属小学的前身）出版发行了一套作为"小学生分年补充读本"的系列丛书——"儿童的书"，其中第四种即为《查先生（谜语集）》。

抗战胜利后，姑苏谜语曾一度复兴。1945年12月复刊的《大华报》为庆祝抗战后的第一个春节，于翌年正月初一（1946年2月2日）举办有奖猜谜活动，所载谜作之谜艺，虽比过去无多大进步，但所用谜目已一反过去单一、古老的诗词、戏曲的常态，扩至歌曲、影片、时人等新领域，"应征者颇为踊跃"，这在当时可谓盛况空前矣！《大华报》这一突破，为姑苏谜语的大众化、通俗化开辟了新路子。1947年2月，《苏州明报》举办"元宵文虎征猜"活动，之后又于当年8月至次年5月举办"文虎征射"有奖活动40次。1948年3月至5月，上海宏大橡胶厂为推销产品，在《苏州明报》上举办有奖"画谜征射"活动，每隔5天一期，共办12期。8月25日至10月15日，苏州观前街万国袜厂受上海厂商委托推广货品，亦在《苏州明报》上举办"画谜"有奖猜射活动，每周一期，每期刊载一则画谜，办至第7期，因种种困难而停办。9月8日至16日，上海龙泉药厂为推销产品"龙泉普济丸"，在《苏州明报》上举办"五亿元猜谜赠奖"活动，由王衍提供谜语五则。由于谜赠丰厚，参与者非常踊跃，有143人分获一、二、三等奖。1949年1月1日，《苏州明报》副刊"明晶"举办有奖"诗谜征猜"活动。遗憾的是，"此次因邮局于一月一日加价，众未周知，致来件百分之八十以上均系欠资及附邮不足"，而参与者的命中率也极低，10条诗谜，中7条者仅1人，中5条者亦1人，中3条者只有3人。同月8日，《苏州明报》副刊"明晶"推出《文虎集粹》，所载谜作皆为沪上"虎会"雅集之精品。

诚然，姑苏谜语也有过暗淡甚至停滞的时候。

清乾隆年间，上元灯节曾一度衰减。在苏州府的震泽县，"今之灯皆买于郡城，故邑中无灯市，而侈靡喧盛乃大减于昔"（清倪师孟、沈彤纂辑《震泽县志》卷之二十六"风俗二·节序"，乾隆十一年刻本）。在元和县（今苏州市），"此风（指上元灯节）因岁歉民贫，久衰歇矣"（清许治修，沈德潜、顾诒禄纂辑《元和县志》卷十"风俗"，乾隆二十六年刻本）。道光、咸丰年间，由于鸦片战争以及"洪杨之乱"，国内政局不稳，谜事亦趋低迷。抗日战争时期，国家沦亡，民不聊生，吴地八年间基本无谜事活动。

## 五、从组织活动到出书出人——姑苏谜语的普及时期

新中国成立以后至今，是姑苏谜语的普及时期。

在这半个多世纪里，姑苏谜语在曲折行进中，得到了各级政府的关心和扶持，在有关部门的领导和管理下，得到了传承、保护、创新、发展且趋向大众化。1953年春节期间，新建成的常熟市工人文化宫在寺后街（原慧日寺旧址）举办灯谜活动。1955年元旦、国庆期间，苏州市工人联合会第一工人俱乐部（苏州市工人文化宫前身）在玄妙观中山堂内举办猜谜活动。1955年1月24日、1956年2月11日至24日，苏州市手工业局先后在怡园、五爱中学举办春节猜谜活动……一个宣传、传承、普及姑苏谜语的平台，就此由政府部门承接搭建起来，纳入各级工会管理范围。

1956年2月，受苏州谜界前辈高伯瑜影响的张荣铭、王能父，倡议成立一个以职工群众为主体的灯谜社团，在得到苏州市工人联合会同意之后，他们在俞瑞元的联系下，开始着手筹建。不久，孙同庆、周宗廉、赵立里等爱谜者亦加入筹建工作之中。翌年2月17日，苏州市工人联合会第一工人俱乐部灯谜研究小组（现名苏州市职工文化体育协会灯谜专业委员会）正式成立，成员8名。之后，群众性的基层灯谜组织如雨后春笋般，在苏州各县（区）、乡镇以及企事业单位、学校里相继诞生。据不完全统计，1957年至2014年，先后成立的谜社有40余个，其中一大半谜社是在1979年至1989年的10年间组建的。目前，还在坚持活动的有：苏州市职工文化体育协会灯谜专业委员会、苏州市民间文艺家协会谜学分会、常熟市灯谜学会、常熟市民间文艺家协会灯谜组、董浜镇文联灯谜工作者协会、董浜中学智林谜社、江苏省常熟职业教育中心校春来谜社、太仓市总工会职工灯谜兴趣协会、太仓市文联灯谜研究会、昆山市楹联灯谜学会、张家港市民间文艺家协会楹联灯谜分会、吴江区民间文艺家协会灯谜分会、吴江区职工灯谜协会、平望镇灯谜学会、松陵文虎社等20个谜社，多数谜社带有一定的官方或半官方组织成分，分别隶属于工会、文联、文化体育、教育系统等条线管理，会员人数逾百，其中中国民协会员6人、江苏省民协会员14人、苏州市民协会员33人。而苏州大市范围内的爱好猜谜者，业已过万。

灯谜社团的成立，标志着姑苏谜语的组织活动、知识普及、创新育才就此步入正轨。近60年来，姑苏谜坛的活动此起彼伏，形式多样，归纳之，大致可分为三个阶段。

第一阶段：20世纪50年代至70年代中期。最初的谜事活动，沿袭了传统的习俗，即在每年的元旦、春节、元宵举办谜会，所悬之谜基本上抄自古籍。后来有了灯谜社团，每年五一、中秋、国庆亦开办谜会了，而且所悬之谜大多数是由谜社会员创作的。进入60年代，为数不多的谜语创作者面对爱谜群体的日益壮大，以及各企事业单位对谜语的需求增量，深感力不从心。为此，苏州市工人文化宫于1963年7月首次开办灯谜培训班。历时月余的培训，既为各级基层工会培养出了一批文体骨干，又为社会培养出了一批传承姑苏谜语文化的中坚力量，收到了一举两得的成效。

"文化大革命"期间，中华传统文化遭受到史无前例的摧残，姑苏谜语亦未能幸免于难。十年浩劫，谜事活动偃旗息鼓，即使有好事者偶尔聚会猜射，亦不敢在大庭广众而为之。

第二阶段：70年代中期至90年代末。"文革"动荡岁月结束后，姑苏谜语迎来了春天。各县、区相继办谜会开设讲座，搞培训设立传承点，一时间呈现出一派生机勃勃、后继有人的新景象。这一时期，各地先后参与的谜事活动，主要有南京"全国九城市灯谜会猜"、扬州"竹西谜会"、上海"沪苏灯谜会猜"、"春申谜会"、"红楼谜会"、"'露美杯'青年灯谜大奖赛"、九江"匡庐谜会"、合肥"庐州谜会"、武汉"黄鹤谜会"、上虞"华夏曹娥谜会"、漳州"中华灯谜艺术节"、石狮"蚶江侨乡谜会"、广西"漓江谜会"以及中央电视台、《文化娱乐》、《中国谜报》等媒体举办的各类灯谜大奖赛。组织的谜事活动，主要有"虞苏灯谜会猜"、"壬戌元宵姑苏六市、县灯谜会猜"、"苏州市基层灯谜会猜"、"苏州市青年灯谜邀请赛"、"苏沪两市灯谜理论研讨座谈会"、常熟"全国灯谜函寄会猜"、"琴川杯"春节灯谜大奖赛、"全国龙年旅游灯谜函寄会猜"、"赏菊谜会"、太仓"中秋全国灯谜函寄会猜"、"飞鹤谜会"、望亭发电厂"三色火专题灯谜会猜暨全国函寄竞猜"等等，其中以"纪念苏州建城两千五百年姑苏谜会"规模最大、影响最广、最令人难忘。

第三阶段：2000年至2014年。进入新世纪后，各市（县）、区的企业单位陆续改制，基层职工灯谜组织基本不复存在了。正当姑苏谜语面临新的挑战之时，各级政府给予了关心、引导和资金扶持，将谜语列入非物质文化遗产名录。随后，姑苏谜语中的支系海虞谜语、平望灯谜、无锡灯谜相继申遗成功，"苏州灯谜网"开通，全国首家乡镇农民灯谜艺术馆——徐市灯谜馆落成，董浜"锦绣灯谜一条街"建成……各地谜事活动再掀高潮。10多年里，苏州先后组队参加了上海国际艺术节"浦东花木杯"长三角地区灯谜邀请赛、"中国深圳·新客家风采国际谜会"、"第四届全国网络灯谜（石狮）现场谜会"，还两度组队赴新加坡参加国际学生灯谜观摩赛。与此同时，各市（县）、区年年都办谜会，如苏州举办的首届"胥口杯"全国灯谜大赛暨第三届全国网络灯谜现场大赛、"苏州市暨姑苏区首届元宵法制灯谜竞猜活动"、"2013'群虎闹苏城'——职工灯谜比赛"、"姑苏杯"廉洁·法制全国灯谜大赛、苏州市法制文化节"姑苏杯"司法灯谜大赛；常熟举办的"'农行杯'新世纪迎春全国灯谜函寄大竞猜"、"第二届中国（常熟）江南文化节暨首届董浜·徐市灯谜艺术展"、"第五届中国（常熟）江南文化节暨第二届（常熟）董浜·徐市灯谜大世界"活动、"第六届中国（常熟）江南文化节国际中学生灯谜邀请赛"；太仓举办的"供电杯·纪念郑和下西洋600周年·太仓风情灯谜全国征集"活动；吴江举办的"平望杯"中华灯谜邀请赛、"2014快乐暑假"首届苏州市中学生灯谜联谊赛，平望镇灯谜学会在《扬子晚报》"智慧乐园"上开辟的"平望灯谜有奖月月猜"专栏，"松陵文虎群"举办的"全国中小学生灯谜擂台赛"，等等。这些活动汇聚而成的"姑苏谜语"效应，影响力颇大，令人赞不绝口。

编谜刊、著谜书、出人才，"三管齐下"，这是姑苏谜坛在大力普及谜语文化、推进姑苏谜语步入良性循环发展进程中所采取的有效举措。1957年迄今，苏州市工人文化宫、苏州市职工灯谜研究会编印的内部谜刊，就有《灯谜》《创作谜选》《工人游艺》《字谜集》《谜话辑录》《象形灯谜》《虞友谜集》《民间谜语集》《两友集》《群玉集》《虎尾》《春灯夜话》《雄虎》《索隐》《谜语》《姑苏谜林》《灯谜·苏州市首次基层灯谜会猜作品选》《新谜林》《苏州谜苑》《吴人谜话文献三种》《谜载清风》等20多种百余集（期）。改革开放后的30多年里，各市（县）、区、企事业单位及其所辖谜社或个人，亦编印了许多内部谜刊。常熟编有《常熟工人文艺（灯谜专辑）》《灯谜书简》《琴宫文虎》《朝"虎"夕拾》《灯谜辑存》《百花谜谭》《银海谜谭》《第二届中国（常熟）江南文化节董浜·徐市灯谜艺术展专辑》《银风谜萃》《谜海探趣》《虎会》《虞山虎啸》《谜花飘香》《智林谜苑》《春来谜苑》《智林谜蕾》；太仓编有《娄东谜趣》《安窗文虎》《谜海一粟》《利泰风采》；吴江编有《鲈乡谜苑》《平望灯谜（创刊号）暨首届"平望杯"中华灯谜邀请赛专辑》《鲈风》《青松谜苑》《鲈乡晚风》《银汉灯火》《谜人投稿必备》《采珠集》《乙亥谜报》《谜风》；苏州市青年灯谜学会编有《虎丘》《姑苏青年谜话》《漫画谜话》；苏州市大学生灯谜协会编有《吴风》；苏州硫酸厂编有《雾海萤火》《诸家瑜〈纪念毛泽东同志诞辰100周年·毛泽东诗词灯谜100〉》；苏州丝绸印花厂编有《丝印工人谜刊》；望亭发电厂编有《望电谜蕾》《三色火谜会专辑（《望电谜蕾》专辑）》；苏州油毡厂编有《玉龙谜集》《灯谜·苏州市建材工业公司首届迎春灯谜会猜专辑》，等等。这些谜刊，不仅满足了人民群众日益增长的精神文化需求，而且还为姑苏谜语文化注入了"新鲜血液"。

另外，姑苏谜坛也出现了不少质量上乘的谜书。有被公认为"新中国成立后到'文化大革命'前，我国大陆地区第一本也是唯一的传授灯谜基础知识的通俗读物"《打灯谜》，有被赞誉为"旷古未有的谜库全书，蕴藏丰富的露天谜矿""谜书中的历史，历史中的谜书"的"中华谜书集成"丛书，有被誉为"专业眼光的灯谜鉴赏，业余爱好的入门读物"的《中华灯谜鉴赏》，有被评价为"虽是灯谜知识普及读物，却处处体现出学术价值的升华"的《开启谜宫的钥匙》，有在"郭龙春谜书奖"评审活动中双双夺魁的《中华体育谜语》《灯谜基本知识》。除此之外，还有《猜谜百法》《一天一个好谜语》《谜苑入门》《莺湖谜话》《灯谜基础知识》《常熟民间文艺集萃·灯谜》《敝帚自珍》《单鑫华灯谜作品集》《灯谜基本知识》《夕拾朝花》《太仓灯谜》等10余部谜书相继出版发行。

　　姑苏代有才人出，各领风骚十数年。新中国成立以来，姑苏谜坛各个时期都有领军人物。20世纪五六十年代，有费新我、高伯瑜、王能父、张廉如、钱燕林、张荣铭、俞瑞元、周宗廉、张国义等；七八十年代，有汪寿林、费之雄、韦梁臣、邱景衡、孙同庆、曾康、汪日荣、汤健安等；90年代迄今，有陈志强、袁松麒、单鑫华、曹建中、钱振球、俞涌、吴建伟等。这种代代相传、后继有人的现象，在全国谜界甚是罕见。这，就是确保姑苏谜语承前启后、继往开来、持续发展、长盛不衰的重要因素之一。

　　姑苏谜语，源远流长，厚重的历史文化，宛如一首歌，唱不完，也道不尽。

# 目　录
## CONTENTS

**源远流长的姑苏谜语（代序）**

**谜事篇**

## 谜人篇

## 谜社篇

## 谜书篇

## 谜语篇

# 附录一

# 附录二

# 后 记

# 谜 事 篇

（猜成语一句）狐假虎威

# 姑苏谜事纪要

诸家瑜　搜集整理

## 商、西周、春秋

商末（约前 11 世纪初期），泰伯建立"勾吴"，以"勾吴"为题，隐示当地的土著居民吴人原先是捕捉鱼的部族。

商末（约前 11 世纪中期），相传姜尚曾避商纣隐居于常熟虞山东一石室内，尝钓于尚湖，取道号"飞熊"。

东周简王元年（前 585，即吴寿梦元年），吴去齐之子乘继位称王，取号"寿梦"，隐"长久牢固之渔网"之意。自此，吴国始有确切纪年。

吴寿梦十年（前 576），寿梦幼子出生，取名"札"，以"札"字的象形隐"船桨"之意。

吴馀祭元年（前 547），寿梦次子馀祭（又作句馀、戴吴）即位，取号"馀祭"，隐"鱼祭"；而"句馀"，乃隐"句吴"。

吴馀昧元年（前 543），寿梦三子馀昧（一作夷末、夷昧）即位，取号"馀昧"，亦隐"鱼祭"。

吴阖闾元年（前 514），姬光即位，改号"阖闾"，涵义是"船首"，意即"最尊贵的船"。又命伍子胥"相土尝水""象天法地"建"阖闾大城"，为吴都。

吴夫差十三年（前 483，即越勾践十四年），楚国歌谣类谜语（亦称谜歌）《弹歌》在吴地流传。

吴夫差十四年（前 482），吴国大夫申叔仪向鲁国大夫公孙有山乞借粮食，有《庚癸歌》传世，谜史上称之"呼庚呼癸"。

## 战国

楚威王七年（前 333），灭吴之越被楚灭，原吴越之地均归属于楚之疆域。地处今张家港市、常熟市、江阴市、锡山市相交汇的河阳山附近出现了由楚、吴两种文化交融的新品种歌谣类谜语《斫竹歌》。

# 汉

东汉光武帝建武初、中期（25—40前后），袁康、吴平首创"隐姓名谜"。

东汉延康元年（220），阚泽创制"丕"字谜。

# 三国

吴黄龙年间（229—231），吴国大臣薛综以"蜀""吴"二字谜退蜀使，并创造"吴"字。

吴赤乌年间（238—250），吴国大将军诸葛恪创制"蜀""吴"二字谜。

# 南北朝

宋孝建元年至三年（454—456），鲍照任海虞（今常熟市）令，发明"谜"字，首创"井""龟""土"三字谜。

梁普通、大通年间（520—528），萧统在常熟顾山（今地属江阴）编纂《昭明文选》，内收荀卿谜语《蚕赋》，并亲手种植一棵红豆树。

梁大同九年（543），顾野王居住在吴县南部的松陵村北（今地属苏州市吴江区），撰成《玉篇》书稿，内收"谜"字并作注释。

# 唐

开元中期（722—732），义兴（又名阳羡，今江苏宜兴）许氏诸孙重刻"后汉太尉许馘庙碑"，碑阴刻"谈马，砺毕，王田，数七"八字，用"曹娥格"隐"许碑重立"。

贞元四年（788）七月，韦应物任苏州刺史，有《咏玉》《咏露珠》《咏珊瑚》《咏琉璃》《咏琥珀》《弹棋歌》等多首谜诗流传。

宝历元年（825），白居易任苏州刺史，有《筝》《衰荷》《鹤》《鹦鹉》《琵琶》等多首谜诗流传。

咸通十年（869），皮日休任苏州军事院从事。其间，与陆龟蒙以诗的形式创作嵌字谜，相互唱和猜射，后人将他俩创作的形式称之为"皮陆嵌字谜诗"。

广明元年（880）十二月，皮日休作谶语隐"黄巢"二字。

# 宋

景祐元年（1034），范仲淹任苏州知州，有《蚊蚋》谜诗，《黄斋》《思夫》词谜等流传。

景祐二年（1035）端午节期间，苏州举办城乡交游盛会，其中有猜谜活动。

庆历四年至八年（1044—1048），苏舜钦隐居苏州，创作"无檐（盐）、无算（蒜）、无缰（姜）、无将（酱）"谜诗。

庆历五年（1045），苏舜钦罢官游苏，在苏州构筑宅园，有《杏花》谜诗、《月亮》词谜等流传。

宣和年间（1119—1125），吴元中著《中桥见闻录》，"记当时事，不敢斥言，大抵多为廋语"。吴中亦然。

建炎元年（1127）宋室南渡初，庄绰游寓常熟，编《鸡肋编》，内收十数则宋代谜语旧闻。

建炎三年（1129），韩世忠、梁红玉夫妇分别创作"滚""蛋"字谜。

淳熙十年至绍熙四年（1183—1193），范成大隐居石湖。其间，著《石湖集》，记载上元吴中"十三试灯，十八落灯""县（悬）灯粘谜，以角思巧"的习俗；著《吴郡志》，记载姑苏灯市谜风。

绍熙三年（1192）十二月，费衮《梁溪漫志》一书撰成（嘉泰元年（1201）刻印），内载宋时无锡谜事。

宝祐二年（1254），郑思肖随父举家徙居平江府长洲县（今苏州市），寓居苑桥（今平江路南），有《画菊》谜诗流传。

景炎元年（1276，即元至元十三年）三月，元军攻占南宋都城临安，俘5岁的南宋皇帝恭帝北去。南宋（主体政权）宣告灭亡。郑思肖誓不降元，坐卧不北向，并以谜抗争，改名"思肖"，取字"所南"，以示不承认元朝统治。

# 元

元初，高僧中峰明本驻锡平江路（今苏州市）吴县，在雁荡村创立幻住庵并隐于此，创立民间谜语格体"雪隐鹭鸶、柳藏鹦鹉、月轮穿海、竹影扫阶"四种（见明李开先《诗禅·又序》）。

至元十八年（1281），平江路设达鲁花赤（蒙语，蒙元时期的官职）总管府，后由巴尔图（一作八剌脱）国公出任平江路达鲁花赤。任职期间，巴尔图创制"图""毕"二字谜。

至大至至治年间（1311—1323），顾德润自刊《诗隐》谜集。

至顺二年至至正十二年（1331—1352），施耐庵辞官归里，隐居平江（今苏州市）阊门外施家巷，以授徒、著写小说《江湖豪客传》（后定为《水浒传》）自遣。著书内收有其自创的"姓名"谜。

至正中期（1350—1360），高德基著《平江记事》，内载姑苏谜事活动。

至正二十六年（1366）夏，夏庭芝《青楼集》刊行，内载历史上第一位有名有姓的女谜人梁园秀事迹。

# 明

成化元年至正德八年间（1465—1513），朱存理著《经子钩玄》，内有对"谜"的解释。

弘治年间（1487—1505），榜眼程克勤、探花陆廉伯、状元吴原博、会元王济之、经魁黄五岳在虎丘猜谜。

弘治末、正德初（1500—1509），沈石田、文徵仲、王雅宜、祝枝山、陈白阳、僧玄朗在玄觉山房猜谜。

正德元年（1506），王鏊《姑苏志》刻印，内载姑苏上元灯市猜谜习俗。

正德元年至六年（1506—1511），徐祯卿著《翦胜野闻》，内载明代京师（即南京）人以画戏隐"淮西妇人好大脚"之谜事。

正德四年（1509），都穆《练川图记》成书，上卷"风俗"内载嘉定上元放灯商谜习俗。

嘉靖初，祝枝山、金浮丘、陈白阳、居商谷、文伯仁郊外猜谜。

嘉靖三十二年（1553）五月，冯汝弼作"剿寇"二字谜诗为口号，激励官兵抗击倭寇。

嘉靖年间，《吴江县志》刻印，内载吴江上元节猜谜习俗。

隆庆五年（1571），袁舜臣赴省会试时作"辛未状元"谜诗。

万历中期，陈继儒《精辑时兴雅谜》问世。

约万历二十八年（1600），冯梦龙《山中一夕话·谜语》问世。

天启年间（1621—1627），常熟即有"通衢设幕张灯"活动（清钱陆灿《常熟县志》）。

天启三年（1623），钱谦益赋《癸亥元夕宿汶上》诗，将"灯谜"一词入诗，此为嚆矢。

崇祯十六年（1643）仲春十日，崇祯帝南巡驻跸苏州，曾见灯谜诗二首。

同年三月十六日，钱谦益撰《虫诗十二章，读嘉禾谭梁生雕虫赋而作（并序）》，内有分咏蜘蛛、灯蛾、蝉、蜜蜂、蛱蝶、萤、苍蝇、蚊、蛔蛴、蚁、米虫、蟋蟀等物谜。

同年五月，张云龙撰《广社·序》，年内编著、刻印《广社》。

同年九月，钱谦益《初学集》刻印，内收谜语多则。

# 清

顺治元年至十八年（1644—1661）间，冯班创制"绝好宋诗"谜。

顺治十八年（1661），秦松龄褫革罢归故里，深居简出，嗣后撰成《来生福弹词》四卷，内载18则灯谜。

康熙四年（1665），尤侗《百末词》有《河传·戏拟闺中十二月乐词·其一 正月》《意难忘·元宵》二首词，内有苏州新年"猜灯谜"活动和元宵"苏城初撤防兵，张灯甚盛"的记载。

康熙六年（1667），咄咄夫辑《一夕话》，内收《雅谜》一卷。

康熙十七年（1678），咄咄夫辑《又一夕话》，内收《续雅谜》一卷。

康熙二十三年（1684），郭琇修《吴江县志》，书内卷十"风俗"载吴江上元节张灯猜谜、"十三日试灯，十八日收灯"之习俗。

康熙二十五年（1686）前后，钱曾改居"也是园"，园成后撰《也是园书目》，内收明万历新安龙峰徐氏刊、袁中郎评点的《徐文长全集》《徐文长逸稿》《徐文长佚草》，其中均有谜语。

康熙二十九年（1690），褚人获著《坚瓠集》，内收谜语、谜事。

康熙年间，状元韩菼尚书、状元彭定求兵部尚书分别在苏州东北街、尚书第（尚书里）的府第设灯社。

康熙五十四年（1715），苏州地区有"盈壁"之元宵灯谜佳作，褚人获《坚瓠九集》卷之三"灯谜"有载。

雍正年间，状元彭启丰在苏州彭义里府第设灯社。

乾隆十一年（1746），倪师孟、沈彤纂辑《震泽县志》刻印，书内卷之二十六"风俗二·节序"载震泽上元节张灯猜谜之习俗。

乾隆二十六年（1761），钱德苍著《新订解人颐广集》，内有谜语《消闷集》一卷。

乾隆年间，进士潘奕隽在苏州马医科（今马医科36号）府第设灯社。

乾隆年间，沈起凤著谜书《绝妙好辞》。

乾隆年间，状元潘世恩在苏州蓝家巷（今钮家巷3号）府第设灯社。

乾隆晚期，华守谟赋《鹅湖灯市词》，内有苏州府长洲县、常州府金匮县交界的鹅湖（又称濠湖、鹅真荡，俗称鹅肫荡）地区在乡曲灯市民俗活动中猜射谜语的记载。

嘉庆年间，状元吴信中、状元吴廷琛分别在苏州中张家巷（今苏州中张家巷6号建新里）、古市巷（今白塔西路80号）的府第设灯社。

嘉庆年间，王有光著《吴下谚联》，内有吴地谜闻趣事记载。

嘉庆十年（1805）春，徐达源编纂《黎里志》刻印，内载邱冈《咏灯棚》《咏船歌》诗谜二首。

嘉庆十一年至道光九年（1806—1829）间，孙原湘著《天真阁集》《天真阁外集》，内有自创诗词谜。

嘉庆二十五年（1820），王有光（著）《吴下谚联》刊行，内有吴地谜闻趣事记载。

道光元年（1821），苏州无名氏《皆大欢喜》四卷刊印，内《韵鹤轩笔谈》下卷有谈谜语一节。

道光十年（1830），顾禄《清嘉录》刊行，内载姑苏"打灯谜"习俗。

道光二十五年（1845），梁章钜《归田琐记》八卷由北东园刊印，第七卷有《近人杂谜》一篇。

道光二十七年（1847），梁章钜《浪迹丛谈》十一卷由亦东园刊印，第七卷有《杂谜续闻》一篇，内还记"近日，吴门多尚《西厢》谜"。

咸丰二年（1852），苏州无名氏辑《映雪山房谜语》一卷，手抄本。

咸丰六年（1856）夏，企杜辑《龙山灯虎》二卷刊行，由敬义坊刻印。

咸丰年间，袁学澜著《吴都岁华纪丽》，内有吴中赏灯猜谜的民间习俗记载。

同治八年（1869），程申玉悬谜于苏州宅内的养浩堂中供人征射，谜面两两相对，所猜谜底为昆曲名、药名。

同治十二年（1873）1月18日，上海《申报》刊载"廋词"30则、"谨射探骊仙史灯谜"8则，由红豆馆主人（吴门（今苏州市）叶孔芝，清末吴中女弹词家）供稿。

同年2月28日，上海《申报》刊载"廋词"27则，由云间（今上海松江区）陈秋皋供稿。

同治、光绪年间，每年的正月元宵期间，状元陆润庠和其兄弟百顺在苏州阊门内崇真宫桥下塘府第设灯社。

同治、光绪年间，姚福奎、何绮、杨锡章、蒋轼、朱昌鼎等在华亭（今上海市松江区）结"日河隐社"，成为吴地历史上第一个有据可查的民间灯谜社团。社员有：姚福奎、何绮、杨锡章、蒋轼、朱昌鼎、郑熙、姚洪淦、雷恒、孙骐、朱赓尧、徐元熙、杨兆椿、顾薰、沈致实、汤复苏、李光祖、陈锡三、金佐清、金佐宸、沈琨、姜世纶、陈宗铭、封裕道、吴光绶等。

同治、光绪年间，每年"正月十五为上元节，有灯谜闹元宵，过三桥消百病"（清光绪《宝山县志》）。

光绪初年，袁薇生《钩月廋词》刊行，由临顿路徐元圃刻印。

光绪四年（1878）3月2日，上海《申报》刊载"春灯隐语"40则，由缕馨仙史（嘉定蔡尔康）供稿。

光绪四年（1878），徐嘉《隐语鲭腴》刊印。

光绪六年（1880），俞樾《隐书》单行本由梅华馆刊印。

同年季春中旬，沈毓桂为上元（今南京市）谜家葛甡谜著《余生虎口虎》作序。

光绪七年（1881）1 月 18 日，上海《申报》刊载"灯虎"40 则，由听桐逸客（苏州祝听桐，名滋培，吴中望族，琴学名家、画家）、染司晓山氏供稿。

光绪八年（1882），管叔壬等在苏州城北五亩园内组建谜社，成为苏州历史上有据可查的第一个民间灯谜社团。社员有管叔壬、朱世德、徐钺、徐国钧、沈敬学、胡国祥、陈祖德、王恩普、陈曾绥、陆鸿宾、何维棵、江长卿、俞吟香、陈荫堂、张幼云、顾瑞卿、赵杏生、张炜如、胡三桥、张玉森等。

光绪八年至十四年（1882—1888），胡养素《红樱绿蕉轩谜稿》一卷（稿本）、倪瑞庭《静观斋谜语》一卷（稿本）、徐益孙《虎汇》二卷（稿本）先后脱稿。

光绪十二年（1886）9 月 7 日，上海《申报》刊载"文虎请射"6 则，由古吴绿萼馆主（苏州金杏生）供稿。

光绪十四年（1888），坚持活动近 7 年的五亩园谜社停止活动。

同年夏，管礼昌编纂的谜书《新灯合璧》三卷刊行，由漱六斋刻印。

光绪中叶，石仲兰在苏州护龙街（今人民路）万仙茶园设灯社。

光绪十五年（1889），张文虎撰著的《舒艺室诗存》一卷刊行，内集《廋辞偶存》，由金陵冶城宾馆刻印。

光绪十六年（1890）三月，童叶庚撰著的《醉月隐语》刊行，由武林任有斋刻印。

光绪十八年（1892），《新灯合璧》再版，俞曲园应邀题【钗头凤】一阕，为之增色。

光绪二十一年（1895），程瞻庐、卢侃如、江俊侯在苏州临顿路设春联、制灯谜，待候征射有 7 日之久。

光绪二十四年至二十五年（1898—1899）间，常熟城内仪凤园茶馆常设灯虎，极盛。

光绪二十八年（1902），薛凤昌等在吴江同里组建灯社，成为苏州历史上有据可查的第二个民间灯谜社团。社员有薛凤昌、薛淦夫、金松岑、沈中路、周良夫、顾友兰、王清臣、于欧生、王镜航、陈星言、顾大椿等人。当年元宵，吴江灯社在同里出灯悬谜公展。之后，"每于元宵前后，出灯里门，相应和者，不下二三十人"。

光绪二十八年至二十九年（1902—1903）间，元和亢廷铨在成都红庙子内创设"长春灯社"，组织灯谜活动。

光绪三十一年（1905），元和陆芸荪与成都"长春灯社"社员、华阳陈绍昌在成都署袜街曹宅设社猜谜。

光绪三十二年（1906），张玉森编纂的《百二十家谜语》十卷（稿本）脱稿。

光绪三十三年（1907），小说林总编辑所编辑，小说林社、宏文馆有限合资会社发行，黄人（摩西）、徐念慈主编的《小说林》月刊开设"射虎集"栏目，第五期刊载"补梅书屋谜"15 则、"菊社谜"29 则；第六期刊载"桐影斋谜"10 则、"寄桐轩谜"6 则；第八期刊载"兆公谜"10 则。

光绪三十四年（1908），程瞻庐、郭超然、姚调甫在苏州玄妙观东的"殷元顺纸号"悬谜征猜。

同年，《小说林》增设"灯虎"栏目，第九期刊载"补梅书屋谜"18则、"觚庵谜"11则、"稼轩谜剩"20则、"双茞灯虎"11则、"少云谜"24则、"画谜"5则；第十期刊载"补梅书屋谜"20则、"双茞室画谜"2则。第十一期恢复"射虎集"栏目，刊载"啸月楼主谜"30则、"特立馆主谜"6则；第十二期刊载"补梅书屋主谜"14则（内与第九期雷同1则、与第十期雷同4则）、"舌愚斋主人谜"12则。

清末，徐兆玮间断抄写的《文虎琐谈》（稿本）、《灯虎汇编》（稿本）以及顾锡珍无名谜稿本相继脱稿。

宣统元年（1909）一月，新春期间，吴县光福镇西崦小学教师们在本镇旱桥弄口开设一家春联铺子，附设春灯谜。

同年二月，元宵节，吴江灯社在吴江同里出灯悬谜公展。

宣统二年（1910）二月，元宵节，吴江灯社在吴江同里出灯悬谜公展。

宣统三年（1911），坚持活动达9年多的吴江灯社停止活动。


# 中华民国

### 民国元年（1912）

夏，亢廷钤《纸醉庐春灯百话》油印本刊行。

冬，薛凤昌《邃汉斋谜话》撰成。

同年，程瞻庐、朱枫隐在苏州玄妙观东的"艺新美术社"悬谜征猜。


### 民国2年（1913）

4月，上海商务印书馆出版的《小说月报》第四卷第一号作为"补白"，刊载薛凤昌《邃汉斋谜话》，但文章未全部刊登完毕。

同年，亢廷钤《纸醉庐春灯百话》在赵仲琴主编的成都《晨钟报》上陆续发表。


### 民国3年（1914）

4月1日，中华小说界编辑、中华书局发行、沈瓶庵主编的《中华小说界》第一年第四期"杂录"栏目上刊登徐枕亚《枕亚谈虎录》（连载一）。

5月1日，《中华小说界》第一年第五期"杂录"栏目上刊登徐枕亚《枕亚谈虎录》（连载二）。

6月，《小说丛报》第三期，刊载徐枕亚《桐花灯虎》、徐天啸《新酒令》。

### 民国 4 年（1915）

1月至5月，《小说月报》第六卷第一号至第五号，又继续连载薛凤昌《邃汉斋谜话》。至此，全文历时2年多方才刊毕。

同年，《小说丛报》第十五期刊载徐枕亚《诗钟揭晓》。

### 民国 6 年（1917）

1月，上海文明书局出版《春谜大观》，王文濡编。

4月，薛凤昌《邃汉斋谜话》（单行本）由上海商务印书馆出版发行，列入《文艺丛刻》（甲集）。共同列入该集的书籍还有：王国维《宋元戏曲史》、王梦生《梨园佳话》、吴梅《顾曲麈谈》、许家庆《西洋演剧史》、玉狮老人《读画辑略》、钱静方《小说丛考》、孙毓修《欧美小说丛谈》、张起南《橐园春灯话》。

同年，程瞻庐、屠守拙在苏州玄妙观前（今观前街）设文虎灯社。

同年，上海扫叶山房印行《娱萱室小品六十种》，雷瑨编辑，内收姚福奎等《日河新灯录》一卷。

同年，《小说丛报》刊载徐枕亚《枕亚文虎》《萍社诗钟》。

### 民国 8 年（1919）

2月，《小说季报》第二集刊载徐枕亚《枕亚诗钟》。

3月，皈社出版印行《纸醉庐春灯百话》二卷，亢廷钤著。

11月，《小说季报》第三集刊载徐枕亚《枕亚文虎》。

### 民国 9 年（1920）

1月，《文艺丛刻甲集·邃汉斋谜话》再版发行，由上海商务印书馆出版。

4月至10月，《小说新报》第六卷第四期至第十期，连载徐枕亚《枕霞阁文虎》。

### 民国 10 年（1921）

10月14日，四开报苏州《吴语》第二版刊登牛翁《牧牛庵随笔·灯谜》一文。

同年，上海清华书局出版《枕亚浪墨（续集）·文虎偶存》，徐枕亚著。

### 民国 11 年（1922）

10月25日，吴江《芦墟报》第一期刊载许康侯《灯谜拾遗》一文。

10月，上海清华书局出版《枕亚浪墨（四集）·庼词选存》，徐枕亚著。

### 民国 12 年（1923）

3月30日至31日，《小说日报》连载徐枕亚《小说界名人谜语》。

### 民国 13 年（1924）

新年（即元旦）始，由苏州鹤园园主庞蘅裳发起，于园中宴饮雅集，有谜诗之戏，月必数起，一时"少长咸集，群贤毕至"，几集邑中绅宦名流于此，参与者有邓邦述、王佩净、汪旭初、陆仲麟、吴梅、张紫东、潘震霄、顾传玠、朱传茗、张仲仁、费仲深等，约六七十人。叶恭绰、张善仔、张大千、杜月笙、王晓籁、梅兰芳等亦曾先后来访此园。鹤园雅集至民国26年（1937）抗战爆发前才告终。

### 民国 15 年（1926）

1月5日，对开报《苏州明报》第三版"明晶"副刊设"文虎征射"栏目，由许振时主播，谜赠为"最近三日画报一期"。

3月4日，四开报苏州《吴语》第三版刊载"吴语新文虎"10则，由赵仲熊供稿，所猜谜底皆为吴语。

8月5日，对开报《苏州明报》第三版"明晶"副刊设"新文虎"栏目，由陈柳桥供稿。

11月20日，对开报《苏州明报》第三版"明晶"副刊"新文虎"栏目改名为"滑稽文虎"，亦称"滑稽新文虎"。翌年1月始，"新文虎""滑稽新文虎"相互使用。

同年，四开报苏州《星报》开设"诗画谜联"栏目。

### 民国 16 年（1927）

10月5日，四开报苏州《吴语》副刊"余音"增辟"诗谜征射"专栏，历时1年多，由邓松声主持。活动形式是，每期刊登10句比较生僻的七言古诗，每句中故意隐去一字，在下端括号内附上5个与原句漏字相似的同义词或近义词，供征谜者选择。报载诗句皆有诗本对证，每期答案9天后揭晓。活动规定："应射者每句请附邮花五分（多此照加，空函无效），中者加倍奉酬，十句全中者，额外添酬现金二元。"

12月12日，苏州市政筹备处公安局针对"近日市上仍有类似赌博摇彩"的猜射诗谜之现象，发布"禁止诗谜"告示，要求民众尤其是青年人远离赌博。翌日，对开报《苏州明报》在第三版刊登消息，题为《市政处公安局示禁诗谜》。

**民国 17 年（1928）**

1 月 30 日至 2 月 6 日，苏州西亭棋社于春节期间在苏州公园"西亭"内张灯，附设谜会并结社，时称"西亭谜社"，主事者皆是吴地人士。谜会自正月初八起至十五日止，历时 8 天，悬谜达 200 条，"所糊之灯为六角形，悬挂中央，便于射者六面发矢"。谜赠由制谜者提供，有画便面、画册页、铜镜、花雕酒等。

2 月 6 日（元宵节）至 9 日，吴县吴莲洲在上海西新桥畔大中楼发起文虎征射，参与选谜者有江红蕉、黄转陶、陆澹安、施济群、姚赓、吴天翁。此后遂组织"大中虎社"（又称"大中谜社"），每月逢朔、望之日开展征射活动。

10 月，四开报《苏州中报》开辟"灯谜集腋录"专栏，每天刊载灯谜 5 至 6 条不等。

**民国 18 年（1929）**

2 月 17 日至 24 日，"西亭谜社"于春节期间在苏州市立公园（即苏州公园）"西亭"内举办谜会，自正月初八起至十五日止，历时 8 天，悬谜 200 条。谜会期间，时年才 15 虚岁的高伯瑜入谜社，师从程瞻庐。

7 月 20 日，《苏州明报》第二版刊登"诗谜征射"，由温热治疗院供稿并提供奖品。此项活动共收到来函 854 件，猜中的有 712 件。

9 月 17 日（中秋节）夜，"西亭谜社"在苏州温家岸 21 号范烟桥家中举行社员赏月猜谜活动。

**民国 19 年（1930）**

1 月 1 日，我国最早的一本专业性灯谜杂志——《文虎》周刊在上海创办，主干者吴县曹叔衡、吴莲洲。

**民国 20 年（1931）**

1 月 1 日，上海《文虎》改为半月刊，第二卷第一期刊登曹叔衡《文虎回忆录》一文。

1 月 1 日至 10 月 1 日，上海《文虎》第二卷第一期至第十七期，连载曹叔衡《文虎体例》一文。

2 月 1 日，上海《文虎》第二卷第二、三期合刊登载曹叔衡《文虎回忆录（续）》一文。

2 月 15 日，上海《文虎》第二卷第四期刊登朱枫隐《春灯追忆录》一文。

2 月 15 日至 5 月 15 日，上海《文虎》第二卷第四期至第十期，连载曹叔衡《续海上文虎沿革史》一文。

5 月 1 日，上海《文虎》第二卷第九期刊登沈中路《谜话拉杂谈》一文。

7 月 15 日，上海《文虎》第二卷第十二期刊登戚饭牛《谈文虎》一文。

"九一八"事变后，常熟徐枕亚以"九一八"为题，鸿爪格嵌字征诗钟；钱仲联以"八骏日行三万里，一封朝奏九重天"集唐诗句应征，评为第一。

同年，张静盒《绣石庐谜语》在无锡刊印。

### 民国 21 年（1932）

8 月 4 日，吴县实验民众教育馆（馆址设在苏州市旧学前平江书院原址）在"黄昏会"（又称"消夏会"）上举行"灯谜游戏"，由馆长张千里供稿并主持。

12 月中旬，苏州画家吴似兰创办的娑罗花馆播音台每晚播发灯谜数条，并备有薄酬，历时半月之久，谜底则在苏州《大光明》报上分期揭晓。

### 民国 22 年（1933）

曹允源、李根源纂《吴县志》刻印出版，书内卷五十二上"风俗"载："正月……十五日为元宵，亦曰灯节（十三日曰试灯，十八日曰落灯）……文人及市井有小慧者，悬灯粘谜，以角巧思。"

### 民国 23 年（1934）

7 月，《新市场扶雅社百期谜选》在汉口刊印，由吴县孙亚二创办的新市场扶雅社编著。

仲冬，琴心茶社主人创设"琴心文虎社"，社址设在常熟城内县南街周神庙弄的琴心茶社内（后迁至道南横街），邀徐枕亚、王吉民、胡素公等莅社主持，以彩灯为赠。社员有徐天啸、吴逸公、袁安甫、陈洪兆等，经常参与猜射的还有金清桂、蔡五、沈铭等。

12 月 18 日，四开报苏州《大华报》"为提倡风雅起见"，从第一号开始，接连开办"谜诗征猜"有奖活动，每隔三日征猜一期，并改变《吴语》须"附邮花"的做法，另辟蹊径，以"猜者不费分文……只须开列姓名住址，剪取原句填寄报社"，奖励方法是：中鹄六句以上，赏洋一至五元，破的五句者在下期上刊登大名，连续记名三次者，赠《大华报》半年。征猜谜诗由忆凤室主供稿。

### 民国 24 年（1935）

1 月，《琴心文虎初集》出版，由常熟萃英印刷所刊印，封面由常熟徐天啸题字，常熟王吉民、徐枕亚作序。

8 月 1 日，对开报《苏州明报》增设"明晶儿童特刊"，内载谜语 4 条。

同年，常熟平襟亚在沪开办的襟霞阁书庄，出版一套"国学珍本文库"，收有明代冯梦龙辑《黄山谜》，署名"墨憨斋主人编"。

**民国 25 年（1936）**

1 月 6 日，四开报《吴县晶报》开办"谜诗征猜"活动，"每隔三日征猜一期，每隔三期揭晓一次"。

1 月 31 日至 2 月 7 日，苏州乐群社举办文虎大会，时间为每日下午的 4 时至 6 时。

5 月 28 日，对开报《苏州明报》副刊"明晶"刊登张汉卿《谜》一文。

30 年代，吴江莘塔镇每年正月十五日至十八日都举办灯谜会，地点在市河西岸朝南数第三家京货店（即棉布店，只负责提供场地，不须承担费用），活动由凌氏家族共同组织，费用共同承担，以凌元培为主要组织者，出资最多。猜谜活动奖项设置很多，谜赠多数为生活用品，如搪瓷面盆、搪瓷饭盆、印花被单、枕套等。一至四等奖获得者，由主办方在凌家开的饭店里摆筵席，免费宴请。主办方有条规定，莘塔本镇的猜谜者不得获取一至四等奖，只能猜五等奖以下的谜语。

**民国 32 年（1943）**

12 月 25 日，薛凤昌因拒绝敌伪派驻日籍教员而被捕，惨遭酷刑，被残暴杀害。

**民国 35 年（1946）**

2 月 2 日（正月初一），四开报苏州《大华报》举办有奖猜谜活动，所载灯谜由倪涤园供稿。

**民国 36 年（1947）**

2 月 5 日，对开报《苏州明报》副刊"明晶"举办"元宵文虎征猜"活动，由徐碧波供稿并备赠品。

6 月 21 日，对开报《苏州明报》副刊"明晶"刊登孙鹄《怪灯谜》一文。

8 月 13 日起，对开报《苏州明报》副刊"明晶"举办"文虎征射"有奖活动，所载灯谜分别由周浊、桂芷菁、杨知常、张庆承、宋伯彦、邵于天、卢听雨、朱红、顾宜鸿、吴公寿、张汉卿、张漱石等供稿。该活动办了 40 次，至翌年 5 月停办。

9 月 6 日至 10 月 21 日，对开报《苏州明报》副刊"明晶"分 15 期刊登周浊《浊庐谈谜》一文，介绍了《谜之异名》《文虎之专门名词》《谜格简释》三方面内容。

**民国 37 年（1948）**

2 月 7 日，对开报《苏州明报》副刊"明晶"刊登周浊《趣谜征猜》一文。

3 月 26 日至 5 月 23 日，上海宏大橡胶厂在对开报《苏州明报》举办有奖"画谜征射"活动，画谜由费新我创作并绘制，每隔 5 天刊载一则，共办 12 期。猜射办法是："应征者剪贴印花，加盖印章"（画谜印花是该厂"无敌牌"注册商标图案"蝴蝶"。"蝴蝶"，沪语谐音"无敌"），答案须投寄到苏州观前街香炉商店。主办方每期都要在准确的答案里"录取先到者四名"，"第一名赠本厂出品香炉牌自由靴一双，第二名赠本厂出品香炉牌男套靴一双，第三名赠洁白毛巾二条，第四名赠洁白毛巾一条"。

8月13日晚6时许，吴县卅七年小学教员暑假讲习班假中山公园（今苏州公园）碧萝茶室，举行第一届结业同学茶话会，吴县教育局长莅会且现场制谜助兴。次日，《苏州明报》在第二版上作了报道。

8月25日至10月15日，苏州观前街万国袜厂受上海厂商委托推广货品，在对开报《苏州明报》上举办"画谜"有奖猜射活动，每周刊载一则，奖品由上海富贝康化妆品无限公司、大华牙刷厂、上海绿叶化学无限公司、留香兰化学厂、永生棉织厂等厂商轮流捐赠，每期刊载的画谜皆出自费新我之手。活动办至第7期，"因种种困难"而暂停。原定"二周后继续征射"，但不知何故，一直未见下文。

9月8日至16日，上海龙泉药厂为推销产品"龙泉普济丸"，在《苏州明报》上举办"五亿元猜谜赠奖"活动，设"第一名全中者一名，赠奖品价值二亿元；第二名中四条者10名，各赠奖品价值二千万元；第三名中三条者20名，各赠奖品价值五百万元（以上如超过名额，奖品平均分配）"，由王衍提供谜语五则。由于谜赠丰厚，参与者非常踊跃，有10人获头奖（全中），"各赠龙泉普济丸瓶装二打、精美毛巾二条、蔴纱袜二双"；52人获二等奖（中4条），"各赠彩色毛巾一条、上等牙膏一支、龙泉普济丸一盒（半打装）"；81人获三等奖（中3条），"各赠上等牙膏二支、龙泉普济丸两小包"。

10月24日至12月16日，对开报《苏州明报》副刊"明晶"分12期刊登周浊《独清楼谈谜》一文。

### 民国38年（1949）

1月1日，《苏州明报》副刊"明晶"举办"诗谜征射"，由朱恶紫供稿并备赠品。

1月8日，《苏州明报》副刊"明晶"刊登《文虎集粹》，谜作系屠心观、周浊在沪上主持"虎会"雅集之精品。

民国时期，徐枕亚编著《谈虎录》《文虎偶存》《廋辞选存》。

# 中华人民共和国

## 1953年

2月，常熟市工人文化宫建成开放，春节期间在常熟市寺后街（原慧日寺旧址）举办灯谜活动。

7月13日至21日，《新民晚报》连载署名柳絮（即张廉如）的《谈灯谜》一文。

## 1955年

1月1日，苏州市工人联合会第一工人俱乐部（苏州市工人文化宫前身）在玄妙观中山堂（现苏州市演出管理处）内举办猜谜活动。

1月24日，苏州市手工业局在怡园内举办春节猜谜活动，由苏州高伯瑜组稿并主持谜会。

2月7日，地方国营苏州铁工厂举办基层单位元宵猜谜游艺活动。

9月，《新苏州报》第三版"康乐部"专栏刊登谜语。

10月1日，苏州市工人联合会第一工人俱乐部在玄妙观中山堂内举办庆祝国庆猜谜活动，由苏州俞瑞元组稿并主持谜会。

同年，上海文艺出版社出版《谜语》一书，收入张荣铭撰写的《字谜》。

## 1956年

2月11日至24日，苏州市手工业局在五爱中学（现苏州市景范中学）举办春节猜谜活动，由苏州高伯瑜组稿并主持谜会。

2月26日，苏州市工人联合会第一工人俱乐部在玄妙观中山堂内举办元宵猜谜活动，为期4天，活动共7场，每场悬谜50条，由苏州俞瑞元组稿并主持谜会，张荣铭、王能父提供创作谜作，且由王能父设计并书写谜笺。

2月起，苏州张荣铭、王能父倡议并在俞瑞元的联系下，筹建苏州市工人联合会第一工人俱乐部灯谜研究小组。之后参与筹建工作的还有孙同庆、周宗廉、赵立里等人。

同年，常熟市工人文化宫辟灯谜室，逢节假日开放，由沈虹负责，请周五保扎制彩灯，张镒清书写灯谜。

## 1957年

1月1日，苏州市工人联合会第一工人俱乐部在玄妙观中山堂内举办谜会，谜作由张荣铭创作提供。谜会后，张荣铭、王能父与俞瑞元共图谜事，商讨春节期间办7场谜会的具体分工，决定谜语由俞瑞元搜集抄写，张荣铭、王能父负责创作灯谜，由王能父抄成谜笺。元旦谜会使正在筹建中的灯谜组初具雏形。

1月，苏州市第一个基层灯谜组织——苏州市邮电局灯谜小组成立，组长周宗廉，成员有周宗廉、谢毓骏、曹寿人、黄嘉栋、陈滇明。

2月2日至4日，苏州市工人联合会第一工人俱乐部在玄妙观中山堂内举办春节猜谜活动，为期3天，共7场，由张荣铭、王能父轮流主持谜会，俞瑞元负责对谜底。周宗廉、孙同庆、赵立里等一批铁杆谜语爱好者场场必到。春节举办的7场谜会，是"准谜组"出现的标志。

2月13日，《新苏州报》设"百花园"专栏，刊登谜语。

2月14日（元宵节），"苏州市首届元宵谜会"在北局小公园青年会内举办，二楼会场悬谜达数百条，任人猜射；一楼大厅高台设擂，举行大赛，由苏州王能父、张荣铭、周宗廉等轮番摆擂，全程由孙同庆任主持，并负责兑谜发奖。

2月17日（正月十八日），苏州市工人联合会第一工人俱乐部灯谜研究小组正式成立，出席会议的有：俞瑞元、王能父、周宗廉、孙同庆、程懋勋、郑忠；缺席的有：张荣铭、赵立里（皆因上班而请假）。会上推选王能父任组长。

4月28日，《灯谜》（第一集）刊印，32开油印本，苏州市工人联合会第一工人俱乐部编印，印数100册。《前言》云："自今年元旦以来，广泛的吸引与发动职工群众进行了创作，并取得各地兄弟单位的支援，使灯谜活动能经常地开展起来。"

5月，《灯谜集》刊行，16开油印本，常熟市工人文化宫编印，1983年10月重印时，名为《朝"虎"夕拾》，24开油印本。

夏季，苏州市工人联合会第一工人俱乐部灯谜研究小组在苏州玄妙观中山堂草坪举办"乘凉猜谜晚会"，每周六、日两晚，每场有200余人参加。

8月，上海文化出版社出版《打灯谜》，余真编著。

9月21日，《灯谜》（第二集）刊印，32开油印本，苏州市工人联合会第一工人俱乐部编印，印数100册。

10月，苏州周宗廉、谢毓骏合编的《灯谜三百条》获江苏省邮电工人文艺创作竞赛三等奖。

10月，苏州市教工俱乐部在丹凤茶室（苏州观前街久泰商厦楼上）举办灯谜活动，由苏州市工人联合会第一工人俱乐部灯谜研究小组提供创作的灯谜。

12月，苏州市工人文化宫建成，地址在三元坊7号。谜组改名为苏州市工人文化宫第一工人俱乐部灯谜研究小组。

## 1958 年

1月1日，苏州市工人文化宫第一工人俱乐部在苏州玄妙观中山堂内举办元旦谜会。

2月，苏州市工人文化宫第一工人俱乐部组织灯谜研究小组首次以"文化车"送谜下厂，至砖瓦厂、内衣厂、茶厂、铁工厂。

2月中旬至3月上旬，苏州市工人文化宫第一工人俱乐部举办春节、元宵谜会。

4月初，苏州市工人文化宫第一工人俱乐部灯谜研究小组更名为苏州市工人文化宫灯谜研究小组，组长王能父，张国义负责具体工作。

4月18日，《创作谜选》（第一辑）刊印，32开油印本，苏州市工人文化宫灯谜研究小组创作、编辑，印数100册。

4月26日，《苏州市工人文化宫灯谜研究小组简章》出台，分"总则""任务""组员条件"三章十二条，附"奖励条件"三条。

5月1日，苏州市工人文化宫正式开放，当天在新宫内（三元坊7号）举办"五一"谜会。

9月，《创作谜选》（第二辑）刊印，32开油印本，苏州市工人文化宫灯谜研究小组创作、编辑，印数100册。

9月下旬至10月初，苏州市工人文化宫举办中秋、国庆谜会。

11月，上海文化出版社出版《灯谜集锦》（第一辑），由上海、南京、苏州三市工人文化宫灯谜组供稿。

同年，苏州钢铁厂灯谜小组成立，组长仇国良。

同年，苏州市工人文化宫《工人游艺》（8开油印报）开辟"灯谜"专栏；宫内增设"知识窗"，橱窗内悬谜，这一项目至1960年结束。

### 1959年

1月1日，苏州市工人文化宫举办元旦谜会。

1月，《工人游艺》（第二集）刊印，32开油印本，苏州市工人文化宫灯谜研究小组创作、编辑，印数100册。

4月25日，《创作谜选》（第三辑）刊印，32开油印本，苏州市工人文化宫灯谜研究小组创作、编辑，印数149册。

5月1日，共青团苏州市委假狮子林举办"苏州市青工游园联欢会"，于曲廊四周悬谜300条，由苏州市工人文化宫灯谜研究小组组稿提供，参加的团员、青年积极分子达五六千人。

同日，苏州市工人文化宫举办"五一"谜会。

9月16日，《创作谜选》（第四辑）刊印，32开油印本，苏州市工人文化宫灯谜研究小组创作、编辑，印数200册。

9月中旬，苏州市工人文化宫举办中秋谜会。

10月1日，苏州市工人文化宫举办国庆谜会。

### 1960年

1月1日，苏州市工人文化宫举办元旦谜会。

1 月,《新民晚报》主办"新春灯谜",报载灯谜 45 条,由上海、苏州两市工人文化宫谜组供稿。

1 月,上海文化出版社《游艺》丛刊第 6 辑发表苏州张国义执笔、署名苏州市工人文化宫灯谜小组的文章《一个灯谜小组的成长》,介绍了苏州市工人文化宫灯谜研究小组成立 3 年来创作灯谜开展活动的情况。

2 月中上旬,苏州市工人文化宫举办春节、元宵谜会。

5 月 1 日,苏州市工人文化宫举办"五一"谜会。

7 月 22 至 8 月 13 日,中国文学艺术工作者第三次代表大会在北京召开,苏州市工人文化宫灯谜研究小组编印的《创作谜选》在会议上陈列展出。

7 月 24 日,苏州张荣铭《象形灯谜》刊印,32 开油印本,苏州市工人文化宫选印。

夏季,苏州市工人文化宫灯谜研究小组在市宫活动室内举办首次"幻灯猜谜会"。

10 月上旬,苏州市工人文化宫举办国庆、中秋谜会。

同年,《创作谜选》(第五辑)刊印,32 开油印本,苏州市工人文化宫灯谜研究小组创作、编辑,印数 100 册。

## 1961 年

1 月 1 日,苏州市工人文化宫举办元旦谜会。

2 月中旬至 3 月上旬,苏州市工人文化宫举办春节、元宵谜会。

2 月,《新民晚报》主办"新春灯谜",由上海、苏州两市工人文化宫谜组供稿。

5 月 1 日,苏州市工人文化宫举办"五一"谜会。

5 月,《新民晚报》主办"新春灯谜",报载灯谜 54 条,由上海、苏州两市工人文化宫谜组供稿。

6 月,《灯谜丛刊(一)·字谜集》《创作一集》刊印,32 开油印本,苏州市工人文化宫选印,印数各 100 册。

9 月 27 日,《灯谜丛刊(二)·字谜集》刊印,32 开油印本,苏州市工人文化宫选印,印数 100 册。

9 月下旬,苏州市工人文化宫举办中秋谜会。

10 月 1 日,苏州市工人文化宫举办国庆谜会。

## 1962 年

1 月 1 日,苏州市工人文化宫举办元旦谜会。

1 月 31 日,《灯谜丛刊(三)·创作谜选》(第六辑)刊印,32 开油印本,苏州市工人文化宫灯谜研究小组创作、编辑,印数 150 册。

2月上旬，苏州市政协在鹤园举办春节猜谜活动，由苏州高伯瑜、俞伯平主持。

2月中下旬，苏州市工人文化宫举办春节、元宵谜会。

3月23日，《谜话辑录》（第一集）刊印，32开油印本，苏州市工人文化宫灯谜研究小组创作、编辑，印数100册。

4月26日，《灯谜丛刊（四）·创作谜选》（第七辑）刊印，32开油印本，苏州市工人文化宫灯谜研究小组创作、编辑，印数130册。

4月，《虞友谜集》（第一辑）刊印，32开油印本，汪寿林编著。

4月，《民间谜语集》刊印，32开油印本，苏州市工人文化宫灯谜研究小组编印，印数100册。

5月1日，苏州市工人文化宫举办"五一"谜会。

8月，苏州市工人文化宫灯谜研究小组在市宫知识大楼二楼举办谜组成立5年来的成果展，历时半月。

9月中旬，苏州市政协在鹤园举办中秋猜谜活动，由苏州高伯瑜、俞伯平主持；苏州市工人文化宫举办中秋谜会。

9月，《灯谜丛刊（五）·创作谜选》（第八辑）刊印，32开油印本，苏州市工人文化宫灯谜研究小组创作、编辑，印数100册。

10月1日，苏州市工人文化宫举办国庆谜会。

10月，《两友集》刊印，32开油印本，黄国泓、沈人安合著。

12月27日，《灯谜丛刊（七）·群玉集》（甲集）刊印，32开油印本，苏州市工人文化宫灯谜研究小组编印，主要编选者张荣铭，印数100册，每册收回工本费1角。

同年，太仓县西郊镇文化站站长仇国良组织灯谜小组，成员有祁开基等。谜组活动至1964年，创作之谜刊登在内部刊物《俱乐部》上。

### 1963 年

1月1日，苏州市工人文化宫举办元旦谜会。

1月下旬至2月上旬，苏州市政协在鹤园举办春节猜谜活动，由苏州高伯瑜组稿，俞伯平主持；苏州市工人文化宫举办春节、元宵谜会。

5月1日，苏州市工人文化宫举办"五一"谜会。

7月至8月，苏州市工人文化宫举办灯谜培训班，每逢周末晚上开课。其间，学员沈家麟、邱景衡、郑和平、朱济民、吴广生申请加入苏州市工人文化宫灯谜研究小组。

10月2日，苏州市文联、苏州市群众艺术馆、苏州市工人文化宫灯谜研究小组在北局联合举办"中秋谜会"。

10月4日，苏州市工人文化宫灯谜研究小组举办"游石湖赏月猜谜"活动。

10月上旬，苏州市政协在鹤园举办中秋猜谜活动，由苏州高伯瑜组稿，俞伯平主持；苏州市工人文化宫举办国庆、中秋谜会。

10月，《创作谜选》（第九辑）刊印，32开油印本，苏州市工人文化宫灯谜研究小组编印，印数250册。

12月22日，《创作谜选》（第十辑）刊印，32开油印本，苏州市工人文化宫灯谜研究小组编印，印数250册。

同年，太仓县城厢镇工会主席倪生贤发起组织灯谜小组。

同年，苏州市群众艺术馆《百花园》宣传橱窗开辟"灯谜"专栏。

同年，苏州市工人文化宫灯谜研究小组送谜到苏州振亚丝织厂。

同年，《虎尾》（一、二）刊印，32开油印本，苏州市工人文化宫灯谜研究小组创作、编印，印数100册。

## 1964 年

1月1日，苏州市工人文化宫举办元旦谜会。

2月4日，《创作谜选》（第十一辑）刊印，32开油印本，苏州市工人文化宫灯谜研究小组创作、编印，印数250册。

2月12日，苏州市工人文化宫灯谜研究小组在苏州灯彩社（悬桥巷楚春巷6号）内举办"迎新年灯谜夜会"，参加者通宵达旦。

2月中旬至3月上旬初，苏州市工人文化宫举办春节、元宵谜会。

3月，《春灯夜话》刊印，张荣铭著，32开油印本，由苏州市工人文化宫灯谜研究小组刻印，印数150册。

4月25日，灯谜丛刊（八）《群玉集》（乙集）刊印，32开油印本，苏州市工人文化宫灯谜研究小组编印，主要编选者王能父，印数130册，每册收回工本费1角。

4月29日，《创作谜选》（第十二辑）刊印，32开油印本，苏州市工人文化宫灯谜研究小组编印，印数150册。

5月1日，苏州市工人文化宫举办"五一"谜会。

5月，《雄虎》刊印，费之雄著，32开油印本，由苏州市工人文化宫灯谜研究小组刻印。

8月14日，《群玉集》（丙集）刊印，32开油印本，苏州市工人文化宫灯谜研究小组编印，印数100册。

8月，苏州市工人文化宫灯谜研究小组在市宫知识大楼举办灯谜成就展览，陈列历年所编印的谜刊和成员创作的佳谜。

9月中旬，苏州市工人文化宫举办中秋谜会。

9月，全国总工会在青岛召开文化宫工作会议，苏州市工人文化宫灯谜研究小组出席并介绍谜组活动情况，受到全总的表扬。

10 月 1 日，苏州市工人文化宫举办国庆谜会。

同年，《索隐》（第一、二、三集）、《群玉集》（丁集）刊印，32 开油印本，苏州市工人文化宫灯谜研究小组编印，印数各 100 册。

60 年代初，常熟县政协诗词组每逢春节即在政协礼堂（今县南街北首）悬谜，自由参加猜射。

## 1965 年—1971 年

苏州市工人文化宫灯谜研究小组停止活动，亦无谜事。

## 1972 年

2 月 16 日（年初二），苏州市工人文化宫灯谜研究小组自发恢复活动，但不对外开放，仅限于本组人员。之后每月活动 2 次（逢周末），大多于夜间，由周宗廉临时通知。

## 1973 年

7、8 月间，苏州市工人文化宫灯谜研究小组正式恢复活动，公推周宗廉为组长。

暑假期间，苏州市教育工会在九初中（校址在旧学前，后改为苏州市第二十三中学校）内举办影目名、影片插曲名专场谜会，伴有音乐谜室，由苏州市工人文化宫灯谜研究小组组稿。

同年，《灯谜》刊印，32 开油印本，苏州市工人文化宫编印。

## 1974 年

5 月 1 日，苏州市工人文化宫举办"文革"期间第一次节日猜谜活动。苏州市工人文化宫灯谜研究小组由市宫文艺组领导，朱龙根负责具体工作。

7 月至 8 月，苏州市工人文化宫举办第二期灯谜培训班，由殷永年负责。

10 月 1 日，苏州市工人文化宫举办国庆游艺猜谜活动。

同年，《灯谜》刊印，32 开油印本，苏州市工人文化宫编印。

## 1975 年

10 月，常熟县工人文化宫恢复灯谜活动，灯谜室恢复开放。

同年，《灯谜》刊印，32 开油印本，苏州市工人文化宫编印。

## 1976 年

10月，常熟县工人文化宫灯谜研究小组成立，建组成员曾康、韦梁臣、陆顺祥。

同年，《灯谜》刊印，32开油印本，苏州市工人文化宫编印。

## 1977 年

秋季，苏州市工人文化宫灯谜研究小组送谜到望亭发电厂。

同年，《灯谜》刊印，32开铅印本，苏州市工人文化宫编印。

## 1978 年

8月，苏州市工人文化宫灯谜研究小组送谜到江苏省第四地质大队（吴县阳山）、苏纶纺织厂。

10月18日，"沪苏灯谜会猜"在上海市黄浦区工人文化宫举行，上海市黄浦区和苏州市两地工人文化宫灯谜组组队参加，悬谜270条。这是"文革"后各地灯谜组恢复活动后第一次举办的"异地会猜"。

同年，苏州市文化馆（后改名苏州市群众艺术馆）《文艺画廊》开设"灯谜"栏目，且为有奖活动项目之一，持续至1982年，由苏州市工人文化宫灯谜研究小组组稿。

同年，《灯谜》刊印，32开油印本，苏州市工人文化宫灯谜研究小组编印。

## 1979 年

1月，苏州市工人文化宫灯谜研究小组由市工人文化宫宣传股领导，殷永年负责具体工作。谜组定期活动，每月2次。

2月11日，上海市黄浦区和苏州市两地工人文化宫灯谜组举办"沪苏灯谜会猜"，苏州组队前往上海参加活动。当月，《灯谜会猜专辑》刊印，由上海市黄浦区工人文化宫灯谜组、苏州市工人文化宫灯谜组合编。

9月30日至10月3日，南京市举办"全国九城市灯谜会猜"，为期4天，苏州、南京、南通、上海、沈阳、长春、温州、厦门、漳州9个城市组队参加，苏州汪寿林被选为执行主席团成员。会上，苏州费之雄倡议举办"通讯会猜""灯谜欣赏会"。

10月，太仓县浏河镇工会、文化站"谜海一粟"灯谜组成立。

10月，常熟县徐市镇文化站灯谜组成立，举办首次国庆灯谜展猜。

同年，苏州市工人文化宫逢重大节日（纪念日）举办灯谜活动（会）。

同年，《灯谜》刊印，32开油印本，苏州市工人文化宫灯谜研究小组编印。

同年，《常熟工人文艺》第1期（灯谜专辑）刊印，32开铅印本，主编韦梁臣，常熟县工人文化宫编，每册工本费2角6分。

同年,《灯花》刊印,主编韦梁臣,常熟县图书馆编印。

同年,在吴江县平望镇文化站站长汝迪昌组织下,平望镇开始恢复中断10多年的节日灯谜展猜活动。

## 1980 年

2月9日,苏州市二轻工业局工会、团委举办灯谜展猜活动,由苏州市工人文化宫灯谜研究小组组稿。

2月15日,苏州人民广播电台举办"电影片名春节猜谜会"。

2月16日至17日,常熟县举办"虞苏灯谜会猜",苏州市和常熟县两地工人文化宫灯谜研究小组组队参加。

5月,共青团上海市委宣传部编印《游艺宫》,收集之谜由上海、苏州两市工人文化宫灯谜组创作。

9月23日,"苏州市人民储蓄中秋游园会"在沧浪亭举办,灯谜项目设在"五百名贤祠"前,由苏州市工人文化宫灯谜研究小组组稿。

9月30日,苏州市二轻工业局工会、团委举办灯谜展猜活动,由苏州市工人文化宫灯谜研究小组组稿。

秋季,苏州硫酸厂灯谜组成立。

同年,常熟县漂染厂灯谜组成立。

同年,汪日荣负责苏州市工人文化宫灯谜研究小组具体工作。

同年,《灯谜》(1979年创作合订本)刊印,32开铅印本,苏州市工人文化宫编印。

同年,《灯谜》(2)刊印,32开打印本,主编韦梁臣,常熟县工人文化宫编印。

## 1981 年

1月24日,苏州人民广播电台举办"春节电影片名猜谜"活动。

2月1日,《姑苏谜林》第1期刊行,32开铅印本,苏州市工人文化宫编印。

2月5日(年初一),应常熟县工人文化宫邀请,苏州市工人文化宫灯谜组一行9人于新春佳节赴常熟传经送宝。下午,两地谜友汇聚在县工人文化宫灯谜室举行内部会猜,各出灯谜60条。晚上对外开放,双方悬谜多达千余条。6日(年初二)下午,苏州谜友返苏,双方互留通信地址。

春,太仓利泰纺织厂灯谜协会成立。

4月,苏州市工人文化宫开设"灯谜半月猜"活动项目。

5月,苏州地区电影公司编印的《吴中影剧》(4开报,月刊)创刊,刊登"影剧谜"。自第6期(10月)始,设"猜一猜"栏目,每期刊登"影剧谜"若干。

8月1日，《工人日报》报道常熟县工人文化宫开展灯谜活动的消息。

9月，《灯谜书简》刊印，24开油印本，常熟县工人文化宫灯谜研究小组隅山编。

10月，《百花谜谭》刊印，32开油印本，主编袁松麒，常熟市徐市镇文化站编印。

10月，《琴宫文虎》第3期刊印，32开铅印本，主编韦梁臣，常熟县工人文化宫灯谜研究小组编。

同年，《灯谜辑存》刊行，常熟县工人文化宫灯谜研究小组编印。

年内，苏州、常熟、太仓等地灯谜组先后应邀参加了上海、兰州、无锡、漳州、长春、南通、太仓、绍兴、武汉、个旧等市、县的灯谜函寄会猜活动。

## 1982 年

1月1日，常熟县工人文化宫举办猜灯谜个人优胜赛，悬谜百条。

1月10日，《苏州报》副刊"星期天"开辟"猜猜看"专栏。

1月23日，苏州人民广播电台举办"伟大的中华，是我亲爱的妈妈"——春节广播猜谜会。

1月24日，由《北京晚报》推荐，中央电视台"迎新春文艺晚会"选用苏州汪寿林6条"杂技项目谜"，与沈阳杂技团杂技节目配合。

1月，苏州家用电器一厂灯谜组成立。

2月5日至14日，苏州市工人文化宫、苏州市文化馆联合举办"新春灯谜展猜"，由苏州刀厂、圆珠笔厂、印刷二厂、塑料十厂、梅巷印刷厂赞助。展猜活动辟"灯谜馆""苏州谜事介绍馆""古今谜籍（集）馆""谜组成员简介馆"，展出谜人小照以及谜书照片4张、谜书实物37本，每天还在观前街的苏州市文化馆展览大厅内悬灯谜300条、组谜2组，观众达4200余人次。这是国内首次举办灯谜成果展览。

2月8日至9日，苏州市工人文化宫举办"壬戌元宵姑苏六市、县灯谜会猜"，苏州市工人文化宫灯谜研究小组、上海市黄浦区文化馆灯谜之友社、上海市浦东文化馆灯谜爱好者协会、上海市南市区文化馆灯谜组、南京市工人文化宫业余灯谜研究组、无锡市工人文化宫灯谜组、扬州市工人文化宫业余灯谜组、常熟县工人文化宫灯谜研究小组等6个城市8个谜组参加，共计50余人。会猜谜条悬于市宫内的知识大楼练功房四壁。我国谜界前辈、书法篆刻家王能父特地为大会镌刻了一方纪念印章，文曰："壬戌元宵姑苏新春灯谜展览纪念。"

2月14日，《壬戌元宵姑苏六市、县灯谜会猜盛况介绍（〈琴心文虎〉副刊之四）》刊行，32开油印本，常熟韦梁臣编写，常熟县工人文化宫刻印。

3月6日至7日，常熟县工人文化宫、常熟县人民银行联办"五讲四美"人民储蓄灯谜大家猜专场。

3月，苏州市工人文化宫灯谜研究小组为苏州市机械局举办以基层工会（俱乐部）文体干事为主要对象的灯谜培训班，为期8个半天。

4月，苏州试验仪器厂灯谜组成立。

4月，《琴宫文虎》第4期刊印，32开铅印本，主编韦梁臣，常熟县工人文化宫灯谜研究小组编印。

4月30日至5月2日，常熟县举办"全国灯谜函寄会猜"，设1个中心区、3个分区，有19个省、市、自治区的60个单位应邀参加，参与会猜活动的群众累计2万余人次。《工人日报》、江苏人民广播电台对此进行了报道。

5月7日至11日，苏州市工人文化宫灯谜研究小组组队参加江西九江"匡庐谜会"，苏州赵锡章获即兴创作奖。

5月，苏州地市合并后，原苏州地区电影公司《吴中影剧》和苏州市电影公司《影剧介绍》合并更名为《苏州影剧》（4开报，月刊），原《吴中影剧》"猜一猜"栏目保留，每期刊登"影剧谜"若干。

6月20日，苏州江南丝厂灯谜组成立。

8月10日，苏州市工人文化宫灯谜研究小组送谜到苏州江南丝厂。

10月1日，苏州丝绸印花厂灯谜组成立。

同日，常熟县工人文化宫举办"热爱祖国"专题灯谜个人赛。

10月，苏州电机厂灯谜组成立。

11月19日，苏州丝绸印花厂举办苏州市首次基层灯谜组灯谜联系活动——"丝印、硫酸两厂灯谜会猜"，两厂灯谜爱好者20余人参加，悬谜200余条。

11月，《琴宫文虎》第5期（全国灯谜函寄会猜专辑）刊印，32开铅印本，主编韦梁臣，常熟县工人文化宫灯谜研究小组编印。

12月，苏州市工人文化宫灯谜研究小组送谜到苏州果品公司。

同年，苏州市文联民间文学工作者协会吸收苏州市工人文化宫灯谜研究小组8位组员为该会会员。

同年，苏州王能父、周宗廉、汪寿林、费之雄、张荣铭、孙同庆，常熟韦梁臣，南京钱燕林等，入选《文化娱乐》"谜坛点将台"（全国共40人）。

同年，《姑苏谜林》第2期刊行，32开铅印本，苏州市工人文化宫编。

## 1983 年

1月18日，常熟县改市，常熟县工人文化宫灯谜研究小组改称为常熟市工人文化宫灯谜研究会。

1月，《文化娱乐》"谜坛点将台"灯谜评奖活动揭晓，5名全国最佳谜手中，苏州王能父、费之雄、汪寿林榜上有名。

2月21日，苏州人民广播电台举办"迎春电影猜谜会"。

2月23日，中央电视台举办"迎春猜谜会"，苏州邱景衡的"从上至下，广为团结，猜'座'字"谜作选为征射作品，且受到中央领导薄一波的赞赏。这在全国谜坛尚属前所未有。

2月，吴江县平望镇文化站举行一年一度的春节灯谜展猜，悬谜300条。此后每年一度的春节灯谜展猜连续11年未中断，一直都由陈志强创作提供。

2月，《姑苏谜林》第3期刊行，32开铅印本，苏州市工人文化宫编印。

3月初，望亭发电厂灯谜组成立。

3月18日，苏州市工人文化宫举办苏州市首次"基层灯谜会猜"，308条灯谜参加会猜，来自苏州硫酸厂、丝绸印花厂、试验仪器厂、江南丝厂、望亭发电厂的31位业余灯谜作者欢聚一堂，相互汇报和检阅各厂灯谜组成立以来的活动成果。

3月，苏州市金阊区退休科技协会开办灯谜函授班，在全国招收学员28名，聘请苏州市工人文化宫灯谜研究小组周宗廉、张荣铭、汪寿林、孙同庆为函授教师。

4月28日，常熟市工人文化宫灯谜研究会更名为常熟市职工灯谜研究会，是日晚召开成立大会，韦梁臣任首届会长。

4月30日至5月3日，常熟市职工灯谜研究会、苏州市工人文化宫灯谜研究小组分别组队参加扬州"竹西谜会"，分获团体亚、季军。

4月，苏州市工人文化宫改"灯谜半月猜"为"周末谜会"。

4月，《灯谜·苏州市首次基层灯谜会猜作品选》刊印，32开油印本，苏州市工人文化宫编印。

6月1日，常熟市职工灯谜研究会在全市儿童节游园会上设立儿童灯谜馆。

6月24日至25日，中国人民银行常熟市支行在常熟市工人文化宫灯谜室举办储蓄猜谜活动。

6月，《虎会》第1期刊行，32开横页油印本，常熟市漂染厂灯谜室苏明编。

8月初，苏州周宗廉、谢毓骏决定开办"灯谜函授班"，在《新民晚报》上刊登广告，向全国招生，共招收学员30人，聘任张荣铭、周宗廉、孙同庆、汪寿林为函授班主讲老师。第一讲《灯谜的起源与发展》，由周宗廉主讲；第二讲《灯谜入门》，由汪寿林主讲；第三讲《怎样猜灯谜》，由孙同庆主讲；第四讲《"形形式式"的灯谜》，由周宗廉、孙同庆、汪寿林主讲；第五讲《灯谜制作与佳谜赏析》，由张荣铭主讲；第六讲《谜海拾贝》，由周宗廉、孙同庆主讲。

9月底，常熟市漂染厂举办国庆大型谜会。

11月14日，《新华日报》报道了常熟市漂染厂工会重视精神文明建设，将政治理论、历史知识、思想修养、先烈生平等内容编成灯谜，以会猜的形式拓宽职工读书视野的工作经验。

11月23日至24日，常熟市工人文化宫举办首届"赏菊谜会"，悬挂菊花谜700余条。

12月，《虎会》第2期刊行，16开油印本，常熟市漂染厂灯谜室苏明编。

同年，苏州市第一光学仪器厂灯谜组成立。

同年，苏州市电子工业局举办以基层工会（俱乐部）文体干事为主要对象的灯谜培训班，为期8个半天，由苏州市工人文化宫灯谜研究小组授课。

同年，太仓县工人文化宫灯谜组成立，组长陆兆坤，成员主要是城厢镇退休职工。谜组每周开展创作、交流活动，后由县工人文化宫指派李康负责谜组具体事务。

## 1984 年

1月，苏州化工厂灯谜组成立，并举办"苏化、硫酸两厂灯谜会猜"，悬谜300余条。

1月，《姑苏谜林》第4期刊行，32开铅印本，苏州市工人文化宫编印。

2月1日，苏州人民广播电台举办"迎春广播文艺猜谜会"。

2月16日，常熟市职工灯谜研究会派员参加上海"春申谜会"。

2月，苏州市工人文化宫举办"苏州市基层单位灯谜电控竞猜"。

3月下旬，常熟市印染厂工会举办"建设社会主义精神文明全国灯谜函寄会猜"活动。

4月，《琴宫文虎》第6期刊印，32开铅印本，主编韦梁臣，常熟市职工灯谜研究会编印。

6月1日，常熟市工人文化宫举办首届儿童灯谜团体竞猜赛。

6月，苏州油毡厂灯谜组成立。

6月，《虞山虎啸》第3期（建设社会主义精神文明全国灯谜函寄会猜选）刊行，32开铅印本，主编韦梁臣，常熟市纺织工业公司工会、国营常熟市印染厂工会编印。

7月29日，苏州市工人文化宫灯谜研究小组参加江苏电视台"江苏之最"拍摄工作。

9月30日，苏州丝绸印花厂举办以"五讲四美三热爱"为主题的"苏州市首届'丝印杯'灯谜邀请赛"，全市8个系统18个单位95位灯谜爱好者参加，苏州市公安局沧浪分局人民桥派出所代表队捧走"丝印杯"，苏州日用瓷厂代表队获亚军，望亭发电厂代表队屈居第三名。这是苏州市第一个由基层单位主办的全市范围的灯谜活动。

9月，《娄东谜趣》（创刊号）刊印，32开油印本，太仓县工人文化宫灯谜组编印。

10月11日至14日，苏州市工人文化宫灯谜研究小组组队参加安徽合肥"庐州谜会"。

10月，《虞山虎啸》第4期刊印，32开油印本，常熟市印染厂工会俱乐部灯谜组苏明编。

11月3日至4日，常熟市工人文化宫举办第二届"赏菊谜会"，展出名菊数百盆，菊种谜数百条。

12月，《智力》杂志第6期公布"灯谜百花坛"专栏聘请的10位特约编辑名单，苏州汪寿林、费之雄应聘。

12月,《虞山虎啸》第5期刊印,32开油印本,常熟市印染厂工会俱乐部灯谜组苏明编。

12月至次年2月,常熟市工人文化宫举办首届灯谜活动常识辅导班。

同年,苏州硅酸盐厂灯谜组成立。

同年,常熟韦梁臣等入选《文化娱乐》"虎将佳谜录"。

## 1985 年

1月,江苏省民间文学工作者协会(是年6月8日改名为江苏省民间文艺家协会)在南京创办《娱乐》报,由太仓仇国良负责编辑。该报全国发行,内设灯谜栏目。

2月19日,苏州人民广播电台举办"1985年春节文艺猜谜有奖竞赛"。

同日夜,中央电视台举办"春节猜谜会",苏州汪寿林的"人人树立四化志,猜'德'字"谜作入选。

2月(春节期间),常熟市颜港工人俱乐部大楼落成,常熟市举办大型灯谜会猜,悬谜数千。

2月,《姑苏谜林》第5期刊印,32开铅印本,苏州市工人文化宫编印。

2月,《常熟市报》举办欢度春节有奖灯谜大会猜。

2月下旬至3月上旬,常熟市报社、常熟市民间文学工作者协会(筹)举办第一届"琴川杯"春节灯谜大奖赛。

3月,《娄东谜趣》第2期刊印,32开油印本,太仓县工人文化宫灯谜组编印。

6月21日,太仓举办"首届太仓城厢镇职工谜会",印刷厂、建材厂、轻工助剂厂、冷气机厂、家具厂、汽车营业处、铜材厂、工人文化宫灯谜组以及特邀的浏河镇"灯谜一粟"灯谜组共10个单位的40名代表参加,汇集创作灯谜250条,展猜150条。

6月,《1984年江苏省总工会兴趣活动小组典型经验材料汇编》刊印,江苏省总工会编印,内载苏州硫酸厂灯谜组《面向群众,寓教于乐》、苏州诸家瑜《我为群众谋乐趣,灯谜为我添乐趣》两文,作为典型经验在全省推广介绍。

6月,常熟市职工灯谜研究会召开第二次会员大会。

6月,《虞山虎啸》第6期刊行,32开油印本,常熟市印染厂工会俱乐部灯谜创作组苏明编。

8月1日,常熟市职工灯谜研究会到驻军部队开展送谜拥军活动。

8月29日,常熟市文联民间文学工作者协会成立,下设灯谜组。

8月,太仓县工人文化宫灯谜组更名为太仓县总工会职工灯谜兴趣协会(对外简称太仓县总工会灯谜协会),会长陆兆坤。

8月,苏州化工局在玄妙观观前咖啡厅举办"化工之夏兴趣晚会",为期2天,悬谜 300 条，由苏州硫酸厂、苏州化工厂两厂灯谜组组稿。

8 月，常熟市工人文化宫举办首届"乘凉谜会"。

9 月 1 日至 5 日，苏州市工人文化宫灯谜研究小组组队参加武汉"黄鹤谜会"。

9 月 29 日夜，太仓县总工会职工灯谜兴趣协会举办猜谜团体赛，县内 8 个谜组参加。

9 月下旬至 10 月上旬，太仓举办"中秋全国灯谜函寄会猜"，收到 17 个省区 52 个市县 111 个谜协（组）的 329 位谜友寄来的贺诗、贺词、贺联、贺谜 44 幅，谜作 1859 条。

9 月，常熟市工人文化宫举办首届"尊师重教谜会"。

秋季，常熟市印染厂工人俱乐部举办"1985 年度全国佳谜评选"活动。

10 月，常熟市工人文化宫举办首届"国庆、中秋谜会"。

10 月，《娄东谜趣》（创刊号）刊印，4 开铅印报，太仓县总工会灯谜协会主办，主编汤健安。

11 月 16 日至 17 日，常熟市工人文化宫举办第三届"赏菊谜会"，悬挂与菊花有关的灯谜 600 余条。

同年，苏州市工人文化宫灯谜研究小组为苏州市丝绸公司青工政治学校上灯谜课。


### 1986 年

1 月 1 日，常熟市职工灯谜研究会到徐市乡开展送谜下乡活动。

2 月中旬，太仓县岳王镇文化站举办迎春灯谜大奖赛，展出创作灯谜 200 条，有近 300 人参加猜射。

2 月中下旬，常熟市报社、常熟市民间文学工作者协会举办第二届"琴川杯"春节灯谜大奖赛。

2 月 21 日，太仓县文化馆举办元宵灯谜展猜，由沙溪、浏河两镇文化站的灯谜组展出创作灯谜 200 条，太仓县城约 500 余名灯谜爱好者参加猜射。

同日，太仓县浏河镇工会、文化站举行大型灯谜会，悬挂灯谜 1000 条，近万人参加猜射。

2 月 22 日，常熟市印染厂、苏州硫酸厂两厂灯谜组举办厂际灯谜会猜。

2 月（春节期间），常熟市法制教育宣传中心举办法制灯谜展猜；常熟市职工灯谜研究会到梅李乡开展送谜下乡活动。

2 月，《虞山虎啸》第 7 期（一九八五年全国佳谜选特辑）刊行，32 开油印本，常熟市印染厂工会俱乐部灯谜组苏明编。

2 月，《娄东谜趣》第 3 期（中秋全国灯谜函寄会猜专辑）刊印，32 开油印本，太仓县总工会灯谜协会编印。

4 月 18 日至 20 日，常熟市民间文学工作者协会、《知识窗》杂志社联合举办"一九八六年春季全国灯谜邀请赛"。

4月，太仓县浏河镇工会、普法办公室、文化站先后2次举办"法律知识专题谜会"，有8个单位参加团体赛，32人参加个人赛。

8月，常熟市工人文化宫举办第二届"乘凉谜会"。

9月18日，苏州、常熟徐市分别派代表出席上海"'露美杯'青年灯谜大奖赛"。

同日，太仓县工人文化宫举办"第二届职工谜协中秋谜会"。

9月22日，常熟市印染厂、苏州硫酸厂两厂灯谜组举办厂际灯谜会猜。

9月，常熟市工人文化宫举办第二届"尊师重教谜会"。

10月，《琴宫文虎》第7期（"离合字"谜专辑）刊印，32开铅印本，主编陆顺祥，常熟市职工灯谜研究会编印。

10月，《娄东谜趣》第2期（总第5期）刊印，4开铅印报，太仓县工人文化宫职工灯谜协会主办。

11月1日，苏州市工人文化宫灯谜研究小组改名为苏州市职工灯谜研究会，召开成立大会，费之雄当选为会长。

11月13日至16日，常熟市职工灯谜研究会组队参加在安徽六安举办的"华东十市职工灯谜会猜皋城谜会"，荣获团体竞赛第二名。

11月16日至19日，苏州市总工会、苏州市工人文化宫、苏州市职工灯谜研究会联合举办"纪念苏州建城两千五百年姑苏谜会"，为期4天，17省、市的30个代表队108位灯谜爱好者参加。谜会设9个内容：命题创作、佳谜评选、射虎打擂、对外展猜、送谜传经下基层、古今谜籍（集）展览、灯谜知识竞赛、虎将虎丘大会猜、艺与谜联欢晚会。谜会期间，特制1500张纪念封，纪念封右上角贴5分"虎丘"邮票，分别于16日、19日加盖"虎丘风景""拙政园、留园风景"日戳。太仓县总工会职工灯谜兴趣协会获首届灯谜知识竞赛暨团体竞猜优胜奖、优秀命题创作奖；常熟施建勇获首届灯谜知识竞赛暨个人竞猜第一名；苏州李玉复、汪寿林、费之雄、郑和平、陈良明、韩雪晨、沈家麟、汪日荣、查坤林，太仓单鑫华、汤健安、杨忠明获百家佳谜奖。

同年，常熟韦梁臣等入选《文化娱乐》"中华佳谜手"大奖赛佳谜百条。

年内，苏州、常熟、太仓等地灯谜组先后应邀参加了上海、厦门、桂林、哈尔滨、昆明、漳州、潮州、梧州、佛山、澄海、南靖、兰溪、南澳、唐山、莆田、九台等市、县举办的灯谜函寄会猜。

## 1987 年

1月下旬至2月中旬，常熟市报社、常熟市民间文学工作者协会等举办第三届"琴川杯"春节灯谜大奖赛。

1月，人民日报出版社副社长郭龙春来苏采访，经苏州日报社总编室主任周永华介绍，结识苏州邱景衡。

1月，中国广播电视出版社出版《灯谜大观园》，苏州汪寿林受委托编纂，他的《灯谜入门》等文章入选。

1月，《琴宫文虎》第8期（菊谜专辑）刊行，32开本，主编陆顺祥，常熟市职工灯谜研究会编印。

2月，苏州人民广播电台举办"长城杯春节文艺有奖猜谜"活动。

3月14日至16日，中央电视台文艺部、《中国谜报》、《中国电视报》联合举办"首届中华杯电视猜谜竞赛"，苏州费之雄受聘担任评委；太仓黄叙梁、汤健安分获"中华优秀猜谜手""中华猜谜能手"称号；苏州汪寿林、李玉复、沈人安获"中华猜谜手"称号。

3月，苏州费之雄、汪寿林获《文化娱乐》"中华佳谜手"称号。

4月26日，《苏州日报》开设"佳谜欣赏"专栏，由邱景衡主稿。

4月，苏州硫酸厂举办苏州市区化工企业"双增双节专题灯谜函寄竞猜"。

5月4日，共青团常熟市委开展"当代青年联谊活动"，举办灯谜竞猜。

5月，太仓县工人文化宫职工灯谜兴趣协会、岳王镇科学技术协会灯谜组联合举办首届"飞鹤谜会"。

6月1日，常熟市职工灯谜研究会举办少年儿童团体灯谜竞猜。

7月，太仓县计划生育委员会举办"50亿人口日"计划生育专题灯谜联猜；《娄东谜趣》第3期（总第6期）刊印，4开铅印报，太仓县工人文化宫职工灯谜协会主办。

8月15日，苏州市职工灯谜研究会召开第一届第二次会员大会，通过《苏州市职工灯谜研究会章程》。

8月，苏州市工人文化宫主办的《文化宫》月报，刊登沈家麟、诸家瑜撰写的《姑苏谜语两千年》一文，至1989年7月，分13期刊完。

9月，太仓县文联灯谜研究会成立，与县职工灯谜兴趣协会合并，实行一套班子两块牌子，首批会员24人，理事长汤健安。

秋，人民日报出版社社长姜德明来苏，在东大街吴县第二招待所约见苏州邱景衡、诸家瑜，鉴定了苏州高伯瑜的谜籍藏品，回京后即决定将高伯瑜的谜藏结集出版。深秋，郭龙春（人民日报出版社副社长）、高伯瑜、邱景衡、诸家瑜组成一个编纂班子，开始投入工作，书名初定为《中华谜籍总汇》。

10月7日，太仓县工人文化宫举办第三届中秋谜会。

10月20日至25日，中央电视台文艺部、中国谜报社在青岛主办"全国双星杯灯谜邀请赛"，苏州汪寿林受聘担任评委，常熟、太仓组队参赛，常熟队获团体优胜奖，苏州俞涌获创作优胜奖。

10月，江苏少年儿童出版社出版《猜谜百法》，黎东、陈新著。

10月，常熟市文化馆在常熟市首届文化艺术节活动中，举办"琴川智星大会串"，编印《灯谜集锦》书折。

12月，《娄东谜趣》第4期（总第7期）刊印，4开铅印报，太仓县工人文化宫职工灯谜协会主办。

12月，太仓利泰纺织厂灯谜协会举办太仓县第一届"醒狮谜会"。

同年，《姑苏谜林》第6期（姑苏谜会专辑）刊印，32开铅印本，苏州市工人文化宫编印。


## 1988 年

1月，人民日报出版社出版《中华灯谜鉴赏》，邱景衡编著。

1月，《虞山虎啸》第8期刊行，16开打印本，常熟市印染厂工会俱乐部灯谜组苏明编。

2月19日至21日，苏州民俗博物馆、苏州市职工灯谜研究会联合举办"龙年虎会"灯谜有奖展猜。

2月16日，太仓黄叙梁作为江苏代表队成员参与央视春节联欢晚会的灯谜竞猜表演节目。

2月，太仓县璜泾镇举办第一届"龙年谜会"。

2月底至3月初，常熟市工人文化宫举办"全国龙年旅游灯谜函寄会猜"，收到92个城市近500位制谜者创作的谜作3000余条；元宵节期间，市宫灯谜室开放3天，接纳灯谜爱好者3000余人。

3月18日至21日，望亭发电厂举办"三色火专题灯谜会猜暨全国函寄竞猜"，苏州市工人文化宫、苏州市职工灯谜研究会、苏州市财政局、苏州丝绸印花厂、苏州硫酸厂等单位派员前往祝贺。

3月26日，苏州市职工灯谜研究会举行"受聘、拜师、入会仪式"，聘请高伯瑜、王能父为灯谜研究会顾问；胡文明、吴建伟、李志红分别拜费之雄、汪寿林、邱景衡为师。

同月，苏州费之雄、汪寿林受聘为香港联谜社顾问。

4月，太仓举办"沙溪谜会"。

同月，苏州费之雄、常熟韦梁臣获《文化娱乐》"华夏百家佳谜手"称号。

5月7日，苏州大学学生胡泊假苏州市青年宫举办个人谜展，这在全国大学生中尚属首次。

5月14日至17日，苏州市职工灯谜研究会组队参加浙江上虞"华夏曹娥谜会"，获团体亚军；吴江陈志强获"华夏谜手第一名"称号；太仓单鑫华获最佳射手、电控抢猜三等奖；苏州诸家瑜、沈家麟《隐语创自曹娥碑》，俞涌《长啸虎抒壮怀——试谈灯谜及创作抒情》获谜文优秀奖，汪寿林获最佳配面奖。苏州王能父、汪寿林被聘为顾问，费之雄被聘为评委。

5月20日，苏州汪寿林获《知识窗》第二次全国灯谜大会猜"神州猜谜手"称号。

5月，《虞山虎啸》第9期刊行，16开打印本，常熟市印染厂工会俱乐部灯谜组苏明编。

6月，太仓、徐州、淮阴三地谜协举行第一届三边通讯赛。

9月15日，常熟市徐市中学灯谜兴趣小组成立，组员22人。

9月24日，苏州市职工灯谜研究会第二届会员代表大会召开，费之雄继任会长。

10月，太仓县工人文化宫职工灯谜兴趣协会、岳王镇科学技术协会灯谜组联合举办第二届"飞鹤谜会"。

11月，苏州费之雄、汪寿林受聘担任《知识窗》"第一期灯谜知识函授讲座"指导老师。

12月10日，苏州市建材工业公司举办首届"迎春灯谜会猜"，苏州油毡厂承办，苏州光华水泥厂、苏州水泥厂、苏州水泥二厂、苏州水泥制品厂、苏州新型建筑材料厂、苏州玻璃钢厂、苏州油毡厂等7个单位28位业余灯谜爱好者参加。会后，苏州油毡厂灯谜组编印《灯谜》（苏州市建材工业公司首届迎春灯谜会猜专辑），32开油印本。

12月，《琴宫文虎》第9期（"龙年旅游"专辑）刊行，主编陆顺祥，常熟市职工灯谜研究会编印。

同年，常熟市徐市中学灯谜兴趣小组成立。

年内，苏州、常熟、太仓等地灯谜组先后应邀参加了南京、广州、开封、邢台、漳州等市、县举办的灯谜函寄会猜。

## 1989年

1月29日，中央电视台举办1989年春节联欢晚会，设"灯谜擂台赛"，苏州汪寿林应邀担任顾问。

1月，苏州市大学生灯谜协会成立。

2月16日至21日，苏州市职工灯谜研究会组队赴福建漳州，在"首届中华灯谜艺术节"上展出苏州市职工灯谜研究会十年（1979—1988）谜事成果图片。苏州诸家瑜代表高伯瑜应邀参加"首届中华灯谜艺术节"，与人民日报出版社副社长郭龙春一起，在谜会上展出高伯瑜谜藏55种116卷（件）谜语古籍，向与会者发放《中华谜籍总汇》书目、《〈中华谜籍总汇〉出版说明（草稿）》和《待查谜籍目录一览表》3份材料，并在苏州费之雄的安排下，就编纂事宜征求了上海江更生、朱育珉、苏才果、苏纳戈，潮州郑百川，温州张国荣等著名谜家的意见。

2月26日，苏州费之雄、诸家瑜从漳州回苏途经上海，与人民日报出版社副社长郭龙春一起拜访上海谜界前辈、原上海古籍出版社副总编辑、编审陈振鹏。陈振鹏提供了清代"谜书集成"《百二十家谜语》未刊本。

3月4日，南京著名谜家陆滋源专程自宁来苏，与苏州高伯瑜、费之雄、汪寿林、邱景衡、诸家瑜会合。当天由苏州日报社周永华安排，6人在报社"简园"（招待所）内与人民日报出版社副社长郭龙春共商《中华谜籍总汇》编辑大计。

3月8日下午，姜德明社长专门召集人民日报出版社主要编辑人员议定9点要求，确定书名为"中华谜书集成"。之后，苏州王能父、汪寿林、费之雄、沈家麟、金炬、李悌华，常熟韦梁臣等提供谜书参加点校，苏州顾自强、俞涌也给予了热情支持。

3月，苏州邱景衡《中华灯谜鉴赏》再版。

3月，常熟徐市中学、任阳中学举行两校灯谜友谊竞猜通讯赛。

3月，太仓县浏河镇举办"奇力谜会"。

4月22日至25日，苏州市职工灯谜研究会组队参加福建石狮"第二届蚶江侨乡谜会"，获团体竞赛优胜奖、最佳配面奖。

4月27日，常熟市职工灯谜研究会第三届会员代表大会召开，陆顺祥当选为会长。

4月30日至5月1日，常熟施建勇、曹建中举办"'双建'五一个人谜作专题展猜"。

4月，《知识窗》"当代百名谜家"评选活动揭晓，苏州邱景衡、张荣铭、费之雄、汪寿林，常熟韦梁臣，太仓汤健安6人入选。

5月，《虞山虎啸》第10期刊行，16开打印本，常熟市印染厂工会俱乐部灯谜组乌目编。

6月1日，常熟石梅小学、辛峰小学举办学生灯谜竞猜。

6月5日，吴江县环保局在县工人文化宫主办纪念环境保护日灯谜会猜，悬环保灯谜500条。

6月，太仓、徐州、淮阴三地谜协举行第二届三边通讯赛。

7月13日至15日，苏州王进、俞涌出席江苏省职工灯谜协会成立大会，苏州汪寿林受聘为省谜协顾问，费之雄当选为常务理事，邱景衡、俞涌当选为理事。

7月23日，《琴宫虎声》第7期刊印，16开油印本，常熟市职工灯谜研究会编印。

7月，《虞山虎啸》第11期（施建勇、曹建中"'双建'五一个人谜展"特辑）刊行，32开铅印本，常熟市工人文化宫、职工灯谜协会、印染总厂工会俱乐部、建设银行编。

9月，太仓县璜泾镇举办第二届"玉溪谜会"。

9月，吴江县政协举行庆祝政协成立40周年专题灯谜展猜，由陈志强提供谜题。

9月，安徽文艺出版社出版《中华谜语大辞典》（该书获1989年国家优秀书目"金钥匙奖"），韦梁臣任编委，王能父、孙同庆、邱景衡、汪寿林、沈人安、张荣铭、周宗廉、费之雄、韦梁臣、钱燕林、汤健安、黄叙梁等载入"当代谜家、谜人"中。

10月11日至14日，苏州市职工灯谜研究会组队参加上海"红楼谜会"，获团体三等奖，吴江陈志强与南通王万森、上海张卫国组成的联队获电控抢猜第四名，苏州俞涌、吴江陈志强分获"文谜双佳奖""优秀论文奖"。

10月，吴江县文化馆在县商业局礼堂举办"吴江县首届灯谜擂台赛"。

10月，太仓县沙溪镇举办"东华谜会"。

11月15日，苏州汪寿林、俞涌获《文化娱乐》"全国中青年灯谜大奖赛·十佳谜手"称号。

11月，《琴宫虎声》第8期刊印，16开油印本，常熟市职工灯谜研究会编印。常熟市职工灯谜研究会恢复例会活动日，2周1次。

12月，苏州市果品公司城南工会举办"迎春谜会"。

12月31日至翌年1月1日，苏州硫酸厂、常熟印染总厂举办"辞旧迎新两厂灯谜联谊"。

同年，《鲈乡谜苑》（创刊号）刊印，主编陈志强，吴江县文化馆主办。

同年，吴江县老干部局举办灯谜知识系列讲座，40余位爱谜老干部参加，陈志强应邀授课。


## 1990 年

1月1日，《书讯》（人民日报出版社出版）1月号，以一个整版的篇幅刊载"中华谜书集成"四册简介，并摘登大陆钟敬文、陆滋源、柯国臻，台湾陈祖舜、朱家熹及香港刘雁云的序言。人民日报出版社向新华书店、全国各地谜社大量发送"中华谜书集成"彩印宣传材料和征订函。继而，《人民日报》刊发"中华谜书集成"出版的消息和广告，《知识窗》、《华东信息报》、《书讯》、《合肥晚报》、《苏州日报》、《中国谜报》、上海人民广播电台、苏州人民广播电台也相继发了消息。费之雄、陈振鹏分别在《人民日报》和《文汇报》上发表文章介绍这部巨著；《全国灯谜信息》特设"温故知新·古谜集萃"专栏，连续9期刊登"中华谜书集成"佳谜选。

同日，苏州市青年灯谜学会成立，会长吴建伟。

1月5日，苏州市塑料三厂举办灯谜交流会猜。

1月15日，苏州市建材工业公司举办灯谜讲座，由苏州市职工灯谜研究会主讲。

1月18日，苏州市建材工业公司举办"迎春谜会"，苏州油毡厂获团体冠军，苏州龚林生获个人第一名。

1月，《娄东谜趣》第8期刊印，32开油印本，太仓县工人文化宫职工灯谜协会编。

1月，太仓鲍善安获《中国谜报》主办的"首届中国灯谜国际大奖赛"中国好射手称号。

1月至2月，苏州市青年灯谜学会举办4期灯谜知识普及讲座。

2月6日，著名谜语文化学者余真因病逝世。

2月，苏州人民广播电台"能源之光"节目举办"春节节能知识、灯谜有奖征猜"活动。

2月，苏州市青年灯谜学会、苏州市职工书法协会"墨友雅集"联合举办"灯谜书法联谊会"。

3月，太仓利泰纺织厂灯谜协会举办太仓县第二届"醒狮谜会"。

4月，《姑苏谜林》第7期刊印，32开铅印本，苏州市工人文化宫编印。

5月1日，常熟市印染厂灯谜组在燕园举行第一次"五一"灯谜茶话会。

5月7日至10日，苏州胡泊获河南安阳"首届中华古都灯谜艺术节"命题创作奖、"中国七大古都征面佳作金珠奖"。

6月16日至18日，江苏省首届天马杯职工谜会"文心谜会"在镇江举行，苏州汪寿林被聘为评委，苏州一队、二队分获团体冠亚军和电控竞猜第一、二名，个人获得佳作奖、最佳命题创作奖、最佳射手、优秀射手等13个奖项。

6月，太仓、徐州、淮阴三地谜协举行第三届三边通讯赛。

6月，《虞山虎啸》第13期刊行，16开打印本，常熟市印染厂工会俱乐部灯谜组编印。

7月1日，苏州市职工灯谜研究会为苏州颜料厂计量升级制谜并举办展猜。

8月22日，苏州市职工灯谜研究会第三届会员代表大会召开，费之雄再度继任会长。

8月30日，苏州市职工灯谜研究会召开第三届二次理事会，成立公关、艺术指导、会刊编辑、组织内务协调、普及、通讯报道、文史资料7个组。

9月5日，苏州胡泊、王进分获福建三明"爱中华迎亚运全国灯谜创作比赛"一、二等奖。

9月6日至9日，太仓县文化馆、太仓县文联灯谜研究会、《知识窗》杂志社联合举办苏州市首届"弇山谜会"，苏州市区一队获团体冠军。

9月23日，苏州市青年灯谜学会、苏州化工分厂、娄葑供销社联合举办"书法与灯谜联欢会"。

9月25日，苏州举办"'90中国苏州国际丝绸旅游节灯谜展猜"，由苏州市职工灯谜研究会供稿。

9月，《虞山虎啸》第14期刊行，32开铅印本，编辑苏明，常熟市印染厂工会俱乐部灯谜组编印。

10月3日，苏州人民广播电台"登月之声"节目组、苏州手表总厂联合举办"中秋赏月折金桂"有奖猜谜文艺晚会。

11月，常熟市举办"韦梁臣谜作专题研讨会"。

11月，苏州汽车客运总公司太仓公司举办"飞轮谜会"。

12月16日，太仓县文联灯谜研究会召开第二届灯谜理论研讨会。

12月，《谜花飘香》第1期刊印，32开本，主编钱振球，常熟市徐市中学灯谜组编印。

冬，南京、嘉兴、湖州、吴江等地谜语爱好者聚会吴江县平望镇，开展谜艺交流活动。

## 1991 年

2 月 7 日，苏州市青年灯谜学会、苏州水泥厂联合举办"迎春猜谜联欢晚会"。

2 月 14 日，苏州人民广播电台"能源之光"节目举办"羊年节能知识猜谜"活动。

2 月 25 日，苏州市民间文学工作者协会设立灯谜部。

同日，苏州市文联、沧浪区在双塔公园联合举办"第二届凤凰灯会"，市民协灯谜部在现场悬谜展猜。

2 月 28 日，苏州人民广播电台"天天半小时"节目举办"元宵灯谜"有奖征猜。

3 月 1 日，《文化娱乐》举办"中华趣味灯谜"有奖赛，苏州市职工灯谜研究会获集体组织奖，苏州费之雄、王进、汪寿林分获特等奖和二、三等奖。

3 月 16 日，中国工商银行苏州分行营业部、苏州市职工灯谜研究会联合主办"热烈庆祝中国工商银行全国储蓄存款 3000 亿元储蓄知识征答、灯谜竞猜大奖赛"。

4 月 12 日，常熟举办第二届中学灯谜邀请赛，任阳、董浜、赵市、徐市、陆市 5 所中学组队参加。

5 月 1 日，苏州人民广播电台开办"苏州市首届职工文化艺术节广播专题节目——每周一猜"，为期 5 周，由苏州市职工灯谜研究会供稿。

5 月 4 日，共青团苏州市委等 4 家单位在市青少年活动中心举办"苏州市青年灯谜邀请赛"，由苏州市青年灯谜学会承办，苏州市委副书记黄俊度、副市长周大炎、共青团苏州市委书记周向群出席，苏州第一光学仪器厂、苏州水泥厂、苏州光华水泥厂、苏州油毡厂、学生联队、吴江青年队等 6 个代表队参赛。

5 月 14 日，苏州市职工灯谜研究会、中国工商银行苏州分行营业部联合举办苏州市首届职工文化艺术节 "工行杯" 第三届职工灯谜邀请赛，活动设灯谜竞猜、佳谜评选、命题创作 3 个项目，望亭发电厂、苏州丝绸印花厂、苏州硫酸厂、苏州第一光学仪器厂、苏州水泥厂、苏州油毡厂、苏州光华水泥厂、苏州第二水泥厂、苏州春花吸尘器厂、苏州酿造食品厂等 7 个系统 10 个单位 11 个代表队 50 多名灯谜爱好者参赛。酿造食品厂获团体总分冠军，望亭发电厂、光华水泥厂并列亚军，第二水泥厂、硫酸厂、油毡厂分获第四、五、六名。

5 月，人民日报出版社出版"中华谜书集成"第一册，高伯瑜、邱景衡、诸家瑜、陈秉才、郭龙春编纂。

5 月，哈尔滨出版社出版《一天一个好谜语》，邱景衡、金岚、方之编著，冀维静、何南、齐瑞华、景之插图。

5 月，苏州邱景衡、汪寿林获上海"开发浦东，振兴中华"全国部分省市灯谜创作邀请赛文谜双佳奖，苏州诸家瑜、费之雄、俞涌的短文被评为"优秀谜文"，常熟韦梁臣获"佳谜奖"。

6月5日，常熟市环保局范崇仁在常熟市工人文化宫举办"环保灯谜"展猜，悬挂自制环保灯谜作品数百条。

6月15日至17日，苏州费之雄、汪寿林出席"全国灯谜艺术研讨会暨中华灯谜国手赛"，汪寿林获制猜初赛第二名、佳谜创作奖。

6月25日，苏州市职工灯谜研究会经苏州市民政局（苏民社登字【91】第三号）批准为非法人社团，社团负责人费之雄。

6月，徐州、淮阴、太仓三地谜协举行第四届三边通讯赛。

上半年，《娄东谜趣》第9期刊印，32开油印本，太仓县文联灯谜研究会编印。

7月1日起，苏州市工人文化宫举办"党旗飘飘"全省灯谜大展猜，悬谜近千条。

7月6日，苏州市化工局举办"化工之春艺术节"，活动期间悬谜400条，由苏州硫酸厂灯谜组提供。

7月28日，苏州市青年灯谜学会赴驻苏83413部队，以灯谜形式慰问奋战在抗洪救灾前线的官兵们。

8月25日，苏州费之雄、汪寿林、邱景衡、王进、俞涌、诸家瑜参加"苏州市民间文艺赈灾义卖活动"，并代表苏州市职工灯谜研究会、苏州市民间文学工作者协会灯谜部捐赠谜书200册。

8月，江苏科学技术出版社出版《谜苑入门》，陈新、黎东著。

9月1日，《文化娱乐》举办"趣味谜创作大奖赛"，苏州费之雄获特等奖。

9月16日，苏州丝绸印花厂谜组在拙政园悬谜，庆祝"'91中国苏州国际丝绸旅游节"。

9月22日，苏州人民广播电台举办"中秋'登月'折金桂"有奖猜谜广播文艺晚会。

10月，太仓县璜泾镇举办第三届"璜水谜会"。

11月1日，苏州诸家瑜获《全国灯谜信息》"海内外灯谜创作大赛"佳谜奖，吴江陈志强获优秀灯谜奖。

11月，苏州市青年灯谜学会经苏州市民政局批准为非法人社团，社团负责人吴建伟。

11月，太仓县浏河镇举办第一届"郑和谜会"。

12月29日，苏州丝绸印花厂举办"丝印、硫酸两厂灯谜联谊活动"。

同年，苏州汽车客运公司吴江分公司在吴江县平望镇举办"陈志强个人专题谜会"。


### 1992年

1月12日，太仓县举办"苏州—太仓灯谜友谊赛暨太仓县第三届灯谜理论研讨会"。

1月15日，《全国灯谜信息》《灯谜指南》《文虎摘锦》《报刊灯谜集粹》联合举办"一九九一年中华谜坛十件大事"评选，"中华谜书集成"第一册列入其中。

1月29日，苏州市青年灯谜学会、苏州市建材工业公司联合举办"建材杯"青年谜赛。

1月，太仓县文联灯谜研究会召开第三届灯谜理论研讨会。

1月，《谜花飘香》第2期刊印，32开本，顾问袁松麒，编辑钱振球，常熟市徐市中学编印。

2月4日，苏州人民广播电台举办庆新春听众现场点播有奖猜谜活动。

2月16日至19日，苏州市职工灯谜研究会派员参加"福建省第二届灯谜节暨漳州灯谜艺术馆落成典礼"，苏州费之雄、王进分获来宾优秀论文奖、来宾最佳制谜手。

2月18日，苏州市民间文学工作者协会灯谜部参与第三届沧浪文化周新春乐游园会，活动期间举办有奖猜谜。

同日，吴江市举办老干部第七届元宵谜会。

3月，苏州邱景衡《中华灯谜鉴赏》第四次刊行，印数10000册。

3月，太仓县璜泾镇举办第四届"猴年谜会"。

4月11日，中国民间文学工作者协会理事、中华灯谜学会（筹）主任吴超来苏，下午在苏州市文联会晤苏州汪寿林、邱景衡、俞涌。

4月18日下午，吴超在苏州市文联会晤苏州高伯瑜、费之雄、诸家瑜、俞涌和吴江陈志强。

4月29日，苏州硫酸厂、丝绸印花厂举办"庆五一党政工团工作交流暨联谊活动"，回顾两厂10年灯谜联谊情况，开展了灯谜会猜和赏析。

5月1日至4日，太仓、吴江组成联合队参加南通灯谜艺术节"海花杯"暨江苏省第二届职工谜会，获团体第五名，吴江陈志强获论文评比一等奖，太仓单鑫华获优秀射手奖、自荐佳谜奖、命题创作奖。

5月7日，我国著名书法家、谜家费新我逝世。

5月28日，常熟市民间文学工作者协会召开"群众灯谜活动研讨会"。

6月6日，常熟市董浜中学举办首届灯谜邀请赛，任阳、徐市、董浜3所中学组队参加。

6月9日，人民日报出版社原副社长郭龙春来苏，与苏州高伯瑜、费之雄、汪寿林、邱景衡、诸家瑜、俞涌会晤。

6月25日，苏州市总工会副主席吴金龙会见来苏访问的台湾高雄市谜学会萧瑾瑜、林延宗、翁竹山、陈春钦、苏春和。苏州、高雄两市结为兄弟友好谜会。

同日，漳州市灯谜协会杨梓章、林智宏来苏，在苏州市工人文化宫拜会苏州高伯瑜、诸家瑜、费之雄、俞涌，并合影留念。

6月，徐州、淮阴、太仓三地谜协举行第五届三边通讯赛。

上半年，《娄东谜趣》第10期刊印，32开油印本，太仓县文联灯谜研究会编印。

7月12日，苏州市青年灯谜学会、苏州市沧浪区团委、沧浪区城建环保局联合举办"城建环保灯谜联欢会"。

8月10日至14日，苏州费之雄、汪寿林、俞涌在河北保定"'田野杯'全国历史文化名城灯谜艺术节"上被评为"名城谜家"。

9月9日至12日，苏州诸家瑜、台南范胜雄《台湾谜著古今谈》、诸家瑜《钱南扬与谜学研究》获"澄海'92华夏金丘灯谜艺术节"论文奖。

9月11日，苏州人民广播电台举办"中秋'登月'折金桂"有奖猜谜评弹晚会。

9月20日至10月10日，苏州举办"'92中国苏州国际丝绸旅游节"，活动期间在虎丘悬谜2100条，由苏州市职工灯谜研究会提供。

9月24日，苏州人民广播电台、苏州工业品商场举办现场文艺直播电话猜谜活动。

9月，吴江市第二届文化艺术节"鲈乡风采灯谜擂台赛"在松陵镇政府礼堂举行。

9月，"中华谜书集成"第一册再版，印数3000册。

9月，宁夏人民出版社出版《莺湖谜话》，芜晨著。

9月，太仓县工人文化宫举办"中秋谜会"。

10月26日，苏州市职工灯谜研究会第四届会员代表大会召开，汪寿林当选为会长，苏州市工人文化宫主任唐必宏向高伯瑜、王能父、张荣铭、周宗廉、费之雄颁发"特别荣誉证书"。会议决定，每届理事会任期由原来的2年改为4年。

10月，太仓县璜泾镇举办保险专题谜会。

11月，太仓县浏河镇举办第二届"郑和谜会"。

12月24日，苏州人民广播电台新闻部、苏州市第一百货商店联合举办"鸡年迎新"特别节目，设现场直播有奖猜谜。

12月，太仓县文联灯谜研究会召开第四届灯谜理论研讨会。

### 1993 年

1月18日，苏州市职工灯谜研究会、苏州市民间文学工作者协会灯谜部前往苏州丝绸印花厂，受江苏省谜协委托，授予该厂灯谜组"1992年江苏省职工先进灯谜组"奖状。

1月20日，苏州电视台"送你一支歌"现场点歌大联欢节目设有奖猜谜。

1月22日，苏州人民广播电台"天天半小时"节目举办"空中大拜年"特别节目，设听众有奖猜谜。

1月，人民日报出版社出版"中华谜书集成"第二册，高伯瑜、邱景衡、诸家瑜、陈秉才、郭龙春编纂。

2月3日，苏州市职工灯谜研究会召开四届二次理事会，讨论秘书长调整事宜（因王进工作调动，秘书长一职由汪日荣担任），推荐费之雄等20名会员为江苏省谜协会员。

2月4日，苏州市工人文化宫举办"伊尔斯梦元宵灯谜有奖征射"活动。

2月5日至7日，苏州工业品商场举办"元宵灯会猜谜活动"。

2月6日（元宵节），常熟市工人文化馆"民间文艺灯会"设有灯谜擂台赛。

同日，苏州市工人文化宫举办"元宵灯谜歌舞晚会"。苏州胥城娱乐总汇举办"元宵灯谜联欢活动"，由苏州市职工灯谜研究会提供谜作。

3月19日，苏州市民间文学工作者协会第四次会员代表大会召开，宣布协会改名为苏州市民间文艺家协会。苏州汪寿林、邱景衡、俞涌出席会议并当选为理事，俞涌任苏州市民间文艺家协会副秘书长。

3月28日，太仓县改市，太仓县文联灯谜研究会、太仓县总工会职工灯谜兴趣协会均改名称。

3月，《常熟集邮》举办"集邮专题灯谜会猜"。

4月，太仓市璜泾镇举办"法律谜会"。

5月1日，常熟市印染厂灯谜组在燕园举行第二次"五一"灯谜茶话会。

6月，徐州、淮阴、太仓三地谜协举行第六届三边通讯赛。

6月，《谜花飘香》第3期刊印，32开本，主编钱振球，常熟市徐市中学编印。

上半年，《娄东谜趣》第11期刊印，32开油印本，太仓市文联灯谜研究会编印。

7月11日，漳州市灯谜协会杨梓章陪同高雄市谜学会理事长沈志谦、理事陈联松来苏，在南园宾馆拜会苏州汪寿林、费之雄、邱景衡、王进、俞涌。

7月12日，苏州王进、俞涌、诸家瑜会晤台湾谜友。

9月21日，"苏沪两市灯谜理论研讨座谈会"在苏州市文联举行，苏州市文联秘书长朱根寿莅会，苏州费之雄、邱景衡、赵锡章、王进、汪日荣、俞涌、朱元达、诸家瑜，上海苏才果、苏纳戈、江更生、朱育珉、陶宽汝、季国虎、任宗耀等15位两地谜语文化理论研究者出席。是晚，苏州王能父前往松鹤楼会见上海谜友。

12月15日，常熟市徐市中学举办第三届灯谜邀请赛，董浜、徐市两所中学组队参加。

同年，常熟人民广播电台开播"彩色谜宫"节目。

同年，常熟市文联民间文学工作者协会灯谜组改名为常熟市民间文艺家协会灯谜组。

## 1994 年

1月1日，《姑苏晚报》创刊，开设"良宵新谜"栏目，每日载谜一则。

3月，高雄漳州文虎基金会授予苏州高伯瑜首届沈志谦文虎奖提名奖。

4月16日，苏州市谜学研究会筹备组在苏州市文联组建，来自苏州、吴县、常熟、太仓、吴江等市县的20多位代表经过讨论酝酿，推荐出苏州市民协的汪寿林、邱景衡、沈人安、沈家麟、诸家瑜、朱元达、俞涌以及市青年谜学会的代表吴建伟、胡文明，吴县的李玉复，常熟的曾康、韦梁臣、袁松麒，太仓的汤健安、单鑫华，吴江的陈志强、龚海波等17人组成筹备班子。

4月，《谜花飘香》第4期刊印，32开本，主编钱振球，常熟市徐市中学编印。

5月1日，常熟市印染厂灯谜组在燕园举行第三次"五一"灯谜茶话会。

5月，《环保灯谜300》刊行，范崇仁创作，由常熟市环保局编印。

6月，太仓市浮桥镇举办"戚浦杯谜会"。

6月，《虞山虎啸》第15期刊行，16开打印本，常熟市印染厂工会俱乐部灯谜组苏明编。

6月，徐州、淮阴、太仓三地谜协举行第七届三边通讯赛。

8月21日至24日，中华灯谜学术委员会成立大会在河北保定市召开，苏州俞涌当选为学术部副主任。

8月，《智林》刊印，铅印本，主编范志强，常熟市徐市中学编印。

10月，太仓市举办"天工杯·全国灯谜创作赛·迎国庆中秋谜会"。

11月27日，苏州费之雄、汪寿林、诸家瑜、俞涌受聘为香港联谜社名誉顾问。

## 1995 年

1月，知识出版社出版《现代灯谜精品集》，韦梁臣参加注释，王进、王能父、朱元达、孙同庆、沈人安、沈家麟、汪日荣、汪寿林、余真、邱景衡、张国义、张荣铭、郑和平、周宗廉、查坤林、赵锡章、费之雄、俞涌、诸家瑜、韦梁臣、钱燕林、陆顺祥、袁松麒、曾康、陈志强、汤健安等入选。

2月，太仓举办元宵"新城谜会"。

4月30日，常熟市职工灯谜研究会换届，张屹当选为会长。

5月1日，常熟市印染厂灯谜组在燕园举行第四次"五一"灯谜茶话会，主题为"纪念抗战暨反法西斯战争胜利50周年"。

5月，《谜花飘香》第5期刊印，32开本，主编钱振球，常熟市徐市中学、徐市文化站编。

7月，《虞山虎啸》第16期刊行，16开打印本，常熟市印染厂工会俱乐部灯谜组苏明编。

9月15日，常熟市供销社举办灯谜展猜活动，庆贺春城商厦迁址。

9月，常熟市举办"庆祝新中国成立四十六周年暨全总成立七十周年全国灯谜函寄会猜"，收到24个省、市、自治区107个城市的谜人创作的灯谜2100余条，常熟市职工灯谜研究会提供灯谜2000余条。10月1日至3日，还举办了为期3天的对外展猜。

9月，常熟市报社、常熟市民间文艺家协会、常熟市印务发展中心联合举办"纪念抗日战争胜利50周年"灯谜会猜。

10月1日，常熟市工人文化宫举办常熟市第四届职工灯谜邀请赛。

10月18日至20日，吴江龚海波获江苏省第三届职工谜会"金东谜会"个人笔猜第一名。

12月9日，苏州市谜学研究会成立，汪寿林当选为会长。苏州市职工灯谜研究会延期换届。

12月底，苏州市谜学研究会、苏州广播电视报、苏州经济广播电台、苏州有线电视台、苏州长发商厦联合举办"长发杯"姑苏谜王赛，为期20余天。

12月，太仓市文联灯谜协会举办第五届灯谜理论研讨会。

同年，由吴江市文化馆牵头成立吴江市灯谜研究会，陈志强任会长。

同年，常熟市文化馆《小荷》（中学版）、徐市文化站联合举办"常熟市首届'小荷杯'中学生灯谜竞赛"。


## 1996 年

2月19日（年初一），常熟市工人文化馆举办灯谜擂台赛。

2月，太仓举办"先行杯·迎元宵"全国灯谜有奖征集。

3月3日至4日，常熟市老干部局在石梅园举行元宵谜会。

3月20日，常熟市邮电局、常熟市职工灯谜研究会在方塔公园举办"纪念中国邮政创办一百周年"专题谜会。

3月，高雄漳州文虎基金会授予苏州高伯瑜第三届沈志谦文虎奖。

4月6日，常熟人民广播电台"彩色谜宫"节目与常熟市职工灯谜研究会合办"灯谜知识讲座"，每周六晚上7点10分开播，由谜研会理事轮流主讲灯谜知识，讲座时间为15分钟。此活动延续至2005年，"彩色谜宫"连续多年被上级部门评为优秀栏目。

5月1日，常熟市印染厂灯谜组在燕园举行第五次"五一"灯谜茶话会。

5月，常熟市职工灯谜研究会举办常熟市"科普宣传周"环保灯谜会猜。

6月，《谜花飘香》第6期刊印，32开本，编者钱振球，常熟市徐市中学编印。

6月，太仓举办"土地法"专题灯谜创作。

7月，海口、福州、杭州三市工人文化宫联合主办'96"椰岛杯"中华灯谜函猜大赛，吴江龚海波获最佳射手称号。

8月1日，"中华谜书集成"被人民日报社列为1978年以来出版的文史类重点图书。

9月，太仓举办"寿保杯"灯谜创作。

10月，《琴宫文虎》第10期刊行，32开铅印本，主编韦梁臣，常熟市工人文化宫、常熟市职工灯谜研究会编印。


## 1997 年

1月1日至2月10日，太仓举办"墨妙亭杯·迎香港回归全国灯谜征集"。

1月，太仓市沙溪镇文联灯谜协会成立，首批成员26人，单鑫华任理事长。

2月21日（元宵节），太仓举办"墨妙亭杯"全国灯谜函寄展猜。

3月，人民日报出版社出版《开启谜宫的钥匙》，柯国臻、陆滋源、郑百川、汪寿林、韦梁臣、赵首成、刘二安、杨声远合著。

3月，太仓利泰纺织厂灯谜协会举办太仓市第三届"醒狮谜会"。

5月1日，常熟市印染厂灯谜组在燕园举行第六次"五一"灯谜茶话会。

5月10日，我国著名谜籍珍藏家高伯瑜先生因病去世。临终前，嘱咐家人将其所有灯谜藏书无偿捐献给国家，永久保存在享有"全国灯谜之乡"美誉的福建省漳州市。

5月，人民日报出版社出版"中华谜书集成"第三册，高伯瑜、邱景衡、诸家瑜、陈秉才、郭龙春编纂。常熟韦梁臣参与了其中部分谜书的点校和撰写题记的工作。

6月，"迎香港回归谜展"在苏州北局小公园举办，展出灯谜6000条。

7月24日，漳州市芗城区文化局（漳芗文【1997】010号）决定为高伯瑜先生塑立半身铜像，以作永久的怀念。

8月，《谜花飘香》第7期刊印，32开本，编者钱振球，常熟市徐市中学编印。

10月17日，高伯瑜先生灯谜藏书首批30种58册在苏州办理捐赠交接手续，高伯瑜之子高明明、漳州灯谜艺术馆馆长杨梓章分别代表甲、乙双方签订了《关于高伯瑜先生灯谜藏书无偿捐赠和为高伯瑜先生塑铜像的协议书》，由苏州诸家瑜签字见证。

12月27日，由漳州市政府批准塑造的"谜贤高伯瑜"半身铜像从苏州启运漳州。该铜像高65厘米、重80千克，由苏州中青年雕塑家张民伟创作设计，苏州鎏金工艺厂翻铸制造；底座镌刻的"谜贤高伯瑜"五个字由著名联谜家、书法家费之雄提议，著名金石家、书法家、谜语文化学者王能父题写。

12月29日，"谜贤高伯瑜"半身铜像运抵漳州，安放在漳州灯谜艺术馆(芗城区文化馆)内。

同年，常熟市文化馆《小荷》（中学版）、徐市文化站联合举办"常熟市第二届'小荷杯'中学生灯谜竞赛"。

### 1998年

2月，太仓举办"中行杯·纪念周恩来百年诞辰"专题谜会。

2月，常熟市徐市镇举办常熟市迎春灯谜邀请赛。

3月1日，常熟市徐市镇文化站灯谜组升格为徐市灯谜协会，召开成立大会。

4月20日，漳州市芗城区文化馆、漳州市灯谜协会、漳州灯谜艺术馆编印发行《谜贤高伯瑜》纪念专辑。

4月，常熟市文化局授予徐市镇（灯谜）特色文化基地称号。

5月1日，常熟市印染厂灯谜组在燕园举行第七次"五一"灯谜茶话会。

5月，太仓举办人防专题谜会。

7至8月，常熟人民广播电台"彩色谜宫"节目播出"抗洪"专题热线猜射灯谜。

12月，《谜花飘香》第 8 期刊印，32 开本，主编钱振球，常熟市徐市中学编印。

## 1999 年

1月，常熟人民广播电台"彩色谜宫"节目改版，并更名为"琴台谜宫"，同时增设"谜海飞鸿""谜苑寻芳""谜宫导游""谜史探幽"4 个栏目。

1月，常熟市徐市镇政府决定筹建徐市灯谜馆。

1月，太仓举办"邮政杯"专题谜会。

3月1日，高雄漳州文虎基金会授予费之雄、钱燕林第六届沈志谦文虎奖。

3月5日，高伯瑜先生的夫人周笃芸，哲嗣高明明、王培英、周莹华，儿媳周春英，孙女高倚天，苏州诸家瑜、夏秀英夫妇应邀前往漳州，参加漳州灯谜艺术馆新馆开馆仪式。"谜贤高伯瑜"半身铜像安置在馆址威镇阁第三层。

3月7日，高伯瑜先生第二、三批灯谜藏书 52 种 137 册在漳州办理捐赠交接手续。高伯瑜之子高明明、漳州市芗城区文化馆杨梓章分别代表甲、乙双方签订了《关于高伯瑜先生藏书捐赠的补充协议》，由苏州诸家瑜签字见证。

同日，苏州诸家瑜获全国"迎接新世纪谜学研究会"优秀论文奖。

5月1日，常熟市印染厂灯谜组在燕园举行第八次"五一"灯谜茶话会。

6月13日，苏州市谜学研究会第二届会员代表大会召开，俞涌当选为会长。

9月24日至25日，苏州费之雄、俞涌、邱景衡分获上海市第二届"广洋杯"情系澳门回归'99 海内外灯谜创作邀请赛佳文奖、文谜双佳奖、佳谜奖。

10月，大连理工大学出版社出版《中华谜典》，常熟韦梁臣任编委。

10月，太仓举办"太仓杯"全国百城市国庆五十周年有奖灯谜征集活动。

12月，韦梁臣、朱元达、陈志强、陆瑞英、诸家瑜 5 人入选江苏省民间文艺家协会编印的《江苏民间文艺家传》。

12月，《谜花飘香》第 9 期刊印，32 开本，编者钱振球，常熟市徐市中学编印。

同年，苏州市职工灯谜研究会第五届会员代表大会召开，俞涌当选为会长。

同年，苏州市文化局授予常熟市徐市镇"灯谜之乡"称号。

## 2000 年

1月28日，常熟市总工会、常熟市工人文化宫、常熟市职工灯谜研究会、常熟人民广播电台联合举办"常熟市'农行杯'新世纪迎春全国灯谜函寄大竞猜"。当天，《常熟日报》刊登专题灯谜 30 条。

2月6日，常熟市中心文化广场悬谜3000条，常熟人民广播电台举行"常熟市'农行杯'新世纪迎春全国灯谜函寄大竞猜文化广场现场擂台展猜直播"。

2月19日，元宵之夜，1999年度"琴台谜宫"总决赛在常熟方塔街华联商厦底楼大厅举行，常熟人民广播电台、有线广播现场直播，常熟电视台现场拍摄。

2月，苏州观前街打造灯谜一条街，悬谜4000条，由常熟市徐市灯谜协会提供谜作。

5月1日，常熟市印染厂灯谜组在燕园举行第九次"五一"灯谜茶话会。

9月，太仓举办"证券杯"专题谜会。

9月，常熟市徐市镇举办徐市"龙年中秋灯谜赛"。

9月，《谜花飘香》第10期刊印，32开本，主编钱振球，常熟市徐市中学编印。

10月，经苏州市民政局重新登记，苏州市谜学研究会更名为苏州市民间文艺家协会谜学分会。

10月，《琴宫文虎》第11期（常熟市"农行杯"新世纪迎春全国灯谜函寄大竞猜专辑）刊行，主编汪建新，中国农业银行常熟市支行工会、常熟市工人文化宫、常熟市职工灯谜研究会编印。

11月，学林出版社出版《中华谜海》，常熟韦梁臣、苏州俞涌任编委。

11月，《银海谜谭》第1期刊行，32开胶印本，主编袁松麒，常熟市徐市文化站、徐市镇灯谜学会编印。

12月18日，全国首家乡镇农民灯谜艺术馆——徐市灯谜馆在常熟市董浜镇落成，馆内共分4个部分：第一部分"虞城虎迹"，全面介绍常熟灯谜的历史；第二部分"谜乡风采"，重点推介徐市的谜人谜事；第三部分"谜花飘香"，主要展示徐市灯谜的丰硕成果；第四部分"射虎入门"，重点详述灯谜的猜射制作知识。在开馆揭牌仪式上，举行了"迎接新世纪'银海杯'江浙沪灯谜邀请赛"，江苏、浙江、上海等6个代表队参加。

12月，《苏州谜苑》刊印，32开胶印本，主编俞涌，苏州市民间文艺家协会谜学分会、苏州市职工灯谜研究会编印。


## 2001年

春节期间，常熟市徐市灯谜馆对外开放。

5月1日，常熟市印染厂灯谜组在燕园举行第十次"五一"灯谜茶话会。

5月，常熟徐市中学"谜花飘香"网站开通。

7月，太仓举办"供电杯·纪念七一"专题谜会。

8月26日，CCTV七套《文化与生活》节目播出介绍常熟市徐市灯谜馆以及徐市镇开展群众灯谜活动实况。

9月，《谜花飘香》第11期刊印，32开本，主编钱振球，常熟市徐市中学智林谜社编印。

10月，《银海谜谭》第2期（徐市灯谜馆开馆暨迎接新世纪"银海杯"江浙沪灯谜邀请赛专辑）刊行，32 开胶印本，主编袁松麒，常熟市徐市文化站、徐市镇灯谜学会编印。

同年，应苏州市群众艺术馆邀请，常熟市徐市灯谜协会为"苏州观前灯谜一条街"提供谜语 300 条。

### 2002 年

1月9日，常熟市乡村青年文化节暨徐市灯谜专场在徐市中心小学举行，全市有6支代表队参加角逐，徐市灯谜代表队一举夺魁，常熟孙惠明获"常熟市乡村青年文化节灯谜竞猜最佳射手"称号。

1月11日，常熟市徐市中学举办首届"智林杯"灯谜（电控）竞赛。

1月，常熟人民广播电台"琴台谜宫"节目又增设"猜谜谜子""背景点击""谜友信箱"等栏目。

2月，中国农业银行吴江支行举办春节现场灯谜猜射活动。

2月，江苏省文化厅授予常熟市徐市镇"江苏省民间艺术之乡"称号。

3月，江苏省委主办的《群众》杂志刊登常熟市委宣传部撰写的《七彩灯谜眩花眼》一文。

4月，中州古籍出版社出版《中国当代灯谜艺术家大辞典》，王进、王能父、朱元达、吴建伟、余真、沈一鸣、沈家麟、俞涌、费之雄、高伯瑜、诸家瑜、程荣林、王复陈、陈志强、陈志明、龚海波、钱燕林、陆天松、陆顺祥、赵龙、袁松麒、钱振球、顾剑青、曾康、张立、单鑫华等入选。

5月1日，常熟市职工灯谜研究会在燕园召开第五届会员大会，选举产生了新一届理事会。

同日，常熟市印染厂灯谜组在燕园举行第十一次"五一"灯谜茶话会。

5月5日，常熟市职工灯谜研究会召开第五届理事会第一次会议，决定将谜研会定名为"常熟市灯谜学会"，并选出正副会长、秘书长。曹建中任会长。

5月，常熟市地税局徐市分局举办税务知识有奖猜谜活动，为期一周。

6月5日，常熟市徐市镇举办环保知识灯谜有奖悬射活动，悬谜 500 条。

6月，太仓举办"香塘杯·乡土风情"专题谜会。

7月，《虞山虎啸》第 17 期（寅川燕谷谜钞）刊行，16 开打印本，原常熟市印染总厂工会俱乐部灯谜组曹建中编。

8月，高雄漳州文虎基金会编印高雄漳州文虎基金会丛书(二)《雄虎》，苏州费之雄著。

9月，《银海谜谭》第 3 期刊印，32 开胶印本，主编袁松麒，常熟市徐市文化广电服务中心、常熟市徐市镇灯谜协会编印。

10月1日，常熟市董浜镇政府主办大型广场灯谜展猜，展出灯谜 5000 条。

10月，《谜花飘香》第12期刊印，32开本，主编钱振球，常熟市徐市中学智林谜社编印。

12月，《苏州谜苑（二）》刊印，32开胶印本，主编俞涌，苏州市民间文艺家协会谜学分会、苏州市职工灯谜研究会编印。

12月，《虞山虎啸》第18期（寅川风趣堂谜话）刊行，16开打印本，原常熟市印染总厂工会俱乐部灯谜组寅川编。

同年，苏州南浩街、双塔影院举办悬谜打擂活动，由台湾东森电视台、苏州电视台转播。

同年，吴江市平望镇莺湖谜社被吴江市文化局评为"吴江市特色文艺团队"。


## 2003 年

2月，吴江市平望镇莺湖谜社被苏州市文化局评为"苏州市优秀业余文艺团队"。

3月20日，常熟市徐市中学智林谜社被苏州市文化局命名为"苏州市优秀业余文艺团队"。

5至6月，常熟人民广播电台"琴台谜宫"节目播出"防非"专题热线猜射灯谜。

7月16日，江苏省文化厅发文，命名常熟袁松麒为江苏省"特色文化标兵"。

9月，中国文史出版社出版《灯谜基础知识》，钱振球著。

9月，常熟钱振球《灯谜基础知识》获南京"中山图书奖"。

10月1日，常熟市董浜镇政府、董浜镇文广中心联合举办大型广场灯谜展猜，悬谜5000条。

11月，古吴轩出版社出版《常熟民间文艺集萃·灯谜》，罗世保主编，韦梁臣编著。

11月，《谜花飘香》第13期刊印，32开本，主编钱振球，常熟市徐市中学智林谜社编印。

11月，《虞山虎啸》第19期（风趣堂集外集）刊行，16开打印本，原常熟市印染总厂工会俱乐部灯谜组曹建中编。


## 2004 年

4月，《银海谜谭》第4期刊行，32开胶印本，主编袁松麒，常熟市董浜镇文化广电服务中心、徐市灯谜协会编印。

8月，《徐市灯谜》刊印，32开本，主编袁松麒，常熟市精神文明建设指导委员会办公室、中共董浜镇委员会编印。

9月，常熟图书馆珍藏的《徐兆玮日记》（又名《虹隐日记》）正式被北京国家清史编纂委员会列入清史编纂工程项目。《徐兆玮日记》共计294册，约500万字，该项目从2004年9月起正式开始，历时32个月，于2007年5月全部完成。

9月，上海古籍出版社出版《百年谜品》，其中介绍了俞樾、王文濡、王能父、张荣铭、汪寿林、费之雄、钱燕林、韦梁臣、俞涌等9人。

10月，常熟钱振球被常熟市文化局命名为"特色文化明星"。

11月，《谜花飘香》第14期刊印，32开本，主编钱振球，常熟市徐市中学智林谜社编印。

## 2005年

1月，太仓举办第一届"中国银行太仓支行庆元宵鸡年灯谜创作"。

2月11日，常熟市石梅广场进行大型灯谜展猜——"徐市灯谜专场"，展谜2000条。

4月，《银海谜谭》第5期刊行，32开胶印本，主编袁松麒，常熟市董浜镇文化站、徐市灯谜协会编印。

5月，太仓举办"供电杯·纪念郑和下西洋600周年·太仓风情灯谜全国征集"活动。

6月，常熟市董浜镇建成"锦绣灯谜一条街"，全长4.5公里，街道两侧的200多根路灯架空间悬挂1000多条灯谜，共分综合、企业、环保、计生、安全、道德、法治、尊老、文明、乡村、爱国、名人、景观、财税、廉政、党建等16个门类。

11月，太仓市文联灯谜研究会换届改选，单鑫华任会长，李康、李钟勋任副会长，李康兼任秘书长。

11月，常熟市徐市中学被中国民间文艺家协会中华灯谜学术委员会授予全国首批"灯谜教学示范校"荣誉称号。

同年，苏州市职工灯谜研究会换届，并与苏州市民间文艺家协会谜学分会合并，实行一套班子两块牌子，俞涌任会长。

## 2006年

1月，太仓举办第二届"中国银行太仓支行迎新年灯谜创作"。

4月1日上午，苏州市民间文艺家协会谜学分会第三届会员代表大会召开，俞涌再次当选为会长。

5月12日，江苏省常熟职业教育中心校举办"新华杯"首届全国灯谜函寄展猜活动，收到26个省、市、自治区108个城市194个灯谜社团或个人寄来的创作之谜4613条。

5月，《银海谜谭》第6期刊行，32开胶印本，主编袁松麒，常熟市董浜镇文化站、徐市灯谜协会编印。

6月，吴江市安监局在《吴江日报》举办安全知识灯谜会猜，收到市内外答卷近千份。

6月，《谜花飘香》第15期刊印，32开本，主编钱振球，常熟市徐市中学智林谜社编印。

6月，江苏省常熟职业教育中心校举办第一期灯谜师资培训班。

7月20日，《中国地方志》第7期刊登诸家瑜论文《五亩园：苏州第一个民间灯谜社团诞生地》。这是全国谜界中谜学论文首次在专业方志刊物上发表。

8月15日至19日，应新加坡教育部的邀请，苏州市民间文艺家协会谜学分会组队赴新加坡参加 2006 年国际学生灯谜观摩赛。领队胡文明，教练钱振球，队员为苏州高新区实验中学姚兰、新区一中吴骏骅、常熟中学陈阳。

9 月 21 日，常熟市纪委、监察局向董浜镇徐市社区灯谜组授"常熟市廉政文化建设示范点"牌。

10 月，大众文艺出版社出版《单鑫华灯谜作品集》，单鑫华著。

11 月，《春来谜苑（"新华杯"首届全国灯谜函猜专辑）》（创刊号）刊印，32 开本，主编钱振球，江苏省常熟职业教育中心校编印。

12 月 28 日，江苏省常熟职业教育中心校春来谜社成立。

12 月，"苏州灯谜网"开通。

同年，《"碧水琴川"——常熟市新创廉政文化灯谜集锦》刊印，常熟市纪委、常熟市董浜镇党委编印。

## 2007 年

1 月 1 日，吴江市震泽镇举办元旦灯谜会。

1 月 14 日，常熟市董浜镇举办"农行之春"常熟市首届新春民俗庙会新春灯谜擂台赛，常熟孙惠明获灯谜擂台赛最佳射手称号。

1 月 19 日至 26 日，吴江市汾湖镇举办"金猪迎春"灯谜活动。

1 月，太仓举办第三届"中国银行太仓支行迎新年谜会"。

2 月 10 日，中共苏州市沧浪区胥江街道党工委、胥江街道办事处、《姑苏晚报》副刊部、苏州市谜学研究会共同主办"2007 年元宵灯谜精英赛"公开赛（即预赛），《姑苏晚报》刊登谜题 50 则。

2 月 15 日，苏州举办"2007 年元宵灯谜精英赛"擂台赛（即决赛）。

同日，吴江市七都镇举办元宵灯谜会。

2 月 18 日，常熟市委宣传部、常熟市文化局、常熟市妇女联合会主办，农业银行常熟市支行协办，常熟民族民间文化遗产保护办公室承办 2007"农行之春"首届灯谜擂台赛。

3 月 3 日，苏州举办"2007 年元宵灯谜精英赛"擂台赛（即现场大决赛）。

4 月 9 日至 5 月 6 日，江苏省常熟职业教育中心校举办第二期灯谜师资培训班。

5 月 1 日，高雄漳州文虎基金会授予常熟钱振球第十一届沈志谦文虎奖。

同日，常熟市工人文化宫、常熟市民间文艺家协会、常熟市灯谜学会、常熟市农商行联合举办庆"五一"灯谜会猜。

5 月 25 日，江苏省常熟职业教育中心校举办"新华杯"第二届全国灯谜函寄展猜活动。

5 月，《银海谜谭》第 7 期刊行，32 开胶印本，主编袁松麒，常熟市董浜镇文化站、徐市灯谜协会编印。

6月12日，"海虞谜语"被列为苏州市第三批非物质文化遗产代表作项目名录。

6月，吴江市文广局举办"纪念文化遗产日文物保护知识灯谜会猜"，收到市内外答卷1000余份。

6月，常熟市徐市灯谜馆被苏州市纪委命名为"苏州市廉洁文化建设示范点"。

9月21日至22日，为纪念《安全生产法》施行五周年，吴江市开展有奖灯谜竞猜活动，由吴江市安监局、吴江市文广局、吴江日报社、吴江市文联主办，吴江市民间文艺家协会承办，谜题分别刊登在《吴江广播电视》和《吴江日报》上，并在"全国灯谜信息""苏州民间文艺""吴江市安全生产监督管理局"等网站上转载。截至10月下旬，主办方共收到市内外应猜答卷361份，其中24份来自吴江市外和新加坡。

9月26日，常熟市董浜镇文联成立，改组原徐市灯谜协会，成立董浜镇文联灯谜工作者协会。

9月，《谜花飘香》第16期刊印，32开本，主编钱振球，常熟市徐市中学智林谜社编印。

11月20日至12月26日，江苏省常熟职业教育中心校举办"首届'春来杯'学生灯谜竞赛"，85支队伍参赛，电气工程系04电子专业代表队夺得冠军。

11月，《春来谜苑》第2期刊印，32开本，主编钱振球，江苏省常熟职业教育中心校春来谜社编印。

同年，太仓市文联灯谜研究会改选，单鑫华任理事长。


## 2008年

1月7日至23日，江苏省常熟职业教育中心校在每周一、三、五中午，对部分学生进行灯谜培训。

1月27日，《姑苏晚报》副刊部、中共苏州市沧浪区胥江街道党工委、胥江街道办事处、苏州市文联民间文艺家协会谜学分会、苏州市职工灯谜研究会和苏州市青年灯谜学会联袂主办"2008年古胥门元宵灯会第二届灯谜精英赛暨新加坡国际华人（中学生）灯谜观摩赛苏州选拔赛"初赛，《姑苏晚报》刊登谜题。

1月，太仓举办第四届"中国银行太仓支行迎新年谜会"。

2月20日至21日，苏州举行"2008年古胥门元宵灯会第二届灯谜精英赛暨新加坡国际华人（中学生）灯谜观摩赛苏州选拔赛"复、决赛，太仓单鑫华、邱烜若荣获"优秀射手"称号。

3月24日至30日，新加坡教育部、联合早报、新加坡灯谜协会、裕廊处级学院主办"青年·文化·亚洲情"第三届国际学生灯谜观摩赛，苏州市民间文艺家协会谜学分会组织2支代表队参加，领队为谜学分会副会长李志红、立达学校团委书记周昆，队员为立达中学学生范云涛、陈若思、张煜、范存之、王开元和平江实验学校学生李铮清。比赛结果，苏州一队获优胜奖，李铮清获表扬奖。新加坡教育部长兼财政部长尚达曼亲自颁奖。江苏省常熟职业教育中心校春来谜社亦赴新参赛，主持了一场"猜谜乐"，并表演了文艺节目。

4月13日，江苏省常熟职业教育中心校举办第三期灯谜师资培训班。

4月起，吴江市平望镇莺湖谜社举办"百天百谜迎奥运"有奖展猜、竞猜活动。

4月26日，常熟市灯谜学会换届选举，曹建中再度任会长。

5月8日，《姑苏谜林》第8期刊印，32开胶印本，苏州市职工灯谜研究会编印。

5月22日，常熟市董浜镇举办科普知识宣传灯谜展猜活动，展谜1000余条。

5月29日，苏州举办首届"胥口杯"全国灯谜大赛暨第三届全国网络灯谜现场大赛。

5月，吴江市平望镇莺湖谜社更名为平望镇灯谜协会。

5月，《银海谜谭》第8期刊印，32开胶印本，主编袁松麒，常熟市董浜镇文联、董浜镇文化站编印。

6月5日，江苏省常熟职业教育中心校举办"新华杯"第四届全国灯谜函寄展猜活动。

6月12日，江苏省常熟职业教育中心校举办"创四星职校，迎北京奥运"灯谜悬猜活动。

暑假，吴江市平望镇首届暑期学生灯谜培训班开班。

9月28日，"平望灯谜"被列入吴江市第二批非物质文化遗产代表性项目名录。

10月11日，江苏省常熟职业教育中心校春来谜社换届改选。

10月16日，江苏省常熟职业教育中心校举办"新华杯"第五届全国灯谜函寄展猜活动。

10月，吴江市平望镇灯谜学会组队参加在福建石狮举办的全国网络灯谜大赛，获第七名。

10月，《计划生育灯谜》刊印，常熟市计划生育委员会办公室编印。

10月，《谜花飘香》第17期刊印，32开本，主编钱振球，常熟市徐市中学智林谜社编印。

10月，文化部命名常熟市董浜镇（灯谜）为"中国民间文化艺术之乡"。

11月26日至12月9日，江苏省常熟职业教育中心校举办"第二届'春来杯'学生灯谜竞赛"，88支队伍参赛，旅游管理系07城镇规划一队夺得冠军。

11月，《春来谜苑》第3期刊印，32开本，主编钱振球，江苏省常熟职业教育中心校春来谜社编印。

## 2009 年

1月1日，苏州市职工文化联合会成立，苏州市职工灯谜研究会更名为苏州市职工文化联合会灯谜专业委员会，对外仍沿用旧名。

1月，太仓举办第五届"中国银行太仓支行迎新年谜会"。

1月，常熟市石梅广场举行"禧徕乐杯"新春灯谜大会猜，由常熟市灯谜学会提供灯谜1500条。

2月5日至7日,常熟市徐市中学智林谜社组队参加"迎世博·第二届上海灯谜艺术节暨全国谜林大会"。

2月,太仓举办首届"中国农业银行太仓支行广场元宵谜会"。

5月28日至30日,首届"胥口杯"全国灯谜大赛暨第三届全国网络灯谜现场大赛在苏州市吴中区胥口镇举办,由中华灯谜学术委员会、苏州市吴中区胥口镇人民政府主办,中华灯谜学术委员会学术部和青年网络部、苏州市民间文艺家协会谜学分会、胥王庙企业管理服务有限公司承办。谜会期间,在胥王庙举行"全国网络灯谜创作基地"揭牌仪式。

5月,《银海谜谭》第9期刊印,32开胶印本,主编袁松麒,常熟市董浜镇文联、常熟市董浜镇文化站编印。

6月5日,江苏省常熟职业教育中心校举办"新华杯"第四届全国灯谜函寄展猜活动。

6月20日,"海虞谜语"被列入江苏省第二批非物质文化遗产代表作项目名录。

7月31日,江苏省常熟职业教育中心校举办"新华杯"第五届全国灯谜函寄展猜活动。

8月7日,首届"郭龙春谜书奖"评审揭晓,高伯瑜、邱景衡、诸家瑜、陈秉才、郭龙春编纂的"中华谜书集成"丛书和邱景衡的《中华灯谜鉴赏》榜上有名。

8月,常熟尚湖举办常熟名胜景点专题灯谜展猜。

10月16日,江苏省常熟职业教育中心校举办"新华杯"第六届全国灯谜函寄展猜活动,中央新闻单位采访团前来采访。

10月,《谜花飘香》第18期刊印,32开本,主编钱振球、孙惠明,常熟市徐市中学智林谜社编印。

11月22日至12月16日,江苏省常熟职业教育中心校举办"第三届'春来杯'学生灯谜竞赛",111支队伍参赛,传媒艺术系08高职多媒体设计与制作班夺得冠军。

11月,《春来谜苑》第4期刊印,32开本,主编钱振球,江苏省常熟职业教育中心校春来谜社编印。

12月,《吴人谜话文献三种》刊印,32开胶印本,苏州市民间文艺家协会谜学分会、苏州市职工灯谜研究会编印。

## 2010 年

1月26日,常熟市董浜镇文联、文化站与《常熟日报》联合举办迎新春"灯谜大家猜"有奖征射活动。

1月,太仓市举办第六届"中国银行太仓支行迎新年谜会"。

1月,太仓市总工会职工灯谜兴趣协会换届改选,单鑫华任会长。

2月25日,江苏省常熟职业教育中心校春来谜社组队参加第三届上海灯谜艺术节。

2月28日,常熟市举办"常客隆杯"元宵灯谜展猜,展谜1000条。

2月，苏州汪寿林获 2009 年上海"迎世博·海内外灯谜创作大赛"佳谜、佳文双奖，邱景衡获佳谜奖。

2月，太仓市举办第二届"中国农业银行太仓支行广场元宵谜会"。

4月 18 日，常熟市徐市中学智林谜社被共青团常熟市委推荐参评，获苏州市"社团之星"荣誉称号。

5月 2 日，常熟市灯谜学会在尚湖"湖山堂"举办"2010 常熟谜王赛"，金士祺、金利刚、陆洁清分获一、二、三名。

5月，《银海谜谭》第 10 期刊印，32 开胶印本，主编袁松麒，常熟市董浜镇文联、常熟市董浜镇文化站编印。

6月 14 日至 15 日，第二届中国（常熟）江南文化节暨首届董浜·徐市灯谜艺术展在常熟市董浜镇举办，由中国民协中华灯谜学术委员会、中共常熟市委宣传部、常熟市文化广电新闻出版局、中共常熟市董浜镇委员会主办，常熟市董浜镇人民政府、常熟市灯谜协会承办。江苏省常熟职业教育中心校获中国民协中华灯谜学术委员会雁云基金会授予的"谜艺传承突出贡献学校"荣誉称号。

6月，常熟韦梁臣、袁松麒、钱振球入选常熟市第二批非物质文化遗产项目（海虞谜语）代表性传承人。

8月 16 日（七夕），苏州市职工文联灯谜专业委员会在苏州久光百货商场举办猜灯谜活动。

9月 22 日，常熟市举办"常客隆杯"中秋灯谜展猜，展谜 1000 条。

9月下旬，苏州市职工文联灯谜专业委员会在苏州久光百货商场举办中秋猜灯谜活动。

10月，《第二届中国（常熟）江南文化节董浜·徐市灯谜艺术展专辑》刊印，32 开本，主编龚春霞，常熟市董浜镇人民政府编。

11月，《春来谜苑》第 5 期刊印，32 开本，主编钱振球，江苏省常熟职业教育中心校春来谜社编印。

11月，《谜花飘香》第 19 期刊印，32 开本，主编钱振球、孙惠明，常熟市徐市中学编印。

12月 1 日，江苏省常熟职业教育中心校举办"春来杯"教工灯谜竞赛。

12月 9 日至 12 日，苏州市组队参加"中国深圳·新客家风采国际谜会"。

12月 16 日，江苏省常熟职业教育中心校举办"第四届'春来杯'学生灯谜竞赛"，传媒系一队夺得冠军。

**2011 年**

1月，太仓举办第七届"中行迎新年谜会"。

2月 17 日上午，常熟市董浜镇在徐市集镇中心广场举办"常客隆杯"元宵节灯谜展猜活动，悬挂灯谜1000条。

2月，太仓举办第三届"中国农业银行太仓支行广场元宵谜会"。

3月9日，昆山市楹联灯谜学会成立，首任会长黄劲松。

4月30日至5月2日，苏州、常熟、太仓组队参加"第四届全国网络灯谜（石狮）现场谜会"，苏州露兵获自由创作佳谜奖。

4月，"第二届中国（常熟）江南文化节暨首届董浜·徐市灯谜艺术展"被中国民协中华灯谜学术委员会授予"2010年优秀谜会"称号。

5月，常熟市徐市中学智林谜社被评为苏州市"社团之星"。

6月8日至9日，江苏省常熟职业教育中心校举办"歌盛世，颂党恩"纪念建党九十周年海内外灯谜展猜。

6月12日，常熟市董浜镇举办纪念建党九十周年"党在我心中"灯谜邀请赛。

6月，《银海谜谭》第11期刊印，32开胶印本，主编袁松麒，常熟市董浜镇文联、常熟市董浜镇文化站编印。

10月，《银风谜萃》刊行，32开铅印本，袁松麒著，常熟市董浜镇文联、文化站编印。

11月，复旦大学出版社出版《灯谜基本知识》，钱振球著。

11月，《春来谜苑》第6期刊印，32开本，主编钱振球，江苏省常熟职业教育中心校春来谜社编印。

11月，《谜花飘香》第20期刊印，32开本，主编钱振球、孙惠明，常熟市徐市中学编印。

12月9日，江苏省常熟职业教育中心校举办创建全国"灯谜教学示范校"海内外灯谜展猜。

12月15日，江苏省常熟职业教育中心校举办"第五届'春来杯'学生灯谜竞赛"，传媒系一队夺得冠军。

12月30日，常熟市徐市中学"灯谜活动与校园特色文化建设研究"被立项为江苏省"十二五"首批规划重点课题。

## 2012年

1月1日，苏州市工人文化宫举办元旦灯谜悬猜。

1月15日，经报请苏州市文联、苏州市民间文艺家协会批准，谜学分会换届，苏州市民间文艺家协会副主席吴建伟兼任会长。

1月28日下午，苏州市民间文艺家协会谜学分会举行新春团拜会。

1月，太仓举办第八届"中国银行太仓支行迎新年谜会"。

2月5日，苏州市民间文艺家协会谜学分会、常熟市灯谜学会参与元宵上海全国职工灯谜精英赛，缪一梅获个人第三名，常熟市灯谜学会获"优秀展示奖"。

2月6日，常熟市董浜镇举行"龙腾虎跃庆元宵"灯谜展猜会。

2月，太仓举办第四届"中国农业银行太仓支行广场元宵谜会"。

3月20日，吴江龚海波入选第四批吴江市非物质文化遗产项目（平望灯谜）代表性传承人。

4月10日至20日，江苏省常熟职业教育中心校举办第四期灯谜师资培训班。

4月19日，《董浜镇安全生产灯谜专辑》刊印，常熟市董浜镇安全生产委员会编印。

4月，香港天马出版公司出版《夕拾朝花》，邱景衡著。

5月3日，常熟市首届中学生灯谜邀请赛在徐市中学举行，由共青团常熟市委、常熟市教育局、常熟市文广新局、常熟市文联、董浜镇政府联合主办，4所学校6个代表队18名选手参赛。

6月5日，常熟市董浜镇安全生产委员会举办安全生产灯谜展猜。

6月，《银海谜谭》第12期刊印，32开胶印本，主编袁松麒，常熟市董浜镇文联、常熟市董浜镇文化站编印。

6月至7月，吴江市平望镇文化服务中心举办首届灯谜少儿培训班。

7月26日，常熟市纪委、宣传部、监察局、文联主办"'碧水琴川'常熟市廉政文化灯谜邀请赛"，12支代表队参赛，虞山镇代表队摘得金牌，海虞镇、辛庄镇2支代表队获得银牌，董浜镇、梅李镇、虞山尚湖度假区3支代表队获得铜牌。

8月7日，常熟钱振球《灯谜基础知识》获第四届郭龙春谜书奖。

8月，《春来谜苑》第7期刊印，32开本，主编钱振球，江苏省常熟职业教育中心校春来谜社编印。

9月1日，常熟市董浜中学制定《董浜中学灯谜特色学校建设规划》。

9月18日起，常熟市董浜中学教师群开展"每日一谜"猜射活动。

9月21日至10月7日，常熟市董浜镇举办"迎中秋，庆国庆"灯谜展猜。

9月26日，常熟市董浜中学教师进行灯谜培训。

9月28日，常熟市董浜中学发布《关于开展"灯谜进班级"主题活动的决定》。

9月，苏州汪寿林、邱景衡获上海"浦东花木杯"海内外灯谜大赛佳谜、谜文双奖，沈仁安获佳谜奖。

10月2日，常熟市灯谜学会换届改选，翁永刚当选为会长。

同日，常熟市灯谜学会举办"常熟市2012年谜王赛"，沈宇、金利刚、林全分获一、二、三名。

10月10日，常熟市"董浜中学灯谜特色教育网站"开通。

10月12日，常熟韦梁臣入选第三批苏州市非物质文化遗产项目（海虞谜语）代表性传承人。

11月3日至5日，苏州组队（领队胡文明，队员龚海波、张志强、孙明勇）参加第十四届上海国际艺术节"浦东花木杯"长三角地区灯谜邀请赛，获团体金奖，张志强获郭沫若文化灯谜创作赛优秀创作奖。

11月9日至12日，常熟市董浜镇组队参加福建石狮"蚶江第三届侨乡谜会"，袁松麒、孙惠明获"自由创作"优秀谜作奖，袁松麒获即席命题创作佳谜奖、"个人笔猜"优秀猜谜手奖、优秀论文入围奖。

11月22日至24日，常熟市董浜镇组队参加福建晋江市第三届"品牌之都"国际灯谜邀请赛，获团体优秀奖。

12月3日至31日，常熟市董浜中学举办"首届校园灯谜文化节"。

12月12日，江苏省常熟职业教育中心校举办"第六届'春来杯'学生灯谜竞赛"，传媒系一队夺得冠军。

12月19日，江苏省常熟职业教育中心校举办"读名著，品人生"主题灯谜展猜。

12月31日，常熟市董浜中学孙惠明主持的《利用灯谜教学培养学生语文素养》课题获常熟市"十一五"课题研究优秀成果三等奖。

同日，《智林谜苑》（创刊号，壬辰卷）刊印，32开本，主编孙惠明，常熟市董浜中学编印。

12月，常熟市董浜中学举办"首届校园灯谜文化节"。

12月，吴江市平望镇灯谜学会与《扬子晚报》合作，在"智慧乐园"上开辟"平望灯谜有奖月月猜"专栏。

## 2013 年

1月13日，太仓市总工会职工兴趣协会为"单鑫华灯谜工作室"挂牌，地点设在工人文化宫内，当地媒体作了报道。

1月，太仓举办第九届"中国银行太仓支行迎新年谜会"。

2月18日至28日，苏州市民间文艺家协会谜学分会、《姑苏晚报》副刊部、苏州大儒茶业贸易有限公司联合举办"健康快乐过大年"有奖灯谜竞猜活动，《姑苏晚报》连续刊登谜作。

2月21日至23日，苏州市民间文艺家协会谜学分会在第十二届古胥门元宵灯会上举办猜谜活动，悬谜6000条。

2月23日，苏州市司法局、姑苏区司法局、胥江街道办事处联合主办"苏州市暨姑苏区首届元宵法制灯谜竞猜活动"。

2月23日至24日，太仓电视台《太仓闲话》栏目播出《猜灯谜》（上、下两集）。

2月24日，相城区文联、苏州市民间文艺家协会谜学分会联合举办有奖猜谜活动，悬谜 400 条。同日，该分会在苏州工业园区湖东白沙湖邻里中心举行元宵灯谜竞猜，悬谜 500 条。

2 月，太仓举办第五届"中国农业银行太仓支行广场元宵谜会""万达广场"专题谜会。

3 月 29 日，苏州市民间文艺家协会谜学分会与姑苏区胥江街道联办"走进社区，文艺惠民"活动，在泰南社区举办首场灯谜基础知识普及讲座。

3 月，太仓市文联给"单鑫华灯谜工作室"授匾，放在太仓市工人文化宫内。

3 月，《谜海探趣》刊行，袁松麒编著，常熟市董浜镇文联、文化站编印。

5 月 23 日，江苏省常熟职业教育中心校举办"新华杯"第六届全国灯谜函寄展猜。

5 月，《银海谜谭》第 13 期刊印，32 开胶印本，主编袁松麒，常熟市董浜镇文联、常熟市董浜镇文化站编印。

6 月 8 日，"平望灯谜"被列入苏州市非物质文化遗产代表性项目名录。

6 月 9 日至 12 日，第五届中国（常熟）江南文化节暨第二届（常熟）董浜·徐市灯谜大世界在常熟市董浜镇举行，来自全国各地的谜友和长三角地区的 6 支代表队共 80 多位嘉宾齐聚虞山，商灯射虎，苏州队荣获团体二等奖，苏州汪寿林、江苏省常熟职业教育中心校春来谜社获特色谜笺设计奖。

6 月，常熟钱振球获首届常熟市非物质文化遗产传承人"薪传奖"。

8 月 15 日，常熟市举办"老少同猜科普谜"活动，CCTV 七套《美丽中国乡村行》实地拍摄后播放实况。

8 月，《春来谜苑》第 8 期刊印，32 开本，主编钱振球，江苏省常熟职业教育中心校春来谜社编印。

9 月 15 日，常熟市董浜中学为进一步推进学校特色文化建设，实践"特色立校"的办学理念，成立灯谜教师中心组。

9 月 27 日，常熟市董浜中学举行灯谜教师中心组成立仪式暨第一期灯谜师资培训活动。

9 月，常熟钱振球《灯谜基本知识》被郭龙春谜书奖评审委员会评为"新世纪（2000—2013）最受欢迎的谜书"。

9 月，中国文史出版社出版《太仓灯谜》（娄东文化丛书第三辑之一），单鑫华主编。

10 月 22 日，《智林谜苑》（癸巳卷）刊印，32 开本，主编孙惠明，常熟市董浜中学编印。

10 月 30 日，常熟市董浜中学 6 项灯谜课题被常熟市立项为第三批微型课题。

10 月，吴江市"平望灯谜"新浪博客开通。

11 月 5 日，常熟市董浜中学灯谜特色教育基地和灯谜文化长廊工程项目启动。

11 月 9 日至 10 日，吴江举办首届"平望杯"中华灯谜邀请赛，由中国民间文艺家协会中华灯谜学术委员会、吴江区平望镇人民政府主办，平望镇文化体育站、吴江区民间文艺家协会、平望镇灯谜学会承办。来自江苏、浙江、上海、福建、广东、湖南、陕西、重庆、辽宁、安徽和美国的 60 余位灯谜高手应邀参加。吴江市平望镇灯谜学会、苏州市民协谜学分会、常熟市灯谜学会 3 个代表队均获团体铜奖，常熟张志强获平望专题灯谜创作赛第一名。

11 月 16 日、23 日、30 日，苏州市姑苏区司法局举办"法治灯谜"活动，每场悬谜 500 条。

11 月 25 日至 29 日，常熟市董浜中学举办"第二届校园灯谜文化节"。

12 月 8 日，苏州举行"2013 '群虎闹苏城'——职工灯谜比赛"，由苏州市总工会主办，苏州市工人文化宫、苏州市职工文化体育协会灯谜专业委员会承办，吴江队夺得桂冠，张家港队、太仓队获得二等奖，昆山园区联队、苏州职工谜协一队、常熟队获得三等奖，苏州职工谜协二队、公安文联队、园区外包学院队和超级联队获得优秀奖。

12 月 12 日，常熟市董浜中学发行第一套智林谜票，共 8 枚。

12 月 18 日，江苏省常熟职业教育中心校举办"第七届 '春来杯' 学生灯谜竞赛"，电气系获得央视《中国谜语大会》参赛权。

12 月，《银海谜谭》第 14 期（第五届中国（常熟）江南文化节·第二届董浜·徐市灯谜大世界专辑）刊印，32 开胶印本，主编袁松麒，常熟市董浜镇文联、常熟市董浜镇文化站编印。

### 2014 年

1 月，太仓举办第十届"中国银行太仓支行迎新年谜会"。

1 月，《平望灯谜（创刊号）暨首届"平望杯"中华灯谜邀请赛专辑》刊印，平望镇人民政府、吴江市民间文艺家协会编印。

2 月 8 日，太仓市文联、市民协举办《传统谜语的挖掘和继承》灯谜讲座。

2 月 9 日，《姑苏晚报》副刊部、苏州大儒茶业有限公司、苏州市民间文艺家协会谜学分会联合举办第二届"家在苏州·品茗猜谜闹元宵"活动。

2 月 11 日至 13 日，江苏省常熟职业教育中心校组队参加央视《中国谜语大会》，获优秀奖。

2 月 12 日，苏州市公安文学艺术联合会灯谜协会、苏州市民间文艺家协会谜学分会、苏州绿叶日用品有限公司联合举办"绿叶杯·家在苏州·平安幸福"警民欢度元宵节有奖灯谜大家猜活动。

2 月 14 日（元宵节），苏州市民间文艺家协会谜学分会、苏州市司法局、姑苏区司法局、胥江街道办事处司法所联合举办法治灯谜会，悬谜 500 条，并提供现场互动猜谜原创新谜 200 条。谜学分会又在山塘街古戏台开展现场互动猜谜活动。

同日，苏州大儒茶行举办现场猜谜活动，由苏州市民间文艺家协会谜学分会提供谜作并主持。

同日，苏州市工人文化宫举办一年一度的职工游园猜灯谜活动。

同日，苏州图书馆公安分馆举办民警猜谜专场，由苏州市公安文联主持、苏州市民间文艺家协会谜学分会提供原创新谜。

同日，苏州市民间文艺家协会谜学分会在相城区图书馆举办有奖灯谜大家猜活动，又与山塘书苑联合举办评弹专题活动，展猜灯谜150条，还与姑苏区公益坊联合举办元宵节敬老猜谜文化活动，在双塔街道二郎巷社区展猜原创灯谜200条。

2月中旬，苏州市民间文艺家协会谜学分会、姑苏区胥江街道办事处联合举办"2014年元宵灯会有奖灯谜大家猜"活动，历时一周，展猜新灯谜3000条。活动期间，胥江街道办事处每天在百花洲公园和各社区悬挂灯谜，开展有奖猜谜活动。

2月中旬，苏嘉杭高速公路公司、苏州市民间文艺家协会谜学分会联合举办专题灯谜活动，展猜专题灯谜200条。

2月，太仓举办第六届"中国农业银行太仓支行广场元宵谜会"。

3月6日，吴江第一个学生灯谜社团——松陵第一中学"松陵文虎社"成立。

5月4日，常熟市第二届中学生灯谜邀请赛在董浜中学举行，由共青团常熟市委、常熟市教育局、常熟市文广新局、常熟市总工会、董浜镇政府联合主办，5所学校7个代表队的21名选手参赛。

5月10日至9月1日，苏州举办"姑苏杯廉洁·法治全国灯谜大赛"，由苏州市姑苏区纪委、区委宣传部、区依法治区领导小组办公室、区法制宣传教育领导小组办公室、区司法局、中华灯谜学术委员会主办，苏州市谜学研究会承办，支持单位有《姑苏晚报》、《城市商报》、苏图网。活动分两个阶段，第一阶段"姑苏杯廉洁·法治全国灯谜谜作征集评选活动"（5月10日—7月20日），第二阶段"姑苏杯廉洁·法治全国灯谜大赛"（8月29日—9月1日）。本次谜赛参赛队和个人，都是网上报名选拔而来，有来自全国各地的17支代表队和17名个人选手、特邀嘉宾及东道主苏州队共79人参加。

5月30日，吴江区平望实验小学被平望镇人民政府列为苏州市非物质文化遗产代表性项目"平望灯谜"传承点。在揭牌仪式上，该校"莺湖文虎社"宣布成立。

5月，《春来谜苑》第9期刊印，32开本，主编钱振球，江苏省常熟职业教育中心校编印。

5月，《银海谜谭》第15期刊印，32开胶印本，主编袁松麒，常熟市董浜镇文联、常熟市董浜镇文化站编印。

6月14日，张家港市民间文艺家协会楹联灯谜分会成立，首任会长高定祥。

7月28日，吴江龚海波谜作获揭阳市烟草杯"价值观·全民修身"灯谜有奖征集十佳之首。

8月2日，苏州市法制文化节"姑苏杯"司法灯谜大赛在姑苏区四季晶华社区二楼多功能厅举行，来自苏州大市范围内的14支灯谜代表队进行了角逐，最终姑苏区队勇夺冠军，吴江队、张家港队获第二名，昆山队、太仓队、苏州老谜人队获第三名，常熟队、工业园区队获优胜奖。

8月23日，吴江市民间文艺家协会、松陵一中承办"2014快乐暑假"首届苏州市中学生灯谜联谊赛，松陵一中一队、第三十中一队、松陵一中二队分获团体冠亚季军，倪政俞（松陵一中）、毛海洋（松陵一中）、高远（第三十中）分获个人前三名。

8月，《谜风》刊印，16开彩印本，吴江区平望实验小学编印。

8月，《智林谜苑》（甲午卷）刊印，32开本，主编孙惠明，常熟市董浜中学编印。

8月，《春来谜苑》第8期刊印，32开本，江苏省常熟职业教育中心校春来谜社编印。

9月上旬（中秋节期间），太仓市文明办、文联在"太仓发布""文明太仓"政务微博上举办以"弘扬娄东文化　实践核心价值观"为主题的迎中秋谜会。

9月21日，吴江区松陵一中"松陵文虎社"扩容，成为首个面向全国中小学生的灯谜社团。由吴江区民间文艺家协会创办、吴江区职工灯谜协会承办的灯谜QQ群"松陵文虎群"举办"全国中小学生灯谜擂台赛"，遍邀全国知名谜家，每周六晚7点30分悬谜主播。

9月24日至27日，第六届中国（常熟）江南文化节国际中学生灯谜邀请赛在常熟举行，由中华灯谜学术委员会、新加坡灯谜协会、中共常熟市委宣传部主办，常熟市高新技术产业开发区、常熟市教育局、常熟市文化广电新闻出版局、常熟市文学艺术界联合会协办，江苏省常熟职业教育中心校承办，国内外24支参赛队150余人参加活动。江苏省常熟职业教育中心校获团体鼓励奖，常熟市董浜中学陈尔宁、江苏省常熟职业教育中心校薛恩旦、吴江区松陵一中倪政俞获《我与灯谜》征文美文奖，常熟市董浜中学、苏州市第二十六中学、苏州市第三十中学、吴江区松陵第一中学获灯谜展猜奖。活动期间，江苏省常熟职业教育中心校被中国民协中华灯谜学术委员会授予"中华灯谜教学示范校"称号。

9月，太仓市人力资源和社会保障局举办第十届"郑和卡杯"夕阳红艺术节，首次设立灯谜竞猜比赛。

9月，文汇出版社出版《中华体育谜语》，主编鲍东东，执行主编安建平、诸家瑜。

11月15日至17日，吴江举办第二届"平望杯"中华灯谜邀请赛，由中国民间文艺家协会中华灯谜学术委员会、苏州市吴江区平望镇人民政府主办，平望镇文化体育站、平望镇灯谜学会承办，吴江区民间文艺家协会、苏州市民间文艺家协会谜学分会协办。来自美国、新加坡、中国台湾、北京、上海、重庆、江苏、浙江、福建、广东、广西、河北、河南、陕西、安徽、四川、云南等地共80多位海内外嘉宾参加。苏州队获得团体铜奖。活动期间，还举行了"中华灯谜名城名家作品大展猜"活动。

11月17日，"平望灯谜"传承点——吴江区平望实验小学举办首届灯谜艺术节，开展了校园灯谜展猜，学生组、教师组灯谜电控竞猜等活动，还举行了灯谜校本教材《谜风》

首发式。

12月11日至17日，江苏省常熟职业教育中心校举办"第八届'春来杯'学生灯谜竞赛"，38支队伍参赛，传媒系二队夺得冠军。

12月18日，吴中区城区纪工委在南区、苑东社区开展"迎新年廉政灯谜竞猜"活动。

12月19日至20日，文化部公布2014—2016年度"中国民间文化艺术之乡"名单，并在首届中国文化馆年会期间举行命名颁牌仪式，常熟市虞山派艺术"徐市灯谜"项目榜上有名。

12月20日，吴江区职工灯谜协会成立，首任会长丁华。

12月27日至29日，"中国梦·文化潮安"全国灯谜邀请赛在广东潮州举行，吴江龚海波应邀参赛，获全国十佳射手称号。大赛期间，中华灯谜学术委员会授予首届"平望杯"中华灯谜邀请赛2013年度优秀谜会称号。

12月29日，江苏省常熟职业教育中心校举办"第九届'新华杯'春来谜乐全国灯谜函寄展"。

12月31日，吴中区人力资源和社会保障局举行迎新年廉政灯谜竞猜活动。

12月，《智林谜蕾》刊行，常熟市董浜镇关工委、徐市中心小学合编。

12月，《苏州市志（1986—2005）》出版，灯谜及谜语书目首次入志，"灯谜"条目载于第三十二卷"文化"内：**灯谜** 1986年11月，为庆祝苏州建城2500年举办"姑苏谜会"，全国17个省108位谜手云集苏州，制谜猜谜、切磋探讨。1987年，人民日报出版社组织包括苏州高伯瑜、邱景衡、诸家瑜3人在内的制谜作者5人共同编纂"中华谜书集成"丛书（3册），1996年8月，该书被人民日报社列为近十年来出版的文史类重点图书。1997年"迎香港回归谜展"在苏州北局小公园举办，展出灯谜6000条。1999年，诸家瑜在全国"迎接新世纪谜学研究会"上获"优秀论文奖"。同年，"迎澳门回归'广泽杯'全国灯谜大赛"（应为：上海市第二届"广洋杯"情系澳门回归'99海内外灯谜创作邀请赛），费之雄、俞涌获"佳文奖"和"文谜双佳奖"。2002年，在南浩街、双塔影院举办的悬谜打擂活动，由台湾东森电视台、苏州电视台转播。谜学著述有邱景衡的《中华灯谜鉴赏》、陆振荣的《谜宫探幽》等。2005年，苏州市先后编印50万字的《苏州谜苑》。谜语书目载于第三十六卷"艺文"内：《一天一个好谜语》（邱景衡编著）、"中华谜书集成"（高伯瑜、邱景衡、诸家瑜、陈秉才、郭龙春编纂）。

年内，苏州市职工文化联合会灯谜专业委员会归苏州市职工文化体育协会管理，改名为苏州市职工文化体育协会灯谜专业委员会，对外称"苏州市职工灯谜研究会"。

年内，苏州市职工文化联合会灯谜专业委员会归苏州市职工文化体育协会管理，改名为苏州市职工文化体育协会灯谜专业委员会，对外称"苏州市职工灯谜研究会"。

（以上有关常熟、太仓、吴江的资料，分别由韦梁臣、鲍善安、陈志强提供）

# 吴地谜事传闻

诸家瑜 辑

## 西伯侯"飞熊入梦"

商朝末年，被后人尊为"百家宗师"的姜尚因不满纣王的暴虐无道而离开殷都（今河南安阳），千里迢迢来到江南的海隅山（虞山的别称），隐居于山之东二里的石室内，取道号飞熊。海隅山之南，有个万亩碧波、景致极美的湖泊，那是姜尚经常垂钓的地方。因此，后人将此湖泊唤作"尚父湖"，又名"尚湖"（据唐陆广微《吴地记》、宋范成大《吴郡志》、明邓韨《常熟县志》）。

相传，一日，姜尚又来到湖边，刚放下钓线，就觉得有物"咬"住，于是急忙提起钓竿，只见露出水面的钓钩上钩着一块玉璜。于是从钓钩上取下玉璜，仔仔细细地端详了一番，发现上面刻有"周受命，吕佐检，德合于今昌来提"13个字。他心知肚明，这是上天的旨意，要他去辅佐周族的西伯侯姬昌。回到石室，收拾一番后，姜尚就告别了隐居之地，跋山涉水来到渭河之阳。

渭河，是黄河的第一大支流，流经岐山下西伯侯管辖的周族根据地。一日，西伯侯将出猎，夜梦一虎肋生双翼，来至殿下。第二天史编占卜，曰："所获非龙、非螭、非虎、非罴，所获霸王之辅。"解梦谓"虎生双翼为飞熊"，必得贤人。后来果然应验，西伯遇到了贤人姜尚并得到了他的辅佐。当时姜尚正在渭水之滨垂钓，西伯遇见后在与他交谈时，得知其道号"飞熊"，心中大悦，于是"载之俱归，立为师"，尊为"师尚父"。

后来，西伯侯梦飞熊遇姜尚的传说被《史记·齐太公世家》《尚书大传》《武王伐纣平话》《宋书·符瑞志》等多种古书相继记录了下来，流传于世，成了一个典故——"飞熊入梦"，"飞熊"也就成了君主得贤的征兆。有关姜尚钓璜之事，据《吕氏春秋》载，在宝鸡石番溪。而尚湖之说，实为民间传说也。

## 申叔仪乞借粮食

东周时期鲁哀公十三年（吴夫差十四年），即公元前482年，曾有一则吴国大夫申叔仪向鲁国大夫公孙有山乞借粮食的谜语故事，明冯惟讷《古诗纪》卷二"古逸二"作《庚癸歌》，谜史上称之"呼庚呼癸"。这则故事从一个侧面反映出后来吴国之所以会灭亡的一个重要因素是：吴王夫差不与臣民共饥渴。

据《左传·哀公十三年》记载：吴国大夫申叔仪与鲁国大夫公孙有山为旧识。一日，申叔仪专程去鲁国，向公孙有山乞借粮食。申叔仪见到公孙，不直接讲明要借粮食，而是说："佩玉蕊兮，余无所系之。旨酒一盛兮，余与褐之父睨之。"意即由于吴主不体恤下属，他自己服无佩饰，同侍者一样，面对旨酒却只能视之而不得饮。

公孙对申叔仪的处境深表同情，通晓隐语的他，领会了申叔仪这番话的意思是想要借粮食，于是当场表态说："粱则无矣，粗则有之。若登首山，以呼曰庚癸乎，则诺。"意即现在精粮没有，粗粮可以给一点，不过要"登首山，以呼曰庚癸乎"才行。

公孙何以要呼"庚癸"呢？据晋杜预注道："军中不得出粮，故为私隐。庚，西方，主谷；癸，北方，主水。"古代以甲乙为高等货，庚为下等货，癸更下等。"庚癸"两字是天干名称，在这里隐"粮食"。

# 流传吴越的《弹歌》

"断竹，续竹，飞土，逐宍（古肉字）。"这是一首被称作楚歌源头的《弹歌》。据说，远古孝子为守住父亲的尸骨，免成禽兽的吃食，而发明了弹弓。这首歌就是歌咏这种事情的。

《弹歌》是上古时期的狩猎之歌，二言四句式，属歌谣类谜语。《弹歌》中的"弹"，在这里作动词而不作名词解释。"弹"是指弹射飞禽走兽，是"狩"或"猎"的意思，也是整首歌谣的谜底。歌词中的"断竹"是指砍竹；"续竹"是用砍下的竹子做弓，这个"续"字画龙点睛，十分传神，起到了"承上启下"的作用；"飞土"是指射出的弹子（泥丸、石子之类）；"逐宍（古肉字）"意谓弹子射向飞禽走兽。《弹歌》这首歌谣的节奏简单明快，韵律颇具动感，充满了人文色彩，描述了原始人的思想境界，虽然只有寥寥八个字，却把先人制作狩猎工具弓弹以及用弓弹打飞禽走兽的神态与情景，都表现出来了，质朴到了极点，讲述得"绘声绘色"（郭沫若语）。从《弹歌》的内容和形式结构等看来，"推断它大概是一首仅存的远古谜歌"（钟敬文语），它像"一幅优美的图画"（郭沫若语），成为"中国最好的谜语"（周作人语）。

《弹歌》是由楚人陈音传到越国的。据东汉赵晔的《吴越春秋·勾践阴谋外传第九》记载：勾践十四年（前483），越国大臣范蠡引进善射者楚人陈音，为越王献计，陈向越王说："臣闻弩生于弓，弓生于弹，弹起古之孝子。""古者，人民朴质，饥食鸟兽，渴饮雾露，死则裹以白茅，投于中野。孝子不忍见父母为禽兽所食，故作弹以守之，绝鸟兽之害，故歌曰'断竹，续竹，飞土，逐宍（古肉字）'之谓也。"

越王勾践听了之后，很受启发，当即宣布组建弓弩特种部队的决定，并聘请善射的楚人陈音担任总教头，负责传授制作弓弩的技艺，并训练军士使用这一新式武器。学习与训练开始了，陈音每天除了详细介绍制作弓弩所用的材料和工艺要求，以及授教使用弓弩技能要领之外，还教越兵唱这首楚地谜歌——《弹歌》。这首谜歌通过陈音之口，在吴方言区域的越国开始广为传唱。不久，《弹歌》以及陈音的弓弩制作技艺与训练方法被邻邦吴国一个间谍窃取到手，偷偷传给了吴王夫差。夫差熟读《孙子兵法》，知道孙武在书中将弓弩和甲盾等一起列为重要作战物资，至于如何制作和使用则没作介绍。为此，他立马重金挖到越国一名训练有素的弓弩手，并身体力行率先学会了制作和使用弓弩这门本事，还效仿越国训练了一支会使用弓弩的"特种部队"。

转眼间几年过去，越国恢复了元气，国力大增，陈音也为勾践训练出了一批又一批弓弩特种兵。于是，勾践召集文种、范蠡，多次密谋伐吴之事。据《吴越春秋·勾践伐吴外传第十》载：夫差二十年（前476）十月，越王勾践兴师伐吴，但未能灭吴。之后，范蠡献"暗度陈仓"之计，建议采取兵分两路、两面夹攻的战术，一路从太湖正面佯攻，一路绕道到吴国北部的湘城（今苏州市相城区）之西，从巢湖（后名蠡渎、蠡湖，隋时改名为漕湖）开挖一条通向太湖的新河（后名蠡河），然后从太湖西面主攻吴国。此计得到了勾践的首肯并付诸实施，由范蠡带一队熟悉水性、又会使用弓弩的精兵，绕道潜入湘城北桥地区，策动那里对吴王夫差暴政不满的吴人参军，组建起一支由越兵、吴人组成的"善舟习水"的"新军"，同时又组织民工开挖新河。

吴夫差二十三年（前473），也就是越勾践二十四年，越王勾践再次出兵攻打吴国。是年十月，范蠡接到命令，率军从巢湖开拔，战船上的兵士"皆被兜甲，佩石碣（箭名）之矢，张卢生之弩"。越军沿着新开的河道，经荡口、梅村进入太湖，继而向东挺进，将吴国水师团团包围。吴军腹背受到攻击，"困不战，士卒分散，城门不守，遂屠吴。吴王率臣遁去，昼驰夜走，三日三夕，达于秦余杭山（笔者注：俗称阳山，在今苏州市高新区浒墅关镇）"，"越兵至，三围吴，范蠡在中行，左手提鼓，右手操枹而鼓之。吴王书其矢而射（文）种、（范）蠡之军，辞曰：'吾闻：狡兔以死，良犬就烹；敌国如灭，谋臣必亡。今吴病矣，大夫何虑乎？'"（《吴越春秋·夫差内传第五》）吴王夫差信中所写的27个字，就是后人常说的"飞鸟尽，良弓藏，狡兔死，走狗烹"之典故，而他所用的射击兵器弓弩，便是源于楚人陈音传于越军的"仿制品"。遗憾的是，那封短信没能起到瓦解文种、范蠡与越王勾践的君臣关系的作用，最终吴国军队大败，夫差伏剑自尽，吴国灭亡。

吴越之争，使楚国的《弹歌》在吴中大地上流传且生生不息。楚威王七年（前333），楚国灭越，吴地归入楚国版图，楚文化随之"长驱而入"，且很快融入吴文化，从而，一种由楚、吴两种文化交融的"新品种"在吴中大地应运而生。1996年，由原文化部代部长、著名音乐家周巍峙带领一批音乐工作者来江苏考察时，在张家港市河阳山附近发现的歌谣《斫竹歌》，就是其中的一个代表作。《斫竹歌》是由当地略识字的70余岁老农民张元元用河阳山歌的曲调唱出来的，歌曰："嗯唷斫竹，嗬哟嗨！嗯唷削竹，嗬哟嗨！嗯唷弹石、飞土嗬哟嗨！嗯唷逐肉，嗬哟嗨！"这里的"弹"是动词，指"用弓弩发射"；"石"是名词，指的是"石镞"。

如今，《弹歌》和《斫竹歌》这两首远古谜歌，都被载入了《中国民间歌曲集成·江苏卷》里。

# 《越绝书》作者之谜

东汉建武初、中期（25—40前后），会稽人氏袁康、吴平撰有《越绝书》十五卷（原本二十五篇，佚五篇，现存二十篇），记春秋时期吴越两国史地及伍子胥、子贡、范蠡、文种、计倪等人的活动。可是，作者一反常态，别出心裁创新法，用隐语形式将自己的姓名籍贯以及合作者的姓名隐在书末《叙外传记》中，一时鲜为人知，成为千古之谜。

《越绝书·叙外传记》是这样写的：

记陈厥说，略其有人。以去为姓，得衣乃成；厥名有米，覆之以庚。禹来东征，死葬其疆。不直自诉，托类其明，写精露愚，略以事类，俟告后人。文属辞定，自于邦贤。邦贤以口为姓，丞之以天；楚相屈原，与之同名。

此谜整整过了1500多年，直至明代，才让文学家杨慎（1488—1559，字用修，号升庵，四川新都人）给猜破。杨慎将《叙外传记》反复推敲，细加琢磨，又结合汉语六书，最终揭开了这一千古之谜：

"以去为姓，得衣乃成"，隐"袁"字，指姓。古秦篆书"袁"字，上似去，下为衣。

"厥名有米，覆之以庚"，隐"康"字，指他的（厥）名字，"康"由庚和米合成。

"禹来东征，死葬其疆"，自言为会稽人。《史记》卷二《夏本纪》云："十年，帝禹（夏禹）东巡狩，至于会稽而崩"，"禹会诸侯江南，计功而崩，因葬焉，命曰会稽。会稽者，会计也。"上古会稽山，即今苏州穹窿山，早先并非属吴，原为越族和干族（防风氏的一个分支）所居。公元前659年前后，吴干之战，吴灭干，进而又占领了太湖流域的越地（上古之越，其族散居于江、浙、闽、粤）。至此，会稽地区属吴，而居住在太湖流域的越民归吴后，长期以来仍称自己为越人。秦始皇二十五年（前222）于原吴、越地置会稽郡，治所在吴县（今苏州），归吴的越民后人就改称自己是会稽越人，而把吴人称作会稽吴人。由此可知，撰写《越绝书》的袁康是会稽越人，吴平则是会稽吴人。

"不直自诉，托类其明……"，意为不明言作者，以隐语示后人。

"文属辞定，自于邦贤"，言非一人之作。

"邦贤以口为姓，丞之以天"，隐"吴"字，指合作者之姓，"吴"由口和天合成。

"楚相屈原，与之同名"，屈原，名平。在此指合作者的名字也叫"平"。

《越绝书》，"隋唐志（《隋书》《旧唐书·经籍志》《唐书·艺文志》）皆云子贡作"（杨家骆《四库全书大辞典·越绝书》）。对此，杨慎在《丹铅总录》上予以了纠正："此书（指《越绝书》）为东汉袁康所作，吴平所定。"清钦定《四库全书总目提要》即采其说，云："然则此书为会稽袁康所作，同郡吴平所定也。"自后始定为袁、吴二人合作。

分析《越绝书·叙外传记》这段文字，既要懂谜艺，也须略懂些书法知识，倘使不懂得，则很难理解的。

# 薛敬文智斗张奉

三国时，时任五官郎中的吴国大臣薛敬文（？—243），名综，沛郡竹邑县（今安徽省濉溪县赵集孤山）人，"学识规纳，为吴良臣"（陈寿语），为人机敏，善于辞令，是个制谜高手。他把谜语应用于外交场合，击退蜀使，事震政界之事，这在历史上是非常有名的。

据《三国志·吴书·薛综传》载：三国时，有次蜀国派张奉出使吴国。张奉为人好胜、骄傲轻狂，他在吴国的招待宴会上目空一切，言谈轻狂无礼，竟然当着吴王孙权的面，拿吴国尚书阚泽的姓名开玩笑，以羞辱吴国。性格憨厚的阚泽虽说也是猜谜大家，但当时没有什么思想准备，一时没能答上来，连孙权也感到十分尴尬。张奉更是洋洋得意。

此时，在座的吴国大臣薛敬文见张奉轻狂之举，十分不满，但拘于吴蜀两国的关系，又因有主公孙权招待，便压下三分怒火。现在看到张奉竟嘲弄起尚书阚泽来了，义愤填膺，于是决定予以还击，灭一灭张奉的气焰。他拿起酒壶站起来，走下自己的座位，来到张奉面前劝酒，说："蜀者，何也？有犬为獨（独），无犬为蜀，横目苟身，虫入其腹。"

薛敬文用这则隐"蜀"字的谜语，当众嘲讽了张奉这位蜀国使臣。张奉听后脸色立刻涨得通红，一时对答不上，只好说："难道你不应当也讲一下你们贵国的'吴'字吗？"

受到奚落的张奉在无话回答的情况下，只好讲了一句转移目标的话。

张奉本想用这句反问的话堵住薛敬文的嘴，没想到薛敬文对答如流，不慌不忙地应声接下去说："无口为天，有口为吴，君临万邦，天子之都。"

薛敬文这一席像诗一样的话，把一个"吴"字解释得完美而又堂皇，这令张奉为之语塞。在场的吴国文武大臣们听后，全都发出了一阵阵的哄笑声，好不痛快。

后来，这段谜事被隋代侯白转载，写进了他的《启颜录》里。

# 诸葛恪巧言解嘲难

费祎，是三国时蜀汉名臣，与诸葛亮、蒋琬、董允并称为蜀汉四相。一日出使东吴，于廷上受接见，东吴公卿侍臣皆在座。在招待宴上，正当喝酒喝得正香的时候，费祎与诸葛恪相对嘲难起来，双方词锋不绝。两人都是才博果辩的高手，此时论难不分伯仲。

当说到吴、蜀时，费祎问道："蜀字云何？"

诸葛恪连忙答道："有水者濁（浊），无水者蜀。横目苟身，虫入其腹。"

费祎接着又问："吴字云何？"

诸葛恪笑了笑，解释道："无口者天，有口者吴，下临沧海，天子帝都。"

这则故事在西晋虞溥《江表传》里有记载，后来西晋陈寿在写《三国志·吴书·薛综传》亦记此事，并写道："《江表传》曰……与本传（即指《三国志·吴书·薛综传》）不同。"

# 任昉制谜戏庾郎

南朝梁文学家任昉，以表、奏、书、启诸体散文擅名。他是乐安博昌（今山东寿光）人，曾在梁时任义兴（宜兴）父母官。

据《南史·庾杲之传》载：河南新野人庾杲之生活很清贫，每次吃的都只有三样韭菜。一日，任昉当着众人的面，用谜语戏谑庾杲之说："谁说庾郎穷，每食鲑菜常有二十七种。"

对于任昉所制的谜语，一般人是蛮难理解的，如果了解点吴语，就会猜出其中所隐喻的含义。任昉所说的"鲑菜"，是当时南朝吴人对鱼类菜肴的总称，这在《集韵》一书中有注释的。任昉之谜，"谜眼"是在"二十七"这三个字上面。此谜既借用了"三九二十七"的乘法口诀，又运用了谜语中的谐音手法，而且还巧妙地将吴语俗言融入其中，从而增加了一定的猜射难度。

其实，"二十七"是指三个"九"，九与韭音同，在这里指韭菜。韭菜，在吴语中又戏称"九只菜"。那么，"二十七"即是三个"九只菜"之意。换句话讲，也就是说庾杲之常常吃三样韭菜。

《南齐书·庾杲之传》："庾杲之……清贫自业，食唯有韭菹、瀹韭、生韭杂菜，或戏之曰：'谁谓庾郎贫，食鲑常有二十七种。'言三九也。"

# "富土"变"同里"

千年古镇同里，南宋绍兴初"乃始称镇也"。先秦时期，此地已成集市，原称"富土"，隶属会稽郡吴县（现隶属苏州市吴江区）。汉后日益繁华，逐渐发展成了一个村市。那么怎么会改称同里的呢？这里面还有段故事呢。

话说隋大业年间（605—617），有一年吴县涝灾，地处太湖之滨的富土也遭此重灾，万顷良田化成了一片汪洋，田里的庄稼都被大水淹没了。可是，隋炀帝却一意孤行，不顾富土百姓的死活，亲下御旨，命那里的黎民百姓每亩加交皇粮三斗，限十日内全部交清，违者重罚。因为当时的富土有江南"鱼米之乡"的美誉，那里的土地肥沃，自然条件优越，是吴地最富庶的地方。

皇命岂能违？富土人闻讯后，顿时急得像热锅上的蚂蚁团团转。正当大家束手无策之时，多亏了村里一位姓金的秀才急中生智想出的妙计，才使这个小村市化险为夷。他用流行于民间的谜语，把"富"字一拆为二，先将上半部去掉一点变为"同"字，再将下半部的"田"与"土"合并成一个"里"字，由此巧妙地运用谜语中的拆字法，把原来的"富土"改为了"同里"。之后，他嘱咐全村的人都行动起来，将村里所有以"富土"命名的道路、店铺等统统改为"同里"。

十天限期到，"富土"变成了"同里"，催讨皇粮的京官下来一看傻眼了，"这里可是富土？"陪同的吴县知县心知肚明，却回答说："我们这里根本没有富土，只有同里。"催粮京官只得打道回京，禀告隋炀帝：吴县没有富土，所以也就没有催讨到皇粮。从此以后，中国历史上多了个吴县同里村，少了个吴县富土村。

# 皮陆嵌字诗谜

唐代诗人皮日休在苏期间，住在长洲县皮市上（今苏州皮市街），与住在长洲县临顿里（今苏州临顿路）的陆龟蒙过从甚密。他俩常在一起吟诗答对，词曲唱和。

一日，两人漫游郊外，在一村头小溪边，见溪水映着翠竹轻轻舞动、落叶片片顺流而下的美景，于是诗兴大发，并以诗的形式创作谜语来相互唱和猜射。皮日休的诗是：

季春人病抛芳杜，仲夏溪波绕坏垣。衣典浊醪身倚桂，心中无事到云昏。

（隐药名三：杜仲、垣衣、桂心）

数曲急溪冲细竹，叶舟来往尽能通。草香石冷无辞远，志在天台一遇中。

（隐药名三：竹叶、通草、远志）

桂叶似草含露紫，葛花如绶蘸溪黄。连云更入幽深地，骨录闲携相猎郎。

（隐药名三：紫葛、黄连、地骨）

陆龟蒙唱和之诗是：

乘屐著来幽砌滑，石罌煎得远泉甘。草堂只待新秋景，天色微凉酒半酣。

（隐药名三：滑石、甘草、景天）

避暑最须从朴野，葛巾筠席更相当。归来又好乘凉钓（钩），藤蔓阴阴著雨香。

（隐药名三：野葛、当归、钓藤）

窗外晓帘还自卷，柏烟兰露思晴空。青箱有意终须续，断简遗编一半通。

（隐药名三：卷柏、空青、续断）

之后，人们就将他俩创作的形式称之为"皮陆嵌字诗谜"。


# 皮日休即兴制"心"谜

唐咸通十年（869）五月的一日，皮日休与陆龟蒙二人行至苏城西郊的一个村头，看见河边有爿小酒店，就走了进去，选了个靠窗的位子面对面坐了下来。店小二热情上前招待，接着按照客人的要求端上一壶酒和几盘小菜。皮陆二人边酌边聊，不时看看窗外的景色。

五月江南梅雨天，一日天气变三变。东边日出西边雨，司空见惯弗稀奇。正当他俩喝到劲头上时。外面天色未变，但却细雨霏霏，适值一叶小舟摇过窗外，皮日休见此情景，一个灵感上来，边笑边用手指指了指窗外河里一叶小舟，然后吟道：

细雨洒轻舟，一点落舟前，一点落舟中，一点落舟后。

吟罢，便问陆龟蒙是个什么字。陆龟蒙可是个猜谜高手，他不假思索就把谜底报了出来。

原来，皮日休的即兴之作是猜一个"心"字。他用"轻舟"象形"心"字中的笔画"乚（竖弯钩）"，又用三点雨分别象形"心"字中的三个笔画"、（点）"，然后再将"轻舟"和三点雨所象形的笔画组合起来，就成了"心"字。至此，谜底也就自然揭晓了。


# 许馘庙碑阴谜

据《全唐诗·谚谜篇》记载，五代时，南唐文学家徐铉（916—991）的父亲徐延休在义兴（今江苏宜兴，又名阳羡）当县令时，曾在县署后面掘到一块"后汉太尉许馘庙"的石碑，石碑上的字是由东汉末年的名士许劭（150—195）撰写的，碑阴（反面）刻有八个字：

　　谈马，砺毕，王田，数七。

　　这八个字是什么意思呢？当时很多人都不理解。徐延休经过一番思索，终于猜出，原来这是一则离合、曹娥体的谜语，谜底是"许碑重立"。他的解释是："谈马，言午（马在生肖中与地支午相对，扣午）也，言午为'许'字。砺毕，石卑也，石卑为'碑'字（砺，磨刀石；毕，古通筚，卑陋之意）。王田乃千里，为'重'字（王田有千里之广，故扣重）。数七乃六一，'立'字。"

　　据考，这块"后汉太尉许馘庙"碑岁久字磨灭。至开元（唐玄宗年号）中，由许氏诸孙重刻之。

　　许馘何许人也？据《后汉书·循吏列传·许荆传》载："许荆字少张，阳羡人（原注：阳羡故城在常州义兴县）……荆孙馘，灵帝时太尉。"据《后汉书·三国志补表三十种·后汉公卿表》载："（汉灵帝）光和四年（181）辛酉九月以卫尉许馘为太尉……光和五年壬戌十月太尉许馘免。"

　　有关宜兴"许馘庙碑阴"这件谜事，宋代进士出身的吴处厚（？—1093左右）在撰写《青箱杂记》时将此转载了，可是，他在抄写的过程中，却把许馘这个名字误写成了许馘（音guo），诒误了许多后学。后来，谜界纷纷引用《青箱杂记》上的记载，很多谜书也都照抄《青箱杂记》上的记载，以讹传讹。直至1993年6月，南京谜宿陆滋源发表了题为《是许'馘'不是许'馘'》的谜文，这才把将近一千年的错误给纠正了过来。

# 范仲淹制谜语与民同乐

　　宋仁宗景祐元年（1034）六月，范仲淹出任苏州知州。刚到苏州，他就看见阊门城外到处是灾民，一打听，原来是太湖水患所致，苏州有十万户受灾百姓流离失所。到任后，范仲淹本着"先天下之忧而忧，后天下之乐而乐"的理念，立即上表朝廷并着手兴修太湖水利，以绝水患，同时还自费买下了南园马诚（吴县县令）的宅地创设府学。范仲淹惠泽乡民之举，赢得了苏州黎民的一致拥护和口碑。

　　景祐二年（1035）清明节，吴县主簿李策向知州范仲淹提了一个建议，在端午节期间，举办一个为期半月的苏州城乡交游盛会，以天庆观（即玄妙观）、山塘街、虎丘为点，集庙会、贸易、旅游、文化为一体。最后，他还解释了盛会举办可以达到的四个效果：第一个效果是万民同乐，振奋民心；第二个效果是推动百业兴旺；第三个效果是激励官吏尽展其才；第四个效果是以劳代赈，使灾民为百业所用。范仲淹听后大喜，欣然应允，当场就把这事交给了李策去负责主持。

李策是个办事干练之人，受命后即组织了一套班子着手筹备，诸事进展有条不紊，顺顺当当。范仲淹只是每隔十天半月，约见李策了解进展，略加指点而已。

转眼间，到了五月初五端午节。那天，苏州城里城外热闹非凡，盛况空前。"苏州城乡交游盛会"活动内容丰富多彩：胥门塘河、阊门码头，葑门接官厅三处是以"赛龙舟"为主的民间传统文化活动，天庆观是以手工业品、民间小吃、珠宝服装等城市产品为主的展销活动，七里山塘是以粮食、茶花、水产、水果、竹木器、腌腊制品等农副产品为主的展销活动，虎丘是以民间艺术、饮食文化、旅游文化为主的庙会活动。

盛会举办的第一天，身为知州的范仲淹身穿便服，在老家人袁信的陪同下来到活动现场与民同乐，所到之处，无不使百姓们为之动容，大家都争先恐后，一睹这位父母官的风采。上午，他先后观看了环城河三处的赛龙舟。下午，他又来到天庆观，走遍了观内每个摊位和天庆观前街上每爿店铺，之后，再来到山塘街，直至彩灯与月争辉时方才打道回府。

第二天上午，范仲淹依然便服出行，来到虎丘庙会，先是观看了民间艺术展示和曲艺杂耍演出，然后来到闹中取静的致爽阁，参与了设在那里的有奖猜谜活动，猜中了一则"筷子"谜，谜面是："眠则同眠，起则同起。贪如豺狼，赃不入己。"之后，即兴创制了一则谜，并现场书写征猜，谜面是："饥如柳絮轻，饱似樱桃重。但知从此去，不用问前程。"要求猜一飞虫。"知州大人在致爽阁制谜"的消息传出，一眨眼工夫，致爽阁内外就挤满了围观的人。待到谜笺挂出，围观者中有的吟咏谜面，有的抬头凝思，有的窃窃议论，有的啧啧称赞字写得好……

"谜底是蚊蚋！"突然，人群中一个书生模样的年轻人高喊道。

"猜中了！"范仲淹微笑着，对着那个年轻人点了点头。

年轻人得奖后高兴不已，逛庙会的百姓更为范仲淹即兴创制的"蚊蚋"谜诗叫好。原来，这首谜诗虽然是在猜四害之一的"蚊蚋"，其实，谜面的含意则是在讥讽搜刮民脂民膏的贪官污吏。之后，这则"蚊蚋"谜诗由北宋僧惠洪写进了《冷斋夜话》里。

范仲淹的"蚊蚋"谜创制得惟妙惟肖，那么这蚊蚋又是何物呢？在自然界里，蚊蚋是两种不同的昆虫，它们虽然都属于昆虫纲、双翅目，但不同科，蚊属蚊科，蚋属蚋科。换句话讲，它们是"同宗"但不是"自家人"。然而，民间则将它们统称为"蚊子"。在古代吴地，蚊蚋又俗称"白鸟"，《吴门表隐》有"阊门聚龙桥口无白鸟"之说，顾震涛注："即蚊蚋。"

# 范仲淹的黄齑词谜

宋代著名政治家、文学家范仲淹，以他的"先天下之忧而忧，后天下之乐而乐"思想影响着古今中外一代又一代的人，千百年来世人都将此奉为至理名言。

范仲淹在任苏州知州时，兴修太湖水利，创设府学，惠泽乡民，有口皆碑。他曾有黄齑（黄咸菜）词谜之作，语调诙谐，"读之令人绝倒"（清代张大复语）。

陶家瓮内，酿成碧绿青黄。措大口书，嚼出宫商角徵（zhǐ）。

范仲淹的这首词谜，首句"陶家瓮内"是指陶坛，腌咸菜的一种器具；第二句是讲咸菜腌制过程中的色泽变化；第三句"措大"是指穷书生；第四句"宫商角徵"，是我国五声音阶中的音级，在此比喻咀嚼咸菜时发出的声音犹如美妙动听的音乐声。

# 店主解诗谜

北宋庆历三年（1043），范仲淹、杜衍、富弼等人延揽人才，准备实行新法。范仲淹推荐杜衍的女婿、北宋著名诗人苏舜钦为集贤殿校理，监进奏院。于是，苏舜钦成了当时政治改革集团的重要一员。

庆历四年（1044），保守派开始反击，时值进奏院祀神，苏舜钦与同僚用院中拆奏封的废纸换钱置酒饮宴，被保守派抓住把柄，御史中丞王拱辰竭力诬奏苏舜钦监守自盗，借以打击范、杜。结果参加宴会的十余人一同被贬，主犯苏舜钦被削籍为民。翌年春，苏舜钦离开京城南下，寓居苏州，以四万贯钱买下了一座废园——五代时吴越国广陵王钱元璙的近戚、中吴军节度使孙承祐的池馆，进行修筑，傍水造亭，因感于"沧浪之水清兮，可以濯吾缨；沧浪之水浊兮，可以濯吾足"，题名"沧浪亭"，自号沧浪翁，并作《沧浪亭记》。欧阳修应邀作《沧浪亭》长诗，诗中以"清风明月本无价，可惜只卖四万钱"题咏此事。自此，"沧浪亭"名声大振，成为苏州名园。

在苏期间，苏舜钦隐居不仕，读书闲游度日。有一年的一天，他来到吴县木渎镇一家酒店小酌，要了两盘菜。店主服务周到，招待热情，等到苏舜钦吃完后，上前说道："小店初开，酒薄菜差，如不合口味，乞望客官多多指点。"

苏舜钦捋了捋胡须，笑道："酒尚可，这菜嘛……"说到这里，刹住了话语，却要店主拿来笔墨纸砚。店主忙将笔墨纸砚端上，他拿起笔在砚池里蘸了点墨，然后挥毫在纸上写下了四句打油诗：

大雨哗哗飘湿墙，诸葛无计找张良。关公跑了赤兔马，刘备抢刀上战场。

店主一看，不解其意，冥思苦想，彻夜未眠，直到天放亮方始明白。第二天，苏舜钦又来小酌了，店主赶忙端来四样调料——盐、蒜、姜、酱，笑着问道："客官，昨天是否少这四样？"

苏舜钦点点头微笑着，称赞店主聪慧。

原来，这首打油诗是首谐音谜诗。第一句讲大雨哗哗下，飘湿了墙面，那是没有屋檐的缘故，在此以"无檐"隐无"盐"；第二句讲诸葛亮没有了算计，只好去求教张良，在此以"无算"隐无"蒜"；第三句讲关公的赤兔马跑了，原因是马的缰绳没有了，在此以"无缰"隐无"姜"；第四句讲刘备失去了将领，只好亲自抡刀上战场了，在此以"无将"隐无"酱"。

这则旧闻传播甚广，有的说这首谐音谜诗是欧阳修创作的。

# 醋浸"曹公" 汤燖"右军"

北宋时，吴地有个读书人，喜欢吟诗猜谜对对子。一日，他托人给朋友送去一鬶酸梅、两只燖鹅（已经用开水去毛的光鹅），并附上一封信。信上是这么写的：

醋浸"曹公"一鬶，汤燖"右军"两只，聊备一馔。

这是一封含谜的信，运用了谜语指代法，"醋浸'曹公'一鬶，汤燖'右军'两只"是隐"一鬶酸梅、两只燖鹅"。那么，信上的"曹公"和"右军"指的是谁？"曹公"，指的是三国时的曹操，他曾首创了"望梅止渴"的疗法。"右军"，指的是东晋时官至右军将军的大书法家王羲之。王羲之，人称"王右军"，他爱"鹅"，曾用自己书写的《黄庭经》与山阴道士换鹅。据北宋沈括《梦溪笔谈》一书介绍，宋代时"吴人多谓梅子为'曹公'，以其尝望梅止渴也；又谓鹅为'右军'，以其好养鹅也"。

# 李章换鱼

宋代时，苏州城里有个文化人，姓李名章，精明且又聪慧过人。他有个特点，就是平时喜欢用有趣的话与人开玩笑。在他家的隔壁，住着一家很富有的邻居，但人很是粗俗。

一日，那家邻居设宴，也请李章去了。宾主就座，李璋看见主人面前的鲑鱼蛮大，脑子里马上闪出一个念头，趁大家准备动箸进食之时，突然对着主人说："章与君都是苏人也，每见人书'苏'（苏）字不同，不知'鱼'在左边呢，还是在右边呢？"

主人没有提防，忙解释道："古人写字，不拘一体，从便移易耳。"

李章巧妙地利用了繁体"蘇"字有写成"蘓"的这种汉字形态的变化特征，以谜语的手法轻而易举地套得了主人的承诺，他连忙起身伸手将主人面前的大鲑鱼连盘端起，对着座上所有的宾客说："领主人指挥，今日左边之鱼，亦合从便，权移过右边。"然后将大鲑鱼放到自己面前，引得大家哈哈大笑。

北宋浦城（今属福建）何薳（字子远，一作子楚，自号韩青老农）在撰写《春渚纪闻》一书时，将"李章换鱼"这桩趣事记入其中。之后，明末清初文学家、篆刻家、收藏家周亮工（1612—1672）在编写《字触》时，也将此事抄录了下来，但却将"李章"改写成了"李璋"，不知见于哪个版本。

# 定胜糕的由来

江南糕点中有一种形状比较特殊的糕，叫做定胜糕，外形除了比较"厚"外，它的"横切面"，既不是方形，也不是圆形，当然也不是长方形或梯形，两头是弧状，较大，中间为细腰，就像把一个圆，左右都剜去一块弧形。古代有个笑话，形象地突出了"定胜糕"的形状："一蒙师见徒手持一饼，戏之曰：'我咬个月湾与你看。'既咬一口，又曰：'我再咬个定胜与你看。'徒不舍，乃以手掩之，误咬其指，乃呵曰：'没事没事，今日不要你念书了，家中若问你，只说是狗夺饼吃咬伤的。'"（《笑林广记》二卷"咬饼"）

定胜糕通常是用米粉、糯米粉、红豆沙、糖和水做成，多呈粉红色，制作工艺讲究。新出笼的定胜糕松软甜糯，因像寿桃，寓意吉祥，所以成了我国民间逢年过节及庆贺礼仪中必不可少的食品（包括拜寿、造房、乔迁、婚娶、开业、高升、赶考、中举等），江浙一带，特别在苏州，自古以来，定胜糕便是非常受人欢迎的食品。

那么，"定胜糕"这个名词又是怎样来的呢？

相传，南宋建炎年间（1127—1130），金兵元帅兀术屡屡率兵南侵。一次，进犯临安（杭州）吃了败仗，从临安退到平江（苏州）。当时韩世忠的军队正在松江一带驻防，听说金兵北退，就和夫人梁红玉领兵八千，埋伏在太湖岸边，阻击金兵。但金军有十万兵马，要阻击金兵并要全胜，还须良策。韩世忠日夜筹划，茶饭不进。那天，苏州百姓偷偷送来军粮犒劳，梁红玉就端着一盆糕点送上，并说："苏州百姓又送来犒劳军队的几箩甜糕，已分给各部，但这一盆，一定要你品尝。"

韩世忠接过后，发现糕点式样不同平常，两头大，中间细，蛮像个银锭样子，有点奇怪，就拿了一块，两手一掰，见糕里夹有纸条，上面写了四句话："敌营像'定榫'，头大细腰身，当中一折断，两头勿成形。"

韩世忠、梁红玉夫妻俩都善于猜谜，两人细读之，悟出："原来这是苏州百姓送来的情报，句中讲的不就是金兵所布的阵势吗？！"于是连夜调兵遣将，韩世忠亲自带兵直向敌营拦腰杀去，金兵没有防备，一下子就乱了阵势，在宋军的攻击下溃不成军，狼狈逃窜，一直逃到镇江附近的黄天荡，被早已赶到的梁红玉精兵又一阵痛打，死伤大半，金兀术也差点儿成了俘虏。

宋军全线告捷，韩世忠的军队立了大功。胜利班师回到苏州府第，韩世忠激动的心情久久不能平静。他回想到苏州百姓赠送的甜糕及情报，感激万分，于是便取"定桦"谐音，把此甜糕称为"定胜"，以喻大吉大利、高高兴兴的意思。

（柯继承）

# 韩世忠夫妇巧撺秦桧

南宋建炎（1127—1130）初，力主抗金、反对卖国投降的民族英雄韩世忠、梁红玉夫妇提兵至吴中，以沧浪亭为宅第。建炎三年（1129），他们镇守镇江时，以八千众阻十万金兵渡江，与兀术相持黄天荡达 48 个月之久。

在抗金的岁月里，奸臣秦桧几次三番窜到韩府（今沧浪亭），挑拨韩、岳两家之间的关系，韩世忠夫妇愤怒至极，又不便直说。一日傍晚，秦桧又来到沧浪亭韩府，走进大门，只见韩世忠夫妇正在边下象棋边讨论军事。秦桧上前打招呼，可夫妇俩不予理睬。韩世忠举起一只"兵"，自言自语地说道："兖州无儿去，下着无头衣，泪水一边流。"说完将"兵"轻轻地放回原位。梁红玉心领神会，举起一只"卒"，说道："虫子钻进布匹里。"精通隐语的秦桧一听，心知肚明，晓得他俩话里有话，都在用谜语撺他，只好灰溜溜地走了。

原来，韩世忠、梁红玉夫妇都是制谜能手，他们刚才所讲的话，一隐"滚"字，一隐"蛋"字。后来，韩世忠夫妇用字谜巧撺秦桧的故事就在苏州地区广为流传了。

# 费衮记下的"俭"字谜

无锡费衮，字补之，曾为南宋绍熙间（1190—1194）国子监生，负用世辅政奇才而不得志。隐居老家后，他以著作自见，著有《梁溪漫志》《文撰李善五臣注同异》等。

一日，费衮在家撰写《梁溪漫志》，一位从前的同僚前来造访。同僚平时喜欢开玩笑，擅长拆字谜，两人在谈笑间，同僚向费衮推荐了一则自制的"俭（儉）"字谜，内容是：

"一人立，三人坐，两人小，一人大，其中更有一二口，教我如何过？"

费衮听后，对此作了一番评价：

"世俗善谑者多拆字谜，然多文理不足称说。兄台的'俭'字谜，其意甚明白，真善谑而有益者，岂特可助谈话而已。"

同僚走后，费衮就将这则"俭"字谜记进了他的《梁溪漫志》里。

事隔五百来年，明末清初人咄咄夫将费衮记进《梁溪漫志》里的这则"俭"字谜收进了他的《一夕话·雅谜》里，并改动了一个词，即把"其中"改为了"中间"。咄咄夫还在书中附了一则内容不一样的"俭"字谜：

"兄弟四人，两人大；一人立地，三人坐；家中更有一两口，便是凶年也好过。"

据考，这则"俭"字谜是北宋政治家、思想家、文学家王安石创作的。

# 巴尔图国公的"图、毕"谜

元至元十八年（1281），平江路设达鲁花赤总管府。不久，朝廷委任巴尔图（一作八剌脱）国公为平江路达鲁花赤。

巴尔图国公倜傥爽迈，谈吐生风，雅好文虎酒令。一日，他在宴请属下时，随口行一令曰："一字有四口一十，一字有四十一口；不解者罚一巨觥。"在座的都不解，面面相觑许久，最后巴尔图国公自揭谜底，乃"圖（图）""畢（毕）"两字。

元至正中期（1350—1360），平江（今苏州）人高德基著《平江记事》，将这则发生在姑苏的谜事活动记载了下来。

# 惟则的含谜偈语

元至正二年（1342）冬季的一日，天下大雪，有客来苏州师子林（即狮子林）拜会，以煨芋作供，住持惟则禅师示众偈曰："懒残捉我芋头煨，羡我深居似大梅。"

"请教禅师，一花五叶几时开？"那客人问道。面对这一难题，惟则禅师不慌不忙，随口偈曰："苏州呆，苏州呆，门外雪成堆，彻骨还他冻一回。"那客人闻之，茫茫然，后经友人点拨，方知惟则禅师所说的原来是则含谜的偈语，谜底是个"梅"字。

这件轶事后来由小师善遇编入《天如惟则禅师语录》一书中，流传至今。此"呆"，并不是俗以为痴呆之呆，而是指一种属杏类的梅，倒杏为呆也。《类篇》注释："呆，同楳省。或作某，通作梅。"

79

# 一首藏头谜诗

自从明朝永乐皇帝敕封"御窑",相城百姓脸上有光了一阵子,但很快就喜悦不起来了,忧愁爬上了眉梢。这是为什么呢?

原来,皇上两爿嘴唇皮一吧嗒,"御窑"二字出口,地方官感觉到了山一样沉的分量。须知这个"御"字不是轻易能用的,但凡带个"御"字的器物,皆为皇上专用,如皇上睡的床称"御床",皇上的办公桌称"御案",皇上吃的饭菜叫"御膳",皇上的浴池叫"御汤",皇宫的后花园名"御园",等等之类,不一而足。倘有人冒冒失失擅用了这个"御"字,那就是"僭越",等同谋反,属十恶不赦之罪的首位,轻则凌迟,重至灭族。而且,万一哪个地方出了这么个冒失鬼,他本人获罪倒也罢了,连带着地方官也得跟着倒霉,将被以失察的过失受到严厉处分,那才叫冤呢。因此,"陆墓金砖"的名称升级为"御窑金砖"后,对于苏州府台、吴县知县而言,无异于捧到了一只烫手山芋,他们连夜会商,研究怎样确保不至于闹出纰漏来。两人商量了一夜,没想出什么好办法,最终还是府台的幕僚、人称"赛诸葛"的绍兴师爷许老夫子出了个"寸土片砖,不得擅用"的馊主意,建议出张告示,禁止相城士民使用地产砖,用"釜底抽薪"的办法,从根本上断绝"御窑"民用的危险。

官府这张告示一出,苦了相城人,除了等待皇宫的订单,他们不能再烧窑制砖,收入锐减,而且,建屋造房须到外地购砖,费事费钱。相城人找到姚广孝,请他出面去跟官府说说,能否撤消这张告示。姚广孝此时赋闲在家,不便干涉地方上的政事,直接管这件事不妥,何况官府出此告示,打的是维护皇上专用权的旗号,岂是说撤消就可撤消的?姚广孝左思右想,想定当之后,专程上了一趟京城,求见永乐皇帝。

永乐帝见姚先生前来,十分高兴,设御宴款待。酒过三巡,姚广孝从怀里掏出一笺,笺上有诗一首,说道:"皇上,您赐微臣家乡'御窑'之名,百姓欢欣鼓舞,臣也激动得彻夜难眠,特将此心情写成一首诗,呈皇上过目,切望皇上御笔缮写,让微臣带回去制匾高悬,一来可光耀门第,二来可日日瞻仰皇上墨宝,以慰臣感念圣眷之心。"永乐帝爽快地答允了这一要求,命内官取来文房四宝,展纸挥毫,龙飞凤舞,将姚广孝的诗抄了一遍。诗为:

"御笔洒甘霖,窑户沐皇恩。金银诚贵重,砖亦价不轻。本是寻常泥,地因绝艺升。可知世间事,用途赖圣心。"

姚广孝从京城回到相城,雇了手艺高超的匠人,将永乐帝亲笔缮写之诗制成匾额,挂在姚氏宗祠大门上方。制匾时,姚广孝吩咐工匠把每句诗的第一个字放大一倍。诗共八句,这八个字连起来读,就成了"御窑金砖,本地可用"。这可是皇上御书,与绍兴师爷那八个字相比,效力是一个天上,一个地下,官府的告示只能作废了。

姚广孝的诗,是一首"藏头谜诗"。他用这首藏头谜诗,巧妙地保住了御窑金砖也可为民间所用的权利。

(卢群)

# 设宴饯别行酒令

陈询,华亭县(今上海松江区)云间乡瑶泾村人,生性刚直,每每酒酣耳热,有不平事或人有过,总是当面发之,不留一点情面。同乡沈度劝他随和些,也当场受到斥骂。明永乐十六年(1418),他考中进士,授翰林院庶吉士,之后久未得到升迁。正统年间,太监王振擅权,时任侍讲学士的陈询因不附阉党,被降职为安陆知州。

一日,同僚设宴为他饯行。席间,有人提议行酒令,要求各用二字,拆出的字要与令的最后一字押韵,无分平仄脚,但最后一句必须是前人的诗句。

"我先来!"陈询端起酒杯站起来说:"轟字三个車,余斗字成斜。車車車,远上寒山石径斜。"令毕,他将一杯酒一下子灌到肚里,然后一屁股坐了下来。

"好!"坐在一旁的学士高榖躬身起立,接令道:"品字三个口,水酉字成酒。口口口,劝君更尽一杯酒。"

接下来,又一个友人接令云:"犇字三个牛,田寿字成畴。牛牛牛,将有事乎(于)田(西)畴。"

话音刚落,陈询又把"令"抢了过去,大声说道:"矗字三个直,黑出字成黜。直直直,焉往而不三黜!"

此令一出,合席大笑。

这件行酒令之事,在明代《古今谭概》"谈资部第二十九"里有记载。后来,清代周亮工也将此收进了《字触》卷五内。

# 张东海望汤不至

明成化年间,松江有位名士姓张,名弼,号东海,善谑,雅好文虎。一日,乡里一大户人家设宴,特派人前来邀请他。此时的张弼,因病已从南安(今江西大余)知府任上退职返乡。

席间,主人为每位宾客递汤,无意中漏掉了张弼。张弼好生尴尬,于是当众口诵道:"东面而征西夷怨,南面而征北狄怨。"可是,他的举动并没有引起大家的注意,他就又反复吟诵了数遍。众宾客见状,不知所以,就问他什么原因,张弼说:"望汤不至故耳!"

主人闻之，急忙起身端来一碗汤，边递上边打招呼："东海翁，对不起了，刚才失礼了，请多多宽恕！"

原来，张弼所吟诵的诗句出自《孟子·尽心章句下》，诗句里的"汤"指的是"商汤"，而张弼所引用的"汤"，实乃主人递给宾客的那碗"汤"也。此段趣事，后被清乾隆年间的雷琳（字晓峰，号渔矶散人，松江人）收进了《渔矶漫钞》十卷里。

# 大人谜五条

明弘治年间，榜眼程克勤（名敏政）、探花陆廉伯（名简，号治斋，别号龙皋）、状元吴原博（名宽，号匏庵）、会元王济之（名鏊）、经魁黄五岳同饮于虎丘山，猜谜行令。当年，虎丘山有钟馗像，程克勤提议以此为题，用"四书"语凑成，上两句不能改，第三句限四字，随意换；末句要依式换一句，且暗指一人物；如果在点燃的香过一分长而没有想出来，就要罚跪千人石上。大家表示赞成。于是，程克勤首先燃香斟酒，说：

有大人者，朝衣朝冠，抚剑疾视，善人吾不得而见之。

说毕饮酒，遂将香和酒交给陆廉伯。

陆忙说：

有大人者，朝衣朝冠，立不中门，俨然人望而畏之。

举杯饮酒后，将香和酒交给吴原博。

吴接过香和酒，不慌不忙地说：

有大人者，朝衣朝冠，爵禄可辞，择其善者而从之。

言毕，也举杯饮酒，之后将香和酒交给王济之。

王接过香和酒，接着说：

有大人者，朝衣朝冠，祭之以礼，则可卷而怀之。

最后轮到黄五岳，他说：

有大人者，朝衣朝冠，空空如也，益烈山泽而焚之。

结果五个人都没受罚。程指"钟馗"，陆说"翁仲"，吴讲"门神"，王言"喜神"，黄曰"方相"。

这则轶闻在明代华亭（旧江苏松江，今上海松江）陈继儒的《精辑时兴雅谜》（又名《鸳鸯镜》）有记载。后来冯梦龙也将此事收进他的《山中一夕话·谜语》里。

# 漕湖赋诗猜谜语

明弘治年间的一日，唐伯虎、祝枝山、徐祯卿来到文徵明家聚会，得知沈周在漕湖（在今苏州市相城区境内），于是一起前去拜访。

春夏之交的漕湖，风光旖旎，湖边的柳树亭亭玉立，纤细的嫩叶泛着点点绿光，远远看去，柳枝低眉顺眼，柔柔软软，缠缠绵绵，似丰姿绰约的美人。在一棵老柳树下，荡着一只小船，摇船的人蹲在船上。岸上，一个男仆伺候着，一位老者坐在地上，倚着老柳树，半闭着眼，正凝神地吟诵着白居易的《苏州柳》诗：

金谷园中黄褭娜，曲江亭畔碧婆娑。

老来处处游行遍，不似苏州柳最多。

絮扑白头条拂面，使君无计奈春何。

那位老者，就是隐居在相城、远近闻名的大书画家沈周，字启南，号石田。

唐、祝、文、徐四人见了，三步并作两步，径直走到湖边。

"哎呀，你们都来了！"坐在地上的沈周，高兴不已，"走走走，上船，上船。"一面招呼着，一面吩咐男仆去准备酒菜。

四人随着沈周上了船，小舟便离开老柳树，荡漾在湖中。

"今早来，可准备'节目'？"沈周问道。

唐伯虎迫不及待，在一旁插嘴："有的，我们赋诗猜谜？"

"按年纪大小，年纪最大的先来。"祝枝山开口了，对着沈周说："您老最年长，您先请！"

沈周没有提防这一招，望望四人的脸色，知道"斗"局开幕了。于是，望着湖岸上的农田沉思起来，片刻灵感上来，随口吟道：

昔日其为富字足，今日其为累字头。

拖下脚时成甲首，伸出头来不自由。

其安心上长思相，其在心中廑（虑）不休。

当初只望其为福，谁料其多叠叠（叠叠）愁。

话音刚落，祝枝山就摇头晃脑地唱吟起来：

来得巧，正逢时，劝君莫各盘中食。

此公满腹锦绣才，不让吃喝哪来诗？

沈周不知道他已经进入"角色"，忙打招呼："枝山啊，会请你吃的，我已经派人去准备了。"

"哈哈，我唱的是含谜诗，不是在问您讨吃喝。"

"喔唷，我搞错了。真的是一岁年纪一岁人啊。"沈周用手指戳戳脑门，恍然大悟：

"喔，我晓得了，你在说'大虫'。"

祝枝山连连击掌。原来这"大虫"暗指的是一个"蚕"字。

轮到唐伯虎了。只见他先是指指湖岸上的农田，对大家说："刚才，沈老所吟之诗，是猜一个'田'字。"继而装出一副气势汹汹的样子，指指祝枝山：

菜儿香，酒儿清，不唤自来是此君。

不识人嫌生处恶，撞来筵上敢营营！

"死'苍蝇'，滚开！"祝枝山用手一挥，在座的立马领悟到唐伯虎的谜底是什么了。

"我的，是猜一种物事。"文徵明拿过"接力棒"，说："做得不好的话，请老师和诸位兄长多多赐教。"接着吟诵起来：

竹将军筑城自卫，纸将军四边包围。

铁将军穿城而过，木将军把住后背。

最后，轮到年纪最小的徐祯卿，也赋诗一首：

墙里开花墙外红，心想采花路不通。

通得路来花又谢，一场欢喜一场空。

"他们两人讲的是一回事。"沈周捋捋胡须，对祝枝山、唐伯虎做了个"提灯笼"的动作："夜晚要用的……"

"老爷！酒菜来了！"声音从岸上传来，打断了沈周的话。

"靠岸。"沈周吩咐船家。

小船摇到老柳树下，五人依次离船上岸。男仆早已在草地上铺好桌布，五人席地而坐，随即就纷纷举杯畅饮，把酒当歌，继续着"赋诗猜谜"的主题，相互运以奇巧之思，各出新制，悬的为招，直至斜阳昏淡醉卧湖畔。

后来，清初文学家褚人获在著写《坚瓠四集》时，把沈周在漕湖的即兴之作《咏田》谜诗收进了书中。

# 风流逸响支硎山

在苏州城西南郊，有座支硎山（又名报恩山、观音山），因东晋开山祖师支遁隐于此而得名。您如果去那里游览，就会听到一段已经流传了五百多年的风流趣事，趣事中的主人翁叫柏子亭。

吴僧柏子亭，苏州府嘉定县（今上海嘉定县）人，明朝大画家，精通佛学，每年都要上浙江天台山讲一回经，遐迩闻名。看破红尘削发为僧的他，经常云游四方乞食村落，装束怪癖酷似济公，手捻佛珠又托钵盂，衣袖里装的一支碗口粗的巨笔随其走一路"挥"

一路，其墨迹遍野，以枯木葛蒲冠众。他写得一手好诗文，与当时的"吴中四才子"唐伯虎、祝枝山、文徵明、徐祯卿交往甚笃。相传，有一年农历二月十八日，柏子亭乞讨途经苏州支硎山，借宿于山脚下一家旅店里。吴中有个习俗，农历二月十九日是观音菩萨生日，百姓都会不约而同从城里或乡下赶到支硎山下的观音寺，参加寺院举行的庆祝仪式。柏子亭是个爱轧闹猛（即凑热闹）的人，但他知道，不带"礼物"去参加观音会是有失体统的。于是他灵机一动，同店小二商量能否"送"点香烛纸马。谁知店小二是个势利眼，看见他这副穷样子，就推说"没有"。

这时，正好店主人从里厢走出来，一听如此这般，也很气恼，但嘴上却客气地打招呼："长老，小店只管客人吃和住，不做香烛纸马生意的，实在对不住！"常言道，听话听音，锣鼓听声。柏子亭晓得店家不肯"送"，第二天一早临走前，在店门口的墙上写了一首诗：

门前不见木樨开，惟有松柏两处栽。

腹中有诗无所写，往来都把轿儿抬。

墙上的字，气势雄逸；墙上的诗，朦朦胧胧。许许多多过往的旅客见此都驻足仰视，然而看完后都不理解这诗中的意思。

柏子亭走后的第二天，也就是农历二月十九日，素有"风流才子"之称的明代著名画家、文学家唐伯虎（名寅，字子畏）和他的邻里好友张梦晋随众人从城里赶往支硎山参加观音道场。两人路过支硎山脚下那片旅店，准备歇歇脚，见到店门口人头攒动，于是挤进去轧到前面，举目一望，原来墙上有首诗。擅长吟诗射虎的唐伯虎一看，心知肚明，晓得这是首含谜的诗，谜底是"无香烛纸马"。

"请问店家，这首诗是谁写的？"唐伯虎看后，上前对店主人说："他在嘲笑你店里没有香烛纸马。"店主人忙求教。唐伯虎解释道："这是首谜诗，首句是讲无'香'味，次句是指'岁寒三友'里少了'竹'（烛），第三句是指无'纸'，末句是指无'马'。四句连起来就是'无香烛纸马'，不懂谜语的人是不会理解的。"店主人听后恍然大悟，忙把昨天有位和尚来讨香烛纸马的事一五一十讲了一遍。

"那和尚一定是柏子亭。"唐伯虎抚掌笑对店主人说："倷得罪佛哉！"店主人急了，后悔莫及，唐伯虎连忙安慰他，还热心地出了个主意："你准备好香烛纸马，我来帮你转交给他。"店主人听后忙去照办，并一再拜托唐伯虎无论如何要把东西转送到。

时间过得真快，转眼间，到了端午节，四处浪游化缘的柏子亭再一次重游支硎山。"云外支硎寺，名声敌虎丘"，山上放鹤亭、马迹石、白马涧……胜迹遍布，林峦幽幽，风景如画，石室可蔽身，寒泉濯温手。柏子亭一路走一路细心欣赏，从山上向山下走去。

是夜，柏子亭依旧寻到那家旅店借宿，店主人这一次是殷勤备至，唯恐因怠慢而得罪了这位佛的化身。"店家，请备砚墨！"柏子亭一边招呼着，一边走出店门，站在上次题诗的老地方。店主人毕恭毕敬站在一边，双手捧着端砚伺候着。柏子亭从衣袖里取出那支碗口粗的笔，在砚池里蘸足浓墨，同时招呼店小二把灯举高。但见他举手运腕，挥舞自如，墙上那首谜诗顿时化作一幅"枯木图"。

大画家、吴僧柏子亭为支硎山下这家无名旅店画了幅画，从此，这家旅店名扬江浙，生意兴隆，财运亨通。旅客慕名而止，看一看柏子亭的名画，听一听这个有趣的故事。明嘉靖三十四年（1555）四月，倭寇侵扰苏州，再次洗劫枫桥、木渎、洞庭西山等地，支硎山脚下的那家旅店未能幸免，柏子亭的"壁画"被破坏了。但是，柏子亭的即兴谜诗和那段逸事，被后人写在《风流逸响》一书中流传至今。

# "吴中四子"咏灯笼

苏州有个桃花庵，坐落在桃花坞内，原是宋代章粢的桃花坞别墅，明弘治年间，著名画家唐伯虎以卖画所蓄，购得这废圮不堪的宅院进行了修建，并在四周种桃树数亩，时人称"唐家园"。当时，享有"吴中四才子"美誉的唐伯虎、祝枝山、文徵明、徐祯卿经常聚在桃花庵里论诗评画，切磋文艺。

一日，唐、祝、文、徐又在桃花庵里聚会，四人谈论到天黑，各自的家人打着灯笼来接各自的主人，但他们还兴犹未尽，于是便相约用眼前之物——"灯笼"为题，各作一谜，互相猜射，来日相聚再论高低。才思敏捷的文徵明先占一绝：

竹将军筑城自卫，纸将军四边包围。

铁将军穿城而过，木将军把住后背。

时值祝枝山患眼疾，对药方颇有研究，就用药名作为谜材吟诗一首：

淡竹枳壳制防风，一枝红花藏当中。

熟地或须用半夏，生地车前仗此公。

唐伯虎新近娶妻，心中得意难禁，随口哼起了情歌俚语：

口抹胭脂一点红，随你万里到西东。

竹丝皮纸纵然密，也怕旁人一口风。

徐祯卿正值情场失意，心中惆怅，双目呆视灯笼，触景生情地吟道：

墙里开花墙外红，心想采花路不通。

通得路来花又谢，一场欢喜一场空。

之后，祝枝山、文徵明、徐祯卿从各自的家人手中拿过灯笼高高举起，与唐伯虎相对而笑，然后揖别返回各自的家中。

# 祝枝山家赏牡丹

祝枝山是明代的才子，家里有个大花园，园中奇花异草甚多，尤以牡丹为最盛。四月的一天，园中牡丹盛开，各色俱全。祝枝山邀请了许多好友前来赏花，并要大家从各色牡丹花中评选出花中之魁。好友们围聚园内，赏花评点，一时议论纷纷，有的点魏紫、有的选姚黄、有的点赵粉、有的选乌龙戏墨池……众说纷纭，莫衷一是。只有唐伯虎在一旁笑而不语。众人问他选中哪一种？唐伯虎只是微微一笑，说了"百无一是"四个字。大家听了甚为愕然，都认为唐伯虎过于狂妄，在这姹紫嫣红之中竟没有一株被他看得上眼的牡丹花？

"太不像话了！"有人直言批评他。只有祝枝山听了恍然大悟说："高见！高见！花中确实'自无一是'啊！"

原来，唐伯虎与祝枝山所说的话，都是含谜的话。唐伯虎说的"百无一是"，和祝枝山说的"自无一是"，谜底都是猜射一个"白"字，他俩的意思都是指花中之魁乃白牡丹也。

# 祝枝山拜访唐伯虎

有一天，祝枝山去拜访唐伯虎，刚一进门，唐伯虎就迎上前来，作揖道："祝兄来得正巧，我刚做了一条谜，你若猜对了，那就接待你。反之，只能对不起了。"

"哈哈！猜谜是我的拿手戏，你有什么好谜，倒要领教领教了。"祝枝山笑着说。

"那你就听着。"唐伯虎身体靠在门框上，用右手食指抠了抠鼻孔，说道："言说青山青又青，二人土上说原因，三人牵牛缺只角，草木之中有一人。每一句猜一字，四字又是两句话。"

祝枝山听完，推开唐伯虎，径直走进客堂中，往一张太师椅上一坐，然后说："唐老弟，不要卖关子！先请送碗茶来，如何？"

唐伯虎一听，知道他已猜中了，就恭恭敬敬地捧上一杯香茶，笑道："祝兄猜谜高手，果然名不虚传！"原来谜底的四个字就是"请坐，奉茶"。

# 梅香泡茶

祝枝山家中有个女佣，名唤梅香，她日常服侍主人左右，在招待客人时耳濡目染，渐渐地也成了一个猜谜对诗的能手，平时也能偶尔与主人以谜语对答，非常默契，深得祝枝山的喜欢。

一日，唐伯虎来访，刚坐下，祝枝山就吩咐女佣："梅香，来，泡茶。"梅香即应声道："晓得，泡去哉。"少顷，梅香就端上两碗茶来，却都放在祝枝山面前。唐伯虎有点不解，心想，这又是要用谜来难我了。果然，祝枝山笑着说："前几天到你家，你出谜请我吃茶，真是别出心裁、用心良苦啊。刚才我与梅香的对话，也是一则谜语，要求打一句七言诗，猜中了方能吃这碗茶哦。"

唐伯虎笑了笑，身子往太师椅上一靠，然后双眼一闭，眉头紧皱，沉思了片刻，想到了宋代张栻的《春日偶成》诗中有句"春到人间草木知"。"原来如此！"唐伯虎睁开眼来，自言自语地说道："诗云'梅先天下春'。"然后他指着站在主人旁的梅香说："梅香，你一定与春天有关。你来，就说明'春天到了'。还有啊，茶乃'人间草木'也，可'知晓'？"

祝枝山一听，知道谜底已被揭开，于是端起茶碗送过去，笑道："唐老弟猜得好！猜得妙！嘿嘿，请用茶！"

唐伯虎接过茶碗，喝了一口，忽然又若有所思地说："这个谜很精彩，可谓字字相扣。可惜你喊的是'泡茶'，这个'泡'字是多余的了！"

祝枝山哈哈大笑说："老弟啊，刚才你可曾听到梅香说了声'泡去哉'？"

"喔，原来如此！"唐伯虎心里好生佩服，于是跷起大拇指，连声说道："妙！妙！实在是妙！"


# 祝枝山闯席

祝枝山、文徵明、唐伯虎三人是好朋友，经常在一块儿吟诗作画、饮酒品茗。一次，唐伯虎和文徵明二人瞒着祝枝山在一起喝酒，不料被祝枝山知道了，便也闯过来吃酒，还得意地吟道："今朝吃福好，不请我自到。"说罢，举杯就要喝酒。唐伯虎止住他说："今天我们饮酒有个规矩，须先即景吟诗一首，作为谜面，打一种昆虫名，说得对才能饮，说得不对，就不能饮。"说罢，唐伯虎首先吟道：

菜肴香，老酒醇，不唤自来是此君。

不怕别人来嫌恶，撞到席上自营营。

文徵明接着吟道：

华灯灭，睡意浓，不唤自来是此君。

贪馋嘴脸生来厌，空腹偷吃自钻营。

祝枝山听了，知道分明是在嘲弄他。便假装不懂，厚着脸皮也吟了一首：

来得巧，正逢时，劝君莫惜盘中食。

此公满腹锦绣才，不让吃喝哪来诗（丝）。

吟罢，三人一起开怀大笑，举杯痛饮。不用自己说出谜底，前面二人是用苍蝇、蚊子的特点来讥讽祝枝山的贪嘴，而祝枝山却用蚕的满腹经纶来自我矜夸，为自己挽回面子，都是意在双关，运用得十分巧妙。

# 笼中鸟

明代，有一年元宵节，文徵明和祝枝山一同到苏州玄妙观去观灯猜谜。他们来到一个设哑谜的地方，见到有两只鸟笼，笼中各有一只鸟，笼下各挂着一串钱，每只鸟笼下面都粘贴一张小纸条，上面都写着"打一句衙门术语"。祝枝山是高度近视，还没等到他看清纸条上的字时，站在一旁的文徵明便抢先走上前，将一只鸟笼下的钱取了下来，接着便打开鸟笼，把鸟放飞了。

"这谜该让我先猜，你不该欺我近视！"祝枝山见文徵明已经得彩，便假装生气道。

"那边不是还有一只鸟笼吗？你可以再猜嘛！"文徵明笑着指道。

于是，祝枝山眯着眼睛，走近过去，看清纸条上的字后，也把鸟笼下的钱取了下来，接着也把鸟笼打开，迅速地伸手抓住笼中的小鸟。"不得重复！"还未等到祝枝山的手退出鸟笼门，主人忙拦住说。

"哈哈！"祝枝山得意地把手退出来，松开一看，鸟已被握死了。

"想不到，你也猜中了！"设哑谜的摊主笑着夸奖道。围观者见此情景皆不解，经摊主一番解释，方知文徵明的举动是猜"得钱卖放"，祝枝山的举动是猜"图财害命"。

# 金元宾应对戏"潘"姓

明弘治、嘉靖间，吴县有个落拓不羁的书画家叫金元宾，他是王宠（1494—1533，字履仁，后字履吉，别号雅宜山人）的高足，善诙谐，常与祝枝山、文徵明、张灵等作诗应对，过往甚密。

一日，金元宾到文徵明的家里，与文家孩子的私塾先生潘某戏谑，很是放浪，弄得私塾先生潘某十分难堪。

"我有一对，你能对上，我甘愿受你的欺侮。"潘某面有愠色，对着金元宾说。

"什么对子？"金元宾嬉皮笑脸地问道。

"王大夫昆季筑墙，一土蔽三人之体。"

文家私塾先生的上联，巧妙地隐着一个"金"字。

潘某话音刚落，金元宾随即应声道：

"潘先生父子沐发，番水灌两牛之头。"

金元宾以其人之道，还治其人之身，他的下联不但巧妙地隐着一个"潘"字，而且还把潘某父子都戏弄了一番。潘某无可奈何，无言可答，只好履行承诺。

后来，这桩对对子的含谜趣事被清代周亮工记进了他的《字触》里。

据明代王世贞《三吴楷法跋》介绍，金元宾的妻子也善书法，绵丽多态，而闺阃之气未除。

# 行酒令消释前嫌

钱兼山，苏州人，晚明官宦，撰有《广川集》。他与同事郭剑泉原是好朋友，后因一件小事打起了官司，闹得不可开交。官府袁节推断后，双方都不服。于是，两人的一位好友为了使他们和好，特设酒宴进行调解，还请来曾为之调解的袁大人作陪。

席间，郭剑泉为酒令曰："良字本是良，加米也是粮，除却粮边米，加女便为娘。俗话云'买田不买粮，嫁女不嫁娘'。"郭剑泉的酒令是则拆字谜，意思是怪钱做事过分。

钱兼山当然明白，也作了则拆字谜的酒令，曰："其字本是其，加水也是淇，除却淇边水，加欠便成欺。俗话云'马善被人骑，人善被人欺'。"钱兼山的意思是指他是忍无可忍。

袁大人见状，忙调解说："禾字本是禾，加口也是和，除却和边口，加斗便成科。俗话云'官无悔笔，罪无重科'，你们二位官司也打过了，事情也算了结，不应再以仇相见。"

设酒宴的主人连忙拿起酒杯，从旁劝道："工字本是工，加力也是功，除却功边力，加系便成红。俗话云'人无千日好，花无百日红'，相互间有点摩擦不要紧，不要把多年的友情给忘了。"

这次调解卓有成效。从此，钱兼山与郭剑泉消释前嫌，和好如初。此事后被明代冯梦龙记入了《古今谭概》一书里，清代周亮工在编著《字触》时也作了摘录。

# 辛未状元

明隆庆五年（1571），岁次辛未，常州府江阴县举人袁舜臣踌躇满志赴省会试，他在自己的灯笼上写了首诗：

　　六经蕴藉胸中久，一剑十年磨在手。

　　杏花头上一枝横，恐泄天机莫露口。

　　一点累累大如斗，掩却半牀（床）何所有。

　　完名直待挂冠归，本来面目君知否？

　　古代会试时，举子入场伴送灯笼者，都有写某科（应届）状元，以取吉兆，唯袁舜臣独作此诗谜题于灯上，颇为别出心裁。当时，人们大多只知道这是首七言诗，而同科举人苏州刘瑊见了，认定是首诗谜，谜底是"辛未状（状）元"四个字。由此，不少人向刘瑊请教，刘瑊解释说："这是一首以每句首字为基准的增损体诗，每两句隐一个字。六加一、十为辛字；杏去口加一横乃未字；大加一点为犬，牀掩去一半为爿，合成便为状（状）字；完去了宝盖（指冠）即元字。岂不隐'辛未状元'？"

　　袁举人还未曾参考，更未见榜，就肯定自己是状元公了，这说明他对自己充满信心，又对仕途作了预言。虽然他最终未能夺冠，但其用谜语表露心声，实乃良策也，其敏才亦为人所称赞。至于猜中袁舜臣诗谜的刘瑊，却在这次会试时高中榜眼，着实令人羡慕不已。这桩趣事，后由袁舜臣的同乡李诩（1506—1593，字原德，号戒庵）记入《戒庵老人漫笔》内，题名为《袁舜臣诗谜梦验》。

# 老小羞好

　　明隆庆年间（1567—1572），苏州有个叫张幼于的，喜欢卖弄文才。因他家殷富，所以常有穷友前去闯食。张幼于富而吝啬，为阻挡这批"常客"吃白食，于是在家门口贴了一条谜，内容是：

　　老不老，小不小，羞不羞，好不好。

　　还在左下角添了四个小字："射中许入。"谜粘门上，一时无人射中。张幼于心中窃喜。

　　此事一传十、十传百，传到了住在山塘街的王穉登（字伯穀、百穀）耳里。王穉登十岁能诗，聪明过人，隆庆万历间以"山上布衣"著称吴中。他听说后，就登门征射，云：

　　太公八十遇文王，老不老？

　　甘罗十二为丞相，小不小？

　　闭了门儿独自吞，羞不羞？

　　开了门儿大家吃，好不好？

　　此事一时传为美谈。

　　王穉登晚年得锦帆泾废址，遂构园而居。《姑苏志》即出自他的手笔。

# 三兄弟虎丘庙会制灯谜

　　五月初五端午节那天，苏州虎丘地区显得格外热闹，盛况空前。出游逛庙会的盛装男女摩肩接踵，整个虎丘人流如潮，有三个少年也挤在人群里，他们就是专程从长洲乡下的冯埂上赶来的"冯氏三兄弟"——冯梦桂、冯梦龙、冯梦熊。

　　虎丘庙会分民间艺术展示和曲艺杂耍演出两部分，具有"奇、色、险、韵、味"五大特点。山门口，是吴地民间风味小吃、塑真捏像演示；憨憨泉至古真娘墓一线的两旁，挂满了各式各样的苏式灯彩；千人石上，是舞龙舞狮、武术散打表演；白莲池边，是魔术、游艺杂耍；孙武练兵场上，是高空杂技表演；冷香阁里，是丝竹民乐演出；致爽阁里，是有奖猜谜语……

　　灯彩，象征着吉庆、象征着希望。这次庙会上展出的灯彩最有特色，形制有提灯、挂灯、摆灯，外形有各种亭台、鸟兽、瓜果等，质料有无骨灯、荷花灯、珠子灯、罗帛灯、栅子灯、夹纱灯……灯身集剪纸、绘画，以及挂坠排须、流苏等多种工艺于一体。

　　精妙绝伦、巧丽新奇、千姿百态的苏式灯彩，吸引了无数游客驻足观看，"冯氏三兄弟"在那里逗留的时间也最长。

　　"今天看了灯，回去大家都要做条谜语。"冯梦桂边赏灯边提议。

　　"好的！"两兄弟齐声附和。

　　试剑石处，一只青蛙灯在微风吹动下，一"蹦"一"跳"，显得很有灵性。冯梦桂煞是喜欢。端详了许久，他的脑子里已经有了一条谜语。

　　枕石对面，一座宝塔灯将冯梦熊吸引了过去。这座宝塔做得十分精致，塔里有一条白蛇，此时正在不停地盘旋着。"大哥，二哥，"冯梦熊大声招呼道，"快点过来！"

　　"你们看，多么灵活。"冯梦熊指着宝塔里的白蛇，说。

　　"灵活，灵活。"冯梦龙连连点头称赞。

　　三兄弟正在一起欣赏宝塔灯时，突然从身后传来一阵阵喝彩声，返身一望，枕石左侧一堵人墙，喝彩声就是从人墙里传出来的。冯梦龙好奇心最强，于是建议："去看看吧。"

　　"好，过去看看。"冯梦桂点了点头。

　　于是，三兄弟转身走近人墙。冯梦龙率先像鳌鲦鱼似的，从人墙隙缝里钻了进去。梦桂、梦熊也学其样，相继从人缝缝里钻入。"哇！漂亮！"出现在冯梦龙眼前的，是一只造型逼真、正在翩翩起舞的仙鹤灯。"有了！"冯梦龙灵机一动，"谜"上心头……

　　赏完灯彩，兄弟三人又先后来到千人石、孙武练兵场、冷香阁，观看了龙灯舞狮、高空杂技等表演，聆听了一曲江南丝竹民乐，之后又去了致爽阁，猜了几则谜语，领到奖品后，乘兴而归。

　　回到冯埂上家中，吃好晚饭，三兄弟坐到书房里，你一言我一语，开始谈论起白天逛庙会的所见所闻。

"今天给我印象最深的，是我们苏州的灯彩，"冯梦龙跷起大拇指，夸奖道，"十六个字：造型优美、灯饰华丽、色彩鲜艳、花样出奇。"

"是的！"冯梦熊忙附和道，"我也觉得，今年的灯彩非常好。"

"今天，我看见的一只灯，做工真的很道地，形象逼真，"冯梦桂开口了，"谜面是：'行也是坐，立也是坐，坐也是坐，卧也是坐。'什么灯？你们猜猜看。"

"大哥，我也看到一只灯，谜面是：'行也是卧，立也是卧，坐也是卧，卧也是卧。'"机灵的冯梦熊一点也不示弱，抢先说道。

"你看见的是什么灯？"冯梦桂问小弟冯梦熊。

"他看到的东西可以吃掉你看到的东西。"冯梦龙说。

冯梦桂不解，又问冯梦龙："他的是什么东西？"。

"是条'蛇'！"一旁的冯梦熊迫不及待地自解谜底，"你的东西是'青蛙'呀，我不是可以吃掉你的么？"

"喔！可以，可以。"冯梦桂连连点头，然后问冯梦龙："二弟，你的呢？"

"我啊，也看见了一只灯，谜面是：'行也是立，立也是立，坐也是立，卧也是立。'"说完，冯梦龙笑着对梦熊说："我的可以吃掉你的哦。"

"喔！"冯梦桂一听，立即想起钻进人墙里看到的灯彩，假装不知，问道："可是枕石边上那只仙鹤灯？"

"大哥聪明！"冯梦龙跷跷大拇指。

接着，冯梦桂对刚才三只谜语作了一番评价，最后说："小弟的吃掉我的，大弟的又吃掉了小弟的，蛮有趣的！"

"哈哈哈！"两兄弟不约而同地大笑起来。

后来，冯梦龙在撰写《山中一夕话》时，把"蛙""蛇""鹤"这三则谜语写进了《谜语》篇内。但是，他没有署上著者的真姓实名，而是标了个"浮白主人辑"的字样，由此使这本《谜语》的作者也成了一个谜。

# 有奖征集活动的由来

冯梦龙生于冯埂上（在今苏州市相城区），童年和少年时代都是在这方热土上度过的。他出身书香门第，少有才气，自小就爱好文学，尤其是对吴地民间文学艺术，情有独钟，经常在民间搜集。

搜集散落在民间的东西，是一桩相当花工夫的事情，单靠一人之力，很难如愿以偿。

为了求得多（数量）快（速度）好（质量）省（时间），冯梦龙萌发出一个念头，搞个有奖征集。

"先搞什么呢？"冯梦龙想来想去，最后决定先从自己最喜欢的谜语着手。

一年春节，刚刚踏入幼学之年的冯梦龙在自家大门前竖了块牌子，牌子上面是"有奖征集谜语"六个大字，下面是一行小字："凡提供者，概以果品、食物、文具、书画册页为酬，唯重复例外。"

"梦龙，可是真的有奖品？"围观的人群中有人问道。

"真的！"冯梦龙斩钉截铁回答。

"你一个小孩子，讲话可算数？"又有人问道。

冯梦龙拍拍胸膛，大声说："君子一言，驷马难追！"

"好，我有一只谜语，现在讲给你听，"一个中年妇女挤到人群前，"你听好了：'你在纱窗下，不住地穿来过去，引得人眉儿留，目儿恋，费尽心机。并头莲，双飞燕，绣出随人意，虽然拈着手，转眼传抛离，你是铁打的心肠也，不如不缝着你。'"说完，报出谜底："金针。"

冯梦龙认真听完后，请那位中年妇女进去。客堂的八仙桌上，堆满了各式各样的物品，冯梦龙从中挑了一个大礼包递上，里面有西瓜子、香瓜子、糖果、橘子等等。"阿姨，请您再讲一遍。好吗？"冯梦龙提出了这样一个要求。

"好的。"中年妇女很是爽快。

冯梦龙连忙将她请到旁边的东厢房内，在书桌上铺开纸笺，拿起毛笔，一边听，一边一笔一画地记了下来。

"梦龙这个小孩，讲话真算数。"中年妇女走出来，举了举大礼包，对门外围观的人说。

第一个人得到了奖品，证实了这个"有奖征集谜语"是名副其实的。于是，人们纷纷踊跃投入其中，两个、三个、四个……谜语接连不断地从一个个人的嘴里涌出来，堆满在八仙桌上的物品随之渐渐地变少了。

"有奖征集谜语"活动第一天，冯梦龙就旗开得胜，取得了辉煌的成果，记下了口述的十多条谜语，其中有之后流传甚广的"画时圆，写时方，寒时短，热时长"（隐"日"字）、"唐虞有，尧舜无；商周有，汤武无；古文有，今文无"（隐"口"字）、"直看是五十，横看是五十，直子多两旁，横子多上下"（隐"車（车）"字）、"两画大，两画小"（隐"秦"字）、"三王是我兄，五帝是我弟，欲罷（罢）而不能，因非而得罪"（隐"四"字）、"上不在上，下不在下，不可在上，止宜在下"（隐"一"字）、"肩上有，背上有，胸上有，腿上脚上都有；头上无，面上无，耳上目上无，手上指上俱无"（隐"月"字）。

第二天，从冯埠上周边的乡村来了许许多多人，都是冲着"有奖"来的。他们有的带来了写好的谜语，有的在现场口述。冯梦龙从早上一直忙到傍晚，筋疲力尽，但心里开心得不得了。这一天，他又收获了将近三十条谜语。其中有位老学究，书面提供了一则谜语，富有故事情节，题目是"古谜三条"，内容讲的是：

秦少游饮于东坡斋中。秦以谜难东坡曰："有一谜，射之鲜有中者，请一射之。'我有一间房，半间借与转轮王。有时放出一线光，天下邪魔不敢当。'"

坡射不中，亦作一谜云："我有一张琴，琴弦藏在腹。凭君马上弹，弹尽天下曲。"

少游射之不中，归与小妹言之。小妹曰："我亦有一谜。'我有一只船，一人摇橹一人牵。去时牵纤去，来时摇橹还。'"

少游思之良久，亦射不中。小妹云："我的就是你的，你的就是大兄的，大兄的就是我的。"于是少游为之怃然。

三谜俱隐匠人墨斗。

后来，冯梦龙在编辑《山中一夕话·谜语》一书时，将当年老学究提供的这则谜语一字不漏全文收录。

"有奖征集谜语"，颇有创意，冯梦龙首次尝试，就收到了意想不到的效果。之后，他又先后推出了"有奖征集山歌""有奖征集笑话""有奖征集俚语""有奖征集酒令"……一系列的创新举措，为冯梦龙繁荣明代民间文学立下了"汗马功劳"，更为他成为我国市民文学先驱者打下了坚实的基础。

现在，有奖征集活动司空见惯，但它的创始人是少年冯梦龙，知道的人恐怕不是很多吧。

# "卜"字谜

冯梦龙一生中创作了许多脍炙人口的谜语，在他的《山中一夕话·谜语》里，有则"卜"字谜，广为流传，家喻户晓。但是，数百年来，人们却不知道冯梦龙创作这则谜语背后的故事。

吴地民间，每逢清明节前后，各家各户都要上坟祭祖，悼念已逝的亲人。这种谓之对祖先"思时之祭"的"墓祭"之礼，一代一代相沿袭，久而久之，成了吴地一种固定的风俗——清明扫墓。

冯梦龙出身名门世家，自小就知晓许多吴地习俗。每年清明节期间，他都要随着父母上祖坟，培新土、插嫩枝、焚化纸钱、叩头行礼……后来，冯梦龙移居到苏州城里，每年清明节前，他都要赶回乡下老家冯埂上，到祖坟上去行"墓祭"之礼，从不误期，即使是在外地执教鞭或者做官的时候，亦照样如此。

一年清明节，冯梦龙按照苏州人的规矩，备好了酒食、果品、纸钱等物品，赶回离苏州城四十多里外的乡下冯埂上。当天，冯梦龙在族里一堂兄的陪伴下，来到祖坟前，按照旧俗，先将带来的食物供祭在父母亲的墓前，再将纸钱一把一把地焚化，接着为坟墓培了些新土，又折了几枝嫩绿的新枝插在坟上，然后虔诚地叩头行礼祭拜，最后与堂兄一起当场将酒食吃了起来。

吃好，冯梦龙对堂兄说："陪我走走。"

"好的。"于是，堂兄陪着冯梦龙走出墓区。

两人沿着乡间的小路，信步来到了坐落在南面的四图庙前。

四图庙，规模不大，冯梦龙每次回来，都要去那里看看。此时，庙门前摆有一个算命测字摊，一个腰间挂着个葫芦的道士正有模有样地坐在凳子上，围在摊头四周的，全是附近村上的人。

"听人家讲，他测字算命蛮准的，特别是判断爷娘存亡，确实准。"堂兄向冯梦龙介绍。

"上无半片之瓦，下无立锥之地，腰间挂个葫芦，口吐阴阳怪气。"冯梦龙没有正面回答，而是说了一通答非所问的闲话出来。

"你可是在说他？"堂兄心领神会，指了指那个道士，然后用右手食指在自己的左手心里写了个"卜"字，问道："可是此字？"

冯梦龙笑笑，点了点头。

正在他俩交谈时，一个老人走过去，刚坐下，但见道士即出示一块小牙板，上书"父在母先"四个字。"老先生，父母在堂与否？请自言之。"道士一口苏北话。

"我今年六十有三，父母早就不在了。"老人一边做着手势，一边说着。

"那么，当您父母见背（指长辈去世）时，先逝者是谁啊？"

"父亲先见背。"

道士一捋胡须，得意地说："您看看，我没有说错吧，'父在母先'。没有欺骗您老人家吧？"

那老人付了钱，连连点头，神其术而去。

老人刚刚离去，一秀才挤到人前坐了下来，道士也出小牙板一块，而上书则为"母在父先"四个字。道士问："先生，您的父母是否双全？"

"不幸父亲大人已经早逝。"那秀才说时眼圈泛红。

道士见状，窃喜，伸手拿起笔，在"母在"二字上一圈，说了句"令堂大人还健在"，然后又在"父先"二字上一圈，又说了句"令尊大人则先走了"。停顿了片刻，用笔尖点着"母在父先"这四个字，最后做了个总结："果然不出我的意料，先生乃母在而父先逝也。"那秀才除了频频点头乖乖付款外，全然不知小牙板上所书之字奥妙在何处。

"江湖术士，雅善愚人。走吧！"冯梦龙拉了拉堂兄，离开了人群。

第二日，冯梦龙从乡下回到城里，刚踏进家门，吴江才子叶仲韶（即叶绍袁）来造访。

冯梦龙高兴地问道："书生，什么风把你吹到这儿来了？"

"东南风啊，"叶仲韶兴冲冲答道，"现在正好是踏青时机，所以来请先生到吴江去玩玩。"

于是，两人当天就骑马往吴江而去。

暖风拂面来，黄花遍地开，柳丝吐嫩牙，奇石长青苔，真个好风光。冯梦龙和叶仲韶并驾齐驱，一路谈笑风生，不知不觉来到了吴江松陵镇。将马安顿好后，两人一同漫游于街头。走着走着，冯梦龙发现街头一个算命测字摊前围满了人。

"昨天，我刚做了只谜语，给你猜猜看？"冯梦龙说罢，吟道："上无半片之瓦，下无立锥之地，腰间挂个葫芦，口吐阴阳怪气。"

叶仲韶略一沉吟，拱拱手说："先生触景生情，妙哉妙哉！"说罢，挥手一指，哈哈大笑，随即用手指在空中写出了谜底："卜。"

"哈哈哈！"冯梦龙大笑起来，连连点头称是，之后抚掌称赞道："你有这样出色的才能，必定能考中进士！"

不久，冯梦龙的预言应验，叶仲韶果然考中了进士。叶仲韶中举后，将冯梦龙这则即兴之作告诉了一位文友，那位文友听后，就当新闻传了出去，一传十，十传百，传到后来，冯梦龙这则"卜"字谜即景创制的地点起了变化，由冯埂上说成了吴江。

# 制谜思佳人

有一年元宵节，冯梦龙和"苏州两名士"之一的叶绍袁相约至苏州山塘街看灯会。两人约游的原因，都心照不宣，叶绍袁虽为名士，却科举之途蹭蹬，久不为仕，因而终日郁郁寡欢；而冯梦龙情场失意，心中佳丽侯慧卿迫于鸨母淫威，另嫁他人，故而痛心疾首，常以泪洗面。两人的境遇均心知肚明，相约看灯会，只是想以此排郁卸愁，并寻机劝慰对方。

山塘街人山人海，热闹非凡，两人漫步聊天，甚感心旷神怡。待走到街中小戏台前，锣鼓声起，一女戏童亮出剧目牌，上演的是著名元曲《琵琶记》。两人静观剧情，戏剧内容有些老套，说的是丈夫高中状元之后，把曾与他共过患难的糟糠之妻抛弃，他自己却做了相府的"乘龙快婿"。戏毕，叶绍袁若有所思，他很怜惜弃妇，更由此及彼，同情冯梦龙亦有类似遭遇，便有意借机劝慰。于是，他向一旁测字摊上借来纸笔，刷刷刷写下一首词谜后，双手递给冯梦龙，笑说："冯兄，见笑，我即兴模仿弃妇口气，写下'弃妇怨'词谜一首，请猜猜谜底是哪些字？"冯梦龙接过纸条细看，边看边嘴里喃喃，诵出词句：

"下珠帘焚香去卜卦，问苍天，侬的人儿落在谁家？恨王郎，没有一点儿直心话，欲罢不去罢，吾把口来压！念当初交情不差，染成皂色难讲一句清白话，分明一对好鸳鸯，却被刀割下，抛奴家，妾身力尽手又乏。"

冯梦龙念毕，朗朗大笑，连连赞曰："妙，妙，真是太妙了！这词谜以一个女子的口气，把爱、恨、怨、愁表现得淋漓尽致。好，好！"冯梦龙说到这里，停顿一下之后，又道："至于谜底嘛，依我看来，'下'去'卜'是一，'天'去'人'是二，'王'去'一直'是三，'罢'去'去'是四，'吾'去'口'是五，'交'去'差'（象形义）是六，'皂'去'白'是七，'分'去'刀'是八，'抛'去'力'和'手'是九，谜底应该是'一二三四五六七八九'这几个数目字，可对？"

叶绍袁抚掌大笑，拱手连说："佩服，佩服，冯兄才思敏捷，不愧人称'谜王'，愚弟今日总算领教了！"

冯梦龙并没有答话，也不为此而欣喜，他沉默不语，表情呆滞。

叶绍袁知道此谜触动了冯梦龙心境，所以赶紧拱手称歉，并说："冯兄触景生情，情有可原，依吾见，不必为此忧伤，来日方长耶！"

冯梦龙微微一笑，挥一挥手，以示"无妨"。接着，冯梦龙凝视远方，双目定定，良久，眼角处淌下两行泪水，嘴里轻轻喃语："世上夫弃妻，男弃女，何足为道？最为痛彻心扉的乃是女弃男，更令伤心则为女乃无奈而弃！"

冯梦龙语毕，忽的似豁然开朗，他仰头大笑，对叶绍袁说："我也来出一首词谜，名为'思妇怨'，请猜谜底是哪一个字？"说罢提笔写道：

"日夜想冤家，心事从此罢，人儿不见来，目断蓝桥下。"

叶绍袁看毕谜面，心里明白，知道冯梦龙至今依然对昔日恋人念念不忘。叶绍袁长叹一口气，自言自语："真是个多情种子！"

原来，冯梦龙出的是则字谜，猜时须将面句中的"想"去掉"心""人""目"，剩下的"十"就是谜底了。

（王水根）

# 端午猜谜歌

冯梦龙因病回到老家冯埂上（在今苏州市相城区）医治调养，置身于家乡淳朴的民风和适宜人居的自然环境之中，他觉得心情舒畅多了，病情有了明显的好转。

转眼间，到了五月初五端午节。那天，冯梦龙起了个大早。梳洗完毕，他走到桌旁，从盘子里挑了只粽子，一边剥着粽叶，一边哼着小曲。粽叶剥光，他用一根竹筷往粽子当中一插，边吃边踱出了家门。

不远处，传来了一阵阵悦耳动听的歌声："两片磨儿天成就，当初只道你是个老石头，到如今日久分薄厚。只因你无齿，人前把你修。断一断明白也，依旧和你走。磨子儿，两块儿合成了一块。亏杀那铁桩儿拴住了中垓。两下里战不休，全没胜败。一个在上头，不住将身摆。一个在下头，对定了不肯开。正是上边的费尽了精神也，下边的忒自在。"

"挂枝儿？一定是冯嫂在唱。"冯梦龙循声望去，歌声果真是从正在磨豆浆的冯嫂那里传来的。

冯嫂，是冯梦龙的一位以做豆腐为业的远房堂兄的媳妇，娘家就在冯埂上北边的石桥头，因此冯梦龙自小就与她相识。冯嫂小时候也读过几年私塾，后因家道中落而辍学在家学做女红，十六岁那年嫁到了冯埂上。她心灵手巧勤劳能干，聪慧伶俐性格开朗，在冯埂上的人缘亦好。她还天生有副好嗓子，平时做事总是歌声朗朗，会唱许许多多流行的民歌，如"吴歌""挂枝儿""驻云飞""山坡羊"……最拿手的就是会唱谜歌（一种隐含谜语的民间歌谣），而且还能即兴创编。适才冯梦龙听到的用"挂枝儿"曲调唱的歌，就是冯嫂改编的两首隐"磨子"的谜歌。

冯嫂磨磨的动作十分优美，她弯着腰左右开弓，右手掌控着石磨的上扇，不停地做着顺时针转动的动作；左手拨着堆在上扇上发"胖"的黄豆，有节奏地将它们一点点送入磨眼。黄豆一拨一拨滚入磨膛，被磨得粉身碎骨，之后变成乳白色的浆糊状，从两扇磨的夹缝中流到磨盘上。冯梦龙上前打了个招呼："阿嫂，忙啊。"

"梦龙兄弟，病好点了吗？"冯嫂关切地问道。

"嗯！好点了，"冯梦龙答道，"谢谢阿嫂关心。"

冯嫂说："梦龙兄弟，听说你最近在搜集谜语，我有个谜语，给你猜猜？"

冯梦龙顿时来了兴致，问："什么谜语？"

冯嫂说："你听好！'我的肚皮压着你的肚皮，你的肚肠放在我的肚里'，猜猜看，是啥东西？"

"嗯？好耳熟啊。"冯梦龙听后，突然想起前几天在《雪涛阁外集》里看到的那则"磨"谜，内容与冯嫂说的极为相似，只不过后半句的"我"与"你"换了个位子。"就是它！"冯梦龙指指石磨，很爽快地回答。

"看不出，生了病脑子还蛮活灵。"冯嫂跷跷大拇指，又说："我来唱首谜歌，你猜猜是啥东西。"清清嗓子，唱了起来："好一个嫩白肌体，深深的住在若耶溪，采莲人特地寻你来至。可惜你不断丝儿连到底，可惜你未开的窍儿裹着皮。被那硬手的人儿拿着也，把你从头刮至尾。"冯嫂刚唱罢，冯梦龙就报出了谜底："是'藕'。"

冯嫂接着又唱了一首："奴本是热心人，常把冤家来照顾，谁教你会风流抛闪了我，害得我形消影瘦真难过，心灰始信他心冷，泪积方知我泪多，我为你埋没了多少风光也，你去暗地里想一想我。"冯梦龙未多思索，已报出了答案："蜡烛。"

冯嫂有心难倒思维敏捷的冯梦龙，把肚肠角落里的一首谜歌搬了出来："我看你骨格儿清俊，会揩磨能遮掩收放随心，摇摇摆摆多风韵。你一面儿对着我，谁知你一面儿又对着人。为你有这个风声也，气得我手脚俱冰冷。"谁知，这回冯嫂唱毕，冯梦龙没有直接报谜底，却是拉开嗓门唱了起来："飘扬扬你好魂不定，要拘管你，下跟头削个钉，相交中偏怪你有炎凉性。冷时就撇下了我，热时又温存。亏我情长也，耐得你热和冷。"

冯嫂惊诧地问道："梦龙兄弟，我叫你猜谜语，你怎么唱起歌来了呢？"

冯梦龙笑道："我唱的也是谜歌，谜底和你是一样的。"

冯嫂想了想，恍然道："确实，你和我要人猜的都是'扇子'啊。"

冯梦龙点点头："正是，我试着学学阿嫂即兴编谜歌的本领罢了。"

"既然如此，我再给你露一手。"冯嫂眼角对他手上一扫，就又唱了起来："五月端午是我生辰到，身穿着一领绿罗袄，小脚儿裹得尖尖趫。解开香罗带，剥得赤条条。插上一根梢儿也，把奴浑身上下来咬。"

冯梦龙把手中的粽子摇摇，说："谜底在这里。"

端午猜的谜歌，后来都收进了冯梦龙编纂的谜书里。

# 谜语施教

冯梦龙在苏州教书，不少学生成器成材，中秀才的、中举人的，并不罕见。冯梦龙因此而名声大振。

一天，他因幼时同窗学友冯天晚相邀，返回故里冯埂上。冯天晚在冯埂上施教，谈起侄子，对冯梦龙说："这孩子顽皮好玩，读了三年书，不但三字经背不出，连简单的彩虹、北斗星、月亮、云彩、太阳也不知道是怎么回事，令为弟难以向兄长交代。"冯梦龙道："学生年幼，务须逐步引导才是。"

话未落声，只见一个十来岁的孩子由一个老太太牵着手，来到了冯天晚的面前，请教"彩虹"两字怎么写。

冯天晚找来笔墨，挥手写了"彩虹"两字，交给了老太太。临走时，他再三叮嘱孩子："这就是天上'彩虹'两字，务须记住了。"

那孩子听了，点了点头，便走了。可没过半个时辰，那孩子复又回来，问："什么叫彩虹？"冯天晚道："彩虹就是彩虹，你就这么笨呀，我已讲了不下十遍了。"那孩子听了，搔着头皮，懵懵懂懂。此时冯梦龙道："孩子，先生给你猜个谜语。"那孩子高兴雀跃，竖起了耳朵。

冯梦龙道："弯弯一座拱桥，高高挂在天腰，七彩颜色都有，雨后天晴才到。"

那孩子低头沉思了半晌，答不出来。一旁的冯天晚对冯梦龙道："'彩虹'两字他都不会写，怎么会猜出你的谜语呢。这不是俏眉眼做给瞎子看，枉费心机？"冯梦龙道："那倒未必。"

一旁的孩子听了，忽然省悟，拍手笑了："原来梦龙先生讲的彩虹是这样的东西。我见过，我见过，我祖父祖母也对我说过。"

到了晚上，冯梦龙与冯天晚坐在屋前纳凉，此时这个孩子又来了，说："我听祖母说，北斗星在天空上，是吗？虽然'北斗星'三个字我会写，可先生，你能指给我看是哪颗吗？"

冯天晚对孩子说："天上这么多星星，我指给你看，你也未必能记住。"那孩子望了望天上繁星闪烁，点了点头说："这倒也是，谁能记住天上这么多星中的北斗星呢？"

冯梦龙想了想，对孩子说："你记不住没关系，我来告诉你，准能记住。"那孩子迷茫地望着冯梦龙，冯梦龙遥望天空，说："一颗星，两颗星，天上星星数不清，它能给你指方向，满天星星它最明。"

那孩子望着天空，忽然恍然大悟，指着天上北面最亮的那颗星星，问冯天晚："梦龙先生说的就是那颗星星吗？"

冯天晚大惑不解："你小小年纪，怎么知道？"

那孩子说："叔，在北面方向最亮的那颗星星，就是这颗了。我父亲、母亲、爷爷是渔民，常去漕湖里捕鱼捉虾，迷了方向，就看它。"

"对对！"冯天晚惊喜不已。

冯梦龙觉得这孩子很可爱，求知欲望颇盛，于是说："叔叔再来给你个谜语猜，如若能够答出，明天我给你一幅图画。"孩子高兴得跳了起来："好呀，快讲！"

冯梦龙看了看天，说："有时像面镜子，有时像把镰刀，镜子不能照人，镰刀不能割稻，若问哪里去找，有时挂上树梢，有时落在山腰。"孩子眨巴着小眼睛，绞尽脑汁，还是想不出来。冯天晚憋不住，正要告诉这孩子谜底，冯梦龙将手一摇，继而对孩子说："低头看它不到，抬头就能知道。"孩子抬起脑袋，四下张望，片刻，兴高采烈地大叫起来："我明白了，先生所说的是月亮！喔，肯定是月亮。"

孩子兴趣犹浓，冯梦龙想了想，又出了一道谜语："飘来飘去在高空，有时淡来有时浓，要是生气一变脸，不是下雨就刮风。"孩子稍一思考，便猜出了谜底："那不是云吗？"

冯梦龙连连点头，又说："还有一只谜语，很难猜，要是猜不对，叔叔不但不给你画，而且还叫你叔罚你背一遍《三字经》。"

孩子迟疑了，生怕快到手的画给黄了。此时，一旁的冯天晚替孩子说话了："今天他能如此答出你梦龙兄的谜语，已经不易，别再为难孩子了。"冯梦龙却一着不让，鼓励孩子道："你现在是个小孩子，将来要是成为力拔山兮气盖世的男子汉，怎么能知难而退呢？要是答得出，先生我再赏你四幅画。"孩子觉得冯梦龙的话言之有理，头一拧，胸一挺，说："那你说吧！"

冯梦龙于是说："它出来天变明，它一走黑沉沉，万物无它长不成。"孩子听了，举目四下寻找，茫然不知所措。冯梦龙提示道："现在它在睡懒觉，鸡儿一鸣它显身。"孩子恍然大悟："梦龙先生所说的是太阳？"

"对！你真是个聪明的孩子。"冯梦龙赞声不绝。

第二天，冯梦龙画了五幅画，画有彩虹、北斗星、月亮、云彩、太阳，并在每幅的下面写上了字，而后去了冯天晚家，请他送给那个孩子。

那孩子叫冯宇，就是冯天晚的侄子。当年的笨牛，后来成了冯天晚私塾里的尖子学生，长大后，考中了秀才，也成了教书先生。每当有人问他一个渔民的儿子怎么成了教书先生，冯宇就会说起当年冯梦龙谜语施教的故事。

（张瑞照）

# "棉花槌"谜

一日，冯梦龙从长洲（今苏州）来到吴江看望叶仲韶。两人漫步在松陵镇上，边走边聊，当走到彩虹桥附近一条弄堂口，只听到弄堂里传来一阵阵弹棉花的声音。他们循声望去，但见弄堂里一个中年男子背插一根小弯竹竿，手持一把"大弓"，弓系于竿顶，悬吊在胸前。一手执弓，一手挥动木槌，弓弦筋绳上下翻动，杂乱的棉花被震松弹泡，白花飞舞。冯梦龙略加思索，便吟道："一物身长数寸，头圆颈细堪夸。佳人一见手来拉，揭起罗裙戏要。席上交，无限欢，声音体态娇佳。看来俱是眼前花，直弄得成胎始罢。"

"学士真是奇才，竟以词牌《西江月》创制谜语，形象生动地描绘了棉花弹成棉胎的全过程，实在令人回味无穷。"叶仲韶赞叹道。

后来，这则以"棉花槌"命题即兴创作的谜语，被清代江苏布政使梁章钜收进了《浪迹丛谈》里，流传至今。

# 白字取胜

明末，长洲县冯埂上（在今苏州市相城区）有爿点心店，店里常年挂着一块写有"点心店"三个字的白布招牌，字体草书。据说，这块招牌是大文学家冯梦龙赠送的，而且招牌上的字也是冯梦龙书写的。

那么，冯梦龙怎么会赠送这样一块不伦不类的白布招牌的呢？其中有着一段感人肺腑的故事。

话说，明万历三十年（1602），在苏北盐城乡下，有对姓韩的夫妇，中年得子，由于小孩命中缺土，于是他们给他取了个土根的名字。韩土根的父母，是靠摆点心摊为生的，父母相继去世后，他继承父业。后来他也成了家，仍以此为生。

崇祯元年（1628），苏北盐城地区遭受了百年一遇的大旱，田里的庄稼颗粒无收，当地百姓纷纷背井离乡、四处逃荒要饭，韩土根的点心摊也就此歇业。他带着全家，挑着铺盖和一些生活用具，随着逃荒大军南下，沿途乞讨，风餐露宿，最后来到了良塘畔。热心的冯埂上人向韩土根一家伸出了援助之手，腾出了一块空地，为他家搭了间草屋。

有了个落脚之处，韩土根心里踏实了，一家人终于结束了逃难生涯。韩土根从心底里感激冯埂上人。

新家落成后，韩土根打算在村上开爿点心店，可是苦于手中没有资金啊，他很无奈，一筹莫展。

正当韩土根为此犯愁的时候，一日，冯梦龙回老家采风，在与族里人交谈中，听说了韩土根一家的遭遇以及他的心思，很是同情，于是决计帮他一把忙，扶贫帮困。

"我陪你去看他。"族里一位堂兄自告奋勇，而后陪着冯梦龙来到韩家。

"我家堂弟冯梦龙听了你家的遭遇和你的心思，今天他是来帮你了却心愿的。"冯家堂兄对韩土根开门见山地说。

韩土根感动地说："不好意思，不好意思！"

"这是给你开店用的，"冯梦龙从衣袋里掏出一锭白银，"店开出来之后，店招我来帮你写。"

韩土根从冯梦龙手中接过银锭，捧在手里，只觉得沉甸甸的，心里想说"谢谢"，可是不知怎么的，一句话也说不出来，唯有眼泪夺眶而出。

第二天，韩土根拿着冯梦龙赠予的银锭，早早来到街上，置办了开店要用的桌子椅子、锅碗瓢盆，还有制作点心的原材料。

不日，韩土根的点心店在四图庙东侧开张了。

开张那天，冯梦龙和堂兄一同前来祝贺，冯梦龙将一块折叠好的白布送上，说："土根兄弟，这是我为你题写的招牌，你把它挂在店门口，包你生意兴隆。"

韩土根连忙恭恭敬敬地接过来，按照冯梦龙的话，把它展开后往店门口一挂。待到挂好，韩土根这才发觉，白布招牌上写的是草书"点心店"三个字。"怎么搞的？"他心里嘀咕了一声，但又不便多问。冯家堂兄也发觉了，心想："梦龙这么写，肯定有他的道理。"

前来轧闹猛的人看到冯梦龙来祝贺，又看到他亲自赠送招牌，都感到非常惊讶和好奇。白布招牌刚刚挂好，大家就围了过来，纷纷翘首观望。

"噫！不对！这个'心'字上面少了一点。"大家发觉了。

于是，"大文豪冯梦龙写白字招牌"成了爆炸性新闻，顿时，消息就像长了翅膀似的，传遍了整个苏州城乡。人们从四面八方纷至沓来，带着各种各样的心情和目的：有的是来看热闹顺便吃点心的，有的是专门来欣赏和学习冯梦龙书法的，有的是为赌个输赢而来现场"取证"的……

冯梦龙在民间的影响确实大，他写的白字招牌，既起到了广告效应，又为韩土根新开的点心店增添了人气。由此，点心店天天顾客满盈，韩土根一家忙得不亦乐乎。随着人气的上升，这爿小小的点心店的名气越来越响，韩家的生活也一天天好了起来。

见此情景，冯梦龙感到很宽慰。此时，冯家堂兄才去请教他："梦龙，这个'心'字上少了一点，怎么生意反而旺起来了？"

冯梦龙笑道："哈哈！这叫'围棋一局黑方输'。"

冯家堂兄一听，心领神会。"原来是故意如此。"接着又问："可是猜水浒中的'白胜'？"冯梦龙点点头。

原来，这个少了一点的"心"字是一条谜语，谜底"白胜"就是以"白字"来吸引顾客，即含取胜的意思。

# 道士出谜难诸生

明万历年间，吴江有个读书人，笃信道教，爱好扶乩，事无大小都要问于乩手。一日，他在家扶乩，请来了一位自称神通广大的道士，也请来了他的一帮读书朋友。道士来到读书人家，先将扶乩用的工具——木盘、细沙、乩笔、筲箕一应摆开，正准备占卜，围在四周看热闹的那帮读书朋友全都笑了起来。

"诸生何笑？"道士边把乩笔插在筲箕上，边问道。

"我们笑你未必神啊！"其中为首的读书朋友笑着对他说。

"你们会不会猜谜语啊？"道士再问。

"哈哈！"那帮读书朋友哄堂大笑起来，为首的读书朋友傲气十足地对道士说："我们做文章都行，何况于谜！"

"好！现在我来出个谜语给你们猜猜，怎么样？"

"好啊！"为首的读书朋友爽快地答应了。

"听好了，"道士一捋胡须，说，"词曰：'长十八，短十八，八个女儿低处立。''混沌看来一个字，四面看来四个不。'各猜一个字。"

众人皆不解。"我们只会文字，怎么会暇及到谜语呢？"面对道士，为首的读书朋友显得十分无奈。

"既然你说会作文字，怎么就考了个四等第二？"道士反诘道。

顿时，为首的读书朋友脸涨得通通红，在场的所有人也都大骇，都很服帖道士的未卜先知。因为，为首的读书朋友最近考试名次确实如此。

"费氏到，至诚里面拜我。"道士又开口了。大家涌到屋里一瞧，果真是主母在内行礼。于是，大家都不约而同朝着道士行拜礼，纷纷问谜是何字。

"是'楼''米'二字也。"最后，道士自揭谜底，众人方始如梦初醒。

后来，朱国祯（1557—1632，字文甯，号平极，别号虬庵居士）在撰写《涌幢小品》时，将此事记在了卷二十三里。嗣后，清末常熟人徐兆玮（1867—1940）将朱国祯《涌幢小品》所记之谜事收进了他的《文虎琐谈》内。到了清康熙十七年（1679），咄咄夫在整理《又一夕话·续雅谜》时，收入了"楼""米"二字谜："长十八，矮十八，八个女儿低处立。浑沌看来一个字，四面看来四个不。"但内容则有些改动了。

# 牧童出谜难圣人

明末清初杰出的文学批评家金圣叹，为人"倜傥高奇，俯视一切"，对功名仕途不以为然。他原名采，字若采，年轻时自比圣人，目空一切，然而却在无意中栽在一个牧童手里，从此易名"圣叹"。

一日，姑苏城春花竞放，游人如织，金若采踏青乡郊，途中遇到一个小牧童斜坐在牛背上。那牧童认出这就是自比圣人的大文人，就跳下牛背，顽皮地站在牛的右侧，笑道："先生，我出个哑谜于你猜一字，猜不出来不让你过去。"金若采见状想了半天，不得而知，非常尴尬。

"哈哈，连自比圣人的大文人也被我难住了。"牧童半真半假地指着他说道："嗨，你哪配戴'圣人'的桂冠？！"

金若采听了非但没恼火，反而叹服牧童的聪明，忙上前求教。"你还是回去想想吧！"小牧童跳上牛背走了。

金若采涨红了脸，只好转身沿着原路折返。回到家中，他伏案提笔先写了个"牛"字，思忖良久，才想到"牛"旁站个人原来是个"件"字。谜底虽然猜着了，可他想到了孔子曾经被一个路旁小儿难住的事，便叹了一声："圣人也有被儿童难住的时候啊！"于是就将名字改作"圣叹"，再也不自比圣人了。

# 多少儒生抢祭品

　　每年的农历八月廿七孔子诞辰，苏州文庙内都要举行隆重的祭孔典礼。一年，金圣叹入苏州文庙参加祭孔典礼。当祭礼刚刚结束，那些平日斯斯文文的儒生们竟一拥而上，挤到供桌周围去争抢祭祀的猪肉和馒头，丑态百出。

　　儒生们为啥要去争抢祭品呢？原来当时江南一带流传着这样一种说法，谁能抢到祭祀中最肥的肉和最大的馒头，谁就能中举、升官、得肥缺。站在一旁的金圣叹目睹这种争争抢抢、斯文扫地的情形，倍感恶心，即兴作了一首打油诗：

　　天晚祭祀了，忽然闹吵吵。

　　祭肉争肥瘦，馒头抢大小。

　　颜回低头笑，子路把脚跳。

　　夫子喟然叹："在陈我绝粮，未见此饿殍。"

　　这首诗将儒生们的丑态讽刺得淋漓尽致。

　　事后，有诗友问他："当时争抢祭品的儒生共有多少人？"金圣叹笑了笑，仰起头来吟道："太白写表，王婆骂鸡，武松打虎，宋江杀妻。"吟完说道："这是个字谜，您若猜出，就知道抢祭品者的人数了。"

　　那朋友素日与金圣叹过从甚密，也颇爱猜谜。他想了想，回答道："李白写表有才，王婆骂鸡靠口，武松打虎有力，宋江杀妻用刀，四者合起来乃是个'捌'字。"

　　"猜得好！猜得妙！"金圣叹连连颔首夸赞。

# 蒋涛的对联谜

　　明朝辰光，苏州有个叫蒋涛的读书人，自小聪慧，因受到父亲的影响，平时嗜好谜语工于对，特别擅长对联谜。

　　一年冬季的一日，适逢下雨天，蒋父几位文友来家里做客。室内，宾主围着火炉，一边品着香茗，一边谈文论诗。室外，绵绵细雨下个不停，小雨珠随风飘洒到窗户上，在窗纸上留下了些许斑点。这时，蒋母端上一盘切好的西瓜，恭请客人分享，站在一旁的蒋涛触景生情，联兴骤起，于是出一对请教客人，上联是"冻雨洒窗，东两点西三点"，下联是"切糕分客，上七刀下八刀"。这是一副拆字对联谜，蒋涛结合实景，把"冻""洒"两字拆为了"东两点""西三点"，又以物叙事，巧妙地把"切"和"分"两字分别拆开为"横七刀""竖八刀"，上、下联珠联璧合，十分贴切。在座的客人听后齐声叫好，赞扬小蒋涛创制的联谜"真绝对也"！

后来，蒋涛又有一绝对，上联是"棘（枣）棘为薪，截断劈开成四束"，下联是"闾门起屋，移多补少作双间"。技法亦妙。

蒋涛的两副对联谜，后由清代周亮工记进了《字触》卷五里。

# 花灯夹道迎崇祯

明崇祯十六年（1643）仲春十日，崇祯帝南巡驻跸苏州，在当地官府安排下前往虎丘游览。崇祯帝坐在车上，在众臣的簇拥下，沿着山塘街缓缓而行。从七里山塘直至虎丘山，彩幔盈衢，沿路花灯夹道，一只只花灯上还缀有谜语。

这次崇祯帝是以"圣驾南巡，征兵亲讨"为由出京的，因此心事重重，无心观赏沿途的风光美景和各色花灯，但还是被花灯上粘贴的两首诗谜吸引住了。一首是隐"泥美人"的，内容是：

谁倩芳尘作丽妆，鞋弓犹画两鸳鸯。心多块垒因无语，身恐颠危易断肠。

秋水含将蚁蛭润，春山留得燕巢香。相逢莫讶频相唤，可是卿卿旧姓黄（黄土之意）。

另一首是隐"雪罗汉"，内容是：

色相空时觉洒然，知君降自大罗天。笑他尘网真成碍，坐到冰消即是禅。

不敢趋炎情默默，何妨守冷腹便便。想伊也惧春心动，早已消融在腊前。

崇祯帝一行来到虎丘山门前，下了车步行拾级而上，游览了享有"吴中第一名胜"的虎丘山。游毕，他站在千人石上，面对着眼前众多的古迹和秀丽的风景，触景生情，倍感伤心，脑海里不时泛现出刚才看到的两首诗谜，思绪万千……

崇祯帝是明代最为勤勉、最具悲剧色彩的皇帝。他即位之初，以雷厉风行之手段收拾了魏忠贤。民间欢呼不已，称颂他为"圣人出"（《五人墓碑记》）。然而，明朝庞大的文臣集团对君权的限制，使这个末代帝王无能为力。他的一生在不断地为了国家奋斗，也在不断地与文臣集团对抗挣扎，但曾经强盛的明帝国已经风雨飘摇。他真的很担心大明王朝有朝一日会遭遇到灭顶之灾而"消融"于世！为此，他回到京城后，在召见阁臣时悲叹道："吾非亡国之君，汝皆亡国之臣。吾待士亦不薄，今日至此，群臣何无一人相从？"

后来，清代长洲（今苏州）褚人获将这段轶事记入了《坚瓠补集》卷六里："癸未仲春十日，圣驾南巡，花灯夹道。曾见灯谜二首，一隐泥美人，一隐雪罗汉，亦有思致，附录于后……"时隔一百多年，褚人获所记的这段轶事被常熟的徐兆玮（1867—1940）收进了《文虎琐谈》里，流传了下来。

# 伶俐不如痴

江苏宜兴紫砂壶历来负有盛名,明末时,出了一位制壶名家,他就是著名紫砂"四大家"之一时朋的儿子时大彬(1573—1648)。时大彬制壶技艺全面,对紫砂陶的泥料配制、成型技法、造型设计与铭刻,都极有研究。他继"供春"之后,创制了许多制壶专用工具,创制了许多壶式,形成了独树一帜的"大彬壶艺"。明许次纾《茶疏》:"往时供春茶壶,近日时大彬所制,大为时人宝惜。"

一日,他制作了一只紫砂钵盂,旁缀一只绿色的菱角、一颗浅红色的荔枝、一柄淡黄色的如意,底盘是一只四爪黑螭。这是一件以动植物名隐俗语的水注,也称"水滴""砚滴",是古代文人磨墨时用来装水、滴水的文具,设色古雅,制作精巧。然而,很少有人知晓时大彬在这紫砂钵盂旁缀四样动植物的用意。

清道光年间,浙江钱塘人梁绍壬在朋友家见到了时大彬制作的这只紫砂钵盂,朋友对他说,这"四物不伦不类,莫知其取义"。梁绍壬觉得必定有寓意,后来询问了一位老古董商,方始解开其中之谜。原来,时大彬制作的这只紫砂钵盂,隐含着一句俗语:"伶(菱)俐(荔)不(钵)如(如意)痴(螭)。"因此,此钵盂名也就叫作"伶俐不如痴"。嗣后,梁绍壬将时大彬"伶俐不如痴"紫砂钵盂记入了《两般秋雨盦随笔》里。

# 乾隆漕湖访寿星

地处长洲县(今苏州)的漕湖是个长寿之乡,传说有个渔翁活到了九十六岁,还鹤发童颜、精神抖擞。乾隆皇帝知道后,曾携大臣纪晓岚等专程取道前去拜访。

清乾隆四十九年(1784),时已七十四岁的乾隆皇帝第六次下江南,随从的有纪晓岚等几个心腹大臣和画师。船队从京城启程,沿着京杭大运河浩浩荡荡向南而行,渡过天堑长江,驶进了江南运河段,当地的官府早已从江阴赶至长洲的望亭集中恭候接驾。

望亭彩幔盈衢,沿路花灯夹道。船队到达望亭,乾隆皇帝在礼炮声中走下船来,对接驾及办差的官员大加赏赐,特别是对前来接驾的老臣,赏赐了人参、貂皮等贵重物品。长洲的凌寿祺有幸应邀参加了迎銮,当场即兴发挥,赋诗一首:

望亭南望是姑苏,夹岸人家尽入图。

闻说晋陵龙舸下,三吴一路放篙呼。

当晚,乾隆皇帝回到船上,招来纪晓岚询问当地风土人情。

纪晓岚说:"这里就是吴国大臣伍子胥'相土尝水,象天法地'的相城,从属于长洲,那里有个湖泊,名叫漕湖,当年范蠡和西施曾在那里隐居过。在漕湖之滨,有座寺庙叫觉林寺，始建于唐朝广明元年，距今已有九百年了。明朝永乐皇帝的太子少师姚广孝，就曾经在那里居住过。据说，那里是长寿之乡，七八十岁的比比皆是，还出现了不少近百岁的老人。"

"明天去漕湖。"乾隆皇帝饶有兴趣。

第二天清晨，乾隆皇帝和纪晓岚换上便服，装扮成一主一仆，然后悄然离开了船队。君臣二人走了一段路程，在河边雇到了一只小船，直往漕湖而去。

朝来新火起新烟，湖色春光净客船。波光潋滟的漕湖，呈现出生机勃勃、太平繁荣的景象。坐在舱内的乾隆皇帝，喜笑颜开，问道："船家，这里有什么物产啊？"

"物产啊，很多的，"船家一边划着船，一边介绍起来，"水鲜有鱼、虾、蟹，野味有绿头鸭、山鸡，还有茭白、莲藕、水芹、芡实（鸡头米）、慈姑、荸荠、菱、莼菜。"

"湖鲜、野味和'水八仙'，看来是长寿之乡的食谱？"

"万岁说得一点不假。"纪晓岚回答说。

乾隆皇帝闻后，啧啧称道。

"湖东不但是长寿之乡，更是风光无限。"船家推荐着。

乾隆皇帝点了点头，小船朝着湖东划去。

乾隆皇帝侧过身子赏景，但见南岸编蓑妇女当门坐，驱犊儿童饶舍行，心里不免有点后悔，心想：要是把画师给带上就好了，可以将这安居乐业的景色画下来带回京城。

鸟啼茂苑多榛莽，水满漕湖遍荻芦。此时，湖面上出现了一只白鸥，正迎着小船游过来，乾隆皇帝大喜，随口说了声："一鸥游。"纪晓岚最知道乾隆皇帝的习性，只要一高兴，就会赋诗、猜谜、出对子，现在在出联题，说明他兴致上来。纪晓岚赶紧四周观察，发现岸上的林子里有两只蝴蝶在边飞舞边亲热，急中生智回答："两蝶斗。"乾隆皇帝一笑，吟出："湖上一鸥游。"纪晓岚也随即道："林中两蝶斗。"

乾隆皇帝看到岸边池塘里的莲藕，又吟道："池中莲藕，攥红拳打谁？"纪晓岚望见北岸边的蓖麻，便以问对句，答道："岸上蓖麻，伸绿掌要啥？"

君臣二人，一个出上联，一个对下联，不知不觉小船划到了湖的东岸。

乾隆皇帝抬头一望，发现岸边老柳树下停泊着一只渔船，船上有位老渔翁，苍然古貌，鹤发白眉。

小船靠近渔船，乾隆皇帝主动与老渔翁打招呼："老人家，高寿几何？"

"花甲才开，外加六六岁月。"老渔翁没有直说。

乾隆皇帝一听，辨出对方话语的"味道"，也猜到了对方的年龄。"喔，老人家是'杖朝刚庆，内多二八春秋'啊！"才华横溢、熟知谜语之道的乾隆皇帝没有明说，而是对了个下联。

在旁的纪晓岚心中明白，两人在用谜语的形式相互对对子。老渔翁出的上联里，"花甲"

是六十岁的代称，而"六六"用了算术里的乘法，得出"三十六"这个数来，再附以一个"外加"，暗示九十六岁。乾隆皇帝对的下联里，"杖朝"是八十岁的代称，语出《礼记·王制》："八十杖于朝。"而"二八"亦用了算术里的乘法，得出了"十六"这个数字；之后又巧妙地以一个"内多"将"八十"与"十六"相连接，揭示了老渔翁的年龄乃九十六岁。于是，纪晓岚暗地里做了一下"96"的手势。老渔翁见之，颔首微微一笑。

接着，乾隆皇帝与老渔翁海阔天空地聊了起来，从中得知了他的姓氏、祖籍、居住地和家庭成员等等情况。乾隆皇帝一一记在了心里，后来回到京城，在举行一年一度的千叟宴时，特派人将那位漕湖老渔翁请了去，由此留下了一段佳话。

# 忠王制谜英王猜

清咸丰十年（1860）六月二日，太平天国攻克苏州，忠王李秀成驻扎在城东（今东北街苏州博物馆）。冬季的一日，英王陈玉成奉命来苏，设宴为忠王庆功。酒过三巡，英王提议以谜助酒。李秀成满口允诺，随即吟诗一首：

苏州地区真辽阔，刚交严冬十二月，十八儿郎来报捷，呈上长弓和金帕，君子鄙视厚礼节。

李秀成的七言诗，既吟诵了姑苏"风土清嘉，人文彬蔚"，"文物甲江南"，又讲述了太平天国攻克苏州后又接连取得了"松江大捷""太仓大捷"的战果，同时还隐藏了历代七次著名的农民起义及领袖。

英王陈玉成略一思索，就报出了谜底：第一句隐"吴广"，第二句隐"方腊"，第三句隐"李自成、陈胜"，第四句隐"张献忠、黄巾"，第五句隐"王薄"。

# 俞曲园题《钗头凤》

晚清著名的文学家、考据学家、戏曲家俞曲园，在苏州生活了将近半个世纪，著有《隐书》一卷，收个人创作百则，除此之外别无新作。

清光绪十四年（1888），苏州历史上第一个有组织的灯谜社团——"五亩园谜社"的发起者管叔壬编纂了《新灯合璧》三卷。光绪十八年（1892）该书再版时，俞曲园应邀题了一首词，这首词是以猜制灯谜的全过程为主题的：

春灯谜，春宵夜，闲情偶向闲中寄。消和息，浑无迹，绛纱亲制，锦笺偷译，密密密。

文心慧，诗心细，大家围着灯儿睨。寻还觅，机犹窒，几回凝想，默头抱膝，得得得。

最后，俞曲园如是写道："倚《钗头凤》一阕，以助诸君谜兴。"

俞曲园《钗头凤》这首词，后由苏州谜界前辈、享有"谜贤"之称的高伯瑜先生书录收藏，现存福建漳州灯谜艺术馆。

# 戚牧拆字

在民国成立 10 周年那年（1921）的五六月间，上海增添了一种投机新鲜事业，名曰"交易所"，一时间风起云涌，几乎是三百六十行，无一行没有交易所。一些利令智昏者涉足其中，结果是自讨苦吃，数日倒闭发疯者有之，搁浅停止者有之，得利者仅百分之一二，失利者则达十之八九也。遁逃觅死，时有所闻。

苏州有个姓李的文人，亦弃文经商充当了所谓的经纪人。时至 12 月上旬，他见时势不利，于是在 12 日晚约友人、时任《吴语》编辑的戚牧酒楼小叙。戚牧是位满腹经纶的学者，自幼知晓射虎之道，能测字术。席间，李某写"交易"二字，请戚牧为之测凶吉。戚牧细观字相后告知："交字上六下四，六文出去四文进来；易字乃一日不如一日也。"李某心领神会，第二日即抽身退出了交易所这个是非之门。

# 平襟亚写小说惹祸

民国 15 年（1926）中秋节刚过，一部五十万言的《人海潮》小说五十回在苏州调丰巷"诞生"，作者网蛛生就是"以诗谜著称"的常熟谜家平襟亚。

当年，平襟亚 30 来岁，是在民国 14 年（1925）5 月到苏州调丰巷赁租房子的。他将新居起了个"春笑轩"的斋名。邻居不识其人，只知此人姓沈名亚公，行动诡秘，平日里闭门不出，即使出门，也只是去吴苑茗座，走得不远。其实，平襟亚这次来苏不是度假，也不是隐居，而是来避难的。前不久，他在上海惹了个祸，所写的一篇小说得罪了当时中国文坛、女界以至整个社交界的名人吕碧城。

当年吕碧城 43 岁，寓居在上海静安寺路（今南京西路）同孚路（今石门一路）的一幢洋房别墅内，终身未婚，与爱犬"杏儿"为伴。是年中秋前夕，"杏儿"在马路上走，不慎被西人摩托车辗伤。吕碧城勃然大怒，马上聘请律师致函对方，同时把爱犬送到戈登路（今江宁路）沪上最好的兽医院治疗。爱犬不久乃愈，吕碧城这才作罢。

此事被平襟亚知道，不由得兴奋异常，立马编写了一篇题为《李红郊与犬》的小说，发表在上海《开心报》上，混到了一笔稿费。有人见后，转告吕碧城说，平襟亚用"李红郊"影射"吕碧城",吕顿时发作。当时沪上租界内法院为会审公廨,吕碧城即诉诸会审公廨,要求拘平襟亚到案,理由是平襟亚故意用谜语手法侮辱她的人格。原来,李、吕二字在吴语中读一个音,在谜语中称作"谐音";"红郊""碧城",在谜语猜制里系"遥对"。

平襟亚得到风声,大吃一惊,急忙离沪潜逃到苏州,隐姓埋名。吕碧城闻之益怒,征得平襟亚照片以后,致信沪上各大报馆,要求自费刊登大幅广告,通缉平襟亚,各大报纸皆不敢登。最后,她索性通过许多朋友放出风声,谁能通报平襟亚现在住址并因而拿获者,将赠送慈禧太后亲笔描绘花鸟一幅为报。之后吕离沪赴美,临行时将"杏儿"赠与好友尺五楼主。

平襟亚闻之更为惶恐,终日不安,无所事事,只得写小说以自娱。大半年过后,吕碧城决定不再追究。她译完了《美利坚建国史纲》,又出版了三卷本诗集《信芳集》,再度离沪赴美。平襟亚知道后,这才于第二年春末小心翼翼回到上海,后以网蛛生的名义出版了在苏州写的小说《人海潮》。《人海潮》轰动一时,一举奠定了平襟亚在文坛的地位。

# 谜语救活了报纸

马飞黄,又名千里,南京人,回族,平时不食猪肉,嗜好"阿芙蓉"(即鸦片)。颇有文才,但怀才不遇。民国4年农历八月廿一(1915年10月10日),他凭着手中仅有的30块大洋作本钱,在苏州创办了一张名为"社会通俗日刊"的四开小报——《吴语》。这张小报,就是后来成为苏州报业"三足鼎立"之一的《吴县日报》之前身。

据苏州著名报人胡觉民讲,起初的《吴语》是一张典型的"着重于低级趣味、满纸时调歌曲,内容都是黄色的,谈不到通俗教育"的报纸。在惨淡经营几年后,马飞黄采纳了胡觉民的建议,分步实施了一系列经营改革措施,力挽狂澜。其中的报载谜语之举,为改变报纸风貌起了作用。

民国15年(1926)3月4日,在迎接《吴语》创刊12周年之际,马飞黄在副刊"余音"上推出新专栏"吴语新文虎"。第一期刊载了由赵仲熊创作的10条谜语,谜底全都是吴语。这一组谜语,大多是采用直解、会意手法而作,技艺平平,与今日之谜艺相比,并不见得高明。但因其具有浓厚的地方通俗语言特色,读后使人感到亲切。

第二年(1927)10月5日,马飞黄又在副刊版增辟"诗谜征射"专栏,历时一年多。这是一个双方互动的好点子,活动形式是,每期刊出10句比较生僻的七言古诗,每句中故意隐去一字,在下端括号内附上五个与原句漏字相似的同义词或近义词,供征谜者选择。

报载诗句皆有诗本对证，每期答案九天后揭晓。活动规定："应射者每句请附邮花五分（多此照加，空函无效），中者加倍奉酬，十句全中者额外添酬现金二元。"

马飞黄新辟的"吴语新文虎""诗谜征射"两个专栏，别开生面，为广大读者喜闻乐见，得到了许多小市民的欢迎，此举顿使《吴语》销量激增，"日销量一直保持在七千份"的水平上。

民国17年（1928）10月，梅晴初请一位笔名叫老苏州的提供谜语，在其创办的《中报》二版上增辟"灯谜集腋录"专栏，每天刊载谜语5至6条不等，较《吴语》而言，谜语不但量多，且"面"雅而"目"广，如"可以发财"射洋行名"谋得利"等。梅晴初欲借"谜"使报纸起死回生，结果未能奏效，第二年将报纸出让。之后，仇昆厂（音庵）创办的《大华报》、吴国熊创办的《吴县晶报》也相继开设"诗谜征猜"专栏，举办有奖活动，有效地扩大了报纸在苏州读者中的影响，发行量也由此增多了。

# 不以千里称也

吴县实验民众教育馆馆长张千里，号一骏，执鞭之余，时常在良宵佳节举办灯谜展猜，虎棚就设在馆内（今旧学前）。民国21年（1932）8月4日，吴县实验民众教育馆举办"黄昏会"，旨在增进民众智能，提倡高尚娱乐。晚7时，苏城老幼男女百余人群集在馆内演讲厅里，张千里先是演讲，庄谐并作，台下百听不厌。演讲结束后，举行"灯谜游戏"，众人竞相猜射，场面热闹非凡。据第二天《苏州明报》报道，"其中以柳丝、顾超然二君猜中者为多，最特别者，有一方外人亦连中数则"。

张千里看到如此情景，高兴不已，于是在厅内挂出一条即兴创作之谜，内容是："自谓张一骏，人称张馆长（猜古文一句）。"众人围聚在一起，仰视思索。在这人头攒动中，有一个瘦长的年轻人也在"弯弓射虎"。未几，闻其答曰："不以千里称也。"张千里喜笑颜开，忙邀年轻人到耳房相叙，并结为知己。

这位年轻人就是我国谜籍珍藏家高伯瑜先生，当年他才18岁，谜龄却已有十来年了。民国18年（1929），高伯瑜先生以"中道依依望故扉"射小说家"程瞻庐"的处女作，加盟苏州"西亭谜社"，师事程瞻庐。之后，走了一条与众不同的谜语治学之路："猜谜—收集—创作—研究—编纂—无偿捐赠"，他以83岁高龄谢世。因他"生前醉心谜学七十春，身后捐献谜藏百余种"，被谜界誉为"谜贤"，漳州市有关部门为其塑半身铜像纪念。

# 我不是药材店的

1956 年 2 月 11 日，苏州市手工业局在五爱中学（现景范中学）举办春节猜谜活动，由高伯瑜先生组稿并主持谜会。虎棚内谜条无数，五颜六色，一名 28 岁的青年伫立在书有"琼楼玉宇，高处不胜寒"的谜条下，凝视思考着。纸条上写着"猜中药一"。在他旁边有位长他十多岁的中年人，也在沉思之中。良久，但见青年人大步走向对谜底的地方，报以"天门冬"。

"猜得好！"主持人含笑赞道。

之后，又见他一连射中七八条中药名谜。那中年人叹道："都被药材店的人猜去了。"

"我不是药材店的。"那青年人忙接口解释。

转眼间 40 多年过去，那青年人已是古稀老人了，他叫张荣铭，谜号"吴蒙"，早在 80 年代就从青海劳改部门退休回苏。当年的那位中年人，就是苏州著名的金石家、书法家王能父，1998 年 1 月 27 日乘鹤仙逝，享年 84 岁。

# 先生怕坐冷板凳

新中国成立后，苏州第一个灯谜社团成立于 1957 年春节期间，当时的名称叫苏州市工人联合会第一工人俱乐部灯谜研究小组，参加社团的成员必须成分好。当年有位"列席组员"叫解建元，就因为不是工人而无法批准入会。但是他才思敏捷，猜制神速，常出奇招，令同仁佩服。

1957 年 10 月的一天，苏州教工俱乐部在观前街丹凤茶室（现久泰商厦楼上）举办灯谜活动，由市谜组提供创作之谜。当时，谜组的成员以及作为客串的姚世英都去了，解建元也去了。在现场，解建元谜兴大发，即兴创作了这样一条谜："先生怕坐冷板凳（猜机构名称一）。"谜底揭晓，竟是猜"教工俱乐部"。同仁无不为之拍案叫绝！

此事虽已过去了数十年，但是老谜人一碰头就要提起。解建元其人其谜，一直萦绕在人们的脑际，忘不了啊！

# "血手印"之谜

"文革"制造的冤假错案，实在是太多了，什么都能定罪，即便没有，也能捕风捉影，以"莫须有"的罪名把你打倒在地，叫你永世不得翻身。在苏州谜史上，就有过这么一个冤案。

20 世纪 60 年代中期，苏州金石家、书法家王能父根据刻图章的艺术，别出心裁将此与灯谜艺术融合在一块，推出一个改良谜种，既有金石味又有文虎味。他用朱笔在纸上写了个"毛"字，要求同仁猜一个剧目名。此谜颇使人费神，谜底公开，乃是"血手印"。王能父借这朱色扣"血"，用"毛"反过来扣"手印"，巧妙自然，构思新奇。

谜语本身就是玩玩的，供猜者消闲解闷的。再说，这条谜在整个创作过程中，也没一丝半点政治目的。可在"文革"那个年代，却被个别人当作发迹的机遇，拾到鸡毛当令箭，以此整了王能父，说是"血手印"之谜，有含沙射影攻击最高统帅的政治目的。可怜的是，王能父受到了不公平的"判决"，下放苏北射阳农村改造世界观，不久失去爱妻，真是雪上加霜！

"血手印"之谜，是苏州 2000 多年谜史上独一无二的冤假错案。党的十一届三中全会后，此事得到了昭雪。即便如此，这桩冤假错案也难以把留在人们脑海里的记忆全部抹掉。在王能父去世时，前往吊唁的谜界同仁又回忆起这件伤心事，不胜怅然！

（苏才果）

# 吴人书录谜事

诸家瑜辑

## 无盐进隐

战国时，齐国才女无盐用"扬目、衔齿、举手、拊肘"四个动作打哑谜，以此来劝谏齐宣王，谜史上称为"无盐进隐"。明代长洲（今苏州）冯梦龙在《东周列国志》一书中，曾对无盐这四个动作作过解释：

扬目者，代王视烽火之变；衔齿者，代王惩拒谏之口；举手者，代王挥谗佞之臣；拊肘者，代王拆游宴之台。

## 蔡茂梦得禾失禾

东汉末期，郭乔卿用谜语的形式为蔡茂解梦，俗称"蔡茂梦得禾失禾"。事见明代长洲（今苏州）冯梦龙《增广智囊补》记载：

后汉蔡茂家居，梦取得一束禾，又复失之。郭乔卿曰："禾失为秩，君必膺（受）禄秩（官吏的俸禄）矣。"旬日内，征为司徒。

## 曹操门上题"活"字

曹操，字孟德，是我国汉魏时期杰出的政治家、军事家、文学家、诗人。他在戎马倥偬之余，喜欢吟诗做谜。东汉建安末年，曹操在许都建造相国府第，一伙木匠把大门的框架搭好，曹操看过后，不置褒贬，只取笔在门上写了一个"活"字，什么也没说便走了。众人不知何意。曹操的题字被他的主簿杨修发现了，于是即令木匠把门拆了重修，并叮嘱把门改小一点。杨修解释道：丞相的意思是嫌府门修得太阔了。事见清代江苏布政使梁章钜《浪迹丛谈》卷七"杂谜趣闻"转载：

曹操初作相国府门，自往观之，题一"活"字，人皆不晓。杨修曰："门中活，乃阔字也，相国嫌其太大耳。"

# 高欢作"煎饼"谜

高欢（496—547），是南北朝时期的东魏权臣、北齐奠基人。北魏永熙三年（534），高欢在洛阳立孝静帝元善见，建立"东魏"并操纵政权。一日，他设宴邀请几位亲近的臣子，喝酒取乐，席间用突厥语出了一个谜语让大家猜，谜面是"卒律葛答"。众臣中有的猜"髇子箭"（"髇"古同"骹""髐"，髇子箭，一种用骨制成的响箭），有的说猜不出来。当时，以诙谐语言著称的笑星石动筩在场，此谜被他猜中了，谜底是"煎饼"。原来，突厥语"卒律葛答"译成汉语是"前火食并"（"前火"扣"煎"，"食并"扣"饼"）。事见明代长洲（今苏州）冯梦龙《古今谭概》记载：

北齐高祖尝宴近臣为乐。高祖曰："我与汝等作谜，可共射之：'卒律葛答。'"诸人皆射不得，或云是"髇子箭"。高祖曰："非也。"石动筩云："臣已射得。"高祖曰："是何物？"动筩对曰："是煎饼。"高祖笑曰："动筩射着是也。"高祖又曰："汝等诸人为我作一谜，我为汝射之。"诸人来作，动筩为谜，复云："卒律葛答。"高祖射不得，问曰："此是何物？"答曰："是煎饼也。"高祖曰："我始作之，何因更作？"动筩曰："乘大家热铛子头，更作一个。"高祖大笑。

# 黄巢吟诗隐"菊花"

唐末农民起义领袖黄巢，儿时曾作"菊花"诗谜，事见清代长洲（今苏州）褚人获《坚瓠首集》卷之一记载：

《贵耳集》载：黄巢五岁时，父翁吟菊花诗，翁思未就，巢信口吟曰："堪与百花为总领，自然天赐赭衣黄。"父怪欲击之。翁曰："孙能诗。"令再赋一篇，巢应声曰："飒飒西风满院栽，蕊寒香冷蝶难来。他年我若为青帝，报与桃花一处开。"翁大异之。《清眼录》又载。巢下第作菊花诗曰："待到秋来九月八，我花开后百花杀。冲天香阵透长安，满城尽戴黄金甲。"二诗已见跋扈之意，岂不为神器之大盗耶。

# 斩首瓶缺镜儿破

五代时，董伽罗用谜语的形式为云南大理王段思平占梦，古书称为"斩首瓶缺镜儿破"。事见明代长洲（今苏州）冯梦龙《增广智囊补》记载：

及河欲渡，思平夜梦人斩其首，又梦玉瓶耳缺，又梦镜破。惧不敢进（兵）。以问董伽罗，曰："三梦皆吉兆也。公为大夫（节度使），'夫'去首为'天'，天子兆也。玉瓶去耳，为王（玉去旁一点）。镜中有影，如人相敌（对），镜破影灭，无对（对头）矣。"思平乃决，遂逐杨氏（杨干真）而有其国，曰"大理（国号）"。

# 李观象以纸为帐被

五代后期的李观象，桂州临桂人，涉经史，有文辞，先在楚国辰州刺史刘言帐下任掌书记职，刘言去世后，依附武清军节度使周行逢任节度副使。周行逢性残忍，多诛杀，他惧及祸，清苦自励，以求知遇，乃帐帏、寝衣悉以纸为之，由此得到信任。后来，明代刘侗辑《名物通》，内收《纸帐》诗谜一首，即与李观象以纸为帐被有关。事见清代长洲（今苏州）褚人获《坚瓠首集》"纸帐"记载：

五代李观象为周行逢节度使，因行逢严酷，恐及祸，乃寝纸帐，卧纸被。《名物通》载《纸帐》诗云："清悬四面剡溪霜，高卧梅花月半床。茧瓮有天春不老，瑶台无夜雪生香。觉来虚白神光发，睡去清闲好梦长。一枕总无尘土气，何妨留我白云乡。"

# 僧占马亮舌生毛

北宋时，有位僧人用谜语中的谐音手法，为当时的江陵知府马亮（宋仁宗朝进士，字叔明，合肥人）占梦。事见明代长洲（今苏州）冯梦龙《增广智囊补》记载：

马亮知江陵府，任满当代（更换），梦舌上生毛。僧占曰："舌上生毛——剃不得（谐'替不得'，替，替换），当再任。"果然。

# 王安石作字谜

北宋政治家、文学家王安石（字介甫，世人称王荆公），多才多艺。他在政治上实行变法，限制了大地主的特权，促进了经济的发展；在文学上能诗善文，为"唐宋八大家"之一，著有《临川集》。王安石在繁忙的工作之余，还喜欢吟诗作谜，编了不少谜语。一日，他与好友王吉甫谈论诗文时，一连出了三则字谜让王吉甫猜，结果全都给王吉甫猜中了。后来，明代长洲（今苏州）冯梦龙将这三则字谜收进了《山中一夕·话谜语》里，并注明"王介甫作"：

目字加两点，莫作貝（贝）字猜。貝（贝）字欠两点，莫作目字猜。

上隐贺（贺）、资（资）二字。

肩上有，背上有，胸上有，腿上脚上都有；头上无，面上无，耳上目上无，手上指上俱无。

上隐月字。

寒则重重叠叠，热则四散分流，四个在縣（县），三个在州。在村里只在村里，在市头只在市头。

上隐字点（·）。

# 相国寺壁上的谜语诗

北宋熙宁元年（1068）四月，宋神宗召王安石入京，变法立制，富国强兵，欲改变积贫积弱的现状。王安石以"因天下之力以生天下之财，取天下之财以供天下之费"为原则，从理财入手，颁布了一系列新法，取得的成果是有目共睹的，但这改革变法却遭到了守旧派的强烈反对，他们在京城的相国寺的墙壁上题了一首攻击王安石变法的谜语诗。事见清代江苏布政使梁章钜《浪迹丛谈》卷七"杂谜趣闻"转载：

王介甫柄国时，有人题相国寺壁云："终岁荒芜湖浦焦，贫女戴笠落柘条。阿侬去家京洛遥，惊心寇盗来攻剿。"东坡先生解之云："终岁，十二月也，十二月为青字；荒芜，田有草也，草田为苗字；湖浦焦，水去也，水去为法字；女戴笠为安字；柘落木剩石字；阿侬是吴言，吴言为误字；去家京洛为国；寇盗为贼民，盖言'青苗法安石误国贼民'也。"

# 苏小妹三难新郎

传说，北宋词人秦少游曾娶苏东坡之妹苏小妹为妻，在新婚之夜，苏小妹出谜语、对对子三难新郎，这在民间一直传为美谈。事见明代长洲（今苏州）冯梦龙《醒世恒言》记载：

其夜月明如昼。少游在前厅筵宴已毕，方欲进房，只见房门紧闭，庭中摆着小小一张桌儿，桌上排列纸墨笔砚，三个封儿，三个盏儿，一个是玉盏，一个是银盏，一个是瓦盏。青衣小鬟守立旁边。少游道："相烦传语小姐，新郎已到，何不开门？"丫鬟道："奉小姐之命，有三个题目在此。三试俱中式，方准进房。这三个纸封儿便是题目在内。"……少游道："请第一题。"丫鬟取第一个纸封拆开，请新郎自看。少游看时，封着花笺一幅，写诗四句道：

铜铁投洪冶，蝼蚁上粉墙。阴阳无二义，天地我中央。

少游想道："这个题目，别人做定猜不着。则我曾假扮作云游道人，在岳庙化缘，去相那苏小姐。此四句乃含着'化缘道人'四字，明明嘲我。"遂于月下取笔写诗一首于题后云：

"化"工何意把春催？"缘"到名园花自开。

"道"是东风原有主，"人"人不敢上花台。

丫鬟见诗完，将第一幅花笺折做三叠，从窗隙中塞进，高叫道："新郎交卷，第一场完。"小妹览诗，每句顶上一字，合之乃"化缘道人"四字，微微而笑。少游又开第二封看之，也是花笺一幅，题诗四句：

强爷胜祖有施为，凿壁偷光夜读书。缝线路中常忆母，老翁终日倚门闾。

少游见了，略不凝思，一一注明。第一句是孙权，第二句是孔明，第三句是子思，第四句是太公望。丫鬟又从窗隙递进。少游口虽不语，心下想道："两个题目，眼见难我不倒，第三题是个对儿，我五六岁时便会对句，不足为难。"再拆开第三幅花笺，内出对云：

闭门推出窗前月。

……少游当下晓悟，遂援笔对云：

投石冲开水底天。

# 东坡兄妹木马联谜

相传，宋代苏轼、苏小妹（此为传说中的苏轼之妹，实非）与秦少游三人同制一墨斗（宋代称木马）谜，互相出谜猜射斗智。事见明代华亭（旧江苏松江，今上海松江区）陈继儒《精辑时兴雅谜》"古谜三条"记载：

秦少游饮于东坡斋中，秦以谜难东坡曰："有一谜，射之鲜有中者，请一射之。"曰：

我有一间房，半间借与转轮王。有时射出一线光，天下邪魔不敢当。

坡伪射不中，亦作一谜云：

我有一张琴，琴弦藏在腹。骑在马上弹，弹尽天下曲。

少游射之不中，归与小妹言之。小妹曰："我亦有一谜。"云：

我有一只船，半边摇橹半边牵。去时扯纤去，来时摇橹还。

少游思之良久，亦射不中。小妹云："我的就是你的，你的就是大兄的，大兄的就是我的。"于是少游为之怃然。

三谜俱隐匠人墨斗。

此事亦见明代长洲（今苏州）冯梦龙《增广智囊补》《挂枝儿》记载，其中个别文字有改动。

# 翟嗣宗的"蜘蛛"诗谜

翟嗣宗，北宋人。元祐年间，他在做临淮尉时，颇为监司所窘。一日，他在馆驿"偶见蜘蛛因成四韵"，遂题于壁上以讥之。这是一首含谜诗，无论是用词还是语气，都是比较激烈的，诗中的"蜘蛛"指的是他的一位可恶的顶头上司。此诗谜被时任润州太守的林子中见到后，把翟嗣宗召来批评了一阵，顺便把他推荐到朝廷中去了。翟嗣宗写此诗谜真是得了大便宜，既骂了人出了气，又升了官，一举两得。此事见清代长洲（今苏州）褚人获《坚瓠续集》卷之三"题蜘蛛"记载：

翟嗣宗。尉临淮。尝题"蜘蛛"诗于驿壁以讥之云："织丝来往疾如梭，长爱腾空作网罗。害物身心虽甚小，漫天网纪亦无多。林间宿鸟应嫌汝，帘下飞虫亦惧他。莫学螳螂捕蝉勇，须知黄雀奈君何。"

# 宋人写信多廋语

北宋时期，人们常常喜欢在信中用廋语的方式议论时事。事见宋代无锡费衮《梁溪漫志》卷六记载：

吴元中丞相敏，宣和间（1119—1125）著《中桥见闻录》，记当时事，不敢斥言（直接斥责），大抵多为廋语。其称安者，谓蔡攸，盖攸字居安；實（实）者，为童贯；木者，谓林灵素或朱勔也。他皆类是。

# 宋人善谑多拆字

北宋时期，人们喜欢用谜语来开玩笑，其中多数是拆字谜，于是，以谜戏谑也就成了当时的一种世俗。清代周亮工《字触》卷五引北宋无锡费衮《梁溪漫志》记载：

世俗善谑者多拆字为谜，然多无文理，不足称说。曩同僚坐，间举"儉"字谜："一人立，三人坐，两人小，一人大，其中更有一二口，教我如何过。"意甚明白，真善谑，而"有益者，岂特可"助谈话而已，故笔之。

# 缪禹年作钉诗

宋代时，缪禹年以谜诗隐钉子（谐"丁"），借以讽刺丞相丁大全。事见清代长洲（今苏州）褚人获《坚瓠六集》记载：

丁大全，面蓝色。开庆（宋理宗年号）己未，因蝉联董宋臣得相，不惬人望。江西缪禹年作钉诗刺之云："顽矿非铜钢样坚，寒坑才热便趋炎。千来锤打方成器，一得人拈即逞尖。不怕斧敲唯要入，全凭钻引任教嫌。休言深久难抽拔，自有羊蹄（指榔头）和铁钳。"大全见之大怒，配（发配）缪化州。

# 朱淑真制筷子谜

相传，宋代女诗人朱淑真在一次赴宴时即兴创作了一则筷子谜诗。事见清代长洲（今苏州）褚人获《坚瓠九集》记载：

朱淑真能诗。一方伯（布政使又称方伯）延（请）入衙，以妾陪之，嘱饭时令题箸（筷子）。朱应声云："两家娘子小身材，捏着腰儿脚便开。若要尝中滋味好，除非伸出舌头来。"

# 画士创作的画谜

宋徽宗政和年间（1111—1117），画院以诗命题作画，其中有几位画士创作的画谜，颇有新意。事见清代长洲（今苏州）褚人获《坚瓠九集》记载：

政和中建设画学，用太学法补试四方画士，以古人时句命题。尝试"竹锁桥边卖酒家"，人皆向酒家上着工夫，唯一人但于桥头竹外，挂一酒帘，已见酒家在竹内也。又试"踏花归去马蹄香"，众皆束手，一人但扫数蝴蝶飞逐马后，香意表出，皆中魁选。又试"蝴蝶梦中家万里"，戴德淳画苏武牧羊，卧草中，蝶舞其旁，皆良工苦心也。

# 宋王夜梦河水干

宋代有位宰相，曾用拆字谜语的形式为皇上解梦治病。事见明代长洲（今苏州）冯梦龙《增广智囊补》记载：

宋王有疾，夜梦河水干。忧形于色，以为君者，龙也。河无水，龙失其居，不祥。值（正好）宰辅问候，以此询之。或（有的）曰："河无水乃'可'字，陛下之疾，当可（愈）矣。"帝欣然，未几（不多时），疾愈。

# 侯元功作诗隐"纸鸢"

宋代侯元功，在得乡贡时，曾作一诗隐"纸鸢"，事见清代长洲（今苏州）褚人获《坚瓠三集》记载：

宋侯元功（蒙）少游场屋，年三十一，始得乡贡。人以其年长忽不加敬，轻薄者画其形于纸鸢上引线放之。元功见而大笑，作《临江仙》词曰："未遇行藏谁肯信，如今方表名踪。无端良匠画形容。当风轻借力，一举入高空。才得吹嘘身渐稳。只疑远赴蟾宫。雨余时候夕阳红。几人平地上。看我碧霄中。"后一举登第。徽宗时为宰执。谥文穆。

# 谢石京城拆"朝"字

南宋相士谢石，擅长拆字卜诸事。他在京城拆"朝"字卜得天子所书，语惊四座。事见明代长洲（今苏州）冯梦龙《增广智囊补》记载：

谢石（润夫），成都人。宣和（宋徽宗年号）间至京师，以拆字言人祸福。求相者，但随意书一字，即就其字离析而言，无不奇中。名闻九重（皇上）。上皇（宋徽宗）因书一"朝"字，令中贵人（太监）持往试之。（谢）石见字，即端视中贵人曰："此非观察（指太监）所书也。"中贵人愕然曰："但据字言之。"石以手加额曰："朝字离之，为十月十日字，非此月此日所生之天人，当谁书也（不是十月十日所生的那位天子，又该是谁书写呢？）。"一座尽惊。翌日，召至后苑，令左右及宫嫔书字示之，论说俱有精意。

# 谢石拆字卜孕期

南宋时，谢石为一位朝廷官员拆"也"字，卜得其妻孕期有十三个月。事见明代长洲（今苏州）冯梦龙《增广智囊补》记载：

有朝士（朝官），其室怀娠（孕）过月，手书一"也"字，令其夫持问。是日，座客甚众，（谢）石详视谓朝士，曰："此闺内所书否？"（朝士）曰："何以言之？"石曰："谓语助（词）者，焉、哉、乎、也，故知是公内助所书。"（谢石）问："盛年三十否？"（朝士）曰："是也。"（谢石说）"以（因）也字上为三十，下为一字。"（朝士又问）"然吾官寄（身）此，当力谋迁动，还可得否？"（谢石）曰："正以为此挠（阻）耳。盖'也'字，着水则为池，有马则为驰。今池运（指走水路）则无水，陆驰（指走旱路）则无马，是安可动也。又，尊阃（夫人）父母兄弟，近身亲人，皆当无一存者，以（因）'也'字，着人则为他字。今独见'也'字，而不见人故也。又，尊阃其家产亦当荡尽耳，以'也'字着土，则为地字。今不见土只见也，俱是否？"（朝士曰）"然此皆非所问者，贱室（贱内，即妻子）忧怀娠过月，所以问耳。"石曰："是（这）必十三个月也。以'也'字中有十字，并两旁二竖下画，为十三也。"

# 谢石拆"春"字

南宋初，谢石拆"春"字，以此评论投降派代表人物秦桧。事见明代长洲（今苏州）冯梦龙《增广智囊补》记载：

后（谢）石拆春字，谓："秦头太重（指秦桧的权势太重），压日无光（意谓压迫皇帝宋高宗），忤（丞）相（秦）桧，死于戍。"

# 周生相字

南宋建炎年间（1127—1130），有个名叫周生的相士，曾为宋高宗赵构拆字占卜。事见明代长洲（今苏州）冯梦龙《增广智囊补》记载：

建炎间，术者（相士）周生善相字。车驾至杭时，虏骑惊扰之余，人心危疑。执政呼周生，偶书"杭"字示之。周曰："惧（怕）有警报，"乃拆其字，以右边一点配木上，即为"兀术"。不旬日，果传兀术南侵。当赵、秦（桧）庙谟（与皇帝意见）不协，各欲引退，二公各书退字示之。周曰："赵必去，秦必留。日者，君象（君王的象征）赵书退字，人去日远（象形'退'字）。秦书（写）退字，密附日下，字在左笔下连，而人在字左笔斜贯之，踪迹固矣。欲退得乎？"既而皆验。

还有一件周生相字事，亦见冯梦龙《增广智囊补》记载：

往年有叩（问）试事，书"串"字，令观（让周生看）。术者（即周生）曰："不特（止）乡闱（乡试）得隽（中），南宫（殿试）亦应高捷。盖以'串'寓'二中'字也。"一生在旁，乃亦书"串"字，令观。术者曰："君不独不与宾兴（考中），更当疾。"

询其所以（为什么），曰："彼以（因）无心书，故当如字，君以（因）有心书，'串'下加'心'，乃'患'字耳。"已而（后来）果然。

# 黄晋卿以菊为枕

元延祐初，浙江义乌出了个进士，名叫黄溍，字晋卿。他"自幼笃学，博极群书，发为文章，如澄湖不波，一碧万顷。与柳贯、虞集、揭奚斯游，人号'儒林四杰'"。后官至侍讲学士。谥文献。他曾用菊花做枕头，并作了一首诗谜隐"菊枕"。事见清代长洲（今苏州）褚人获《坚瓠首集》"菊枕"记载：

黄晋卿赋诗云："东篱采采数枝霜，包裹西风人梦凉。半夜归心三径远，一囊秋水四屏香。床头不觉黄金尽，镜底难教白发长。几度醉来消不得，卧收清气入诗肠。"

# 淮西妇人好大脚

明代开国皇帝朱元璋，因看到一则画谜有讽刺他的夫人马皇后（淮西人）大脚之意，竟然动用部队，在南京城杀了好多无辜百姓，制造了中国谜语史上一桩特大冤案。事见明代吴县（今苏州）徐祯卿《翦胜野闻》记载：

太祖尝于上元夜微行京师，时俗好为隐语相猜以为戏。乃画一妇人赤脚怀西瓜，众哗然。帝就视，因喻（揭晓）之曰："是谓淮（怀）西（瓜）妇人好大脚也。"甚衔之。明日，召军士大戮居民，空其室。

# 曾进梦抱"变形小儿"

明初，江西曾进做了个梦，梦中抱了个会长耳朵会少双手的变形小儿，他的哥哥运用谜法为他详梦。事见明代长洲（今苏州）冯梦龙《增广智囊补》记载：

江西曾进，当大比之秋，梦抱一小儿，忽见此儿右边又生一耳。少顷，见此儿无两手，以为不详。语其兄。其兄曰："又添一耳，耳与又乃取字。小儿，子也；子无两手，乃了字。尔已取了。"已而，果然。

# 嘉定上元放灯商谜

明代弘化、正德年间，嘉定有上元放灯商谜之习俗。事见明代吴县（今苏州）都穆《练川图记》上卷"风俗"记载：

上元，采柏叶结棚门外，放灯甚盛。有楮、绢、琉璃、麦秆、竹丝诸品，皆绘人物故事及花果禽鱼之状。又有楮剪人物，以火运之者，曰'走马灯'。藏谜而商之者，曰'弹壁灯'。

# 闲馆蹔屈，敬当赴饮

明代，民间有以灯谜招客饮宴和答谢饮之事。事见明代长洲（今苏州）冯梦龙《古今谭概》记载：

《古今诗格》有遣招客云："板户公堂，斫脚露丧。"答云："斑犬良赋，趋龟空肚。"板户，木门，闲字；公堂，官舍，馆字；斫脚，斩足，蹔字（蹔即暂）；露丧，尸出，屈字；谓"闲馆蹔屈"（暂请屈驾光临寒舍之意）也。斑犬，文苟（谐狗），敬字；良赋，尚田，当（当）字；趋龟，走卜，赴字；空肚，欠食，飲（饮）字；谓"敬当赴饮"也。

# 徐文贞拆字隐"嘉靖"

明代，徐文贞（阶）吟咏一首诗，以拆字谜法将"嘉靖"二字隐在诗中。事见清代长洲（今苏州）褚人获《坚瓠四集》记载：

徐文贞（阶）拆咏"嘉靖"二字云："士本朝堂一丈夫（士字），口称万寿与三呼（口字）；一横直亘乾坤大（一字），两竖斜飞社稷扶（两竖，即两个'丨'字）；加官加禄加爵位（加字），立纲立纪立皇图（立字）；主人幸有千秋岁（主字，象形法），明月当天照五湖（月字）。"

# 杨南峰题"酉斋"

明代嘉靖年间，吴中有个叫杨南峰的名士，最喜欢拿人寻开心，可称得上是个顽主。他家隔壁住了个铁匠，每天拉风箱，扇炉火，专在铁墩上为人锻造刀剪等物。后来，铁匠不知从哪儿发了一笔横财，左邻右舍特请杨南峰为之宣传。杨南峰以象形"西"字谜戏谑铁匠，事见清代长洲（今苏州）褚人获《坚瓠七集》"酉斋"记载：

> 杨南峰，为人聪刻。邻居有一铁匠，得财暴富，里中为之庆号，因请于杨，杨题云："酉斋"。人咸不解，或问何出，答曰："横看是个风箱，竖看是个铁墩。"闻者绝倒。

# 徐文长制谜

明代著名文学家、书画家、戏曲家、军事家徐文长（1521—1593），绍兴府山阴（今浙江绍兴）人，多才多艺，在诗文、戏剧、书画等各方面都独树一帜。他亦精通谜语，曾制"秦田水月"一谜，扣合自己的姓和名；又创作"走马灯"谜。事见清代长洲（今苏州）褚人获《坚瓠补集》卷之二"走马灯谜"：

> 山阴徐文长名渭，尝隐括"徐渭"二字，为"秦田水月"，有"走马灯"谜云："但见争城以战，不见杀人盈城。是气也而丑动其心。"

# 杨轼即兴赋诗谜

浙江宁波延庆寺，始建于五代周太祖广顺三年（953），为天下讲宗五山之第二，这里不仅是甬江地区颇有影响的宗教建筑，还是历代名人流寓和学者讲学之所。明万历年间，能诗善隐的余姚文人杨轼寓居于此，一日见寺院内的鸡冠花盛开，绚烂无比，于是即兴创作了一首"鸡冠"诗谜。事见清代长洲（今苏州）褚人获《坚瓠续集》卷之三"鸡冠"记载：

> 余姚杨轼寓宁波延庆寺，时僧房鸡冠花盛烂，限"鱼"字韵诗云："绛愤昂藏锦不如，临风欲斗又踌躇。若教夜半能三唱，惊起山僧打木鱼。"

# 妻为夫解"先进场"之梦

明代，有个读书人做了个"先进场"的梦，他的妻子运用谜法以《论语》中的一个篇目为之解梦，预测丈夫考试所取得的名次。事见明代长洲(今苏州)冯梦龙《增广智囊补》记载：

> 昔一士人，将赴试，梦先进场，觉而语妻，喜曰："今秋必魁多士矣。"妻曰："非

也！子不忆鲁语（即《论语》），《先进第十一》（篇章序目）乎？"后果名在十一。

# 朱望子诗隐"蒲剑"

明末清初诗人朱望子，明崇祯中馆荮溪陆氏，鼎革后，亦时往。一日，他到陆家去，途经一个大池塘，但见池塘畔长满了翠绿的蒲剑（吴语称菖蒲），蒲叶端庄秀丽，发出阵阵香气。朱望子当即以"蒲剑"为题，创作了一首诗谜。事见清代长洲（今苏州）褚人获《坚瓠续集》卷之四"蒲剑"记载：

朱望子先生咏"蒲剑"诗云："碧芽绿叶绕长滩，丛出森森似剑攒。仿佛发硎锋与锷，分明出匣莫同干。风狂作态美人舞，雨急闻声食客弹。今节草堂饶乐事，相将差拟引杯看。"

# 朱望子的咏物诗谜

糖画，是一种集民间工艺美术与美食于一体的独特手工技艺，据说起源于汉代。相传，明末清初的诗人朱望子很爱吃糖画，他喜欢一面赏玩一面吃，且有咏物诗谜，谜底隐"糖丞相"。事见清代长洲（今苏州）褚人获《坚瓠补集》卷之一"糖丞相"记载：

朱望子先生咏物诗，有"糖丞相"题，戏成二律云："液蜜为人始自汉，印成袍笏气轩昂。狻猊敛足为同列，李耳（虎名）卑躬属并行。枵腹定知无肺腑，虚心自应没肝肠（史称陈后主全无心肝，别有肺肠）。儿童尽与相亲近，丞相无嗔可徜徉。镕就糖霜丞相呼，宾宴排列势非孤。苏秦诱我言甘也，林甫为人口蜜乎。霉（梅）雨还潮几屈膝，香风送暖得全肤。纸糊阁老寻常事（成化中有纸糊三阁老语），糖相年来亦纸糊（年来祀神糖狮糖人，皆纸糊者故云）。"

# 沈秋田词隐美女

明末沈秋田，工诗词，亦雅好谜语，曾仿吴郡周贞履闺情曲体，赋《贺新郎》，隐古美女名。事见清代长洲（今苏州）褚人获《坚瓠续集》卷之四"词隐美女"记载：

吴郡周贞履（江），多才思，有闺情曲，每句隐一古美女名。后缘事为抚军朱国治劾奏，与金圣叹等同死，其曲遂失传。沈秋田仿其体成《贺新郎》词云："静把丝桐理（琴操）。早则见筠帘半卷，夜光双系（绿珠）。目断玉门凝望久（关盼盼），独坐有谁相倚（无双）。

想塞外，月明于水（夷光）。才到平明烟雾绕（朝云），却东来紫气氤氲起（步非烟）。花片舞，纷如绮（红拂）。空依女弟欢相聚（妹喜）。甘贫苦，绿芽凝翠（茶娇），黄虀淡味（无盐）。闲倚刘郎花下听（蕡桃），两个黄鹂聒耳（莺莺），总只在垂杨树里（柳枝）。遥望吴门一蕞尔（苏小小），念丰姿，似玉同娇女（如姬），想檀郎，应相忆（念奴）。"

## 李圣许巧制字谜

清初李圣许，江都人，诗文俱佳，主张"文章必明秀，方可作案头山水。山水必曲折，乃可名地上文章。"他亦喜好文虎，一日谜兴勃发，吟诗赋词，巧制字谜二则。事见清代长洲（今苏州）褚人获《坚瓠补集》卷之六"隐月心字"记载：

江都李圣许有"月"字谜云："俏冤家，切莫作小人行径，许佳期，其实不曾。我若肯时也不止在如今肯，空为我腰肢减一半，镇日里无主恨青春。待明朝日落时辰，也再休要闾去门前等。""心"字谜云："闷来时只索去门前眴，意中人为什么音信悬，怒伊行全不把奴留恋。思量究竟无头脑，憔悴容颜减半边。望神明发一个慈悲，方才了却从头愿。"

## 陈云屋以字嘲翟姓

清代，有位姓翟的私塾先生，在一家姓杨的家里教书，陈云屋作"翟"字谜嘲笑其姓。事见清代长洲（今苏州）褚人获《坚瓠二集》记载：

陈云屋嘲翟姓云："失足如何蹿（跃），无光耀不成；若非身倚木，为櫂亦难行。"时翟某馆（教书）于水南杨氏，盖（因此）嘲其倚杨（即'若非身倚木'一句）也。

## "尹"字谣

清顺治中，吴中有个姓尹的人，得罪了他的一位朋友，于是朋友就作了一首隐"尹"字的歌谣讽嘲他。事见清代长洲（今苏州）褚人获《坚瓠首集》"尹奚谣"记载：

顺治中，吾乡有尹姓者，开罪于友。士子作"尹"字谣以嘲之云："伊无人，羊口是其群。斩头笋，灭口君。缩尾便成丑，直脚半开门（门）。一根长轿杠，扛个死尸灵。"比唐人"丑虽有足，甲不全身"之句，更为刺骨。

清代长洲（今苏州）钱德苍《解人颐广集·消闷集》亦有载。

## 毛鹤舫咏焦女郎

清康熙十七年（1678），浙江遂安毛鹤舫（名际可，字会侯）举博学鸿词科不第，回到祥符令任上。不久他以事罢官，返里读书著述。一日，他赋《满庭芳》一阕，赠与一位焦姓女郎，词隐一个"焦"字。事见清代长洲（今苏州）褚人获《坚瓠补集》卷之一"隐焦字"记载：

毛鹤舫先生赋《满庭芳》，赠女郎，隐"焦"字云："半截佳人，双双跌迹，何当美目偷瞧。采樵仙侣，木叶正飘摇。只愿鹪鹩可寄，又谁知鸟去空巢。还堪叹，从无人影，漫道是僬侥。萧条，芳草歇，霏微余绿，犹映芭蕉。怪啁啾谣诼，众口谁调。脉脉无言情绪，枉教人听彻更谯。如何好因他憔悴，心去总难招。"

## 毛鹤舫的灯谜诗

清康熙年间，浙江遂安毛鹤舫赋灯谜诗十二首，每首隐四人，俱在一部书内。事见清代长洲（今苏州）褚人获《坚瓠集》记载，录灯谜诗两首：

《圣瑞图》云："美玉无瑕辑瑞同（白圭），歧丰佳气庆云中（周霄）。从天产下鳞虫长（龙子），两道祥光一色红（丹朱）。"

《山行》云："岧峣西岳接西京（华周），天际冥鸿物外情（飞廉）。莫道路遥频顾仆（百里奚），衰年负荷叹劳生（戴不胜）。"

## 曹秋岳词隐"明"字

清代诗人曹秋岳，名溶，浙江崇德人，官至侍郎，嗜好诗词，亦擅长谜语。一日，他戏仿毛鹤舫《咏焦女郎》体，赋《调寄满庭芳》一阕，赠予一位姓沙名明的女伎。事见清代长洲（今苏州）褚人获《坚瓠补集》"词隐明字"记载：

姓比苍姬，谱传赵五，琵琶旧日曾称。昭君召去，月素却为邻。思昔青春胜景，早朦胧一半徒存。堪夸处无微弗烛，谱蝲又谁行。聪聪如师旷，虽盲于目，却不盲心。任宾筵监史，满座生春，期望晨昏宴会。总还须日月高升，闲时候同游萧寺，朝暮喜相亲。

# 乾隆出谜纪昀猜

　　清乾隆年间，清高宗弘历戏制了一则"小儿囟门"谜语，当场让群臣猜射，最后被纪昀猜了出来。事见清代武进李伯元《南亭笔记》记载：

　　乾隆一日在亭中赏雨，已而（不久）渐猛，沟浍皆盈，间小草渐为所没。乾隆因戏制为谜语云："大了小了，小了大了，大了就没了。"令诸臣射之，诸臣无以应。已而叩（问）诸（之于）内监，始知其故。翌日，以雨中小草为对者凡（共）二十余人。乾隆大笑云："错了，错了。"诏纪文达（名昀，字晓岚，谥号文达）曰："你总该知道。"文达奏云："皇上所说的谅是小儿囟门。"乾隆称善。

# 纪昀掌中书字泄密

　　清乾隆年间，两淮盐运使卢雅雨亏空库资，乾隆皇帝下旨抄其家，纪昀得知消息，以掌中书写谜语的方式，向他的亲家卢雅雨通风报信，因泄露了抄家机密而受到处罚，充军发配新疆。事见清代武进李伯元《南亭笔记》记载：

　　文达（纪昀）与卢雅雨为儿女姻亲，卢任两淮运使时，亏空库资无算，奉旨籍（抄没）其家产抵偿公款。时，文达且曝直枢，廷呼其幼子之（到）前，令舒（伸）掌书"少"字。诣卢（到卢雅雨那里），示以掌中书，不交一语。卢虽老耄，亦解人也，知"少"加手为"抄"字，顿悟。事后，文达竟以泄密获咎，遣戍军台。

# 谜 人 篇

（猜唐刘禹锡《乌衣巷》诗二句）

旧时王谢堂前燕，飞入寻常百姓家

# 吴地谜人知名录

诸家瑜　韦梁臣

古今吴地谜人，历代史书、地方志乘和谜书谜刊所记未可胜数，其中有封疆大吏、征战良将，有地方官员、社会名流，有文人墨客、平民百姓。他们中，有的是贡献于我国民间文艺事业的吴人，有的是致力于"姑苏谜语"活动的吴人或寓居吴地的外地人，有的是有功于吴文化而为世人推崇的外地人。本篇搜集与"姑苏谜语"有密切关系、对"姑苏谜语"有较大贡献和影响的古今谜人，共 300 余名。

**泰　伯**（生卒年不详），一作太伯，姬姓，名不详，吴人尊称为"吴太伯"。商末岐山（在今陕西）周部落首领古公亶父（即周太王）长子，母名太姜。春秋吴国第一代君主。商末（约公元前 11 世纪初期），太王欲传位季历及其子昌（即周文王），他与其胞弟仲雍让位三弟季历而出逃至荆蛮之地，断发文身，并建立方国"勾吴"（一作"句吴"），被后世奉为吴文化鼻祖。泰伯通晓隐语，他以"勾吴"为题，巧妙地将"勾"作动词引申为"捕捉"；又运用了"吴"实源于"鱼"之义（古"吴"字写作鱼头、鱼身；又，吴语读"吴""鱼"一个音），隐示这里的土著居民吴人原先是捕捉鱼的部族。泰伯以字取义的制谜手法，从一个侧面证实了当时会意体（又称转注体）谜语已经流行。

**姜　尚**（约前 1156—约前 1017），姜姓，吕氏，亦称吕尚，一名望，字子牙，道号飞熊。商末东海上（今临泉县姜寨）人。杰出的韬略家、军事家、政治家，齐文化的创始人。曾在商纣王朝中担任过官职，后来因不满商纣王的暴虐无道而离开，相传曾隐常熟。唐陆广微《吴地记》载：常熟"县北二里有海隅山……山东二里有石室，太公吕望辟（避）纣之处"。宋龚明之《中吴纪闻》载，尚湖，太公尚尝钓于此，故名。今有垂钓雕像、尚父石、太公祠、子牙亭。他"钓得玉璜"受命佐姬昌（即周文王），立为太师（武官名），尊为"师尚父"。后又辅佐武王伐纣，灭商立周后任丞相，称"太公望"，俗称太公。历代儒、法、兵、纵横诸家皆追他为本家人物，被尊为"百家宗师"。著有《乾坤万年歌》《六韬》。（参见"吴地谜事传闻"《西伯侯"飞熊入梦"》）

**寿　梦**（前 620—前 561），姬姓，吴氏，名乘，字孰姑。周章十四世孙、去齐子。吴国第十九代君主。善隐。东周简王元年（前 585）继位自称"吴王"，取号"寿梦"，隐"长久牢固之渔网"之意，以示其王号与吴地的水、鱼密切相连，且表明他是吴之一国之君。他在位 25 年，引进先进的中原文化，"吴始益大"。周灵王十一年（前 561，吴寿梦 25 年）九月卒，葬于嬴博，谥号"兴王"。

**馀　祭**（前 587—前 544），姬姓，又作句馀、戴吴，别称吴王馀祭。吴王寿梦次子、诸樊之弟。吴国第二十一代君主。公元前 547 年（吴馀祭元年）即位，取号"馀祭"，隐"鱼祭"。而其"句馀"，乃隐"句吴"也。吴馀祭四年（前 544），被守门人所杀，弟夷昧嗣位。

**馀　昧**（？—前 527），姬姓，一作夷末、夷昧，别称吴王馀昧。吴王寿梦三子、馀祭之弟。吴国第二十二代君主。公元前 543 年（吴馀昧元年）即位，取号"馀昧"，隐"鱼祭"。吴馀昧四年（前 527）去世，谥号"度王"。王位欲传弟季札，不受，遂传子僚。

**姬　札**（前 576—前 484），又称公子札，取名"季札"，以"札"字象形隐"船桨"之意。吴国人。吴王寿梦最小的儿子，孔子的老师。有贤名，后人尊其为"南方第一圣人"。先秦时代最伟大的预言家、美学家、艺术评论家，中华文明史上礼仪和诚信的代表人物。封于延陵（今常州），称延陵季子；后又封州来（今安徽凤台县），称延州来季子。父寿梦欲立之，辞让。兄诸樊欲让之，又辞。诸樊死，其兄馀祭立。馀祭死，夷昧立。夷昧死，将授之国而避不受。夷昧之子僚立。公子光使专诸刺杀僚而自立，即阖闾。札虽服之，而哭僚之墓。贤明博学，屡次聘用中原诸侯各国，会见晏婴、子产、叔向等。聘鲁，观周乐。过徐，徐君好其佩剑，以出使各国，未即献。及还，徐君已死，乃挂剑于徐君墓树而去。季札品德高尚，是具有远见卓识的政治家和外交家，其广交当世贤士，对提高华夏文化做出了贡献，死后被葬于上湖（今江阴申港）。

**姬　光**（？—前 496），又称公子光，亦作阖庐、盖庐。吴国人。吴王诸樊之子。吴国第二十四代君主。公元前 514 年（吴阖闾元年）即位，改号"阖闾"，杨晓东《灿烂的吴地鱼稻文化》解释：涵义是"船首"，意即"最尊贵的船"；又命伍子胥"相土尝水""象天法地"建"阖闾大城"，为吴都。

**申叔仪**（生卒年不详），东周时期吴国大夫。善隐。吴夫差十四年（前 482），向鲁国大夫公孙有山乞借粮食，有《庚癸歌》传世，谜史上称之"呼庚呼癸"。（参见"吴地谜事传闻"《申叔仪乞借粮食》）

**袁　康**（生卒年不详），会稽（郡治在今江苏苏州）越人。东汉初期文学家。善隐。约东汉建武中期（40 前后）在世，生平事迹无考，与同乡人吴平共著《越绝书》十五卷，首创"隐姓名谜"。（参见"吴地谜事传闻"《〈越绝书〉作者之谜》）

**吴　平**（生卒年不详），字君高。会稽（郡治在今江苏苏州）吴人。东汉初期文学家。善隐。约东汉建武中期（40 前后）在世。著有《越纽录》，王充许为刘子政、扬子云不能过。明人以为《越纽录》即《越绝书》，为同郡袁康所作，平加以属定，清钦定《四库全书总目提要》即采其说，自后始定为袁、吴二人合作。与袁康合作首创"隐姓名谜"。（参见"吴地谜事传闻"《〈越绝书〉作者之谜》）

阚　泽（约170—243），字德润。会稽山阴（今浙江绍兴）人，曾在苏州西洞庭山择地建宅，后舍宅为寺。东汉末及三国时期的学者。善隐。著有《乾象历注》《九章算术》。（参见"吴中谜界名人"《东吴学者阚德润》）

薛　综（？—243），字敬文。沛郡竹邑（今安徽淮北市）人。三国吴大臣、文学家。善隐。据《三国志·吴书·薛综传》载："少依族人避地交州，从刘熙学。士燮既附孙权，召综为五官中郎将，除合浦、交阯太守。"著有《私载》。（参见"吴地谜事传闻"《薛敬文智斗张奉》）

诸葛恪（203—253），字元逊。琅邪阳都（今山东沂南）人。蜀丞相诸葛亮之侄，吴大将军诸葛瑾长子。三国时期吴臣。从小就以神童著称，深受孙权赏识，弱冠拜骑都尉。孙登为太子时，诸葛恪为左辅都尉，为东宫幕僚领袖。曾任丹阳太守，平定山越。陆逊病故，诸葛恪领其兵，为大将军，主管上游军事。孙权临终前为托孤大臣之首。孙亮继位后，诸葛恪掌握吴国军政大权，初期革新政治，并率军抗魏取得东兴大捷，颇孚众望。此后诸葛恪开始轻敌，大举兴兵伐魏，惨遭新城之败。回军后为掩饰过错，更加独断专权。后被孙峻联合吴主孙亮设计杀害，被夷灭三族。有"蜀""吴"字谜传世。（参见"吴地谜事传闻"《诸葛恪巧言解嘲难》）

鲍　照（419—466），字明远。本上党（一说今属山西，一说今江苏宿迁市）人，后迁东海（一说今山东苍山南，一说今江苏涟水县北，一说今江苏灌云），遂为东海人，家居建康（今南京市，一说生活在京口，即今镇江）。南朝宋著名文学家，史称"百代字谜之祖"。有"井""龟""土"三首字谜诗传世。著有《鲍参军集》。（参见"吴中谜界名人"《字谜始祖鲍照公》）

任　昉（460—508），字彦升，小字阿堆。乐安博昌（今山东寿光，一说山东广饶）人。南朝梁文学家。以表、奏、书、启诸体散文擅名，亦善谜道。曾在梁时任义兴（宜兴）父母官。著有《述异记》《杂传》《地理书钞》《地记》《文集》《文章缘起》等。（参见"吴地谜事传闻"《任昉制谜戏庾郎》）

萧　统（501—531），字德施，小字维摩。南兰陵（今武进）人。梁武帝长子，立为太子，未及继位而卒，谥昭明，也称昭明太子。今常熟虞山之麓有昭明太子读书台，"书台积雪"为"虞山十八景"之一，原属常熟，后归江阴的顾山。红豆村里的千年红豆树，据说也是昭明遗迹。著述有《昭明太子文集》《昭明文选》，另编有《正序》《古今诗苑英华》，均不传。《昭明文选·序》里提到荀卿有赋十篇，其中的《蚕赋》是中华谜语的雏形；还谈到"又诏诰教令之流，表奏笺记之列，书誓符檄之品，吊祭悲哀之作，答客指事之制，三言八字之文，篇辞引序，碑碣志状，众制锋起，源流间出"。其中的"三言八字之文"，有人认为可能是指字谜性质的"离合体"隐语。

顾野王（519—581），原名体伦，字希冯。吴郡吴县（今苏州市）人。南朝梁、陈间官员、

文字训诂学家、史学家。（参见"吴中谜界名人"《训诂学家顾野王》）

**韦应物**（737—792），京兆长安（今西安）人。唐代著名诗人。15 岁起以三卫郎为玄宗近侍，出入宫闱，扈从游幸。早年豪纵不羁，横行乡里，乡人苦之。安史之乱起，玄宗奔蜀，流落失职，始立志读书，少食寡欲，常"焚香扫地而坐"。代宗广德至德宗贞元间，先后为洛阳丞、京兆府功曹参军、鄠县令、比部员外郎、滁州和江州刺史、左司郎中。贞元四年（788）七月，就任苏州刺史，前后 3 年。贞元六年（790）退职，闲居苏州永定寺。贞元七年（791）初，卒于苏州官舍，后运回长安，十一月归葬少陵原祖茔。世称韦江州、韦左司、韦苏州。韦应物喜隐，有《咏玉》《咏露珠》《咏水精》《咏珊瑚》《弹棋歌》等诗谜，著有《韦江州集》《韦苏州诗集》《韦苏州集》等。

**白居易**（772—846），字乐天，晚年号香山居士。祖籍山西太原，生于河南新郑，后迁居下邽（今陕西渭南东北）。唐代著名诗人。著有《白氏长庆集》等。喜诗谜，有《筝》《衰荷》《鹤》《鹦鹉》《琵琶》等流传至今。唐宝历元年（825），白居易任苏州刺史。在任时，他为便利苏州水陆交通，开凿了一条长七里西起虎丘东至阊门的山塘河，并在河之北修建道路，名曰"七里山塘"（简称山塘街），俗称"白堤"。这项造福一方的利民工程竣工后，他赋《吴中好风景二首》："吴中好风景，八月如三月。水荇叶仍香，木莲花未歇。海天微雨散，江郭纤埃灭。暑退衣服干，潮生船舫活。两衙渐多暇，亭午初无热。骑吏语使君，正是游时节。吴中好风景，风景无朝暮。晓色万家烟，秋声八月树。舟移管弦动，桥拥旌旗驻。改号齐云楼，重开武丘路。况当丰岁熟，好是欢游处。州民劝使君，且莫抛官去。"唐宝历二年（826）九月，白居易辞别苏州的父老乡亲离任而去，留下一首《别苏州》："浩浩姑苏民，郁郁长洲城。来惭荷宠命，去愧无能名。青紫行将吏，班白列黎氓。一时临水拜，十里随舟行。钱筵犹未收，征棹不可停。稍隔烟树色，尚闻丝竹声。怅望武丘路，沉吟浒水亭。还乡信有兴，去郡能无情。"

**皮日休**（约834—883），字逸少，后改袭美，自号鹿门子，又号闲气布衣、醉吟先生。襄阳竟陵（今湖北天门市）人。晚唐文学家、散文家、诗人。与陆龟蒙同创"皮陆嵌字诗谜"。著有《皮子文薮》《松陵集》《胥台集》《十原》等。（参见"吴中谜界名人"《闲气布衣皮日休》）

**陆龟蒙**（约836—约881），字鲁望，号天随子、江湖散人、甫里先生、江上文人。长洲县（今苏州市）人。晚唐文学家、农学家、诗人、琴家。世居临顿里，家有万卷藏书。与皮日休同创"皮陆嵌字诗谜"。著有《耒耜经》《渔具吟》《松陵集》《笠泽丛书》《甫里集》等。（参见"吴中谜界名人"《甫里先生陆龟蒙》）

**范仲淹**（989—1052），字希文。吴县（今苏州市）人，生于河北真定府（今河北石家庄正定县）。北宋大臣、政治家、文学家。喜弹琴，善制谜。在他百日后，随父亲范墉回到故里吴县。淳化元年（990）父亲卒于任所，母亲谢氏贫困无依，改嫁在苏州做官的山东淄州长山人朱文翰，他跟着改名朱说。宋真宗大中祥符八年（1015）举进士，始还姓复名。景祐元年（1034）任苏州知州，兴修太湖水利，创设府学，惠泽乡民；还举办城乡交游盛会，参与民间猜谜活动。后因治水有功，被调回京师，权知开封府。因反对宰相吕夷简擅权，出知饶（今江西波阳）、润（今江苏镇江）、越（今浙江绍兴）三州。宋西夏开战后，任陕西帅臣。庆历三年（1043）召为枢密副使，旋改参知政事，但因推行新政被罢，又出知邠（今陕西彬县）、邓（今河南邓县）、杭等州。皇祐四年（1052）卒，谥文正。著有《范文正公集》。（参见"吴地谜事传闻"《范仲淹制谜语与民同乐》等）

**欧阳修**（1007—1072），字永叔，号醉翁，晚年又号六一居士。吉州永丰（今江西吉安市永丰县）人。北宋政治家、文学家，在政治上负有盛名。宋天圣八年（1030）进士。他与范仲淹同受韩愈影响，虽年岁有些差异，但相互仰慕。宋景祐元年（1034），当他得知范仲淹知苏州时，即写去一封信，其中有这样的话："希文登朝廷，与国论，每顾事是非，不顾自身安危，则虽有东南之乐，岂能为有忧天下之心者乐哉！"庆历五年（1045），被罢官的挚友苏舜钦在苏州构筑宅园。欧阳修游苏，与梅圣俞等为苏舜钦的沧浪亭作诗酬唱，并应邀写下《沧浪亭寄题子美》长诗一首："子美寄我沧浪吟，邀我共赋沧浪篇；沧浪有景不可到，使我东望心悠然"，"清风明月本无价，可惜只卖四万钱"，"虽然不许俗客到，莫惜佳句人间传"。此诗既使"沧浪亭"名声远播，又是留给苏州的"沧浪"文化遗产。欧阳修也嗜好谜语，有以谜语手法评论诗僧、大觉怀琏之诗的"肝脏馒头"谜，有反对合作者修《新唐书》时喜用僻字做法而故意翻成"宵寐匪祯，札闼洪庥"的僻谜，有"月亮"词谜、"杏花"诗谜等传世。民间还传说他流寓苏州时曾留下一首隐"无盐、无蒜、无姜、无酱"的俚言谜诗，与苏舜钦的谜诗大同小异。

**苏舜钦**（1008—1048），字子美。祖籍梓州铜山（今四川中江南），生于开封，后寓居苏州。北宋著名诗人。喜诗谜。他年轻时即不顾流俗耻笑，和穆修一起提倡古文，比尹洙、欧阳修等开始作古文都早。22岁时，因父亲官职而得以补太庙斋郎、荥阳（今属河南）县尉，景祐元年（1034）进士。历任蒙城（今属安徽）、长垣（今属河南）县令。庆历三年（1043），被范仲淹推荐为集贤殿校理，监进奏院，成了当时政治改革集团的重要一员。翌年时值进奏院祀神，因与同僚用所拆奏封的废纸换钱置酒饮宴，被反对派抓住把柄诬奏为监守自盗，结果以主犯被削籍为民。庆历五年（1045）春，他离开开封南下，"夏四月居吴门"（苏舜钦《苏州洞庭山水月禅院记》），以四万贯钱购地筑亭，名"沧浪亭"，为苏州名园。庆历八年（1048），苏舜钦复官为湖州长史，未及赴任即病逝。著有《苏舜钦集》。（参见"吴地谜事传闻"《店主解诗谜》）

**李　章**（生卒年不详），苏州人。善谜道。北宋何薳《春渚纪闻》里，记有他巧妙利用繁体"蘇"字有写成"蘓"的这种汉字形态变化特征，以谜语的手法与人"换鱼"的趣事。（参见"吴地谜事传闻"《李章换鱼》）

秦　观（1049—1100），字少游，一字不虚，别号邗沟居士、淮海居士，世称秦淮海。高邮人。北宋文学家、词人。宋神宗元丰八年（1085）进士，官至秘书省正、国史院编修官。后为王安石的新党排挤。宋绍圣初年，被贬为杭州通判，再贬监处州（浙江丽水）酒税，又远徙郴州（湖南彬县），编管横州，又徙雷州。宋徽宗元符三年（1100）放还，卒于藤州（今广西藤县）。他的词多写男女爱情和身世感伤，风格轻婉秀丽，受欧阳修、柳永影响，被尊为婉约派一代词宗，与张耒、晁补之、黄庭坚并称"苏门四学士"。著有《鹊桥仙》《淮海集》《淮海居士长短句》等。他喜好谜语，在赠歌者陶心儿词作《南歌子·玉漏迢迢尽》中有"一钩残月带三星"句，隐"心"字。民间流传的《苏小妹三难新郎》传说，也讲述了有关他的谜事趣闻。他曾游吴江，寓居无锡，今无锡惠山有秦龙图墓，其后人在无锡建有著名园林寄畅园。

庄　绰（约1079—？　），字季裕。福建泉州惠安县人。考证学家、民俗学家、天文学家、医药学家。其状貌清癯，人目为"细腰宫院子"。早年随父外迁，居颍川（今河南许昌）。北宋末年，历摄襄阳尉、原州通判等。宋室南渡后，历任建昌军通判、江西安抚制置使司参谋官，最高官职是"朝奉大夫知鄂州、均州"。他喜游历，足迹遍及大江南北，博物洽闻，学问渊源，多融轶闻旧事，且对针灸尤有研究。宋室南渡（1127）初游寓常熟，所著《鸡肋编》，被后人推为与《齐东野语》相埒，书中有宋代谜语多则。著书还有《本草节要》《明堂灸经》《脉法要略》《膏肓腧穴灸法》等。

韩世忠（1089—1151），字良臣，晚号清凉居士。延安人。南宋抗金名将，入祀苏州"沧浪亭五百名贤祠"。宋建炎（1127—1130）初，提兵至吴中，以沧浪亭为宅第，改名"韩园"。建炎三年（1129），官浙西制置使，守镇江。以八千众阻十万金兵渡江，与兀术相持黄天荡达48个月。后官京东、淮东路宣抚处置使，置司楚州（今淮安）。在楚州十余年，屡挫伪齐及金兵，金人不敢犯。绍兴初年，苏州沧浪亭为韩世忠所得，辟原五代吴越中吴军节度使孙承祐别墅一隅的四亩半地为宅院，增修扩建，成为"韩园"宅邸（后先后更名"近山林""乐园""可园"）。绍兴十一年（1141），韩世忠与岳飞、张俊同被召入朝，任枢密使。宋金和议时，他因屡抗疏言桧误国之罪而被解除兵权，罢为醴泉观使，遂心灰意懒，志丧情沮，闲居湖野，浪迹泉石，诗酒朝暮，自此隐居姑苏，杜门谢客，绝口不言兵事，时跨驴携酒，纵游西湖以自乐，淡然若未尝有权位者。绍兴十二年（1142），改为潭国公。翌年，封为咸安郡王。绍兴十七年（1147），改镇南、武安、宁国节度使。绍兴二十一年（1151）八月逝世，葬于苏州灵岩山麓，追封通义郡王。孝宗朝，追封蕲王，谥号忠武。（参见"吴地谜事传闻"《韩世忠夫妇巧撰秦桧》等）

范成大（1126—1193），字至能（一作致能），晚号石湖居士，谥文穆。吴县（今苏州市）人。南宋著名田园诗人，与陆游、杨万里、尤袤并称为"南宋四大家"。父母早亡，家境贫寒。宋绍兴二十四年（1154）进士，初授户曹，历官监和剂局、处州知府，累官起居郎。乾道三年（1167），在故乡的石湖边上建造农圃堂。淳熙十年至绍熙四年（1183—1193）隐居石湖。著有《四时田园杂兴诗》《石湖集》等。他撰写的《吴郡志》里，记有姑苏灯市谜风。

**费　衮**（生卒年不详），字补之。无锡人。国子免解费进士。北宋大观三年（1109）贾安宅榜进士、秘书正字费肃之孙。幼承家训，克绍其裘，博学而能文，善谜。著有《梁溪漫志》《续志》《文章正派》《文选李善五臣注异同》，今皆佚失。（参见"吴地谜事传闻"《费衮记下的"俭"字谜》）

**卢祖皋**（约1174—1224），字申之，一字次夔，号蒲江。温州永嘉县（今属浙江温州）人。楼钥之甥，学有渊源，与"永嘉四灵"以诗相倡和，亦喜诗虎。"乐章甚工，字字可入律吕"，为八百年来温州词宗。南宋庆元五年（1199）中进士。初任淮南西路池州教授，嘉泰二年（1202），调任两浙西路吴江（今苏州市吴江区）主簿；嘉定十一年（1218）因文才卓著，内召临安，主管刑、工部架阁文字。后历任秘书省正字、校书郎、著书郎，累官至权直学士院。今诗集不传，遗著有《蒲江词稿》，刊入"彊村丛书"，凡96阕。诗作大多遗失，唯《宋诗记事》《东瓯诗集》尚存近体诗8首。

**郑思肖**（1241—1318），初名某，字忆翁、南宋遗民，自称菊山后人、景定诗人、三外野人、三外老夫等。福建连江人。爱国诗人、著名画家。喜谜道，曾创作过《菊花》谜诗一首。宋宝祐二年（1254），随父举家徙居苏州。宋亡后以谜抗争，誓死不事元朝。著有《心史》《郑所南先生文集》《所南翁一百二十图诗集》《锦钱余笑》等。（参见"吴中谜界名人"《南宋遗民郑思肖》）

**明　本**（1263—1323），俗姓孙，号中峰，法号智觉，谥"普应国师"。钱塘（今杭州）人。元朝最为杰出的高僧，临济宗虎丘派，师法高峰原妙。他从小喜欢佛事，稍通文墨就诵经不止，常伴灯诵到深夜。24岁赴天目山，受道于禅宗寺，白天劳作，夜晚孜孜不倦诵经学道，遂成高僧，住持西天目山。后在平江路（今苏州市）吴县雁荡村创立幻住庵，并隐于此。延祐四年（1317）冬著《幻住庵清规》，收于《卍续藏经》第111册，乃就丛林日用须知制定，自成天目一家之规矩。全编分十门，即：日资、月进、年规、世范、营办、家风、名分、践履、摄养、津送。明本知识渊博，将西方文化佛教与中国固有文化融于一体，提倡心性本净，佛性本有觉悟不假外求。元仁宗为太子时，尊其为"法慧禅师"，即位后又赐号"佛慈圆照广慧禅师"，赐金襕袈裟。明本"有《广录》三十卷入大藏中"（明王鏊《姑苏志》卷五十八"人物"），且擅长书法又善曲，在文学上有相当造诣，尤好作诗猜谜，创立了民间谜语格体四种，是继王安石后的第二人，但因年代已久，他所制的谜语大多散失，唯独《咏葫芦》诗谜一首存世。

**顾德润**（约1320年前后在世），字均泽（一作君泽），道号九仙。松江（今上海松江区）人。元代散曲家、谜家。据元钟嗣成《录鬼簿》卷下介绍，他曾任"杭州路吏。自刊《九仙乐府》《诗隐》二集，售于市肆。君泽德润住云间，路吏杭州称九仙，迁平江当领驱公案。乐府共诗集开板刊，售文籍市肆停安。情恬淡，心懒坦，九仙在尘寰"。工作曲，《太和正音谱》评为"如雪中乔木"。《北宫词纪》《太平乐府》中收载其散曲不少。

**张可久**（约1270—约1350），字小山、伯远。浙江庆元路（治所在今浙江宁波鄞县）人。元代散曲家、剧作家。著有《今乐府》《苏堤渔唱》《吴盐》等。初为路吏，后以路吏转首领官，又曾为桐庐典史。元至正初年70余岁，尚为平江府昆山州（今昆山市）幕僚，至正八年（1348）犹在世。以散曲盛称于世，数量为元人之冠；亦能诗，擅长隐语，"又有《吴盐》《苏堤渔唱》等曲，编于隐语中"（见元·钟嗣成《录鬼簿》卷下）。

**巴尔图**（生卒年不详），一作八剌脱。爵位国公。元平江路（今苏州市）达鲁花赤（蒙语，蒙元时期的官职）。在任时创制"图""毕"二字谜。元高德基《平江记事》有载。（参见"吴地谜事传闻"《巴尔图国公的"图、毕"谜》）

**惟　则**（1286—1354），一作维则，号天如，又称则公，俗姓谭。江西庐陵永新（今江西省莲花县桃岭）人。元僧。年轻时，"初阅雪岩钦禅师禅铭，感其言之勇猛精进，厉志求学"，后被海印如禅师荐入禾山甘露寺。大德九年（1305），敬受师命南下，在苏州找到明本禅师，便留在幻住庵内学法。不久，便为明本禅师所识，于千人之中选中留为侍者，密加调教。他随明本禅师修行18年，后"遁迹松江九峰间十有二年"。由于他破除了对净土法门之疑惑，倡导唯心净土之旨，弘扬禅净双修之法，推动了禅净融合，被元顺帝敕赐"佛心普济文惠大辩禅师"尊号，"兼与金襕僧伽梨衣"，浙江天目山供奉其金身塑像。至正元年（1341），他再度来到苏州，仍居幻住庵。次年，他的弟子募捐集资，买下苏州城东已废弃的宋代官宦之园，遂建"师子林"于此，"以居其师"。惟则佛学精深，一生著作甚多，有《净土或问》《楞严会解》《宗乘要义》《精要语录》《十戒图说》《狮子林别录》《天如集》等。他的著作是佛学的重要文献，其诗文亦佳且通谜语，有偈语隐"梅"字谜传世。至正十四年（1354），他在苏州师子林圆寂，佛腊四十有九。（参见"吴地谜事传闻"《惟则的含谜偈语》）

**高德基**（生卒年不详），平江（今苏州市）人。尝官建德路总管。元至正中期（1350—1360），在同邑干文传（1276—1353，字寿道，号仁里，晚号止斋）《宋史》书成后著《平江记事》，所载皆吴中古迹，亦兼及神仙鬼怪、诙谐谣谚之事，其中包括姑苏谜事活动，以及平江路达鲁花赤巴尔图国公的"图""毕"字谜。

**花士良**（约1368年前后在世），高邮路高邮县（今高邮市）人。元末明初散曲家。元"至正末从张士诚住吴下，为省都镇抚。天兵下浙西，洪武初擢知凤翔府事，引年归老，家于钱塘。公天资高迈，学术过人，孙、吴之书，乐府、隐语，靡不究意。善丹青，吹凤箫，弹紫檀槽，歌《白苎》词，乃其佳趣，天下知名，时人戏呼为'花巧儿'。后以事死非命，士林中深痛惜之"（明无名氏（一作贾仲明）《录鬼簿续编》）。

魏士贤（生卒年不详），高邮路高邮县（今高邮市）人。元末明初散曲家。"元末避兵渡江，隐于苏门。充淮南省宣使。工乐府，善隐语。洪武初入国朝，占籍于句容白土，遂居然"（明无名氏（一作贾仲明）《录鬼簿续编》）。

施耐庵（1296—1371），名子安（一说名耳），又名肇瑞，字彦端，号子安，别号耐庵。祖籍泰州海陵县，出生于兴化。据《兴化县续志》卷十四补遗之明初王道生《施耐庵墓志》记载，施耐庵原籍苏州，后迁淮安。又据民国7年（1918）满家和尚《施氏家簿谱》（手抄本）记载，施耐庵本苏州（时为平江路）吴县阊门外施家桥（巷）人，系孔子门生七十二贤之一施之常（系鲁惠公第八世孙）后裔，唐末施之常后人在苏州为家。其父名为元德，操舟为业，母亲卞氏（卞氏后裔亦迁至今江苏省大丰市境内）。施耐庵自幼聪明好学，才气过人，事亲至孝，为人仗义。他13岁入浒墅关私塾就读，元延祐元年（1314）考中秀才，娶季氏为妻；泰定元年（1324）中举人，至顺二年（1331）与刘伯温同榜中进士，不久授任钱塘县事，因受不了达鲁花赤（官名）骄横专断，不满三载即愤而辞官归里，隐居在平江路吴县（今苏州市姑苏区）阊门外施家巷（明正德年间改称朱孝子巷），以授徒、著写小说《水浒传》自遣，曾出"一女牵牛过独桥，夕阳落在方井上"隐"姓名"一谜，收刘斌当弟子。张士诚起义抗元时，他参与了这场军事活动。不久，张士诚身亡国灭，施耐庵浪迹天涯，最后归隐兴化县白驹场（今江苏省大丰市白驹镇）。

夏庭芝（约1300—1375），字伯和，一作百和，号雪蓑，别作雪蓑钓隐、雪蓑渔隐。松江府华亭县（今上海市松江区）人。元末明初词曲作家。有文才，好冶游。元代名文学家杨维桢曾做过他的塾师。与戏曲家张鸣善、朱凯、邾经、钟嗣成等都是同道好友。元末变乱，隐居泗泾。《续录鬼簿》说他"文章妍丽，乐府、隐语极多，有《青楼集》行于世"。其著《青楼集》记录了元代几个大城市200余位戏曲男女演员以及元代戏曲作家、文人、名公等的生活片断，其中记录了历史上第一位有名有姓的女谜人梁园秀的事迹，成了中华谜语文化史上不可或缺的资料。后人把此书看作为与《录鬼簿》有同等价值的有关戏曲史的重要专著。

姚广孝（1335—1418），幼名天僖，法名道衍，字斯道，又字独闇，号独庵老人、逃虚子。平江路长洲县（今江苏省苏州市）人。元末明初政治人物、诗人，善隐，燕王朱棣的谋士，并为"靖难之役"的功臣之一。（参见"吴地谜事传闻"《一首藏头谜诗》）

顾文昱（生卒年不详），字光远。苏州府嘉定县（今属上海市）人。明初官吴王副相、广东行省郎中。能诗，雅好文虎。一年随军出征，即兴赋诗谜一首，隐飞禽"白雁"，明姜南《蓉塘诗话》收此诗。清褚人获《坚瓠续集》赞道："此诗不在袁景文《白燕》之下。"沈德潜《明诗别裁集》评价："风格高于海叟《白燕》诗，一结犹见作手，王安中《咏白雁》：'夜月芦花看不定，夕阳枫叶见初飞。'极不即不离之妙，惜通体不称。"

陈询（生卒年不详），字汝同。松江府华亭县（今上海松江区）云间乡瑶泾村人。

陈祯之子。明书法家，"云间书派"代表人物之一。永乐元年（1403），读书于云间乡圆通院。永乐十六年（1418）举进士，授翰林院庶吉士，久不升迁。同乡沈度劝他随和些，当场受到斥骂。后任翰林院编修、侍讲学士等职。正统年间，太监王振擅权，陈不附阉党，被降职为安陆知州。王振下台后，其历任大理寺少卿、国子监祭酒等职。成化间，曾奉命前往日本。在任期间，曾三次参与国史的编修。他生性刚直，嗜好饮酒，擅长诗钟、酒令。著有《朝天奏疏》《督抚奏略》。（参见"吴地谜事传闻"《设宴饯别行酒令》）

张　弼（1425—1487），字汝弼，家近东海，故号东海，晚称东海翁。松江府华亭县（今上海市松江区）人。明宪宗成化二年（1466）进士，久任兵部郎，议论无所顾忌，出为南安（今江西大余）知府，律己爱物，大得民和。长于诗文，草书甚佳，被评为"颠张复出"。尝自言吾书不如诗，诗不如文。善谑，雅好文虎。著有《东海集》。（参见"吴地谜事传闻"《张东海望汤不至》）

沈　周（1427—1509），字启南，号石田，晚号白石翁。长洲县相城（今苏州市相城区）人。明画家、诗人，吴门画派的创始人。澄孙，恒吉子。博览群书，文学左氏，诗拟白居易、苏轼、陆游，字仿黄庭坚，尤工画，名士唐寅、文璧咸出其门，以水墨山水为艺林绝品，与唐寅、文徵明、仇英并称"明四大家"。为人耿介独立，风神萧散，绝意仕途，喜吟诗作谜。王鏊为撰墓志铭。著有《沈氏客谭》《石田翁客座新闻》《石田稿》等。（参见"吴地谜事传闻"《漕湖赋诗猜谜语》）

吴　宽（1435—1504），字原博，号匏庵、玉亭主，世称匏庵先生。长洲县（今苏州）人。明学者、书法家。明成化八年（1472）进士第一，状元，会试、殿试皆第一，授修撰。侍讲孝宗东宫。孝宗即位，迁左庶子，预修《宪宗实录》，进少詹事兼侍读学士。官至礼部尚书。善诗文书画，尤工行书，亦喜联谜。著有《匏庵集》等。（参见"吴地谜事传闻"《大人谜五条》）

朱存理（1444—1513），字性甫，又字性之，号野航。长洲县（今苏州市）人。明代藏书家、学者、鉴赏家。布衣出身。少学制科，谢去，从杜琼游，曾在荻扁王氏教塾。他博学能文，精鉴别，富收藏，濡染之余，遂善书、画，尤精篆、籀、楷法。著有《珊瑚木难》《铁网珊瑚》《鹤岑随笔》《子经钩玄》等。其中，《子经钩玄》内有对"谜"之解释。

桑　悦（1447—1513）字民怿，号思玄居士。常熟人。明代学者。成化元年（1465）举人，会试三中副榜。除泰和训导，迁长沙通判、柳州通判，丁忧，遂不再出。少负才，为人怪妄，亦以才名吴中。书过目，辄焚弃。敢为大言，自称"江南才子"，以孟子自况，谓翰林文章举天下惟悦，次则祝允明，又次罗玘。工于辞赋，为文奇古，鄙薄翰苑文章，论诗倡导《离骚》及曹操、阮籍之作，为"明七子"先导。著有《思玄集》《桑子庸言》《大明两都赋》《苍梧府志》《太仓州志》等。旧题元伊士珍作《琅嬛记》，内有关于宋代赵明诚与李清照的谜事记载，明钱希言《戏瑕》以为系桑民怿伪托。

王鏊（1450—1524），字济之，别号守溪，晚年又号拙叟。吴县洞庭东山（今苏州市吴中区东山镇）人。明大臣、文学家。琬子。16岁随父读书国子监，侍郎叶盛提学御史陈选奇之，明成化十年（1474）乡试、十一年（1475）会试俱第一，迁试第三，授编修。弘治初，选为侍讲学士、充讲官，寻转少詹事，擢吏部右侍郎。正德元年（1506）起左侍郎，入内阁，逾月进户部尚书、文渊阁大学士。正德二年（1507），加少傅兼太子太傅。时刘瑾专权，欲杀大臣韩文、刘大夏等，王鏊力救得免。以志不得行，正德四年（1509）归里。卒赠太傅，谥文恪。博学有识鉴，文章尔雅，论文明畅。著有《震泽长语》《震泽编》《震泽先生集》等。其著《姑苏志》记载本邑谜事。（参见"吴地谜事传闻"《大人谜五条》）

都穆（1458—1525），字玄敬，一作元敬，号南濠先生。原籍长洲县（今苏州市相城区），后徙居吴县阊门外南濠里（今苏州市姑苏区阊门外南浩街）。都卬（字维明，号豫庵，著有《三余赘笔》）之子。明代金石学家、藏书家、松江名士陆深的岳丈。少与同邑唐寅交好，号称"姑苏双杰"。他从小受家庭熏陶，7岁就能诗文，及长，学诗于沈石田，遂博览群籍。14岁馆吴宽（匏庵）家，悬一文于吴堂上，值巡抚何公谒吴，见而叹赏，诘之，知为布衣也。白宗主，命邑令礼聘之，穆始出领乡荐。弘治十一年（1498）始中进士，授工部主事。弘治十三年（1500）十二月与唐寅合作，撰写《故怡庵处士施公悦墓志铭》（唐寅书丹）。正德三年（1508）任礼部郎中。正德四年（1509）著《练川图记》，上卷"风俗"内载嘉定上元放灯商谜习俗。正德八年（1513）曾"奉使至秦川"，实地考察西北的地理、人文环境，并形诸文字。官至太仆寺少卿。告老还乡，仍住苏州阊门外南濠里，"放情山水，绝迹公府，夜读不息"。著有《练川图记》《周易考异》《使西日记》《游名山记》《史补类抄》《史外类抄》《听雨纪谈》《都公谈纂》《玉壶冰》《铁网珊瑚》《吴下冢墓遗文》《南濠诗话》《金薤琳琅录》等。

柏子亭（生卒年不详），苏州府嘉定县（今上海嘉定县）人。明朝大画家，吴僧。他精通佛学，好诗文，擅绘画，善文虎，与当时的"吴中四才子"唐寅、祝允明、文徵明、徐祯卿交往甚笃。《风流逸响》记其谜事活动。（参见"吴地谜事传闻"《风流逸响支硎山》）

祝允明（1460—1526），字希哲，号枝山，又号枝指生。长洲县（今苏州市）人。明书法家、文学家。颢孙。明弘治五年（1492）举人。正德十年（1515）任兴宁知县，治民酷辣，迁应天通判。正德十四年（1519），谢病归，博览群书，诗取材颇富，造语颇妍，文章有奇气。尤工书法。小楷学钟繇、王羲之，狂草学怀素、黄庭坚，笔势劲健，又能出入变化，自成面目。名动海内。好酒令六博，善新声虎道。求文及书者踵至。恶礼法，玩世自放，不问生产。交游广泛。与文徵明、唐寅、徐祯卿并称"吴中四才子"。著有《苏材小纂》《野记》《语怪》等。（参见"吴地谜事传闻"《漕湖赋诗猜谜语》等）

唐寅（1470—1524），字伯虎，更字子畏，号六如居士、桃花庵主、逃禅仙吏等。祖籍晋昌（今山西晋城一带），出生在吴县吴趋里（今苏州市姑苏区）。明画家、文学家。

著有《古今画谱》《六如居士全集》等。（参见“吴中谜界名人”《六如居士唐伯虎》）

**文徵明**（1470—1559），初名璧，以字行，更字徵仲，别号衡山。长洲县（今苏州市）人。明代中期著名画家、书法家，“吴中四才子”之一。林子。幼不慧，稍长颖异挺发。学文于吴宽，学书于李应桢，清丽古雅。小楷行草，深得智永笔法，大书仿黄庭坚，如风舞琼花，泉鸣竹涧。学画于沈周。与祝允明、徐祯卿、唐寅辈相切磋，名日益著。为人和而介。宁王宸濠慕其名，贻书币聘之，辞病不赴。正德末，巡抚李充嗣荐之，以岁贡生谒吏部试，授翰林院待诏。世宗立，预修《武宗实录》、侍经筵。致仕归。卒，私谥贞献先生。为有明一代书画宗匠。诗文书画皆工，而画尤胜，世称兼赵孟頫、倪瓒、黄公望之长。著有《汉隶韵要》《停云馆法帖》《甫田集》等。（参见“吴地谜事传闻”《漕湖赋诗猜谜语》等）

**徐祯卿**（1479—1511），字昌穀，一字昌国。祖籍常熟县梅李镇，后徙吴县（今苏州市）。明文学家。他天资颖特，家不蓄一书，而无所不通。为诸生时已工诗。其诗熔炼精警，妙用隐喻，喜白居易、刘禹锡，被人称为“吴中诗冠”。明弘治十八年（1505）进士，官大理寺左寺副，坐失贬国子监博士。他与祝允明、唐寅、文徵明善而齐名，并称“吴中四才子”；在京与李梦阳、何景明游，名亦相亚，史称“前七子”。正德初年著《翦胜野闻》，内载明代京师人以画戏隐“淮西妇人好大脚”之谜事。其著还有《新倩籍》《异林》《谭艺录》《太湖别录》等。（参见“吴地谜事传闻”《漕湖赋诗猜谜语》等）

**陈道复**（1483—1544），初名淳，字道复，后以字行，改字复甫，号白阳山人。长洲县（今苏州市）人。明代画家。诸生。尝从文徵明学书画，工花卉，亦画山水，书工行草；画擅写意花卉，淡墨浅色，风格疏爽，后人以与徐渭并称为“青藤、白阳”。雅好诗钟、酒令、文虎，著有《白阳集》。

**冯汝弼**（1498—1577），字惟良，号祐山。浙江平湖人。明嘉靖十一年（1532）进士，授行人司，旋迁工科给事中。任职期间，劾宦官张时等侵吞公家财物，张时等被逮下狱。后又上书劾吏部尚书汪鋐徇私不法，汪被罢官，而他亦被谪为潜山县（今属安徽省）县丞。嘉靖十六年至十八年（1537—1539）任常熟知县，为政有风裁，奉旨丈田，期年事竣，宾礼贤士，聘举人邓韍修《常熟县志》。后升太仓知州，体察民情，追捕江海大盗，颇多政绩。转调荆扬州同知，因政见不合而去官不赴。归里后，以常熟均田法、太仓均役法告知县推行，为乡里谋利。嘉靖三十二年（1553）四月，倭寇窜扰，冯汝弼建议督抚筑平湖县城，并带头捐输。五月倭寇复至，他作“剿寇”二字谜诗为口号，激励汤克宽参将官兵抗击倭寇。翌日“得报，汤大捷，斩倭寇三千级”。嘉靖末年，他出资筑汉塘堤岸54里；万历初，修建土石桥、堰40余所，并赈米数百石，立义冢，造福乡里。卒后邑人建祠祀之。累赠山东参政。著有《祐山文集》《祐山杂说》。《重修常昭合志·人物志》有传。

**文伯仁**（1502—1575），字德承，号五峰、摄山长、葆生、摄山老农、五峰山人、五峰樵客。湖广衡山人,祖籍长洲县(今苏州市)。明代画家。文徵明侄子。性暴躁,好使气骂座,少年时曾与叔徵明相讼,一度系狱。工画山水,效王蒙,学"三赵"(令穰、伯驹、孟頫),笔力清劲,岩峦郁茂,布景奇兀,时以巧思发之,名在文徵明之下。善画人物,亦能诗、谜。

**居 节**(?—约1585),字士贞,一作贞士,号商谷、西昌逸士。吴县(今苏州市)人。明代画家。少时从文嘉学画,文徵明见其运笔,惊喜之余,遂授以法,为文氏高足。晚年因触犯织造太监孙隆,家破,于苏州虎丘南村僦屋数间,仍萧然自适。或绝粮,则旦起写《疏松远岫》一轴,令童子易米以炊。后竟以穷致死。后人珍视其画,认为可与朱朗、侯懋功相颉颃。能诗善隐,著有《牧豕集》。

**袁舜臣**(生卒年不详),字巽庵。江阴人。明嘉靖举人。喜好诗文、谜语,隆庆五年(1571)赴省会试时作"辛未状元"诗谜,名闻古今。明李诩《戒庵老人漫笔》内有《袁舜臣诗谜梦验》一文,即记此事。(参见"吴地谜事传闻"《辛未状元》)

**李 诩**(1505—1593),字厚德,自号戒庵老人。江阴人。明文学家。其外孙为海虞(今常熟市)钱裔美。他自小聪颖过人,年轻时从师于常熟赵承谦,其间曾诠次《赤岸李氏宗谱》。他一生坎坷,落第七次,以后淡于仕进,居家以读书著述而自适。曾同邑人薛甲等人组织"君山学社",是王阳明学派的重要分支组织。李诩曾为其父编辑《守安诗册》,撰著有《世德堂吟稿》《名山大川记》《心学摘要》和诗集《真率窝吟》,所著《戒庵老人漫笔》,载有诸多谜语和谜事。如卷一有《宸濠元宵纸船》,卷三有《灯谜》,卷六有《贺资极字谜》《袁舜臣诗谜梦验》,再如卷二之《〈百家姓〉不同》,内载:"近见包括谜子,书名《江边岸》,如'独脚虎'之类,末题岁在癸未至正三年暮春之初,中吴三老先生王仲瑞引。《千字文》《百家姓》皆尽包成谜。"

**刘 瑊**(1530—1586),字玉俦。南直隶苏州人。自幼刻苦读书,精通猜谜之道。明嘉靖四十三年(1564),乡试中举。隆庆五年(1571),殿试拔得第二名(榜眼),授翰林院编修,参与修撰《大明会典》。万历八年(1580)三月,升任南京国子监司业。万历十三年(1585),专任北京国子监司业。万历十四年(1586),升任左春坊左中允兼翰林院编修掌司经局印信。据有关史料记载,刘瑊乡居时,杜门不闻外事,唯好博览群书,每天手不释卷。后卒于府邸,囊无一物。但明代学者沈德符《万历野获编》卷二十六内有段记载:"(苏州谑语)吴郡人口吻尤儇薄,歌谣对偶不绝于时。如丙戌年,刘中允瑊卒于京,刘居乡无修洁名,乃子号花面者尤横恣,值其家延僧诵经,先有夜粘对于门云:'阴府中罗刹夜叉,个个都愁凶鬼到;阳台上善男信女,人人尽贺恶人亡。'比日高,过者大笑,始抹去。"此所记乃苏州人的"谑语",不足为凭,也上不了正史,但这民间的歌谣、对偶,恐怕也不是空穴来风。(参见"吴地谜事传闻"《辛未状元》)

**王穉登**(1536—1612),字伯穀、百穀,号玉遮山人。先世江阴人,移居长洲县(今苏州市）。明著名文学家。"四岁能属对，六岁便能写擘窠大字，十岁能诗，长益才气骏发"，曾入衡山门，受其熏陶，诗文、书法有一定影响，博学多艺，名满吴会。明万历二十二年（1594）征修国史，未上而史局罢。尝倾身救王世贞、仲子士、马肃于狱中，风义尤著。寓山塘半塘寺，题所居曰"半偈庵"，吴中自文徵明后，风雅无定，穉登遥接其师风，主词翰之席者30年，同时以诗鸣之山人布衣，未有出其右者。著有《丹表志》《吴仕编》《王百穀全集》等。（参见"吴地谜事传闻"《老小羞好》）

江盈科（1553—1605），字进之，号渌萝。湖南桃源人。明万历二十年（1593）进士，授长洲县令，历大理寺正、户部员外郎，卒于四川提学副使任上。著有《雪涛阁集》《雪涛阁四小书》《雪涛阁外集》《皇明十六种小传》等。一生以文学名世，亦喜诗词联谜，为公安派代表作家和创始人之一。

陈继儒（1558—1639），字仲醇，号眉公，又号麋公。松江府华亭县（今上海市松江区）人。明代文学家、书画家。喜搜集、整理流传于民间的市民文学，辑有《精辑时兴雅谜》《精辑时兴酒令》《精订时兴笑话》等，所辑《宝颜堂秘笈》，保存了若干小说和掌故资料，还辑有《国朝名公诗选》。著有《陈眉公全集》。他曾隐居小昆山（松江区西北，现属佘山国家森林公园），自命隐士，却又经常周旋于官绅间。乾隆时蒋士铨作传奇《临川梦·隐奸》，出场诗云："妆点山林大架子，附庸风雅小名家。终南捷径无心走，处士虚声尽力夸。獭祭诗书充著作，蝇营钟鼎润烟霞。翩然一只云间鹤，飞去飞来宰相衙。"华亭，又名松江，古称云间，故不少人就认为此诗是讽刺陈眉公的。

时大彬（1573—1648），阳羡（今宜兴）人。时朋之子。明代紫砂制壶名家。善谜语。曾制作一件以动植物名隐俗语"伶俐不如痴"的水注。（参见"吴地谜事传闻"《伶俐不如痴》）

冯梦龙（1574—1646），字犹龙，又字子犹，别号姑苏词奴、顾曲散人、墨憨斋主人等。长洲县（今苏州市）人。我国市民文学的先驱者，明代著名文学家、戏曲作家、谜语文化学者。与其兄梦桂（画家）、弟梦熊（诗人），被誉为明代"吴下三冯"。明崇祯中贡生，曾任福建寿宁知县。清兵渡江时，参加过抗清活动。明代文学以小说、戏曲和民间歌曲的繁荣为特色，冯梦龙在这三方面都有杰出贡献。另外还有一大杰出贡献，就是搜集、整理散落在民间的谜语，辑有《谜语》。还在《挂枝儿》《智囊》等书中收录了一些谜语。（参见"吴中谜界名人"《民文先驱冯梦龙》）

钱谦益（1582—1664），字受之，号牧斋，别号牧翁、白头蒙叟、绛云老人、红豆老人、东涧老人、虞山老民等。常熟人。居半野堂、拂出山庄、红豆山庄，藏书室名绛云楼。明末清初散文家、诗人。喜好文虎。著有《初学集》《有学集》《投笔集》《苦海集》《杜诗笺注》等，编《吾炙集》《列朝诗集》等。（参见"吴中谜界名人"《东涧老人钱谦益》）

叶绍袁（1589—1648），字仲韶，号天寥。吴江县（今苏州市吴江区）北库乡人。

明末文学家、谜家。明天启五年（1625）进士，任南京武学教授、工部主事。他反对魏忠贤阉党擅权祸国，以母老为由告归，隐居汾湖，与妻沈宜修（字宛君）及诸子（名燮，字星期，号己畦）女（一女名纨纨，字昭齐，有《愁言集》，一女名小鸾，字琼章，有《返生香集》）歌咏唱酬为乐，坚不出仕。不久，叶母、女小鸾、妻宜修相继去世，绍袁幽忧憔悴。清顺治二年（1645），他在国破家亡的打击下，虽仰慕吴易反清壮举，却无勇气参加，离家出走杭州遁入空门，名木弗，号栗庵，后返归故里不久又迁居浙江省平湖外婆家，郁郁成疾而亡。著有《叶天寥四种》皆为年谱及日记，诗集《秦斋怨》，还有佛学著作。他还将妻女所著诗编成《午梦堂全集》行世。

**冯　舒**（1593—1649），字巳苍，号默庵，别号癸巳老人。常熟人。冯班兄。明末清初诗人，"虞山诗派"重要成员。肆力于经史百家，尤邃于诗，亦善隐。"年四十，谢诸生"，与弟冯班并自冯氏一家之学，吴中称为"海虞二冯"。著有《空居阁杂文》《炳烛斋文》《历代诗纪》《校定玉台新咏》《默庵遗稿》《怀旧集》等，《诗纪匡缪》被采入《四库全书》。（参见"吴中谜界名人"《海虞"二痴"冯定远》）

**冯　班**（1602—1671），字定远，号钝吟老人，别号双玉生，人称"二痴"。常熟人。明末清初诗人，"虞山诗派"重要成员。钱谦益及门弟子。著有《冯氏小集》《钝吟集》《钝吟杂录》《钝吟书要》《钝吟诗文稿》等。《钝吟杂录》被采入《四库全书》。《清史列传》《中国人名大辞典》《中国文学家大辞典》《辞海》等皆载其名。（参见"吴中谜界名人"《海虞"二痴"冯定远》）

**张云龙**（生卒年不详），字尔阳。华亭（今上海松江区）人。明末谜家。他儿时即爱商谜，后与谜友秦邮（江苏高邮的别称）陶邦彦、姜载甫等颇有交往。撰有谜著《广社》。

**张云鹏**（生卒年不详），字文翼。华亭（今上海松江区）人。张云龙胞弟。明末谜家。名字见明《广社》"社坛伟隽"。

**金圣叹**（1608—1661），本姓张，名采，字若采，后改姓金，名喟，明亡后，改名人瑞，字圣叹，别号鲲鹏散士。长洲县（今苏州市）人。明末清初著名文学批评家。世居养育巷海红坊（今马医科海红小学）。入清后绝意仕进，于文学评论上独树一帜，大胆地把《水浒传》《西厢记》这类传奇戏曲与《庄子》《离骚》《史记》《杜甫诗》并列为天下六大才子之书，志在批评中国文学经典名著，被誉为白话文的先驱。后因哭庙案被处死，葬于苏州西郊五峰山下博士坞。（参见"吴地谜事传闻"《多少儒生抢祭品》等）

**吴伟业**（1609—1672），字骏公，号梅村，别署鹿樵生、灌隐主人、大云道人。世居昆山，祖父始迁太仓。明崇祯进士。明末清初著名诗人，与钱谦益、龚鼎孳并称"江左三大家"，又为娄东诗派开创者。著有《永和宫词》《洛阳行》《萧史青门曲》《圆圆曲》等。他长于七言歌行，初学"长庆体"，后自成新吟，后人称之为"梅村体"；亦雅好谜语，诙谐幽默。清钱泳《履园丛话》卷二十一"阐玻楼"条载："太仓东门有王某者，以皮工起家至巨富，构一楼，求吴祭酒梅村榜额。梅村题曰：'阆玻楼'………梅村曰：'此无他意，不过道其实，东门王皮匠耳。'闻者皆大笑。"

周贞履（？—1661），名江。吴郡（今苏州市）人。多才思，雅好文虎，有闺情曲，每句隐一古美女名。清顺治十八年（1661），他因苏州"哭庙案"而被江苏巡抚朱国治劾奏，与金圣叹、倪用宾、沈琅、顾伟业、张韩、束献琪、丁观生、朱时若、朱章培、徐玠、叶琪、薛尔张、姚刚、丁子伟、王仲儒、唐尧治、冯郅等17人共同被判处死罪，于七月十三日立秋在南京三山街执刑。其曲遂失传，清沈秋田仿其体成《贺新郎》词。

毛序始（生卒年不详），长洲县（今苏州市）人。生活在明末清初。喜诗谜，有《诗隐美女》传世，事见清褚人获《坚瓠补集》。

褚人获（1625—1682），字稼轩，又字学稼，号石农。长洲县（今苏州市）人。清初文学家。一生未曾中试，也未曾做官。但有多方面的才能，著作颇丰，且交游广泛，与尤侗、洪升、顾贞观、毛宗岗等清初著名作家来往甚密。传世著书有《读史随笔》《退佳琐录》《续蟹集》《宋贤群辅录》等，其中《坚瓠集》（首集至十集，另有续集、广集、补集、秘集、余集，共十五集六十六卷）收谜语、谜事甚多。亦能自制谜语，有《美女灯谜》等。

陈维崧（1625—1682），字其年，号迦陵。宜兴人。明末清初词坛第一人，阳羡词派领袖。明末四公子之一陈贞慧之子，早有文名。17岁应童子试，被阳羡令何明瑞拔童子试第一。与吴兆骞、彭师度同被吴伟业誉为"江左三凤"。与吴绮、章藻功称"骈体三家"。明亡后，科举不第。顺治十五年（1658）十一月，访冒襄，在水绘庵中的深翠房读书，冒襄派云郎（徐紫云）伴读。康熙元年（1662）至扬州，与王世祯、张养重等修禊红桥。康熙十八年（1709），举博学鸿词科，授官翰林院检讨，参与修纂明史，填词多至1600余首，风格以豪放为主，多抒写身世和感旧怀古之情，少数反映民间疾苦。所填《烛影摇红·丁巳上元夜泊河桥》《女冠子·癸丑元夕用宋蒋竹山韵》《丰乐楼·辛酉元夜》等多首词涉谜。著有《陈迦陵文集》《湖海楼诗集》《俪体文》《迦陵词》等。

钱　曾（1629—1701），字遵王，号也是翁，又号贯花道人、述古主人。常熟人。钱谦益族孙。清代藏书家、版本学家。自小受父亲钱裔肃和族曾祖钱谦益影响，年轻时即有志于收藏古籍，访求图书不遗余力。入清后，便无意仕途，顺治十八年（1661）在江南奏销案中因欠赋被革去生员。之后，他继承了其父的藏书，后来又得到了钱谦益的绛云楼焚余之书，使藏书聚至4100余种，其中有很多宋元刻本和精抄本，成为继钱谦益绛云楼和毛晋汲古阁之后的江南藏书名家。钱曾的藏书室先后命名为述古堂和也是园。他重视宋元刻本及旧抄本，并认真校书，为古籍存真起了一定的作用。他还与当时的毛晋、毛扆父子、陆贻典，季振宜、冯舒、冯班兄弟，叶奕、顾湄等藏书家互通有无，易书抄校，从而使一些珍本秘籍得以流传。清代王应奎《海虞诗苑》云："君为宗伯诗注，廋辞隐语悉发其覆，梵书道笈必溯其源，非亲炙而得其传者不能。"编有《述古堂书目》《也是园书目》《读书敏求记》，著书清康熙玉诏堂刻本《初学集笺注》《有学集笺注》，今藏常熟图书馆；还校过南北朝宋鲍照的《鲍氏集》，中有"字谜三首"。《也是园书目》中，有明万历新安龙峰徐氏刊、袁中郎评点《徐文长全集》《徐文长逸稿》《徐文长佚草》，其中均有谜。

**秦松龄**（1637—1714），字汉石、次椒，号留仙、对岩，晚号桔中逸叟、苍岘山人，室名微云堂。无锡人。清初诗人、经学家。北宋"苏门四学士"之一的秦观后裔。著有《毛诗日笺》、《来生福弹词》、《苍岘山人集》、《微云词》、《明史拟稿》、《寄阮集》、《康熙无锡县志》（合纂）、《红楼梦》（"甲辰本"，又称"梦觉本""梦序本"，合著）。其名字载入《清史列传》《清代学者象传》《国朝诗人徵略》《中国文学家大辞典》等史籍中。（参见"吴中谜界名人"《桔中逸叟秦松龄》）

**韩　菼**（1637—1704），字元少，别字慕庐，谥号"文懿"。长洲县（今苏州市）人。清大臣，苏州"五百名贤"之一。性嗜酒，以文闻名，清顺天乡试时，尚书徐干学取之遗卷中。康熙十一年（1672）入国子监做监生。康熙十二年（1673）状元，授翰林院修撰，修《考经衍义》百卷。官至礼部尚书兼翰林院掌院学士。喜好文虎，曾在康熙间于家乡府第设灯社。

**彭定求**（1645—1719），字勤止、南昀，号访廉，晚号止庵。长洲县（今苏州市）人。珑子。清哲学家，苏州"五百名贤"之一。清康熙十五年（1676）会试殿试第一，状元，授修撰，迁国子司业，升侍讲。丁内外艰，服阕起补，未几谢病归。他少承家学，淡于荣利，读诸儒书，邃与《易》。为学以不欺为本，践行为要，服慕"明七子"、王守仁诸贤。亦嗜好灯虎，每逢元宵佳节，常于自家门口悬灯任人猜射。著作有《易象附录》《学易纂录》《小学纂注》《南勾老人自订年谱》《明贤象正录》《儒门法语》《密证录》《南勾文稿》《南勾诗稿》《南勾全集》等。

**王应奎**（1683—约1759至1760间），字东淑，号柳南。常熟人。清诸生，八入棘闱，都未中式，退隐山居，"堆书及肩，而埋头其中"。著有《柳南随笔》《续笔》《柳南诗文钞》，辑《海虞诗苑》。他善于山水画，"不落近人窠臼"，亦喜谜语，在其著书里，记有一些谜事趣闻。

**彭启丰**（1701—1784），字翰文，号芝庭，又号香山老人。长洲县（今苏州市）人。清代大臣、学者、书画家，苏州"五百名贤"之一。清雍正五年（1727）进士第一，状元。历官修撰，入直南书房，乾隆间吏部、兵部侍郎，左都御史、兵部尚书，晚年主讲紫阳书院。著有《芝庭先生集》。喜好谜语，曾在雍乾年间于家乡府第设灯社。

**龚　炜**（1709—1769后），字巢林，号巢林散人、际熙老民。昆山人。喜经史，工诗文，善丝竹，习武艺，嗜文虎，屡蹶科场，乃绝意仕途。撰著有《屑金集》《虫灾志》

《续虫灾志》《湖山纪游》《阮途志历》《翰薮探奇》等。其著《巢林笔谈》《续编》内，记有谜事轶闻。

**钱德苍**（生卒年不详），字沛思，号慎斋、镜心居士。长洲县（今苏州市）人。清初戏曲家、谜家。曾应科举不第，为人豪放不羁，常流连于酒旗歌扇之场。他爱好和熟悉戏曲艺术，所编选本具有演出脚本的特点。著有《新订解人颐广集》《缀白裘》等。

**沈 悫**（生卒年不详），字懋祖，号笠舫。吴县（今苏州市）人。明代嘉靖进士、湖广按察使副使沈启的裔孙。早年在苏州城里教书，长子沈起凤、女婿林蕃钟（字毓奇，号蠡槎）、戴延年都同出其门下。据戴延年《秋灯丛话》记载："业师沈笠舫先生最工谜语，往往有隽妙之处。"

**毕 沅**（1730—1797），字纕蘅，亦字秋帆，自号灵岩山人。太仓州镇洋县（今太仓市）人。清代官员、学者。幼年失父，由母亲张藻养育成人，深受其母的熏陶。后至苏州灵岩山，拜沈德潜从学。乾隆二十五年（1760）进士，廷试第一，状元及第，授翰林院编修。乾隆五十年（1785）累官至河南巡抚，第二年擢湖广总督。嘉庆元年（1796）赏轻车都尉世袭。嘉庆二年（1797）七月，病死湖南辰州军营中，享年67岁，归葬于灵岩山的东北麓。赠太子太保。嘉庆四年（1799），太上皇乾隆去世，嘉庆帝查办太上皇的宠臣和珅，抄了他的家，把他赐死。毕沅曾巴结过和珅，嘉庆闻悉，下令褫夺世职，籍没家产。一说为朝廷追究其镇压白莲教不力，滥用军需。毕沅经史、小学、金石、地理之学，无所不通，续司马光书，成《续资治通鉴》，又有《传经表》《经典辨正》《灵岩山人诗文集》等。

**潘奕隽**（1740—1830）字守愚，号榕皋，一号水云漫士，晚号在松老人，室名三松堂、探梅阁、水云阁、归帆阁。吴县（今苏州市）人，祖籍安徽歙州。父潘冕，曾官候选布政司理问。清代学者、书画家、藏书家，苏州"五百名贤"之一。16岁时以商籍补仁和县学生员。乾隆二十七年（1762）中举，乾隆三十四年（1769）三甲九十七名进士，授内阁中书，官至户部主事。乾隆五十一年（1786）任贵州乡试副主考，旋即归田。曾设灯社于府第，悬谜任人猜射。道光九年（1829）重与琼林，年九旬。书宗颜、柳，篆、隶入秦、汉之室。山水师倪、黄，不苟下笔。写意花卉梅兰尤得天趣。诗跋俱隽妙。翌年卒，享年91岁。著《三松堂集》。有子潘世璜。

**沈起凤**（1741—1802），字桐威，号蘋渔（一作苹渔）、红心词客。吴县（今苏州市）人。明代嘉靖进士、湖广按察使副使沈启的裔孙。清代著名戏曲作家。著有《报恩缘》《才人福》《文星榜》《伏虎韬》《曲谐》《谐铎》《吹雪词》《绝妙好辞》等。（参见"吴中谜界名人"《红心词客沈起凤》）

**王有光**（生卒年不详），字观国，别号北庄素史。青浦人。生活在清嘉庆年间。诸生。性颖悟，通经史，能以古事参今事，四方就质疑义无虚日。居北杨庄，明杨维桢别墅也，人称北庄先生。撰著有《素史》《百物志》《北庄清话》《吴下谚联》。清《青浦县志·人物》有记。《吴下谚联》一书内记有吴地谜闻趣事。

邱　冈（1749—1814），字昆奇，号笔峰。吴江（今苏州市吴江区）黎里人。布政司理问邱玉麟长子，是清乾嘉时期吴江一带有名的诗人和画家。他平时喜欢乡土民风，亦懂谜道，有《咏灯棚》《咏船歌》等诗谜传世。著有《德芬堂诗集》《集外诗余》《集外词》等。

顾震涛（1750—？），又名瀚，字景澜、默庵。吴县（今苏州市）人。他"由来失学，读书习艺"，未参加科举考试，没有功名。人称其"性狷介，素谦和，洁修内行，以礼自持，历境坎坷，未尝形色"。他著述勤奋，寒暑不辍，一生忙于修谱、修祠庙，编纂诗选、小志，是谙于吴中掌故的学者。又性好吟咏，吴中山林古迹题咏迨遍，有《打灯谜》诗传世。著有《燃松堂文集》《随笔》《小辟疆园诗稿》《吴郡忠孝汇录》《吴门表隐》及其他撰作不下数十种。

沈　缠（生卒年不详），字蕙孙，号散花女史，自称玉香仙子。吴县（今苏州市）人。沈起凤长女。诸生林衍潮（林蕃钟长子）室。她"幼失母。年十一，随姑父林蕊槎（蕃钟）读书兰叶山房"（沈起凤《谐铎》卷六《有根女》）。工词赋及骈体文，善吹洞箫，亦擅长谜语。清乾隆年间，曾与张允滋（清溪）、张紫蘩（芬）、陆素窗（瑛）、李婉兮（嬿）、席兰枝（蕙文）、朱翠娟（宗淑）、江碧岑（珠）、沈皎如（持玉）、尤寄汀（澹仙）结"清溪吟社"，合称"吴中十子"，媲美西泠。著有《翡翠楼诗集》《浣纱词》《文集》《箫谱》。

无名氏（生卒年不详），吴县（今苏州市）人。清乾隆至道光年间在世。著有《皆大欢喜》，内分《韵鹤轩杂著》《韵鹤轩笔谈》。

孙原湘（1760—1829），字子潇，号长春，别号梅玕、心青居士、姑射仙人侍者、长春阁主人等。昭文县（今常熟市）人。清代诗人。擅诗词，工骈、散文，兼善书画，亦喜文虎。诗文与舒位、王昙合称清乾隆"后三家"或"江左三君"。著有《天真阁集》《天真阁外集》。（参见"吴中谜界名人"《心青居士孙原湘》）

郭　麐（1767—1831），字祥伯，号频伽，因右眉全白，又号白眉生、郭白眉，一号邃庵居士、苎萝长者。吴江县（今苏州市吴江区）芦墟镇人。游姚鼐之门，尤为阮元所赏识。工词章，善篆刻，喜谜语（谜事见诸《邃汉斋谜话》），间画竹石，别有天趣。书法黄庭坚。少年时有神童之称。清乾隆四十七年（1782）补诸生；乾隆六十年（1795）参加科举考试不第，遂绝意仕途，专研诗文、书画。好饮酒，醉后画竹石是其一绝。嘉庆时（1796—1820）为贡生，嘉庆九年（1804）讲学蕺山书院，喜交游，与袁枚友好。晚年迁浙江省嘉善县东门。著有《灵芬馆诗集》《金石例补》《诗画》《唐文粹补遗》等。

潘世恩（1769—1854），字槐堂，号芝轩，谥号"文恭"。吴县（今苏州市）人。清大臣。清乾隆五十八年（1793）状元，授修撰。后历任侍讲学士、内阁学士、户部左侍郎等职。偕纪昀经理四库全书事宜，嘉庆十二年（1807）充续办四库全书总裁、文颖馆总裁。继而又先后任翰林院掌院学士、工部尚书、户部、吏部尚书、武英殿总裁、国史馆总裁等职。鸦片战争爆发后，支持林则徐前往广东禁烟，力主严内治，方能御外侮。道光二十四年（1844），奏请开发甘肃、新疆，召民垦种，节饷实边。咸丰帝即位后下诏求贤，以八十岁高龄保荐林则徐、姚莹等人。著有《潘文恭公自订年谱》。他喜好谜语，自乾隆晚年至咸丰初，每年上元灯节，皆在家乡府第张灯悬谜，任人猜射。

吴信中（1772—1827），字阅甫，号蔼人。安徽休宁县长丰人，寄籍吴县（今苏州市）。吴云之子。清嘉庆十三年（1808）状元。嘉庆十五年（1810）出任河南乡试主考。嘉庆二十一年（1816）出任广东乡试主考。嘉庆二十三年（1818）大考詹翰时列为一等，升左庶子。次年出任湖北乡试主考。乡试结束回京，即升四品侍读学士。后辞归。道光二年（1822），石韫玉邀潘世恩、吴廷琛和侍养在籍的吴信中会饮鹤寿山房，吟诗行令猜谜。黄丕烈闻之，以四人皆先后状元及第，而同会一堂，诚乡梓盛事，乃汇刻《四元倡和诗》一卷，后潘世恩又请人绘成《芳园宴集图》。著有《玉树楼稿》。

吴廷琛（1773—1844），字震南，号棣华。元和县（今苏州市）人。祖父吴士楷，父亲吴文奎，都是太学生。吴廷琛兄弟四人，他最小，髫龄时便显示出出众的才华。清乾隆五十三年（1788）参加县试一举夺魁，乾隆五十七年（1792）乡试中举，但在翌年的会试中落榜。从北京回家完婚，并潜心钻研学问，于嘉庆七年（1801）二月连中会试、殿试第一，帝称"双元独冠三吴彦"。历官浙江金华知府、道光间云南按察使，权布政使，清厘铜库，追缴中饱，铜政大起。著有《归田集》。

梁章钜（1775—1849），字阆中，又字茝林，晚号退庵。福建长乐人，清初迁居福州，自称福州人。苏州"五百名贤"之一。清乾隆五十九年（1794）中举，嘉庆七年（1802）进士。道光元年（1821），他在升为淮海河务兵备道后不久，调署江苏按察使，任职4年。道光六年（1826），调任江苏布政使，任职8年，其间曾四次代理巡抚。道光二十一年（1841），调任江苏巡抚，任职不到一年，即于是年的十一月以疾病告归福州黄巷的"小黄楼"内。在江苏任职期间，他都居住在苏州的沧浪行馆中。与沧浪亭仅一巷之隔的"乐园"（又名"近山林"），就是他在任上时重加修葺、划归正谊书院并易名为"可园"的。梁章钜综览群书，熟于掌故，喜作笔记小说、楹联，也能诗、联、谜。著有《文选旁证》《制义丛话》《楹联丛话》《称谓录》《藤花吟馆诗钞》《巧对录》《退庵随笔》《退庵金石书画跋》《归田琐记》《浪迹丛谈》《浪迹续谈》《浪迹三谈》等近70种。

屈振镛（生卒年不详），字声九，号云峰，清嘉庆、道光时在世。常熟人。屈坤子。清代词家。清嘉庆五年（1800）副贡生。撰著有《云峰诗文稿（赋附）》《云峰吟稿》《云峰偶笔》《砚北偶钞》；校订瞿绍基《海虞诗苑续编》六卷，与瞿镛合编《海虞诗苑续编》《典制详说》等。（参见"吴中谜界名人"《海虞词家屈振镛》）

王　淑（生卒年不详），字畹兰，吴江县（今苏州市吴江区）人，清乾隆丁未进士、江西道监察御史王祖武女，仁和（今杭州市）周光纬室。晚清著名女词人。工诗文，擅长琴艺。著有《竹韵楼稿》《竹韵楼诗抄》《琴趣词》等。其夫君周光纬（1785—1828），名又作光炜，字焕文，号蓉裳、孟昭，室名红蕉馆。祖籍仁和，清乾隆间迁居吴江黎里。乾隆工部尚书周元理长孙。少颖慧沈静，年十六七以制义就正于其舅彭希郑，受业于太仓李恂斋、吴江丁熙堂。阕后遵例捐同知加员外衔。工楷法，收藏名迹甚多；擅长抚琴能谱曲。著有《红蕉馆诗钞》《红蕉馆藏真》《红蕉馆琴谱》。周王两家结亲家，可谓门当户对，郎才女貌。婚后，二人相敬如宾，伉俪情深，时常在院子里、书房内读书写诗，抚琴品茗，执手月下，其乐融融。清徐乃昌《小檀栾室闺秀词钞》卷十二载王淑词，清于辛伯《灯窗琐话录》收王淑《咏蝉》诗谜。

　　**顾　禄**（1793—1843），字总之，一字铁卿，号茶磨山人。吴县（今苏州市）人。清代附生。出身簪缨望族，家世业儒。自幼聪颖，能诗善画好隐。清道光二年（1822）参加乡试，未中举。之后数次考举不中，遂淡意仕途，从事著述，"刻《清嘉录》《桐桥倚棹录》，外洋日本国重锓其版，称为才子"，还编纂《颐素堂丛书》17种，刻印《吴语源》《吴语源补》《艺菊须知》《颐素堂古文抄》《云岩金石录》等。后"为友陈某诱至邪辟，事连同系于狱，陈某逸去，旋即疾卒"。（参见"吴中谜界名人"《茶磨山人顾铁卿》）

　　**袁学澜**（1804—1879），原名景澜，字文绮。元和（今苏州）人。清民俗学家、诗人。民国《吴县志》有传云："元静春居士易后，世居尹山乡袁村，家素封，效溺苦于学。从吴江殷寿彭游，补诸生，以能以诗著声吴下。构静春别墅，更字春巢。兵燹后奉母迁入吴中"城内，居官太尉（故居在今苏州市官太尉15号）。辑著有《南宋宫词》百首、《姑苏竹枝词》百首、《苏台揽胜百咏》，为时传诵。隐居袁村时，家有适园，撰著有《适园诗集》《适园丛稿》。1962年，顾颉刚、俞平伯、王伯祥拟将袁学澜所著《苏台揽胜词》《虎丘杂事诗》《姑苏竹枝词》《田家四时诗》《吴门新年杂诗》《岁暮杂咏》6种，编入《吴门风土丛刊》，因事未果。在他的《吴都岁华纪丽》中，记述了许多有关吴中赏灯猜谜的民间习俗，如《灯市》《猜灯谜》等。

　　**无名氏**（生卒年不详），斋名映雪山房。吴县（今苏州市）人。清咸丰二年（1852）辑《映雪山房谜语》。

　　**马如飞**（1817—1879），本名时霈，字吉卿，一号沧浪钓徒。祖籍江苏丹阳，出生于长洲县（今苏州市），家居临顿路桐芳巷小隐楼。清代咸丰、同治年间苏州弹词名家。幼习刑名，曾为书吏，因薪金低微而改随父马春帆习唱弹词，父去世后从表兄桂荣学艺，所说《珍珠塔》一书享誉一时，且弹唱自成一格，运用本嗓而质朴淳厚，被奉为"马调"。弹唱之余自创新词，集成《南词小引初集》刊世，同时著有《出道录》（亦称《南词必览》《稗官必览》）。一度为弹词行会组织"光裕社"头领，所著《道训》一篇，被同行奉为习艺做人之座右铭。除了精通苏州弹词，还善猜谜，曾创作了一篇由二十四节气与戏目名称联缀的弹词《节气歌》，语意双关，妙句成篇。袁榴《出道录·序》云："余友马吉卿，长洲人也……追日皆（偕）马吉卿、顾颖木、陈伯廷、吴南香、汪树庭诸君，瀹茗谈心，猜谜射复，作销夏计，乐而卷倦，每被巷栎催归屡屡矣……时维同治五年荷花生日，元和袁榴谨识。"

**沈毓桂**（1807—1907），曾用名沈寿康，字觉斋，号赘翁，晚号南溪赘叟，谜号古滇隐吏。吴江县（今苏州市吴江区）人。祖籍松陵镇，后迁居黎里镇。清末诸生、报人、谜家。著有《匏隐庐诗文合稿》。曾为上元（今属南京市）谜家葛姓谜著《余生虎口虎》作序，为宋氏三姐妹（宋霭龄、宋庆龄、宋美龄）改名。（参见"吴中谜界名人"《古滇隐吏沈毓桂》）

**张文虎**（1808—1885），字孟彪，又字啸山，自号天目山樵。江苏南汇县（今属上海市浦东新区）周浦人。由诸生保举训导。他性情沉默而谦和，对友人坦率、诚挚，因家贫，靠友人资助入学，成年后便离家到金山钱熙祚家坐馆30年。清同治十年（1871），入曾国藩幕。时值曾国藩的弟弟曾国荃在安庆校刊《王船山遗书》，命他参与督理此事。光绪九年（1883）秋，受江苏学政黄体芳之请，到设在江苏江阴的南菁书院讲学。是年冬，因病归里。张氏博学多才，精通经学、史学、历算、乐律，尤以校勘见长。所校《守山阁丛书》《小万卷楼丛书》，时称善本。著有《古今乐律考》《周初岁朔考》等。金陵冶城宾馆自同治十三年至光绪十九年（1874—1893）陆续刊印的《覆瓿集》，共收入张文虎的著作17种，计42卷，包括诗词、随笔、尺牍、对联、校书记和杂著等，其中《舒艺室诗存》一卷为光绪十五年（1889）所刻印，内集《牧笛馀声》《廋辞偶存》《俗语集对》《记梦四则》4篇著作。

**俞　樾**（1821—1907），字荫甫，号曲园。浙江德清人，后寓居苏州。晚清著名经学家。他对先秦经学、诸子百家、音韵训诂造诣颇深，自少至老著述不倦且甚丰，其影响远及日本等国；对诗词、戏曲、书法、谜语等艺术无所不通；所作笔记，内容丰富。著有《隐书》《群经平议》《诸子平议》《古书疑义举例》《春在堂诗编》《春在堂全集》等书。（参见"吴中谜界名人"《朴学大师俞曲园》）

**企　杜**（生卒年不详），号古华散人。梁溪（今无锡市）人。嗜好灯虎。无锡惠山，别称九龙山、冠龙山、斗龙山、华山、古华山，简称龙山，企杜以"古华"为其号，取龙山为书名，辑有《龙山灯虎》。

**姚福奎**（1825—1899），字星五，一字湘渔，号羡仙，别号潇湘渔父，斋名三湘书屋。常熟人。六芝斋主人沈小竹之婿。善画。同治、光绪年间，与华亭教谕、淮安何绮，松江杨锡章、蒋轼、朱昌鼎等创隐社于江苏华亭（今上海市松江区），合著《日河新灯录》。撰著有《三湘书屋诗》《潇湘渔父词》《冷斋唱和集》（在娄学任内唱和之作）。（参见"吴中谜界名人"《潇湘渔夫姚福奎》）

何　绮（生卒年不详），原名庆芬，后改名为绮，字庾香、御湘。江苏山阳（今淮安市淮安区）人。清同治三年（1864）举人。著有《蝶阶闲事》。他"工诗文，善谐谑，幼年所作滑稽诗恒脍炙人口"（顾震福《顾竹侯灯窗漫录》之《蜨阶廈辞》）。咸丰十一年（1861），在山阳主讲奎文书院的高紫峰偕曹紫璆、段笏林、方小樵、顾采芝、阮铁庵、吴仰斋、何竺卿等人结文会，先后10年（徐宾华《遜庵丛笔》卷二），何绮亦列其中。同（治）光（绪）年间，何绮在任江苏华亭县（今上海市松江区）教谕时，又与娄县教谕、常熟人姚福奎以及当地的文人彦士郑熙（葛民）、姚洪淦（似鲁）、雷恒（步青）、孙骐（晼香）、朱赓尧（祝礽）、朱昌鼎（子美）、徐元熙（莱垞）、杨兆椿（荫安）、顾薰（酒琴）、沈致实（执青）、汤复苏（荃君）、李光祖（伊川）、陈锡三（叔铭）、金佐清（再坡）、金佐宸（菊孙）、沈琨（景刘）、杨锡章（紫雯）、蒋轼（筠生）、姜世纶（梅柏）、陈宗铭（子乔）、封裕道（修之）、吴光绶（廉石）等20余人组成"日河隐社"，张灯招射，开松江一代之谜风。据顾震福《顾竹侯灯窗漫录》之《蜨阶廈辞》介绍："丈不恒返淮，返则必张灯招射。初以诗、古文、词、隐语等汇为一册，名《蜨阶闲事》。宋朱载上，官黄州教授，有诗云：'官闲无一事，蝴蜨飞上阶。'丈官教职，故取此诗意命名。年七十外卒于家。予幼时以年家子曾往抠谒，承殷殷训迪，益教以谜格、谜诀，并读其《蜨阶闲事》抄稿，岁久多忘，《娱萱室》所收亦未见。"光绪初期，何绮曾趁回家度假之际，在家乡倡导玩谜。他把"日河隐社"社员的谜作带回山阳，在"五云堂"张灯悬猜，并出示自撰的谜语专集《蝶阶廈词》，得到旧雨徐宾华、段笏林以及当地喜好谜语的文人响应，由此推动了当地"隐语社"的创立。清李夔飏《精选文虎大观》收其《蝶阶廈词》，张玉森《百二十家谜语》收其《御湘谜语》《蝶阶廈词》二种。

姚福均（？—1893），字屺瞻，号补篱。常熟人。清末学者。著有《补篱诗文稿》《骈字通写》《海虞艺文志》《浙行日记》《姚室类钞》等。（参见"吴中谜界名人"《饱学之士姚屺瞻》）

袁薇生（生卒年不详），名铣，一名师鳌，字伯章，号薇生，系袁枚嫡孙袁祜之子，但过继给伯父袁禧。祖籍浙江慈溪，定居金陵（今江苏南京）。生活在清道光至光绪年间，"官江苏典史，工诗古文词"，擅长廈词。著有《钩月廈词》。（参见"吴中谜界名人"《廈词大家袁薇生》）

许成烈（1827—1900），字懋昭，号嵩庵。吴江县（今苏州市吴江区）芦墟人。清末秀才。少年颖异，博学能文，且勇健侠义，胆略过人，热心公益，长期代理芦墟乡政，倡议兴复义仓，修建切问书院，保婴恤嫠，孝悌任恤，有"善人"之称。他对"灯谜虽偶一为之，其趣味固溢于言外"。

王　韬（1828—1897），初名利宾，字兰瀛。长洲县甫里村（今苏州市吴中区甪直镇）人。中国改良派思想家、政论家和新闻记者。著有《弢园文集》《普法战纪》《瀛壖杂志》

《淞隐漫录》《淞滨琐话》《瓮牖余谈》等。清道光二十五年（1845），时年18岁的他县考第一，易名瀚，字懒今。后在沪上的墨海书馆工作。同治元年（1862），因化名黄畹上书太平天国被发现，清廷下令逮捕，在英国驻沪领事帮助下逃亡香港，更名韬，字仲弢，一字紫诠，自号天南遁叟、弢园老民等，外号"长毛状元"。赴英后翻译《十三经》，得游俄、法等国。同治十三年（1874）在港集资办《循环日报》，任主笔。光绪五年（1879）游日，光绪十年（1884）回沪，主讲格致书院，寓沪北淞隐庐，并于城西筑弢园，以著述为娱。能诗，工文，亦喜文虎，他的《淞隐漫录》记有谜事，卷五"葛天民"中有"生（葛天民）日则寄兴丹青，夜则娱情诗酒，或猜谜藏，或联吟射覆，女亦靡曼风流，脱略自喜，闺中之乐事，固有甚于画眉者，但不及于乱耳。"卷八"申江十美"中有"生（淞北玉生）见主人座畔有画本一册，题其签曰《申江十美》……方欲再视，主人曰：'此后多廋词隐语，不可流传世间，贻为口实；且其机亦不可预泄也。'"

潘叶庚（1828—1899），字松君，号睫巢、巢睫山人、枲道人，室名百镜斋。太仓州崇明县（今属上海市）人。近代游艺大师、谜家。科举出身。博雅多闻，工书善画，尤喜金石之学，手抄群籍，多海内孤本。著有《睫巢镜影》《铁岭申君传》《益智图》《益智续图》《益智燕几图》《益智字图》《益智图节本》《益智图千字文》《益智图阴骘文》（未刊本）等。（参见"吴中谜界名人"《巢睫山人童叶庚》）

潘文勤（1830—1890），字伯寅，亦字在钟，小字凤笙，号少棠、郑盦。吴县（今苏州市）人。潘世恩孙。书法家、藏书家。清咸丰二年（1852）一甲三名进士，探花，授编修。数掌文衡殿试，在南书房近40年。光绪间官至工部尚书。通经史，精楷法，酷嗜金石，藏金石甚富。平时"好射隐语"，与翁同龢"尝互出巧题，斗捷才于寸晷"，其谜作见于薛凤昌《邃汉斋谜话》、易宗夔《新世说》。著有《攀古楼彝器图释》，辑有《滂喜斋丛书》《功顺堂丛书》。

翁同龢（1830—1904），字声甫，号叔平，别号瓶生、瓶庐居士、松禅老人等。常熟人。大学士翁心存之三子。清咸丰六年（1856）状元，为同治、光绪两朝帝师，历官刑、工、户部尚书，协办大学士，军机大臣，总理各国事务衙门等职。谥"文恭"。著有《瓶庐诗稿》《翁文恭公日记》。（参见"吴中谜界名人"《瓶庐居士翁同龢》）

倪瑞庭（生卒年不详），斋室名静观斋。顺天府大兴县（今北京市大兴区）人，寓居苏州。精通诗词谜联。清同治、光绪间，常与谜家刘玉才、祉恒氏、王筱龄、沈锡三、傅潏、傅泽亭等书信往来，吟诗射虎。有《静观斋谜稿》，分别刊于《廿四家隐语》（清光绪八年刻本）、《百家谳语集》（约民国3年后的稿本），收其谜作31条。著有《静观斋谜语》，未刊行。

戴培（生卒年不详），字厚斋。元和县（今苏州市）人。清末谜家。候选从九。著有《厚斋谜剩》，收入《精选文虎大观》（清光绪十六年刻本）、《百二十家谜语》（清光绪三十二年稿本）内。

徐宾华（1834—1913），名嘉，字宾华，一字遁庵，号东溪渔隐。江苏山阳（今淮安市淮安区）河下镇人。父淮，字汇川。清末著名教育家、诗文家、谜家。著有《顾诗笺注》《味静斋诗文集》《丛笔》《杂诗》《拾沈录》《夜存录》《隐语鲭腴》等。（参见"吴中谜界名人"《东溪渔隐徐宾华》）

沈景修（1835—1899），字蒙叔，一作梦粟，号蒙庐、汲民，又号蒲寮子，晚号寒柯，别署颇罗居士、井花道人、芦泾逸史、阿蒙、蒙老等，斋号蒙庐、欧斋、井花馆、小书画舫、蒲寮。祖籍浙江湖州，先世迁居秀水（今嘉兴市秀水区）王江泾。善诗词杂文，尤工书，偶写花卉，雅好山水，亦喜文虎。著有《蒙庐诗存》《井华词》《沈景修书法集萃》等。（参见"吴中谜界名人"《颇罗居士沈景修》）

蒋若峰（？—1899），常熟人。家居城南祝家河（今常熟市南市里）。雅好文虎，晚清时期曾在城内仪凤园茶馆品茶猜谜。徐枕亚称其"亦前辈中风流士也"。光绪二十五年去世，由邑人徐兆玮撰写墓志铭。

吴大澂（1835—1902），初名大淳，字止敬，又字清卿，号恒轩，晚号愙斋。吴县（今苏州市）人。清同治七年（1868）戊辰科进士，官至广东、湖南巡抚。工书画，著名金石学家；亦喜文虎，清末陈锐《裒碧斋谜语》有记录，并称"偶一为之，戛戛独造"。

程申玉（生卒年不详），吴县（今苏州市）人。子瞻庐。生活在清咸丰、同治间，有谜癖，时常悬谜于宅内的养浩堂中。著有《怡春轩日记》，内载谜语。

俞吟香（？—1884），名达，自号慕真山人。长洲县（今苏州市）人，清光绪中侨寓上海。雅好文虎，诗亦清雅不俗。光绪四年（1878），他以《红楼梦》为范本，写就《青楼梦》（一名《绮红小史》）六十四回，全书以吴中倡女为主题者，以发挥其"游花国，护美人，采芹香，掇巍科，任政事，报亲恩，全友谊，敦琴瑟，抚子女，睦亲邻，谢繁华，求慕道"。他在《青楼梦》插入的9条谜，实系其作。光绪八年（1882），他加入苏州"五亩园谜社"，谜作入选《新灯合璧卷下·杂著》内。《三借庐笔谈》作者无锡邹弢称："余幼作客历馆胥门及几十年，所交亦众，唯趋炎逐热俱非同心，独吟香一人可共患难。"俞吟香爱友如命，中年颇作冶游且累于情，后欲出离，而世事牵缠，又不能遽去，光绪十年（1884）初夏以风疾卒。所著有《四奇合璧》《醉红轩笔话》《花间棒》《吴中考古录》《闲鸥集》等。

石方洛（1841—？），字仲兰，号问壶。吴县（今苏州市）人，世居清嘉坊（今养育巷南段）。清末诸生。清咸丰十年（1860）因太平军战乱，避至上海卖文为生。同治四年（1865）参与乱后苏州的慈善事业，被保举为官，任浙江某县县令，在任上颇有政绩。后又积极参与海关洋务。光绪中叶辞官回苏。他善诗，曾为苏州桃花坞的人文胜迹写过200多首诗歌，后经谢家福编作前、后《桃坞百绝》各一卷传于世。石方洛晚年耽于谜学，以制射灯谜为乐，所作诸谜以白描、风趣见长。民国朱枫隐《春灯追忆录》载："吴中有石仲兰者，以名诸生听鼓浙垣。光绪中解组归田，赏于护龙街万仙茶园悬虎征射。"出"学生背书，先生打盹（四子一句）夫子卧而不听"等谜"数条，皆富有趣味，故常印于脑筋中，余则不能悉记矣"。

陆润庠（1841—1915），字云酒，号凤石，谥号"文端"。元和县（今苏州市）人，生于镇江丹徒。幼颖悟，从祖父母及父学，家学渊源。清同治十三年（1874）状元，官至尚书、大学士。曾于光绪二十二年（1896）在两江总督张之洞支持下，在苏州创办苏纶纱厂、苏经丝厂。辛亥革命后，留在宫内当溥仪的师傅。陆润庠精书法，喜好谜语之道。同治、光绪年间，每年正月元宵期间，苏州阊门内崇真宫桥下塘陆宅（现为"陆润庠故居"，在今苏州市姑苏区阊门内下塘10号）都要设社张灯，供人猜射。所悬谜语皆由陆润庠创作，活动则由陆润庠的兄弟百顺主持。

管礼昌（1843—1902），字叔壬，号故史庵。元和县（今苏州市）人。庆祺次子。近代著名谜语文化学者。附生。曾参与《皇清经解续编》编纂工程，与江沅共同批校并跋《成唯识论》十卷（清释明善撰）。著有《中论润文略解》《新灯合璧》《故史庵灯虎》等。光绪八年（1882），组建成立了苏州历史上第一个民间灯谜社团——"五亩园谜社"，坚持活动将近7年。（参见"吴中谜界名人"《故史庵主管礼昌》）

叶昌炽（1849—1917），字菊裳，又字菊常、鞠裳、鞠常，自署歇后翁，晚号缘督庐主人。原籍浙江绍兴，后入籍江苏长洲（今苏州市）。清末官吏、金石学家、学者、藏书家，酷嗜诗虎。早年就读于冯桂芳开设的正谊书院，曾协助编修过《苏州府志》。光绪十五年（1889）应试及第，授翰林院编修，入京任职于国史馆、会典馆等处。光绪二十八年（1902）担任甘肃学政；光绪三十二年（1906）废科举，引疾归乡。有五百经幢馆，藏书3万卷。著有《藏书纪事诗》《缘督庐日记钞》《语石》《辛丑簃诗谳》等。

王啸桐（？—1890），名树藩，字啸桐，又字筱同。吴江县（今苏州市吴江区）松陵镇人。清末谜家。举人出身，曾在同里任宅设馆。《邃汉斋谜话》上载："吾邑王啸桐孝廉，风雅能文，后进多游其门……谜虽非其所长，偶一为之，亦皆脍炙人口。如：'白牡丹'射'素富贵'……等谜，皆啧啧人口，一时无两。或以运典见长，或以底面现成取胜，自非江湖诸家所能望其项背。"撰著有《文房游戏图说》等。

蔡尔康（1851—1921），字紫绂，号缕馨仙史。太仓州嘉定县（今上海市嘉定区）人。通经史，善诗文，喜好文虎。清光绪四年（1878）后，任上海《申报》主笔，发表《春灯隐语》（计40则），谜作通俗易懂。嗣后，参与《万国公报》《字林沪报》《新闻报》等报纸的编辑工作。著有《锄经书舍零墨》等。

顾锡珍（1852—1913），字祥龙。常熟谢桥人。顾氏文武兼备，早年曾从武举人钱祯义、钱祯礼习武，后与武举人蒋鹏倬游。清光绪二十九年（1903）得中癸卯科武举人。过世后，遗物有：关刀一柄、弓一张、千斤石二块、旧书二箱，其中有《无名谜稿本》，为顾锡珍所撰。

**胡锡珪**（1853—1885），原名文，字三桥，别号盘溪外史、红茵生、红茵馆主，室名盘溪小筑、红茵馆。吴县（今苏州市）人。清末海派画家，有"丹青绝世"之称。布衣，长居吴下。幼习丹青，凤根早慧，涉笔便有韵致。及长，便学诸家之法，于恽寿平、华新罗、李复堂、改七芗用力更多。最善没骨人物，笔墨生动，时罕其匹。光绪二年（1876）去上海，后回故里，时怡园方建成，过云楼顾逸鹤聘其为该园的驻园，负责礼宾工作。与吴江陆廉夫、安吉吴昌硕、同里顾若波、顾西津切磋吴门，诗画唱酬，堪称一时风雅。光绪八年（1882）参加苏州"五亩园谜社"。惜"善病工愁"患肺结核，于光绪十一年（1885）八月二十八日病故于怡园，年仅33岁。传世作品有同治十三年（1874）作《元宵儿戏图》轴，画作《洗砚烹茶图卷》《芭蕉仕女图轴》为北京故宫博物院收藏。谜作入选《新灯合璧卷下·杂著》。著有《胡锡珪仕女花卉册》。

**朱昌鼎**（1853—1899），字锦雯，号子美，一号紫爝、行一。松江府华亭县（今上海市松江区）人。首倡"红学"一词者，华亭"日河隐社"社员。著有《屯窝诗稿》《一禾居文稿》《梦昙庵词稿》。（参见"吴中谜界名人"《首倡"红学"朱昌鼎》）

**陆鸿宾**（生卒年不详），字璇卿，号香草洞天、香草洞人。吴县（今苏州市）人。生于清咸丰初，卒于民国中期，享有高寿。在《虎邱山小志》"编著人陆璇卿小像历史"介绍里，称"年七十二岁"。吴县学附生。清苏州"五亩园谜社"社员。精于地方文史，雅好联、谜。著有《香草洞天灯虎》《旅苏必读》《虎邱山小志》。（参见"吴中谜界名人"《香草洞人陆鸿宾》）

**朱世德**（生卒年不详），字积卿，号野竹庵。吴门（今苏州市）人。清苏州"五亩园谜社"社员。著有《野竹庵灯虎》。他认为："廋词，小慧也。好行小慧，宜尼戒之；然不能小慧，遑问大智？是以不胜一羽，而能举百钧，不见舆薪，而能察秋毫者，未之有也。余不敢轻视小慧，余敢薄廋词而不为乎？"

**徐　钺**（生卒年不详），字威如，号知幻居。古吴（今苏州市）人。清苏州"五亩园谜社"社员。著有《知幻居灯虎》。他认为："游戏文章，廋词最古，以其权舆于三代也。作此者，书卷贵乎多，然务博则不巧矣；心思贵乎奇，然伤雅者则不文矣。率尔操觚，鲜能合式。余乐于为此，而未敢多作，职是故也。"

**徐国钧**（生卒年不详），字菊航，号城北航友，斋名守耕草堂。吴县（今苏州市）人。清苏州"五亩园谜社"社员。光绪十四年（1888）为《新灯合璧》作序。著有《城北航友灯虎》。

**郑　熙**（生卒年不详），字葛民。松江府华亭县（今上海市松江区）人。清末华亭"日河隐社"社员，谜作见《日河新灯录》。

**姚洪淦**（生卒年不详），字似鲁。松江府华亭县（今上海市松江区）人。清末华亭"日河隐社"社员，谜作见《日河新灯录》。

雷　恒（生卒年不详），字步青。松江府华亭县（今上海市松江区）人。清末华亭"日河隐社"社员，谜作见《日河新灯录》。

孙　骐（生卒年不详），字畹香。松江府华亭县（今上海市松江区）人。清末华亭"日河隐社"社员，谜作见《日河新灯录》。

朱赓尧（生卒年不详），字祝礽。松江府华亭县（今上海市松江区）人。清末华亭"日河隐社"社员，谜作见《日河新灯录》。

徐元熙（生卒年不详），字莱垞。松江府华亭县（今上海市松江区）人。清末华亭"日河隐社"社员，谜作见《日河新灯录》。

杨兆椿（生卒年不详），字荫安。松江府华亭县（今上海市松江区）人。清末华亭"日河隐社"社员，谜作见《日河新灯录》。

顾　薰（生卒年不详），字迺琴。松江府华亭县（今上海市松江区）人。清末华亭"日河隐社"社员，谜作见《日河新灯录》。

沈致实（生卒年不详），字执青。松江府华亭县（今上海市松江区）人。清末华亭"日河隐社"社员，谜作见《日河新灯录》。

汤复荪（生卒年不详），字荃君。松江府华亭县（今上海市松江区）人。清末华亭"日河隐社"社员，谜作见《日河新灯录》。

李光祖（生卒年不详），字伊川。松江府华亭县（今上海市松江区）人。清末华亭"日河隐社"社员，谜作见《日河新灯录》。

陈锡三（生卒年不详），字叔铭。松江府华亭县（今上海市松江区）人。清末华亭"日河隐社"社员，谜作见《日河新灯录》。

金佐清（生卒年不详），字再坡。松江府华亭县（今上海市松江区）人。清末华亭"日河隐社"社员，谜作见《日河新灯录》。

金佐宸（生卒年不详），字菊孙。松江府华亭县（今上海市松江区）人。清末华亭"日河隐社"社员，谜作见《日河新灯录》。

沈　琨（生卒年不详），字景刘。松江府华亭县（今上海市松江区）人。清末华亭"日河隐社"社员，谜作见《日河新灯录》。

胡祖德（1860—1939），字云翘、筠翘，晚号问俗闲翁。祖籍安徽绩溪，先辈徙居上海陈行镇。秦荣光弟子。清光绪九年（1883）补县学生员，宣统三年（1911）至民国元年（1912）任陈行乡乡董。为人外柔内刚，多谋善断，热心为桑梓服务，曾设计、规划和改建了浦东一些主桥，如陈行镇的度民桥、裕民桥、苏民桥、粒民桥，乡民尊之为"四桥老人"，胡也以此为荣，改字筠桥。他家境富厚而乐善好施，常捐款慈善、教育事业，先后创办了陈行镇小学、本业小学，废胡氏家祠，赠与正本女子学校；督建陈行施棺局、汇善堂、西园及三林学堂宿舍，事半功倍。他编订的《沪谚》《沪谚外编》，收录沪谚近2000则，又有里巷歌谣、俚曲、俗话、新词、隐语、行话、酒令等，富有地方情趣。还参与《陈行乡土志》编写并绘图，辑刊《胡氏杂钞》初编，增订胡式钰《胡氏宗谱》，并替其师秦荣光出版了《上海县竹枝词》《陈行竹枝词》，为后人了解清末民初的上海，特别是浦东，留下了珍贵资料。

**杨锡章**（1864—1929），字紫雯，又字子文、至文、至雯，号了公，又号蓼功、几园、了王、乳燕等，室名藕斋，隐喻"出淤泥而不染"。松江府华亭县（今上海市松江区）人，家住南门内集仙街。清末任宝山县教谕。辛亥革命时，在华亭首揭义旗，后居上海东新桥畔，卖字为生。民国16年（1927），由时任江苏省民政厅长的钮惕生（永建）荐举为奉贤县长，可是仅几个月就毅然辞呈告谢。他精书法，擅诗词、楹联，嗜谜有癖。早年师从华亭著名诗人杨古韫，与戚饭牛、奚燕子同隶属丽则吟社，并加入南社；又入华亭"日河隐社"，与姚福奎、何庚香等吟诗猜谜，谜作见《日河新灯录》。著有《梅花百咏》，有《杨了公墨宝》传世。

**蒋　轼**（生卒年不详），字筼生。松江府华亭县（今上海市松江区）人。清末民初教育家，曾任过"府中学堂教习"。清宣统三年（1911）11月6日华亭县光复，之后他与张葆元（上海《申报》总主笔）等发起组织松江政论会，创办《政论报》。早年入华亭"日河隐社"，谜作见《日河新灯录》。

**姜世纶**（生卒年不详），字梅伯。松江府华亭县（今上海市松江区）人。清末华亭"日河隐社"社员，谜作见《日河新灯录》。

**陈宗铭**（生卒年不详），字子乔。松江府华亭县（今上海市松江区）人。清末华亭"日河隐社"社员，谜作见《日河新灯录》。

**封裕道**（生卒年不详），字修之。松江府华亭县（今上海市松江区）人。清末华亭"日河隐社"社员，谜作见《日河新灯录》。

**吴光绶**（生卒年不详），字廉石。松江府华亭县（今上海市松江区）人。清末华亭"日河隐社"社员，谜作见《日河新灯录》。

**孙　雄**（1866—1935），字君培，号铸翁，更名同康，字师郑，号郑斋，斋名诗史阁、味辛斋、师郑堂。常熟人。孙原湘玄孙。撰著有《师郑堂集》《师郑堂骈文》《郑斋文存》《郑斋类稿（附诗）》《旧京文存》《眉韵楼诗》《眉韵楼诗话》《眉韵楼诗话续编》《味辛斋笔记》《瓶庐遗事记》等。擅诗钟，名见《寒山社诗钟》《论孟酒令》等，其《眉韵楼诗话》卷七摘引清古阶平《谜话》第二卷所载遂安毛际可"灯谜诗"，每首各自为题，每句隐《孟子》人名一。徐兆玮《文虎琐谈》据此校订，添补缺字。眉韵楼在常熟周孝子里，为孙雄与姬章韵琴眉史赁居唱和处。

**庞　超**（1866—1937），原名汝藻，字君华，号北海、降心居士，别号兰石轩居士。

常熟西塘市（今属张家港市塘桥镇）人，宣统三年（1911）迁居常熟城区。清贡生。他不求做官，居家读书，酷爱艺术和文物，擅长书画金石，尤以写兰而得名，还曾为常熟读书台附近的尚园题"小剑门"摩崖石刻。毕生收藏名人阁帖、碑石甚多。嘉荫堂所藏江阴孔千秋手刻碑石一部分为珍贵的历史文物，庞超也为之出了很多力。他嗜好吟咏，亦爱文虎之道。民国10年（1921）的《汪作黼同年哀挽录》里，收其哀悼汪作黼诗一首。民国19年（1930）冬，无锡挚友张静盦来信，告诉他将刊印《绣石庐谜语》，于是即赋七绝诗二首惠赠致贺："惠我邮函庚年冬，清河谜语露谈锋。羡君智慧真如海，妙想天衣没线缝。""几番构造最多情，妙手拈来逸趣生。人若会心能不远，如矢中的便聪明。"民国21年（1932），苏州民歌老艺人张正芳著《正芳民歌集》，庞超为他题"真体内充—正芳先生玉照"诸字。晚年的庞超居家修行，赋有《回文诗》。他的《老来爱作放生诗》，颇有劝世哲理："为怜物命一心悲，祈祷长斋来展眉。苦口宣言先戒杀，老来爱做放生诗。"

**胡国祥**（生卒年不详），字辅廷、养素，号养素庐。平江（今苏州市）人。清苏州"五亩园谜社"社员。著有《养素庐灯虎》《红樱绿蕉轩谜稿》。

**陈祖德**（生卒年不详），字桂岩，号绿野草堂。吴县（今苏州市）人。清苏州"五亩园谜社"社员。著有《绿野草堂灯虎》。

**王恩普**（生卒年不详），字紫兰，号懒道人。姑苏（今苏州市）人。清苏州"五亩园谜社"社员。著有《懒道人灯虎》。

**陈曾绶**（生卒年不详），字小英，号一啸山人。姑苏（今苏州市）人。清苏州"五亩园谜社"社员。著有《一啸山人灯虎》。

**何维楝**（生卒年不详），字琴荪，号静轩主人。道州（今湖南永州市道县）人。清苏州"五亩园谜社"社员。同治、光绪年间寓居苏州，经常参加谜社内外猜谜活动。著有《静轩主人灯虎》。

**江长卿**（生卒年不详），苏州人。清苏州"五亩园谜社"社员。才思敏捷。谜作入选《新灯合璧卷下·杂著》。

**陈荫堂**（生卒年不详），苏州人。清苏州"五亩园谜社"社员。谜作入选《新灯合璧卷下·杂著》。

**张幼云**（生卒年不详），苏州人。清苏州"五亩园谜社"社员。谜作入选《新灯合璧卷下·杂著》。

**顾瑞卿**（生卒年不详），苏州人。清苏州"五亩园谜社"社员。谜作入选《新灯合璧卷下·杂著》。

**赵杏生**（生卒年不详），苏州人。清苏州"五亩园谜社"社员。谜作入选《新灯合璧卷下·杂著》。

**张炜如**（生卒年不详），苏州人。清苏州"五亩园谜社"社员。谜作入选《新灯合璧卷下·杂著》。

张玉森（生卒年不详），又名玉笙，号莲勺草庐主人。平江（今苏州市）人。近代谜学家、业余昆曲家、剧作家。"五亩园谜社"社员。著有《山人扇杂剧》《百二十家谜语》《灯谜集腋》等书。（参见"吴中谜界名人"《莲勺庐主张玉森》）

徐益孙（生卒年不详），又名益生。吴县（今苏州市）人。清光绪中期手抄《虎汇》二卷（稿本），内收自制谜语甚多。

周良夫（生卒年不详），吴江县（今苏州市吴江区）人。沈中路之舅父。清末民初谜家，吴江灯社社员。有书笺尺牍谜二首传世，事见《邃汉斋谜话》："吾乡周良夫前辈，吾友沈君（中路）舅也。沈君曾出视其舅之杂著，中有书笺二首，一致一答，各为隐语，一隐药名，一隐花名。其钩心斗角，实出前书（生花馆主尺牍谜）之右。"

沈敬学（1866—1912），字习之，号悦庵（葊）、二愿生，又号悦庵主人，钤印一字还莼、说盦。吴县包山（今苏州市吴中区金庭镇）镇夏人。秦散之外孙，沈铿子，谭献弟子。晚清海上著名报人、书画家、谜家。著有《二愿生灯虎》《思归草·息游草》《悦庵诗剩》等，抄有《古文精选》。（参见"吴中谜界名人"《悦庵主人沈敬学》）

姚涤源（1866—?），名洪淦，字涤源，又字劲秋，号心僧。浙江归安县（今属浙江湖州市）人。著名典当商。善诗，尤擅制联，兼工丹青，擅长文虎。清末民国时期，在上海组"鸣社"，为祭酒；又参加上海谜语社团"萍社"。民国26年（1937）"淞沪战役"之时，由沪上避难来苏。嗣后病逝于宅中。（参见"吴中谜界名人"《"古道侠肠"姚涤源》）

叶友琴（1866—?），名青。吴县洞庭东山（今苏州市吴中区东山镇）人，出生于上海。清末民初谜家。清末民初，先后加盟上海"萍社"、"大中虎社"，撰有《沪城射虎记》《徐园射虎记》《诗谜趣话》《旱虎相争》《旧谜翻新录》《代妓作书》（隐药名）等多篇谜话，还藏有诸多谜书，达70余种之多。（参见"吴中谜界名人"《萍社虎将叶友琴》）

李宝嘉（1867—1907），原名宝凯，字伯元，别号南亭亭长，笔名游戏主人、讴歌变俗人。武进人。清诸生。累应省试不第，后至上海，先后创办《指南报》《游戏报》《海上繁华报》《绣像小说》等，是谴责小说的代表作家。著有《官场现形记》《文明小史》《庚子国变弹词》等。他擅诗赋及制艺，会篆刻，亦喜谜，在所办的《游戏报》上开设"灯虎"专栏，在《海上繁华报》上辟"射虎录"专栏。他在著书《南亭笔记》《南亭四话》里，还记述了一些与谜有关的人和事。

王均卿（1867—1935），原名承治，又名文濡，以字行世，别署废物、虫天子、学界闲民、天壤王郎、竹毓、亭轩、吴门老均等，室名蛰庐、蠖曲馆、望古遥集楼等。祖籍安徽广德，早年先祖迁籍至浙江吴兴（今湖州市）南浔镇。清季贡生。旅居沪上颇久。晚年购地苏州城内报恩寺之东的石塘桥弄，鸠工建屋，并辟场圃，名之为"辛卯簃"。移居苏州后，专事著述。他擅场词章，早年曾参加"南社"，有诗作未刊。一生嗜好谜语，参加上海"萍社"，著有《古今说部丛书》《香艳丛书》《说库》《春谜大观》《学诗入门》《蠹曲馆笔记》《春灯新谜合刻》（合编）等。（参见"吴中谜界名人"《新旧废物王均卿》）

**金清桂**（1867—1938），字兰升，号石如，别号冬青老人，室名补缺山房。常熟人。业医，擅书画金石，曾设"兰社书画雅集"于常熟寺前仪凤园，且经常参与琴心文虎社的灯谜猜射。他还擅长制作灯彩，为庙会制作的灯彩精巧玲珑。

**徐兆玮**（1867—1940），字少逵，号虹隐，别号倚虹、棣秋生、剑心簃主人，斋名虹隐楼、剑心簃、梦簃、鞠室、棣秋馆、北松庐、梅心草堂等。常熟县桂村（今属常熟市何市）人。清末民初诗人、文史学家、文献学家、藏书家。著有《虹隐楼日记》（又名《徐兆玮日记》）等著作50余种。（参见"吴中谜界名人"《虹隐楼主徐兆玮》）

**薛凤钧**（1867—1941），字淦夫，号隐梅。祖籍江苏无锡，太平天国时期迁至吴江（今苏州市吴江区），出生于同里镇，家居富观街高地上。薛凤昌之胞兄。晚清诸生，清末民初谜家，吴江灯社社员。工辞翰，书法刘铺，小楷精劲褵美。以猜谜见称，所制之谜虽少，然其纯出自然，极有神理。谜事见诸《邃汉斋谜话》。其子天游（1897—1975），我国教育界名人，著有《薛氏代数》。据《同里镇志》第八卷第四章"电机、电子工业"记载：民国13年（1924），庞文彬、叶衡之、金静甫、孙庆坤4人发起，以合股出资的方式创办同里兴业电灯厂，厂址选在同里镇成字圩，薛凤钧参股入伙。民国22年（1933），该厂领到国家建委颁发的电气事业执照，且取得"江苏省民营电气事业联合会"会员厂的会籍。经营10余年后，这家电灯厂由薛凤钧接任经理，后期由其子天游负责。抗战时期，"在日军扶植下的伪政权，以汉奸严绣文为主，敌伪勾结，以扩股的名义贬值原有资产"。民国27年（1938），同里兴业电灯厂"被变现侵吞"。

**沈文炯**（1867—1948），字祥之，号中路。吴江县（今苏州市吴江区）同里人。南社社员，清末民初谜家。秀才出身，能诗善画，嗜好文虎。清末，在家乡参加"吴江灯社"。民国17年（1928），参加上海"大中虎社"，并任《文虎》杂志特约撰作人。撰有《谜话拉杂谈》等。（参见"吴中谜界名人"《中国路索沈文炯》）

**庞　裁**（1871—1938），字君亮，一作纲量，别号醉月居士，室名兰石轩。常熟西塘市（今属张家港市塘桥镇）人，后迁居常熟城区。庞超弟。印人。他除书画之外，尤精治印，初学吴门派，独喜文三桥（彭）一派；后师虞山派，于林鹤田（皋）尤醉心，仿林法者极神肖之能。曾创制组字画谜印章，镌刻"远山、近水、飞鸟、君亮"等字组成"船帆"，寓意"一帆风顺"。民国26年（1937），"骤逢国难，举家避地西郊。先子（庞君亮）忧劳至疾，次年戊寅（1938）春遽尔弃养"。著有《诗品印谱》《兰石轩印存》《仿古游戏残石》等数种。其子士龙，也是篆刻名家。

**王树荣**（1871—？），字仁山，别号相人偶、茗上骑驴客，晚号戟髯，室名刚斋。

浙江吴兴（今浙江湖州）人。苏州"西亭谜社"社员。清光绪二十年（1894）举人。毕业于京师法律学堂，历任山西、江苏、湖北高等检察厅检察长、安徽高等法院首席检察官、天津高等审判厅厅长、国民政府司法行政部科长等职。工书文，善文虎，做谜主张"以底面现成为贵，生吞活剥者下乘禅也"。有《西亭射虎余韵》发表在《红玫瑰》杂志上，还有《绍邵轩丛书》《相人偶居诗文稿》等多种专著及诗文稿遗世。

**曾　朴**（1872—1935），谱名朴华，初字太朴，改字孟朴，别字小木、籀斋，别号铭珊，笔名东亚病夫。常熟人。清末民初小说家、出版家。著有《补〈后汉书·艺文志〉》《补〈后汉书·艺文志〉考证》《论法兰西悲剧源流》《孽海花》《鲁男子》《雪昙梦》院本等，并有《病夫日记》及诗文若干篇行世。（参见"吴中谜界名人"《东亚病夫曾孟朴》）

**赵　石**（1873—1933），字石农，号古泥，自号泥道人。常熟西塘市（今属张家港市塘桥镇）人，后居常熟城区。著名篆刻家。曾为邑中画家季厚焘刻"劫后桃"谐音谜印章一枚。其妻姓金，著名学者金鹤冲族妹，他为夫妻合葬生圹题"金石龛"，亦具谜意。著有《赵石书法作品古泥印存》《泥道人印存》《泥道人诗草》《枫园画友录》等。

**金松岑**（1873—1947），原名懋基，又名天翮、天羽，字松岑，号壮游、鹤望、鹤舫，笔名麒麟、金一、爱自由者、天放楼主人等。祖籍安徽歙县，迁居吴江（今苏州市吴江区）同里镇。近代著名爱国志士、国学家、诗人、教育家，吴江灯社社员。著述主要有《天放楼诗集》（正续季集）、《天放楼文言》（正续遗集）、《鹤舫中年政论》、《孤根集》、《皖志列传》、《词林撷隽》、《女界钟》、《自由血》、《孽海花》（部分）等。（参见"吴中谜界名人"《爱自由者金松岑》）

**宗　威**（1874—1945），原名嘉仪，字子威。常熟人。南宋抗金名将宗泽26代孙。近代教育家、诗人、作家、谜家。民国时期，参加过常熟虞社和北平射虎社、隐秀谜社、丁卯谜社、寒山诗钟社等诗文组织。撰著有《夷门剩草》《燕游剩草》《度辽吟草》《南归集》《湘中吟》《劫余吟》《骈体文存》《小说考订》《诗钟小识》《子威剩稿》《北山沈公传略》等。（参见"吴中谜界名人"《三社元老宗子威》）

**徐念慈**（1875—1908），原名丞义，字念慈，后改字彦士，号觉我，署东海觉我。昭文县（今常熟市）赵市人。晚清教育家、文学家、翻译家。著述有《余之小说观》《小说林缘起》《丁未年小说界书目调查表》，白话小说《情天债》，科幻小说《新法螺先生谭》，译著《黑行星》《海外天》《新舞台》《美人妆》《英国大慈善家美利加阿宾他传》等。（参见"吴中谜界名人"《东海觉我徐念慈》）

**奚　囊**（1876—1940），字生白，一作申伯，号燕子，别署莲依、在林、蔗根。松江府松江县杜行乡召楼镇（今上海市闵行区浦江镇召楼）人。才思敏捷，能画，工词章，亦善谜。早年师从华亭著名诗人杨古韫，与戚饭牛、杨锡章同隶属丽则吟社，并加入南社。民国3年（1914）12月，与戚饭牛合辑《销魂语》月刊，又为《国魂报》主要撰稿人，列"国魂九才子之一"。早年家道素丰，生活优裕，纵情诗酒，放浪不羁。平生不事居积，中年后家事渐落。民国 19 年（1930）春至 20 年（1931）2 月，曾为上海《文虎》杂志撰稿者。民国 20 年 7 月 7 日上海《铁报》创刊，设灯谜专栏，每天刊谜一条，谜条由他包揽。时他已憔悴困顿，风流渐歇，积习难改，终致家业尽倾，又染鸦片恶癖，晚年潦倒不堪，常无钱解瘾。抗日战争爆发，居上海租界，大节不逾，常驰心乡国，晚年之诗沉雄悲壮，不作拈花摘叶，又作《孤岛忆梅图》广征题咏以寄意。贫病交攻，终于民国 29 年（1940）4 月 16 日弃世。著有《燕子吟》诗抄、《江湖技击传》等 10 余种，以《咏燕》诗二律最著名。

薛凤昌（1876—1943），原名蛰龙，字砚耕，号公侠、病侠，又号邃汉斋主，曾署江南 KH 生、KH 生、侠民等。祖籍江苏无锡，太平天国时期迁至吴江（今苏州市吴江区），出生于同里镇。晚清秀才。早年留学日本。清光绪二十八年（1902），创建吴江灯社。光绪三十三年至三十四年（1907—1908），他多次以"补梅书屋"署名，在《小说林》期刊上发表谜语。著述主要有《龚定庵年谱》《松陵文徵》《籍底拾残》《游庠录》《邃汉斋碑帖目》《邃汉斋谜话》《吴江文献保存会书目》（与柳亚子合辑）等。（参见"吴中谜界名人"《邃汉斋主薛凤昌》）

王子薇（生卒年不详），吴县（今苏州市）人。清末民初谜家。曾在寓所出灯任人猜射。其谜事、谜作见于《邃汉斋谜话》。

顾大椿（生卒年不详），吴江县（今苏州市吴江区）人。清末民初谜家，吴江灯社社员。其谜作见于《邃汉斋谜话》。

王镜航（生卒年不详），吴江县（今苏州市吴江区）人。清末民初谜家，吴江灯社社员。其谜作见于《邃汉斋谜话》。编有《庚辛之际月表》，著有《近代外祸史》。

顾友兰（生卒年不详），吴江县（今苏州市吴江区）人。清末民初谜家，吴江灯社社员。其谜作见于《邃汉斋谜话》。

王清臣（生卒年不详），吴江县（今苏州市吴江区）人。清末民初谜家，吴江灯社社员。其谜作见于《邃汉斋谜话》。

于欧生（生卒年不详），吴江县（今苏州市吴江区）人。清末民初谜家，吴江灯社社员。其谜作见于《邃汉斋谜话》。

陈星言（生卒年不详），吴江县（今苏州市吴江区）人。清末民初谜家，吴江灯社社员。其谜作见于《邃汉斋谜话》。

卢文炳（1876—1970），字彬士，号俦庐、俦叟，晚号二重老人。吴县（今苏州市）人。清末贡生。碗莲栽培专家，苏州"西亭谜社"社员、常熟"虞社"社员。毕业于江苏师范学堂。民国初执教镇江中学；中期曾执教于苏州工业学校，与汪率公共事，后供职于省立苏州图书馆。新中国成立后，曾任苏州图书馆顾问、江苏省文史馆研究员。工诗书、雅好灯谜，颇具文名；性喜莲，以成功种植碗莲闻名苏城。他原居住在仓米巷 38 号（今人民路仓米巷 16 号），1961 年迁居十全街 268 号，1969 年随女儿下放苏北农村，1970 年逝于其地，寿九秩又四。著有《吴县乡土小志稿》《莳荷一得》《君子吟》《省立苏州图书馆略史》《一个中等地主嫁女的妆奁》等。

**戚　牧**（1877—1938），字和卿，因属牛，故自号饭牛，取"宁戚饭牛"之典故，又号襄笠神化、牧牛童，笔名老苏州、牛翁、牛伯伯、老牛，等等。浙江余姚人。清末民初著名报人、通俗小说家、诗人、谜家，"南社"社员，上海"萍社""大中虎社"（又称"大中谜社"）社员。著有《饭牛庼词》《啼笑因缘弹词》《饭牛翁小丛书》五卷等。（参见"吴中谜界名人"《文坛虎痴戚饭牛》）

**蒋浩泉**（生卒年不详），字懋翰。长洲县（今苏州市）人。清末孝廉。擅长谜语，所制之谜"面底呼应，天衣无缝"（戚饭牛语）。

**曹叔衡**（生卒年不详），名毓钧，字叔衡。吴县（今苏州市）人，家居城内养育巷。早年就读苏州，清光绪十九年（1893）赴沪定居。上海"鸣社""萍社""大中虎社"社员，上海谜刊《文虎》主干者之一。撰文有《续海上文虎沿革史》、《文虎体例》、《文虎回忆录》、集锦小说《虎因缘》等，著有《杜氏丛著书目》（与涂祝颜、陈鸿飞、钱存训、张锡荣、钱亚新合著，民国 25 年出版）等。（参见"吴中谜界名人"《吴中谜宿曹叔衡》）

**赵仲熊**（生卒年不详），苏州人。民国著名报人，曾任苏州《吴语》《明报》《苏州明报》编辑，明晶社社员。喜好谜语，曾在《吴语》《苏州明报》等报刊发表谜作。

**陈柳桥**（生卒年不详），绰号赤佬。苏州人。民国著名报人，曾任《苏州明报》编辑，明晶社社员。喜好谜语，20 世纪 20 年代中期，《苏州明报》曾多次刊载其谜作。

**黄文选**（生卒年不详），苏州人。喜好谜语，20 世纪 20 年代中期，《苏州明报》曾多次刊载其谜作。

**邓松声**（生卒年不详），苏州人。喜好诗谜，20 世纪 20 年代中期，曾在《吴语》副刊"余音"上主持《诗谜征猜》活动，历时 1 年多。

**周襄钧**（生卒年不详），苏州人。家住潘儒巷内。精通书法，喜好楹联，擅长制作诗谜。民国时期，曾任吴县城厢第一区（即苏州城区）区长、苏州商会秘书。

**钮颂清**（生卒年不详），苏州人。苏州"西亭谜社"社员。曾为湖州公立吴兴中学地理教员，后为北平师大教授。

**程瞻庐**（1879—1943），名文揝，字观钦，一字瞻庐，号望云居士，又号南园。吴县（今苏州市）人。申玉子。清末民国著名通俗文学家、谜语文化学者。民国时期，曾先后参加苏州文学社团"星社"、苏州"西亭谜社"和上海"大中虎社"（又称"大中谜社"）。著有《茶寮小史》《社会写真相》《黑暗天堂》《孝女蔡惠弹词》《藕丝缘弹词》《新旧家庭》（正续集）等 20 余种，尤以《唐祝文周四杰传》最为畅销。（参见"吴中谜界

名人"《望云居士程瞻庐》)

**徐卓呆**（1880—1961），原名傅霖，号筑岩，后谐作卓呆，别号半梅，笔名赫马、李阿毛等等。吴县（今苏州市）人。"春柳社"社员。清光绪三十二年（1906）冬开始从事演剧活动，能演能导能编，且又享有东方"小说界的卓别林"之誉。民国中期参加上海"大中虎社"（又称"大中谜社"）社员，系谜刊《文虎》特约撰作人。他曾留学日本，精通日文。撰有谜语小品文《想入非非》，著有《日本柔术》《头发换长生果》《急性的元旦》《时髦税》《往哪里逃》《笑话三千》《非嫁同盟会》《李阿毛外传》《徐卓呆小说集》等。（参见"吴中谜界名人"《文坛笑匠徐卓呆》）

**许仲珊**（生卒年不详），字瘦蝶。太仓州鹤市（今太仓市岳王镇）人。清末民国时期的儒商、谜家，鸳鸯蝴蝶派的代表作家之一。著有《蝶衣金粉》《鹤市续志》（由许久安校订）。（参见"吴中谜界名人"《鹤市隐士许仲珊》）

**陆芸荪**（生卒年不详），元和县（今苏州市）人，客居成都。嗜好灯虎。清光绪三十一年（1905），曾在宅第设春灯社，悬谜征射。事见亢廷钤《纸醉庐谜话》。

**钱　彝**（生卒年不详），吴县（今苏州市）人。清末时曾任成都通判（古称别驾）。平时雅好灯谜，清光绪三十四年（1908），曾在成都前卫街贵州馆何宅附社张灯悬谜。事见亢廷钤《纸醉庐谜话》。

**郁慕侠**（1882—1966），青浦人。清季秀才。上海龙门书院、江阴南菁书院肄业，上海师范讲习所卒业。民国2年（1913）后入报界，先后供职于《时事新报》《沪报》，并任汉口《武汉商报》、天津《益世报》、北京《晨报》通讯员。新中国成立后，任上海市文馆会编纂，1961年受聘为上海文史馆馆员，编著有《上海鳞爪》《格言丛辑》《慕侠丛纂》《国耻小志》《痛史》《可爱的中国共产党》等。出版于民国的《上海鳞爪》，原书分上下集及续编三册，记述的时限为20世纪20至30年代，重点记录了上海的社会变迁及人文掌故、租界状况、市民生活、沪语轶闻等方面，是民国时期一部较为优秀的笔记散文集。其中的《诗谜候教》《娼门中的术语》两篇，是一份对研究中华谜语文化有一定参考价值的资料。

**吴双热**（1884—1934），原名光熊，字渭渔，后改名恤，号双热，别署一寒（与"双热"对）、风凉、汉魂、轰天雷等，斋名嚼庐、嚼墨庐、燕居斋。因左足微有疾，同人戏呼为吴跛。祖籍吴县（今苏州市）洞庭，清咸丰时迁往常熟，祖居在常熟县东街36号。民国报人、近现代小说家，鸳鸯蝴蝶派的代表作家之一。著有《兰娘哀史》、《孽冤镜》、《孽冤镜别录》（上集）、《无边风月传》、《燕语》、《燕居斋笔记》、《鬼水浒》、《双热小说精华》、《双热嚼墨》、《双热新嚼墨》、《嚼庐戏墨》、《广谐铎》、《锦囊》（与徐枕亚合编）、《海虞风俗记·附海虞风俗竹枝词》等。（参见"吴中谜界名人"《嚼墨庐主吴双热》）

蔡　五（1884—1947），字朴孙，号绿萼仙人，人称酒保老五。常熟人。善画梅，有"蔡梅"之称。民国时期，曾参与琴心文虎社的灯谜猜射。

亢廷钤（1884—1952），名聘臣，谜号尘海虚生，室名纸醉庐。元和县（今苏州市）人。茂才。少时，全家依任湖北孝感令的二兄亢廷镛，离吴右迁，寓居成都。平时嗜好作诗、买书、猜谜，有"打虎将"之称。成都"长春灯社"社员。著有《锦里观灯记》《纸醉庐春灯百话》。（参见"吴中谜界名人"《尘海虚生亢廷钤》）

庞蘅裳（1885—1966后），名国钧，字蘅裳，元启长子。苏州府震泽县（今苏州市）人。早岁受业于钱崇威。清光绪三十二年丙午（1906）优贡，曾充七品京官，后入江苏巡抚陈夔龙门下。他能书，尤精行楷，曾为俞振飞抄写《粟庐曲谱》，书法参学颜赵，工稳秀丽，是典型的馆阁书体。熟掌故，亦善诗赋、倚声、谜语。民国12年（1923）秋，他将苏州鹤园进行修葺，待第四进（假三层）楼成，自大新桥巷老宅迁入，闲居园中。民国13年（1924）新年（即元旦）始，由他发起于鹤园内宴饮雅集，有诗谜之戏，月必数起，一时"少长咸集，群贤毕至"，几集邑中绅宦名流于此。他以善觅僻句且配谜巧当，与博辄胜。抗日战争爆发苏州沦陷前夕，庞氏一家避难离苏，举家迁往沪上。1949年后，庞蘅裳任上海市文史馆馆员，1950年由柳亚子荐举为中央文史馆馆员。

徐天啸（1886—1941），原名风，讳昶年，易名天啸，字啸亚，别号印禅、天涯沦落人、秋魂室主，斋名啸庐、秋魂室、云抱楼。常熟人，住城南善祥巷25号。枕亚之兄。南社社员。撰著有《神州女子新史》《太平建国史》《自由梦》《珠江画舫话沧桑》《天南纪游》《天涯沦落人印话》《天啸印谱》《天啸残墨》等。（参见"吴中谜界名人"《秋魂室主徐天啸》）

汪德厚（1887—？），字叔良。苏州人。苏州"西亭谜社"社员，苏州"适社"成员。供职于上海民立中学。喜欢购书，并以读书自娱，尤嗜古典诗歌，自谓："览镜深知无媚骨，哦诗偏喜索枯肠。"他与国学大师吕思勉、民俗专家顾颉刚均有来往，曾发表小说《麦藁泪》。

徐枕亚（1889—1937），原名觉，字枕亚，一作忱亚、枕霞，别署徐徐、辟支人、眉子、泣珠生、东海三郎、东海鲛人、青陵一蝶、枕霞阁主、云忏楼主等，斋号枕霞阁、懵腾室、望鸿楼、沧海明月楼、无聊斋、云忏楼等。常熟人。南社社员，清末民初著名文言小说家、鸳鸯蝴蝶派重要作家。著有《红楼梦余词》60首（含"宝琴制谜"）、《忆红楼随笔》、《余之妻》、《余归也晚》、《泣珠记》、《枕亚浪墨（初、续、三、四集）》、《广谐铎》、《挽联指南》、《懵腾室丛拾》、《枕亚新嚼墨》、《沧海明月楼随笔》、《近代小说家小史》（与徐天啸合作）、《酒话》、《枕亚谈虎录》（又名《谈虎偶录》）、《桐庐灯虎》、《诗钟揭晓》、《枕亚文虎》、《萍社诗钟》、《枕霞阁文虎》、《小说界名人谜语》、《琴心文虎初集》等。（参见"吴中谜界名人"《稗官谜家徐枕亚》）

许康侯（1889—1953），原名英，后改名豫，又名豫曾（亦作豫增、豫贞），字康侯（又作康由、亢由），号太平，斋名传经堂、池上小筑。吴江（今苏州市吴江区）芦墟人。南社社员、报人、教育家、中医学家。著有《池上小筑诗稿》、《石鼓考略》、《芦莘厍周大屠杀目睹记》、《两京游草》（与弟许观合著）、《寿萱图题咏集》（与弟许观合编）等。平时雅好灯虎，曾在编辑《芦墟报》（半月刊，1922 年 10 月 1 日创办，1923 年 4 月 16 日停刊）时，于报端发表《灯谜拾遗》一文。

**王吉民**（生卒年不详），名丙祺，字吉民，斋名海巫山樵舍。常熟人。生当晚清至民国时期。教育界人士，常熟"琴心文虎社"社员。清宣统元年府学拔贡，河南直隶州州判。民国时期，服务于常熟教育界，曾先后在常熟私立淑琴女校、常熟县立初级中学校任教。（参见"吴中谜界名人"《海巫山樵王吉民》）

**胡素公**（生卒年不详），常熟人。民国时常熟"琴心文虎社"社员。

**吴逸公**（生卒年不详），一作吴益公，名奎。常熟人。民国时常熟"琴心文虎社"社员，常熟新闻界人士，曾为《礼拜一》（1922 年创刊）撰述者，《直言报》（1922 年创刊）、《常熟公报》（1923 年创刊）、《小公报》（1924 年创刊）编辑，《大报》（1930 年创刊）外勤记者。

**袁安甫**（生卒年不详），常熟人。民国时常熟"琴心文虎社"社员。平时常在常熟寺前牌楼档俗称"聚完堂"的"琴园"茶馆（王鸿卿 1921 年创设）内喝茶。善画，与青浦沈瘦东（1888—1970）甚笃，有《曲水园图》传世，现存《沈瘦东纪念馆》。

**邵清池**（生卒年不详），号浣红女士。古吴（今苏州）人，清末民初时寓居在北京。酷嗜灯谜，曾在《北京醒世画报》（创办时间 1909 年 12 月 2 日至 1910 年 2 月 1 日）值课出谜。

**凌元培**（生卒年不详），吴江县（今苏州市吴江区）莘塔镇人。在莘塔开设发茂油坊、北发茂米行、南茂昌腌鲜等商店。抗战前，任国民党吴江县第六区（芦墟）区长。20 世纪 30 年代，莘塔镇凌氏家族每年正月十五日至十八日举办灯谜会，他既是主要组织者，又是出资最多的。抗日战争时期，他组织抗敌后援会，兼任吴江县政府路东（苏嘉路之东）办事处民政组长，积极发动和组织群众支援抗日，为阮清源部（忠义救国军苏嘉湖促进纵队）派差收捐，传信放哨。抗战胜利后的第三年（1948）3 月，他又与阮清源、凌元培、柳公望、凌莘子、吴钧、丁稼英、梅德孚、冯星恒、陆律己、张廷槐、王志良、刁一平等发起，为抗战时吴江芦墟一带的游击区长、抗日英雄、烈士、黎里人张文奎树碑立传。

**汪　东**（1890—1963），原名东宝，初字旭初，后改名东，字旭东，号寄庵，别署寄安，别号寄生、梦秋、弹佛。元和县（今苏州市）人。早年肄业于上海震旦学院。清光绪三十年（1904）东渡日本，先后入东京成城学校、早稻田大学预科学习。其间参加同盟会，从事反清斗争，先后撰文多篇发表于《民报》。宣统二年（1910）归国，在沪从事革命活动。民国元年（1912）初任《大共和日报》总编辑，兼江苏都督沪苏办事处秘书。翌年赴北京，先后任总统府政治法咨议、内务部金事、编订礼制会会员、政事堂礼制馆嘉礼主任编纂员等职。民国 6 年（1917）南归，历任浙江象山、於潜、余杭等县知事。民国 12 年（1923）与章炳麟等创办《华国月刊》。民国 14 年（1925）去宁，任江苏省长公署秘书。民国 15 年（1926）先后任中央大学文学院教授、中文系主任、院长等职。抗日战争爆发后，辗转入川，先后任重庆行营第二厅副厅长、国民政府监察院委员、礼乐馆馆长、国史馆纂修等职。新中国成立后，历任上海市文物保管委员会委员，苏州市人民委员会委员，江苏省政协常委，苏州市政协副主席，中国国民党革命委员会中央团结委员会委员、江苏省委会副主任委员、苏州市委会主任委员，苏州市历届人民代表大会代表。著有《寄庵随笔》等。

顾颉刚（1893—1980），原名诵坤，字铭坚。吴县（今苏州市）人。现代著名历史学家、民俗学家。著有《古史辨》《吴歌甲集》《孟姜女故事研究》《三皇考》等。（参见"吴中谜界名人"《民俗学家顾颉刚》）

姚民哀（1893—1938），本名朕，又名肖尧，字天夐，号民哀，书坛艺名朱兰庵（亦作莱庵），笔名乡下人、花萼楼主、护法军、小妖、老匏、芷卿、灵凤等，室名花萼楼、息庵、芝兰庵等，别署累累。常熟人。居常熟步道巷。民初文坛健将之一，"南社"中坚分子，光裕社弹词名家。善说"书外书"，独创"吟咏调"，被称为"真乃当世柳敬亭也"。善好文虎。民国 9 年（1920）曾任美商花旗烟草公司文牍，出差各地搜求党会秘闻，世称"帮会武侠之祖"。著有长篇小说《山东响马传》《四海群龙记》《秘密江湖》《太湖大盗》等，短篇小说《甘侉子》《周四先生》等，评弹作品《商妇琵琶记》《啼笑因缘弹词续编》等。主编过《春声日报》《世界小报》《新世界报》《游戏杂志》《小说霸王》等报刊。抗战爆发后，担任常熟抗敌后援会常委，后竟给伪常熟绥靖司令部徐凤藻部当了秘书。民国 27 年（1938）10 月 19 日下午，在常熟白茆被国民党游击司令熊剑东部擒获，旋即处决。冯心侠撰有《朱莱庵小传》。

吴莲洲（1894—？），吴县（今苏州市）人。清末民初海上名医。寓居上海三马路（今汉口路）悬壶为业，余暇研究谜学，"与海上名宿漱石生（孙玉声）、范烟桥、叶友琴、张海云、曹叔衡辈相往返"，不遗余力提倡中华国粹，举行集会悬灯征射，联袂主持"大中虎社"，出资创办《文虎》杂志，招贤引能虚怀若谷，使久已匿迹销声的文虎又在上海勃然中兴。撰有《读〈评注灯虎辨类〉书后》《读〈灵箫阁谜话〉之感想》等。（参见"吴中谜界名人"《中兴谜坛吴莲洲》）

范烟桥（1894—1968），名镛，别署鸥夷室主。吴江县（今苏州市吴江区）同里人。我国著名通俗小说家、"南社"诗人、报人、谜家。民国 2 年（1913）肆业于南京国民大学商科，后在东吴大学等单位工作，并担任苏州文管会副主任、江苏省文联副主席。耽好文史，工诗词，擅书画，一生著述甚丰。早年从事新闻工作，致力于文学事业，与友人结"同南社""星社",先后主办《同言报》、《吴江周刊》、《星》杂志、《星报》三日刊、《珊瑚》杂志,担任《苏州明报》副刊《明晶》主笔、《文汇报》秘书、《文汇画报》主编等。业余爱好灯谜,20 世纪 20 年代末,曾加入苏州"西亭谜社"、上海"大中虎社"(又名"大中谜社"),并为上海谜刊《文虎》特约撰作人。其藏书及手稿共 46 种 243 册全部由家属捐给苏州大学图书馆,且为筹建苏州博物馆和发展地方文化事业做出了重要贡献。(参见"吴中谜界名人"《鸥夷室主范烟桥》)

平襟亚(1894—1980),原名平衡,字襟亚。常熟辛庄人。入赘苏州沈姓,称沈亚公,有"竹溪沈氏"印,署名地哭(与"天笑"相对)、网蛛生、秋翁等,室名襟亚阁,别号襟亚阁主人。著名评弹作家、小说家,"以诗谜著称"于文坛。民国时期,曾在上海从事著述、出版、办报等工作。新中国成立后,先后任上海新评弹作者联谊会副会长、主任委员,上海评弹团特约编辑,1957 年被聘为上海文史馆馆员。撰著有《中国恶讼师》《民国奇案大观》《江湖三十六侠客》《新编评注刀笔菁华录》《武侠精华》《人海潮》《人海新潮》《人心大变》《上海大观园》《故事新编》《秋斋笔谈》《秋斋杂记》《襟霞阁笔记》,创作改编弹词《三上轿》《杜十娘》《钱秀才》《借红灯》《陈圆圆》《十五贯》《情探》(《王魁负桂英》)和开篇《焚稿》等。(参见"吴中谜界名人"《襟霞阁主平襟亚》)

陆澹安(1894—1980),名衍文,字澹盦(后改为澹庵、澹安),又字剑寒,别署幸翁、悼翁,笔名何心、罗奋、莽书生,斋名琼华馆。吴县东山(今苏州市吴中区东山镇)陆巷人,世居太湖东洞庭山莫厘峰下。南社社员,弹词作家、小说家。上海"萍社""大中虎社",苏州"星社""西亭谜社"社员。著有《小说词语汇释》《戏曲词语汇释》《汉碑通假异体例解》《隶释隶续补正》《古剧备检》《诸子末议》《说部卮言》《水浒研究》《彊学斋廋词》等。(参见"吴中谜界名人"《明志堂主陆澹安》)

陈 任(生卒年不详),字公孟,以字行。苏州人。苏州"西亭谜社"社员。清宣统元年(1909)优贡生,曾为苏州市议会议长。民国 2 年(1913),游学日本,与鲁迅交往甚密。归国后任职于江苏省水利局总文牍局,辞职后专研诗文。民国 33 年(1944)皈依圆瑛法师。

朱枫隐(?—1946),名迪生,号鲟渔,因所居葑门迎枫桥头,故取号枫隐,斋名不忘沟壑斋。吴县(今苏州市)人。清末民初著名小说家、美食家,苏州"西亭谜社"社员,"星社"三十六罡之一。曾执教东吴大学附中、长元吴公立高等小学堂(今草桥实验小学),常在《联社之友》《消闲月刊》《新声》《红杂志》等发表诗文、谜文。民国 35 年(1946)初因中风食汤包噎哽于喉而逝世,郑逸梅撰《说林名宿朱枫隐归道山》(《新上海》1946 年第 8 期)以怀念。撰文有《春灯追忆录》《谈虎》《饕餮家言》《阿瞒诗解》《海棠和梅》等。

汪率公（生卒年不详），斋名试砚斋。吴县（今苏州市）人。清末民初作家、谜家。民国初期，曾聘为《游戏杂志》名誉编辑；中期，曾执教于苏州工业学校。著有《试砚斋谜录》，先在民国3年（1914）的《游戏杂志》上发表，后被收入鼲盦《百家隐语集》。

张千里（生卒年不详），号一骏。吴县（今苏州市）人。20世纪二三十年代，先后担任吴县童子军联合会总教练、正教练，吴县通俗民众教育馆演讲部主任、馆长，吴县（苏州）实验民众教育馆馆长，苏州无线电学术研究会事务委员等职。擅长谜语，任职期间曾多次在馆内举办猜灯谜活动，《苏州明报》《小苏报》曾作报道。

屠守拙（1895—1946），名曾元。吴县（今苏州市）人。上海"大中虎社"社员。民国时期，曾在《申报》《小说新报》《新声》《橄榄》等报刊上发表谜文、谜作，著有《射虎率记》《拙庐射覆志》《春灯射覆古西亭》等。

郑逸梅（1895—1992），名愿宗，字际玉，笔名逸梅，斋名纸帐铜瓶室。本姓鞠，小名宝生，3岁时嗣于外祖父郑锦庭为孙，遂改姓郑。吴县（今苏州市）人，生于上海江湾。著名教育家、小品文作家、文史掌故家，星社、南社社员。他长期从事教育和写作，桃李满园，著作等身。民国初期有大量文史掌故载于报刊空白处，人称"补白大王"。曾任中国楹联学会顾问。（参见"吴中谜界名人"《"补白大王"郑逸梅》）

江红蕉（1898—1972），名铸，字镜心，笔名红蕉、老主顾等。吴县（今苏州市）人。包天笑的内表弟，叶圣陶的妹夫。近现代小说家，鸳鸯蝴蝶派主要作家之一。因与沈禹钟、朱大可、徐碧波、余空我、吴明霞同为清季戊戌年生，称"后戊戌六君子"。民国4年（1915），入江苏省立第二师范学校，数月后，因家境贫寒而辍学赴浙江萧山，通过包天笑介绍，在时任萧山县沙田局局长毕倚虹手下任会计。其间，受毕倚虹、包天笑等人影响，开始从事小说创作。后因读了江建霞《红蕉词》，便取"红蕉"为笔名。他曾在《礼拜六》《半月》《星期》《快活》等杂志上发表小说，其中包括民国11年至12年（1922—1923）间在包天笑《星期》周刊上连载的反映民国10年（1921）上海信交风潮的长篇小说《交易所现形记》。其他主要作品还有《海上明月》《大千世界》《灰色眼镜》《江南春雨记》《续黑暗上海》等。他的作品多为言情小说，亦有部分刻画世态的炎凉。笔调秀丽、哀婉。此外，他还主编过《新申报》附刊《小申报》、《家庭杂志》、《苏民报》等，并曾为民国23年（1934）但杜宇导演的电影《人间仙子》作过编剧。民国17年（1928），参加上海"大中虎社"（又名"大中谜社"），并任上海谜刊《文虎》特约撰作人。1972年"文革"期间，他撞车自尽。

徐碧波（1898—?），原名广绍，字芝房。祖籍吴县洞庭西山（今苏州市吴中区金庭镇）人，清光绪二十四年（1898）十一月四日出生在吴县光福镇。"星社"社员。因与沈禹钟、朱大可、江红蕉、余空我、吴明霞同为清季戊戌年生，称"后戊戌六君子"。他在《徐碧波自述》一文中介绍："十一岁那年新春期间，西崦教师们在本镇旱桥弄口开设了一家春联铺子，附设春灯谜，我也在其间试猜灯谜……诸如此类，共计猜到了近十条，诸位师长都摸了我的头顶赞为早慧。"13岁毕业后到崇明岛一家商店当学徒，20岁回光福，不久迁至苏城道堂巷小市桥旁居住，后定居于慕家花园21号。民国14年（1925）起，先后在苏沪从事电影编辑等工作。民国30年（1941）退出电影界，进入教育界。1986年1月，被聘为上海市文史馆馆员。他乐于虎道，民国晚期曾在《苏州明报》主持有奖猜谜活动。

张光宇（1900—1965），原名登瀛。江苏无锡县（今无锡市）北门塘三里桥人。中国著名漫画家、装饰画家、工艺美术教育家，现代中国装饰艺术的奠基者之一。著有《近代工艺美术》《西游漫记》《张光宇绘民间情歌》《光宇讽刺集》《金瓶梅画传》《张光宇插图集》《水泊梁山英雄谱》（合著）等。（参见"吴中谜界名人"《文艺杂家张光宇》）

沈　铭（1903—1969），字肖琴。常熟人。曾任常熟县第三、四届政协委员。画家陶鉴（松溪）的弟子，擅长花鸟草虫，所作《双鸽杏花图》入选第二届全国美展。民国时期，曾为《礼拜一》（1922年创刊）撰述者。30年代参与琴心文虎社的灯谜猜射，获赠彩灯甚多，挂满家中。

费新我（1903—1992），原名省吾，别名立千、立斋。浙江吴兴（今湖州）人。我国著名书、画、谜家。江苏省国画院一级画师。作品有长卷《刺绣图》《草原图》。著有《怎样画毛笔画》《怎样学书法》《楷书初阶》《怎样画铅笔画》《怎样画图案》《毛主席诗词行书字帖》《鲁迅诗歌行书帖》《费新我书法集》等。（参见"吴中谜界名人"《书画谜家费新我》）

张静盦（1905—1987），乳名和尚，名枕鹤，字静厂，又作静庵，笔名莼客、忆云、辰龙、史花民、绣石、顽石，自号绣石庐主人。祖籍吴县（今苏州市吴中区）南宫乡（新安里）十五都七图墅巷里，出生于无锡。著名收藏家、集邮家、谜家。撰有《中日早期火花分野录》，著有《联语》《静厂杂俎》《绣石庐谜语》《鹤与琴书共一船图题辞集》等。曾助编《火花》《火花目录》等。（参见"吴中谜界名人"《绣石庐主张静盦》）

姚苏凤（1905—1974），原名庚夔。吴县（今苏州市）人。当代著名报人，民国苏州"星社"、上海"大中虎社"社员。编有电影剧本《盐潮》《水上英雄》《歌场春色》《妇道》《残春》《夜会》《路柳墙花》，弹词《琵琶记》《搜书院》等。（参见"吴中谜界名人"《才华横溢姚苏凤》）

杨剑花（生卒年不详），苏州人。民国时期苏州著名报人、作家，有很好的短篇小说创作，如今则少有人知道这个名字。20世纪20年代末，参加上海"大中虎社"（又名"大中谜社"）。撰文有《晴翠簃虎话》《晴翠簃谜屑》《新象形字》《吴趋新谈往》等。

孙亚二（生卒年不详），吴县（今苏州市）人。20世纪20年代去武汉经商，并在汉口发起并组建谜语社团"新市场扶雅社",任主任。民国23年(1934)7月,与社员共同出资刊印《新市场扶雅社百期谜选》,其谜作载于其中。

**金仲文**(生卒年不详),字锻羽。常熟人。民国初期经商汉口,加入吴县孙亚二创办的"扶雅社"。《新市场扶雅社百期谜选》载其谜作。

**雷以丰**(生卒年不详),字剑丞。松江府华亭县(今上海市松江区)人。生活在清末民国时期,嗜好诗文和文虎之道。民国10年(1921)的《汪作黼同年哀挽录》里,收其哀悼汪作黼的挽联一副。民国19年(1930),为无锡张静盦《绣石庐谜语》题诗致贺:"明光暗射贯洪纤,别格悬铃及卷帘。问甲老人疑岁纪,受辛幼妇启妆奁。诵声似译蛮方语,解义如佯佛座籤。隐约天机神领会,银花火树彩同拈。"

**曾冠章**(生卒年不详),字君冕。常熟人。民国谜家。民国19年(1930)孟冬,为无锡张静盦《绣石庐谜语》作序并题七律诗四首:"文章变化又离奇,游戏终归正则遗。窥豹无多供剧趣,续貂有得寓精思。点头顽石参机候,脱手弹丸入妙时。咀嚼六经采余义,东方曼倩羡名驰。""卜商小道正堪视,信手拈来肇笔端。海客谈瀛夸创解,痴人说梦破疑团。清言霏玉聚成屑,好语穿珠落满盘。酒后茶余博一粲,何愁长夜竟漫漫。""亦知小技是雕虫,博望封侯说凿空。成竹罗胸祛窒碍,粲花吐舌见玲珑。齐东野语参奇正,池北闲谈证异同。想入非非开窍药,一编今日作谈丛。""出语何嫌拟不伦,衣冠优孟笑而人。郑侨博物能行远,庄子寓言竟入神。冷炙残羹夸啧啧,烂泥朽木道津津。一般社会当头棒,闻者解颐更鼓唇。"

**庞　仕**(生卒年不详),字乐园。常熟人。民国姚江同声诗社社员。颇喜吟咏,亦嗜文虎。与连雅堂(名连横,即连战的祖父)、经贯之、徐松坡、杨家儁、谢谷苍、谢凤藻、徐因时、邓春澍、丁秋碧、杨家骥、张公威、斯道卿、钟韵玉等鸿雁传书,吟咏唱和,交流甚多。民国19年(1930),为无锡张静盦《绣石庐谜语》题诗致贺:"三寸毛锥子,纵横绣石庐。冥搜埋首后,独运匠心初。游戏文皆爱,消闲俗可祛。周公青白眼(指坐以待旦、目的党化二谜),冠绝一编书。"

**范申禄**(生卒年不详),字君宜。常熟人。清光绪十九年(1893)贡生,宣统元年(1909)以诸生举孝廉方正。工诗文,雅好隐语。民国19年(1930),为无锡张静盦《绣石庐谜语》题七绝诗二首致贺:"曼倩诙谐述古风,志高不仕鸟喉咙。汉宫赐食衣藏肉,自责言仁达帝聪。""语妙君房冠子书,才长射覆漏更鱼。胸罗经史文多富,舌底澜翻云卷舒。"《重修常昭合志·选举志》记其名。

**宗嘉佑**(生卒年不详),字子启。常熟人。生活在清末民国时期,精通诗文,雅好谜语。民国19年(1930),为无锡张静盦《绣石庐谜语》题七律诗二首:"分曹射覆蜡灯红,游戏词场兴不同。名士抒辞夸绣虎,雅人深致笑雕虫。寓言妙泄苞符秘,逸趣横生奥交通。绰有可观虽小道,个中隐语意无穷。""揭破玄关便得机,诙谐入妙更精微。

漆园境幻犀心悟，艺苑宵谈麈尾挥。句琢辞雕情娓娓，笔歌墨舞想非非。茶余酒后消闲品，记取春灯放彩辉。"

**许咏仁**（生卒年不详），字颂慈。江阴人。清末民国时的儒商。喜好诗文、灯虎，与张静盦等交往甚密。著有《评月轩吟草》八卷。民国 19 年（1930），他得知无锡好友张静盦著《绣石庐谜语》，特题诗一首贺之："刘勰雕龙事有稽（陈瑾《尊尧集》表言多妄发事则有稽），谜之为字使人迷。齐髡隐语难同论，秦客廋辞得并提。抗手尽堪敌诗虎，令心只在运灵犀。春灯一曲常筵唱，定遇知音来品趣。"

**冯　焕**（生卒年不详），字绪承。无锡县（今无锡市）人。清末民国的无锡乡绅。清光绪二十七年（1901）7 月，中国近代民主主义革命者、兴中会会员、三洲田庚子起义总指挥郑士良奉孙中山之命，由日本返香港执行任务，与同志陈和等饮宴于琼林酒楼，宴毕后竟然暴毙，时人皆认为是清吏使下毒食品中，郑士良不知其诈而中毒身亡。郑士良死后葬于香港薄扶林道基督教坟场，为避清廷鹰犬破坏，碑文署名郑弼臣。宣统三年（1911）12 月 17 日，冯焕作挽联吊唁。他在《追挽郑弼臣》中称："君真大汉万世师，不顾身心，拔剑首倡流热血；我亦中华一分子，无甚面目，填词空挽吊英魂。"此联描绘出了郑士良的真性情，也反映出世人对他的景仰。冯焕亦精通诗文，雅好谜语，著有《燕石舷翰》《燕石舷翰续集》。民国 19 年（1930），同邑挚友张静盦撰《绣石庐谜语》，他特填【醉花阴】词一阕贺之："无计商量消永昼。寂静黄昏候。睹墅赋围棋，射覆灯红，尽任人研究。输他潘陆饶佳构。七类空前后。何处集同岑，谓我何求，消受今番又。"

**彭清鹏**（生卒年不详），原名清栋，字彦颐，号云伯。吴中四大族彭氏后裔。苏州人。著名书画家、"北平射虎社"社员。民国 7 年（1918）8 月 12 日，中华民国第二届国会选举产生（即安福国会，又称新国会），当选为众议院议员。民国 9 年（1920）8 月 30 日，新国会解散。之后，他担任吴县教育局局长，还负责筹建了苏州图书馆。民国 20 年（1931），参与筹建修复苏州中山堂，并捐献了木料等。著有《实际教育学》等。

**徐子长**（生卒年不详），生活在民国和新中国成立初期，与"蒋维乔、来裕恂、吴曾祺、姚永朴、林南琴、孟宪承、商衍鎏、刘薰宇、高语罕、张震南、赵欲仁、刘半农、王森然、施畸、薛凤昌、张资平、茅盾、唐馈、魏应麒、裴小楚、蒋祖怡、蒋伯潜、浦江清、刘兆吉、平生、李广田、张粒民、蒋仲仁"等，同为我国"20 世纪上半叶为写作（语文）教育做出过重要贡献的"著名教育学家（潘新和《走进语文教育的历史时空》）。民国时期，曾寓居苏州从事教育工作。民国 17 年（1928），撰著《小学作文教学法》一书，提出了"作文游戏化"的主张。他认为："小学教学适用游戏化，低年级更加需要。小学生的生活是游戏的生活，投其所好，借以教学，无有不收美满的效果。"民国 25 年（1936），在江苏省教育厅第二科主办的《小学教师》第三卷第 6 期上发表《小学作文教学要点》，对"小学作文命题的方法问题"提出了不命题的方法和图画作文法都有其局限性的观点。

1953 年，又与王静、马群分别撰文刊登在《人民教育》第 2 期上，展开了《关于小学课本语文第一册问题的讨论》。20 世纪中叶，徐子长编著过《弟弟（儿歌集）》《扑满（童话集）》《朝霞（诗歌集）》《查先生（谜语集）》《草头黄（故事集）》《北帝庙（剧本集）》（与朱善馀合著）等一系列儿童文学作品，均由江苏省立苏州女子中学实验小学出版发行。他还曾与梁达善（泽民）合著《民谚》（上下册），民国 15 年（1926）5 月商务印书馆出版（后作为商务印书馆《小学生文库第一集（谚语类）》再版）；与编辑、作家赵景源合编《字谜》，由商务印书馆先后于民国 23 年（1934）2 月和民国 25 年（1936）3 月作为《小学生文库第一集（谜语类）》和《小学生分年补充读本四年级国语科》出版。

**张汉卿**（生卒年不详），苏州人。生活在民国时期，喜好谜语，曾在《苏州明报》发表谜文和谜作。

**倪涤园**（生卒年不详），苏州人。生活在民国时期，喜好谜语，曾在苏州《大华报》举办有奖猜谜活动。

**张庆承**（生卒年不详），苏州人。《苏州明报》创办人张叔良之子。民国 34 年（1945）代父管理复刊后的《苏州明报》，并在报上发表谜作。

**张允和**（1909—2002），安徽合肥人。周有光的夫人。自幼随父母迁居苏州，住城内九如巷。昆曲家。曾任北京昆曲研习社主委。精于丹青，擅长摄影，写曲填词，亦能工诗，还雅好文虎。毕业于上海光华大学历史系，曾为高中历史教师、人民教育出版社历史教材编辑，1952 年"打老虎"运动后离职。1956 年至 1964 年，义务担任北京昆曲研习社委员、联络小组组长，编辑《社讯》并演出昆曲剧目；1979 年接任主委。晚年致力于写作，续办家庭刊物《水》，著有《昆曲日记》《多情人不老》《浪花集》《张家旧事》《最后的闺秀》等。（参见"吴中谜界名人"《"家庭妇女"张允和》）

**朱恶紫**（1911—1995），原名湘神，亦名朱丹，笔名恶紫，晚号"爱猫老人"。吴县黄埭镇（今属苏州市相城区）人。嗜好评弹，擅长诗文、书法，亦喜诗谜。早年受业于国学大家唐文治，与钱伟长、陆定一、王蘧常等名流为同窗。民国 18 年（1929），创作弹词开篇《杜十娘》，经评弹名家蒋月泉唱响后，广获好评，名扬海内外，至今不衰。民国 26 年（1937），其书法与张大千同展于上海宁波同盟会。民国 38 年（1949）元旦，在《苏州明报》主持"诗谜征射"。新中国成立后，先后为中华诗词学会会员、江南诗词学会会员、苏州沧浪诗社社员、苏州市文联艺术指导委员会委员、上海爱猫协会会员等。传世之作有弹词开篇创作精品集《古银杏》。

**陆兆坤**（1914—1996），谜号陆闻。太仓人。原太仓县文化馆副馆长，长期从事群众文化。1980 年受聘任县文史办主任，抢救一批文史资料。1983 年担任太仓县工人文化宫灯谜组首任组长。1985 年 8 月谜组更名为太仓县总工会职工灯谜兴趣协会，出任会长。谜作散见于太仓内部谜刊《娄东谜趣》。

**高伯瑜**（1915—1997），名垚，字伯瑜。苏州人。"补白大王"郑逸梅的远房表弟。我国著名谜籍珍藏家、谜语文化学者，中国工艺美术学会会员，享有"谜贤"之称。14岁开始收藏谜籍，师从文学家程瞻庐，加入苏州西亭谜社。20世纪50年代，多次主持苏州大型猜谜活动。灯谜藏书在1986年11月"纪念苏州建城2500年·姑苏谜会"和1989年2月福建漳州市首届中华灯谜艺术节两大活动中展览陈列。1989年，倡导并领衔编纂"中华谜书集成"丛书。1994年和1996年，高雄漳州文虎基金会先后授予他首届沈志谦文虎奖提名奖、第三届沈志谦文虎奖。著有《中国刺绣工艺》《余觉年谱》。他将谜语古籍资料全数无偿捐赠给漳州灯谜艺术馆。其传略及灯谜代表作载于《中国当代灯谜艺术家大辞典》等。（参见"吴中谜界名人"《当代谜贤高伯瑜》）

**王能父**（1915—1998），名溶，字月江，号能父，笔名王月江、越冈，谜号阿溶。江苏泰州姜堰人。泰州学派思想家王栋后裔。我国著名金石书法家、谜语文化学者。与上海苏纳戈，温州柯国臻，苏州费之雄、汪寿林被公众投票评选为"全国最佳谜手"，名列"五虎将"之首。著有《哭斯室谜剩》，主编《梁溪谜会》。其传略及灯谜代表作载于《中华谜语大辞典》《现代灯谜精品集》《中国当代灯谜艺术家大辞典》等。（参见"吴中谜界名人"《灯谜状元王能父》）

**钱燕林**（1916—2004），谜号养拙。常熟人（其出生地现属张家港市），后定居南京市。我国著名谜语文化学者。高雄漳州文虎基金会第六届沈志谦文虎奖获得者。曾任南京市工人文化宫灯谜组副组长兼秘书长、顾问。其谜文、谜作散见于《知识窗》《南方日报》《智力》《文化娱乐》等报刊，部分谜作入选《当代百家谜选》《佳谜欣赏》《现代灯谜精品集》等书籍，传略载于《中华谜语大辞典》《中国当代灯谜艺术家大辞典》。（参见"吴中谜界名人"《金陵虎痴钱燕林》）

**徐　玮**（生卒年不详），苏州人。1957年8月加入苏州市工人联合会第一工人俱乐部灯谜研究小组。谜作散见于苏州内部刊物《灯谜》（第一、二、三集）、《创作谜选》、《姑苏谜林》。

**姚世英**（生卒年不详），苏州人。著名画家、收藏家。曾任苏州市总工会文教部长、苏州博物馆副馆长、苏州戏剧博物馆馆长等职。1957年起，经常"客串"苏州市工人联合会第一工人俱乐部灯谜研究小组活动。著有《姚世英文博论著选》等。

**余　真**（1920—1990），本名张义璋，字廉如，笔名余真、柳絮、蔺颇、杨澄、于雪、班香、宋艳等。祖籍浙江余姚，曾在苏州生活，后定居上海。我国著名谜语文化学者，文史小品专栏作家。谜作、谜文散见于《新闻报晚刊》《新民晚报》《宁夏日报》等。著有《打灯谜》。其传略及灯谜代表作载于《现代灯谜精品集》《中国当代灯谜艺术家大辞典》等。（参见"吴中谜界名人"《沾溉后学张廉如》）

**平静人**（1920—2010），吴江（今苏州市吴江区）黎里镇人。1947年7月参加革命工作，同年同月加入中国共产党。曾任中共地下党吴江县黎里支部负责人。新中国成立后，任黎里区副区长，吴江县商业局局长，县委工业部、财贸部副部长，吴江化工厂副书记，县粮食局副局长，县委统战部副部长，县人大常委会专职委员等。1983年离休。80年代末参加吴江老干部活动中心活动。吴江市老干部青松谜社成立后，一直为该社年刊《鲈乡晚风》编委。

周宗廉（1921—2014），笔名全人、吉人。浙江杭州人，定居苏州。苏州市民间文艺家协会会员，苏州市工人联合会第一工人俱乐部灯谜研究小组首批会员。曾任苏州市工人文化宫灯谜研究小组组长、苏州市职工灯谜研究会顾问、苏州市谜学研究会顾问、苏州市民间文艺家协会谜学分会顾问。1956年参与组建新中国成立后苏州市第一个灯谜社团组织。1957年1月创建苏州市第一个基层灯谜组织苏州市邮电局灯谜小组。"文革"中，为恢复苏州灯谜活动出力颇大。谜文、谜作散见于《人民邮电报》《航海》《中国青年报》《文化娱乐》等报刊，部分谜作入选《当代百家谜选》《现代灯谜精品集》。曾领队参加南京"全国九城市灯谜会猜"、九江"匡庐谜会"、上海"春申谜会"，参与组织"姑苏谜会"。其传略载于《中华谜语大辞典》。（参见"吴中谜界名人"《谜界寿者周宗廉》）

刘公直（1922—1999），吴江（今苏州市吴江区）人。年轻时即在吴江中学任教，曾任政协吴江县第七、第八届委员会副主席。20世纪80年代末参加吴江老干部活动中心活动。吴江市老干部青松谜社成立后，任副社长，并为年刊《鲈乡晚风》编委。

张鹤鸣（1923—2008），浙江嘉善人。1947年10月参加革命工作，同月加入中国共产党。曾参加中共地下党工作。新中国成立后，历任吴江县芦墟镇镇长，盛泽镇镇委书记、镇长，吴江县委宣传部部长、文教部部长，吴江中学校长、书记，吴江县委党校校长，吴江县人大常委会副主任。1985年12月离休。80年代末参加吴江老干部活动中心活动。吴江市老干部青松谜社成立后，任名誉社长，并为年刊《鲈乡晚风》编委。

李　克（1923—2012），河北望都人。1949年5月参加革命工作，曾是苏州支前司令部工作队队员。历任吴江县严墓区政府、坛丘区政府生产建设助理员，吴江县建设科、农建科、农材科、水利科、水利局、农水服务站科员、技术员、工程师。1985年12月离休。80年代末参加吴江老干部活动中心活动。吴江市老干部青松谜社成立后，任该社年刊《鲈乡晚风》后期的编委。

陆顺祥（1924—2010），谜号虞文、谢虎。常熟人。民国时常熟"琴心文虎社"社员吴益公外甥。江苏省民间文艺家协会会员。曾任常熟市职工灯谜研究会理事、会长、顾问。1976年10月，与曾康、韦梁臣倡建常熟市工人文化宫灯谜研究小组。半个世纪里，创作谜语约3万条，谜作散见于全国各地的报刊、书籍，曾为《中国谜语库》撰稿并提供谜条3500余条。主编《琴宫文虎》（7至9期）。1989年独创了"形近字谜"，在《智力》

杂志连载,还创作了化学元素谜、符号谜、化格谜、集文谜等。其传略及灯谜代表作载于《中国谜语库》《现代灯谜精品集》《中国当代灯谜艺术家大辞典》等。

**谢毓骏**（生卒年不详），苏州人。1957 年 1 月,成为苏州市第一个基层灯谜组织——苏州市邮电局灯谜小组首批会员;2 月,加入苏州市工人联合会第一工人俱乐部灯谜研究小组,成为谜组早期会员。1983 年,与周宗廉决定开办"灯谜函授班",并在《新民晚报》上刊登广告向全国招生。谜作散见于苏州内部刊物《灯谜》（第一、二、三集）、《创作谜选》。

**程懋勋**（生卒年不详），苏州人。1957 年 2 月加入苏州市工人联合会第一工人俱乐部灯谜研究小组。

**张国林**（生卒年不详），苏州人。1957 年 2 月加入苏州市工人联合会第一工人俱乐部灯谜研究小组,为谜组早期会员。谜作散见于苏州内部刊物《灯谜》（第一、二、三集）、《创作谜选》。

**赵立里**（生卒年不详），苏州人。20 世纪 50 年代参与筹建苏州市工人联合会第一工人俱乐部灯谜研究小组,系谜组早期会员。早年在苏州市公安局工作,后因工作调动离苏,故谜刊中没留下他的谜作。

**郑 忠**（生卒年不详），苏州人。1957 年 2 月加入苏州市工人联合会第一工人俱乐部灯谜研究小组,为首批会员。谜作散见于苏州内部刊物《灯谜》（第一、二、三集）、《创作谜选》。

**解建元**（生卒年不详），苏州人。1957 年 2 月为苏州市工人联合会第一工人俱乐部灯谜研究小组列席组员。谜作散见于苏州内部刊物《灯谜》（第一、二、三集）、《创作谜选》。

**蔡沛然**（1927—2015），江苏海门人。1946 年 8 月加入中国共产党,1948 年 8 月参加革命工作。曾是苏北江海公学和解放军十一纵队教导学员,历任副排长、连副指导员,吴江县粮食局副股长、股长,吴江县多种经营管理局、财政局科员。1984 年 11 月离休。80 年代末参加吴江老干部活动中心活动。吴江市老干部青松谜社成立后,从 1994 年起一直任该社年刊《鲈乡晚风》的编委。

**初其修**（1928—2004），山东文登县人。1945 年 5 月参加革命工作,1946 年 3 月加入中国共产党。曾是胶东军区警卫营战士、侦察员、测绘员,志愿军二三六团参谋、股长,陆军七十九师营级参谋。转业后,曾在苏州地区交通局、运输联社任人秘科长、副主任,吴江县交通局副局长等职。1983 年 9 月离休。80 年代末参加吴江老干部活动中心活动。吴江市老干部青松谜社成立后,任该社艺术顾问,并一直为该社年刊《鲈乡晚风》的编委。

**张荣铭**（1929—1999），笔名吴蒙,取"吴下阿蒙"之义,号昆仑山樵。苏州人。我国著名谜语文化学者。20 世纪 50 年代与王能父倡议并筹建新中国成立后苏州市第一个灯谜社团组织,曾任苏州市职工灯谜研究会副会长、顾问,苏州市谜学研究会顾问。师从高伯瑜、陈振鹏、吴仁泰宿将。撰写谜文百余篇,创作谜作数千,散见于全国几十家报纸杂志和内部谜刊上,著有《春灯夜话》,参加《灯谜入门》一书的编写工作。其传略及灯谜代表作载于《中华谜语大辞典》《现代灯谜精品集》等。(参见"吴中谜界名人"《"吴下阿蒙"张荣铭》)

张国义(1930—2015),笔名国义、张闻。苏州人。苏州市民间文艺家协会会员。1958年4月初入组,并以苏州市工人文化宫干部的身份负责灯谜研究小组具体工作。1984年6月,组建苏州油毡厂灯谜组,任组长。谜文、谜作散见于《新民晚报》《苏州日报》等多家报刊。其传略及灯谜代表作载于《现代灯谜精品集》。(参见"吴中谜界名人"《热肠古道张国义》)

陈一凡(1931—2009),上海金山人。教育家、诗人、散文家、谜家。曾任太仓师范校长,后寓居嘉定。20世纪60年代活跃在南京谜坛,是南京市工人文化宫灯谜组副组长。1982年参加太仓浏河镇工会、文化站"谜海一粟"灯谜组。谜作见于太仓内部刊物《谜海一粟》。

俞瑞元(1932—1977),笔名方源、方元。苏州人。1956年被苏州市工人联合会第一工人俱乐部聘为工作人员。当年2月负责筹建苏州市第一个灯谜社团组织。1957年2月至1958年4月,负责谜组具体工作。谜作见于苏州内部刊物《灯谜》(第一、二、三集)、《创作谜选》。(参见"吴中谜界名人"《谜界伯乐俞瑞元》)

江洛一(1932—2012),原名禄烨,后改名洛一,别署汀斋、乐咏庐。祖籍安徽歙县,高祖迁居浙江嘉善西塘镇。南社社员江雪塍之幼子。著名书画家、字画鉴赏家。他出身书香门第,民国21年(1932)农历九月二十七日生,民国37年(1948)随父母迁至苏州定居。通诗文,善书画,能鉴定,亦喜谜语。2012年6月16日在苏去世。撰有《苏州国画艺术纵横谈》《清代状元书法的共性和个性》《苏州书法史》《汀斋书画三种》《苏州近现代书画家传略》等论文与专著。

陆瑞英(1932—),常熟人。著名山歌手、故事家,中国民间文艺家协会会员,首批国家级非物质文化遗产项目(吴歌)代表性传承人,中国民间文艺"山花奖"(民间文学)获得者,江苏省艺术贡献奖获得者。有口述谜语。著有《陆瑞英民间故事歌谣集》。

李惠元(1933—1979),吴江(今苏州市吴江区)平望人。"平望灯谜"第一代传承人。他出身于平望镇一王姓米商家庭,因家里兄弟姐妹较多,从小被送给平望镇西北约7公里处溪港小镇的一户殷富人家。养父早亡,由祖父母一手带大。后家道中落,高小毕业后由生父介绍至平望立丰米行(后改为协和米行)当学徒。1956年对私改造后,转入平望米厂工作。喜爱文艺,唱得一口好弹词,并有一肚子谜语。1962年起,向其年仅10岁的邻居陈志强传授猜谜知识。1964年,又向陈志强之弟志明传授猜谜知识。1979年5月病逝。

**费之雄**（1934—），笔名吴虔，斋名左庐。浙江湖州人，长在苏州。费新我之三子。我国著名书法家、联家、谜语文化学者。中国民间文艺家协会会员、中国书法家协会会员。1958年加入苏州市工人文化宫灯谜研究小组。曾连任三届苏州市职工灯谜研究会会长，又曾任苏州市职工灯谜研究会顾问、苏州市民间文艺家协会谜学分会顾问。从小受父影响与谜结缘，半个多世纪以来，谜文、谜作散见于《文化轻骑》《文汇报》《新民晚报》《苏州日报》等报刊，部分谜作入选《灯谜大观园》《当代百家谜选》《现代灯谜精品集》等；先后参加过北京、上海、南京、武汉、深圳、广州、漳州、长沙、南澳、桂林等数十次省级以上谜会，受聘担任中央电视台"首届中华杯电视猜谜竞赛"、东方电台"申懋杯"东方谜王赛等大型谜赛评委。20世纪80年代，在《文化娱乐》举办的数次全国性谜赛中，连获"最佳谜手""中华佳谜手""华夏佳谜手"等称号。所藏千余谜册及有关资料，捐赠苏州民俗博物馆。《人民日报·海外版》曾载文报道其从谜情况。著有《雄虎》。其成就被收入《中华谜语大辞典》《中国当代灯谜艺术家大辞典》《苏州市志》（1986—2005年）等辞书、史志中。

**孙同庆**（1936—2014），谜号隐鹤、普天，斋名索隐居。民国25年（1936）3月生于浙江湖州，后定居苏州，2014年8月10日因病去世。著名谜集收藏家，江苏省民间文艺家协会会员，苏州市工人联合会第一工人俱乐部灯谜研究小组首批会员。1956年3月，参与组建新中国成立后苏州市第一个灯谜社团组织，历任副组长、组长。后曾任苏州市职工灯谜研究会副秘书长、荣誉理事、顾问，苏州市民间文艺家协会谜学分会顾问。1979年2月带队参加"沪苏灯谜会猜"，后又参加过南京"全国九城市灯谜会猜"、扬州"竹西谜会"等活动。数十年里，经常举办灯谜讲座，普及灯谜知识，还曾先后参与组织1982年"壬戌元宵姑苏六市、县灯谜会猜"、1986年11月"姑苏谜会"。其灯谜作品散见于《中国青年报》《南方日报》《智力》等报刊，部分作品选入《当代百家谜选》《现代灯谜精品集》书中，传略载于《中华谜语大辞典》。

**赵锡章**（1936—2014），笔名澄子。民国25年（1936）7月生于江阴，后定居苏州，2014年5月20日因病去世。苏州市民间文艺家协会会员。1964年1月1日加入苏州市工人文化宫灯谜研究小组。1980年秋组建苏州硫酸厂灯谜组，任组长。1981年至1987年，连续6次为苏州人民广播电台编写迎春文艺有奖猜谜文稿，颇有影响。曾先后参加过上海、南京、九江、扬州、常熟、苏州等地的大型谜会，多次获得佳作谜和命题创作奖，谜文、谜作散见于《新民晚报》《知识窗》《智力》《苏州日报》《姑苏晚报》等多家报刊。其传略及灯谜代表作载于《现代灯谜精品集》。

**汪寿林**（1939—），又名汪斌，笔名江一、虞友、林涛、就灵，号万隐楼主人。苏州人。我国著名金石家、谜语文化学者。中国工艺美术学会会员，中国民间文艺家协会会员。中华灯谜学术委员会、江苏省职工灯谜协会、香港联谜社顾问，曾任苏州市职工灯谜研究会会长，苏州市谜学研究会会长、名誉会长，苏州市民间文艺家协会谜学分会名誉会长。自幼随父学艺，擅长篆刻、书法，1957 年 7 月加入苏州市工人联合会第一工人俱乐部灯谜研究小组，任副组长。自 20 世纪 50 年代开始研究、创作灯谜，撰写谜学理论，被海内外谜界誉为"字谜大师""字谜专家"。迄今已在《人民日报·海外版》《工人日报》《解放军报》《新民晚报》等百余家报刊发表谜文 100 多篇、谜语小品 200 余篇、谜作数千则，部分作品入选《当代百家谜选》《神州谜苑》《现代灯谜精品集》等。1987 年 1 月协助中央广播电视出版社编辑出版《灯谜大观园》，其撰写的《灯谜入门》一文入编其中。1983 年、1987 年分别获《文化娱乐》"最佳谜手""中华佳谜手"称号；1984 年获《沈阳青年报》灯谜创作一等奖；1987 年获"首届中华杯电视猜谜竞赛"中华猜谜手称号，同年 10 月被聘为"全国双星杯灯谜邀请赛"评委。上世纪八九十年代，分别在苏州电台、江苏电视台、《工人日报》、《宁夏日报》等举办的猜谜竞赛中获得一等奖。中央人民广播电台、《解放军报》、《新华日报》等新闻媒体曾报道其从谜事迹。著有《开启谜宫的钥匙》（合著）等。其成就被收入《世界华人专家名典》《中国老年人才库》《世界名人精英大典》《中外名人辞典》《世界名人录》《中国民间文艺家大辞典》《中华谜语大辞典》《苏州市志》（1986—2005 年）等 20 多部大型辞书、史志中。

陈　新（1939—），吴县横泾（今苏州市吴中区横泾街道）人。中学高级教师，江苏省优秀教育工作者。现为中国教育学会全国中语会课堂教学研究中心研究员、中国青少年写作研究会会员、世界华文文学家学会会员、江苏省修辞学会理事。1958 年起先后在吴县浦庄小学、浦庄中学任教。教余潜心于中学语文教学、语言学、修辞学等方面的研究工作，旁及文学评论。1999 年退休后，更是在这些方面有很深的造诣。有 200 余篇文章在国内外专业报刊发表，曾参与《修辞学通典》《中国俗文学大辞典》等大型图书编写。主要著作有《中国谐趣文字奇观》《猜谜百法》《谜苑入门》《诗词字杂谈》《益智游戏》《晬盘儿》（上下集）等，事迹载入《江苏教育功勋录》，入选《中国专家人名辞典》。

韦梁臣（1941—），笔名隅山，斋名倚晴楼。常熟人。江苏省民间文艺家协会会员，苏州市和常熟市非物质文化遗产项目"海虞谜语"代表性传承人，常熟市民间文艺家协会名誉理事。曾任常熟市职工灯谜研究会首任会长、顾问，苏州市谜学研究会副会长、名誉会长。1956 年开始猜谜，私淑常熟前辈谜家徐兆玮、徐枕亚等，苦心钻研，得其薪传，收藏含谜笔记尤多。1962 年发表谜作；1976 年 10 月与曾康、陆顺祥发起成立常熟市工人文化宫职工业余灯谜组。40 年来，导倡"谜面用格""标点入扣""反商体"；首倡《赏菊谜会》，举办"灯谜活动辅导讲座"，主编谜刊《琴宫文虎》（第 1 至 6 期、第 10 期）；多次在全国各类猜射活动中获奖；谜文、谜作为多家报刊、书籍采用。著有《常熟民间文艺集萃·灯谜》，合著《常熟民间文艺集萃·对联》《开启谜宫的钥匙》，参与"中华谜书集成"丛书校注工作，担任《中华谜语大辞典》《中华谜典》编委，《佳谜鉴赏辞典》《中华谜海》《历代灯谜赏析》撰稿者，《现代灯谜精品集》注释者。其传略及灯谜代表作载于《中华谜语大辞典》《现代灯谜精品集》《中华谜典》等。

**钱振球**（1943—），笔名金戈。常熟人。江苏省民间文艺家协会会员，常熟市非物质文化遗产项目"海虞谜语"代表性传承人。曾任常熟市灯谜协会副会长。1986年涉足谜坛，1988年9月筹建徐市中学灯谜兴趣小组，任组长，创办校园谜刊《春来谜苑》。1990年1月16日加入常熟市灯谜研究会。1999年4月，徐市中学灯谜兴趣小组扩建成立智林谜社，任社长。退休后应聘于常熟市职业教育中心校组建春来谜社，从事谜事活动，主编《谜花飘香》。近30年来，执"谜"不悟，坚持开展谜语文化基础教育工作，培养出一大批小谜手，为传承中华谜语文化做出了贡献。2004年被常熟市文化局命名为"特色文化明星"。2007年5月被高雄漳州文虎基金会授予第十一届沈志谦文虎奖。其谜文、谜作散见于《中华谜报》《姑苏晚报》《常熟日报》等报刊。著有《灯谜基础知识》《灯谜基本知识》。其传略及灯谜代表作载于《中国当代灯谜艺术家大辞典》等。

**沈家麟**（1943—2009），笔名申夫。苏州人。航天部神剑文学社会员、苏州市民间文艺家协会会员。1963年参加苏州市工人文化宫举办的灯谜培训班，培训结束的当年即加入苏州市工人文化宫职工灯谜组。1990年12月18日被吸收为苏州市民间文学工作者协会会员。参加"中华谜书集成"丛书点校工作，参与组织1986年11月"姑苏谜会"，先后参加南京"全国九城市灯谜会猜"、扬州"竹西谜会"、上虞"华夏曹娥谜会"等活动，曾获1995年"长发杯"姑苏谜王赛第四名，1999年"太仓杯"全国百城市国庆50周年灯谜有奖征集佳谜一等奖。谜文、谜作散见于《文汇报》《新华日报》《工人日报》《新民晚报》《知识窗》《智力》《中华谜报》《苏州日报》《姑苏晚报》等多家报刊。其传略及灯谜代表作载于《现代灯谜精品集》《中国当代灯谜艺术家大辞典》等。（参见"吴中谜界名人"《谜海拾贝沈家麟》）

**邱景衡**（1943—），笔名丘李子、文景之、金丘、京一行、丘引，斋名幽兰斋。苏州人。我国著名谜语文化学者，中国民间文艺家协会会员、中国写作学会会员、江苏省作家协会会员。1963年7月参加苏州市工人文化宫举办的灯谜培训班，并加入苏州市工人文化宫职工灯谜组。其间爱好金石篆刻，得到王能父指导。1982年10月1日组建苏州丝绸印花厂灯谜组，任组长。曾任苏州市职工灯谜研究会副会长、苏州市谜学研究会副会长，现为苏州市民间文艺家协会谜学分会顾问。曾参加南京"全国九城市灯谜会猜"、上海"春申谜会"、九江"匡庐谜会"、扬州"竹西谜会"、石狮"蚶江侨乡谜会"等，参与组织1986年11月"姑苏谜会"。谜文、谜作散见于《人民日报·海外版》《北京晚报》《新民晚报》《苏州日报》《姑苏晚报》《现代灯谜精品集》等报刊书籍。1983年中央电视台春节联欢晚会"谜语擂台赛"选用其"从上到下，广为团结"猜"座"字一谜，受到中央领导同志的赞誉。著有"中华谜书集成"丛书（合著）、《中华灯谜鉴赏》、

《一天一个好谜语》（合著）、《夕拾朝花》等。其成就被收入《中华谜语大辞典》《苏州当代艺文志》《苏州市志》（1986—2005 年）等多部大型辞书、史志中。

陆振荣（1946—2007），谜号真容，斋名附雅室。常熟人。江苏省民间文艺家协会会员。自幼喜好灯谜，1982 年 10 月加入苏州市工人文化宫灯谜研究小组。曾任苏州市谜学研究会副会长、苏州市职工灯谜研究会副会长。谜作、谜文颇多，散见于全国各地报纸杂志和内部谜刊上。编撰主讲 6 集电视系列片《谜宫探幽》（高等教育出版社出版）。2007 年 1 月 5 日因病在苏去世。

曾　康（1946—），谜号常寅。常熟人。1976 年 10 月，与韦梁臣、陆顺祥倡建常熟市工人文化宫灯谜研究小组。曾任常熟市职工灯谜研究会理事、秘书长、副会长，常熟市民间文艺工作者协会副理事长。1989 年 5 月，参加南阳"全国历史文化名城灯谜邀请赛暨河南省第二届职工谜会"。其传略及灯谜代表作载于《中华当代谜海》《现代灯谜精品集》《佳谜鉴赏辞典》《中国当代灯谜艺术家大辞典》等。著有《敝帚自珍》《敝帚自珍集》。

张云祥（1947—2013），笔名虞林。常熟人。20 世纪 70 年代末从事灯谜创作，1980 年参加常熟县漂染厂灯谜组（1984 年改称常熟市印染厂工人俱乐部灯谜组），1986 年任副组长，1983 年加入常熟市职工灯谜研究会。30 余年来，先后参与 1983 年"全国精神文明函猜"、1986 年"全国佳谜评选"活动、1990 年"虞山谜会"，多次参与"苏虞企业双边谜会"和常熟的历次灯谜活动。谜文、谜作在各地报刊及内部谜刊上发表，曾获 1980 年常熟县工人文化宫职工灯谜团体赛第四名、1982 年常熟县工人文化宫猜灯谜个人优胜赛第三名，《常熟市报》第一、二、三届（1985 至 1987 年）"琴川杯"春节灯谜大赛三等奖。2013 年 2 月 20 日因病去世。

陆钟敏（1948—1999），别名炯明，笔名乐鸣、钟鸣。常熟人。中学时就爱好灯谜，曾任常熟市职工灯谜研究会理事、常熟市民间文艺家协会理事。在任《常熟市报》（后改名为《常熟日报》）编辑、总编办公室主任期间，为推动灯谜活动出力颇多。谜文、谜作在各地报刊及内部谜刊上发表。

陈志强（1951—），笔名芜晨，斋名平波斋。吴江（今苏州市吴江区）平望镇人。中国民间文艺家协会会员，中华灯谜学术委员会委员，"平望灯谜"第二代传承人。曾任吴江市民间文艺家协会主席、吴江市灯谜研究会会长。现为苏州市吴江区民间文艺家协会名誉主席、苏州市吴江区职工灯谜协会名誉会长。20 世纪五六十年代，随叔父等人前去平望镇文化站猜射谜语，由此在心中播下"谜种"。1962 年师从平望李惠元学猜谜；1965 年始，自编一些简单的灯谜给小伙伴们猜射；1979 年开始系统研究灯谜；80 年代初开始发表谜作；1986 年拜苏州汪寿林为师。之后，参加过"姑苏谜会"、上海"红楼谜会"等，获上虞"华夏曹娥谜会"华夏谜手第一名，江苏省首届职工谜会暨"文心谜会"团体笔猜第二名、电控抢猜第一名和个人佳谜奖，"南通灯谜艺术节"综合成绩第五名和论文评比一等奖等。策划、组织举办"吴江县首届灯谜擂台赛"、吴江市第二届文化艺术节"鲈乡风采灯谜擂台赛"等活动，主编谜刊《鲈乡谜苑》。著有《莺湖谜话》以及其他各类文化书籍 20 余种。其传略及灯谜代表作载于《佳谜鉴赏辞典》《现代灯谜精品集》《中国当代灯谜艺术家大辞典》等。

　　**单鑫华**（1952—），笔名李泰，谜号一粟。太仓人。江苏省民间文艺家协会会员。现任中国乡土作家协会理事、中华李姓灯谜联谊会顾问、苏州市民间文艺家协会谜学分会副会长、太仓市民间文艺家协会副主席、太仓市文联灯谜研究会会长、太仓市总工会职工灯谜兴趣协会会长等职。1981 年初组建太仓利泰纺织厂灯谜协会，任组长。后师从苏州谜语文化学者汪寿林。30 多年来，先后在 60 余家新闻媒体和百余种内部谜刊上发表灯谜数千则，部分谜作入选《海内外灯谜精选》等 10 余种书籍。曾获海内外谜赛 700 余项奖，并荣获"姑苏谜王""子建谜星""当代中华谜圣"等 20 余种称号。其传略载入《中国当代灯谜艺术家大辞典》等 30 余部辞典和辞书中。参与编著《实用灯谜大全》，主编《太仓灯谜》，专著有《单鑫华灯谜作品集》。

　　**诸家瑜**（1952—），笔名言者、山青、嘉裕，网名驯虎人，自号敝帚斋主人，斋名敝帚斋。苏州人。中国民间文艺家协会会员、中国化工作家协会会员。现任第七届苏州市民间文艺家协会秘书长、民间文学分会名誉会长，苏州市祥瑞文化研究会秘书长，苏州市吴文化研究会理事。1982 年 1 月受苏州赵锡章启蒙爱上谜语，参加苏州硫酸厂灯谜组。1984 年 11 月加入苏州市工人文化宫灯谜研究小组。1990 年 12 月 18 日被吸收为苏州市民间文学工作者协会会员。1986 年 9 月，师从其外祖父的好友、我国著名谜籍珍藏家高伯瑜；1989 年师从人民日报社"四大名编辑"之一的郭龙春，主要研究中华谜语文化和苏州地方史志、苏州近代报刊史。2011 年 6 月、2012 年 10 月，先后受聘为"苏州市地名咨询专家"、首批"苏州方志文化建设专家库"成员。参与举办 1986 年 11 月"姑苏谜会"。在《人民日报·海外版》《人物》《中国地方志》《知识窗》《山海经》《苏州杂志》《中国化工报》《中国纺织报》《北京晚报》《江南晚报》《爱国报》《华声报》《中国（华）谜报》《苏州日报》《姑苏晚报》《无锡日报》等多家报刊上发表谜文数百篇 20 多万字。著有"中华谜书集成"丛书（合著）、《蜀僧大休》（合著）、《角端》（合著）、《角端故事》等，执行主编《中华体育谜语》，担任《苏州市吴文化地名保护名录（市区卷）》"行政区域地名"的编著工作。其成就被收入《中国当代灯谜艺术家大辞典》《中华名人大典》《苏州当代艺文志》《中国民间文艺家大辞典（修订本）》《苏州市志（1986—2005）》等多部大型辞书、史志中。

　　　　　　　　（以上有关太仓、吴江的谜人资料，分别由鲍善安、陈志强提供）

# 吴中谜界名人

## 东吴学者阚德润

阚德润（约170—243），名泽，以字德润行世。会稽山阴（今浙江绍兴）人。东汉末及三国时期的学者。少年时家贫，只得向别人抄书，于是博学多闻。汉末被举为孝廉，出任钱塘长，升郴县令。阚泽性情谦逊恭谨、笃实慎重，在孙权为骠骑将军时，辟补西曹掾。据清代周亮工《字触》记载，阚泽有一则用拆字法创制的"丕"字谜。

东汉延康元年（220），魏王曹操去世，其次子曹丕袭位为魏王，行九品中正制。不久，34岁的曹丕代汉称帝，国号"魏"，年号"黄初"，成为三国魏国的建立者，史称魏文帝。当时，社会上流传起一则有关"曹丕"的谶语：

"日载东（即曑字，象形'曹'字，隐'曹'），绝火光（用'昔武王伐殷，岁在鹑火'之历史事件，隐'灭汉'），不横一（隐'丕'），圣明聪。四百之外，易姓而王。天下归功，致太平，居八甲；共礼乐，正万民，嘉乐家和杂。""鬼在山，禾女连，王天下。（隐'魏'）"

魏文帝曹丕登基即位了，此时的孙权和刘备虽然各自都有了地盘，但都尚未建立起属于自己的政权。孙权宣称东吴是魏国的附庸，曹丕授予孙权九赐。一日，孙权召集群臣提问："曹丕以盛年即位，恐孤不能及之，诸卿以为何如？"

群臣们都没有回答。这时，阚泽上前说："不及十年，丕其没矣，大王无忧也。"

孙权一听，感到疑惑不解，忙问道："何以知之？"

阚泽解释道："以字言之，不十为丕，此其数也。"

阚泽用拆字法将魏文帝的名字"丕"拆成"不十"，预言曹丕代汉不可能超过十年。此言果然灵验，在魏黄初七年（226），也就是曹丕执政的第七年，刚好不惑之年的魏文帝突然驾崩了，英年早逝。这段轶事在《吴志》里亦有记载。但后人对"不十"扣"丕"一谜甚是不解，原来，"丕，隶书中直引长。故云丕之字不十。汉石经作秊可证。"（清段玉裁《说文解字注》）

阚泽在孙权称尊号"吴"后为尚书；嘉禾时为中书令、侍中，封都乡侯，专门侍从孙权，应对顾问，出入宫禁。虞翻称其为"盖蜀之扬雄""今之仲舒"。赤乌五年（242）加任太子太傅。退隐后，他迁居太湖洞庭西山（今苏州市吴中区金庭镇）。相传，今日西山的文化寺及盘龙寺都是阚泽旧宅改建而成的。他曾为刘洪的《乾象历》作注，并且在东吴推行该历法。他的《乾象历注》一书今已佚，另有《九章算术》亦不存。据传，阚泽对圆周率也很有研究，祖冲之对圆周率的精确计算就是借鉴了他的成果。

阚泽在太湖洞庭西山岛上的凤凰山禹期峰前湾山脚下有宅第，生前舍宅为寺，名"文化寺"。他去世后，墓葬文化寺附近，当地俗称"将军坟"。孙权曾因其去世而痛惜感悼，食不进者数日。清光绪十一年（1885），时任西山巡检的暴式昭为阚泽竖碑，现碑存西山民间，碑上"吴太子太傅阚公之墓"九字由经学大师俞樾题写。民国时期"吴中保墓会"也曾为阚泽立过碑，国民党元老李根源捐资修复，碑文为吴中保墓会会长吴荫培书写。20世纪60年代，"阚泽墓"因开文化港堆置废土而被埋没了。

（诸家瑜）

# 字谜师祖鲍照公

1986年，我平生第一次参加全国大型谜事活动"姑苏谜会"，晚席上多喝了点酒，席后有谜友索签名，我在其签名簿上写了："酒后有点狂，吾乃字谜祖之后。"苏州谜友李玉复见后问道，是不是真是鲍照的后代，回曰，不十分清楚。李兄还说，费之雄老师就确定是清代"谜窖子"费源的后代。近年我家老兄续修成家谱，我终也手执一本，翻阅家谱得知，我真的是字谜祖的后代，细推之，乃是照公的第四十八世孙。冥冥中，我对灯谜的爱好，竟还是吾祖的庇荫。

照公（419—466，家谱记载生于晋元熙元年己未（419），于南朝宋大明四年庚子（460）卒，家谱卒年有误；现存资料说约414—466年，生年有误，卒年无误），字明远。本上党（一说今属山西，一说今江苏宿迁市）人，后迁东海（一说今山东苍山南，一说今江苏涟水县北，一说今江苏灌云），遂为东海人，家居建康（今南京市，一说生活在京口，即今镇江）。南朝宋著名文学家，史称"百代字谜之祖"。临川王刘义庆爱其才，元嘉十六年（439）招聘为临川国侍郎。元嘉二十一年（444）正月，刘义庆病逝，之后几年照公又先后仕于衡阳王刘义季、始兴王刘睿。孝武帝孝建元年（454），照公为海虞（今常熟市）令，《重修常昭合志·人物志癸》中载其名。孝建三年（456），宋孝武帝调其为太学博士，兼中书舍人。由于与皇帝相处心情压抑，照公当年就离开了朝廷，被任命为秣陵（今南京市）令，旋转永嘉（今温州市）令，并于永嘉任上因罪去职。大明六年（462），临海王刘子顼镇荆州，照公为前军参军，掌知内令，重新拾起他书记员的工作，世号"鲍参军"。明帝泰始二年（466），晋安王子勋反，临海王子顼举兵应之，是年八月，兵败，荆土震扰，荆州治中宋景、士人姚俭等，因乱勤兵掠城，照公与阮道豫、刘道宪等同时被宋景所杀。

照公出身寒微，长于乐府，尤擅七言歌行，但受当时门阀制度的压抑，一生很不得志，反映在其诗篇中是一股抑郁不平之气，而文辞瞻逸遒丽。在诗歌上的主要贡献体现在 80 多首乐府歌行上，其中 18 首七言歌行，标志着我国七言诗在他手中得到显著的发展，这对唐代的李白、高适、岑参等人的创作产生一定的影响。他的骈文也很有成就，名篇有《芜城赋》《登大雷岸与妹书》。南齐的虞炎编为《鲍氏集》传于后世。

照公不但在文学史上有一席之地，在中华谜语文化史上还被推为字谜师祖。他曾将历史上的廋辞、隐语、隐喻性的童谣、民谣编纂成集。宋代庄绰《鸡肋编》云："筊筋之谜，载于前史。《鲍照集》中亦有之，如一土、弓长、白水、非衣、卯金刀、千里草之类，其原出于反正、止戈，而后人因作字谜。"照公是我国最早使用"谜"字的人。据宋朝程大昌《演繁露》卷七（第 18 页）说："古无谜字，若其意制，即伍举、东方朔之隐者是也。隐者藏匿事情，不使暴露也。至鲍照集，则有井谜矣。"很显然，公认是照公造了"谜"字，此字用了会意形声的造字法，"从言迷，迷亦声"。用"迷惑的言辞"来诠释"谜"义是"隐语也"，是再贴切不过了。"谜"字的产生，为文义谜起了正名的作用，是谜语进化过程中的重要标志。同时他首创以《三首字谜》为题名诗谜，已具有拆字、象形、会意等文义谜的特征，已摆脱先前单一离合式隐语的桎梏，这些在谜史上都具有重要意义，尊他为字谜师祖一点不为过。

照公的三首字谜是：

**一、井谜**

二形一体，四支八头。一八五八，飞泉仰流。

据《演繁露》的解释是："取水而上，故曰仰流也。一八者，井字八角也；五八者，拆井字而四之，则其字为十者四也，四十即五八也。"本人理解："二形一体"指横向是二形，纵向也是二形，组成一体。"四支八头"是四笔支起，形成八个梢头。"一八"不一定再去说是八个头，而是指"井"字的本义为"八家为井"，篆字井中有一点，或许是代表那口水井四周八个区域为八家；"五八"是说四十，不过我认为是井里中四个十字交叉的巷口。井又称泉，"飞泉仰流"好理解。综合一下，第一句交待笔画，第二句表述字形，第三句赋以市井之义，第四句引申为泉井之义。

**二、龜（龟）谜**

头如刀，尾如钩，中央横广，四角六抽，右面负两刀，左边双属牛。

据我省已故老谜人陆滋源著《中华灯谜研究》解："含象形离合中，头、尾、中央、四角、左、右皆以形相扣。其中六抽的六字，或左下部的双牛，皆篆书写法象形，右下部又如交叉双刀。"可知此龟字乃是繁体的篆字形。

### 三、土谜

乾之一九，纵立无偶，坤之二六，宛然双宿。

此谜采用卦象离合创作，据《中华灯谜研究》解："乾为阳，阳爻为九（——），坤为阴，阴爻为六（— —）。乾卦一个九，纵向竖立呈一直。坤卦六的（— —）移成双宿二形，与丨合成'土'字。"理是如此，但不懂易理的，是不太好理解的。其实卦辞中没有"一九""二六"之说，只讲"初九""六二"，初、二、三、四、五、上，分别代表一个大成卦的六个爻的爻位，而九、六则分别代表阳爻、阴爻。按易理，奇数为阳，偶数为阴，九为阳数至极，故阳爻用九，也就是说九是阳爻的专用数，阳爻的符号则是一根横线（——）；一个大成卦由六个爻组成，六为卦爻之数，又是偶数，故阴爻用六不用八，也就是说六为阴爻专用数，阴爻的符号则是两根横线（— —）。明白了这点说道，再看此谜：乾卦纯阳爻，"乾之一九"就是指阳爻"——"，"纵立无偶"将阳爻竖立起来呈一直（丨）；坤卦纯阴爻，"坤之二六"就是指阴爻"— —"，"宛如双宿"就是将阴爻符号移成"二"形，两者合起来就成"土"字了。

（鲍善安）

# 训诂学家顾野王

在濒临风景秀丽的石湖的下舟村，有一墓地，现为苏州市文物保护单位。墓上有清嘉庆八年（1803）"陈黄门侍郎顾公之墓"石碣，碣旁斜卧着长约6米的巨石，据传是陨石，俗呼此墓叫"落星坟"，内葬着南朝梁、陈间著名的文字训诂学家、史学家，他叫顾野王。宋代诗人刘嘉谟有诗赞道："博洽倾当世，江东孔子儒。"

顾野王（519—581），原名体伦，字希冯。吴郡吴县（今江苏苏州）人。出身吴地名门望族，祖父是顾子乔，梁东中郎武陵王府参军事；父亲顾烜，梁建安令（顾烜墓在苏州小王山南麓）。顾野王在家排行老大，自幼聪明颖异且又好学，7岁读五经，略知旨要；9岁能文作《日赋》，文采可观，领军朱异见了大为惊奇；12岁随父至建安，撰《建安地志》。长而学益精博，遍观经史，于天文、地理、巫龟、占候、绘画、蝌蚪奇文，无不贯通。工诗文，善书法、丹青，擅长人物，尤工草虫。宣城王陈顼为扬州刺史，建官舍，请他绘《古贤像》于壁，又请当时著名文士琅琊王褒作像赞，时人称为"二绝"。

顾野王知识渊博，十分重视汉文字在社会发展中的重要作用。他认为"文遗百代，则礼乐可知驿宣万里，则心言可逑"，正确使用文字，可以"鉴水镜于往漠，遗元龟于今体，仰瞻景行，式备若文，戒慎戒邪，用存古典"。梁大同四年（538），他当上了太学博士。后奉梁武帝之命，编撰字书，"总会众篇，校雠群篇"，搜罗考证汉魏齐梁以来古今文字形体、训诂异同。为了静心编纂，他来到吴县南部，在吴淞江边一个名叫松陵的村落之北选择了一块空地，搭建了几间简陋的房子住了下来（唐武德年间（618—626），吴县松陵建镇，顾氏旧宅坐落在镇之北门外。后梁开平三年（909）闰八月，割吴县南部地区和嘉兴北境的平望、震泽等地置吴江县，松陵归其管辖。顾氏旧宅后废，称为"顾墟"，元泰定元年（1324）在其附近建"三里桥"。明清方志有载）。大同九年（543），年仅25岁的顾野王在宅内之"听江轩"编撰成"一家之制"的《玉篇》。未几，升为临贺郡王萧正德（梁武帝侄子、义子，曾任吴郡太守）府记室参军。

太清二年（548）八月，东魏降将侯景发动叛乱时，萧正德被梁武帝任命防守建康（今南京），但他却与侯景勾结举兵谋反。当时，顾烜刚去世，顾野王在家里守孝，听到这一消息，心里难以平静：国家有难岂能袖手旁观。于是他就毅然在家乡吴县招募乡民数百人，跟随义军支援京城抗击叛军。由于寡不敌众，抗击叛乱的行动一时遭挫，顾野王逃到浙江会稽（今绍兴），后又来到东阳（今属金华市），与刘归义一起抗击叛军。"侯景之乱"平定，太尉王僧辩对顾野王很赞赏，让他担任了海盐县监。

陈武帝时，顾野王曾任金威将军、安东监川王府记室参军、府谘议参军。天嘉初补撰史学士。陈宣帝太建年间，迁国子监博士、太子率更令。不久领大著作，掌国史，为知梁史事兼东宫通事舍。仕终黄门侍郎、光禄卿，知五礼事。他晚年悟禅，施基200余亩，为吴县光福寺。其诗多为乐府，写女子思情，语言华丽浓艳；其文多咏物小赋。他一生著作宏瞻，传世者也不少，尤以《尔雅音注》《玉篇》《舆地志》为最著名，其中《玉篇》是我国现存完整的第一部楷书字典，为"楷书之祖"，极为珍贵。《玉篇》的原本已散佚，清代黎庶昌（1837—1897）于日本获见《玉篇零卷》。原本收字16917个，从《玉篇零卷》看，每字先注今切，然后辨析字义，佐以书证，说解甚详。今本较之删节颇多。全书计30卷，体例仿东汉许慎《说文解字》。部首略有增删，共得542部。释字以音义为主，不像《说文》用六书理论来分析字形。它是继《说文》之后，为后代字典编纂有较大影响的一部书。

在《玉篇》里有"谜"字，鲜为人知。宋代周密《齐东野语》隐语卷云："古之所谓廋词，即今之隐语，而俗所谓谜。《玉篇》谜字释云：'隐也'。"当代已故戏曲史家钱南扬教授在《谜史》（1928年版）谈了他考证的结果："周秦两汉之书，不载'谜'字。宋刻本《说文解字》有之，则后人增入也。"钱老所指的"后人"即宋代的徐铉。徐铉在校定《说文》时，新附19个字，其中包括着"谜"字。但不能因为《说文新附》流传广影响大，而断言第一个将"谜"字收入字典中并作注释的人就是徐铉。近代词人况周颐阅得《玉篇零卷》后，在他的《辛巳春灯百谜·序》（1881年刻本）中证述："秦有卯金之谶，越有庚米之辞，河鱼详左氏之文，井龟仿南朝之制，大抵前人之隐语，即今日之谜言谜之字，收于《玉篇》。"这一材料，进一步佐证最早把民间之中流传已久的"谜"字收进字典内并作注释的第一人是顾野王。

（诸家瑜）

# 闲气布衣皮日休

皮日休（约834—883），字逸少，后改袭美，自号鹿门子，又号闲气布衣、醉吟先生。襄阳竟陵（今湖北天门市）人。晚唐文学家、散文家、诗人。他出身贫寒，其貌不扬，性情傲慢，诙谐好谑，又喜好谜语，诗与陆龟蒙齐名，并同创"皮陆嵌字诗谜"。著有《皮子文薮》《松陵集》《胥台集》《十原》等。

皮日休少年时期就很聪明能干，举凡在诗歌、散文以及辞赋等文学领域均有着显著的建树，因此在20多岁时便已出名。但他的仕途却始终充满着丛生的荆棘。早年，他嗜好喝酒，而且对于诗歌有着一种沉迷的执着。唐咸通七年（866）正月，皮日休被州官推荐到京城长安参加进士考试。起先在城东南的永崇里才住上十来天，他的文名便传遍了京城。但由于他为人耿介，不爱阿谀奉承，因此一些达官权贵对他也不怎么买账，所以没有得到有效引荐。皮日休落第，遂只得黯然离开了他心仪的京城。回到肥陵别墅后，便致力于编撰他自己的诗文工作，把他现有的200余篇作品集为10卷，并定名为《皮子文薮》。对此，鲁迅在《小品文的危机》一文中称之为"一塌糊涂的泥塘里的光辉和锋芒"，给予了很高的评价。他还曾居鹿门山，作《隐书》60篇。

第二年，也就是咸通八年（867），他带上这些作品集向有关人士投赠，并又参加了进士考试。这一回的主考官是礼部侍郎郑愚，他极为欣赏皮日休的诗文，还没有发榜时，就派人把皮请到自己府衙里座谈。郑愚原以为皮的诗文如此出众，人也应该是眉清目秀，但一见面则大失所望。因为皮日休的左眼角下塌，远远看去，简直就像仅有一只眼睛而已。于是，郑愚遂半开玩笑半当真地说道："子之才学甚富，其如一日何？"擅长隐语的皮日休知道对方以"一日"隐"目"字的用意所在，于是当即反唇相讥道："侍郎不可以一日而废二日。"此话以其人之道还其人之身，以"一日"隐一"目"而引发出"二日"隐"双目"，暗示长有两只眼睛的人千万不要丧失（废）了眼力。郑愚亦谙谜之三昧，深感自尊心被刺痛，遂把皮从较高的中第位置上给拉到了最后一名，而举子们却都很佩服他。

考取进士的皮日休没被授官，但他却"因祸得福"，认识了陆龟蒙，且结为知己，由此联手开创出"皮陆体"谜语。咸通九年（868）春，他自京东游，于十二月抵苏州；咸通十年（869）七月，应辟入苏州刺史崔璞幕，为苏州军事院从事。皮日休在《松陵集序》说："（咸通）十年大司谏清河公出牧于吴，日休为部从事。居一月，有进士陆龟蒙字鲁望者以其业见造……遂以词诱之，果复之不移刻，由是风雨晦冥、蓬篙翳荟萃，未尝不以其应而为事。"一年下来，两人往来诗作各93首，其中有许多含谜的诗，特别是《奉和鲁望药名离合夏月即事三首》《怀锡山药名离合二首》《怀鹿门县名离合二首》，别出心裁，巧用"嵌字"手法开发出谜诗之新品。

咸通十一年（870），皮日休在苏州主持秋试，选拔乡贡进士参加来年二月于京城举行的"礼部试"。咸通十三年（872），常熟县令周思辑在兴福寺建破山龙堂（后名白龙神庙），他专程来到常熟，于是年的二月十九日写下《破山龙堂记》一文。不久，皮日休入京，为著作局校书郎，后迁太常博士。乾符五年（878），他为毗陵副使，随高骈军，出常州、润州一带，第二年为黄巢"劫以从军"。广明元年（880）十二月，黄巢攻占长安并称帝，国号大齐，授皮日休翰林学士。金统三年（即中和二年，882）三月，皮日休曾至同官县视察安抚，书有《题同官县壁》。金统四年（即中和三年，883）四月，黄巢败，六月被诛，而皮日休则不知所终。关于皮日休的死，颇多异议，有的说黄巢兵败，他被唐室杀害（《唐书》"巢败被诛"）；有的说他死于吴越之地（宋陆游《老学庵笔记》"日休终于吴越"），并未参加黄巢起义；也有说黄巢怀疑他作的谶语讥讽自己，遂将其杀害了。

据史书记载，当年黄巢很是赏识皮日休的文才，曾命他撰写一种用来宣扬自己是上天授意主宰人间的谶语，皮日休就按照黄巢的姓名作了一首含谜的五言古诗，内容为："欲知圣人姓，田八二十一。欲知圣人名，果头三屈律。"宋代钱易《南部新书》解云："田八二十一合黄字，果头三屈律成巢字。"黄巢看后，当下便很不高兴，因为他的头部丑陋，头发又难以遮挡住鬐毛，因此就觉得此诗有讥讽之意，一怒之下就命人把皮日休推出去给杀了，由此制造了中华谜语文化史上第一件冤假错案。

（尹渝来）

# 甫里先生陆龟蒙

猜制谜语，向有格体。格，即谜格；体，即体例，俗呼法门。在古代，曾出现过一种体例，名叫"嵌字"，别称"皮陆体"，是由晚唐的皮日休、陆龟蒙二人在互相唱和时开发出来的。后来，这一创新谜体被楹联所吸收利用，演化成了"嵌字联"。

陆龟蒙（约836—约881），字鲁望，号天随子、江湖散人、甫里先生、江上文人。长洲（今苏州）人。晚唐文学家、农学家、诗人、琴家。陆元方七世孙。父亲陆宾虞曾任御史之职，远祖陆绩曾在东吴当郁林太守。世居临顿里，家有万卷藏书。清赵宏恩监修的《江南通志》云："陆绩宅在长洲县临顿里，门有巨石。……数传至龟蒙世保其居。"皮日休《奉题屋壁》云："临顿为吴中偏胜之地，陆鲁望居之，不出郛郭，旷若郊墅。"（《松陵集》）

陆龟蒙少年时聪明颖悟，清高放达，善写文章，尤其能谈笑风生，诗赋效法江淹、谢玄晖，名震全吴。他通晓六经大义，尤其精通《春秋》。早年热衷于科举考试，但考进士一次不中就无心再考，遂跟随湖州刺史张抟游历苏州、湖州，并成为张的助手。他曾经到过饶州，三天后还不拜访达官贵人，饶州刺史蔡京率领官吏们登门求见，陆龟蒙不高兴,拂袖离去。之后来到吴县甫里(今苏州市吴中区甪直镇)松江边,过起了隐居生活。在甫里,他有田数百亩(陆龟蒙注:吴田一亩当二百五十步,十万步即为四百亩)、屋30楹、牛10头、帮工20多人。由于甫里地势低洼,经常遭受洪涝之害,陆龟蒙因此常面临着饥馑之苦。在这种情况下,他亲自身扛畚箕,手执铁锸,带领帮工,抗洪救灾,保护庄稼免遭水害,还亲自参加大田劳动,中耕锄草从不间断。在躬耕陇亩、垂钓江湖的生活之余,他写下了许多诗、赋、杂著,如《放牛歌》《刈麦歌》《获稻歌》《蚕赋》《渔具》《茶具》等,而他在农学上的贡献,则主要体现在其小品、杂著之中。他著有《耒耜经》,详记铲、耙、犁等农具的制作和使用,还著有《渔具吟》,成为我国最早记载农、渔具的两部专著。

陆龟蒙嗜好饮茶,在吴兴顾渚山下辟有茶园,岁取茶租,每逢收新茶,都要亲口品尝优劣。他还是位琴家,善弹,而立之年后曾一度定居嘉兴范隅乡的黎里(今属苏州市吴江区),曾筑鲁望别墅于荡边,养鸭自娱,黎里陆家荡、鸭栏泾、天随桥由此得名。他不喜欢与世俗之人交往,白天登上"鲁望别墅"批经读史,习字作文;早晚则常驾一小舟,携书籍、茶灶、钓具、笔床、古琴泛于绿波,往来于太湖、吴淞江之上,出没于蓬草芦叶之间。如他在《虞歌》中写道:"采江之鱼兮,朝船有鲈。采江之蔬兮,暮筐有蒲。左图且书,右琴与壶。寿欤夭欤,贵欤贱欤。"倘遇好友来访,便在舟中略备酒菜,举杯畅怀。忘情之时,吟诗抚琴,对酒当歌,而四散的鸭子,会不约而同地从岸滩、河底、芦丛蓬草间一齐游向舟畔,嬉戏追逐,相互打闹,引颈奋翅,野趣无穷。后来,人们就把这里命名为"鸭栏帆影",列为黎川八景之一。

乾符六年(879)前后,步入中年的陆龟蒙"卧病笠泽之滨"。在此阶段,朝廷以高士待遇召见他,不至。李蔚、卢携一向与他友善,执政后召拜他为左拾遗,"诏下之日,疾终。光化三年(900),赠右补阙,吴侍郎融传贻史,右补阙韦庄撰诔文"(宋孙光宪《北梦琐言》卷六),葬在甪直保圣寺内之西院(北宋曾在此建白莲寺)。著有《松陵集》《笠泽丛书》《甫里集》等。

陆龟蒙生前好苦吟,极清丽,与皮日休为耐久交,互相唱和猜谜,同负盛名,人称"皮陆"。咸通十年至十一年(869—870)间,他"以词诱之"皮日休,于吴县松陵(后梁开平三年(909)置吴江县,松陵划归其管辖)诗歌唱和,"凡一年,为往体各九十三首",后由陆龟蒙将此结集为《松陵集》,其中有许多"嵌字诗谜",这在当时可谓是创新之举。如陆龟蒙《药名离合夏日即事三首》:"乘屐著来幽砌滑,石罂煎得远泉甘。草堂只待新秋景,天色微凉酒半酣。""避暑最须从朴野,葛巾筇席更相当。归来又好乘凉钓,藤蔓阴阴著雨香。""窗外晓帘还自卷,柏烟兰露思晴空。青箱有意终须续,断简遗编一半通。"每首诗句均嵌有三种药名,第一首隐药名"滑石、甘草、景天",第二首隐药名"野葛、当归、钓藤",第三首隐药名"卷柏、空青、续断"。又如他的《和袭美怀锡山药名离合二首》《和袭美怀鹿门县名离合二首》，也都以吟诗的方式巧为谜语，分别将药名、县名"嵌"入诗中，迷惑对方。他还创作了很多的含谜诗，大多数隐动物、植物、茶具、渔具等，也作隋唐时期流行的属于谜语范畴的"回文体""风人体"诗。另外有古琴曲《醉渔唱晚》，其曲谱初见于明刊本《西麓堂琴统》（1549 年版），相传是皮、陆二人泛舟松江时，见渔夫醉歌遂写成此曲。全曲素材精炼，结构严谨，表现了渔翁豪放不羁的醉态，是一首精致的琴曲小品。奇音妙趣，描写醉态，如闻其声，如见其人，渔夫醉后狂歌不羁的神态跃然指间。一幅鼓棹而进的水上意境，抒发出笑傲烟云之意。

（尹渝来）

# 南宋遗民郑思肖

"花开不并百花丛，独立疏篱趣未穷。宁可枝头抱香死，何曾吹落北风中。"这是一首隐"菊"的谜诗，作者郑思肖，是南宋末期颇有民族气节、忠贞爱国的文人。郑思肖这首题为《画菊》的谜诗，与一般赞颂菊花不俗不艳、不媚不屈的诗词不同，托物言志，深隐其人生遭际和理想追求，是一首有特定生活内涵的隐"菊"谜诗。

郑思肖（1241—1318），初名某，字忆翁、所南、南宋遗民，自称菊山后人、景定诗人、三外野人、三外老夫等。福建连江人，生于临安（今杭州）。南宋末爱国诗人、著名画家。父亲郑起，初名震，字叔起，号菊山，宋嘉定十三年（1220）携眷出闽，来到南宋京城临安（今杭州）定居。后官平江府（今苏州）和靖书院山长，有《虎丘尹和靖书院示开讲》诗传世："和靖书堂八面开，新分半席在山隈。若无人听都归去，传语生公借石来。"

郑思肖年少时秉承父学，明忠孝廉义。宝祐二年（1254），14 岁的他随父举家徙居平江府长洲县，寓居苑桥（今平江路南）。此年考中秀才，遵父命开始了游学四方的人生旅程。他在寓居苏州的岁月里，正是偏安一隅、日见衰弱的南宋王朝时期，也是中国历史上的多事之秋。因战乱频仍，时局的艰危，家境的贫寒，使得郑思肖在苏州居无定所，屡屡搬迁。据郑思肖《三膜堂记》载，他来到苏州后的数十年间，曾 7 次迁居。迁徙期间，每居一处，长则 10 年，短的仅仅住了 1 年就开始迁居了，可见当时的时局之动荡。

宝祐三年（1255），郑思肖又随父由苑桥迁居条坊巷（今调丰巷），他在那里度过了 10 年的青春岁月。20 岁左右为太学优等生，应博学鸿词试，授和靖书院山长。22 岁时，即景定三年（1262），其父病逝，葬于长洲县西北 30 里（今苏州市高新区浒关镇）甑山（即真山）西陇。由于父亲的去世，郑思肖家道更加贫困，加上时局动荡不定，使得年轻的郑思肖无法在一处一地过个平静的生活，只好再次搬迁。咸淳元年（1265），他与母亲又搬迁到地处吴县的黄牛坊桥（今黄鹂坊桥）居住。咸淳五年，即元至元六年（1269），郑家第三次迁居，搬到了采莲巷居住。郑思肖在那里完成了自编的《心史·咸淳集》诗文。翌年，再度搬迁至仁王寺，仅住了1年多，就再一次搬迁至双板桥居住。这一年的十一月，适值忽必烈改国号为"元"。咸淳十年，即元至元十一年（1274）七月，宋度宗病死，其子赵㬎接位，是为"恭帝"，由太皇太后谢氏垂帘听政。是年，郑思肖第六次迁徙，从双板桥迁往望信桥（今望星桥）居住。德祐元年，即元至元十二年（1275），元兵南下，平江守将迎降。郑思肖忧国忧民，上疏直谏，痛陈抗敌之策，被拒不纳。他痛心疾首，于是岁作《陷虏歌》（又名《断头歌》），既鞭挞了元统治者的野蛮残暴，更骂尽了古今天下许多无耻变节之人。与此同时，他在望信桥寓所，开始了《心史·大义集》的诗文创作。

景帝元年，即元至元十三年（1276）三月，元军攻占南宋都城临安，俘5岁的南宋皇帝恭帝北去。南宋（主体政权）宣告灭亡。郑思肖誓不降元，改名"思肖"，取字"所南"，以示不承认元朝统治。"思肖"，其实是郑氏设下的谜语，谜底是"思念半壁赵宋"之意。宋代君主姓赵，世称赵宋。而赵的繁体字是"趙"，肖是趙的一半。因为金灭北宋后，宋高宗赵构南渡听政，建都临安，史称"南宋"。北地乃为异族统治，故是半壁江山。郑思肖就以"思肖"两字表达了对南宋的缱绻难忘之情。同时又以"所南"之字，隐寓着他对南宋的追念之情。

至元十五年（1278），郑思肖自望信桥迁居阊门内皋桥，继而又复迁望信桥。据《宋遗民录》载，他将居住的小室取名为"本穴世界"，隐"大宋天下"（先把"本"字拆成"大、十"，再将"十"与"穴"组成"宋"；"世界"意谓"天下"）；又著《大无工十空经》一卷，隐"大宋经"（"空"字无"工"为"穴"，与"十"相合为"宋"），并自题其后曰："臣思肖呕三年血方能书此。"这一年，郑思肖还完成了《心史·大义集》的编写。"一编《心史》，抱恨千春。"整部《心史》书稿完成后，他仍冠"德祐"年号，并自画像题赞曰："不忠可诛，不孝可斩，可悬此头于洪洪荒荒之表，以为不忠不孝之榜样。"

"飘零书剑十年吴，又见西风脱尽梧。万顷秋生杯后兴，数茎雪上镜中须。晴天空阔浮云尽，破屋荒凉俗梦无。唯有固穷心不改，左经右史足清娱。"郑思肖的这首《飘零》诗，正是他在苏州数十年动荡生活的真实写照。据元郑元祐《遂昌杂录》载，郑思肖这位以谜抗争的"宋之遗老，元之逸民"，自宋亡，坐必南向，每年伏腊祭祀，也必定伫望南方野外大声痛哭。他从不与北人交接，于友朋座间，一听到操北方口音的人，就会立即掩耳奔去。《宋遗民录》载，他擅画墨兰，但画的兰草总是露出肉根，从不画土，有人不解地问他为何如此画兰，他便答道："土被番人夺取去了，你还不知道吗？"一腔爱国情怀溢于言表。

郑思肖一生悲苦凄凉。他22岁失父，36岁丧母，有一个妹妹，出家为尼，号普西，下落不明。他自己终身不娶，浪游无定踪。他有田数十亩，寄之城南报国寺，以田岁入寺为祠其祖祢，并经常接济穷困的四邻乡亲。他在晚年将六万余言的《心史》七卷，铁函重匮，外著"大宋铁函经"五字，内题"大宋孤臣郑思肖再拜书"十字，沉于阊门内承天能仁寺智井中。直至明崇祯十一年（1638）冬，寺僧达浚疏水井时得之，从此这部《心史》才得以流传于世。

郑思肖于78岁时"疾亟"，临终嘱其好友唐东屿为书"大宋不忠不孝郑思肖"牌位，语讫而卒。遗著有《郑所南先生文集》《所南翁一百二十图诗集》《锦钱余笑》等。

（诸家瑜）

# 六如居士唐伯虎

唐寅（1470—1524），字伯虎，更字子畏，号六如居士、桃花庵主、逃禅仙吏等。祖籍晋昌（今山西晋城一带），出生在苏州府吴县吴趋坊（今苏州市姑苏区皋桥西南）。明画家、文学家。出身商人家庭，父亲唐广德，母亲邱氏。他自幼天资聪敏，性格豪宕不羁，少有隽才，熟读四书、五经，并博览史籍，与同邑都穆交好，号称"姑苏双杰"。16岁秀才考试得第一名，轰动了整个苏州城。20余岁时家中连遭不幸，父母、发妻、妹妹相继去世，家境衰败。他"与里狂生张灵，纵酒不事诸生业"，在好友祝允明的规劝下，才闭户潜心读书。明弘治十一年（1498）参加应天府（今南京）公试，得中第一名"解元"。次年三月，踌躇满志的唐寅赴京会试，礼部"众拟伯虎，复当首选，伯虎亦自负"，不料却受江阴徐经考场舞弊案牵连而交厄运，"逮锦衣卫狱"。出狱后，被谪往浙江为小吏。唐寅耻不就任，回到苏州后，遂绝意仕途。归家后纵酒浇愁，游历名山大川，决心以诗文书画终其一生。

弘治十三年（1500），唐寅离开苏州，先后游览了镇江、扬州、芜湖、九江、庐山、黄州、岳阳、衡山、武夷山、仙游、雁荡山、天台山、普陀山、黄山、九华山，千里壮游，历时9个多月，踏遍名山大川，为他后来作画增添了不少素材。返回苏州，家中非常清贫，续弦大吵大闹，终于离他而去改嫁他人。唐寅住在吴趋坊巷口临街的一座小楼中，以丹青自娱，靠卖文鬻画为生。他在一首诗中写道："不炼金丹不坐禅，不为商贾不耕田。闲来写幅丹青卖，不使人间造孽钱。"以表其淡泊名利、专事自由读书卖画生涯之志。是年十二月的一天，住在胥门来远桥的一施姓处士特请都穆和唐寅为其父施绎（1427—1499，字公悦，号怡庵，吴县木渎人）撰写墓志铭，都、唐二人当即答允并作了分工，由都穆撰文，唐寅书丹。20世纪50年代，《故怡庵处士施公悦墓志铭》碑在苏州灵岩山绣谷公墓出土，它从一个侧面印证了都穆和唐寅之间的关系，也澄清了明代一些笔记所述且传闻已久的"事实"——500余年前那桩科场案的诬陷并告发舞弊者并非都穆。其实，当年的那桩会试泄题案的背景相当复杂，实际上这是统治阶级内部斗争的结果。《明史·程敏政传》云："或言敏政之狱，傅瀚欲夺其位，令昶奏之，事秘莫能明也。"局外人徐经、唐寅等成了高层争权夺利的牺牲品，都穆则备受冤屈，被说成"小人"而屡受后人的指责。

正德九年（1514），失意的唐寅被袭封南昌的明宗室宁王宸濠所物色，以重金征聘到南昌。唐寅来到南昌待了半年多后，察觉到宁王图谋不轨，遂"佯狂自污"才得以脱身而归。后来宁王起兵反叛朝廷被平定，唐寅幸而逃脱了杀身之祸，但也引起不少麻烦，从此思想渐趋消沉，转而信佛，自号"六如居士"，自治一方印章"逃禅仙吏"。明何大成认为："此岂风流跌宕之士，所能窥其际乎？其殆几于智者欤？"回到故里，唐寅在长洲县（今苏州）选中一地，乃原宋绍圣时太师章质夫（名楶）的"桃花坞别墅"，但经风雨沧桑，早成一片废墟。不过这里景色宜人，环境十分幽静，于是他用卖画的钱将此买了下来，建了几间茅屋，取名"桃花庵"，自署"江南第一风流才子"，经常邀请沈周、祝允明、文徵明等来此饮酒赋诗，挥毫作画，尽欢而散。

正德十五年（1520）三月初三上巳节，丹阳严庄孙育特邀唐寅、祝允明等"修禊"。这天，他们按照习俗，来到长江水边嬉戏，以消除这一年中的不祥。大家一起赏读摩崖上两年前镌刻的诗文，但见巨大的石壁尚留下不小的一片空白，于是孙育请众位再留大作，命人搬来几张长梯，大家相继爬上高处，一一留下了自己的诗作。此时，唐寅在壁上题了《石壁题名》一诗并画了画。不久，他在七峰山孙氏园林的"抱瓮园"内参加多人的饮宴时，又即兴饮酒赋七律诗一首："宴孙氏抱瓮园，见梨花大开，立成一律。漏寂长门九十春，月溶芳苑万枝银。园东蛱蝶迷游子，墙里秋千笑丽人。钻火绿榆寒食近，插天青旆酒家新。酷怜浅红巫山面，梦里襄王恐未真。"回苏后，唐寅为维生计，应人所求，作了一幅《仕女吹箫图》（现藏南京博物院）。然后又倾力数月乘兴创作，于同年九月完成了以其"梦里襄王恐未真"之诗为背景的《贵人与十仕女玩蝶图》，此画现由法国一曹姓华侨珍藏。

唐寅风流跌宕，擅名一时，他在"桃花庵"里过得清闲超脱，但"新年穷胜旧年穷"（唐寅《新岁寄友孙大鸣》），加上不会持家，病魔缠身又导致不能经常作画，晚年生活困顿，甚至常靠向好友祝允明、文徵明二人借钱度日。其间有著名书法家王宠常来接济，并娶了他唯一的女儿为儿媳，成了唐寅晚年最快乐的一件事。嘉靖二年（1523），54岁的唐寅健康状况更差，这年秋天，他应好友邀请去东山王家，见到苏东坡"百年强半，来日苦无多"之词句真迹，心境触动，一阵悲伤。他告别回家后，从此卧病不起，临终时写下一首绝笔诗："生在阳间有散场，死归地府又何妨。阳间地府俱相似，只当飘流在异乡。"由此表露了他内心里留恋人间而又愤恨厌世的复杂心情。唐寅结束了坎坷凄凉的一生，死后葬在桃花坞北，由其亲家王宠、亲友祝允明、文徵明等凑钱安排后事，祝允明写了千余字的墓志铭，由王宠手书，刻在石碑上。嘉靖二十六年（1547）迁葬到横塘镇王家村。崇祯十七年（1644）三月，常熟书商毛晋慷慨解囊，重修墓封，再立碑石，并且择地墓旁造三间祠堂。苏州地方官雷起剑亲作"重修唐解元墓"碑文,"更勒石以遗千古之有心者"。

唐寅玩世不恭但才气横溢,诗文擅名,与祝允明、文徵明、徐祯卿并称"吴中四才子",著有《六如居士集》《古今画谱》等。明袁宏道《唐伯虎全集·序》云:"吴人有唐子畏者,才子也;以文名,亦不专以文名。"他画名更著,与沈周、文徵明、仇英并称"吴门四家"。他擅山水、人物、花鸟,其山水早年随周臣学画,后师法李唐、刘松年,加以变化,画中山重岭复,以小斧劈皴为之,雄伟险峻,而笔墨细秀,布局疏朗,风格秀逸清俊;人物画多为仕女及历史故事,师承唐代传统,线条清细,色彩艳丽清雅,体态优美,造型准确;亦工写意人物,笔简意赅,饶有意趣。其花鸟画,长于水墨写意,洒脱随意,格调秀逸。除绘画外,亦工书法,取法赵孟頫,书风奇峭俊秀。有《骑驴思归图》《山路松声图》《事茗图》《王蜀宫妓图》《李端端落籍图》《秋风纨扇图》《枯槎鹳鹆图》等绘画作品传世。

唐寅亦喜谜语,诙谐戏谑。《风流逸响》云:"先生讳寅,因字伯虎;因虎而复字子畏,几于戏矣。"这以名"寅"为谜面,以字"虎"为谜底,别解生趣,极有谜味。他还擅长"画中配诗(词),诗(词)中含谜",如《蒲剑》《白燕》《美人蕉》《题画鸡》《咏鸡声》《咏莲花》《咏蛱蝶》等等,或每首诗隐含一则谜,或每幅画配首诗隐一则谜,欣赏吟诵之余,弥觉谜香四溢,猜来更觉回味无穷。

(尹渝来)

# 民文先驱冯梦龙

冯梦龙(1574—1646),字犹龙,又字子犹、耳犹,别号龙子犹、顾曲散人、姑苏词奴(亦称词奴)、墨憨斋主人(亦署墨憨斋、墨憨主人、墨憨子)等。长洲(今苏州)人。他出身于名门世家,少有才气,与兄梦桂(画家)、弟梦熊(诗人)被誉为明代"吴下三冯"。

冯梦龙曾在《麟经指月》一书的《发凡》中回忆道:"不佞童年受经,逢人问道,四方之秘复,尽得疏观;廿载之苦心,亦多研悟。"他的忘年交王挺则说他:"上下数千年,澜翻廿一史。"然而,他的科举道路却十分坎坷,屡试不中,后来在家中著书。因热恋一个叫侯慧卿的歌妓,对苏州的茶坊酒楼下层生活频繁接触,这为他熟悉民间文学提供了第一手的资料,著名的《挂枝儿》《山歌》民歌集就是在那时搜集整理而成的。崇祯三年(1630),冯梦龙57岁,这时才补为贡生,次年破例授丹徒(今镇江市丹徒区)训导。崇祯七年(1634),已过花甲之年的冯梦龙升任福建寿宁知县。在任上,他曾上疏陈述国家衰败之因。4年以后回到家乡苏州。在清兵南下、天下动荡的局势中,70高龄的他奔走反清，积极进行抗清宣传，刊行《中兴伟略》诸书。清顺治三年（1646）春忧愤而死，一说被清兵所杀。

　　冯梦龙是明末著名小说家、戏曲家，也是我国民间文学（又称市民文学）的先驱者，在明代诗人、作家中，是研究民间文学、通俗文学用力最勤的人。他在繁荣明代小说、戏曲、民间歌曲、谜语等文学艺术中，做出了杰出的贡献。他的《双雄记》以中日文音对译的创作形式，打开了明清时期江南中日文化交流研究的窗口；他的《三言》更是声誉卓著，闻名于世。他一生著述丰富，经其搜集、整理、编辑、改订、出版的小说、戏曲、民歌等等作品数目可观，可考的就近80种，这些著作归纳起来，包括通俗文学、戏曲、诗文笔记、经史、杂著等五大类，计有时尚歌曲，如《广挂技儿》《挂枝儿》《山歌》《夹竹桃》《黄莺儿》；通俗小说，如《古今小说》（即《喻世明言》）、《警世通言》、《醒世恒言》（合称《三言》）、《新平妖传》、《新列国志》等；笑话，如《笑府》《广笑府》《古今谭概》等；戏曲，如《双雄记》《万事足》等；散曲，如《太霞新奏》《墨憨斋散曲》等；曲谱，如《墨憨斋新谱》等；诗文笔记，如《智囊》《智囊补》《情史》等；注释经史，如《麟经指月》《春秋衡库》等；纪事，如《甲申纪事》等；杂著，如《方志》、《酒令》、《牌谱》、尺牍《折梅笺》，等等。林林总总，真可谓著作等身了。

　　冯梦龙是位出类拔萃的民间谜语采"风"家和猜制谜语的里手行家，还是一位民间谜语的集大成者。他辑有《谜语》一卷，还在《挂枝儿》《智囊》《古今谈概》《广笑府》《三言》等著述中，收录了许多散落于街巷的民间谜语和自制佳品。1991年，人民日报出版社出版了"中华谜书集成"第一册，首次向读者介绍了冯梦龙的《山中一夕话·谜语》。在此之前，人们只知道他的《黄山谜》，近代文人吴克歧（字轩丞，江苏盱眙人）也不知真情，误以为"《黄山谜》一册，晚明狂士墨憨斋冯梦龙著"（吴克歧《犬窝谜话》第四册）。其实呢，《黄山谜》是由上海襟霞阁出版于民国24年（1935），书商将冯梦龙辑的黄莺儿、山歌、谜语及挂枝儿、夹竹桃合成一编，其中的《谜语》一篇，是把《山中一夕话·谜语》掐头去尾选了中间的77则。《黄山谜》一是改正了原书几处明显的错讹，如将"跎子"改成"驼子"等；二是在印刷中造成了新的错漏，如"茄子谜"漏掉第三句"越大越忒头"，"蜘蛛谜"中"无思不服"的"服"字错成"脉"字等。

　　《山中一夕话》共6册，包括笑林、雅谑、谜语、黄莺儿、吴依巧偶、山歌、酒令、牌谱、夹竹桃、挂枝儿10个类目。《谜语》在第三册。《山中一夕话·谜语》即《适情十种·谜语》《浮白主人八种·谜语》，明代刻本（内府本），共有114则谜语，内容为明末前的。这部谜书现存北京大学，书品较宽（大32开本），极为罕见，亦鲜为人知。它与陈眉公（1558—1639，名继儒，字仲醇，江苏华亭人）的《精辑时兴雅谜》（又名《鸳鸯镜》）内容略同，但编排有条理，胜于陈氏本。书中记述了明代弘治年间苏州的谜事轶闻，这对研究苏州明代谜语文化史颇有参考价值。

如"大人谜"，记述了榜眼程克勤、探花陆廉伯、状元吴原博、会元王济之、经魁黄五岳同饮于虎丘山，以钟馗像为题各出谜面的逸事。

又如"玄玄谜"，记下了沈石田、文徵仲、王雅宜、祝枝山、陈白阳、僧玄朗等几位文人同饮于玄觉山房，各取"玄之又玄"为谜题吟诗隐物之事。

再如"桶谜"，记载了祝枝山、沈石田、金浮丘、陈白阳、居商谷、文伯仁六人共饮舟中，暂泊步岸，见一卖桶者挑着副担，担里有六种桶：脚桶、马桶、吊桶、提桶、面桶、浴桶，于是各选一桶名为谜题行令，分别隐"猫洗脚、走马灯、钓鱼、驰马、弹棉花、浴鸡蛋"六物的轶闻。

《山中一夕话·谜语》中多字谜，其中有则"卜"字谜，何人所作，已难考证。民间传说中载：一日，冯梦龙与吴江才子叶仲韶同行街头，见一算命测字先生摊前围满了人，冯梦龙即用"卜"字谜描绘此情此景："上无半片之瓦，下无立锥之地。腰间挂着一个葫芦，倒有些阴阳之气。"在旁的叶仲韶闻之，抚掌大笑。

明万历年间，社会上兴起一种民间时调小曲，名叫"挂枝儿"，又名挂真儿，俗称打枣竿、打枣干、打草竿。这是明人独创之艺，起先流行于北方，再传播到南方，最后"则不问南北，不问男女，不问老幼良贱，人人习之，亦人人喜听之"，超过从明宣德到弘治以后所流行的"驻云飞""锁南枝"和"山坡羊"三种曲调，这使当时有些文人为它的风行、繁盛所骇叹，不得不承认它的优美，盛赞其具有清新的优点和活泼的气息。袁宏道《锦帆集》卷二《小修诗序》："且夫天下之物，孤行则必不可无；必不可无，虽欲废焉而不能。雷同则可以不有；可以不有，则难欲存焉而不能。故吾谓今之诗文不传矣。其万一传者，或今闾阎妇人孺子可唱'劈破玉'、'打草竿'之类。犹是无闻无识真人所作，故多真声；不效颦于汉魏，不学步于盛唐；任性而发，尚能通于人之喜怒哀乐嗜好情欲；是可喜也。"冯梦龙十分重视这"新生事物"，于是广为采集整理到400多首，汇编成册，共分十卷，题名《童痴一弄·挂枝儿》（又名《挂枝儿》），"刊布成帙，举世传颂"（明沈德符语），且成为我们研究民间文学、通俗文学以及中国文学史的一份既珍贵又有价值的资料。目前，上海图书馆藏有这部保存着近400首"挂枝儿"的明写刻本九卷残本，浙江图书馆所藏姚梅伯的《今乐府选》中录有冯梦龙《挂枝儿》抄本上下卷。两本实系同出一个祖本，歧异不大，后经中华书局上海编辑部整理出版。

我在阅读冯梦龙《挂枝儿》这部古籍时，发现了"新大陆"：在第八卷"咏部"中，载有28则民间谜语，内容都是我们日常所能见到的事物。如"箫"谜："紫竹儿，本是坚持操，被人通了节，破了体，做了箫，眼儿开合多关窍。舌尖儿舔着你的嘴，双手儿搂着你的腰，摸着你的腔儿也，还是我知音的人儿好。"

冯梦龙在谜语方面的造诣很高，鉴赏水平也很高，在采"风"中善于发挥自己的专长，在整理编辑时融入自己的感情和智慧，且有创新。一日，他阅读陌花馆的著书，见内有《黄莺儿》数篇，于是摘录了两则，内容是：

"恨杀咬人精，嘴儿尖，身子轻，生来害的是撩人病，我恰才睡醒，他百般做声，口儿到处胭脂赠，最无情，尝啖滋味，又向别人哼。"

"恨杀咬人精，是人儿，扑面迎，未曾伏枕他先凭，好的也一丁，歹的也一丁，逢人小嘴便生硬，镇朝昏，来来往往，尽是口头情。"

这是两则"蚊子谜"，冯梦龙如是评述："说得利害分明，大堪警世。"之后，他也仿制一则"蚊子谜"："夜动昼伏似鼠，饥附饱去如鹰，不是文名取忌，从来利口招憎。"

又一日，冯梦龙见到一则"粽子谜"，内容很是形象生动，于是就抄了下来："五月端午是我生辰到，身穿着一领绿罗袄，小脚儿裹得尖尖趫，解开香罗带，剥得赤条条，插上一根梢儿也，把奴浑身上下来咬。"抄好后，他在旁批注："字字有题，却又自然，咏物中最为难得。"

读冯梦龙的谜，是一种双重美的艺术享受，他的谜语融诗词与谜学于一体。清代梁章钜在《浪迹丛谈》里介绍："冯梦龙制弹棉花槌谜云：一物身长数寸，头圆颈细堪夸。佳人一见手来挝，揭起罗裙戏耍。席上交，无限欢，声音体态娇佳。看来俱是眼前花，直弄得成胎始罢。"这则以词牌【西江月】创制的谜语，形象生动地描绘了棉花弹成棉胎的全过程，槌起槌落，与棉花交相于席上，弹花人弹花时的姿态，恰似优美的舞蹈动作，弹弓发出的声音悦耳动听，令人陶醉，全词读来回味无穷。只可惜此种手工弹花今已罕见，城市里都是机器弹花了，在农村中也许还能看到。凡见过这种手工弹花的再读此谜，定会感叹冯梦龙不愧为文学大家和制谜高手。诚然，不懂谜中"三味"（猜前耐人寻味，猜时发人体味，猜后令人品味——苏州费之雄语）者，不仅不能理解这则谜的真正含意，甚至会想入非非、曲解原意，这就很让人担忧的。因此，我们在阅读冯梦龙作品的同时，不妨也学点猜谜的知识。

冯梦龙为中华谜语文化做出了巨大贡献，在他众多著书中的这些民间谜语，主要来源于三条途径：一是博览群书，见到古籍中的谜语记载后辑录下来的。这些古籍如宋代周密的《齐东野语·隐语》、明代李开先的《诗禅》、陈眉公的《精辑时兴雅谜》，以及《雪涛阁外集》等。二是深入社会，在民间采风时获得的。这部分民间谜语具有吴歌风味特色，可归属于吴地文化范畴。我认为，这类"吴歌谜语"（我如是称它）已由冯梦龙加工过，而且应当说是明代晚期的民间文学作品。三是个人创作。他所创作的谜语，大多数渗透在他编写的小说、戏曲和民间歌曲之中，但颇感遗憾的是，如今比较难以从这些著书里遴选出来。不然的话，我们就能得到一部有关他生平创作的谜语集了，这对研究冯梦龙谜语创作风格该有多大帮助啊！

（诸家瑜）

# 东涧老人钱谦益

钱谦益（1582—1664），字受之，号牧斋，别号牧翁、白头蒙叟、绛云老人、红豆老人、东涧老人、虞山老民等。常熟人。居半野堂、拂水山庄、红豆山庄，藏书室名绛云楼。明末清初散文家、诗人。明万历三十八年（1610）探花，授编修，参加过东林党的活动。崇祯元年（1628），任礼部侍郎，翰林侍读学士，后遭温体仁、周延儒排挤而被革职。崇祯十四年（1641），59 岁的他，迎娶 23 岁的名姬柳如是，致非议四起。清兵入关，福王在南京组织政府，他出任南明弘光朝礼部尚书。弘光政权覆亡后，他屈节降清，以礼部侍郎衔值秘书院事，兼《明史》副总裁。顺治三年（1646），托病回乡。顺治四年（1647），因黄毓祺反清案被捕入狱。翌年经柳如是四处奔走而获救。康熙三年（1664）病故，享年 82 岁。34 天后，柳如是自缢身亡。家有绛云楼，以藏书丰富著称，后毁于大火，所遗书籍，尽数赠给族曾孙钱曾。

钱谦益诗文负盛名，与吴伟业、龚鼎孳并称"江左三大家"，创"虞山诗派"。清黄宗羲《八哀·钱宗伯牧斋》诗云："四海宗盟五十年，心事末后与谁传？凭裀引烛烧残话，嘱笔完文抵债钱。红豆俄飘迷月路，美人欲绝指筝弦。平生知己谁人是？能不为公一泫然！"著有《初学集》《有学集》《投笔集》《苦海集》《杜诗笺注》等，编《吾炙集》《列朝诗集》等。

钱谦益喜好谜语之道，这在他的诗文里可窥见一二。《初学集》卷二中，有《癸亥元夕宿汶上》诗："薄霭春泥暗暗吹，一灯风雨夜何其。愁依短檠听更漏，闷拨寒炉记岁时。好景良宵浑弃掷，暗尘明月费寻思。猜残灯谜无人解，何处凭添两鬓丝。""灯谜"一词入诗，此为嚆矢。"癸亥"是明天启三年（1623）。谦益族曾孙钱曾笺注：苏味道《正月十五日》诗："暗尘随马去，明月逐人来。"朱存理《子经钩玄》："古之所谓廋词，即今之隐语也，而俗谓之谜。吴人元夕，多以此为猜灯。"清顾禄《清嘉录》案语，与此基本相同（仅少一"也"字）。而明田汝成《西湖游览志馀·委巷丛谈》"吴人"作"杭人"，是值得推究的。

《初学集》卷二十中，有明崇祯癸未年（1643）三月十六日写有的《虫诗十二章，读嘉禾谭梁生雕虫赋而作（并序）》，分咏蜘蛛、灯蛾、蝉、蜜蜂、蛱蝶、萤、苍蝇、蚊、蛔蛴、蚁、米虫、蟋蟀，颇类物谜。

《初学集》卷二十七中，又有《杖铭》二首。其一："用之则行，舍之则藏，唯吾与尔。危而不持，颠而不扶，将焉用彼？崇祯八年春，牧翁铭。"用《论语·述而》《论语·季氏》典，内容与"拄杖谜"类同。其二："挂百钱，沽一壶。登高不惧，涉远不孤。策扶老兮擅嘉名，嗟灵寿兮非吾徒。"

《有学集》第二卷《秋槐诗支集》中，有《闽中徐存永、陈开仲乱后过访，各有诗见赠，次韵奉答四首》（其三）有："南国歌阑皆下泣，山阳诗谶倩谁传？"（其四）有："莫讶和诗多谶谜，老来诞谩比虞初。"（右答陈）。又，第十八卷"序五"中，有《陈昌箕日记诗叙》："……序诗而姑与为谶，昌箕归，以示存永、开仲，共一笑也。"

《有学集》第十五卷"序二"有《棋谱新局序》："余不能棋而好观棋，又好观国手之棋。"第五卷《敬他老人诗》有《武陵观棋六绝句》（实为五首绝句），（其一）有："急须试手翻新局，莫对残灯覆旧棋。"（其三）有："世间国手知谁是？镇日看棋莫下棋。"第十卷《红豆诗二集》有《后秋兴八首》（其四）："乍闻南国车攻日，正是西窗对局时。"均寓政局于棋局，含谜意。第四卷《绛云馀烬诗》有《读梅村宫詹艳诗有感书后四首（并序）》（其四）："石碑衔口谁能语，棋局中心自不平。"当代柳亚子《题钱蒙叟集》诗云："东京党锢旧名流，晚节披猖恨未休。棋局丛残悲失着，蜡丸辛苦运奇谋。生矜一代龙门史，死倚千秋燕子楼。地下若逢临桂伯，为言鸣镝满神州。"

钱谦益诗中，用到诗谜典故的诗句很多，如：《初学集》中，《合欢诗四首，六月七日茸城舟中作》（其一）有："旧事碑应唧阙口，新欢镜欲上刀头。"《有学集》中，《后秋兴八首》（其一）有："怜君应是齐梁女，乐府偏能赋稾砧。"（其六）有："归心共折大刀头，别泪阑干誓九秋。"分别用南朝陈徐陵《玉台新咏》之《古绝句四首》（其一）："稾砧今何在？山上复有山。何当大刀头？破镜飞上天。"与南朝乐府民歌《读曲歌》（其六）："奈何许！石阙生口中，衔碑不得语。"诗谜典故。

钱谦益晚年，虽"莺断曲裳思旧树，鹤髡丹顶悔初衣"（《有学集·西湖杂感二十首（其二十）》），仍遭物议。诸笔记中有：

"两朝领袖"（清梁绍壬《两般秋雨庵随笔》、清赵吉士《寄园寄所寄》、清顾公燮《丹午笔记》），"两朝百姓"（清杨公道《钱牧斋轶事》），"朝珠补褂"（清采蘅子《虫鸣漫录》），"负了朱氏"（清梁绍壬《两般秋雨庵随笔》，"烂柯山"戏典）。"打'倾国倾城貌（帽）'"（清独逸窝退士《笑笑录》）。

种种嘲谑，均含谐音双关谜意。清钱泳集东坡先生书"东涧老人之墓"，落款"尚湖渔者"，闲章"吾意独怜才"，系用唐杜甫《不见》诗句，上承"世人皆欲杀"，隐而不露。

清宣统二年（1910），谜家邃汉斋主薛凤昌合瞿式耜刻本、钱曾笺注本为一，铅字排印，使沉埋一百几十年的《初学集》复行于世。宣统三年（1911），谜家辛巳箬王文濡为牧斋晚年《钱氏家乘文》题跋。

钱谦益夫人柳如是（1618—1664），本名杨爱、云娟、影怜，改姓柳，名隐，又改名是，字如是，别号蘼芜君、河东君、我闻室主等，吴江（今苏州市吴江区）盛泽人。襄助牧翁勘定《列朝诗集》中闺秀作品，"于（冯）小青直谓拆'情'字之谜，并无其人，后世因疑小青为寓言"。柳如是《春日我闻室作，呈牧翁》诗："裁红晕碧泪漫漫，南国春来正薄寒。此去柳花如梦里，向来烟月是愁端。画堂消息何人晓？翠帐容颜独自看。珍重君家兰桂室，东风取次一凭阑。"暗嵌"何（谐河）东君柳如是"。柳如是墓在常熟，与东涧老人之墓相近，传说棺木悬空，因柳遗言："死后棺木不能入土，因（明朝）国土被人占去了，要在土室中悬空置铁索，再放棺木于铁索上。"（施宣圆、林耀琛、许立言主编《千古之谜——中国文化史上 500 疑案（续）》，中州古籍版）吴江谜家金松岑有《虞山尚湖访柳如是墓》诗。

钱谦益族曾孙钱曾（1629—1701），字遵王，别号也是翁、述古主人等。常熟人。"君为族宗伯诗注，廋辞隐语悉发其覆，梵书道笈必溯其源，非亲炙而得其传者不能。"（清王应奎《海虞诗苑》）清康熙玉诏堂刻本《初学集笺注》《有学集笺注》，今藏常熟图书馆。钱曾还校过南北朝宋鲍照的《鲍氏集》，中有"字谜三首"。《也是园书目》中，有明万历新安龙峰徐氏刊、袁中郎评点《徐文长全集》《徐文长逸稿》《徐文长佚草》，其中均有谜。

（韦梁臣）

# 海虞"二痴"冯定远

冯定远是常熟人，清初时的著名诗人，但现代人对这个名字还是比较陌生。如果说冯定远就是冯班，那么熟知者必定不少的，《清史列传》《中国人名大辞典》《中国文学家大辞典》《辞海》等皆载其名。

冯班（1602—1671，《中国文学家大辞典》误作 1614—1681），字定远，号钝吟老人，因北魏《李璧墓志》中的"班"字含"双玉"，故取别号双玉生，住常熟城区班巷。幼时承父教，笃志于学，少为诸生，屡试不第，遂弃去，发愤读书，专攻诗学，为钱谦益及门弟子。他性格落拓，动不谐俗，意有不可，掉臂而去；胸有所得，则曼声长吟于家中或亲朋好友处或市集街坊，旁若无人。当他饮酒无聊抑郁愤懑时，常常就座中恸哭，因其在家排行老二，故人们称其为"二痴"。

冯班博雅善持论，讲究"无字无来历"，穷源溯流，为文亦考据精确，自诗三百篇以下一一考其根底，明其变化所自。尝谓"诗以道性情"，要以"隐秀之词"求"言尽而意不尽"之含蓄。钱谦益称冯班之诗，"沈酣六代，出入于义山、牧之、庭筠之间"。冯班又擅书法，四体皆工，尤精小楷。明朝灭亡，他佯狂避世，在其胞兄蒙难之前，曾与之评点《才调集》。冯班论诗反对江西派，尊崇西昆体，也不满南宋文学批评家严羽诗说，著《严氏纠谬》辨严羽的《沧浪诗话》之非，但仍以"诗教"为其立论依据。冯班亦嗜好谜语，藏有南朝梁刘勰《文心雕龙》抄本，《文心雕龙》中《谐隐》篇是研究谜史的重要资料，他阅后在该书中附跋语。另据清代梁章钜《浪迹丛谈》、阮吾山《茶余客话》介绍，冯班很喜爱当时一位名叫孙致弥的青年人的诗。一日，他得到孙致弥的诗集，阅毕便在诗集上题了一首四言诗：

蚕吐五采，双双玉童，树覆宝盖，清谈梵宫。

这是一首含谜的四言诗，要用东汉蔡邕创立的"曹娥格"来猜射。第一句"蚕吐五采"，指丝的色彩，扣"绝"。第二句"双双玉童"，古代有"童男玉女"之说，这里的"玉"指玉女，"童"指童男子；女（玉女）、子（童男）合起来扣"好"。第三句"树覆宝盖"，"树"乃木也，"宝盖"在此专指汉字部首里的宀（宀，吴语谓之宝盖头）；木、宀相合扣"宋"。第四句"清谈梵宫"，"清谈"即言（言语），"梵宫"即寺意；言、寺相连扣"诗"。四句之底联结起来，表达了冯班对孙致弥诗集的赞美之意。清代梁章钜在《浪迹丛谈》里解释："亦仿'黄绢幼妇'之意，谓'绝好宋诗'也。" 这是目前仅能找寻到的一则冯班自制谜作，已故当代著名戏曲史家、谜学大师钱南扬先生认为，冯班的评诗谜"开'曹娥格'题集之先河"（钱南扬《谜史》）。

据考证，冯班赞美的那位青年诗人孙致弥，当时尚未出名。笔者查阅《清史列传》后得知：孙致弥，字恺似，号松坪，江苏嘉定人，生卒不详，清康熙十年（1671）前后在世。孙致弥家境贫寒，刻苦学习，后由耿都尉推荐，于清康熙初（1662）召试称旨。康熙十七年（1678），以太学生赐二品服，出任朝鲜副使采诗东国。是年，举顺天乡试。康熙二十七年（1688）成进士，改翰林院庶吉士。旋以连染下狱，成为阶下囚，之后又受到起用，官至侍读学士。孙致弥一生坎坷，荣辱兼顾，他工于诗，兼善书法，稿已散佚，后由同乡张鹏翀（1688—1745）得其写本，选为《林左棠集》《林左棠续集》《林左棠词》刊行于世。

冯班的兄长乃明末诗人冯舒，名载《清史列传》，因如今知者甚少，所以在此提及。冯舒（1593—1649），字巳苍，号默庵，别号癸巳老人，幼时亦承父教，笃志于学，"年四十，谢诸生"，与弟班并自为冯氏一家之学，吴中称为"海虞二冯"。冯舒肆力于经史百家，尤邃于诗，著有《空居阁杂文》《炳烛斋文》《历代诗纪》《诗纪匡谬》《校定玉台新咏》《默庵遗稿》等。其侄冯武作《所评〈才调集〉凡例》，称冯舒之论诗，讲起承转合最严。冯舒颀然长身，人以"冯长"呼之，他善口才，宾筵客坐，辩论锋起；性抗直，遇事敢为，不避权势，小人嫉之如仇。邑民张汉儒诬讦钱谦益、瞿式耜，冯舒出面营救，被系入狱。后集邑中亡友数十人诗，为《怀旧集》，压卷之作是顾云鸿的《昭君怨》，诗句有："胡儿尽向琵琶醉，不识弦中是汉音。"因文字狱而再度下狱。友人前往探视，冯舒则"自顾笑曰：'此特冯长作戏耳！'盖巳苍颀然长身，人以'冯长'呼之，'冯长'与'逢场'同音，故云尔"（清王应奎《柳南随笔》）。冯舒案乃常熟县令瞿四达所为，起因是冯舒揭露了邑中漕粮弊端，得罪了这位县太爷，群小又乘机构衅，最后，冯舒竟被朝廷以讪谤罪而屈杀之。冯舒蒙难，对冯班的打击是极大的，亲朋好友亦为之悲愤不已。然而，世道就如此不尽如人意，怎不令人扼腕？！

　　冯氏兄弟为"虞山诗派"重要成员，其藏书室名空谷居。冯舒曾抄校南朝陈徐陵编选的《玉台新咏》，内有著名的谜诗《槀砧》诗："槀砧何所在？山上复有山。何当大刀头？破镜飞上天。"隐意："夫出半月还。"冯班曾于明天启四年（1624）抄录谜史研究的经典著作——南朝梁刘勰《文心雕龙》，现收藏于常熟图书馆。

　　康熙十年（1671），被人呼为"二痴"的诗坛大师冯班撒手人寰，享年70岁。撰著有《钝吟集》《钝吟杂录》《钝吟书要》《冯定远集》等，皆传于世。数年后，一位翰林院庶吉士读了冯班的《钝吟杂录》，竟然至具朝服下拜于冯班墓前（墓在虞山东麓仲雍祠侧），焚刺称私淑门人。他是谁呢？姓赵，名执信。《辞海》载：赵执信（1662—1744），清诗人，字伸符，号秋谷，又号饴山，山东益都人。其祖父赵进美（1620—？，明崇祯十三年进士）盛有诗名，赵执信承其家学，清康熙十八年（1679）中进士，改翰林院庶吉士，散馆，授编修，官至右赞善，后因在"国丧"期间观演《长生殿》被革职。赵执信是清初大文学家渔洋山人王士禛（1634—1711）的外甥女婿，但论诗意见与之不合，作《谈龙录》，对王士禛"神韵说"深表不满。灯谜中之"神龙格"，即典出《谈龙录》之"神龙见首不见尾"。他与朱彝尊、陈维崧、毛奇龄三位前辈订忘年交，著有《因园集》《饴山堂集》《声调谱》等。后人又裒其所作为《饴山文集》《诗余》刊行。

（韦梁臣、诸家瑜）

# 桔中逸叟秦松龄

　　在清代初期，我国文坛出了两位同名不同姓的著名人物，一位是撰写文言文短篇小说集《聊斋志异》的蒲松龄，一位是精研经术、尤邃于诗的秦松龄。蒲松龄，因其著书而闻名于世，而秦松龄虽名闻清一代，但当代人鲜少知晓他。

　　秦松龄（1637—1714），字汉石、次椒，号留仙、对岩，晚号桔中逸叟、苍岘山人，室名微云堂。无锡人。清初诗人、经学家。北宋"苏门四学士"之一的秦观后裔，他的祖父秦仲锡，系秦观二十一世孙，生子三：德澄、德藻、德湛。秦德澄无嗣；秦德藻生子二，长子松龄过继于兄长德澄接香火，次子松岱；秦德湛生一子松华。秦松龄生子六：道然、实然、祖然、易然、明然、寿然。孙子惠田（长子道然之子）为乾隆丙辰年探花，秦松华的孙子秦勇均为乾隆乙未年探花，二人先后廷对均得第三，同为一甲第三名，创造了"辰未联科双鼎甲"的佳话。

　　据清陆楣《秦对岩先生传》介绍，秦松龄"幼有异禀，五岁塾师授《中庸》，辄闭目沉思，师以夙慧称之。十八举于乡，公车载籍自随，在塗暗诵，日以寸计"，与王士禛（1634—1711，人称王渔洋，清初文坛盟主）一同中进士，改翰林院庶吉士。时在清顺治十二年

（1655）。散馆，授国史院检讨（相当于现在的国史编修）。清沈德潜《清诗别裁集》载："先生初入翰林，赋《白鹤诗》应制，中云：'高鸣常向月，善舞不迎人。'上重其有品。"可是，受到顺治帝褒扬的秦松龄命运多舛、仕途坎坷。顺治十八年（1661），他意外地遭遇上了一桩逋粮案。秦松龄有个远房姑姑，为逃税伪注他名，为此朝廷将秦松龄褫革，罢归故里。秦松龄"家有寄畅园，在惠山麓，擅林泉之胜"（《四库全书》），削籍后，他深居简出，以著书立说为乐。康熙九年（1670），蔡毓荣授四川湖广总督，驻荆州，秦松龄应邀赴军中讲学，士卒无不认真听讲。回到老家后，他一有空闲，就邀集故人遗老吟诗作对，倡和其中。康熙十八年（1679），秦松龄由文友、词人纳兰性德荐试"博学鸿儒"科一等，复授检讨。康熙二十年（1681），充日讲起居注官，寻典江西乡试，历左赞善、右谕德。康熙二十三年（1684）九月，主顺天乡试，闱中并无关节舞弊事情，而事后忽以磨勘（由御史调取考试墨卷，细加复核，谓之磨勘）落职入狱，经时在南书房工作的徐乾学（昆山人）为之力解得释，告归里居。适值清初理学名臣汤斌出任江苏巡抚，"禁书坊刻印小说，令诸州县立社学，讲《孝经》等书，推行清政府的封建文化政策"（《辞海·汤斌》），秦松龄与他讲性命学，共同探讨长期困惑人类的重大问题——生命的本质是什么。康熙五十三年（1714）五月，秦松龄"卒时，方浴罢，举手摩顶，怡然一笑，披衣及榻而瞑"，享年 78 岁。其名字载入《清史列传》《清代学者象传》《国朝诗人徵略》《中国文学家大辞典》等史籍中。

秦松龄富有文采，著述颇丰。他的诗词与古文之风，在当时别具一格，与同里严绳孙（中允，康熙朝明史馆左迁史官）齐名，著有《苍岘山人集》（玄孙秦瀛所刻，凡诗集五卷、词一卷、文一卷，有嘉庆二年秦瀛序）、《微云词》、《明史拟稿》，《全清词·顺康卷》收其词 37 首。他与王士禛同年友善，常缄诗一编，题曰《寄阮集》，请其评鉴；又仿《黄氏日钞》之例，著《毛诗日笺》，据王士禛《居易录》载：康熙三十七年（1698）八月，"同年秦宫谕留仙（松龄）寄所辑录《毛诗日笺》属予序"。他对弹词亦有很高的造诣，著有《来生福弹词》。另外还曾与徐永言、严绳孙合纂《康熙无锡县志》。邹祗谟《源自斋词衷》云："梁溪、云门诸子，才华斐然……乃对岩以古文作手自命，诸子亦诗歌竞爽，而词悉当家。故知揽芳撷蕊，正不以倚声为卑格耳。"沈雄《古今词话·词评》下卷亦言："对岩以庾鲍隽才，燕许大手，得心古学，海内推之。八越联吟，已窥半豹，而微云帙，绝无俗恶字句，犹可想见'花影乱，莺声碎'于当年。"丁绍仪《听秋声馆词话》卷十五称："吾乡秦对岩宫谕，始以乙未进士授检讨，缘奏销案递职，复授编修。所著《微云词》不亚《秋水》。（中允词名）如'寒柳'《临江仙》……洵足相埒。"

秦松龄博学多才，亦嗜好谜语，谜技精湛，但 300 多年来鲜为人知。笔者在参与编纂"中华谜书集成"丛书时，阅读了他的作品《来生福弹词》，见到书中载有 18 则谜语（清张玉森《百二十家谜语》收《来生福》14 则谜语），精品如："横看成岭侧成峰，中有清溪一丝通；埋没盘盂怜缺损，苔痕错认血痕红。"猜"盥"字。面句富有诗韵，读来琅琅上口。首句借用宋诗，以象形法入谜，妙在"横看"，自然而然地烘托出"匚""彐"来。次句"清溪"猜"水"字，"中有"指明"水"所在的方位，把"水"贯"通"入"匚""彐"之中。第三句取被"埋没"后"缺损"的"盘盂"下半部"皿"。皿，器具，盘盂之类的总称，它处在"盥"之下，突出了"埋没"的含意。第四句再次点明第三句是扣"皿"字，因为"皿"与"血"相似，故巧用"错认"引人注目。此谜猜来，令人拍案叫绝！还有一则："不是关公，不是项王，也向乌江自刎，也向吴下身亡。"猜鸟名"翡翠"。史上的关、项两人，皆名"羽"，因此前两句扣"非羽"，合成"翡"。后两句告诉人们两人的死因，扣"羽卒"，组成"翠"，也自然成章，丝丝入扣。在古典名著中，《镜花缘》《红楼梦》等都载有谜语，在数量上都多于《来生福弹词》，但从质量上来讲，各有千秋，难分优劣。如从出世年份上来看，《来生福弹词》则要长它们百余岁。

秦松龄二次被黜看破官场，视"荣辱得丧如浮云逝水"，及归里"居恒不欲，矫矫自异，或宾朋雅集，丝竹陶情"，或耽于诗酒书画。康熙二十四年（1685）的一日，门生朱旂（1645—？，字大旂，号西安，梁溪人。康熙二十三年甲子举人，官内阁中书）孝廉前来探望，相谈间延誉其佃户家教书的陆楣。陆楣（1649—？），字紫宸（一作子宸），号铁庄，梁溪（今无锡市）毛道桥人。家贫，貌寝幼孤，读书鸡栖豚栅旁，好学不辍，虽饥冻顿踣不辍业。为前辈顾祖禹、黄守中等人赏识。喜古大家文，遂工古文辞。然居处乡僻，人罕知者，闾巷庆平稍稍持斗粟百钱乞其文张壁间。年逾壮父亡，训村童以养母。朱旂告诉说，那天我"勘荒于乡，泊舟毛道桥，经行村舍，遇雨憩一农家"时，遇到了在乡间私塾课童的陆楣，还看到了他起草的《作华吏部建祠议》。这个人真是个天生奇才，我已与他定交。随即，秦松龄"询得其实，即具束往谒"，聘陆楣为西堂，为之代草。陆楣在《秦对岩先生传》中回忆了这段往事："楣屏迹荒林，罕入城市，先生方患末疾，命二童子舁篮舆过访。或置酒山园，清谈移晷，间存商榷，濡毫伸纸，注目凝思，光炯片可射人，神采精湛，少年英爽弗如也。"

陆楣来到秦府，"遂得纵观秦氏藏书，自是北走燕赵，南逾闽峤，又得两戒山河之助，闯然历作者之堂"。在长达30年的西堂生涯里，他"代秦对岩"的各种文章诗词多达20篇，并先后为严绳孙、秦松龄作传及公祭词，这些文件均在其《铁庄文集》中发现。1953年，山西发现《红楼梦》甲辰本抄本，又称"梦觉本""梦序本"，内有梦觉主人写于"甲辰岁菊月中浣"的序文，以及评批235条。现据专家再三研究考证表明，甲辰系雍正二年（1724），此书由秦松龄（即畸笏）、严绳孙（即脂砚）、陆楣（即立松轩、梦觉主人）三人合著，"甲辰本"《红楼梦》的作者曹雪芹，是他们三人的笔名，而不是以往所说的曹霑；书中的"芹溪"，即秦松龄的得意门生朱旂。

（诸家瑜、秦志伟）

# 红心词客沈起凤

　　自古以来，大丈夫拜自己的夫人为师之事，那是很鲜见的。然而，在清代乾隆年间，却有一位颇有才华的戏曲作家，竟以金钗为贽，拜其夫人为闺塾师，洵闺房韵事也。这位戏曲作家就是以度曲知名吴中的沈起凤，他的老师叫张云。

　　沈起凤（1741—1802），字桐威，号蘋渔（一作苹渔）、红心词客。吴县（今苏州）人，祖籍河南。明代嘉靖进士、湖广按察使副使沈启的裔孙。少负异才，能文章、工诗词，但不得志，遂放浪于诗酒间，后拜夫人张云为师，学有长进。28岁时（乾隆三十三年）乡试中举，历官安徽祁门、全椒训导。之后，会试竟然屡试不第，他抑郁无聊，于是放情词曲自娱，又常为艺人编写戏曲剧本，乾隆年间曲坛经常上演他的作品。当初乾隆皇帝两度下江南，扬州盐政、苏杭织造等官绅所备迎銮供御的新戏，则多出于他的手笔。后人评价，沈作有较好的舞台效果，但内容立意一般不高，常落俗套。

　　在沈起凤的一生中，戏曲之作不下三四十种，足与明末清初戏曲大师李笠（名玉，字玄玉，号苏门啸侣、一笠庵主人，吴县人）和清初文学家、戏曲家万红友（名树，字花农，号山翁，宜兴人）抗手。如今，他的戏曲之作仅见四种：《报恩缘》《才人福》《文星榜》《伏虎韬》。据《中国戏曲曲艺词典》介绍，《报恩缘》，又名《报恩猿》《攀桂图》，写一白猿因受穷书生谢兰的保护，一心报他恩德，使他功成名就，并娶妻妾。关目全系模仿清初朱素臣的《十五贯》，但不如《十五贯》紧凑，人物性格刻画也不深刻。《才人福》虚构了明代苏州名士祝枝山、张献翼娶妻说媒的故事。剧本情节曲折离奇，格调庸俗。《文星榜》取材于《聊斋志异·胭脂》之事，写卞医生之女芳芝爱慕书生王又恭而引发出一桩冤假错案和一段曲折婚姻。《伏虎韬》写轩辕生与师马侠君相互勾结，嬉弄己妻张氏，迫胁她同意轩辕生娶妾。作品情趣不高，是根据清初袁枚《子不语·医妒》敷衍而成。沈起凤这四种戏曲作品，由其友石韫玉状元于乾隆年间所刻（古香林原刻本），后由吴梅收入《奢摩他室曲丛》而传世。此外，沈起凤的作品名目可考的有《千金笑》《泥金带》《黄金屋》三种，收入《曲谐》一书中。另外，还有流传甚广的杂记小说《谐铎》《吹雪词》《绝妙好辞》等。

　　沈起凤的父亲，名壵，字懋祖，号笠舫，是苏州城里的一名塾师，清文学家林蕃钟（字毓奇，号蠹槎，沈起凤姐父）、戴延年出自其门下，沈起凤也曾跟随他读书。据戴延年在《秋灯丛话》中回忆："业师沈笠舫先生最工谜语，往往有隽妙之处。"沈起凤自小受父亲影响，亦酷嗜谜语。据清代苏州无名氏《皆大欢喜·韵鹤轩笔谈卷下》（清道光元年刻本）介绍："吾乡沈桐威以灯谜擅名。"他常爱把自己的谜语作品在自家门口悬灯征猜。说来也蹊跷，每次他将谜语挂出，总被一个人揭去，而且是屡猜屡中，这颇使沈氏几为所窘。于是，他特意制了条谜语，谜面是"俺这里不用之乎者也"，要求打古人名一。他的目的是想用这条谜语"赶走"那个人。谁知，谜条刚一粘上灯壁，站在灯下的那人就脱口报出了谜底："沈休文耳。"（"俺"，指"沈"氏本人；"不用"，扣"休"；"之乎者也"，运典，语见文莹《湘山野录》卷中，后世常用以讽刺文人咬"文"嚼字；"耳"，语气词。）当时的沈起凤真是哭笑不得，但是心里蛮佩服那位"射虎英雄"的。

沈起凤有位红粉知己，乃广陵（今扬州）名妓葛九，两人经常有书信往来。在他的《谐铎》中，就有首《金缕曲·程振鹭赠邗沟妓葛九》的词谜，内容是：

廿四桥头步，听箫声、等闲吹过，良宵十五。偷向十三楼上望，谩掩四围朱户。吹好梦、十年一度。数遍巫山峰六六，第三峰、留作行云路。双星照，七襄渡。

三三径里三生谱。倚花前、栏干六曲，三弦同诉。弹到六么花十八，半晌魂销色舞。添八字一痕眉妩。卅六鸳鸯分四角，早二分明月三更鼓。且莫把，四愁赋。

这首词谜，句句隐"九"字，或用加法，或用减法，或用除法。据考，"程振鹭"是沈起凤为自己的姓名创作的一条谜面，而这首词谜则是由其长女蕙孙代为捉刀。沈起凤的长女名纕，号散花女史，自称玉香仙子，亦有文才，在其著《浣纱词》一卷中，有《高阳台》和《貂裘换酒》两首词，即是"代家大人赠广陵九校书作"。经考证，《貂裘换酒》这首词，即是后来收入《谐铎》中的《金缕曲·程振鹭赠邗沟妓葛九》。

沈起凤擅长创作词谜，有《绝妙好辞》一卷，这是一部词谜专著，凡一百十六阕，每阕隐《西厢记》词一句。在他去世后，因子侄辈不善继述，书籍辗转流亡，为嘹溪吴畹香所得，后为友人借阅失去。清道光二十五年（1845），同邑陆某在外地见到此书低价购得。翌年，吴江任御天抄录并为之作序，称此书"词尚风华，意取曲折，骎骎乎超前古而越来今矣"。至民国5年（1916），《绝妙好辞》为杭州木石居主吴琴灏收藏，上海扫叶山房编辑雷瑨借得原稿，在杂志上分期刊登。之后，清末民初红学家、谜语文化学者吴克岐（字轩丞，江苏盱眙人）的《犬窝谜话》、潮州谜家谢会心《评注灯虎辨类》，均有摘录介绍。

词谜，又名词曲谜，谜之一种，按照词牌、曲牌填就的词和曲作谜面的谜语，相传为宋代吕渭老（字圣求）首创。词谜以明清最为盛行，赋词绝伦，但谜技则不敢恭维，一首词几十个字，仅扣合三五个字，难免会有虚脱的。诚然，沈起凤集创作诗词于谜语中，给人以双重艺术享受，也为后人制作诗词谜以较大的影响。综观《绝妙好辞》中的词谜，措词典雅，刻画精巧，艳情脉脉，奇思幻想，意趣盎然，美不胜收。如《太平时》："八咏人归芍药残，步江边，相随直到小姑山，会婵娟。欲采苹香人去远，空凝盼，梨涡晕处几时看，待冰蟾。"谜底是："红娘自思。"又如《浣溪沙》："正是兰闺晚浴天，难将玉体试温泉。黄姑今夜只孤眠。几度摩挲还束手，全身风韵未齐肩，且过竹院问枯禅。"谜底是："先生无伴等。"吴克岐在《犬窝谜话》里如此评价沈起凤："仿北海之离合，得北宋之神味，可谓虎坛健将，词林妙手矣。"

（诸家瑜）

# 心青居士孙原湘

孙原湘（1760—1829），字子潇，号长春，别号梅玶、心青居士、姑射仙人侍者、长春阁主人等。昭文（今常熟）人。清代诗人。幼随其父孙镐任居奉天（今辽宁）、山西，所历名山大川皆发之歌咏，青年时代已名噪京都。清嘉庆十年（1805）进士，改庶吉士，充武英殿协修官。不久得疾返里不出，先后主持昆山玉山、旌德毓文、通州紫琅、太仓娄东、常熟游文等书院讲席，学生多有成就。他擅诗词，受袁枚影响颇深，又工骈、散文，兼善书画，亦喜文虎。以诗名于时，古文学唐宋，近明归有光；骈文学六朝，词近南宋姜夔，与同时期的舒位、王昙鼎足，合称清乾隆"后三家"或"江左三君"。著有《天真阁集》五十四卷、《天真阁外集》六卷。其妻席佩兰（1760—1829后），为袁枚女弟子，著有《长真阁集》。

原湘别号"心青"，显系"情"之拆字。其《天真阁外集》中，有《自题二十四诗后》："吹箫桥畔月如环，亚字栏干对照间。写遍乌丝三页满，弹来雁瑟一条闲。清波双现金钗影，和气全飞玉瑁斑。慢说荷花共生日，十年年减丽娟颜。"又有《艳体一章（前韵）》："十二栏干花四环，美人二八倚中间。蛾眉那厌重新画，象戏刚抛一半闲。两度界笺书锦字，更番排卦炙香斑。嬉戏二九还初七，生过娇儿尚玉颜。"分隐"二十四""十六"，均被收入钱南扬《谜史》。

上海广文书局民国7年（1918）七月出版的《家庭实用图书集成》之第十编，为《游戏大观》，其中第三节题为"字谜"，实为"诗谜"。内有：集《天真阁外集》诗谜10则。诗句即为孙原湘所作。如：柳为风○已乱丝（欺、吹、狂、翻、摇），底三（即第三字"狂"）；又如：○月且将明烛代（秋、皓、缺、无、少），底四（即第四字"无"）；再如："薄怒深愁○更好"（看、态、容、卿、情），底一（即第一字"看"）。此内容已收入人民日报出版社出版的"中华谜书集成"第三册内。

金盾出版社的《佳联趣谈（第二集）》《巧妙对联三千副》，收入席佩兰与孙原湘的对句：雪消狮子瘦；月满兔儿肥。谓：席佩兰18岁议亲时出句，"狮子"是宅前石狮，或云积雪堆成狮子。半个月后，腊月十五，孙原湘对出下句，遂成佳偶。清褚人获《坚瓠首集》："唐伯虎召乩仙，令对：雪消狮子瘦，乩即书云：月满兔儿肥。"上海古籍出版社《实用楹联大全》收此联，亦谓唐伯虎出句。

（韦梁臣）

# 海虞词家屈振镛

屈振镛（生卒年不详），字声九，号云峰，清嘉庆、道光时在世。常熟人。清代词家。

清嘉庆五年（1800）副贡生。《重修常昭合志》有其父屈坤（字厚载，诸生）传，振镛附。早孤，养母维谨，教授乡里，巨室争聘。撰著有《云峰诗文稿（赋附）》《云峰吟稿》《云峰偶笔》《砚北偶钞》。嘉庆十六年（1811）一月廿五日至二月廿二日，同邑瞿绍基（1722—1836，字厚培，又字荫棠。清代著名藏书家）刻明末清初邑人秦兰徵、王誉昌《启祯宫词合刻》二卷，屈振镛为之作序。瞿绍基生前辑《海虞诗苑续编》六卷，由屈振镛校订，现稿本藏上海图书馆。后又与瞿绍基之子、恬裕斋瞿镛（1794—1846）合编《海虞诗苑续编》《典制详说》等。道光二十四年（1844），江苏金山（今属上海）钱熙祚（？—1844，字雪枝、锡之）据墨海金壶刊版重编《守山阁丛书》（增刊本），其中史部收《宋季三朝政要》六卷，屈振镛跋文附于书后。

《云峰偶笔》一卷，所记多异闻喙话。见《恬裕斋书目》，为钞本，后收入近人丁祖荫《虞阳说苑（乙编）》。《云峰偶笔》记："京师元夕张灯，好事者多作灯谜，旁设礼物，俟解者得之。曾记有绝佳者：'谏迎佛骨表'，隐四书一句，'是愈疏也'。'国士无双'，隐四书一句，'何谓信'。又有将四书一句隐一字者：'无上下之交也'，'八'字；'无人乎子思之侧'，'及'字；'此天地之所以为大也'，'王'字。又有一字隐古人姓名者：'八'字，'白起、黄歇'。此数条俱有巧思，故录之。"

《虞阳说苑》，又有藤花书屋主人瀛若氏编、菰村渔父钞本，《琴川三风十愆记》（按，宋苏轼《骊山》诗有"三风十愆古所戒"诗句）"贫婆"条记："草头娘者初嫁叶某……人因其初嫁夫姓称为叶家娘，厥后著名于邑，轻薄子又因葉字有草头，遂指目为草头娘，隐语也。草头娘居县署后小巷，体微丰，姿容秀媚，善吹箫鼓琴，工博戏，能诵唐诗，更属廿一史弹词，精于调五味，她还长于作新巧之酒令。"说者谓：草头娘开常熟"女弹词"之先声。

（韦梁臣）

# 茶磨山人顾铁卿

在明清笔记丛书里，《清嘉录》《桐桥倚棹录》两部著书颇有一定影响。"清嘉录以时间为经，桐桥以空间为纬"，前书以十二月为序，记述苏州及附近地区的节令习俗，大量引证古今地志、诗文、经史，并逐条考订，文笔优美，叙事详实，有保存乡邦文献的作用，是研究明清时代苏州地方史、社会史的重要资料；后书以苏州一带风景佳地、古今名人遗迹为纲，集建筑、掌故、诗文为一编，与前书角度不同互为补充。此二书皆为清代苏州文士顾禄所撰。

顾禄（1793—1843），字总之，一字铁卿，号茶磨山人。吴县（今苏州）人。清代附生。他出身簪缨望族，家世业儒，前后居住在七里山塘靠近虎丘的塔影山馆和抱绿渔庄。

自幼聪颖，能诗善画，在髫龄之年撰写了赋集《雕虫集》，得到了师友的好评。清袁学澜在《重过抱绿渔庄感旧记》中如是写道："我与顾禄相识于青溪邀月榭，顾君正当意气风发、豪气干云、志向清狂之时。游方各地，寻访才俊。当地名贤、势族豪杰，皆在交往之列。日日驰骋在酒会文社之间，以豪侠自命。"清道光二年（1822）参加乡试，未中举。之后数次考举不中，遂淡意仕途，从事著述。25岁时，因母亲亡故，他在家守孝，闭门却轨，开始撰写苏州风土记——《清嘉录》，日访询父老，谈吴中风俗，目之所见，耳之所闻，随手记录，数年而成。道光十年（1830）初夏印刻成书，取晋陆机《吴趋行》诗"土风清且嘉"之语，题书名《清嘉录》，内载姑苏"打灯谜"习俗。顾颉刚曾评说："顾铁卿以详记苏州岁时风俗，并加考订，著《清嘉录》成名。"

之后，顾禄又开始刊刻自己编纂的《颐素堂丛书》17种，丛书中自撰了《雕虫集》《紫荆花院排律》《骈香俪艳》《省帏日记》《买田二十约》《看枫约》《酒春秋》《虎阜登涉图》《广杂纂》9种，收录了《御舟召见恭纪》《散花牌谱》《斗花筹谱》《羽族棋谱》《晚香吟》《题画绝句》等，还刻印了《吴语源》《吴语源补》《艺菊须知》《颐素堂古文抄》《云岩金石录》等。道光二十二年（1842），《桐桥倚棹录》亦刊刻完成，而顾禄的人生也走过了鼎盛的正午。他被友人陈某人诱惑拉拢，觊觎一位富族的家财，诉讼到官府，顾禄因此受杖刑，打入牢狱。道光二十三年（1843），顾禄不堪打击，悄然去世。他的好友韦光黻在《闻见阐幽录》里记述："顾铁卿禄，吴附生，恃才华，纵情声色。娶妾，居山塘之抱绿渔庄。刻《清嘉录》《桐桥倚棹录》，外洋日本国重锓其版，称为才子。为友陈某诱至邪辟，事连同系于狱，陈某逸去，旋即疾卒。《易》曰：比之匪人，不亦悲乎！"

（山青）

【附录】

## 清嘉录·打灯谜
### 顾 禄

好事者，巧作隐语，拈诸灯。灯一面覆壁，三面贴题，任人商揣，谓之"打灯谜"。谜头皆经传、诗文、诸子百家、传奇小说及谚语、什物、羽鳞、虫介、花草、蔬药，随意出之。中者，以隃麋、陟厘、不律、端溪、巾扇、香囊、果品、食物为赠，谓之"谜赠"。城中有谜之处，远近辐辏，连肩挨背，夜夜汗漫，入夏乃已。家震涛《打灯谜》诗云："一灯如豆挂门旁，草野能随艺苑忙。欲问还疑终缱绻，有何名利费思量。"

案：《国语》："秦客为廋辞于晋之朝，范文子知其三。"此谜之缘始也。《左氏》有"河鱼""庚癸"之言，《乐府》有"石阙""藁砧"之句，皆近于谜，特未施之灯耳。朱存理《古今钩玄》①云："古所谓廋辞，即今之隐语，而俗谓之谜。"吴人元夕，多以此为猜灯。《正字通》云："曹娥碑阴②、大明寺壁、东坡研盖之类，皆俗之谜也③。"

考灯谜有二十四格，曹娥格为最，次莫如增损格，增损格即离合格也。孔北海始作离合体诗，其四言一篇，合"鲁國（国）孔融文舉（举）"六字。餘外复有苏黄谐声、别字、拆字、皓首、雪帽、围棋、玉带、粉底、正冠、正履、分心、卷帘、登楼、素心、重门、闲珠、垂柳、锦屏风、滑头禅、无底囊诸格，要不及会心格为最古。钱虞山《癸亥元夕》诗："猜残灯谜无人解。"又，钱世昭《私志》载王荆公字谜甚多，盖即灯谜之祖。周密《武林旧事》："以绢灯翦写诗词及旧京讦语……戏弄行人。"又，吴自牧《梦梁录》："商谜者，先以鼓儿贺之，然后聚人猜谜。"又，《都城纪胜》："来客念隐语说谜，名打谜。"④陈迦陵《元夜》词："更夹路香，谜凭人打。"又，沈香岩《灯词》："打不破村学究灯词哑。"王鏊《姑苏志》云："上元灯市藏谜者，曰'弹壁灯'。"江、震《志》云："好事者或为藏头诗句，任人商揣，谓之'灯谜'，亦曰'弹壁'。"蔡铁翁《吴歈》注谓："谜以西厢曲为主，餘弗尚焉。"顾有不尽然者。

① 明黄虞稷《千顷堂书目》卷十二"杂家类"收明朱存理《子经钩玄》书目，《清嘉录》原文作《古今钩玄》。
② 明末张自烈《正字通》："曹娥碑阴八字……"，《清嘉录》原文无"八字"。
③ 明末张自烈《正字通》："犹俗灯谜也。"
④ 宋灌圃耐得翁《都城纪胜》："来客念隐语说谜，又名打谜。"

# 古滇隐吏沈毓桂

沈毓桂（1807—1907），曾用名沈寿康，字觉斋，号赘翁，晚号南溪赘叟，谜号古滇隐吏。吴江（今苏州市吴江区）人。祖籍松陵镇，后迁居黎里镇。清末诸生、报人、谜家。著有《匏隐庐诗文合稿》（1896年线装本）。早年接受传统的封建教育，科场失意，灰心仕途。43岁到上海，结识王韬，介绍入上海墨海书馆，结交外国教士，接受西方文化，对西学发生兴趣。清咸丰七年（1857），担任西方传教士代笔文士，接受洗礼，后随传教士艾约瑟到山东等地传教。同治五年（1866）授云南通判，但未到任，罢官归里，寓居沪上。同治七年（1868），担任传教士林乐知记室，协助林创办《万国公报》。后进《申报》馆工作，曾于光绪二年（1876）与蔡尔康合编中国最早的通俗报纸《民报》。光绪六年（1880）季春中旬，为旧雨上元（今属南京市）谜家葛牲（字芝眉、芝湄）的谜著《余生虎口虎》（成书于1880年孟冬）作序。

沈毓桂满腹经纶，学富五车，光绪八年（1882）创办上海中西书院，自任总教习。任职期间，该校培养具有中西学知识的人才3000余名。同年，又协助林乐知编《万国公报》，后几年《万国公报》改为月报复刊后，任华文主笔职务；至光绪二十年（1894）初，因年逾80辞职，由蔡尔康接任。光绪三十年（1904），97高龄的他为宋氏三姐妹（宋霭龄、宋庆龄、宋美龄）改名。民国刘声木《苌楚斋随笔·续笔卷四·沈寿康百岁》云：

沈寿康"寿至九十七，计闰则一百岁。时东莱吕镜宇尚书海环、武进盛杏荪尚书宣怀，同在上海议商约，合词为之奏请恩施，奉旨赏二品封典。德清俞荫甫太史樾《春在堂诗编》中，有《沈赘翁百岁》诗，中有句云：'乾隆恩例至今延，计闰加为一百年。试向天边看明月，已经千二百回圆。'云云。诗句佳矣，实本南宋人词中脱化而来"。

（诸家瑜）

【附录】

余生虎口虎序

　　天壤寥寥，知己落落，芝眉旧交，上元高雅士也，襟明旷阔，卓识清超。喜吟咏，工书法。而届春朝秋夕，偕诸同人，隐语廋词趁心思之巧妙，斗豪兴之新奇。心心相印，莫不思入风云变态中矣。诚趣极耳！我辈文字因缘，相契淡如，非寻常交可比。今出示《余生虎口虎》一书，是书乃芝眉所做之灯谜也。捧诵之下，齿颊生香。司空表圣《诗品》中，有"不着一字，尽得风流"二句，可以移赠。仆罢官归里，寓居沪上，与君旧雨重逢，朝夕过从。每值馆政之暇，或考究古碑，或推敲新句，洋洋乎其有味焉。较之案牍劳形，奚啻天壤之判耶？爰缀数语，以志其实。

光绪庚辰季春中旬，古滇隐吏吴江沈寿康题

# 朴学大师俞曲园

　　晚清时期，谜风甚炽，全国上下盛行着"猜谜结社、著书立说"之热，许许多多文人墨客热衷谜道，纷纷投入了进去。忙里偷闲分曹射覆，酒后茶余聚会商灯，百般推敲自寻乐趣，钩心斗角使人痴迷。可谓盛况空前。在这"虎"热的环境中，苏州紫阳书院的主讲（又称掌院或山长，也称院长）也参与其间，并推出了他的谜语专集《隐书》。他，就是以"朴学大师"著称的俞曲园。

　　俞曲园（1821—1907），名樾，字荫甫，曲园是他的号，浙江德清人，晚清著名的文学家、考据学家、戏曲家。他自幼聪颖，读书过目成诵。23岁中举，29岁会试赐进士出身，后改翰林院庶吉士，授为编修。清咸丰五年（1855），他在督学河南时，御史曹维泽（登庸）弹劾他命题割裂经文，被革职。罢归后侨居苏州，专治经学。同治十二年（1873），他购得吴县潘世恩状元在马医科的一所旧第安度晚年。翌年在住宅之西迤北筑庭园，因其形曲，故名题曲园，自为记。俞曲园先后主讲苏州紫阳，上海求志，浙江德清的清溪、龙游、归安等书院，晚年主讲杭州诂经精舍达31年之久，有"门秀三千士，名高四百州"之誉。他对先秦经学、诸子百家、音韵训诂造诣颇深，自少至老著述不倦且甚丰，其影响远及日本等国；对诗词、戏曲、书法、谜语等艺术无所不通；所作笔记，内容丰富，撰有《群经平议》《诸子平议》《古书疑义举例》《春在堂诗编》《春在堂全集》等书。

俞曲园乐于谜道，在教学过程中经常出谜面让学生们猜射，"获中者饷以藤花糕"，以此奖掖后学。一日，俞曲园的学生们前往俞楼问字请教，他出了条字谜让学生们猜，谜面是"三人同行，其一我也"。他以训诂文字学标准作解释："旧有此谜隐'徐'字，然'徐'字左旁实非二人也。兹用其语，别隐一字，勿猜'徐'字。"结果谜底揭晓，是个"皋"字。光绪六年（1880），他的谜语专集《隐书》单行本（梅华馆刊印）刊行于世，后载入《春在堂全集·曲园杂纂》第四十九卷。他在《隐书·序》中写道："汉《艺文志》有《隐书》十八篇，隐语之有书由来久矣。余虽无齐赘滑稽之辩，颇有秦客廋辞之意。文人游戏，贤于博弈，录为一编，前隐后解，以饴好事者。"

《隐书》为大64开本，原书规格为每页刊载2条谜，正面刊谜面、谜目，背面刊谜底，全书收谜100条，其中人名、字谜、药名等较通俗的谜目占有较大比重。俞曲园的谜多易射，制谜手法巧妙，引人入胜，有些谜通俗浑成，然亦别解有趣，脍炙人口，他不肯走入纤屑一路。其一生虽作谜不多，但不乏佳构，如"轻薄桃花逐水流（汉人名一）朱浮"，"人（礼记一句）先立春三日（笔者注：春由人三日组成）""不失人，亦不失言（礼记一句）以成其信""凭君传语报平安（孟子一句）言不必信""三画连中（字一）车（车）""土生金（药名一）地黄"等等。俞氏门生、小说家、谜家费只园（浙江吴兴人）在《夕近楼谜乘》（原载1931年3月1日《文虎》第二卷第五期）一文中回忆其师所制之谜"多穿穴经义，闲杂似谐语，所用之格，惟解铃、系铃而已"，问其缘故，曲园老人谦虚地回答："老夫素纯，甘以巧思让人也。"

名闻遐迩、誉满士林的大儒俞曲园出了本《隐书》，引起了文人、谜人以及出版商的青睐，一些"谜商"干起了侵犯俞曲园署名权的"勾当"，伪托俞曲园之名翻刻谜书，从中牟利。光绪三十年（1904），上海书局出版了一本《新编灯谜大观》，卷首印上了"荫甫俞樾定"字样。民国3年（1914），上海文元书局也印行此书（后上海源记书庄亦翻印），扉页署上《俞曲园灯谜大观》，卷首也有"荫甫俞樾定"字样。20世纪八九十年代，也有人翻印此书。笔者在参与编纂"中华谜书集成"丛书时专门对此作了考证：《新编灯谜大观》，又名《俞曲园灯谜大观》，前半部，全部录自浙江吴兴周学浚编的《三十家灯谜大成》（1892年私刻本），俞樾为其中一家，其谜作寥寥无几。后半部，原书标作"附《十五家妙契同岑谜选》"（1876年北京琉璃厂西山堂坊刻本，又名《春灯新谜》），实际摘录此十五家中十一家的大部分内容。民国6年（1917），南社社员、浙江吴兴王文濡将"萍社"（民初上海规模最大的谜学社团）的谜作和《新编灯谜大观》中的谜作汇辑成书，题名《春谜大观》，由上海文明书局（封面及扉页上标"进步书局"，实系一店两号）铅印出版，之后连续再版（至1935年已出第十版），获利甚丰。他在集谜5000余条的《春谜大观》里，将《新编灯谜大观》所辑数十人的作品近700条一概归于俞曲园的名下。这种错误的做法，给当时乃至现代民间文学艺术界造成了混淆视听、以讹传讹的恶劣后果。当然，这是已故的俞曲园怎么也料想不到的事。

俞曲园在苏州生活了将近50年，与苏州的关系十分密切，苏州的管礼昌（字叔壬，号故史龛）、朱世德（字积卿，号野竹庵）、徐钺（字威如，号知幻居）等近代谜家，均受其影响爱上谜语之道，且组建了苏州历史上第一个灯谜社团"五亩园谜社"。光绪十八年（1892），管叔壬编著的《新灯合璧》再版，俞曲园应邀为该书题《钗头凤》词一阕，增色不少：

春灯谜，春宵夜，闲情偶向闲中寄。消和息，浑无迹，绛纱亲制，锦笺偷译，密密密。

文心慧，诗心细，大家围着灯儿晚。寻还觅，机犹室，几回凝想，默头抱膝，得得得。

最后，俞曲园如是写道："倚《钗头凤》一阕，以助诸君谜兴。"俞曲园这首词，将猜制谜语的全过程和扣人心弦的场面，描绘得栩栩如生，刻画得惟妙惟肖，读来弥觉意味深长。由此窥知，他在谜语研究上的造诣已达到炉火纯青的地步，故被后人誉为一代谜语大师，并不为过也。这首词后由我国著名谜籍珍藏家、享有"谜贤"之称的高伯瑜先生书录收藏，现存漳州灯谜艺术馆。

俞曲园曾在古稀之年拍照留影，世称"曲园杖履小影"，弥为珍贵。照片上的他，身穿长衫，"手持之杖，为及门徐花农侍郎（琪）所赠，刻有'春在先生杖履中'七字"（费只园《夕近楼谜乘》）。20世纪20年代，星社社员、苏州"西亭谜社"社员范烟桥在编辑《星报》时，文友叶柳村赠他这张曲园杖履照片。民国19年（1930）正月里的一日，范烟桥到上海去探望谜友、名中医吴莲洲。吴莲洲，吴县人，寓居上海三马路（今汉口路）悬壶为业，余暇研究谜学，"与海上名宿漱石生（孙玉声）、范烟桥、叶友琴、张海云、曹叔衡辈相往返"（吴莲洲《文虎后跋》，原载1931年1月1日《文虎》第二卷第一期）。他驼背，却不顾残疾之身，不遗余力地提倡谜语，举行集会悬灯征射，招贤引能虚怀若谷，还与名噪沪上的苏州籍谜家、"萍社"耆宿曹叔衡联袂主持上海"大中虎社"（又名"大中谜社"），创办并主编了我国最早的专业性谜语杂志——《文虎》（初为月刊，后改为半月刊）。

新春佳节，有朋自远方来，不亦乐乎！吴莲洲特意请范烟桥到苏州路的"德源馆"小酌。上海"德源馆"与苏州中市下塘的"德元馆"仅一字之差，也是著名的苏帮菜馆。两人走进菜馆刚坐定，范烟桥就看见对面墙壁上挂着一幅曲园先生的画像，宛然是他当年得到的那张"曲园杖履小影"的放大照。他感到十分奇异，回苏后连忙检查旧箧，翻出了那张珍藏多年的照片，随即寄给了吴莲洲，并附上小诗一首："红尘十丈看吟身，海角吴根灯凤因。生晚未能追杖履，春灯照眼有传人。民国十九年度立春范烟桥题。"

事隔一年后，吴莲洲将这张"曲园杖履小影"和范烟桥的七绝诗一同刊发在《文虎》第二卷第四期上（1931年2月15日出版）。费只园见到这份杂志后如获至宝，因为他"去岁（即1930年）见某报载师七十小影"，但没能将这张报纸保存下来。为了答谢《文虎》

半月刊，费只园特意撰写了《俞曲园太史师》一文寄去，并题诗二首："马帐谈经卅二年（师自清同治戊辰主讲至光绪庚子辞席），不争富贵即神仙。先生杖履春常在，老带庄襟亦盎然。""第一楼头旧主人（精舍有第一楼，先生所居），须眉想象圣湖滨。人生难得收场好（先生辞席诗有'人生难得收场好'），留此名山身外身。"（原载 1931 年 3 月 1 日《文虎》第二卷第五期）

俞曲园 80 高龄喜得曾孙，四世同堂。曾孙乳名僧宝，大名铭衡，也就是现代著名红学家、古典文学研究家、诗人、作家俞平伯（1900—1990）。由于当时俞平伯之父俞陛云（1868—1950，字阶青，号乐静居士，俞曲园之孙）客居北京，不得不劳动年事已高的曲园老人抱小僧宝了。"衰翁"俞曲园带曾孙很是尽职，在孩子双满月时还抱着他去剃头，并赋《曾孙僧宝双满月剃头诗》一首。诗云："腊八良辰产此儿，而今春到杏花枝。喃喃乳燕出巢日，矫矫神龙昂首时。胎发腻仍留丱角（白香山诗：腻剃新胎发），毛衫软不碍凝脂。吾孙远作金台客，劳动衰翁抱衮师。"诗前有跋云："正月穀日僧宝弥月矣，苏俗正月不剃头，二月二日苏人谓龙抬头日宜剃头，然是日为火日则又非宜，因择于二月四日老夫抱之剃头而作是诗。"俞樾入室弟子章钰之子、寓居北京的苏州籍学者、原全国政协委员章元善（他与俞平伯又系苏州草桥学堂同窗，有通家之好），就藏有俞曲园手书的这件《曾孙僧宝双满月剃头诗》诗稿。

（诸家瑜）

# 潇湘渔父姚福奎

姚福奎（1825—1899），字星五，一字湘渔，号羡仙，别号潇湘渔父，斋名三湘书屋。常熟人。六芝斋主人沈小竹之婿。善画。清咸丰元年（1851）举人，选授松江府娄县教谕，迁常州府学教授，归里后，掌教游文书院。期年而卒。撰著有《三湘书屋诗》《潇湘渔父词》《冷斋唱和集》（在娄学任内唱和之作）。《重修常昭合志·人物志》《合志·选举志》《合志·艺文志》皆有载。他还倾向"维新派"思想，同情革命党。光绪三十三年十二月二十四日（1907 年 2 月 6 日），反清义士、同盟会禹之谟（1866—1907）英勇就义，特为之撰写了《禹之谟传》。姚福奎之兄姚福增，字备也，一字湘坡，道光壬辰（1832）进士，授庶吉士，《重修常昭合志·人物志》亦有传。

姚福奎早年学在常熟名宦翁心存（1791—1862，字二铭，号邃庵，"翁氏藏书"始祖）名下。翁心存三子翁同龢，同治十三年（1874）作古风二首，诗题《为姚湘渔题白云图，敬次先公原题韵，时将北行》（《翁同龢诗集》）；《翁同龢日记》第六册中，也有二篇提及姚湘渔。光绪二十四年六月十九日（1898 年 8 月 6 日）："早出门拜客，晤姚湘渔、陆云孙、邵伯英、叶茂如……湘渔为先公门下士，今七十三，任娄（注：《日记》里误作"晏"）县教官几廿年，归主讲游文书院。"光绪二十五年六月初十日（1899 年 7 月 17 日）："未明起，是日约吴儒钦、赵次公、姚湘渔、药龛和尚过我山居，已初先后，因看《长江万里图》，欢笑移时，五人综计三百六十四岁矣，谁欤画《五老图》耶？"

同（治）光（绪）年间，姚福奎与华亭教谕、淮安人何绮（原名庆芬，字庚香，一字御湘），松江杨锡章（字至文、紫雯，号了公）、蒋轼（筘生）、朱昌鼎（子美）等结"隐社"于华亭（今上海市松江区），社员还有：郑熙（葛民）、姚洪淦（似鲁）、雷恒（步青）、孙骐（畹香）、朱赓尧（祝礽）、徐元熙（莱垞）、杨兆椿（荫安）、顾薰（洒琴）、沈致实（执青）、汤复荪（奎君）、李光祖（伊川）、陈锡三（叔铭）、金佐清（再坡）、金佐宸（菊孙）、沈琨（景刘）、姜世纶（梅伯）、陈宗铭（子乔）、封裕道（修元）、吴光绶（廉石）等。

华亭县古代有条"日河"（或与"月河"合称"日月河"），姚福奎、何绮等所创谜社取名为"日河隐社"，合著的谜集题名为《日河新灯录》。华亭人雷瑨（1871—1941，字君曜，别号云间颠公、娱萱室主，笔名缩庵老人等）将此谜集收入《娱萱室小品六十种》内，于民国 6 年（1917）由上海扫叶山房印行。

《日河新灯录》开卷即有姚福奎所撰灯谜 40 条，可谓条条精彩，虎虎（别解为"文虎"）有生气。如："课徒草"射《周易》"夫子制义"，"金莲烛送归院，始于唐之令狐绹"射《尚书》"后来其苏"。又如："少年莫近杯中物"射《礼记》句"酒者所以养老也"，"渊明"射四子"回也不愚"。再如："钟子期听伯牙鼓琴"射宋文"在乎山水之间也"（用《列子·汤问》里俞伯牙奏琴，钟子期知音的典故，谜底见欧阳修名文《醉翁亭记》），"一钩残月"射唐诗"此曲只应天上有"。《日河新灯录》还有吴光绶专为姚福奎所作的灯谜："贤哉姚广文（连下三句作五绝一首，送娄学使姚湘渔之常州府学任），别有广文馆，从此赵毘陵，毘陵桃李满。"（按：此谜次句用唐代郑虔典，"毘陵"是常州古称）每句隐古人一，谜底分别是"娄师德""郑居中""离娄""常遇春"，他们所处的时代分别为：唐、宋、上古（黄帝时）、明。

（韦梁臣）

# 饱学之士姚屺瞻

在常熟王吉民《琴心文虎初集·序》里，提到"乡先达以谜语著称者，前后亦无虑数十辈"。这在徐枕亚《谈虎偶录》中提到的姚屺瞻应该算上一个。

姚福均（？—1893），字屺瞻，号补篱。常熟人。清末学者。《重修常昭合志》有传。其父姚锡田，字告山，涉猎百家，尤潜心于许氏学（按，指东汉许慎《说文解字》）。

姚福均有父风，好博览，贫不能购书，从友人及书肆中借阅，尤精经解、字说。清光绪元年（1875）恩贡生，授职州判，历就学幕，卒于建德试院。

徐枕亚《谈虎偶录》记："吾乡姚屺瞻先生，文章品望，名重一时，著述之暇，亦喜为文虎之戏，所制多戛戛独造，不落恒蹊。幼时闻老父传述，惜余贫于记忆，已尽模糊，只记其一，面为'心星'二字，射《礼记》一句'旦牵牛中'。此为何等心思，拆字格殆无有能出其右者！先生又善滑稽，一日与昵友庞某，互相嘲戏。庞曰：我愿伐淇园之竹，以之编篮。先生问何为？庞曰：摇子摇孙（姚、摇同音）。先生曰：我愿得灵王之獒，使之守户。庞问何为？先生曰：防贼防强盗。（庞、防同音）。谈吐风生，针锋相对，亦前辈之风流佳话也。"徐枕亚老父名懋生，一作梅生、眉生，著有《自怡室丛钞》。

姚福均博极群书，著述等身，主要撰著有：《补篱诗文稿》、《补篱备忘录》、《补篱遗稿》、《骈字通写》（一作《骈字类纂》）、《海虞艺文志》（原名《海虞文献备略》，又名《海虞文献备考》）、《琐学录》、《佛雅》、《浙行日记》、《浙辀再随录》、《幕程斋箧存录》、《姚室类钞》等。其中的《铸鼎余闻》四卷，作于光绪二十五年（1899），今编入《藏外道书》第十八册"传记神仙类"。全书博采旁搜，探赜索隐，就所闻睹，将800余位神祇汇于斯编。其中多数属于道教神仙，如三清、老子、昊天上帝、玄天上帝、三官、许真君等等，亦有民间信奉之利市仙官、利市婆官、灶公、灶婆等俗神。又在第四卷附有少数佛教神灵，如大慈大悲更生如来、华光如来、定光佛等。基本上将清代社会崇奉的所有神灵搜罗一处，对于研究道教神灵之演变及民间诸神信仰，具有重要的文献价值。

（韦梁臣）

# 廋词大家袁薇生

袁薇生（生卒年不详），名铣，一名师鋈，字伯章，号薇生，系清代大诗人袁枚（1716—1797）嫡孙袁祜之子，但过继给袁祜嫡兄袁禧（见《慈溪竹江袁氏宗谱》）。祖籍浙江慈溪，清顺治、康熙间迁居钱塘（今浙江杭州），乾隆初年又迁居金陵（今江苏南京）。袁薇生于金陵，工诗古文词，擅长廋词，活动于道光至光绪间。官江苏典史。

道光二十八年（1848）九月十九日，袁薇生的好友汤贻汾、陈经、许嘉仪等集会于"随园"为他饯行。汤贻汾作《随园饯别图》，题识："戊申九月十九日，同人集随园作展重阳会，嘱写此图送薇生大兄袁浦之行。雨生识。"此处所记袁浦，即指江苏松江（今上海市松江区），其东南有柘林镇，产海盐，清时设盐课大使，称袁浦场。陈经题引首："残月晓风。戊申冬日为薇生大兄题。抱之陈经。"许嘉仪赋《微招·为袁薇生题〈随园饯别图〉》，图作展重阳会，为先贞愍公手笔》词一首："少微化去烟霞在。琴尊几番欢聚。只此好家山，认天涯羁旅。豪情酬俊侣。且休论，断肠南浦。寂寂秋容，疏花短柳，满城风雨。 指顾劫灰飞，销魂地，沧桑顿成今古。大树感将军，渺英灵何处。千秋终自许，任诗骨乱侵尘土。问多少、胜境消沉，有画图留取。"如今，这幅《随园饯别图》尚在人世，这首词收入《天风珮韵轩词》内，清徐乃昌《小檀栾室闺秀词钞》卷十二亦有记载。

汤贻汾（1778—1853），字若仪，号雨生、琴隐道人，晚号粥翁。江苏武进（今常州市武进区）人，寓居金陵（今南京）。凡天文、地舆、百家之学，咸能深造；书、画、诗、文，并臻绝品；弹琴、围弈、击剑、吹箫诸艺，靡不精好。以祖父难荫，袭云骑尉，为三江守备，历官粤东、山右、浙江，儒雅廉俊，盗贼帖弭。后以抚标中军参将，擢温州镇副总兵，因病不赴。退隐白门（今南京）。洪杨之乱，白门陷，阖门赋绝命诗，投池殉清廷而死。谥贞愍。书画仿董其昌，点染花卉，闲谈超脱，画梅极有神韵。间写松柏，颇能入古。山水所嫌境界细碎，无浑沦古厚之气。在当时与方薰、奚冈、戴熙齐名，有"方奚汤戴"之称。著有《琴隐园诗词集》《画筌析览》等。其妻董婉贞与诸子女亦善画。

陈经（1792—？），字抱之，又字包之，号辛彝，斋名求古精舍。浙江乌程人。阮元的弟子。曾任嘉定主簿。善刻印，家藏尊、彝、泉、印、砖、瓦甚富。精考证，刊有《求古精舍金石图》。精隶书、花卉、墨竹，有古趣。另著有《名画经眼题记》未刊，稿本现藏南京图书馆。

许嘉仪（？—1879），字仙圃，江苏华亭（今上海市松江区）人。撝思之女，江苏知县大兴汤世熙室。晚清著名女词人。著有《天风珮韵轩诗余》《天风珮韵轩诗草》《天风珮韵轩词》。

历史上有关袁薇生的记载甚少，惟袁祖志《随园琐记》（光绪十八年上海图书集成印书局印）多次提及他，并称"禧子师鍪，官江苏典史，工诗古文词"。袁祖志（1827—1898），字翔甫，号枚孙，别署仓山旧主、杨柳楼台主等。浙江钱唐（今属杭州市）人。为袁枚的孙子（非嫡孙），袁薇生的堂叔。擅长诗文。道光、咸丰之际，他曾随堂兄、时任上海知县的袁祖惠（袁薇生的伯父）身边。光绪年间曾办过报，先后任上海《新报》主编、《新闻报》总编辑等职，还曾游历西欧各国。著书有《谈瀛录》《出洋须知》《随园全集》等。当时，寓居上海的上元（今属南京市）葛甡（字芝眉）在光绪六年（1880）出版了一部个人谜集《余生虎口虎》，书中第一篇序言就是由"钱唐袁祖志翔甫"撰写的。

袁薇生喜好文虎，光绪初期"君宦徬端居，仿佯多暇，缔构往典，蒿成斯篇"，著《钩月庼词》二卷，收自制谜作500则，分属周易、尚书、毛诗、楚辞、戏名、虫介、俗语等40余类，友人方楷和钱唐孙亮恭（闻香，号澹道人）为之作序。当时，苏城有好多家书坊，其中有家开设在长洲县（今苏州）临顿路上的"徐元圃局"，校雠刻印精审。这家书坊的主人徐元圃，长洲（今苏州）人，与武昌陶子麟、京都（北平）刘春生、南京姜文卿并称为"清末四大刻工"。袁薇生慕名而至，将手稿交付于徐元圃刻印。据史料记载，光绪九年至十年（1883—1884）间，著名藏书家、长洲（今苏州）蒋凤藻辑《铁华馆丛书》六种四十五卷，由苏州名工徐元圃影刻，反映了晚清雕版艺术的卓越成就。宣统元年（1909）始，叶昌炽撰《语石》十卷，也是由徐元圃、稺圃父子刊刻梓行的，前后经历了 10 年时间。

袁薇生曾保存过其先祖袁枚的诗集手稿，即《袁枚庚午、辛未、壬申诗集手稿》。据王英志撰文介绍，光绪二十九年（1903）癸卯夏五（指夏至后的三伏），杭州汪玉年过访友人周听钧，得见周在杭州西泠书肆以五百铜钱购得的袁枚诗集底稿（即《袁枚庚午、辛未、壬申诗集手稿》），回金陵（今南京）后，即告知袁氏家族的袁薇生。袁薇生听说先祖袁枚的手稿零落在外，自然盼望完璧归赵，而周听钧乃通情达理之人，亦慨然付之。

这部诗集手稿回归袁氏家族若干年后，传至袁枚六世孙袁荃士手上。袁荃士生前将手稿赠与三女婿蒋洵（三女袁嘉衍夫君）珍藏。之后，蒋洵又把手稿交给内弟袁慰祖。现此手稿由袁枚八世孙、袁慰祖之子袁建扬（现寓居加拿大）珍藏。

（山青）

# 巢睫山人童叶庚

童叶庚（1828—1899），字松君，号睫巢、巢睫山人、枲道人，室名百镜斋。崇明（今属上海市）人。近代游艺大师、谜家。博雅多闻，工书善画，尤喜金石之学。他抄录的一些古籍，多为海内孤本，所著《益智图》《睫巢镜影》，皆为世所珍玩。清道光二十五年（1845）考中秀才，经捐纳踏上仕途，历任浙江诸暨、富阳、黄岩等地县丞，"咸丰间官德清知县"（《中国人名大辞典》第 1192 页）。同治三年（1864），与苏州祝书绅在崇明设盐局、建仓廒，办理盐捐。光绪十年（1884）秋，调常山县县丞未莅任，以军功擢知县，除补德清知县（吴仁安《明清时期上海地区的著姓望族》）。在任内，他为官清廉，救灾缉匪，后以事忤上官，于光绪十一年（1885）落职归居。去任之日，百姓涕泣跪送逾郊三里。光绪十四年（1888），携全家归隐吴门（今苏州）。

童叶庚是我国智力游戏的先驱者，同治元年（1862）夏，发明了益智图拼板玩具。这一发明，是他在闲暇之余，偶然看见儿童把绳线撑在手指间"翻股"而受到启发，联想到事物的变幻与转换关系，于是以七巧板为基础，在方寸之间用精确的数学比例，将原先切割成各种几何形状的 7 块拼板增至 15 块，再将这 15 块拼板排列组合拼出各种造型。他将此新创作的玩具称为"益智图拼板"，简称"益智图"，俗称"十五巧板"。"益智图"发明后，他的妻子祝梅君（自号瑶华仙史）和 5 个儿子用这 15 块板拼出了草木、花果、鸟兽、鱼虫等常见易识之物，童叶庚就将全家的拼板创作收集整理成书，取名为《益智图》，之后供亲朋好友传抄赏玩。

益智系列成了童叶庚的专利。光绪四年（1878）秋，《益智图》在杭州雕版成书，书中有各器具、动物、植物，如笔架、如意、剪刀、花瓶、剑、鱼、猴、兔、鹿、狮、荷叶、梨子、苹果等，每幅图有几十字的简单描述，书中还有图形篇，主要拼出一些复杂几何图案。印行后，十五巧板逐渐风行全国。光绪十一年（1885）和十六年（1890），童叶庚又先后撰写出版了《益智续图》《益智燕几图》。在此基础上，他于光绪十一年（1885）用十五巧板拼出了《文昌帝君阴骘文》上面的汉字，接着又于光绪十八年（1892）夏，成功拼出《千字文》上面的所有汉字，并在当年整理出版了《益智图千字文》一书，扉页有喜欢十五巧板的恭亲王奕䜣亲笔题词"制益智图千字文卷首　朗润园主人恭亲王"。光绪十九年（1893），恭亲王奕䜣又为这部书题写了"操觚新格"。之后，童叶庚又拼出了数以千计的文字造型，创作出《益智字图》《益智图节本》等。

童叶庚赴苏州卜居后，终日饮酒赋诗，以金石书画自娱，颇延时誉；又浸淫于灯谜、酒令、回文诗图、棋类等游艺，且收藏众多战国、汉唐之古铜镜，故言其斋为"百镜斋"。他还创作了蜗角棋、五星连珠图、月夜钟声图等局戏。月夜钟声图当时颇受士人欢迎，但民国后已不多见。光绪十五年（1889）元宵节，他撰著《醉月隐语》（光绪十六年春三月武林任有斋刊本），内收其谜语创作160条，分为40组，每组称一笺，其格式、体例皆仿明末清初谜家黄周星《廋词》"酒令体"。又撰《雕玉双联》，收集酒令144题，时称为酒令中之"能品""神品"。光绪十六年（1890），他将对各游艺的心得与创作作品合于《睫巢镜影》此套游艺丛书中，内含《静观自得录》《说快又续笔》《雕玉双联》《醉月隐语》《回文片锦》《蜗角新棋》《五星连珠图》《月夜钟声图》《六十四卦令》《七十二候令》《合欢令》《斗花筹》等12种。光绪二十五年（1899），童叶庚去世，享年72岁。留有遗作《益智图阴骘文》，但未发行。

民国4年（1915），篆刻家童大年（童叶庚小儿子）和张元济主持的上海商务印书馆合作，将《益智图》《益智续图》《益智燕几图》《益智图千字文》合为一套六册重印，搭配十五巧板销售。鲁迅对这套书颇感兴趣，曾于民国20年（1931）4月托弟弟周建人去西泠印社购买。此套书广泛流传，再版多次，直到民国22年（1933），上海商务印书馆才停印。

（尹渝来、山青）

# 瓶庐居士翁同龢

翁同龢（1830—1904），字声甫，号叔平，别号瓶生、瓶庐居士、松禅老人等。常熟人。大学士翁心存之三子。晚清政坛的重要人物。清咸丰六年（1856）状元，为同治、光绪两朝帝师 30 年，历官刑、工、户部尚书，协办大学士，军机大臣，总理各国事务衙门等职，是当时著名的清流领袖。光绪戊戌政变，因卷入"帝党"与"后党"的政治斗争被慈禧太后罢官而归里。卒后追谥"文恭"。著有《瓶庐诗稿》《翁文恭公日记》。

翁同龢书法有颜鲁公风格。易宗夔《新世说》谓："翁叔平书法，不拘一格，为乾隆以后之名家，相国生平虽瓣香翁覃溪、钱南园，然晚年造诣，实远出覃溪、南园之上，论清代书家，刘石庵外无其匹。"《翁松禅遗墨真迹》为世所重。清光绪二十八年壬寅正月初一日（1902 年 2 月 8 日），同龢画虎字，并作《壬寅元旦画虎字》诗："不画桃符画虎符，人皆笑我太迂疏。须知正气森森在，疑有神灵百怪趋。"

易宗夔《新世说》又论："潘伯寅与翁叔平好射隐语，尝互出巧题，斗捷才于寸晷。潘以：'臣东邻有女子，窥臣已三年矣'射'总是玉关情'。翁以：'伯姬归于宋'射'老大嫁作商人妇'。不着一字，尽得风流，皆隐语中之神品也。"徐珂《清稗类钞》赞曰："别开生面，妙造自然，是为逸品。"潘伯寅，号郑庵，吴县人，清咸丰进士，官工部尚书，谥文勤。两则谜的谜面、谜底分别引用：战国楚宋玉《登徒子好色赋》、唐李白《子夜吴歌》、《左传·成公二年》、唐白居易《琵琶行》注。

翁同龢还是楹联名家，如为常熟三峰寺方丈撰联："丈室重开，且莫论有宋元明，见在已经沧海劫；汉公一去，犹喜得老师翁赵，相逢同看大江云。"当年京师还有一些关于翁同龢的讽联，如："翁孙割地，父子欺天。"（吴趼人《新笑史》）"宰相合肥天下瘦，司农常熟世间荒。"（徐珂《清稗类钞》；刘体智《异辞录》"宰相"作"相国"；吴恭亨《对联话》"宰相"作"相国"，"司农"作"尚书"；《清朝野史大观》"世间"作"小民"）"翁叔平两番访鹤，吴清卿一味吹牛。"（李伯元《南亭笔记》、张伯驹《素月楼联话》、伯弓《翁常熟访鹤》；徐珂《清稗类钞》《清代野史大观》"两番"作"三次"）光绪三十年五月廿一日（1904 年 7 月 4 日），翁同龢疾亟时口占："六十年中事，伤心（凄凉）到盖棺。不（莫）将两行泪，轻与（向、为）竖（汝、尔）曹弹。"自撰挽联："朝闻道，夕死可矣；今而后，予知免夫。（？）"（集《论语·里仁》《论语·泰伯》句）诗句是"不"还是"莫"？联句"道""免"何指？下联末句用句号还是问号，亦成为不解之谜。

相传，翁同龢在瓶庐门外凿一井，作自裁计，自书"渫井"二字于井栏。甥俞钟銮（金门）入山问起居，密约老人曰："《史记·屈原传》云：'易曰井渫不食，为我心恻，可以汲。王明，并受其福；王之不明，岂足福哉。'今井以渫名，虑有讪王不明之嫌。"老人惧然起谢之，命舟乘夜载栏，投尚湖深处。今"瓶庐"门外，"渫井"尚存。翁同龢所书"渫井"两字取自《金刚经》，"渫"字在佛教中是"清除污秽"之意。有关"渫井"之说，还有几个版本。据《虞山镇志》记载："在西门外虞山鹁鸽峰下，翁氏丙舍西厢房靠南便门外，系翁同龢于清光绪二十四年（1898）被慈禧太后夺职返里，隐居'瓶庐'时所开凿。相传，翁相国唯恐慈禧加害，特设此井以备自裁，井上置有花岗石栏，上镌翁亲书'可用汲'三字，取意于《易经·井卦》。或谓'汲'乃'急'之谐音云。"民国37年（1948）版汪青萍《常熟手册》称："门前有井，父老相传翁备以自裁者，时适慈禧专政，风云丕变，似可信也。"

翁同龢曾请人抄录清纪晓岚批南朝陈徐陵辑《玉台新咏》善本。清末文学家、谜家樊增祥有《读瓶庐诗集题后》诗："晚清唯有瓶庐士，三绝能兼书画诗。白头独任天下重，黄屋两为王者师。蓲玉九原恩怨尽，铄金多口圣明知。残编细字映灯读，瓦鼎茶声虫络丝。"

（注：郑逸梅《珍闻与雅玩·潘伯荫之风趣》："岁首有春灯射虎之举，以'臣东邻有女子，窥臣已三年矣'射唐诗一句，揭月余，无有中者，后为江南一士人所射得，盖'总是玉关情'也。潘赠以数百金，一时传为佳话。"）

（韦梁臣）

# 东溪渔隐徐宾华

清末时期，有位出身于贫苦市民家庭的文人，对明末清初的学者顾炎武的人品、学识、诗歌情有独钟，在一辈子从事教育工作的同时，对顾炎武其人也研究了一辈子。鉴于世人"苦其诗多用古，非通人不能晓"，他还专门为顾诗作了一个笺注，征引说博，撰写成《顾诗笺注》。晚清诗文家、山阳（今淮安市淮安区）顾云臣介绍说，他"黎明即起，握管不辍，历十年，检书四百余种，四易其稿"，在诸友人的资助下，终于刊刻问世。他就是著名诗文家、谜家徐宾华。

徐宾华（1834—1913），名嘉，字宾华，一字遁庵，号东溪渔隐。江苏山阳河下镇人。父淮，字汇川。7岁时从程祝三启蒙，后因家境穷困不堪，父母将他食于舅父家，并从舅读书，继又入诸生杨尧臣（字元凯）私塾从学。徐宾华《哭项锦堂舅氏》云："忆少从寄食，奋勉忘无家。"少年时代，他备尝生活的艰辛，读书十分刻苦。"年十二丧父，贫甚"，"两世寡弱，日食甘薯……祖母佐以针黹。""嘉年十二三因家贫废读，先生至流涕劝留读，不受束修，故得卒业。"（徐宾华《宾华丛笔》）在杨尧臣的悉心指导和授教下，10余岁的徐宾华已善于写诗，而且写得很出色。禹柏华（字笛仙）在道光二十六年（1846）作的《赠徐宾华》诗中写道："碧天如水月三更，闻汝新诗脱口成。"徐宾华在《宾华丛笔》中写道："禹笛先生知余最早，每出城即过杨尧臣师塾，执余手慰诲殷切。"

咸丰四年（1854），徐宾华以府试第一入学，时年21岁。淮安知府恒砺堂（廉）爱其文，为纳粟太学生（捐监生），使应顺天乡试。次年赴京，与尹耕云、裴荫森订交。顺天乡试不售，归里。时值蓬州知州高士魁（1792—1866，字映斗，号紫峰，道光己丑进士）解职回乡主讲奎文书院，教授生徒，谆谆以治经学为重，徐宾华列门墙受业。咸丰八年（1858），徐宾华再度应顺天乡试，又不售。是年秋与高士魁之子延第（1823—1886，字子上，号槐西居士）同道归里，假馆陈云卿（名步龙）家馆授生徒，从此开始了教读生涯。陈云卿也是一位学者，善诗，爱读《离骚》，主客相处十分融洽。咸丰九年（1859），徐宾华赴浙应借闱乡试，再不售，他与学子游览了西湖诸名胜，写了不少吟咏的诗篇。次年，捻军占河下、攻淮城，陈云卿避居泾河花园庄，以诗召徐宾华，徐乃馆于泾河。他曾作《泾河感旧诗》记这段往事："马樱花落雨潇潇，旧馆泾南第四桥。饥雀空仓深黑夜，一灯如豆话南朝。"同治五年（1866），徐宾华迁居入城，赁屋以居，嗣后在城东梁波桥北就馆。同治九年（1870），他应江宁乡试中举，时年37岁。次年赴京春闱不第，回淮后继续"家居授徒，以经世致用为主。品行不规于正者不纳，后生有一善，称之不容口，来学者日益众"（民国《续纂山阳县志》）。光绪五年（1880），徐宾华以届大挑之期，辞去王寿萱（锡祺）家馆，荐同邑段朝端（1844—1925，字笏林，号蔗叟、蔗湖退叟，近代诗文家）继馆于王氏。春闱报罢，内阁大挑二等，例授教职，徐宾华以母老不赴省谒选，归里馆于西长街尹宅，尹颜钺（字子威）、颜铄（字转叔）兄弟从学。光绪十年（1884）底，徐州太守桂履真（中行）聘请徐宾华去徐州就其家塾，由此他结束了家乡的馆事。从1858年开始到1884年底，徐宾华在家乡教书27年，为淮安培养出清末进士、翰林王鸿翔（字燕孙，号研荪，又号澹庵，一字惕生）、周钧（蘅甫）、徐钟恂（绍泉），近代著名出版家王锡祺等许多有学行的人。

光绪十一年（1885）春，徐宾华应聘赴徐州，教授之余，游览了云龙山诸胜迹，多有诗作。桂氏藏书甚富，借以校订《顾诗笺注》，这使徐宾华对顾炎武诗的研究更为深刻。与此同时，他访明遗民诗人万寿祺（年少）遗迹，将其《隰西草堂集》付手民重印。在徐州期间，他还与"江左诗派"的领袖人物冯梦华（名煦，金坛人）订交。冯氏主动为徐宾华的诗集《味静斋诗存》作序，并谓之："久访养一先生余风流韵，今迟之且二十年，而得之于宾华。"光绪十五年（1889），徐宾华应金华知府陈仲英（名宗彝，松江府娄县人）之聘，去浙江金华就其家馆，课其子珊源、慕韩，侄子舫等。约2年，陈仲英离职，徐宾华亦辞馆，之后先后主讲于精勤文社、盐城书院、尚志书院，前后10余年。他谆谆教导生徒，不但教授四书五经，还教授《史记》《汉书》《资治通鉴》等，要求学生触类旁通，书要"读得进，走得出"，以培养"真才实学、品端有为之士为己任"。他说："国家三年得一状元，未必能得一真实读书可传千古之人……子弟得数贵人，不如得一贤人。"

光绪二十九年（1903）六月，徐宾华被选任昆山教谕，九月赴昆山就职时年已古稀。昆山自兵燹后元气未复，荒草残碑，满目疮痍。徐嘉见之感慨不已。次年甲午战败，变法失败，西学大量涌入，他在《致顾持白》信中写道："今日者沧海横流，强邻伺隙，不讲新学，则势不行，兼讲旧学，则力不足。非读经史不为功，徒读经史亦不为功。"光绪三十年（1904），苏州校士馆（即紫阳书院）停办，清政府在原址扩"建江苏师范学堂（分优级、初级，又称两级师范学堂），由光禄署正罗振玉出任监督，徐嘉为监院，日本文学博士藤田丰八为总教习，王国维教习伦理，一时学者云集，建树颇多。为民国后的省立一师和苏州中学奠定办学基础"（《苏州市志》第四十四卷"教育"第四章"中学教育"）。是年九月，徐宾华调到苏州，与比他小34岁的同邑罗振玉（1866—1940）共事。担任监院兼国文国史教习的徐宾华本可展其素志，却因为维护封建伦理礼教，重旧学反对新思想，受到一些教员、学生的反对。他向上建议开除几位教习以示惩警，没有得到同意，于是在光绪三十二年（1906）秋辞职，仍回昆山。时科举已停，书院多改学堂，徐宾华仍主持昆山县教育，时境欠佳，本人与家人多患疾病，唯有借诗抒怀。光绪三十四年（1908）春，徐宾华猝患风疾，语塞手僵，不能动笔，五月归里，于民国2年（1913）9月5日去世，享年80岁。著有《顾诗笺注》《味静斋诗文集》《丛笔》《杂诗》《拾沈录》《夜存录》《隐语鲭腴》等。

徐宾华善隐语。据顾震福《顾竹侯灯窗漫录》之《隐语鲭腴》介绍：

光绪三年（戊寅）春，吾乡先辈徐丈宾华、段丈笏林召集同好设隐社，次年（己卯）孟夏刊是编，后跋云："灯谜相传有'广陵十八格'，'包意'似腐而实奇，'离合'似庸而实古，兹刻不外此例。至'竹西春社'所列'梨花'一格，尤脍炙于淮人士之口。顾方音各异，未可强同，概置弗录。"曰"广陵"，曰"竹西"，宾也，曰"淮人士"主也。言扬州谜语有白字格，淮安人士亦喜为之，兹编则概不采录，语意甚明。顾以不署真名，致人皆不知谁氏所作，何地所刊，今为述明于后：卷首骈体文之序言，末署东溪渔隐，即徐丈宾华。丈于同治庚午举于乡，选昆山教谕，著《顾亭林诗集笺注》《味静斋诗存》，家住城东梁波桥北，溪水清涟，故别号东溪渔隐；段丈，邑廪贡生，署甘泉训导，著《椿花阁诗存》《续纂山阳县志》，别号蔗湖，晚年称蔗叟，皆予父执，常随侍奉教，知之甚稔。是编即此两先生所选刊，而前序独称："偶园寓客，绘秋馆主逢场作剧，结习未除。当九十春光，邀二三知己，分为斯制，务去陈言。"操觚者有少芗、霜圃、苏台、蔗湖、嗣龙、霭岑、镜珊、云黼诸君。偶园寓客即少芗，姓于，字绍香，官海州盐运分司，著《今雨楼诗存》；绘秋馆主即霜圃，姓黄，字蕙伯，官富安盐运大使，著《借竹宦藏书题跋记》。两公卸职后皆寓淮，记问赅博，工诗词。乡先辈既与过从，自不得不推重寓公，所以奉偶园、绘秋馆为首。其他操觚诸君，少芗、霜圃、蔗湖外，予所知者：苏台即薛苏台，霭岑即程冶臣，镜珊即王觐三。只嗣龙、云黼两先生不识真姓名。

笔者在编纂"中华谜书集成"时，曾对《隐语鲭腴》作考证，序言写于"七夕日"（七月初七），而跋文则写于"浴佛日"（四月初八）。据《隐语鲭腴·跋》介绍，"戊寅正月，同人戏立隐语社"。这里的"戊寅"，即光绪四年（1878），而非顾震福《顾竹侯灯窗漫录》所说的"光绪三年"。当时，徐宾华在王寿萱（锡祺）家馆。隐语社成立后不久，他即与段笏林（朝端）选编会员谜作277条，刊刻了《隐语鲭腴》这部谜集。而在谜集里提到的隐语社社员"偶园寓客"，是寓居邗江的成山（今山东荣成市）人于宝之，字绍香，又字少湘、少艻，号偶园寓客，曾任江苏候补道，官两淮盐运使海州分司。

（诸家瑜）

# 颇罗居士沈景修

　　沈景修（1835—1899），字蒙叔，一作梦粟，号蒙庐、汲民，又号蒲寮子，晚号寒柯，别署颇罗居士、井花道人、芦泾逸史、阿蒙、蒙老等，斋号蒙庐、欧斋、井花馆、小书画舫、蒲寮。浙江秀水（今浙江嘉兴市秀水区）人，早岁居闻家湖（又名闻湖，今嘉兴王江泾）。"先世自湖州竹墩迁王江泾，占秀水籍。祖文炅，考埇，潜德劬学，垂教于家君。有兄蚤逝，仲子之生，颖异得亲心，然日且淬厉，望速成，君读书广记行，操笔斐然惊坐，作字真，行入古。"清咸丰元年（1851）补诸生，时年十七。咸丰十年（1860）洪杨兵燹，家乡皆成焦土，避寇嘉善胥塘。咸丰十一年（1861）"辛酉科试，君遂入选……唯时兵事初定，君拮据忧患，奉亲事毕，出入劳臣，幕府佐军牍"。次年"入都，应朝考被落，方入资为科中书，旋改学宫南归"，之后乡闱屡荐不售，援例"署浙江萧山（县）、宁波（府训导）、寿昌、分水训导教谕"（谭献《清诰受朝议大夫蓝翎五品衔科中书署寿昌县学教谕蒙叔沈府君墓志铭》）。同治初，曾客居杭州，与同受知于薛时雨的仁和（今杭州市）谭献（1832—1901，近代词人、学者）等同在浙江书局校书，订为莫逆之交。同治三年（1864），沈景修举家西迁至吴江盛泽。同治四年（1865），补行拔贡生。光绪九年（1883）始筑室于斜桥（故居旧址位于今盛泽镇斜桥街9号），遂定居盛泽。光绪二十五年（1899）冬十月，告终斜桥寓庐，享年六十有五。著有《蒙庐诗存》四卷、外集一卷、《井华词》二卷、《沈景修书法集萃》。元配湘蘼早故。继室顾佩英（？—1876），字宜人，江苏吴江盛泽籍，浙江嘉兴人。顾大圻女，顾石声妹。女诗人、画家。工吟咏，善画花卉。著有《晕螺阁吟草》。

　　沈景修淡于功名，潜心经史之学，雅好山水，善诗词杂文，光绪二十九年（1893），李道悠辑《闻湖诗三钞》八卷刊刻，内收其选辑的《续编》一卷。汝悦来《沈景修法书集萃·序》如是评介："俱为才识所系，咏唱不乏警句雅韵，然前人评骘，余检阅近人诗话词论，竟茫然而未见鸿爪，异哉！凡近望尘，老人固一代硕儒，何泛泛于同侪耶？"他亦工书，俯仰古法，偶写花卉，效法悲盦，有声于时，与海上画派任伯年、舒浩等关系密切，合作较多。他的书法为世所推重，名播士林，坚劲而不失于戾，精严而不失于刻，沉酣而不失于滞，可谓深得中和之气，这与他沉潜经史、究心诗文、深受儒学影响有关。清仲虎腾《盛湖志补》赞其"作楷如初唐诸家及魏晋六朝，无不肆习。而晚年自信可传者在行书，流布最夥"，谭献的评价是："沈子书艺逸荡秀峻，使人不思赵（孟頫）、董（其昌）。"所述甚为允当。当代书法评论家董水荣先生如是说：在清末文人书法中，沈景修属于上乘。

早年，沈景修钟情欧、褚结体浑穆，虚和圆健，攀跻砚北，春秋不辍，甚者以"欧斋"自号。光绪中，《张猛龙碑》风靡，他借以上溯魏晋，楷则更胜谨严。"由是，博观约取，流金出冶，远则踪迹二王，近则观摩香光、石庵、暖叟，笔笔务求来历，规矩日臻，意态至备矣。郁平陈六笙谓老人书，得杨少师《韭花帖》真传"（汝悦来《沈景修法书集萃·序》）。他在致张鸣珂函札中写道："弟自信见识尚超，碑版功夫已二十余年，跳进跳出，却甚自在，大有孙悟空在八卦炉中光景。"同治十一年（1872），26岁的俞粟庐（俞振飞之父，时在松江任金山守备）在拜韩华卿为师学昆曲的同时，经友人姚仙槎介绍，拜沈景修为师学书法。也许是沈景修主张习北碑，可能与俞粟庐松江亲友的艺术观点相左，故"其时，松江亲属无一人言是"（俞粟庐语），但俞粟庐不为所动，一头埋在汉魏碑刻之中，致力用功。他从沈景修学书5年，在案头代其考订金石文字，并查历朝史书，这为其日后的书法艺术和碑刻鉴定打下了深厚扎实的基础。光绪四年（1878），沈景修为俞粟庐写了仿单。仿单是旧时书画作品的标价，往往有书画界的名人出面定价，带有推荐的性质。沈景修以仿单见惠，这说明俞粟庐的书法已经学成，可以标价出售了。俞粟庐第一次出售的书法作品，是在吴江震泽徐伯铭家所书写，半年中得100多银元。光绪八年（1882），他经松江提督推荐到苏州黄天荡水师营任帮办，主笔墨事，每月饷银36两（60多块银元）。但他每年为求书者写寿屏五六堂，就可得银元300余元。可见那时他的书法在江浙一带已颇有声名。

沈景修乐于谜道，曾辑录亡友沈昌宇《竹亭钼玉生灯谜》。沈昌宇（1836—1884），字紫醅，一字子佩，号竹亭钼玉生。江苏武进人。沈括后人。清同治三年甲子（1864）举人，直隶候补知县。著有《泥雪堂诗钞》。沈景修辑录的《竹亭钼玉生灯谜》，仅收谜68条，用井花馆笺纸（每页10栏）抄写，计8页，涉及谜目有易经、四书、诗经、戴记、礼记、史记、左氏、毛诗、尚书、国策、六才、四子、书、古书、人名、古人、美人、红楼梦人、药名等19种，谜格有卷帘、解铃2种，其中只有1条谜揭底，其余皆无谜底。另外，沈景修还辑有《灯谜杂录》，收谜130条，亦用井花馆笺纸抄写，计7页，涉及谜目有易句（易经句）、四子句、诗经句（诗句）、左传句、礼记句、书经句（尚书）、六才句、字、物、书、方言、俗语、戏、人名（古人、宋人、三国人、左人）、地名、宋诗、唐诗、聊斋志目、诗经篇目、药名（药草）等20种，谜格有卷帘、系铃、解铃、求凰4种。据吴江谜家樊秋华考证，《灯谜杂录》里的谜语有2条与浙江吴兴费源《群珠集》（1780年刻本）相同，有1条与金陵袁薇生《钩月庼词》（光绪初年刊本）相同，有1条与无名氏《灯谜新编》（1879年刊本）相同，有12条与天津杨春农（号盟鸥居士）《绝妙集》（编著于1880年，1922年刊行）相同。又，稍后出版的吴江薛凤昌《邃汉斋谜话》（1913年上海《小说月报》刊载，1917年上海商务印书馆刊行）、浙江海宁管老吃《西厢谜辑》（1917

年刊本）2 种里，有几条谜与《灯谜杂录》相同。谜语撞车，这在那个时代是在所难免的，这也说明了"英雄所见略同"。

沈景修辑录的《竹亭钼玉生灯谜》《灯谜杂录》，收入《沈景修书法集萃》内。《沈景修书法集萃》稿本先由沈景修的儿子沈藻保存，后由其孙沈传楣保管，继而由曾孙女沈蕴真（吴昌硕次孙吴瑶华室）珍藏，"时作临习之用，以不忘祖德，继承家学耳"（吴民先《沈景修法书集萃·跋》）。沈蕴真晚年时，将此祖传之墨宝传于其子吴民先（1940年 1 月生，别号汲野、莕翁，沈景修外玄孙）。2012 年荷月，吴民先"自京华南旋，归里消夏"，在与吴江博物馆汝悦来晤谈时，出示了祖传的《沈景修书法集萃》。"叶尚不盈尺，虽作小字，雄浑排奡之气，峻拔难掩。或摹古帖，或录诗文，或制谜语，历劫尘世百余年，微乎阙佚蚀损，何幸哉！"汝悦来"凝神之际，怀思前贤，击节赞叹，因与同仁倡议影印，以彰乡前贤之风雅"，由此得到吴江博物馆大力支持，这才于 2013 年7 月影印流布。

（诸家瑜、樊秋华）

# 故史龛主管礼昌

清光绪初期，位于苏州古城西北隅"桃花坞"西大营门的五亩园，曾经是吴地文人彦士猜灯谜结谜社的活动场所，发起人是吴中名士管礼昌。

管礼昌（1843—1902），字叔壬，号故史龛。元和（今苏州）人。附生。在家排行老二。其父管庆祺，为朴学大师陈奂的入室弟子，专治《经典释文》《集韵》，著述甚丰。其妻陈小吉，陈奂的长孙女。其弟管礼耕（1848—1887），字申季，号操养，家住城东小新桥巷。与叶昌炽同受业于冯桂芬。光绪十二年（1886）二月，与好友叶昌炽等同赴广东，入汪鸣銮幕府。次年，因染病乘船返家，到苏不久后即身故。家中部分藏书，由管氏岳父陆敦有做主出售，以补贴家用。侄儿（管礼耕之子）名尚宽，字成夫，早年肄业于京师同文馆，民国初年曾任俄国伊尔库茨克领事，新中国成立后任职于苏州市文管会。管氏"操养斋"散出之书，文学山房所获者，有明人钱谷抄补的《道德指归论》，书后附有钱谦益致钱遵王书札，为绛云楼中烬余之物。20 世纪 30 年代，此书经苏州文学山房售归南浔张葱玉韫辉斋，40 年代转入中央图书馆，今藏台北。

管礼昌少有释经，著述甚多，有散佚。光绪十一年（1885）八月，王先谦（字益吾，湖南长沙人。同治四年进士）奉旨为江苏学政，十月二十六日抵江阴，十一月于南菁书院西长江水师协政署故址建屋两进，开设南菁书局。捐银 1000 两为倡，继踵阮志，"汇刻先哲笺注经史遗书"，应者影从。王氏曾于《清经解》外至解经著作搜采颇多，抵任后组织刊刻《皇清经解续编》1430 卷，记书 209 种，每卷皆由 2 人初、覆校而成。管礼昌亦参与了这项浩大的编纂工程，负责初校 22 卷，覆校 20 卷。当时与他一起参与编纂校对的有：毕长庆、陈庆年、陈汝恭、陈兆熊、冯铭、郜文元、何锡铧、蒋廷黻、吴大彬、吴宗宾、姚永概、叶维幹、张祥龄、章际治、赵椿年、曹俨、孔广窖、雷浚、李文楷、刘铎、刘钜、刘峻、刘毓家、彭清穌、丁国钧、吴光尧、陶濬宣、唐文治、林颐山、沙从心、范本礼、费念慈、邵顺颖、孙瑛镇、汪家鳌、汪之昌、王宾、王启原、王先慎、顾光昌、梁恩沛、潘介祉、邵元晋、孙同康。之后，管礼昌又著《中论润文略解》四卷，还与金坛段玉裁（1735—1815）的门生、江声（1721—1799）之孙、同邑江沅（字子兰，一字伯兰，号铁君、韬庵）共同批校并跋《成唯识论》十卷（清释明善撰）。此书现藏苏州图书馆。

管礼昌爱上文虎且执"谜"不悟，是在咸丰年间，乃受晚清著名文学家、考据学家、戏曲家俞曲园之影响。光绪八年（1882），他约了同乡好友朱世德（字积卿，号野竹庵）、徐钺（字威如，号知幻居）等七八位志同道合的文人，在五亩园内悬谜为戏，且组建成立了苏州历史上第一个民间灯谜社团——"五亩园谜社"，坚持活动将近 7 年，活动形式分内部会猜和对外征猜两种。内部会猜在五亩园内，每逢望日会员集中于此，"馀情不已，豪兴未衰。月下灯前，各张旗鼓；酒阑茶罢，并斗机锋。虽愈出而愈奇，皆有文而有典"（城北航友《新灯合璧·序》）。对外征猜则在城中养育巷"仪凤茶肆"内，张灯悬谜，备有谜赠。"五亩园谜社"是清末诸谜社中较活跃的一个，谜风不亚于当时的北京、上海和扬（扬州）淮（淮安）地区，谜社活动至光绪十四年（1888），因俞吟香、何维楳、胡锡珪、江长卿等好些社员相继作古，才不得已偃旗息鼓而散伙。管礼昌为悼念亡友，寄托哀思，于是将诸社员参加历次活动时所出的谜作加以精选，编纂成《新灯合璧》三卷，付之手民。

管礼昌在中华谜语文化的理论研究方面，是有一定造诣的。他在其著《故史龛灯虎》"小引"写道："《国语》有秦客廋词于朝，卿大夫不知也。《世说》曹娥碑背，'黄绢幼妇外孙齑臼'八字，即《国语》之廋词。《左·宣公十二年传》：申叔展曰'有麦麹乎？''有山鞠穷乎？''河鱼腹疾，奈何？'《哀十三年传》：申叔仪曰'佩玉蕊兮，余无所系之。旨酒一盛兮，余与褐之父睨之。'亦皆廋词也。推而言之，《南华》之寓言，特廋词之高远耳。虽小道，不大有可观乎？"他认为："右军《兰亭》醉笔也，不求工而自然神妙，异日复为之，更数十纸，终不能及。此盖得之偶然，故若有神助，再欲得之，决不可得。情也，亦理也。作谜亦然。无意之间，忽焉有触，偶得一谜，自然入妙。若有意求工，虽惨淡经营，颇难天衣无缝。此佳谜之所以难得也。且也，谜底字少则易工，字多即难工。若字多而繁芜，鄙俚俗工，对比鲜不束手。是以旧作如林，而长句谚语，绝少流传。此惟花间月下，酒后灯前，偶然感触，恍有所悟，然后运以奇巧之思，出以简明之笔，以极难包括者，而数字括之，不脱漏，不冗长，不聱牙，不伤雅，自然巧合，庶乎近焉。

此佳谜之尤其难得者也。"（管礼昌《新灯合璧·序》）他的选谜标准颇有特色："近人作谜，每以'如'字为'妾'，庶不知'如君'二字，方是妾称。若仅一'如'字，焉可以为妾庶乎？犯此病者，概不入选。""谜格惟楹联、遥对、卷帘、解铃、系铃为正，其馀梨花、寿星、玉带、皂靴，诸格甚多，无非硬改底字，以就作者之便，概不入选。""是选不专以面成句为贵。其面成句，而意实勉强者，概不入选。""是选谜面必取简明、典雅、成字。其繁芜鄙俗，一撇一钩者，概不入选。"（管礼昌《新灯合璧·凡例》）他主张制谜不一定非用正典，只要能出奇，"借用俗典，亦无不可"。这些都反映着清末谜作的发展新趋势。

（诸家瑜）

# 香草洞人陆鸿宾

陆鸿宾（生卒年不详），字璇卿，号香草洞天、香草洞人。吴县（今苏州市）人。生于清咸丰初，卒于民国中期，享有高寿。在初版的《虎邱山小志》"编著人陆璇卿小像历史"介绍里，称"年七十二岁"。吴县学附生。早年任长洲县（今苏州市）乐安上乡仁寿里文一图（城内言桥一带）董事、上元乡全吴里文二图（城内皇宫前一带）董事。后就读于县立师范传习所，毕业考试成绩优等。光绪年间，先后出任长洲县劝学所调查员（一任）、评议员（两任），长、元、吴三县苏城南路劝学员（连任二年），又由教育会公举为评议员，派至第十六区小学校任正教习（连任四年）；还担任拒烟赌会员，分赴各乡演说。后由长洲县照会，出任金鹅乡金杯里十五都区董事。宣统二年（1910），在自治甲级选举中，被选为长、元、吴三县城自治议员（连任二年），其间由"吴县保送苏省自治研究所学习，期满给予文凭；随办七省赈捐出力，抚院宝给予五品翎顶功牌"。民国元年（1912），他创办了苏州双桐女学，任总理兼修身教员。嗣后，曾在江苏法政学堂学习，参加演讲社任编辑员；又任吴县初选区监督，众议院、省议会第一投票区管理员，中国监狱改良协会江苏支部委员，吴县金墅乡学务课员、学务委员，上海监狱会计科长兼看守教练所教员。

陆鸿宾精于地方文史，清末民初时期被南京《南方报》、上海《新闻报》、常州《晨钟报》、无锡《锡报》、上海《商报》等多家报社聘为访事员，又任《吴县市乡公报》驻报社交际员、海军保卫渔业筹备处咨议。民国7年（1919），吴县修志启动，时任修志局长的曹允源函请其为《吴县志》名誉采访员。著有《旅苏必读》（吴县市乡公报社1922年初版，1927年再版）、《虎邱山小志》（苏州文新印刷公司1925年9月初版，苏州新苏书局1934年9月版）。他还雅好联、谜，清光绪八年（1882）加盟苏州"五亩园谜社"，谜作有："譔"，射四子一句"巽与之言"；"庭有悬鱼"，射尚书一句"腥闻在上"；

"专诸进鱼"，射幼学一句"腹中有剑"；"并"，射吴谚一句"空開（开）心"；"瑟"，射三国人二"王逢、王必"，等等。光绪十四年（1888），管叔壬在编纂《新灯合璧》时，从他的谜著《香草洞天灯虎》里摘选了部分谜作，编入书之"卷下"。

（诸家瑜）

# 首倡"红学"朱昌鼎

朱昌鼎（1853—1899），字锦雯，号子美，一号紫燉、行一。江苏华亭（今上海市松江区）人，居住在东门外东果子弄，其地今尚存。八世祖朱国振，从上海沙冈迁居华亭。朱氏数世均有仕宦之迹，至清末成为松江世家大族。父亲朱传经，岁贡；堂叔朱赓飏，同治九年（1870）举人，长于制艺，著述甚富，有《征远堂制艺》《宛在斋尺牍》等传世；堂叔朱赓尧，光绪三年（1877）探花，翰林院编修。这二位堂叔都是朱昌鼎的"问业师"。

朱昌鼎在家排行老大，下有昌震、昌泰二弟。他自幼出嗣嫡伯父赞铭，年轻时为江苏松江府学咨部优行廪膳生，与另一李姓文士被郡人目为"东朱西李两才子"（朱久望《屯窝诗稿·跋》）。朱昌鼎在光绪二年（1876）丙子科副取优贡，肄业于龙门、求志、南菁、格致书院；光绪十六年（1890）庚寅科"恩贡"（见《华娄续志残稿》科举表）。其间入华亭"日河隐社"，谜作见《日河新灯录》。著有《一禾居文稿》《梦昙庵词稿》《屯窝诗稿》（现藏上海市松江区博物馆）。

朱昌鼎为首倡"红学"一词者。据均耀《慈竹居零墨》载：华亭朱子美先生昌鼎，喜读小说。自言生平所见说部有八百余种，而尤以《红楼梦》最为笃嗜。精理名言，所谈极有心得。时风尚好讲经学，为欺饰世俗计。或问："先生现治何经？"先生曰："吾之經（经）学，系少三曲者。"或不解所谓。先生曰："无他。吾所专攻者，盖'红学'也。"徐珂《清稗类钞》亦载："朱独嗜说部书，曾寓目者凡九百种，尤精熟《红楼梦》，与朋辈闲话辄及之。一日有友过访，语之曰：'君何不治经？'朱曰：'予也攻經（经）学，第与世人所治之经不同耳。'友大诧。朱曰：'予之經（经）学所少于人者，一画三曲也。'友瞠目。朱曰：'红学耳。'"

朱昌鼎有两次婚姻，初娶方氏，为浙江仁和附贡生、官至苏州府知府方德骥次女；次娶韩氏，为娄县戊午（1858）举人、刑部江西司主事韩宗文第五女。他虽出身于世家大族，但一生坎坷，年仅47岁而殁，身后萧条，嗣子幼稚，遗稿尘封蠹蚀无力付梓。后由族弟朱久望和黄文镐将其稿本整理校订，且黄为《序》、朱作《跋》。在选录遗稿时，朱久望发现朱昌鼎40岁以后竟无只字留存。嗣后，遗稿由朱昌鼎的内侄韩子谷"慨然担任梓费"，但不知何因而终究未能付梓。

（山青）

# 莲勺庐主张玉森

　　清末民初，苏州有一位淡泊名利的文化人，在那战事连绵、政局动荡、民不聊生的岁月里，守住清贫，为保护祖国的非物质文化遗产呕心沥血。他倾注了大半生心血，专心致志收集、整理并誊写了许多历代谜语、昆曲古籍，还编写了许多戏曲方面的书籍，为后人留下了一笔弥足珍贵的文化财富。然而，由于他名不见经传，因此被人们遗忘了。

## 淘旧书，陈振鹏意外发现了他

　　1953 年的一日，一位 30 多岁的年轻人徘徊在苏州察院场及其周边地区，来回于各个古旧书店、书摊间，时而弯下身子扫描着摆在地上或架子上的书籍，时而从书堆里或书架上挑出本书或蹲身或站着翻阅。他，就是时任中国人民银行苏南分行副股长的海上文人陈振鹏。

　　陈振鹏（1920—2005），笔名陈长明、洛阳、萧下，号落落，广东南海人，久居上海，具有深厚的国学功底，其治学思理绵密，考据严谨；纵横博辩，鞭辟入里。早年在浙江兴业银行上海总行工作，1949 年任中国人民银行苏南分行副股长。20 世纪 50 年代初开始创作灯谜，结交到不少沪、苏等地的谜友，其中就有著名谜籍珍藏家、原苏州"西亭谜社"的高伯瑜。于是，他对中华谜语文化着了迷。这一业余爱好，为其日后长期负责主持上海《新民晚报》副刊的"今宵灯谜"栏目选稿工作，以及主编《实用灯谜大全》《谜话》等谜学专著，打下了良好的基础。

　　陈振鹏这次是专程从上海来苏淘宝的。当他走到一个古旧书摊前，意外地发现了一套清末谜语书籍，一点，共 10 册。他拿起最上面的一册，小心翼翼地打开一看，是手抄本，顿时喜出望外，二话没说就掏钱买了下来。带回上海后，他一直将此视为珍宝秘藏着。1957 年 6 月，已调任上海京剧院秘书的陈振鹏撰写了一篇题为《关于灯谜的书》的文章，署名落落，发表于《新民晚报》，首次向世人介绍了他的谜籍"珍宝"——《百二十家谜语》，首次向世人介绍了这部谜著的作者是清末苏州谜家张玉森。自此，张玉森这个名字在现代中华谜坛广为人知。

　　之后，陈振鹏将这套谜籍珍品赠送给了他的密友高伯瑜，经高鉴定，是待刊本，孤本，是件很有价值的文物。高将陈的《关于灯谜的书》一文剪下，粘附于该书首卷序文后，且在各册盖上了著名书画家张辛稼送给的一套铜质仿宋印章。"文革"前，著名金石家、书法家、谜学家王能父，著名谜学家张荣铭都曾有幸从高伯瑜处借得此书一饱眼福。

　　"文革"期间，高伯瑜受到冲击，他那历经 30 多年收集到的 300 余种历代谜籍成了"四旧"，被那场"浩劫"夺去了大部分，幸存者（包括《百二十家谜语》在内）被他冒着风险藏在柳条箱底，在下放时偷偷携带到苏北农村。之后，高伯瑜为恐《百二十家谜语》

这件文物遭殃，特赴沪上"完璧归陈"。

## 集大成，张玉森首开谜坛先河

张玉森的《百二十家谜语》，荟萃谜家之广，辑录谜作之多，在历代谜籍中首屈一指，是一部清代"谜库全书"。当代谜学家、常熟韦梁臣先生认为："这是清末之前的灯谜集大成。"

张玉森怎么会想到选编这样一部洋洋大观的谜籍的呢？那就要从苏州历史上第一个民间灯谜社团——"五亩园谜社"说起。

光绪八年（1882），吴中文人管礼昌发起组建成立"五亩园谜社"，张玉森加盟其中，常常与志同道合者朱世德、徐钺、王恩普、陈曾绥、胡锡珪、张幼云、顾瑞卿、江长卿、张炜如、徐国钧、陈祖德、陆鸿宾、俞吟香、沈敬学、何维栋、陈荫堂、赵杏生等，在昔日一座颇有名气的古典园林——地处苏州城北的五亩园内悬谜为戏，各出新制，悬的为招，乐而忘倦。他还积极参与谜社在城中养育巷"仪凤茶肆"内举行的对外征猜活动。

光绪十四年（1888），因爱友如命的俞吟香，博学多闻的何维栋，丹青绝世的胡锡珪，才思敏捷的江长卿等好些社员相继作古，"五亩园谜社"才不得已偃旗息鼓而散伙。管礼昌为悼念亡友，寄托哀思，于是将诸社员参加历次活动时所出的谜作加以精选，编纂成《新灯合璧》三卷（1888年初版）。

管礼昌的举动触动了张玉森，由此使他萌发出这样一个念头，将所藏和所见到的历代谜籍，包括各种笔记、小说、报刊中所载的谜语汇成一编。他继管礼昌之后，花了数年心血，终于在清光绪三十二年（1906）了却心愿。但是，由于经济拮据，未能付梓面世。

待刊本《百二十家谜语》，毛边纸，一页两面，每面10行，朱丝界栏，规格类似现在的32开本，书页中缝都印有"古吴莲勺庐抄存本"字样。原著从清代142种谜书、笔记、小说、报刊中，摘录谜作万余条，全部以毛笔抄写，行楷字体，字迹工整。整套书分10册装订，每册均盖有"莲勺庐藏本"长方形阴文篆体印章。

张玉森留给世间的除了《百二十家谜语》这本恢宏壮观的谜语原著外，还有巾箱本《谜虎集腋》，也是一部待刊稿本，行楷字体，封面上盖有"六一研斋"印，书页中缝都印有"莲勺草庐"字样。

## 写题记，张玉森身世浮出水面

20世纪80年代，人民日报出版社出版"中华谜书集成"丛书时，陈振鹏献出了他的谜藏《百二十家谜语》，且亲自校勘，纠正错漏百余处。笔者在和费之雄先生一起协助陈老补充勘误和校对书稿的同时，执笔撰写了《百二十家谜语·题记》。1993年1月，

"中华谜书集成"第二册出版,张玉森的《百二十家谜语》入编其中。

过去,人们并不知道张玉森其人,更不了解他的身世。我们在撰写《题记》时,四处奔波寻觅线索,最终获得了他的一些资料:

张玉森,生卒年不详,又名玉笙,别署宛君,号莲勺庐主人,室名莲勺草庐。平江(今苏州)人。生活在清末同、光年间至民国初期。他嗜好广泛,猜谜唱曲编剧本,搜集、整理和研究谜语古籍,还写得一手好书法,以行楷见长,"整体看似不甚规正,点横撇捺笔笔到位,用笔厚实凝练,字形变化有致"(费之雄点评)。

光绪八年(1882),"五亩园谜社"组建成立,张玉森入盟并常参加谜社内部会猜和对外征猜活动。光绪十四年(1888),"五亩园谜社"在不得已的情况之下偃旗息鼓而散伙,从此,他再也没有涉足任何谜社的活动。

张玉森是一位近代谜学家,他除了擅长灯虎之道外,还是一位业余昆曲家和剧作家,工正旦,得昆剧名正旦、苏州昆班"高天小班"(1875—1879,开设于苏州申衙前)台柱之一的阿本(唐寅泉)传授,又就教于名曲友陆凤初、陈少岩,艺博而精,尤擅演唱《琵琶记·南浦、廊会、书馆》的赵五娘、《白兔记·养子、出猎》的李三娘、《烂柯山·悔嫁、痴梦、泼水》的崔氏、《双珠记·投渊》的郭氏、《风筝误·后亲》的柳夫人、《满床笏·纳妾、跪门》的龚夫人等。他的嗓音清脆圆润,表演细腻传神,因描摹人物形神俱佳,而饮誉曲社,亦为专业演员所推崇。

自民国初年起,张玉森寓居上海,常参加"赓春曲社"(昆剧曲社,1901年7月由李翥冈等发起组建)的活动。民国3年(1914),俞粟庐应邀与赓春曲友度曲,他曾与俞合唱《琵琶记·南浦》。平时,张玉森经常与徐凌云等同台串演《白兔记·出猎》等戏,他"演饰李三娘,不仅在曲友中极负盛名,专业老艺人亦极推崇他。徐凌云在《昆剧表演一得》中,讲述了此出的表演艺术"。

张玉森不仅唱曲,而且还编写了许多戏曲方面的书,最著名的当属《山人扇杂剧》一卷,发表在《小说月报》九卷二号本(1918年)上,但没用真名,而用了个"宛君"的笔名。之后,他为生计所迫,易名"苏新","下海"改唱文明戏了。

"上世纪50年代,苏州古旧书店曾藏有张玉森编著的一批抄本书籍,后来进了北京图书馆,"著名版本专家、苏州古旧书业前辈江澄波老先生告诉笔者,"而北京图书馆的这批古籍是郑振铎先生(原文化部部长)上世纪中叶在苏州购买后带到北京去的。"其中包括明末戏曲作家、秀水(今浙江嘉兴)姚子翼(字襄侯,号仁山)的《遍地锦传奇》二卷,清初戏曲作家、苏州张大复(1554—1630,字星期、心其,自号寒山子)的《吉祥兆》二卷。这些由张玉森编著的抄本,均被郑振铎盖上了他的"长乐郑振铎西谛藏书"印,后来由北京图书馆(1998年更名中国国家图书馆)收藏。

2009年12月,北京图书馆出版社出版《郑振铎藏古吴莲勺庐抄本戏曲百种》(全

25册），在"内容简介"里如是写道：清末民国间，苏州人氏张玉森（古吴莲勺庐主人）遍访大江南北，收藏、抄录历代戏曲（传奇、杂剧）数百种，上世纪30年代初，张氏藏书散出。郑振铎闻讯赶赴苏州，挑选购得其中百余种精品，欣喜若狂，其中多有失传已久的孤本、稀见本。正如郑振铎在随后发表的《钞本百种传奇的发现》一文中所说："（这）百十种的传奇与杂剧的抄本是并不易得的。其中有许多从来不曾有过刻本。有的连名目也是初次见到。更可喜者，沈璟之作有三种，汪廷讷之作有二种，朱素臣之作有五种，张大复之作有三种，毕万侯、朱佐朝之作各有二种……是诚大可惊奇的发见！"这百种戏曲抄本现藏国家图书馆。张玉森当年为每种戏曲撰写有提要，介绍著者、内容，提要原稿现藏苏州博物馆。该社经多年努力将这两批珍贵的资料汇集整理出版，为戏曲史、戏曲文本的研究提供了不可多得的新资料。

（诸家瑜）

# 悦庵主人沈敬学

沈敬学（1866—1912），字习之，号悦庵（菴）、二愿生，又号悦庵主人，钤印一字还莼、说盒。吴县包山（今苏州吴中区金庭镇）镇夏人。秦散之外孙，沈铿子，谭献弟子。晚清海上著名报人、书画家、谜家。少负异才，工书擅画，喜吟咏。著有《二愿生灯虎》、《思归草·息游草》（1875—1908年刻本）、《悦庵诗剩》（1906年刻本）等，抄有《古文精选》一卷，录欧阳修、苏洵、苏轼、苏辙、唐顺之、方孝孺等古文20篇。

沈敬学的外祖父秦散之（敏树），是吴中洞庭西山的名流，与清末廉吏暴式昭甚笃。他能诗善书画，受其影响，沈敬学自小就擅长书法、丹青。据《近现代金石书画家润例》记载：《申报》清光绪十五年（1889）九月五日所刊"吴中悦庵主人书画助赈重订润目"，称其"书法之妙，早已纸贵一时，然人第知主人书近时罕有其匹，而不知主人之画尤高雅绝伦也"。光绪十六年（1890）十一月，太湖厅西山甪头司巡检、廉吏暴式昭被革职，断了薪俸，既无钱回河南老家，又无米下锅，生活极其艰难，西山民众自发地冒雪给他家送柴米等物，一月之中有七八千户共送米140多石，鸡鸭鱼肉等不计其数，轰动一时。秦散之深受感动，据此于光绪十七年（1891）二月绘制了《林屋山民送米图》，并写长歌送之。俞樾（曲园）也作长歌，并为这卷子作篆字题额。卷上绘画、题咏者还有吴大澂、周元瑞、杨宝光、郑文焯（叔问）、陈远谟、邓邦述、许振、马吉樟、陈如升、许佑身、俞陛云（阶青）等20多位名流、艺术家。著名词人郑文焯还画了一幅《雪篷载米图》，并题长诗于图上。沈敬学和他的父亲沈铿亦在卷上题咏。当初，沈敬学还萌生出一个想法，将洞庭西山各村百姓自光绪十六年（1890）十二月初十日至翌年（1891）正月二十九日送给暴方子的柴米实物清单（由暴式昭自记）整理成篇。后来他回忆道："予复向暴丈（方子）

索得《柴米簿》，将山民之村落、姓氏录在卷中，以昉（仿）汉人碑阴之例，用纪其实焉。"

沈敬学精通猜谜之道。光绪八年（1882），吴县管礼昌等发起组建的"五亩园谜社"，时年才17岁的他亦加入其中，与诸社员或聚在城北五亩园内，各张旗鼓，并斗机锋，搞内部会猜；或赴城内养育巷"仪凤茶肆"内，运奇巧之思，出简明之笔，悬谜遣兴，设对外征猜。光绪十四年（1888），因好些社员相继作古，谜社才不得已偃旗息鼓而散伙。管礼昌为悼念亡友，寄托哀思，精选社员谜作，编纂刻印《新灯合璧》三卷，沈敬学是三个作序者之一。

沈敬学还是晚清海上著名报人，与孙玉声、李宝嘉、吴趼人、高太痴等交游甚多。光绪二十三年（1897），沈敬学游沪上，与孙直斋、王仁俊创立我国最早的西医学团体"上海医学会"、创办《医学报》。同年十一月十八日（1897年12月11日），上海道蔡钧（和甫）斥资受盘已歇业的《苏海汇报》（由沈敬学、翁萃甫、邹绥合股创办）机器设备，创办《大公报》，聘请沈敬学为主笔。光绪二十七年（1901），沈敬学又创办《寓言报》，自任主笔，邀詹垲助之。后又转赴长沙主持《湖南官报》。据民国刘声木《苌楚斋随笔·续笔三》介绍，沈敬学"后入端忠愍公方幕府。以书法与端忠愍公相似，遂专为陶斋制府代笔。世传制府所书之联、扇、题跋，半出习之手笔。入制府幕才数年，制府即死难，习之由四川踉跄回沪，未一二年亦卒"。

（诸家瑜）

## 【附录】

新灯合璧序

原夫"庚癸""鞠穷"，春秋载笔；"橐砧""石阙"，乐府摛文。东方射覆，语妙形容；北海开尊，体参离合。斯诚悬灯之嚆矢，猜谜之滥觞也。壬午以来，管君叔壬暨朱君积卿、徐君威如辈，每为斯戏，借"隐书十八篇"，遣闲愁千百转。洎丁戊之间，复拾坠欢，并来今雨，会者既多，乐而忘倦。辄当更长烛明，茶初酒半，各出新制，悬的为招。珠求象罔，结想于杳冥之渊；花笑如来，会心在眉睫之地。未属则叉手沉吟，既得则抚髀称快。洵多多而益善，非陈陈之相因，亦足极谜虎大观，为闹蛾生色矣。蒙木散材，最耽逸事。雅游许附，呼小友于王戎；忍俊不禁，作廋词之秦客。才每输乎卅里，名喜厕于一编。兹同人属录《新灯合璧》三卷，将付手民。庶使小道可观，略存鸳绣；兼感年华易逝，聊志鸿泥。呜呼！掷心思于虚牝，岂真博弈犹贤，题碑碣之妙词，固属文人游戏焉尔。

戊子夏仲，林屋习之沈敬学书于姑胥寓舍

# "古道侠肠"姚涤源

上海南市的南部，有座私家园林，名曰"半淞园"，园内有副楹联，内容为："丘壑具胸中，点缀得好水好山，入座讶西湖风景；尘嚣涠眼底，位置在半城半郭，开尊集北海宾朋。"撰联并书写这副楹联的人，就是清末民国时期活跃在江浙沪地区赫赫有名的儒商姚涤源。

姚涤源（1866—？），名洪淦，字涤源、劲秋，号心僧。浙江归安县（民国元年与乌程县合并改为吴兴，今属浙江湖州市）人。著名典当商。"清光绪辛卯孝廉，会试不第，逢大挑知县，乃往应试。主试者，清室贵胄也，腹俭而识字不多，点名至姚洪淦，读淦字为金字，劲秋以其读别也，不之应，贵胄为之赧然，心殊不怿，既而录取知县中溢一额，拟去其溢数，贵胄即除姚名。劲秋受此挫折，乃废然不求仕进。民国后，钱能训总揆征召之，托病辞。"（郑逸梅《逸梅杂札·鸣社祭酒姚劲秋》）

姚氏家资丰饶，世业典当，清末民国期间，在上海、苏州、常州、南京开设了十几家当铺。姚涤源会试不第后，在上海管理"恒大""恒顺当"，并任"恒顺当"经理。后长期任上海典业公所董事，并任典质业公立两等小学校长。光绪二十八年（1902），在上海商业会议公所成立时，姚涤源就以典业公所代表为会员，以后一直作为典当业代表为总商会会员。宣统三年（1911），他曾任上海城乡内外总工程局议员。是年秋，上海国货业绪纶公所、衣业公所、典业公所、云锦公所、钱江会馆、盛泾公所、湖绉公所、京缎公所、绣业公所、帽业公所等10个团体的40名人士，为维持国货衣帽的生产和销售而筹设中华国货维持会，借宁波路钱江会馆的房屋为筹备所，沪上近千名各界人士热忱支持参与。这一年的农历十月二十二日（12月12日）下午，中华国货维持会在钱江会馆大厅召开成立大会，通过章程，以"提倡国货、发展实业、改进工艺、推广贸易"为宗旨，确立会长制和评议部的组织体系，每年换届。会上选举张紫英为首届会长，何嘉甫、姚涤源为副会长，余鲁卿为议长，王介安、郑紫峰为副议长，黄季纯等40人为评议员。会后，即通函各省总商会和县商会，报告中华国货维持会成立情况。

"鼎革后，金融恐慌，典业凋零，江苏屡遭兵劫，重以地方党会林立，意见分岐（歧），苟求无艺。"鉴于此，进士出身的武进汪赞伦（1839—1921，字作黼）"乃会同全省典业代表潘丈济之，姚年丈涤源，周丈谷人，金丈西林，王丈蕊仙等创办公会于江宁"（《汪作黼同年哀挽录·行述》）。民国2年（1913）6月，江苏典业公会在南京成立，省内百余典业代表出席。次年5月，汪赞伦被公推为首任会长。之后，姚涤源亦曾担任过会长一职。民国7年（1918），汪赞伦80大寿，自作《八十述怀》诗一首："放眼青溟事万千，自维德薄愧承先。范高孤露空传砚，祖逖临江未著鞭。逾艾光阴绕两第，专城报最计三年。武公耄老犹勤学，抑戒陈诗励简篇。解组归田三径开，陶潜垂老且徘徊。题襟莲社新编帙，沽酒兰陵快举杯。秋日南山对黄菊，春色东阁访红梅。沧桑回首成今古，曾向波涛濯足来。"姚涤源赋《步汪作黼〈八十抒怀〉原韵贺诗》并贺联。《毗陵汪作黼先生八十寿言汇录》有记。民国 10 年（1921）3 月 4 日，汪赞伦逝世，他又与周树年、金文翰、王虎榜一同撰联敬挽，并送幛祭奠。

姚涤源急公好义，笃于友情，见有朋辈作古，而乏埋骨之地的，必代为谋营，使之入土为安。"晚清词坛四大家"中的临桂况周颐（1859—1926，字夔笙，晚号蕙风词隐）和同邑朱孝臧（1857—1931，号彊村）两位，晚岁皆穷愁潦倒，侘傺以终，竟死无埋骨之地。姚氏乃先后斥资为两位好友营葬在湖州的道场山，这一义举为时人所称道，被誉为"古道侠肠"。后来，他的"亲家翁陈日初溘逝，无人经纪其丧，劲秋又为埋瘗道场山麓，不意失足而踬，遂致半身不遂。越岁，'八一三'之役，劲秋为避氛计，由镇江至江北，再到上海，又转吴中。吴中置一宅，具园林水石之胜，病剧，即死于宅中。遗稿多诗文杂著及文虎，'鸣社'有为之付梓之计划，未果，今藏朱大可处"（郑逸梅《鸣社祭酒姚劲秋》）。

姚涤源善诗，尤擅制联；兼工丹青，所绘芦雁图，有边寿民遗风。著有《劲秋诗稿》等。朱大可夫人孙企馨尝从姚涤源等前辈学诗。由于生意上的关系，姚涤源经常往来于江浙沪，喜与各地的文人墨客结交，以雅集吟啸为闲暇之乐。客居沪上时，组"鸣社"，为祭酒。郑逸梅《鸣社祭酒姚劲秋》："海上鸣社，集东南之俊彦，作骊唱于旗亭，骚雅所归，人数以百计。先后主持者，有武樗瘿、孙漱石、郁葆青诸子，而姚劲秋群推祭酒焉。"每逢"春秋佳日，往往命俦啸侣，漫游名胜，所至有诗。予犹记其赏雨西湖绝句，如云：'芒鞋踏破白云湾，滑滑春泥举步艰。只为贪看风景好，不继冒雨入南山。'又云：'山行已倦买轻舠，容与中流兴更豪。既雨初晴晴又雨，几多烟景付吟毫。'盖腰脚殊健，清兴飚举也。"民国 19 年（1930）10 月 5 日，即中秋前一日，他曾组织"鸣社"社员到朱大可家乡嘉兴"游鸳湖"，雅集活动在烟雨楼，"社题为'鸳湖棹歌'"，可谓极一时之胜。在雅集前的 9 月 19 日，姚涤源专门写了封信给朱大可，内容为：

大可烟台大鉴，久别思深，得展手书，为之一慰。承示，有志翱翔，但阴霾犹甚，仍以暂敛鹏翮为是。淦突遭回禄，公私损失不赀，命也。何如有？何可说？好在一切勘破，此心坦然，顽健如恒，足以告慰。中秋前一日，将游鸳湖时，烟台必归度节，可望受叙。下月鸣社社题为"鸳湖棹歌"。案头无《曝书亭集》，苦无典可稽我。

烟台生长鸳湖，熟谙掌故，当望摘示，以作诗料。幸甚，盼甚。

小可诗词，出笔不群，十四旧历八月十四午刻，烟雨楼雅集，能挈同来尤妙。

匆状即颂

旅祺

姚洪淦顿首　九月十九日

据朱夏（小可）《诗与乡情》介绍，鸳湖雅集那天，"武进名画家邓春澍（青城）绘《朱庵访桂图》，姚劲秋、郁葆青、郑质庵等数十人题咏"，朱大可有《庚午秋日偕鸣社诸君同游朱庵》七绝四首，哲嗣小可亦吟有《和作》四首。

姚涤源还"喜作文虎之戏，时沪上初创大世界……与（孙）漱石、（刘）山农、（陆）律西、（王）均卿、（徐）枕亚、（朱）大可、（陆）澹庵、（况）夔笙、（陈）筱石、（施）济群、（徐）行素等，结文虎社，以萍社为名，每宵张灯悬谜条其间。劲秋之谜，钩心斗角，隐晦不易射，然赠品独丰，人皆攒双眉、索枯肠以求中"（郑逸梅《鸣社祭酒姚劲秋》），"制法丝丝入扣，群推斫轮老手。苟射者资格较浅，未免望而却步，非运用鞭辟入里之思，殊难破的"（孙玉声《海上文虎沿革史》）。纵观姚涤源撰制之谜，数量虽不及同社中的逸石、蕙风辈之多，但多数谜作在质量上还是浑成妥帖、清新活泼、别具一格、雅俗共赏的，且因属该社之元老，故挚友王均卿在按类目辑编《春谜大观》时，始终把他的作品列于各类目之首位，其中的原因就不言而明了。

（诸家瑜）

# 萍社虎将叶友琴

叶友琴（1866—? ），名青。吴县洞庭东山（今苏州市吴中区东山镇）人，出生于上海。清末民初谜家。其父叶雨亭青年时期从吴县乡下来沪经商，定居春申。叶友琴"十龄时，授业于江颂侯夫子"。后因家道中落，父命其学习经商，他坚决不允，独自闭门自学，借书勤读，并潜心钻研天文学，努力学习西文，数年后竟无师自通，且能预先推算日食、月食及亏食、复圆等时刻，后经验证竟无差错。光绪初期，自学成才的叶友琴被张之洞以人才罗致幕下，任天文教习，曾主持天文台工作。光绪十五年（1889）八月，因张之洞调补湖广总督，便辞席而归。

叶友琴自幼爱谜，读书"时由太师母（即师叔江孟邻之母）指导，得渐窥猜谜之门径"（叶友琴《沪城射虎记》）。同治十一年三月二十三日（1872年4月30日），《申江新报》（后改名《申报》）在上海创刊，叶友琴"每逢课余时阅《申报》，见报尾登载灯谜甚多"，于是即与同学互相研究。嗣后，他又"购取费星田之《玉荷隐语》、俞荫甫之《隐语》、葛芝眉之《余生虎口虎》《灯谜新编》等书参考"。据叶友琴《沪城射虎记》（原载上海《文虎》第二卷第一期，第二、三期合刊，民国二十年一月一日、二月一日）回忆："自咸丰十年至同治十三年间（1860—1874），上海泉漳会馆火神庙，时有灯谜，每岁一、二次。邑庙（即今老城隍庙）一轮月笺扇店，每年元宵，亦挂谜征射。光绪纪元（1875），沪城豫园之玉泉轩中，灯谜最盛，可称谜坛、谜社。"光绪七年（1881）春，"适逢陈忠愍公靖四十周忌祭祀，祠在沪城淘沙场果育堂西隔壁。祭毕，午后，由张君味莼先生，悬谜征射。时余正在丁年。约大张素纸，上书谜面，每有射中者，另粘一小红谜条底于下。"陈忠愍公，即陈化成（1776—1842），同安人，鸦片战争时任江南提督，于吴淞口抗英殉国，清廷赐谥"忠愍"。张味莼，名锡溁，上海人。时与寓居沪滨的上元（今属南京市）人葛芝眉、杭州人葛元熙，同邑艾杏坪、黄品山等，在南市结"玉泉轩谜社"。当时，叶友琴才16岁，有幸参与征猜，后又与张味莼等谜家交往，谜艺突进。

晚清时的沪城，猜谜风气颇盛，一到春节元宵，各处都有悬谜征射，叶友琴周旋其间，猜得不亦乐乎。他在《徐园射虎记》（原载上海《文虎》第二卷第二、三期合刊，民国二十年二月一日）里，较为详细地记录了当年徐园悬谜候猜的情景："徐棣山先生风雅士也，初筑别墅于城北唐家弄，名曰徐园（今已迁至康定路），即'双清别墅'，门前有楼十二间，又曰十二楼。园中有亭台楼阁，曲廊荷池，花草树木尤极茂盛，并畜有孔雀等禽鸟，每逢天气晴和，时开雀屏，余遇开屏时得见之。园西北另有一小园，名曰'又一村'，其中有竹篱茅舍，台椅俱竹制，别有风致。徐君之侄岫云君，每逢新年灯节，花朝月夕，或兰会菊会，任人往游，且于大厅之后反轩中，悬一方灯，周围粘满红字谜条征射，以助游人雅兴。灯下置一玻璃方厨，满置笔墨花笺、东洋玩具，作为射谜之赠品。余游于斯园得以应射。"清末出版的《图画日报》第48号上的《上海之建筑·徐园》，也特地刊出了徐园猜谜的新闻图片。

叶友琴还在《沪城射虎记》写道："光绪中叶，时有悬谜，邑庙每逢元宵及城隍夫人诞辰，即（农历）三月二十八日，悬谜征射。平时花朝月夕，或有一两次悬谜。城内外他处亦有悬谜，知张味莼之在陈公祠（按：清末抗英名将陈化成祠，在城内淘沙场果育堂西隔壁）、豫园、玉泉轩茶馆、老文元笔店、东乔家浜郁宅、佛阁酒酿摊、曹家湾等处；顾霖周昆仲之在得月楼、项飞云笺扇店等处；徐岫云之在徐园、点春堂等处；徐君贯云昆仲之在布业公所；朱君之在群乐会开纪念会；王君引才、王君焕功、杨君聘渔之在西乔家浜；倪载之君之在三马路某笺扇店；王君小竹之在侯家浜寓中；林步青君之在斜桥西园，又，每逢七月半在四明公所悬谜。又忆孙君玉声、曹君叔衡，会在云南路榕庐张谜，为沪上初次举行。余虽各处经历，但皆过眼烟云，未能悉记。"

光绪三十三年（1907），叶友琴参加了由孙玉声、姚涤源等发起创办的上海规模最大的谜学社团"萍社"，成了社中一名虎将。民国17年（1928）元宵节，吴籍海上名医吴莲洲在大中茶楼征射文虎，之后组建"大中虎社"，他又入座其中，贺诗一首："射覆分曹乐未央，文人巧思越寻常。春灯重振将衰绪，大雅扶轮此擅长。"之后又任谜刊《文虎》特约撰作者，撰写了多篇谜话发表于该刊物上，除上引《沪城射虎记》《徐园射虎记》外，尚有《诗谜趣话》《旱虎相争》《旧谜翻新录》《代妓作书》（隐药名）等，皆为谜文小品，读来回味无穷。

据清末、民国谜家、吴县曹叔衡《续海上文虎沿革史》说："前闻叶君友琴处，藏有谜书，达七十余种之多。屡拟向之借阅，只以事冗未果。倘获借钞，取数十种之精华，汇成一集，定有可观，其裨益谜界，正非浅鲜。"

（诸家瑜）

【附录】

诗谜趣话

叶友琴

曩年见有非心阁主《诗谜趣话》一则曰：壬子正初，余适在家。当时气象更新，人人共登春台。同侪怂恿，各制诗谜若干条，标志门外，点缀春景。余亦作无题诗八首如下：

一点灵犀兴已痴，愿君尽日慰相思。丁香微吐吻香泽，人渥缠绵强自持。

寸寸芳心寸寸灰，海枯石烂泪盈堆。受君磨折终无怨，日下扶持千百回。

粉肌皓质净无尘，一片幽怀郁末伸。情到浓时抛不得，甘将清白任君亲。

洗罢凝脂水亦喜，蒙君拂拭兴偏狂。精诚自是三生约，省识温柔别有乡。

难得知音韵自幽，如君风雅两心投。横陈玉体凭摩抚，莫别求凰赋好逑。

两气氤氲造化生，阴阳对偶本天成。知君取乐翻新样，为雨为云朝暮更。

腹笥便便名不盉，喜君学富足三余。包罗万象才如海，端的男儿读五车。

淋漓泼墨写闲情，眼底山河恨不平。一语寄君须记取，鸳鸯比翼认分明。

傍注曰：如全中者，有称心合意之事奉请。既不指明赠品，又不书明所射何项，弄此玄虚，以取一乐。

不意甫挂出，游人即驻足不动，纷至沓来，视线咸集此纸。友人之谜，几无过问。于是听众人议论，或曰奇艳，或曰太浪，或曰春情词，或曰行乐图。聚讼纷纭，莫衷一是。而如潮水之人，户限为穿，大门亦轧轧作响，势将倾覆。余大悔，顾又不敢收进，及至蜡炬成灰，方各散去。次日不敢再挂，而人之来者，较昨尤涌。不见此条，咸现懊丧象。甚有不能忍者，率尔问曰："昨日之谜何在？"余不得已，答："以有人射中，已领赏而去矣。"问者颜色大变，疾趋出，众人亦纷散。友向余低言曰："君大伤阴骘，将来防入拔舌地狱。"彼此狂笑而罢。

越两日，余妻妹嫣红来云："闻君有艳体灯谜，所以造府，可赐侬一见否？"余曰有何不可，即检出与阅。余妻曰："此种鄙俚之言，非女孩儿家所寓目。"余曰："卿何忽有道学气？顾诗诚不佳，因当时匆促所成，然其意甚高贵，诸人之不能中者，大都皆醉心于字面，以致神魂颠倒，趋入歧途耳。"嫣红展视移时，微笑曰："侬试猜之，设不中君等莫笑。"余曰："绝不敢笑。"嫣红曰："君殆隐'笔、墨、纸、砚、琴、棋、书、画'八事乎？"余大赞曰："不栉进士，女才子！"余妻嗤以鼻曰："此种女才子，亦羞煞人。"虽然，既云中矣，敢领奖品。余曰有有，即与余子商量良久，以奇字笔一支、文章一、石墨一锭、尺白纸一张、状元砚瓦一块、铜丝弦毛竹琴一根、黑白围棋子数十粒、《三字经》书一本、木板五方、全集龙虎斗画一纸，作为奖品。余妻曰："嘻！是区区者，不值三百文，焉得可作奖品？"余曰："余明明写明，称心合意之事奉请。夫不能称心合意，方得命中，不中者均属不能称心合意。既中矣，余以称心合意之件赠之，并无取巧。"嫣红吃吃而笑。余妻曰:"女才子,有此寒酸之座师,想蛾眉不知癯损几许矣。"言已大笑。孰知嫣红更弄狡狯曰:"奖品侬不敢受,侬亦有二则谜,借君处待征。中者,即以君家物抵数可乎?"余唯唯。嫣红即至姊之妆阁,少顷持两纸而出授余,余与妻同阅其词曰:

恨爹娘卖奴太无情,个人儿生性殊不分明。喜时节将奴搂抱叫卿卿,怒时节撇出兰房白眼睛。早知道巫山巫峡云雨有人行,又何必累奴耽此虚名。想起来不敢哭高声,唯有背地里冷清清,泪珠儿暗暗潮生。天吓,此种恶姻缘,都是你苍天所作成。

万不料到老来这个人忽地回心,好叫奴苦尽甘回喜不禁。奴原知生成薄命抱绸衾,又何必冷语相传。只自伤年华志大岁月深,幸不作白头吟。差他人早断弦琴,更可爱一班小儿女。个个道奴热肠和气德堪钦,你捧他搐,倒叫奴受奇宠。不得不稳重身躯守女箴。下注曰:右二词射两物,中者如愿以偿。嫣红女士值课。

余读之大为击节,余妻愤然曰:"痴丫头,此种笔墨,岂可悬至通衢,将来被阿琴所知,看你有何面目见人?速即回去,我处不容你再来!"余知姊妹二人必起口舌,而嫣红仍憨笑无忤色。余于是排解曰:"逢场作戏,亦不伤雅,卿不必焚琴煮鹤。然妹之芳名笔迹不宜宣露,余另纸代钞一通如何?"磋商再四,始均允可。余即抄成,不注名字,挂诸门口。一经挂出,无异警钟之鸣,诸人络绎而来,摩肩接踵,万头蠕动。不料今日大有人在,一小时之后,忽一人曰:"第一词乃'竹夫人'。"又一人大声曰:"第二词为'汤婆子'。"余曰中矣,请静候奖品。回顾一家之人均在外厢,独嫣红忽不见,方欲寻之,见嫣红由内而出,手携两物,余已绝倒。第闻嫣红浪声曰:"猜汤婆子者领奖。"一人应命而前。嫣红即以一锡制汤婆子付与。其人称谢至再而退。嫣红又曰:"猜竹夫人者领奖。"一少年疾进。嫣红即以竹夫人付与。其人愕然,痴立数分钟,大有夫子不言不笑不取之慨。余已笑不可抑。嫣红此时难乎为情,即将竹夫人丢于其人身旁,返身而入,笑声亦纵矣。

此时内外之人均各哄堂,所射中竹夫人之少年,终不取物而去。余吩咐仆人,待人散尽,关锁门户。己则先入内室,已闻余妻申申而詈曰:"彼人见汝花容月貌,所以有意不接,以图饱餐秀色。汝何不多立几分钟,尽人赏鑑?遗我家羞,以后再来,莫怪我下逐客令。"嫣红已无可忍,泪承眉睫。余急辩曰:"否否!"

余曰:"尔等不知猜'竹夫人'者为何人,此人即前巷某氏子,与余亦属邻谊,只以贫富悬殊,故余不愿往来,所以问名而不相识也。此事在嫣红太恶作剧,强人所难。尔等试思,当此严寒天气,彼汤婆子,正得其时,无论贫富,见之莫不欢迎。至竹夫人,既不入时,自然人人所恶,且此人所穿猫皮马褂,狐嵌袍子,如挟一竹夫人步行街上,无异卑田院中人之挟草荐,前街后巷,几不笑成话柄?所以彼之愕然,乃羞恶之心未泯,并非见色而迷,尔等可毋庸介介。倘不信,我明日必讨一凭据来,以证余言之非谬。"余女在旁曰:"这个讨饭子,如肯临卑田院,我知院中人必开欢迎会,公举其为卑田院之大总统也。"于是大家破涕为笑。

明日试验余之心理学,嘱仆人,将此竹夫人用报纸包好送去,乃告以问辞曰:"奉家主命,送此竹夫人来。昨日公子不取,或路上不便携带,或嫌物之微末。然家主云:'既为公子猜着,多少总应奉赠。'是以特地送来耳。"

未几仆回,述其答词曰:"蒙贵主人盛情,敢不拜嘉。昨日余不取者,实恐路上见嘲。至家后,辗转中宵,深为懊悔。以美人亲赐清丽之品,而不面领,究属格于世故,俗不可耐。

贵主人不以不肖见屏,承送来,奚啻锡我百朋,为我多多转谢贤主人及贵千金,余知愧矣。"

余顾妻及嫣红曰:"如何?"余妻已向嫣红深深赔罪,姊妹言好如初。

次年春,余已在申,友亦星散,不复踵行。嫣红亦于是年出阁,婿即阿琴,亦余之挚友也。今嫣红已抱子矣,日昨便道来省姊,言笑甚欢。余忽忆旧事,乃微吟曰:"个人儿生性想已分明,本来我此身小儿女你捧他擒。"嫣红闻之,垂首至胸,两颊流丹浓如霜叶。噫异者!余欲将前事发表,嫣红初不许之,经余妻力下说词,始允可。已退之红霞,复又簇簇而上矣。余实不解,天真烂漫之儿女,一有家室,转多拘泥,此诚大可研究之问题。追而追念前情,虽属游戏,今日思之,犹有余欢也。

(原载上海《文虎》第二卷第七、八、九期,民国二十年四月十五日、五月一日)

旱虎相争

叶友琴

某年陕中奇旱,饿殍载道,其杂草、树皮、谷壳、昆虫等类,苟无毒者,无不捕取以供刍粮之用,甚至杀人而食,惨不忍闻。爰忆灯谜一则,谜面为"關(关)中大饥人相食",打字一。某甲射数目之"三"字,某乙射閬(阆)苑之"閬"字,相持不下,各执一是。甲说关中古秦地,"秦"无"禾",大饥之兆,又无"人",人相食且尽也,只剩一"三"字而已。乙说"關中大饥"而空虚,只有"門(门)"字,"人相食",以"食"去"人",即为"良"字,"門"与"良"相合,不成为"閬"字耶?两说各有见解,亦甚切合,然不知谜底究属为谁。对此,甲乙二人均欣欣然领彩而去。

(原载上海《文虎》第二卷第十二期,民国二十年六月十五日)

# 新旧废物王均卿

在苏州城内之北,有座闻名中外的千年古刹报恩寺(又名北寺塔),寺之东面有条200多米长的小巷,名"石塘巷"(见明王鏊《姑苏志》卷十七。民国《吴县志》卷二十四下"坊巷下"载:石塘巷,《姑苏志》:北寺东。1931年苏州城厢地图改作"石塘桥弄"),南至西北街,北至西沙河塘。民国初年,小巷里新建了一座宅院,名曰"辛臼簃",居住在里面的主人是位来自上海的半百老人,自谓是"半新半旧,不新不旧,不合时尚"的人物。他,就是清末民初苏沪的风云人物——"南社"诗人、自号"新旧废物"的王均卿。

王均卿(1867—1935),原名承治,又名文濡,以字行世,别署废物、虫天子、学界闲民、天壤王郎、竹毓、亭轩等,室名蛰庐、蠖曲馆、望古遥集楼等。祖籍安徽广德,早年先祖迁籍至浙江吴兴(今湖州市)南浔镇。他幼失怙,家贫好学,擅场词章,秉性刚直,疾恶如仇。清光绪九年(1883),17岁的王均卿举秀才,次年补博士弟子员。光

绪二十四年（1898），他因与数友拥护维新变法，伏阙上书而触怒慈禧太后，遭浙抚刘
澍堂奉旨查办而遁迹深山。直至义和团运动失败后，事得缓解。光绪二十六年（1900），
镇绅李维奎为提倡新学，创办明理学社于蛤巴弄，学制为高等小学，邀王均卿主持校务，
兼授浔溪书院，徐一冰、沈伯经、王建民等为其学生。

光绪二十八年（1902），王均卿受上海出版界之聘，离浔赴申，先后任国学扶轮社、
文明书局、进步书局、中华书局编辑，以主大东书局编辑所为时最长。他一生所编辑书籍，
煌煌不下数十部，其中知名者如《古今说部丛书》《香艳丛书》《说库》《笔记小说大观》《词
话丛钞》《唐诗选》《唐诗易读》《历代诗评注读本》《清代骈文评注读本》《续古文观止》
《明清八大家文钞》《现代十大家诗钞》《音注刘辰翁读本》《古文辞类纂》《张南通
诗文钞》《赵云崧诗选》《音注古文辞类纂》《周秦两汉尺牍》《魏晋尺牍》《唐尺牍》《宋
金元尺牍》《明代尺牍》《清代尺牍》《当代名人尺牍》《联对大全》《春灯新谜合刻》
（与同乡周至德合编）等等，涉及诗词、古文、骈文、应用文、对联、谜语等诸多门类。
撰有《新旧废物谜话》《滑稽谜话》等，著述有《春谜大观》《学诗入门》《学诗初步》
《蠛曲馆笔记》等数种。民国 3 年（1914），还编印过《香艳杂志》，共出版 12 期。

王均卿早年曾加入柳亚子主持的革命文学社团"南社"，著文抨击时政，鼓吹革命，
但诗作未刊。他一生嗜谜如命，"为制谜及猜谜能手"（郑逸梅《南社丛谈》），生前
创作谜语逾万数。光绪三十三年（1907），他参加了由孙玉声、姚涤源等发起创办的上
海规模最大的谜学社团"萍社"，成为谜社第二号人物，并获得"海上虎头"之称。"萍社"
活跃了 9 个春秋，积累了数以万计的谜作。王均卿见坊间所刻的谜书粗制滥造，贻误学者，
因而与"萍社"同人"商略而行之"，汇编成《春谜大观》一书，民国 6 年（1917）1 月
由上海文明书局（封面及扉页上标"进步书局"，实系一店两名）铅印出版。《春谜大观》
上下两册，内集"萍社"58 位社友历年佳作和数位前人的作品共 5000 余条，洋洋大观，
风行久远，影响之巨，无以复加。王均卿力主"宁少毋滥，宁雅毋俗，宁大方毋纤巧，
宁紧切毋宽泛，宁平正通达，使人一览易知，毋晦涩艰深，苦人作三日索"，但在编辑
时极慎重。他将光绪三十年（1904）上海书局出版的《新编灯谜大观》（又名《俞曲园
灯谜大观》）所辑数十人的作品近 700 条编进了《春谜大观》内，却一概归于俞曲园的
名下。这种错误的做法，给当时乃至现代民间文学艺术界造成了混淆视听、以讹传讹的
恶劣后果。

《春谜大观》一书在短短 18 年内就印行了 10 版，王均卿为上海"萍社"活动资料
得以保存立下的功劳值得称道。他也从中获利甚丰。晚年，他积稿费馀羡，购地吴中报
恩寺之东的石塘巷（郑逸梅《南社丛谈》"王均卿"条误作"石塘湾"），鸠工建屋，
并辟场圃，名之为"辛臼簃"。移居苏州后，他自号"吴门老均"，专事著述，并撰
了许多楹联，其中有一联云："作文佣历史卅余年，笔秃墨干，垂垂老矣；谏我祖太平

十二策，屈忧贾哭，郁郁居兹。"民国24年（1935）春，他应镇绅庞元济（字莱臣）之坚邀，在南浔东大街庞氏住宅内创办私立南浔国学讲习社，擘划筹建。不久瘫痪，时发时愈，是年夏不治而死于"辛曰簃"，终年69岁。老人无后嗣，故而遗著未曾刊行，这是很可惜的。

（诸家瑜）

# 虹隐楼主徐兆玮

徐兆玮（1867—1940），字少逵，号虹隐，别号倚虹、棣秋生、剑心簃主人，斋名虹隐楼、剑心簃、梦簃、鞠室、棣秋馆、北松庐、梅心草堂等。常熟桂村（今属何市）人。清末民初诗人、文史学家、文献学家、藏书家。少聪颖，3岁即能诵唐诗。清光绪十四年（1888）举人；光绪十五年（1889）进士（己丑科二甲第四十六名）；光绪十六年（1890）选翰林院庶吉士；光绪十八年（1892）授编修。光绪二十三年（1897），与父徐芾堂在乡办桂村书院。光绪三十二年（1906），作为官派生，赴日本法政大学学法律。光绪三十四年（1908）学成归国，仍回翰林院。辛亥前入同盟会，常昭光复，任常熟民政副长。民国初期，任国会众议院议员，因拒曾锟贿选南归，回乡读书著述，后任《重修常昭合志》副总纂、总纂。业未竟，民国29年（1940）秋9月卒于沪寓。编撰《虹隐楼丛抄》《虹隐楼随笔》《虹隐楼尺牍录存》《虹隐楼书目汇编》《剑心簃野乘》《剑心簃读书记》《梦簃丛话》《梦簃还旧录甲编、乙编》《梦簃所见录》《鞠室消寒录》《棣秋馆谈薮》《棣秋馆琐记》《北松庐诗话》《北松庐杂著》《梅心草堂琐言》《明季稗史正编》《国朝史论萃编甲集》《海客谈瀛录》《闻余集》《黄车掌录长编、论诗四种、词律拾遗、曲话》《艺苑集评》《院本考》《三国演义回目异同考》《称谓录》《金石诗录、续、再续》《砚林、续、再续、三续》《贴考》《博具》《养花法》《壶卢秘史》《海上文社文选、诗文选》《文社杂著》《嘲噱诗》《虹隐楼日记》（又名《徐兆玮日记》，2004年7月入选国家清史编纂工程，同年9月项目正式启动，2007年5月全部完成，2013年9月由黄山书社出版，全书六册）等；乡土著述《邑志拾遗》《海虞艺文志》《续海虞诗话》《虞乡琐记》《常熟艺文考》《海虞诗话、海虞闺秀诗话、附虞山诗史》《续海虞诗话》《海虞诗文征，附目》《海虞诗乘、邑人诗汇抄》《海虞六家诗选》《海虞画人传》《虞乡琐记》《桂村小志》《沈万三遗事》《牧斋遗事续编》《河东君遗事》《芙蓉庄红豆录》，等等。多未刊。此外，徐兆玮还是藏书家，虹隐楼庋藏书籍达2万余册。

徐兆玮学问淹博，清末与徐忏庵等在乡组织"桂村诗社"。民国9年（1920），常熟创办"虞社"，罗致他入社。民国12年（1923），"虞社"吟梅雅集，他为诗集作序有云："中华国花惟梅足以当之。盖梅花冰魂丹心，寄爱国衷肠，呈露于晦明风雨之中，

凌霜冒雪，独占春先。"是年冬"虞社"复有"梅花百咏"之举，他又有诗咏之。民国
27 年（1938），徐兆玮在沪作《闰七夕词》四首，绮丽朦胧，深得"西昆体"谜诗风旨。
其一："谁家瓜果设中庭，斜月流光透曲棂。静夜喁喁邻女语，两番江上看双星。"其
二："素秋银汉浪飞腾，海客乘槎未许登。乌鹊失栖犹不定，浮桥再架力难胜。"其三：
"莫将离合羡天真，欢悴谁知隔几尘？十万征夫焚战骨，星河盼断未亡人。"其四："仙
袂飘飘绝世容，爱河一曲又重逢。痴心愿挽银潢水，洗净神州万点烽。"邑诗人李猷《常
熟徐虹隐太史的遗诗》谓："第一首感慨抗战已经两年；第二首蛰居租界，无法远行；
第三首感叹战况激烈，死伤之众；第四首祈祷胜利。"徐兆玮还作有《读郑所南〈心史〉
感赋》二首，提及南宋郑思肖廋词："井水惊枯血不刊，土花碧沁劫灰寒。山河长伴遗民老，
世界何如本穴宽（所南扁其室曰'本穴世界'，以本字之十置穴下则大宋也）。未许北
风吹瘦菊，更无片土植丛兰。一家德祐编年史，披发吟成泪已弹。""大义犹存野史亭，
天南剑气掩寒星。函书不共山川烬，翻海难销宇宙腥。孤愤尚余三斗血，廋词难解十空
经（所南尝著《大无工十空经》一卷，空字去工而加十宋字也……）。故交割席怜松雪，
旧日西山蕨正馨。"又作《咏文贝辅币》，涉及离合字谜："布泉文贝摹新币，附会元
勋总理名。二字合并为'败'谜，铸成恶谶祸苍生。"

徐兆玮著作等身，谜著有《诗钟、联语、酒令、隐语》，收谜 66 条，作于清光绪
二十四、二十五年间（1898—1899），谜作如："耳鸣"（《诗经》一句）"有闻无声"；"魏
武追思赤壁败"（六才一句）"无语怨东风"；"秦桧"（《诗经》一句）"妇有长舌"；
"一枝秃笔，半卷残書。"（字一）"聿"；"洞房昨夜停红烛，待晓堂前拜舅姑。"（《礼
记》一句）"昏定而晨省"。《灯虎汇编》辑录谜作 1200 余条，谜目广泛，颇具特色。
《文虎琐谈》辑录含谜笔记 30 余种，内容丰富，不让钱南扬《谜史》。《灯虎汇编》与《文
虎琐谈》均已收入人民日报出版社出版的"中华谜书集成"第三册内。

时间长达 40 余年，共 600 多万字的《徐兆玮日记》中，有其所作灯谜、诗钟、酒令。如：
清光绪二十六年十月二十五日（1900 年 12 月 16 日）："拟灯谜，房房（四书一句）仲
子所居之室；京三须（四书一句）燕毛；去年今日此门中（药名一）桃仁（按：作燕尾格解）；
甲必丹（《左传》一句）染指于鼎。"民国 23 年（1934）2 月 28 日（农历正月十五日）："儿
悲为文虎之戏，予亦作数条，录其雅驯者。彳（唐诗一句）对影成三人；秦明（唐诗一句）
长安一片月；十八公子（动物一）松鼠；讪（唐诗二句）空山不见人，但闻人语响；鸟笼（三
国人名）关羽；赌钱赢台报（《水浒》人名）白胜；红浑成（《水浒》人名）朱全；观涛（三
国人名）张松。"3 月 4 日（农历正月十九日）："文虎尚有可存者：母子平安（植物名）
慈孝竹；桃红柳绿（《水浒》人名四）花荣、朱富、杨春、张青；愚者千虑，必有一得（《水
浒》人名）鲁智深；诸葛灯（《水浒》人名二）孔明、孔亮；火逼牡丹（《水浒》人名二）
柴进、花荣。"

《徐兆玮日记》中还提及、抄录了许多谜语文化史料。如，民国 7 年（1918）1 月 24 日（上年农历十二月十二日）："阅无名氏《韵鹤轩杂著》一卷（上）。"1 月 25 日（上年农历十二月十三日）："阅无名氏《韵鹤轩杂著》一卷（下）。"1 月 27 日（上年农历十二月十五日）："阅无名氏《韵鹤轩杂著》一卷（下）。"民国 15 年（1926）11 月 21 日（农历十月十七日）："均耀《谈谜》云：谜虽小道，然必须经若干年之研究与阅历，方有成专家之希望。近人论谜学心得，语有极精者。咸阳李孟符云：'灯谜为文词游戏之一种，至近时而益工。佳者必底面皆现成语，两不相涉，而恰能传神阿堵者，斯为上乘。若徒以字面关合，或更乞灵僻典，纵极工巧，要不免笨伯之讥。昔人谓：诗有别才，非关于学。若谜语殆纯恃别才者。'闽张味鲈云：'制谜固须淹博，然淹博者（家）未必皆能制谜，非尽由硕学通儒，不矜小慧也。盖天下之物，无论贵贱大小，必求其适于用，谜固有别才（裁），非寻常据典寻章摘句之徒所能共喻，不特（独）鞭策经史供我指挥，尤必兼收并蓄，使木屑竹头皆得其用，乃能见景生情，俯拾即是，必如是而后可以制谜，亦必如是而后可以猜谜。'又云：'作谜者如化学家之制造物品，一经锻炼即变其本来之性质，无论圣经贤传，大义凛凛，一入制谜者（家）之手，则颠倒错乱，嬉笑诙谐无所不至。盖谜底决无 [ 若 ] 用本义者，若用本义者即不成为谜矣。使道学家见之，有不裂眦透爪嗔其污蔑，指为罪过者乎？故迂拘之士决不可与言谜 [ 也 ]'云云。由李、张二君之言观之，谜之为用，尚灵幻而忌拙滞，其取材虽不外乎经史子集，而运用之际绝不能以经史子集之本义梗于胸中，否则学问纵极博雅，谜学必无会心。如从前吾乡张啸山先生毕世精研文学，著作等身，而观其全集中所附刊谜语，大率平直浅露，毫无意味，即俞曲园集中各谜，亦无一精警动目之作。盖由张、俞两先生均以作文之法作谜，处处不肯背经史本义。殊不知作文时之引经据典，端贵正确，而谜材则愈曲愈妙，愈奇愈妙，所谓谜有别才，决非墨守经训者所可同日语也。"（十六日《小时报》）

又如，民国 16 年（1927）5 月 16 日（农历六月十五日）："林俪琴《诗梦楼杂缀》：先祖父善制文虎，曾有一谜，悬之三日无人射中，后自行发表，谜面云：'江底斜阳下钓钩'，打四书一句，谜底云：'汙'。盖出之《孟子》：'汙不知阿其好。'汙字左角下圈一圈，读音如呀，以譬斜阳，尤觉异想天开。此与'重闱一角红'射'推恶恶之心'同一匪夷所思！"8 月 26 日（农历七月二十九日）："《红玫瑰》三卷二十八号载翁《谜话》云：'灯谜射一字者颇不易工，乳兄兴三曾以'八十一'为谜面，射一'白'字，盖'八十一'为九九，'白'字则一百少一也。五弟斗华尝以'绿树村边合'射'綝'字，盖以三字之边旁合成一个（字）也。姚菊人尝著一谜云：'金顶歪带了'，射一'及'字，'人'字为'金'字之顶，而边旁歪带一'了'字也。均极工巧，表兄赵丽侯有一谜云：'曲头方尾'，射一'引'字。盖曲谱之头、药方之尾，多用'引'字。此则虽标出，亦几无从索解矣！"民国 17 年（1928）1 月 13 日（上年农历十二月二十一日）："溥仪平日于叉麻雀外，又喜为诗谜之戏。一班遗老本乐于此，故每值溥仪猜谜，来者颇众，且有以金钱为胜负者。某次，溥仪制一谜，用袁随园'半墙醉影○欹斜'句，以'轻、自、疑、欲、放'五字缀其下，众亦罕知为袁句，群射'疑'字，以为此乃形容醉之最妙字。及开条视之，乃'欲'字也。于是争赞溥仪配字之灵活，溥仪亦大喜自负。其实如'轻'字、'疑'字，在此诗句中，平仄且不叶，而众乃争射之，此其人猜谜之程度亦自可想，无怪溥仪之扬扬有得色也。"民国25年（1936）1月25日（农历正月初二日）："《红楼梦》贾宝玉所制镜谜：'南面而坐，北面而朝。象忧亦忧，象喜亦喜。'见冯梦龙《广笑府》附录。是明人早有此谜，非曹雪芹所创也。"民国29年（1940）3月8日（农历正月三十日）："《春灯隐语》（七日《申报》录同治十二年旧报）：'今乘舆已驾矣'，打六才子书一句，'见排着车儿马儿'；'我是俗品'，打书名，'《尔雅》'；'青蚨飞去又飞来'，打《左传》一句，'遂为母子如初'；'武后临池窥倒影'，打《易经》一句，'乃见天则'；'节孝祠祭品'，打四书一句，'食之者寡'；'范少伯游湖'，打《毛诗》一句，'载施之行'；'准其致仕'，打四书一句，'寇退'；'小红低唱'，打《诗经》一句，'不大声以色'；'一心哭笋莫成竹'，打字一，'怕'；'澹然空水带斜晖'，打字一，'瞻'；'阿斗即位'，打《左传》一句，'为备故也'；'谋及妇人宜其死也'，打四书二句，皓首格，'夫如是，奚而不丧'。"

再如，民国17年（1928）11月4日（农历九月二十三日）："阅……《河南谜语类编》（白启明）。"11月5日（农历九月二十四日）："于牌楼档书肆购三友书社标点本《老上海三十年见闻录》二册（按，著者陈辅相，字无我，书中'春灯八角'门类为谜，部分内容扎自《游戏报》。牌楼档在常熟市心）。"民国18年（1929）8月26日（农历七月二十二日）："常熟县立图书馆寄来油印《新书目》二册……《辛壬簃诗谳》（按，王文濡别号新旧废物，斋名辛壬簃，在苏州北寺塔石塘桥）。"民国21年（1932）8月19日（农历七月十八日）："录饭牛翁《名流轶事》一则（十八日《申报·自由谈》）……南皮张文达之洞……诗钟如……"民国24年（1935）7月2日（农历六月初二日）："中国书店寄来书六种……《春灯谜》二册（暖红室校刻本，闻此书板已佚）。"民国25年（1936）1月19日（上年农历十二月二十五日）："'国学珍本文库'所刊墨憨斋主人《黄山谜》，首《山歌》十卷，次《黄莺儿》，次《谜语》，次《挂枝儿》《夹竹桃》。"

（韦梁臣）

# 中国路索沈文炯

沈文炯（1867—1948），字祥之，号中路。吴江（今苏州市吴江区）同里人。明代曲坛盟主、"吴江派"领袖、著名戏曲家沈璟后裔，清末协办大学士、军机大臣沈桂芬的侄儿。秀才出身，能诗善画。清光绪二十八年三月二十八日（1902年4月25日），同乡金松岑在同川书院的基础上创办同川学堂，聘请教师，招收学生，他与吴江一带比较出名的知识分子都汇聚到了同川，许多好学求知的青少年如邻镇黎里的柳亚子等也都奔赴同里。就在这一年，金松岑创办"同里体育会"，师生都可以参加，沈、柳两人虽相差20岁，却成了同社之友。当时，受过西欧民主思想熏陶的柳亚子年仅18岁，他崇拜卢梭，于是将自己的名字更为"人权"，号"亚卢"，立志要当亚洲的卢梭。而年长的沈文炯则取号"中路"，说自己是中国的路索（卢梭也译路索）。沈文炯年龄较大，人称"祥叔"。他性格豪放，喜欢交游，同川学堂及体育会的人士大多乐于到他家中喝酒、品茶，叙谈国家大事。光绪三十一年（1905），沈文炯在家中办起了一座小学，取名"正则"，但由于家底不厚，坚持了一段时间，只得解散。嗣后，受聘出任同里私立丽则女学的校长。

沈文炯嗜好文虎。据薛凤昌《邃汉斋谜话》介绍："里中沈君中路，为文定公裔，性豪快，善诗钟，分咏分妆，各擅其胜。其于灯虎之戏，曩年亦曾共为之。"光绪二十八年（1902），薛凤昌等组建"吴江灯社"，在家乡吴江同里悬谜公展，沈文炯积极参与其中，乐此不疲，"佳者虽不多，然亦有出人意表者"。民国17年（1928），吴莲洲振兴谜坛，继往开来，成立上海"大中虎社"，创办《文虎》杂志，沈文炯加盟并任杂志特约撰作者，撰有《谜话拉杂谈》等。

沈文炯有个儿子，名藻墀，字端方。国民党元老于右任曾书赠一联，上款为"端方弟同志"，联语是"芳树垂绿叶，好鸟鸣高枝"，落款"于右任"，钤有印章二，白文"右任"，朱文"于"。上联"芳树垂绿叶"，用形象的比喻，写沈端方是沈桂芬、沈文炯的后裔；下联"好鸟鸣高枝"，则是祝愿小弟端方前途无量。那么，于右任为啥赠联呢？这里还有一段鲜为人知的轶事。

光绪三十三年（1907），陈去病、柳亚子等人在上海计划成立南社，参与组建的刘师培、何震夫妇则被紧随慈禧而得宠的端方收买了，于是成了南社的叛徒、告密者。第二年初夏，同盟会会员陈陶遗奉命携带枪支炸药从日本回国，计划行刺端方，事泄被捕，经过南通张謇疏通，陈得以释放。出狱前几天的一个晚上，端方会见，软语笼络，允诺纳为幕僚，为陈谢绝。当时，有识之士对端方恨之入骨，但是此人权大势大，奈何他不得。就在这时，憎恶端方的沈文炯生了个儿子，他在为孩子取名的同时，又别出心裁地给取了个"端方"作字。从此，沈文炯动不动就在大庭广众指桑骂槐："端方算什么东西，还不是我那不知事理的儿子！"以此来发泄心中的愤慨。

宣统元年（1909），沈文炯加入了柳亚子、陈去病等人组建的南社，入社号971，人称"地奴星催命判官"，在社内"点将录"里排名第97位。之后，他频频参加南社在上海的雅集，结识了同隶南社的于右任。于氏听说他为儿子取名"端方"的事，感慨万千。

民国11年（1922），沈端方肄业于北京大学法科，返回同里后，决心与堂兄沈颂墀

（丹忱）一起从事法律工作。翌年秋，他在父亲沈文炯的陪同下来到上海，拜见时任上海大学校长的于右任。于校长奋袖出臂，为沈端方书写了上述那副行书对联。后来，沈端方成了有名的学者。可惜的是，他在民国35年（1946）死于飞机失事。

（诸家瑜）

【附录】

谜话拉杂谈<br>沈中路

我国文艺，若文若诗，若词曲，若碑铭，愈古则愈朴茂，亦愈精粹，独至于谜，则古不今若，良由钩心斗角，想入非非。近人思想之奥巧，决非古时代社会人之心理所能达到，魏武尝过曹娥碑下，杨修从碑上见"黄绢幼妇外孙齑臼"八字，修曰："黄绢色丝也，于字为绝；幼妇少女也，于字为妙；外孙女子也，于字为好；齑臼受辛也，于字为辤（辞）。所谓'绝妙好辤（辞）'也。"魏武已叹修为捷才，曰："才不及卿三十里。"此等谜语，若在今日，鲜不谓其笨伯也。

近代如张起南《橐园春灯谜》书，薛公侠《邃汉斋谜话》，其间谜条，取材独精，取径独别，所用谜格，尤为新奇。忆得橐园谜书中，有"鸳鸯格"云："晋人有冯妇者"（射四子二句）"叶公问孔子于子路、子路不对"，言上六字皆对，唯下"子路"两字，则不对也。"卷帘格"云："攻心为上"（射四子一句）"孟之反不伐"，孟获有丞相天威，南人不复反矣一语，觉得现成谜面，现成谜底，有水到渠成之妙。《邃汉斋谜话》选材亦精，时下肤乏之谜一扫而空，其自造谜条云："风声鹤唳，草木皆兵"（射易一句）"为坚多心"，"贾"（射易一句）"其于人也为大腹"，总以书卷彩披，不染江湖派者为合选。

昔闻张文襄督两湖时，颇好风雅，曾制一谜，谜面为"潇"（射诗经一句）"秉心寒渊"；相传清孝钦亦有谜癖，曾制一谜，谜面为"佳"（射易一句）"射雉一矢亡"，均为佳构，张谜尤为巧妙，决难猜中。民初，余在北平时，曾制谜语数条，皆射时人名，如"公曰：君子不重伤，不禽二毛"，为"宋教仁"；"孟尝君为相于齐"，为"田文烈"；"我武淮阳"，为"张勋"；"民之望之，若大旱之望云霓也"，为"汤化龙"，亦觉底面浑成。

总之，制谜者偶然会意，得着现成底面，便有佳构，而猜谜者未必尽属通儒，虽有佳构，往往悬挂数日，不能揭去，亦令猜者扫兴。故制谜不难，欲求深入浅出，能合普通社会之心理，既不入于悔臭，又不流于肤浅，斯真颇费踌躇矣。即如旧谜中，有谜面为"无边落木萧萧下"射"日"字；又谜面为"落士，当头砲，将军，棋输木头在"射字一"橐"，此等拆字格，虽极巧妙，然非制谜者分析解释，亦未能一目了然也。

吴君莲洲近编《文虎》半月刊，嘱选谜话，无以报命，拉杂书此，聊以塞责，不能作谜话观也。

（原载上海《文虎》第二卷第九期，民国二十年五月一日）

# "东亚病夫"曾孟朴

曾朴（1872—1935），谱名朴华，初字太朴，改字孟朴，别字小木、籀斋，别号铭珊，笔名东亚病夫。常熟人。清末民初小说家、出版家。自幼聪慧好学，笃好文学，又喜文虎。清光绪十七年（1891）举人，次年赴京参加会试，以墨污考卷出场。嗣后，其父为他捐内阁中书留京供职，但他傲岸且又不惯于浮沉宦海，日与同好文友诗酒遨游。留京几年，终觉得小京官生涯不足以偿其志，遂愤然出都，脱离宦海，于"戊戌变法"前夕居沪上创办实业，与改良派畅谈维新，筹措变法活动，结果将实业抛之脑后。光绪二十四年（1898），变法失败，改良派六君子被杀，曾朴适回常熟料理父丧，幸未罹难。光绪二十八年至二十九年间（1902—1903），曾朴在沪经营丝业失败，遂于光绪三十年（1904）在上海创办小说林社，大量发行译、著小说以鼓荡新风气。邑中同人丁初我（芝孙）、徐念慈（化名朱积卿）等皆踊跃投资。初开张时规模很小，曾朴自任总理，徐念慈任编辑主任。光绪三十二年（1906），小说林社扩充业务，增设宏文馆，编辑辞典、地图之类的书籍；又于光绪三十三年正月（1907年2月）创办《小说林》月刊，《小说林》总编辑所编辑，小说林社、宏文馆有限合资会社发行，邑人黄人（摩西）、徐念慈主编，曾朴为主要撰稿人（陈大康《中国近代小说史料——〈小说林〉中小说史料编年》）。宣统元年（1909），曾朴为两江总督端方幕僚；次年捐候补知府，分发浙江。民国初，参加共和党，为江苏省议会议员。后任江苏省官产处长、财政厅长、政务厅长等职。民国15年（1926）秋去职，与长子虚白在沪开真美善书店，创办《真美善》杂志。民国20年（1931）返里，居虚廓园，潜心园艺，游憩养病，直到病故。

曾朴早年才名颇著，学识赡博，翁同龢尝称为异才。光绪二十一年（1895）进同文馆，始学法文，之后结识陈季同，肆力更深，且从探讨法国文学的源流中，深刻认识小说在文学中的地位。在陈季同的指点下，曾朴步入文学之路，一发而不可收。光绪三十年（1904），他接过金松岑（名天翮、号鹤望、别署吴江金一）初作《孽海花》六回，几经修改续作，成三十五回，后改编三十回本刊行，为清末四大谴责小说之一，鲁迅先生誉为"结构工巧，文采斐然"（《中国小说史略》）。与此同时，曾朴又为我国翻译介绍法国文学之先驱。光绪二十八年（1902）起，凡30余年中，他陆续翻译发表了较多的法国文学名著，包括嚣俄（雨果）、莫利（里）哀、佐（左）拉、福楼拜等人作品。又曾敦劝翻译家林纾改用白话移译，以尽传原著之丰神。另著有小说《鲁男子》，戏曲《雪昙梦》院本，学术专著《补〈后汉书·艺文志〉》《补〈后汉书·艺文志〉考证》《论法兰西悲剧源流》等，并有《病夫日记》及诗文若干篇行世。

曾朴所著长篇小说《孽海花》，洛阳纸贵，取材真实，其中用灯谜手法，将许多真实姓名隐化成书中人名。上海古籍出版社《孽海花》（增订本）书后附有刘文昭增订《〈孽海花〉人物索引表》，黑龙江人民出版社张鸿《续孽海花》书后附有郑逸梅校订《〈续孽海花〉人物索引》，魏绍昌《〈孽海花〉人物索引表》，举人物 278 名，曾朴在写作时，对书中人物命名，采用谐音、遥对、卷帘、半面、亥豕、解带等谜格谜法，在此举例说明：袁世凯慰亭，改作方代胜安堂，袁谐圆对方，世对代，凯旋即得胜，慰对安，亭对堂。张之洞香涛，改作庄芝栋寿香，张之洞谐庄芝栋，涛半而为寿，香保留。康有为长素，改唐犹辉常肃，康、唐亥豕形似，有为谐犹辉，长素谐常肃。谭嗣同复生，改戴胜佛同时，谭谐戴，嗣同复生卷帘、谐音为胜佛同时。谜家樊增祥樊山，为万范水，樊谐万，樊山谐音、遥对为范水。易顺鼎哭庵，为叶笑庵，易谐叶，哭对笑，庵保留。邑人曾之撰，改曹以表，曾、曹亥豕形近，之以虚词相对，撰用笔对表用口。翁同龢叔平，改龚平和甫，翁、龚音近，龢部分解释通和，叔平留平字，甫，台甫。杨崇伊改尹宗杨，是卷帘而兼半面。潘月樵艺名小连生，改筱莲笙，是谐音盖草种竹……不一而足。

曾朴佚诗中有"四嘲"诗，美似物谜。《嘲蜂》："粘花到处费商量，寻隙还嫌意太强。入户腰长犹莫俏，出衙身小惯偷香。甜人有术常怀蜜，毒我无言已露芒。笑尔喧阗谁结伴，春深徒叹往来忙。"《嘲蝶》："怪他生小住情天，隔院春深醉草边。扑惹美人仍栩栩，名为公子学翩翩。偷香似欲墙头过，入梦空教枕上眠。毕世何曾知命薄，还求谢逸作诗篇。"《嘲蚊》："仓惶彻夜似无情，相遇宜加饕餮名。每到欺人夸利口，也知谋食作哀声。如能满欲并忘险，设有登身不顾生。莫怪蟭螟巢尔目，三餐无奈太钻营。"《嘲蝇》："何曾世味辨酸咸，上棘宜防信尔馋。噬墨居然存腹稿，涂朱久已耀顶衔。贪人樽酒身先醉，见我盘餐口已馋。甘作巧言并逐臭，营营岂肯守三缄。"讽刺对象，应有所指。

曾朴殁后，吴江谜家金松岑作挽诗："司勋曾赋杜秋诗，卢前王后各费辞。袍笏三登君作剧，江湖一病我违时。名园虚霩仙乎境，小说虞初锦样思。香火缘深交似水，此情只有夜台知（诗挽孟朴先生归道山，予尝戏撰《孽海花》小说六回，弃去。而先生续之，故首联云云）。"吴江另一谜家范烟桥作挽诗："乱世聊为闲磕牙，病夫今日已抛家。作风新转《鲁男子》，谈助多传《孽海花》。虚霩园中秋草宿，逍遥游畔夕阳斜。略除萧瑟凄清感，共上虞山缟素车。"

（韦梁臣）

# 爱自由者金松岑

金松岑（1873—1947），原名懋基，又名天翮、天羽，字松岑，号壮游、鹤望、鹤舫，笔名麒麟、金一、爱自由者、天放楼主人等。祖籍安徽歙县，迁居江苏吴江（今苏州市吴江区）同里镇。近代著名爱国志士、国学家、诗人和教育家。清同治十二年五月二十一日（1873 年 6 月 15 日），出身在一个书香门第家庭，祖父金凤标，父亲金光照，家住同里镇章家浜（西墙门），为金氏望族第九代传人。自小受族内诗社"学吟社"的影响，喜爱作诗吟对。12岁起，师从顾言学诗8年，继从钱焕学文6载。光绪十七年（1891）补县官学弟子，翌年即写出《长江赋》和《西北舆地图表》两篇佳作。

光绪二十年（1894），中日甲午战争爆发，第二年腐败怯懦的清政府签订了丧权辱国的《马关条约》。弱冠之年的金松岑亲眼目睹"商埠"之地的苏州蒙耻受辱，"痛政府之不足图自存"。外国侵略者横行无忌，为非作歹，肆意掠夺。国家危难，财匮力尽，民不聊生，由此激起他强烈的忧国忧民意识，遂与同乡陈去病、蔡寅等人于光绪二十三年（1897）组织"雪耻学会"，意图维新救国雪耻，当时在吴江县很有影响。光绪二十四年（1998）正月，应江苏督学瞿鸿禨之邀，赴江阴南菁书院学习，担任学长（相当于班长）。"戊戌变法"失败后，忿恨之极的他放弃了继续深造的愿望，决定返回家乡投身于警醒民众、兴教办学的救国救民活动。据《同里志》卷十五"教育科技"记载："光绪二十五年（1899年）三月，金松岑在'大夫第'西墙门的慎修堂创办的私塾，收学生10多人。""光绪二十八年三月二十八日（1902年4月25日），金松岑在同川书院的基础上创办同川学堂"（同川学堂分初、高两部分，高级部即"同川自治学社"。光绪三十三年（1907）正月，同川学堂改为"同川两等公学"），"主持校政，并建立中国教育会同里支部，从属上海中国教育会"。翌年3月，他应蔡元培之邀，赴沪参加中国教育会附属机构爱国学社工作，与章太炎一个办公室，与邹容一个宿舍，并资助邹容出版《革命军》。他们朝夕相处，彼此感染，结下了深厚的革命感情。是年6月30日，《苏报》案发，报馆和学社被查封，章太炎、邹容被捕，金松岑奔走在同里、上海两地筹措经费，延请上海租界内很有名的英国律师为章太炎、邹容辩护。邹容牺牲后，他心情极其沉重地回到了家乡同里，从此决心努力办好学校，用教育这个特殊的武器，同清政府作斗争，救亡图存，振兴中华。

宣统三年（1911），金松岑迁居苏州，租住濂溪坊，在草桥学堂设帐讲学授徒。民国元年（1912年），当选为江苏省议会议员，但日趋消极于政治，拜师于天津章钰受史学，师从曹元弼学《易》。民国12年（1923），任吴江县教育局局长，凡两载。民国16年（1927），任江南水利局局长，旋又离职。曾任安徽通志馆编纂。民国21年（1932）夏，他与张一麐（仲仁）、李根源、陈石遗发起成立中国国学会，邀章太炎来苏州，与章同在国学会讲学。

抗日战争爆发后，他困居苏州，生活清贫，但大义凛然，明耻立节，拒任伪职，为摆脱汉奸纠缠，于民国27年（1938）春去申城，任上海光华大学中文系教授。太平洋战争爆发后，日寇入租界，光华大学解体。民国30年（1941）底，他折返苏州濂溪坊家中，闭门著述，寄情诗歌；应包山寺住持闻达上人之邀，撰写《大休僧传》。民国36年（1947）1月10日病逝苏州。著述主要有《天放楼诗集》（正续季集）、《天放楼文言》（正续遗集）、《鹤舫中年政论》、《孤根集》、《皖志列传》、《词林撷隽》、《女界钟》、《自由血》、

《孽海花》（部分）等。

金松岑与《邃汉斋谜话》的作者薛凤昌既是同乡，又是好友，长薛 3 岁。金松岑著《三十三年落花梦》，因薛凤昌精于日文，帮助一起翻译。当年他在主持同川书院校政期间，还曾参与薛凤昌组建的吴江灯社活动。金松岑嗜好猜制谜语，所作之谜，多可诵者，亦多传神，这在薛凤昌《邃汉斋谜话》中可见其精于谜道之一斑。

（陈志强、诸家瑜）

# 三社元老宗子威

宗子威（1874—1945），名威，原名嘉仪，字子威。常熟人。南宋抗金名将宗泽 26 代孙。近代教育家、诗人、作家、谜家。幼习旧学，曾为塾师，后入苏州游学预备科学习。清宣统元年（1909）拔贡，任河南直隶州州判。民国 2 年（1913）返乡，任《常熟日报》主笔。民国 4 年（1915），受聘北平师范学校国文教员，学生中有老舍。民国 11 年（1922）任粤汉铁路督办公署秘书、全国铁路协会秘书，并在华北大学、畿辅大学（后改名铁路大学）执教。民国 18 年（1929），受聘于东北大学。民国 21 年（1932），为湖南大学中文系教授。民国 32 年（1943），任国立师范学院国文专修科主任。民国 34 年（1945），逝于湘西溆浦（今属怀化市）。撰著有《夷门剩草》《燕游剩草》《度辽吟草》《南归集》《湘中吟》《劫余吟》《骈体文存》《小说考订》《诗钟小识》《子威剩稿》《北山沈公传略》等。

宗子威供职北平（今北京）时，先后参加过北平射虎社、隐秀谜社、丁卯谜社、寒山诗钟社等诗文组织。民国 5 年至民国 8 年（1916—1919），北平有谜社"北平射虎社"，由宋康复（字敦甫）、高步瀛（字阆仙）、张瑜（字郁庭）、金元善（字子乾）等发起，同昌人韩光奎（字少衡）任社长，社址设在北平前门外鹞儿胡同徽州会馆内，社员 70 余人，多为寓京文士、社会名流，子威亦在其内。该社有《北平射虎社谜集》，约 40 册，收谜两三万条，可惜未能公开出版。1997 年 5 月，人民日报出版社出版"中华谜书集成"第三册，收入陈冕亚辑《北平射虎社谜集》。该社散后，"隐秀社"继起，由高步瀛发起于民国 9 年（1920）成立，社址在北平西长安街铁路协会内，社员 53 人，子威又在其内。民国 11 年（1922）夏，因张郁庭事务繁忙而不能兼顾，改推子威为会长。该社有油印谜集 20 余册，铅印《隐秀社谜选初编》。又有铁路协会附设之"学余社"游艺会，年会余兴有电影、博弈、诗钟、隐语等内容，民国 13 年（1924）左右由张郁庭、宗子威主持。民国 14 年（1925），铁路协会迁府右街，印有《铁路协会谜语》。自民国 16 年至 22 年（1927—1933），又有谜社"丁卯社"，有社员三四十人，子威仍在其内，油印谜集 7 册。宗子威还参加过常熟虞社，民国 17 年（1928）《虞社》复刊，他曾有作品寄给该刊。

宗子威曾以故乡红豆山庄所产红豆，分赠樊增祥、关赓麟（均系"北平射虎社"社友）、袁寒云等，还曾为顾震福《跬园谜刊三种》题诗四首："绝世聪明顾虎头，一生馀技付藏闉。彦和书里搜谐语，定稿何须待隐侯。""骚坛旌节要平分，绝妙文心迥不群。射虎只今无片石，灞陵闲煞李将军。""挽强命中仆犹能，展卷同君感不胜。除却南朝阮司马，更无人解唱春灯。""当年射覆忆分曹，击节狂呼意兴高。今日故人多宿草，秋风泪洒旧青袍。"又曾为孔剑秋《心向往斋谜话》题诗四首："白发多情感旧时，春秋社日史公祠。外孙齑臼参难透，惹得杨修笑我迟。""叹老思归习未捐，因君琢句待君笺。窦融辞爵加三岁，苏武看羊欠二年。""直将曹丕作周公，造语还如北海公。凡此正堪歌白雪，大家倾听耳犹聪。""灯下急将诗债还，来朝蝶被入西山。庾词不是无新稿，弄斧无颜向鲁般。"从第四首第三句看，宗子威有谜作。

宗子威亦擅诗钟，著有《诗钟小识》，其诗钟作品如崇文书局版"文艺全书"所收李春如《诗钟》所载：牛头山（鸿爪格）"诗句上头题让鹤，丘山回首重如牛。"分用唐李白《黄鹤楼》、杜甫《古柏行》诗典。东华门（鸿爪格）"辽东化鹤伤华表，蜀道骑驴上剑门。"上句用辽东丁令威化鹤神话，下句用宋陆游《剑门道中遇微雨》诗典。

宗子威的咏物诗，新颖而有谜意。民国5年农历二月二十七日（1916年3月30日）《徐兆玮日记》："《琴心报》录宗子威咏物诗四首，颇新颖，录存之：'阿堵何须绕满床，怀中惯卜小行藏。俸钱旧贮东方米，诗料曾分李贺囊。万里遨游随敝箧，十年清苦伴归装。此中是否黄金尽，傲彼苏秦到洛阳。（旧皮夹）'；'年年提挈走风尘，满载轻装与土珍。上下舟车频握手，零星行李亦随身。此中空洞容卿等，到处居留便旅人。骨节近来多碎损，怜他终作爨余薪。（旧网篮）'；'酒后茶边着意陪，一枝湘竹抵琼瑰。抛残剩草星星火，爇尽相思寸寸灰。余唾久将牙慧弃，清香犹带口脂来。胸中底事多焦灼，热度销沉日几回。（旧烟嘴）'；'岂真器量逊江河，点墨初储腹已皤。万丈文光垂启闭，一生笔债共销磨。本来外貌兼金重，休笑中间败絮多。留得当年渣滓在，云烟犹幻砚池波。（旧墨盒）'"

宗子威长子之璜，字志黄，北京丁卯谜社社员。北大毕业后，先后在辅仁大学、安徽大学、合肥师范学院任教，专研元曲。《张黎春灯合选录》，有黎六禾《江南好》（丁卯谜社十年大会，纪社中同人，四十三阕），其中记宗志黄的一首是："乌衣里，青眼识年芳。薄伐太原曾中的，多君桥梓角文场，一瓣九烟香（'薄伐太原'，习凿齿语，余以制谜，君偕尊人子威翁来射得之）。"查黎六禾《玉縈楼春灯录》有："习云：薄伐玁允，至于太原"，射《诗经》句"蛮荆来威"。按，《左传》："征伐玁允，至于太原。"《诗经·小雅·六月》："薄伐玁狁，至于太原。"《诗经·小雅·采芑》："征伐玁狁，蛮荆来威。"朱熹注："是以蛮荆闻其名而皆来畏服。""多"，推重、赞美。"桥梓"，同乔梓，父子。"九烟"，明代谜家黄周星字九烟，"志黄"之名或用此。"习凿齿"，东汉人名。

（韦梁臣）

# 东海觉我徐念慈

徐念慈（1875—1908），原名丞义，字念慈，后改字彦士，号觉我，署东海觉我。昭文（今常熟市）赵市人。晚清教育家、文学家、翻译家。出身书香门第，家境富裕。幼时天赋很好，聪颖过人，读书不求甚解，论事很有主见。青年时代就精通英、日文，擅数学，能文章，在家乡颇负时誉。他考取过秀才，并经岁科两试均在一等前列，取得廪生的资格，可是他却鄙视这种科举制度，不愿进入仕途。清光绪二十三年（1897），他与志趣相仿的张鸿、曾朴、丁祖荫等人于常熟塔前别峰庵创办中西学社，开了当地西学教育的风气。翌年，又与张鸿、丁祖荫筹款，在常熟塔前旧书院"学爱精庐"原址，营建高等小学"常昭中西蒙养学堂"，先后担任校长6年余。光绪二十七年（1901），他曾发起组织教学同盟会，会员达100多人。光绪三十年（1904），又创办速成算学社、竞化女学堂、《女子世界》。是年8月，曾朴在上海创设小说林社，他化名朱积卿参与投资，并任编辑主任。光绪三十二年（1906），徐念慈创办了常熟第一所民立两等小学，翌年被推为江苏教育总会干事。

徐念慈才华过人，文学根底很深，又喜爱科学，懂外文，思想敏锐，这促使他很早就对著译科幻小说发生兴趣。他热心于介绍西方先进的科学文化，身体力行，光绪三十年（1904）翻译出版了日本押川春浪著科幻小说《新舞台》。次年，继文学杂志《绣像小说》发表"荒江钓叟"创作的科幻小说《月球殖民地小说》后，他也创作了科幻小说《新法螺先生谭》（小说林社1905年6月出版），还翻译了美国西蒙纽加武著科幻小说《黑行星》（小说林社1905年7月出版）。当时的一些著名书店都是以出版教科书取得成功的，徐念慈则认为，跟在人家后面亦步亦趋不一定能成功，反而被人家讪笑，建立小说林社股东会专事供应参考书与大书店进行竞争。对此，曾朴认为失败的危险性很大，竭力反对，但他的提议却在股东会上得到了通过，并付诸实施。光绪三十二年（1906），小说林社增设宏文馆；翌年正月（1907年2月）创办并发行晚清四大期刊之一的《小说林》月刊。担任《小说林》主编兼译述编辑的徐念慈广征人才翻译外国小说，自己翻译的就有《海外天》《美人妆》等多种，所翻译小说多使用纯粹的白话文或浅近的文言文，并且力求保持原著的面貌，开拓了翻译的新途径，对后来翻译界的影响很大。他在《小说林》上发表的《余之小说观》（载《小说林》1908年第九、十期），系统地阐述了他对当时小说创作的看法，提出小说离不开人生，小说反映人生的见解，在当时具有重要的进步意义。徐念慈追求进步，其创作的白话小说《情天债》，反映了民主革命思想。

业务扩大后的小说林社，由于成本过高、资金有限、推销不易，以致资金周转困难。徐念慈虽拼命努力却无济于事，连薪水都不能按月支付，只好先后在上海竞存公学、爱国女学、尚公小学兼课，以维持生计。光绪三十四年（1908）6月13日，积劳成疾的徐念慈胃病发作，因误服猛剂吐泻不止，当月16日不幸逝世于上海，年仅34岁。妻子朱氏，生子女各 2 人。小说林社撰哀辞曰："先生常谓小说足以启牖民智，故不殚竭力提倡之。斯报为先生手创，月出一册，选稿维严。讵料第十一册甫发行，而先生竟长辞人世。本社恸之，爰摄先生遗影，弁诸本期册首，以志哀悼。"

徐念慈著述甚众，有《〈小说林〉缘起》《丁未年小说界书目调查表》《余之小说观》，科幻小说《新法螺先生谭》，译著《黑行星》《海外天》《英国大慈善家美利加阿宾他传》《新舞台》等几十种之多，风行于世。他在编辑《小说林》期间，除了征集小说素材外，还不断向外界征文。如光绪三十三年（1907）《小说林》第四期，就刊出一则《募集文苑杂著稿约》："本社广征海内词坛，如有古近体诗、游戏文章、楹联、酒令、笑话、灯谜、奇事、异闻、别体杂录，寄交社中，入选后，本社以图书代价券酌情分赠（自半分起至十元止），以酬雅意。（已刊行者不录）……"

这则早期报刊征文广告，在社会上影响颇广，投稿者踊跃，征文中不乏有诸多谜语。光绪三十三年（1907），《小说林》开设"射虎集"栏目，第五期始刊出"补梅书屋谜"15则、"菊社谜"29则；第六期刊出"桐影斋谜"10则、"寄桐轩谜"6则；第八期刊出"兆公谜"10则。光绪三十四年（1908），《小说林》增设"灯虎"栏目，于第九期刊出"补梅书屋谜"18则、"觚庵谜"11则、"稼轩谜剩"20则、"双苣灯虎"11则、"少云谜"24则；第十期刊出"补梅书屋谜"20则。第十一期又恢复"射虎集"栏目，刊出"啸月楼主谜"30则、"特立馆主谜"6则；第十二期刊出"补梅书屋主谜"14则（内与第九期雷同1则、与第十期雷同4则）、"舌愚斋主人谜"12则。7期总计刊谜236则（含雷同5则）。另第九期刊出"画谜"5则，第十期刊出"双苣室画谜"2则，实系智力游戏。

谜作者署名12家：补梅书屋（KH生）、菊社、桐影斋（渐生）、兆公、觚庵、稼轩（情侠）、双苣室、少云、啸月楼主、特立馆主、古愚斋主（古愚斋主人）。据核对，"补梅书屋谜"有33条见于民国元年（1912）《小说日报》、民国6年（1917）《邃汉斋谜话》，有17条见于民国3年（1914）后的《百家隐语集》。"稼轩谜剩"收入《百家隐语集》的有19条。"双苣室隐语"收入《百家隐语集》的有11条。"啸月楼谜虎"收入《百二十家谜语》的有31条。

《小说林》刊谜用到的谜目有：字、语、俗语、吴语、古人名（古人）、古神名、左传人名、战国人名（战国人）、晋人名、古美人（美人、美人名）、四书人名、水浒人名、红楼人名、西人名、国名、州县名（州名、县名）、外国地名、花草名（花名）、鸟名、物名（物、用物）、四书（四书句）、诗经、书经、礼记、易经、心经、左传句（左传）、晋书、古诗、唐诗句、杜诗联、古文、六才、昆目、诗经目、诗品、韵目、词牌、曲牌、书名、新小说、志目、姓（百家姓）、流品名、药名、卦名、骨牌名、市招，共48种；用到的谜格有：梨花、射雕、卷帘（卷）、解铃、系铃、合猜、升冠、叠床、流水（水流）、白头，共10种。

（韦梁臣）

# 邃汉斋主薛凤昌

70 年前，吴江同里发生了一桩使人神魂震惊的惨案。一位年近古稀的教书先生，因拒绝敌伪派驻日籍教员而被捕，惨遭日寇酷刑，被杀害。他，就是我国近代著名教育家、谜语文化学者、时任私立同文中学（今同里中学）校长的薛凤昌。

## 撰写《谜话》 薛凤昌名闻谜坛

在现今的文坛上，有个新的说法："唐诗宋词元曲，明小说清灯谜。"谜语，亦称灯谜、文虎，是我国民族文化中的一朵奇葩，历史悠久，源远流长。到了清代，由于顺治皇帝亲题万寿灯，于是"楚灵王好细腰，而国中多饿人"，上行下效，谜语便在全国普及了。因此说，清代是中华谜语最鼎盛的时期。咸丰之后，尤其是光绪年间，谜语著书立说热兴起，于是伴随着出现了一种以"讲话"为主体的创新形式，名曰"谜话"。清末粤东蕉阳人古阶平首开先河，率先推出他的《谜话》。嗣后，上海商务印书馆出版的《小说月报》（月刊，创刊于 1910 年 7 月）于民国 2 年（1913）4 月、民国 4 年（1915）1 至 5 月，分多期刊载了一篇万余字的文章，题目为《邃汉斋谜话》。民国 6 年（1917）4 月，上海商务印书馆将此出版发行。当时，这部 32 开的单行本一面市，即引起文坛和谜坛的关注，被誉为"谜话开山之作"。作者薛凤昌也由此为世人知晓。

薛凤昌（1876—1944），原名蛰龙，字砚耕，号公侠、病侠，又号邃汉斋主，曾署江南 KH 生、KH 生、侠民等。祖籍江苏无锡，太平天国时期迁至吴江（今苏州市吴江区），出生于同里镇，家居盐店埭。晚清秀才。清光绪二十八年（1902），他在吴江同里创设灯社，社员有胞兄薛淦夫、同乡好友金松岑、沈中路、周良夫、顾友兰、王清臣、于欧生、王镜航、陈星言、顾大椿等人。当年元宵，吴江灯社在同里出灯悬谜公展。之后，"每于元宵前后，出灯里门，相应和者，不下二三十人"。宣统三年（1911），因金松岑、薛凤昌离开吴江老家，这个在苏州谜语文化史上有据可查的第二个民间谜语组织就此停止活动。薛凤昌创设的灯社，在江南水乡这块热土上，坚持活动达 9 年多。在《邃汉斋谜话》一书中，薛凤昌记下了"己酉（1909 年）春出灯里中""庚戌（1910 年）出灯"等数次出灯悬谜公展。诚然，当时的猜谜景况每况愈下，但这毕竟为以后吴江谜语的再度兴起和繁荣播下了"火种"。

薛凤昌去了皖北，其间他还是念念不忘猜制谜语，后来在回家乡出任江震高等学堂校长的那一年（1912）冬天，撰写了一篇 11.2 千字的谜话文章，以其斋名命题曰《邃汉斋谜话》。此文在《小说月报》持续发表后，引起近代谜家张起南（1876—1924，字味鲈，号橐园，福建永定人，享有"谜圣"之誉）的极大关注。他说："至谜话之作，仅见近人《邃汉斋谜话》一种，附《小说月报》之后，选择精审，颇有可观。"（张起南《橐园春灯话》）

张氏受《廋》书之影响和启迪，萌生著书立说之念，于是在民国4年（1915）4月28日写成了被后人奉为圭臬的传世之作《橐园春灯话》二卷，"甫脱稿，同邑旧好黎劭西君（1889—1978，原名锦熙），主长沙宏文图书社，因亟持往，属界手民，公诸同好"（《橐园春灯话·陈琪序》）。《橐园春灯话》出版后，与《廋汉斋谜话》并称为我国民国初期谜语理论之"双璧"。

民国6年（1917）4月，上海商务印书馆将这两部谜话著书，同王国维的《宋元戏曲史》、王梦生的《梨园佳话》、吴梅的《顾曲麈谈》、许家庆的《西洋演剧史》、玉狮老人的《读画辑略》、钱静方的《小说丛考》和孙毓修的《欧美小说丛谈》一起汇编成册，题名《文艺丛刻》（甲集），校对恽铁樵（树珏），武进人，时任《小说月报》编辑。《文艺丛刻》（甲集）出版发行后，风行一时，洛阳纸贵。

## 打破框框　论述谜语理论记录地方谜志

薛凤昌的《廋汉斋谜话》，是一部论述谜语理论和记录地方谜志的专著，打破了谜集"集谜"的框框，以谜话刊行于世。薛凤昌在卷首的《自识》中说："诗有话，词有话，而谜独无话。盖雕虫小技，不列大雅，非若诗词之陶情淑性，足擅风骚也。然商灯之制（见《帝京景物略》）由来已久……余少嗜焉，茶余酒后辄述谜语，以为谈笑之资，惧其过时而或忘也，作此谜话以识之，是亦孔氏所谓为之犹贤乎已者也。"

薛凤昌以闲话性质，通过自己的谜语创作以及同好们的谜语佳品，向读者叙述了他对谜法、谜艺的看法，博采诸家，取材严格，取径独别，用格新奇，论谜精辟，评述切要，捧读品味，选谜兼顾类型，俗不伤雅，颇有蔚然一新的感觉。他认为："谜之佳者，要以空灵者为最上乘。""谜之品亦不一，以余所闻，有以典雅胜者。""谜语贵在传神，表里并不拘拘于配合，而自然有情趣。""谜之佳者，多通于史。""寻常之谜，其面与底之相扣，恒不外正反二义。""谜之有书家、江湖之别者，雅俗耳，然亦有意俗而词不俗者，并有词亦俗而不厌其俗，一似无伤雅道者。""谜面同而谜底互异者，亦间有之……底面长短，亦无定程，有底虽长而面甚短者，有面极长而底甚简短者，要皆以现成而含混者为佳。"

"万千谜灯映富土，龙吟虎啸闹吴江。"在书中，薛凤昌向读者介绍了活跃在吴江的灯社开展内部会猜、对外展猜的活动情况。内部会猜在"春宵秋夕，集三数朋侪，钩心斗角，每一揭晓，鼓掌称善，虽曰游戏，工雅实难"（薛凤昌《廋汉斋谜话·自识》）。对外展猜则在每年的元宵节期间，每次情况不同，起初人气比较足，"其后饥驱奔走，俗务倥偬，殆不暇及。然犹间岁一举，应和者已不过十余人。至近年来，数欲出灯，而应和者寥寥，因之不果。曾忆庚戌（1910年）出灯时，灯前并不拥挤，过者咸瞠目相视，搔首苦思，十不揭二三"。还记下了他与友人杨先畴（江苏扬州江都人）、孙仲南在皖北共事时猜谜的情景，记下了同乡郭频伽在京师射虎的谜事，记下了苏州王子薇主持谜事的轶闻，记下了沈太侔《国学萃编》、唐薇卿《谜拾》中的谜，记下了他客游苏州时见到的谜，记下了他从朋友处听到的谜和事。

他还介绍了灯社中部分谜友的情况："余之兄有字淦夫者，以猜谜社家见称。每里中开灯，渠必至焉，至则灯上纸条，十恒揭其五六。""同里金君松岑，雄诗文者也。然其为谜，亦多传神。曩在里中为此戏时，其所作之谜，多可诵者。如'红娘随我来'射'有莺其领'，'宝姑娘私叩怡红院'射'薛夜来'，'呆大新官人'射'敢问何谓成亲'，'桃花扇'射'红拂'，'姊妹商量不嫁夫'射'我二人共贞'，不拘拘于字面，而自能传神，允属难得。""吾邑王啸桐孝廉，风雅能文，后进多游其门……谜虽非其长，偶一为之，亦脍炙人口。如：'白牡丹'射'素富贵'""'右徵角，左宫羽'射'商也不及'，谜皆啧啧人口，一时无两，或以运典见长，或以底面现成取胜，自非江湖诸家所能望其项背。""吾乡周良夫前辈，吾友沈君（中路，笔者注）舅也。沈君曾出视其舅之杂著，中有书笺二首，一致一答，各为隐语，一隐药名，一隐花名。其钩心斗角，实出前书（指生花馆主尺牍谜，笔者注）之右。"另外，他还记下了在皖北曾见的一条谜，"一个大，一个小，一个吃人，一个吃草。"猜"骚"字。至今此谜仍流传于民间。据说，这则佳谜曾被毛泽东主席引用过。

## 坚贞不渝　惨遭日寇残暴杀害

薛凤昌是我国近代著名教育家，他一生致力于教育事业，功绩远远超出他对中华谜语文化发展和推进所做的贡献。著述主要有《龚定庵年谱》《松陵文徵》《籍底拾残》《游庠录》、《吴江文献保存会书目》（与柳亚子合辑）、《邃汉斋碑帖目》、《邃汉斋谜话》等。南社"灵魂"柳亚子、中国民主同盟领袖王绍鏊、著名作家范烟桥，都是他的门下。

清光绪二十四年（1898），薛凤昌中秀才，然而因受"戊戌变法"影响，没有入科举仕途，而致力于新思想、新知识的传播，走上了教育救国之路。早年曾留学日本的薛凤昌和"'诗界革命'在江苏的一面大旗"（钱仲联语）、语言文学大师金松岑的关系极为密切，情同手足。光绪二十八年（1902），吴江同里同川学堂和同川自治学社创立，金松岑主持校政，薛凤昌协助金氏办学社，并任教讲授自然科学知识，主持理化教习所，主编《理学杂志》。如今，吴江图书馆还珍藏着薛凤昌当年编写的化学教科书及讲义。薛凤昌日语功底非常扎实，当年金松岑在翻译宫崎寅藏宣传孙中山革命事迹的《三十三年落花梦》时，"幕后英雄"（日语口语翻译）就是薛凤昌。后来译著出版，孙中山先生亲笔题写了序文。宣统三年（1911），金松岑迁居苏州，讲学授徒，薛凤昌则离开老家去了皖北。

民国元年（1912）4月，应邀回乡的薛凤昌与费伯埙（1879—1925）等，在县城西门外鲈乡亭畔创办江震高等学堂（辛亥革命后，吴江光复，改为吴江县立中学，现名吴江市中学），薛氏任校长，未满一年即辞职。民国4年（1915），又回任校长。未几又一次离开家乡，执教无锡师范学校。民国6年（1917）冬，他与柳亚子等人组织"吴江文献保存会"，保存、整理、研究乡邦文献。抗日战争前夕，赴上海光华大学任中文系教授（当时金松岑在此任教），又执教东吴大学等院校，培育了一大批人才。民国30年（1941），薛凤昌再度回到家乡，与侄儿薛天游（1897—1975）、陈旭旦等筹创私立同文中学，并担任校长。当时，全国各地的学校都在日本侵略者的政治压力下开设了日语课，可是，日语功底颇深的薛凤昌却"反其道而行之"，居然不设日语课，坚持开设英语课。这种藐视"大东亚文化"且"顶风作案"的举动，引起了日伪政府的不满和反感，认为他有严重的"思想问题"。于是，伪教育局多次警告薛凤昌，并提出派驻日籍教员、"接收同文中学"的要求，但都碰了钉子。

民国32年农历十一月十四日（1943年12月11日），薛凤昌家里来了一位不速之客，自称是国民党游击队的联络员，毫无戒备的薛凤昌热情地接待了他。寒暄一番后，来客借口另有任务而告辞，送客时，薛凤昌托他捎了个"请代我望望他"的口信（据金松岑的侄儿金本中回忆，这口信中的"他"可能是指当时在吴江农村协助国民党忠义救国军苏嘉湖促进纵队阮清源部打游击的原同里区长周石泓或芦墟区长凌元培）。谁知，这个口信酿成了大祸，薛凤昌中了日寇驻吴江宪兵队（驻地在吴江松陵镇银行弄）设下的圈套。原来那个不速之客是日寇派来的一名特工人员。日寇抓住这一把柄，第二天即召薛凤昌去宪兵队"谈话"。可是，一番好言相劝，薛凤昌居然没听进去，依然"执迷不悟"。他既不答应对方提出派驻日籍教员、"接收同文中学"的要求，又不开设日语课。日寇耐着性子等了一个月，仍不见动静，于是恼羞成怒，派出一队宪兵直接冲入薛宅搜检，并将薛凤昌带回拷打，还放日本种狼犬咬断了他一节小手指。日寇使尽各种手段，一连10天的酷刑，都没能使这位年近古稀的、铁骨铮铮的爱国老人屈服。无计可施的日寇兽性大发，于民国32年农历十一月廿九日（1943年12月25日，吴江档案信息网"薛凤昌"条作"33年春"，误）将他残暴杀害了。

"门盈桃李，功被桑梓，寥落过西洲，回首音容成隔世；公实冰清，吾非玉润，穷阴逢朔雪，伤心风木哭深闺。"（陈旭旦撰挽联）薛凤昌壮烈地离开了人间，他用鲜血和生命谱写了一曲威武不屈、视死如归的爱国乐章。遗憾的是，许多地方文献、回忆文章中，在谈到吴江文人时，却都没有详谈这位惨遭日寇残暴杀害的抗日爱国志士。今年是薛凤昌罹难72周年，在此，笔者谨以此文寄托对这位前辈的敬重和哀思，聊以弥补史实不足之憾事。

（诸家瑜）

# 文坛虎痴戚饭牛

谜语又叫灯虎、灯谜。在古代，每到灯节，人们就把谜语写在彩灯上，让观灯的人边走边猜，以增加观灯乐趣，增添节日氛围。猜谜作为观灯的一种伴生产物，已经成为一种传统的民间娱乐形式。在近代文坛上，素有"江南才子"之称的戚饭牛特别喜欢制谜猜谜，甚至到了如醉如痴的地步，因此有"文坛虎痴"之称。

戚饭牛（1877—1938），名牧，字和卿，因属牛，自号饭牛，取春秋时宁戚饭牛（喂牛）作歌的典故，又号蓑笠神化、牧牛童，笔名老苏州、牛翁、牛伯伯、老牛等等，斋名半舫、天问阁、双鱼馆、梦戏庵、牧牛庵、嚼蜡庵、桃花仙馆、绿杉野屋、白云红树读书楼等。浙江余姚人。15岁那年，父亲戚毓甫为官姑苏，他也就随全家移居吴中护龙街盉簪坊巷（今苏州人民路阊村坊巷），一住就是40多年，直到抗日战争爆发，苏州沦入日寇的魔爪，他才离苏避难沪上，居住在新闸路斯文里，忧郁不欢，终日吸食阿芙蓉（即鸦片），吸到最后真的是"斯文扫地"，竟然把斯文里的房子也给卖了。其孙辈在回忆他们的祖父时，无不为之扼腕叹息。

戚饭牛兴趣广泛，善诗能文，为人玩世不恭，诙谐幽默，曾刻一闲章，文曰"饭牛一生真烂漫"。早年，师事松江老诗人杨古酝（名葆光，号苏庵，别号红豆词人，擅诗，能画，善书，人称"三绝"），与杨了公（锡章）、陈蝶仙（天虚我生）、奚燕子（名囊）、吴清庠（眉孙）等同隶丽吟社，又与苏州评弹名家魏钰卿义结金兰，他教魏诗文，魏教他评弹，两人取长补短，互为师友。清宣统元年（1909），他在苏州参加了柳亚子先生主持的革命文学社团"南社"，又与奚燕子等人名列"国魂（报）九才子"。民国3年（1914），他与奚燕子、汪野鹤合辑《销魂语》月刊。民国4年（1915）10月10日《吴语》报创办，他应苏州报人马飞黄之邀出任编辑，与我外公仇昆厂（音庵）、姨公胡觉民，还有金南屏、赵仲熊等共事。《吴语》报馆设在苏州高师巷6号，戚饭牛与大家每天聚在一起，纵谈时事，交流心得。他或以饭牛，或以牛翁、老牛、老苏州、牛伯伯等笔名，在报上报道本埠新闻，介绍苏州人物、清代仪制、姑苏掌故，等等。在社会生活中，他也显得非常活跃，曾任中学教员、圣约翰大学教授，并在电台开设国学讲座。他的讲课生动幽默，妙语如珠，甚为动听，深受学生、听众的喜爱。

戚饭牛自小起就对灯虎这门传统民间文学十分迷恋。他在《说文虎》一文中回忆道："忆得一年陆凤石（润庠）丁忧返里，陆宅在阊门崇真宫桥下塘，弟百顺先生出乃兄之佳着，悬灯征射。予夜夜不待日沉，早已侧立门前，如衙官之听鼓，乞儿之索饭。追想当年情景，宛在眼前。"当年的他，真是初生牛犊不畏"虎"，"揭破"过数则使人望而生畏的"灯虎"，其中一则灯虎印象最为深，那是以"柔橹"为面的灯谜，打一吴地方言，谜底为"推扳弗起"。

嗣后，戚饭牛对谜语越发有了兴致，甚至到了执"谜"不悟的地步。他自己说："是时吾适丁弱冠，打虎之高兴，不减梁山泊里李忠也。"清末，谜事特兴，苏州城内每逢灯节，大街小巷简直到了谜灯似海、人流如潮的地步，特别是苏州四大家族潘、彭、韩、吴，家家元宵至十八日，为粉饰太平，必在门下张一巨灯，彩绢面上书有谜语，任人射打，凡中则酬以笺封笔墨。爱好谜语的戚饭牛乐此不疲，每日流连于四家门口，猜射得不亦乐乎。

戚饭牛在多年的猜谜中得到了锻炼，对猜谜、制谜以及谜语历史都有了深入的了解，开始步入创作之路。清光绪三十二年（1906），苏州人张玉森编辑了《百二十家谜语》十卷（未刊本），年轻的戚饭牛就是其中的一家，名为《饭牛庼词》，收谜25则。戚氏的谜作，浑然天成，不事雕琢，谜面、谜底扣合妥帖，25则谜语中，就有谚语、食物、用物、童歌、词目、汉书、唐诗、四子、六才、古人、字类等11种谜目，如以"从来富贵之家，妻小断难守节"为面，射童歌"牡丹娘子要嫁人"，别解意会，恰到好处。又如以"余响遏行云"为面，射词目二，谜底是"声声慢""透碧霄"，运典巧妙。此谜在猜射时，需要猜者了解"薛谭学歌"的典故，从而才能得到"学无止境"的启迪。再如以"李靖红拂远送虬髯客"为面，射六才二句，谜底是："一个拨鞍上马，两个泪眼愁眉。"此谜面讲述的是一则隋唐时期人称"风尘三侠"的李靖、红拂女、虬髯客巧遇后发生的故事。当时，虬髯客将其长安的宅院及所有财产赠送给李靖、红拂女夫妇，然后着戎装、挈妻室，出门乘马与他们告别。此情此景着实感人肺腑，猜来回味无穷。《虬髯客传》《红拂记》皆记此事。

民国初年，戚饭牛加入了上海一个民间的灯谜团体——"萍社"，结识了吴籍海上名医吴莲洲和吴门谜家曹叔衡，由此于民国17年（1928）加入了"大中虎社"（又称"大中谜社"），并应邀担任了谜刊《文虎》的特约撰作者，时好友陈蝶仙、奚燕子等皆是此刊物的特约撰作者，文坛名流程瞻庐、朱枫隐、范烟桥、徐卓呆、杨剑花等也是《文虎》的中坚，人才称盛。

在民国时期，"多面手"文人相当之多，戚饭牛就属此类。他集通俗小说家、诗人、书法家、谜家等于一身，在写作吟咏之余，还喜爱诗钟，并且很有捷才。一天，他和诗人杨了公同去浴室沐浴，进入官座（相当于现在的包厢），了公说："官座两字可作嵌字格诗钟。"话音刚落，戚饭牛就脱口而出："何逊官梅诗兴动，孔融座客酒狂多。"杨了公钦服不已。他在主编《国魂报》时，以"饭牛"为题，征集诗钟，应征作品中有人戏作一联："丽则人才皆饭桶，国魂主笔是牛皮。"戚饭牛看了，知是友朋中人有意开的玩笑，也就付之一笑。

戚饭牛生于清光绪三年（1877）丁丑四月廿三日，民国27年（1938）卒于申江，享年六十有二，代表作有《饭牛庼词》《啼笑因缘弹词》《饭牛翁小丛书》五卷（分为《牧牛庵笔记》《绿杉野屋诗话》《红树楼吟草》《双鱼馆尺牍》《天问阁杂俎》）。

（诸家瑜）

【附录】

牧牛庵随笔·灯谜
牛翁

　　灯谜，古之廋词也，一名谜语，一名文虎，一名商灯，由来旧矣，盛行于江苏扬州、吴县、浙江之海宁、钱塘，福建之侯官、莆田等处，有闽派、浙派、苏派之别，制谜规格极严密，分传神、卷帘、典雅会意、解铃、系铃为五大格，若寿星、虾须、皂靴（即粉底）、谐声、象形、比干、徐妃、碑阴（即曹娥）、燕尾、蜂腰、钓鱼、重门、假借等为十三小格，此所谓广陵十八格也，创此者，意必扬州人也。文人好事，每岁元宵佳节，招集嘉宾，悬灯设彩，任人猜度。唐李玉溪诗"分曹射覆蜡灯红"，即指此。制谜则想入非非，匪夷所思，射谜则以己之心，度人之意，二难也。余友长洲蒋浩泉孝廉（懋翰）最称擅场，面底呼应，天衣无缝，"柔橹"二字射吴谚，曰"推扳弗起"；"鼻"字射市招，曰"精造第一"；"门口个个宫中人"射《论语》，曰"问管仲"，皆妙入毫颠者。余亦曾戏制一二示浩泉，"红雨"二字射窑货，曰"花边滴水"，花边滴水，系房檐上下之瓦。又"张飞喝断灞陵桥"七字，射吴谚"出马一条枪"。浩泉叹为典雅传神。惜张飞将军所持乃一条丈八蛇矛，非一条枪也。相与大笑。

（原载《吴语》1921年10月14日第二版"考古语"）

说文虎
戚饭牛

　　文虎，一名灯谜，一名商灯，又名春灯谜，更曰廋词，原始于春秋"亥有二首六身"。厥后，汉末孔融隐互其辞，至六朝更盛。明末，扬州绿杨城郭间，士民富饶，马苍山创为"广陵十八格"，如会意、谐声、典雅、传神、碑阴（又名拆字）、徐妃、卷帘、寿星（又名白头）、粉底（又名皂靴）、虾须、燕尾、比干（又名剖心）、钩帘、钓鱼、含沙、鸳鸯（又名遥对）、碎锦、回文等。此十八格中以会意、典雅、卷帘、鸳鸯、碑阴为正宗，卷帘尤称奥妙。余若谐声、比干、虾须、燕尾之类，只可偶一为之，聊资点缀热闹，不登大雅，名手不为也。

　　逊清乾嘉时代，海宇升平，文人好事，江以南扬州外，如苏淞常杭嘉湖各府属，湖山秀丽，文章渊薮，每值新春岁首，骚坛墨客、乌衣子弟，往往于华堂深处，肆筵设席，张灯悬谜，斗角钩心，争相夸耀，而谜底以西厢、水浒人浑、聊斋志目、四书五经、用食物、方言古谚、花药虫鸟、先贤今哲、三百千（三字经、百家姓、千字文）、唐诗、诗品、市店牌号、里巷名称，种种齐备，是谓全灯，倘无西厢、水浒、聊目，则谓半灯。悬半灯者，行为奇辱，难免打虎将说笑。所以不挂灯则已，挂灯必全灯也。

　　四十年之前，余随先严毓甫公游官苏垣，城中旧族潘彭韩吴（潘奕（原文误作"弈"）隽、潘世恩榜状，彭定求、启丰祖孙会状，韩菼状元尚书，吴信中、吴廷琛侄叔状元）四大家，家家元宵至十八日，必在门下张一巨灯，任人射打，中则酬以笺封笔墨，不中则付之欢笑。是时，吾适丁弱冠，打虎之高兴，不减梁山泊李忠也。刚日赴潘彭宅，柔日赴韩吴家，轮流往复。有年，至春尽夏初，兴犹未阑。忆得一年，陆凤石殿撰（润庠，同治甲戌状元）丁忧返里，陆宅在阊门崇真宫桥下塘。介弟百顺先生出乃兄之佳著，悬灯招射。予夜夜不待日沉，早已侧立门前，如衙官之听鼓、乞儿之索饭。追想当年情景，宛如目前，恍同隔世。今百顺先生早归道山，予亦吴霜满鬓，骎骎成迟暮老翁。流水光阴，陡增百感，所射佳谜，犹有一二注绕于脑际，惟何人手制则不记矣。

江州司马浔阳妓，同是天涯沦落人（射西厢）都管是衫儿袖儿

湿透了重重叠叠的泪，参奏严分宜二十四罪（射水浒人名）杨志

朝秦暮楚绿非文（射水浒人名二）时迁、朱武

柔橹（射吴谚一）推扳弗起

细雨湿酒旗（射叠上平韵四个）廉、纤、霑、帘

老将当头阵（同上）龙、锺、冲、锋

茶蕊叶（射六才二句·不连）世间草木是无情，你心多好

落红（射窑器二）花边、滴水（即瓦与瓦当头也）

色爱红鲜（射古语）杀人不怕血腥气

余则模糊不辨矣。

（原载上海《文虎》第二卷第十二期，民国二十年七月十五日）

# 吴中谜宿曹叔衡

20世纪20年代，上海曾出现过一个以文虎娱乐为活动宗旨的民间社团，名叫"大中虎社"。社中之人都是当时的射虎健将，其中有位名噪海上的吴中谜宿，姓曹名叔衡，是这个社团的主干者之一。

曹叔衡（生卒年不详），名毓钧，字叔衡。吴县（今苏州）人，家居城内养育巷。约生于清同治光绪之际，活动于清末、民国中期，系上海"鸣社""萍社""大中虎社"社员。著有《杜氏丛著书目》（与涂祝颜、陈鸿飞、钱存训、张锡荣、钱亚新合著，民国25年出版）等。

清光绪初年，猜射文虎之娱乐活动，已成为吴门之一大风气，"每遇令节，学子文人，恒以此号召"。当时，年纪尚小的曹叔衡在家乡一家私塾念书，因受社会风气之影响，喜好楹联的他亦爱上了射虎之道。每逢腊尾年头之假期里，他常与里中同学"醵资开设春联店，代人书写桃符，以为休业消遣之资。及灯节前后，并呼朋引侣，相约在肆中悬挂文虎"。光绪八年至十四年（1882—1888），吴中名士管礼昌（叔壬）等组建的"五亩园谜社"，经常在养育巷仪凤茶肆举办文虎对外悬猜活动。"每日自黄昏至八九时至"。一天黄昏已过，曹叔衡与其表兄张君慕名而至，但见室内众人"围坐一圆桌，中置绢灯一，各粘谜于四周"。他们一边喝茶一边"相互商猜，中则分赠不律、隃麋等品"。这样惊心动魄、钩心斗角的场景和浓厚的传统文化氛围，长驻于曹叔衡心田，直至中年时回忆之，还颇觉"谜"香不绝。尔后，他迷恋上了"仪凤茶肆"，每每放学回家途经此处，"不及返家，必先于此勾留一二时"，渐渐地窥知了文虎门径，并有幸得到了吴中名宿管礼

昌的提携。他在《文虎回忆录》一文中回忆道："时余于四书五经都能背诵如流，遇有经书之谜条，时亦命中一二。""是中主社，为吴中名宿管叔壬先生。苟见余至，辄以经书中浅显者粘出命猜，声明同社人不得享此权利。盖似以小学生待余，而欲诱掖奖进之也。故每到亦射得中两三条，挟赠品而返。"

光绪十九年（1893），曹叔衡"应郑氏教读聘来沪居停。郑君锦峰亦夙有此癖，暇则相与研究"，"嗣时如邑庙（即今老城隍庙）之豫园、唐家弄之徐园，及四明公所，春秋佳节，间亦举行文虎"。曹叔衡每次获得文虎集会的消息，"无不欣然趋往"，而且"必以一试技为幸"。嗣后，曹叔衡在编办《寓言报》时，结识曾为《新闻报》编辑部主笔的孙玉声，结为同道。他在《续海上文虎沿革史》一文中写道："适与丈同居。昕夕相见，颇蒙垂青。与之商榷报纸文字体裁，竭诚指导，裨益匪浅。"光绪三十三年（1907），孙玉声在上海三马路（今汉口路）"文明雅集"茶馆组建"萍社"，曹叔衡入座其间，好友有姚涤源、陈亦陶、胡寄凡、郑质庵等。据孙玉声《海上文虎沿革史》介绍："当日（时）萍社健将，书本之熟，各有专门。如蒋山佣、张辛木辈则熟于五经，徐枕亚、陆澹盦辈则熟于《西厢》，贾粟香、谢不敏辈则熟于唐诗，（曹）叔衡则尤熟于昆目，似均各占一席地。"不久，"文明雅集"迁至四马路（今福州路），谜社随之而往。又没隔多久，上海游乐场"新世界"（在今中百一店对面）开幕，谜社应邀主持"新世界"谜会，于是迁往此地执牛耳。"至新世界已经脱离，而大世界尚未落成，其间曾于绣云天悬谜（即今神仙世界）约数月之久"，"间日有征联及诗钟等之举"（孙玉声《海上文虎沿革史》）。曹叔衡与他的社员们乐此不疲，兴味浓厚。待到"大世界"落成开幕，他又与社员汇聚于此，"各钩心斗角，以尽能事"，亘历六七年之久。

"萍社"活动了14年之久，影响深远，后因种种原因才告解散。民国17年（1928）元宵节，吴籍海上名医吴莲洲继往开来，在西新桥的大中茶楼发起征射文虎，旋即组建"大中虎社"，朔望悬谜。曹叔衡"自大中社成立，无期不到"（曹叔衡《续海上文虎沿革史》），且被同人誉为"射虎健将"。孙玉声《海上文虎沿革史》亦云："个中集社，曹君叔衡，参加最多。"民国19年（1930），吴莲洲创办谜刊《文虎》，他鼎力相助，与吴氏共同担任《文虎》主干者，并撰写发表了《文虎体例》《文虎回忆录》《续海上文虎沿革史》等一系列颇有价值的文章，还撰写了集锦小说《虎因缘》等。民国20年（1931）孟冬，淮安顾震福《跬园谜刊三种》付梓，曹叔衡特题诗二首贺之："夜行射虎旧闻名，淮北宜南迭主盟。漫把雕虫称小技，个中甘苦自分明。""斗角钩心运巧思，虎头声誉虎坛驰。一编搜辑频年作，胜读曹碑绝妙词。"

曹叔衡对中华谜语文化研究颇有造诣，所撰《文虎体例》既举传统谜例，又附新鲜佳作，在理论阐述上注重详略有致，体格分类之内容环环相扣。此文对今日之灯谜创制、赏析和理论研究，依然有着指导作用。早年，曹叔衡曾有收藏谜书的想法与行动，但没能如愿以偿。他在《续海上文虎沿革史》里告诉我们："余于文虎，自问有四十余年之嗜好，深知其茫无畔岸，非一蹴可及。苦于旧时谜书，收藏绝少，且向坊间购求而得者，亦篇幅寥寥，一览无余。曩年邓君雪耕，知余在图书馆中服务，竟谓必有是类书籍之庋藏。其实偶然发现，亦不过一鳞半爪。余初拟从府县乡土艺文志书风俗门类中求之，或可搜集不少，孰知遍检数十种，亦徒然失望而已。""前闻叶君友琴处，藏有谜书，达七十余种之多。屡拟向之借阅，只以事冗未果。倘获借钞，取数十种之精华，汇成一集，定有可观，其裨益谜界，正非浅鲜。不知能否偿余奢愿耳。"他对当时刊印的谜书也有评点："如往年文明书局所出之《春谜大观》一书，可谓搜罗宏富矣。惜选取太滥，驳而不纯，未免逊色。""至论最近出版之谜界刊物，除《春谜大观》外，还有《春灯新谜》一种，其间谜条为王君（均）卿，与其友人（周）至德君合辑。王君之谜，本为前在萍社大世界值社时，惬心贵当之作，并亦增添不少。虽内容不及《春谜大观》二分之一，而为二人纯粹合作，以较《春谜大观》之新旧杂糅胜多多矣。故以余目光而论，谜界若有刊物，不宜徒主于收辑谜条，以夸多斗靡之事，当于评注解释体例方面，详加讨论，庶使阅者容易明了。即旧有之谜，虽经流传，而其中可加以訾议之处尚多。苟以制谜之时光，移用于此，则安知前人所有之闷葫芦。不将因是打破，而为谜界开一革新纪念乎？如《邃汉斋谜话》、《橐园春灯话》及最近谢会心《评注灯虎辨类》、谢云声《灵箫阁谜话》等书，阅者已觉较其他仅有谜条之书为饶有兴趣，倾向于是类之书者独多。""故著书者苟徒以主观之目光，而不从客观方面着想，犹不如不著之为愈矣。"

在《续海上文虎沿革史》里，他还对谜语创作之种种现象，一针见血地指出了存在的弊端，并旗帜鲜明地阐述了自己的观点，发人深省，且颇有教育和启迪后人之意义："或有诘余者曰：文虎，本一游戏小技乎，子苟论若是，殊非提倡之意，得无令人气沮。余曰：诚知为游戏事，要亦有规矩准绳在。若率尔操觚，无宁芟拙。余闻善制谜者，率能弃短取长，苟他人射出者，胜于原制之谜，尽可舍己从人，或并以原底揭出。""然亦有自信太过，抱定人不如我之见，一味否认，不审优劣，间遇猜者之未能释然于怀，固欲其揭布为快，亦有揭出并不高妙，或多方牵强者，是尚可强颜对人耳？若一般秘而不宣者，无人能发其覆，此闷葫芦终无打破之日，徒令射者难堪，不知是何重大事，乃值得如此矜持耶？余生平虽酷好射谜，苟遇此等主人翁，避之惟恐不速，居恒亦引以厉戒。""可知射谜者，其要诀不啻侦探之破案，能于谜面上寻其蛛丝马迹，则十得其七八矣。""盖制谜做作较易，而自然却难。自有避易就难之制谜家出，而射者亦不畏其难，屡屡射破。而制者愈趋愈难，竟欲遁于无何有之乡，此邪魔恶道之谜，遂亦日出不穷矣。""制谜者心理，恒与射谜者背道而驰，一则务欲掩藏，一则但求浅显。实质以五经四书为谜底，即直截痛快之谜面，令人射中其底，在晚近废经时代，能熟背经书一二者，已如凤毛麟角，更何必故弄狡狯？以画谜与字谜相较，画谜容易著迹，不若字谜之舞文弄墨，易入迷离怅惘之途，令人无从捉摸。然平心而论，原属文人娱乐之事，制谜者当与猜谜者同乐其乐，若有意难人，则制者已绝少兴趣。"

（诸家瑜）

【附录】

文虎回忆录

曹叔衡

文虎之娱乐，莫盛于四十余年前。畴昔日报，于选刊文艺外，亦时有文虎记载，盖是社会风气。每遇令节，学子文人，恒以此号召。忆余童子时，读书吴门，腊尾年头，有匝月之假期，里中同学，恒于斯时，酿资开设春联店，代人书写桃符，以为休业消遣之资。及灯节前后，并呼朋引侣，相约在肆中悬挂文虎，入晚则肩摩踵接，于于而来，围观如堵。时余于四书五经都能背诵如流，遇有经书之谜条，时亦命中一二，若志目、六才、五浑（译）等，则童年概未寓目，惘然不知为何物。旋与表兄张君，在养育巷仪凤茶肆，入夜则围坐一圆桌，中置绢灯一，各粘谜于四周，相互商猜，中则分赠不律、隃麋等品，每日自黄昏至八九时至。余自塾归，道必经此，不及返家，必先于此勾留一二时，而文虎门径，亦借以略窥。是中主社，为吴中名宿管叔壬先生。苟见余至，辄以经书中浅显者粘出命猜，声明同社人不得享此权利。盖似以小学生待余，而欲诱掖奖进之也。故每到亦射得中二三条，挟赠品而返。

迨光绪癸巳年，应郑氏教读聘来沪居停。郑君锦峰亦夙有此癖，暇则相与研究。每与文虎集会，必以一试技为幸。嗣时如邑庙之豫园、唐家弄之徐园，及四明公所，春秋佳节，间亦举行文虎，苟得消息，无不欣然趋往。嗣获交萍社同人，于新大世界，先后立大规模之文虎社，人才济济。余幸忝列其间，此六七年中，文虎之提倡，可谓盛极一时。海上文虎之风，维持不蔽，不可谓非萍社之功也。后忽以事解散，歇绝殆五六年矣，乃有医士吴君莲洲，于月之朔望，召集朋侪，假座西新桥之大中楼，赓续举行，约有期月。余之得与吴君把晤，实始于此，猥荷不弃，引为同调。越年余，创办文虎专刊，一年以来，颇有成绩。今始谋改为半月刊，其间特约撰稿述诸君，均一时之选，且于谜学亦皆富有经验，为余愿学而未逮者。今吴君独谬举余为主干，谓非不善用长，而用余拙钝。虽然，余于谜之兴趣，自问尚如四十年前之童心，而积习难忘，借此消遣，要亦行乐之一法也。

（原载上海《文虎》第二卷第一期，第二、三期合刊本，民国二十年一月一日、二月一日）

# 望云居士程瞻庐

程瞻庐（1879—1943），名文挞，字观钦，一字瞻庐，号望云居士，又号南园。吴县（今苏州）人。申玉子。自幼丧父，童年进私塾，打下扎实的古典文学基础。后进紫阳书院（1902年改名紫阳校士馆，1904年12月17日停办，在原址扩建江苏师范学堂）学习，毕业后投身于教界，屡执教鞭，先后任教于吴县东山、五湖两级学堂，苏州晏成中学、振华中学、景海女校等，其中数在景海女校任国文教席最长。后因中文课卷甚多，辞教职而致力于文学创作。

据文史掌故大家郑逸梅《清末民初文坛轶事》记述，民国初年，程瞻庐创作新体《孝女蔡惠弹词》，投给了《小说月刊》，时任主编的恽铁樵阅后评价道："选材道学而不腐，修词明爽而深隐，尤妙在曲折如志，应有尽有……"他在给程瞻庐复函时称赞不已："弟读大著小说甚多，总不如此弹词足以令我心折。昔家南天先生见王石谷山水，叹云'我不为第二手'，自有尊著弹词，虽有善者继起，亦恐不免为第二手矣。"民国6年（1917）《小说月报》第8卷第10至12号，连载了《孝女蔡惠弹词》，恽铁樵给程瞻庐付了40元稿酬，发表后他又重读了一遍，觉得实在是上佳作品，就又给程瞻庐补上了一笔14元稿费，并写信致歉："尊著弹词，已印入《小说月报》中，复校一过，不胜佩服，觉前次奉酬四十元，实太菲薄。如此佳稿，无论若何金融恐慌，亦须略酬著作劳苦，兹特补上《蔡惠》篇润十四元，即希察收。前此愦愦，因省费之故，竟将大文抑价，实未允当，心殊悔之，公当能谅其区区，勿加以僇笑也。"（郑逸梅《恽铁樵奖掖后进》）久富"大说"盛名的名编辑恽铁樵追加稿酬之举，有力地提携了程瞻庐，并使其文名大振，奠定了他在江浙沪文坛上举足轻重的地位。

之后，程瞻庐参加了苏州文学团体"星社"，又陆续发表了《茶寮小史》《众醉独醒》《新广陵潮》《黑暗天堂》《社会写真相》《湖海英雄》《新旧家庭》（正续集）等小说，尤以《唐祝文周四杰传》最为畅销，深受读者青睐，甚至连鲁迅的老母亲也十分爱读他的小说。他的文笔轻松幽默，文字流畅语言诙谐，刻画人物淋漓尽致，读者称其为"幽默大师"。其文友周瘦鹃如是评价："吾友程子瞻庐，今之淳于、东方也。其所为文，多突梯滑稽之作。虽一极平凡事，而得君灵笔为之抒写，便觉诙谐入妙，读者每笑极至于泪。"

程瞻庐不仅会写作，而且还擅长谜语之道，曾是民国时期苏州"西亭谜社"社员、上海"大中虎社"（又称"大中谜社"）社员，撰有《吴门春灯话》回忆旧事。他的父亲程申玉也是个爱谜之人，时常在居所悬谜征射，制谜别致，善用联语撰作谜面。

民国17年（1928）春节期间，苏州西亭棋社在苏州公园"西亭"内张灯，附设谜会并结社，时称"西亭谜社"，程瞻庐就是当时的主事者之一。同道者还有王戬髯、朱枫隐、陈公孟、汪叔良、钮颂清等，皆是吴地人士。这次谜会自正月初八起至十五日止（1月30日至2月6日），历时8天，悬谜达200条，"所糊之灯为六角形，悬挂中央，便于射者六面发矢"。谜赠由制谜者提供，有画便面、画册页、铜镜、花雕酒等。翌年正月初八起至十五日（2月17日至24日），程瞻庐与社员陈公孟、朱枫隐、陆澹安、王戬髯、范烟桥、钮颂清、汪叔良等又在苏州公园（时改称为"苏州市立公园"）"西亭"内举办谜会，依然连续8天。谜会期间，他收了一位年仅15虚岁的弟子，那就是后来成为我国著名谜籍珍藏家的高伯瑜先生。民国 20 年（1931）1 月 1 日，他在《新闻报》副刊"快活林"的"元旦特刊"上发表《元旦颂词春灯谜》，谜共 4 则，分别隐"元旦二十"4 字以应时景。

程瞻庐制谜诙谐风趣，在他的成名力作《唐祝文周四杰传》一书中可窥见一斑。如书中第四回，唐寅给一舟子取名字"米田共"，实隐"糞（粪）"字也。第六回，唐寅写的一纸藏头式卖身契，每行首一字，语里藏机，暗嵌"我为秋香"4 个字。又如第四十六回，尤公馆门前粘一含谜艳词："记当初，剔银灯重把眉儿扫，那其间似漆投胶，可怜自落烟花套，这磨折多应奴命招。全躯恐难保，香肌越消耗。看看挨过今年，挨不过明年了。寄语儿曹，好把芳魄纸上描。（请打一物，即以打中之物为赠）"谜底是"墨"，是由祝枝山猜中的。第四十七回，尤公馆谜主人又出一荤谜："郎要脱裤，姐儿俩都是白虎白虎。（请打一成语，赠荷包两个）"谜底是"想入非非"，是由祝僮猜得的。再如第六十七回，有条用吴语谐音制成的谜语，妙趣横生。谜面是"分明是我丈夫声（打《千字文》一句，谐声格）"谜底是"果珍李奈"。程瞻庐解释道："因为姑苏女子称呼丈夫云'俚耐'，'俚耐'二字与'李奈'相谐，'果珍李奈'者，'果真俚耐'也。"

民国 25 年（1936），程瞻庐任省立苏州图书馆（今苏州图书馆的前身）总务部主任。抗日战争爆发后，他协助馆长蒋吟秋将馆内所藏善本、孤本书籍藏匿于洞庭东、西山，使得这些优秀的文化遗产躲过了一劫！"八一三"事变后，他避居上海，执教于慧英女校。民国 32 年（1943）3 月 12 日，程瞻庐病逝于苏州，终年 65 岁。

（诸家瑜）

【附录】

吴门春灯话
程瞻庐

前年元宵，王君戟髯、朱君枫隐及不佞三人，悬谜于吴中公园之西亭，颇多佳作，惟事过境迁，半不省忆，兹所录者，特十之一二而已。

恭贺蒋主席（易一）中正有庆

滑贼（史记二）漆城荡荡，寇来不能上

善乎陈孺子之为宰（新名词二）赞成、平均

偏国中无与立谈者（小说一）哑旅行

吾儿（书名二）老子、孙子

落花流水（汉人一）朱浮

二齐夫妻好像是英雄（左传人二）孙周、浑良夫

宜鬏髻儿歪（词目一）鬓云松令

羊一豕一（志目一）三生

不患寡（左一）婺也何害

不成句读（字一）訇

在地中（四子一·流水）以对于天下

天下英雄惟使君与操耳（六才一）权时落后

与山舟学士齐名（书名一）两同书

洞里赤练蛇（俗语一）出口伤人

人在镜中（词目一）新雁过妆楼

李白靴孟嘉帽（古文一）或脱而落矣

由是大魁天下（俗语·移铃）行行出状元

报道是常山（四子一·卷）龙子曰

紫李黄瓜一叶舟（诗经一）载沈载浮

腹稿（俗语一）肚里一包草

东坡嗜蟹右军爱鹅（三字经一）诗书易

美人斜倚栏杆伴（字一）娅

儿戏（四子一）丈人弗起

岱顶观落日（字一）春

笑语奇谈（小说名一）海外轩渠录

银塘高树绿阴浓（百家姓一）池乔荫郁

吹竹斗草（俗语二）君子动口，小人动手

　　家大人有谜癖，《怡春轩日记》中，曾载数条，时为同治八年己巳，距今盖六十余年矣。悬谜于旧居之养浩堂中，谜面两两相对。如："白莲池畔鸳鸯色"射"荷塘、交印"，"青简斋中燕雀图"射"书馆、叫画"；"才人歌律翻金缕"射"吟诗、题曲"，"艳女春心问玉兰"射"花婆、访素"；"白石街头金雀梦"射"雪塘、十面、花婆"，"绿珠楼下玉骢骄"射"坠马"；"一剑文章惊绮梦"射"侠试、吓痴"，"万花毛羽恋红尘"射"乱箭、思凡"；"风剪面前劈柳线"射"刀会、斩杨"，"雨声客路打桃花"射"落驿、拷红"。皆昆剧名也。"越女黄花挥兔管"射"浙菊、玉竹"，"状元白面着貂裘"射"天花粉、蝉衣"；"夕阳似镜春闺色"射"西湖柳"，"艳草如环素女心"射"鲜佩兰"；"瀚海长虹惊北极"射"海带、胆星"，"梅花香梦醒南阳"射"五味、苏叶"；"六桥春色江南树"射"西湖柳、苏梗"，"一镜山光海外心"射"空青、远志"；"南门蝴蝶东门草"射"天虫、青蒿"，"西府文章北府烟"射"海藻、坎炁"。皆药名也。当时风尚，颇注意于谜面之对仗与剪裁，合文虎诗钟而一之，今则此风渐歇矣。

　　俗语谜往往容易省忆。昔有以"尾"字射俗语二，为"棺材里伸出手来、臂膊向外弯"。"小娘舅"射吴谚"阿姆俚姊姊"，虽近俚俗，实可解颐。余曾制一谜云："阿二的步调，饭后的钟号，太上老君信了佛教"，射苏白一，为"绰塌一记耳光"，以"一记"扣饭后钟，"耳光"扣太上老君信佛教，业已想入非非，至以"绰塌"二字扣阿二的步调，非久居苏州者不易了了。盖苏人嘲人之拖鞋皮者，辄曰"绰塌阿二"。"绰塌"云者，鞋皮击地之声也。

　　（原载上海《文虎》第二卷第一期，第二、三期合刊本，民国二十年一月一日、二月一日）

# 文坛笑匠徐卓呆

20世纪70年代初期，国务院出版口和1973年7月出版口撤销后成立的国家出版事业管理局（简称国家出版局）先后印制了一批大字线装书，计129种，其中有一部用白话文写成的笑话书，名为《笑话三千》，据徐中远（毛泽东主席晚年的图书管理员）在《毛泽东晚年读书纪实》一书中介绍，这是毛泽东主席晚年最爱读的笑话书之一。

《笑话三千》，民国24年（1935）由上海中央书店出版，分上、中、下三册，作者就是当时享有东方"小说界的卓别林"之誉的笑匠徐卓呆。

徐卓呆（1880—1961），原名傅霖，号筑岩，后谐作卓呆，因"呆"为半个"槑"（古文"梅"字），故又别号半梅；笔名阿呆、呆、赫马、李阿毛、徐长卿、酱翁、卖油郎、西方卓别林、东周淳于髡、半老徐爷、闸北徐公、狗厂、Fee，等等。吴县（今苏州）人。7岁丧父，靠祖母与母亲抚育成人，幼时顽皮不堪，及长则忠厚诚实、诙谐幽默、做事丝毫不苟。清光绪三十年（1904），清廷颁布《奏定学堂章程》后派员东渡留学，徐卓呆随往日本攻读体育。在日本留学期间，结识了在大森体操学校学习的徐一冰（1881—1922，浙江吴兴南浔人，同盟会会员，近代著名体操教育家）。光绪三十二年（1906）冬，中国留日学生在日本东京组建"春柳社"，以研究各种文艺为目的，并从事演剧活动。"春柳社"的创始人是李叔同（息霜）、曾孝谷，先后入社者有欧阳予倩、吴我尊、黄喃喃、李涛痕、马绛士、谢抗白、庄云石、陆镜若等人，爱好文艺的徐卓呆也是社内成员。自此，他开始从事演剧活动。

光绪三十三年（1907），徐卓呆学成回国。是年11月16日，他与好友徐一冰、王季鲁（1880—1964，上海松江人，著名体育教育家）在沪合力创办了中国近代体育史上第一所培养体操专门人才的学校——中国体操学校，徐卓呆任校长，徐一冰为副。翌年春，第一期学生进校。办学不到一年，徐卓呆却离校它去，以"开通社会之利器莫过于戏剧"，转而致力于戏剧界，先后参加过新民社、笑舞台等文明戏剧团，编写剧本，演出新剧，成了"文坛笑匠"。他曾执教于南通伶工学校，与汪优游合作创办开心电影公司，自办蜡烛电影公司，专摄短幕滑稽剧，能演、能导、能编，如电影《爱情之肥料》、《隐身衣》、《临时公馆》、《怪医生》、《活动银箱》、《红玫瑰》、《雄媳妇》、《活招牌》、《剑侠奇中奇》（前后卷）、《凌波仙子》、《济公活佛》（第2集、第3集）、《三哑奇闻》、《兄弟行》、《试妻记》、《母亲的秘密》等，或由他编剧或由他导演；还在《爱情之肥料》《隐身衣》《神仙棒》《人间仙子》《新婚的前夜》等影片里担任角色。除此之外，他经常在报刊上撰文鼓吹旧戏改造，写得30个"趣剧"剧目，后常被滑稽戏作为"套子"使用，写过的滑稽段子有《看告示》《百弗得》《半夜敲门》《万宝全书》《吃大菜》《啥格说话》《西洋景》《杀头生意》《隔壁房间》《调查户口》《新吃香》等。

在致力于演剧活动的同时，徐卓呆笔耕不辍，著书立说。民国5年（1916）10月译成《日本柔术》，第二年由上海中华书局正式出版。这是我国最早的柔道译书，内容丰富、生动具体，附有大量绘图解释，包括柔术之起源、柔能制刚之理由、学柔道之形式等等。民国13年（1924），编写出版了中国第一部电影理论著作《影戏学》。全书除总论外，共分8章，具体论述了电影创作的主要艺术元素及其形式特点，强调了电影与戏剧的区别，确认了电影是一门独立的艺术。之后，他又连续发表了讽刺小说《头发换长生果》《急性的元旦》《时髦税》等多篇。民国21年（1932）"一·二八"事变后，激于民族义愤，他又发表了国难小说《往哪里逃》等。

民国25年（1936），徐卓呆东渡扶桑学习园艺，回国后从事造园研究，公余出其心得，以旧报纸浸烂堆砌假山，置于盆景中，并植稚松幼柏或纤竹嫩草，将"废物"与植物巧妙地组合成一幅立体的国画，着实令人叹为观止。嗣后，他又从事编辑工作，先后任《时事新报》《晨报》及中华书局编辑，主编《现世报周刊》《新上海》等。为文寓庄于谐，讽世喻世，不能仅当滑稽看待。主要著作有《非嫁同盟会》《李阿毛外传》《徐卓呆小说集》等。

徐卓呆雅好文虎，所制谜语既通俗又发噱，幽默之味特浓。民国中期，他曾参加上海"大中虎社"（又称"大中谜社"），寓居沪上的同乡吴莲洲、曹叔衡合编谜刊《文虎》时，他是该刊的特约撰稿人，但现能见到他谈谜语的文章，唯有小品文《想入非非》一篇了，特摘录于下：

"想入非非，向无确考。大约《荀子》上说，是是非非之谓智。又，楞严佛经上语，非想非非想。今人谓，心思之奇巧者曰'想入非非'。谜者，迷也。固费心思奇巧，底面别解，方能引人兴趣。余本不善制谜，现在从想入非非中得了一条，却不可说是奇巧。就拿'想入非非'四字来做谜底，谜面是'叫来两块咸肉都是白虎'，咸肉同白虎，想读者定能想入非非而知之。非者，吴稚晖先生之谓口也；非非者，无毛之口也；入字，又须别解也。"

（诸家瑜）

# 鹤市隐士许仲珊

许仲珊（生卒年不详），字瘦蝶。太仓鹤市（今岳王）人。清末民国时期的儒商、谜家，鸳鸯蝴蝶派的代表作家之一。童年时期的他，在太仓跟随乡塾陆彦卿先生（明太常陆钦之裔）读书，才情超群，只可惜因"少孤"而"失学"（《蝶衣金粉·自序》）。他的同乡陆稚勤撰文如是描述："（瘦蝶）幼即耽翰墨，能文工诗词。惟其人耿介绝俗，不屑求功名富贵，品格迥非庸俗比。……当童冠时，余负笈他乡，瘦蝶亦就商印水（今太仓沙溪）。"

许仲珊是位儒商，以经商隐居太仓印溪（又名印水、团溪，今沙溪），与南社诗人、同邑金燕（翼谋）等"娄江商隐"相唱酬，还与清末民初鸳鸯蝴蝶派名家陈蝶仙、刘醉仙、朱鸳雏、成舍我、吴虞公、闻野鹤、平襟亚等交往唱和。他一边经商一边撰稿，"激昂慷慨，发为悲歌，几令扬马、让雄、王韦、谢采"。南沙许铁汉赞其"绝口不谈利，呕心好著述"。清光绪三十三年（1907），陈蝶仙在上海创办文艺杂志《著作林》月刊，约许仲珊撰稿。辛亥革命前夕，王钝根任《申报》编辑，创办副刊《自由谈》，许仲珊在投稿之余，把陈蝶仙介绍给了他。后来，陈蝶仙被王钝根聘为《自由谈》编辑。陈蝶仙学识广博，便在《自由谈》上设专栏"常识"，披露时人需要的知识信息，深受读者欢迎。民国2年（1913）底，王、陈二人联手创办了《游戏杂志》。

民国元年（1912）春，张刚（字跻强，号花魂、嫣红）在太仓浮桥主编《东乡报》，许仲珊是该报的热心撰稿者。至第二年，两位神交已久的文友才"始识于印溪"。民国19年（1930），他得知挚友、无锡张静盦撰《绣石庐谜语》，特赋诗二首致贺：

"春灯谜后谁能继，近代唯存邃汉斋。独辟町畦工组织，启人智慧畅人怀。"

"黄绢争传幼妇词，庐开绣石写廋辞。画眉妙笔存余沈，雅士风流想见之。"

前一首诗高度评介了吴江薛凤昌及其所著的《邃汉斋谜话》，后一首诗巧妙地嵌入了无锡张静盦即将付诸同好的谜集名——《绣石庐谜语》（廋辞，即谜语）。

民国23年（1934），时任中孚书局编辑的郑逸梅请许瘦蝶为王西神《云外朱楼集》题词，许瘦蝶以（思佳客）应，"题西神先生云外朱楼集即乞逸梅词人同政"，词曰：

"一角朱楼峙海滨，清楼风月属词人。笔花润编三秋露，墨藻飞为五色云。沽美酒，赏奇文，王郎才调迥超群。西神山色今何似，读到瑶华欲问君。"

许瘦蝶著有《蝶衣金粉》《鹤市续志》（由许久安校订）。《蝶衣金粉》是他的一部小品随笔集，按"文潮、歌坛、志林、瀛谭、野乘"5个部分收录了他早期作品45篇，民国11年（1922）12月1日由上海新声杂志社出版。但据书中诸人序文提及，该书原稿则有煌煌30万言，编定为文潮、谐薮、歌坛、志林、瀛谭、野乘、说苑、艳话、印社、钟楼等10类。

（诸家瑜）

# 嚼墨庐主吴双热

吴双热（1884—1934），原名光熊，字渭渔，后改名恤，号双热，别署一寒（与"双热"对）、风凉、汉魂、轰天雷等，斋名嚼庐、嚼墨庐、燕居斋。因左足微有疾，同人戏呼为吴跛。祖籍吴县（今苏州）洞庭，清咸丰时迁来常熟，双热遂为常熟人，住县东街36号祖居三声书屋。民国报人，鸳鸯蝴蝶派代表作家之一，与徐枕亚、李定夷齐名。他出身于书香之家，祖传有三声书屋，藏书甚富，故早年曾博览群书。光绪二十九年（1903）入虞南师范学校，与同邑徐天啸、徐枕亚昆仲结为金兰之契，并撰证盟文，略谓："海虞市上，同时发现三奇人：其一善笑，其一善哭，其一则善噤其口如哑。笑者之心热，哭者之心悲，哑者之心冷……世事日非，国事日恶，人事日不轨，肠断矣，心伤矣，乌得不哭？哭不得，乌得不笑？哭既无益，笑亦无益，又乌得不哑？""三人者非他，哑者徐子天啸，哭者徐子枕亚，而笑者即双热。"（郑逸梅《吴双热传》引）

吴双热19岁应童子试，21岁补博士弟子员，曾从事过教育工作，先后在常熟陈埭桥谊育小学、石梅敦行小学、苏州初等小学校、南京正谊小学、淮安中学任教。他是常熟著名的报人，初应常熟《吴声》之约，开始以短篇小说问世。民国元年（1912）又应上海《民权报》之招，与徐天啸、徐枕亚同为该报编辑，编辑文艺副刊，合创"民权出版社"。他以长篇小说《兰娘哀史》和《孽冤镜》刊于该报副刊，一鸣惊人，骤享大名。其作品风格多样，既有骈四俪六的文言体，也有通俗易懂的白话体，《孽冤镜》更被上海民鸣社改编为新剧，搬上舞台，盛极一时。民国2年（1913）10月21日，他从上海回到常熟创办《琴心》周报（1916年夏停刊），为发行人兼主编。民国3年（1914）1月21日，《民权报》被袁世凯政府迫令停刊。4月25日《民权素》创刊，吴双热任编辑，先后发表了《女儿红》《花开花落》《冬烘先生》。4月下旬，他与刘铁冷、胡仪鄹、张仲良、沈东讷、张留氓、李定夷各出50块大洋，在上海合办小说出报社。先助徐枕亚编辑《小说丛报》（16开月刊，1914年5月1日创刊），后助徐天啸创办《黄花旬报》（1914年6月创刊）、《五铜元》（1914年7月创刊）。民国4年（1915），他又助徐枕亚创办《小说新报》。民国6年（1917）2月13日，张美叔创办4开日报《虞阳日报》，吴双热主持该报笔政，后又兼任《海虞新报》（周报，3月2日创刊）小说撰述，《小虞阳》（8开周报，6月16日创刊）编辑、主编。民国8年（1919），他应徐天啸之邀，赴广州创办《大同报》，任副总编辑，主编副刊。当年冬回到故乡。民国10年（1921）2月1日，他在常熟创办了一份名曰《药言》的8开小报，同年改组为《饭后钟》，自任编辑主任。与此同时，还主苏州《消闲》（32开月刊，1921年5月创刊）笔政，兼任《虞阳晚报》（8开日报，1921年6月20日创刊）编辑主任，主编副刊"谐铎"。民国12年（1923），为《绿竹》（8开半月刊，漱绿生创办）名誉编辑。民国13年（1924）2月，为《海虞周报》（4开报，邹望之创办）名誉编辑。民国15年（1926）7月《消摇游公园日报》（8开报）创刊，他被聘为主编；10月1日《常熟日日报》（顾补斋创办）创刊，又兼任编辑主任。民国16年（1927），为《公馀》指导员。民国17年（1928），主编《琴报》（1928年2月创刊）副刊"琴韵"，尔后又兼任《消摇游》（1928年9月14日创刊）主编。民国20年（1931）2月10日，与孙一璞合作创办4开报《礴锭》，兼任《琴报》"晨刊"

记者，还曾在《新年之花》发表作品。《常熟社会》之"海虞记者点将台"曾介绍过他。

吴双热又是位小说家，喜为文虎之戏，以冷面滑稽著称于世。撰著有：《兰娘哀史》、《孽冤镜》、《孽冤镜别录》（上集）、《无边风月传》、《燕语》、《燕居斋笔记》、《鬼水浒》、《双热小说精华》、《双热嚼墨》、《双热新嚼墨》、《嚼庐戏墨》、《广谐铎》、《锦囊》（与徐枕亚合编）、《海虞风俗记·附海虞风俗竹枝词》等。其中，《双热新嚼墨》提及"人日鸟""华林园蛙鸣""淮西女人好大脚"等谜典，《广谱铎》《锦囊》亦旁及隐谜。最早发表于《小说新报》，民国6年（1917）由清华书局出版之《无边风月传》第五回"绣阁春灯分曹射虎"，写道：春节期间，梅花馆、春雨楼"结春灯之社，开射虎之场"，众人削竹糊纸制方灯，握管沉思草创谜语，裁笺书之，善猜者"灵心四映，射辄中鹄"。揭底的6首咏物诗谜为："夜深风定孕奇胎，悄向人前故故开。不共群芳斗春色，隔墙蝴蝶莫飞来。（灯花）""小红心事果然临，寸寸柔肠欲断时。惜别吞声滋味苦，杜鹃血挂海棠枝。（烛泪）""渊渊心井静无波，花事番番眼底过。拼与寒梅同玉碎，冰盟想结冻相呵。（瓶胆）""捉来天上团团月，普照人间艳艳花。愿把欢颜永相对，玉台春色到头赊。（镜子）""信手拈来意气雄，江山付与笑谈中。夜来戏把新诗赌，敲落灯花一点红。（棋子）""素素红红斗艳姿，淡妆浓抹总相宜。美人毕竟颜难驻，终有香销色褪时。（脂粉）"。此外，还有几条谜："上有天柱峰，下有双玉龙。玉龙夭矫欲入海，欲下不下如垂虹。（鼻涕）""东风著力，落花无言。（春雪）""乾旋坤转辜弘愿，短叹长吁鸣不平。（空钟）""一片河山如此蹙，中原烽火几时平。（熨斗）""巧裁尺幅锦，掩护双鸳鸯。偷浣相思泪，竿头红夕阳。（枕衣）""不飞则已飞冲天，不鸣则已鸣惊人。可怜一蹶不复振，寸磔英雄刃后身。（爆竹）"等。

徐枕亚《谈虎偶录》记："双热善滑稽，余尝以'醉后大吐'射'四书'一句'饮食若流'。流字摹神，人为叫绝。双热曰：余亦得一句，用升冠兼解铃谐声格，人问之，答曰：'恶恶臭。'恶恶者，吐时之声也。臭者，吐后之味也。一座为之粲然。"徐枕亚《孽冤镜序》有云："吴子双热，鬼才也……吾与之相交最谂。"他曾作灯谜"两度江南六月天"，射小说家名"吴双热"。福建谜家谢云声《灵箫阁谜话初集》提及郑逸梅《清末民初文坛轶事》一书中有篇《吴双热的诙谐》，文中写道："他（吴双热）的儿子名小热，举行婚礼，我以谐诗为贺，标题为《小热昏》，俗以演滑稽信口胡说为'小热昏'，'昏'与'婚'古通。"郑逸梅开了个玩笑，谁知他误打误撞没有写错，吴小热这个人真是很"热昏"的。吴小热正式场合叫吴心恒，又名小热，在复旦中学毕业后，协助父亲在《琴报》工作，用钱从不心疼，天天新美丽（西菜馆），夜夜欣赏林（歌妓清唱场所），灯红酒绿，纸醉金迷。民国18年夏，经受训后的他当上了常熟第一区区长。在任上拆烂污混了几年，吃喝嫖赌，花钱无数，后来亏空了不少钱，就偷着卖父亲的房产。然而卖房的钱不够还亏空，终于穿帮，直至把区长的饭碗都敲掉了。此时的吴双热已脱离报界，先在县立学校教书，后执教于南京正谊中学。儿子倒台，吴氏房子被卖，吴双热破产了，他被儿子气了个半死，不久即以暴疾卒，终年 51 岁，时人都传是被小热气死的。

（韦梁臣、诸家瑜）

# 尘海虚生亢廷钤

亢廷钤（1884—1952），名聘臣，谜号尘海虚生，室名纸醉庐。元和（今苏州）人。茂才。据《京兆亢氏苏州支系家谱》载，亢廷钤，清光绪甲申（1884）四月初七生于苏州，行五。少时，全家依任湖北孝感令的二兄亢廷铺，离吴右迁。寓居成都后，师从光绪二十年甲午（1894）恩科探花郑沅（1866—?，字叔进，号习曳，湖南长沙人），取列第三名。平时嗜好作诗、买书、猜谜，有"打虎将"之称。每岁自制谜语不下数百条，皆随得随弃，未尝存稿。据其谜友张敏（绍荃）回忆：光绪二十六年（1900）春，成都锦里张灯悬谜，"识亢君聘臣于灯下。繇是，凡射灯虎无役不偕"。

光绪二十八年至二十九年（1902—1903）间，成都谜界诸君在红庙子内结"长春灯社"，组织灯谜活动，社员大多数为当地人，亦有部分外地人。亢廷钤亦入其中，并辑社员谜作，题名为《锦里观灯记》。之后，社员中"有入政界者，有列商界者，有散之四方者，有作古人者"，灯社就此停止活动。光绪三十一年（1905），亢廷钤"馆同邑伍丈砚侯家，授课之余，恒览旧籍以自遣，每见前人杂说间载谜语，有类诗话，因思辑为谜话，以资谈嚛。暇辄命笔，约得数十则，扃诸敝簏，未敢轻以示人"。光绪三十二年（1906），入政法学堂"修学法政"，并开始动笔著谜话。毛栩《纸醉庐春灯百话·序》载："书成于丁未（1907），盖未尝轻以示人，时君与不佞共治法政学讲肆，余暇谈艺及此，逡巡箧衍出以示之。"宣统元年（1909）后，亢廷钤在四川成都等地司法警界任职。宣统二年（1910），雅好谈谜的眉山郭毓灵看过他的谜话草稿后，特题词四绝。宣统三年（1911），适值辛亥，亢廷钤"返里，家居无聊，复有附益。壬子（1912）夏，乃取重加厘定，略以类从分为两卷"，遂命名《纸醉庐春灯百话》，油印刊行。庞俊在《纸醉庐春灯百话·跋》中回忆："是时，成都陶然亭谜事方盛，余偕友往观，语次及纸醉庐，或指君以告，遂得订交灯下，亟以谜话为问。越夕，君袖油印一卷畀之，时民国二年（1913）三月也。"书成未久，即在赵仲琴主编的成都《晨钟报》上陆续发表。民国 8 年（1919）3 月，《纸醉庐春灯百话》才由颿社出版印行，后又由北平崇文门外打磨厂东口内路南宝文堂同记书铺刊印单行本发行。

（诸家瑜）

# 秋魂室主徐天啸

徐天啸（1886—1941），原名风，讳昶年，易名天啸，字啸亚，别号印禅、天涯沦落人、秋魂室主，斋名啸庐、秋魂室、云抱楼（分别为纪念前妻姚吟秋、继室邹志云命名）。常熟人，住城南善祥巷25号。枕亚之兄。南社社员，民国报人。少从父学，擅书法，工治印，早年即以才名，与其弟徐枕亚并称"海虞二徐"。16岁补诸生，就读于虞南师范学校（常昭师范传习所前身），肄业后从事教育、新闻工作，先后在其父所创善育小学堂、同学邹天雷所办练塘陈埭桥湖上谊育小学、石梅瞿忠宣祠内敦行小学任教。民国元年（1912）初，偕弟枕亚赴上海，至上海入民国法律学校学习，加入国民党；并应《民权报》之招任编辑，负责社说及评论，因立论激烈，以致该报在民国3年（1914）1月21日被袁世凯政府迫令停刊。民国3年（1914），他在上海先后创办、主编《黄花旬报》（6月）、《五铜元》（7月），又于民国4年（1915）助徐枕亚创办《小说新报》。嗣后，他走广西桂林、转广东羊城，民国8年（1919）主广州《大同日报》笔政，民国9年（1920）为香港《大光报》驻沪特约记者，同时又在上海青年会中学教书。是年5月，在广州召开的全国报界联合会第二次代表大会上，推举他为广州黄花岗烈士墓题"自由不死"碑，并书联："谘议局前新鬼录，黄花岗上党人碑。"民国13年（1924）2月，同邑邹望之创办4开报《海虞周刊》，他受聘任编辑。民国17年（1928）又在上海担任同济大学国文系主任。

民国19年（1930）1月6日，民国考试院在南京正式成立，徐天啸应首任院长戴季陶之聘，任考试院秘书，脱离文坛。民国21年（1932）1月28日，淞沪战役爆发，他随考试院迁往洛阳，5月又迁回南京。民国26年（1937）11月，侵华日军进逼南京，他再度随考试院西迁重庆。临行前，徐天啸专程去家乡看望弟弟枕亚，劝他离开常熟。此时的徐枕亚已病入膏肓，养疴于友人家，他执意不离开故乡，而是将幼子无病托付给了兄长。无奈的徐天啸就留下陪着枕亚，直到他死后3个月，才开始了"逃亡"。"嗟余哭断肝肠，尚难逃百千万劫障。"进川后，他一直思念着已故的弟弟，又为领养的侄儿无病离家出走后在重庆歌乐山保育院食物中毒而夭折之事感到难过自责，再加上逃亡时的一路颠沛流离，身体不堪承受，吐血不止，4年后病逝于重庆。撰著有：《神州女子新史》《太平建国史》《自由梦》《珠江画舫话沧桑》《天南纪游》《天涯沦落人印话》《天啸印谱》《天啸残墨》等。

徐天啸，擅长诗虎，曾作《新酒令》，载于《小说丛报》民国3年（1914）第3期；又曾为苏州《消闲》（32开月刊，1921年5月创刊）、上海《小说季报》（1918年8月创刊）题签，为《琴心文虎初集》（1935年萃英印刷所刊印）封面题字。他的书法"如天马行空，不可捉摸……海内人士得其寸纸尺幅，视同瑰宝"，名重一时。民国17年（1928），他加入上海"大中虎社"（又称"大中谜社"）。民国 23 年（1934），清华书局破产，其弟枕亚从上海回到常熟谋生，此时徐天啸在南京工作。他每次回乡，都要约弟弟枕亚去买醉吃茶，还经常到城内的"琴心茶社"（县南街周神庙弄内）主持打诗虎。徐枕亚《谈虎偶录》记及："猜斤字谜时，余兄啸亚适在座，谓众曰：余亦有一谜，谜面亦为斤字，不过多加一斤，以'二斤'射古文二句，诸君试思之。众曰：一斤尚难猜若是，况二斤乎！余亦茫然，问啸亚曰：亦用拆字格乎？答曰：然。余忽悟曰：吾知之矣，'其在斯乎，其在斯乎'。啸亚笑颔其首。众犹追问何在？余曰：已言之矣。两斤字加两其字，不成两斯字乎？啸亚善猜谜而不常制谜，偶制一二，无不佳妙。其设想之幻，每与人以不可测。'二斤'一谜即其例也。又尝以'土匪'二字，射《诗经》一句，悬之十日，无人问津，及露底则'胡为乎泥中'也。""'同焉'二字，射古人名二'司马相如、司马错'，此旧谜也。啸亚制一谜，以'蔺'字射古人名一'蔺相如'，此与'同焉'二字同一用意，而谜面较为囫囵。""余以'老少年'射《诗经》一句'黄发儿齿'，啸亚曰：切则切矣，惜其太板，别无意味可寻，不如以射古人名'颜回'，寓返老还童之意，较为活泼。余以为然。""吾乡蒋若峰先生，亦前辈中风流士也。距今十余年前，有无锡人某，来客于虞，时有茶肆名仪凤园者，灯虎极盛，某亦书一条于后，面为'捉奸'二字，射《诗经》一句，数日后诸谜皆已揭去，惟此条独留。某大笑，谓：海虞为先贤故里，胡无一读书人也。于是递增其赠品，至数十金。若峰先生闻之大怒，谓其子孟谷曰：是人狂妄已极，此谜余早猜得为'不遂其媾'四字耳。余以语伤于雅，不欲轻出诸口，予往言之，彼勿谓秦无人也。孟谷欣然往，尽取其赠，其人懊丧而去。此事孟谷为余兄啸亚言。"

吃茶打诗虎，这在当时的常熟纯属新鲜，于是吸引了许多茶客、打虎将前来参与，这就给茶社带来了不少生意。精明的"琴心茶社"主人十分看重徐氏昆仲的知名度和吸引力，于是因势利导，在民国 23 年（1934）的仲冬创设了"琴心文虎社"，专门邀请徐天啸、徐枕亚、王吉民、胡素公等莅社主持，并以彩灯为赠。显然，茶社主人醉翁之意不在文虎社，而在茶客，他是想打出徐氏昆仲等人的招牌，为茶社做广告，以此招徕生意啊！

（韦梁臣）

# 稗官谜家徐枕亚

徐枕亚（1889—1937），原名觉，字枕亚，一作忱亚、枕霞，别署徐徐、辟支词人、眉子、泣珠生、东海三郎、东海鲛人、青陵一蝶、枕霞阁主、云忏楼主等，斋号枕霞阁、懵腾室、望鸿楼、沧海明月楼、无聊斋、云忏楼等。常熟人，住城南善祥巷 25 号。南社社员，清末民初著名文言小说家，鸳鸯蝴蝶派重要作家。祖父徐鸿基，为邑中名儒。父亲徐懋生，善韵律，治举业有声，著有《自怡堂丛钞》，子女三人，枕亚行三。幼时与兄天啸一起随父读书，5岁发蒙，10岁能作诗词。其兄记云："予弟枕亚，资禀过人，少负神童之誉，性耽吟咏，脱口成章。"清光绪二十九年（1903），徐枕亚进常熟虞南师范学校，与吴双热同学。次年肄业，在常熟当了4年小学教师，先后在善育小学堂任教、敦行小学代课。宣统元年（1909），经邑人苏高鼎（梯云）介绍，到无锡鸿山脚下西仓镇鸿西小学堂执教，兼任当地大家蔡姓家庭教师。读张鷟《游仙窟》、陈球《燕山外史》，喜其情致婉丽、词藻纷披，开始模仿写作，且作诗词800余首。宣统二年（1910），他与吴双热结金兰契，双热《与天啸及枕亚证盟文序》称枕亚"善哭"。

民国元年（1912）初，徐枕亚随兄来到上海，适值自由党领袖周浩在沪办《民权报》，经徐天啸推荐，徐枕亚被聘为新闻编辑，遂撰对鸳鸯蝴蝶派的形成和发展产生过巨大影响的长篇文言小说《玉梨魂》，在报端连载，以情节缠绵、文辞丽婉，为当时市民阶层、青年所欢迎，风行一时。民国2年（1913），民权出版部初版单行本，全书12万字，后再版至32次，连香港、新加坡都翻版不绝，销售数十万册，是民初最为畅销的小说。民国3年（1914）1月21日，由于《民权报》抨击袁世凯遭忌，被迫停刊。"枕亚不得已，入中华书局为（《中华小说界》）编辑，撰《高等学生尺牍》，不料被主任沈瓶庵乱加审改，很不乐意。恰巧胡仪鄹、刘铁冷、沈东讷合办《小说丛报》，请他为主编"（郑逸梅《南社丛谈》"徐枕亚"）。《小说丛报》自民国3年（1914）5月创刊至民国6年（1917）底，共出版发行43期，编辑主任第一、二年署徐枕亚，第三年起署徐枕亚、吴双热。徐枕亚竭尽全力办刊，还发表了《雪鸿泪史》《棒打鸳鸯录》等言情长篇和若干短篇，刊物办得有声有色。可是没想到，后来会因报社同人出现内讧，他与上层发生意见分歧最终闹翻。民国7年（1918）7月，徐枕亚愤而离去，在上海交通路130号独资创办清华书局，主编《谐文大观》，并自任主编出版发行了《小说季报》（1918年8月至1920年6月，共4集）。民国11年（1922）12月，编辑发行《小说日报》，又为《春声日报》《快活》杂志特约撰稿，作《趣闻百咏》。民国12年（1923），为常熟《绿竹》名誉编辑。

步入而立之年后的徐枕亚，屡遭不幸。民国11年（1922），其妻蔡蕊珠病逝，他作《悼亡词》百首、《杂忆》30首，又撰《亡妻蕊珠事略》，辑成《鼓盆遗恨集》，以抒内心伤痛。嗣后，娶清末状元刘春霖之女沅颖（令娴）为继室，沅颖与枕亚母谭氏不谐，郁郁病故。遭遇两次亡妻的徐枕亚心情郁闷，百事皆灰，加之清华书局营业甚差，难以维持，江郎才尽，借酒浇愁，作品渐趋稀少，最后于民国23年（1934）将书局盘给友人，悄然返乡。由于身患严重肺病，他的精力大不如前，只能靠代人写家信和刻章为生，终因衣食无着，穷困潦倒，不堪回首。民国26年（1937），他咯血症复发，养疴于本邑杨树园西项泾友人戴许（字章甫）家，在日寇侵华、常熟沦陷期间病殁，厝柩于洞港泾朱氏祠堂。直至民国37年（1948），才由嗣子徐成治、侄女徐懿文（两人系天啸子女）在常熟老宅设奠。

徐枕亚后嗣有：无咎，前妻蔡蕊珠所生，早殇；无病，后妻刘沅颖所生，父母过世后由伯父天啸领养，后离家出走，在重庆歌乐山保育院食物中毒而夭折。据《郑逸梅选集》载，枕亚子女还有：灵胎、可贞、可久。著有：《红楼梦余词》60首（含"宝琴制谜"）、《忆红楼随笔》、《余之妻》、《余归也晚》、《泣珠记》、《枕亚浪墨（初、续、三、四集）》、《广谐铎》、《挽联指南》、《懵腾室丛拾》、《枕亚新嚼墨》、《沧海明月楼随笔》、《酒话》、《近代小说家小史》（与徐天啸合作）等，晚期著作多由许厪父、陈韬园等代笔。

徐枕亚之姓名、笔名、斋名，均有一定含义。如"枕亚"，《枕亚浪墨初集》载："或有问于枕亚曰：子名枕亚，其义何居？枕亚曰：吾以亚洲为枕也。客曰：大哉！""徐徐。"徐枕亚《答函索〈玉梨魂〉者》载："三字品题，早贮胸中之竹；一枝秃笔，续开腕底之花。徐徐而来，源源不绝。""东海三郎"，意思有二："东海"是徐姓郡望，又东晋元帝初，割海虞县北境置东海郡；枕亚在姐弟中排行第三。又如"东海鲛人""泣珠生"，因枕亚前妻蔡蕊珠民国11年（1922）病故而取。晋干宝《搜神记》："南海之外有鲛人，水居如鱼，不废织绩。其眼泣则能出珠。"晋张华《博物志》："南海外有鲛人，水居如鱼，不废织绩，其眼能泣珠。"枕亚自云："东海三郎，本余别署，悼亡后取消，改署泣珠生。""青陵一蝶"，分别用晋干宝《搜神记》春秋时，宋韩凭与妻何氏典故，及庄子《齐物论》庄周化蝶典故，蝶与梦相关。枕亚《杂忆三十首序》："他年誓效韩凭，证果青陵台畔。"再如"云忏楼主"，倪轶池《雪鸿泪史序》："余盖深望徐子之有以自忏焉。"虞启征《雪鸿泪史题词》："侬欲忏情情不断。""眉子"，枕亚父名徐懋生，一作眉生。"望鸿楼"，枕亚尝执教于无锡鸿山脚下西仓镇鸿西小学堂，得识红颜知己陈佩芬。

徐枕亚为著名小说家，与包天笑、李涵秋、周瘦鹃、张恨水并称"文坛五虎将"，所撰小说，以《玉梨魂》《雪鸿泪史》最著名。笔者考证得知：《玉梨魂》书名，系用唐白居易《江岸梨花》诗意，诗曰："梨花有思（一作意）缘和叶，一树江头恼杀君。最似媚闺少年妇，白妆素袖碧纱裙。"小说中的女主人公"白梨影"原型，即作者红颜知己、无锡西仓镇青年寡妇陈佩芬。从小说第八章回目"佩岂无缘终不解，芬犹未尽恐难持"之中，明眼人不难看出藏头"佩芬"。女主人公白姓，"白"即"陈"也。男主人公何梦霞，"何"拆开为人、丁、口，"徐"拆开为双人、余，均为三人。"梦"与"枕"相关，"霞"谐"亚"。《雪鸿泪史》是作者首倡的日记体小说。两书一版再版，是"鸳鸯蝴蝶派"的代表作。"鸳派"一词，出自民国9年（1920）春某日上海汉口路"小有天"一次聚会，席间行鸳鸯蝴蝶酒令，闯席的刘半农说了句笑话：骈文小说《玉梨魂》该引入鸳鸯蝴蝶小说。随后传开，便称徐枕亚为鸳鸯蝴蝶派。民国31年（1942）6月2日《常熟日报》："邑人徐枕亚即鸳鸯蝴蝶派中健者。"徐枕亚复陈佩芬书之律诗10首中，有"梦为蝴蝶身何在，魂傍鸳鸯死梦乡"之句。

徐天啸与徐枕亚均善书，在沪订《海虞二徐书约》。徐枕亚书法腴茂，民国9年（1920），应邀为《游戏新报》题词。民国 11 年（1922），应邀为蔡和森主编的中共中央早期的机关报《向导》周刊题写刊头，又为常熟《礼拜一》报题词。民国 14 年（1925），为常熟《民气》刊物题"横厉无前"。民国 17 年（1928），为常熟《天风》报题词。名编辑、小说家许廑父云："虞山徐氏昆仲天啸、枕亚，以诗文名大江南北，尤工书法。天啸书如天马行空，不可捉摸；枕亚书则美秀而文，婉婉如处女簪花。书体不同，而各尽其妙。海内人士得其寸纸尺幅，视同瑰宝。"文学家、谜家樊增祥在《枕亚贤友粥书润格》中云："樊山老人徒负虚声，其隶吾门者，皆有出蓝之誉，而徐君枕亚其尤也……若君所作可谓有书卷气，有碑版书，而无一毫习气者也。"报人、谜家郑逸梅在《自订年表》中云："同时徐枕亚亦有扇癖，与我相互欣赏，我为彼代求画扇，彼为我书短屏及一扇面，留为纪念。"故徐枕亚作"折扇"谜："天生雅骨自玲珑，能画能书点缀工。毕竟卷舒难为主，只缘身入热场中。"用以自况，绝非偶然。

徐枕亚为南社社员，又先后为上海"萍社"、"大中虎社"、常熟"琴心文虎社"骨干。时萌《虞山文化纪事》之《徐枕亚与文虎》记："徐枕亚于 1934 年初，将经营失败之清华书局出盘，回常侍奉久病之母亲。他在道南横街开设'乐真庐'古董店，兼以鬻字、篆刻助补生计……遐（暇）时常去周神庙弄琴心茶社品茗，常与胞兄天啸及友朋胡素公、王吉民读诗遣怀。茶店内设'琴心文虎社'，就由徐氏兄弟与胡、王两友主持，打诗谜活动颇能吸引一部分茶客。"徐枕亚既能猜又能制，撰写的谜著有：《枕亚谈虎录》（又名《谈虎偶录》，载于 1914 年《中华小说界·杂录》第 4、5 两期）、《桐花灯虎》（载于 1914 年《小说丛报》第 3 期）、《诗钟揭晓》（列名次，载于 1915 年《小说丛报》第 15 期）、《枕亚文虎》（载于 1917 年《小说丛报》）、《萍社诗钟》（载于 1917 年《小说丛报》）、《枕霞阁文虎》（连载于 1920 年《小说新报》第 4 至第 10 期）、《枕亚浪墨（续集）·文虎偶存》（1921 年清华书局出版）、《小说界名人谜语》（1923 年 3 月 30 日、31 日《小说日报》连载）、《枕亚浪墨（四集）·廋词选存》（1923 年清华书局版）、《琴心文虎初集》（1935 年南京钟山书局版），等等。徐枕亚自序曰："年来与萍社诸君子角逐于谜场，所制不下数千条，续集中所载《文虎偶存》未经精选，中多庸劣之作，已于四版时删去。兹特于新作中分类选存若干条，旧作则存其十之三四，其有稍生僻而用意稍奥者，加以附注，以便阅者。壬戌孟夏枕亚自识。"此外，他还有《蔡妇文》，通篇隐木名，悼念亡妻蔡蕊珠，载于《小说日报》。进步书局版王文濡编《春谜大观》中，也收进他的谜作。枕亚所撰诗虎，除《游戏大观·诗谜》（见"中华谜书集成"第三册）所收《枕霞阁诗存》18 则外，有 200 多则未刊，存世诗谜谜条实物，有已揭底的，也有未揭底的。例如：回看○云尽（白、碧、暮、嶺、宿）已揭底，暮；绝□灞桥驴背上（胜、爱、妙、似、好）未揭底。

徐枕亚制谜喜用会意方法扣合，虽说讲究字字有来历，但很少有"掉书袋"的现象出现，即使运用典故，也是不用僻典冷句，深入浅出、雅俗共赏，却并不像他写的文言小说那样，文绉绉、酸溜溜的。现在让我们来浏览几条他的代表作吧。如："倩谁传语报平安（打俗语一）"，谜底是"口说无凭"；"割鸡焉用牛刀（打成语一）"，谜底是"游刃有余"；"寒从脚上起（打成语一）"，谜底是"疾足先得"；"六宫粉黛无颜色（打花名一）"，谜底是"抹丽"；"霜叶红于二月花（打春秋人名二）"，谜底是"丹木、宛春"。这些谜无不熨帖妥当，并又富于谜味。近代岭南谜家谢会心在《评注灯虎辨类》中云："古虞徐枕亚先生，学称渊博，语尚滑稽，沪上小说家巨擘也。本其绪余，点缀谜语，运思巧妙，极见性灵，曩有《谈虎录》一卷问世，近复见其《浪墨》中，其自撰者尤多可取法。"对徐枕亚的谜艺评价很高。福建谜家谢云声在《灵箫阁谜话》中亦对徐枕亚给予了很高评价："徐子复创办一《小说日报》，内容专载小说杂著，间亦戏用当世小说界名人，辑为隐语，颇有姿致。如：幻余胡蝶梦，啼损子规魂。周瘦鹃。……元直方寸乱矣。徐念慈。""甚或以七言诗为谜面，亦见匠心。如……两度江南六月天。吴双热。……梅花半放日迟午。徐卓呆（卷帘）。人比河清解带看。包天笑。"

徐枕亚还精于"敲诗虎"，且擅"诗钟"，所作如："新世界、文虎"（分咏格）"开天辟地泥城畔，飞入将军墨垒中"（上句指"新世界"游乐场在上海泥城桥畔）。"萍社、文虎"（碎锦格）"春江萍聚营鸳社，文火茶煎品虎跑"。抗战期间，还曾以"九一八"（鸿爪格）命题，邑人钱仲联当时还是翩翩少年，以"八骏日行三万里，一封朝奏九重天"应征（上句出唐李商隐《瑶池》，下局出唐韩愈《左迁蓝关示侄孙湘》），得徐枕亚赏识，评为第一。

（韦梁臣）

# 海巫山樵王吉民

王吉民（生卒年不详），名丙祺，字吉民，斋名海巫山樵舍（商相巫咸为常熟先贤，虞山别称海巫山）。常熟人。生活在晚清至民国时期。教育界人士，常熟"琴心文虎社"社员。《重修常昭合志·选举志》记其人：清宣统元年府学拔贡，河南直隶州州判。民国时期，服务于常熟教育界。民国2年（1913），受聘于常熟私立淑琴女校。至民国12年（1923）仍在该校坚持教务。民国13年（1924）7月，受聘于新建立的常熟县立初级中学校（当年的10月4日开学），任国文教师。但《常熟市志》《常熟教育志》未见记载"王吉民"，笔者遍查诸籍，仅见数书提及其人。

常熟《文史资料辑存》第五辑（常熟县政协文史资料研究委员会编，1964年5月）刊归梦熊《常熟私立淑琴女校始末纪略》中，有："1913年以后，学校获得补助款，经费略裕，乃先后增聘了王吉民、蒋凤才、郎士升、项镜清等几位先生，王、蒋两位为学界先进，学生得益，尤匪浅鲜。""1923年秋，资历浅薄，毫无教学经验的我，也得滥竽其间……当时幸有王吉民、蒋凤才两位先生不计待遇，坚持教务……乃于1926年春毅然宣告停办。"

常熟《文史资料辑存》第九辑（常熟市政协文史资料研究委员会编，1982年5月）刊庞翔勋《常熟县立初级中学创办的头三年》中，有："沈校长为了延致有真才实学的教师，常常亲身登门聘请，三顾茅庐。国文教师钱南山、邹朗怀、王吉民，都是当年常熟素有盛名的宿儒。""王吉民名丙祺，前清拔贡，学识渊博，淡泊名利。沈校长亲自登门敦聘，才应邀来县中讲授国文。王老师备课充分，讲课细致详明，关于字、词的音、形、义，成语典故，无不一一阐明。批改作文，特别仔细，修改字句用黑笔，圈点批语用红笔，对意思好或遣言措词好的句子，加上密圈密点，对用词造句上的错误，注意就学生愿意酌予修改，往往一字之易，点铁成金。批语多用鼓励疏导，适当指出文字或内容上的不足和错误。王老师这种作文批改法，极大地提高了我们写作的积极性，每次作文簿发下来，同学们便纷纷传阅，兴趣盎然。"该校的《学生周刊》，由学生编写，每周一出版，张贴在新城隍庙后宫的一座亭子内，3年共出版了93期，另有增刊27期，内容有散文、诗歌、小说、谜语、校闻、图画等。

张琦祯执笔的《常熟市中学校史纪》"校纪篇"中，有："从1924年至1937年抗战开始，在县中担任校长的，除了沈佩畦以外，还有殷懋德、徐信、桑灿南、朱印离、孙贡元和顾彦儒。当时我校延聘的一批教师，如钱南山、邹朗怀、王吉民、庞守白、高钧轩、李龙汉、肖理、宋梅春等，都是我县学识渊博、经验丰富的优秀教师。"

常熟市档案馆编《常熟历史人物》收《吴中耆旧集》，有："枕亚自回常熟后，更加纵酒无度，常与天啸、胡素公、王吉民、陈洪兆等人在'乐真庐'旁'祥泰酒店'中喝酒……他们还常去周神庙弄的'琴心茶社'喝茶。茶社主人为招徕生意，设'琴心文虎社'，专聘枕亚、王吉民、胡素公等主持。枕亚于1934年冬开始撰写《琴心文虎》，1935年元旦，由南京钟山书局出版发行。"琴心文虎社成员，除徐天啸、徐枕亚、王吉民、胡素公外，还有吴逸公、袁安甫等。吴逸公或作益公，名奎，常熟新闻界人士；袁安甫事不详，但知其常在原县城中心的琴园茶馆"聚完堂"啜茗。

民国23年（1934），王吉民应"琴心茶社"主人之邀，与徐天啸、徐枕亚、胡素公等在县南街周神庙弄的琴心茶社内共同主持琴心文虎社。他和其他社员的谜作都被徐枕亚辑录汇编成一部《琴心文虎初集》，于民国24年元旦（正月初一）出版发行，内载王吉民所写的序言，对谜史研究有一定的参考价值。照录于下：

灯谜一名灯虎，亦曰文虎，本不知昉自何时，《东京梦华录》"诸杂技"中，有商谜一项。商谜者，一人为隐语，一人猜之，以为笑乐。夫此种游戏之事，大概浅近易知，村翁牧竖、贩夫走卒、妇人孺子，皆能为之，非必出自文人之口吻也。《西湖志余》云：元宵前后

"好事者或为藏头诗句，任人商猜（揣），谓之猜灯。"又《委巷丛谈》载："杭人元夕，多以（认）谜（此）为猜灯，任人商略。永乐初，钱塘杨景言以善谜名。"观此，则灯谜之戏滥觞于明初也。审矣，清代名儒辈出，杀青余暇，多有制谜语以遣兴者，或散见于稗史，或脍炙于人口，类皆钩深索隐，自然巧合，非削足为屦者可比也。我邑为人才渊薮，乡先达以谜语著称者，前后亦无虑数十辈。当夫宾朋宴集，烛影摇红，妙虑沈思，兴高采烈，洵可谓文人韵事矣。韩子曰：莫为之前，虽美弗彰；莫为之后，虽盛弗传。乡先达既提倡于前，傥继起无人，风流不从兹歇绝乎？用是，琴心茶社同人麇集之时，本宣尼"饱食终日，无所用心，为之，犹贤乎已"之义，各制谜语，以为娱乐。积之既久，汇成卷帙，爰付剞劂，用广流传。非敢夸多而斗靡也，聊以博大雅君子一粲云尔。

中华民国二十四年一月吉民序于海巫山樵舍

序文里所引几处古文，查实于下：唐韩愈《与于襄阳（顿）书》："莫为之前，虽美则不彰；莫为之后，虽盛而不传。"《西湖游览志余·熙朝乐事》："好事者，或为藏头诗句，任人商揣，谓之猜灯。"《西湖游览志余·委巷丛谈》："杭人元夕，多认此为猜灯，任人商略。永乐初，钱塘杨景言以善谜名。"《论语·阳货》："饱食终日，无所用心，难矣哉。不有博弈者乎。为之，犹贤乎已。"序文中提到"乡先达以谜语著称者，前后亦无虑数十辈"，前清学者姚屺瞻应该算上一个，这在徐枕亚《谈虎偶录》有提及。

（韦梁臣）

# 民俗学家顾颉刚

顾颉刚（1893—1980），原名诵坤，字铭坚。吴县（今苏州）人。现代著名历史学家、民俗学家。民国 2 年（1913）考入北大预科。民国 9 年（1920）毕业于北京大学本科哲学门，留北大图书馆任助教做编目工作。民国 10 年（1921）改任北大研究所国学门助教，任《国学季刊》编委。民国 12 年（1923）底，担任《歌谣》周刊编辑，专心从事民俗学、民间文艺研究，成为《歌谣》周刊的主要撰稿人。民国 15 年（1926）秋天，赴厦门大学任国学院研究教授。翌年 4 月，赴广州中山大学，后担任学校历史系教授兼主任、图书馆中文部主任，代理语言历史研究所主任，主编《中山大学语言历史研究所周刊》。不久，又与志同道合者共同发起组成民俗学会（1927 年 11 月创立），担任中山大学《语言历史学丛书》总编辑，负责历史学和民俗学两类丛书的编纂。民国 18 年（1929）5 月，他到北京，任燕京大学国学研究所研究员兼历史系教授，又在北大兼课，主编《燕京学报》。七七事变后，顾颉刚赴西北工作，抗战胜利后，先后任交通书局、大中国图书局总编辑，主编《文讯》，创办《民众周刊》，又执教多所大学。新中国成立后，担任上海市文管会委员、全国政协文史资料委员会副主任、中国社科院历史所学术委员、中国文联委员、中国民间文艺研究会副主席等职。他晚年获得学术研究的自由空间，不顾年迈体弱，继续研究、著述，雄心不减当年。1980年12月25日因脑出血在北京逝世。

顾颉刚是我国著名的民俗学家。早年他在北大学习和工作期间，受校长蔡元培影响，业余搜集民俗学中的谜语资料，之后"在苏州一年中曾集到百余首"，但因"人事困迫"，一直未能整理成集。民国16年（1927）春，他由家乡南下穗城，途经杭城，与昔日校友钱南扬相会时谈及《谜史》，他劝钱拿出去发表，并欣然自荐将书带回中山大学，于民国17年（1928）7月作为"民俗学会丛书"之一出版，并为之作序。在钱南扬《谜史》出版的这一年，顾颉刚见到了白启明的遗稿《河南谜语》。《河南谜语》是白启明已故前于民国14年（1925）辑录的，全集收谜语约600首，顾颉刚认定是他"所见的收集谜语成绩最多的"，于是将其付梓，由中山大学语言历史学研究所于民国18年（1929）1月出版。可是，书印一半，因为忙于功课，于是请刘万章为此书写序。

顾颉刚在广州中山大学任教期间，先后为刘万章《广州儿歌甲集》、周振鹤《苏州风俗》、谢云声《闽歌甲集》、陈元柱《台山歌谣集》、魏应麟《福州歌谣集》、吴藻汀《泉州民间传说》、姚逸之《湖南唱本提要》等书作序。民国17年（1928）9月，刘万章搜集、编辑的《广州谜语》由中山大学语言历史学研究所出版，顾颉刚应邀为之作序。他在序中如是写道："收集谜语的工作，我也做过。""谜语是民众们最精练的写生手段，它能在三两句话中把一件东西的特别性质指出，而又以隐语的方式表现之，使说穿了不值什么的话竟费了对方的大力去猜。这是民众的聪敏，民众的滑稽，民众的狡狯！"

（诸家瑜）

【附录】

### 《谜史》序
顾颉刚

当我研究孟姜女的时候，钱南扬先生供给我无数材料，书本上的和民众口头上的都很多。我惊讶的是，他注意范围的广博。后来知道他正在编纂两部书：《宋元南戏考》和《谜史》。到现在，《谜史》竟依了我的请求而在我们的民俗学会出版了。我敢说，今日研究古代民众艺术的，南扬先生是第一人，他是一个开辟这条道路的人。

一件事情，若要批评他，反对他，事先总必须晓得他。我们对于小孩子猜谜的事情，或者以为无足道，对于学士、大夫打灯谜的事情，或者以为耗费精神于无益之地，对于下等社会的传说隐语，也或者以为可厌恶，但是，我们总归非晓得他不可。我们必须晓得他了解他，才可讨论对付他的方法。（我在此郑重声明一句话，我们民俗学会同人是只管"知"而不管"行"的，所以一件事实的美丑同我们没有关系，我们的职务不过说明这件事实而已。但是政治家要发扬民族精神，教育家要改良风俗，都可以从我们这里取材料去，由他们别择了应用。进一步说，他们要应用时不该不向我们这里取材料。若是他们闭着眼睛，不管事实的真相如何，单从他们的想像中构成一件事实而去发扬他或改变他，那便是无根之谈，非失败不可。）

我们要求知道民众的生活，言语便是民众的生活中很重要的部分。他们的谚语是他们的道德法律；他们的成语是他们的词藻；他们的谜语隐语是他们的智慧的钥匙。他们可以把谜语和隐语用来表现自己的智慧，用来量度别人的智慧，用来做出种种秘密的符记。

我们这一班会写字，会作文的人，文字便成了我们的言语，我们的精神用在修饰文字的功夫上的既多，我们的言语自然日趋钝拙，日益平淡无奇，远不及一班不识字的民众滑稽而多风趣。我每回到家乡，到茶馆里听说书，觉得这班评话家说话中真能移转听者的思虑，操纵听者的感情，他们说话的技术真是高到了绝顶。所以然者何？只因他们说的是方言，是最道地的方言，凡是方言中的谚语、成语、谜语、隐语，他们都会得尽量地使用，用得又极恰当，所以座上的客人也就因所操方言之相同而感到亲切惬意。

在下层社会里，民众使用谜语和隐语的能力真大。一个特别的团体（例如走江湖的技士，礼斗的瞽者），他们有特别的言语，或者完全用反切说话而与普通的反切迥然不同，使得在这个团体以外的人们无法侦探他们的秘密。一般的民众，则欢喜用歇后语。他们不愿意明明白白地说一件事，凡是可以转弯的，总要转上几个弯。让我拿所知的苏州话举出数例。譬如说：

这人的父亲做了官，纳了一个妾。

这句话太直接了，不妨改作：

俚格（他的）"城隍老"（爷）做仔"秃头判"（官），讨仔一个"七大八"（小＝妾）。

这样把四字的成语只说了前三字而实际上应用其隐去的末一字的，叫做"缩脚词"。又如用了《红楼梦》上冷子兴的口气批评一家人家：

这家人家渐渐虚有其名，但他们自己不觉得，排场还是照旧；架子虽没有倒，内囊却尽上来了。这且不必说，连养的儿孙也一代不如一代了。

这也可以用了比上面更繁复的"缩脚语"来说：

格家（这家）人家慢慢交（渐渐）拉笃（在）"月亮里点灯"（空挂明；明＝名），俚笃（他们）"肉骨头敲鼓"（荤瞀瞀；荤＝昏，瞀＝懂），还要"外甥点灯笼"（照舅；舅＝旧），虽则"荷叶包沙菱角"（觑觑穿；觑＝不曾），然而"阿元戴帽子"（完）亦快哉（了）。格（这）还覅（不要）讲，连养格（的）子孙亦是"黄鼠狼养老鼠"（一代不如一代）哉。

固然他们说的话比我上面写的一定漂亮得多，但他们说隐语的方式可以说是大概如此。

这还是文字写得出的，再有许多是文字所（原文为"说"，下文同）不能表现的。文字所不能表现的有许多还是我所听得懂的，再有许多是没法理解的。我们不能完全理解他们的精微窈眇的语言，正似他们不能完全理解我们的高文典册一样。

从这本《谜史》上看，似乎谜事创始于春秋而大盛于两宋；其实这全因觅得到的材料的关系罢了。春秋以前的材料找不到了，宋以后则笔记流传较多，在书籍上看只有这一些事实而已。民众的事实能够侥幸写上书籍的，未必有十万分之一，书籍又因日久而渐失传，我们不能起古人于九原而问之，于是这许多好材料终于埋没了。例如汉魏间的离合诗，我不信是士大夫们所创作，我以为也是先由民众们造成了风气而后传入士大夫阶级的。这只要看许慎在《说文解字》序中所骂的"马头人为长，人持十为斗"等说，便可见这种"拆字法"风气的普遍，很可以作孔融、魏伯阳辈不合字义的离合字体的先声。

此书因受印刷上的限制，有许多地方不能表现出来（例如第八章末"月斜三更门半开"一诗）。其中又有许多误字，未及校正。谨此对南扬先生及读者诸君表示歉意！

看了古代的谜，应当设法采集现代的谜。看了采集谜语，应当设法采集其他民间的特殊言语。这是我对于许多读者的两种期望！读者诸君肯收受我这个期望吗？

一九二八年七月二十日

# 中兴谜坛吴莲洲

民国 19 年（1930），上海出版发行了一份 32 开本的刊物，名曰《文虎》，创办人是在申城悬壶为业的谜语文化学者吴莲洲。

吴莲洲（1894—?），吴县（今苏州）人，寓居上海三马路（今汉口路）372 号。海上名医。"诊务余暇，夙好研究文虎，嗣获与海上名宿漱石生（孙玉声）、范烟桥、叶友琴、张海云、曹叔衡辈相往返，而兴趣益增，乃始举行悬灯征射事"（吴莲洲《文虎后跋》）。他不顾残疾之身（驼背），不遗余力提倡中华国粹，举行集会悬灯征射，主持谜社出版谜刊，招贤引能虚怀若谷，使久已匿迹销声的文虎又在上海勃然中兴，可谓厥功甚伟！射虎客《与吴莲洲书》赞其为"谜坛之司命，虎友之领袖"。

据曹叔衡《续海上文虎沿革史》介绍，"民国十七年元宵节（1928 年 2 月 6 日），为赓续四夜之娱乐"，坐落在上海西新桥畔的大中楼举办征射文虎活动，发起者就是吴莲洲。另外，和他一起选谜搞征猜活动的，还有江红蕉、黄转陶、陆澹庵、施济群、姚赓夔（苏凤）、吴天翁等。当时，由于"大世界"文虎活动解散多年，沪上虎坛原"萍社"社员以及广大猜谜爱好者久无用武之地，故闻得有文虎征射，"未免见猎心喜"。他们麇集大中楼前，骈肩累迹，"大有其门如市之概。惜地位狭隘，射者只能伫立街头，未免难堪，且围观如堵，延颈企踵者，未必尽是惯家，甚有将谜条乱揭，莫明其妙者。后乃规定一先问后揭之例，始稍有秩序。"鉴于数日来射虎之现象，吴莲洲知道海上不乏知音，于是因势利导，并抱定提倡文虎之宗旨，"此后遂组织大中虎社，按月朔望，举行一次"，社员各"小试其技，一时同嗜闻风而至，射客每次激增，揭去谜条，多至六七十，少亦四十左右"。"嗣后爱间有法公园（即今复兴公园）之中华义勇团游艺大会，亦举办文虎三天，亦由吴君莲洲主任选谜，计有一百余条之多"。

孔剑秋《文虎序言》云："今之时代，一闷葫芦之世界，葫芦中所集何药？虽起卢、扁于九京而问之，恐将钳口结舌，而无以应也。未来之事黑如漆，或曰，是哑谜也。……海上吴君莲洲，邃于医而精于谜，出其所学，或可打破此闷葫芦，揭穿此哑谜耳。"（《文虎》第二卷第一期）吴莲洲继往开来，"因思海内癖此道者，定不乏人，局于一隅难收集思广益之效，始有改为月刊之举"（《文虎后跋》）。民国 19 年（1930）春，他出资创办《文虎》杂志，社址设在三马路 372 号。刊物的主干者是吴莲洲、曹叔衡，撰作者有孙玉声、姚劲秋、陈冕亚、曹痴公、乔隐樵、陈秉良、陈天一、裴恢之、黄文虎、范烟桥、陈蝶仙、程瞻庐、费只园、叶友琴、郑雪耘、宋仲方、王啸竹、张海云、施济群、薛公侠、谢会心、陈亦陶、戚饭牛、江红蕉、尤半狂、何绿云、黄转陶、徐卓呆、沈中路、谢云声、许月旦、奚燕子、孔剑秋、徐梅庵、陈觉是、董翰一、舒舍予、刘卍庵、胡心培、俞文孚、张光宇（画家）、丁悚（字慕琴，画家丁聪之父）、吴天翁（画家）、薛寒梅等44人。陈觉是《文虎序言》赞道："吴君莲洲，以海上名医，性耽风雅，于文虎一道，学识尤精。自发行《文虎》专刊以来，树之风声，贤俊咸集，感召之力，响动全国，扬风仿雅，其功伟哉。"（《文虎》第二卷第一期）

《文虎》由上海海宁路观鱼印刷商店印刷，后相继增设3个代售处：一在扬州黄家园3号孔寓（即孔剑秋家），一在厦门庙横街新民书社，一在台湾台北市龙山寺内高山文社附属灯谜社内。初为月刊，每期封面设计都出自海上画坛名家之手，如丁悚、张光宇、吴天翁、张丹斧等人，这使得这本谜刊图文并茂，雅俗共赏，"通信征射，果也一纸风行，同调赓和者，捷如桴鼓。虽僻远如台湾，亦邮筒频投，与订文字缘，诚非初料所及"（吴莲洲《文虎后跋》）。《文虎》成了爱谜者的宠物，办至11期，适逢新正，吴莲洲在《文虎后跋》写道："窃思事无大小，莫为之前，虽美不彰，莫为之后，虽盛不传，因势利导，提倡之力，事半功倍。迩者承同示，纷投关于谜界之作品，且要求再事扩充，以餍阅者之目。爰自一月一日始，改为半月刊，装成小册，以便汇订。惟是篇幅内容积，较昔几增倍蓰，外来稿件，不虞无登载之地，傥荷惠赐谜史、谜话等文字，一经登录，略备薄酬，以答雅意，海内猜谜杜家、射虎健将，盍兴乎来。"乔隐樵评价道："自《文虎》专刊发现海上，举国文人学士，莫不欲争先快睹，一扩眼界，以开拓其心胸。呜呼噫嘻！何今之好隐语者，尚若是之多也。今吴君莲洲之新计划，改专刊为半月刊，排印成册，且征求海内名流，各出所知，以供采辑……谜虽小道，蔚为大观，亦足豪矣。然余所折服吴君者，不在此也。当今之时，处今之势，于纷华靡丽之场，救世活人之暇，犹亦不过借喻陈龙尾，书托羊裘，以自抒其怀抱而已，于铄吴君，倜于远矣。"（见《文虎》第二卷第二、三期合刊本）

有关《文虎》创办与改版的情况，张含华《文虎序言》有述及："吴君莲洲，文坛虎将也，设社于其寓斋，发行《文虎》月刊，已十有一期。兹于二十年一月，重行组织，并由前'萍社'诸君子，加入而扩充之，行见整顿队伍，旗鼓相当扬虎威、奋虎力，虎虎有生气。斯亦极儒林之韵事，写翰墨之闲情矣。"（见《文虎》第二卷第二、三期合刊本）张海云《文虎序言》亦有记述：《文虎》"重组于廿年一月，范围扩大材料增添，薄海文星，搜罗殆遍，渡江名宿，联络尤多。""创刊以来，环海风从，沿江响应。生张熟魏，广联文字因缘；报李投桃，兼滕品物点缀。周刊旬刊之外，自成一帜；一月半月中，辄成全书。领袖斯文，引为己任；保存国粹，非托空言。此岂寻常市医所能，抑亦文字同人之幸矣。"（见《文虎》第二卷第二、三期合刊本）

民国20年（1931）3月15日，第二卷第六期《文虎》出版，此时为之服务的撰作者为40人，较以前少了曹痴公、施济群、戚饭牛、奚燕子等4位。至5月15日《文虎》第十期出版，撰作者又少了张光宇、吴天翁、陈秉良、王啸竹、江红蕉、尤半狂、舒舍予、胡心培等8位。是年10月1日，《文虎》办至第十七期，不知何故而停刊了。嗣后，吴莲洲搜罗剩稿，准备汇刊文虎丛书，适值淮安顾震福来信，"谓将辑其生平所作，成《跬园谜集》，并录故友遗稿，合刊谜存"，于是在先睹为快的情况下，于民国22年（1933）3月为"顾君之《跬园集》"写下了一篇序文。

吴莲洲最大的功绩，就是创办了我国最早的一本专业性谜语杂志——《文虎》，许多宝贵的谜学资料赖此刊登且得以保存下来，难能可贵。另外，吴莲洲有颗赤诚的爱国之心。民国20年（1931），日本侵略者借口中村事件，在东北炸毁南满铁路，竟于9月18日悍然出兵，不宣而战，并霸占我国领土，举国上下无不义愤填膺。是年8月，《文虎》第二卷第十五期刊载钱南扬《诅咒日本之灯谜》；第十六期又刊载吴莲洲、孙剡溪、李敬何、孔剑秋撰写的《合作的抗日文虎》，有文有谜，声讨日寇。吴莲洲按语云："倭寇鸱张，时非娱乐。乃有闲情造作廋语，得无为识者齿冷耶？然吾侪文人，虽情殷杀贼，而手无寸铁，惟借此毛锥为口诛伐之具，稍抒胸臆不平，当亦为爱国者所应有事也。爰得孔剑秋谜家撰有抗日文虎，极尽淋漓之致，并孙剡溪、李敬何两君读钱南扬先生《诅咒日本之灯谜》之愤语，将分别刊下，尚希读者惠赐佳作，无任欢迎。"满腔爱国之情溢于言表，令人肃然起敬！

（诸家瑜）

【附录】

## 读《评注灯虎辨类》书后
### 吴莲洲

文虎之制，权舆最古，惜无专书，以供属餍，即散见于诸子百家中，亦仅东鳞西爪而已，嗜者病之。晚近作家，时时间出，无非夸多斗靡，铺张底面，未有加以评注，示人以入门之途径，故谜书中，恒有不可究诘之谜，令人阅后怀疑而莫释。今读谢君会心《评注灯虎辨类》一书，于底面作法，博引广证，手此一编，增益兴趣不少，且其所列门类，尤皆合于近时风尚，绝鲜牵强附会之弊，是真为谜书中所创见，足为后学津梁之逮，其保存国粹，为力独多。前岁余拟与曹君叔衡先生合辑大中虎社同人数年之谜存，分门别类，加以评注，藉垂久远，卒因各以事冗，未能完成。今读谢君之作，实获我心，且本二十年之经验，如克臻此，因不禁废然而返，恍知此虽小道，要非率尔操觚者，所期诸旦暮间也。

（原载上海《文虎》第二卷第二、三期合刊本，民国二十年二月一日）

读《灵箫阁谜话》之感想

吴莲洲

尝闻学诗者，能多读诗话，则诗学门径，不患不悟彻一二。吾谓学诗然，即学谜亦独不然。果能选择良好之谜话，加以玩索之功，其于制谜之体裁，自不至茫无畔岸。子舆氏有言曰：大匠诲人，必以规矩。学者亦必以规矩。又曰：能与人规矩，不能使人巧。善读书者，亦如是而已。余读《灵箫阁谜话》，乃知谢君云声之于谜学，盖寝馈久矣，即其胪举各书之谜格，几令人目迷五色。虽曰善谜，不尚多格，而为初学窥全豹计，则个中变幻雕奇之过程，亦自不能略而不讲，且因是而亦可明了前人之创格虽多，今之流行者要亦不过几种，彼矜奇诡异之不适于用，自在淘汰之列。学者自当循康庄坦荡之途以行。何必羊肠鸟道之足趋哉？吾知谢君向于格多之谜，心焉非之，故又收集底面自然之谜，为初学之阶梯，手是编者，果能由博反约，则玄珠在握，肆应虎社，有余裕矣。

（原载上海《文虎》第二卷第二、三期合刊本，民国二十年二月一日）

# 鸱夷室主范烟桥

江苏吴江历史悠久，人文荟萃，历代名人辈出，当代俊杰贤士更多，在这光彩夺目的"星"海里，范烟桥堪称是一颗耀眼的文坛明星。

范烟桥（1894—1968），乳名爱莲，学名镛，字味韶，号烟桥，别署含凉生、鸱夷室主、万年桥、愁城侠客。吴江（今苏州市吴江区）同里人。我国著名的通俗小说家、诗人、谜家。他出身于同里漆字圩范家埭的一个书香门第。范氏为范仲淹从侄范纯懿之后，明末范思椿从苏州吴趋坊迁至吴江同里，至范烟桥已是第十世，辈号"钦"。范烟桥的父亲范葵忱为江南乡试举人。范烟桥年幼时，父亲嘱其读经书，但他不喜经文，却爱读母亲严云珍藏的弹词和小说，为不让父亲知晓，他于晨晚间枕边偷读，由于用眼不当，造成近视。长大后，喜戴墨镜。

范烟桥少儿时期曾就读于家乡的吴江同川公学，从师胡石予、金松岑、薛凤昌。清宣统三年（1911），以优异的成绩考入苏州公立第一中学堂（苏州草桥中学前身），与顾颉刚（诵坤）、叶圣陶（绍钧）、吴湖帆（万）、陈俊实（子清）、蒋吟秋（镜寰）、郑逸梅（际望）、江铸（红蕉）、汪国垿（字仲周、从周、颂洲，曾用名汪健）等同学。民国元年（1912）9月，苏州光复后学校停课了，他就此返回老家，在随手翻阅家中藏书过程中产生了写作欲，于是便写文章、投稿发表，逐渐步入文坛。民国11年（1922），他随从父亲迁居苏州温家岸"邻雅旧宅"，直到年迈病逝一直居住于此。范烟桥多才多艺，小说、电影、诗、小品文、猜谜、弹词无不通谙，还善书画、工行草、写扇册、绘画等，是红极一时的"江南才子"。他一生著述颇丰，有《烟丝》《中国小说史》《范烟桥说集》《吴江县乡土志》《唐伯虎的故事》《鸱夷室杂缀》《林氏之杰》《离鸾记》《苏州景物事辑》等等。20 世纪二三十年代，他与赵眠云创办了《星光》杂志（1923 年—？，不定期，32 开本），与陈丹崖创办了《卫星》杂志（1937 年 1 月—7 月，月刊，16 开本），自己又先后主办过《星》杂志（1923 年—？，周刊，32 开本）、《星报》（1926—1928 年，三日刊，4 开报）、《珊瑚》杂志（1932 年 7 月—1934 年，半月刊，32 开本）。

范烟桥平日"嗜洞庭碧螺春茶，酒兴又甚豪，能书画，工于行草，善画折枝墨梅"，耽好文史诗词。青少年时代，他先后加入柳亚子主持的"南社"，结苏州星社，成为 20 世纪二三十年代"鸳鸯蝴蝶派"中的一名健将。民国 17 年（1928）《吴语》更名为《吴县日报》，范烟桥曾为该报副刊 "吴语" 撰稿。另外还在上海《礼拜六》等报纸杂志上发表小说、掌故等作品。抗战前，曾编辑过《苏州明报》副刊"明晶"。民国 29 年（1940），他为上海国华影业公司编写《西厢记》，并为演红娘的著名影星周璇所唱的插曲《拷红》谱写唱词，待电影演出后，此曲不胫而走，风靡一时。时至 20 世纪 80 年代，街头巷尾还不时飞出《拷红》之歌，真可谓一曲《拷红》传千古也。

范烟桥的爱好很广泛，孩提时曾受到吴江文坛名流薛凤昌（著有《邃汉斋谜话》）影响爱上猜谜。到苏州定居后，常与"星社"社员程瞻庐等以谜语相射为乐，且假"皇废基公园"（今苏州公园）内的西亭结"西亭谜社"，入社者有程瞻庐、朱枫隐、陆澹安、王载髯、汪叔良、高伯瑜等。星社社员、文史老人郑逸梅在《星社文献》中如是追述："他们在吴中假王（皇）废基的西亭，组织'西亭谜社'。一般有谜癖的，纷纷往射，颇极一时之盛，那些谜条，都很新颖滑稽，惜乎师丹善忘，完全失忆了。"之后，范烟桥又与程瞻庐、朱枫隐等谜友加盟由吴籍海上名医吴莲洲和吴门曹叔衡联袂主持的上海"大中虎社"（又名"大中谜社"），并为吴莲洲、曹叔衡合作主编的上海《文虎》半月刊特约撰稿人。

范烟桥对我国的谜语文化事业做出过贡献，民国 15 年（1926）起，他主编《星报》三日刊，于报上开设了"诗画谜联"栏目，又常在报上撰述谜史掌故。他认为，猜谜益智，其中既有甘苦，又富有乐趣。他曾用诗的形式向广大读者描述猜谜的奇妙过程，笔者在阅读 80 多年前的上海《文虎》半月刊时，见到了他的《猜灯谜》诗 4 首，在此全文摘录于下，略作注释：

一、漫云薄技等雕虫，江曲碑阴绝妙工。一纸风行争快睹，分曹胜傍蜡灯红。

注：薄技、雕虫，古代指灯谜为雕虫小技。碑阴，指东汉蔡邕夜读曹娥碑，在碑阴题"黄绢幼妇，外孙齑臼"隐"绝妙好辞"以赞诔文。一纸风行，指谜笺。"分曹"句，典出李商隐《无题》诗"分曹射覆蜡灯红"，这里做了改动，意指猜谜游戏。

二、个中甘苦自家知，匣剑帷灯寄相思。几许推敲心始惬，迷离回萱不多时。

三、我诈尔虞心不妨，文人狡狯自寻常。但教打破闷葫芦，一笑偏能博哄堂。

四、文章自古重天成，触类旁通妙绪生。任尔不言语自省，磁缄吸引若相迎。

范烟桥既搜集谜史掌故，又搞灯谜创作，惜今能见者则寥若晨星。笔者在搜集谜学资料时，曾见到他的谜作，散见于报刊上。如"枫桥夜泊"猜唐诗"听钟未眠客"，此谜乃范烟桥用唐代诗人张继的名诗目择面，有情有味。他让猜者通过重温这首脍炙人口的名诗会意领悟到谜底，他把牵动了古今多少人情思的"半夜钟"隐于谜中，引人入胜。这巧妙的手法，足以使人在猜射过程中弥觉回味无穷。又如"改步改玉"猜"鞋"字，这是范烟桥的又一则谜品佳构，他故意颠倒《国语·周语》中"改玉改步"的词序，目的想使猜射难度下降些。但是，对于古汉语基础稍差者或初入虎道者来说，其难度依然很大。"改步"是指要"改徐行为急行"，意指"革"；"革"在《礼记·檀弓》里解释为"急也"，意指快速；"玉"呢，古代是"圭璋之属也"，这里扣"圭"；将"革"和"圭"合二为一，就组成了一个"鞋"字。这就是范烟桥故意颠倒词序的良苦用心，笔者如是猜测。

（诸家瑜）

# 襟霞阁主平襟亚

平襟亚（1894—1980），"原名平衡，字襟亚，室名襟亚阁，别号襟亚阁主人"（《中国近现代人物名号大辞典》），入赘苏州沈姓，称沈亚公，有"竹溪沈氏"印，署名地哭（与"天笑"相对）、网蛛生、秋翁等。常熟辛庄人。台湾著名作家琼瑶的丈夫平鑫涛的堂叔。著名评弹作家、小说家，"以诗谜著称"于文坛。幼丧母家贫，读私塾数年后即为集镇小店铺学徒，后借钱考入常熟简易师范，毕业后在本地小学任教。教书之余，撰写短篇小说、杂文发表于报章。民国4年（1915）赴上海闯荡，初靠为《时事新报》等报刊撰文赚钱。民国7年至12年（1918—1923），任上海世界书局编辑以及多种报刊特约撰稿，编辑《滑稽新报》《武侠世界》《开心报》杂志。民国16年（1927），创办中央书店，编辑出版"国学珍本文库"，又曾为《平报》《福尔摩斯报》等撰文。民国30年（1941）主办《万象》月刊，并在该刊逐期发表《故事新编》及《秋斋笔谈》。

叶灵凤这样描述平襟亚："在上海一向是办小报的，后来又挂牌做律师，经营过'一折八扣'书，印过《古本金瓶梅》，和其他所谓'珍本小说'，颇赚了一点钱……""一折八扣"书，是一种廉价书，属于盗版本，由书商樊春霖发明。黄裳在《盗版溯源》一文中说，这类书目标所在是没有版权的旧小说，做的是没有本钱的生意。平襟亚将"一折八扣"书作了改进，没花本钱反而赚了不少钱，然而此举却把出版界搅得昏天黑地，售价低廉的盗版书籍泛滥成灾。之后，平襟亚因宣传抗日，曾被日本宪兵拘捕数十天，科罚巨款。抗战胜利后，因将上海威海卫路的住处供郭沫若、田汉等进步人士开会之用，被当局觉察而受到干扰。新中国成立后，致力于评弹事业，曾先后任上海新评弹作者联谊会副会长、主任委员，上海评弹团特约编辑，1957年被聘为上海文史馆馆员。撰著有：《中国恶讼师》《民国奇案大观》《江湖三十六侠客》《新编评注刀笔菁华录》《武侠精华》《人海潮》《人海新潮》《人心大变》《上海大观园》《故事新编》《秋斋笔谈》《秋斋杂记》《襟霞阁笔记》，创作改编弹词《三上轿》《杜十娘》《钱秀才》《借红灯》《陈圆圆》《十五贯》《情探》（《王魁负桂英》）和开篇《焚稿》等。

平襟亚长期在沪上十里洋场拼搏，数十年间，在著述、出版、办报、金融、法律等方面均有建树。报界同仁说他有"文人的头脑，白相人的手腕，交际家的应酬"。在民国时期，他属于当时最有本领、最为成功的人士之一。早年，他闯荡上海以"爬格子"投稿为生。后来写成《中国恶讼师》一书，颇适合小市民口味，出版后竟一鸣惊人。民国 15 年（1926），又撰长篇小说《人海潮》五十回轰动一时，由此一举奠定了他在文坛的地位。说起 50 万言的《人海潮》小说的"诞生"，这里面还有一段与谜语有关的轶事。

民国初期，上海静安寺路（今南京西路）同孚路（今石门一路）的一幢洋房别墅内，住着一位中年女子，名叫吕碧城（1883—1943）。她是当时中国文坛、女界以至整个社交界的名人，终身未婚，与爱犬"杏儿"为伴。民国 14 年（1925）春夏之交的一日，"杏儿"在马路上走，不慎被西人摩托车辗伤。吕碧城勃然大怒，马上聘请律师致函对方，同时把爱犬送到戈登路（今江宁路）沪上最好的兽医院治疗。爱犬不久乃愈，吕碧城这才作罢。

此事被平襟亚知道了，不由得兴奋异常，立马编写了一篇题为《李红郊与犬》的小说，发表在经常对吕碧城的西化生活变相暴露的上海《开心报》上，混到了一笔稿费。有人见后，转告吕碧城说，平襟亚用"李红郊"影射"吕碧城"，吕顿时发作。当时沪上租界内法院为会审公廨，吕碧城即诉诸会审公廨，要求拘平襟亚到案。因为李、吕二字，在吴语中读一个音，在谜语中称作"谐音"；而"红郊"与"碧城"呢，自然形成一副对联，一上一下，字面相对，平仄合韵，创作手法用了谜语中的"锦屏格"（又称遥对、楹联、对偶等）。此事，在郑逸梅《南社社员事略·吕碧城》亦有记："襟霞阁主所编某报上载有《李红郊与犬》一文，碧城认为故意影射，诬辱其人格，诉之于法。"

是年 5 月，平襟亚得到风声，大吃一惊，晓得得罪了吕碧城惹下了大祸，于是急忙离沪潜逃到苏州，在城内观前街附近的调丰巷内赁租了一套房子，隐姓埋名住了下来。他将避难的新居起了个"春笑轩"的斋名。邻居不识其人，只知此人姓沈名亚公，行动诡秘，平日里闭门不出，即使出门，也只是去"吴苑"茗座，走得不远。

平襟亚遁迹苏州，吕碧城闻之益怒，征得平襟亚照片以后，致信沪上各大报馆，要求自费刊登大幅广告，通缉平襟亚，各大报纸皆不敢登。最后，她索性通过许多朋友放出风声，谁能通报平襟亚现在住址并因而拿获者，将赠送慈禧太后亲笔描绘花鸟一幅为报。平襟亚闻之更为惶恐，终日不安，无所事事，只得躲在"春笑轩"里写小说《人海潮》以此自娱。大半年过后，吕碧城决定不再追究。她译完了《美利坚建国史纲》，又出版了三卷本诗集《信芳集》，离沪赴美，临行时将"杏儿"赠与好友尺五楼主。平襟亚知道后，这才于第二年（1926）春末小心翼翼回到上海，中秋节刚过，他以网蛛生的名义出版了在苏州写的小说《人海潮》。次年（1927）创办了以出版长篇章回小说为主的中央书店。

民国24年（1935），平襟亚创办的中央书店出版"国学珍本文库"，收入明谢肇淛《五杂俎》、明江盈科《雪涛小说》等多部含谜笔记，"更蒙挚友周越然先生之雅爱，慨然将早经绝版之奇书多种出借抄印"（平襟亚《国学珍本文库缘起》），出版了署名墨憨斋主人（明冯梦龙）著、虞山沈亚公校订的《黄山谜》（底本系周越然装订成册题名并收藏），内容包括：黄莺儿、山歌、谜语、挂枝儿、夹竹桃。《黄山谜》书名，显系黄莺儿、山歌、谜语首字连缀而成，其中的"谜语"，辑自明代冯梦龙《山中一夕话·谜语》，经"掐头去尾"后编辑而成。继《黄山谜》后，又印行了署名墨憨斋主人著作、虞山沈亚公校订的《广笑府》，内附有《隐语》。

郑逸梅《艺坛百影》之《平襟亚趣事纪略》记及："我们几位笔墨朋友，每逢星期天下午，总是在沪西襄阳公园品茗……同座有位曹次公，也是文史馆馆员。襟亚故意板着脸，脱口对着次公：'操你的祖宗。'次公弄得莫名其妙，面呈愠怒色。襟亚即刻展着笑容，对次公说：'请你不要误会，我是颂扬，不是詈骂。曹操是你的老祖宗，子孙不是很光荣吗？'合座为之大噱。"20世纪80年代，南京谜人以唐代杜甫《丹青引赠曹将军霸》诗句："将军魏武之子孙"，射俗语"操你的祖宗"，源出于此。

（韦梁臣、诸家瑜）

# 明志堂主陆澹安

陆澹安（1894—1980），名衍文，字剑寒，别署幸翁、悼翁，笔名何心、罗奋、莽书生，斋名琼华馆。吴县东山（今苏州市吴中区东山镇）陆巷人。南社社员，弹词作家、小说家。世居太湖东洞庭山莫厘峰下，家中筑有明志堂，以诸葛亮的"淡泊明志"之意取名。他原字澹盦，后因盦字笔画太多，改为庵字，仍嫌多，索性改为安字。

陆澹安是个对经史、小学、金石、碑版、目录校雠及书画文物乃至戏曲弹词、小说、楹联、谜语等都有着相当造诣的全能型学人。早年肄业沪南民立中学，和周瘦鹃为同级高材生。每届考试，两人均名列前茅，深为老师孙警身所期许。后来他钻研法学，毕业于江南学院法科。弱冠即任教师，历任上海同济大学、上海商学院、上海医学院国学教授，正始中学校长，务本、敬业、国华、民立等中学国文教师。在教学之外，同时兼任广益书局、世界书局编辑，主编《侦探世界》《上海》（又名《消遣的杂志》）等。民国12年至26年间（1923—1937），他与朱大可、严独鹤等帮助施济群办《金刚钻报》，写了许多散文、小说和评述古典小说的文章，尤以侦探武侠小说蜚声海内外；又和洪深等创办电影讲习所，与张新吾一起创办新华影片公司，担任编剧和导演，编写了电影剧本《人面桃花》《风尘三侠》等，改编剧本《火烧红莲寺》，培养出胡蝶、高梨痕等早期电影明星。他对京剧名演员黄玉麟（艺名绿牡丹）栽培更是不遗余力，一面教其习书法，一面为其编剧本。一年，他带"绿牡丹"到云南去演出时，结识了创制"百宝丹"（即"云南白药"）的著名中医，于是将此良药带回上海，在《金刚钻报》上大登广告，竭力推广"百宝丹"，使其成为患者一吃就灵、万试万灵的奇妙神药！

除此之外，陆澹安喜研究戏剧，并擅长写弹词。30年代中期，他将张恨水小说《啼笑因缘》首创试用普通话编成弹词脚本，经弹词名演员朱耀祥、赵稼秋弹唱后，轰动一时。评话家潘伯英是他家的座上客，不时向他请教。民国24年（1935），上海三一公司出版了他改编的弹词《啼笑因缘》。民国25年（1936），莲花出版馆又出版了他改编的弹词《啼笑因缘续集》。其他弹词作品还有民国24年（1935）上海新声社出版的《满江红》（署绿芳红蕤楼主编辑，系据张恨水同名小说改编），以及据秦瘦鸥同名小说改编的《秋海棠》等。此外，曾编有《弹词韵》，为弹词唱词韵辙工具书。其他著作尚有《小说词语汇释》《戏曲词语汇释》等。

"蛮触事雄已可怜，漫劳萁豆更相煎。即今高处不胜寒，愿作鸳鸯不羡仙。""劫后神仙不值钱，而今鸡犬尽升天。何如幻梦成蝴蝶，消受庄生一觉眠。"这是陆澹安题《鸳鸯蝴蝶派研究资料》的两首诗。20世纪五六十年代，由于通俗文学"鸳鸯蝴蝶派"受到批判，陆澹安不再写小说和弹词了，他将兴趣转向学问上，以一人之力，编成《小说词语汇释》《戏曲词语汇释》两部大词典，如此专门全面地解释小说和戏曲词语，在陆氏以前还未有过。筚路蓝缕之功实不可没。另外，他还研习书法，对金石碑版、文史戏曲均做了大量的考据工作，写下了《汉碑通假异体例解》《隶释隶续补正》《古剧备检》《诸子末议》《说部卮言》等多种学术著作。尤其是1955年以何心署名出版的专著《水浒研究》，观点独特，角度新颖，思路开阔，方法科学，至今尚在被《水浒传》研究者所称引。这部书曾引起胡适的注意，因为其中有的观点恰是驳正他的《水浒传考证》。对此，胡适在美国遇见在联合国工作的陆澹安的女儿陆祖芬时，专门提及这次学术上的争议，并认可接受陆澹安的观点，特意嘱托要向澹安先生致意云云。

陆澹安还是个灯谜专家，雅擅制谜。清季，他曾参加过上海最负盛名的大型谜语社团"萍社"，在社内十分活跃，每年老城隍庙、大世界等处有猜谜，他都要前往猜射，这在《澹庵日记》中有记载。郑逸梅在《梅庵谈荟》中称："谢不敏、蒋山佣、王毓生、陆澹庵、徐行素为萍社五虎将。"著名报人、"萍社"孙玉声在《海上文虎沿革史》一文中如是追述："当日（时）萍社健将，书本之熟，各有专门。如蒋山佣、张辛木辈则熟于五经，徐枕亚、陆澹盦辈则熟于《西厢》，贾粟香、谢不敏辈则熟于唐诗，（曹）叔衡则尤熟于昆目，似均各占一席地。"民国初期，陆澹安还先后参加苏州"星社""西亭谜社"和上海"大中虎社"（又名"大中谜社"），有《彊学斋廎词》载于民国 27 年（1938）的《橄榄》月刊上。

（诸家瑜）

# "补白大王"郑逸梅

"人澹如菊，品逸于梅。"这是南社诗人高吹万为他的好友、以文史掌故小品蜚声文坛的郑逸梅题写的一副对联，上联"菊"字与郑逸梅本姓"鞠"谐音，下联则嵌入郑逸梅的笔名。这副联，概括了郑逸梅的一生。

郑逸梅（1895—1992），吴县（今苏州）人。清光绪二十一年九月初二（1895 年 10 月 19 日）生于上海江湾。他本姓鞠，小名宝生，原名愿宗，父早殁。3 岁时被外祖父郑锦庭收养为孙子，改姓郑，学名际云，笔名逸梅，斋名纸帐铜瓶室。5 岁在上海读私塾，10 岁入敦仁学堂学习。宣统元年（1909），在苏就读长元吴公立高等小学堂（后改名吴县县立第四高等小学校，现名草桥实验小学）。因"锦庭公经营商业，苏沪往返，居家在沪，设铺在苏，铺子是绸布庄，最初设阊门中市，后来另设仁大绸布庄在观前宫巷碧凤坊口……为近便计，就住在铺子的楼上，特辟一室，置着笔砚"（郑逸梅《我在苏州时之旧居》，载于 1946 年 12 月 17 日《苏州明报》"明晶"第 90 期）。民国元年（1912），进苏州公立第一中学堂（苏州草桥中学前身）学习，时已"卜居乔司空巷"。翌年，译《克买湖游记》刊于《民权报》上，是为他一生从事写作的开端。民国 5 年（1916），中学毕业后，入江南高等学堂，并开始为各报写稿；第二年开始就馆执教，后主持苏州惠育学校教务。民国 9 年（1920）主编《游戏新报》《消闲月刊》，后担任《申报》《新闻报》《时报》三大报副刊"自由谈""快活林""小时报"的特约撰述，所写作品还发表于各种报刊，并出单行本。民国 11 年农历七月初七（1922 年 8 月 29 日），与赵眠云、范烟桥、范菊高、范君博、顾明道、屠守拙、姚赓夔、孙纪于等组织文学团体"星社"。民国 15 年（1926）任《联益之友》文艺刊物编辑。民国 16 年（1927）33 岁时，到上海参加上海影戏公司任编撰工作。民国 19 年（1930）参加南社。后又任《华光半月刊》、《金刚钻报》、中孚书局编辑和共舞台兼新华影业公司宣传主任，编辑《明星日报》。抗战时期，曾任上海国华中学副校长，先后在侨光中学、上海音乐专修馆、爱群女中、大夏大学附中、大同大学附中、徐汇中学、志心学院、徐汇女中、江南联合中学、模范中学（晋元中学）、务本女中等校任教，曾任《永安月刊》副刊"繁星"编辑。抗战胜利后，先后在诚明文学院、新中国法商学院等高校任文学教授，继续为多种刊物写稿。

新中国成立后，他在上海曾任晋元中学专任教务，并为《人民日报》《新民晚报》《解放日报》《文汇报》等报写稿。1958 年任晋元中学副校长。1960 年起，为香港《文汇报》《大公报》《新晚报》写稿。1966 年退休，家居上海长寿路长寿里。"文化大革命"中受冲击，1977 年彻底平反，恢复名誉。1980 年应聘为上海文史馆馆员，加入中国农工民主党，任上海市普陀区政协常务委员。为中国作家协会会员、上海市作家协会会员、上海市政协文史资料委员。1988 年、1989 年先后获上海市和全国第一届"老有所为精英奖"。1990 年，又获上海市老年开拓事业奖。因擅写短小精悍的人物掌故，故被誉为"补白大王"。著有《郑逸梅选集》《民国笔记概观》《清末民初文坛轶事》《三十年来之上海》《南社丛谈》《人物品藻录》《民国旧派文艺期刊丛话》《书报话旧》《艺林散叶荟编》等等。1992 年 7 月 11 日在上海仙逝，享年 98 岁。

郑逸梅既是位寿星作家，又是位寿星谜家。早年，他在苏州求学时，曾一度得到苏州一家姓高的远房亲戚帮助。那高家有个儿子，后来成了我国谜籍珍藏家，那就是郑逸梅的表弟、笔者的恩师高伯瑜先生。高家藏有许多古籍，其中亦有谜书，如著名的清代《玉荷隐语》《群玉集》《龙山灯虎》等等，据恩师回忆，郑逸梅常去高家借书阅读，由此受到影响而对文虎产生兴趣，最终误入"谜"途。当年，苏州谜风盛行，每遇上元佳节，城内各处大户人家必张灯设社，备奖悬谜，任人猜射，他也会去轧闹猛。青年时期，郑逸梅曾与同窗及一班文友组建文学社团"星社"。他在《淞云闲话》（1947 年出版）开篇《春灯谜话》起始说："承平之世，文人雅士，辄以隐语粘于灯上，名之曰灯谜，此风由来已久。"接着又回忆道："星社中多射虎健将，如程瞻庐、朱枫隐、陆澹庵、屠守拙诸子皆是。元旦夜声同乐会，吴莲洲君更悬谜条以助兴，的是雅人深致。"

《春灯谜话》里提到的几位，皆是清末、民国时期沪苏谜坛大家：孙玉声誉为西厢谜专家，主上海"萍社"。程瞻庐为谜界淳于髡、东方朔，谜风幽默，后与陆澹安、朱枫隐等组建苏州"西亭谜社"，又为上海"大中虎社"之中坚。吴莲洲更是名噪一时的谜界翘楚，后在上海恢复猜谜活动，组建"大中虎社"，创办《文虎》杂志。郑逸梅厕身其间，受他们的熏陶，久而久之也成了谜道中人。他在为江更生、朱育珉兄主编的《中国灯谜词典》作序时写道："我是爱好此道的，复认识谜社中若干人士，如在苏州，和西亭谜社的程瞻庐、朱枫隐相熟稔。在上海，和萍社诸子交往更频，如王均卿、徐枕亚、朱大可、施济群、孙玉声、陆澹安、徐行素等，苔岑结契，缟纻联欢，尤为莫逆。"

郑逸梅对中华谜坛最大的贡献，莫过于在他的生花妙笔之下写了许多当年谜坛风云人物的轶闻趣事，记录下了不少传世谜作，为今日之中华谜语文化研究提供了宝贵的资料和线索。譬如在《春灯谜话》里，他选录了 15 条平日所见"谜语之佳者"，称之为"皆灵心四映，妙到毫巅之作"。这些作品确实都是颇具谜趣的妙构，在此选录几则，略作解析：

智能与宝玉谈情（打唐诗一句）君向潇湘我向秦

注：谜底见郑谷七绝《淮上与友人别》，意为"宝玉向往潇湘馆林黛玉，智能向往恋人秦钟"。

元旦（打《西厢记》二句）一个是文章魁首，一个是仕女班头

注：谜面"元"即"状元"的简称，"旦"指"旦角"，分扣"文章魁首"和"仕女班头"，意即才貌双绝的女中领袖。

死不肯剪辫子（打古人名一）毛延寿

注：谜底"毛"别解为"毛发"，扣合谜面上的"辫子"。

临去秋波那一转（打书名一）《离骚》

注：谜面出自《西厢记》，谜底解作"离别时卖弄风情"。

何仙姑守洞府（打《三字经》一句）七雄出

注："八仙"乃神话传说中人物，此谜意即其中的女神仙何仙姑留守洞府，七位男神仙则出去了。

聪明面孔笨肚肠（打三国人名二）颜良、文丑

注：谜底解作"颜面美好，文华丑陋"。

满身癣疥【谐声格】（打四书一句）无尺寸之肤不养也

注：意即满身癣疥，致使全身肌肤发痒（谐音"养"）。

双胞胎（打《诗经》一句）有怀二人

注：谜底里的"怀"别解作怀孕。

三跪九叩首（打时人一）陈仪

注：谜底"陈仪"，原任台湾省行政长官，后被解除职务改任国民政府顾问的陆军二级上将。这里则解释为"旧时的礼仪"。

另外，郑逸梅还在他的《艺坛百影》《清末民初文坛轶事》等一些著书里，为我们留下了民国时活跃在沪苏一带的文坛谜人谜事趣闻。凡此种种，作为谜语文化史料，其作用是不能低估和抹杀的。

（诸家瑜）

# 文艺杂家张光宇

全世界都知道，中国有部动画影片《大闹天宫》，曾为中国首夺国际电影节金奖，可是却不知道影片中象征中国文化的人物造型的创作者是谁？著名画家张仃如是介绍：此人"不仅是漫画的奠基人，在插图、黑白画、电影艺术、舞台美术上亦有很深的造诣，他还是一位了不起的色彩大师"，"在美术领域的方方面面播撒了装饰艺术的种子，开创了装饰艺术的学派"。他，就是不名于今，然而却是今天众多名人的发现者张光宇，中国杰出的老一辈漫画家、装饰画家、工艺美术教育家，现代中国装饰艺术的奠基者之一，其艺术成就与齐（白石）、黄（宾虹）并举。

张光宇（1900—1965），原名登瀛。江苏无锡县（今无锡市）北门塘三里桥人。祖传郎中，在家排行老大，自幼酷爱美术，曾随祖母学习剪纸。其弟曹涵美（1902—1975，原名张美宇，过继外祖家改名曹臻庠，后又改名为曹涵美，笔名曹艺）、张正宇（1904—1976）亦皆

擅丹青。民国 3 年（1914），他到上海读书，在住处附近著名的京剧戏院"新舞台"结识了名武生张德禄，从此常去那里画戏剧速写和脸谱。民国 5 年（1916）小学毕业，经张德禄说情，为"新舞台"置景主任兼上海美术专科学校教授的张聿光（校长刘海粟）做学徒工，学习绘制布景。民国 7 年（1918），经张聿光介绍，到上海生生美术公司，在《世界画报》给丁悚（画家丁聪之父）当助手，以"光宇"笔名在《世界画报》上发表"钢笔画"和"谐画"（后称漫画）作品。民国 8 年（1919）12 月，参加天马会第一届展览，不久，与汪亚尘、王济远、高剑父等同时被推荐加入天马会。民国 9 年（1920），他与三弟张正宇开设小型美术印刷厂；同年与汤素贞（1904—2002）结婚。民国 10 年（1921）1 月，加入晨光美术会。是年 3 月，与顾肯夫、陆洁创办《影戏杂志》。当年到南洋兄弟烟草公司广告部当绘画员，在那里第一次接触到图案。他回忆道："老板叫我把一幅月份牌画面装饰得好看一些，在这个'装饰'要求的启发下，才画了图案。从那时起，我就没有把绘画与图案分割开来。""没有把绘画与图案分割开来"，成为此后他的绘画创作风格之一；把中国传统绘画中的线描作为装饰艺术的框架，运用图案的装饰意匠和样式化处理，成了他装饰艺术的创作法则。

民国 12 年（1923），张光宇与他人集资创办东方美术印刷公司。翌年，参与发起成立"中国美术摄影学会"。民国 14 年（1925）"五卅"运动后，创办《三日画报》，发表了《望求老丈把冤伸》等漫画作品。民国 15 年（1926），他"跳槽"到上海模范工厂从事美术工作。就在这年的 12 月，他与丁悚、王敦庆、鲁少飞、黄文农、叶浅予、胡旭光等成立了"上海漫画会"。这是中国第一个漫画组织，在当时是个崭新的事物，因而曾被当局误认为是非法漆匠工会。嗣后，漫画会的主心骨张光宇拉到了张珍虞（张英超之父）和邵洵美，筹集到一笔资金，于民国 17 年（1928）创办了中国美术刊行社（1933年 11 月更名为时代图书有限公司），并出版发行《上海漫画》周刊。主编张光宇常为刊物设计封面画，并发表单色或彩色漫画和摄影作品。

民国 16 年（1927），张光宇经友人介绍，到上海英美烟草公司广告部美术室任绘图员，在那里他开始创作漫画和讽刺画。民国 18 年（1929）11 月，他与邵洵美、万籁鸣、江小鹣、张正宇等成立"工艺美术合作社"。民国 19 年（1930）6 月，《上海漫画》与《时代画报》合并改名《时代》图画半月刊。此后，张光宇在《时代》陆续发表《中国神话》《难得碰头》《新舞台》等作品。民国 22 年（1933），他首次创作《紫石街》，并由徐悲鸿带往苏联展出获得好评。第二年，他辞去英美烟草公司的铁饭碗，在朋友邵洵美的支持下，出任时代图书有限公司总编辑，致力于出版事业。后因"时代"分裂，故自办上海独立出版社，先后主编《万象》《独立漫画》《上海泼克》等刊物，兼任上海美术专门学校图案教授。民国 26 年（1937）7 月，抗日战争爆发，张光宇担任漫画作家战时工作委员会委员、《新生画报》编辑，共主编 15 期《抗日画报》。他以图片形式全面报道了上海及全国抗战实况，同时还参加编辑《救亡漫画》并筹备出版《漫画导报》。11 月 12 日上海沦陷，张光宇携全家避居香港。

张光宇是个自由职业者，但又是一个有正义感的漫画家。抗战时期，他的思想更加进步，更靠近进步力量。民国 28 年（1939），组织成立全国漫画家协会香港分会，以办漫画训练班的形式，积极开展抗日活动。民国 29 年（1940）9 月，他经东江游击区赴重庆参加抗日救亡工作，在中国电影制片厂任场务主任。"皖南事变"后又回到香港。不久香港沦陷，他离开出版界，与三弟张正宇办起"福禄寿"饭店，建立抗日活动联络点。之后为避日寇迫害，离开香港，辗转广州、桂林、柳州、贵阳、遵义、重庆等地，虽一路逃难，生活颠沛流离，万分艰难，张光宇仍绘画不辍，沿途画了许多反映民众困苦的速写。民国 33 年（1944），他创作了讽刺国民党官僚贪污军饷丑行的《窈窕淑兵》，在全国漫画联展中获好评。民国 34 年（1945）秋，画成一部彩色神话连续漫画《西游漫记》，在渝、蓉、沪、港等地展出后大受欢迎。民国 36 年（1947），张光宇当选为香港美术团体"人间画会"会长，任职期间，创作发表了《水浒人物志》插图绣像。

1949 年广州解放的第一个早晨，13 层高的广州爱群酒店从顶层垂挂出一幅 10 米画卷《中国人民站起来了》，此画就是张光宇和他的"人间画会"同仁所绘。此年 12 月，张光宇举家迁至北京，翌年初受聘为中央美术学院实用美术系代理系主任、中央美术学院教授，参与国徽设计工作。1953 年 10 月，当选为中国美术家协会理事。1956 年秋，转入新成立的中央工艺美术学院，任院务会委员。后又担任《漫画》《装饰》杂志编委。1965 年 5 月 4 日，张光宇在北京因病去世，终年 66 岁。著有《近代工艺美术》《西游漫记》《张光宇绘民间情歌》《光宇讽刺集》《金瓶梅画传》《张光宇插图集》《水泊梁山英雄谱》（合著）等。

张光宇是当代中国伟大的文艺杂家，也是中华谜语界的画谜先驱。20 世纪 20 年代后期，中兴申江谜坛的儒医吴莲洲创办了一份《文虎》杂志，张光宇鼎力相助，担任该刊物的撰作者，不仅设计封面画，而且还以漫画的形式创作了许多画谜。我在参与编纂"中华谜书集成"丛书工作时，整理了尚存世间的民国 20 年（1931）出版的《文虎》第二卷 1 至 17 期，见到张光宇发表在"画谜征射"里的十数则画谜，在此略选几则于下：

一、画面为"书一本，耙一把，斧一把"，射四子一句，谜底为"商也不及"。

二、画面为"纸马浮在江面上"，射千家诗一句，谜底为"轻薄桃花逐水流"。

三、画面为"一短发赤足只穿短袖花衫下体无着的女孩"，射《诗经》一句，谜底为"之子无裳"。

四、画面为"半个铜钱（半文）"，射四子一句，谜底为"不能成方圆"。

五、画面为"一和合在松林里"，射五唐一句，谜底为"寒山转苍翠"。

六、画面为"水中两条鱼在游"，射七唐一句，谜底为"双鲤迢迢一纸书"。

七、画面为"手折柳条",射新名词一,谜底为"褫夺公权"。

八、画面为"九盏莲花灯",射《易经》二句,谜底为"六三、君子之光"。

九、画面为"屋梁上悬挂着几条鱼",射《书经》一句,谜底为"腥闻在上"。

这些画谜作品皆具有丰富的想象、夸张的变形、别致的构图、流畅的线条,富有浓厚的谜味,深受读者的喜爱,且令人猜后击节叹赏。

**句一經詩**

谜底:"二三其德"

注:鸡有文、武、勇、仁、信五种德性,典出《韩诗外传》卷二。

**句一語俗**

谜底:趁火打劫

注:"打劫"是围棋术语,意为吃掉对方所围之棋。

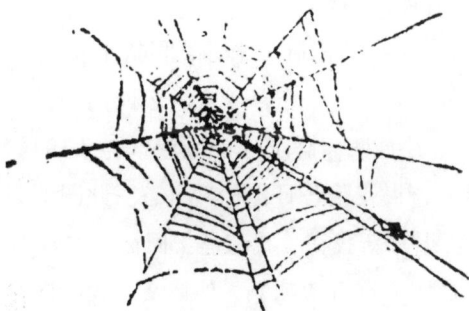

**句二經詩**

谜底:"如彼飞虫、时亦弋获"

注:此谜用会意手法猜射,即如果飞虫撞上蜘蛛网,必被擒获也。

**句一子四**

谜底:"君子不党"

注:此谜用借代手法猜射。唐代白居易《养竹记》有以"竹"喻"君子"之说,明代黄凤池辑有《梅竹兰菊四谱》,从此梅、兰、竹、菊被称为"四君子",在此暗合"朋党"。因画面是一枝疏竹,故扣"不党"。

（诸家瑜）

# 书画谜家费新我

以"左笔书法"驰名中外的费新我（1903—1992）,原名省吾（取"吾日三省吾身"

之意），别名立千、立斋。浙江吴兴（今湖州）人。我国著名书、画、谜家。他出身平民，少小时勤奋好学，喜爱图画，16虚岁就到上海学生意。早年在一家商号当学徒，提前满师被任"帮账房"，后又提到副账房直至正账房。工作之余兴趣广泛，学书画、读外文、练武艺、玩琴棋。在他已有3个孩子之后，为实现以艺术作为终身奉献之愿望，毅然弃商学画，改名"新我"。与其说是巧合，不如说是乐于谜道，他给自己起了个英文名字：Fishing Wood，读成"费新我特"，运用灯谜中的谐音，富有意趣。Fishing是"捕鱼"，Wood是"林木"，可释为"缘木求鱼"，喻自己将来的道路像爬到树上找鱼那样不可能，而我却偏要去试试。爱谜者处处善谜，他取"新我"，亦如此也。

民国12年（1923），陈秋草、方雪鸪、潘思同在上海创立了一个平民化的平台，名叫白鹅绘画补习学校。这是上海最早的职工业余美术研究团体，也致力于艺术教育，尤其是对于大众和业余人士的绘画教学，同时还通过出版画册、创办刊物等途径向公众传播艺术知识。后来白鹅绘画补习学校改名为白鹅画会，民国17年（1928）9月还成立了白鹅绘画研究所。民国23年（1934），年已32岁的费新我弃商学画，就读于"白鹅画会"，学名叫斯恩。他学画心切，素描、水彩、油画等科目，日夜连班学习（该校设日夜二班），一年毕业。之后接连编绘出版了《图画范本》《应用美术》等几十本美术著作，其中《怎样画铅笔画》成为当时美术书籍印数最多的一种，香港也翻印了。

抗战爆发后，费新我于民国27年（1938）秋由家乡湖州避难来苏，租赁干将路49号小屋一间，先与人合作开设书铺，后又组织"微明画社"于东斋（今大公园内），授教太极拳与西洋画。当时他主要以画谋生，编画册、绘插图、搞设计。民国33年（1944）11月初，《江苏日报》每日刊载一幅《百丑图咏》，揭露鞭笞日伪种种丑态。此图即为费新我所绘，配图诗文是该报记者闵履夷撰写的。据费新我在《我与笔》回忆："41岁时，我遇到《江苏日报》记者闵履夷。他要和我合作《百丑图咏》。他诗文，我绘图。他唱了两句神童诗：'别人怀宝剑，我有笔如刀。'要笔伐丑恶，丑恶或许要火，他的笔名意思'履险如夷'，叫我也不必怕。图一篇一篇刊出来，刊到40余幅被禁止了，并没什么险恶反应。"据考，费新我所说的《江苏日报》记者闵履夷，就是原任《苏州新报》的编辑部长闵绥之。当时他感慨于时局的动荡与汪伪政府的腐败，故相约费新我画图并为之作诗文。这在那个特殊年代里能做出如此之举，勇气可嘉！

20世纪40年代，费新我创作的一些画谜发表于苏、沪等地报纸上有20多帧，还为上海大中华橡胶厂、上海宏大橡胶厂、万国袜厂等商企做产品广告，其制作地道，新颖别致，引人入胜。苏州观前街玄妙观东脚门有家"观前街香炉商店"，专门经销上海宏大橡胶厂生产的各种"香炉牌"胶鞋。该店的广告花样繁多，常附画谜于上，这些画谜广告均出自费新我之手。

民国37年（1948）3月26日至5月23日，上海宏大橡胶厂在对开报《苏州明报》

举办有奖"画谜征射"活动，每隔5天刊载一则，共办了12期。画谜的奖品为主办方生产的香炉牌自由靴、香炉牌男套靴和日用品毛巾，倍受读者欢迎。这12则画谜，就是由费新我创作并绘制的，猜射的范围涉及到《孟子》、唐诗、俗语、俗谚、流行语、店招、商标、古人、时人、世界名人、电影明星、影片等。其中，3月30日的画谜，讽刺时弊，颇有新意。画面上是"一写字间，内有三个人，分坐三个方位，坐南朝北者跷着二郎腿，两手抱着后脑勺，坐北朝南和坐西朝东的两个人皆在伏案工作"，要求打俗谚二句，谜底是："一不做，二不休。"

同年8月27日至10月15日，苏州观前街万国袜厂受上海厂商委托推广货品，在《苏州明报》举办"画谜"有奖猜射活动，共7期，奖品为上海富贝康化妆品无限公司、大华牙刷厂、上海绿叶化学无限公司、留香兰化学厂、永生棉织厂等厂商轮流捐赠，每期刊载的画谜亦出自费新我之手。如9月4日的画谜，画面上是"一户人家大门内之右侧，有位木匠师傅在锯木头；大门外的马路上，有位路人手挟一只布包袱，正走向对面的'通和兴'当铺，当铺门前的'當'字被遮去了四分之一（此手法，是为了避免'露面'）"，要求射俗谚一句、成语一句（卷帘格），谜底是："一身（人）做事一身（人）当、门当户对。"

费新我之子、全国著名谜语文化学者费之雄回忆："当时我念初中，课余受命摘抄新电影、新剧名和一些新词语等，以备父亲作画谜之需。一次，父亲画了一个头上缠绷带的入睡士兵，梦见一只钢盔和一支步枪，一只苍蝇叮在他眼皮上。这一幅画谜，要求猜影片、地名和古人名各一，还未把稿子送出，我当即把'《从军梦》''包头''张飞'一一猜出了。父亲会心地笑了，自此，在我心中播下了灯谜的种子。"后来，这则画谜刊登在1948年9月18日的《苏州明报》上，吸引了众多读者。他还说："抗日战争胜利后，父亲便常用'V'这英文字母代名，一则是与'费'姓谐音，二来是英语victory，'胜利'之意，他又用谜的手法来抒发胜利的喜悦之情了。"

费新我创制画谜，既无师承，又少谜友，更无谜社组织，但与上海"虎会"诸谜家有射虎因缘，与创会的屠心观、周浊等人交往甚密。上海谜友每出一期谜刊《虎会》，都要在第一时间邮寄给费新我，至今费家还收藏着《虎会》谜家油印的谜刊《虎会》和《游戏文体考源》。而费新我也为上海"虎会"绘过画谜，一次还特地为周浊画了张卧虎扇面，取卧游于《虎会》与文虎之中意境。另外，费新我还结识了庋藏谜书富甲一方的苏州高伯瑜。两人一见如故，结为知己，且共同为发展姑苏谜语文化而一直服务到40年代末。

新中国成立后，费新我攻国画，在内蒙古自治区成立十周年之际，应邀赴草原体验生活，画成17米长卷《草原图》，丰子恺见之笑道："读了老兄这富有音乐节奏的大作，真使我卧游饱览了内蒙风光。"并题词撰文，表示赞赏。1958年冬，腕关节结核菌夺走了他用以绘画、书写的右手。他经受住这沉重的打击后，振奋精神，举起左手，从头学起，数十年的辛勤笔耕，终使"新我左笔"书艺达到了炉火纯青的地步，其画家之名，反被左笔书法之名声所淹。在改革开放初期的 10 余年间，费新我热忱地为《中国谜报》《知识窗·神州谜苑》《梁溪谜会》《姑苏谜林》《姑苏谜会》《全国灯谜信息》及人民日报出版社出版的《中华灯谜鉴赏》和福建"漳州灯谜艺术馆"等报刊、书籍、展馆、灯谜活动题词，为振兴和发展中华谜语文化给予了大力支持。

（诸家瑜、沈家麟）

【附录】

## 费新我谜选

（打俗谚二句）
谜底：君子动口，小人动手
摘自《苏州明报》1948 年 3 月 26 日第一版

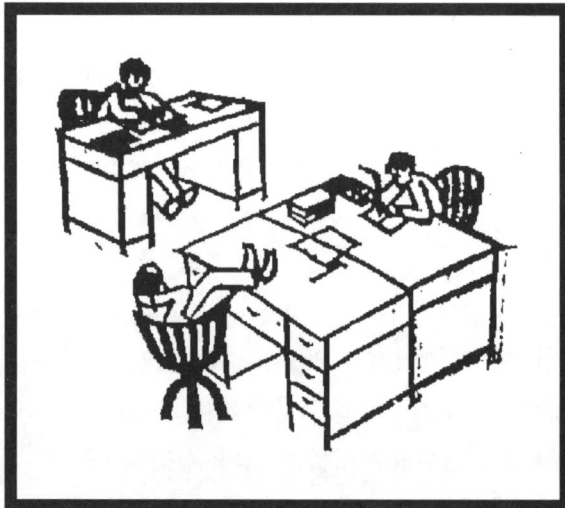

（打俗谚二句）
谜底：一不做，二不休
摘自《苏州明报》1948 年 3 月 30 日第一版

（打店招一、电影明星一、时人一）
谜底：云飞、张帆、程沧波
摘自《苏州明报》1948 年 4 月 3 日第一版

（打时人一、俗谚一）
谜底：吴开先、掉头寸
摘自《苏州明报》1948年4月8日第一版

（打店招一、时人名一·梨花格）
谜底：苏州明报、（彭占城）彭战存
摘自《苏州明报》1948年4月13日第一版

（打店招一、商标一、《孟子》一）
谜底：万国、无敌、皆举首而望之
摘自《苏州明报》1948年4月18日第一版

（打电影明星一、时人名一、影片名一）
谜底：路明、胡适、《十字街头》
摘自《苏州明报》1948年4月23日第一版

（打店招二、古人名一）

谜底：雷声、宏大、孔子

摘自《苏州明报》1948 年 4 月 28 日第一版

（打七唐一句）

谜底：上穷碧落下黄泉

摘自《苏州明报》1948 年 5 月 3 日第一版

（打世界名人一、俗语一）

谜底：贝尔纳斯、三长两短

摘自《苏州明报》1948 年 5 月 8 日第二版

（打流行语二句）

谜底：五月涨风、五月渡江

摘自《苏州明报》1948 年 5 月 13 日第三版

（打店招二）

谜底：万里、立达

摘自《苏州明报》1948年5月18日第一版

（打影片名一、明星一、植物一·脱靴格）

谜底：《裙带风》、王引、含羞草

摘自《苏州明报》1948年8月25日第一版

（打俗谚一句、成语一句·卷帘格）

谜底：一身（人）做事一身（人）当、门当户对

摘自《苏州明报》1948年9月4日第一版

（打时人名一、俗语一句·卷帘格）

谜底：钱大钧、万无一失

摘自《苏州明报》1948年9月11日第一版

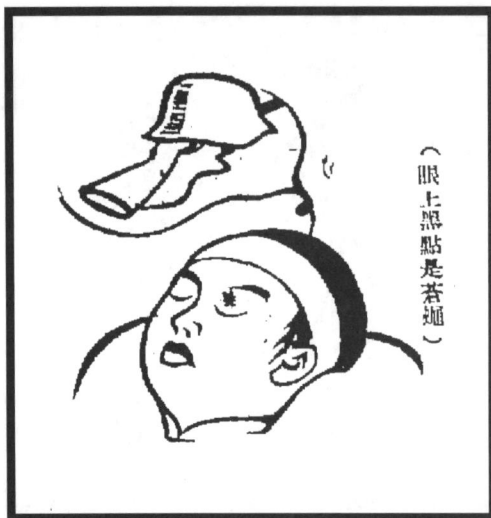

（打影片名一、地名一、古人名一）
谜底：《从军梦》、包头、张飞
摘自《苏州明报》1948 年 9 月 18 日第一版

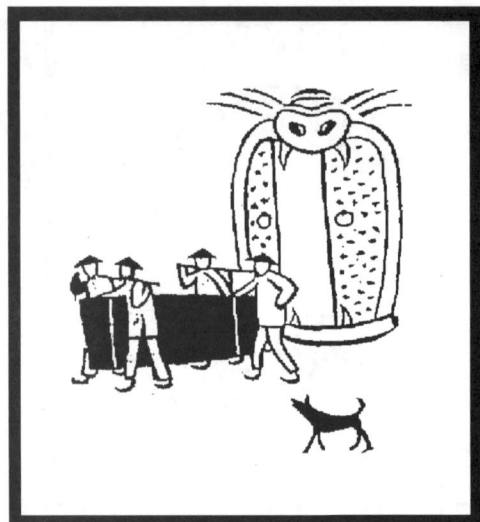

（打流行名词二、俗语一句）
谜底：豪门、走狗、抬硬
摘自《苏州明报》1948 年 9 月 25 日第一版

（打影片名一、成语一句）
谜底：《女犯》、有声有色
摘自《苏州明报》1948 年 10 月 2 日第一版

（打书名一、俗语一句）
谜底：《离骚》、眼开眼闭
摘自《苏州明报》1948 年 10 月 9 日第一版

# 绣石庐主张静盦

张静盦（1905—1987），乳名和尚，名枕鹤，字静厂，又作静庵，笔名莼客、忆云、辰龙、史花民、绣石、顽石，自号绣石庐主人。祖籍吴县（今苏州市吴中区）南宫乡（新安里）十五都七图墅巷里（后分为墅巷里、马家场 2 个村），清光绪三十一年（1905）一月七日出生于无锡。著名收藏家、集邮家、谜家。父亲松亭早年来锡谋生，后随妇徐氏在无锡北塘唐栈弄口开设张万兴藤店为业。他自幼聪慧好学，龆龄入学时，尝见同窗手持一卷，亹亹默诵不倦，心窃疑之。厥后游倪哲夫先生之门，乃知稗官说乘，可以启人兴趣，感人志意，遂从而好之，闲来把卷，寝馈俱废。后在国学专修馆选修，擅长诗文，精通文史，写得一手好字。"弱冠时，涉猎史书，好作骈俪体文，因其典故雅致，对仗严谨，曾编印《联语》一书问世。"（张静盦《读大观楼长联有感并以质疑》）民国 14 年（1925），他在无锡城中书院弄口的求新百货公司执总账，首创奖券售货，主编《求新周报》，时有文章在报上发表。民国 19 年（1930），他将 16 至 26 岁所著汇编成《静厂杂俎》，誉满文坛。之后即着手整理和精工裱装《鹤与琴书共一船图题辞集》手卷，此时"遽传东邻黩武，穷兵入寇。禀'国家兴亡，匹夫有责'之义，请缨杀敌"，毅然弃商从戎，"频年同随军战辗华北、华中、东南、西南诸省"，先后在陆军交通兵团、通讯兵团任职。民国 31 年（1942）因病长假离职，同年进运输统制局（后改称公路总局）任职，至民国 37 年（1948）被遣散回家。嗣后撰成《乱离日记》五十回，惜无刊印。新中国成立后，他继承父业，以经营藤器为业。1956 年底，调无锡市手工业经理部任总账会计，直至退休。1987 年 1 月 27 日下午 4 时 20 分在锡城寿终正寝，享年 84 岁。

张静盦弱冠即涸迹商场，业余嗜好楹联、谜语之道，时常向当时的《苏州明报》投稿，故与该报社长张叔良、总编仇昆厂（音庵）结为文友。民国 19 年（1930）夏，他一时兴至，创制谜语若干则，于翌年自费付梓刊世。"用典者皆断章摘句，白描者亦浅易通俗。昔有人云，诗以理性情，谜亦可破寂闷。是则此编之成，可于诸同文寂闷之时，聊博一粲而已。"他在《绣石庐谜语·弁言》里如是说。据其好友歙县吴清丽（又园）介绍："张君静厂（音庵）丽之神交友也，负绣虎之才，巧思文虎；衍石麟之庆，誉噪瑞麟；藻宅江山，蓬庐天地，故命名绣石庐焉。文道俗情，颇劳心匠，编成谜语，将付手民，故以《绣石庐谜语》名其篇也。"（吴清丽《绣石庐谜语·跋》）杨章（罴渔）为此题写书名。

《绣石庐谜语》在我国历代谜书中应该说是本"小"书，由于印数不多、赠书面不广，目前已是鲜见，因此比较珍贵。纵观全书，所收谜作仅 319 则，但所涉及的谜目却达 53 种，其中有用战委会、妇女协会、门罗主义、殖民地、清党、共产、孙中山、蒋介石等等当时的时政新语和时人作为创作谜材，给人以耳目一新的感觉。如以"雀知报恩"猜新名词"门罗主义"，以"革命后"猜四子一句"吾党之小子"。再如以"殖民地开联欢会"

猜药名"土人参"，以"政府明令不准兼职"猜四子一句"朝无幸位"。这些新作不仅从一个侧面反映了作者的创作风格，也从一个侧面反映出20世纪二三十年代我国谜语创作的发展轨迹。

欣赏张静盦的谜作，颇觉运思巧妙，手法平中见神奇；俯首择面，通俗易懂亦易猜。如"四围山色中，万重篁画里"，猜"田"字；"两个儿童捉柳花"，猜六才一句"对面抢白"；"半拍"，猜成语"孤掌难鸣"；"一缄惊泪红犹湿，满纸春愁墨未干"，猜左传一句"信内多怨"；"强笑为欢"，猜诗经篇目"假乐"。又如"棋盘街"，猜药名"路路通"；"台高而安"，猜俗语一句"债多不愁"；"古美人刻"，猜市招"远年花雕"；"有"，（卷帘）猜市招"应时名点"（谜底读作：点名时应）；"春城无处不飞花"，猜俗语"多谢"。再如"终身长斋"，猜四子一句"不知肉味"；"糊涂县长"，猜词牌名"如梦令"；"顷间出恭"，猜四子一句"百亩之粪"；"笼中鸟喜住"，猜三国人名二"关羽、乐进"；"元宵"，猜六才一句"破题儿第一夜"。

张静盦的人缘颇好，这可从《绣石庐谜语》一书中窥知一二。《绣石庐谜语》一书中有18个地方44位谜坛名家和好友为他的大作撰序写跋题诗词，其中名家有曾为著名民俗学家、谜家晋江谢云声《灵箫阁谜话》一书题序的歙县吴承烜（东园），有清末谜宿、著《隅园隐语》的上虞罗焕藻（佩芹、阶平）；谜友有兴化杨雪门（横山）、杨荫绪（研余）、杨钟衡（湘九）、杨钟环（卓人）、杨钟俊（杰人）、姚定中（立斋）、黄崇德（静征），有歙县吴清丽、刘秉钺（伯黄）、程彬（屺怀）、吴蕊仙（绛珠），有六合张卓人（菊隐）、徐森（亦星）、张官澄（叙方）、唐志岳（浚澄），有武进郁秾（景溪）、诸懿德（秉彝）、张纲（矫如）、周天一（耆仲），有无锡冯焕（绪承）、江阴许咏仁（颂慈），有常熟宗嘉佑（子启）、曾冠章（君冕）、庞仕（乐园）、庞超（北海）、范申禄（君宜），有太仓许仲珊（瘦蝶）、华亭雷以丰（剑丞）、上海钱元禧（颂椒），有青浦钱学坤（静方）、项环（涵公），有泰县丁秋碧、钱嘉谷（竞五），有盐城王寅斗（少云）、张超先（进人），有高邮杨蔚（荟亭）、邵桂仙（小莱），有东台陈永钊（蠹仙），有无为金心斋（幼石）、伍成志（道轩）、徐维国（东藩），有绍兴俞安之（尚志）。谜家、友人撰写的序跋和题诗题词就占了全书近一半的页数，其中序文8篇、诗30首、词9首、跋1篇。张静盦的好友吴清丽既撰序文又题词写跋，颇为鼎力助兴。

张静盦一生爱好广泛，他还是当代著名的藏家，平生收藏各种材质的古钱币、印花税票、火花商标，还收集邮票、封片，并潜心进行研究。民国25年（1936），他加入中国早期著名的集邮团体之一的"甲戌邮票会"，为369号会员。民国31年（1942），又在重庆参加郑大镛等人组织的"陪都邮人座谈会"，研讨邮识，报道邮讯，交流邮品。民国32至35年（1943—1946），还先后加入"新光邮票会"（为1093号会员）、"成都票邮会"（为103号会员）、"重庆市邮票研究会"（为3号会员，常务理事）、"金竹邮票会"（为 673 号会员）、"无锡集邮研究会"（为 71 号会员）。1949 年 10 月至 1986 年，张静盦助编《火花》《火花目录》，其间撰写了许多文章，对中日早期火柴商标的研究倾注了全部心力。特别是《中日早期火花分野录》，以旧体评话的笔法，用正反言论对比的方法，就事论事，不涉及非学术性的问题，用以引起火花之友对中日早期火花研究的方法与准则有所了解及借鉴。1982 年 5 月，他向无锡市博物馆无偿捐赠中华苏维埃国家银行于 1932 年在江西瑞金发行的区钞六枚、滇黔桂边区贸易局流通券一枚，弥足珍贵。儿子张筱弇（1926—2013）自小耳濡目染，受其影响，于民国 32 年（1943）始搜集香烟商标、废钞（包括解放区纸币）、邮票等，后来成为我国收藏界有名望的人物。

（诸家瑜）

# 才华横溢姚苏凤

　　姚苏凤（1905—1974），原名庚夑。吴县（今苏州）人。当代著名报人。出身诗礼人家，青年时期就勤奋好学，多才多艺，国学根基深厚，写七律、七绝诗最为拿手。民国 11 年农历七月初七（1922 年 8 月 29 日），在苏就读时，与赵眠云、郑逸梅、范烟桥、范菊高、范君博、顾明道、屠守拙、孙纪于等组织文学团体"星社"，并在社刊上发表小说《穷雕刻师》等作品。民国 15 年（1926），毕业于苏州工业专科学校建筑科。民国 17 年（1928）进入上海新闻界，先后任《民国日报》、《民报》副刊编辑。民国 21 年（1932）4 月，潘公展赞赏他的才气，引为亲信，就把刚创办的上海《晨报》之副刊"每日电影"交给他负责。姚苏凤爱好文艺，爱看电影，有正义感和进步倾向，在主编副刊期间，借此平台发表了左翼电影工作者的大量文章，使该刊成为当时左翼电影的主要思想舆论阵地。当时，撰稿的影评人沈宁（夏衍）、洪深、尘无、唐纳、柯灵、舒湮大多数是进步作家，编者和作者相处融洽，合作得不错。姚苏凤自己也写影评，还客串电影编剧，所写电影剧本相当出色，以《盐潮》最为出色。有时他担任电影导演，在执导夏衍编剧的《青春线》一片时，起用新人陈波儿和赵丹担任主角。民国 23 年（1934）秋，姚苏凤发现潘公展那里有份中统特务开的黑名单，上面有二三十人，田汉、阳翰笙、钱杏村（阿英）、夏衍等都是熟人，他急公好义，甘冒风险，约见夏衍，通风报信，设法躲避，才使他们幸免于厄。可是，田汉和阳翰笙来不及通知，结果被捕。他自己做了好事，却从来不向他人炫耀。姚苏凤的进步倾向触怒了潘公展，这一年冬季，他被迫脱离《晨报》，来到《小晨报》任副总编辑。之后，他又担任《辛报》总编辑，致力于创办新型的小型报纸，以区别于旧式的小报，别开生面的报纸版面设计以清新美观著称，曾被称为"姚式编排"。

　　抗日战争爆发后，他在《辛报》画刊上首先独家刊出八路军开赴抗日前线及八路军诸将领的照片，产生较大政治影响。民国 27 年（1938），他从上海辗转到香港，任《星报》总编辑，实际上主管的还是副刊。太平洋战争爆发后，姚苏凤先到桂林任《广西日报》主笔，后应陈铭德之邀，于民国 32 年（1943）赴重庆担任《新民报》主笔，并主编该报副刊"西方夜谈""戏剧与电影""万方"等，还写过话剧剧本《子之于归》和《火中莲》。抗战胜利后，姚苏凤回到上海，继续任《辛报》总编辑，同时创办了 8 开小报《世界晨报》，自任总编辑兼管副刊主编二、三版，翻译家冯亦代负责新闻主编一、四版。戴文葆、田钟洛（袁鹰）、袁水拍（马凡陀）、李君维、吴承惠等都在该报工作过。夏衍每天为该报写短评，其中的《蜻蜓眼》影响颇大，使国民党政府感到头痛。民国 35 年（1946）秋，国民党军队在东北连吃败仗，中央社电讯用了"转移""战略撤退"的字眼，《世界晨报》却实话实说，来了个"拆穿西洋镜"，姚苏凤由此在潘公展处吃了好一顿"排头"。是年 11 月，《世界晨报》因经费短绌停刊，姚苏凤去了《东南日报》，任主笔兼副刊主编。

1949 年 5 月 28 日上海解放，他曾任《剧影日报》总编辑，后进上海《新民报》晚刊（1958 年改名《新民晚报》）。姚苏凤淡泊名利，却有些名士风度，讲究生活情趣，平时衣着考究，西装笔挺，系丝质领带，每天夹个大皮包上班，步履潇洒，很有点洋行高级职员派头，但谈吐之间，却是温文尔雅，平淡谦和，一口吴浓软语，完全是苏州才子气质。早晨去沧浪亭吃苏式点心，下午上复兴公园品茗谈天，因此被某些人指责为资产阶级生活方式。他不理会，依然我行我素，悠然自得，曾云："只要不犯政治错误，其奈我何？"然而时运不济，命途多舛，1957 年之难差一点被扩大进去，他幸得保护过关。到"十年动乱"，自然难逃浩劫。获准退休后的他，对境遇颇能达观处之，日常以书报自娱，暇时打打桥牌，并拟将心得经验编写成书。1974 年春夏之际，某日正在读书时，因饮茶将茶水呛入气管，引起剧烈咳嗽，而长期的高血压症又导致脑血管破裂，虽经抢救，仍神志昏迷数月，在 8 月间去世。

姚苏凤这位富有正义感、才华横溢的报人，又是评弹作家、电影编剧、影剧评论家，而且还是一位早期的海上虎坛宿将。据曹叔衡《续海上文虎沿革史》（原载 1931 年 3 月 1 日上海《文虎》第二卷第五期）介绍：坐落在上海西新桥畔的"大中楼之征射文虎，发起于吴莲洲，时在民国十七年元宵节（1928 年 2 月 6 日），为赓续四夜之娱乐。说者谓'大世界'文虎解散后仅见，一般虎坛宿将，久无用武之地，未免见猎心喜，足以闻风而麇集，一时大中楼前，大有其门如市之概。惜地位狭隘，射者只能伫立街头，未免难堪，且围观如堵，延颈企踵者，未必尽是惯家，甚有将谜条乱揭，莫明（名）其妙者。后乃规定一先问后揭之例，始稍有秩序。当时选谜除吴君外，闻为江红蕉、黄转陶、陆澹庵、施济群、姚赓夒（苏凤）、吴天翁诸君"。嗣后，姚苏凤又热心参与组建上海"大中虎社"。也许是他后来参加了国民党之缘故，绝大多数社员皆与之远离且避而不谈，唯独曹叔衡秉笔直言将他提及，并写进《续海上文虎沿革史》里，这才使后人知道了此人的从谜之事。

（诸家瑜）

# "家庭妇女"张允和

苏州体育场路 4 号门前的墙上，嵌有一块碑，上书"中共苏州独立支部旧址"。这里，原是民国时期著名的"乐益女子中学"，创办人是晚清重臣、淮军名将张树声的孙子张冀牖。据《苏州教育志》记载："张冀牖（1889—1938），原名武龄，安徽合肥人。1911 年旅居苏州。'五四'运动后，接受新思想，深知教育，尤其是女子教育的重要，乃于 1921 年变卖部分家产创办乐益女子中学于憩桥巷。后在城中皇废基购地 20 余亩，兴建校舍 40 余间及风雨操场一座；并购置理化仪器、钢琴、图书、运动器械等教学设备。在校园植白梅 40 余株，建筑茅亭回廊，为师生教学休息提供了优美安静的环境。""他跟蔡元培、蒋梦麟等当时许多有名的教育家结成朋友，帮助他把学校办好"（周有光《百岁口述》），先后聘请了许多思想激进的各界人士来校任教，早期共产党人和革命人士侯绍裘、叶天底、张闻天、萧楚女、施存统、恽代英、匡亚明等曾在这里任教或从事革命活动，苏州的第一个中共党支部——苏州独立支部，就在这里秘密建立的。

张冀牖生有 10 个子女，4 女 6 男。张家的老朋友、著名作家叶圣陶说过：九如巷的四个才女，谁娶到了都会幸福一辈子。中国语言文字专家、汉语拼音方案缔造者之一的周有光就是"幸福一辈子"的人之一，他娶到了"张家四姐妹"中的二姐张允和。张允和（1909—2002），出生在合肥，后随家来苏。早年就读于乐益女中，与周有光的妹妹周俊人同学。后到上海考入中国公学，接着转到光华大学。民国 20 年（1931），到杭州之江大学借读。民国 22 年（1933）4 月 30 日，与周有光结婚，婚后育一子晓平、一女晓禾（不幸早逝）。按老人们的说法，4 月 30 日这个日子不吉利，正是月末，是个"尽头日子"。当时家里的保姆还悄悄地拿着他们两人的"八字"去算命，算命先生说："这两个人都活不到 35 岁。"可是张允和闻后却风趣地说："我相信旧的走到了尽头就会是新的开始。"结果此言真的得到应验，他们并肩走过了将近 70 年的人生之路。

张允和曾当过高中历史老师，1952 年受叶圣陶推荐，从上海调到北京的人民教育出版社工作，任历史教材编辑。这一年适逢"三反五反"运动，"出身大地主"的她成了"老虎"，写"交代"、挨批判，运动的结果是"下岗"离职。从那时开始，就成了一个"标准的家庭妇女"。从"反右"到"文革"，张允和做出了许多"胆大包天"的举动。她冒着"里通外国"之嫌，一人承担起和旅居国外的几位姐弟联系的任务；经常把没人敢接近的那些被打成"右派""反革命"的老朋友请到家里吃饭；在丈夫发配甘肃，儿子、儿媳下放湖北的困境下，坚持带着小孙女留守北京……"命运为了锻炼我，把最难的'题'都留给了我一个人。"她如是说。为此，亲朋好友常用"侠肝义胆"四字来形容她。

张允和精于丹青，擅长摄影，写曲填词，亦工诗，还雅好文虎。1956 年 8 月，她与俞平伯等创立北京昆曲研习社，选为社委，担任联络小组组长，编辑《社讯》并演出昆曲剧目，工作属义务性质。"文革"前该社被迫中止。1979 年 12 月被迫停顿 15 年的北京昆曲研习社恢复了活动，因俞平伯年事已高，主动辞去主委一职，经选举，主委改为张允和。张允和对弘扬祖国的文化艺术，特别是昆曲艺术做出了不可磨灭的贡献。1992 年起，她每年春节期间都要创作 10 条"曲谜"，然后邮寄给北京昆曲研习社，以此向曲友们贺年拜节，这种贺岁形式颇有特色。孔相如、沈纯在《怀念昆曲家张允和先生》（《人民日报》 2002 年 8 月 30 日）一文中回忆道："这几年每到春节，允和先生还要向朋友们贺年，写曲谜寄给大家。她制的曲谜都是以昆曲的曲牌、剧目、剧中人为谜底，文学艺术水平很高。在曲谜卡上她还要写上鼓励后学的话语，如 2001 年新世纪开始时，她写的是'抓住现在，创造未来'。她快乐地说：'你们看到曲谜，就说明我还健康地活着。'"这些谜作有的刊登在北京昆曲研习社《社讯》上，有的收入其著《最后的闺秀》（生活·读书·新知三联书店 2012 年版）里，还有的以《曲谜传友情》为题编入了《我与昆曲》（百花文艺出版社 2014 年版）一书里。

张允和晚年致力于写作，86 岁学电脑，87 岁倡议恢复中断了将近 60 年的家庭刊物《水》，并亲自任主编，成了"世上最小的杂志"的"最老的主编"。89 岁以后，出版了《最后的闺秀》《张家旧事》《昆曲日记》《多情人不老》（与周有光合著）。著书还有《浪花集》等。

（诸家瑜、胡文明）

【附录】

曲谜传友情

张允和

引子

我年老多病，好久没有参加北京昆曲研习社的活动。从 1992 年到 1995 年，连续 4 年，我每年邮寄 10 个曲谜，向曲友们贺年拜节。

1. 曲园家住禄米仓（曲人）俞粟庐
2. 梁祝相会剧（曲人）楼宇烈
3. 子陵到子牙水边垂钓（曲人）严渭渔
4. 吾皇万岁（曲人）谢赐恩
5. 文词第一妙佳（曲人）章元善
6. 姜太公在此（曲人）胡忌

7. 纷纷鹅毛飘扬（曲人）洪雪飞

8. 伯嚭是君子（曲人）蔡正仁

9. 汉语热（曲人）华文漪

10. 朱复录（剧名）双红记

（以上1992年春节拜年谜）

1. 囍（剧名）双官诰

2. 鲲冲万里（曲人）俞振飞

3. 寻子（剧名）防鼠

4. 洋娃娃（剧名）番儿

5. 突（剧名）狗洞

6. 七夕相会（曲牌）鹊桥仙

7. 忸怩（剧词）男有心来女有心

8. 台有四角（脚色分类）生旦净丑

9. 艳（剧词）姹紫嫣红开遍

10. 皆大欢喜（曲牌）天下乐

（以上1993春节拜年谜）

1. 劝君更尽一杯酒（曲牌）倾盃乐

2. 酒卮中有好花枝（曲牌）倾杯玉芙蓉

3. 万里送行舟（曲牌）一江风

4. 女孩儿家没半点轻狂（曲牌）端正好

5. 剔银灯（曲牌）光光乍

6. 三千钟爱在一身（剧名）独占

7. 一枝红杏出墙来（剧名）花荡

8. 收天下兵器聚于咸阳（剧名）刀汇

9. 沉鱼落雁闭月羞花（剧名）惊艳

10. 弄粉调朱（剧名、曲牌）描容、点绛唇

（以上1994年春节拜年谜）

1. 赤壁鏖兵（曲牌）满江红

2. 与众同乐（曲牌）快活三

3. 知识分子座谈会（曲牌）集贤宾

4. 孔夫子哭弟子（曲牌）泣颜回

5. 千呼万唤始出来（曲牌）声声慢

6. 若共你多情小姐同鸳帐，怎舍得你叠被铺床（曲牌）念奴娇

7. 怎禁他临去秋波那一转（曲牌）眼儿媚

8. 头脑简单（剧名）思凡

9. 向群众调查（剧名）访普

10. 酒阑人散（剧名）罢宴

（以上1995年春节拜年谜）

传真情

首先，我要提到的是上海陆萼庭先生。他对我的第21条曲谜，谜底和谜面中都有"杯"字，觉得不妥（谜面"劝君更尽一杯酒"；谜底"倾杯乐"）。原来我把"杯"和异体字"盃"，糊里糊涂作为两个字。陆萼庭先生来信说："'倾杯乐'的谜面最好用《刺虎》中一只虎的口白，'干，好快活，好快活！'徐凌云为项馨吾配一只虎如此。如依曲本，则为'干，喜煞人也'，也可。不知尊意以为如何？"

我当即复信，感谢他的指正。信后，在署名允和前写了一个字谜是："二人行必有我师"（徒）。很快，萼庭先生来了复信："您的二人行必有我师的字谜，真是妙极了。上初中的时候，有位长辈知道我喜欢看戏，就说考考你，'总是小生的不是'，打《孟子》一句。我《孟子》不熟，先就心慌了，马上交了白卷。原来谜底是《孟子》上的'平旦之气'。"

其次，我们北京曲友樊书培先生，他两次来信，特别夸奖我。书培先生1994年12月的信："奉赐贺节书及曲谜，无任欣喜。以谜会友，以谜贺节，而均不离曲，诚属创举。且持续四年，更为难得，似可载入吉尼斯大全。弟不揣鄙陋，回奉五则。量仅一半，质更差之千里，续貂制作，以博一笑耳。"樊先生曲谜如下：

1. 行来旖旎身不定（《亭会》句，打一曲牌）步步娇
2. 别了他，常挂心（《琴挑》句，打一曲牌）意难忘
3. 和尚我的爹爹（《下山》句，打一曲牌）秃厮儿
4. 卖油郎等着花魁女（打一曲牌）醉扶归
5. 少年杂技（打一曲牌）耍孩儿

他信中请我选若干曲谜，编入《社讯》。朱复先生又说，可以把40个曲谜，全部编入《社讯》。

朱复先生和宋铁铮先生提出意见，第32条曲谜，"与众同乐"，打"快活三"，不是三个人，有我在内是四个人。应该改"众乐（yue）乐（le）"。铁铮先生还说，第34条"孔夫子哭弟子"，太俗了。

大多数曲友写信打电话，大大夸奖我。吴新雷先生来信："你的'知识分子座谈会'，打《集贤宾》，'向群众调查'，打《访普》，真是神思妙绝。"

孔相如女士信中说："谜面谜底如此天衣无缝，足见张先生深厚古典文学功底。"我的毛病是喜欢人家夸我，但是如果有人批评我、指正我，我更高兴。

尾声

严渭渔先生非常欣赏我打他的名字谜，"子陵到子牙水边垂钓"。我们住得很近，时有来往。严先生拿来一个剧谜（不知道是谁做的）：谜面"大哥大"；谜底"奇双会"。我认为这个剧谜，做得极好。这样，我的曲谜不免逊色了。

希望我在来年能再献给曲友10个曲谜。

（1995年4月5日）

第五次贺岁曲谜

亲爱的曲友：

祝福您：一帆风顺、事业有成、四季平安、身体健康、八面玲珑、恭喜发财！

10个曲谜，供您玩赏。

1. 没揣那菱花偷人半面（剧名）照镜
2. 黯然销魂者，唯别而已矣（剧名）南浦
3. 不才明主弃（剧名）辞朝
4. 打开天窗说亮话（剧名二）阳告、悄悄话
5. 360 度（戏剧术语）圆场
6. 打夯歌（戏剧术语）小工调
7. 脱榫（戏剧术语）散板
8. 丈八蛇矛（戏剧术语）长尖
9. 洛神（曲牌）临江仙
10. 树木权桠（剧中人）林冲

愿您春节好！元宵快乐！

张允和

1996 年 2 月 7 日（时年 87 岁）

第六次贺岁曲谜

亲爱的曲友：

　　春节、元宵节，节节平安！牛年、丰收年，年年有成！

　　曲谜：

1. 除夕（剧名）守岁
2. 朕与先生解战袍（剧名）卸甲封王
3. 吻（西厢记曲词）悄声儿窥视
4. 青青子衿（曲牌）皂罗袍
5. 日上三竿（剧名·卷帘格）端阳（注：应为秋千格，过去也有混用的。）
6. 马嵬坡下泥土中（剧名）埋玉
7. 鬼送亲（剧名）嫁妹
8. 去除白内障（剧名）开眼
9. 欲穷千里目（曲牌）上小楼
10. 起来携素手，玉树无声（曲牌）夜深沉加两个诗词谜，为你添寿
11. 明月几时有（古诗篇目）天问
12. 秋光胜似春光（唐诗一句）霜叶红于二月花

祝您健康、快乐！

张允和

1997 年 1 月 27 日（时年 88 岁）

第七次贺岁曲谜

亲爱的曲友：

　　奉上曲谜 10 个，供您欣赏。祝您虎年生活工作虎虎有生气！

1. 新婚之夜（剧目）花烛
2. 离骚（曲词）怎禁她临去秋波那一转
3. 莲花落（曲牌）风吹荷花煞（注：此谜露面）

4. 寻寻觅觅，冷冷清清，凄凄惨惨切切（曲牌二）字字双、叠字令

5. 写检讨书（曲词）你纸笔只供招祥用

6. 相如抚弦，引逗文君（剧目）琴挑

7. 小苗条吃的是夫人杖（剧目）拷红

8. 景阳冈上武二逞强，街头巷尾武大卖饼（剧目二）打虎、游街

9. 淡妆浓抹总不宜（曲词）一生儿爱好是天然

10. 烹羊宰牛且为乐，会须一饮三百杯（剧目）豪宴

张允和

1998 年 1 月 10 日（时年 89 岁）

第八次贺岁曲谜

亲爱的曲友：

兔年快快跑，不要睡大觉。弃我去者昨日之日不可留，抓住现在。

祝您春节、元宵节，节节高！

1. 连升三级（剧名）跳加官

2. 人生七十不稀奇（剧名）不伏老

3. 吾皇万岁（曲牌）朝天子

4. 骨渌老儿不寻常（曲牌）眼儿媚

5. 脚跟儿将心事传（曲牌）步步娇

6. 侃侃而谈（曲牌）叨叨令

7. 沿街叫卖的孩子（曲牌）货郎儿

8. 铺张浪费（曲牌·卷帘格）金钱花

9. 金刚怒目，罗汉挥拳（曲牌）菩萨蛮

10. man（剧中人）西施

张允和

1999 年 1 月 15 日（时年 90 岁）

# 当代谜贤高伯瑜

　　先生名垚，字伯瑜，1915 年 11 月 16 日生，苏州人。家居潘儒巷 68 号。其父哲夫曾肄业于武汉大学堂，后去陕西追随做官的伯兄。母亲是常熟钱氏后裔，是我国著名学者钱仲联的堂房姑母。此后其父和伯父先后自陕西回乡，安度晚年。先生家藏书颇富，父辈善诗文书画。良好的家庭环境，使先生从小耳濡目染，根基深厚。先生初读私塾，继而就学于晏成中学（现苏州市三中），德智体得到了全面发展，出类拔萃的首推体育，爱好乒乓球、象棋。但读了一年书，就因父染阿芙蓉癖，家境日趋下滑而辍学，嗣后先到上海当学徒，后又在苏州娄门永顺祥布店和皋桥乾昌祥布店做账房。20 世纪 30 年代中期，谋得吴县县立医院总务的差事，此前已与好友吴进贤（名寒秋，书法家）以及王西神、

张一麟、吴梅、程瞻庐、范烟桥、蒋吟秋、朱枫隐、余觉等名流结社吟诗唱和，故所学不废，与时俱进。没几年抗战爆发，举家避难乡下。回城后迫于生计，在苏州一卫生机构任职。1940年，先生染肺病而失业，直至新中国成立前，一直靠兄弟接济。1952年先生参加了苏州市新国画讲习班，之后即参加市文联民间艺术研究组，与费新我、崔护等共事，随组长顾公硕进行桃花坞年画、苏州刺绣的调查，广泛联络民间艺人，编印旧版桃花坞年画。从此，先生走上了工艺美术研究之路。

1954年春节期间，苏州市文教局、市文联在苏南文管会（现苏州博物馆）内举办"苏州市民间工艺品展览会"，这是苏州解放后第一次展出苏州民间艺人的作品：朱凤绣的《毛主席像》、任嘒闲绣的《列宁在讲台上》、周巽先绣的《月季绶带鸟》和《女大学生在牧场实习》等等。沈金水现场表演了缂丝艺术。整个展览会的具体会务工作都由顾公硕和高伯瑜负责，为期18天的展览，引起社会极大反响。展览结束后，市文联决定成立刺绣生产小组，借款300元作为筹建经费，由先生协同顾公硕负责此事。1954年3月8日正式开办，地址在人民路调丰巷内，由顾公硕负责，先生任总务，成员有任嘒闲、周巽先、严葆真、管颐云、赵丽珠、王云娥、章秀民、朱静雯等8人，特邀中央美术学院教授柴扉、程尚仁等来苏进行艺术指导。自此，先生他们正式有薪水了。1955年12月16日，市文联刺绣生产小组划归市手工业局，成立了苏州市刺绣工艺美术生产合作社，先生任总务。1957年9月，先生和周守成上首都，负责"苏州刺绣展览"（苏州刺绣工艺美术生产合作社主办），朱德、姚依林等首长前往参观。通过展览，解决了绣品积压问题，扭转了合作社困难的局面。1958年6月，苏州市刺绣工艺美术生产合作社与苏州市工艺美术研究室合并，翌年改名工艺美术研究所，先生均留任，直至1960年调到吴门画苑工作。

1954年，先生与同事们在研究苏绣时，发现我国独特的濒临失传的发绣工艺，于是努力寻找老艺人归队，挖掘抢救。先生的夫人周笃芸，其祖先累代为清朝武官，素称望族，苏州民间有"彭宋潘韩轧个周"之语，周家所藏多手工艺珍品，先生又广交工艺美术界名家，博闻勤记，熟谙画理，且善于将所藏所见的工艺实物，结合书本记载，揣摩研究，坚持不懈。故他虽不会穿针引线，却逐渐掌握了刺绣的整体设计（构思、取材、设计画稿等）和每个环节，还知道那道工序谁最胜任，进而匠心独运，推陈出新。1959年，由先生等人指导绣出的新中国成立以来第一幅黑色发绣《屈原像》送京，在"全国农业展览会"展出，获得朱德委员长的题词和嘉奖。接着，先生等人又指导绣制了《长生殿》，展于香港，充分展示了发绣立体感强、能耐久、难度高的特点，好评如潮。之后，由于有人错误地认为人发很难收集，没有原料来源，就此中断。

1969年12月，先生全家被下放到江苏滨海县滨淮公社。1972年东台县东台镇跃进工艺厂（现东台市工艺品总厂的前身）为开发工艺产品，开拓外贸渠道，慕名前往滨淮公社，聘请先生为技术顾问，后担任生产股长、质检科长。下放到盐城地区的苏南工艺产品美术行业的人员闻讯后纷至沓来，顿时这家小小的乡镇企业汇聚了来自各地的一大批工艺精英。有艺术家沈子丞、陈负苍、王能父、朱世英等作为艺术台柱，还有不少中坚设计人员和经验丰富的刺绣艺人。10年间，先生呕心沥血，为东台工艺品总厂培养出一大批工艺美术人才，开发出一个个新经济增长点。

东台镇跃进工艺厂原以加工人发、羽毛、猪鬃出口为主要业务，有一个人发车间。1972年夏秋之交，先生萌发出发展"发绣"这个念头，亲自下车间拣长辫发、选细度、比色调，指点设计人员仿古名画构思绘图，指导刺绣艺人如何用人发的自然色泽与国画中的墨色相吻合，在短短的几个月时间里，绣出了《唐寅秋风纨扇图》《东方朔》《岳阳楼》等多幅发绣。从此，苏绣中的发绣艺术在盐城东台落户生根、开花、结果，成为盐城地区发展经济的一大支柱产品。之后，先生大胆地将这个厂的绣品车间改为发绣车间，并且利用染色头发，创造性地从单一的墨绣向多色发绣拓展，继而走向彩色发绣。在先生的策划与指导下，1973年我国历史上第一幅多色发绣《黄山迎客松图》在东台问世，黑、白、棕、黄、绛、赭等人发的色泽交织于一体，令人惊叹。1976年，又一幅多色发绣《苏州留园图》绣出，在1978年2月至5月的"全国美术展览"上，得到许多外国友人的赞赏。同时，在先生策划与指导下绣出第一幅双面异色发绣《松鼠》，获全国工艺美术百花奖希望杯；又有《寿怡红群芳开夜宴》《喜见榴开》等多幅发绣在香港中艺公司主办的"中国服装与刺绣展览"上展出，开幕后才半个小时，这些发绣精品即被争购一空。《中国新闻》、香港《大公报》、香港《文汇报》等报刊相继报道。中国新闻电影制片厂两度到东台工艺品厂，拍摄短片《发绣》《头发的妙用》。1981年10月，先生代表东台工艺品总厂赴南昌，参加"全国工艺品旅游纪念品评奖会"，由先生策划指导绣出的发绣《寒山寺图》获"优秀作品奖"，在"全国抽纱与刺绣展览"上获得马里总统夫人很高的评价。

东台市工艺品总厂由于得到先生的帮助，在中国画和发绣产品的基础上，连锁开发了丝毯、织锦、绣衣等新品，逐步发展成具有规模的工艺美术品生产厂家，产品销路扩大到亚、欧、美等地区。

1982年，先生退休归故里，继续为工艺美术事业奉献余热。1982年参加工艺美术系统编志工作，后与好友周以璞共创"苏州市工艺美术艺人之家"，团结了一大批退休的老艺人，为挖掘和研究苏州工艺美术传统产品默默地工作着。"艺人之家"由小变大，生产红火，但先生从不图名利，只领取微薄的报酬并一直干到生命的终点。

早在1956年，先生就致力于苏绣的理论研究，在报刊上发表了《介绍苏州刺绣》《苏州手工业十年史》《革新缂丝操作》《宫扇》等文；1958年，根据轻工业部门要求，他与李娥英合作编著了《中国刺绣工艺》一书。六七十年代，因种种历史原因，先生极少动笔。直至1981年底，他又拿起了笔，写成了《发绣》一文。1993年，又撰成《刺绣与发绣》

论文，在江苏省苏绣艺术讨论会上发表。先生的著作还有《余觉年谱》，未发表。1955年，先生以列席代表身份，出席苏州市政协第一届一次会议。70年代中期，被推荐为江苏省东台县人民代表。

先生儿时爱好象棋，曾有"棋坛神童"之称。上世纪五六十年代，先生主持《新苏州报》"棋谱专栏"，创作了数以百计的象棋排局。在担任苏州市青年棋社社长的近十年里，先后组织了1962年、1964年、1965年三次苏州市象棋大赛，先生既是组织者，又是大赛裁判长。先生提携后学不遗余力，培养出庞小予等一批60年代江苏棋坛名将。1964年杭州举办全国象棋比赛，先生组织庞小予等一批苏州棋坛新秀前往观摩学习，回来后，庞小予参加了是年7月的江苏省象棋大赛，首次坐上冠军宝座，先生也荣膺江苏省象棋大赛五好裁判员。改革开放后，先生被推为苏州市棋艺协会副主任委员。

先生对我国的灯谜事业贡献卓著，可是长期以来被其在工艺美术与棋界的名声所淹，直至1986年"纪念苏州建城2500年·姑苏谜会"后，世人才逐渐了解这位20年代就从事谜学研究和谜籍收藏的老前辈。

先生的父亲与伯父都能自制灯谜，故先生童年即入谜途。一次，父执辈彭清鹏（号云伯）自京城返乡来访高家，见其聪明伶俐，即出谜："怯春寒快把帘儿下"，要求猜一味中药，年幼的他脱口而出，揭开谜盒子："防风！"1929年，先生15虚岁，受苏州文坛名流程瞻庐、陈公孟等人影响，开始潜心收藏古今中外谜籍资料，觅得"谜圣"张起南《橐园春灯话》（长沙宏文书局本），视为圭臬，由此始终仰慕张起南。后先生以"中道依依望故扉"射小说家"程瞻庐"的处女作，加盟苏州"西亭谜社"，师事程瞻庐，与程瞻庐、朱枫隐、王戟鬟、陆澹安、陈公孟等组织谜会，颇极一时之盛。

先生才思敏捷，射虎颇有功力，1932年的《小苏报》曾撰文报道了他猜谜的出众才思。当时，吴县实验民众教育馆（在今旧学前）于良宵佳节举办灯谜展猜，先生常攀弓前往，屡屡中鹄。一日，馆长张千里（号一骏）于堂中悬一谜："自谓张一骏，人称张馆长（猜古文一句）。"先生答曰："不以千里称也。"张千里即邀先生到耳房相叙，结为知己。新中国成立初期，先生亲自主持了两次由苏州市手工业局举办的大型"春节灯谜展猜"，所悬之谜，全由他提供。在他的影响下，王能父、张荣铭、周宗廉、孙同庆等人于1956年筹建苏州市第一工人俱乐部灯谜研究小组（苏州市职工灯谜研究会前身）。

先生醉心谜学七十春，潜心收藏古今谜籍资料，经历了一条与众不同的谜学之路："猜谜—收集—创作—研究—编纂—无偿捐赠"。青年时代他就参与"西亭谜社"活动，潜心研究谜学，曾根据《十四家新谜约选》（清光绪三年版本）订正了厦门民俗学家谢云声《灵箫阁谜话》（1930年版本）中的疏漏之处，抄写了《日河新灯录》等一批清代谜著。20世纪60年代，先生听说北京图书馆藏有苏州管叔壬著的《新灯合璧》（1888年版本），内收苏州第一个民间灯谜社团——五亩园谜社社员的作品，他专程北上，花了一天的时间，抄录了该书（卷上）的谜作。平时，先生节衣缩食，将积蓄的钱用于购买谜书。经过 30 多年辛勤努力，到 1966 年已收集到各类谜籍三百余种。可是，一场浩劫夺去了他的大部分精品，幸存者被他冒着风险藏在柳条箱底，偷偷携带到苏北农村。1986 年在"纪念苏州建城 2500 年"活动中，首次与观众见面，让人一饱眼福。1989 年元宵，又在福建漳州展览陈列，两岸谜友无不惊喜万分。

在全国谜界，先生"谜龄"最长，藏书也居首位。早在 30 多年前，先生就有一个愿望：把散落在全国各地的历代谜书，通过各界人士的努力，汇成一编。人民日报出版社副社长、高级编审郭龙春（后离休，2003 年去世）得悉后，鼎力相助，使先生的愿望成为现实。1987 年人民日报出版社决定出版由先生倡导并领衔编纂的我国第一部历代谜语书籍汇编"中华谜书集成"，这一盛举得到了社会各界的通力合作，终于顺利出版，先生对郭龙春先生念念不忘。高雄、漳州两文虎基金会先后授予先生"沈志谦文虎奖提名奖"（1994 年）、"沈志谦文虎奖"（1996 年）。

1996 年夏，先生因心脏等疾病复发住进医院，数次"闯线"均侥幸脱险，终因年事已高，疾病交叉并发，中西药皆无济于事，于 1997 年 5 月 10 日凌晨 2 时 15 分与世长辞，享年 83 岁。先生晚婚，妻周笃芸，中年得一子一女。子明明师从徐绍青、沈子丞，画作两次赴港公展；女儿莹华，过继给内弟，改姓周。

先生的灯谜藏书，由其家属遵照临终前的遗嘱，全数无偿捐献给国家，永久保存在享有"全国灯谜之乡"美誉的漳州市灯谜艺术馆，计 79 种 150 册。漳州灯谜艺术馆在新馆——威镇阁内专辟一个楼面，陈列高伯瑜先生捐赠的历代灯谜古籍资料，还出版了《谜贤高伯瑜》纪念专辑。为纪念和弘扬高伯瑜先生的奉献精神，1997 年 6 月，漳州市芗城区文化局决定为他塑立半身铜像，得到漳州市政府批准。铜像由与先生交好十数年的苏州中青年雕塑家张民伟设计，苏州鎏金工艺厂制作。整座铜像高 65 厘米，重 80 千克，上镌"谜贤高伯瑜"五字（著名书法家、谜家王能父书），如今已屹立在漳州大地之上。先生为后人留下了一笔有价值的历史文化遗产，但没有留在苏州而流入他乡，这不能不说是桩憾事。

（诸家瑜）

【附录】

高伯瑜谜选

九十（已故国民党元老一）林森
志在千里（古戏曲家一）马致远
餐店移居（成语一句）另起炉灶
稚子候门（俗语一句）有出少见

自圆其说（俗语一句）与人方便

雁点青天（七唐一句）中有一人字太真

清晨入古寺（成语一句）朝山进香

必以规矩则可（歌唱家一）成方圆

绣像美人图录（外国名一）以色列

旧版桃坞木刻（广告词一句）远年花雕

中道依依望故扉（小说家一）程瞻庐

风篁闹处嫁西施（五唐一句）竹喧归浣女

东来紫气浑难解（《兰亭序》一句）不知老之将至

纪晓岚趣解"老头子"（电视连续剧一）戏说乾隆

掷果才郎，谦谦日月（苏州民俗文学家一）潘君明

聚头热客习习起凉风（用物一）摺（折）扇

不善与人交久而失敬（宋人一）晏殊

聊赠一枝梅（昆剧目二）折梅、花报

# 灯谜状元王能父

"自小在一起，目前少联系"猜"省"字，这是我国著名金石书法家、谜语文化学者王能父老先生创作的一则灯谜，在 1983 年 1 月《文化娱乐》"谜坛点将台"灯谜评奖活动中，名列佳谜榜首。与此同时，王老与上海苏纳戈、温州柯国臻、苏州费之雄、苏州汪寿林被公众投票评选为"全国最佳谜手"，名列"五虎将"之首。

王能父（1915—1998），名溶，字月江，号能父，笔名王月江、越冈，谜号阿溶。泰州姜堰人。泰州学派思想家王栋（1509—1581，字隆吉，号一庵。师事王艮，明学者、学官）后裔。祖上书香门第，自幼敏而好学，勤奋进取，及至弱冠，对书、诗、词、典无所不通，擅长篆刻、书法。民国 32 年（1943），因生计离开泰州来苏州学徒，以后常年在苏州生活，先摆旧书摊，后做小生意。"约在 1950 年，他发挥专长，在苏州印刷、刻印行业内打样稿、写书法度日，就职在今观前街棋杆里口'美芳社印'。其时薪水低微，清寒度日。"（汪寿林《我与王能父》）1956 年 1 月，全行业合作化，苏州大部分手工业艺人并入合作联社，王老与汪永祖、汪寿林父子同时入社参加刻字社（社址在今观前街承德里口刻字厂楼上），王任合作社监事，汪寿林任车间主任。1961 年 9 月，刻字社划出，与苏州篆刻家蔡谨士、张寒月、矫毅等成立"艺石斋"，王老成为印章中心组成员。

"文革"兴起，"艺石斋"被当作"四旧"停业，王老因制作一条"毛"（谜面红字）猜越剧"《血手印》"的谜，被打成反革命，成为现代中华谜语文化史上一大冤案。1969 年 12 月，他携夫人下放到苏北射阳县海河公社陡港一队。1972 年，东台县东台镇跃进工艺厂（现东台市工艺品总厂的前身）为开发工艺产品，开拓外贸渠道，慕名聘请

下放在滨海县滨淮公社的高伯瑜为技术顾问，下放在盐城地区的苏南工艺产品美术行业人员闻讯后纷至沓来，汇聚到这家小小的乡镇企业里。王老在接到挚友高伯瑜的邀请函后，亦来到东台跃进工艺厂，从事出口字画工作。由于他在书法、篆刻方面的才能，不久就与艺术家沈子丞、陈负苍、朱世英等成为企业的艺术台柱，一直工作到退休。1975年，其爱人辞世，他蓄须怀念。1979年8月受无锡市园林局之聘，为无锡园林修复、布置、题刻，出力颇巨，贡献良多。

1980年，苏州市恢复成立被"文革"冲击关歇的"艺石斋"，出任经理的汪寿林第一个想到的是邀请王老共事。彼时，王老在无锡发挥余热，经数次联系，直到1982年他才欣然同意"返斋"。王老返回苏州无房居住，先是住在儿子处，后租马医科一间斗室。为了要将人才留住，汪寿林利用职权，费了九牛二虎之力，将职工分房腾出的旧学前书院弄内一套小间给他安身。王老在"艺石斋"的工作主要负责指导篆刻艺术，偶尔写写书法，整理资料。每天，他只需上午报到，来去自由，门市部还专门为他挂了块"能父卖刻"的牌子。1985年，艺石斋与桃花坞木刻年画社合并，实行一套班子、两块牌子。80年代末，汪寿林因工作调动离开"艺石斋"，之后王老亦因故"辞职"，且住到了娄门路的儿子家中。因退休工资低微，本该享享清福、安度晚年的他，只能靠写书法（条幅、扇面等）赚点润笔费，以解经济拮据之窘境。

王老好吟咏，诗稿皆不留存；通许氏《说文》，以制印、书法、灯谜名世。早年，他曾师事"江南第一书家"常熟萧退庵，与沙曼翁为结拜弟兄。中年后，扶掖后生，不遗余力，培养出著名书法家华人德等一批优秀人才。1977年恢复高考后，华人德考上了北京大学，王老得知后关在屋子两三天，刻了几方印章，写了几件书法，送给他留念。有一方印章是"阿德所有"，王老说，学校里到处是书，盖上印章就不容易丢失了。次年，王老又给华人德寄去100元钱，说是让他买点书。华人德谈起这段往事感慨万千，他说："王先生寄钱来，其实是让我贴补一下生活，说是让我买书，其实是照顾我的自尊心。当时王老每月的工资只有30元，这100元应该是他3个多月的工资啊。"华人德后成为全国知名的书法家，有人经常对王老说，你是华人德的老师，他则谦虚地回答："不敢当，这不是我的功劳，这是华人德勤奋努力的结果。"华人德在"纪念王能父先生100周年诞辰座谈会"上回忆起恩师，深情地说："孔子讲仁者寿，老子也讲过，死而不忘者寿。王老生前和我说过，一个人到了去世20年后，人家就把他遗忘了。但是王老去世已经17年了，我们大家还是经常怀念他，想到他，王老就是一个寿者。"

王老的书法作品甚多，以无锡园林内的最具代表性，其中最为著名的，就是惠山"御碑亭"内"御碑"上的乾隆手书真迹，就出自他的手笔。锡惠园林文物名胜区文化总监金石声感叹道："能在皇帝御碑上再加工，本事大的，恐怕也只有王能父了。"嗣后，他把为乾隆"代笔"之作制作两份碑拓，在回乡时特意将一幅捐赠给了泰州图书馆。他说，我要为家乡留点东西。王老的印章守法汉印。他认为,刻印篆法为首要,章法次之,刀法又次之,印面布置工稳,不事离奇破残。其印风清新自然,颇为可观,刻于1956年的"孺牛"印章,四侧刻有边款,以小篆、隶书、行楷出之,可见其驾驭诸种书体的娴熟能力。他一生治印上千方,早年的印章大多用于出售,所得钱款用于接济亲友,而到了中晚年,所治之印有不少送给了朋友和弟子。

王老嗜好灯谜,造诣颇深,著有《哭斯室谜剩》,主编《梁溪谜会》,其传略及灯谜代表作载于《中华谜语大辞典》《现代灯谜精品集》《中国当代灯谜艺术家大辞典》等。他与灯谜结下不解之缘,是在少年时期的一次集会上,因发现一项有趣的智力游戏——猜灯谜,于是乐此不疲。肖仁在《"灯谜状元"王能父》(原载《泰州晚报》2014年2月23日)一文中回忆道:"70多年前,是我10岁左右的时候。家乡泰州曾出过一位全国闻名的'灯谜状元'。这个人叫王能父,是老泰州文化名人中的'海陵三父'之一(另'二父',一位是词人陈冕父,另一位是书画名家孙龙父)。其实,这'三父'也都只长我10来岁,但人家当时都已经是'大海陵'境内的青年才俊了。""我小时候,是在东街上的'王家祠堂'(乡贤祠小学)里读书的。1941年,升五年级的那年,班上新来了一位教国文的李竹修先生。""李老师腹笥宽泛,学识充盈,常常在课余的间隙,为我们讲授一些与语文课业相关的基础知识。有一次,先生说到灯谜的话题了。老师不无自豪地向大家介绍了泰州籍的'灯谜状元'王能父和他所创制的几条震惊全国文坛与学界的名'谜'。70多年过去了,真的是'幼学如漆',那王能父所留下的著名谜面,竟被我记得个一字不漏。""王能父所以能够获得全国'灯谜状元'的称号,其实就缘于一则谜条。那谜面是:'民国二十年(1931)中国的三大问题。'(打一字)谁知,谜面在各家报纸刊登以后,半个月内,竟无一人猜中。后来,当公布谜底为'暴'字时,全国大哗,赞词夸声一片。报纸上出现无数与这条字谜相关的文章(因'暴'字被拆开后,成了'日、共、水'三个字,恰好就切中了所谓'民国二十年发生在中华大地上的三大议论热点')。"这一年,日寇侵华制造了"九一八"事件;蒋介石不抗日却连续三次围剿中国共产党领导的中央红军;湘鄂等八省水灾,灾民一亿人。"也许,正是因为切中时弊,一个字就道尽了全民的关注,触动了国人的某根神经,才让王能父先生成为全国的'灯谜魁首'!"

王老在《怀念故友高伯瑜》一文中写道:"我第一次接触灯谜书籍,是从高伯瑜兄处借到的《囊园春灯录》,因此而入了迷,从此对诗词亦加深了理解。"1956年2月起,他与张荣铭倡议并在俞瑞元的联系下筹建新中国成立后苏州市第一个灯谜社团组织,并参与组织谜会,创作发表谜文谜作。1957年2月17日(正月十八日),苏州市工人联合会第一工人俱乐部灯谜研究小组正式成立,他被公推为首任组长,任期内曾主持编印内部交流谜刊数期。70年代,他"在东台,与伯瑜兄朝夕相处,其间经常接触灯谜之事……则于诗词之余学做灯谜"(《怀念故友高伯瑜》)。1980年,又为筹建无锡市工人文化宫灯谜组奉献余热，被聘为顾问。

汪寿林在《我与王能父》一文中写道："能父先生学识渊博，典故娴熟，处事勤奋，治谜严慎。他制的谜，主张谜面自然，谜底紧扣，言简意达，深入浅出；如用典故，必须是熟典显故，尽人皆知；如引诗词，必须是名句，老少皆宜。他常说：'灯谜是让大家猜的，不能是自己脚趾头动，好谜不一定要难猜，猜不出的不一定是好谜。'他创作的谜，无论择面、选底，俱经仔细揣摩，反复推敲，尔后方成'最佳方案'，宁少毋滥，宁精毋劣。"1981年10月左右，杭州《文化娱乐》杂志主编胡嘉廷欲举办全国性的"谜坛点将台"，初选入围者40人，王老名列其中。之后，他因忙于无锡园林的恢复工作，故委托汪寿林"全权代理"。汪寿林从"《灯谜》1—2册、《创作谜选》1—13册及苏州市工人文化宫的灯谜丛刊，精选了他的佳作10则，寄往该刊，署名'无锡王能父'"，于1982年最后一期发表。尔后，在1983年1月评选揭晓时，王老的谜作以得票最多被评为最优秀的谜条，他则以得票最多荣获桂冠。由于参与此次活动之谜作皆由汪寿林"代庖"，故王老风趣地说："我此乃糊里糊涂中状元！"

我的恩师高伯瑜先生于1997年5月10日因病去世，临终前嘱咐家人将其所有灯谜藏书无偿捐献给国家，永久保存在享有"全国灯谜之乡"美誉的福建省漳州市，我在其中担当了联系人、见证人的角色。当时，苏州唯独王能父、张荣铭二老给予了极大支持。1997年6月，漳州市政府批准为高伯瑜塑立半身铜像，费之雄提议"铜像底座镌刻'谜贤高伯瑜'"，王老在大加称赞费之雄提议好的同时，提出"谜贤高伯瑜"五个字必须由他来亲笔题写。是年11月15日，他在病榻上写下《怀念故友高伯瑜》一文，开首便说："余与伯瑜兄为同年人，平生取于清淡，殊深钦服。今逢漳州市芗城区文化局为高伯瑜塑像之际，适逢伯瑜兄谜书捐献之时，漳州文化部门谥高君'谜贤'，理思宜矣。"12月29日，"谜贤高伯瑜"半身铜像从苏州启运漳州。28日那天，我先去张荣铭老师家，邀请他参加第二天铜像启运仪式，不料他哮喘正在发作，无法出席。离开张家，我即去医院看望王老，向他汇报铜像制作过程，给他看现场制作铜像的照片。他躺在病床上，紧紧抓住我的手，激动地说："家瑜，谢谢倷！谢谢倷做仔桩好事啊！"时隔半月，我正在单位里值班，晚饭刚吃过不久，接到谜友打来的电话，告知王老仙逝了，当晚我即前往娄门路王老儿子家吊唁……

王老驾鹤仙游去，是日丁丑年农历小除夕（阳历1998年1月27日），享年83岁。

（诸家瑜）

【附录】

王能父谜选

皿（成语一句）一针见血

脱节（词牌一）解连环

实现（饮品一）果子露

虎痴（《水浒传》诨名一）病大虫

我与女排（字一）娥

日出天明（字一）尧

水石盆景（湖名一）微山湖

大家阅读（新词语一句）群众观念

九时缺十分（字一）旭

简直不像样（字一）栏

啤酒厂出酒（字一）碑

红外线消失（作家一）朱光潜

三厂联营产品（字一）磊

心勿着急靠边走（字一）趋

开到荼蘼花事了（越剧演员一）毕春芳

大李老李和小李（成语一句）自成一家

王羲之东床获选（外国科学家一）爱因斯坦

十月花开岭上梅（词牌一）东风第一枝

折了不扣，扣了不折（字一）哲

出售一半，有何不可（字一）催

看看非病，其实是病（字一）瘪

他去也，怎把心儿放（字一）作

三人踢球，一人跌倒（字一）似

自小在一起，目前少联系（字一）省

求出正方形，除非加直线（字一）匣

分明有大小，怎能画等号（字一）奈

左看是外孙，右看是孙女（字一）好

由于自大一点，惹来人人讨厌（字一）臭

心儿牵，目儿注，两字相思织就（字一）罘

技术合作，不留一手，不留一点（字一）枝

三十上下模样，却似花儿一般（字一）卉

碎（中药二）没石、车前子

老蚌生珠（中药二）贝母、附子

招待不周，招待不周（词牌二）字字双、声声慢

旧垒新巢（中药三）熟地、生地、燕窝

# 金陵"虎痴"钱燕林

钱燕林（1916—2004），谜号养拙。常熟人（其出生地现属张家港市），后定居南京市。我国著名谜语文化学者。曾任南京市工人文化宫灯谜组副组长兼秘书长、顾问。他自幼聪颖好学，私塾启蒙老师是清末秀才，课暇常制作些浅显易解的谜语让学生猜射，故少年时代的他便对谜道产生了浓厚兴趣，且一发而不可收。民国12年（1923）2月，常熟《琴报》创刊，幼年的钱燕林见到创刊号载有谜作"曹操不死"射"魏延"，"以为奇作，亦深受启蒙，后更购得《枕亚浪墨》，课余之暇，时而效之"。民国21年（1932），他肄业于常熟县立乡村师范（校址在塘桥镇），后入上海晋贤会计夜校进修。其间，当过绸缎庄学徒、店员。民国28年（1939）起，以会计为专业，曾先后供职于上海恒顺酒行、南京盈丰水电行、南京龚大翻砂厂、南京汽轮电机厂。1979年从汽轮电机厂退休。

1954年，钱燕林以善射文虎加入南京市工人文化宫业余灯谜组。他通过一边集谜和猜谜，一边学习、研究制谜之理，并大量付诸创作实践，因而很快提升了自身的谜艺水准。在组里，众所周知他爱好收集谜作，早期便充分利用学余、工余的点滴时间，收集报章刊载及亲朋好友间口头相传的零星谜作达数万条之多。后来，他将此精心装订成三大巨册，却在"文化大革命"初期因属"四旧"之物而被烧掉了。若干年后，每每提及此事，他都为这些珍贵抄本遭劫难而痛心。1973年5月1日，南京恢复灯谜活动，他重贾余勇，再作冯妇，不仅在谜组负责审编谜刊《灯谜》，而且还以更大的激情投入到制谜、著文以及主持周末灯谜晚会之中，由此赢得了众人的尊重。

1979年5月，全国总工会在无锡召开部分省市文化宫、俱乐部会议，南京市工人文化宫在会上提出举办灯谜会猜的倡议。这一倡议得到许多地区的同意和支持。之后，在庆祝新中国成立30周年之际，南京市举办了为期4天的"全国九城市灯谜会猜"，南京、苏州、南通、上海、沈阳、长春、温州、厦门、漳州等九大城市的猜谜高手会聚金陵，共商谜艺，同时又举办了历时3天的群众猜谜活动，万人空巷，盛况空前。当时，钱燕林担任组委会的秘书长，他协助此次活动的发起人和主要负责人周之屏教授（时任南京市灯谜研究组组长）组织筹划，督促操办，尽心尽力，并于事后编成会刊《谜苑》，使这次首开先河、产生巨大影响的"九城市谜会"活动画上了圆满的句号。后来，"九城市谜会"被称之为当代中华谜语文化史上的里程碑。80年代初期，钱燕林将回忆所得的历代谜作3000余则，按不同谜目分为30个大类，且对其中疑难之处加以注解，汇编成上、中、下三大册，取名为《古谜集萃》，交由南京市工人文化宫铅印出版。此举使大多数后学者受益匪浅，因而得到当时谜界的广泛赞许。1983年，《文化娱乐》举办有奖征射活动，慕名邀请他负责审编和主持。

钱燕林认为："做谜以会意别解为正宗。谜目准确，谜面大方，谜底贴切，用典通俗，扣合巧妙，题材新颖，内容健康，经得起推敲，而为广大群众接受者，方能称为上乘之作。妄呈拙见，就正高贤。"著名谜语文化学者赵首成如是评价："钱燕林制谜，一向推崇南宗别解会意，取粗线条勾勒，纯以拢扣成谜；不尚字句雕琢，讲究传神阿堵、落落大方。他的作品，既有典雅浑成的一面，也有通俗明快的一面；然大多浓墨重彩，挺拔有力，散发着清新与阳刚之气，诚如谢榛在《四溟诗话》中所形容的：'雄浑如大海奔涛，秀拔如孤峰峭壁，壮丽如层楼叠阁，古雅如瑶瑟朱弦，老健如溯漠横雕。'他不喜欢在字体字形上拆拆拼拼，尤好以讲史、说部中的故事情节入谜。他的典故运用，从不生吞活剥，而是食古能化、活脱巧妙，使之稳切紧扣、谜趣盎然，在很大程度上受到谜友们乃至一般爱好者的青睐。谜坛公认，看钱燕林的谜恰如看古装戏，帝王将相、才子佳人一齐登台；又如入旧书店，经史子集、诗词歌赋纷至沓来，给人以古典美的享受。"

　　钱燕林轻财重信，乐于助人，性情旷达，恬淡自安，但爱谜之心，无时或释。金陵谜家汪永生撰文介绍："钱老身居斗室，退休工资甚微，可以说'外面的世界很无奈'，然而他'内心的世界很精彩'。每当谜人聚处，钱老虽常讷讷不善言词，但偶言一事一谜皆令人解颐，老先生的幽默非大师不能为。"在20世纪末的谜坛上，由于市场经济的冲击和人们价值观念的转移，一些猜谜精力旺盛、创作如日中天的谜人挂弓退役，而钱燕林却"谜意未消，谜志不改；宝刀未老，剑常出鞘"（赵首成语）。1993年11月参加"腾龙谜社"；1999年3月1日，高雄漳州文虎基金会授予他第六届沈志谦文虎奖。

　　钱燕林谜文、谜作甚丰，多散见于《知识窗》《南方日报》《智力》《文化娱乐》等报刊和各地内部谜刊上，部分谜作入选《当代百家谜选》《佳谜欣赏》《现代灯谜精品集》等书籍，传略载于《中华谜语大辞典》《中国当代灯谜艺术家大辞典》。

（宁一虎）

【附录】

钱燕林谜选

　　丸药（五言唐诗一句）粒粒皆辛苦
　　晴雯补裘（京剧目一）盘丝洞
　　息壤在彼（外国地名一）甘托克
　　五内俱焚（四字口语一句）一肚子火
　　画饼充饥（五字口语一句）中看不中吃
　　世人皆欲杀（电视剧名一）公主之死
　　绨袍赠范叔（成语一句）布衣之交
　　缘何无泪有声（古文一句）因以为号焉
　　腹便便五经笥（四字新词一句）知识载体

日高三丈犹拥被（加工机械一）磨床

其馀七匹亦殊绝（京剧艺术家一）马连良

官封弼马心何足（词牌一）齐天乐

东海缺少白玉床（古代书法家一）王献之

著书都为稻粱谋（杂志名一）文化与生活

龙腰鹤背无多力（唐诗一句）难于上青天

翡翠衾寒谁与共（影目一）长空比翼

却嫌脂粉污颜色（成语一句）淡然处之

要休且待青山烂（成语一句）不容分说

进何满子以赎死（成语一句）委曲求全

关云长挂印封金（五言唐诗一句）红颜弃轩冕

乐毅去，齐逐燕师（成语一句）趁火打劫

汝貌美，可惜无寿（外影目一）英俊少年

今岁不战，明年不征（运载工具一）拖斗

平型关战事惊敌胆（日历用语一句）是日大寒

想君小时，必当了了（病历用语一句）有过敏史

不及黄泉，无相见也（建筑设施一）地下会堂

酒过三巡，食供五套（四字俗语一句）大吃大喝

满朝朱紫贵，尽是读书人（四字新词一句）知识产权

儿休怯战，为娘与你掠阵（四字口语一句）打退堂鼓

一男附书至，二男新战死（京剧目）闻仲归天

后世必有因色而亡其国者（影目一）绝代佳人

大耳儿，不记辕门射戟时耶（成语一句）求全责备

操令军士书翼德之名于衣底（《西厢记》一句）恐怕张罗

徐宁娘子道：丫环，什么声响（古文）此进趋之时也

左丞今日大拜，悉是妻房裙带（左传一句）微夫人之力不及此

自此冀之南，汉之阴，无陇断焉（琴曲名一）广陵散

世间不少奇男子，谁肯沙场万里行（电影名一）女理发师

管宁割席（聊斋目二）龙、头滚

为吕氏者右袒（卷帘格·三国人二）左咸、刘协

梅雪争春肯降（离合字二）皆比白、香复馥

座中泣下谁最多（戏剧名词二）独白、悲剧

书箱收拾待来年（出版名词二）开本、转载

人从宋后羞名桧（唐宋诗人二）秦观、祖咏

严监生临终伸二指（红楼梦人二）云光、大了

吾中刖夫之计矣（三国人二）庞会、孙策

遥指红楼是妾家（影目二）奴里、石人圈

妾本钱塘江上住（歌曲名二）小小的我、在水一方

前面骑黄马者是他（卷帘格·三国人二）吕蒙、曹真

一丈青单捉王矮虎（影目二）红颜劫、来了个男子汉

卧榻之侧，岂容他人鼾睡（梁山泊人二）宋清、李云

臣料子明之疾，乃系伪作（聊斋目二）陆判、吕无病

侍臣已写归降表，臣妾佥名谢道清（红楼梦人二）赵国基、终了

徒有羡鱼情（地名三）临泽、上思、博罗

# 沾溉后学张廉如

20 世纪 50 年代后期，我家有本谜书，名叫《打灯谜》，是我父亲的一位同道好友编著并赠送的，扉页上写有"佩耿吾兄雅属 余真赠 1957.9"。

《打灯谜》，64 开本，1957 年 8 月由上海文化出版社出版发行，是新中国成立后到"文化大革命"前，我国大陆地区第一本也是唯一的传授灯谜基础知识的通俗读物，在当代中华谜语文化发展史上具有非常重要的地位。可惜的是，它在"文革"初期家中被抄时视为"封资修"的东西由我父亲单位——上海油脂盐业公司的造反派"拿"走了。20 世纪 70 年代末，父亲的冤假错案得以平反昭雪，然而所抄去的财物一样都没归还，其中就包括了《打灯谜》这本谜书。

新中国成立初期，我父亲由原《新中国报》的同事、忘年交恽逸群（新中国成立后任上海解放日报社社长、总编辑兼华东新闻出版局局长）介绍到上海《新闻日报》（1949年 6 月 29 日创刊，1960 年 5 月并入《解放日报》，6 月 1 日停刊）工作，先后任驻苏通讯员（即现在的驻地记者）、地方通讯组编辑兼通联、总编辑室编辑。他在当时的上海新闻界里，交情甚笃的有两友，一位是秦绿枝，原名吴承惠，时在《亦报》（1949 年 7月 25 日创刊，1952 年 3 月《大报》并入《亦报》，同年 11 月《亦报》并入《新民报晚刊》，1958 年改名《新民晚报》）当记者，另一位就是旧雨张廉如。

张廉如（1920—1990），本名张义璋，以字"廉如"行世，笔名余真、柳絮、蔺颜、杨澄、于雪、班香、宋艳等。祖籍浙江余姚，曾在苏州生活，后定居上海。我国著名谜语文化学者，文史小品专栏作家。大学文化。民国时期，常为苏、沪各报撰稿。1945 年 12 月，苏州《大华报》复刊后，他常用笔名"柳絮"在这报上发表文章，由此结识了我父亲（时任《大华报》采访主任兼编辑）。1949 年 7 月 7 日《大报》创刊，他被总编辑陈蝶衣相中，成了该报的专栏作者，"飞来柳絮小文章"（蔡平斋《大报开篇》，《大报》1950 年 7 月 19 日）常见于二三版。

1952 年 8 月，《文汇报》《大公报》《新闻日报》《新民报晚刊》《亦报》等 5 家私营报纸的编采、经理两部门工作人员，参加了上海市新闻界思想改造学习运动。1953年至 1954 年，张廉如和我父亲等一批新闻工作者在上海新闻学校学习。学习期间，他用"柳絮"笔名在《新民报晚刊》发表了一篇《灯谜》文章，从 1953 年 7 月 13 日至 21 日连载 9 天。

全文分 6 个部分，分别讲述了"谜的起源""见于诗词中的谜""话本小说里的谜""灯谜与谜语""灯谜的二十四格""做谜与猜谜"。其中大部分内容在后来出版的《打灯谜》一书中有所体现。学习结束后，我父亲被分流至上海市油脂公司（后名上海油脂盐业公司），张廉如则进了上海黄浦区工商联。工作之余，两人依然笔耕不辍，亦有往来。张廉如经常用笔名写文史小品，也写过小说如《晴雯》等。他的大量散文、随笔作品散见于《新民晚报》、香港《大公报》等报纸杂志上，可惜未曾结集。

张廉如对中华谜语文化的研究是颇有造诣的，观点独特，发人深省。他在《灯谜》一文的"结语"中写道："有人说：灯谜是一种'趣味文学'。这样说法是对的，但它的作用与价值，应该不止于'趣味'一端；它的存在，不只为了给人们消闲。扼要的说，其作用有这样两点：1.启发思考能力，培养思考兴趣。猜谜的第一个条件，就是'动脑筋'：多想，会得想，然后想得通。一个思想上的懒汉，决计和灯谜无缘；这当然不是说'凡是肯于思考问题的人，都爱猜灯谜'。用通俗的字谜来作为识字班课外游戏，对记字、认字的帮助很大。2.淳化自己的文学技能。用'推敲'的故事来形容做谜、猜谜的过程，比喻最为适当。无论谜的面、底，不许有一字之泛，应'推'的地方不许用'敲'。这道理和一切写作技巧上的钻研，完全相通。"这一系列非常浅显的语言，揭示了学习猜制灯谜的真谛，后学莫不有所沾溉。

20 世纪 80 年代后期，张廉如用笔名"余真"主持过《新民晚报·夜光杯》的"今宵灯谜"编选工作，同时经常在该报和《宁夏日报》上发表谜作、撰写谜话。所写谜话行文轻松，极具魅力。他主张制谜以自撰语句为佳，对摘用成句为面不以为然，认为今之自撰词句，降至后世便为成句。有关他的传略及灯谜代表作载于《现代灯谜精品集》《中国当代灯谜艺术家大辞典》等。

2007 年，在纪念《新民晚报·夜光杯》创刊 60 周年之际，《夜光杯》老主编秦绿枝撰文深情怀念为《夜光杯》做出贡献的前辈，其中提到了两个人，一个是陈振鹏（笔名陈长明、洛阳、萧下，号落落，广东南海人），很多读者知道他的大名；还有一个是张廉如，很多读者对这个名字是较为陌生的。秦绿枝在《怎一个"情"字了得》一文中写道："他们的名望没有巴金、佐临那样大，地位没有他们那样高，但对于《夜光杯》的贡献，却是不可抹煞的。一个是张廉如先生，早年他用'柳絮'笔名写的小品文是很有情味的。他也为《夜光杯》写了不少小品文，笔名'蔺颇'等。《夜光杯》上的'今宵灯谜'一栏，本来由老编辑胡澄清先生选稿。胡先生去世，我于此道不通，便'吃定'了张廉如先生。他既负责又仔细，一直到死，还留下好多已经选好的谜语，够我们用好多日子。张廉如之后，我们又找陈振鹏先生'顶班'，他也是'义不容辞'。陈先生在'文革'前是晚报副刊组副组长，'文革'后当过，于古诗文深有造诣。晚报上有名的连载《胆剑篇》，程十发先生作画，文字说明采用散曲的体裁，即出于陈先生之手。是去年还是前年，陈先生也走了，同样留下了好多选定的谜语。'鞠躬尽瘁，死而后已'，我想，用在张、陈二位先生帮我们选灯谜的态度上，还是适合的。"

（诸家瑜）

【附录】

余真谜选

看中（成语一句）不相上下
腊梅（苏州小曲一）十二月花名
句句是正话（碎锦格·电视剧一）诽谤
犹携旧时装（文化商品一）原装带
文章教儿曹（称谓一）知识分子
打伞迎媳妇（成语一句）天下为公
赶场图一面（四字常用语一句）意见集中
嘉宾重来先让座（市政建筑物一）新客站
登山队不攀顶峰（成语一句）至高无上
大漠归来一身孤（家具品种一）单人沙发
海洋深处放眼看（公交用语一句）到底一张
春潮带雨晚来急（市场用语一句）大涨大落
东宫从此成禁区（四字常用语一句）杜绝后门
小吃部兼供"阳春"（四字常用语一句）以点带面
古战场上不斩步兵（食品一）刹其马
青山重现，黄庭初写（评弹用语一句）出新书
决胜千里，运筹帷幄（成语一句）精打细算
整装待发（象棋术语二句）正着、出车
双打，单打（调拨用语二句）合格、不合格
双宿双飞（礼貌用语二句）对不起、对不住
行程阻于雨（二字常用词二）落后、进步
蔬菜供应偏紧（食品二）肉松、鱼松
相见恨晚别也晚（京剧二）遇太后、断太后
暑期儿童场已无余票（节令二）夏至、小满
冷暖人情莫当真，人情原是空（学校用语二句）寒假、暑假

# 谜界寿者周宗廉

周宗廉先生以 94 岁高龄辞世，为苏州谜人中之寿者。

吾视宗廉先生为吾师。先生饱学之士，谜之于他，小数也。文之余，灯谜是先生唯一的业余爱好，这个爱好伴随了他的一生。

先生是杭州人，生于 1921 年 11 月，年轻时就在邮电局工作，新中国成立后转入苏州市邮电局，是局里的资深职员。也就是因为这个，在"文革"中，他被说成是旧政府的留用人员，不能在市局工作而被下放到苏州郊区的农村邮电所。为此，那时候我和查坤林先生还特地骑自行车去吴县光福镇看望他。先生非常乐观，在"改造"中一如既往地尽他一个老邮电的工作责任。由于先生是局里的业务骨干，又是"笔杆子"，他很早就是苏州报的通讯员了，一般对外宣传的文章都由他执笔，因此，不久就被调回苏州市邮电局。

先生年轻时就喜欢猜谜，20 世纪 40 年代即写小说、散文发表在报纸上，偶尔也作灯谜。1956 年，他与苏州的几位谜界老前辈王能父、张荣铭、俞瑞元等，参与组建了新中国成立后苏州市第一个灯谜社团"苏州市第一工人俱乐部灯谜研究组"。1957 年初，又创建了苏州市第一个基层灯谜组织——苏州市邮电局灯谜小组，并任组长。1958 年始，上海《新民晚报》辟有"一日一谜"专栏，先生经常有谜作发表。记得在第 26 届世乒赛时，他创作了几条乒乓球运动员的灯谜，发表在《新民晚报》上，如以"桂林"猜乒乓球运动员"三木圭一"，以"唯我独尊"猜乒乓球运动员"盖尔盖伊"。其拆字会意手法在 50 多年前就如此得心应手。

先生的灯谜是真正的"苏派"谜，以会意为主，如"面拖小排"，猜成语"粉身碎骨"；"访鼠测字"，猜词牌"卜算子"；"网开四面"，猜京剧"《全部罗成》"；"相似三角形"，猜字"始"；"一日之计在于晨"，猜京剧术语一句"正旦应工"；"粮油年年大丰收"，猜地名二"米脂、常熟"；"野渡无人舟自横"，猜字"激"；"西川收孟起"，猜国名"巴拿马"。这些谜作只是从他大量的作品中信手拈来，风格各异却又文采盎然，扣合稳稳当当，于小处见大气，很值得学习。先生在邮电局工作，平时喜爱京剧，因此所作的地名谜和京剧谜相对多一点。

2014 年 12 月 22 日先生逝世，著名书法家、谜家费之雄先生撰挽联曰："廉勤行事周到绿衣人，宗宅续谜寿高丹顶鹤。"他将"周宗廉"三个字巧妙地嵌入了上下联中，联句中"绿衣人"就点明了先生的职业特征，而"宗宅续谜"则指的另外一件事。这件事，对苏州市的灯谜事宜至关重要，这要从灯谜在"文革"中的遭遇说起。在"破四旧"的滚滚恶浪中，灯谜也被蒙上"封资修"和"恶毒攻击"等莫须有罪名，一时间万马齐暗，灯谜从群众文化娱乐活动中消失了。但是，苏州市的灯谜爱好者并没有就此消沉，他们顶着巨大的政治压力由"组织活动"变成了"私人定制"，先生位于菉葭巷口的家就是谜友们碰头的地方,一般情况周末是活动的日子,这时候大家会按时到达,而先生已经泡好茶在客堂等候了。先生很讲究喝茶,可以说是一生嗜好茶叶,每年新茶上市就买了好多,那时候没有电冰箱,就存储在热水瓶内保鲜,所以只要到宗廉先生家,总能喝上一杯好茶。碰上过年过节,他还准备了糖果瓜子,有时还有花生招待我们。那时候,花生可是稀罕之物哦。谜友们围聚于此,商灯猜射,探讨谜艺,这一活动持续了好几年。现在想来,先生为苏州灯谜的付出太多,令人难忘!正因为有"宗宅续谜",这才使苏州灯谜这一支小小队伍没有散掉,为后来恢复工人文化宫灯谜活动打下了基础。为了纪念"宗宅续谜",在先生88岁生日时,笔者设宴委托先生的老邻居胡文明先生(现任苏州市民协谜学分会副会长),召集当年在周宅参加灯谜活动的谜友为先生庆贺"米寿"。

"文革"后期的1972年,大环境日趋宽松,苏州灯谜活动逐步得到了恢复。1973年,先生被推选为苏州市工人文化宫灯谜研究组组长。在以后的十几年里,先生一直是苏州灯谜的领军人物。数十年里,他的谜作谜文散见于《人民邮电报》《航海》《中国青年报》《文化娱乐》等报刊,部分谜作入选《当代百家谜选》《现代灯谜精品集》,还曾领队参加南京"全国九城市灯谜会猜"、九江"匡庐谜会"、上海"春申谜会",参与组织"姑苏谜会"。其传略载于《中华谜语大辞典》。

我与先生交往比较多,其中的一个原因是,我30多岁时家住临顿路,与先生住的菉葭巷近在咫尺,没事的时候常常散步到先生家请教文章和灯谜。在谜组内,先生对我也很提携,给了我很多锻炼和提高的机会。对此,至今我还心存感激!虽说是往事如烟,却也能化出穿越的幻影。有一幕印象颇深,先生喜欢养猫,家里有好几只,它们好像也有谜心似的,总在我们脚下穿来穿去。有一次养了一窝小猫咪,好可爱哦,先生见我喜欢,就抱起一只小白猫说,等它断了奶后送给你。我说好啊,当时真有点受宠若惊。因为我结婚离开老家后从未养过猫啊狗啊等宠物,小白猫到了我家后,多了一件事情,也增加了不少生活乐趣。因为我家是枕河而居,可能是因为小白猫太顽皮了,有一天它竟然窜入河中。说是猫会游泳的,但是我想尽了办法还是没能找到,只能在心中祈祷可爱的小猫咪能绝处逢生成为邻家宠物。

先生晚年仍然没有淡忘灯谜,时有新作见于谜刊,90岁以后除了耳背外,别无他恙,平时还常常与夫人出来散步。先生从年轻时起有晚睡的习惯,每晚必阅读好多份报纸至深夜,这是他最大的享受,而这时候夜深人静、灯光温馨,也是他创作灯谜的最佳时间,几十年如一日。都说晚睡影响健康,而先生的健康却没有因此而受影响,可见人的睡眠与健康是因人而异的。92岁那年,先生在夫人陪同下来到工人文化宫看望正在活动的谜友,谜友们为宗廉老送上了最美好的祝福。

噫吁唏!谜乎者寿!晚睡者亦寿耶!

(邱景衡)

【附录】

周宗廉谜选

图（曲艺形式一）绕口令
蚕（《水浒传》译名一）中箭虎
斗（科技产品一）纳米布料
夏邑（市名一）禹城市
太白吟（CCTV 主持人一）李咏
假释证（鲁迅著作一）伪自白书
四维高扬（卷帘格·影人一）张国立
丧事从简（吴语俗谚四字）死做人家
把酒酹滔滔（京剧一）祭江
春风吹又生（蝇头格·明代画家一）董其昌
少人指迷津（成语一）失道寡助
地窖酿造术（日影星一）酒井法子
参加 WTO 不久（四字常用词一）入世未深
大地微微暖气吹（地名一）温州
战罢玉龙三百万（京剧演员一）洪雪飞
刺破青天锷未残（京剧一）宇宙锋
铜锤兼演架子花面（成语一）一干二净
日神降临（花名二）扶桑、仙客来
何以致仕（科举名词二）举人、进士
欲壑难填（卷帘格·京剧二）无底洞、思凡

# "吴下阿蒙"张荣铭

虎棚内，悬挂着无数五颜六色的谜条，一位 28 岁的青年，伫立在书有"琼楼玉宇高处不胜寒"的谜条下，凝视思考着，谜条上写着"猜中药一"。在他旁边是位比他长 10 多岁的中年人，也在沉思之中。良久，但见那青年人大步走向对谜底的地方，报以"天门冬"。

"猜得好！"主持人含笑赞道。

之后，又见青年人一连射中七八条中药名谜，那中年人叹道："都被药材店的人猜去了。"

"我不是药材店的。"那青年人忙接口解释……

那是 20 个世纪 50 年代中期苏州五爱中学内猜谜的一个场面。青年人就是本文的主人翁，名叫张荣铭。中年人呢，就是我国著名金石书法家、谜语文化学者王能父先生。

张荣铭（1929—1999），笔名"吴蒙"，取"吴下阿蒙"之义，号昆仑山樵。苏州人。我国著名谜语文化学者。生于苏州一个传统的工艺世家，其祖开设张星记扇庄，专门制作苏扇，以檀香扇尤为著名。他博闻强记，聪颖勤奋，好学不倦，12岁学猜字谜，16岁乐于谜道，20岁起搜集谜材，以字谜为主。在上海当学徒时，经常参加一些名家的悬谜展猜活动；弱冠时乐于此道，22岁开始走上创作之路，当时的上海《新闻日报》常刊载他的谜作。1955年，上海文艺出版社出版的《谜语》一书收入了他的"字谜"。1957年起，开始从事谜语文化研究，在各地报刊发表谜文。"大跃进"时期，他响应国家口号，服从分配支援大西北，孑然一身从苏州来到千里之外的青海西宁，在地处柴达木盆地东南部的都兰城郊野一个劳改农场管教囚犯。在漫长无期的管教工作中，寂寞、艰苦之境况可想而知，而残卷孤灯、旦夕相伴他的唯有灯谜。他在毫无资料参考的情况下，凭借着超强的记忆力和颖悟灵性，笔耕不辍，创作了许多谜文、谜作，并源源不断寄往家乡，刊载在苏州市工人文化宫灯谜研究小组的《创作谜选》刊物上。1962年劳动节，他在青海撰写的《春灯夜话》完稿，第二年在回苏省亲时带了回来。《春灯夜话》文稿40余篇，从谜格、谜体、谜材、猜谜方法等多方面进行阐述，并提出了"形、音、义、意，这是灯谜表现手法的四个方面，前三者重在技巧方面，后者只要求在前者基础上更深入一层地表达出灯谜的耐人寻味的特点，即所谓意境或者谜味"这一论断，且指出："一则谜的好坏固然要求技巧工整，扣合贴切，然而决定谜的精彩与否，能否使人百读不厌的还是决定在谜味的有无。"这些真知灼见，至今还是我们评谜的圭臬，不失现实意义。探亲假期结束，他在临行时将《春灯夜话》文稿交友人代为保管。1964年3月，苏州市工人文化宫将其部分文稿油印成册，作为内部交流材料发至全国各工人文化宫。可惜的是，全部文稿在"文革"时期被作为"封资修"的东西付之一炬，他的藏书如《玉荷隐语》之类的善本，也被违心地"处理"了。于是，他下决心与谜语绝缘！

党的十一届三中全会春风，吹暖了每一个人的心，离别谜坛10多年的张荣铭先生重返谜语之行列。改革开放的十几年，也是他成果累累的十几年。《知识窗》《北京晚报》《文化娱乐》和各地谜刊不断发表他的佳谜和谜文，许多出版社出版的书刊在评选"百家谜人"时，都选其于内。1989年《知识窗》"百家论谜当选人名单"里，又有他的大名；同年安徽文艺出版社出版的《中华谜语大辞典》，也将他选进了"当代谜家谜人"行列之中。

张荣铭先生之所以能取得如此大的进步，得到如此多的荣誉，用他的话来讲："多蒙谜师高伯瑜先生的教诲！"这不是谦言，是发自肺腑的真心话。他告诉我说："那年春节（指1955年），市手工业局在怡园内举办的猜谜活动上，结识了谜集收藏专家高伯瑜先生，得以识前辈谜家风范。"嗣后，他又识王能父先生，且同往胡厢使巷高宅请教，得高老珍藏谜书博览，受影响研究谜学。1956年2月，在俞瑞元的联系下，他与王能父倡议并协助苏州市工人联合会第一工人俱乐部（苏州市工人文化宫前身）组织谜会，筹建新中国成立后苏州市第一个灯谜社团组织，为团市委举办灯谜活动……半个世纪以来，苏州灯谜盛而不衰，其中张荣铭先生立下的汗马之劳不可泯灭！

张荣铭先生先后师从高伯瑜、陈振鹏、吴仁泰仨宿将，1986 年参加了《灯谜入门》一书的编写工作，同年 11 月被推选为苏州市职工灯谜研究会副会长。在 40 多年的猜制灯谜生涯中，他撰写谜文百余篇，创作谜作数千，且形成了自己独特的风格，其作品用词通顺文采熠熠，会意为主内容新颖。他性格爽朗，谦逊重情，且又乐于助人。平时我上门请教，他常对我说："制谜要注意谜面本义，谜底别解，雅俗共赏，勿要太深奥，宁可浅些，要自然浑成。""面用成句，如唐宋诗词，而谜目要有新义，要有时代气息。""谜材选材要为人熟知的，不要拉到篮里就是菜。"他还教导我："搞灯谜不能为名为利。""自己的作品能发表，是最大的满意，但不能光考虑到钞票。""灯谜是文雅的，要大公无私。""要珍重他人的劳动，推动灯谜的发展。"……这些金玉良言，对我启迪良多，受益匪浅！

20 世纪 80 年代末，张荣铭先生退休回到故里，居住在久福里 9 号 503 室。90 年代始，因病魔缠身导致身体每况愈下，于 1999 年 10 月医治无效驾鹤西归道山，终年 71 岁。噩耗传出，谜界为之震惊……苏州著名联谜家俞涌撰联挽之曰："性本狷介，才钦道范，射虎帐前，倾泪更觉耆宿落；操守诚信，月明风清，悬灯吴上，仰天遽增知己悲。"

（诸家瑜）

【附录】

张荣铭谜选

秋兴（外国地名一）夏威夷
峨眉（卷帘格·成语一句）名山大川
离婚书（电气器材一）绝缘纸
赵钱孙李（晋代诗人一）周续之
甘拜下风（卷帘格·清代画家一）高其佩
怒火中烧（成语一句）不着边际
余怒未息（金属工艺术语一句）不完全退火
锄禾日当午（卷帘格·能源名词一）地下热
引壶觞以自酌（口语一句）与你不相干
扁舟一叶载相思（字一）逗
今日四方成一统（字一）晗
半亩方塘一鉴开（字一）画
酒后一曲相思恋（字一）醋
侍儿扶起娇无力（食品一）玉环酥
门捷列夫周期表（明代书法家一）陈元素

阁中帝子今何在（卷帘格·京剧演员一）王少楼

南枝才放两三花（越剧目一）雪里小梅香

大漠孤烟直，长河落日圆（成语一句）风平浪静

起舞弄清影，何似在人间（外国名胜一）凡尔赛宫

而今识尽愁滋味，欲说还休（外国地名一）辛辛那提

家有好李，恐人得种，辄钻其核（成语一句）当仁不让

断一半，接一半，接起来，还是断（字一）折

左边加一是一千，右边加一是一百（字一）伯

一时在左，一时在右，一时在前，一时在后（字一）孩

左边加一是一千，右边减一是一千，多的放在少的上，不多不少是二千（字一）任

增值（《红楼梦》人名二）钱升、大了

圯桥进履（梁山泊人二）张顺、黄信

花褪残红青杏小（国名二）不丹、刚果

翯翎送笼中，使看百鸟翔（三国人名二）关羽、张飞

卖剑买牛（地名三）遂宁、民勤、于田

# 热肠古道张国义

2015年10月13日，第二届苏州市民间文艺"金桂奖"民间文学类灯谜作品评审揭晓，张国义先生荣获银奖。遗憾的是，这是一份迟到的荣誉，张国义先生已于5月1日不幸病逝，享年86岁。如果国义先生泉下有知，一定会很高兴。

张国义先生，笔名国义、张闻，苏州人，1930年10月生。他是灯谜爱好者，也是苏州市现代灯谜事业的开拓者之一。早年他从部队转业到地方，后来在苏州市工人文化宫文艺科工作，分管工人业余文娱活动，而灯谜正是他主抓的兴趣小组，想不到国义先生也从此喜欢上了灯谜，这个爱好相伴他一生。

苏州市工人文化宫业余灯谜研究组在国义先生的组织领导下，从1958年4月一直到"文革"前夕，数年如一日，坚持不懈，活动开展得有声有色，一批来自工矿企业、机关团体的灯谜爱好者团结在他的周围。国义先生为人善良随和、乐于助人，有一件事情使很多苏州谜友至今难以忘怀。那时候谜组组长是王能父先生，有一年正值能父先生生日，大家提议给能父先生做寿，当时人们收入普遍不高，很少上酒店去办生日宴，国义先生说就在文化宫为老王下面条庆生日吧。到了这一天，他从家里拎了只煤炉放到会议室，带来了油盐酱醋、锅碗瓢盆，自己掏钱买来了面条，顿时会议室内热气腾腾，谜友们围着桌子济济一堂，吃面猜谜，其乐融融。祝寿活动虽然简单但是很隆重，最开心的当然是老寿星能父先生了！

还有一件事让我特别感动。1975年我儿子出生，国义先生和他夫人知道后，安排他

女儿特地给我送来了一只老母鸡。要说我们之间的关系，也就是灯谜朋友而已，但国义先生把这种友谊看得很真，他就是这样的人。

苏州市工人文化宫灯谜研究组在全国来说是成立得比较早、有一定影响力的灯谜组织，有着王能父、张荣铭、周宗廉等全国知名的老一辈谜家，在他们的带动下更有一茬茬后起之秀活跃在谜坛。在谜组内，国义先生既是活动组织者，也是普通一员，那时文化宫有"周末灯谜"活动，而周末正是各种文体活动最热闹、工作人员最繁忙的时候，他再分身乏术也都会到灯谜活动室来待一会儿，有时候还把自己创作的灯谜拿来和我们一起猜射研究。国义先生的谜作我觉得受能父先生的影响比较多，字谜做得非常好，拆字功力深厚，例如以"人说多子为好，我说少生为妙"猜一个字，谜底：女；以"多劳多得少劳少得"猜"罗"字；以"把水浇在根上"猜"粮"字……都是不可多得的佳谜。这些作品在全国都有一定影响。"粮"字谜一出来，就得到了上海谜家苏纳戈先生的高度赞赏。国义先生在这一次的"金桂奖"评比中获得银奖的一组谜作里，有一条用拆字加会意技法作的谜，面句为"拆信吓一跳"，猜成语一句，谜底是"人言可畏"。从立意到技巧都无懈可击，作为获奖佳谜是实至名归。国义先生到了晚年仍然作谜不辍，他知道我担任《智力》杂志灯谜专栏特约编辑，经常寄来谜稿，因此时有佳作见于刊物。

苏州市工人文化宫灯谜研究组从一开始成立就专注于灯谜的研究，所以组内的讨论气氛很浓厚，每一次活动的作品大家都畅所欲言发表自己的意见。一般来说，活动中创作的灯谜分为三类，一是可以编进内部谜刊供对外交流的，二是可以在文化宫灯谜活动阵地上供群众猜射但不宜编进谜刊的，三是当场退给作者修改加工的。虽然有的时候为了一个字、一个扣合细节会争得面红耳赤，然一般大家都很乐意接受。国义先生的个别谜作有时候被认为作得太简单，他从善如流，从不斤斤计较。他作的谜，面句比较口语化，很有生活气息，所谓"妇孺皆解"，这正是他的创作风格。国义先生的谜看上去简单，其实并不简单，如他的"土生土长一棵树"猜"桂"字，"千里挑一藏獒犬"猜"傲"字等就是这样的作品。我们的老组长、已故王能父先生说过，一条好谜要具备三个条件：一是猜得出，二是传得开，三是传得下去。对照这样的要求来看，也许就能对国义先生的灯谜作品做出应有的评价了。

国义先生对谜组的组织建设也倾注了大量的精力，新成员入组都有一个学员期，有教材，有辅导老师。为了扩大灯谜的影响力，在他的主持下，组织了资深组员编写灯谜函授教材，记得有周宗廉、黄国泓等老师执笔，从灯谜的历史、结构以及怎样猜灯谜和做灯谜，讲得通俗易懂、非常清晰。通过灯谜函授教育，吸收了不少灯谜爱好者成为谜组新生力量。

此外，他还鼓励大家撰写灯谜研究方面的文章，费之雄先生写的"虎白""虎斑"等"雄虎"系列文章，沈家麟先生写的散文诗式的谜话等等，都由工人文化宫编印成内部材料对外交流，这在全国是领先的。这些早期的研究文章在全国谜坛产生过深刻的影响。在对灯谜的深入研究方面，张荣铭先生堪称是苏州市的带头人，他的专著《春灯夜话》开苏州现代谜话之先河，写好后一直藏在家中秘不示人，国义先生得知后，几次想请荣铭先生拿出来看看，可惜没有机会，终于在1963年的某一天，荣铭先生正好探亲假回苏州，两位张先生在工人文化宫碰头了，国义先生又提起《春灯夜话》之事，在他的动员下，荣铭先生欣然同意将《春灯夜话》拿出来由文化宫刻印成册，国义先生抓住机会马上安排，然而刚好他们科里刻蜡纸的高手实在忙得没有空，怎么办？他知道我会，便找到我要我来完成这个任务。我当然义不容辞。当我拿到荣铭先生的手稿时，真是心里十分激动，稿子是复写的，稿纸是"自然灾害"时期那种发黄的再生纸（可见《春灯夜话》的写作应该完成于1960—1963年之间），但是上面的字却是漂亮至极！简直可以作硬笔书法的范本。通过这件事，我才知道荣铭先生不但谜做得好、文章写得好，而且钢笔字好，毛笔字也写得好！我曾见过他给朋友写的书法镜心。

《春灯夜话》一书从刻钢板到油印到装订成册，都由我一手完成，我尝戏称国义先生是《春灯夜话》的"监制"，那时老张天天催，要我抓紧时间弄好。因为荣铭先生探亲假快到期将返回青海省工作单位（荣铭先生在公安系统工作，退休后回苏州定居），一定要赶在荣铭先生离苏前印出来先睹为快。事情总算如愿以偿，一本还散发着浓浓油墨味的《春灯夜话》终于送到了荣铭先生的手上。虽然只是薄薄的一本小册子，但在当时来说却是开了苏州人写当代谜话的先河。直到现在，《春灯夜话》还被谜友们所津津乐道，但据说在谜书收藏品市场上很难见到。因此，可以这么说，如没有国义先生的大力促成，就不会有《春灯夜话》这本内部刊物的诞生。像这样为他人作嫁衣裳的事情，在他身上还有很多很多。国义先生常常说，能为灯谜组和谜友们做点事情是他的工作，也是他的职责所在。

"文革"后，国义先生被调到苏州油毛毡厂搞工会工作，重拾灯谜这一他的最爱，在厂里成立了职工业余灯谜组，与市里的职工灯谜协会联系组织厂际猜谜和创作活动，并在市建材系统推广灯谜。在他的带动下，市建材系统好几个单位都成立了灯谜组，曾一度搞得风生水起，此可谓国义先生灯谜的第二个春天。

国义先生是个性格非常乐观、开朗、活泼的人，退休后他好不容易争取到享受离休干部待遇，对此他曾调侃地告诉我，他出生在上海，从小就失去父母成了孤儿，后来到了苏州，解放前夕在大街上被抓壮丁被迫成了"国军"，解放战争中又自愿成了"共军"，曾参加过著名的"黑山阻击战"。退休后他就做两件事，一是灯谜，二是唱歌，生活很充实很愉快。80岁那年，他的腿脚已经很不方便，还坚持上苏州穹窿山参加谜事活动，实在是精神可嘉！这也是我最后一次见到国义先生在大型灯谜活动场合露面了。但是国义先生觉得，只要身体还行，就一定会坚持参加小型的灯谜沙龙，还会带来新谜作。

我与国义先生是好朋友，在我们去探望他时，我对他说："你对苏州灯谜的传承发展是有很大贡献的，是功勋人物！"现在，国义先生已经离我们而去，他虽然没能来领走颁给他的"金桂奖"灯谜作品银奖，但是在我们的心目中，他却是永远的人生金桂奖获得者。著名书法家费之雄先生为他撰写了一副对联："国有远闻人说多子为好我说少生为妙，义无反顾把水浇到了根把土垫高了基。"将国义先生的名字、笔名和两条灯谜代表作都做进了上下联句中，可谓妙思佳构！斯正是对国义先生最好的纪念。

（邱景衡）

【附录】

张国义谜选

角（俗语一句）转弯抹角

雨夹雪（成语一句）落花流水

怕老婆（法律用语一句）一夫一妻制

大胆改革（礼貌用语一句）明天见

幕后提词（五字俗语一句）白露身不露

胸怀五大洲（常用语一句）内心世界

拆信吓一跳（四字词语一句）人言可畏

旧病复发而亡（劳保用语一句）生老病死

春香两日没见面（字一）秦

土生土长一棵树（字一）桂

眉来眼去生是非（字一）声

准点汇合求太平（地名一）淮安

吹牛用作开场白（六字词语一句）丑话说在前头

双增双节落实到人（字一）佳

多劳多得，少劳少得（字一）罗

看地图上下不太平（电影名一）南征北战

名士学者火冒三丈（五字俗语一句）大家通通气

人说多子为好，我说少生为妙（字一）女

电视剧《婆婆媳妇和小姑》（俗语一句）三个女人一台戏

林边莫放羊（二字常用词一）模样

# 谜界伯乐俞瑞元

苏州谜协成立45周年了，这期间我总是回忆起创始时，曾为它默默耕耘而倾注了全部心血的奠基人——俞瑞元先生。

俞瑞元（1932—1977），笔名方元、方源。苏州人。上个世纪 50 年代，他肺病痊愈后，于 1955 年被苏州市工会联合会第一工人俱乐部聘为工作人员，就在这个"临时工"的岗位上，他成为新中国成立后复苏苏州谜事的第一个"伯乐"，并为今后繁荣、开拓、创新灯谜事业做出了不可磨灭的贡献。

1955 年国庆节，工人俱乐部第一次举办谜会便是瑞元君主持。悬挂的谜条都是搜集来的，一部分是谜语（苏吴俗称"谜谜子"），另一部分才是灯谜，主要是字谜和成语谜，猜者摩肩接踵，济济一堂。其中一位中等身材的青壮年特别引人注目，屡猜屡中，瑞元君见状就快步上前招呼，请他手下留情。此时一位庞姓者向俞介绍："他是张荣铭，既能猜又是制谜行家，谜作曾多次在上海文化出版社的《谜语》上发表过。"瑞元君听后就如觅得了"千里马"，欣喜地要求荣铭君留下通讯处，盼惠谜作，准备筹建谜组。荣铭果不负所望，1956 年春节谜会上就有他的谜作出现（当时不具作者名），一改过去悬谜全靠搜集抄写的局面，为筹建谜组打下了基础。1957 年元旦，市工人俱乐部又举办了一次谜会。之后，计划在春节期间从除夕开始要搞 7 场谜会（初一至初三下午、晚上各 2 场）。经元旦那次实践证实，张荣铭创作的谜深得群众的喜爱，也经得住猜射，不像以前抄旧谜，"糊迹"未干就被一下猜光。但谜作量仅靠荣铭，瑞元要应付 7 场谜会显然不够的，荣铭就去找猜射时相交的王能父先生商议共图谜事。因能父先生虽然会猜，但从未创作过，故有些为难。荣铭是个直性人，坦言说：凭您的文学功底，远胜于我，改天我借本《橐园春灯话》给您看看。能父先生终被说动，并相约元旦晚上在俱乐部与瑞元见面共商谜会之事，初步形成了谜组的"雏形"。

春节的 7 场谜会悬挂的便是由瑞元君搜集后写在剪成花鸟动物形状彩纸上的物谜，以及由荣铭、能父两位创作写在长条形纸上的灯谜。猜者挤满一堂，几无插足之地。就是这次谜会上发现了一批猜谜好手，瑞元君又及时召集他们于 1957 年 2 月 17 日（农历正月十八星期天）在工人俱乐部成立了灯谜研究小组，这在全国也算是一个较早的谜组了。谜组成立后便定期开展灯谜创作活动，对组员的谜作定下标准，进行评定，分为三类，甲类：面、底均通顺大方的，可作为阵地上使用，出书时为初选谜条；乙类：面、底扣合尚可，但仅放在阵地上展猜用；丙类：基本不采用，但可由大家修改，实在无法修改的病谜由作者"吃进"。这样质量把握了，创作也多了，活动也频繁了，阵地开猜也不局限于节日期间开放了，每个周末晚上都搞。有了这样的基础，谜组就编印《灯谜》一、二集及《创作谜选》第一辑。这些都由瑞元君亲自刻印后，分发各市俱乐部、文化宫（馆）谜组进行交流。让各地了解苏州谜事情况，也使苏州的灯谜逐渐走向了全国。

瑞元君从开展群众性灯谜猜射开始，策划筹建直至正式成立谜组，都倾注了他的心血，施展了他的才智。谜组创建时元老之一的周宗廉君早在 20 多年前的"文革"中便称俞瑞元先生是谜界的"伯乐"，这话是十分中肯的。

灯谜研究小组成立后，工人俱乐部派瑞元君负责分管（谜组组长为王能父先生），直到1957年12月苏州市工人文化宫建成，原苏州市工会联合会第一工人俱乐部及各活动小组一并划归市宫。1958年4月，谜组改称苏州市工人文化宫灯谜研究小组，分管谜组的市宫工作人员也改为张国义先生。过了一月谜组进行改选，由王能父任组长，孙同庆任副组长。瑞元君因还是"临时工"身份，不能分管，仅负责刻印等事务。

瑞元君勤奋好学。为了能更好胜任刻印工作，下了一番功夫。当时的油墨仅单调的红、蓝、黑三色，他想方设法自己动手，用油画颜料等调制成各种颜色，油墨简直到了五色缤纷的地步。还自己动手革新改制了一套得心应手的印刷工具，为更好地刻写钢板，他经常在夜深人静时伏案工作，通宵达旦。为版面典雅美观，他四处搜集图案、资料装饰刻板。"功夫不负有心人"，凡他刻写印成的各种谜书、谜笺等人见人爱，远胜那些"誊印社"的产品。他在长方形谜笺上套色刻印的山水花鸟、敦煌飞天、陶渊明爱菊图等各种图案，像一幅幅中国画那样，刻印的谜书也充满直排版线装古籍的韵味。这些不仅反映出苏州古城两千五百余年的文化积淀，同时也体现了瑞元多才多艺的文化品位。

瑞元君为人热忱认真。1958年4月谜组归市宫领导后，要进行组长改选，在当时情况下，领导强调要对谜组成员甄别。他便不辞辛劳步行数十里来郊区了解情况，后又步行四五里路程，到学校了解我的工作、生活情况（我住在学校，只有周末才返家）。他说："你在乡下的工作比我想象中的还要艰苦得多。"就这一句贴心话，让我俩成了挚友。后来瑞元君被下放到油毡厂工作。七十年代初的一个星期天，我在校值班，他又特地赶来与我促膝长谈一天，因我俩已有年余未谋面了。

瑞元君性格内向，才华出众，平易近人，爱好广泛，还热衷于各类收藏，如：邮票、火花、铅笔、装饰纸。可是由于家庭出身关系，在那个特殊的年代，竟一直怀才不遇，郁郁不得其志。也许这才是他倾心收藏这些不起眼的小东西来寄托他复杂心态的原因吧！他其实是个不善言辞的性情中人，在以"阶级斗争为纲"的非常岁月里，只有市宫文艺组领导方青赏识他的才能。为表示知遇之情，他便以"方源"作为笔名，隐义方青才是我瑞元的知音。经济的困顿，心情的悒郁，家庭的不睦，加上当时工厂劳动防护的轻忽，以及工作的繁重，种种的不利压向了瑞元他病衰苦闷的身心，以致在1977年4月便被病魔夺去了年仅四十六岁的生命。

英年早逝，令人痛心。我失去了一位挚友，苏州谜界也失去了新中国成立后的第一个"功臣"，一个真正默默无闻的"奠基人"！

（孙同庆）

（注：原文载于2002年12月苏州市民间文艺家协会谜学分会、苏州市职工灯谜研究会编印的《苏州谜苑（二）》，原标题为《一个不该遗忘的功臣——回忆苏州谜事的奠基人俞瑞元》，入编时重起标题，并对文章中与史实不符之处作了勘正。）

【附录】

## 俞瑞元谜选

雨令（俗语一）零碎
双生（书刊一）复活
号声（俗语一）喇叭腔
高歌（求凰格·苏联诗集一）和平颂
第二代（字一）好
猿进化（字一）伪
沙滤水（字一）少
肺活量（俗语一）气数
泥娃娃（聊目一）土偶
尘土飞扬（字一）小
闲话苏州（字一）误
匈奴作乱（俗语一）胡闹
普天同庆（诗集一）欢呼集
绿灯开放（俗语一）行得通
江水东流尽（字一）工
石阻流水断（字一）硫
多看无味道（成语一）屡见不鲜
好得勿能谈（成语一）妙不可言
乾坤万万年（俗语一）老天老地
一番手脚两番做（成语一）事半功倍

# 谜海拾贝沈家麟

沈家麟(1943—2009)，笔名申夫。苏州人。著名谜语文化学者，航天部神剑文学社会员、苏州市民间文艺家协会会员。上世纪60年代初一个周末的晚上，时为国营五二六厂青年工人的沈家麟偶然来到苏州市工人文化宫，见广场上搭了一个台，台前围着许多人，他挤进去一看，台上有一人高举着一张约一尺半长、五寸宽的红色纸条。原来这里正在举行周末灯谜擂台赛。高举起的红色纸条上写的谜面是："只因自大一点，人家也会讨厌"，很快人群中就有人高声报出谜底"臭"，主持人联系谜面作了解释："自"与"大"加上一"点"后，其"臭"自然会令人讨厌。这仅仅12字的谜面，加上谜底，犹如警句、座右铭，沈家麟心中暗暗叫绝，他再也不肯走了，直到擂台赛结束，才恋恋不舍地回家。回到家满脑子里还是灯谜，什么"喜上眉梢"猜"声"，"自小在一起，目前少联系"猜"省"……

他被这些构思精巧、妙趣横生的灯谜迷住了，从此与灯谜结下了不解之缘。

自此，每逢周末的晚上，沈家麟必定要从城北的家中赶到苏州城南的工人文化宫。猜得多了，熟能生巧，命中率不断提高，与工人文化宫搞灯谜活动的负责人也就熟悉起来。1963 年 7 月，苏州市工人文化宫要为各企事业单位的基层工会培养一批文体骨干，打算办一个灯谜培训班，负责人张国义觉得沈家麟年轻，猜得不错，有一定的基础，希望他能成为首批学员。沈家麟求之不得，一拍即合，爽快地答应参加灯谜培训。通过学习，沈家麟的谜艺突飞猛进。培训班一结束，由于他成绩优异，便被吸纳为苏州市工人文化宫职工灯谜研究小组成员。为了更上一层楼，除了工作外，沈家麟把业余时间都用在了钻研灯谜上。他常说："灯谜虽小，却包含了广博的知识，可谓万宝全书不缺角，需上知天文、下知地理，缺了一样就无法猜出。要猜地名，就起码得熟悉地理；要猜古人，就至少得了解历史；要猜药名，还得知道一点医药知识，否则'两眼一抹黑'，什么都猜不出来。"因此，他广泛涉猎各种书籍，在提高谜艺的同时，也大大丰富了文化知识。这一时期，他开始在各地报章杂志上发表谜作谜文，并根据工人文化宫的要求，配合当时的形势，积极用灯谜来宣传党的方针政策，获得了"厂工会文艺活动积极分子"等荣誉称号。

在"文化大革命"时期，灯谜这朵文艺百花园的小花也备受摧残，灯谜爱好者成了封资修的"孝子贤孙"。灯谜活动被迫中止，沈家麟内心苦闷之极，但灯谜却始终萦绕在心头，挥之不去。1972 年春节期间，他与周宗廉、汪寿林、孙同庆、赵锡章等几位谜组的同人偷偷地办起了家庭谜会，自娱自乐。值得庆幸的是，正因为没有把灯谜丢掉，谜艺在相互鼓励与交流中得到了提高。粉碎"四人帮"后，灯谜也迎来了又一个春天。苏州市工人文化宫恢复了灯谜活动，并为会员搭起了展示谜艺、宣传改革开放、歌颂党的方针政策、传播文化艺术、弘扬优良民俗传统的平台。自 1979 年起，沈家麟与谜组（后改名为苏州市职工灯谜研究会）的同人一起，先后参加了南京、扬州、上海、常熟、晋江、蚶江等地举办的全国性大型谜会，参与组织了"纪念苏州建城 2500 年姑苏谜会"，由此打响了苏州灯谜的知名度，为苏州争了光。

在谜界颇获好评的"谜话"《谜海拾贝》，就是沈家麟在 1979 年参加南京"全国九城市灯谜会猜"时发表的。《谜海拾贝》的形式类似于中国古代一种独特的论诗文体——诗话，因此不妨称之为"谜话"。《谜海拾贝》创造性地大量采用类比的方式，将灯谜创作的甘苦得失、猜射的路径法门、品评的价值取向等一一道来，如："花以香为贵，艳为贵；谜以趣为佳，新为佳。""水是生命的泉源，水也是生命的象征。哪里有水，那里就有生命。那么，谜的生命是什么呢？是生活，是实践，没有它们，谜——这朵摇曳多姿的百合花就会枯萎，就要凋谢。""灯，只有不断地加油，才能燃烧下去，不断地发出光芒；谜只有不断地创新，才能发展下去，全心全意地为工农兵群众服务。"沈家麟旗帜鲜明地主张灯谜创作要扎根生活、紧随时代、不断创新，为大众服务。"囫囵吞枣肠胃无法消化；粗枝大叶谜底不会露出。""钓竿在手，眼不望别处；谜条在手，心不想别地。"他以十分通俗的生活常识作比，道出了猜灯谜的思路和窍门。同时，他满腔热情地为灯谜鼓与呼，认为灯谜有着无穷的奥妙和乐趣，"灯谜不是一种纯粹消遣性质的东西，它能锻炼人的思维能力，还能培养人的机敏性和坚强的意志，并从中可获得丰富的知识"。沈家麟还积极鼓励人们投入到猜灯谜这一独具中国特色的文化活动中来："度过黑夜的人，才能领略白天的可爱；蹚过河水的人，才能知道河水的深浅；猜过灯谜的人，才能领会谜的奥妙乐趣。""浪再大总在船底下，山再高总在人脚下，谜再难总有人猜出它。"他用通俗的语言对灯谜作了诗化的描述和诠释，意味隽永，内涵深刻，《谜海拾贝》发表后广受谜界好评。

在灯谜创作方面，沈家麟身体力行，主张灯谜要通俗易懂，扣合简洁，让广大群众喜闻乐见，而不是故作高深，孤芳自赏。他最为得意的一则灯谜作品是"鱼儿离不开水（打动画片一）"，谜底是《渔童》。谜面是成句，其中的"儿"字往往不被猜射者重视，这里却用来扣"童"，谜面无一闲字，丝丝入扣。正因为如此，不少灯谜会猜活动中，他的作品常常最先被射中。在企业里，沈家麟多次在职工群众中举办灯谜讲座，积极推广灯谜艺术。在对待青年谜人方面，他更是奖掖有加。有一段时期，外地有几位初学灯谜的爱好者经常写信给他，请教灯谜法门，他尽管工作很忙，但还是有求必应，来信必复，常常是对方来一页纸，他要写六七页纸的回信，将其所知毫无保留地传授给他们。现在这几位当年的爱好者都成了活跃在当地谜坛的中坚力量。

上世纪 80 年代中期开始，沈家麟还与谜组同人诸家瑜、邱景衡一起抄录整理著名谜籍收藏家高伯瑜先生的灯谜古籍，共同研究灯谜理论，三人联手合作，夜以继日地分头抄写了高老珍藏的《龙山灯虎》《灯社嬉春集》《十五家妙契同岑集谜选》《十四家新谜约选》《隐书》《辛巳春灯百谜》《廿四家隐语》《新灯合璧》《三十家灯谜大成》《莲廊雅集》《钩月廎词》《西厢谜辑》《张黎春灯合选录》和上海《文虎》半月刊等十数种古近代谜籍；并与诸家瑜合作整理出明清以来 300 多年间刊行于世的 291 种谜籍书目，完成了《姑苏谜话两千年》和《苏州市工人文化宫灯谜研究组三十年纪要》，首次对苏州谜语文化的历史源流和传承发展作了较为系统的梳理……1989 年至 1990 年，沈家麟还参加了"中华谜书集成"丛书的点校工作。为此，《苏州日报》《江苏工人报》以《谜迷沈家麟》为题对他作了报道。

值得一提的是，沈家麟在文学创作方面也颇有成就，曾发表过大量杂文、散文、小小说、民间故事和楹联等，有作品入选《苏州杂文随笔选》等。著名书法家费之雄先生为其撰挽联曰："志抱终生，谜海遍寻珍贝；笔勤不辍，文思根植民间。"

2009 年 5 月 23 日晚 8 点 40 分，沈家麟因病医治无效去世，终年 67 岁。著名谜家漳州庄荣坤先生撰挽联曰：“谜坛痛失打虎将，西天平添擒龙星。”

（沈一鸣）

【附录】

沈家麟谜选

晷（影片一）阳光下的罪恶
含羞草（清代郑板桥诗一句）一枝一叶总关情
乐不思蜀（歌唱家一）刘欢
围魏救赵（西药名一）困顿消
团结万岁（历史读物一）上下五千年
愚者求子多（电视动画片一）聪明的一休
鱼儿离不开水（动画片一）渔童
对世界充满幻想（称谓一）足球迷
狭路相逢勇者胜（杂志一）退休生活
我花开后百花杀（毛泽东词一句）独立寒秋
天下没有不散的筵席（体育术语一）最后得分
病假（杂志二）健康、时装
严禁黄色歌谣（穴位二）不容、曲差
中华崛起当廉政（节气二）立夏、清明
却嫌脂粉污颜色（摄影名词二）着色、反差
捧着一颗心来，不带半根草去（围棋术语二）净活、净死

# 谜 社 篇

（猜成语一句）对牛弹琴

# 清代谜社

### 一人社
清代时，大户人家或爱谜者个人所设的灯社。

### 韩宅灯社
清康熙年间，状元韩菼尚书在自家府第（今苏州东北街）所设的灯社。之后至清末，韩氏后代每年"元宵至十八日，必在门下张一巨灯，任人射打"。

### 彭宅灯社
一是清康熙年间状元彭定求兵部尚书在自家府第尚书第（今苏州尚书里）所设的灯社，一是雍正年间状元彭启丰（彭定求之孙）在自家府第彭义里所设的灯社。之后至清末，彭氏后代每年"元宵至十八日，必在门下张一巨灯，任人射打"。

### 沈宅灯社
清乾隆年间，沈起凤在自家寓居所设的灯社，谜由沈氏创作，供人猜射。

### 潘宅灯社
清乾隆年间，进士潘奕隽、状元潘世恩先后在各自的府第所设的灯社。潘奕隽的府第在今苏州马医科 36 号，潘世恩的府第在蓝家巷（今苏州钮家巷 3 号）。之后至清末，潘氏后代每年"元宵至十八日，必在门下张一巨灯，任人射打"。

### 吴宅灯社
一是清嘉庆年间状元吴信中在自家府第（今苏州中张家巷 6 号建新里）所设的灯社，一是状元吴廷琛（吴信中之侄）在自家府第（今白塔西路 80 号）所设的灯社。之后至清末，吴氏后代每年"元宵至十八日，必在门下张一巨灯，任人射打"。

### 陆宅灯社
清同治、光绪年间，在阊门内崇真宫桥下塘府第所设的灯社，每年正月元宵期间张灯，供人猜射。谜由清末状元陆润庠创作，活动由陆润庠的兄弟百顺主持。

石仲兰灯社

清光绪中期，石仲兰在护龙街（今苏州人民路）万仙茶园所设的灯社，活动由其主持。

## 日河隐社

清同治、光绪年间在华亭（今上海市松江区）组建，由时任松江府娄县教谕的常熟姚福奎（字星五，一字湘渔，号羡仙，别号潇湘渔父）和时任华亭教谕的淮安何绮（原名庆芬，字庚香，一字御湘）等所创，成为吴地历史上有据可查的第一个民间灯谜社团，社员有：姚福奎、何绮，松江杨锡章（字至文、紫雯，号了公）、蒋轼（筠生）、朱昌鼎（子美）、郑熙（葛民）、姚洪淦（似鲁）、雷恒（步青）、孙骐（畹香）、朱赓尧（祝礽）、徐元熙（莱垞）、杨兆椿（荫安）、顾薰（迺琴）、沈致实（执青）、汤复苏（奎君）、李光祖（伊川）、陈锡三（叔铭）、金佐清（再坡）、金佐宸（菊孙）、沈琨（景刘）、姜世纶（梅伯）、陈宗铭（子乔）、封裕道（修元）、吴光绥（廉石）等。华亭县古代有条"日河"（或与"月河"合称"日月河"），谜社取河名为"日河隐社"。社内编有谜集，题名《日河新灯录》，所收谜作皆为社员创作。此谜集，后由华亭人雷瑨收入《娱萱室小品六十种》内，于民国6年（1917）由上海扫叶山房印行。

## 五亩园谜社

清光绪八年（1882）在五亩园内（今苏州桃花坞西大营门）组建，成为苏州历史上第一个民间灯谜社团。

五亩园，始建于宋代神宗熙宁元年（1068）。据谢绥之（名家福）《五亩园小志》载，原本这里是汉时张长史（唯查长史姓名，有张肱、张霸、张素、张宏、张嘉诸说，未知孰是）隐居植桑之地，旧有灵芝石，高七尺，纵横八九尺，洵为奇品。宋熙宁间（1068—1077），梅宣义就其地筑亭治园，是谓"五亩园"，亦谓"梅园"。梅氏子子明作判杭州，与大文学家、书画家苏轼同僚，子明曾以白石遗之，苏轼答诗有"不惜十年力，治此五亩园"之句。宋绍圣（1094—1097）中，太师章质夫（名楶）在五亩园南拓地营造"桃花坞别墅"，世人谓之"章园"，又称"章氏别墅"、"章楶别墅"；又在五亩园之西筑旷观台、走马楼、章氏"功德祠"，《吴门表隐》称其"园林第宅，卓冠一时"。当时，梅、章两家为世交，梅氏子采南和章氏子咏华，效流觞曲水故事，疏双鱼放生池，以通五亩别业之"双荷花池"和桃坞别业之"千尺潭"。从此，池潭相连，梅、章联姻。至宋建炎（1127—1130）兀术之难，梅、章园林鞠为茂草，"章园"桃李十存一二，"梅园"古树难觅踪迹。元代之后，此处屡有兴建。明末，娄县诸生吕贞九（名惢）在此复筑采香庵、小桃源，庵介梅、章两家别业。清乾隆、嘉庆间，又废为菜圃，有梅姓者来自江右，访祖墓于园西，人识其旧址，掘地得五亩园桃花坞碑记十余种，皆宋贤撰著。又得观音峰、百灵台诸怪石，高逾寻丈。后又有长洲叶氏购其地于此，小筑园亭，仍宋、明时故物，筑有梅坞、更好轩、双荷花池、拜石台、碧藻轩、寄茅庐、桃花坞、旃香庵、桂香精舍、走马楼、鸭栏桥、渔家衖（又作渔家弄）、杨柳堤、小桃源等。祝文元为作碑记。道光时，叶氏子好结客，日游宴其中，人称"叶氏花园"或"叶家花园"。咸丰初，叶氏家道中落，卖于潘姓。咸丰十年（1860）遭兵燹而毁。

光绪八年（1882），管礼昌约了同乡好友朱世德、徐钺等七八位志同道合的文人，在五亩园内悬谜为戏，且组建成立了"五亩园谜社"。这是苏州历史上第一个民间灯谜社团，也是清末诸谜社中较活跃的一个，谜风不亚于当时的北京、上海和扬（扬州）淮（淮安）地区。这个民间社团的活动形式，分内部会猜和对外征猜两种。内部会集集中在五亩园内，每逢望日，明月当空，社员们便汇聚一堂，酒阑茶罢，各张旗鼓，悬谜遣兴，并斗机锋，相互运以奇巧之思，出以简明之笔。社员沈敬学曾有一段描绘他们社中猜射灯谜之乐的文字，生动地刻画了当时谜社活动的情景："今雨（新朋友），会者既多，乐而忘倦，辄当更长烛明，茶初酒半，各出新制，悬的为招。珠求象罔，结想于杳冥之渊；花笑如来，会心在眉睫之地。未属则叉手沉吟，既得则拊髀称快……"（沈敬学《新灯合璧·序》）对外征猜则在城中养育巷"仪凤茶肆"内，民国苏州籍海上谜家曹叔衡撰文忆旧："忆余童子时，读书吴门……旋于表兄张君，在养育巷仪凤茶肆，入夜围坐一圆桌，中置绢灯一，各粘谜于四周，相互商猜，中则分赠不律（笔）、隃糜（墨）等品，每日自黄昏至八九时止。余自塾归，道必经此，不及返家，必先于此勾留一二时，而文虎门径，亦借以略窥。是中主社，为吴中名宿管叔壬先生。苟见余至，辄以经书中浅显者粘出命猜，声明同社人不得享有此权利，盖似以小学生待余，而欲诱掖奖进之也。故每到亦射得中二三条，挟赠品而返。"（曹叔衡《文虎回忆录》，原载1931年1月1日上海《文虎》半月刊第二卷第一期）

"五亩园谜社"社员有管叔壬、朱世德、徐钺、徐国钧、沈敬学、胡国祥、陈祖德、王恩普、陈曾绥、陆鸿宾、何维棣、江长卿、俞吟香、陈荫堂、张幼云、顾瑞卿、赵杏生、张炜如、胡三桥、张玉森等。他们大多数是苏州本地人，也有寓苏的外地人。社员们个个虚怀若谷、博闻多识，人人才气横溢、能诗善画，所制灯谜佳品纷呈，俗谚俚语皆入谜中，通俗流畅俗不伤雅，自然浑成风趣幽默。纵观"五亩园谜社"社员的谜作，许多佳构饱含着浓厚的乡土风味，这在当时也是十分难能可贵之举。"五亩园谜社"一直活动到清光绪十四年（1888），因爱友如命的俞吟香、博学多闻的何维棣、丹青绝世的胡锡珪、才思敏捷的江长卿等好些社员相继作古，这才不得已偃旗息鼓而散伙。管礼昌为悼念亡友，寄托哀思，于是将诸社员参加历次活动时所出的谜作加以精选，编纂成《新灯合璧》三卷。

光绪十五年（1889），五亩园捐归文昌宫轮香义塾，并设正道书院，筑七人墓、翁媪墓，继则一片荒芜，不复为园第。民国 10 年（1921）秋，我国第一所昆剧学校——昆剧传习所在此建办，昆曲传字辈老艺人倪传钺曾精心绘有《昆剧传习所旧址图》，原画现珍藏于苏州戏曲博物馆。

### 吴江灯社

清光绪二十八年（1902）在吴江同里组建，成为苏州历史上有据可查的第二个民间灯谜社团。这个谜社无名称，由薛凤昌创设，社员有薛凤昌、薛淦夫、金松岑、沈中路、周良夫、顾友兰、王清臣、于欧生、王镜航、陈星言、顾大椿等人，坚持活动达 9 年余，曾先后于光绪二十八年（1902）元宵、宣统元年（1909）二月（元宵节）、宣统二年（1910）二月（元宵节）在吴江出灯悬谜公展。宣统三年（1911），该谜社停止活动。翌年，薛凤昌撰写《邃汉斋谜话》，后在上海商务印书馆出版的《小说月报》上断断续续发表。

（以上资料由诸家瑜搜集整理）

# 民国谜社

### 西亭谜社

民国 17 年正月初八起至十五日（1928 年 1 月 30 日至 2 月 6 日），苏州西亭棋社于春节期间在苏州公园"西亭"内张灯，附设谜会并结社，时称"西亭谜社"，主事者程瞻庐、王韬髯、朱枫隐、陈公孟、汪叔良、钮颂清、屠守拙等，皆是吴地人士。谜会历时 8 天，悬谜达 200 条，"所糊之灯为六角形，悬挂中央，便于射者六面发矢"。谜赠由制谜者提供，有画便面、画册页、铜镜、花雕酒等。翌年正月初八起至十五日（1929 年 2 月 17 日至 24 日），该社又于春节期间在苏州市立公园（即苏州公园）"西亭"内举办谜会，仍为 8 天，悬谜 200 条。参加活动的有程瞻庐、陈公孟、朱枫隐、陆澹安、王韬髯、范烟桥、钮颂清、汪叔良、屠醉鞠、屠守拙、陈公孟、王轶周、卢彬士、彭望伟、程民祥、王厦材、陈显庭、程佩宜等。谜会期间，时年 15 虚岁的高伯瑜入谜社，师从程瞻庐。是年中秋节（9 月 17 日）夜，谜社举行社员赏月猜谜活动，地点在苏州温家岸 21 号范烟桥家中，参加者有程瞻庐、陈公孟、朱枫隐、陆澹安、王韬髯、范烟桥、钮颂清、汪叔良、程民祥、王厦材、高伯瑜等。民国 25 年（1936）1 月 31 日至 2 月 7 日，谜社在宫巷的苏州乐群社举办文虎大会，每日下午 4 时至 6 时张灯征射，猜者甚众。民国 26 年（1937）抗战爆发后，程瞻庐避难于上海，谜社便无形解散了。社员谜作、谜文散见于当时的《红杂志》《联益之友》《新闻报》《文虎》《红玫瑰》《万岁杂志》等报刊上。

（诸家瑜）

### 琴心文虎社

民国23年（1934）仲冬在常熟成立，首倡者琴心茶社主人。社址设在县南街周神庙弄的琴心茶社内，成员有徐啸亚、徐枕亚、王吉民、胡素公、吴逸公、袁安甫、陈洪兆等。不久，该社迁至道南横街，楼下即为徐枕亚开设的"乐真庐"，其业务为鬻书、刻字、兼营古董。以徐枕亚原名觉命名的"觉社"亦设在"乐真庐"内。徐枕亚与徐啸亚、胡素公、王吉民、陈洪兆等常在"乐真庐"旁的祥泰酒店喝酒，在琴心茶社品茗。徐枕亚《琴心文虎序》云："迩者，琴心茶社主人有志提倡风雅，拟于茗谈之余，附设谜社，以乐同人，邀余与王吉民、胡素公等为之主持，累月以来积存颇多。"《琴心文虎》载《琴心茶社启事》云："兹为增加顾客兴趣起见，于上年仲冬起，设立文虎社，敦请徐枕亚、王吉民两先生莅社主持，业已两月，今再添备各种奇形彩灯，概作文虎赠品，藉答惠顾诸君之雅意。"当时，茶社内还曾有附组之书画会，故射虎者书画界人较多，有金清桂、蔡五、沈铭等。该文虎社曾出版《琴心文虎初集》，由徐枕亚主编，徐天啸题签于民国24年（1935）元旦（时指正月初一），琴心文虎社发行。从书名看，可能原计划一集一集编下去的，但因时局紧张，抗战爆发，该社消歇未果。

（韦梁臣）

# 当代谜社

## 苏州市工人联合会第一工人俱乐部灯谜研究小组

1956年2月起，苏州张荣铭、王能父在俞瑞元的联系下筹建，后又有孙同庆、周宗廉、赵立里等人参与筹建工作。1957年苏州市工人联合会第一工人俱乐部举办的元旦谜会，使正在筹建中的灯谜组初具雏形；2月2日至4日举办的7场春节谜会，是"准谜组"出现的标志。2月14日（元宵节），"准谜组"在北局小公园青年会内举办"苏州市首届元宵谜会"，悬谜达数百条。2月17日（正月十八日），谜组正式成立，全称为苏州市工人联合会第一工人俱乐部灯谜研究小组，出席会议的有俞瑞元、王能父、周宗廉、孙同庆、程懋勋、郑忠等6人，张荣铭、赵立里皆因上班请假而缺席。会上推选王能父任组长。会后不久，周宗廉介绍同事谢毓骏、张荣铭相邀张国林入组，而解建元因不是工人，故只能作为列席组员。时任苏州市职工总会筹委会执行委员、苏州市首届职工委员会委员的姚世英亦经常"客串"猜制。自此，谜组成员达11人，客串1人，具体工作由俞瑞元负责。半年后，汪寿林、徐郅先后入组。据苏州市工人联合会第一工人俱乐部编印的《灯谜·第一集》（1957年4月28日油印本）前言介绍："自今年元旦以来，广泛的吸引与发动职工群众进行了创作，并取得各地兄弟单位的支援，使灯谜活动能经常地开展起来。"

当年，谜组组织举办了夏季"乘凉猜谜晚会"，为苏州市教工俱乐部举办的灯谜活动提供创作灯谜。1957 年 12 月，苏州市工人文化宫建成，苏州市工人联合会第一工人俱乐部归属于工人文化宫，谜组因此改名为苏州市工人文化宫第一俱乐部灯谜研究小组。1958 年，谜组开展了元旦、元宵、春节谜会和春节送谜下厂等活动。是年 4 月初更名为苏州市工人文化宫灯谜研究小组。一年多里，该谜组协助编印内部刊物《灯谜》2 集。

### 苏州市工人文化宫灯谜研究小组

1958 年 4 月初，苏州市工人文化宫第一俱乐部灯谜研究小组更名为苏州市工人文化宫灯谜研究小组，简称"灯谜研究组"或"灯谜组"，组长王能父，由张国义负责具体工作，成员有：张国义、俞瑞元、张荣铭、王能父、孙同庆、周宗廉、谢毓骏、程懋勋、赵立里、张国林、郑忠、汪寿林。1958 年，谜组先后举办五一、中秋、国庆谜会。之后，每年的元旦、元宵、春节、五一、中秋、国庆都组织谜会。1962 年 8 月，举办了谜组成立 5 年成果展，历时半月。1963 年 7 至 8 月，举办了灯谜培训班，每逢周末晚上开课，为苏州谜语文化的兴盛和繁荣培养出了一批后起之秀。1965 至 1971 年，灯谜组停止活动。1972 年 2 月 16 日（年初二），由汪寿林、周宗廉发起，灯谜组自发恢复活动，但不对外公开，且仅限于本组成员，活动不定期，由周宗廉临时通知。之后，每月活动 2 次（逢周末），大多于夜间。1973 年 7、8 月间，由赵锡章与苏州市工人文化宫吴鹤翔取得联系，以苏州市工人文化宫名义召集组员，灯谜组恢复活动，由周宗廉、孙同庆分别任正副组长，殷永年负责具体工作。但灯谜组活动仍在周宗廉家里，活动不定期，仍由周宗廉临时通知，每月 2 次，组员自备奖品。1974 年 5 月 1 日，灯谜组由苏州市工人文化宫文艺组领导，谜组活动由周宗廉家转入市宫内，朱龙根负责具体工作。是年 7 至 8 月，举办第 2 期灯谜培训班。1979 年 1 月，谜组由苏州市工人文化宫宣传股领导，殷永年负责具体工作，定期每月活动 2 次。1980 年，汪日荣负责谜组具体工作。1986 年 11 月 1 日，灯谜组更名为苏州市职工灯谜研究会。

1958 年至 1964 年，张国义、费之雄、仇国良、王和庆、谢传绪、沈延岑、徐琛、吴乃斌、朱振毓、韩家萧、陶素林、严家铣、施起扬、查坤林、张志良、沈人安、黄国泓、龚彧藻、沈家麟、邱景衡、郑和平、朱济民、吴广生、赵锡章等先后加入谜组。1972 年至 1977 年，高若麟、朱纪仁、陈良明、王泓、王真善、张景勇、吴鹤翔等先后加入谜组。1980 年至 1984 年，汪日荣、陆振荣、王进、王如勇、李玉复、朱元达、诸家瑜等先后加入谜组。

据不完全统计，28 年里，灯谜组先后编印内部谜刊《创作谜选》11 辑、《工人游艺》2 集、《字谜集》2 集、《创作一集》1 集、《谜话辑录》1 集、《民间谜语集》1 集、《群玉集》4 集、《虎尾》1 集、《索隐》1 集、《谜语》4 集、《灯谜》5 集、《姑苏谜林》5 期、《新谜林》（32 开油印本）33 期（1980 年至 1986 年 10 月）。另外，协助开展或组织参与的活动有：送谜下厂、"沪苏灯谜会猜"、南京"全国九城市灯谜会猜"、"虞苏灯谜会猜"、"壬戌新春灯谜展猜"、"壬戌元宵姑苏六市、县灯谜会猜"、九江"匡庐谜会"、苏州市首次"基层灯谜会猜"、"苏州市基层单位灯谜电控竞猜",等等。

### 苏州市职工灯谜研究会

前身为苏州市工人文化宫灯谜研究小组,1986年11月1日更名并召开成立大会,费之雄任会长,第一届理事会理事:张荣铭、汪寿林、孙同庆、汪日荣、王进、沈人安、赵锡章、费之雄、邱景衡、朱元达、周宗廉。

1987年8月15日,在一届二次会员大会上通过《苏州市职工灯谜研究会章程》,明确"苏州市职工灯谜研究会是由本市灯谜爱好者组成的在苏州市总工会领导和苏州市工人文化宫主管下开展活动的群众性组织",并规定理事会每届任期2年,会员大会每年召开1次。

1988年9月24日换届,费之雄继任会长,名誉会长吴云龙,副会长汪寿林、邱景衡,秘书长王进,副秘书长朱元达、俞涌,顾问高伯瑜、王能父、周宗廉,荣誉理事张荣铭、孙同庆、沈人安。第二届理事会理事:费之雄、汪寿林、邱景衡、王进、朱元达、俞涌、赵锡章、张国义、沈家麟、李玉复、诸家瑜。

1990年8月22日换届,费之雄再度继任会长,名誉会长吴云龙,副会长汪寿林、邱景衡,秘书长王进,副秘书长朱元达、俞涌,顾问高伯瑜、王能父、周宗廉。第三届理事会理事:费之雄、汪寿林、邱景衡、王进、朱元达、俞涌、张国义、沈家麟、诸家瑜、吴建伟、胡文明。

1991年6月25日,苏州市职工灯谜研究会经苏州市民政局批准为非法人社团,社团负责人费之雄。

1992年10月26日换届,汪寿林任会长,副会长邱景衡、俞涌,秘书长王进,顾问高伯瑜、王能父、周宗廉、张荣铭、费之雄。第四届理事会理事:汪寿林、邱景衡、王进、朱元达、俞涌、沈家麟、诸家瑜、吴建伟、胡文明、李玉复、汪日荣。

1993年2月3日,召开四届二次理事会,讨论秘书长调整事宜,因王进工作调动,秘书长一职由汪日荣担任。

1999年换届,俞涌任会长,副会长邱景衡、朱元达、李玉复、吴建伟,秘书长朱元达(兼),副秘书长诸家瑜、胡文明、李志红。第五届理事会理事:王进、朱元达、李玉复、李志红、吴建伟、沈家麟、邱景衡、胡文明、俞涌、诸家瑜。

2002年11月10日,经五届二次常务理事会通过,增补陆振荣为理事、副会长。

2005年换届,苏州市职工灯谜研究会与苏州市民间文艺家协会谜学分会合并,实行一套班子两块牌子,俞涌任会长,顾问费之雄、汪寿林、孙同庆,副会长朱元达、吴建伟、李志红、胡文明、陈志强、曹建中、单鑫华、露兵,秘书长朱元达(兼)。

2009年1月1日，苏州市职工文化联合会成立，苏州市职工灯谜研究会更名为苏州市职工文化联合会灯谜专业委员会，对外仍沿用原名。

2014年，该社团归属苏州市职工文化体育协会管理，改名为苏州市职工文化体育协会灯谜专业委员会，对外称"苏州市职工灯谜研究会"。

据不完全统计，1987年1月至1991年1月，先后入会的有吴建伟、胡文明、李志红、俞涌、龚林生、王连琪、魏四生、凌晨、沈一鸣、韩建华、刘迪、陆颖等。1987年至2014年，灯谜研究会编印内部刊物《姑苏谜林》3集、《苏州谜苑》2集（与苏州市民间文艺家协会谜学分会合编）、《新谜林》（32开油印本）17期计16册。另外，协助开展或组织参与的活动有："纪念苏州建城两千五百年姑苏谜会"、"首届中华杯电视猜谜竞赛"、青岛"全国双星杯灯谜邀请赛"、"龙年虎会"灯谜有奖展猜、上虞"华夏曹娥谜会"、漳州"首届中华灯谜艺术节"、石狮"第二届蚶江侨乡谜会"、上海"红楼谜会"、江苏省首届天马杯职工谜会"文心谜会"、《文化娱乐》"中华趣味灯谜"有奖赛、"热烈庆祝中国工商银行全国储蓄存款3000亿元储蓄知识征答、灯谜竞猜大奖赛"、"苏州市首届职工文化艺术节广播专题节目——每周一猜"、"工行杯"苏州市第三届职工灯谜邀请赛、"党旗飘飘"全省灯谜大展猜、"福建省第二届灯谜节暨漳州灯谜艺术馆落成典礼"、保定"'田野杯'全国历史文化名城灯谜艺术节"、"'92中国苏州国际丝绸旅游节"、"上海陆家嘴海内外金融灯谜创作大赛"、"2008年古胥门元宵灯会第二届灯谜精英赛暨新加坡国际华人（中学生）灯谜观摩赛苏州选拔赛"、首届"胥口杯"全国灯谜大赛暨第三届全国网络灯谜现场大赛、上海"迎世博·海内外灯谜创作大赛"、"第四届全国网络灯谜（石狮）现场谜会"、上海"浦东花木杯"海内外灯谜大赛、"2013群虎闹苏城——职工灯谜比赛"，等等。

### 苏州市谜学研究会

前身为苏州市民间文学工作者协会灯谜部，1991年2月25日设立。1993年3月19日改名为苏州市民间文艺家协会灯谜部。1994年4月16日，来自苏州、吴县、常熟、太仓、吴江等县市的20多位代表经过讨论酝酿，推荐出苏州市民间文艺家协会灯谜部的汪寿林、邱景衡、沈人安、沈家麟、诸家瑜、朱元达、俞涌以及苏州市青年谜学会的代表吴建伟、胡文明，吴县的李玉复，常熟的曾康、韦梁臣、袁松麒，太仓的汤健安、单鑫华，吴江的陈志强、龚海波等17人组成筹备班子筹建苏州市谜学研究会。

1995年12月9日，苏州市谜学研究会成立。汪寿林任会长，名誉会长费之雄，副会长邱景衡、俞涌（常务）、韦梁臣、沈人安、李玉复、吴建伟，秘书长朱元达，副秘书长沈家麟、诸家瑜、汤键安、陈志强、胡文明。顾问王能父、高伯瑜、周宗廉、张荣铭、孙同庆、陆顺庠、张国义。第一届理事会理事：韦梁臣、汤键安、朱元达、李玉复、汪寿林、陈志强、吴建伟、沈人安、沈家麟、邱景衡、单鑫华、胡文明、俞涌、诸家瑜、袁松麒、曹建中、樊秋华。

1999 年 6 月换届，俞涌任会长，名誉会长费之雄、汪寿林、韦梁臣，副会长邱景衡、朱元达、吴建伟、李玉复、张屹、汤键安、陈志强，秘书长朱元达（兼），副秘书长诸家瑜、胡文明、李志红。顾问周宗廉、孙同庆、张国义、赵锡章。第二届理事会理事：朱元达、汤健安、李玉复、李志红、吴建伟、邱景衡、张屹、陈志强、单鑫华、胡文明、郦伟民、俞涌、钱振球、诸家瑜、樊秋华。监事汪日荣、沈人安、沈家麟、袁松麒、龚海波。

2000 年 10 月，经苏州市民政局重新登记，更名为苏州市民间文艺家协会谜学分会。

## 苏州市民间文艺家协会谜学分会

2000 年 10 月，苏州市谜学研究会更改为现名，但对外开展活动有时仍用原名。2002 年 11 月 9 日，经二届四次常务理事会通过，增补陆振荣、曹建中为理事、副会长，张屹不再担任理事、副会长。

2006 年 4 月 1 日换届，俞涌再次当选会长，名誉会长费之雄、汪寿林，副会长朱元达、陆振荣、吴建伟、李志红、胡文明、陈志强、曹建中、单鑫华，秘书长朱元达（兼），顾问周宗廉、孙同庆、赵锡章、张国义、邱景衡。第三届理事会理事：朱元达、李玉复、李志红、吴建伟、陈志强、陆振荣、金震宇、单鑫华、胡文明、郦伟民、俞涌、钱振球、曹建中、彭志浩、露兵。会上，俞涌代表新一届理事会向新加坡籍的荣誉会员叶少玲、叶美玲颁发了纪念品。

2011 年 5 月 5 日，苏州市民间文艺家协会下发《关于规范协会内部二级组织名称的通知》，取消苏州市民间文艺家协会谜学研究会、苏州市谜学研究会的二级组织名称，苏州市民间文艺家协会谜学研究会公章予以报废，对外一律称苏州市民间文艺家协会谜学分会，但分会对外依然沿用"苏州市谜学研究会"原名。

2012 年 1 月 15 日，经报请苏州市文联、苏州市民间文艺家协会批准换届，苏州市民间文艺家协会副主席吴建伟兼任会长，名誉会长俞涌，副会长胡文明、李志红、露兵、金震宇、郦伟民、翁永刚、陈志强、单鑫华，秘书长金震宇（兼），顾问费之雄、汪寿林、孙同庆、邱景衡、沈人安、朱元达、王进、黄国泓。第四届理事会理事：毕莺燕（女）、何勇平、李志红、吴建伟、宋国荣、沈一鸣、张小丽、张志强、张银龙、金震宇、单鑫华、陈志强、胡文明、郦伟民、翁永刚、龚海波、彭志浩、缪一松、樊秋华、冀红雪（女）、露兵。

据不完全统计，谜学分会编印内部刊物《苏州谜苑》2 集（与苏州市职工灯谜研究会合编）、《吴人谜话文献三种》、《谜载清风》；协办或组织参与的活动有："2007 年元宵灯谜精英赛"、"2012 年元宵上海全国职工灯谜精英赛"、2013 "健康快乐过大年"有奖灯谜竞猜、第十二届古胥门元宵灯会猜谜活动、"苏州市暨姑苏区首届元宵法制灯谜竞猜活动"、第二届"家在苏州·品茗猜谜闹元宵"、"绿叶杯·家在苏州·平安幸福"警民欢度元宵节有奖灯谜大家猜、"2014年元宵灯会有奖灯谜大家猜"、"姑苏杯"廉洁·法制全国灯谜大赛,等等。

### 苏州市青年灯谜学会

1990年1月1日成立,首任会长吴建伟,成员有吴建伟、胡文明、魏四生、胡泊、樊秋华、韩建华、刘迪、陆颖、张力、沈一鸣、彭志浩、张红卫、龚海波、郦伟民、宋国荣、范志刚、张俭、马文立、吕瑞金、蒋奎明、许寅生、费桂荣、陈雪江、卢新、沈勤华。学会成立不久,即举办了4期灯谜知识普及讲座。1991年2月7日,与苏州水泥厂联合举办"迎春猜谜联欢晚会";5月4日,承办"苏州市青年灯谜邀请赛";11月,经苏州市民政局批准为非法人社团,社团负责人吴建伟。1992年1月29日,与苏州市建材工业公司联合举办"建材杯"青年谜赛;7月12日,与苏州市沧浪区团委、沧浪区城建环保局联合举办"城建环保灯谜联欢会"。1993年1月14日,成立苏州市青年文虎电脑影印部。该学会编印内部谜刊《虎丘》《姑苏青年谜话》《漫画谜话》。现该会已停止活动。

### 常熟县工人文化宫灯谜研究小组

1976年10月成立,建组成员曾康、韦梁臣、陆顺祥。1983年1月18日,撤销常熟县,改设常熟市(县级),谜组改称为常熟市工人文化宫灯谜研究会。同年4月28日,更名为常熟市职工灯谜研究会。建立猜谜阵地,每周活动2次。编印内部谜刊《常熟工人文艺(灯谜专辑)》《灯谜书简》《琴宫文虎》5期。

### 常熟市职工灯谜研究会

前身为常熟市工人文化宫灯谜研究小组,1983年4月28日更名并召开成立大会,韦梁臣任会长。首届理事会理事:韦梁臣、陆顺祥、曾康、张屹、徐克明、杨家贵、陆钟敏、施建勇。

1985年6月召开第二次会员大会,换届产生新一届理事会,未设会长,名誉会长何一全,顾问韦梁臣。第二届理事会理事:陆顺祥、曾康、张屹、范崇仁、徐克明、陆钟敏、杨家贵。

1989年4月27日换届,陆顺祥当选为会长,名誉会长杜复兴,顾问韦梁臣,副会长张屹、曹建中,秘书长曾康,副秘书长缪龙宝。第三届理事会理事:陆顺祥、张屹、曹建中、曾康、缪龙宝、陆钟敏、徐克明、范崇仁、施建勇、袁松麒。

1995年4月30日换届,张屹当选为会长,名誉会长何逸铨,顾问韦梁臣、陆顺祥、曾康,副会长曹建中、钱振球、汪建新,秘书长曹建中(兼),副秘书长袁松麒、缪龙宝。

第四届理事会理事：张屹、曹建中、钱振球、汪建新、袁松麒、缪龙宝、卫江、陆天松、陆钟敏、杨增麒、范强、赵龙、徐克明、薛建琴。

近 20 年里，该会编印内部谜刊《琴宫文虎》6 期、《朝"虎"夕拾》（重印），先后组队参加扬州"竹西谜会"（1983 年，获团体亚军）、安徽六安"华东十市职工灯谜会猜皋城谜会"（1986 年，获团体亚军）、"姑苏谜会"，以及全国各地举办的灯谜函寄会猜；连续 3 年举办"赏菊谜会"（1983—1985 年）；连续 2 年举办"尊师重教谜会""乘凉谜会"（1985、1986 年），举办"离合字"谜会（1985 年）、"少年儿童团体灯谜竞赛"（1987 年）、"龙年旅游谜会"（1988 年）、"韦梁臣谜作专题研讨会"（1990 年）、"环保灯谜"谜会（1991 年）、"庆祝建国四十六周年暨中华全国总工会成立七十周年"全国灯谜函猜（1995 年）、常熟市"科普宣传周"环保灯谜会猜（1996 年）等活动。1996 年与常熟人民广播电台"彩色谜宫"节目合办"灯谜知识讲座"，连续开播 4 年。2000 年联办"常熟市'农行杯'新世纪迎春全国灯谜函寄大竞猜"，还举行文化广场现场擂台展猜直播。1989 年，该会实行雅集制度，即每月 5 日为内部活动日。该制度一直坚持迄今。2002 年 5 月 1 日，更名为常熟市灯谜学会。

### 常熟市灯谜学会

2002 年 5 月 1 日，常熟市职工灯谜研究会在燕园召开第五届会员大会，选举产生了新一届理事会。第五届理事会理事：曹建中、汪建新、钱振球、袁松麒、陆洁清、范强、瞿慧、翁永刚、赵龙。是月 5 日，召开第五届理事会第一次会议，决定将谜研会定名为"常熟市灯谜学会"，聘韦梁臣为顾问，并选出会长曹建中，副会长钱振球，秘书长汪建新，副秘书长袁松麒。

2008 年 4 月 26 日换届改选，曹建中再度任会长，副会长翁永刚，秘书长陆洁清。第六届理事会理事：曹建中、翁永刚、陆洁清、袁松麒、钱振球、范强、陆天松、瞿慧、金士祺、陶仁新，顾问韦梁臣。

2012 年 10 月 2 日换届改选，翁永刚当选为会长，名誉会长曹建中，顾问韦梁臣、钱振球，副会长袁松麒。第七届理事会理事：翁永刚、陆洁清、范强、陆天松、袁松麒、瞿慧、金利刚、顾剑青、陶仁新、张志强、金士祺、何斌、金凯、卫江、林全。

### 常熟市民间文艺家协会灯谜组

1985 年 8 月 29 日，常熟市文联民间文学工作者协会成立，下设灯谜组，1993 年改名为常熟市民间文艺家协会灯谜组。1985 年至 1987 年连续 3 年与《常熟市报》联办"琴川杯"春节灯谜大奖赛，1986 年与《知识窗》杂志社联办"一九八六年春季全国灯谜邀请赛"，1995 年与《常熟市报》社、常熟市印务发展中心联办"纪念抗日战争胜利 50 周年"

灯谜会猜，2007年举办庆"五一"灯谜会猜活动。

### 太仓县工人文化宫灯谜组

1983年成立，成员主要是太仓城厢镇的退休职工，陆兆坤任组长。谜组每周进行创作、交流活动，编印内部谜刊《娄东谜趣》2期。后由县工人文化宫指派李康负责谜组具体事务。1985年8月，更名为太仓县总工会职工灯谜兴趣协会。

### 太仓县总工会职工灯谜兴趣协会

前身为太仓县工人文化宫灯谜组，1985年8月更改为现名，简称太仓县总工会灯谜协会，会长陆兆坤，副会长周焕鸿、汤健安。是年12月，太仓县总工会职工兴趣协会成立，灯谜作为一个分会加入其中。1987年9月改组，与太仓县文联灯谜研究会合并，实行一套班子两块牌子，理事长汤健安，副理事长周焕鸿、黄叙梁，理事徐超、朱宝荣、华广平。1993年3月28日，太仓撤县建市，协会由此改名为太仓市总工会职工灯谜兴趣协会。编印内部刊物《娄东谜趣》。

### 太仓市总工会职工灯谜兴趣协会

前身为太仓县总工会职工灯谜兴趣协会，1993年3月28日太仓撤县建市时改为现名。2010年1月换届改选，会长单鑫华，副会长兼秘书长陈颉。该会主要在太仓市内各区镇、工厂、机关、学校、商场、公园、广场和社区开展群众性灯谜活动，最初每月举行1次例会，每季举行1次内部竞猜，近几年来例会削减至1年1次。编印内部刊物《娄东谜趣》。

### 太仓县文联灯谜研究会

1987年9月成立，与太仓县职工灯谜兴趣协会合并，实行一套班子两块牌子，首批会员30人，名誉会长白桦，理事长汤健安，副理事长黄叙梁，秘书长单鑫华，顾问陆泰，特约顾问费之雄、汪寿林，理事汤健安、黄叙梁、单鑫华、徐超、朱宝荣、华广平。1993年3月28日，太仓撤县建市，谜会由此改名为太仓市文联灯谜研究会。编印内部刊物《娄东谜趣》。

### 太仓市文联灯谜研究会

前身为太仓县文联灯谜研究会，1993年3月28日太仓撤县建市时改为现名。2005年11月换届改选，会长单鑫华，副会长李康、李钟勋，秘书长李康（兼），顾问汤健安，副秘书长邱炟若、徐超、鲍善安。该会主要从事灯谜学术理论研究和灯谜作品创作及谜事活动，每季举行例会1次。编印内部刊物《娄东谜趣》。

### 吴江县民间文艺工作者协会灯谜组

1988 年成立，会长陈志强，组员有任传济、王复陈、陆潜耀、丁华、蒋蓁、王捷敏、沈金虎、王伯荣、陈志明、许寅生、蒋奎勇、王建荣、樊秋华、龚海波、张智林等。后发展盛泽镇灯谜研究会（包括钱允新、戚建鸣、张贻宗、陆海泉、戚德官等 10 余人）和吴江老干部局青松谜社（包括陈士良、平静人、张鹤鸣、初基修、刘公直、顾安若、唐志祥、李克、蔡沛然、徐可曼、刘公直等 40 余人）为团体会员。1992 年，吴江县改市，谜组改名为吴江市民间文艺工作者协会灯谜组；1993 年改名为吴江市民间文艺家协会灯谜组；1995 年更名为吴江市民间文艺家协会灯谜分会。7 年内，编印内部谜刊《鲈乡谜苑》3 集。

### 吴江市民间文艺家协会灯谜分会

前身为吴江市民间文艺家协会灯谜组，1995 年更改为现名，会长陈志强。2012 年 9 月 1 日，吴江撤市改区，该灯谜分会改名为吴江区民间文艺家协会灯谜分会。

### 吴江区民间文艺家协会灯谜分会

前身为吴江市民间文艺家协会灯谜分会，2012 年 9 月 1 日更改为现名，由吴江区民间文艺家协会主席陈志强兼任灯谜分会会长。2013 年 12 月，吴江区民间文艺家协会换届改选，灯谜分会会长改由协会主席樊秋华兼任。该分会协助编印内部谜刊《平望灯谜（创刊号）暨首届"平望杯"中华灯谜邀请赛专辑》。

### 吴江市灯谜研究会

1995 年 6 月由吴江市文化馆组织成立，仪式在吴江市物资局举行，会员基本上与吴江市民间文艺家协会灯谜分会的成员相同。首任会长陈志强，名誉会长朱永兴，副会长钱允新，秘书长樊秋华，副秘书长龚海波、朱晓红，顾问汪寿林、费之雄、沈金虎、徐文初。后由于多种原因，该会活动中断。

### 吴江区职工灯谜协会

2014 年 12 月 20 日成立，隶属吴江区总工会职工文体艺术协会，首任会长丁华，名誉会长陈志强，副会长樊秋华、龚海波、蒋蓁、聂大林（系寓居吴江的美国籍谜人），秘书长龚海波（兼），顾问陈志强、吴建伟、露兵、陈士良。

### 昆山市楹联灯谜学会

2011 年 3 月 9 日成立，隶属昆山市文联，首任会长黄劲松，副会长薛菊芳、俞建良、顾工、马良。

### 张家港市民间文艺家协会楹联灯谜分会

2014 年 6 月 14 日成立，首任会长高定祥，副会长缪一松（常务）、吴宇星，秘书长缪一松（兼），副秘书长周红英。第一届理事会理事：高定祥、缪一松、吴宇星（女）、周红英（女）、徐娟（女）、庞东浩、黄敏（女）、张明琪、严忠芬（女）。

### 苏州市邮电局灯谜小组

1957 年 1 月创建，这是苏州市第一个基层灯谜组织，周宗廉任组长，组员有谢毓骏等。现该谜组已停止活动。

### 苏州钢铁厂灯谜小组

1958 年组建，仇国良任组长。现该谜组已停止活动。

### 苏州硫酸厂灯谜组

1980 年秋成立，建组成员 9 人，后增至 13 人。组长赵锡章，副组长顾德云、荣启林。该谜组主要在厂内开展灯谜活动。1983 年 3 月 18 日，组队参加苏州市工人文化宫举办的苏州市首次"基层灯谜会猜"。1985 年 8 月，与苏州化工厂灯谜组共同为苏州化工局举办的"化工之夏兴趣晚会"创作灯谜 300 条。1986 年 2 月 22 日、9 月 22 日，二度与常熟市印染厂灯谜组开展厂际灯谜会猜。1987 年 4 月，举办苏州市区化工企业"双增双节专题灯谜函寄竞猜"。1991 年 5 月 14 日，组队参加"工行杯"苏州市第三届职工灯谜邀请赛；7 月 6 日，为苏州市化工局"化工之春艺术节"提供灯谜 400 条。1992 年 4 月 29 日，苏州硫酸厂、丝绸印花厂举办"庆五一党政工团工作交流暨联谊活动"，回顾两厂 10 年灯谜联谊情况，开展了灯谜会猜和赏析。该谜组编印内部谜刊《雾海萤火》2 期、《诸家瑜〈纪念毛泽东同志诞辰 100 周年·毛泽东诗词灯谜 100〉》，翻印费之雄《虎步——猜制灯谜二十一法》。现该谜组已停止活动。

### 苏州家用电器一厂灯谜组

1982 年 1 月成立，建组成员 6 人，组长郑和平。后更名为苏州春花吸尘器厂灯谜组。1991 年 5 月 14 日，组队参加"工行杯"苏州市第三届职工灯谜邀请赛。现该谜组已停止活动。

### 苏州试验仪器厂灯谜组

1982 年 4 月成立。1983 年 3 月 18 日，组队参加苏州市工人文化宫举办的苏州市首次"基层灯谜会猜"。现该谜组已停止活动。

### 苏州江南丝厂灯谜组

1982年6月20日成立,建组成员有王进、王如勇等5人,组长王进。1983年3月18日,组队参加苏州市工人文化宫举办的苏州市首次"基层灯谜会猜"。现该谜组已停止活动。

### 苏州丝绸印花厂灯谜组

1982年10月1日成立,建组成员有邱景衡、王连琪、樊云龙、张扣宝、马荣臻、魏飙、戴立群等7人,组长邱景衡。1982年11月19日,举办苏州市首次基层灯谜组灯谜联系活动——"丝印、硫酸两厂灯谜会猜",两厂灯谜爱好者20余人参加,悬谜200余条。1983年3月18日,组队参加苏州市工人文化宫举办的苏州市首次"基层灯谜会猜"。1984年9月30日,举办以"五讲四美三热爱"为主题的"苏州市首届丝印杯灯谜邀请赛",这是苏州市第一个由基层单位主办的全市范围的灯谜活动,全市8个系统18个单位95位灯谜爱好者参加。1986年,与苏州硫酸厂灯谜组同赴常熟市印染厂开展厂际灯谜会猜。1991年5月14日,组队参加"工行杯"苏州市第三届职工灯谜邀请赛;9月16日,在拙政园悬谜庆祝'91中国苏州国际丝绸旅游节;12月29日,举办"丝印、硫酸两厂灯谜联系活动"。该谜组编印内部谜刊《丝印工人谜刊》,荣获"1992年江苏省职工先进灯谜组"。现该谜组已停止活动。

### 苏州电机厂灯谜组

1982年10月成立。现该谜组已停止活动。

### 望亭发电厂灯谜组

1983年3月初成立,建组成员有李玉复、朱元达、陈良明等5人,组长李玉复。同月18日,组队参加苏州市工人文化宫举办的苏州市首次"基层灯谜会猜"。1988年3月18日至21日,举办"三色火专题灯谜会猜暨全国函寄竞猜",苏州市工人文化宫、苏州市职工灯谜研究会、苏州市财政局、苏州丝绸印花厂、苏州硫酸厂等单位派员前往祝贺。1991年5月14日,组队参加"工行杯"苏州市第三届职工灯谜邀请赛。该谜组编印内部谜刊《望电谜蕾》《三色火谜会专辑(《望电谜蕾》专辑)》。现该谜组已停止活动。

### 苏州市第一光学仪器厂灯谜组

1983年成立。1991年5月14日,组队参加"工行杯"苏州市第三届职工灯谜邀请赛。现该谜组已停止活动。

### 苏州化工厂灯谜组

1984年1月成立，当月举办"苏化、硫酸两厂灯谜会猜"，悬谜300余条。1985年8月，与苏州硫酸厂灯谜组共同为苏州化工局举办的"化工之夏兴趣晚会"创作灯谜300条。现该谜组已停止活动。

### 苏州油毡厂灯谜组

1984年6月成立，建组成员有张国义、龚林生、彭志浩、章红等5人，组长张国义。1988年12月10日，承办苏州市建材工业公司首届"迎春灯谜会猜"。1991年5月14日，组队参加"工行杯"苏州市第三届职工灯谜邀请赛。该谜组编印内部谜刊《玉龙谜集》、《灯谜·苏州市建材工业公司首届迎春灯谜会猜专辑》。现该谜组已停止活动。

### 苏州硅酸盐厂灯谜组

1984年成立。现该谜组已停止活动。

### 苏州吴门桥派出所灯谜组

20世纪80年代中期成立，成员有刘迪、吴建伟、顾庚裕、时彭年等。现该谜组已停止活动。

### 苏州市大学生灯谜协会

1989年1月成立，负责人胡泊，会员有纪小挺等。编印内部谜刊《吴风》。现该协会已停止活动。

### 常熟市徐市灯谜协会

原名常熟县徐市镇文化站灯谜组，1979年10月成立，主要成员有袁松麒、钱振球、顾锦良、钱祖兴、邓晓东，先后入会的还有马侠、吴志军、顾剑清、徐卫安、曾俊生、黄宏力、张志强、孙惠明、陈永新等。1983年改名为常熟市徐市镇文化站灯谜组；1998年3月1日升格为徐市灯谜协会，会长袁松麒。2007年9月26日，董浜镇文联成立，改组徐市灯谜协会，成立董浜镇文联灯谜工作者协会。

该谜协自成立至2007年，每逢节庆日，都要配合整理举办"迎春灯谜邀请赛""元宵灯谜展猜""庆五一、迎五四灯谜竞猜""中秋赏月谜会"等活动，还积极配合党的中心工作，开展了"'只生一个好'计划生育有奖竞猜""卫生与健康知识专题灯谜会""安全月安全知识灯谜有奖竞猜""保险知识灯谜有奖竞猜""环保知识灯谜有奖竞猜""毛泽东百年诞辰专题谜会""珍惜土地有奖灯谜竞猜""储蓄宣传专题灯谜会""水资源保护宣传知识灯谜有奖竞猜""庆祝香港回归专题灯谜会""纪念第 30 个世界环境日环保灯谜有奖竞猜""迎接新世纪'银海杯'江浙沪灯谜邀请赛"等等活动。协助镇文化站、文联编印内部谜刊《百花谜谭》《银海谜谭》7 期。

### 常熟市印染总厂工会俱乐部灯谜组

1980 年成立,原名常熟县漂染厂灯谜组;1983 年 1 月改为常熟市漂染厂灯谜组;1984 年更名为常熟市印染厂工人俱乐部灯谜组;1987 年改为现名。谜组成员先后有曾康、章新伟、施建勇、陆德生、张云祥、朱顺良、曹建中、谭建华、邵新祺、吴立扬、刘明德、张建平、马麒麟、金卫东、顾一堂、蒋坚、翁文征、夏钟明、沈建华、董辉、刘世良、朱忠等。顾问韦梁臣,名誉组长朱忠,组长施建勇,副组长邵新祺、张云祥,秘书长曹建中。20 多年里,该谜组先后编印内部谜刊《虎会》2 期、《虞山虎啸》17 期,并坚持开展灯谜活动。1984 年 3 月举办"建设社会主义精神文明全国灯谜函寄会猜"活动。1985 年秋季,举办"1985 年度全国佳谜评选"活动。1986 年 2 月 22 日、9 月 22 日,二度与苏州硫酸厂灯谜组开展厂际灯谜会猜。1987 至 1990 年,连续 4 年合办"苏常谜会",在常熟市印染总厂、苏州丝绸印花厂和苏州硫酸厂三厂间轮流举行,活动注重于谜友之间的创作心得交流,互通谜坛信息,为苏州、常熟两市的人文交流打下了良好的基础。1989 年 4 月,举办施建勇、曹建中"五一个人谜展"。1990 年"五一"节,举办"双建谜会"一周年纪念活动。1990 至 2002 年,连续多年在常熟燕园举行"五一"灯谜茶话会。2003 年国有企业改制,谜组活动就此停止。

### 常熟市董浜中学智林谜社

原名常熟市徐市中学灯谜兴趣小组,1988 年 9 月 15 日成立,谜组人员 22 人。顾问袁松麒,名誉组长徐惠泉、郑益民,组长钱振球,副组长金利刚、雷景升、陈映丹。1989 年 3 月,常熟徐市中学、任阳中学举行两校灯谜友谊竞猜通讯赛,至 2014 年 12 月已函猜 15 次。徐市中学灯谜组每周活动 1 次,自 1990 年起每年编印一本内部谜刊《谜花飘香》,多次被评为"全国十佳谜刊""功勋谜刊"。1998 年 12 月 14 日,徐市中学党政联席会议决定"徐市中学灯谜组"升格并更名为"徐市中学智林谜社"。1999 年 4 月 20 日召开"庆祝徐市中学成立十周年暨智林谜社成立大会",谜社名誉社长金玉书、顾建东,名誉副社长顾建良、高伟、徐玉,社长钱振球,副社长孙惠明、王耀明,秘书长孙惠明(兼)。2003 年,智林谜社被苏州市文化局命名为"苏州市优秀业余文艺团队",2010 年 4 月又被共青团常熟市委推荐参评获苏州市"社团之星"荣誉称号,2011 年 5 月再获苏州市"社团之星"荣誉称号。2012 年 8 月,学校整合为新的董浜中学,谜社改名为常熟市董浜中学智林谜社。同年 12 月,谜刊《谜花飘香》升级改版为《智林谜苑》,

至 2014 年底已编印 3 期，成为"全国十佳谜刊"。

### 江苏省常熟职业教育中心校春来谜社

2006 年 12 月 28 日成立，顾问钱振球、李文蔚、韦梁臣、曹建中，名誉社长金玉书、陈飞、王春，名誉副社长李坤华、陈红、邹慧，社长张维，副社长张建国、宗敏芳，秘书长马素红，理事张军、钱奕、顾利刚、顾建良、张震、范雪莲、张雨兰、沈靖、林莉、陈卫华、李琴、王乐谱；下设 8 个分社。2008 年 10 月 11 日换届改选，顾问钱振球、李文蔚、韦梁臣、曹建中，名誉社长金玉书、邹丽芳、王春，社长张维，副社长张建国、宗敏芳，秘书长张震，副秘书长汤颖婷、钱惠莲、瞿旦，理事张军、钱奕、顾利刚、顾建良、范雪莲、张雨兰、林莉、陈卫华、李琴、王乐谱；下设 6 个分社。2009 年 3 月 11 日，增补顾建良、钱奕、林莉为副社长。2014 年换届，顾问钱振球、韦梁臣，名誉社长金玉书、马骏、苏建青、陈飞、王春，社长马志军，常务副社长张震，副社长张建国、顾建良、宗敏芳，秘书长张震（兼），副秘书长汤颖婷、钱惠莲、瞿旦，理事钱奕、张雨兰、林莉、李琴、周建华、张秋月、王乐谱、顾建良、金弦；下设 8 个分社。该谜社自 2007 至 2014 年，协办了 8 届常熟市"'春来杯'学生灯谜竞赛"。2008 年 3 月，组队参加新加坡国际学生灯谜观摩赛，主持了一场"猜谜乐"，表演了文艺节目。2014 年 2 月 11 日至 13 日，组队参加央视《中国谜语大会》，获优秀奖；同年参与承办"国际中学生灯谜邀请赛"，被中国民协中华灯谜学术委员会授予"2014 年度优秀谜会"。编印内部谜刊《春来谜苑》10 期，多次被评为"全国十佳谜刊"。

### 常熟市董浜镇文联灯谜工作者协会

2007 年 9 月 26 日，董浜镇文联成立，改组原徐市灯谜协会，成立董浜镇文联灯谜工作者协会，成员 12 人，顾问韦梁臣，会长袁松麒。该协会协助镇政府、文联、文化站开展"董浜·徐市灯谜艺术展"、"常客隆杯"元宵节灯谜展猜、纪念建党九十周年"党在我心中"灯谜邀请赛、"龙腾虎跃庆元宵"灯谜展猜会、"董浜·徐市灯谜大世界"等活动，协助编印内部谜刊《第二届中国（常熟）江南文化节董浜·徐市灯谜艺术展专辑》《银风谜萃》《谜海探趣》《银海谜谭》8 期。

### 太仓市浏河镇工会、文化站"谜海一粟"灯谜组

1979 年 10 月成立，原名太仓县浏河镇工会、文化站"谜海一粟"灯谜组，首批成员 10 人，组长汤健安。该谜组主要在镇内开展群众性灯谜活动，每年组织 4 至 6 次组员创作灯谜展猜，举办过"郑和谜会""奇力谜会"等全县范围的灯谜邀请赛，编印内部谜刊《安窗文虎》《谜海一粟》。1993 年 3 月 28 日，太仓撤县改市，谜组改为现名。

### 太仓市沙溪镇灯谜组

20 世纪 80 年代成立，原名太仓县沙溪镇灯谜组，隶属太仓县沙溪镇文化站，首批成员近 10 人，组长朱宝荣。该谜组主要在镇内开展群众性灯谜活动，1988 年举办过一次县级的"沙溪谜会"。1993 年 3 月 28 日，太仓撤县改市，谜组改为现名，隶属太仓市沙溪镇文化站。1997 年 1 月，并入太仓市沙溪镇文联灯谜协会。

### 太仓市沙溪镇文联灯谜协会

1997 年 1 月成立，沙溪镇灯谜组并入其中，首批成员 26 人，理事长单鑫华，副理事长邱炟若、龚喜中，秘书长邱炟若（兼），副秘书长汪文明、胡剑翘，理事唐耀东、黄惠明，顾问陆雁铨。该协会主要在镇内的公园、广场、商场、书场、工厂、学校、明清一条街等地开展群众性灯谜活动，每年组织 4 至 6 次组员创作灯谜展猜。

### 太仓市璜泾镇灯谜协会

20 世纪 80 年代成立，原名太仓县璜泾镇灯谜协会，隶属太仓县璜泾镇文化站，首批成员 10 人，会长华广平。1993 年 3 月 28 日，太仓撤县改市，协会改为现名。该协会主要在镇内开展群众性灯谜活动，举办过"璜水谜会""玉溪谜会""猴年谜会"等 6 次县（市）级的灯谜邀请赛。

### 太仓市岳王镇科学技术协会灯谜组

20 世纪 80 年代成立，原名太仓县岳王镇科学技术协会灯谜组，隶属太仓县岳王镇文化站，首批成员 10 人，组长黄叙梁。该谜组主要在镇内开展群众性灯谜活动，1987 年、1988 年，先后举办过 2 次县级的"飞鹤谜会"。1993 年 3 月 28 日，太仓撤县改市，谜组改为现名。

### 太仓利泰纺织有限公司灯谜协会

1981 年春成立，原名太仓利泰纺织厂灯谜协会，首批会员 22 人，会长单鑫华。1992 年春，会员发展至 40 余人，增补邱炟若、李祥华为副会长，钱进才、陶一山、徐国忠、陈中祥为常务理事。该协会主要在厂内开展灯谜活动，每年举办 5 至 6 次会员创作灯谜展猜或专题谜会，编印内部谜刊《利泰风采》。20 世纪 80 年代末 90 年代初，先后举办过 3 次县级的"醒狮谜会"邀请赛。

### 莺湖谜社

20 世纪 80 年代初期成立，隶属吴江县平望镇文化站，会长陈志强。该谜社每年春节、元宵、五一、中秋、国庆等节日期间都举办猜谜活动，每次活动都能吸引数千人前来参加。2002年被评为"吴江市特色文艺团队"，2003年2月被评为"苏州市优秀文艺团队"。2008年4月起，举办"百天百谜迎奥运"有奖展猜、竞猜活动，是年5月更名为平望镇灯谜学会。

### 吴江县老干部局中心活动室灯谜组

1986年始，吴江县老干部局中心活动室于元宵、春节等节日期间举行灯谜展猜会，其谜题摘抄于一些谜书谜刊。从1989年起，吴江县老干部局邀请时任吴江县民间文艺工作者协会副理事长的陈志强作灯谜系列讲座，吴江老干部的谜事活动由此从单纯猜射转变为自己创作、自己猜射。在此基础上，灯谜组于1989年成立。1991年，更名为吴江县老干部局青松谜社。

### 吴江市老干部局青松谜社

前身为吴江县老干部局中心活动室灯谜组，1991年更名为吴江县老干部局青松谜社，原吴江县人大常委会副主任张鹤鸣任名誉社长，原吴江县交通局局长初基修任艺术顾问，原吴江县司法局局长陈士良任社长，原吴江县政协副主席刘公直、原吴江县文管会办公室主任顾安若任副社长，社务委员有平静人、刘公直、陈士良、顾安若、唐志祥（后增加蔡沛然）等人。当年底有社员30余人，之后发展至40余人。1992年，吴江撤县改市，谜社改为现名。该谜社坚持每月10日的例会以及每周三的品谜活动；每年举办元宵、七一、中秋、国庆等谜会；开辟每周一期的"景阳伏虎""与虎谋皮"专栏墙报；每月编辑印发内部谜刊《青松谜苑》一期，至2002年10月停刊，共出147期；每年编辑出版《鲈乡晚风》，至2002年10月，共出12辑，其中第1至第5辑由陈志强任责任编辑，以后各辑均由青松谜社社务委员（后增加李克、徐深等人）自任责任编辑。

### 平望镇灯谜学会

前身为吴江"莺湖谜社"，2008年5月更改为现名，在成立大会上，龚海波当选为会长，陈志明、许寅生为副会长。是年举办首届暑期学生灯谜培训班，自此，平望灯谜后备人才培养工作拉开序幕；10月，首次组队参加石狮"全国网络灯谜大赛"。2010年6至7月，组织举办首届灯谜少儿培训班。2012年12月，在《扬子晚报》开设"平望灯谜有奖月月猜"，迄今仍在举办。2013年，在新浪网开通"平望灯谜"博客。同年6月，"平望灯谜"被公布为苏州市非物质文化遗产项目。2013年、2014年连续2年举办"平望杯"中华灯谜邀请赛，在全国引起轰动。目前，该学会有会员22名，收藏各类灯谜50多万条，每年创作新谜800多条。该学会编印内部谜刊《鲈风》，主编龚海波。

### 松陵文虎社

2014 年 3 月由吴江松陵第一中学组织成立，这是吴江第一个中学生灯谜社团，首期社员 26 名，皆为品学兼优的初一、初二学生。该文虎社开设松陵文虎 QQ 群（群号 369060939），吸纳了许多学生、家长、老师、校领导入群。与此同时，该社借助 QQ 群网络平台，于每周六 19 点 30 分定期举办学生灯谜擂台赛，邀请全国各地灯谜名家主播和辅导，旨在把松陵文虎社打造成国内首个面向全国中小学生的灯谜社团。现学生灯谜擂台赛已举办 30 多期，累计参赛已达数千人次，群内共有各地中小学生 300 多名。2014 年 8 月，吴江松陵第一中学在首届苏州市中学生灯谜邀请赛中勇夺团体和个人两个第一名，并代表吴江参加在常熟举办的国际中学生灯谜邀请赛，获得优秀展猜奖和灯谜论文奖。

（以上有关常熟、太仓、吴江的当代谜社资料，分别由韦梁臣、鲍善安、陈志强提供，其余由诸家瑜搜集整理）

# 谜书篇

（白头格·猜古官名二）员外、探花

# 吴地谜书过眼录

诸家瑜 韦梁臣

### 《精辑时兴雅谜》

明代陈眉公辑，明末辽西青藜阁刊本。此书分上下二卷，蠹庵主人作序，扉页印有另一个书名：《鸳鸯镜》，目录又题：《新镌时尚雅谜鸳鸯镜》。与此书合刊的，还有陈眉公《精辑时兴酒令》（亦名《席上珍》）和《精订时兴笑话》（亦名《笑到底》）。

《精辑时兴雅谜》辑集宋、明两朝谜语104条，颇有价值，但其编排没有条理，内容大多较为通俗，有的流于庸俗。"中华谜书集成"第一册收此书时，对明显的错漏作了校正。

### 《山中一夕话·谜语》

明代冯梦龙辑，大16开白口本，明代刻本（内府本），无上下鱼尾，半叶8行，每行20字。

《山中一夕话》，又名《适情十种·谜语》《浮白主人八种·谜语》，共6册，包括笑林、雅谑、谜语、黄莺儿、吴侬巧偶、山歌、酒令、牌谱、夹竹桃、挂枝儿等10个类目。明刻本《山中一夕话》扉页写明："冯犹龙先生原辑，安闲道人增订。"犹龙，为冯梦龙之字。《谜语》在第三册，标明"浮白主人辑"，其内容与浮白主人《适情十种》《浮白主人八种》之《谜语》篇完全一样，是现存浮白主人所辑《谜语》的全本。有关浮白主人和冯梦龙的关系有两说："一说浮白主人即冯梦龙"（见《辞海》"夹竹桃"条）；另一种看法是，浮白主人与冯梦龙并非一人，但浮白主人所辑《谜语》，是以冯梦龙所辑《谜语》一卷之原著为根据，摘取其中一部分编辑而成（参见陆树仑《冯梦龙研究》）。不论哪种看法，都可以肯定地说，浮白主人所辑《谜语》实乃出自冯梦龙之手。

《山中一夕话·谜语》，共收谜语114则，内有介绍宋、明两朝的谜事（如"古谜三条""大人（谜）五条""玄玄（谜）六条""桶（谜）六条"），有含谜诗（如"姓名谜"）、字谜、天文谜、花木谜、鸟兽谜，还有文史谜、器用谜、人事谜等。此书与陈眉公《精辑时兴雅谜》均汇辑明末一些"时兴"的民间谜语，编排有条理，内容颇有价值，猜来大多较为通俗易懂。"中华谜书集成"第一册收此书时，对明显的错漏作了校正。

### 《黄山谜·谜语》

明代墨憨斋主人编，民国常熟平襟亚重编，民国24年（1935）襟霞阁排印。本书为中央书局"国学珍本文库"之一种，全书包括山歌、黄莺儿、谜语、挂枝儿、夹竹桃5个类目。墨憨斋主人，为明代冯梦龙的别号。

《黄山谜·谜语》，收谜语77条，内容与明代《山中一夕话·谜语》（即《适情十种·谜语》《浮白主人八种·谜语》）同出一源，经考证，《黄山谜·谜语》系浙江吴兴周越然（1885—1962）"亲得之明刊本，版心题《谜语》者……存十叶至廿七叶，共计七十七条"。具体说来，即从《山中一夕话·谜语》的第35则谜"车字"起，到第111则谜"撞石"止。周越然在民国22年（1933）6月7日的上海《晶报》上发表文章，讲述了得到残缺的《山中一夕话·谜语》以及《黄山谜》出炉的经过："与《谜语》同时得者，尚有两种：一题《山歌》二字……一题《黄莺儿》。""以上三种，不见诸家藏书目录。"于是他将此"装订成册，总题曰：《黄山谜》"。之后，周越然慨然将早经绝版之奇书多种出借给挚友襟霞阁主平襟亚抄印。

对比《山中一夕话·谜语》《黄山谜·谜语》二书，这些谜不仅排列次序完全一样，字句也基本一致，所不同的仅是印制中形成的出入。一是《黄山谜·谜语》改正了原书几处明显的错讹。如原书"天文谜十条""花木谜四条"，与下文不符，《黄山谜·谜语》分别改为"天文谜七条""花木谜六条"。又如原书"补遗"中的"跎子"谜，《黄山谜·谜语》将此改为"驼子"。二是《黄山谜·谜语》印制中有一些错漏。如"茄子"谜漏掉第三句"越大越武头"，又如"蜘蛛"（原书为"蛛蜘"）谜中"无思不服"的"服"字错成"脉"字等。这说明，《黄山谜·谜语》不过是《山中一夕话·谜语》中间的一部分。鉴于这种情况，"中华谜书集成"第一册对《黄山谜·谜语》只录书名，没有重印。

### 《广笑府·隐语》

明代冯梦龙纂集，民国24年（1935）11月襟亚阁主人印行，上海中央书店发行。

《广笑府》，署名"墨憨斋主人纂集"，虞山沈亚公校订，系中央书店发行的《国学珍本文库》丛书本第一辑第七种。该书正文分十三卷，书末附录《隐语》一卷。《广笑府》最早成书于何时，是否为墨憨斋主人（即冯梦龙）纂集，现代学者、专家皆颇有怀疑，认为"尚待考证，但该书内容有不少是有价值的……从民俗学角度看，仍有保存出版的价值"。

《隐语》纂集了明代以及之前的隐语39则，分别是：姓名为谜、谚语谜、有好美酒、何等小人、古人名、药名、果名、字谜应古人、谚语破题、日字谜、晶字谜、贺字资字谜、十字谜、亚字谜、夕字谜、黄字谜、窦字谜、因字孝字谜、朱字板字谜、极字谜、佛字谜、义字谜、咏田谜、门字谜、墙、象形、历日、风箱谜、经书注解、镜谜、灯花、灯笼、联谐、潮水、船篷、玫杯、蛇、屋、磨。这些隐语，只有几则与《山中一夕话·谜语》中收入的相似。

## 《广社》

明代张云龙撰，崇祯十六年（1643）刊印。北京大学图书馆藏有此书，为"艺觉堂藏版"。"中华谜书集成"第一册收此书，点校底本为北京大学图书馆藏品。

《四库全书总目提要》卷一三〇《子部杂家类存目七》有录："广社，无卷数，内府藏本。明张云龙撰。云龙字尔阳，华亭人。是书成于崇祯末年，乃因陶邦彦所作灯谜而广之，前载作谜诸格，取字义相似者配合一句，暗射成语；后借诗韵平仄分注，以备采用。然语多钝置，颇乏巧思。"雷梦水《贩书偶记续编·附录》："广社，无卷数，明华亭张云龙撰。崇祯癸未刊。"近人王重民对《四库全书总目提要》关于《广社》系"乃因陶邦彦所作灯谜而广之"之说，提出异议。他在《中国善本书提要·子部杂家类》介绍《广社》时说："《提要》云：'是书因陶邦彦所作灯谜而广之'，按云龙自序未言，《凡例》亦未言，《凡例》仅云：'旧谱原分门类，前讹后舛。'不言旧谱为陶邦彦所撰也。此本有《社坛伟隽》题名，第一名即陶邦彦，字司直，同社人不至丑诋若是。约之广社以前，已有此谱，此本则广社中人所合订者，特由云龙记之耳。"倘如王氏所言，则"广社"当为谜社名，借作书名。但书中原题"华亭张云龙尔阳父广"中的"广"字，似为动词"增广"之意，为《四库全书总目提要》上的"因陶邦彦所作灯谜而广之"之"广"之含义相同。另据张云龙《广社自序》所言："一日从市中肆，目见有货抄本旧谱二帙，为社家之便览。阅之则申译字义，洞人肠胃，如日月灯，如照乘珠、光明藏，既约且备。急廉之以归，灯下三复，已而诧曰：'机在是矣。'"又，"雨中兀坐，走笔广之，严为订正，久而与前本并富。再取未按，反复迹之，略无遗剩。"则书名之意似可作"增广社家之便览（谜家的工具书之意）"解。而王重民所提及的"旧谱"，当即张云龙得自市肆的"抄本旧谱二帙"。

《广社》，卷首为作者《自序》，之后依次为《广社凡例》，韵谱《广社目录前》、《广社目录后》，以及33位"社坛伟隽"的姓名和籍贯（扬州、高邮、邗江、江都、通州、华亭、海陵、鹤城）。全书载谜60余则，取名"广社各格"，分属无缝锁、滑头禅、连理枝、两来船、玄明伞、玉连环、夹山夹海、锦屏风、辘轳、诗格、词格、包意、曹娥、拆字、问答、画格等，除"曹娥"等格与后世所同，属于谜格外，大多皆为谜体，唯当时一律称格，未予区分而已。其扣合方法有一共同特点：先据谜面所示，扣出一个过渡（中介）谜底，再以谐音（须依扬州乡音）翻成字数与之相等的真正谜底。此种利用谐音中介扣合的灯谜，在明代较为流行，李开先《诗禅》中亦多此类谜作。由于扬州方言的谐声字为扣谜关键，故《广社》编有韵谱，对所列诸字还略作注释，以供社家便览。书中2则"画格"谜，为迄今所见最早的画谜作品。

### 《一夕话·雅谜》

明末清初咄咄夫辑，此书属清初及其前朝的谜语汇编，内容比较丰富。在清代几经翻刻，流传下来的版本较多。

有人说，《一夕话》始见于明代。但迄今能见的最早版本，为清朝康熙六年丁未（1667）本。卷首的序言署"康熙丁未岁杪穀旦，咄咄夫偶题于半庵"。文治堂有此书与《一夕话二刻》《又一夕话》的合刊本。此时，《一夕话》尚未分卷，内容包括选言、订误、雅谜、苦海、巧对、酒律、类谈7类。《雅谜》篇辑录谜语205则，是收谜最多的一个版本。

其后，有致和堂梓行的康熙五十七年戊戌（1718）本。序言内容与丁未本相同，但署为"康熙戊戌岁春正月望日，咄咄夫偶题于半庵"。可能这是在50年后经作者自己审定的修订再版本。这个版本已经分卷，其内容比丁未本增加像赞、清语、诗文、笑倒、异想5类，共12类，分为6卷，《雅谜》在第5卷。后世翻刻，均为分卷本；原序题"戊戌春正月望日"者，显系漏掉"康熙"二字。戊戌本的书名，扉页标《一夕话》，目录称《增补一夕话》。《雅谜》篇的内容，实际上比丁未本有增有删。增补的谜有"卯字""流水筒"等10则；删掉的有"井字"（第二则）、"茄"、"竹"、"木梳"、"棉花槌"、"和尚小遗"、"火通"、"线"、"靴"、"洗衣"、"吹箫"、"灯球"、"磨子"（二则）、"竹夫人"、"夹剪"、"弹棉花"、"险道人"、"四古人"（第一则）、"牛僧孺"，共20则。全篇计195则谜。经国堂道光十二年壬辰（1832）刊刻《增订一夕话新集》和同年大兴堂梓行《增订一夕话新集》的《雅谜》篇，都是在康熙戊戌本基础上有所增删。增补的谜有12则，删去的有18则。全篇收谜189则。

此外有一种删节本。金阊宝仁堂乾隆三十四年己丑（1769）镌《增订一夕话新集》、乾隆年间三德堂刻《一夕话》，以及立言堂刻《增订一夕话新集》的《雅谜》篇，均属这一类。这种版本将康熙戊戌本删掉的全删了，增补的仅录"白乐天"等3则，另外又多删87则，所剩为101条谜。钱南扬在《谜史》中说，此书"坊刻本，错伪百出，不能卒读"，指的当是乾嘉以还的翻刻本。

"中华谜书集成"第一册排印以康熙丁未本为底本，康熙戊戌本增补的谜，以及后人塞入的谜，均附在后面。乾隆、道光刻本，文字上有所改动，较有价值的写入"校记"中。原书中有的谜有"犯面"等毛病，附录的增补谜中"谁敢侮之"以下几条，有的格调低下，有的与全篇体例不一致，"中华谜书集成"未予修改，均保留原貌。

据有的学者分析，咄咄夫为明末清初人陈皋谟（字献可）的号。据《中国人名大辞典》载：陈皋谟，字思赞，江阴人，明嘉靖进士。他当过蒲州知府、南京工部郎中，有《薄游》《北游》《南都》诸稿。也有学者认为，咄咄夫为明末清初人陈荩谟的号。据《中国人名大辞典》载：陈荩谟，字献可，号礴庵，晚号澄真子，浙江携李（今嘉兴）人。明末诸生，曾拜师于黄道周（1585—1646）门下，著有《皇极图韵》一卷、《元音统韵》二十二卷、《度测》三卷等。另外还有一位陈皋谟（1548—1618），字锡玄（元），号抱冲，常熟人，一作湖北彝陵人。明万历十九年（1591）举人，官兵部郎中，迁四川按察司金事、贵州布政参议，撰有《左氏兵略》《经籍异同》《经言枝指》《四书名物考》《骈志类编》《说廑》《广滑稽》《学半斋集》等，《重修常昭合志》有传。如果《一夕话》康熙戊戌本的序言所署年月非他人所窜改，咄咄夫就是一个至少在清代生活了74年的人。《一夕话二刻》序言署为"湖上咄咄夫漫题"，"湖上"具体指何处，有可能指常熟尚湖，但还是有待进一步查考。

### 《又一夕话·续雅谜》

明末清初咄咄夫辑，清康熙十七年（1678）刻本。这是继《又一夕话·雅谜》后整理的又一谜集。共收谜270则，多为明清其他谜集未见收录的作品。此书过去流传不广，鲜为人知。

《又一夕话》，有与《一夕话》《一夕话二刻》合刊本，由文治堂梓行。此书扉页横额标"咄咄夫别集之三"，有咄咄夫专为此书写的序言。其中有"仆方悔一刻再刻之多事"语，说明此书为《一夕话》《一夕话二刻》后之著作。序言署"康熙戊午孟冬吉旦，咄咄夫题于半庵"，即作者于康熙丁未为《一夕话》作序10年之后。扉页有"试问今夕何夕，弹指十年顷刻，见闻日异月新"等句，说的大概是这两种书之间的联系。

《一夕话二刻》是他人的文章选编，《又一夕话》则与《一夕话》相同，系作者自己的诗文、笔记，包括一些纂辑的材料，分续选言（附韵汇）、续诗文、续订误、续雅谜四卷。

"中华谜书集成"第一册收入此书，编者改正了原书少量阙误。但"犯面"等病疵，则保留原貌。

### 《解人颐广集·消闷集》

清代钱德苍编。

《解人颐》卷首题写"新订解人颐广集"，书内目录署有"云溪胡澹庵定本，吴门钱慎斋重增订"，正文前题写"吴门钱德苍沛恩氏重订"。书前有作者在清乾隆二十六年（1761）孟春所写的自序，序文内交代了《解人颐》改编情况："坊本向有《解人颐》初集、二集，搜索古今，摭拾卮辞，最脍炙人口。诵其歌咏，深可感发人心，浣涤尘臆；观其诙谐，真可抚掌捧腹，悦性怡情。胡子澹莽病其赘疣重复，玉石浑收，已从而删繁就简，都为一集，名之曰新。今予不揣愚陋，复为去陈集新，又从而广益之，仍于本分而外，不杂毫末。"

此书有清乾隆二十八年（1763）刻本、嘉庆元年（1796）振贤堂刊本、民国《改良绘图解人颐广集》石印本等。民初，上海新文化书社重镌时，加新式标点，并将八卷本改成七卷本。全书共 24 集，包括懿行、嘉言、陶情、遣兴、博趣、游戏等方面。卷五有消闷、寓意、达识、高致 4 集，其中《消闷集》专载谜语，取材较广，汇集了一些宋、明及清初的作品，共计 61 则。钱南扬在《春灯馀话》中曾称此书，"实研究古谜者之要典也"。但编排较乱，有的谜有"犯面"之疵。

"中华谜书集成"第一册收入此书，排印以清乾隆二十八年镌《新订解人颐广集》为底本，参照其他版本作了校改。

### 《绝妙好辞》

清代沈起凤著。

《绝妙好辞》一卷，是清代著名戏曲作家沈起凤谜语创作中的一部词谜专著，凡 116 阕，每阕隐《西厢记》词一句，措词典雅，刻画精巧，艳情脉脉，奇思幻想，意趣盎然，美不胜收。

词谜，又名词曲谜，谜语之一种，按照词牌、曲牌填就的词和曲作为谜面的谜语，相传为宋代吕渭老（字圣求）首创。词谜以明清最为盛行，赋词绝伦，但谜技则不敢恭维，一首词几十个字，仅扣合三五个字，难免会有虚脱。诚然，沈起凤"仿北海之离合，得北宋之神味，可谓虎坛健将，词林妙手矣"，他集创作诗词于谜语中，给人以双重艺术享受，也为后人制作诗词谜以较大的影响。

沈起凤去世后，因其子侄辈不善继述，《绝妙好辞》等书籍辗转流亡，为疁溪吴畹香所得，后为友人借阅失去。清道光二十五年（1845），同邑陆某在外地见到此书低价购得。翌年，吴江任御天抄录并为之作序，称此书"词尚风华，意取曲折，骎骎乎超前古而越来今矣"。至民国 5 年（1916），《绝妙好辞》为杭州木石居主吴琴灏收藏，上海扫叶山房编辑雷瑨借得原稿，在杂志上分期刊登。之后，清末民初红学家、谜语文化学者吴克岐（字轩丞，江苏盱眙人）的《犬窝谜话》、潮州谜家谢会心《评注灯虎辨类》中均有摘录介绍。

### 《皆大欢喜·韵鹤轩笔谈》卷下

清代无名氏著，清道光元年（1821）刻本。

无名氏，吴县人。著《皆大欢喜》四卷，内分《韵鹤轩杂著》上下卷、《韵鹤轩笔谈》上下卷。《韵鹤轩笔谈》下卷中有谈谜语一节，记载了清初毛际可，以及生活在乾（隆）、道（光）年间的海州板浦（今灌云北板浦镇）人许月南《七嬉·冰天谜虎》、吴县沈起凤和僻耽的谜事轶闻。

据作者介绍："灯谜有十八格，曹娥格为最古，次莫如增损格。增损即离合也。……此外复有苏黄、谐声、皓首、粉底、正冠、正履、分心、素心、重门、垂柳诸格，要不及会心格为最古。"但读之发现，所说的谜格则举了13种，其中的"会心格"，其实是一种谜体，即商末就流行的"会意谜体"，又称"转注谜体"，"曹娥、苏黄"为旧名，而过去的"增减""寿星"（又名寿星头）2格在此分别有了别名"增损""皓首"，仅谐声、粉底、正冠、正履、分心、素心、重门、垂柳8个谜格首次"亮相"。

无名氏《韵鹤轩笔谈》卷下之谜语，清梁章钜仅节录部分，收入《归田琐记》第七卷中，题为《灯谜》一篇；清徐兆玮则全部转录，收入《文虎琐谈》一书里，后收入"中华谜书集成"第三册内。

### 《归田琐记·近人杂谜》《浪迹丛谈·杂谜续闻》

清代梁章钜著。

《归田琐记》和《浪迹丛谈》，是清代文学家梁章钜的两部内容丰富的笔记。前者写于清道光二十三至二十四年间，由北东园刊于道光二十五年（1845）；后者为道光二十六至二十七年的作品，道光二十七年（1847）即有亦东园刊本。其后有翻刻本，中华书局有点校本。

《归田琐记》共8卷，内容多记朝野逸事、历史人物、草木虫鱼、医卜星相、读书论学及风俗地理等，第七卷有《近人杂谜》一篇，收谜46则，有猜四书、书经、诗经、易经、左传、礼记、孟子的，有猜唐诗、宋诗的，有猜《西厢记》、《琵琶记》的，还有猜官名、字谜的。前有梁章钜自述："余养疴吴门，居沧浪行馆中。时来视余者，为苏鳌石、吴棣华、钱梅溪、杨云士、吴青士诸君子。病间亦不欲闻近事，酒次，唯杂举觞令为戏。时值上元灯节，或以外间街市灯谜相闻者，率不能惬人意。因忆说部所载灯谜，极浑成大雅及甚可解颐。"

另外，在《归田琐记》第七卷中还有一篇题为《灯谜》，内容为清代无名氏《韵鹤轩笔谈》节录（参见《皆大欢喜·韵鹤轩笔谈》卷下），在此不再赘述。

《浪迹丛谈》共十一卷，第七卷有《杂谜续闻》一篇，记述了一些史书、笔记小说中的谜事资料，以及江浙一带流传的谜语，可资谜语文化研究者参考。

"中华谜书集成"第一册收入这两个谜语专门篇章，排印以道光年间北东园刻《归田琐记》和《浪迹丛谈》《浪迹续谈》合刊本为底本，并参阅其他版本。

### 《映雪山房谜语》

清代无名氏辑，手抄本。据我国谜籍珍藏家高老伯瑜先生介绍，该书的辑者是吴县人，但生卒年不详。

《映雪山房谜语》是一部清代谜集，首页有"壬子年起，已揭"字样。从谜作内容、所用谜格分析，此"壬子年"可能是咸丰二年（1852）。"中华谜书集成"第一册收此书。

全书收谜280多条，采用法门以会意为主，兼有用典、假借、夹击、问答等法，所用谜格有落帽、衔尾、颠倒、折腰、连环、顺逆、卷帘、借冠等8种，谜目有四子、毛诗、尚书、周易、卦名、礼记、孝经、左传、周礼、尔雅、古文、司空诗品、韵目、书名（篇目）、聊目、三经、千文、方言、诗句、六才、词曲牌、物件、古人、石人、官名、称呼、星名、地名、花草名、药、虫兽名、节候名、字等30多种，从中可以读到一些耐人品味的作品。

《映雪山房谜语》原书，由苏州高伯瑜珍藏，后捐给福建漳州灯谜艺术馆，现由漳州市档案馆保存。

### 《龙山灯虎》二卷

清代企杜辑，大64开本，清咸丰六年（1856）夏敬义坊刻本。

企杜（生卒年不详），号古华散人，梁溪（今无锡）人。龙山，相传舜帝曾躬耕于此山，山有九陇，《隋书》称之为"九龙山"，《太平寰宇记》引《郡国志》称"冠龙山"，简称"龙山"，系无锡西郊惠山的古称。该书由此而得名。又，唐顾欢《吴地记》称"华山"，陆羽《惠山寺记》称"斗龙山""古华山"，亦惠山别称，故辑选者以"古华"为号也。"敬义坊"，无稽考。据清光绪《锡金县志·学校》记述，无锡学宫大成殿后旧有敬义坊。学宫，一名孔庙、文庙、县学，亦名儒学、庙学，由无锡知县张诜创建于北宋嘉祐三年（1058），是无锡最早的官办学校，在学前街今无锡市第八中学内。昔日学宫内的敬义坊是否即是镌刻《龙山灯虎》的那个"敬义坊"，已不得而知了。

《龙山灯虎》分上下两卷，纸材系毛边纸，共122页，收集了历代谜家，尤其是明末清初谜坛四大家贺（从善）、黄（周星）、毛（际可）、费（星田）以及本邑文人韵士的谜之精华共800余则，雅俗共赏，亦庄亦谐。这是一部丰富多彩的谜语专著，在当时可谓面广量大的谜语集大成，它为后人精选谜集开拓了道路。此后，谜书日益增多，反映出嘉（庆）道（光）以降，清代灯谜臻于鼎盛。至于该书编印的动因，辑选者企杜在序言中说道："古有以诗影物于寺观之壁，名曰灯。商灯谜，其遗制也。吾邑文人韵士，往往为之斗巧争奇，美无不备。如'日暮汉宫传蜡烛''主器者莫若长子'等谜，天生玉盒子，不着一丝牵强，骎骎乎驾'黄绢幼妇''白水真人'而上之，一时脍炙人口，远迩传闻。惜无荟萃一编，供人睹记。虽《帝乡景物略》《江湖浪迹》以及传奇小说家，容或有之，然片羽吉光，未窥全豹，阅者犹不能无遗憾焉。兹刻共得八百种，眼界略少展矣。

至于沧海遗珠，容俟诸续集。"

"谜虽小道，宇宙间一名一物，无所不包，此所谓语小天下莫能破，语大天下莫能载。"纵观《龙山灯虎》一书，包罗谜目达72种，以"四书五经"、古诗古文及历朝人名为主，兼及花、草、虫、鸟、戏曲、方言等；谜艺也趋于成熟，猜射的法门颇多，有会意、象形、拆字、用典、抵销、别解、承上启下、两面夹击诸法，还使用了解铃、系铃、卷帘、垂柳、梨花、老人、昭阳、玉带等谜格，以解铃、系铃、卷帘、垂柳为主。

另外，《龙山灯虎》还有一部手抄本，用毛笔誊写，集谜900多则。经考证，手抄本是坊刻本的"母本"，所辑谜语也多百余则，但两部同名的谜语古籍实系"一家"，均属孤本。如今，《龙山灯虎》（坊刻本）已入选"中华谜书集成"第一册里，由苏州高伯瑜珍藏的手抄本和坊刻本两原件，捐给了福建漳州灯谜艺术馆，现由漳州市档案馆保存。

### 《钩月庼词》二卷

清代袁薇生著，32开本，清光绪初年"苏城临顿路徐元囿刻印"。"中华谜书集成"第三册收入此书，但原书对出版年月、作序时间均无记载。

《钩月庼词》，是清末的一本谜集，系清代庼词大家袁薇生的自制之作。全书收谜500则，分属周易、楚辞、戏名、虫介等40余类。最后是几则诗词形式的长谜。此书比较有特色处，是两篇序言对谜史和灯谜创作手法的探讨。方楷关于四格（今称"体"）六类的分析，尤足玩味。原书分上下两卷，上卷刊谜面，下卷刊谜底。谜面下有不同数目的圆圈，提示谜底的字数。这种形式很是少见的。

《钩月庼词》原书，由苏州高伯瑜珍藏，后捐给福建漳州灯谜艺术馆，现由漳州市档案馆保存。

### 《隐书》

清代俞樾著，64开单行本，清光绪六年（1880）梅华馆刊印。

以"朴学大师"著称的清代著名学者俞樾，乐于谜道，虽作谜不多，但不乏佳构。其谜作中，人名、字谜、药名等较通俗的谜目占有较大比重。《隐书》是他的灯谜专集，除有单行本传世外，还载《春在堂全书·曲园杂纂》第四十九卷内。两种版本均收谜100条，内容基本相同，前言略有出入，"九十九""曾子曰：唯"二谜排印次序不一致。两种版本编排格式不同。《春在堂全书》本在文末以《隐书解》为题，集中刊载谜底；谜面、谜底均以《千字文》为次。"中华谜书集成"第二册收入此书，点校以光绪六年庚辰梅华馆刊印的单行本为底本。原书规格为：每页刊载2条谜，正面刊谜面、谜目，背面刊谜底。"中华谜书集成"排印改为谜底与谜面、谜目接排。

### 《静观斋谜语》

清代倪瑞庭著，手稿本。

原稿因字迹书写潦草，俗称邋遢本，其中所载 31 条谜作，收入清刘玉才等 24 位谜家合著的谜书《廿四家隐语》、民国韩少衡辑集的《百家谚语集》内，题名《静观斋谜稿》。

《静观斋谜语》原书由苏州高伯瑜珍藏，后捐给福建漳州灯谜艺术馆，现由漳州市档案馆保存。

### 《隐语鲭腴》

清代东溪渔隐编，清光绪四年（1878）刻本。

《隐语鲭腴》为晚清淮安隐语社的作品选，编者署"东溪渔隐"，系曾任昆山教谕、江苏师范学堂监院徐嘉的别号。

《隐语鲭腴》之书名，取自"五侯鲭"之典故。五侯鲭，佳肴名，为西汉娄护所创。编者在跋文中作了说明："鲭者何？楼（娄）君卿得五侯奇膳，而荟合之腴，则又其菁英之选也。"清末民初的淮安籍著名谜家顾震福，在为《商旧社友谜存》所写序言中，对此书有所记述："传闻嘉、道以来，淮人薰染邗风，嗜'新赋''昭阳'格。顾方音易变，异地难通，徐丈宾华、段丈笏林起而革之。光绪四年，选刊社友佳作专辑，典包意包，颜曰《隐语鲭腴》，不胫而走，遐迩传诵。"

该书序、跋同置卷首，全书分两部分，采用"前隐后解"的办法。但既不分卷上、卷下，也未标"谜面""谜底"，收谜 270 余条，谜目分四书、四书注、易经、书经、诗经、左传、礼记、尔雅、庄子、史记、史记目、汉书、选目、选赋、选诗、六朝赋、古文、古歌辞、古诗、唐诗、古水名、古人、古美、词调、曲牌、书目、韵目、诗品、时宪书、童读、字、戏具、物、卉名、药名、俗语、聊目、泊号、石人、六才等 40 种，全未用谜格，序言中有"厉禁"之说，这反映了当时一部分人对谜格的看法。而跋文里有"灯谜相传有'广陵十八格'，'包意'似腐而实奇，'离合'似庸而实古"之言，则引发了后人对历史上是否有"广陵十八格"之争议。

"中华谜书集成"第一册收入此书，为便于读者区别，特将谜面排楷体，谜目排黑体。

### 《新灯合璧》三卷

清代管礼昌编纂，小 64 开本，清光绪十四年（1888）夏苏州司前街漱六斋刻印。"中华谜书集成"第二册收入此书。

管礼昌，字叔壬，元和（今苏州）人，吴中名士。他主持的五亩园谜社（参见"谜社篇·清代谜社·五亩园谜社"条目），是清末诸谜社中较活跃的一个。光绪十四年（1888），他把将近 7 年里社员参加谜社活动时所制谜语汇集选编成书，全书分三卷，上卷《故史虎灯虎》，为管礼昌自著，中下卷收朱世德、徐铖、徐国钧、沈敬学、胡国祥、陈祖德、王恩普、陈曾绶、陆鸿宾、何维楝等人的 10 种谜集，以及由张玉笙（又作玉森）、江长卿、俞吟香、陈荫堂、张幼云、顾瑞卿、赵杏生、张炜如、胡三桥等 10 余人之谜作合编的《杂著》。全书以千字文为序号，谜亦雅俗兼备，管礼昌、徐国钧、沈敬学分别作序。

这部多家谜选的内容及其选谜标准有些特色。如：清代许多谜家崇尚以成句为谜面，难免产生扣底不工的弊病。而此书《凡例》中言明："是选不专以面用成句为贵。其面用成句，而意实勉强者，概不入选。"《凡例》还主张制谜不一定非用正典，只要能出奇，"借用熟典，亦无不可"，这都反映着清末谜语创作的发展新趋势。

该书初版本，现藏于北京图书馆。高伯瑜先生收藏的再版本（1892 年刻本）捐给漳州灯谜艺术馆，现由漳州市档案馆保存。

### 《廋辞偶存》

清代天目山樵著，清光绪十五年（1889）金陵冶城宾馆刻印。"中华谜书集成"第二册收入此书。

《廋辞偶存》，是清代学者张文虎的作品，系《覆瓿集·舒艺室杂存》之一种。该书编排无条理，入编谜作 54 条，分设四书、易经、中庸、左传、汉书、古文、古诗、唐诗、古人、汉人、战国人、唐宦官名、果名、药名、常用语、俗语等 16 个谜目。

### 《醉月隐语》

清代童叶庚著，清光绪十六年庚寅（1890）春三月武林任有斋刊本。"中华谜书集成"第二册收入此书。

《醉月隐语》，仿明末清初黄周星《廋词》"酒令体"，也收四十笺、一百六十条谜，但取材不限于人名，还有词调名和县厅名。内中多有"因难成巧"的佳作。这部谜书是童叶庚著《睫巢镜影》12 种之一，另外 11 种为：《静观自得录》《说快又续笔》《雕玉双联》《回文片锦》《蜗角新棋》《五星连珠图》《月夜钟声图》《六十四卦令》《七十二候令》《合欢令》和《斗花筹》。

### 《日河新灯录》

清末姚福奎等编，系华亭（今上海市松江区）文人谜集，后由华亭人雷瑨（字君曜）将此谜集收入《娱萱室小品六十种》，于民国 6 年（1917）由上海扫叶山房印行，32 开石印本。"中华谜书集成"第三册收入此书。

华亭，别称云间、茸城、谷水，民国元年（1912）废府，娄、华亭 2 县合并为华亭县，民国 3 年（1914）改名松江。古代，华亭境内有条"日河"（或与"月河"合称"日月河"），谜集取河名。全书共收24人的400则谜。谜作按人整理，少者一则二则，最多120则。谜目范围较广，包括周易、尚书、毛诗、四子、四子注、六朝文、宋文、唐诗、诗品、宪书、古人、药名、用物名、礼记、左传、史记、唐文、千家诗、三字经、书名、经书篇名、官名、美人、花名、食物、曲牌、词牌、剧名、市招、方言、卦名、鸟名、虫名、公务语、唐人、晋书、汉人、古诗、明人、鳞别、山名、佛事、县名、人事、老子、宋人、公羊、国语、汉书、周官名、周人、药方名、论语、大学、中庸、孟子、论语注、尔雅、庄子、列子、国策、西汉文、后汉文、宋诗、千字文、百家姓、佛经、毛诗篇名、韵目、字、古官名、上古人、东汉人、三国人、清人、四子人、县名、果名、果别、兽名等，名目繁多，但未用谜格。谜集里作者除姚福奎（常熟人）、何绮（淮安人）外，其余是当地人。

### 《百二十家谜语》十卷

清代张玉森选编，待刊本。这是一部未付梓面世的清代多家谜集，其荟萃谜家之广，辑录谜作之多，在历代谜籍中首屈一指。现收入"中华谜书集成"第二册。

《百二十家谜语》原著，从清代142种谜书、笔记、小说、报刊中，摘录谜作10635条（其中重复谜22条），全部以毛笔抄写，行楷字体，字迹工整。整套书共计664页（一页两面），每面10行，每行书写1条谜，分10册装订，各册页数不尽相等，最多的一册为92页（第六册），最少的一册仅48页（第三册），而每册均盖有"莲勺庐藏本"长方形阴文篆体印章。

这部稿本首册目录之前为序文与"古格举略"。序文题为《百二十家谜语叙》，骈文体，序文后署"清光绪三十二年（1906）孟仲（原文如此，当有误，或第一字或第二个字应为春夏秋冬之类）上浣，平江（即今苏州）张玉森于莲勺庐并叙"。"古格举略"是作者对一些古代谜格所作的说明："廋词者，本射覆之意，推而广之，令人试猜，以发一粲，遂因事立名，因名立格。近则心思愈巧，格局愈新，古格流传，十不存一。姑就所知，略举一二，以见今昔之异。"下面列了14种古代谜格名，对有些谜格还举有实例，可作谜格研究的参考资料。目录之后是正文《灯谜类考》（6种）、《谜格丛编》（32格），爰作2家，各举实例若干说明，合成一册，取材于清郑永禧《隐林》卷四（1891年版本）。

第二至第九册，收辑了清末以前115家谜语（因其中选了何绮2种谜语，故在此作一家计算），大部分来源于《廋词》（一卷，1697年版本）、《玉荷隐语》（二卷，1780年版本）、《群珠集》（二卷，1780年版本）、《十五家妙契同岑集谜选》（四卷，1876年版本）、《钩月廋词》（二卷，1877年版本）、《文虎》（二卷，1877年版本）、《十四家新谜约选》（二卷，1877年版本）、《余生虎口虎》（四卷，1880年版本）、《隐书》（一卷，1880年版本）、《梦阁灯虎》（二卷，1884年版本）、《新灯合璧》（三卷，1888年版本）、《蔼园谜剩》（一卷，1890年版本）、《隐林》（四卷，1891年版本）、

《精选文虎大观》（六卷，1892 年版本）、《莲廊雅集》（二卷，1894 年版本）等诸多谜籍，以及《文社日报》《申报》《消闲报》《新小说》等报刊所载之谜。

最后一"家"即第十册，为《灯谜集腋》，摘自《坚瓠集》《文章游戏》《艮斋谜钞》《零金碎玉》《妙香室丛话》《在园杂志》《两般秋雨庵随笔》《皆大欢喜》《馀墨偶谈》《涂说》《归田琐记》《影谈》《桐影清话》《镜花缘》《品花宝鉴》《来生福》《红楼梦》《红楼圆梦》《红楼复梦》《解人颐》《无稽谰语》《补红楼梦》《大公报谜钞》等 23 种书报所载的谜语。

原著中一些相同的谜目省略不写，但有些谜目原著漏标。

此稿本为中华谜界知名人士、上海古籍出版社原副总编辑陈振鹏所珍藏。经他校勘，纠正错漏百余处。《谜格丛编》中"落帽格""脱靴格""解带格"47 条谜，原著隐去的字，也全已由他查明补入。

### 《谜虎集腋》

清代张玉森选编，巾箱本。这是一部待刊稿本，行楷字体书写，封面上盖有"六一研斋"印，书页中缝都印有"莲勺草庐"的字样。原书由苏州高伯瑜珍藏，后捐给福建漳州灯谜艺术馆，现由漳州市档案馆保存。

### 《无名谜稿本》

清代顾锡珍撰，64 开毛边纸手订，待刊稿本，共计 50 页，每页有谜 2 条，正面为谜面，背面为谜底，收谜百条，所用谜格有：卷帘格、蝉联格、系铃格、白一字，个别谜有"谜面加注"，谜目有：诗经、易经、四书外注、书经、三字经、古文、字、六朝人名、四书、军营、文报、唐诗、散文等。该稿本系光绪年间用毛笔缮写，由撰者之孙、农民画家顾纯学珍藏，后顾纯学将此赠与常熟谜家韦梁臣。

### 《新谜语》

清末民初常熟佚名辑。

《新谜语》一卷，蝇头小楷恭笔缮写，收谜 503 条，谜目有：四书、大学、论语、孟子、诗经、书经、礼记、春秋、易经、庄子、左传、三国、正蒙、纲鉴（《纲鉴易知录》）、古人、汉人名、三国志人、时人名、伶人、妓女、古事、字、新名词、流行物、地名、鸟名、卦名、西厢、聊目、曲调、戏名、药名、本草（《本草纲目》）等。可能是摘录的原因，有相当一部分谜语没有标谜目。辑者对绝大部分谜语作了标记，谜面有"·"，谜目用"△"，谜底用"。"，统一标在文字右侧。书中有许多耳熟能详的谜语，也有一些反映当时新事物的谜语，还有部分谜语实为歇后语，反映出当时谜语创作的实际情况。

书中还抄录了一段《附言》："谜语虽属游戏，其中颇可开人智慧，余现出灯谜，故将所作之谜，寄上登报，至于各种格名，想阅者一望而知，无待琐言也。"出处不详。

1998年10月，此谜书由常熟谜家韦梁臣在常熟小三台一古玩店购得。

## 《谜虎录》

清末民初常熟佚名撰，稿本，长19.8厘米，宽12.1厘米，毛边纸手订，连底面8页，未标页码，毛笔缮写，书法较好。封面题"镫谜"二字，正文则标"谜虎錄"。全书收谜83条，从谜语的内容来看，有弹子房、脚踏车、照相机、电气灯等，可知是清末民初的作品；谜目较杂，有七言唐诗、药名、六才、京戏、诗经、左传、字、昆戏、伶名、四子、六才会真诗、幼学、六朝文、礼记、轮船名、禅语、孟子、姓、国名、春秋、古人、制药法、谚、易经、三字经、书经、鸟名、果名、韵目、曲牌、古文、时宪书、官名、诗品等，用到的谜格只有别字、堆锦、卷帘数种。值得一提的是，该稿本里还有谜面"一"至"十"的组谜。稿本现由常熟王永铭收藏。

## 《文虎琐谈》

清末民国徐兆玮辑录汇编，手稿本。"中华谜书集成"第三册收入此书。

《文虎琐谈》是徐氏对34种笔记中有关灯谜著述的辑录，引用的笔记计有：宋代苏轼《仇池笔记》、邵博《邵氏闻见后录》、胡仔《苕溪渔隐丛话》、洪迈《夷坚志》、庄绰《鸡肋编》、周密《齐东野语》，元代李治《敬斋古今黈》，明代顾元庆《檐曝偶谈》、田汝成《西湖游览志馀·委巷丛谈》、郎瑛《七修类稿》《七修续稿》、朱国祯《涌幢小品》、李诩《戒庵老人漫笔》、李贽《山中一夕话》，清代赵吉士《寄园寄所寄》、靳荣藩《绿溪语》、褚人获《坚瓠集》、戴延年《秋灯丛话》、赵翼《陔馀丛考》《檐曝杂记》、翟灏《通俗编》、梁绍壬《两般秋雨庵随笔》、无名氏《韵鹤轩笔谈》、梁章钜《归田琐记》《浪迹丛谈》、吉达善《只可自怡》、陆以湉《冷庐杂识》、李佐贤《吾庐笔谈》、施鸿保《闽杂记》、倪鸿《桐阴清话》、程畹《惊喜集》、张培仁《妙香室丛话》、邱炜蒉《菽园赘谈》、郑永禧《竹隐庐随笔》（徐氏对这些笔记中的有关材料，有的全文抄引，有的则是摘录）。以上笔记又转引了不少文史典籍，提到了一些谜语专著。资料甚为丰富，足资谜语文化研究者参考。由此，亦可窥见徐氏对谜学用功之勤。

《文虎琐谈》稿本，由徐氏用行书写成，蝇头细字，书法精美。用纸除毛边纸外，杂有晚清"两怡堂""源茂泰""永顺记""瑞兰室"等常熟私家木板印刷稿纸，可知此书稿是间断抄成的，抄写的年代可能在清末。稿本现存常熟市图书馆古籍部。

## 《灯虎汇编》

清末民国徐兆玮编著，手稿本。

该稿本由徐氏以毛笔缮写，共 150 页，每页书谜八九条。此书稿有以下几个特点：

（一）收谜数量较多，共计 1200 多条。有些作品质量较好。

（二）谜格名目繁多，有曹娥、徐妃、白头、脱帽、遥对、系铃、卷帘、楹联、解铃、半面、卷首、重门、燕尾、捧心、上卷、下卷、谐声、虾须、流水、鸾凤、寿星等 20 多个谜格。

（三）谜目广泛，除常见者外，又有"六书"（即"字"）、"镜诨"（《镜花缘》人物诨名）、"算书目"等稀见的几种。书中还有一些早期的数学谜和体现"西学"知识的谜作。

（四）吴谚用得不少，富有地方特色，读来饶有兴味。

从谜作内容和用字避讳等情况分析，书中有不少清代作品，有些篇幅为清末所抄写。但此书稿成书时间，可能在民国。

《灯虎汇编》由"中华谜书集成"第三册收入，原稿中一些明显的错漏已经校改，但通假字未作更动。稿本现藏常熟市图书馆古籍部。

## 《诗钟·联语·酒令·隐语》

清末民国徐兆玮辑，稿本，现藏常熟市图书馆。

该书的《诗钟汇录》部分，抄录有"己亥海上文社""茂苑消寒会""庚子海上文社""苏桓吟社"所作的诗钟，作者寓苏闿兰陵客、琴川赤凤外史、五百名贤祠下过客、吴中醒儒、常熟翁锦芝、吴县沈逝水、苏州刘顽石等，系苏州地区或寓苏人士。《联语汇录》部分，抄录有"己亥海上文社""庚子海上文社""苏桓吟社""海上文社""番禺潘兰史赠校书联""楹联汇录""戏目对偶""青楼套语对偶"等。《酒令》部分，有《七十二鸳鸯令》《论、孟酒令》《学寡讹斋酒政》《西厢词句酒政》《酒令筹，集西厢句》《酒令筹，撰句》《西厢曲句酒筹》《牡丹亭酒令》《曲牌名酒筹》《改诗令》。《隐语》部分辑谜 66 条，有《隐语（戊戌年十一月）》辑谜 35 条、《又（戊戌年十二月）》辑谜 11 条、《隐语（己亥年正月）》辑谜 10 条、《又（己亥年十二月）》，辑谜 10 条。

## 《邃汉斋谜话》

民国薛凤昌著，32 开单行本，11.2 千字，上海商务印书馆印行。

《邃汉斋谜话》民国元年（1912）冬撰成，民国 2 年（1913）4 月在上海商务印书馆出版的《小说月报》第四卷第一号作为"补白"刊载，卷首有薛氏《自识》语。但文章未全部刊登完毕。民国 4 年（1915）1 月至 5 月，《小说月报》第六卷第一号至第五号又继续连载。至此，全文历时 2 年多方才刊毕。民国 5 年（1916）12 月，徐珂编撰的《清稗类钞》脱稿，内摘引《邃》文之内容。民国 6 年（1917）4 月，上海商务印书馆出版发行单行本，列入《文艺丛刻》（甲集），被誉为"谜话开山之作"，与张起南《橐园春灯话》并称"谜话双璧"。共同列入该集的书籍还有：王国维《宋元戏曲史》、王梦生《梨园佳话》、吴梅《顾曲麈谈》、许家庆《西洋演剧史》、玉狮老人《读画辑略》、钱静方《小说丛考》、孙毓修《欧美小说丛谈》、张起南《橐园春灯话》。负责校对的是当时任《小说月报》编辑的武进恽铁樵（树珏）。民国 9 年（1920）1 月，再版发行。再版本中的《邃汉斋谜话》，封面题为"文艺丛刻甲集 邃汉斋谜话 商务印书馆出版"，扉页空白，正文 30 页，卷末 3 页，其中版权页占半页，其余都是商务印书馆出版的书籍广告。之后，该书又有多次再版。

### 《谈虎偶录》二卷

民国徐枕亚著，32 开单行本，12.9 千字，北平打磨厂老二西堂印行。

《谈虎偶录》，又名《枕亚谈虎录》，民国 3 年（1914）4 月 1 日、5 月 1 日，曾在中华小说界编辑、中华书局发行、沈瓶庵主编的《中华小说界》第一年第四期、第五期"杂录"栏目上连载。该书分上、下两卷，是作者徐枕亚以随笔小品形式写成的谜话专著，随手偶录，不拘章节，短小活泼，信笔所至，趣味盎然，阐述了不少对谜语的谜法、谜艺的真知灼见及创作经验，如提出"厥、呆、混、脱、割裂、艰涩、杂凑、直率、意义未尽、神气不足"的谜之十忌，这对后人影响很大。民国 4 年（1915）1 月 1 日、2 月 1 日的《中华小说界》第二年第一期、第二期"丛录"栏目上，刊登了署名等闲斋主撰写的《灯猜丛话》："披览《谈虎录》，不觉见猎心喜。因杂摭新旧文虎，缀以评语。枕亚见之，得或笑东施学步乎。"《谈虎偶录》一书中，还记录了苏州、常熟等地的一些谜人、谜作和谜事趣闻。

### 《春谜大观》二卷

民国王文濡编，32 开铅印本，民国 6 年（1917）1 月上海文明书局（封面及扉页上标"进步书局"，据《出版史料》记述，实系一店两名）印行。

《春谜大观》是民国初期上海规模最大的谜学社团——萍社的谜作汇辑本。至民国 24 年（1935）5 月已出第 10 版。全书分上下两卷。上卷谜目 14 类，下卷 28 类。书中收录萍社社友 58 人的灯谜作品，另"益以曲园、蒿园、勉盦诸先生之作，暨山傭君所录自他人者"（《序》），共计收谜 5000 余条。

萍社，创始于清光绪三十三年（1907），社名取"行纵萍合"之意，由吴兴姚涤源（名洪淹，号劲秋）、上海孙玉声（名家振，别署海上漱石生、退醒庐主人）等人所发起。社友为新闻界、学界、文艺界人士，有的对谜道造诣较深。据郑逸梅《梅庵谈荟》称，谢不敏、蒋山傭、王毓生、陆澹庵、徐行素为萍社中期的"五虎将"。先后参与者，共达 90 人。

　　萍社创始时，在上海九江路小花园附近"文明雅集"茶园聚会，后茶园迁福州路，社友随去。新世界游乐场建成后，萍社诸子改趋"新世界"，并于每月望日，张灯悬谜，对游客开放，使灯谜猜射成为该游戏场的一项活动。沪上名士来聚会者颇多，本谜集的编者王文濡亦于此时入社。嗣后，又移集于"绣云天"（后易名"神仙世界"，在福州路、湖北路口）。民国 6 年（1917），新开办的大世界游乐场聘孙玉声编《大世界》报，萍社活动改集于此。此报辟有"文虎台"专栏，每日将上日射中之谜刊出。延至民国 10 年（1921），由于主社者或谢世，或离沪，萍社活动风流云散。民国 17 年（1928）春，大中虎社成立，萍社宿将有不少改入此社。

　　萍社诸家先后所撰谜作，达十余万条。除《春谜大观》所选收者外，社友吴县曹叔衡（毓钧）也将积集之谜条汇总，经孙玉声筛汰剩四五百条，辑为《萍社谜粹》，于民国 20 年（1931）在上海《文虎》半月刊上连载，可惜没有刊完。孙氏曾撰《萍社同人谜粹小引》，以记其事。此外，在《百家隐语集》中，收有陈勉盦辑《萍社谜语汇录》37 则。

　　民国 9 年（1920），王文濡对他为本谜集初版所写序言作了几处修改。除文字上的润色外，主要增加了陈逸石、况蕙风、贾粟香、张子良、蒋山傭 5 个人名；文末原署"新旧废物"，改为"民国九年重三日，吴兴王文濡序于沪北望古遥集楼"。

　　《春谜大观》中署名"曲园"的谜条，除极少数尚未查明出处者外，均辑于《新编灯谜大观》。而该书仅署"荫甫俞樾定"之作品，都录自《三十家灯谜大成》和《十五家妙契同岑集谜选》，大部分都另有作者，俞樾（曲园）本人的谜作寥寥无几。王文濡却将《新编灯谜大观》所辑数十人的作品一概归于俞曲园的名下。这种错误做法，已造成混淆视听、以讹传讹的恶劣后果。

　　"中华谜书集成"第三册收入此书，排印以民国 6 年（1917）9 月的再版本为底本，采用了第 10 版所载经过修改的序言和后加的目录，并以第 10 版及其他有关资料作了校勘。

### 《纸醉庐春灯百话》二卷

　　民国亢廷钤著，16 开单行本，民国 8 年（1919）3 月馼社出版印行。

　　《纸醉庐春灯百话》由华阳舒廷弼、张敏（绍荃）、毛桴分别写序，华阳庞俊作跋，眉山郭庆琮（毓灵）、华阳吴荫曾（鲁戣）、华阳颜镡（果堪）分别题词。这是一部清末民初时期的地方性谜语文化方志，它以讲话的形式，简要介绍了谜语的历史和谜体、谜格，辑录了前人杂说、谜集里的谜语和清末报载谜语。最有特色的是，有关清末成都的谜人、谜作和张灯结社之轶事趣闻，记述详备。据作者介绍，这部谜话动笔于清光绪三十二年（1906），初稿写成于光绪三十三年（1907），宣统三年（1911）"复有附益"。民国元年（1912）夏，"乃取重加厘定，略以类从分为两卷"，遂命名《纸醉庐春灯百话》，油印刊行。民国 2 年（1913），全文陆续发表于赵仲琴主编的成都《晨钟报》上。五年后才由皈社出版印行。

《纸醉庐春灯百话》，有 2 种刊本，一为 16 开单行本皈社版，由苏州高伯瑜珍藏，后捐给福建漳州灯谜艺术馆，现由漳州市档案馆保存；一为 32 开单行本，由北平崇文门外打磨厂东口内路南宝文堂同记书铺印，现由谜人收藏。

### 《枕亚浪墨（续集）·文虎偶存》

民国徐枕亚著，32 开铅印单行本，民国 11 年（1922）上海清华书局印行出版，大众书局重版。常熟市图书馆藏有此书。

《枕亚浪墨（续集）》系常熟徐枕亚《枕亚浪墨》第二册，至民国 10 年（1921）已刊印 4 版，后又由上海益明书局印刷、上海小说世界社出版数版。该书分"说部""绮谈""笔记""杂纂"4 卷，收 22 篇作品，《文虎偶存》系卷四"杂纂"中之一种，共 27 页，每页分上下两栏，每栏 14 行，收谜作 725 条，涉及四子、诗经、书经、易经、礼记、左传、唐诗、六才、杂类（名词、虫名、鸟名、兽名、花名、水族名、草名、字、官名、古人名等）近 20 个谜目，所用谜格有遥对、解铃、系铃、卷帘、升冠、锦屏、粉底、燕尾、脱靴、遗珠、并头、离合、登楼、双铃、解带、仍铃、移铃、蜓尾、遗珠、虾须、双系、并蒂、徐妃等 22 种，还有两格并用的。

### 《枕亚浪墨（四集）·廋词选存》

民国徐枕亚著，32 开铅印单行本，民国 11 年（1922）10 月上海清华书局印行出版，大众书局重版。常熟市图书馆藏有此书。

《枕亚浪墨（四集）》系常熟徐枕亚《枕亚浪墨》第四册，收《清史拾遗》《孤村喋血记》《趣闻百咏》《剖腹记》等 7 种，《廋词选存》刊载于卷七中，共 48 页，收谜作 465 条，谜目 27 种，从学庸、鲁论到俗语、市招，分类编排，有些谜作旁有徐氏所加的附注。另外，在古文、唐诗的谜目下，作者特地注明"限《观止》"、"限《三百首》"，可见彼时猜谜之"游戏规则"。该书用到的谜格有：加冠、系铃、双钩、辘轳、移铃、解铃、露面、仍铃、浑成、蕉心、登楼、纳、燕尾、并蒂、脱靴、蜂腰、藏钩、双系铃、碎锦等，有些谜作两格并用。据不完全统计，用格谜共 133 条，占全书谜作四分之一强。

在谜作前，有徐氏写于民国 11 年（1922）的一段说明："年来与萍社诸君子角逐于谜场，所制不下数千条。《续集》中所载《文虎偶存》未经精选，中多庸劣之作，已于四版时删去。兹特于新作中分类选存若干条，旧作则存其十之三四，其有稍生僻而用意稍奥窔者，加以附注，以便阅者。壬戌孟夏枕亚自识。"

### 《绣石庐谜语》

民国张静盦著，64 开铅印本，民国 20 年（1931）印刷。

《绣石庐谜语》由杨章（甓渔）题写书名，张静盦以及兴化杨雪门（横山），歙县吴承烜（东园）、吴清丽（又园），上虞罗焕藻（佩芹、阶平），常熟曾冠章（君冕），泰县丁秋碧，青浦钱学坤（静方）等写序文，吴清丽作跋文，有江苏兴化、六合、泰县、盐城、高邮、东台、无锡、江阴、武进、常熟、太仓、华亭、青浦、上海，安徽歙县、无为，浙江绍兴、上虞等 18 个城市的 44 位谜坛名家和好友鸿雁并啼，题诗 30 首、词 9 首。这在中华历代谜书中是很鲜见的。

全书收谜作 319 则，涉及谜目 53 种，其中有用战委会、妇女协会、门罗主义、殖民地、清党、共产、孙中山、蒋介石等等当时的时政新语、时人作为创作谜材，给人以耳目一新的感觉，这不仅从一个侧面反映了作者的创作风格，也从一个侧面反映出 20 世纪二三十年代我国谜语创作的发展轨迹。

《绣石庐谜语》现有 2 本，一本是手写本，字为蝇头小楷，有点淡紫色的封面已残破，上面盖有"绣石庐"章，至今仍由居住在无锡的张氏后人保存着。一本是铅印本，原由苏州高伯瑜珍藏，后捐给福建漳州灯谜艺术馆，现由漳州市档案馆保存。

### 《查先生（谜语集）》

民国徐子长著，32 开铅印本，民国 20 年（1931）4 月江苏省立苏州女子中学实验小学出版发行，苏州文新印刷公司印刷。

江苏省立苏州女子中学实验小学，即今江苏省新苏师范学校附属小学的前身，原名江苏省立第二女子师范学校附属小学校，是一座公立小学，创立于民国 2 年（1913）10 月 13 日，校舍租用苏州盘门新桥巷民房。翌年，校舍迁入小仓口原江苏省农业学校旧舍（今苏州胥门内小仓口 10 号）。民国 18 年（1929），改名为江苏省立苏州女子中学实验小学。民国 21 年（1932），江苏省师范教育独立，又改称江苏省苏州女子师范学校附属小学校（后又多次改名）。在此期间（1929—1932），该校出版发行了作为"小学生分年补充读本"的《儿童的书》系列丛书，一套六种，分别为：《弟弟（儿歌集）》《扑满（童话集）》《朝霞（诗歌集）》《查先生（谜语集）》《北帝庙（剧本集）》《草头黄（故事集）》。除第五种系朱善徐（"虞山印派"创始人赵古泥的弟子）与徐子长合著外，其余均为徐子长所著。

《查先生（谜语集）》，系《儿童的书》之第四种，每册定价大洋一角，由在苏州的小说林书社、平江书局、振新书社、商务印书馆、交通书局、文怡书局等多家书店代售。全书 36 页，所收谜语共计 144 则，均为字谜，一半系创作，一半为收集，多浅显有趣。作者在《著者的话》中写道："谜语里常具有新鲜的感觉、丰富的想象、滑稽的情调、醇璞而奇妙的联想，每蕴藏着诗意。所以有人说，'隐语是原始的诗。'孩子的天真醇璞，可以说是原始的人；原始的人喜欢原始的诗，无怪其然。象形疏状，会意谐声；考索推寻，开发心思。它给与孩子们的进益，更不必说。"书中第一条谜的面句是："查先生，真奇怪！足下的鞋，在头上歪戴。（猜一字）"谜底是"香"字。蛮形象有趣的哩！

《查先生（谜语集）》一书的原件，现由浙江绍兴谜人章镳珍藏。

### 《新市场扶雅社百期谜选》

民国汉口新市场扶雅社编著，32开铅印本，民国23年（1934）7月汉口信记印书馆印刷，汉口新市场发行。

汉口扶雅社由吴县孙亚二创办。该谜书封面由王劲夫题签，广东秦锡铭（友荃）、长梦尹陆真翘（1897—1969，原名甘崇兰，字梦庐。太仓浮桥镇人。1917年从陆斗华学中医内科，后改随师姓，取名真翘。1920年在苏州正式挂牌行医。1922年迁居汉口开业应诊）、武昌《鄂报》主笔王道铎（民仆）写序，孙亚二作跋。扉页照片10张，分别为："新市场扶雅社张贴文虎百期纪念同人摄影（甲戌天中）"（14人，其中1个小孩）、"新市场扶雅社灯虎同人联欢摄影（廿一年双十节前一日）"（11人）、"董事长鲁方才"、"董事王荣卿"、"王民仆先生"、"董事计国桢"、"经理叶芍苏"、"事务主任陆桐圃"、"文牍王劲夫"、"扶雅社主任孙二亚"。正文前有"扶雅社同人序齿录"、含谜的序（谜面系百期纪念骈文，谜底均射聊目）、彭冰心《扶雅社灯虎百期纪念词》和管雪斋《扶雅社同人纪事诗》。

《新市场扶雅社百期谜选》原由苏州高伯瑜珍藏，后捐给福建漳州灯谜艺术馆，现由漳州市档案馆保存。

### 《琴心文虎初集》

民国徐枕亚主编，32开铅印本，民国24年（1935）1月萃英印刷所印刷出版，琴心文虎社发行。

《琴心文虎初集》是民国时期常熟"琴心文虎社"（参见"谜社篇·民国谜社·琴心文虎社"条目）的谜作汇辑本。封面由徐天啸题签："二十四年元旦 琴心文虎 徐天啸题"，下盖有阴篆"徐天啸"章。扉页一刊有《常熟中法储蓄会银行储蓄部特别启事》，扉页二刊载南光霁轩照相馆(常熟南门外君子弄)、振华公司(常熟寺前大街)的两则广告，扉页三刊载王（吉民）序，扉页四、五刊载徐（枕亚）序，扉页六刊载《琴报》征订广告。正文前是《琴心文虎初集目录》，占2页。正文82页，每页12行，全书收谜作780条，所用谜格有卷帘、解铃、蜓尾、系铃、虾须、燕尾、解带、碎锦、脱靴、双钩、徐妃、登楼、纳履、下楼、求凰、秋千、上卷帘、双摘顶、冠履倒置、蕉心、梨花、双升冠、分心、双脱靴等 24 种，用卷帘格为最多；谜目有四书五经、古文、唐诗、西厢、童读、书目、韵目（附篇目）、一字、历朝人名、志目、药名、县名、古迹、剧目、食物、用物、成语、吴谚、市招、店招、本邑地名、杂类，共 22 类，其中店招、本邑地名类谜作有地方史料价值。

正文后还有 7 页，所载内容各不相同。第一页为樊增（祥）写于民国 17 年（1928）的《枕亚贤友粥书润格》；第二页为常熟"松石斋图书号"、"萃英"印刷所的两则广告；第三页为常熟"乾泰恒久记绸缎局"广告；第四页为常熟"缪大昌绸缎局"、常熟百货界"和记公司"的两则广告；第五页为版权页，从右往左分别为："中华民国二十四年一月出版"、"琴心文虎初集"、"全书一册定价大洋贰角"（小字）、"主编　海虞徐枕亚"、"发行者　常熟北市心（小字）萃英印刷所"、"总发行所　道南横街（小字）琴心文虎社"、"分售处　新中书局　振华公司"、"外埠分售处　南京太平路三二二号（小字）钟山书局"，左上角有"版权所有　不准翻印"8 个字，十分醒目；第六页为"道南横街琴心茶社启事"，内有简述琴心文虎社设立的大致年份及常熟谜事活动之内容；第七页为"俞炳恒会计师""顾彦儒律师""时永福律师"的 3 张名片。

### 《吴县民间谜语》

民国无名氏辑，手抄本。这本谜集内芯共 20 页（一页两面），每面 6 行，每行书写 1 条谜，字体楷书，抄写工整。内集 169 条谜语，谜面皆为吴语，这在众多的谜书里甚为罕见；所猜射范围涉及动物、植物、食物、生产用具、日常生活用品、体育娱乐用品、自然现象、人体名词、建材名词、金融名词、书籍名、商号等等。现该书原件由浙江绍兴谜人章镳珍藏。

### 《打灯谜》

余真编著，64 开本，35 千字，1957 年 8 月上海文化出版社出版，印数 22000 册。

《打灯谜》一书，是新中国成立后到"文化大革命"前，我国大陆地区第一本也是唯一的传授灯谜基础知识的通俗读物，在当代中华谜语文化发展史上具有非常重要的地位。它通过漫谈灯谜、灯谜游戏的一般规律、灯谜的猜法和做法、有关晚会里的打灯谜、注释灯谜等 5 个章节，告诉读者怎样猜谜、怎样做谜，以及对 24 个谜格的解释等，最后还选注了 90 则灯谜。虽然全书仅 35000 字，但它却以非常浅显的语言，揭示了灯谜游戏的真谛，引领当时众多的爱好者走进"谜途"，而这其中就有不少人已是当今中华谜坛的中坚力量。这本书的封面设计采用装饰画形式亦很有特点：一个学生模样的人物，手夹一支笔，正对着一条灯谜做冥思苦想状，见之惹人喜爱。这是由著名老画家石佩卿绘图设计的。

## 《猜谜百法》

黎东、陈新著，责任编辑徐明，32 开平装本，150 千字，1987 年 10 月江苏少年儿童出版社出版，印数 53000 册。此书为灯谜入门书，分民间谜语猜法、一般灯谜猜法、带格灯谜猜法、特殊形式灯谜猜法四部分，从猜谜的角度较为系统地教你成为灯谜能手。

## 《中华灯谜鉴赏》

邱景衡编著，责任编辑向辛（郭龙春的笔名），32 开平装本，257 千字，1988 年 1 月人民日报出版社出版，印数 32000 册。1989 年 3 月再版，印数 10000 册。

这是一部全面介绍灯谜的著作，"别开生面，独树一帜"。首先是引证翔实，观点新颖。作者将老生常谈的谜史理顺成章，以充分的史料评述了"先隐后廋"的关系，表露了个人对谜界中"隐""廋"之先后争论的观点。同时，采用纵横双向勾画的手法，阐述了灯谜的社会功能和在中华文坛和社会生活中的地位，然后通过引用诸多史料，烘托出"唐诗、宋词、元曲、明小说、清灯谜"的新观点。其次是集古今谜萃，举古今谜籍。该书汇集了从古到今、中华全境及海外华人的大量谜作，精选灯谜近 3000 则，其中澳门灯谜为古今谜籍（书）中无有；首次开列了明清以来 300 多年间刊行于世的 291 种谜籍书目。纵观钱南扬先生的《谜史》，仅收录 79 种；上海江更生、朱育珉的《灯谜大世界》，亦只列举了 241 种。再次是一线贯全卷，一改常规法。作者用"鉴赏"这条主线，有机地将各篇章联结起来，给人以一种美的享受。全书始终贯穿着作者的思想："灯谜是门艺术，又是文学创作"，"要使灯谜的美学价值、文学性在创作中体现出来，必须做到'雅得体，俗得趣'，使各阶层都能满意"。另外，这部书的第八章和附录一、二的灯谜编排颇感新鲜。古今谜籍，排法大致是：以谜目为顺序的，或以作者名望高低为顺序的，再或以谜面字数多少为顺序的。然而这部书一反常态，别出心裁，采用作者姓氏笔画排列法；在附录一和附录二中，则以谜面第一个汉字笔画排列法。

手此一书，既可了解灯谜的发展历史、谜学研究概况，又可学习制谜原理和猜谜诀窍，还可欣赏优秀的古谜、当代的佳谜和现代各种类型灯谜的代表作。2010 年，中国民间文艺家协会中华灯谜学术委员会主办 "郭龙春谜书奖"评选活动，从 1988 年到 2008 年出版发行的谜书中评选出 20 种获奖谜书，《中华灯谜鉴赏》名列其中，被誉为"专业眼光的灯谜鉴赏，业余爱好的入门读物"。

## 《一天一个好谜语》

邱景衡、金岚、方之编著，冀维静、何南、齐瑞华、景之插图，32 开平装本，24.6 千字，1991 年 5 月哈尔滨出版社出版发行，印数 50000 册。这是一本开发儿童智力的猜谜语的书，也是一本讲谜语的书、画谜语的书，按一年 365 天"设计"，每天（页）一则谜语，配一幅画，讲一则谜话。该书内容丰富，谜语浅显，谜话深入浅出，易于孩子理解和接受，可供幼儿教师及低年级教师作为课堂教学辅助材料，也是父母赠送给孩子的一份珍贵礼物。

### "中华谜书集成"三册

高伯瑜、邱景衡、诸家瑜、陈秉才、郭龙春编纂，钟敬文、陆滋源、柯国臻、陈祖舜、朱家熹、刘雁云作序，人民日报出版社出版发行，分精装本、平装本两种。

第一册，大32开本，700千字，1991年5月出版发行，精装印数3800册，平装印数3200册。1992年9月再版，印数3000册。责任编辑余章瑞。本册共收入《齐东野语·隐语》（周密）、《诗禅》（李开先）、《六语·隐语》（郭子章）、《徐文长逸稿·灯谜》（徐渭）、《徐文长佚草·灯谜》（徐渭）、《精辑时兴雅谜》（陈眉公）、《山中一夕话·谜语》（冯梦龙）、《新奇灯谜》（无名氏）、《广社》（张云龙）、《快园道古·灯谜》（张岱）、《廋词》（黄周星）、《一夕话·雅谜》（咄咄夫）、《又一夕话·雅谜》（咄咄夫）、《下酒物（节选）》（张山来）、《灯谜（《孟子》人名廋词）》（毛际可）、《解人颐广集·消闷集》（钱德苍）、《玉荷隐语》（费源）、《灯谜》（汤浩）、《灯谜偶存》（又一村居士）、《竹西春社钞》（爱素生）、《春宵博雅》（夏之时）、《七嬉·冰天谜虎》（栖云野客）、《七嬉·幻影山得冰天谜虎全本》（栖云野客）、《两般秋雨庵随笔·灯谜》（梁绍壬）、《归田琐记·近人杂闻》（梁章钜）、《浪迹丛谈·杂谜续闻》（梁章钜）、《映雪山房谜语》（无名氏）、《龙山灯虎》（企杜）、《"四书"人名廋辞》（徐楚畹）、《灯社嬉春集》（蓬道人）、《还读书屋谜稿》（聂聘三）、《三惜书屋谜稿》（韩春农）、《十五家妙契同岑集谜选》（酉山主人）、《十四家新谜约选》（王琛）、《春灯谜汇纂》（无名氏）、《文虎》（风篁啸隐）、《隐语鲭腴》（东溪渔隐）、《灯谜新编》无名氏）、《龙山社谜》（赋笋斋主人）、《绝妙集》（盟鸥居士）等40部谜语古籍。

第二册，大32开本，800千字，1993年1月出版发行，精装印数5800册，平装印数2200册。责任编辑余章瑞。本册共收入《隐书》（俞樾）、《余生虎口虎》（葛甡）、《辛巳春灯百谜》（夒笙）、《谜选》（东霖）、《廿四家隐语》（刘玉才等）、《鹭江灯谜合刻》（王步蟾、曙城）、《梦阁谜语》（王均）、《蜗寄居隐语》（叶肖斋）、《满谜》（成勳）、《东墅文字禅》（东斋居士等）、《新灯合璧》（管礼昌）、《虎痴虎》（俞鉴）、《廋辞偶存》（天目山樵）、《醉月隐语》（童叶庚）、《蔼园谜剩》（蔼园主人）、《隐林》（郑永禧）、《三十家灯谜大成》（周学潜）、《围炉新话》（杨小湄等）、《谜拾》（南注生）、《花信楼灯谜》（洪炳文）、《莲廊雅集》（江峰青）、《廋辞汇》（多罗山樵）、《隐语汇编初集》（李凤冈）、《四子觳音》（章祖泰）、《撷绿山房隐语》（叶金瑛、叶康瑞)、《百二十家谜语》(张玉森)、《味腴草堂谜语集成》(味腴草堂主人)、《味腴草堂谜语续集》(味腴草堂主人)、《春冰室野乘·隐语汇录》(李岳瑞)等29部谜语古籍。

第三册,大32开本,1210千字,1997年5月出版发行,精装印数3800册,平装印数1200册。责任编辑向辛。本册共收入《文虎琐谈》(徐兆玮)、《灯虎汇编》(徐兆玮)、《钩月廋词》(袁薇生)、《日河新灯录》(姚福奎等)、《春灯大观》(王文濡)、西厢谜辑(管老吃)、《游戏大观·诗谜》、《橐园隐语》(张起南)、《北平射虎社橐园题像》(张起南)、《隐秀社谜选初编》(关颖人等)、《百家谳语集》(谳盦)、《谜语俱乐部选萃》(董痴公)、《莺嘤社谜集第一集》(韩少衡)、《广州谜语》(刘万章)、《河南谜语》(白启明)、《北平射虎社谜集》(陈冕亚)、《无尽藏斋谜集》(刘圃田)、《消闲谜录》(张见心)、《谜语选录》(郁庭)、《跬园谜刊三种》(顾震福)、《古砚斋谜集》(许宗岳)、《春山染翰楼谜剩》(蔡抟)、《省庐灯谜》(谢国文)、《聊斋谜集》(赵凤池)、《丁嘤社谜选第一集》(刘云庵)、《文虎》(戴炳聪)、《韵谜三百则》(谢会心)、《张黎春灯合选录》(张超南、张起南、黎国廉)等28部谜语古籍。

"旷古未有的谜库全书,蕴藏丰富的露天谜矿。"这是大陆、台湾谜界对"中华谜书集成"这部大型专题性丛书的一致评价。该书"置十万佳作于一集,汇千家名言于一书",是我国第一部历代谜语书籍汇编,取材力求详尽,内容经过校勘,主要收集1948年以前的谜语书籍,兼及一些文集中的谜语专门篇章。全书共汇集自南北朝以来的谜集近300种,计270万字,其中既有国家图书馆和谜家珍藏的善本书,也有首次面世的稿本,其他著作绝大部分在近40年内未再版过,为文化界和灯谜爱好者提供了一套比较齐全、准确可靠的谜学文献资料。本书原拟出版四册,前三册为汇辑谜语作品的各种谜集,第四册为论述谜理、谜艺、谜史的谜话专辑,集历代谜话百余种,约150万字,因为种种原因未能出版。1996年8月1日,在人民日报出版社建社40周年之际,这套丛书被列入该社1978年以来出版的文史类重点图书。2010年,中国民间文艺家协会中华灯谜学术委员会主办 "郭龙春谜书奖"评选活动,从1988年到2008年出版发行的谜书中评选出20种获奖谜书,"中华谜书集成"荣登榜首,被誉为"谜书中的历史,历史中的谜书"。

### 《谜苑入门》

陈新、黎东著,32开平装本,1991年8月江苏科学技术出版社出版。本书论述了谜语的起源与发展、谜语的类别、猜制谜语的规则与规律等等基础知识。

## 《莺湖谜话》

芜晨著，小 32 开平装本，80 千字，1992 年 9 月宁夏人民出版社出版，印数 2250 册。

该书由费之雄题写书名，冯同英、汪寿林作序，作者系吴江陈志强，卷末有他的一篇《后记》。这是一本个人谜集，共由"五色篇""谜艺篇""赏析篇""评论篇"和"谜作篇"等 5 个篇章组成，收入谜文 68 篇、自创谜作 195 则。1993 年，中国民间文艺家协会顾问、李大钊的女婿贾芝教授在给作者的信中，称赞《莺湖谜话》的创作。

## 《开启谜宫的钥匙》

柯国臻、陆滋源、郑百川、汪寿林、韦梁臣、赵首成、刘二安、杨声远合著，责任编辑郭龙春，大 32 开平装本，307 千字，1997 年 3 月人民日报出版社出版。

本书由吴超、苏寿真作序，分灯谜法门（柯国臻）、"别解"与灯谜（赵首成）、字谜指南（汪寿林）、象形灯谜研究（杨声远、刘二安）、谈格（柯国臻）、特殊扣法的灯谜（韦梁臣、陆滋源）、谜病剖析（郑百川）等 7 个部分。2010 年，中国民间文艺家协会中华灯谜学术委员会主办 "郭龙春谜书奖" 评选活动，从 1988 年到 2008 年出版发行的谜书中评选出 20 种获奖谜书，该书名列其中，颁奖词为"虽是灯谜知识普及读物，却处处体现出学术价值的升华"。

## 《灯谜基础知识》

钱振球编著，32 开平装本，250 千字，2003 年 9 月中国文史出版社出版。

本书作为中山文学院《远东书林》第 2 辑入编书目，由江浩题词，杨崇华、邱景衡作序。全书分为九章，正文《引言》一篇，第一章灯谜的历史，第二章灯谜释义，第三章猜谜（制谜）法门，第四章谜格简介，第五章花色灯谜，第六章谜家评谜，第七章怎样组织猜谜活动，第八章灯谜集粹，第九章学谜感怀，附"想一想，做一做"参考答案，最后有《后记》一篇。2003 年 9 月获南京中山图书奖，同年获常熟市教育专著二等奖、常熟市中小学校本教材一等奖。

## 《常熟民间文艺集萃·灯谜》

罗世保主编，韦梁臣编著，责任编辑施曙华，短 32 开平装本，约 90 千字，2003 年 11 月古吴轩出版社出版，印数 1000 册。

此书由杨升华作序，是"常熟民间文艺集萃"丛书之一（全五册，含对联、灯谜、工艺、歌谣、故事），是一本介绍常熟谜语文化的专辑，内容包括：前言，廋坛千载话风流（含《常熟灯谜史话》《谜家徐枕亚》），星光闪烁映谜空（含《谜人的风采》《闻风坐相悦》），高山流水意转迷（含《谜林射虎》《谜苑寻芳》《谜宫导游》《谜史探幽》），谜滩拾贝展新篇（含《琴心篇》《帷灯篇》），后附《常用谜格浅释》。

常熟是一座历史文化名城，在文学艺术的许多领域，有着深厚的文化底蕴，灯谜也不例外。"本书的《常熟灯谜史话》，就是试图钩沉这方面的内涵，填补研究的空白。""常熟的灯谜爱好者，数十年如一日痴迷于谜……本书有部分灯谜爱好者的自述，常熟电台的灯谜节目，别具特色，十年来，吸引了常熟及周边地区的无数听众，是同类节目中的佼佼者，所收内容，可见一斑。书末附有灯谜五百条，其中与常熟人文地理相关、体现地方特色的谜三百条。"（《前言》）

### 《敝帚自珍》

曾康编著，32 开平装本，2006 年 4 月香港天马出版有限公司出版，由邓绍基作序。

该书有"梓里杂志""文博留痕""见贤思齐""馆藏鉴赏""钟情庋藏""谜海弄潮"等篇章，其中"谜海弄潮"含谜文 10 篇，附录创作灯谜百条。书前有"贺件（选）"，书后有"鸣谢"及"后记"。

### 《单鑫华灯谜作品集》

单鑫华著，32 开平装本，133 千字，2006 年 10 月大众文艺出版社出版，由凌鼎年作序。

此书是一本个人的灯谜创作专集，系陈鸣主编的"娄东文丛"之一种（由 10 位太仓作者的 9 本个人作品集成，含戏剧影视、诗集、中短篇小说、报告文学、民间文学、灯谜）。全书分"五色篇""谜作篇""赏析篇""谜艺篇"，其中有汪寿林、邓凤鸣、蔡芳、许友金、周震康、甘当牛、诸家瑜、黄秦奇、冯儒琦、袁松麒、陈志强、侯增、鲍善安、文明、津津、张志强、曹洪田、李伯顺、李玉亮、张雪华、李小平、苗春、石兴明、徐圣能、李钟勋等 20 多位谜家为单鑫华创作的灯谜撰写了赏析文章，为该书增添了光彩。

### 《灯谜基本知识》

钱振球编著，2011 年 11 月复旦大学出版社出版，责任编辑胡春丽，32 开平装本，219 千字，印数 5000 册。由郑百川题写书名，方炳良作序。

这是一本具有乡土特色和实用价值的灯谜普及读物，也是江苏省常熟教育中心校校本教材，全书共分谜史概述、灯谜释义、猜谜法门、怎样制谜、谜格简介、花色灯谜、谜作评析、怎样组织猜谜活动、灯谜集锦、谜文选录 10 章 26 节。2012 年，该书荣获第四届"郭龙春谜书奖"，评审委员会为这本谜书拟的颁奖词是："灯谜进校园，谜苑春来早。"

### 《夕拾朝花》

邱景衡著，32 开平装本，220 千字，2012 年 4 月香港天马出版公司出版。

该书由向佐得作序，作者将我国著名书法家费新我生前所赠墨宝"朝花夕拾"条幅移作封面题签。全书分散文随笔、人物旧闻、诗酒闲情、春灯谜话 4 个篇章。书中的文章都是作者在各新闻媒体上发表过的，绝大多数写于 20 世纪 80 年代以后。其中的人物访问，都是作者当年亲历亲为，绝无耳闻道听之说。

### 《太仓灯谜》

中共太仓市委宣传部、太仓市哲学社会科学界联合会编，32 开平装本，207.5 千字，2013 年 9 月中国文史出版社出版，印数 2000 册。

《太仓灯谜》系"娄东文化丛书"第三辑，凌鼎年作序，执笔太仓单鑫华。全书分为"谜事篇""谜作篇""赏析篇""集锦篇"4 个篇章，其中的"谜事篇"，分为"我国当代灯谜简介""太仓谜事活动简述""太仓市灯谜社团简介"3 个章节，简述了我国当代灯谜社团（包括太仓）1979 年以来开展谜事活动、编印内部谜刊的情况；"谜作篇"，分为"获奖作品选登""创作灯谜"2 个章节，选登了太仓谜人在 14 个大型谜事活动中获奖的谜作，以及 66 位太仓灯谜爱好者的创作之谜；"赏析篇"，选登了 66 篇全国各地谜友为太仓谜人的谜作撰写的赏析文章；"集锦篇"，选登了 3 篇介绍太仓谜人的文章，以及流传在太仓地区的 130 条民间谜语。

### 《中华体育谜语》

主编鲍东东，执行主编安建平、诸家瑜，责任编辑熊勇，特约编辑许峰，16 开平装本，200 千字，2014 年 9 月文汇出版社出版，印数 5000 册。

《中华体育谜语》，由国际乒乓球联合会终身名誉主席徐寅生作序。这是我国第一部体育谜语集，系为庆贺 2015 年在苏州举行的第五十三届世界乒乓球锦标赛呈上的一份文化礼品，分"体坛名人""专业知识""奥运风采""体育百花""史海遗珠"等 5 个篇章，汇集了中华人民共和国成立以来的体育谜语 5095 条，以及自隋唐至民国 1300 多年间的体育谜语 343 条。"体坛名人"入选谜语 2095 条，分为乒乓健儿、奥运之花、体坛明星、业界名流 4 个类别，涉及中外乒乓球运动员、教练员，历届中外奥运冠军、夺金教练员，中外体坛运动员、教练员、裁判员以及有关工作成员，中外体育界名人，等等。"专业知识"入选谜语 2153 条，涉及体育项目的专业术语和常用语言，以及体育的机构、设施、名城、赛事、用品等各个方面。"奥运风采"入选谜语 491 条，主要涉及 2008 年北京奥运会举办的 28 个比赛项目。"体育百花"入选谜语 356 条，分为体操艺术、球类运动、武术技击、水上运动、冰雪运动、棋牌游戏、其他项目等 7 个类别，涉及除 2008 年北京奥运会比赛项目外的 130 个其他体育项目及民间体育游戏。"史海遗珠"入选谜语 343 条，专题性、系统化地搜集与整理了隋唐、五代、宋、元、明、清、民国等各个历史时期的文人墨客创作或摘抄的有关体育方面的谜语，这在中华谜语文化史上尚属首次。2014 年，该书荣获第七届"郭龙春谜书奖"，评审委员会为这本谜书拟的颁奖词是："灯谜乒乓双打，智力体育相融。"

苏州市和常熟市非物质文化遗产"海虞谜语"代表性传承人、著名谜语文化学者韦梁臣先生评价《中华体育谜语》这部谜书，主要有四大特点，也是亮点：

一、中华谜语源远流长，在其发展的历史长河中，派生出许多门类，有些谜语爱好者，极粗略地将它分为"事物谜"和"灯谜"两大类，且独尊灯谜。事物谜曾长期在民间广泛流传，以不受重视，如今已呈萎缩趋势；灯谜创作相对容易，大量作品中不乏粗制滥造之作，此书正本清源，提纲挈领，率先高举"中华谜语文化"的标牌，这对发扬光大中华谜语文化无疑是有益的。

二、在为数众多的谜语书籍中，不乏专题谜集，如《医药谜语》（金陵百花版）、《地理谜语》（测绘版）、《节日谜语》（中国国际版）、《生肖灯谜精选》（中州古籍版）等，此书体育谜语还是破天荒第一次，难能可贵。书中的"史海遗珠"章节，囊括自隋唐迄民国一两千年的体育谜语，成为系统，使读者对华夏早期体育谜语有所了解，得以流传久远。稍感不足的是，尚有"遗珠"。

三、此书《附录》内容金针度人，授人以术。《学猜谜》部分，普及猜谜知识，使有兴趣参与活动的群众，短期内掌握猜射的技巧要领，早日登堂入室。《谜格百种》部分，有解说、有实例，使猜众对五花八门的谜格，有初步了解，感受博大精深的中华谜语文化，为谜语爱好者掌握猜制门径，遨游谜海提供指针。《"谜"的别称》部分，则从研究谜史的角度，对历史典籍、历代笔记小说、古今谜书中林林总总的"谜"的别称，一一考明出处，并加分类，使读者对中华谜语文化发展流程有系统了解，启发同道进一步深入研究。但这方面尚有开拓余地，如：明嘉兴沈德符《万历野获编》："以至签之长短、大小、厚薄，靡不各藏隐谜。""隐谜"一词出现年代较清吴兴费源《拟猜隐谜》更早。明末常熟钱谦益《癸亥元夕宿汶上》诗中的"猜残灯谜无人解"，是"灯谜"一词首见于诗歌。《闽中徐存永、陈开仲乱后过访，各有诗见赠，次韵奉答四首》其三有"山阳诗谳倩谁传"，其四有"莫讶和诗多谳谜"，"诗谳""谳谜"均为"谜"之别称。清李调元《粤东笔记》有"灯师又为谜语，悬赏通衢，曰灯信"；近代胡朴安《中华风俗志》引《仪征岁时记》："或有藏头诗句，任人摸猜，猜得者，赠以笔墨笺扇等事，谓之灯社。""灯信""灯社"亦"谜"之别称。

四、此书谜目分类详细，重点突出，作为向"第五十三届世界乒乓球锦标赛"的献礼书，将"乒乓健儿"谜列作首篇，引人瞩目。"体坛名人"栏，标明运动员参加的运动项目，让读者一目了然。"专业知识"栏，分体育术语、体育用语、体育机构、体育设施、体育名城、体育赛事、体育用品等门类，每一门类中再细分，并按字数排列，整齐划一，便于猜射者按图索骥，不像有些谜书标目过简，语焉不详，阅读者望文生义，不甚了了，猜者目标不清，无的放矢。

　　总之，这是一本从众多谜书中脱颖而出、前所未有的体育谜语新书，值得向大家推荐。

（以上部分谜书资料由章镳提供）

# 吴人谜话

## 邃汉斋谜话

薛凤昌著　诸家瑜点校

诗有话，词有话，而谜独无话。盖雕虫之技，不列大雅，非若诗词之陶情淑性，足擅风骚也。然商灯之制（见《帝京景物略》）由来已久。春宵秋夕，集三数朋侪，钩心斗角，每一揭晓，鼓掌称善。虽曰游戏，工雅实难。余少嗜焉，茶余酒后辄述谜语，以为谈笑之资，惧其过时而或忘也，作此谜话以识之，是亦孔氏所谓为之犹贤乎已者也。壬子冬日，邃汉斋主薛凤昌识。

谜之佳者，要以空灵者为最上乘。相传，吾乡郭频伽先生在京师时，王公贵人，倒屣恐后。一夕，经过某甲第门前，绢灯灿列，环而立者数十辈。先生乃杂入稠人之中，见中有一条，书"水晶卵泡（射四子一句）"。先生询门内人云："是否'见其二子焉'？"曰："然！"乃赠以彩。先生不取，曰："余亦有此谜，惟改射《礼记》一句，中者以此彩移赠之。"群相思索，久不可得，请先生自为揭晓。先生辴然曰："是盖诸公所惯为者，何竟不敢出诸口。《曲礼》中非有'凡奉者当心'一句耶。"群相哗然笑曰："郭先生真谑而虐矣。"先生曰："请更为一谜，以谑己何如？余姓郭，即以'郭'字为谜面，试射四子一句，中者彩如前。"人以其善谑，不敢射，先生乃自揭晓，曰："先生之号则不可"，闻者称善。先生学问文章自不可及，而偶尔游戏之作，亦复若此空灵。较之字字刻画，徒形呆板者，偶乎远矣。

谜之品亦不一，以余所闻，有以典雅胜者，如："睢阳城"射"巡所守也"，"鲍叔牙奔莒"射"从其白于外也"，"食以草具"射"是简骧也"，"岳家军"射"云雷屯"，"梁夫人双骑出关"射"并驱从两狼兮"，"哭子路于中庭"射"吊由灵"，"泥马"射"康王跨之"，"维虺维蛇"射"姚"字，"御沟流叶"射"韩诗外传"，"汉书"射"兄妹为之"；亦有以情意胜者，如："马上相逢无纸笔，凭君传语报平安"射"吾斯之未能信子说"，"使女择焉"射"决汝汉"，"先生不知何许人也"射"师欤有无名乎"，"如夫人"射"其称名也小,其取类也大","君从此逝,妾将安归"射"子之往也如之何";有以对面着墨胜者,如:"戏叔"射"彼以爱兄之道来","合欢被"射"鳏寡无盖","乐只君子"射"小人长戚戚","千不是,万不是,总是小生不是"射"平旦之气","杨柳千条尽向西"射"东风齐着力";有以刻画胜者,如:"核"射"果在外,仁在其中矣"(集句),"力"射"二之中四之下也","二十四朝事略"射"三八政"。是皆卓卓可传者,虽曰文人小技,其钩心斗角,夫岂笨伯所能做到。

曩于皖北,曾见有为灯虎者,大率鄙俚呆滞。中有一条,上书"一个大,一个小,一个跑,一个跳,一个吃人,一个吃草"射一"骚"字。友人孙仲南谓余曰,某处亦有一个谜:"四个头,六只眼睛,十二只脚"射四书"牛羊父母",其佳处虽在瞽瞍之无目,而其格调正相类似。射者见之,止觉历历落落,五花八门,不知其从何处着想者,然究属呆诠,自是谜中下乘。

江都杨君先畤,余在皖时同事也,善诙谐,灵心慧舌,高出侪辈。皖人为谜戏时,群蚁之往,先畤取《长恨歌》词以制谜,自首至尾,无一遗漏,且多可诵者。今虽多忘,尚可记其一二。如:"御宇多年求不得"射"色难","一朝选在君王侧"射"色斯举矣","春寒赐浴华清池"射"温太真","春宵苦短日高起,从此君王不早朝"射"幸而至于旦","遂令天下父母心,不重生男重生女"射"自此贱丈夫始矣","七月七日长生殿,夜半无人私语时"射"玉环同知"(官名),"在天愿作比翼鸟,在地愿为连理枝"射"欲并生哉","上穷碧落下黄泉,升天入地求之遍"射"访普"(剧名)。聪明伶俐,吾见亦罕,而天不永年,逾岁即殒,惜哉!

同里金君松岑,雄于诗文者也,然其为谜,亦多传神。曩在里中为此戏时,其所作之谜,多可诵者。如:"红娘随我来"射"有莺其领","宝姑娘私叩怡红院"射"薛夜来","呆大新官人"射"敢问何谓成亲","桃花扇"射"红拂","姊妹商量不嫁夫"射"我二人共贞",不拘拘于字面,而自能传神,允属难得。

余生平作谜不少,而佳者百不得一,且喜用典,或学浑脱一派,令射者不得要领。其稍有可取者,如:"五关斩六将,千里走单骑"射"求备焉","风声鹤唳,草木皆兵"射"为坚多心","八卦"射"匪用为教","子路季氏"射"颜渊后,阳虎先"(集句),"二分"射"其惟春秋乎","看似分明"射"其实离离","美人手"射"一握为笑"。其最隐晦者,如:"升冠(校注:原文作'官')格、脱靴格"为谜面,射一"卜"字。当时射者,既苦于揣测,及数日后揭晓,闻者亦莫知其用意之所在。余乃笑曰:"升冠格,非上去一字乎;脱靴格,非下去一字乎。上去'一'字,下去'一'字,非卜而何?"众始释然。在尔时固自谓巧合,及今思之,文人游戏,何必尔尔,苟以隐晦难人,使射者攒眉寻思,反失兴趣。

谜语贵在传神,表里并不拘拘于配合,而自然有情趣。相传潘文勤曾撰一谜:"臣东邻有女，窥臣已三年矣"，射唐诗"总是玉关情"，的是读书人吐属，此境良非易易。今夏，里人叶君谓余曰，曾于某处见一谜，面为"阳货"二字，射四书人名三，无人射得。逾数日，忽有老者揭其纸曰："此'象、公冶长、丈人'也，然否？"曰："然！"旋领彩而去，尔时闻者皆叹为绝妙。余曰："佳则佳矣，终落呆诠。吾试仿制一谜，以博一粲可乎？以谚语之'卵皮面孔'为面，亦射四书人名三。"叶君思索移时，跃然起曰："得之矣！盖为'颜路、有若、阳肤'也。"在座者咸掩口胡卢，大笑不止。盖暑假期间，恒借以为消磨永昼事也。

谜之有格，自曹娥碑之"黄绢幼妇，外孙齑臼"始也，其后踵事增华，格愈多而牵强亦愈甚，就中"梨花"一格，尤多可笑。如："前面吹笛子，后面敲破锣"射"鱼丽于罶，鲿鲨"，"褒公、鄂公毛发动"射"门人惑"，"伤心细问夫君病"射"杯盘狼藉（校注：原文作'籍'）"，纵属刻画，究无兴趣。犹忆曩在某处，见有一画谜，画一有翼而髯之猿，全体赤色，射"非诸侯而何"，实足令人喷饭。此梨花格之所以卑也。

增减格，乃撰谜者之穷于肆应，杂凑而成者，然佳构亦正不乏，如："及"射"无人乎子思之侧"，"我"射"共食不饱"，"糸"射"无思不服"。是皆以增减而兼含意义者。至若"錫"射"放易、写本、合钵、扯本、绝金、拆空"（皆戏名），"完"射"或曰：寇至，内无怨女，许子冠乎？其间不能以寸，苟完矣，吾与点也。"（集句）虽极工巧，而究嫌板滞。且集句一多，射者益难得中，是不可以为训。

卷帘格，亦系谜语变格之一种，较之梨花、鸳鸯等格已为近理。如："旧宪书"射"历年多"，"泾原兵作乱"射"非为人泄"，"再醮"射"室人入又"，"妇人无爵，从夫之爵"射"子、男同一位"，"偷诗"射"太师引"（词牌），"荀令遗规"射"风流况"（六才），皆卓然可传者。近今所闻卷帘格诸谜，多不能自然，且中多间字，斯为不逮。系铃、解铃，为诸格中之最自然者，然真可传者，亦不多见。如："今日俸钱过十万"射"夫微之显"，"乘舟寻范"射"以追蠡"，"棋盘街"射"行之而不着焉"，"解元"射"乡取一人焉"，其他则自郐以下矣。

戊申，京师沈太侔刊行《国学萃编》，其征谜语有云："书家意者，方能照登，江湖意者，恕不登录。"此语直得谜中三昧矣。谜之最忌者二：一曰俗，如乡人所能猜之谜是也；一曰呆，如苏沪各地茶肆间，丐者所书之谜是也。是皆沈氏所谓江湖者是也，一染此习，便失文人身份。故谜虽属游戏，必非胸无点墨者所能从事。

"政"射"正字通"（书名），"五经无阵字"射"陈代"，"菊"射"鞠通"，此谜之通于字学者也。唐薇卿中丞有"虚帐不必实给"射"花开堪折直须折"，此与书注之彼此通同而无折阅者相合。李宪之有"韦"射"言及之而不言"，"寺"射"己欲立而立人"，此谜之通于训诂者也。"期期艾艾"射"盖三百年于此矣"（古文），"万取千焉，千取百焉"射"其实皆什一也"，此谜之通于数学者也。"水火金木土"射"其下维谷”，“诗赋”射“自葛始”，“梼杌”射“南国之纪”，“当与梦时同”射“有觉其楹”，“召公奭、太公望”射“旦毕中”，“二十号”射“冠而字之”，“非徒无益而又害之”射“谓语助者”，“崔双文”射“在南山之下”，此谜之通于经者也。必如是，始可谓之得书家意。

谜之佳者，多通于史。如：“佛骨表”射“是愈疏也”，“晋人复锢栾氏”射“则必取盈焉”，“腹有宁馨儿”射“衍在中也”，“当是时也，商君佐之”射“或王事鞅掌”，“赐之鸱夷而浮之江”射“载胥及溺”，“并烹左右有常誉者”射“是察阿党”，“游于江潭，行吟泽畔”射“原屏”，“旦旦”射“周公优为之”，“周公恐惧流言日”射“旦危中”，“兴徒兵以攻崔苻之盗，尽杀之”射“太叔申屠”，“汉献帝禅位”射“刘放、魏收”，“长驱到齐，晨而求见”射“薛夜来”，“伍奢”射“生员、和尚”（流品），“汉光武大破赤眉贼”射“覆盆子”（药名），“汉书八表天文志”射“赖大家”（《红楼》人名），是皆以史事为扣，的是读书人吐属，曾有一毫江湖气否。

画家之不用颜色，谓之白描法，始于宋之李龙眠，其后评诗文者，以其清空而不含典实者，亦曰白描。白描之诗文，较之高文典册裁云镂月者，其难易奚啻万倍，谜语亦然，有典实者，较无典者为易猜，止须知其典实，即不难揭晓矣。若无典之谜，专尚心思，非细细体贴，不能破的。余昔年春正，客游苏台，适遇某处出灯，见有一谜，其面为一“梦”字，射四书一句，苦思力索，至第二夕始中之，盖“觉后知”也。又有一谜，面一“馨”字，亦射四书一句，思索良久，终不可得，越数夕，为吴某揭去，盖“唯女子与小人为难养也”。又有一谜，面为“终须一个土馒头”，射古文一句，数夕，卒无人中的，及后揭晓，盖“故陵不免耳”。皆不用典实，而自然佳妙者，所谓白战不持寸铁者。闻主其事者，为某孝廉，夙以游戏笔墨闻于时者也。

白描之谜，不若用典之谜之可传者多，以余所闻，如：“士曰既且”射“言游过矣”，“第二句士曰既且”射“又先于其所往”，“将错就错，以讹传讹”射“相率而为伪者也”，“朕与故人严子陵共卧耳”射“是天子而友匹夫也”，“后圣有作然后修火之利”射“先生馔”，“漏卮”射“不可以挹酒浆”，“鳏况”射“独夫受”，“绝代有佳人”射“美而无子”，“焚券”射“合同而化”，“梨花格”射“与音相近而不同”，“妆罢低声问夫婿，画眉深浅入时无”射“商容”（古人），“天地一孤舟”射“载玄载黄”，“香满月轮中”射“桂圆”（果名），“玄都馆里桃千树”射“将一座梵王宫化作武陵源”（六才），“且攻其右，右无良焉”射“左难当”（唐人），“由是无与议婚者”射“所以定亲疏”，“商尚齿”射“殷之崇牙”，“风帆”射“行或使之”，皆白描谜之极有心思者，作之固难，射之亦非易易。

谜之所用典实，殆无所不包，不第拘拘于经史间也。如：“扬州明月”射“三分天下有其二”，“寒梅著花”射“复其见天地之心乎”，是以诗句为典实者也。“一东、二冬”射“江通”，是以音韵为典实者也。“人日”射“其下维谷”，“正月初五”射“三日谷”，是以历日为典实者也。"戊辰"射"天数五、地数五","羊毛出在羊身上"射"未之有也","寅恭"射"虎拜稽首","访鼠"射"所求乎子","壬癸水"射"则是干泽也",是以干支为典实者也。"楔子"射"其次致曲","男有心女有心"射"忸怩",是以曲本为典实者也。"西厢"射"兼三才而两之","妹妹拜哥哥"射"崔氏有福","直到莺庭"射"骤如崔氏",是以六才为典实者也。"么二三四六"射"才有梅花便不同","象"射"下士一位","卒"射"行一步"(六才),是以博弈为典实者也。其他如农圃医卜,皆得运用,射谜者之心思,耗费亦正不少。

自《尔雅》有"正月为陬,二月为如"数语,作谜者恒用之为扣。如"闰二月"射"如今又也"(六才),"瓜时而往"射"其行次且","七月流火"射"相见乎离","其行次且"射"相时而动","及其壮也,戒之在斗"射"至于八月有凶","且往观乎"射"过临皋之下"(苏文),虽甚典切,而终嫌隐晦,是亦文人喜用冷僻之习也。

世俗买卖田产,所立之券,或契,或合同。其契式:于年月日名以下,书"中人执笔"等名字;若合同,则以合同中之言并合为一,而作"同"者,此社会习见之通例也。余友王子薇出灯苏寓时,曾有以此为谜者,如:"中人以上"射"皆书年月日名焉"(《周礼》),"执笔"射"中人以下","撮合山"射"此中人语云","同"射"进人口、交易立券"(时宪书)。事虽出于习俗,却不见其鄙俚,此中消息,识者自知。正如医师收药,牛溲马勃,亦足疗疾,庸可以寻常玩视之。

寻常之谜,其面与底之相扣,恒不外正反二义。其以正义扣者,如:"众善奉行"射"好事者为之也","和尚还俗"射"释新民","命舜浚井"射"使虞敦匠事","施恩不求报"射"赐也何敢望回","拙荆"射"柴也愚","偷香"射"窃闻之","竹书"射"简而文","昌黎"射"文王之民","雁足传书"射"飞鸟之遗音","监生"射"观其所养也","诗思在驴子背上"射"有怀于卫","是谓过矣"射"可以为错","闺怨"射"妇叹于室","夜半钟声"射"牢曰:子云","诸峰罗列是儿孙"射"太岳之胤也","都御史上白简"射"从台上弹人","鸦背夕阳明"射"日在翼","告别"射"归去来辞","吐气如虹"射"长息","争座位"射"斗班","心丧三年"射"师服","杨柳楼台"射"絮阁"(剧名),"一鞭残照里"射"马儿向西"之类皆是。虽确切不移,终有"天地即乾坤"之嫌。犹之行文,不重正面而重反面,故谜之以正义扣者,不若反扣之为曲折而多趣。如:"日入而息"射"不昏作劳","非实中心好吴也"射"越在外服","阇教"射"夫有所受之也","樵子"射"其父析薪","予,天民之先觉者也"射"吾不以后人迷","直呼其名"射"或不知叫号","不二过"射"惟一经","圆转如意"射"不可方思","师也辟"射"夫子未出于正也","惟正之供"射"弗纳于邪","轻减了小腰围"射"带则有馀","逝不相好"射"人在人情在"(谚语),"南元"射"北方之学者未能或之先也","俯允"射"不肯把头抬"(六才),

"愿闻己过"射"许人尤之"，"受用"射"不辞费"，"正面着想"射"反是不思"，"娘子军"射"出夫家之征"，"盖有之矣"射"乃底灭亡"，"曲有误"射"直不疑"，是皆以反面字扣正面也。

黄绢幼妇，谜语滥觞，自兹以下，代有作者。阅《七修类稿》，载有《灯虎千文》一书，第不知刻自何代，编自何人。又有谜说数种，皆近今失传之本，其谜之如何，虽不可知，而要皆祧"幼妇"而祖"外孙"也。明卓人月所选《古今词统》中，有少游【南歌子】《赠陶心儿》词，末句云："天外一钩残月带双星"，卓注：隐"心"字。是以谜语入词曲也。黄山谷【两同心】（校注：原文无"两"字）词中亦有"你共人、女字边干，争知我、门里挑心"。二语，意固不文，句亦呆滞，若在今之谜中，卑不足道，乌知其在当日，已矜其为巧不可阶矣。是知谜语一端，洵古不如今也。今之谜语，取迳至多，较之古谜，其机巧戏谑处，远出古人蹊径之外。古谜已不传，吾且录其格之类于古者，以见一斑。如："往来无白丁"射"问管仲"，"子牙"射"爵一齿一"，"知"射"其左善射，其右有辞"，"昱"射"上下（校注：原文作'下上'）其音"，"用"射"连月不开"，"八"射"无上下之交也"，"宗"射"言其上下察也"，"鲜"射"鳞潜羽翔"，"义"射"仪封人"，"焉"射"浅草才能没马蹄"，"甥馆"打"女孩儿家"（六才），"外"射"夜落金钱"（花名），"炙"射"斜月残灯"（六才），"旦"射"斩草除根"（谚语），"七八"射"虚心箕尾"（四星名），虽不十分工致，当是古谜作法。其他之种种，则固出神入化，古谜中所稀如星凤也。

作谜首在择底，亦不可无相当之面以扣之。如"其人也为大腹"，某以"十月怀胎"扣之，余则厌其俗也，曰：不若扣之以"贾"字。"独活"（药名），有以"未亡人"扣之，余则嫌其不灵也，曰：不若扣之以"昔者吾舅死于虎，吾夫又死焉，今吾子又死焉"数语，较得虚神。"吹弹得破"（六才），有以"筝笛不成声"扣之，余则嫌其非成语也，曰：不若扣之以"乐必崩"。"员半千"（人名），有以"五百元"扣之，余曰：不若扣之以"殷二百、周三百"。"乱我心曲"，有以"必"字扣之，余曰：不若扣之以"懊侬歌"。"后来其苏"，有以"纣娶妲己"扣之，余曰：不若扣之以"跪池"二字。"皆举首而望之"，有以"会试放榜"扣之，余曰：科举久废（校注：原文作"费"），不可用也，不若扣之以"钱塘观潮"。可知面如不佳，虽有佳底不显也，此谜之难也。

亦有同一谜底，而面各不同，并皆佳妙者。如："汉之广矣"，有以"匈奴号曰飞将军"扣之，有以"郎向粤东游"扣之，有以"人尽夫也"扣之。"隽不疑"，汉人名也，有以"果然夺得锦标归"扣之，有以"必有中"扣之。"子同生"，《左传》语也，有以"李"字扣之，有以"莲蓬"扣之。"傅说"，商人名也，有以"夫子莞尔而笑"扣之，有以"夫子之云"扣之，以说为云者，解铃也。汉人有"鱼俱罗"，或以"网"字扣之，或以"一网打尽"扣之；又有"王章"，或以"隧"字扣之，或以"玉玺"扣之；周人"白起"，或以"东方未明,颠倒衣裳"扣之,或以"柳絮因风"扣之;美人"莫愁",或以"无忧者"扣之,或以"皆大欢喜"扣之;词牌有名"一半儿",或以"婿"字扣之,或以"曰"字扣之。意匠不同,蹊径自异,而工巧处正无轩轾。

谜之有书家、江湖之别者,雅俗耳,然亦有意俗而词不俗者,并有词亦俗而不厌其俗,一似无伤雅道者。如:"使女择焉"射"决汝汉","打胎"射"既欲其生,又欲其死","人尽夫也"射"汉之广矣","太监"射"为其嫌于无阳也","娘子夸才郎"射"能官人","赖债"射"借曰未知","视之男也"射"相其阴阳","宫"射"灭下阳","怎当他临去秋波那一转"射"离骚","退婚证据"射"前汉书","闺门"射"黄花地","太史公下蚕室"射"毕竟是文章误我,我误妻房"(《琵琶记》),"宫辟疑赦其罚六百锾"射"有钱有势"(谚语),"其势不佳"射"如之何不吊"(梨花),皆足令人捧腹,然仍不脱书家意,洵是文人之游戏也。

谜面同而谜底互异者,亦间有之。如:"郁陶思君尔"为面,或射以"忧虞之象也",或射以"假道于虞";"十"字为面,或射以"自西自东自南自北",或射"中人以下",或射"颜氏之子则闻而知之";"我"字为面,或射"凡自称",或射"共食不饱",其各抒机轴,亦复工巧互见。至"马上相逢无纸笔,凭君传语报平安"之面,或射"言不必信",或射"无信人之言",或射"谓予不信",虽亦传神,然终不若"吾斯之未能信,子说"两句之栩栩欲活也。作谜者得底以扣面,射谜者因面以知底,此恒例也。余友钱某,谓:"底却易得,面正难求。就底以求面,佳者难得;就面以求底,巧者转多。余曾遇一谜,其面为'草色遥看近却无'射一药名,喜其句之佳也,必有佳底,乃力索之不可得。至后闻射'空青'。工矣!而犹负此佳面也,不如别求一底以扣之。偶读《左传》至'王孙满尚幼'一句,乃曰:得之矣!有此底乃不负此面矣。"钱某之言如此,知作谜之法,非必就底以求面也。然非聪明伶俐如钱某者,亦何足以语此。

底面长短,亦无定程,有底虽长而面甚短者,有面极长而底甚简短者,要皆以现成而含浑者为佳。底长而面短者,如:"抱牌做亲"射"践其位,行其礼,奏其乐,敬其所尊,爱其所亲,事死如事生,事亡如事存",何曾有一句涵盖不牢。"令"射"太师挚适齐;亚饭干适楚;三饭缭适蔡;四饭缺适秦;鼓方叔,入于河;播鼗武,入于汉;少师阳,击磬襄,入于海",以一字射一章,尤为奇特。然论者谓此面不过取"伶官无人"之意,其意之显豁,情之周至,逊于前谜远矣。至面长底短之谜,佳者绝尠,降格以求之,则如:"君谓许不共,故从君讨之。许既伏其罪矣,虽君有命,寡人弗敢与闻"射"公孙郑"(古人),尚有意致。又如:"上不在上,下不在下。不宜在上,止宜在下"射"一而已矣",虽属十分刻画,究无意趣。又闻"唐虞有,尧舜无;商周有,汤武无;古文有,今文无。"射一"吾"字之谜,面长底短,多称其巧。然自吾观之,直自郐无讥矣。

以面凑成诗词或尺牍或药方等句,射一底,曰"分宫格",亦曰"分见格",支离破碎,不可为训。要不过藉炫新奇耳，正如作诗者之集句，终不免凑合之迹。其真能天衣无缝，如自己出者，千百中不一二觏。作者既东拉西扯，射者又未能拉扯得全，如此句射一六才，彼句射一唐诗，虽有杜家，莫之射也。若底仅限于一类，射者较易，而作者愈难。试述所闻之较工者二三则于左，以见一斑。

曩见吴门某巷，春夜放灯，有以七律一首为面者，句射古乐府题一，谜尚雅切，诗亦可诵。其诗曰："记得儿家朝复暮（子夜曲），秦淮几折绕香津（金陵曲）。雨丝莫遣催花片（休洗红），月影偏嫌暗翵尘（夜黄）。长夜迢遥闻断漏（五更钟），中年陶写漫劳神（莫愁乐）。鸦儿卅六双飞稳（乌生八九子），应向章台送远人（折杨柳）。"是谜闻为一僧射得，此僧亦正不凡矣。

吾邑王啸桐孝廉，风雅能文，后进多游其门。余曾见其"巧思图"，乃仿旧时七巧图而为者。其板共十余枚，长短大小，悉本句股，所搭书画，颇多曲肖。谜虽非其所长，偶一为之，亦皆脍炙人口。如："白牡丹"射"素富贵"，"伯牙终身不复鼓琴"射"为期之丧"，"松子"射"父为大夫"，"右徵角，左宫羽"射"商也不及"，"德行、言语、政事、文学"射"夫子之设科也"，"戊辰"射"天数五、地数五"，"塞翁吟"射"思马斯作"，"族谱"射"在宗载考"，"太颠、闳夭、散宜生、南宫适"射"乱为四辅"，"非实中心好吴也"射"越在外服"，"泥马"射"康王跨之"，"管仲不死"射"生夷吾"，"甲长"射"龟为前列"等谜，皆啧啧人口，一时无两。或以运典见长，或以底面现成取胜，自非江湖诸家所能望其项背。

里中沈君中路，为文定公裔，性豪快，善诗钟，分咏分妆，各擅其胜。其于灯虎之戏，曩年亦曾共为之，佳者虽不多，然亦有出人意表者。如："闻说康成读书处，而今剩有劫余灰"射"不其然乎"，"一自汉家骖乘祸，编诗怕诵黍离篇"射"霍乱、伤风"（二病名），皆不失词人吐属。尤绝倒者，如："笑拈髭须问夫婿"射"汝何生在上"，一时闻者，咸为捧腹云。

余之兄有字淦夫者，以猜谜杜家者见称，每里中开灯，渠必至焉。至则灯上纸条，十恒揭其五六，唯不喜作谜，故余所知者绝少。曩曾见其数谜，亦多有可采者。如："读刘后主传"射"然后知生于忧患死于安乐也"，"脱出肚子"射"然则饮食亦在外也"，"午香"射"我未之前闻也"。于书之神理，面之扣带，纯出自然，安得以作谜不多少之。

余兄尝谓余曰："谜虽小技，其工实难。至四子书，家弦户诵，不若六经之易忘。其中可为谜之好资料者，又大率古人以先我攫去，故作六经谜，作易而猜难；作四书谜者，反是。"此言于谜中甘苦，确凿道出，非深于此道者，不足以语此。四子谜，除前人佳作外，近人所作，佳者实尠，然亦有突过前人者。如："扬州明月"射"三分天下有其二"，"晋人复锢栾氏"射"则必取盈焉"，"传胪"射"前以三鼎"，"象曰郁陶思君尔"射"假道于虞"，"起码二元"射"少则洋洋焉"，"声如鼎沸"射"若汤则闻而知之"，"鬓"

射"唯女子与小人为难养也","合左师改命"射"亦曰君夫人"等，虽置之前人笔记中，曾何多让，唯不能多得，为可憾耳。

吾友钱某，曾为余述其友人生花馆主，夙有谜癖，所作甚夥，即至往还尺素，亦多为隐语。曾见其寄外书，句句隐一聊目者。书云："蝶睡方酣，骊歌忽唱（梦别）。十里君行之地（长亭），廿年石上之期（三生）。曾有诗云：秋波一转言千万（瞳人语），步步回头看阿郎（顾生）。为时东阁名花，犹含嫩蕊（小梅）；隋堤烟树，初发新枝（柳生）。听燕话之呢喃（鸟语），弄莺簧而宛转（口技）。转瞬春归天上（花神），人到瑶台（成仙）。树密阴浓（叶生），荷开风送（莲香）。迄今则西风淡泊（素秋），塞雁来宾矣（鸿）！当此筠簹添翠（竹青），篱菊初华（黄英）；虫声和机韵相催（促织），山色共眉痕并瘦（小翠）。朱弦五十，绮丽空存（锦瑟）；白玦半圭，麝兰犹在（香玉）。解舞柔腰，正不知消瘦几许（细柳）。落梅五月之时（江城），邮来美人肖影（寄生、象），莲花君貌（王六），两髩渐霜（二班），想见涉浪冲波之苦（水灾）（校注：原文作"水笑"）。悬图墙上（画壁），供璧同珍（连城）。惟是君能怜妾痴情（爱奴），妾当报君盛意（小谢）。谨呈绛佩一方（红玉），银釭两盏（双灯），敢比琼瑶之洁（白于玉），聊为桃李之酬（果报）。嗟乎！月光如昼（夜明），夜色添寒（冷生），缝游子之衣裳（纫针），自怜弱质（阿纤）；寄深情于纸笔（书痴），宣告远人（布客）。盈盈带水之间（江中），迢递关山之外（陆判），尚乞好自摄卫（保住）。珍重万万，万万珍重（四十千），此请晏安（婴宁）。不尽缕缕（连锁）。此上红妆女史（胭脂）。白氏春驹启（粉蝶）。"虽不免有斧凿痕，而情词缱绻，即非隐语，已是函牍能手，况乎所隐者，尽聊目也，论者固当曲谅之。

虽然，前书之间词剩字，终嫌其过多。吾乡周良夫前辈，吾友沈君舅也。沈君曾出视其舅之杂著，中有书笺二首，一致一答，各为隐语，一隐药名，一隐花名。其钩心斗角，实出前书之右。致书云："小忆（校注：原文作'亿'）去年（细辛），金闺款叙（苏合），黄姑笑指（牵牛），油壁香迎（车前）。猥以量斗之才（百合），得逐薰衣之队（香附）。前程万里，悔觅封侯（远志）；瘦影孤栖，犹思续命（独活）。问草心谁而主（王孙），怕花信之频催（防风）。虽傅粉郎君，青丝未老（何首乌），而侍香小史，玉骨先寒（腐婢）。惟有申礼自持（防己），残年独守（忍冬）。屈指瓜期之将及（当归），此心荼苦之全消（甘遂）。书到君前（白及），即希裁复（旋覆）。五月望日（半夏）玉瞻肃祗（白敛）。"答书云："尺缣传馥（素馨），芳柬流丹（刺红）。肠宛转以如回（百结），岁循环（校注：原文作'巡环'）而既改（四季）。忆前宵之欢会（夜合），怅祖道之分飞（将离）。玉女投壶，微开香辅（合笑）；金莲贴地，小步软尘（红踯躅）。一自远索长安，空怜羞涩（米囊）；迟回洛浦，乍合神光（水仙）。在卿则脂盝粉奁，华容自好（扶丽）；在我已雪丝霜鬓，结习都忘（老少年）。过九十之春光，落英几点（百日红）；祝大千之法界，并蒂三生（西番莲）。计玉杓值寅卯之间（指甲），庶钿盒卜星辰之会（牵牛）。裁成霜素（剪秋罗），欲发偏迟（徘徊）。二月十六日（长春）寅刻名另肃（虎刺）。”

六经谜虽较四子书为易作，然所易者，不过材料较多耳，于谜之真际无与焉。《诗经》谜之佳者，如：“指困相赠”射“予所蓄租”，“牧童遥指杏花村”射“彼有旨酒”，是皆指点得神者。“一二梅花烘夕照”射“三五在东”，“鸡”射“二三其德”，是以数字扣合者。他如：“闻鸡起舞”射“先祖是听”，“髀肉复生”射“无使君劳”，“懊侬歌”射“乱我心曲”，“此非吾君也，何其声之似吾君也”射“明明鲁侯”，“天地一舟孤”射“载玄载黄”，皆为近数年来之佳制。《易》谜如：“凯风何以不怨”射“盖取诸小过”，“监生”射“观其所养也”，“西厢记”射“兼三才而两之”，“众宾望之，以为神仙”射“观泰同人既济”（卦名），亦属灵变可喜。《书》谜如：“畫”射“聿求元聖”，“欲有谋焉则就之”射“王来自商”，“觉”射“三江既入”，“二十四朝事略”射“三八政”，皆显切浑成，无一毫饾饤习气。

《左传》《礼记》，谜料尤多，近人佳制，亦正不乏，今择其可传者录之。《左》谜如：“太监”射“灭下阳”，“草色遥看近却无”射“王孙满尚幼”，“永安宫殿草萧萧”射“无备也夫”，“辞西席”射“出师于东门之外”，“竹外一僧间”射“君子不欲多上人”，“直到莺庭”射“骤如崔氏”，“坤之策”射“谋及妇人”，“养弟子以万锺”射“老师费财”。《礼》谜如：“周公恐惧流言日”射“旦危中”，“鸦背夕阳明”射“日在翼”，“历本”射“五行四时十二月”，“争论”射“其音角”，“由是无与议婚者”射“所以定亲疏”，“旦旦”射“周公优为之”，“焚券”射“合同而化”，“霸王之器也”射“羽为物”，“上严惮之，若芒刺在背”射“登车则有光矣”，无不钩心斗角，运用入妙，殆亦谜中能品。

若人名、物名，则以底字既少，尤难稳惬，佳者不数觏也。人名如：王筱同之“妆罢低声问夫婿，画眉深浅入时无”射“商容”；顾大椿之“若犹未也，阶之为祸”射“申不害”；王镜航之“且攻其右，右无良焉”射“左难当”；余之“浪费浪用”射“钱若水”，不唯底面浑成，而神情亦栩栩欲活。且用古人名号，宜取普通，不宜取生涩，生涩虽工，猜者不乐也。如：“始为饮食之人”射唐人“善祖”，“子曰：焉用佞？”射唐人“论弓仁”，“箪瓢陋巷”射汉人“颜安乐”，“运筹决胜”射宋人“计有功”，“闻诗闻礼”射明人“过庭训”，“仲尼之徒”射明人“习孔教”。虽极有心思，而知者实尠。

物名之取普通，一如人名。佳者如：“行”射“书带草”，“为王前驱”射“伯劳”，“光武大破赤眉贼”射“覆盆子”，“琼楼玉宇，高处不胜寒”射“天门冬”，“归而谋诸妇”射“酒筹”，固尽人知其妙处。若“江淹梦还无色笔”射“郭索”，“曾子曰：我过矣，我过矣”射“参差”，“五月披裘”射“寒皋”，“东坡谪岭南”射“流苏”，各谜虽有精意深思，余已稍嫌其冷僻矣。至于“魏绛更赐”射“半部乐”（鸟名），“夫人将启之”射“款段”（兽名），“此嵇侍中血，勿浣也”射“御衣红”（花名），“故烧高烛照红妆”射“却睡”（草名），“众山皆响”射“应谷”（乐器），“与之粟五秉”

射"冉遗"（鱼别名）等，作者固陈簏发书，猜者举攒眉蹙额。欲矜己之博洽，而不恤人搜索之苦，是亦大煞风景矣。

蒙读则以《三字经》《百家姓》《千字文》为限，而《诗品》及《神童诗》不与也。近世蒙读之谜，亦不乏佳制。如："不二过"射"惟一经"，"尖头"射"大小戴"，"钜桥之粟"射"有谷梁"，"才一搦"射"撮其要"，"娄猪艾豭"射"为南朝"，"叔为侄抗债"射"索咸籍赖"，"襟上杭州旧酒痕"射"印宿白怀"，"鲜"射"鳞潜羽翔"，"三五而盈"射"既集坟典"，皆足与前人抗衡。至表圣《诗品》，谜材尤多，如："肉好若一谓之环"射"可人如玉"，"曰痴头不费一文钱，坐得佳妇计亦良得"射"取语甚直"，"月明南内更无人"射"落落元宗"，"高宗亮阴，三年不言"射"素处以默"，是皆浑成有意趣者。

古文浩如烟海，唯谜则以吴选之《古文观止》为断，盖取其家置一编也。余旧作有"终须一个土馒头"射"故陵不免耳"，"吾弟则爱"射"秦人视之，亦不甚惜"，"笔"射"大者如椽"。陈星言有"一樽在手对黄花"射"携酒与鱼"，"避人焚谏草"射"臣密言"，"冷板凳之名未免太甚"射"先生坐，何至于此"，是皆极有意趣之作。

以书名为谜，则范围既狭，佳构尤匙。余所知者，则以"御沟流叶"射"韩诗外传"、"今也滕有仓廪府库"射"许氏说文"为绝唱，惜不知为何人所作。其次，如顾友兰之"结绳而治"射"古微书"，王清臣之"君臣上下同听之，父子兄弟同听之"射"国语、家语"，亦是谜家正格。余于己酉春，出灯里中，有"退婚证据"射"前汉书"一条，盖沿《齐书》"何物汉子"之旧也，当时同在灯下者，为之哗然大笑。

传奇词曲，种类甚多，而入谜者莫多于六才，若《琵琶记》与《牡丹亭》，百不一二见。六才之谜，雅驯者易作，俚俗者难为，盖底既俚俗，如不以经史成语扣之，直是伧父作耳。如："乃告太王、王季、文王"射"说哥哥病久"，"襁负其子"射"兜的便亲"，"弱"射"绣鞋儿冰透"，"父鹄子鹄"射"老的少的"，"两个儿童捉柳花"射"对面抢白"，"谁其嗣之"射"岂没个儿郎"，"六月既望"射"调眼色已经半载"。余生平六才谜最少，正苦其难得雅面也。

至以谚语为谜，则尤非扣以成语不可，况五方异宜，语亦不同，作谜者尤须在楚言楚，在齐言齐。如："幸而获之，坐以待旦"射"不晓得"，"钟鼓送尸"射"不留神"，"阅后付丙"射"一目了然"，皆谚语之普通者。外此，如："强得易贫"射"四十弗富"，苏谚也；"吉利吉利"射"双料曹操"，京谚也，则各限一方，不相通用。非特底也，面亦有之。如："乖觉"射"是知津矣"，盖用京谚之以乖为妇人口也。"城外面饼极多"射唐诗"野火烧不尽"，盖以京都面饼，小厚而无芝麻者，称曰"火烧"，故云。谚谜之不可通也如是。

旧时，八股文有截搭，而谜亦有作截搭者。如于瓯生之"座上客常满，樽中酒不空"

射"北海语人曰",其一例也。又有撮两典为一典者,如"何事扁舟嫁小姑"射蒙读"奚范彭郎":盖范蠡扁舟为一事,小姑嫁彭郎又一事也。"饮马投钱刚卧槽"射《诗经》"仲山甫将之":盖项仲山之饮马投钱为一事,而象棋之"卧槽"又一事也。此谜家之出奇制胜者,然究非先民矩矱,不可以为训。

字谜亦难得佳者,乞丐所作,大半此类。字谜益卑不足道。吴雨轩之"一枝斑管累棋枰"射一"簫"字,自是绝唱,不愧为十五谜家之一。其余如:"一心咒筍莫成竹"射一"恂"字,"二十四桥明月夜"射一"夢"字,皆用成语为扣,乃不落一毫乞丐气。不然如:"十字在口里,无头又无尾"之射一"鱼"字,要亦为有意趣之谜,然终不足贵者,以无诗书气耳。

十余年前,每于元宵前后,出灯里门,相应和者,不下二三十人。其后饥驱奔走,俗务倥偬,殆不暇及。然犹间岁一举,应和者已不过十余人。至近年来,数欲出灯,而应和者寥寥,因之不果。曾忆庚戌出灯时,灯前并不拥挤,过者咸瞠目相视,搔首苦思,十不揭二三。盖自设学校,四子、五经,胥置高阁,即或童而习之,亦长而忘焉。谜虽小道,亦足见古今盛衰之异,回首前尘,能无怅惘?

谜之有话,不知昉于何时。考《七修类稿》:前朝有《灯虎千文》一书,不知作于何人,刻于何代。并有"谜说"数则,亦未曾得见。所得见者,杂出于笔记中耳。闻京师于光绪间,出灯极盛,有所谓《同岑集》者,遍觅坊间,迄无此书。近杂志中往往载有谜话,余乃据向所闻见者,缀成兹篇。欲闻其详,俟之它日。

（本书点校以民国 9 年一月商务印书馆再版本为底本）

# 纸醉庐春灯百话

亢廷铹著　诸家瑜点校

## 纸醉庐春灯百话序

蜀地僻远,文学恒后东南,唯谜语则往往凌而跨之,尝见巧者制一谜也,阳禽阴遁,以穿以窒。及其成也,为鬼斧神工,而射者亦刿肝镂肺以薪应鹄,至鹄之中妙者,辄瞠目骇色欣欣赞矣。亢君聘臣,游于斯,艺甚夙,既嫥而博,复精于彝,乃著《谜话》若干卷,索序于余。余唯天下画狗马者,莫不有书,书莫不法,法莫不传,以其纳人而轨之也。矧兹话也,轨于谜之人者大矣,乌乎不传。吾见蜀之西、夔之东、大江之南,北风泠泠而汽轮走者,其兹话之行乎。华阳舒廷弼序。

少游燕赵，驱车右北平，闲低回李将军射虎之迹，未尝不壮其雄风，而甚怪世之嗣响者何少也。已而读书莲池，暇与二三友人为灯虎之戏，所见所为大都肤末之文、饤饾之语，问有如刘舍人所谓"回互其辞，约密其义，义婉而正，辞隐而显"者，固已百不一当，而欲方之李将军之射虎不其难欤！岁庚子旋蜀，寻春锦里，识亢君聘臣于灯下。繇是，凡射灯虎无役不偕，因以觇君之蓄积至富且深，然犹未籀其为文章也。阅一载，而同人有"长春灯社"之结，再阅一载，而君有《春灯百话》之著书成未久，即为赵君仲琴褐橐所为《晨钟报》。余甚喜其于灯虎中破天荒而发春雷，顾其全豹则未窥也。今春，君徇同人之请，薪出斯话，以饷同好，余卒读之，乃知君于斯道盖已监其脑而撷其华，宜其无微不入、无坚不破，矢不虚发而石且没镞矣。余别燕赵也久，今读此编，殆不啻置身右北平，闲与李将军谈射虎云。民国八年岁次屠维协洽痾月，绍荃张敏拜序。

不佞缔交亢君有年，服其淹雅多文，谜语特其余事，然君顾于此孜孜不倦，尝辑二十年来知好所作，附益轶闻为《谜话》若干卷。夫雪上鸿踪，山阳邻笛，怀旧者犹兴怅往之思，矧文字因缘感人尤甚，亢君斯作意固有在初非断断于蜗角之微名者也。书成于丁未，盖未尝轻以示人，时君与不佞共治法政学讲肄，余暇谈艺及此，逡巡箧衍出以示之。不佞于谜语一道蒙昧无所问津，然亦知兹事之不易也。陈言既难吻合，铸辞甚苦炉锤，若郢书燕说，断鹤续凫，则又见讥于往哲斯作也。搜罗颇勤，评骘悉当，不仅示谜家之正轨，而平生旧雨亦俨聚首于一堂。君今应执友之请，付印行世，思旧深情，艺林佳话，何待千金胡贾，而后乃知是书之宝贵也。己未暮春，毛栩谨识。

## 纸醉庐春灯百话题词

### 眉山郭庆琮（毓灵）

游戏文章斗巧思，此中三昧两心知。醒时说梦原非梦，莫笑诗人比虎痴。

隐语幽思未易明，好将射覆寓探侦。多君妙悟穷心理，审判何容有遁情。

诗话文评格外求，残鳞片爪美皆收。一编好作商灯史，只纪春时不纪秋。

全凭文字结因缘，共话巴山夜雨天。遥想锦城灯市里，春灯红遍薛涛笺。（时同客渝城）

### 阳湖吴荫曾（鲁弢）

控游戏为庄严，复阐白鹊元珠秘旨，殆笠泽龟蒙、襄阳凿齿之思，而侘傺自弃于索隐者也。人誉其才，我为抑塞。

### 华阳颜镡（果堪）

比兴风裁溯厥初，监梅舟楫已权舆。更从灯社添新话，万象包罗具洛书。（愚尝谓灯谜之法，在《书》则监梅舟楫，在《诗》则比兴体裁，在《易》则繇词，皆谜之最古。然错综参伍，无不包罗，河图洛书氏之"河鱼"、秦代之"卯金"、周《左》之"桑木其服"，皆其滥觞。）

百话纷纷玉雪霏，雕思斧藻入精微。闲窗不厌千回读，口齿生香胜浣薇。

敲诗猜谜味醰醰，邺架奇书性所耽。结习难忘应自笑，与君耆好竟同三。（君诗、书、谜三好，愚亦同之。）

搜奇撷艳笔如椽，碎锦零金萃一编。鼎列五珍尝一脔，醰醰如向护城还。

璀灿莲花舌底开，千丝异锦费心裁。传神毕竟具阿堵，都是烘云托月来。

超超元箸及华年，如此文章世必传。自笑风尘霜两鬓，欣从文社友英贤。

各擅江花写妙思，个中胡子笔尤奇。（谓玉銮、德渊两胡君）蹒跚初学邯郸步，千里难期附骥驰。（闻君有《续百话》之编，愚作鄙俚，不知能采撷数条，以附骥尾否耶？）

掷地铿然听有声，文坛旗鼓各当行。愿镌万本诵千遍，纸价应知贵洛城。（诸贤名作林立，愿速刊以饷同人。）

## 【水调歌头】和自题《谜话》之作
### 华阳庞俊（绍周）

飞将好身手，射虎更无伦。不妨游戏三昧，我亦逐君尘。亲戚知其乐此，每说今宵何处？来往岂辞频。但恨已生晚，旧俗渐沉沦。几年事，浑似梦，迹俱陈。且从纸上一笑，呼起锦城春。收拾东西鳞爪，指点承平灯火，满眼闹如新。回首更堪叹，相对乱离人。

## 纸醉庐春灯百话卷上

诗有话，文有话，词有话，赋有话，且经有话，八股有话，楹联有话。小说无话，近人作《饮冰室小说丛话》揭橥《新小说报》，而无话者亦有话。若夫灯谜（廋词）起于盲左（《太平广记》引《嘉话录》载："权德舆言无不闻，又善廋词。尝逢李二十六于马上，廋词问答，闻者莫知其所说焉。或曰，廋词何也？曰：隐语耳。语不云乎'人焉廋哉！人焉廋哉！'此之谓也。"以上皆《嘉话录》所载。按：《春秋传》曰：范文子莫退于朝，武子曰："何莫也？"对曰："有秦客廋词于朝，大夫莫之能对也，吾知三焉。"楚申叔时问还无社曰："有麦曲乎？""有山鞠芎乎？"盖二物可以御湿，欲使无社逃离于井中。然则"廋"之一字，虽本于《论语》，然大意当以《春秋传》为证。见宋吴曾《能改斋漫录》），隐语载于腐史（《说文》：谜，隐语也。《史记·滑稽列传》：齐威王之时喜隐。按：《索隐》：喜隐，谓好隐语也。"淳于髡说之以隐"云云，皆灯谜之祖也），溯厥渊源，复乎远矣，墨客文人，嗜之者多。纸醉金迷之所，眼花耳热之娱，逢场一戏。斯固不必有话，而亦不能无话，不可无话者也。则愚不揣请得，肆口雌黄，摇笔弄舌，而以《纸醉庐谜话》为谜界诸君之话柄。子曰："饱食终日，无所用心……不有博弈者乎？为之，犹贤乎已！"如曰"言不及义，好行小慧"，则请拉杂摧烧之。蜀籍吴人亢廷铨漫识。

　　我生有三种特别嗜好：一买书，二作诗，三猜谜，而最快意者则灯谜也。盖买书，见坊间善本，无论价值，必购而后快，然限于绵力，则有不得快者存。作诗，遇心有愉戚，无论久暂，必于诗发之而后快，然俭于腹笥，尚有不能快者存。至于灯谜，则不费"有贝之才"，尤不费"无贝之财"，故每年春社既开，友朋征逐，酣嬉淋漓，无得失纷念，无荣辱挠心，生平游戏得意之事，孰有过于此者哉？

　　灯谜进化有天然之阶级，初则增损字句，如旧谜"罒"，隐"欲罢不能"；"亻"，隐"何可废也"之类。进而为考据典故，如铜梁胡君德渊所作"牛宏赞"，隐四子"里仁为美"；成都刘君茂臣所作"五千年一湿，万岁一枯"，隐《书经》"树之风声"（卷帘）之类。又进而为白描，如德渊所作"隐者自怡悦"，隐四子"人不知而不愠"；"君仁则臣直"，隐唐诗"圣代无隐者"之类。再进而则借典白描，如失名作"白云长没矣"，隐四子"故龙子曰"（卷帘）；德渊所作"公孙称帝"，隐"三代之得天下也"之类。运实于虚，无中生有，所谓百炼成钢化为绕指柔也。而灯谜之能事尽矣，斯为无上上乘，是故以品论之，则增损字句者品最下，考典者能品也，白描者妙品也，至借典白描斯可云神品。

　　或问酒令，所行射覆与灯谜同乎？曰：二者同源而异流。射覆之法疏，灯谜之法密；射覆之意浅，灯谜之意深；射覆之理粗，灯谜之理细。譬之书法，则射覆行草而灯谜隶楷也；譬之画法，则射覆写意而灯谜写生也；譬之文法，则射覆散行而灯谜骈俪也。此射覆与灯谜之异点，而其均为隐语则一也。

　　研究科学率用论理学演绎、归纳二法，灯谜亦有之。演绎法者，从一般之理以推定种种之点；归纳法者，从种种之点以穷究其一般之理。如旧谜"戊辰"，隐《易经》"天数五、地数五"；"雕"，隐聊目"萧七"，此演绎派之灯谜也。"上截是正体，下截便是码字；下截是正体，上截便是码字；中间是正体，上下却都是码字"，隐"交"字；"一百剩得九十九，逢十进一，逢十进一，四去八进一"，隐四子"白圭曰"，此归纳派之灯谜也。

　　严沧浪谓："诗有别才，非关学也；诗有别趣，非关理也。"吾于灯谜亦云。顾或目灯谜为不通之事，非学人所宜玩味者，愚则以为，必学人而后可以言灯谜。盖其上下古今，贯穿四部，旁涉九流，非学人畴能为之，非通人畴能精之。谓其别有肺肠可耳，谓为"不宜玩味"则非也。倘虑沉浸其中，流连忘返，虚掷光阴，荒芜正业，则游戏之事多矣，讵独灯谜然哉。

　　愚幼时跳荡如野马，加以脑筋最粗，故六经文字几无一卷能默诵者。迩年以癖嗜灯谜之故，尝取经传之可为灯谜资料者浏览之，旧岁应童子试，面覆题为"向戌弭兵论"，同试者多苦不能记忆，愚独以屡取左氏此节作谜而深印于脑中，故论亦较详，旋受知郑叔进宗师，取列第三名入泮，客或贺以为灯谜之力，愚则以为：考试之作论射策何？莫非猜谜之类，即谓射中灯谜可也。

可畏哉，灯谜家之思想也；可爱哉，灯谜家之思想。挟其思想，可以变黑白，易丹素，点金成铁，画水闻声，犹小焉者也。至圣贤庄论可为里巷谐谈，妇孺庸言可为庙廊谟诰。如或用"倒头纸"隐四子"的然而日亡"（卷帘），"天厌之，天厌之"隐《易经》"圣人以此洗心"之类，吾不得不爱其灵敏而畏其狡狯。

子夏曰："虽小道，必有可观者焉。"灯谜何独不然？！《礼》："男子三十而娶，女子二十而嫁。"春秋时虽不尽然（如孔子十九而娶），然大概必男长于女也。成都张君子光以"子谓公冶长：可妻也……"一章，隐《诗经》"思媚其妇"，盖"偕老格"，谐"思媚"为"师妹"也。斯亦诙谐而不轨于理者。

方言入诗者，竹枝、风谣之类是已。近年，白话文体盛行，有用以入文者。德渊借以作灯谜，则尤新巧而解颐。如"腮"，隐唐诗"何日大刀头"；"何日大刀头"，又隐四子"使饥饿于我土地"。盖成都方言呼祀神之肉为"刀头"，而祀土地者又恒用刀头也。又，成都方言以营工商业为"做生意"，实即生计之音转也。善化沈公幼岚任成绵道时，尝集一联题劝工局云："便觉眼前生意满，须知世上苦人多。"华阳王也樵先生称其恰如其分，际洵然。旧岁，余在子光处附社一条，以"则天下之商皆悦，而愿藏于其市矣"，隐唐诗"欣欣此生意"，后又见或以"卖笑"作面，亦隐此句，用意同而面更简当。

灯谜总以底面自然为佳，所谓"文章本天成，妙手偶得之"者。彼不得已而加格者，实缘腹笥有限，用以文其心思之拙也。就中梨花一格，第取谐声，尤属易作难工。失名作"伤心细问儿夫病"，隐古文"杯盘狼藉"（悲盘郎疾）；旧谜"临去秋波那一转"，隐官名"刑部右侍郎"（行步又视郎）；阳湖吴君鲁叟作"梨花一枝春带雨"，隐兽名"龙媒"（浓梅），皆格谜中不可数觏者。

离合格灯谜，滥觞于孔北海"渔夫屈节"一首，如《坚瓠集》所载"焦"字谜、"十二时"谜之类是也。别有离格，如《虎痴初集》之"眼搞"，隐《易经》"离为目，艮为手"；《桐阴清话》之"江鸟"，隐《诗经》"鸿则离之"；失名作之"尧崩"，隐《书经》"分土为三"。合格，如《虎痴集》之"者"字，隐四子"信以成之，君子哉"；《游艺报》之"他途"，隐"人也，合而言之，道也"；成都陈君润之之"喻马原非马，分秧半插秧"，隐"種"字。

加减格（即增损字句者），亦有不可目以下品者。如润之作之"或者是真"，隐四子"國中无伪"；"僧官二字通用"，隐"赏"字；元和陆芸苏作之"晓来微雨接花梢"，隐"荛"字；茂臣作之"裸"，隐《西厢记》"多半是相思泪"；"泰"字，隐唐诗"一半是春水"；

德渊作之"午沐"，隐"年深岂免有缺画"；失名作之"木主"，隐"来往不逢人"。皆有意趣。

鸳鸯格亦号称易作，然求其佳偶天然，不假人为者，亦不多觏。旧谜如《春灯百谜》之"公孙丁"，隐《左传》"穆叔未对"；《虎痴集》之"杨柳渡头行客稀"，隐《西厢记》"恰对菱花，楼上晚妆罢"；《十五家妙契同岑集》之"广厦构众材"，隐《三字经》"对大廷，魁多士"。皆极自然。近又多就底中虚字作衬贴者，如成都龚君相农作之"从禽"，隐《礼记》"数畜以对"；华阳袁君荫南作之"困矮屋"，隐唐诗"对此可以酣高楼"；子光作之"绿水"，隐"若与青山常作对"；茂臣作之"紫燕"，隐《西厢记》"黄莺作对"。俱妙！至于楹联一格，不过集句而已，别无他趣也。

暗格灯谜，有底藏暗格，如《十五家妙契同岑集》之"玉门关"，隐唐诗"金殿锁鸳鸯"；失名作之"子反"，隐古文"皓首而（儿）归"。有面中暗格，如芸苏作之"诵回文"，隐聊目"王成"；浙江许君仲密作之"皓首穷经"，隐市招"评（贫）书"。愚按：古句藏格者，如司空《诗品》之"脱帽看诗"，摩诘诗之"松风吹解带"，《西厢记》之"便是一合回文"，皆可作谜，至"卷帘""梨花"等字面，则诗词中尤多。

灯谜有合两典为一面者，虽非谜中上品，然亦不乏佳构。如子光述之"却憎狐偃登场，喜听屈原唱罢"，隐四子"不好犯上，而好作乱者"；茂臣作之"且将赤壁前游日，权作龙山落帽时"，隐唐诗"相望试登高"；失名作之"镜悬照胆，囊挂笼髯"，隐"秦时明月汉时关"，即绛树双声，黄华二牍，何以加之。又有分一典而为二者，其例至多，如德渊作之"成祖永乐"，隐四子"无忧者，其惟文王乎"；成都黄君玉林作之"五柳"，隐《诗经》"有条有梅"，是也。

灯谜有"问答体"，有"以问答问体"。问答之谜，旧谜之"晋祸始于清谈，唐祸始于女宠，明祸始于流寇，试历举其人焉"，隐四子"何晏也，则天也，自成也"；"何谓信"，隐"不失人，亦不失言"，是也。以问答问之谜，如前人之"王征南何人也"，隐古文"咸来问讯"（卷帘）；失名之"不识蝥蟊"，隐《诗经》"吉梦维何"；阳湖吴君鲁斨之"问马"，隐唐诗"千里其如何"，是也。

作谜亦有误用字义者，如旧谜"佳人口角抹胭脂"，隐四子"唯"，因读本恒用朱圈上声，甚有思致，但"佳"实不可作"佳"；"重阳"，隐"肢"字，用《尔雅》"十月为阳"，但"刖"实不能通"月"。此外其例尚多，要皆不可为训也。

灯谜贵深入显出，言下了然，过于肤浅，固不值方家一笑，倘过于晦僻，非加以说明，闻者莫解所谓，则亦味同嚼蜡。然晦谜固有佳者，如旧谜"春雨绵绵妻独宿"隐"一"字，春雨绵绵，无日也；妻独宿，无夫也。成都廖明轩孝廉之"无边落木萧萧下"隐"日"字，谓"陈"去"阜""木"也（校注："阜"作左边偏旁，楷书写成"阝"）。汉军于达苏大令之"大过"隐"八"字，因本卦为"兑上巽下"也。数谜谓之不晦不可，谓之不佳不可也。

有眼前事迹，一经灯谜家运用，不啻典故者。省城打铜街有上马石、欢喜寺，邻为西来寺，茂臣以"醒酒石"，隐唐诗"醉来上马去"；暨成都毛君得如所述之"黄花欢喜寺为邻"，隐"秋色从西来"，均匪夷所思。

杂书灯谜，茂臣最为擅长，所作《三字经》有："有成德者……"（五句），隐"教五子"（卷帘）；"结庐在人境"，隐"家天下"；"虹藏不见"，隐"梁灭之"。《千字文》有："生香不断树交花"，隐"同气连枝"。《龙文鞭影》有："白驹过隙"，隐"孔明流马"；"江笔生花"，隐"梦得豪"。又《三字经》谜，前闻华阳高君伯厚述之"不取板资"，隐"能让梨"；"解元"，隐"讲道德"；"明天麻"，隐"日月星"。皆可谓化腐朽为神奇。

俗语童谣用作灯谜，可以解闷，可以醒疲。《虎痴集》之"桃李无言"，隐"红不说，白不说"；德如作之"播厥百谷"，隐"栽杂种"；子光作之"其实皆什一也"，隐"大家都是出门人"；"为黍而食之"，隐"不杀鸡"；失名作之"寿鞋"，隐"脚踏南山"；"委员"，隐"大官不来小官来"；"风雨短长亭"，隐"吹吹打打一路来"，皆足令人发噱。至如润之所述"君梦齐姜"，隐"见你娘的鬼"，口吻虽肖，未免言不雅驯。

用成语作谜，每有与他人暗合者。忆拙作"风雨怀人"，隐四子"五十而慕者"，与华阳陈君绍昌雷同；"少姜"，隐《诗经》"有齐季女"，与浙江许君洪度雷同；"中有一人字太真，雪肤花貌参差是"，隐古文"温乎其容"，与茂臣雷同。数谜可谓同心之言。

事物异，实同名，灯谜家最利用之。如：方丈，宴室也、禅室也，《虎痴集》有"阇黎饭后钟"，隐四子"食前方丈"。玉楼，仙人所居也、两肩也，失名作有"诗赋玉楼"，隐鸟名"题肩"。芙蓉，木花也、水花也、镜也、帐也、面也、山峰也，华阳杨君芸青作有"岫绕芙蓉"，隐唐诗"山从人面起"。郎中，官名也、医士也、禁中大内也、幽室也，拙作有"兵部郎中"，隐四子"可使有勇，且知方也"；"出入禁中"，隐唐诗"惟有幽人自来去"。此外其例尚多，如：圜室，囹圄也、道士居也；阃内，国门也、闺阁也、槛楹也、穽也；阑干，罘罳也、眼眶（校注：原文作"匡"）也、夜深也；寸田，地少也、心也；秋水，剑也、眼也；太史，天官也、翰苑也；黄门，阉人也、给事也；貂珰，贵戚也、刑余也；典刑，老成人也、大辟也；金石，文字也、交情也；图书，经史也、印章也；流黄，颜色也、机组也；琥珀，丹石也、酒也；玟瑁，美石也、龟甲也、筵席也；琅玕，美石也、竹也；六寸，笔也、算也；葳蕤，花也、锁也；苜蓿，马刍也；训士，官禄也；甲第，贵宅也、科目也；蒲卢，蒲苇也、蠭也（见《夏小正注》）、果蠃也；玉版，笺也、帖也、笋也；鸥夷，盛物器也、河豚也；飞廉，人名也、兽名也；管仲，人名也、药名也；皋陶，人名也、古木也（见《考工记》注）；摴蒲，博具也、海蜇也；缁衣，僧号也、《诗经》篇名也；王孙，芳草也、蟋蟀也；杜鹃，花名也、鸟名也；龙钟，老态也、竹也、船舟也、衣领也；三尺，剑也、刑法也；玉环，杨妃名也、唐睿宗所御琵琶名也；夜光，萤火也、珠也、璧也、月也、酒杯也；胸臆，蚯蚓也、汉县名也；丹书，刑书也、誓书也；屠苏，庵也、酒也；五经，圣籍也、酒器也；大有，卦名也、丰年也；玉堂，璧幸之舍也、翰林也；夕阳，山西也、斜日也；五更，养老名也、谯鼓也；庶子，官名也、支子也；小蛮，美人名也、酒杯也；一流，人品也、银数也；律令，国法也、咒语也；枇杷，果名也、农器也；金井，井栏也、梧桐叶上花纹也；绣球，狮卵也、花名也；满天星，花名也、爆竹也；过山龙，吸酒器也、山轿也；虞美人，人名也、花名也、词牌名也；元宵，节名也、汤圆也；九华，山也、塔也、灯也；牙籤，剔齿也、书签也；参差，不齐也、笙也；消息，《周易》卦气也、词牌名也；鱼目，假珠也、汉武马名也；牵牛，星名也、花名也、虫名也。
（见阮吾山《茶余客话》暨梁应来《两般秋雨盦随笔》）

　　虚字为组织文章之用，在外国文亦有所谓助词、助动词、感叹词等。唯灯谜家实者虚之，虚者实之，总以出人意表为佳。然有时亦须仍还虚字之用，乃能神完气足。如前人"乾无上画坤无土"隐四子一句，或射"天地之大也"，亦既题无剩义，要不若"此天地之所以为大也"句，传出两"无"字之神。《通俗报》载有"上去一下去十一"，亦隐此句，用意虽同，而其面则了无意义，不及前作远矣。又失名作"传曩诳楚，颇疑其诈"，隐"唯赤则非邦也欤"；"赤壁之役，孟德仅以身免"，隐古文"唯大丞相魏国公则不然"，均以虚字见长。

　　浙江汪君伦伯作有"落帽、脱靴、皓首、粉底"，隐《书经》"格于上下"，为初学作谜者现身说法。若失名作之"猜灯谜法"，隐《诗品》"语不欲犯，思不欲痴"，则真道出此中三昧者矣。

　　林坤《诚斋杂记》称：乔子旷为诗，喜用僻典，时人谓之"狐穴诗人"。灯谜家亦有蹈此辙者。如《新小说》所载"士诚拒户自经部将解之"，隐《易经》"九四有命"，九四，士诚字也。吉水曾显廷大令述之"有意而来"，隐《礼记》"玄鸟至"，本《庄子·山木》"鸟莫知于鹢鸸"。又，愚射南城贵梅生大令作之"积薪桂于灶间"，隐唐诗"禅房花木深"，禅，灶神名也，出《杂五行书》。拙作"潜虬且深蟠"，隐四子"今有无名之指，屈而不信"，潜虬，无名指也，见《酒令·唐招手令》；"薤露"，隐《诗品》"如矿出金"，本《云仙杂记》"山中有葱，下必有银；有薤，下必有金"。诗家有自注之例，若此类者，皆非自注不可，斯也灯谜中之野狐精也。

　　古有于印章隐姓名者，是亦灯谜之类。如姜白石（夔）之"鹰扬周室，凤仪虞廷"，乃运典格也；徐文长（渭）之"秦田水月"，乃拆字格也。盖昉于辛稼轩"六十一上人"印文，见陆敬安《冷庐杂识》。

　　李君实《紫桃轩又缀》有云："《尔雅》释畜：犬子曰狗；释兽：虎子、熊子皆曰狗。《汉律》：捕虎一购钱三千，其狗半之。然则所谓'画虎类狗'者，亦未大悬绝耶。"成都林君佶苏以"画虎类狗"，隐卦名四"讼、师、比、小畜"，运典不觉，想见心思之细。

梁应来《两般秋雨盦随笔》有云："春秋桓公六年，经书：子同生。《谷梁传》曰'志疑也'。朱子驳之曰：'圣人一笔一削堂堂正正，岂有以暧昧之事疑其君父者。'其说是也。然愚谓十一公皆不特记，而独于庄公记之，其中岂无深意。文姜淫乱，越境成奸，恐后之论者，或有嬴吕之嫌，故特于十八年，夫人姜氏如齐之前，大书'子同生'，以明其的系吾君之子。故曰志疑者，非所以传疑，乃所以释疑也。诗曰'展我甥兮'，《春秋》曰'子同生'，皆所以别嫌明微也。"然灯谜家竟有用"公与文姜如齐，齐侯通焉"，隐四子"然则有同欤"，心思则曲折矣，但惜有伤忠厚耳。

《虎痴初集》有"郊祁同列"，隐《左传》"比及宋，手足皆见"；近人有以"郊祁同列"，隐韵目"二宋"者。按："二宋"，不仅郊、祁，赵云菘《陔余丛考》谓有三"二宋"，指《宋史》宋琪、宋雄，宋郊、宋祁，《元史》宋本、宋褧也。又，《元史》宋子贞与族兄知柔，称大宋、小宋；《明史》宋克、宋广善，书称"二宋"；清朝长洲宋既庭教谕（实颖）与宗弟畴三，俱以孝廉知名，时称大宋、小宋；道光癸卯浙江乡试，临海宋卫、宋瑱，以同祖兄弟同举孝廉，其同年亦以"二宋"称之。亦见《冷庐杂识》（校注：原文作《冷庐杂志》）。

德清俞荫甫先生，掌教西湖诂经精舍，进诸生以讲求古学，廿余年中裁成独多。门下士徐花农太史倡议众，建一楼以安先生杖履，榜曰"俞楼"。会彭刚直巡江，至西湖与先生结小儿女新姻，念楼址太隘，力任扩充，使健儿负土从事，期月而成，先生为著《俞楼经始》一卷。越明年灯节，杭州有好事者，即以"俞楼经始"四字悬谜，隐四子人名二"徐辟、彭更"，谓花农倡筑，刚直增廓之也。先生闻而喜甚，叙入所著《春在堂笔记》诸类中。花农后以壬辰年视学广东，所取进及拔置高等者，悉幼童世家子与翩翩裙屐之少年。粤人大哗，其被摒，向隅者争为蜚语，以嘲讪之。御史摭以入奏，廷旨寄疆吏按查，以事无左证而罢。其时穗垣灯市，亦有一谜云："徐宗师取进诸学生"，隐《三国志》人名二，识者解之曰："此'颜良、文丑'也。"旁立而听群起和之，以为用意巧合，得未曾有，则未免流于轻薄矣。见近人邱菽园《赘谈》（校注：即《菽园赘谈》）。

俞砌花《印雪轩随笔》一条云：湖俗，每遇张灯之夕，好事者率悬灯谜于市。有枯者，食饩府庠，颇负时望，生平酷好为此，而心思灵巧，往往出人意想之外，以故所制灯谜出，远近观者如堵。某年，汪桂楂往观，见其悬一谜云："一甲五名"隐《易经》五句，汪桂楂即索纸笔于众中大书："某乎，汝莫不是'为鳖、为蟹、为赢、为蚌、为龟'乎？"合市哄然。某虽恨其刻薄，然不能以为非，是酬以应得之物而去。次日，喧传一郡，以为笑谈，而某自是戒不复为此戏矣。

吴趼人《我佛山人札记》一条云：曾、曹二士人相约会于某所，及期曹先至，曾久不来，曹颇苦之。及曾至，谈正事毕，曹戏谓曾曰："有一谜请君猜：'曾孙来止'，隐《史记》一句。"曾思之不得，请谜底，曹自指其鼻曰："我太公望子久矣。"曾怒其戏己，也曰："仆亦有一谜：'将军魏武之子孙'，隐俗语一句，知君必猜不着，请迳揭出之。"因指曹曰："口（操）你的祖宗。"曹操之"操"字，本读去声，恰谐俗语。曹闻之大怒，竟至斗殴。

况葵笙先生《辛巳春灯百谜》一卷，谜不尽佳，而卷端骈语一叙，于灯谜之源流、得失，言之颇详，用录其全文，以供个中人之参考焉：盖闻廋词起于晋朝，隐书标于《汉志》。东方共舍人之语，特擅诙谐；中郎留"幼妇"之题，允推工巧。溯夫秦有卯金之谶，越有庚米之辞；河鱼详左氏之文，井龟仿南朝之制。大抵前人之隐语，即为今日之迷言。谜之字收于《玉篇》，谲之名见于《吕览》。考其缘（校注：原文误作"原"）始，各有异同，要不过回互其词，变通其意。孔文举诗成离合，实开拆字之先；王荆公句隐姓名，已用谐声之格。墨斗吟于苏子，体物尤工；金钟赏自孝文，解人可索。至若集编《文戏》，诗纪唱酬；盖亦乐此忘疲，言之有味矣。夫雕虫之技，才士不为；而灯虎之嬉，近时所尚。莫妙于包藏经句，运用陈言，趣必天然，语皆风雅。苟命意不伤于芜杂，即搜词何害于稗官？所可惜者，用心或突过前贤，立格则殊乖先正。蝉能脱壳，尚从一字以推求；龙可点睛，犹本六书之假借。虽云变格不失大方，他如脱太白之靴，谁为力士？落孟嘉之帽，不必龙山。故美其割裂之名，以就彼心思之绌（校注：原文误作"拙"）。鹤原有膝，蜂岂无腰？瓠应率尔而操，筋竟若斯之滥。第舍难而取易，俨然斧以斫（校注：原文误作"斯"）之。因斗靡而夸多，否则瓶之罄矣。是岂谓文章之末而遂忘体制之严乎？仆也，生小善愁，蹉跎失意。黄山谷之好闷，门里挑心；陶宗仪之独眠，壁间书字。倦灯倚处泪枕，醒时消一晌（校注：原文误作"响"）之烦忧。耐片时之思索，藉得暂忘恨事，因之稍遣病魔。时则杨柳初春，海棠深夜。清风明月，无可奈何。胜友高朋，不期而至。照将红烛，笼倩碧纱。夺此锦标，射同雕覆。不惜会心之远，一鸣或竟惊人；共争捷足之先，三复居然有得。客既兴高而采烈，主尤色舞而眉飞。不亦乐乎？是之取耳。而或谓构十日之巧思，供一宵之暂聚。为劳已甚，择术何疏？嗟乎哉！纵俄顷之欢娱，在愁人岂能多得；悦从俗之嗜好，又吾辈所不肯为。与其枯守而无聊，孰若闲寻之有味也？惟是愁痕满纸，醉墨连篇，格仅避夫纷纭，语难期于深稳。较贺从善千文之虎，殊愧疏浮；比金章宗百斛之珠，自惭固陋。然而蛩鸣鸦语，得每自矜；蜡泪蚕丝，弃之可惜。百条粗择，一册仅成，必有可观者焉，为之犹贤乎已（按："独眠孤馆"谜，本宋陶穀题南唐馆舍壁事，篇中作"陶宗仪"，不知其何所据也）。

## 纸醉庐春灯百话卷下

王也樵先生，谓胜朝文事超越前古者有二：一谜语，一试律。洵为碻论，诗莫胜于三唐，而谜则如"蛙谜""蛇谜"等，并不皆不佳，即以太白天才，而所作如"许云封"谜，亦仅如是。至陶穀之"独眠孤馆"，则未免如刘舍人所讥"课文了不成义"矣，谁谓古今人不相及哉！

成都周吉唐先生，谜界仰为泰斗者也，岁甲辰两度张灯，兴高采烈，愚射中十余谜，先生至目为打虎将，亟赞心思之敏。呜呼，至可感也！回忆曩时情事，宛犹在目，而先生之墓木拱矣，为之黯然者久之。先生灯谜神妙兼擅其胜，惜多遗忘矣！所记者仅"痛饮读《离骚》"，隐四子"唯酒无量不及乱"；"铁梨"，隐"钻之弥坚"（按：《尔雅·释木》："楗梨曰钻之。"内则作柤梨曰攒之。仅云铁梨，似当别有所本）；"明月松间照，清泉石上流"，隐《书经》"唯影响"；"中有一人字太真，雪肤花貌参差是"，隐《礼记》"颜色必温"；"所著遗忘殆尽矣"，隐《左传》"作而不记"；"故蜀城"，隐《周礼》"唯王建国"；"一杯酒酹玉楼人"，隐《西厢记》"这酬贺"；"如此风波不可行"，隐词牌"驻云飞"（卷帘）。又有"乡里人还乡"，隐唐诗"浩然归故关"，盖用明末流寇乡里人刘浩然也；"松声吼几回"，隐《西厢记》"行者又嚷"，盖本《水浒传》行者武松也。耆旧得此，想见当年文采风流。

成都王仲明先生，年近七旬，双目失明，工琴精医，而尤嗜灯谜，每夜出观灯，喆嗣次文为相遇，《左》、《国》、《史》、《汉》、唐宋诗词，犹能背诵全文。早岁所作有"步步娇"，隐四子"谓武，尽美矣"；"北极朝廷终不改"，隐"顺天者存"；"梅花一县过襄阳"，隐《书经》"五百里米"；"河阳一县并是花"，隐"百里采"；"莲房"，隐《诗经》"君子之马"；"重枣"，隐"如何如何"；"启呱呱而泣"，隐古文"宋微子之兴悲"；"汉家陵阙倚斜阳"，隐"但以刘日薄西山"；"谈虎色变"，隐《西厢记》"忽听一声猛惊"；"高谊"，隐唐诗"贾生才调更无伦"；"潇湘月"，隐"两水夹明镜"。诸佳制甚多，兹所录者，特尝鼎一脔耳。

东湖饶季音大令，前在惜字宫寓中出谜，佳制极多，其"喜雨复愁霖"隐四子"乐以天下，忧以天下"、"力"隐"二之中，四之下也"二谜，已为王也樵先生刻入所著《樵说拾遗》中。此外仅记"明太祖起兵皇觉寺"，隐"释'治国、平天下'"；"《魏志》书：诸葛入寇"，隐"君不能谓之贼"；"隔千里兮共明月"，隐《易经》"天一地二"（卷帘）；"麻沙"，隐唐诗"谁复著手为摩挲"；"其文炳蔚"，隐四子人名"虎豹之皮"。

中江刘少芸先生，早岁作宰关中，宦成归里，不预世事，日以作书自娱，闲亦出谜。愚所射之"设紫绡帐"，隐《诗经》"载寝之床"；"浮桥"，隐"造舟为梁"，均佳，然尚非其至也。有人述其近作三谜："白马将军"，隐四子"焉用战"（卷帘）；"王"，隐《左传》"君履后土而戴皇天"；"此调不谈久矣"，隐"曲为老"。

广汉张君尹士，早岁即于灯下订交，甲辰入泮后，旋赴东瀛留学，丙午归里，担任游学预备学堂斋务，未及两载遽赴修文，至堪惜哉。其旧岁所出诸谜，仅记"容光"隐《左传》"君实图之"、"解元"隐"乡取一人焉"、"后宫佳丽三千人"隐古人"满宠"、"牛山"隐外地"对马岛"四则。

成都刘子孝先生，人极诙谐，作谜亦令人解颐。如"荷花娇欲语"，隐四子"君子学道则爱人";"白刃可蹈也",隐"超"字。其"内子殷勤捧玉钟",隐《龙文鞭影》"灌夫使酒"一谜,则与同邑吴子玉先生共饮,相谑戏作也。真以文言道俗情矣,然亦自是妙品。

郏县姜尹人先生集中,有《赠阎子谦主政,并呈春谜社诸君子》诗一首,云:

少年打灯虎,高跨群龙翔。群子肆波澜,遂乃四海汪。

众仙集蓬瀛,钟磬闻笙簧。我亦泛泛游,风水听霓裳。

是时斗指寅,新月扬微光。繁响忽一驻,遂揭中心藏。

环顾青云客,腾声喧玉堂。余以肥遁土,此乐不可常。

盖先生少时亦有此癖,至子谦先生,愚已不复见其为人,仅闻王仲明先生述其二谜云:"看竹何须问主人",隐《书经》"能自得师者王";"金莲调叔",隐古文"抚孤松而盘桓"。

河间李君银槎,寒家旧戚也,早岁即以灯谜擅名,年逾耳顺,犹复乐此不疲。其少作遗忘殆尽,忆前在御河沿高阳齐寓观灯所射,如"脱我战时袍",隐《易经》"征不服也";"志在流水",隐《书经》"载采采";"莲幕酒",隐《千字文》"景行唯贤";"庶民之子来",隐地名"昌黎";"五柳居",隐"馆陶";"一枝红杏出墙来",隐词牌"露华"。皆其附社所出,兴会不减当年。

银槎又为愚言:熊君渭樵作谜喜用稗官,未免言不雅驯。然如"秦可卿死封龙禁尉"隐古人"贾捐之"一谜,亦不害其为佳制也。

华阳叶君友芝,其先本皖人,早岁极喜出谜,有七律二首,隐聊目二十余则,词意工切,惜底面并忘之矣,仅记有"清白吏",隐四子"使人昭昭";"面如满月",隐《楚辞》"望三五以为像(校注:原文作"相")兮";"匡庐在望",隐古文"乃瞻衡宇(校注:原文误作"字")"。叶君现任客藉学堂职事,此调久不弹矣。

樊君丽泉,喜作泊号谜,颇有极其浑成者。如愚射之"墨池飞出北溟鱼",隐"黑旋风";"我独在人间,委实的不愿生",隐"拼命三郎",皆不假雕琢。若失名之"金钱问题",隐"豹子头",虽亦切合,而"问"字赘矣。

成都郭君子章,每岁必开灯社数宵,愚亦时附骥其间。忆子章作有"客来雨霁",隐《诗经》"访予落止";"仙乐风飘处处闻",隐《诗品》"悠悠天均"(卷帘)。附社新繁严君吉甫作有"纪程新咏",隐四子"为此诗者,其知道乎";"同籍",隐"虽由此霸王不异矣";"八月初一",隐《诗经》"在夏后之世";"王赫斯怒",隐《周礼》"以受生气";"一网打尽",隐《西厢记》"毕罢了牵挂";"回眸送盼,以挑王之侍者",隐"休波"。浙江王君远伯作有"岂真爱马者耶",隐《诗经》"假乐君子";"窥破奸形",隐"见此粲者";"益有弧矢之象",隐《琴操》"风雷引"。

乙巳春灯社虽多,绝少佳者。嗣浙江许君绍兰、金君叔屏,大兴官君小农,毕节张君毅侠,桐城赵君仲琴,就平越王君意先宅,组织一社,用半月形双灯,为东西两半球,东半球糊以黄纸，西半球糊以白纸，东半球灯谜概出旧学书，西半球灯谜尽用新学书，其构思命意颇极新颖。西半球佳者有："驿"，隐新名词"特色"；"霜雪盈颠"，隐"元素"；"破黄巾"，隐"平角"；"白衣秀才"，隐"酸素"；"夫子之墙"，隐外地"尼门"；"骆前王后一诗人"，隐西人"卢骚"；"孟孙、叔孙、季孙"，隐"古鲁家"；"日本书札常用'御'字"，隐《西厢记》"寄语多才"。东半球佳者有："朋党"，隐四子"有友五人焉"；"沉者自沉，浮者自浮"，隐《左传》"受其书而投之"；"不及马腹"，隐唐诗"自顾无长策"；"鸡犬相闻"，隐时宪书"鸣吠对"。

此外，则暑袜街新建曹宅、陈君绍昌、陆君芸荪诸社，尚多可采。曹宅有"挥故人泪"，隐四子"愿比死者一洒之"；"变理阴阳是子牙"，隐《诗经》"相鼠有齿"；"子无谓秦无人"，隐《礼记》"在朝言朝"（卷帘）；"妾有老亲"，隐《左传》"如旧婚媾"；"羊一牛一"，隐《楚辞》"望美人兮不见，恨此生兮远离"；"戏举烽火"，隐唐诗"梨园子弟散如烟"等作。惜迩日以馆事未得往观。右悉闻林佶荪、郭子章两君所述，风味颇不恶也。绍昌则有"巨觥陈浊酒"，隐四子"尊贤为大"；"待阙鸳鸯社"，隐《诗经》"曰予未有室家"；"此何声也，汝出视之"，隐"令闻令望"；"天空任鸟飞"，隐唐诗"明月自来还自去"。芸荪有"御制诗文"，隐《书经》"作之君"（卷帘）；"白从恶少遁去"，隐唐诗"云深不知处"；"桃叶渡头春涨生"，隐《西厢记》"恰对菱花，楼上晚妆罢"；"行过函谷重回头"，隐美人"关盼盼"；"晋惠帝贾后"，隐聊目"鲁公女"。均不落寻常蹊径。

忆壬寅、癸卯之岁，谜界诸君在红庙子结长春灯社，中秋始罢，愚得躬预其盛，所出佳制美不胜收，群贤济济，其乐陶陶，弹指驹光忽焉数载。今诸君有入政界者，有列商界者，有散之四方者，有作古人者，斯会重举不知何时，兹将见闻所及尚可记忆者汇录如下，以志一时兴会。卢后王前，随手裒录，毫无轩轾于其间也。

德渊作有"笔算"，隐四子"管氏有三归"；"第五伦"，隐"朋友数"；"焚膏油以继晷"，隐"的然而日亡"（卷帘）；"六十双寿"，隐"有同耆焉"；"共有尊中好"，隐"般乐饮酒"；"韩兵围暹罗"，隐《易经》"八卦成列，象在其中矣"；"此非吾君也，何其声之似我君也"，隐《诗经》"鲁侯是若"；"月到天心处"，隐古文"盘之中"；"皆嗜酒"，隐唐诗"共有尊中好"；"诸僧伴"，隐物名"秃友"；"古书两卷"，隐"弱"字。

茂臣作有"筹"，隐四子"君子去仁"；"返景入深林"，隐"卷之，则退藏于密"；"晚年唯好静"，隐"仁者寿"（卷帘）；"老当益壮"，隐古文"寿而康"；"绝妙好词"，隐"不有佳作"；"富贵非吾愿"，隐唐诗"我无汲汲志"；"落花满地"，隐《西厢记》"土雨纷纷"（卷帘）；"日用饮食"，隐"东洋海般饥渴"；"反其田"，隐"不受人情"；"不欲多上人"，隐"避众僧"；"不尚时艺"，隐"自古文风盛"。

子光作有"老僧"，隐四子"释本末"；"乃掷刀抱之曰：我见犹怜，何况老奴"，隐"是气也，而反动其心"；"遂白曲端之冤"，隐"威武不能屈"；"得雄者王，得雌者霸"，隐《易经》"获之无不利"；"独孤"，隐《书经》"德惟一"；"岂可藏副以卖直耶"，隐《左传》"于是乎去表之槀"；"马头调"，隐古诗"千里作一曲"；"伯道兴嗟"，隐《西厢记》"都只是香烟人气"；"目送飞鸿"，隐古人"顾延年"；"自顾所衣悉成秋叶"，隐"裴楷"；"自谓聪明过人"，隐"侬智高"；"蜗角蚊睫又足相容者也"，隐虫名"寄居"。

仲琴作有"阳与为友"，隐《诗经》"十月之交"；"一声河满子，双泪落君前"，隐《书经》"曲直作酸"；"闹莲花"，隐"狎侮君子"；"三弄笛"，隐《西厢记》"七弦琴成配偶"；"人淡如菊"，隐"黄瘦脸儿"；"寿考"，隐"试偷香"；"太师挚适齐"，隐唐诗"相携及田家"；"书生"，隐"缮性何由熟"；"死生亦大矣，岂不痛哉"，隐"离别正堪悲"；"童稚开荆扉"，隐《诗品》"碧山人来"。

镇雄张君星所作有"陷吾君于聚麀"，隐《诗经》"武王烝哉"；"清减了小腰围"，隐"带则有余"；"皇皇"，隐"黄鸟黄鸟"；"负暄观弈棋"，隐古文"望长安于日下"；"停杯投箸不能食"，隐《西厢记》"少呵"；"影里情郎"，隐古人"顾欢"；"皆大欢喜"，隐"莫愁"。

成都孟君和卿作有"日月合璧"，隐《书经》"宣重光"；"春在邻家"，隐"我则鸣鸟弗闻"；"状元"，隐古文"面目黧黑"；"妾有灭门之祸"，隐"次妻族有似乎定情之日，有似乎北邙之死"；"别南浦之生离"，隐《西厢记》"比花开花谢"。

润之作有"美人首"，隐四子"君子之道"；"群盗突起，搜之，出白刃相加，幸未绝命，恍惚中似有人拽护之状"，隐唐诗"贼斫不死神扶持"；"靡草死，秋已阑，千里迢迢行路难"，隐时宪书"芒种"；"醉人如在半空中"，隐物名"酒帘"。

成都王君子衡作有"蛾眉不肯让人"，隐四子"谓武，尽美矣"；"未能三条烛尽"，隐唐诗"双照泪痕干"；"人与绿杨俱瘦"，隐《西厢记》"柳腰儿恰一搦"；"璆琳琅玕"，隐词牌"四块玉"。

简阳魏君雨田作有"家在白云秋草间"，隐四子"居于陵"；"御沟常有云气"，隐唐诗"宫中河汉高"。

成都王君成之作有"举杯消愁愁更愁"，隐《左传》"饮而不乐"；"莫愁"，隐唐诗"天气晚来秋"；"雁儿落"，隐《三字经》"为人子，方少时"。

魏君绍唐作有"大富贵，亦寿考"，隐西人"福禄特尔"；"佛经"，隐《石头记》人名"侍书"；"秀色可餐"，隐《西厢记》"娘呵"。

成都张君吉泉作有"恨无花解语"，隐古诗"对酒当歌"；"铺人皮于榻上，执彩笔而绘之"，隐"鬼物图画填青红"。

华阳何君斗垣作有"眼角留情",隐四子"睨而视之";"十五始展眉",隐《西厢记》"半世羞惭"。

毛君德如作有"月给鹤俸",隐《礼记》"卿四(士)大夫禄"(粉颈);"张如厕",隐卦三"晋、大有、解"(中一卷帘)。

林君佶荪作有"张翼尾于门",隐《诗经》"三星在户";"是夕幽情苦绪室女心虚",隐《西厢记》"今夜凄凉有四星"。

华阳萧君镜澄作有"娘子军",隐《礼记》"行役以妇人";"塞上笛音",隐《诗品》"声之于羌"。

吴君德门作仅记"红雨大作",隐唐诗"艳色天下重"一则。

李君渭清作仅记"月上柳梢头",隐古文"蛾眉不肯让人"一则。

鄙作可记忆者,有"花落衫中",隐四子"未坠于地";"在人草无忘忧之意",隐"小人长戚戚";"庚哥",隐"与其弟辛";"入云中分养鸡",隐《易经》"翰音登于天";"春愁黯黯独成眠",隐"困以寡怨"(卷帘);"冤家怕人知道",隐《左传》"怨而不言";"此丈夫而巾帼者,何畏之",隐"亡下阳不惧";"西望长安不见家",隐《周礼》"秦无庐";"蜀道之难,难于上青天",隐六朝赋"川路长兮不可越";"首夏犹清和",隐《聊斋》人"温如春"。各条虽极不佳,聊复存之,博方家一粲。

长春社友率各用别号以相识别,有如:德渊之称"澹园",润之之称"眠香馆主",斗垣之称"谜界特色思想人",王君成之自署"寄傲生"。子光戏制一谜云:"寄傲生何太不文",隐《诗经》一句。或曰"此'武王成之'也",相与拊掌。诗云"善戏谑兮",其子光之谓乎?

华阳黄焕堂先生,每夜出观灯,辄携雨具,偶一遗忘,其夜反雨。张君吉泉白发短视,喜近立灯下,孟君和卿目为"雨中黄叶树,灯下白头人",洵可谓无独有偶。赵君仲琴并借以作谜语,灯社同人莫不知之,斯亦成都谜界近世史也。

右录二十二条,原名《锦里观灯记》,旧题有【水调歌头】一阕,改编兹集,是词无类可归,姑附于此,以资谐笑。词云:"年少打灯虎,游戏锦城闉,每宵无处无我,吴下亢廷铃。结识二胡(德渊、鹤云)三李(亦华、渭清、银槎),二魏(雨田、绍唐)三张(华轩、星所、子光)林(佶荪)孟(和卿),刘(茂臣)赵(仲琴)并朱(子寿)陈(绍昌)。高会古红庙,集社果长春。 属耆老,黄叶树,白头人。一灯互出交射,思笔竟如神。继以黄昏清昼,直过中秋端午,花样越翻新。回首坠欢在,影事未成尘。"

丁未春,入政法学堂肆业,同班成都蔡仲翔、华阳李渭清、袁荫南三君,剧喜谈谜,每课毕休息,辄取法学中术语作谜,以佐谐谈,就中亦有佳者。仲翔作有"失踪",隐唐诗"何处寻行迹";"公使配偶者",隐《西厢记》"敕赐为夫妇"。渭清作有"道之使然",隐名词"观察点";"雁字排连",隐"相续人"。荫南作有"使子路问津焉",

隐"自由言渡"，颇能别开生面。至以"言黄潜善奸邪，罢职安置江州"隐"出张所"，则愚效颦所为者。

仲翔述二谜极佳："月旦"，隐《书经》"周公以为卿士"；"食于有丧者之侧，未尝饱也"，隐《左传》"见灵辄饿"。

荫南述数谜极佳："七子不能安其室"，隐四子"九男二女"；"避谷学长生"，隐"使饥饿于我土地"；"颠倒鸳鸯"，隐《三字经》"二十七"；"丁香"，隐物名"对子蜡"。

成都林君子宜言华阳胡雨岚太史二谜，亦可称神品："庶母颇贤"，隐古文"老子之小仁义"；"细柳娘"，隐《左传》"小人有母"。又，王仲明先生所述："门前一树马缨花"，隐《礼记》"户开亦开，户阖亦阖"，闻亦太史作也。

德渊近述数谜亦极佳："送荆轲"，隐四子"而授孟子室"；"挂角"，隐"束牲载书"；"多寿则多惧"，隐唐诗"自有岁寒心"；"非楼非亭"，隐《西厢记》"这不是黄鹤醉翁"。后三谜均王仲明先生作，前一谜刘君瑞培作，张君子纬亦曾作此谜，但不知孰先孰后。又，"徐淑叹瓜期"，隐古文"秦欤？汉欤？将近代欤？"，未言出自谁手。

戊申春，省城劝工总局暨商务总会职事诸公，组织灯社一所，命曰"文明"，醵资悬奖，即以劝工成品充之。保国粹，撷新知，一举而数善备焉！所出佳谜亦美不胜纪，略如："胶州湾"，隐四子"据于德"；"中国妇女议论，谓之萌芽也可，谓之播种也可"，隐《诗经》"华如桃李"；"秋云破处秋光皓，说是秋时秋未到"，隐"四月维夏"；"以裨将出使露西亚"，隐"侧弁之俄"；"东洋料理"，隐"日用饮食"；"小供"，隐"东人之子"；"报告俄国归顺"，隐《礼记》"白露降"；"裁判经费"，隐古人"贾捐之"；"芦汉铁道股份"，隐"华合比"；"竖白旗请降，以保全民命"，隐"乞伏国仁"；"伟然第一"，隐国名"大不列颠"；"第四条款作废"，隐"丁抹"；"才倚阑干"，隐度名"方依亚"；"黄耳传书"，隐杂志名"大陆报"；"领土以火山为止"，隐法学名词"自然境界"；"安胎"，隐"不动产"等作，皆极标新立异。

文明灯社分为内外两场，外场之谜略为浅近，必先射中一条，获优待券，然后得入内场。故内虽灯明座雅，从容构思，而外则人杂言庞，喧嚣特甚，射虎同人深滋苦之。总办周孝怀观察知其然，爰各介绍善射者数人，给以特许券，可以不由外场直入内社，一时获特许者有林君佶苏、胡君德渊、刘君茂臣、张君子光、何君斗垣、袁君荫南、李君渭清、王君子衡，愚亦叨陪诸君之后，得免外场拥挤之烦。闭社后，同人公致颂词，属愚起草，信笔为之，不复省记久矣。兹于故纸中得之，再笔记于此，以志一时盛事，其词有云："谜语为活动心思游戏，日本小学教授法亦采用之。我国保存国粹主义尚未发达，而此专门固有之科，转有日就消灭之势，惟川省商务劝工总局执事诸公，有鉴于是，爰起文明灯社于商务总会。因公暇以提倡国学，藉游戏以增进新知，法至良，意至美，因不仅于灯社发绝大光明，于谜界放非常异彩而已也。同人等技惭射虎，容比登龙，兴高采烈，受特许之欢迎；踵事增华，视闻风之继起。云云。"

社中各处皆有联语，其二门外云："会意须为杨主簿，属辞不让蔡中郎。"二门内云："煞费苦心，别开生面；自为新义，都是旧词。"授奖处云："一样陈言，在章句训诂之妙；同为赌局，比博弈饮酒如何？"外场云："莫言妙想天开，有千门万户；借以保存国粹，温四书五经。"内场云："得其环中，会心不远；入此室处，静言思之。"数联亦各极其妙也。

继文明灯社而起者，则有前卫街崇庆杨少壁先生暨贵州馆灵石何篯伯司马两社。杨宅附社者有胡雨岚太史、彭县刘昌庭中翰，所出谜语类皆纯正雅洁，愚所射亦较多，不复辨其谁手录，尤如"富贵而归故乡"，隐四子"有颜回者"；"得庾子山书"，隐《诗经》"有客信信"；"纵储二酉，难敌五丁"，隐《左传》"书何力之有焉"；"苦绛珠何事到人间"，隐唐诗"还将两行泪"；"四方风动"，隐"一任东西南北吹"；"赠绨袍"，隐古人"贾谊"；"奉三无私，照临下土；手摘星辰，斯人谁伍"，隐"公明高"；"记得笔花开后，曾有乔木之歌"，隐词牌"忆江南"。

何宅灯谜不拘一格，奄有众妙，如"卖杏收谷"，隐《礼记》"虎始交"；"明年"，隐名词"分配"。同社汉军于达荪大令作有"坤六断"，隐四子"非外也"；"单于"，隐"一人定国"；"典韦"，隐《易经》"革而当"；"弟子服其劳"，隐"习教事"（卷帘）；"周公旦、太公望"，隐《左传》"姬姓日也，异姓月也"；"谥贞白先生"，隐古文"卒相中山"（卷帘）；"井臼亲操赖女儿"，隐"家累千金"。吴县钱君彝别驾作有"上品火柴"，隐四子"木若以美然"；"伪顺窃据，天下大乱"，隐唐诗"清明时节雨纷纷"。南城吴子苌推事作有"重上妆台"，隐古诗"千里作一曲"；"古物商"，隐古人"陈贾"。山阴胡衍甫贰尹作有"公子申"，隐《左传》"穆叔未对"。咸能独树一帜，各擅其长。

江右熊纪成大令，雅好猜谜，曾在王仲明先生宅附社，出谜不多，而细针密缕，颇费推敲。如"樱桃娇小解离思"，隐四子"尚志"；"闻得十八日点状元，二十日点榜眼"，隐四子人名朱注"陈亢斗量名"；"踏青女"，隐《易经》"履霜"；"贬岳少保为庶人"，隐唐诗"飞入寻常百姓家"；"明月自来还自去"，隐《西厢记》"想嫦娥，西没东生有谁共"；"王雱反复，东坡甚为不平"，隐古人"公子荆、苏岔生"；"欧阳修兼领二郡"，隐"驿"字。愚射先生之谜有："欲把裙衣来脱下，先看脸色已羞红"，隐《诗经》"颜如渥丹，其君也哉"；"鱼儿腹内吞丝饵，蜗国争端起触蛮"，隐古文"钩心斗角"。愚谓牧之此语即先生之谜语定评，先生亦韪其说。

戊申灯社经商务总会提倡，一时张灯雅集者风发泉涌，每夕常数处焉，然求其出谜之佳而且久者，要必于吴君鲁殿首一指屈。鲁殿社逾数月，出谜极多，就愚所射者言之，如"寄书长不达，况乃未休兵"，隐四子"函人唯恐伤人"；"附骥尾而名益显"，隐《诗经》"苍蝇之声"；"当头棒喝"，隐《礼记》"佛其首"；"压倒元白"，隐"诗负之"；"杜绝往来"，隐唐诗"出塞复入塞"；"有难言之隐衷"，隐"苦道来不易"；"矍铄哉是翁"，隐《西厢记》"一个据鞍上马"；"戊戌同体，腹中只欠一点；己巳连踪，足下何不双挑"，隐聊目"土偶"，皆能自出机杼，不落恒蹊。又，"一个是孙飞虎，一个是欢郎"，隐四子"贼夫人之子"；"黄龙府潮水忽至"，隐《礼记》"有流矢在白肉"；"平明骑马"，隐唐诗"早知潮有信"数谜，则其尊人伯森大令作也。

嗣有梓潼街寿宅，连于二月五日出谜两次，惜观者甚少，故均未久即罢。其谜如夏鼎商彝，自饶古致，愚射有"山西出将"，隐（校注：原文作"射"）四子"晋国，天下莫强焉"；"冬日、夏日之臣"，隐《书经》"可爱非君，可畏非民"；"五月披裘何处寻"，隐《诗经》"不长夏以革"；"犇驰"，隐古文"牛马走"；"鸳鸯谱"，隐唐诗"传之七十有二代"；"吁嗟乎"，隐古人"长息"；"毋为牛后"，隐"犀首"；"谓之楚孟子"，隐"荆轲"；"风雨不出"，隐"杜如晦"；"天生德于予，汉兵其如予何？"隐书名"新语"。皆佳谜也。

是年二酉山房灯社，愚射有"曜得臣饮"，隐《诗经》"子有酒食"（卷帘）一条，主社樊君孔周作也，用颜延之对宋文帝语，恰到妙处。顾或以"食酒"二字为疑，愚按：《汉书·于定国传》"食酒至数石不乱"；又，《柳河东文》"予病痞不能食酒"，云云。谜主诙谐俗语亦所不忌，矧古人文字且有用之哉。

二酉山房灯社，主之者樊孔周、高石铭两君，附社者不一其人。樊、高谜如："二度梅"，隐四子"某在斯，某在斯"；"白云生处有人家"，隐"居移气"；"接唇"，隐《书经》"如西礼"；"太史第"，隐"入宅于河"；"少陵诗稿流传日"，隐《诗经》"东有甫草"；"禁观秘戏图"，隐《礼记》"毋淫视"；"酌彼康爵"，隐"斯扬觯，谓之'杜举'"；"圆荷浮小叶"，隐古文"盘之泉"；"佳友"，隐"凡二十二人为一朋"；"雨后山光满郭青"，隐唐诗"晴翠接荒城"；"两个黄鹂鸣翠柳"，隐"绿树莺莺语"；"三十六计走为上"，隐古人"林逋"，皆佳。"其许后之狱罪归何人"，隐《诗经》"不显其光"；"军中乐半而苦程"，隐《西厢记》"他们不识忧，不识愁"，则华阳孔保滋先生附也。"弄瓦"，隐四子"姓所同也"；"无鬼论"，隐《易经》"乃徐有说"，则西充罗子青先生附也。"袁孝尼故居"，隐《书经》"宅乃准"；"杯浮酒绿"，隐古诗"对镜贴花黄"，则成都龚君相农附也。"明其娣姒"，隐四子"知所先后"，则华阳冯君健丞附也。

文明灯社毕社时，原订花会续开，嗣因社员各有职事，不能照料，且以一城之隔，观者亦不便，乃于第三次商业劝工会发行之《特别新闻》，辟"灯谜"一栏，仍用文明社名义，逐日登载十条，射者投函商会，间日宣布，先中得酬，报中有《铁荷工会词》云："掌书仙吏谪仙才，游戏文章妙剪裁。恐泄元机多隐语，千年脉望可能猜。"即纪其事也。前次未中之谜，间亦登之，如"欲眠君且去，忘却寄书来"，隐《诗经》"是曰既醉，不知其邮"；"中东之役"，隐"我日构祸"；"去了两头，去了两角；一入天堂，一入地狱，还他两头、两角，真会作威作福"，隐四子"能好人，能恶人"；"德律风传话"，隐县名"电白"。皆脍炙人口者也。

桂王桥南街存粹灯社，杨君芸青出也，谜皆包孕史事，卓荦自成家数。如熊纪成大令所射之"安帝常从乳母"，隐古文"圣王在上"；"暮夜馈金"，隐古人"杨行密"；"解散匈牙利国会"，隐《三字经》"书之奥"（三谜均卷帘）。王君子衡射之"晋阳宫中闻鼓声"，隐四子"渊渊其渊"。愚射之"焚《皇极经世书》"，隐四子"雍之言然"；"遥指元龙高卧处"，隐唐诗"前程惟有一登楼"。皆其杰作。杨君旋以拔萃贡成均。

南城黄梅生大令，人极风雅，数主《通俗报》诗钟灯谜社，己、庚两岁，迭在寓所张灯。愚所射如"板舆迎养"，隐《书经》"御其母以从"；"告籴于吴"，隐"越其罔有黍稷"；"水秀才"，隐《礼记》"诸生荡"；"随行工部后"，隐《左传》"少陵长"；"停艇听笛"，隐古文"四韵俱成"；"瞬及瓜期"，隐"将近代欤"。又，胡君德渊所射之"东坡楼闲眺"，隐《左传》"登轼而望之"；"东坡肉"，隐酒名"屠苏"。华阳舒君孔昭所射之"庭前不植海棠花"，隐《后汉书》"后有杜母"；"言在不称徵，言徵不称在"，隐书目"字母切韵"（卷帘）。悉枕经葄史，自成一家。

己酉春，许君仲密在承平街寓所大开灯社，仿商会文明社办法，亦分内外两场。时亡友郭君子章在其幕中，主宾共社，相得益彰。原定闰花朝为始，嗣以愚及王君子衡将入高等警校肄业，特提前于二月下旬开社。仲密谜如能将用兵，谲正皆宜；子章谜则节制之师，好整以暇，兹分录如下：仲密作如"红豆啄余鹦鹉粒"，隐四子"唯"；"时妆美人图"，隐"今女画"；"樱桃红破，半响恰方言"，隐"樊迟出"；"这小贱人倒拖下我来"，隐唐诗"将老身反累"；"这门亲事当初也有老僧来"，隐"合昏尚知时"；"宿酒"，隐"星宫之君醉琼浆"；"嫌无下箸处"，隐《西厢记》"少呵"；"阳虎"，隐书名"《春灯谜》"。子章作如"嫦娥应悔偷灵药"，隐《易经》"为月、为盗"；"良家"，隐《诗经》"十月纳禾稼"；"卢十兄必有佳句，请长吟，俾得共赏之"，隐"与子成说"；"远山"，隐唐诗"迢递嵩高下"。皆卓卓可传之作。

仲琴近作如刘长卿五言长城，非攻以偏师不能制胜。略如"草草了事"，隐四子"四十而不惑"；"天方夜谭"，隐"子曰：回也"；"一双跨凤乘鸾客"，隐"推恶恶之心"；"湖东柳色画图中"，隐《诗经》"清人在轴"；"秋燕已如客"，隐"有鹜在梁"；"不完全国之简易宪法"，隐古人"匡章"。

达苏大令之西席、成都吴君虚谷，亦谜界巨子也，心思极细，射谜恒无虚发。前在育婴堂街寓所出谜，作有"去世法舟轻"，隐《易经》"尚往也"；"粉香腻玉搓咽项"，隐《诗经》"有莺其领"；"必熟而荐之"，隐《左传》"生则不困"；"女口"，隐唐诗"卷上珠帘总不如"；"忍辱铠"，隐古人"寺人披"；"戚姬"，隐词牌"如意娘"。格局浑成，谜中正、法眼藏也。

成都萧君辛园，己酉岁尝与同邑陈君鸿生合灯出谜。第一夕，愚射数条皆佳。"濯濯如春日柳"，隐四子"貌思恭"；"矢竭弦绝，犹力守孤城"，隐《诗经》"无射亦保"；"呢喃似话香泥暖"，隐《礼记》"燕居告温温"；"杨柳千条尽向西"，隐词牌"缕缕金"，均辛园作。又有"填平天下崎岖路，冷到人间富贵家"，隐新小说名二，愚仅中其一，为"《寒牡丹》"，惜次夕未往，不知一底云何也。

曩在通省警务公所时，同事桐乡沈君子纲为述一谜："父母有过，三谏而不听，则号泣而随之"，隐《千家诗》"子规啼彻四更时"，甚佳。子纲亦喜作谜，言乙巳春曾在冬青树街寓内张灯数夕，惜尔日未之知也。

《通俗报》"灯谜"一栏，随人可以值社，故出谜虽多，不免薰莸共器。然其初主社者皆一时名宿，兹最录数家如下：笠仙楼主人出有"土耳其、意大利、西班牙、埃及各国海军成立"，隐《易经》"地中有水，师"；"西例：胎生不下，当剖腹取出"，隐书名"《破产律》"。悼秋吟馆（即黄梅生大令）出有"旧本《春秋》"，隐《书经》"古有夏先后"；"而今始得碧纱笼"，隐《礼记》"前有尘埃"。因利利主人出有"杨花千里梦"，隐四子"绵驹处于高唐"；"饮河"，隐"惟酒无量"。南冠客出有"直上泰山顶，皑皑白雪丰；山顶望夫人，玲珑夺天工"，隐鸟名"白头翁、巧妇"（卷帘）；"草草赐宴"，隐唐诗"芙蓉阙下会千官"。独清室主出有"暮色浑无际，听一旁三点漏凄迷，侑愁无酒醴，瘦骨勉支持。思量寻到北方去，又恐那边儿反向这边归。欲动苦无力，欲语莫吾语。算来一四一六，合是佳期"，隐理科器名"液体比重计"。瞿上天民（即双流李君澂波）出有"出经入史"，隐《礼记》"外事以刚日，内事以柔日"。皆报中谜语翘楚也。

夏间无事，每过仲明先生谈谜，以遣长日。蒋君雨田间亦在座，各述见闻，辄分类记之，积久成峡，兹摘尤如下，不复辨孰为先生语，孰为雨田语也。四子有："寿窃其节而先往"，隐"如侭去，迟迟"；"鞍马梦行云"，隐"绵驹处于高唐"；"我不惯与生人睡"，隐"必熟而荐之"。《易经》有："冤家不自在"，隐"乖必有难"；"伍子胥两荐勇士"，隐"盖取诸离"。《书经》有："锁阳台"，隐"封十有二山"；"娶妓女为妻"，隐"家用平康"；"鞭丝直拂松烟里"，隐"其刑墨"；"太史奏：客星犯帝座甚急"，隐"以近天子之光"。《诗经》有："驴胎"，隐"有怀于卫"；"佳人唱楚歌"，隐"女曰鸡鸣"；"点《九九消寒图》"，隐"松柏丸丸"；"姜伯约虽败，其心未忘后主"，隐"维北有斗"；"鲁三卿，季氏最贵"，隐"虽有兄弟，不如友生"。《左传》有："旗亭画壁"，隐"为之歌《王》"；"苹藻难寻山谷里"，隐"庭坚不祀"。《周礼》有："名媛尺牍"，隐"夫人而能为函也"。古文有："苏鞋"，隐"子卿足下"；"其犹龙乎"，隐"李氏子蟠"。唐诗有："周公瑾观北军"，隐"武帝旌旗在眼中"；"司马牛忧"，隐"圉人太仆皆惆怅"；"岳少保破杨么，高唱凯歌而还"，隐"朗吟飞过洞庭湖"。古人有：

"梅花满祠堂",隐"五鹿充宗"。地名有:"《高堂》赋就待推敲",隐"玉门关";"僧居禅室",隐"安乐寺"。药方有:"以妾为妻",隐"小续命";"五霸假之也",隐"真武汤"(卷帘)。

仲明先生又言:黄君吉菴,娴音乐,工词曲,所制院本风行鞠部,其作谜亦极擅风趣。如"干",隐四子"天下莫能破焉";"嬾杂种",隐"四体不勤,五谷不分";"王尊",隐戏名"古玉杯";"忠孝",隐"双飘带"。皆谐不伤雅。

雨田又言:张子初大令谜,如时花美女,秀韵天然,谜面纯用五七言诗句,尤为整齐划一。略如"愿逢天子作门生",隐四子"是为王者师也";"紫韵红腔细细吟",隐"不大声以色";"敲断玉钗红烛冷",隐"镯"字;"绿柳才黄半未匀",隐"榴"字。洵属安置妥帖,名实相符。

成都温君子厚,隐于市肆,不求闻达,亦今之奇人也,不常猜谜,而极喜作谜。旧岁,馆同邑孙君文渊家,曾合出两次,近又频以所作索射。如"寅正",隐四子"人之生也直";"差池其羽",隐"不能正五音";"计(校注:原文作"记")程应说到常山",隐唐诗"数里入云峰";"月食日食",隐"玉盘珍馐直万钱",皆极惬心贵富。又前射之"穿一套缟素衣裳",隐《书经》"服休服采",及文渊作之"应聘为女教习",隐四子"有就右师之位",亦新颖可喜。

成都邓葵安、聘如、松屏昆仲有声灯社,与愚神交数载,客岁在通顺街寓内张灯出谜,始克识之。葵安、松屏极喜猜谜而不常出,聘如则每岁必出数次,所作有"秀才又从来懦",隐四子"附庸";"国亡犹作后庭花",隐"邦无道,谷"(卷帘);"山从人面起",隐《易经》"艮其辅";"春为发生",隐《书经》"蠢兹有苗";"词写春风语未安",隐《诗经》"孔填不宁";"祖下了偏衫",隐《孝经》"则周公其人也";"江南风景好,桃李半残歇;流萤何处来,夜夜望新月",隐古诗"春林花多媚";"文犹质也",隐《西厢记》"语言的当";"迫之如火煎",隐药名"白前";"山间之四时也",隐"鄉"字等谜,名下果无虚也。

愚自知书即笁嗜谜语,每岁所为不下数百条,皆随得随弃,未尝存稿也。乙巳岁,馆同邑伍丈砚侯家,授课之余,恒览旧借以自遣,每见前人杂说间载谜语,有类诗话,因思辑为谜话,以资谈噱。暇辄命笔,约得数十则,扃诸敝篋,未敢轻以示人。丙午以后,修学法政,不复措意,及此庚戌岁,学治渝城法院。同年眉山郭毓灵,雅好谈谜,而此册适在行篋,治公之暇,出以相质。君则跃然以为创获,并为题词四绝,虽诗意未尽敢当,而谊则深可感已。辛亥返里,家居无聊,复有附益。壬子夏,乃取重加厘定,略以类从分为两卷。所录不必尽佳,唯以存话为主,计适百则,遂命今名。虽然文心变幻,月异日新,谜虽小道,讵独不尔。环堵小生,所见一孔,岂是区区者遂足以尽谜语之变哉?顾思《容斋随笔》,集至于五;《后村诗话》,续者再三。古人著书,具有先例,《续话》

之成，固有娏焉尔。是岁七月既望，聘臣又识。

纸醉庐春灯百话终。

余十六七岁时雅好作谜，甚恨无一论谜之书，如诗文评诸书者。久之，从报纸中见君此话则大喜，以为先得我心。是时，成都陶然亭谜事方盛，余偕友往观，语次及纸醉庐，或指君以告，遂得订交灯下，亟以谜话为问。越夕，君袖油印一卷畀之，时民国2年三月也。余读竟甚快，谓君此作绝可喜，宜以时付梓，传之好事。君退然谦逊，迁延未果。已而，沪上铅印有《邃汉斋谜话》《橐园春灯话》诸书，其持论立意于君书间有出门之合。君益废然，不复示人，以为彼既流行，人且疑为蹈袭也。然余见君书乃在诸书未出之前，且小有暗合，古今此例正多，游戏之作无关典要，亦何嫌之足避。今春社集诸友，皆以此书不行为憾，因共怂恿，乃付印焉。君敏捷善射，一时有"打虎将"之目，其在成都，此事直无所于让，观所作取多用宏，可以知之矣。民国8年三月华阳庞俊跋。

（本书点校以民国8年三月觚社版本为底本，参考北平宝文堂同记书铺刊本加以补充、订正。）

# 谈虎偶录

徐枕亚

文虎小道也，然非心灵手敏者，不足以语此。心灵矣，手敏矣，而少诵诗读书之功，寡博闻强识之力，胸中所储蓄者，不足以供其驱遣，仍不足以语此。其有读书虽多，食古不化者，其诗文或有可观，一谈此道，则瞠目结舌，不能道只字，纵饮以墨水三升，亦无由凿开一窍，若是者余已得数人矣。游戏之事，而其难若是，学者顾可忽乎哉！

解铃还是系铃人，故能猜谜者必能制谜，不能猜谜者，必亦不能制谜，制与猜实无难易之可言也。

谜有十忌：忌呆、忌脱、忌廓、忌混、忌艰涩、忌割裂、忌直遂、忌杂凑、忌神气不全、忌意义未尽。能免此者，便是佳谜。谜之为道，本文人游戏之作，不足语于大雅。故古人例无专集，然偶被流传，脍炙人口者，亦复不少。此文字之化工，亦艺林之佳话也。迂拘之士，鄙薄不为，不知钩心斗角之中，具有温故知新之用。茶余酒后，偶一为之，神与境会，趣在个中，可以遣我闲情，可以饷人俭腹，较之斗一局楸枰，打八圈麻雀，孰为得而孰为失耶？

谜之取径至狭，而所包甚广，满天地，亘古今，事事物物，形形色色，无一不可为谜之资料。故其为文也，无所不备，而雅俗共赏，新旧咸宜。其性质近于美术文字，而未脱理想之范围，无文章之用而撷其精华，无诗词之功而深其趣味。此盖宇宙间灵机之偶泄者，人籁亦天籁也。古人云：虽小道必有可观者焉，其斯之谓欤！

余埋首于故纸中者有年矣，初学文，不成篇，继学诗，不成韵，后复从事于小说，亦未能工。顾性嗜文墨，虽画虎贻讥，而效颦自喜。因思文虎一道，尚非难能，涂抹之暇，辄复技痒。唯是外无雅骨，内无灵心，且闻见不多，未免左支右绌，姑就前后所制，择其稍可见人者，裒集成篇。非敢自附风雅，聊以供黄童白叟豆棚间话之资而已。"劳兼薪水奴初去，典到琴书事可知。"二语形容贫态，妙在不俗，余尝自书是联，悬之斗室。此境此情余耐之久矣，戏以二语各射四书一句，上句为"使己仆仆尔"，下句为"是绝物也"。友人程某见之曰：下句可易为"人不堪其忧"，则不脱琴书，而虚神全到矣。余点首称善。

四书中"丘"字，因避圣人之名，多读作某字。坊间刻本，特为少去一竖，刻作"丘"字，读者几忘"丘"字本文矣。余制一谜，以"斤"字射四书一句，用拆字格，猜者或从近字着想，或从斧字着想，或从所字斯字着想，卒不能得。余曰：不尚有丘字可以解剖乎？语甫出，即有一人曰：得之矣，"丘未能一焉"。

猜斤字谜时，余兄啸亚适在座，谓众曰：余亦有一谜，谜面亦为斤字，不过多加一斤，以"二斤"射古文二句，诸君试思之。众曰：一斤尚难猜若是，况二斤乎。余亦茫然，问啸亚曰：亦用拆字格乎？答曰：然。余忽悟曰：吾知之矣，"其在斯乎，其在斯乎"。啸亚笑颔其首。众犹追问何在？余曰：已言之矣。两斤字加两其字，不成两斯字乎？

啸亚善猜谜而不常制谜，偶制一二，无不佳妙。其设想之幻，每与人以不可测。"二斤"一谜，即其例也。又尝以"土匪"二字，射《诗经》一句，悬之十日，无人问津，及露底则"胡为乎泥中也"。

谜有当面错过者，亦有随机触发者。余有二谜，一系"槁葬"射四书一句"无所取材"，一系"指上莫留鸦片迹"射四书一句"无使土亲肤"。二纸同粘壁上，忽一人问曰：上条是否"无使土亲肤"乎？余曰：非也。旁又一人问曰：然则下条是否射此句乎？余曰：是也。其人即取赠物而去，前问者忿甚，然无可奈何也。

"槁葬"一谜，后亦为人猜得。余友吴子双热谓余曰：不佳不佳，此句土葬、火葬、风葬皆可用，非止槁葬也。我为子易一句可乎？余曰：愿闻。双热曰："则茅塞之矣。"余称善曰：不仅确切，且塞字可谓一字传神。

双热善滑稽，余尝以"醉后大吐"射四书一句"饮食若流"。流字摹神，人为叫绝。双热曰：余亦得一句，用升冠兼解铃谐声格。人问之，答曰："恶恶臭。"恶恶者，吐时之声也；臭者，吐后之味也。一座为之粲然。谜中之谐声格，本非上乘，若谜底仅一字，则必用拆字格，以拆字而兼谐声，便不成谜矣。人有以"一部左传"，用谐声格射一字者，人莫能猜得，后知为"故"字。故字从古从文，古字谐音为瞽，一部左传者，瞽者之文也。

是谜揭晓后，众为之掩口。余曰：不如以射俗语一句。其人问何语，余笑曰："瞎说瞎话。"

一字之谜，以拆字而兼会意者为佳。如"桂香时节"射"朕"字，"请出八字便是妻"射"窒"字，"竹疏宜入画，树少不成村"射"彭"字，"伐木声中遇洞宾"射"哥"字。皆一字之佳者也。余以"行人半出稻花上"射一字，人有猜"未"字者，有猜"由"字者。余曰：一字非象形，乃会意也。后余自言为"稗"字，人犹不解。余曰：稗字从禾从卑，人出稻花之上，非禾比人卑乎。然此谜实不佳，仅免如"一部左传"之贻笑大方耳。

余又以"枯树风生常不足，坏墙月上已先斜"射"蠁"字，双热称妙。惜旧谜中已有"半墙斜月十分低"射"将"字者，不免有依傍之嫌。

一字谜之佳者，如"一船斜泊一船开"射"激"字，亦以拆字而兼会意也。近有人袭取其意，改换一面，为"渔艇日斜傍畔岸，雁行风顺向中流"，自谓青出于蓝，吾未之敢信。

余以"掘壁洞"射《易经》一句"小人剥庐"，友人王某戏曰：惜为小人，若是君子，岂不更佳？以贼为梁上君子也。后有人以"屋上有声"射四书一句，自称底极佳，问之则曰"君子之过也"。余笑曰：若是则余得无数佳谜矣。"钻壁洞"可射"躬行君子"，"贼巢"可射"君子居之"，"贼出厕急屎"可射"君子无所不用其极"，"贫家"可射"君子不入也"，"贼伏床下"可射"君子之守"，"青毡一片"可射"君子存之"，"步履轻捷"可射"君子行法"，"擒贼须加拷打"可射"君子不可虚拘"，"放胆作贼"可射"君子不忧不惧"，"贼相打"可射"其争也君子"，"贼打掘"可射"君子何患乎无兄弟也"，"风雨无阻"可射"君子不怨天"，"天将明"可射"君子可逝也"，"贼窃物何用"可射"君子质而已矣"。随口说去，已得十余条，若翻书细检，逐句附会，不知更有几许，是亦君子之厄也，一座为发大噱。

制谜时，有思一而得双者。余以"四"字射四书一句，初思得"非其罪也"，继思得"欲罢不能"，二句实无分轩轾，可以并存。

谜面用成句，底虽稍泛，亦可看过。余以"长为农夫以没世矣"射《书经》一句"予将畴依"，本不甚佳，然二句颇能相得益彰。

"同焉"二字，射古人名二"司马相如、司马错"，此旧谜也。啸亚制一谜，以"蘭"字射古人名一"蔺相如"，此与"同焉"二字同一用意，而谜面较为囫囵。

余又以"兰花"二字，射书名一，有猜为《香祖笔记》者，余笑其非。其人辩曰：兰花非香之祖乎？余曰：若是，则笔记二字作何解？若仅"香祖"二字，又不成书名。其人语塞。此谜后亦为双热射得，盖《本草》也。

以古人名制谜，最忌呆板。余以"须眉不老"射古人名一"毛延寿"，双热曰：谜面极佳，而底则太呆。余颇韪其说，次日复以"死不肯剪辫子"射古人名一，双热屡思不得。余笑曰：聪明一世，亦有懵懂时耶？此即昨日之"毛延寿"耳。"死不肯剪辫子"，非人死而毛反延寿乎？双热曰：不呆不呆。

前有人以"月月红"三字，射一官名。猜者多从花上推敲，无有中者。后制者自言为"经历"，众乃恍然。余仿其意制一谜，以"潮无信"射一书名《易经》，为双热猜得。盖"月月红"一谜，余尝以语双热，故双热能知余意所在也，此种谜道学先生见之，晋不绝口矣。

旧谜中有以"杨柳千条尽向西"，射词牌"东风齐着力"。余反其意制一谜，为"杨柳千条齐向北"射《诗经》一句"飘风自南"，妙在飘字未脱杨柳，自谓不弱于"东风齐着力"也，而一般伧父见之，谓方春言南风，终觉牵强。余笑曰：夏时岂无杨柳乎？

余以"老少年"射《诗经》一句"黄发儿齿"，啸亚曰：切则切矣，惜其太板，别无意味可寻，不如以射古人名"颜回"，寓返老还童之意，较为活泼。余以为然。

有旧友某素染烟癖，不见已久，一日遇之于茶寮。余问其戒未？友曰：不作此项功课者，已半年矣。余曰：即以君言作一谜，射《诗品》一句，试猜之。友沉思半晌，笑曰：莫非"吞吐大荒"乎？

拆字格，贵乎自然。若一句中有一二不可解之字，便不可用。前有以"公"字射四书二句"既不能令，又不受命"，后有人谓之曰：命字从"亼"不从"公"，吾请为易二句"嬖人有臧仓者沮君，君是以不果来也"。余谓二谜均不佳，因各有闲字也。命字不从"公"姑无论，试问受字作何解？嬖人二句，心思较细，然嬖字臧字又作何解？余亦尝以"冉"字射《左传》二句"一之为甚，其可再乎"，惜多"为甚"二字，又以改射四书二句（用缀锦格）"一以贯之，再斯可矣"，终觉不甚自然。故制谜当使古人就我，不当使我就古人。

"白"字射六才二句"一无成，百无成"，此亦旧谜也。余亦以"白"字射四书一句"举一而废百也"，人谓为异曲同工。书中成句，可以为谜者，什不过二三，其有完全巧合，不少假借者，每为人先我而得，虽非剿袭，而无以解嘲。余以"白莲"射《诗经》一句"匪用为教"，自谓独运匠心，后知是谜前已有之，但未识见于何书，或谓改射二句"既见君子，温其如玉"亦可。

古文简单，一字每有数解。如阵字通陈，沉字通沈，此其例也。以此制谜，用替代之意，颇亦不俗。"古文无阵字"射四子人名一"陈代"，此前人所制也。"古文无沉字"射四子人名一"沈同"，"古文无间字"射四书一句"一间耳"，此余所制也。又以"贾"字射新名词"代价"，亦尚可通。

拆字兼会意者，意思若不显豁，便无足观。余以"買賣"二字，射《大学》一句"有土此有财"，初意亦佳，继思无甚意味，以不醒也。更有以谜面用别解，而谜底复用拆字格，其谜虽佳，而疑障重重，令人无从捉摸。如以"魏武子"射《诗品》一句"不著一字"，人但知魏武子系人名，而不知人中更有人也。若以"默声"二字射《诗经》一句"卢令令"，则更空费心思，绝无兴味矣。

谜面以不矫揉造作为佳，若能用古诗佳句，更觉雅致。谜底固不必字字推敲，但得浑写大意足矣。余以"醉里题诗字半斜"一句，射四书一句"狂而不直"，人谓仅有醉字斜字之意，其余五字全行抛荒，不得为佳谜。余曰：诗有诗眼，谜亦有谜眼。此诗之眼，在一斜字，而斜字来源则醉字也，故着想只须就此二字，则全神自得。此可为知者道，难与俗人言也。

以今人名制谜，甚觉新颖，然范围太广，当有限制。无名之人不可用，有名之人又易猜，姓名欲熟人之耳，又不欲使人一索即得，此在观其用意之隐显矣。余以"萧何韩信"射今人名"张继"，别无深意，略加思索，便可脱口而出，与前人以"钻穴隙相窥"射"张之洞"者，殆不可并论。后又以"五子登科"射今人名一，人有猜"伍廷芳"者，有猜"伍朝枢"者，其不知此事历史者，且有猜为满人中之"联甲联元"，后亦为双热揭去，盖"应桂馨"也，此谜之妙，全在一"应"字。

谜用缩脚句法，最为易猜，如前"张继"一谜是也。人共知萧、韩、张为三杰，今有萧、韩而无张，则张继在是矣。余又有如此者数谜，"政事冉有"射四书一句（解铃）"子路共之"；"人民政事"射俗语一句（谐声）"上坟（读文）弗见土地"。前一谜中者甚多，后者人多不解，因此语为杭谚，吴谚则为"下弗见土地"，上下倒置，揭晓后群相疑讶，余以缪（校注：原文作"谬"）莲仙《文章游戏》"杭谚集对"为证，众始无语。

绮语为词人所戒，若谜则属游戏性质，本无规范，然亦不可过亵。如以"处女看春宫"射"他日我如此，必尝异味"、"倒交"射"良人者，所仰望而终身也"。今若此，用意虽佳，终觉不堪入目。若"和尚摸头自思想"射"无分于上下乎"、"公与文姜至自齐，齐侯通焉"射"然则有同欤"，虽涉秽亵，而用意较隐，便看得过。余以"妓生儿"射四书一句"夫非尽人之子欤"、"娇妻恃宠"射聊目二"小官人、爱奴"，亦尚不嫌唐突。至以"其妻与友私"射《书经》一句"朋淫于家"，亦嫌过亵，已弃之矣。

前清官名制谜，佳者如"五代史"射"修撰"、"眈其目，皤其腹"射"状元"，一有典实，便觉可观。他如"一滴何曾到九泉"射"祭酒"，亦佳。近人有以"巧笑倩兮，美目盼兮"射一官名（用谐声格）"刑部右侍郎"（读如"淫婆右视郎"），此实不足成谜。余以"十扣柴扉"射"游击"，人谓不佳，然余终自谓胜于"刑部右侍郎"十倍也。

谜以会意格为上乘，其有一二闲字，不忍割爱者，则用升冠或脱靴格。至闲字过多，而用双升冠或双脱靴者，则割裂太甚，不成句法矣。然最劣者尚有解带格，去其中间一字或二字，将一句截作两段，古书何罪，而处以腰斩之极刑耶？余于升冠、脱靴二格，偶一用之，解带格则未敢效颦，且前二格亦至不得已用之，若可以用他句替代，宁舍此就彼。如"戽水"射四书一句"使老稚转乎沟壑"，去一"使"字，若以改射"沟浍皆盈"未尝不可，然终不若上句"转"字之形容入妙，此不得已也。又，"未除斩首之刑"

射四书一句"不改辟矣",则上文地字,本可顿读,即不必自附于升冠格矣。

猜谜者与制谜者之心理,未必尽同,误猜者彼必别有会心。若将其所误之句,另换一面,亦往往可得佳谜。余以"天倾"射《诗经》一句"荡荡上帝"。人猜为"上帝不宁",余曰"上帝不宁",乃"天翻"也。余弄一而得双矣。

余又以"项王帐下之歌"射《诗经》一句"吁嗟乎驺虞",惜驺字不能易雅,不然,真佳制也。然"七驺六雅",本为良马,同音同解,尚可假借,不足病也。此谜有人(校注:原文作"人有")猜为"思马斯作",余曰:冷落美人矣。又有猜为"作于楚宫"者,余曰:帐下非宫也。然此句固可制一佳谜,人问其面云何,余曰:"细腰何自始。"

谜之佳者,有用典与白描二种,白描固难,用古而能化,亦非易事。余制谜甚多,而用典之谜,佳者实鲜,唯以"卧龙去后竟无人"射四书一句"遂有南阳",为惬心贵当之作。然人犹有谓其神气未足者,余亦不能自决也。

白描之妙,在不即不离,恰到好处。太脱太混皆不可,传神在个中,非慧心人不能领略也。余以"聋者倾耳"射《诗品》一句"如将有闻",听者为之失笑。虽不敢自谓白描妙制,然不可谓非传神之笔也。余如"赖债"射《诗经》一句"借曰未知","浴堂"射四书一句"人洁己以进","共和真假面"射四书一句"如彼其专也",皆为同人称赏。

谜之用典者,固以现成为佳,然亦有因过于现成,而反不见为佳者。相差一间,最难识别。余以"无目者也"射《诗经》一句"不见子都",现成则现成矣,所以不佳者,因"无目者也"一句之上文,与谜底仅差一字耳。又以"瓜蔓抄"射"执讯连连",亦嫌其现成太过,不耐寻思。如以"孟德至吕奢家"射《诗经》二句"乃造其曹,执豕于牢","贾母为宝玉择配"射四书一句"当在薛也",则现成而不觉其过矣。

时事入谜,于游戏之中,寓警惕之意,既觉新颖,且可动人。余曾制得数条,如"清廷退位算知几"射古人名"豫让","北兵过处尽成墟"射《诗经》一句"燕师所完","重逢燕市"射《诗经》一句"乃觐于京","诬为乱党"射《易经》一句"比之匪人","事机失败走东洋"射古人名(卷帘)"夷逸","民国方兴机忽挫"射外国人名"华盛顿","避居上海"射古人名"申不害","上海消息灵通"射古人名"申详"。若将此种谜集成册,非特可以一新耳目,亦国民之当头棒喝也。

谜之用问答体者,最流利动目。如"哀公何人也"射"必宋之子","谁斩灞陵尉"射"夜游将军",跃然而出,绝无阻隔,亦无停顿,其佳处在是。余亦仿制数谜,以"画龙壁上谁留稿"射《诗经》一句"厥草维繇",尚觉典雅。若以"班师谁肯竟和戎"射俗语一句"一相情愿",则稍逊矣。

谜之呆诠者,味同嚼蜡。然用意能深,出语不俗,亦足制胜。余尝以自制之谜,入于呆诠一派者,自为甲乙。如"飞蚨"射"钱起","乱嚼"射"胡龁","须囊"射"项囊"，"学镶牙"射"习凿齿"，"小做大"（升冠）射"以妾为妻"，"未亡人"射"失丈夫"，"奉诏下狱"射"天命降监"，"嘉植"射"种之美者也"，此其最下者，以专用代字意粗语浅也。如"手足痿痹"射"股肱惰哉"，"邮差"射"函人"，"庐墓"（解铃）射"居于陵"，"施不望报"（解铃）射"费而隐"，"憎夫"射"不愿乎其外"，"轻雷"射"薄言震之"，此其次者，以同用代字而心思较细也。如"寒深草阁不开门"射"五月居庐"，"佳人作态故低头"射"非直为观美也"，此二条，一则言中有物，一则字里传情，与为呆诠中之上品。又如"烟侩"射"小人怀土"，"憎暑"射"不长夏以革"，则为会意格之完善者，不得谓之呆矣。

一字之谜，其佳处每在于面而不在于底，最妙用成句，若稍附会牵强，便不值一笑。余所最喜者，如"赋得偃武修文得闲字"射一"败"字，"春雨连绵妻独宿"射"一"字，可谓想入非非。如以"别四十年逢一夕"射"舞"字，则已嫌附会。余尝以"两山排闼送青来"射"春"字，面现成而底直，可谓之不通。又以"新种竹多死"射"笑"字，拆开为"个个夭"，底甚佳而面实出于杜撰，甚矣一字谜之难也。

谜有须形容者，形容得像，则满纸尽是云烟。亦有须体会者，体会得真，则下笔不逾矩范。不可形容者而形容之，则为画虎不成；不可体会者而体会之，则为隔靴搔痒。运用之妙，在乎一心，未可执一而论也。余尝以"飞骑"射《诗经》一句"驱马悠悠"，以"悠悠"二字形容"飞"字，的的入妙。次日复以"飞钱只作飞钱用"射四书二句，人以为必仍如前条之形容"飞"字也。顾"飞"字殊难形容，四书中又少类似之句。作势推敲，卒难破的。忽一人问曰：是否"劳之来之，辅之翼之"二句乎？余骤闻而奇，既而失笑曰：子以劳字作勤劳解乎？则既云："飞钱"乃不劳而获，非劳以来之者也。有翼固能飞，又何以辅之耶？后又一人问曰："货悖而入者，亦悖而出"是乎？余曰：子思想未差，而体会未细。只作二字，须着眼也。其人俯思良久，蹶然曰：今番是矣。"虽得之，必失之"。余笑曰：其至尔力也，其中非尔力也。

谜之取材，上至经史，下至稗乘，至无制限。余尝以《聊斋》中事制谜无数，佳者仅得其二：一为"踏肩之戏"射四书一句"己欲立而立人"；一为"巧娘零涕"射《易经》一句"为其嫌于无阳也"，"为"字"嫌"字，"无阳"二字，妙造自然。又以《石头记》葬花一回中宝玉对黛玉"谁知你总不理我，叫我摸不着头脑，少魂失魄，不知怎样才是"数语，射四书一句"贾请见而解之"，亦为虚实兼到之作。

"智能与宝玉谈情"射"君向潇湘我向秦"，此谜余甚爱之。古诗中用"潇湘"二字虽多，而可以代表颦卿，为谜中资料者，殊不易得。余有一谜，面为"黛玉临终有紫鹃"射唐诗一句"雁声远过潇湘去"，虽或不及"君向潇湘"句之自然，然亦不可多得者矣。

《聊斋》目录，亦可制谜，惜其目无多，一览易尽，以其少也故易猜。余以"春花"射"伍秋月"，"小勇"射"妾击贼"，"三上吊"射"戏缢"，皆随出随揭，不耐人思。后以"久旱老农忧"射"向呆""念秧"，人仅猜得"念秧"，上目或猜为"雨钱"，或猜为"焦螟"，"呆"字并不生僻，"呆呆出日"，读过毛诗者，皆能忆之，而一时竟被瞒过，亦可笑也。又以"回文锦"射"苏仙""织女"二目，亦可，惜仙字不可通耳。

　　谜诗之佳者，实不多觏，以一诗须上下接气，不得断续，故难能可贵也。前见《文章游戏》中，载有二十余首，然佳者甚少。余祇爱其二首，一云："十分娇艳小吴姬，桃李丛中转步时。犹忆朝来巫峡去，芙蓉被暖起身迟。"隐"《百媚娘》《看花回》《梦行云》《恋绣衾》"四词牌名。一云："洗砚临池仿昔贤，陈编万轴贮名山。转嫌六籍皆糟粕，滴露研朱读马班。"隐"学士、尚书、经历、典史"四官衔名。后见某氏笔记中某嫠妇所作隐《诗经》篇名数首，亦属完全之作。余尝赋《春闺》二绝，每首隐聊目四，一云："纤纤舞倦绿杨丝，风定馀花尚满枝。绣罢抛针无个事，粉墙题遍断肠诗。"隐"细柳、小谢、织成、画壁"，一云："一双蝴蝶过墙东，睡醒幽欢事已空。一霎红销枝尽绿，低徊百舌骂春风。"隐"翩翩、梦别、叶生、禽侠"。二诗揭晓时，或中其六，或中其七，无全中者。中其六者，误第二首第三句为"青梅"或"小青"，误第四句为"鸟语"也。中其七者，"叶生"未误，而"禽侠"则仍误为"鸟语"也。不知此诗之妙，全在末句之妙，全在一"骂"字。百舌何为而骂，为花而骂也，为花而骂，其为禽也，不亦侠乎！

　　谜诗中一诗隐一物者，一句须有两层意思，上下亦须接气，实为咏物诗之有寄托者，非谜也。余前亦曾作十余首，惜已失去，今可忆者仅三四耳。隐"叉袋"云："粒粒珍珠尽值钱，纷纷出口忍轻捐。漏卮四溢浑难塞，从此苍生命倒悬。"隐"走马灯"云："功名事业若捕风，纸上谈兵气自雄。为问寸心灰也未，他时会见泣途穷。"隐"烟袋"云："一官弃置冷如冰，热不因人事未能。但使吹嘘能借力，一经吐气便升腾。"隐"折扇"云："天生雅骨自玲珑，能画能书点缀工。毕竟卷舒难自主，只缘身入热场中。"隐"弹棉弓"云："非琴非瑟亦非琶，也有声从弦上闻。一曲从军弹未毕，梅花如雪落纷纷。"隐"畚箕"云："随奴逐婢太无才，作怪兴妖是祸胎。惭愧十年空面壁，只今满腹是尘埃。"予友赵子跂雄最擅此体，有古乐府数十首，仅记其四，隐"镜"云："见面称知己，背面便相忘。阅尽人千万，无一知心郎。"隐"算盘"云："粒粒明珠在，难从掌上擎。相思苦无益，弹指已清明。"隐"花瓶"云："生来即硕腹，莫疑妾有身。生来爱插画，莫道妾怀春。"隐"如意"云："郎娶得美人，妾嫁得才子。长念结发情，白头永相矢。"再有七绝数首，谨记得其隐"天平"二句云："可怜较尽锱铢利，未享丝毫过一生。"守财奴见之，应为泪下。

　　新名词入诗，最为讨厌，然以之制谜，固未尝不可，但求其佳，则亦甚难耳。余以"寒拥重衾冷半床"射"团体"二字，自觉不佳。又以"好勇"射"爱力"二字，亦无意思。

而猜者多误为"尚武",以尚武与爱力较,犹觉彼善于此也。后余又思得一底,仍以"好勇"为面,射"自由"二字,似较善也。

算学名词制谜,较新名词更难。然亦有现成者,余以"赤壁之役庞统有功焉"射"连锁法",可谓极端巧合。又以"旁观者黑白分明"射"代数",用系铃格,思想较幻,亦佳制也。又以"小雪"射"微积",亦尚切合,但易猜耳。

余友某君,七贤之流亚也。一日罢局后入某茶肆。余途与双热谈虎,友问余曰:子能以雀戏制一谜乎?余曰:可。"当官斗牌"射四书一句"堂堂乎张也"、"叉麻雀副副三台"射四书一句"和无寡"、"打庄"射四书一句"游必有方"。友称极妙。双热挽言曰:第二条尚宜商酌,和无寡,未必副副三台也,何不用谐声格,改射二句"必使反(读番)之,而后和之乎"。余更有一谜,一句全用谐声,"龙凤对杀"射四书一句"使乎使乎"(四和四和)。人为之拍掌。双热制谜,喜用谐声格,诙谐调侃,洵有别才,余弗能及也。

前年,余与双热同客沪上,黄昏多暇,辄与之同游马路,风檐之下,雉妓雁行立,来嘘来嘘之声不绝于耳。余曰:此声可制一谜,射《诗经》一句。双热曰:莫非"雉鸣求其牡"乎?余曰:是也。次日复过其处,则妓均不在。余曰:不知飞向何处去矣。双热曰:今日情形,亦可制一谜,射《诗经》二句。余问何语,双热曰:"何其处也,必有与也。"

余又以新官名制数谜,"九尺四寸"(升冠兼解铃)射"外交次长"、"鲁阳戈"(谐声)射"留日大使"(读"试"),二谜均不甚自然。最佳者为"庠者养也,序者射也,殷曰序,周曰庠"四句射"中校、上校",真有天造地设之妙,盖孟子原文"校者教也"一句在中,"夏曰校"一句在上也。

谜之从正面着想者多呆滞,从对面着想者多空灵。余有数谜,如"女权发达从今日"射"自此贱丈夫始矣"、"丧家之狗"射"如穷人无所归"、"孤雁"射"鸿则离之"、"八音须并奏"(解铃)射"岂能独乐哉",皆从对面映出正面,故见为佳。然如"勿迷信天帝"射"无曰高高在上"、"十月桃结子"射"不祥之实"、"花径未曾缘客扫"射"不待三"、"余不茹素"射"吾何修"、"名哭生者取义安在"(解铃)射"何为其号泣也",则虽从正面着想,其佳处亦有不可掩者。

今人称妓女为倌人,考倌字之义,主驾小臣也。商家呼佣为堂倌,其为称等之僮仆之类。称妓女为倌人,贱之也。余尝以"叫堂差"射《诗经》一句"命彼倌人",按倌人二字,古籍中仅见于此,此谜人谓巧不可阶。

用典之谜有二种,一为明用,一为暗用。明用者知其典实,即不难揭晓,暗用者可以惑人,未必一时遂能想到。余尝以"葛巾"二字为面,射《诗经》一句,人明知其用典,而不知所用何典。诸葛亮、陶靖节皆与葛巾有关系,《聊斋》上亦有一葛巾,实则余所用者只有一典，而有同类者以惑之，致人思想分歧，难以命中。此谜后亦自露底蕴，乃"可以濯罍"一句也。

谜之难猜者，不必艰深，亦不必曲折，但略使狡狯，便足令人隔膜一层，无从搠破。余以"借光"二字射俗语二句"风扫地、月点灯"，上句光字作虚用，下句光字作实用，揭晓后人始知其妙。

俗语入谜，能化俗为雅，方是佳谜。若能用典，更为难得。余以"接浙而行"射"没淘成"三字，妙在浙字作渍米解，非已淘之米也。余如"天火"射"自然而然"、"黄泉路"射"魂灵经"、"＝"射"顿口无言"、"何用千金市骏"射"贱骨头"、"不污污君"射"吃狗屎忠臣"、"把尿"射"虚张声势"，亦足以博一噱。

海虞方言，呼醋为秀才，呼秀才为酸醋罐头。余制一谜，以"或乞醯焉，乞诸其邻而与之"射六才一句"秀才人情"。自谓比之旧谜中以"芹仪"为谜面射"秀才人情"者，较有趣味。或曰谜则佳矣，惜只有乡人知之，他人不解也。余曰：他处即不呼醋为秀才，然"酸秀才"三字，则无人不知，亦可领会得之也。

古人名虽多，而一入谜中，即易追索。以其字不多，非如书语之长短参差也。余以"袁子才一事不先人"射"晏婴"、"家学渊源"射"文种"，前条有误为"子产"者，有误为"徐子"者，后条有误为"公孙述"者，有误为"祖可法"者，并无深意，而人犹多误，然则余谜殆不佳耳。

拆字格欲求其佳，与会意格实无分难易。盖字虽分拆，而语气亦须浑成，过于琐碎，虽巧毋取。如"往来无白丁"射"问管仲"，拆开为"门口个个官中人"，琐碎欲死，而鄙俚不堪，觉得满纸江湖气，非读书人吐属矣。余所制之谜，此格颇多，而惬意者则无几。如"门"射《诗经》二句"吁嗟阔兮、不我活兮"、"吉居"射《诗经》一句（系铃）"予手拮据"、"個"射《礼记》一句"寡人固"、"涂"射四书一句"半涂而废"；"川"射四书一句"一介不以与人"，此数则余自谓尚非拆字先生之常谈也。

双热左足微有疾，同人戏呼之为吴跛。曩年游学苏台时，与同学数人，相聚于茶寮，有名濯汉者，戏言曰：余有一谜，"阖庐伤将指"射今人名一。众共视双热而大笑曰："吴跛。"双热若不注意者，徐言曰：余亦有一谜，"杨妃洗儿"射今人名一。众方寻思，名"濯汉"者已面赤遁去。己欲侮人而反为人侮，然双热亦可谓谑而虐矣。

八年前，余肄业某师范时，课暇戏将同学姓名制为文虎，约得三十余人，一时轰动全校，惜今已遗忘净尽。如"此吾家千里驹也"射"宗之骏"、"秋月不圆"射"方鉴"（其人字月秋）、"旧臣"射"陈弼"、"凯旋"射"归胜"、"雌伏不甘犹有待"射"时雄飞"、"道他是梦里虺蛇，却变作众中骐骥"射"姚人骏"、"对策"射"陈谟"、"子昂画"射"马图"，此皆当时同学以为可诵者，故今犹能忆之耳。

去年余游苏台，适某处出灯，某友嬲余同往，至则观者如堵。余信目一览，类多易解，如"午后赏荷"射《诗经》一句"未见君子"、"鬼"射《诗经》一句"西方之人兮"、"淮阴祠"射《诗经》一句（卷帘兼解铃）"王假有庙"、"旅馆"射《诗经》一句"有客宿宿"、"厕所"射四书一句"人皆掩鼻而过之"、"于是闰三月"射六才一句"乃更残春"、"状元归去马如飞"射四书一句（卷帘、解铃）"奔而殿"、"纸虎"射四书一句"射不主皮"、"白牡丹"射四书一句"素富贵"、"项羽"射古人名一（卷帘）"王霸"、"内助"射古人名一"息夫躬"、"我是俗人"射书名一"《尔雅》"、"吾欲辟土地，朝秦楚，莅中国而抚四夷也"射书名一（卷帘）"《一统志》"。未及半小时，为余等二人揭去者已过半数。余友曰：君子不欲多上人，盍去休。余方欲行，忽见末有一条大书"民权民立中华"射《诗经》一句，赠品极重。余问主事者曰："君殆隶共和党籍乎？"其人傲然答曰："是也。"余曰："然则此谜余猜得矣，'匪报也'一句是否？赠物请君自取。君亦风雅士，而亦参以党见，宁不令骚人齿冷耶？"其人大惭若无所容，余亦一笑而别。

海虞市有一种小报，名《七日报》，每星期发行一次。余戏制一谜，面为"申包胥卒得秦师"，下注"射新流行物一"，人都不解。是日适值该报发行，卖报者高声唤卖，往来座间，众人摸耳挠腮，亦无闻而觉悟者。余不觉失笑，此谜若下注"射报名一"，则一搌即破矣。

近来士人，竞言新学，幼时熟读之四书五经，不知抛往何处，猜谜时搜索枯肠，异常艰苦，竟有挟带书本，随翻随射者，屡翻不得，则喃喃詈制谜者之狡恶。余颇厌之，即出铅笔戏书一条云："翻书射谜仍弗中"射四书一句，粘于诸谜之后，怀书者跧跹遁。余谜之底，乃"习矣而不察焉"一句也。

吾乡姚屺瞻先生，文章品望，名重一时，著述之暇，亦喜为文虎之戏，所制多戞戞独造，不落恒蹊。幼时闻老父传述，惜余贫于记忆，已尽模糊，只记其一，面为"心星"二字，射《礼记》一句"且牵牛中"，此为何等心思？拆字格殆无有能出其右者。先生又善滑稽，一日与昵友庞某，互相嘲戏。庞曰：摇子摇孙（姚摇同音）。先生曰：我愿得灵王之嬖，使之守户。庞问何为，先生曰：防贼防强盗（庞防同音）。谈吐风生，针锋相对，亦前辈之风流佳话也。

"和尚与生员口角"射一"赏"字，颇妙，且此事确有故事。昔有一秀才读书僧寺，问曰：秃驴的秃字如何写法。僧曰：秀才的秀字掉转脚来便是。闻者绝倒，此人为僧侮也。清康熙时吴兆霖者，为名臣吴文襄之子，能诗善书，知名于世，偶游金山寺，僧不为礼，后知为吴，仍出联乞书，撰联赠之曰："凤来禾下鸟飞去，马到芦边草不生"，盖隐"秃驴"二字也。僧不知而为之装潢，悬于禅室，见者罔不匿笑，此僧为人侮也。即以谜论，凤马一联，当为拆字（校注：原文作"资"）格之佳制。

谜中用算术者，每多巧制。如"十恶不赦"射"鞭七人贯三人耳"、"二九不是十八，三八不是二十四，四七不是二十八，五六不是三十"射"其实皆什一也"。巧思绮合，各擅胜场。余尝仿后条制一谜为"二五不是十，三四不是十二"，射《诗经》一句"其实七兮"，用意相同。然文章贵能别开生面，印板为之，其何能免于依样画葫芦之诮哉。

友人为余言，有一佳谜，为某名士近制。面为"九头鸟"，射《诗经》二句"鸤鸠在桑，其子七兮"。余曰：此非近制也，王荆公《字说》新成，东坡嘲之曰：以竹鞭马为笃，以竹鞭犬如何可笑。又曰：鸠字从九从鸟，亦有证据，《诗》曰："鸤鸠在桑，其子七兮"，和爷和娘恰是九个。此东坡戏言，而彼拾以为谜，实无足道也。

吴语掷骰得全色者，谓之"浑成"。此偶然巧遇，非常可掷得者也。有人以"红浑成"（即四全色）射四书一句"赤之适齐也"，齐也二字，直为浑成二字下一铁板注脚。余谓此谜之巧，殆亦如全色之难遇也。余尝以"一二三四六"射《千家诗》一句"才有梅花便不同"，用意亦佳，而谜面殊不成句法。

友人顾某，以"死戒家人勿哭"射四书一句"终不可諠兮"。諠字误作喧，同人贻为笑柄。余曰：余就彼意再进一层，以"人死是哭不活的"射《千家诗》一句"一滴何曾到九泉"，浑写大意，自然紧凑。

好句难双，作诗且然，况谜乎。然竟有之，如"马上相逢无纸笔，凭君传语报平安"射"吾斯之未能信子说"，天然扣合，得机得势，真神乎其技矣。余以近人诗"旅囊如洗长途杳，心怯登临不敢前"射四书二句"虽欲勿用，山川其舍诸"，人亦谓为二难，然余终嫌其神气未足。

前人有以《千家诗》全首制成一谜者，虽有巧思，实无深意。如"滴滴笃笃激激阁阁寂寂寞寞毕毕剥剥"射"黄梅时节家家雨"一首，"一个一样一个一样"射"独上江楼思悄然"一首。一揭破真不值一笑。余以"花国共和"射"愿教青帝常为主"、"两不相连又是两相连"射"断续声随断续风"，尝鼎一脔，自有余味。彼以全首为底者，未免吞多嚼弗烂矣。

"挟矢则矫矫，骑马则骄骄。若非周郎妙计，险被嫁了曹操。"此纪韵卿与乔松圃相谑之言也。若以为谜，较之以"一个跳，一个叫。一个大，一个小。一个吃人，一个吃草"射"骚"字者，雅俗之相去，为何如哉。

吾乡蒋若峰先生，亦前辈中风流士也。距今十余年前，有无锡人某，来客于虞，时有茶肆名仪凤园者，灯虎极盛，某亦书一条于后，面为"捉奸"二字，射《诗经》一句，数日后诸谜皆已揭去，唯此条独留。某大笑，谓：海虞为先贤故里，胡无一读书人也。于是递增其赠品，至数十金。若峰先生闻之大怒，谓其子孟谷曰：是人狂妄已极，此谜余早猜得为"不遂其媾"四字耳。余以语伤于雅，不欲轻出诸口，予往言之，彼勿谓秦无人也。孟谷欣然往，尽取其赠，其人懊丧而去。此事孟谷为余兄啸亚言。

# 谈灯谜

柳絮

## 一、谜的起源

本报上的新灯谜，极受读者注意。有时接连几天报上没见，就有读者以信或电话来问；有时登出来了，若是谜底和谜面扣不拢，亦就有读者写信来提意见。可见这一种文字游戏中的艺术品（它的作用与价值，应该说不仅游戏而已，但亦不必期之过高，这点我想留在后面来解释）之为群众所喜爱。

灯谜始于何时，不可考，也没有人为它作过考证。现在谈灯谜，不能不从它的起源谈起。

"灯谜"是主名，别称"灯虎""文虎""隐语"等等，它的最古的名称是"廋词"。"廋"音搜，就是"隐"的意思。宋人孙奭疏孟子《公孙丑》篇云："大抵廋词云者，如今呼笔为管城子、纸为楮先生之类是也。"又《齐东野语》："古之所谓廋词，即今之隐语，而俗所谓谜。"《齐东野语》，宋周密撰。由是观之，灯谜的起源，于宋为"古"。

《文心雕龙·谐隐》一篇，对灯谜的定义，解释得很清楚，它道："谜也者，回互其辞，使昏迷也。"在当时，它起过"遁辞以隐意，谲譬以指事"的作用，如关于东方朔的一些故事之类。

不过，"谲譬以指事"的说法并不能概括灯谜全貌，只是谜中一格，近于"歇后语"之类，它的特点是巧于联想。追本溯源，实在还是诗经六义中的"比"发其端。

现在来说灯谜，大抵是这样的面目：以字、句、成文、成语、人名、地名以及一切事物之名词为谜底，从而作出隐合于这些谜底的字句，即为谜面；然后揭谜面以求射谜底。

以完整的形式出现的第一个谜，谈灯谜者都公认是"黄绢幼妇"。见《世说新语·捷悟》（校注：原文作"《世说》《捷悟》"）篇："魏武尝过曹娥碑下，杨修从碑背上，见题'黄绢幼妇，外孙齑臼'八字。修曰：黄绢，色丝也；于字为绝。幼妇，少女也；于字为妙。外孙，女子也；于字为好。齑臼，受辛也；于字为辞（碑文，此字从受从辛）。盖谓绝妙好辞。"

据《委巷笔谈》说："杭人元夕，多以谜为猜灯，任人商略。永乐初，钱塘杨景贤，以善谜名。"据此，则灯谜还是始于明初。大抵在此之前，久有廋词；而元宵猜灯，成为一种岁时风俗，把谜条粘在花灯之下，形成"灯谜"，确是始于明初。

灯谜的起源，大致如此。

## 二、见于诗词中的谜

见于旧诗词中的谜，如果广义言之，是不胜枚举的。这些诗人，生当封建统治之世，而有忧国伤时之作，不能已于言，但又不许畅所欲言，于是有的因物寄意，如杜诗的咏物；有的婉而多讽，如白诗的讽喻；其真意往往在题外，基本上它们都近于"谜体"。

联想与遥拟的作法，在诗中更是习见，其实并无异于我们口头上说惯的"歇后语"。例如黄山谷的"渴雨芭蕉心不展，未春杨柳眼先青"两句，用"渴雨芭蕉，未春杨柳"为喻，使"心不展，眼先青"的说法具体形象化起来；正和我们说的"热石头上的蚂蚁——坐立不安""老鼠过街——人人喊打"，同样是借比喻以说明本意。

不过严格说来，这些还不是谜，尤其不是现在要说的灯谜。真正以谜入诗或竟以谜体来作诗词的，亦不少。以下只是引证几个例子。

古乐府："藁砧今何在，山上复有山；何当大刀头，破镜飞上天。"藁砧，铁也；破镜形如半月；意思是说："铁出，半月可归。"

秦少游《南柯子》词，赠歌者陶心儿："天外一钩横月带三星"，隐心字。

陈德武《浣溪沙》："山上安山经几岁，口中添口又何时。"隐"出"门多年，几时可"回"。

杨慎《词品》记："山谷赠人词云：'你共人女边着子，争知我门里添心。'隐谓你共人'好'，争知我'闷'也。"

凡以谜入诗或径以谜体为诗的，在诗人大都为游戏偶作，且往往只限于"拆字"一格，其例不烦多引。这里只想说明灯谜和它同流异派的歇后语一样，在诗词里有时是被用来帮助语言的丰富与生动的。

## 三、话本小说里的谜

话本小说里面，见得最多的是歇后语。如《儒林外史》第十四回，差人怨马二先生说的："戴着斗笠亲嘴，碰不拢！""老鼠尾巴上害的疖子，出脓不多！"《醒世姻缘》用山东话来写，却有吴语中习用的"缩脚韵"。如珍哥向晁源说的："是你'秋胡戏'在'嚎啕痛'了！"前者缩"妻"字，后者缩"哭"字。

但歇后语与缩脚韵都不是谜，不多举例。

《红楼梦》第二十二回，专为制灯谜而作。既是明言灯谜，这里恕不传抄，且虽名为灯谜，其实只是"谜语"（灯谜与谜语颇有异同，后文再谈）。第五回太虚幻境的册子中，香菱册词云："自从两地生孤木，致使芳魂返故乡。""两地生孤木"隐"桂"字，指夏金桂。同回王熙凤册词云："一从二令三人木，哭向金陵事更哀。"脂甲本注云"拆字法"，对的，但所拆何字，没有定论。俞平伯先生说"人木"应是"休"字，但上面一个"三"字没有着落。有些索隐本上说"三人木"合为"秦"字，但下缺一笔，亦不很妥；且可卿早死，秦字何指？另一索隐本注作"冷来"，使"二令三人木"五字均有着落；但又多一"人"字。曹雪芹的原文，后半部无人得见，此句只好长作待猜之谜来看了。

《三国演义》述曹操与杨修的事，除"黄绢幼妇"已见《世说新语》外，曹操爱做谜，杨修爱猜谜，这两人碰在一起的一段故事，就是用谜贯串起来的。如曹操在酥糖盒上写了"一合酥"三字，杨修就教大家尽管分而食之，指出这是"一人一口酥"的意思；曹操在门上写了个"活"字，杨修立刻指出："嫌其'阔'也。"

同书，董卓残民以逞时，童谣云："千里草，何青青，十日卜，不得生！"则是隐"董卓"两字而咒之的意思。

吴敬梓写《儒林外史》，大都影射真人，书中人的姓名，都不是凭空而来。如"马纯上"实是冯萃中，"武书"实是程文，"牛布衣"实是朱草衣。金和跋《儒林外史》云："书中人名，或象形谐声，或廋词隐语；若以雍乾间诸家文集细绎而参稽之，往往十得八九。"

以上东零西碎地举了一些例子，可见谜之在话本小说里，是触处皆有的。

## 四、灯谜与谜语

把"歇后语""缩脚韵""藏头诗"这些都剔开不算外，灯谜应该还包括"文义谜""字谜""事物谜"这样三类。但狭义地说，灯谜实在只指"字谜"与"文义谜"，至于"事物谜"，我们通常把它称作"谜语"。

灯谜的发展史，大致可以这样说："字谜"出现得最早；与此同时而在人民群众口头上渐渐传诵与打炼出来的是"事物谜"；"文义谜"出现得最晚，在谜类中，它是比较细致、精深的艺术品。

字谜一名"离合词"。这由于凡是字谜，尽管深思妙想，总不外乎拆字与拼字两法。例如历史上著名的女词人李易安嫁了赵明诚，有人写"言与司合，安上已脱，芝芙草拔"三句示明诚。识者曰："此离合词也，三句离合为'词女之夫'四字。"见俞正燮《癸巳类稿》。大抵明代以前的所有字谜，都很稚拙，其谜面往往不成文义。譬如黄山谷，他的"女边着子、门里添心"云云，亦不见高明。

从这些低级形式的基础上，经过钻磨、历练，然后渐渐出现技巧成熟的作品，那恐怕还是近百年来的事。例如以"明月半露云脚下，残花双落马蹄前"两句隐一"熊"字，以"张秀才，长别离；虽有约，误佳期"四句隐一"强"字；都不是汉魏以来，迄乎元明，那些古人们笔下所能有。这倒不是今古有所巧拙，只是灯谜本身一定的发展历程。

由单字离合，进而为字句变化，这样便发展成为"文义谜"，亦即现在常见的灯谜。灯谜与谜语的不同，主要在于前者的谜底必须作成别解，例如以"走弯路"为谜面，打歌调一种，其谜底为"进行曲"，完全离开了原来的词义；而谜语恰好相反，以一事一物为谜底，必须在谜面上道出物性，形态意趣，都必须是此事此物所固有与特有。

可以这样说：灯谜是"文字谜"，谜语是"口语谜"。因此，后者一般比较通俗，在群众中的基础更深厚，连孩子们对它都表示欢迎：十二三岁的孩子们，猜谜语的兴趣一般要比听故事更高。

省不得举几个例子。以下是在苏沪一带比较流行的、比较优美与生动的一些谜语：1."弯弯兜兜，梳一个盘头；新娘子出轿，团扇遮头。"猜水产动物一种，"螺蛳"。2."八只引线两把剪，当中摆只针线匾。"猜水产动物一种，"蟹"。3."一个葫芦七个洞，中间倒挂大烟囱。"猜人人皆有的一物，"头"。4."弟兄五六个，个个有耳朵；一个没耳朵，请他上头坐。"猜用具一种，"蒸笼"。5."远望一座塔，红娘来拜塔；红娘走到塔顶上，不见红娘不见塔。"猜夏令用品一种，"盘香"。

猜谜，本来先要说明谜底范围，但有些谜语不能说，只能由猜谜人去海阔天空地瞎猜。如果说了范围，差不多就说明了谜底的一半。例如有个谜面是如此说："人在我肚里，我在人肚里；人若不在我肚里，我也不在人肚里。"猜一物，谜底是"胞衣"。猜谜人如果要求指出范围，很是难事。若说此乃人身上的东西，只分娩时一见，则不但示人以半，且亦尽失谜味了。

好的谜语，是可以作为一种小学教育中培养思考能力的课外游戏的。

## 五、灯谜的二十四格

灯谜有二十四个格，但此属明初灯谜大行时候的说法，后人有所发明，同时也有所取消，内容已大有变化，且有同格异解或一格数名的，殊不必以"二十四"这个数目限之了。

照一般了解，灯谜之设格，是为猜谜人指出范围之用，易言之，是为猜谜者便的。所以有些人在猜谜之前，先要问："有没有格，什么格？"其实不然，灯谜之设格，实是为做谜者便；而在猜谜的一面，只有因此而增多其困难。因此，做谜的能够避免用格是最好，让不懂格的人也好猜。不过，这并不等于说有格的谜就不好，有些深思妙想之作，其好处正在格中。

这里，姑且照传说规定，罗列二十四格，逐条说明格意。少数举例，多数不举例。不举是为了节省篇幅，亦由于想不起好的例子。其中可能漏列了若干格，则是一时想不周全之故。

1.卷帘格　谜底倒念。例如以"到"字为谜面，打市招一，卷帘；其谜底为"应时名点"。解作"点名时应"。

2.秋千格　与"卷帘"同。但"卷帘"是指三个字以上的谜底，此则限于两字，如秋千之上下互易位置也。

3. 上楼格 谜底末一字，作为第一字；其余不变。

4. 下楼格 谜底第一字，作为末一字；其余不变。

5. 双钩格 谜底如为四字，则上下各两字互易位置。比如谜底是"文学发展"，应解作"发展文学"。

6. 解铃格 谜底原有一个字是"圈声"的，现在改读本音。例如有人以旧沪剧唱词一句"×家娘娘叹终身"为谜面，打成语一句，解铃；其谜底为"可慨也夫"。"夫"字原为虚词，现作本音读。

7. 系铃格 谜底中有一字应作"圈声"读，与前条正好相反。

8. 白头格 谜底第一字念作别字。

9. 玉带格 谜底中间一字念作别字。

10. 粉底格 谜底末一字念作别字。

11. 谐音格 谜底全文或十九念作别字。

12. 脱帽格 谜底除去第一字。

13. 解带格 谜底除去中间一字。

14. 脱靴格 谜底除去末一字。

15. 加冠格 谜底如为"西厢"一句，应将上句末字并入本句，作为第一字。

16. 纳履格 将谜底原文下一句的首字，并入本句，作为末一字。

17. 虾须格 谜底第一字，分作两字读。比如第一字为"谜"应作"言迷"两字解。

18. 折腰格 中间一字，作两字读。

19. 中分格 义同前条。但谜底中间一字，如作横断（即"響"字念作"鄉音"之类），普通称"折腰"；如作直剖（即"谜"字念作"言迷"之类），普通称"中分"。

20. 燕尾格 末一字作两字读。

21. 会意格 即"以意会之"之意，不从谜底字面设想。

22. 求凰格 凡属这一格，谜底的第一字或末一字，必须是个"对"字或"配"字；其余数字又必须与谜面恰好成对。例如以"头绳"为谜面，打数学名词一，求凰；其谜底为"对角线"。

23. 碎锦格 谜底每一字均作两字或三字读，大致和"拆字格"相同。

24. 徐妃格 谜底只猜每一字的半面；其另一半必须是相同的"偏旁"或"部首"，这一部分除去。例如以"冠领三军"为谜面，打一虫名，徐妃；其谜底为"蟋蟀"，作"悉率"解。

此外，一格而异名的也有不少。例如：白头格一称"粉头"，粉底格一称"素履"，脱帽格一称"藏头"或"升冠"。

所有这些谜格，凡对灯谜感兴趣的读者们，应当有一个概念的了解；但反对钻研，反对在文字游戏中费时丧志。尽管灯谜本身是一种很好的智慧文娱。

## 六、做谜与猜谜

有人认为做谜容易猜谜难："做谜的可以海阔天空，猜谜的必须照着规定的路子去摸索。"也有人认为猜谜容易做谜难："猜谜的只要根据谜面去找谜底，这谜底是现成摆着的；做谜的则完全要凭着自己的联想之巧，从'真空'的白纸上做出谜来。"两说合起来看，倒是正好道出了谜性。

但"难、易"的提法是不通的，做与猜之间有一个一定的过程：读得多，猜得多，进而摸索出了谜的规律，然后自己会得做，再进而做得好，然后容易猜中别人做的谜。未有不能猜谜而先会做谜的，即使做了出来也总不完全合辙。固然第一个谜是先做后猜的，但答复这一个问题，前面已经说过，历史上的诗文高手，他们也没有做出像样的谜来。像样的谜，都是后人与近人的作品。

不过，任何一位做谜与猜谜的好手，也不能保证猜得出任何一条灯谜，因为做谜的与猜谜的在谜面上所用"推敲"功夫及其揣摸方向，不一定完全相合。所谓好手，只是比较捷悟，猜得快，猜中得较多。

做谜与猜谜各有一段一定的"推敲"过程。做谜的要求谜面现成、浑成，而又紧扣谜底，没有一个字落空；猜谜的只有一个简单的要求，就是道出谜底。现在，各举一个例子来说明它们之间的"一段一定的推敲过程"。

前者，例如我们决定为一个人名——"谢默"来做一个谜面。初稿是"感激不在多言"，但谜面不很浑成；"不多言"也不算"默"，且"在"字落空；还有"感激"两字隐一"谢"字也不切。于是，我们想想"谢"字有没有别的解释？于是想到"水流花谢"，想到以"落花"两字扣"谢"字。最后，得到一个现成而又贴切的谜面，乃是"落花无言"。

后者，例如我们看到一个谜面——"拳"，打名词一。第一个念头，想到拳头是手的动作，把手握起来便成拳，但"手握"不成名词："握手"又不符谜面；第二个念头就由"手"想到"掌"。于是，得出了谜底，乃是"掌握"。

这里，只想从上述两个简单的"一定过程"的例子中，说明其规律性，介绍一些做谜与猜谜的基本方法。进一步如何融会贯通，不想多说了。

## 七、结语

关于灯谜，我已说得很多。在此我想谈谈它的作用与价值，作为这一篇东西的结语。

有人说：灯谜是一种"趣味文学"。这样说法是对的，但它的作用与价值，应该不止于"趣味"一端，它的存在，不只为了给人们消闲。扼要的说，其作用有这样两点：1.启发思考能力，培养思考兴趣。猜谜的第一个条件，就是"动脑筋"：多想，会得想，然后想得通。一个思想上的懒汉，决计和灯谜无缘。这当然不是说"凡是肯于思考问题的人，都爱猜灯谜"。用通俗的字谜来作为识字班课外游戏，对记字、认字的帮助很大。2.淳化自己的文学技能。用"推敲"的故事来形容做谜、猜谜的过程，比喻最为适当。无论谜的面、底，不许有一字之泛，应"推"的地方不许用"敲"。这道理和一切写作技巧上的钻研，完全相通。

（原载上海《新民报晚刊》1953 年 7 月 13 日—21 日）

# 春灯夜话

张荣铭

## 前言

张荣铭同志是我们小组最早组员之一，从小就爱好猜谜，创作灯谜也有十多年了，特别爱好钻研灯谜理论，常有独到见解。

形、音、义、意，这是灯谜表现手法的四个方面。前三者着重在技巧方面，后者则要求在前者的基础上更深入一层地表达出灯谜的耐人寻味的特点，即所谓意境或者谜味。一则谜的好坏，要求技巧工整，扣合贴切，然而决定谜的精彩与否，能否使人百读不厌的，还决定于谜味的有无。我们往往忽略了这点，而强调谜味意境，肯定它在灯谜中的意义，这是贯穿在张荣铭同志这些作品中的一个特色。再一特点是主题明确，层次分明，环绕一个问题作层层深入的分析，浅显易懂，使人一目了然。过去灯谜只是少数文人雅士茶余饭后的笔墨游戏，被看作是雕虫小技，不登大雅之堂，一向不受重视，所以直到今天还没有建立一套完整的理论，很多见解又不免陈腐过时，不合适现时之需。我们鉴于此，力促张荣铭同志将研究心得写出刊印，以广交流，这对建立一套新时代的谜论不无小助。这是我们刊印这本专集的目的之一。

另一目的，希望通过这些专集的刊印提高组员们的兴趣，其次也是作为我们小组七周年纪念的成绩汇报之一，期望就正于同好。

苏州市工人文化宫灯谜研究小组

（注：此书刻印于 1964 年 3 月，32 开油印本，印数 150 本，内部刊发，入编时作了校勘与文字修改。）

## 目录

## 一、谈无形的谜格——抵销格

凡有格的灯谜,作者必须把谜格注明在谜条上。一般不用格的灯谜,就不要注明了。这种不用格的通称为"体"。体和格的区别就在于:格是在谜底上动手术,而用体的灯谜在谜面上,一般都有线索可找。那么,假如一个用格的灯谜,而不把格注明,一定会使猜的人感到高深莫测,无从猜起。灯谜中的"抵销格"原是一种"隐格",属于内附格的一种无形的谜格。

最早见于唐薇卿所著《谜拾》一书中。例如:

湖目(打聊目二),谜底是:荷花三娘子、封三娘。

抵销格的形式,就是在谜底中包含着相抵销的字或词。后一个封三娘,恰好封去了前一个的三娘二字,剩下的"荷花子"恰好扣合谜面的"湖目"(即莲子)。

抵销格的表现形式,大抵有以下几种:

1. 子过矣(打古人名二),谜底是:公孙丑、公孙衍。"公孙"二字衍去了,剩下个"丑"字。这是抵销去整个字的一种形式。

2. 宋江号称及时雨(打古人名二),谜底是:公明仪、仪封人。仪字封去了人字,剩下"公明义"。这是抵销去一个字的局部的一种形式。

3. 六(打韵目二),谜底是:二十一个、十五删。这是用运算的方式,是二十一减去十五是余六,不把它明写在谜条上。

抵销灯谜的谜面没有线索可找,要由猜者去摸索,难度就比较大。但据我看来也并不太难,而问题是在于过去把抵销格灯谜作为一个谜体处理的,实际上它也是一种格。假如把它注明在谜条上,使无形的谜格变为有形谜格。例如:尖端(打水浒诨名二·抵销格),谜底是:小遮拦、没遮拦。使猜者获得一定的范围,有线索可找,不致感到莫测高深，难以着手了。

这里先从谜面想到"尖端"是个小字。这样就知道谜底是有"小"字的水浒诨名。关于小字的诨名，不外乎"小霸王""小遮拦""小李广"等，然后，再想出一个具有抵销含意的诨名。从"霸王""遮拦"上找，最后找出了"没遮拦"，无疑谜底是"小遮拦""没遮拦"了。

如果抵销在谜面上的，就不必注明抵销格了。例如在《龙山灯谜》中就有这样一条谜：十五咸、十五删（打四字一句），谜底是：狗吠。

上例的谜面已作了抵销的暗示，可以从中得到启发，就无须注明了。

因此，创作抵销格的灯谜，应力求平正。这由于谜底中已经转弯、复杂了。如果再加上晦涩的谜面，使猜者摸不着头路，那么这条谜也就难猜中了。

谜底也应该采取同一名目，这也是使猜者便于搜索，不能过于深奥和选材上东拼西凑，造成猜的人很多障碍。尽管有着深的谜底，但能用浅的方法入扣，就可以达到虽然深奥了，但不难猜的效果。反之，那便"绞尽脑汁"也难猜中，自然这不能算是个好谜了。例如：究（打剧名一、饮料名一），谜底是：四五花凋、花凋。制谜的目的本来是要人思而得之，不是有意刁难百思而不解。这也可以说是我们对灯谜的一个基本态度。像上例的灯谜，这里作者在谜底上运用了"抵销格"，而谜面又用了"拆面法"，这样就把它弄得太深了，连用两种法格怎能叫人猜中呢？使人枉费心机，徒然糟蹋别人的时间而已。

选择抵销格谜的谜材，倒是一个问题，因为既要找一个有抵销的词，又要找一个能被抵销的附加词，配合起来，才能入手来做，这就很不容易找到了。过去曾见《新民晚报》上一则谜有所启发，倒不失为一个很好的办法，这谜是这样的：学步（打水浒诨名三），谜底是：行者、小遮拦、没遮拦。

这里可以看得出，作者的巧思。原来一个小字不易入扣，然后在前者加上"行者"二字，这样"行者小"就得出了学步的谜面。从中我便得到了一个启示：只要把"行者"换一个诨名，依次类推，还可以做出不少抵销格的谜来。

我想到一则，读者不妨试一试。

孤灯如豆（打水浒诨名三·抵销格），谜底是：独火星、小遮拦、没遮拦。

## 二、灯谜中最早的谜格——曹娥格

灯谜到底有多少格？说者不一其词，如相传二十四格、广陵十八格等。关于谜格的专著有：张郁庭撰的《谜格释略》、王式文撰的《廋词百格》等。至于韩振轩撰的《增广隐格释例》，所列谜格之多更举不胜举。究竟哪一种是灯谜中最早的格呢？据《清嘉录》一书里记载，以"曹娥格"最早。

曹娥格出于三国时蔡邕写在曹娥碑后面的一首隐语："黄绢幼妇、外孙齑臼"，暗藏"绝妙好辤（辞）"四个字而得名。后来的人仿照这种形式所做的灯谜，也就叫它为曹娥格。又叫它为"碑阴格"。

曹娥格灯谜的形式：谜面规定为八个字，谜底是四个字，谜面的内容并不要求八个字都连贯，而只要谜面两个字扣谜底一个字。其实这八个字正确地写出来应该是：黄绢、幼妇、外孙、齑臼（是古时受五辛之器），意思是："色丝、少女、女子、受辛"，正好扣合"绝妙好辤（辞）"四个字。它有着结构严正、风格别致、耐人寻味的特色。

这类灯谜，乍看好像深奥，其实制作并不太难。只要先找上一个四个字的谜材，但必须每个字都能拆成为两个字的，然后按照拆开后的字义，配上两个字组成的谜面。它的表现手法不外乎是会意法和分扣法几种，有时也可以采用集锦的方法用上两个谜底。旧谜中采用这种方法的也常见到，这样就比找四个字的谜材较为容易得多了。例如：织匠、萤火、小山、配偶（打中药名二），谜底是：红花、砂仁。

旧谜书中，有关曹娥格的灯谜不少，如：吾乡、朝萤、柴扉、流萤（打俗语一句）野草闲花。又如：如川、怀荆、旋风、关情（打俗语一句）消愁解闷，等等。

新灯谜中曹娥格的灯谜，很少见到。我曾经撰成一则，谜面是：津液、同胞、松鼠、木偶（打绍剧一）活捉李保。

《三国演义》七十一回，讲到曹操和杨修同猜曹娥碑上的"黄绢幼妇"，结果是杨修比曹操早猜出三里路的时间，大家都羡慕杨修才识之敏。其实在今天看来，猜射曹娥格灯谜，并不难，只要根据谜面的含意，用会意法和分扣法入手，从而采用触类旁通、举一反三的方式，是不难道破谜底的。

此外，《隐林》一书中关于"曹娥格"的形式与我们所说的有所不同，例如：

后羿射天（打人名一）张旭（长、弓、九、日）

谜面和谜底的内容都连贯了，而不是谜面两个字扣谜底一个字。这样就同原来的曹娥格形式不同了。也有人称它为"碎锦格"，我看后者的命名来得妥当。

## 三、反扣体的灯谜

灯谜中，会意体的表现手法有两种：一种是从它的正面入扣，另一种是从它的反面入扣。反面着手的方法叫做"反扣法"，也可叫做"反扣体"的灯谜。这里所谈的正是后一种方法。

"反扣体"的灯谜，是灯谜中常见的一种形式。创作灯谜时，如果从正面不易入扣，不妨试用反扣的方法。"反扣体"的灯谜，有时甚至比正面扣来得曲折，耐人寻味。它的形式也有多种多样，大抵可分为如下几种：

例一：

1.督（打水浒人名一）顾大嫂

2.热闹（打名词一）冷静

这类谜是通过对面着笔,烘托和反衬题面。又如画家画月亮,先画云,然后烘托出月亮。

**例二：**

1.机构臃肿（打成语一句）不省人事

2.胜境（打成语一句）不败之地

第一例是谜底的别解,第二例是谜面别解。这都是通过反扣题面的。这类灯谜大多谜面或谜底包含着反义词。

**例三：**

1.有意（成语一）反面无情

上例的谜底暗示着反扣,具有相对的字或词。

从以上各例可以看出,"反扣体"灯谜的特色主要表现为：1.谜底或谜面中包含着"非、不、反、背"等反义词或字；2.谜底和谜面包含着相对的字和词。这些反义字和相对的词,都是为了烘托、反衬、反扣谜底或谜面的含意。

究竟怎样才能表达谜底或谜面的含意呢？依我看来应该掌握以下几点：底面贴切,用意显豁,对仗工整,语意大方,脱口而出。只有这样,方称妙手。如：方言（打成语一）不能自圆其说。

谜面假借入扣,谜底反掷题面,读来脱口而出,落落大方。又如：谓武尽美矣（三国人名一）文丑。谜面和谜底,相对的词,极为工整,如"武对文""美对丑"。因此,反衬的意境也就充分得到表现。

"反扣体"的灯谜,不能用意晦涩深奥。如"脑筋动得对"打成语一,是"想入非非",底面近义,意境空泛,噜苏难读。又如"非同小可"打字一,是"奇"字。"真的想"打成语一,是"不假思索"之类,都不够自然。

创作"反扣体"的灯谜,有反义字的,我看不妨安置在谜底为好,从而使它反掷题面,意境更加开朗。如上例"方言"扣合十分周到,假如把它对调底面,总没有原来的来得神采,用"不能自圆"跌出谜面的"方"字,这样一来恰到好处,何等大方。

## 四、漫谈离合体的灯谜

王能父同志曾经做过一则灯谜,谜面是"他去也,怎把心儿放"（打一字）,是"作"字。谜面极其自然、浑成,拆字组合亦很清楚明白。虽然易猜,但仍不失为一则好谜。

上例是属于离合体的灯谜,起源于三国时孔融的四言离合诗。它的表现形式、谜面含意暗示着拆离的意思,就是把谜面中的字局部拆离,把留下的部分并合起来,成为谜底。如"他"字去"也"字留下个"亻"字,"怎"字去"心"字留下个"乍"字,再把"亻"同"乍"字合起来就成为"作"字。这是常见的一种形式。

离合体的形式还有一种比较深奥一些的，不是将谜面有的字直接拆去，而要经过会意来理解。如"汉水东流淮水西"（打一字），谜底是"难"字。又如"敲断玉钗红烛冷"（打字一），谜底是"蜀"字。这都是要经过会意后才能猜中谜底的，如其中的"红烛冷"，就暗示了"烛无火"，所以是"蜀"字。

这类谜多半是字谜，猜起来比较容易，因为一般拆离的意思都有暗示在谜面上。像上例"作"字就比较容易猜。"难"字和"蜀"字虽然难猜，但掌握了规律还是能够猜中的。

有些用诗词或成语做面的离合体灯谜，可以底面相易。这样一调换，就不容易猜了，因为它的谜面已没有了离合的含意，然后它的谜底却是"离合体"的形式。例如：

孤灯挑尽未成眠（打字一）盯

盯（打唐诗一句）孤灯挑尽未成眠

前一例是"离合体"，后一例是上例的底面相易，谜面需经拆面会意法着手，拆成"目"和"丁"字。"目"字扣"未成眠"，"丁"字是扣"灯挑尽"（即"灯"字无火）。这样一对调，深浅程度大有天渊之别。因此，制作灯谜的人遇到这种情况，应该离合在谜面，平正易猜，不要使猜谜的人作三日索。

灯谜总是不断向前发展着的，离合体的形式和风格也是不断在变化，而且日臻于完善。如新灯谜中：

喜上眉梢（打字一）声

享乐在后（打字一）孙

高峰尖端（打字一）京

读来浑成自然，清新鲜明，确是好谜。

又如新灯谜中有一则：

孔雀东南飞（打字一）孙

按地图上的方向，上北下南右东左西，来拆离谜面上的"孔雀"，谜面的"飞"字就是分离的意思，富有巧思。

我最欣赏的则是用毛主席词《沁园春》词句作谜面的谜：

大河上下，顿失滔滔（打字一）奇

这里是先合后离，先把"大河"两字合起来，然后去掉"河"字的水旁，就变成"奇"字。谜面的"上下"二字真是恰到好处，实在使人百读不厌的。谜面和谜底的配合如天造地设，字字紧扣熨帖，天衣无缝。

## 五、谈卷帘格

假如有人要问我，灯谜中什么格最有趣？我觉得卷帘格趣味较浓，耐人寻味。卷帘格也是灯谜中常见的一种谜格。顾名思义，像珠帘倒卷，就是把谜底倒过来读。加上了卷帘格后，和原来顺读的意思完全不同，更来得有趣。例如：苏三指说崇公道（打影片名一）我了解他。再一例：日暮（打越剧名一）乌金记。

前例把"我了解他"倒读为"他解了我"，后例把"乌金"（金属名）倒读为"金乌"（太阳名），和原来顺读的意思完全不同了。经过颠倒，和谜面的含意扣合得更自然贴切，而且生动有趣。

由此可见，卷帘格的特点是设想曲折，变化奇特，和顺读要有不同的含意才符合"卷帘"的标准。如果和顺读的意思仿佛，那么，就不必用上"卷帘"。但是，有时为了更好扣合谜面，读来顺口，也不妨用上"卷帘格"。例如：

仗（打成语一）一落千丈

这里用上卷帘读成"丈千落一"，就是为了使谜面和谜底读来顺口，更加明显。

创作灯谜，有时也可能因面而得底。但是，卷帘格总是先从谜底入手。在选材上应掌握下列几点：1.倒读后仍能表达一句完整的意思；2.谜底卷帘后要和顺读的含意不同。

要使卷帘格做得好，除注意上述几点外，更重要的是：扣合贴切，意境显豁，读来圆融流畅，无诘屈聱牙，才称佳构。例如：

羊脂罗汉（打京剧演员一）尚和玉

阖府均吉（打新名词一）安全第一

以上各例，读来脱脱而出，落落大方。又如"到"（打市招一）应时名点，"峨眉"（打成语一）名山大川。把谜底顿读为"点名时，应"，"川，大山名"，读来有抑扬顿挫的语气。至于"高喊生病了"（打成语一）大声疾呼，"0000"（打成语一）万无一失。谜面牵强，穿凿附会，实在无可取之处。

创作卷帘格，谜底字数越多，味道愈足，但越难扣。秋千格也是把谜底倒过来读的，它的性质和卷帘格是一样的，不同之处是：秋千格的谜底限于两个字，而卷帘格的谜底需在三个字以上。两者比较起来，则"秋千格"的风味要比"卷帘格"逊色得多了。

## 六、包含数字的灯谜

灯谜是一种形式多样的文字联想游戏，除了表现在文字的形、声、意、义外，还包含着数字的运算，有些灯谜就是采取算术的方式，通过演算寻找出谜底的，它有加、减、乘、除等方式。例如用加法的方式，谜面是：

七穿八洞（打昆剧一）十五贯

这类谜只要把谜面上的数字相加，七加八是十五，因此谜底是"十五贯"。

另一种用减法，例如：

九十九（打字一）白

谜底的"白"字是百字减去"一"，而一百减去一，正好是谜面的九十九。

也有采用乘法的，例如：

二十四桥畔（打影片一）三八河边

这里的"三八"是二十四，是用乘法演算出来的。

再有用除法的，例如：

四六拆（打成语一）三三两两（卷帘）

猜射这类灯谜，是比较容易的，因为它的谜面多半是有数字的，或加或减，或乘或除，不难猜中谜底。但也有比较难猜的，例如：

六（打韵目二）二十一个、十五删

这是数字谜中最难猜的一种，意思是二十一减去十五余六，剩下的便是谜面的"六"了。假如把它列成算式，就是 $6 = 21 - 15$。

也有谜面上没有数字的，数字只能从领会中寻找。如：

林木森森（打字一）杂

谜面4个字中一共包含了9个木字，因此而得出谜底。还有会意和加法并用，由于谜面浑成，很难捉摸。例如：

1. 再三谦让（三国人名一）陆逊

2. 怀念（影片一）难忘一九一九

例1照谜面解释作"一再谦逊的意思"，例2则是"想念的意思"。其实这两个谜不是从名词的意义上去猜的，而要通过加法的演算来理解的。两个"三"不是等于"陆"吗？"一"加"九"等于"拾"，"拾"加"拾"等于"贰拾"，"贰拾"的代字就是"廿（念）"字。这样就可以理解了。

演算数学的灯谜，我最欣赏的一则，是采用毛主席《清平乐》词句为谜面的："屈指行程二万"（打字一），谜底是"董"字。这里的"行程二万"正好是"二十千里"，谜面的"屈指"恰好又暗示着计算的方法。不仅谜面自然浑成，而且字字有着落，不失为一则好的灯谜。

灯谜之所以能锻炼人们的思考能力和丰富的想象力，是由于它的形式多样，寓意广阔，而且还要求猜的人头脑灵活和有一定的数理知识。

## 七、怎样来理解"谜味"

同是一则灯谜，在表现手法上，下不下功夫，扣合恰当与否，对谜味的淡浓起着很大的作用。例如有的单从正面或反面去构思，有的则从字义、字形、字音上去着手，这些都只是单纯从一方面来表现谜的含意，即缺乏从多方面来加强谜的意境，这种谜虽然在技巧上也很工整，无可非议，但是总感觉趣味不浓，缺乏回味。如果能把一个字谜，既从字义、字形、字意的综合来表现，又能把物和事的特征加以描绘，以求步步深入，揭示事物的本质所在,这样就能全面地体现出谜的含意,同时也才有艺术的魅力——谜味。这里主要是介绍一字谜中的一谜多法,在灯谜中这种例子不胜枚举。先举以下几则为例:

1. 自小在一起,目前少联系。（省）

2. 刘邦闻之而喜,刘备闻之则哭。（翠）

3. 一边大,一边小。一边跳,一边跑。一边吃草,一边吃人。（骚）

4. 看看明明像妈妈,听听为何像爸爸。（毑）

这几则谜特别令人惊叹的是:抓住了文学的特点和事物的特征,通过巧妙的构思,恰当地描绘出了鲜明生动的形象,饶有风趣。假如第1例,只用"自小在一起"这一句话,意思极不完整,何等的平凡了。又如第2例,单用上半句"刘邦闻之而喜"亦未尝不少,但何等的逊色。再如第3例,只用"一边小,一边大"这么一句,就不能表现出蚤和马的特征。最后第4例,仅用上句"看看明明像妈妈"一句,试想是何等的乏味。

由此可见,一谜多法是表达谜味的一种手法,它能一环扣一环地始终绕着一个主题层层深入地表达出谜的含意,这种手法,需要作者有丰富的想象力和深入细微的思考力,然后才能做出巧妙的谜。这种手法构思,多加上一句,并不是多余的,相反恰恰赋予作品含意和耐人寻味的意境,有画龙点睛之妙。

创作这类灯谜,并不是随便的凑合、毫无意义的联系,应该根据字的本身特点,加以想象发挥。我曾经撰写过一则"折"字谜,最初谜面仅用"断一半,接一半"二句,后来看到"折"字有断的意思,因此又加上了二句"接起来,还是断",意思就更完整,味道更加浓了。

又如在《解人颐》中有则"秃"字谜,表现得非常生动,它的谜面是:"莺莺烧夜香,香头放在香几上,分明是张秀才,却原来是法聪和尚。"作者运用象形会意结合的表现手法,把莺莺思念张生的情景,刻画得有声有色,栩栩如生。

此外,更应该注意贴切连贯、内容鲜明,尽可能押韵,读来顺口,描写特点的字句要对称。例如:

日常生活二件宝,穿得暖来吃得饱,若把二个放一起,只觉多来不觉少。（裕）

上面八人,下面八人,挤在一起,热得要命。（炎）

上头重,下头轻,重的重得搬不动,轻的轻到随风飘。（炭）

像这一类的表现手法,首先好在形象生动活泼,而且通过诗歌的形式,读来音调优美、顺口、流畅。但是,也有只片面地在形式上追求艺术效果,而缺乏健康的思想内容。如《坚瓠集》作者说:"字谜何止千万,唯'姜'字谜最佳。"试看下谜:

少牢头,小娘脚,形容似美人,天性却老辣。

这则谜同是运用拆合入手,再从字形比较,然后用字义解释,在艺术表现上是不可非议的。但是思想性不强,趣味低下,把一个女人,看作羊头女人,简直荒诞极了,居然称为佳作，可见《坚瓠集》作者的思想趣味多么庸俗和低下。可见灯谜虽属小技，然而也在一定程度上反映了人们的思想意识。所以，我们在创作灯谜时，除了在技术上注意工整外，在思想内容方面也不可忽视。

在新谜中，思想和艺术结合得很好的作品极多，例如"只因为自大一点，惹来了人人讨厌"打"臭"字。这里把骄傲自大和使人人讨厌的"臭"字巧妙地结合在一起，扣合得贴切自然，猜来虽然容易，但具有一定的教育意义，教育了人们应该谦虚，力戒骄傲自大。

在字谜中运用一谜多法的形式，确是一种有趣多彩的手法，大可一试。

## 八、漫谈集锦灯谜的谜味

灯谜创作得好否，首先决定于能否表达意境，而意境又赖于作者出的底面是否贴切，扣合是否恰当。但是，谜底的长短对意境的表达也有直接的影响。一般谜底短、字少，往往不能全面地表达谜面的深意；谜底长、字多，讲得透彻，能使意境表达得更完整。运用集锦的方法，把两个或两个以上的谜材组合起来，这是加强谜味的一种手法，也是本文所谈的。

1. 如释重负（打药名一）一轻松
2. 如释重负（打药名二）薄荷、一轻松
3. 候鸟（打水浒人名一）时迁
4. 候鸟（打水浒人名二）燕顺、时迁

上面所举的例子，谜面是相同的，但谜底却有不同，两相比较，2、4 胜于 1、3，谜味浓郁。我过去曾经创作过一条灯谜，谜面是："电扇"（打名词一），谜底是"作风"，意思是：电扇是作出风来的。后来在《新民晚报》上看到一则谜，谜面和我的一样，但谜底则是"转变作风"4 个字。多了"转变"二字，更加充分地把电扇的特点说得明白清楚，味道也更足了。

前些时候，我还看到一条灯谜，谜面是"青梅竹马"（打刊物一），谜底是"小朋友"。后来我把它的谜底加了一个刊物名"儿童时代"，变为"儿童时代、小朋友"，这样就比原来的表达更完整，语气也更加强了，而且又点出了时间的特征。

在旧灯谜的材料中，有诗词、有书句，字数较多。而新灯谜的选材，一般都是字数较少的名词，人名较多。虽然入扣，但是由于字短，意境不易表达。特别是两个字的词更难突出。如果结合两个名词作为谜底，增加了字数，把原有的短底变为长底。集锦方法对作者来说，也是开辟了一条新的途径。

这几天偶翻灯谜书，也看到类似这种作品，总觉得谜底长的要比短的好得多。这里把它抄录几则，以见一斑。

1. 拆信（打地名一）开封

2. 破冰航行（打地名二）银川、开封

3. 宣传清洁（打刊物一）讲卫生

4. 少先队宣传不要随地吐痰（打刊物二）小朋友、讲卫生

5. 王允恨平贵（打影片一）不称心的女婿

6. 薛文起悔娶河东狮，贾迎春误嫁中山狼（打影片二）受气丈夫、不称心的女婿

## 九、漫谈集锦灯谜的表现手法

上文谈了集锦灯谜的谜味，现在再来谈谈它的表现手法。首先我认为它具有3个优点：一、比一个谜底更能发挥意境；二、比一个谜底的范围要广泛；三、类同的机会比较少。

创选这类灯谜虽然不难，但要做得好也不容易。因为谜底字数多，显然要比字数少难入手。要做好这类灯谜，主要在于谜底的安排、读法、用词、配合上都需要作全面的推敲。

1. 要用意贴切，表达显豁、明确。例如：

通行无阻（打影片二）十字街头、绿色信号

上例能完整明确地表达谜面含意，但有些同时采用两个名词而不能够完满表示意境的。例如：

沸水锅（打水浒人名二）柴进、汤隆

阴转雨（打地名二）密云、天水

2. 采用别解的形式，更能增加回味，但必须浑成自然。例如：

动员外来人员回乡（打中药二）当归、生地

集思广益（打红楼人物二）赖大家的、智能

以上两则都是别解在谜底里，读来都很自然，谜味深厚。也有别解在谜面上的，如：

晴落（打话剧二）日出、雷雨

但如谜面为"东方号"（打书名二），谜底是：日出、呐喊，也是谜面假借入扣，但是似乎太穿凿附会，谜味晦涩，这就不好了。

3. 在读法上，也可以分为两种：第一种读时有抑扬顿挫，有如波澜起伏之势。例如：

候鸟（打水浒人名二）燕顺、时迁

常将冷眼观螃蟹（打水浒人名、浑名各一）张横、行者

上一例应把谜底顿读为"燕、顺时迁"，"张，横行者"。

另一种读时一气呵成，有似一串珍珠。例如：

阚泽下降书（打水浒人名二）陈达、黄信

上例则读为"陈达黄盖之信"。

此外，也有用诗句为谜面的。例如：

"满园春色关不住"（打水浒诨名二）一枝花、没遮拦

也有用典故为谜面的。例如：

蔺相如完璧归赵（打聊目二）保住、连城

以上各例所以做得好，在于底面贴切，读来圆融流畅，无诘屈聱牙之弊，结合在一起，真好像"化合"一样，使人看不出有"焊接"的痕迹。

最近，报纸上常常看到这一类的灯谜，都是打两个以上谜底的，这倒是开辟了创作的广阔途径，弥补了选材的不足，而且又丰富了灯谜的范围。

但是，运用集锦格手法时，在选材上需注意最好采用同一谜目，便于猜射，不致东零西散使猜者茫无头绪。再则，谜底不要太多太长、过于硬凑，不要使猜者有顾此失彼之感。

## 十、猜谜常从分扣得

善于做谜的人，常常用一种巧妙的手法，把谜面结得非常浑成，看不出破绽，很容易使猜者发生误解，造成错觉。

这类灯谜用于谜面多半是假借入扣，乍看时很容易误会。如旧谜中有一则，"李清照（打千字文一句）渊澄取映"，假如我们从李清照这个人名上看，或者从她的身世或经历去想的话，那末势必误入歧途。

又如新灯谜中也有采用这种手法的："胜境（打成语一）不败之地。"如果我们单从它的词义上去思考，只能解释为"名胜之地"的意思，结果是和谜底"南辕北辙"。

我曾经把这类谜给一位善于猜谜的朋友试猜过，但他总不能看出其中的奥秘，可见这类谜是很不容易被识破的。当时这个谜面是这样的：雅典（打作品名一）"好的故事"。

这位朋友看了这个谜面想了一下便说："雅典是希腊的首都，是地中海十分古老的国家，奥林匹克运动会第一次在雅典举行……"这位朋友对雅典十分熟悉，谈得头头是道，可是越谈离题越远，因此始终猜不出来。后来我对他说，你不要光从雅典这个名词上去想，要从一个字一个字把它分开来想。经过我的启发后，他便想了一想说："雅"是好的意思，"典"是典故的意思。经过不断地联想，终于猜中了谜底：《好的故事》。

最近从报纸上看到两则谜，谜面"美展"（打运动员一），谜底是"张俊秀"；谜面是"采花"（打乒乓选手一），谜底是"张秀英"。两者谜面都是假借入扣的，猜时就要注意这点。

猜射这类谜，不能把它笼统地看，要分开来一个一个字地从字义上去想，然后把两个字的字义并合在一起，那么便能猜中谜底。

这类谜所以难猜，是由于谜面浑成，不注意会造成错觉。但把它解剖开来看，就不致被混淆视觉。所以说，猜谜的诀窍必须善于分扣。这一点是猜者不能忽视而要掌握的。

## 十一、灯谜五十则

1. 一日一谜（打春秋人名一）阳虎

2. 征求谜面（打成语一）与虎谋皮

3. 哑谜儿早已被人猜破（打泊浑一）中箭虎

4. 愁心一片付东流（打影片一）秋

5. 落尽深红不满坡（打字一）夥

6. 妾住在横塘（打字一）娱

7. 我本谪仙人（打成语一）自命不凡

8. 断一半，接一半，接起来，还是断（打字一）折

9. 赤精子（打成语一）红极一时

10. 乖（打成语一）乘人不备

11. 侍儿扶起娇无力（打食品一）玉环酥

12. 步步娇（打话剧一）丽人行

13. 左边加一是一千，右边减一是一千，多的放在少的上，不多不少是二千（打字一）任

14. 怒火中烧（打成语一）不着边际

15. 一时在左，一时在右，一时在前，一时在末（打字一）孩

16. 张旭（打本市文艺界人名一）顾东昇

17. 怒不可遏（打成语一）生气勃勃

18. 借劲（打成语一·卷帘格）自不量力

19. 峨嵋（打成语一·卷帘格）名山大川

20. 文必正（打成语一·卷帘格）杂乱无章

21. 坐（打淮剧一）隔墙相会

22. 烬余（打成语一）未必尽然

23. 黄盖红边，白身蓝底（打字一）蕴

24. 堂堂（打电影一）二个母亲

25. 阁中帝子今何在（打京剧演员一·卷帘格）王少楼

26. 红方巾（打成语一）独当一面

27. 离婚书（打电工器材名一）绝缘纸

28. 尖端（打泊浑二·抵销格）小遮拦、没遮拦

29. 疏影横斜水清浅（打浙江地名一）梅溪

30. 鹧鸪啼不住（打昆虫名一）叫哥哥

31. 上穷碧落下黄泉，两处茫茫皆不见（打物理名一）失真

32. 灯谜之说始见于明朝（打象棋手一）朱道虎

33. 有火在烧，用水来浇（打字一）尧

34. 吴市箫声（打字一）韻

35. 田上面插秧，田旁边灌溉（打字一）油

36. 生旦丑末（打俗语一）眼勿见为净

37. 更无柳絮因风迟（打电影演员一）杨静

38. 津液、同胞、松鼠、木偶（打绍剧一·曹娥格）活捉李保

39. 昔人已乘黄鹤去（打成语一·卷帘格）空中楼阁

40. 静静的顿河（打中药一）水安息

41. 孤灯如豆（打泊号三·抵销格）独火星、小遮拦、没遮拦

42. 中装（打成语一）不修边幅

43. 萋（打俗语一）基本上差不多

44. 正面着想（打成语一·卷帘格）义无反顾

45. 看着下边见上边，相相右边瞧左边（打字一）目

46. 玩火者必自焚（打影片一）木木

47. 不难看（打成语一）显而易见

48. 挂帆东下疾如飞（打泊人一）张顺

49. 只在此山中（打成语一）不知所云

50. 唯心论（打成语一）言之无物

51. 张生（打成语一）熟视无睹

## 十二、谈灯谜的选材

创作灯谜首先在于精选题材，从而着手构思。但是，在同样题材的作品中，由于各自的艺术构思，对题材的熟悉程度不同，在表现形式上也会有差别。这里有作者的个性和创作习惯因素在起作用，同时也有作品的品种和格体的因素在起作用。例如：

千里送鹅毛（打成语一）不近人情

遥远的爱（打成语一）不近人情

上例尽管题材相同，但形式却有不同，内容也是各异的。前者是借用成语实取"千里送鹅毛，礼轻情意重"，而后者是运用对面着笔反衬题面，表现手法，各有妙处。又如：

抛物线（打歌曲名一）进行曲

走弯路（打歌曲名一）进行曲

这里也是采用同样的题材，但在表达意境上有所不同，前者是写物会意，后者是写事会意，谜底别解，读来趣味盎然。再如：

诸葛武侯兴师伐魏（打《论语》一句）必表而出之

疹（打《论语》一句）必表而出之

上例更可看出，同一题材，前者是运用典故出题，发人深思；后者采用治疗方法，耐人寻味，不仅字字紧扣，恰如其分，而且深感异曲同工之妙。

反过来说，同一个形式、体裁却各异，大抵用意曲折，则更有回味。例如：

智取华山（打影片一）奇袭

单打（打影片一）奇袭

在这两则灯谜中，后者谜面有假借入扣，因此要比前者耐人寻味。足见灯谜总是以成语为贵，自然、妥帖为前提。例如：

长生果（打俗语一）不老实

嫩果子（打俗语一）不老实

同时，灯谜的谜底用意着笔上，也各有不同之处。例如：

吏（打成语一）使人离缺

缸（打成语一）使人离缺

上例前者是用意于"使"字上，后者是着笔于"缺"字上，都能解释得通，但后者要比前者巧妙有趣。又例：

争取第一（打首都一）索非亚

夺取冠军（打首都一）索非亚

这里两则用意着笔是一样的，但不妨再看下面二则：

第一线（打首都一）索非亚

头绳（打首都一）索非亚

上例前者是把"索"作"要"解释，后者是把"索"作"线索""绳索"解释。第一例是对着谜面着笔，第二例是谜面别解，看来第一例比第二例来得显豁、脱口而出。又如：

人（打成语一）更加方便

仿（打成语一）更加方便

这两例中，前者用意在一个"便"字上，后者用意在"方便"两个字上，都不见好。又如：

关（打成语一）美中不足

关口（打成语一）美中不足

这里例子是同前面一样，一个用意在"美"字上，一个是用意在"美中"两个字上，我看倒不如前者来得好，比较通俗易懂。

此外，在报纸上看到一部电影，片名是《木木》，这倒是一个可以入手的好谜材，不久就看到了关于采用了"木木"的灯谜，这里把它一并抄录如下：

1. 引以自焚（打影片一）木木

2. 一夕梦（打影片一）木木

3. 连夜作梦（打影片一）木木

4. 一杯一杯不落空（打影片一）木木

5. 桃李劫（打影片一）木木

6. 精简结构（打影片一）木木

7. 联合造林（打影片一）木木

从上可以看到，一个灯谜的谜底，却同时有不少的谜面，虽然，它的表现形式不外乎两种：就是增损（1、2、3 例）、析字（4、5、6 例）、合璧（7 例），但谜面内容却有所不同。这说明了作谜的人构思是多么丰富多彩，取材是广泛的。最近在报纸上看到以美国为首的帝国主义又不断叫嚣战争，制造紧张局势，因此联想到一则灯谜，谜面是"玩火者必自焚"（打影片一），谜底是《木木》。这样就把谜面的主题更加突出、鲜明，达到思想上和艺术上更完善的境界。

# 后记

我在读报的时候，最喜欢欣赏一些内容新鲜、富有想象力的灯谜作品，深感给我很大的启发和教益。

灯谜是祖国文化遗产中的一个组成部分，它具有内容鲜明、形式多样、内容丰富、设想曲折、寓意广泛、耐人寻味的特点，而且又能锻炼人们的想象力、思考力和丰富人们的知识。

在解放前，它不过是那些"骚人墨客"少数封建士大夫阶级茶余饭后的所谓"雅玩"而已，对广大劳动人民来说是没有什么"缘分"的。新中国成立以后，在党的"百花齐放""推陈出新"的方针光辉照耀之下，灯谜这枝花朵重又在文化活动园地中吐露芬芳，为广大劳动人民服务。这是与党的重视以及广大群众要求丰富多彩的文化生活分不开的。

新中国成立以后的灯谜，基本上摆脱了过去那种陈旧颓废、冷僻深奥、晦涩难懂的内容和形式，不断出现了风格新颖、设想巧妙的具有一定思想性的好作品，但也存在着内容贫乏、过于肤浅的缺点。当然，这些缺点也是难免的，因为灯谜还在发展的过程中，从过去到现在还没有建立一套完整的理论体系，这对灯谜进一步发展无疑将受到一定的限制，因此我深感有研究灯谜理论的必要。

1957 年，我参加了苏州市工人文化宫的灯谜研究小组，从而进行了创作灯谜的尝试。几年来虽然创作了不少作品，但是好的不多。同时也不断和研究小组的同志们共同讨论、研究一些关于灯谜的内容和形式以及思想性和艺术性的问题，如何使它达到更完整和统一，自己也有过一些研究和探讨。由于工作调动，没有进一步和同志们进行商讨。

今年正值研究小组成立 5 周年纪念，苏州市工人文化宫和研究小组的同志们要我写些灯谜的文章，使我觉得很是为难。过去所写的一些，见解很不成熟，毕竟是主观意见，加上自己水平差，亦难胜任。但承同志们的关怀和鼓励，使我感动于中，让这些不成熟的意见通过大家进行研究，互相商讨，共同交流经验，这将对我有很大的帮助。因此就决定把旧稿整理一下付印了。

由于自己的文学修养差，日常工作忙，这里所选的 12 篇，内容不能令人满意，存在着许多错误的地方，不过借以"引玉"罢了。希望同志们多多给予批评和指正，这是我竭诚欢迎的。

最后，在这本小册子的出版过程中，承文化宫领导和灯谜小组的同志们，在百忙之中从各方面给我许多宝贵意见和热忱的关怀帮助，深感得益不浅，特在这里向同志们致以衷心的感谢。

张荣铭<br>1962 年劳动节写于青海

# 春灯夜话续编

张荣铭著　孙同庆整理

## 目录

## 一、象形灯谜

灯谜中要算象形格最耐人寻味了。象形格是把文字加以象形化，使人看了有胜似一幅图画之妙。

在灯谜中，象形格多半是增损、会意兼象形较多。如："一行低雁排人字，横过禾田麦秀中"射"菑"字，以"巛"像一行低雁，极为形象，横在"苗"字中，更觉得有活泼灵动之感。

象形格亦有全系象形的。如："画楼人倚小窗间，帘外斜风吹细雨"，谜底是"彤"，谜底全系象形的，似乎像一幅图画。

旧谜中，常以诗词成句为面的，如"野航恰受二三人"，谜底是"逭"；"云破月来花弄影"，谜底是"能"字，都极妙肖。

旧谜中又以单字射诗词句的，饶有诗情画意。如《跬园谜刊》载有一谜，谜面是"栋"，射西厢词一句，谜底是"倩疏林你与我挂住斜晖"，以"日"字悬在疏林之中，惟妙惟肖，可称绝妙。

象形灯谜，有时可以底面相易，但像上例以"栋"字作面的，如果把它倒过来射，就没有原作来得传神和有意境了。

象形谜不一定要以诗词成句为面，只要语句通顺，扣合恰当，亦见其妙。新灯谜中好的不少，如"两个蚂蚁扛根棒，一个蚂蚁棒上躺"，谜底是"六"字；"四角方方一个洞，拿块方砖补窟窿，方砖没有窟窿大，一补补成两个洞"，是"回"字，形象非常生动。

制作字谜，往往碰到谜底笔画少的很难入手，不容易表达谜味，以上二例，谜底笔画虽少，但运用象形格入手，一样便觉自然生动，而且谜味很浓。

在去年（按：指1958年）农村大跃进中，和农民一起参加插秧劳动，看到他们干劲很足，当时制成一谜，谜面是"在田上积极插秧，在田旁努力灌溉"，谜底是"油"字，亦是象形格。在去年大炼钢铁时，亦撰一则，谜面是"土高炉前出钢铁"，谜底是"锅"，以"咼"字像土高炉，钢铁扣"金"字旁。

象形灯谜不但可以猜，而且对初学识字的很有好处，在农村扫盲中，我亦运用象形灯谜教学认字，如"而"象形钉耙，"乙"象形镰刀之类，他们都认为象形体对认字、默写最好，容易记牢。

（注：此文写于1959年，原载1960年7月《灯谜参考资料》）

## 二、运用算数的灯谜

（注：此文原载1981年2月《姑苏谜林》第1期，与《春灯夜话》"六、包含数字的灯谜"内容相同，在此只录标题。）

## 三、"漏字体"灯谜浅析

我在小学时，老师给同学猜过这样一条谜："金银铜铁"打地名一，当时有好几个同学同时猜中了"无锡"这谜底。

这则灯谜属于"漏字体",作者借用"五金"（金银铜铁锡）有意漏去其中一个"锡"字,猜者发现后,只要加上一个与"没有"同义的附加词"无",便很快揭出谜底"无锡"来。"漏字体"谜底的附加词还有"不、少、欠、差、去"等字。这类灯谜虽易猜中,但却是独具一格的,如能制作得宜,亦颇耐人寻味。笔者曾以"生、旦、末、丑"射俗语"眼不见为净",以"子丑寅辰巳午未申酉戌亥"射春秋人名"少正卯"。又如:"一二三四五六七八九"射古书名"拾遗记"（微山作）,"赵、钱、孙"射影片名"李四光"（周宗廉作）。谜底中的"遗记""四光"运用自如,谜味浓郁。漏字体灯谜以谜面浑成为贵,构思巧妙为佳,一般都用现成的词汇、成语、名字、诗句作为谜面。如旧谜中"焉哉乎也"射孟子一句"失之者鲜矣",实为难得的佳构。作者借用文言中7个虚字,谜面只用4个字,谜底就安置了"之、者、矣"3个字,与"失"和"鲜"字切合,堪称匠心独运,化腐朽为神奇。又如以毛主席诗句为谜面的"赤橙绿蓝紫",射成语"青黄不接",至为贴切。笔者曾以"二一添作五"为谜面,射成语"不三不四",实是效颦之作。

上海金寅所制"由点到面扩大耕种"射宣传工具"无线广播"一谜,作者采用"漏字结合会意"的手法,以"由点到面"扣"无线",扩大耕种扣"广播",构思巧妙。可见制谜要创新,就要善于灵活多变,不落俗套。

（原载 1982 年《姑苏谜林》第 2 期）

## 四、灯谜的包含体

去年2月,江苏电视台举办"迎春有奖猜谜会",征射灯谜15条,都十分耐人寻味,其中一则我最欣赏,堪称雅俗共赏之佳谜,现例如下:

党号召钻研知识,个个都不例外（猜一字）口

说此谜佳,因为出题内容好,有思想性。我们知道,党中央自三中全会后,就号召大家钻研知识,我们都应积极响应,个个都不能例外。此谜谜面就做到了把灯谜寓教于娱乐之中。

作者心灵手巧,运用"包含法"入谜。谜底"口"字包含在谜面前句子"党号召钻研知识"的每一个字中,后句则作提示。前后两句,读来通顺自然,不露圭角,收到了"回互其辞"的效果。

此谜贵在一连用了7个字,读来又成理成章,犹觉难能。过去曾见也有过包含体的灯谜,如"个个参加运动会"猜"云"字,只包含3个字;"提倡晚婚"猜"日"字,只包含4个字。又如"甜咸苦辣,各味俱备"猜"口"字,也只有6个字。因此7个字的一句题材,就十分难得。

"包含体"灯谜,主要表现在谜面上,一般谜底字笔画较少,如"口、日、目"等单字。但要求隐藏巧妙,又要清楚,以使人一时看不出破绽为上乘。观此谜,7字中"口"字毫

不模糊,而且妙在每个口字的位置不一样,有上有下,有左角也有右角,有里边也有外边的。猜来引人入胜,猜后津津有味。

其次,谜面后句亦好,"个个都不例外"交待清楚,"不例外"从反面想,就是在里边,分外传神。

(原载 1984 年 1 月《姑苏谜林》第 4 期)

## 五、谈灯谜的"特征法"

灯谜和谜语,两者是有明显区别的。灯谜是运用汉字的字音、字形、字义,通过会意、别解、拆字、运典等各种手法来表达组合成谜。谜语则不然,是抓住事物的形状、功能、动作等方面,运用"对称""矛盾"等手法来隐射谜底,它主要表现在描绘事物的特征。因此,灯谜又称文义谜,谜语则称为事物谜。

由于灯谜能充分运用文字的音、形、义,而谜语只能描绘事物的一方面,因此灯谜比谜语更具备形式多样、寓意广泛的优点,就是谜语中运用的"特征法",在灯谜中亦常常采用。例如:

一边大,一边小,一边跑,一边跳,小的要吃血,大的要吃草。(打一字)骚

这一则字谜就抓住了"马"和"蚤"的特征,从而组合成"骚"字谜。但是,这里是灯谜,而不是谜语,因为它不是直接回答"骚"字。

灯谜中还有一种形式,是将事物作为谜面,而将事物的特征安置在谜底的。例如:

皮球(打成语一句)一团和气

翻砂(打成语一句)装模作样

潜水艇(打电影演员二)沈浮、于洋

救护车(打成语一句·卷帘格)乘人之危

这几则灯谜,都是抓住事物的特征、功能来组合成的。上述两种形式,虽然属于会意体,但是具体加以区别,应属特征法的一种表现形式。

最近看到两条运用"特征法"组合成的谜:

两耳垂肩,双手过膝(打三国人名一)刘表(柯国臻作)

豹头环眼,燕颔虎须(打三国人名一)张象(苏纳戈作)

这就是从人物的外表和形象着眼来扣的。如果猜刘备和张飞,那就错了。因为灯谜不是谜语,还是要从文字的字义组合来猜的。又如:

丸药(打五言唐诗一)粒粒皆辛苦(钱燕林作)

这里作者也是用的"特征法"。"苦"不是"药"的特征吗?"粒粒"不是"丸"的形状吗?由于谜面浑成自然,因此谜味醇厚,可称"特征法"中的佳作。

(原载 1980 年 12 月《浦东谜刊》第 10 期)

## 六、灯谜中的"夹击法"

灯谜的格法繁多。有一种颇具谜趣的谜法，名叫"夹击法"。它既不是从正面会意，也不是直接从反面入扣，而是旁敲侧击去夹击中间，或突出中间去敲击两旁，从而使面底相扣。这类谜虽不多见，但颇耐人寻味。例如：

海空优势（打三国人名一）陆逊

左右摇摆（打成语一句）无动于中（孙同庆作）

前者借用"海、陆、空"，后者借用"左、中、右"，从两旁去夹击中间扣合谜底。又如：

看中（打成语一）不相上下（余真作）

此条借用"上、中、下"三字，以中间侧击两旁。

"夹击法"和"漏字法"相仿，都是借用一个现成的词语作为依据，所不同的是，"漏字法"借用的词汇字数不一定，而"夹击法"一般是借用3个字的词汇（如"上、中、下"，"左、中、右"），而且"漏字法"谜底都具有否定、排除含意的动词（如"无、少、见"等），"夹击法"则没有。

由于"夹击法"灯谜的谜面一定要浑成自然，还要考虑到借用3个字的固定词汇，这就使这类灯谜的创作受到很大局限，所以佳作不多，在旧谜书中亦不常见，《跬园谜刊》上有一则颇佳：

尺寸俱合（打泊诨一）病关索

这里借用了中医诊脉时用的"寸、关、尺"。

新灯谜中我最欣赏的两则是：

唯吾独尊（打外国乒乓运动员一）盖尔盖伊（周宗廉作）

是进亦忧退亦犹（打常用语一）乐在其中（吴锦伊作）

前者谜面用成语，后者谜面摘取范仲淹《岳阳楼》文句，两谜浑成自然，切合熨帖，堪称佳构。

（原载1982年7月《黄浦谜苑》第6期）

## 七、漫谈几种别致的数词灯谜

在灯谜中，带有数词的灯谜素材，是比较常见的。制作时，谜底有数词，一般都用数词扣数词。在方法上，则不外乎以加法、减法或乘法相扣。例如：

五言（打电影名一）陈三两（苏纳戈作）

三五成群（打韵目一）八齐（佚名作）

五十四岁（打宋人一）陆九龄（马啸天作）

这里，前两则用的是加减法，后一则用的是乘法。

但是，也有一些较为别致的灯谜，谜面上不出数量词，也不是用假借、替代的方法，如以"望"扣"十五"、"月底"扣"三十"，而是依仗谜面文字词汇的多少来计算，去扣合谜底中的数量词。这类灯谜起到了"回互其辞"的作用，使猜者扑朔迷离，猜中后妙趣横生，引人入胜。例如：

鳏寡孤独（打财会名词一）四联单（孙同庆作）

桃花江、牡丹江、芙蓉江（打画家一）华三川（柯国臻作）

这里谜面均没有出现数字，而是利用谜面词义的多少来相扣。前者以4个"单"字的同义词相扣，后者则以3个"江"紧切谜底"三川"。谜面浑然一体，工稳圆到，不露圭角。又如：

上游、中游、下游（打成语一句）一波三折（范重兴作）

作者有意将谜面分3段，从而扣合谜底中的"一"和"三"2个字。

制谜要求谜底字字紧切，如一字抛荒，则谜意尽失。对谜底有数词的谜，尤须考虑周全。前辈谜家张起南说："有时求面不得，而别有所感，乃得化板为活之妙，解得此决，可使天下无弃材。"可见上例作者，颇得谜中三昧。

我曾以"毳"射数学名词"三角"，但觉得缺乏谜味，后忽悟到"解析几何"也是数学名词，这样即改为射两个数学名词，使谜底成为"解析几何、三角"，这就比原来射一个谜底贴切，更为有趣。趣在谜底设问，自问自答。

据传西太后作过一谜，谜面是"多多多多"射节令二，谜底是"除夕、七夕"。此谜在方法上无可非议，即除去一个"夕"字，还剩七个"夕"字。但我嫌其谜面不成文，最近见一谜：多劳多得，少劳少得（射字一）罗（张国义作），扣法上同前谜相似，作者运用谜面自行抵销，剩下"多多"两字去扣谜底"罗"字（四夕）。谜面自然浑成，颇有回味。这就胜于前谜。

曾见《小嬛嬛仙馆谜话》载有一谜例：醉翁亭也（射韵目一）二十一个。作者借用欧阳修《醉翁亭记》这篇古文中恰好有"也"字二十一个，真是"意在言外，却在情理之中"，堪称造化神奇。

今夏，上海人民广播电台举办"乘凉猜谜晚会"，其中有一则谜：欲破曹公，须用火攻，万事俱备，只欠东风（射词牌名二）十六字令、满江红（柯国臻作）。当此谜揭晓后，有一位谜友特来问我，对此谜的"十六字"不能理解，我对他说：你可数一数谜面共有几个字。未经我再解释，他马上悟出了其中谜趣说：妙哉，十六字令！

制谜务求其扣合妥帖。善谜者对于一些难于入扣的字，能做到"不为我梗，反为我用"，变幻文字，真可谓驾轻就熟。

（原载 1982 年 11 月《黄浦谜苑》第 7 期）

## 八、谈灯谜中的运典

运用典故入谜，由来已久，它是制谜中的一大法门（属会意体）。所谓用典，就是运用历史事实、故事传说、章回小说中的情节制成灯谜。由于通过用典，可以使谜底产生词质的变化（如词义的别解，词句的顿读），而且使谜面所指典实与谜底相扣合，给人以耐人寻味的感受。例如：

完璧归赵（打聊目二）保住、连城

卞和抱璧而哭（打西厢一句）奈玉人不见

前者运用蔺相如完璧归赵典故，后者用卞和献玉史实。底面吻合，谜味顿生。

用典谜，常见的是指事用典，如以上所举两例。还有一种是指事并结合人物的姓或名的，例如：

昭阳殿里第一人（打淮剧演员一）杨占魁

金眼彪复夺快活林（打成语一句）恩将仇报

"杨"指杨玉环，"恩"指"施恩"，前者出自杜甫《哀江头》诗，后者出自《水浒传》。还有扣住谜底中2个人的姓或名。例如：

吕子明白衣渡江（打成语一句）蒙混过关

包胥哭秦庭（打军事用语一句）申请退伍

前者"蒙"和"关"指吕蒙和关羽，后者指申包胥同伍员，并且所指事物确切，故谜味隽永。这类扣合两人谜底素材十分难得。扣合人名最好都是姓或名，扣名以单名为佳。如：

挑灯闲看牡丹亭（打古文一句）光照临川之笔

侍儿扶起娇无力（打食品一）玉环酥

前者指汤临川，后者为杨玉环。

用典之谜贵通俗，深奥冷僻历来为谜家所忌。运用熟典猜现代电影、成语，可说最受群众欢迎，反之则曲高和寡无人问津。我认为，僻典不宜提倡。这里不妨列举两则较通俗的：

伯牙摔琴（打电影名二）知音、伤逝

吾祖死于是，吾父死于是（打影片三）蛇、伤逝、两代人

这两则，运典自然，扣合确切，而且尽人皆知，不解自明，堪称佳构。

择取两三个谜目组合成谜材，对于用典入谜，较短底好，以上两例堪称撮合自然。因此谜味醇厚。

用典谜不能杜撰臆造，如"张翼德调查户口"打唐诗"飞入寻常百姓家"，这就不符事实，有生搬硬套之嫌。

用典谜也不宜太泛，太泛了给人以牵强附会之感。如"苏东坡投石击水"打成语"成

人之美"，谜底中的"人"字太泛，没有专指"秦（少游）"，如以此类推，不是也可以用"红娘传递书简"和"乔太守乱点鸳鸯谱"等为面了吗？这样就成解释了。

用典谜我十分欣赏用现代京剧、越剧、电影中的故事情节入谜，在新灯谜中佳谜不少。如：

断桥相会（打水浒评名一）白面郎君

打渔杀家（打成语一句）恩将仇报

碧波潭鲤鱼变小姐（打香烟名连包装一）精装牡丹

山间铃响马帮来（打古人名二）莫愁、无盐

以上几则所以味道好，主要是用典通俗，别解巧妙，可说是百读不厌的佳谜。

（原载 1983 年 3 月《浦东谜刊》第 17 期）

## 九、我对灯谜的认识追求

灯谜，对于增加知识、启迪思维、丰富想象、陶冶情操、促进智力的开发具有重要的意义，而且灯谜的内容包罗宏富，寓意广泛深邃、形式多样，可以说，灯谜不单纯是一种文字游戏，它应属于文学艺术的范畴。因为它本身具备形式逻辑思维逻辑的特征，又同其它各门学科有着关联。

近年来，由于国家政治局面的安定团结、人们对于文化生活的追求增加，灯谜受到广大群众的喜爱。报刊、电视台、文化室、俱乐部经常举办灯谜活动活跃职工文娱生活，使中国灯谜得到了发扬。更可喜的是，全国各地文化宫谜组、谜学研究会的相继建立，新手的不断涌现，在制谜的内容和形式上、法门和格调上，都有提高和创新，不但给创作灯谜开辟了新天地，而且富有时代气息，形成了中国的一代谜风。附谜作 10 则：

足迹（打影目一）印度之行

"粉香腻玉搓咽项"（打影目一）白领丽人

晚上回来鱼满仓（打京剧目一）收罗成

朝鲜语（打五字俗语一句）一表三千里

"忽如一夜春风来"（打吉林广西地名各一）梨树、博白

东壁余光（打词牌一）西窗烛

"纸船明烛照天烧"（打农药一）克瘟散

"莫滴水西桥畔泪"（打聊目二）大男、汪可受

"隔断红尘仙消息"（打越剧目一）则天外传

"而今识尽愁滋味，欲说还休"（打美国地名一）辛辛那提

（原载 1986 年 10 月《浦东谜刊百家谜会》）

## 十、佳谜赏析

一（打七唐一句）此日登临曙色开（广东普宁一笑老人作）

此谜取"一"字为面，射七言唐诗一句："此日登临曙色开"，堪称传神佳作。

制谜，谜底字数较多往往难以丝丝入扣。这里只用1个字为面，扣7个字谜底。巧结谜底，而谜底却无一字抛荒，与谜面吻合无懈，犹觉难能可贵。

此谜简单说来，是用的加字会意法。即谜面"一"字加上一个"日"字成为"旦"字。谜底中的"登临""曙色开"切字而浑脱，不落俗套。"登临"不仅仅理解为"加上去"之意，而是"登上高处"，这便为谜创造了意境。当我们看到谜面"一"字，想到"登临"一个"日"字至上时，眼前仿佛出现了一幅图景：初升的太阳刚刚在地平线上升起，此刻意识到"登临"两字有何等妙趣。再进一步想到，"旦"字即为"曙色开"，又是多么熨帖，真是取造化之词为我谜所用。不要小看"登临"这个关联词，全靠它助活了全谜，创造了生动活泼的意境，这就是所谓的"谜韵"。纵观全谜，真是字切意圆，空灵不滞，气韵生动，引人入胜。

信（打越剧目一）绿衣人传（周宗廉作）

取一字为面，是灯谜中常见的一种形式。一字谜所表现的手法，也是多种多样的。有拆字增损、会意、象形、假借等。其中以拆字较多而会意尤为少见。观此谜，便是作者运用"会意体"中的"特征法"入扣，词切意圆，简练而有神韵，堪称佳构。

作者从"绿衣人"想到是邮递员的代称，再联想到谜底中的传记的"传"字别解为传递的"传"字，而谜面只取一个"信"字，是以表达谜底全部4个字，即信不是由绿衣人传递的吗？此谜贵在谜面仅用1个字，使谜底全活。

作者巧妙地运用了"会意体"中的特征法。所谓特征法，一般说来谜面用事物或人物，谜底则表现该事物或人物的特征。事物的特征有形状、性能、功能等方面，从灯谜上所称为"专指"，从逻辑学讲，内涵愈大，谜味愈浓。而"信"谜正好表达了由绿衣人传递的过程。假如把谜面"信"改成"送信"，我以为虽然未尝不可，但反觉乏味。通过现在一个"信"字给猜者去联想，当我们在猜中以后，一定会领悟到，平时所见绿衣使者送信的情景，岂不是更觉得神情跃入纸上吗？

南枝才放两三花（打越剧目一）雪里小梅香（张荣铭作）

用前人的诗词名句作面，向为谜家所推崇。此谜谜面取自宋代诗人白玉蟾《早春》诗首句。全诗是："南枝才放两三花，雪里吟香弄粉些。淡淡著烟浓著月，深深笼水浅笼沙。"

这首诗主要写梅花在初春日得暖气而初开，初放遇雪，烟雾霏微，香风淡荡，疏影朦胧，照水映月的诗情画意十分绮丽。制谜者则取其首句为面，扣"雪里小梅香"，字字真切，熔诗情谜趣于一炉，堪称佳作。

这里"南枝"扣"梅花"，以"才放两三花"扣"小梅"。谜底中的"雪里"同"香"字却是从原诗下句"雪里吟香弄粉些"中的字切题。这样，不但扣合谜底，而且给猜者自己去联想，更增添回味。

灯谜贵在含蓄，忌直接外露，此谜"雪里"二字可谓"谜之根"。有根之谜，当胜无根之谜，因为前者隐藏，后者显露，但此迹不属灯谜中的"下启法"。下启谜须前后呼应，脉络贯通。

其次，此谜谜底别解。"梅香"原是剧中人名，这里所指的却是"梅"花的清"香"。故赏此谜更清雅而有回味。

我把鲜花献爷爷（打我国著名排球运动员一）孙晋芳（邱景衡作）

谜面首先给人以一种亲切感，一个戴红领巾的小孩将一束鲜花恭恭敬敬献给爷爷，谜面用词读来自然而又亲切。此谜不是直接会意，而是从反面着笔，献花人是献给爷爷的，那么无疑是"孙"子献的，用"献给"扣一"晋"字别致，"花"扣"芳"字也着实妥帖。

此谜好在谜面用字造句自然，"我把献花"用得也好，并不觉得是多余的，如改为"鲜花献爷爷"反而读来不顺口。有人以为谜面同谜底要字字相扣，但也不能一律强求，要根据情况而定。有的重要，有的并不。此谜"我把"两字虽然并不同谜底相扣，但词不伤意。旧谜中的"拢意"灯谜，并不是字字相扣，而是拢合大意即可。现在灯谜可以袭用。

其次，此谜好在谜底扣我国著名排球运动员孙晋芳，这是人们所熟悉的。作者不用正面去着笔而用反面去衬托，而且那么自然，说明作者的巧妙构思。

制作现代人名谜，如演员、运动员、诗人、科学家等，尤以著名人名为贵。要注意谜面用褒义词，切忌用贬义词，如用贬义，或谜面不健康的，不但猜者反感，本人也要有意见的。此谜之所以为好，亦在于谜面内容健康亲切。

倒海翻江卷巨澜（打酒名一）洋河大曲（上海江更生作）

此谜面择取毛主席《十六字令》词句。原词是描写红军奔驰在高山中，感觉到高山峻岭不是静止的，即是像江海中的波涛一样翻腾。但这里则直接根据字面上句子相扣。

"海江"扣"洋河"，"巨"扣"大"，"曲"作卷曲解。可说此谜字字有着落，底面无抛荒。由于别解有致，故谜味盎然。

此谜说它妙，妙在"曲"字的别解，使整个谜底起了词质的变化，全谜顿活。这个"曲"，曲得妙，收到了"曲"尽其妙的艺术效果。

此谜妙在底和面所指"远"。谜面所指是"巨浪翻卷"，而谜底所指却是"洋河大曲"

的酒牌名，两者是风马牛不相及的。底面相扣贵在越远越好，远则有情趣，远则有谜味。

其次妙在字字相扣，其中"巨"扣"大"字不能忽略，如此一字不扣，则谜意尽失矣！由于一个"巨"字，使谜底的"大曲"二字更为贴切传神。

奔流到海不复回（打运动员名一）黄向东（兰州刘子荫作）

谜面用唐李白《将进酒》名句，谜底是我国著名足球运动员，底面撮合十分贴切，虽然易猜，但不失为一则雅俗共赏的佳谜。

谜面原诗本义所指是"滚滚黄河奔向东去"，和我们联想确切不移。再从"不复回"想到"黄河之水奔向东海"，由诗意写黄河奔腾入海的雄壮景象，而谜底又指出向东，给谜带来诗一般的意境，这就是所谓"谜韵"。这气韵从何而来？是由于谜作者所选取的谜面好，好在择面自然，又借助原诗的诗情，使我们不单从谜面去相扣，还结合上句"黄河之水天上来"一起去领悟谜味，更觉得此谜又有承上的作用。不妨用另一条谜面作一对比：大河奔流（打足球运动员一）黄向东。

这谜只是直接说明相扣，并不能起到承上句的作用——点出一个"黄"字，因此不及用诗句为面有韵味。

青梅竹马（打刊物二）儿童时代、小朋友（苏州吉人作）

谜面语本出李白《长干诗》诗句："郎骑竹马来，绕床弄青梅。同居长干里，两小无嫌猜。"比喻男女儿童一起玩耍，天真无邪。青梅竹马，指少年时期的小朋友。

此谜虽是平正通达之作，无甚别解，但读来通顺，扣合自然妥帖，乃一佳谜也。

拷红（打西厢一句·求凰格）对面抢白（古谜，选自清《十五家妙契同岑集》）

"求凰格"谜易猜难作，成谜要求较严，对仗要工整，平仄须协调，谜面同谜底词性要对得远，即以无情对为贵。

这里，"拷"对"抢"、"红"对"白"，可称对仗工稳已极。"拷红"同"抢白"，读来平仄协调，择取《西厢记》拷红为面，相对"抢白"，两者对得远，即为无情对，使人感到谜面同谜底两者"风马牛不相及"，能对得如此工整，实在是可求而不可得，堪称难得的佳谜。

其次，对偶附加词用得好，不是用一个"对"，而是用"对面"二字，尤觉灵活有致。

正月小、二月小、三月小（打字一·重门格）人（古谜，选自清《龙山灯虎》）

"重门格"意多一层，也即是必须分两次猜射，第一次先从谜面："正月、二月、三月"，扣出一个"春"字，再从"正月小、二月小、三月小"三个月都是小月，小月则各少一日会意出少三日，再从"春"字上去三日，剩下一个"人"，因此谜底为"人"字。此谜作者设想奇特，如果不加设"重门格"，确实不易中鹄，但懂得"重门格"，则不难猜中谜底。

此谜好在层次分明，"正月、二月、三月"关映出一个"春"字，妥恰。再以三个小月作少三日解，也合理。假如谜面改作"春少三日"也猜"人"字，反觉平易浅显，谜趣不浓。而此谜虽多一个层次，指明重门格，猜亦不难，然而谜味隽永。

读新书，读好书（打成语一句）不念旧恶（上海苏纳戈作）

这里，用反扣法，谜底"念"字别解为"念"书的"念"。用"新"反切"旧"，"好"反切"恶"，反义词用得好。

一般灯谜底面相扣，一字扣一字，而此谜的谜面连用两个"读"字，不见多余，反觉自然必要。

谜底反切两个字，一个"旧"字，一个"恶"字，反振有力，是成谜的关键。因此，谜味醇厚。

谜面内容好，教育人们读新书、读好书，可称"寓教育于娱乐之中"，给人以启迪。

人才（打成语二句）尺有所短，寸有所长（上海苏才果作）

尺有所短，指"尺"字有所短，寸有所长，指"寸"字有多余。一少一多，以谜面作相似比较，引起猜者看字产生联想，这是一种别致的谜法，十分有趣。

此类灯谜，越相似越佳，但必须字面清晰。如谜面为"口才"，则"口"字形比较相似太多，反觉乏味。

此谜又好在谜面仅用2个字，而谜底则为8个字，起到以少制多，以简驭繁的艺术效果。

鳏寡孤独（打报表名称一）四联单（苏州孙同庆作）

谜面语本《孟子·梁惠王下》："老而无妻曰鳏，老而无夫曰寡，老而无子曰独，幼而无父曰孤。"

这里谜面看成4字，即"鳏、寡、孤、独"均扣一"单"。由于这4个字恰联在一起，故谜底为"四联单"。

谜底中有数字的谜材，一般来说大多在谜面上，也用数字相扣，不同的是，有的用乘法。不妨举两例：

1. 数九寒天练身体（打历史故事名一）五四运动

2. 二十四桥畔（打影片名一）三八河边

第1例用的加法，第2例用的乘法，这类谜的谜面和谜底都有数字出现。但"鳏寡孤独"

谜面却没有数字出现，而是运用谜面字数暗扣谜底中的"四"字，可说是别开生面。

其次，谜底中的"联"字也是紧扣的。比如扣"四单"两字，不能说不切，但一个"联"字关联得更好。此谜又好在谜面是一句成语，浑成自然，扣底字字着力，值得效法。

刘邦闻之而喜，刘备闻之而哭 （打字一）翠（上海落落作）

谜面用两句，前句用刘邦，后句用刘备，一个喜，一个哭。面工整，措词又俊逸。

这是用传统"会意体"字谜形式，谜底必须拆开成两字，即为"羽卒"。这里的"羽"既指项羽，又指关羽，"卒"解释为死亡，这里谜面即扣"羽卒"。

作者巧妙地设问题，让猜谜者去思考，去推理刘邦为什么闻之而喜？刘备为什么听到了要哭呢？通过联想，使我们不难想到，只有刘邦的劲敌项羽死了才使他喜；只有刘备的弟弟关羽死了才使他哭，从而得出结论"羽卒"（翠）字无疑。

这里可以看出作者妙思慧想，联用两个典故巧妙地结合在一起。如果只用上句或下一句，虽亦可解释，但远不如两句连在一起逻辑性强，富有艺术感染力，增添下一句绝非是多余的"蛇足"，而倒是必要的"点睛"，别开生面，锦上添花，使人感到谜味隽永，巧不可阶。

此刻不禁使我想起旧谜中有"乌江自刎""关云长走麦城"为面，也打"翠"字的谜，都是平常之作，不论谜面撰句上，抑或技巧运用上，都无法与此谜相比。

桂林（打外国乒乓球运动员一）三木圭一（苏州周宗廉作）

桂林，是我国广西壮族自治区的一个城市，世界著名的旅游胜地，以此为面恰好扣合谜底，"三木圭一"非常巧合，因为"桂林"这2个字中正好包含着"三"个"木"字和"一"个"圭"字。妙在巧结谜面，暗藏机关。桂林这个地名是人们所熟知的，一般在猜谜时总先从字义上去联想，或地名上去考虑，而谜作者却把谜底巧妙地组合成"桂林"两字。当猜者一旦领悟到谜底时，在拍案叫绝的同时，能不感到作者的匠心独运吗？

这类谜法主要在谜面上用功夫。灯谜之所以引人入胜富有艺术感染力，主要在于作者择面好，构思奇特不落俗套，但要做到这一点，并非易事，作一则好谜，是要几经推敲，反复深思才能作成的。

歼（打外国名著一）一千零一夜（苏州周宗廉作）

用一个字作为谜面的，是灯谜中常见的形式。有字义会意的，也有字形象形的，还有拆字增损的。"歼"字谜属"拆字增损体"的一种。"歼"字拆开成3个字，即"一千夕"正好扣合谜底"一千零一夜"。此谜扣合熨帖，不失为一则佳谜。

此谜猜时看来极难，其实细细观察不难联想到拆字上去，尤其是其中的"一千"两字，这就不难旁通到世界名著《一千零一夜》这个谜底。

此谜也可底面互易，即用"一千零一夜"为谜面，去射一字"奸"，这也很好，比较容易猜中，对于初猜谜的人来说较为适合，对于老手便感到太省力。因此，孰面孰底还需要根据猜谜人的水平和接受程度而定，不过作者是明白这个道理的，也能掌握分寸的。究竟哪些灯谜能够底面对调，还需要具体对待，有些可以，有些则不可以。

身是东吴大将，彼乃年少书生（打明代人名一）黄道周（古谜：韦宗泗作）

谜面取自《三国志》中黄盖称道周瑜文句，正好扣合谜底"黄道周"。谜底中的"道"字，运用得别致，并非虚设，而同谜面密切相关，扣来十分自然。

运用典故入谜，大多扣住人物的姓或名，并结合书中主要情节事实相扣。但通常仅指一人姓名，而此谜却用黄盖、周瑜两人，两面兼顾，扣合自然，难能可贵。

妆罢低声问夫婿，画眉深浅入时无（打古人名一）商容（古谜：选自清《龙山灯虎》）

谜面取自唐朱庆馀《近试上张水部》七绝后两句，典出《汉书》张敞为妇画眉事。

谜作者取用这两句现成诗句为面，上句扣一"商"下句扣一"容"字，两句连在一起，切合谜底"商容"。虽不字字相扣，但能包拢大意。

包拢大意，属"会意体"谜的一种，底面不要求字字相扣，但要拢意。此谜谜面字数较长而谜底字数短，不可能字字入扣，能如此拢意贴切，也是难得的佳构了。

您（打西厢一句）你只合带月披星（上海苏才果作）

作者运用象形手法，将谜面"您"字下面的"心"字拆成"乚"像月，"丶丶"像"星"，惟妙惟肖。谜底中"你只合"又关合得自然浑成。运用一字谜面去扣合七字谜底，而又扣得如此熨帖，确非易事。可见作者心灵手巧，功夫之深。

当我们看了谜底，理解了扣合的含义，再去细致地观察谜面的"您"字，更觉引人入胜。尤其是谜中的"带"字和"披"字，并不虚设，用得生动、形象，助活了谜面，也是"您"字的关键所在。诗有诗眼，谜有谜眼，这便是谜眼。观此谜面，犹如观赏一幅文字画，给人们以美的享受。

唯我独尊（打外国乒乓球运动员一）盖尔盖伊（苏州周宗廉作）

外国人名、地名比较难以入谜，一向为谜家视为畏途，究其原因：1. 不能自成文理；2. 同义词较少，运用会意别解就难。

但观此谜，作者心灵手巧，运用"会意体"中的"夹击法"（中间夹击两旁），以一个"我"，夹击出"尔、伊"两字，唯我独尊岂不是"盖伊盖尔"吗？

由此谜得到启发，正面会意不能入谜，那么应从反面去思考，如果都难以入谜，则旁敲侧击、左右夹击也可考虑和运用。制谜者应该注意和正确运用诸多法门，这样才能在制谜过程中左右逢源，头头是道。

好！（打体育项目一）女子棒球（武汉夏永胜作）

此谜以"好"字扣"女子"，"！"象形为"棒、球"，拆字象形，文字符号融于一谜，别开生面，堪称佳构。

运用标点符号入谜，在谜书中是常见的，是为了说明书中成句，如加引号、书名号之类。也有为了使谜底中有闲字剩义无法相扣，用上一个引号加以补救，我以为总嫌造作，不自然。然而，观此谜的"！"，并不是多余的，而是为谜底巧设的。"！"象形棒球，惟妙惟肖。此谜全在谜面上用功夫。当我乍看此谜时，开始还不理解这个"！"（感叹号）的用意，后来领悟到"！"即为棒球，不禁为此谜叫好！

运用标点符号入谜是一种新的形式、新的尝试，但务求与谜底关联，而不是随便滥用。像上例"好！"可算是文字与标点符号相结合的范例。

千里莺啼绿映红（打书经一句）不迩声色（古谜，选自清《十五家妙契同岑集》）

运用唐诗宋词作面，一向为谜家所喜用，因为它比古书中的文章文句有风致，有文采。但要底面扣合贴切自然，谜底不能抛荒或踏空，也并不容易。

这里，谜面以"千里"扣"不迩"，甚为妥帖，"莺啼"扣"声"，"绿映红"扣"色"，底面相扣字字稳扎，全句关映奕奕有神，堪称佳构。

曾见用"千里莺啼绿映红"射成语一句"有声有色"。此谜虽亦不错，但总没有上例"不迩声色"为佳，因为后者谜面"千里"两字落空，而前者则紧扣谜底。由此可见，用诗词成句作面，务求字斟句酌扣合熨帖。

晓看红湿处，花重锦官城（打排球运动员一）张蓉芳（景德镇周宏度作）

谜面取自杜甫《春夜喜雨》末两句诗。这两句是诗人想象明天将见到满城带雨的花枝显得沉重起来了，表现诗人的"喜雨"心情。

谜面中的"锦官城"即现在的成都市，成都又称"蓉城"。谜面中的"花"扣"芳"，后句扣"蓉芳"两字，前句着一"张"字（"张"即张望，也就是"看"）。张蓉芳是我国著名排球运动员，她之所以取名为"蓉芳"，就是她出生在四川成都之故。

现在谜作者根据"张蓉芳"三字择取杜甫两句诗，可说扣合自然而典雅。制谜是根据谜底，配以现成的成语、名词或唐诗、宋词；其次是根据谜底自撰谜面。如谜底"张蓉芳"三字，也可自撰"去成都观花"设面。二者比较，当然用现成句子为好了。首先，取现成句子则使人感到"巧合自然"而有文采。当然,选择好的谜面,必须扣底稳妥,否则也是装饰门面,华而不实。

三八二十四(打体育项目一)女子双打(南京陆滋源作)

谜面为乘法口诀中的一句,扣谜底"女子双打"。作者运用分扣假借的手法,即"三八"扣"女子","二十四"即"双打"(一打为十二,双打即是二十四)。扣合十分浑成自然,毫无斧凿痕迹。作者运用了小学中乘法口诀,信手拈来,自成妙谛。

一般分扣灯谜,由于句断则义断,义断则气韵不足。有时虽然分扣得十分妥帖,总觉乏味,其原因在于板板相扣。但观此谜,不仅没有滞呆,反而觉得扣合自然,尤其是以"三八"扣"女子"新颖妥帖,"二十四"扣"双打"工稳至极。

此谜妙在谜面组合得十分巧妙,猜时用分扣法,并不难猜,因为谜目体育项目——"女子双打",是人们所熟悉的,谜底在猜者想象之中。一经猜中,不解自明,成理成章,自然贴切。

此地无银三百两(打电视剧目一)藏金记(上海苏纳戈作)

谜面语出自古代笑话,李三把三百两银子埋在土里,但又怕人来偷,于是在上面写了张字条记下"此地无银三百两"。

这是一则用典谜,即运用古代笑话李三藏金这一个故事入谜。

此谜乍看似乎是直解,但实非,因谜底中的"记"字原解释为传记的"记"字,现在则解释为记下的"记"。如果此谜没有对"记"字作别解,只不过将古代笑话藏金一事搬到现代电视剧藏金一事相扣而已,也不能算作灯谜,一点也没有谜味。故谜贵别解,别解后产生谜味。用典会意尤其重要。

此谜妙在"记"字上,因为我们可以领悟原故事李三确实把"此地无银三百两"7个字记在纸上的,这便使整个谜底都活了,使它成为全谜的铁注脚。我们不禁感到别解得好,别解得妙,真是趣味盎然。

(原载苏州市金阊区退休科技工作者协会《灯谜教授讲义》)

(注:此篇原载于2002年12月苏州市民间文艺家协会谜学分会、苏州市职工灯谜研究会编印的《苏州谜苑(二)》,入编时作了校勘和文字修改。)

# 谜海拾贝

## 沈家麟

灯谜有它独特的内容，其知识渊博，犹如浩瀚的大海，无边无境，能者了解多些，而我就像一个赤足立在大海旁的孩儿，在海边为海而高兴，而感叹，有时还俯身在海滩边上拾几只美丽的"贝壳"。谜海深深地吸引着我们去探索。在探索过程中，不少感受油然而生。当初为免忘却，实录之，谓《射虎偶感》亦谓《谜海拾贝》，今抛砖引玉付之于世，望诸谜友斧正为盼。

一

1. 吃东西要用嘴嚼，猜谜时定要思考。

2. 嘴嚼时要掺点唾液，猜谜时要绞点脑汁。

3. 囫囵吞枣肠胃无法消化，粗枝大叶谜底不会露出。

二

1. 垂钓要有耐心，猜谜需要毅力。

2. 钓竿在手，眼不望别处；谜条在手，心不想别地。

3. 钓竿的轻微颤动，只有全神贯注才会觉察；灯谜中的技巧，只有思想集中时才会领悟。

4. 只要安心等待，不愁钓不着鱼；只要认真思索，不愁猜不中谜。

三

猜谜的过程，就是战胜困难的过程，猜谜的技巧是从不断地战胜猜谜中的困难而慢慢积累起来的。猜谜中的困难是客观存在的，谁能经受得起这一困难的考验，谁就能不断地前进。谁要逃避它，谁就永远打不开灯谜的大门。制谜亦同样如此。

四

谜在不怕难的人面前就是一只纸老虎，而在怕难的人面前就是一只铁老虎。在灯谜面前，如果你怕，你后退，这就是你首先在精神上瓦解了，自然也不会想方设法去猜谜，当然也只有被谜所吓倒更不会猜中；如果你不怕，而是知难而上，首先从精神上压倒了谜，自然你就会进一步积极想办法去猜谜，而最后必定能全部猜中。

五

灯谜的知识永远属于刻苦钻研的人，因为只有人去求取这一知识，以开阔眼界、丰富自己的头脑，而没有灯谜来求人，要人来学、来推广。

六

灯谜要想属于人民，它的根就必须埋植在群众的最深处。它要想为群众所理解、喜爱，就必须道出群众的感情、思想意志，并且要把他们逐步提高。

七

灯谜不是一种纯粹消遣性质的东西，它能锻炼人的思维能力，还能培养人的机敏性和坚强的意志，并可从中获得丰富的知识。

八

1．灯，只有不断地加油，才能燃烧下去，不断地发出光芒；谜只有不断地创新，才能发展下去，全心全意地为工农兵群众服务。

2．灯，不拨不亮，这是对有油的灯而言，没有油的灯，再拨也不亮；谜，不猜不中，这是对有路的谜而言，没有路的谜，再猜也不中。

九

对待难猜灯谜的态度应该是：一承认它难，二不怕它。承认它难就会认真对待它；不怕它，就是相信自己一定能够猜中它。

十

1．不踏进深山，不能获宝；不猜灯谜，不会收益。

2．勘探者不畏跋涉风霜之劳，才能有发现宝藏之喜；猜谜人不怕绞尽脑汁之苦，才会有柳暗花明之乐。矿藏不会在勤劳的勘探者脚下溜走，谜底不会从勤思的猜谜人眼下跑掉。

十一

灯谜要成为文学艺术战线上的尖兵，它必须迅速地反映时代的风貌，然而，要想真诚地反映新时代的风貌，就必须不断地除旧创新，不落俗套，俯首甘为工农兵之"牛"。

十二

1．花以香为贵，艳为贵；谜以趣为佳，新为佳。

2．梅以寒而茂，荷以暑而清；谜以巧为佳，以向众为美。

3．锋利的长刀不在于刀鞘好，美丽的姑娘不在于外表好，有味的灯谜不在于字华藻。

十三

1．"灯谜本天成，妙手偶得之"吗？不，应该是"灯谜非天成，努力才得之"，努力才可能有妙。

2．不论习文还是练武都得下功夫，才能工多艺熟，熟能生巧，制谜何尝不是如此呢？

3．制谜要像海绵一样，从生活中、科学中汲取一切优秀的东西，然后再把这优秀的东西"氧化分解"变为谜料。

4．制谜不要光追求谜面的华藻，而不顾含义技巧，像鼓一样，虽能发出很大的声音，但腹中却是空的。

**十四**

水是生命的泉源，水也是生命的象征。哪里有水，哪里就有生命。那么，谜的生命是什么呢？是生活，是实践。没有它们，谜，这朵摇曳多姿的百合花就会枯萎、就要凋谢。

**十五**

谜史随着开拓者的脚印一天天地出现，又随着继承者的脚步一天天延展，我们要它继续延展的话，就一定要面向工农兵，服务好广大群众。

**十六**

1．葫芦里装的什么药就是谜。

2．不用猎枪打不死老虎，不动脑筋猜不中灯谜。

3．胡乱瞎猜，好似射不中目标的子弹。

4．胆小打不死虎，怕脚湿捉不住鱼，怕难就别想猜中谜。

5．灯谜是最慷慨的，谁勤奋，它就被谁猜中；灯谜也是最吝啬的，谁懒惰，谜底就绝不会轻易地落到他手中。

6．要捉猛虎，就得摸清猛虎出没的规律；要猜灯谜，就必须弄懂谜的各种格律、方式、变化。

7．打铁先要本身硬，猜谜先要信心强。

8．好钢经过锤打才能发出强烈的火花，佳谜一经猜出才会有发人深思之感。

9．谜，在不假思索的人面前永久是谜，就如困难在懦夫面前永远是困难一样。

10．简单的谜在懒汉面前比入海底还神秘，就如针大的困难在懦夫面前比梁还粗一样。

11．是白瓤还是红瓤，剖开西瓜就见分晓，何必去伤这个脑筋的人，还是不要来猜灯谜的好。

12．猜不中，经常是猜中的前奏。可叹的是，因猜不中而灰心，跌倒了索性躺在地上。要知道，乌云上面便是太阳，猜不中背后就是猜中。

13．度过黑夜的人，才能领略白天的可爱；蹚过河水的人，才能知道河水的深浅；猜过灯谜的人，才能领会谜的奥妙乐趣。应该知道，要想步入浩瀚的谜海，就千万别找什么捷径，打开谜海智慧的大门钥匙，就是从头学起。

14．学习是猜谜的起点，勤奋是猜谜的风帆，钻研是打开谜门的钥匙。

**十七**

石油漫流在地上，像清水一样平淡无奇，只有当你燃烧它时，才能体现出它的可贵和美丽；谜条挂在宫灯下，犹如笼中之虎，猫儿似的普普通通，只有当你去射它时，它才发出虎的威风，体现出它的趣味无穷。

**十八**

1．红黄两色，混合就会变成另一种彩色；两人一起商量，就能把难谜猜出。

2．有经验的渔民在暴风雨中总能想出回港的办法，有经验的谜家在奥妙曲折的灯谜面前总能理出解谜的路子。

3．浪再大总在船底下，山再高总在人脚下，谜再难总有人猜出它。

十九

佳谜是在千百次的锤炼里，在坚持不懈的毅力里，在无比艰苦的奋斗里，在一步一个脚印的前进里获得的。

二十

1．花采得多，蜜才能酿得甜。蜜是花酿成的，但蜜决不是花，在这中间需要蜜蜂去采集，去消化；材料积得多，谜才能制得佳。谜是材料制成的，但谜绝不是材料，在这中间需要制谜人去收集，去加工。

2．蜜蜂采百花才能酿出营养丰富、甜润的蜂蜜；制谜人只有吸取群众智慧，集百家之长，才能制出耐人寻味、其乐无穷的佳谜。

3．没有蜜蜂的辛勤劳动和顽强精神，眼前就是一片花海也决不会变成蜜；如果你不去思索、琢磨，就是再简单的灯谜也不会制成，猜谜也同样如此。

二十一

谜面是苦的，谜底却是甜的；谜面赛黄连，谜底比蜜甜。

二十二

社会主义新谜多，新谜犹如百合花，群众爱猜新灯谜，制谜人爱把新谜做。

以上是我们在制谜猜谜时的偶感，如果还有一点教育意义和价值的话，这便是对我们最大的安慰了。

# 谜　语　篇

（猜俗语一句）先小人后君子

# 萌芽时期（先秦时期）

## 春秋

### 弹歌

断竹，续竹，飞土，逐宍（古肉字）。

——摘自东汉赵晔《吴越春秋·勾践阴谋外传》

## 战国

### 庚癸歌

《左传》：鲁哀公十三年，公会单平公、晋定公、吴夫差于黄池。吴申叔仪作歌乞粮于公孙有山氏，有山氏对曰："梁则无矣，粗则有之。若登首山，以呼曰庚癸乎，则诺。"（注：军中不得出粮，故为私隐。庚，西方，主谷；癸，北方，主水。传言，吴子不与士共饥渴，所以取亡也。）

佩玉蕊兮，余无所系之。旨酒一盛兮，余与褐之父睨之。蕊然服饰修也。巳独无以为系佩，言吴王不恤下一盛一器也，褐寒贱之人言，但视不得饮。

——摘自明冯惟讷《古诗纪》卷二"古逸二"

### 斫竹歌

嗯唷斫竹, 嗬哟嗨！嗯唷削竹, 嗬哟嗨！嗯唷弹石、飞土, 嗬哟嗨！嗯唷逐肉, 嗬哟嗨！

——摘自包文灿《河阳山歌》

# 成熟时期（秦、汉至隋、唐时期）

## 东汉

### 袁康、吴平"隐姓名谜"

　　记陈厥说，略其有人。以去为姓，得衣乃成；厥名有米，覆之以庚。禹来东征，死葬其疆。不直自诉，托类其明，写精露愚，略以事类，俟告后人。文属辞定，自于邦贤。邦贤以口为姓，丞之以天；楚相屈原，与之同名。（隐"袁康、吴平"人名二）

　　——摘自东汉袁康《越绝书·叙外传记》

### 阚泽谜选

　　不十（打字一）丕

　　——摘自清周亮工《字触》卷之三"晰部"

## 三国

### 薛综谜选

　　蜀者，何也？有犬为獨（独），无犬为蜀，横目苟身，虫入其腹。（隐"蜀"字）

　　无口为天，有口为吴，君临万邦，天子之都。（隐"吴"字）

　　——摘自西晋陈寿《三国志》卷五三《吴书·薛综传》、隋侯白《启颜录》

### 诸葛恪谜选

　　有水者濁（浊），无水者蜀。横目苟身，虫入其腹。（隐"蜀"字）

　　无口者天，有口者吴，下临沧海，天子帝都。（隐"吴"字）

　　——摘自西晋陈寿《三国志》卷五三《吴书·薛综传》注引《江表传》

# 南北朝

## 鲍照谜选

二形一体，四支八头。四八一八，飞泉仰流。（猜字）井

头如刀，尾如钩。中央横广，四角六抽。右面负两刃，左边双属牛。（猜字）龜（龟）

乾之一九，從（從，纵也，南北向为纵）立无偶，巛（坤）之二六，宛然双宿。（猜字）土

——摘自南北朝宋鲍照《鲍参军集》

# 唐代

## 许碱庙碑阴谜

谈马，砺毕，王田，数七。（隐"许碑重立"）

——摘自清曹寅、彭定求等《全唐诗·谚谜篇》

## 韦应物谜选

### 咏玉

乾坤有精物，至宝无文章。雕琢为世器，真性一朝伤。

### 咏露珠

秋荷一滴露，清夜坠玄天。将来玉盘上，不定始知圆。

### 咏水精

映物随颜色，含空无表里。持来向明月，的皪愁成水。

### 咏珊瑚

绛树无花叶，非石亦非琼。世人何处得，蓬莱石上生。

### 咏琉璃

有色同寒冰，无物隔纤尘。象筵看不见，堪将对玉人。

### 咏琥珀

曾为老茯神，本是寒松液。蚊蚋落其中，千年犹可觌。

### 咏晓

军中始吹角，城上河初落。深沉犹隐帷，晃朗先分阁。

### 咏夜

明从何处去，暗从何处来。但觉年年老，半是此中催。

### 咏声

万物自生听，太空怕寂寥。还从静中起，却向静中消。

### 玩萤火

时节变衰草，物色近新秋。度月影才敛，绕竹光复流。

——摘自清曹寅、彭定求等《全唐诗》卷一百九十三"韦应物"

### 弹棋歌

园天方地局，二十四气子。刘生绝艺难对曹，客为歌其能，请从中央起。中央转斗破欲阑，零落势背谁能弹。此中举一得六七，旋风忽散霹雳疾。履机乘变安可当，置之死地翻取强。不见短兵反掌收已尽，唯有猛士守四方。四方又何难，横击且缘边。岂如昆明与碣石，一箭飞中隔远天。神安志惬动十全，满堂惊视谁得然。

——摘自清曹寅、彭定求等《全唐诗》卷一百九十四"韦应物"

## 白居易谜选

### 筝

云髻飘萧绿，花颜旖旎红。双眸剪秋水，十指剥春葱。
楚艳为门阀，秦声是女工。甲明银玓瓅，柱触玉玲珑。
猿苦啼嫌月，莺娇语訑风。移愁来手底，送恨入弦中。
赵瑟清相似，胡琴闹不同。慢弹回断雁，急奏转飞蓬。
霜佩锵还委，冰泉咽复通。珠联千拍碎，刀截一声终。
倚丽精神定，矜能意态融。歇时情不断，休去思无穷。
灯下青春夜，尊前白首翁。且听应得在，老耳未多聋。

### 衰荷
白露凋花花不残，凉风吹叶叶初乾。无人解爱萧条境，更绕衰丛一匝看。

### 木兰花（《题令狐家木兰花》）
腻如玉指涂朱粉，光似金刀剪紫霞。从此时时春梦里，应添一树女郎花。

### 鹤
人各有所好，物固无常宜。谁谓尔能舞，不如闲立时。

### 鹦鹉
竟日语还默，中宵栖复惊。身囚缘彩翠，心苦为分明。
暮起归巢思，春多忆侣声。谁能拆笼破，从放快飞鸣。

### 琵琶
弦清拨刺语铮铮，背却残灯就月明。赖是心无惆怅事，不然争奈子弦声。

### 柳絮
三月尽是头白日，与春老别更依依。凭莺为向杨花道，绊惹春风莫放归。

### 太湖石
烟翠三秋色，波涛万古痕。削成青玉片，截断碧云根。
风气通岩穴，苔文护洞门。三峰具体小，应是华山孙。

### 山石榴花（《山石榴花十二韵》）
晔晔复煌煌，花中无比方。艳天宜小院，条短称低廊。
本是山头物，今为砌下芳。千丛相向背，万朵互低昂。
照灼连朱槛，玲珑映粉墙。风来添意态，日出助晶光。
渐绽胭脂萼，犹含琴轸房。离披乱剪彩，斑驳未匀妆。
绛焰灯千炷，红裙妓一行。此时逢国色，何处觅天香。
恐合栽金阙，思将献玉皇。好差青鸟使，封作百花王。

### 白羽扇
素是自然色，圆因裁制功。飒如松起籁，飘似鹤翻空。
盛夏不销雪，终年无尽风。引秋生手里，藏月入怀中。

麈尾斑非疋，蒲葵陋不同。何人称相对，清瘦白须翁。

### 题灵隐寺红辛夷花戏酬光上人
紫粉笔含尖火焰，红胭脂染小莲花。芳情乡思知多少，恼得山僧悔出家。

## 皮日休谜选

欲知圣人姓，田八二十一。欲知圣人名，果头三屈律。（隐"黄巢"二字）

### 蚊子
隐隐聚若雷，嚼肤不知足。皇天若不平，微物教食肉。

贫士无绛纱，忍苦卧茅屋。何事觅膏腴，腹无太仓粟。

### 公斋四咏·小桂
一子落天上，生此青璧枝。欻从山之幽，劚断云根移。

劲挺隐珪质，盘珊缇油姿。叶彩碧髓融，花状白毫蕤。

棱层立翠节，偃蹇樛青蟠。影淡雪霁后，香泛风和时。

吾祖在月窟，孤贞能见怡。愿老君子地，不敢辞喧卑。

### 公斋四咏·鹤屏
三幅吹空縠，孰写仙禽状。舵耳侧以听，赤精旷如望。

引吭看云势，翘足临池样。颇似近蓐席，还如入方丈。

尽日空不鸣，穷年但相向。未许子晋乘，难教道林放。

貌既合羽仪，骨亦符法相。愿升君子堂，不必思昆阆。

### 添鱼具诗·箬笠
圆似写月魂，轻如织烟翠。滂滂向上雨，不乱窥鱼思。

携来沙日微，挂处江风起。纵带二梁冠，终身不忘尔。

### 奉和添酒中六咏·酒瓮
坚净不苦窳，陶于醉封疆。临溪刷旧痕，隔屋闻新香。

移来近麹室，倒处临糟床。所嗟无比邻，余亦能偷尝。

## 奉和添酒中六咏·酒船

剡桂复刳兰，陶陶任行乐。但知涵泳好，不计风涛恶。
尝行麹封内，稍系糟丘泊。东海如可倾，乘之就斟酌。

## 奉和添酒中六咏·酒枪

象鼎格仍高，其中不烹饪。唯将煮浊醪，用以资酣饮。
偏宜旋樵火，稍近馀醒枕。若得伴琴书，吾将著闲品。

## 奉和添酒中六咏·酒杯

昔有嵇氏子，龙章而凤姿。手挥五弦罢，聊复一樽持。
但取性淡泊，不知味醇醨。兹器不复见，家家唯玉卮。

## 茶中杂咏·茶笋

褎然三五寸，生必依岩洞。寒恐结红铅，暖疑销紫汞。
圆如玉轴光，脆似琼英冻。每为遇之疏，南山挂幽梦。

## 病孔雀

烟花虽媚思沈冥，犹自抬头护翠翎。强听紫箫如欲舞，困眠红树似依屏。
因思桂蠹伤肌骨，为忆松鹅损性灵。尽日春风吹不起，钿毫金缕一星星。

## 奉和鲁望蔷薇次韵

谁绣连延满户陈，暂应遮得陆郎贫。红芳掩敛将迷蝶，翠蔓飘飖欲挂人。
低拂地时如堕马，高临墙处似窥邻。只应是董双成戏，剪得神霞寸寸新。

## 奉和鲁望白鸥诗

雪羽褵褷半惹泥，海云深处旧巢迷。池无飞浪争教舞，洲少轻沙若遣栖。
烟外失群惭雁鹜，波中得志羡凫鹥。主人恩重真难遇，莫为心孤忆旧溪。

## 奉和鲁望白菊

已过重阳半月天，琅华千点照寒烟。蕊香亦似浮金靥，花样还如镂玉钱。
玩影冯妃堪比艳，炼形萧史好争妍。无由摘向牙箱里，飞上方诸赠列仙。

## 鸳鸯二首

双丝绢上为新样，连理枝头是故园。翠浪万回同过影，玉沙千处共栖痕。
若非足恨佳人魄，即是多情年少魂。应念孤飞争别宿，芦花萧瑟雨黄昏。
钿鎞雕镂费深功，舞妓衣边绣莫穷。无日不来湘渚上，有时还在镜湖中。
烟浓共拂芭蕉雨，浪细双游菡萏风。应笑豪家鹦鹉伴，年年徒被锁金笼。

## 重题蔷薇

浓似猩猩初染素，轻如燕燕欲凌空。可怜细丽难胜日，照得深红作浅红。

## 木兰后池三咏·重台莲花

欹红婑婧力难任，每叶头边半米金。可得教他水妃见，两重元是一重心。

## 木兰后池三咏·浮萍

嫩似金脂飐似烟，多情浑欲拥红莲。明朝拟附南风信，寄与湘妃作翠钿。

## 木兰后池三咏·白莲

但恐醍醐难并洁，只应薝卜可齐香。半垂金粉知何似，静婉临溪照额黄

## 咏蟹

未游沧海早知名，有骨还从肉上生。莫道无心畏雷电，海龙王处也横行。

## 金钱花

阴阳为炭地为炉，铸出金钱不用模。莫向人间逞颜色，不知还解济贫无。

## 奉和鲁望晓起回文

孤烟晓起初原曲，碎树微分半浪中。湖后钓筒移夜雨，竹傍眠几侧晨风。
图梅带润轻沾墨，画藓经蒸半失红。无事有杯持永日，共君惟好隐墙东。

## 奉和鲁望闲居杂题五首·晚秋吟（以题十五字离合）

东皋烟雨归耕日，免去玄冠手刈禾。火满酒炉诗在口，今人无计奈侬何。

## 奉和鲁望闲居杂题五首·好诗景

青盘香露倾荷女，子墨风流更不言。寺寺云萝堪度日，京尘到死扑侯门。

### 奉和鲁望闲居杂题五首·醒闻桧

解洗馀醒晨半酲，星星仙吹起云门。耳根无厌听佳木，会尽山中寂静源。

### 奉和鲁望闲居杂题五首·寺锺暝

百缘斗薮无尘土，寸地章煌欲布金。重击蒲牢啥山日，冥冥烟树睹栖禽。

### 奉和鲁望闲居杂题五首·砌思步

襭襭古薜绷危石，切切阴螿应晚田。心事万端何处止，少夷峰下旧云泉。

### 奉和鲁望药名离合夏月即事三首

季春人病抛芳杜，仲夏溪波绕坏垣。衣典浊醪身倚桂，心中无事到云昏。（隐药名三：杜仲、垣衣、桂心）

数曲急溪冲细竹，叶舟来往尽能通。草香石冷无辞远，志在天台一遇中。（隐药名三：竹叶、通草、远志）

桂叶似茸含露紫，葛花如绶蘸溪黄。连云更入幽深地，骨录闲携相猎郎。（隐药名三：紫葛、黄连、地骨）

### 怀锡山药名离合二首

暗窦养泉容决决，明园护桂放亭亭。历山居处当天半，夏里松风尽足听。（隐药名三：决明、葶苈（亭历）、半夏）

晓景半和山气白，薇香清净杂纤云。实头自是眠平石，脑侧空林看虎群。（隐药名三：白薇、云实、石脑）

### 怀鹿门县名离合二首

山瘦更培秋后桂，溪澄闲数晚来鱼。台前过雁盈千百，泉石无情不寄书。
十里松萝阴乱石，门前幽事雨来新。野霜浓处怜残菊，潭上花开不见人。

## 陆龟蒙谜选

### 奉和袭美公斋四咏次韵·小松

擢秀逋客岩，遗根飞鸟径。因求饰清閟，遂得辞危复。
贞同柏有心，立若珠无胫。枝形短未怪，鬣数差难定。
况密三天风，方遵四时柄。那兴培塿叹，免答邻里病。
微霜静可分，片月疏堪映。奇当虎头笔，韵叶通明性。

会拂阳乌胸，抡才膺帝命。

### 奉和袭美公斋四咏次韵·小桂

讽赋轻八植，擅名方一枝。才高不满意，更自寒山移。
宛宛别云态，苍苍出尘姿。烟归助华杪，雪点迎芳蕤。
青条坐可结，白日如奔螭。谅无萤翦忧，即是萧森时。
洛浦虽有荫，骚人聊自怡。终为济川楫，岂在论高卑。

### 奉和袭美公斋四咏次韵·新竹

别坞破苔藓，严城树轩楹。恭闻禀璇玑，化质离青冥。
色可定鸡颈，实堪招凤翎。立窥五岭秀，坐对三都屏。
晴月窈窕入，曙烟霏微生。昔者尚借宅，况来处宾庭。
金罍纵倾倒，碧露还鲜醒。若非抱苦节，何以偶惟馨。
徐观稚龙出，更赋锦苞零。

### 奉和袭美公斋四咏次韵·鹤屏

时人重花屏，独即胎化状。丛毛练分彩，疏节筹相望。
曾无黮黮态，颇得连轩样。势拟抢高寻，身犹在函丈。
如忧鸡鹜斗，似忆烟霞向。尘世任纵横，霜襟自闲放。
空资明远思，不待浮丘相。何由振玉衣，一举栖瀛阆。

### 渔具诗·网

大罟纲目繁，空江波浪黑。沈沈到波底，恰共波同色。
牵时万罾入，已有千钧力。尚悔不横流，恐他人更得。

### 渔具诗·罩

左手揭圆罘，轻桡弄舟子。不知潜鳞处，但去笼烟水。
时穿紫屏破，忽值朱衣起。贵得不贵名，敢论鲂与鲤。

### 渔具诗·罺

有意烹小鲜，乘流驻孤棹。虽然烦取舍，未肯求津要。
多为虾蚬误，已分鸡鹜笑。寄语龙伯人，荒唐不同调。

**渔具诗·钓筒**

短短截筠光，悠悠卧江色。蓬差橹相应，雨慢烟交织。
须臾中芳饵，迅疾如飞翼。彼竭我还浮，君看不争得。

**渔具诗·钓车**

溪上持只轮，溪边指茅屋。闲乘风水便，敢议朱丹毂。
高多倚衡惧，下有折轴速。曷若载逍遥，归来卧云族。

**渔具诗·鱼梁**

能编似云薄，横绝清川口。缺处欲随波，波中先置笱。
投身入笼槛，自古难飞走。尽日水滨吟，殷勤谢渔叟。

**渔具诗·叉鱼**

春溪正含绿，良夜才参半。持矛若羽轻，列烛如星烂。
伤鳞跳密藻，碎首沈遥岸。尽族染东流，傍人作佳玩。

**渔具诗·射鱼**

弯弓注碧浔，掉尾行凉沚。青枫下晚照，正在澄明里。
抨弦断荷扇，溅血殷菱蕊。若使禽荒闻，移之暴烟水。

**渔具诗·鸣桹**

水浅藻荇涩，钓罩无所及。铿如木铎音，势若金钲急。
驱之就深处，用以资俯拾。搜罗尔甚微，遁去将何入。

**渔具诗·沪（吴人今谓之簖）**

万植御洪波，森然倒林薄。千颅咽云上，过半随潮落。
其间风信背，更值雷声恶。天道亦衰多，吾将移海若。

**渔具诗·樔（吴人今谓之丛）**

斩木置水中，枝条互相蔽。寒鱼遂家此，自以为生计。
春冰忽融冶，尽取无遗裔。所托成祸机，临川一凝睇。

### 渔具诗·种鱼

凿池收赪鳞，疏疏置云屿。还同汗漫游，遂以江湖处。
如非一神守，潜被蛟龙主。蛟龙若无道，跛鳖亦可御。

### 渔具诗·药鱼

香饵缀金钩，日中悬者几。盈川是毒流，细大同时死。
不唯空饲犬，便可将贻蚁。苟负竭泽心，其他尽如此。

### 渔具诗·舴艋

篷棹两三事，天然相与闲。朝随稚子去，暮唱菱歌还。
倚石迟后侣，徐桡供远山。君看万斛载，沈溺须臾间。

### 奉和袭美添渔具五篇·渔庵

结茅次烟水，用以资啸傲。岂谓钓家流，忽同禅室号。
闲凭山叟占，晚有溪禽嫽。华屋莫相非，各随吾所好。

### 奉和袭美添渔具五篇·钓矶

拣得白云根，秋潮未曾没。坡陁坐鳌背，散漫垂龙发。
持竿从掩雾，置酒复待月。即此放神情，何劳适吴越。

### 奉和袭美添渔具五篇·蓑衣

山前度微雨，不废小涧渔。上有青被襡，下有新膈疏。
滴沥珠影泫，离披岚彩虚。君看荷制者，不得安吾庐。

### 奉和袭美添渔具五篇·箬笠

朝携下枫浦，晚戴出烟艇。冒雪或平檐，听泉时仄顶。
飘移霭然色，波乱危如影。不识九衢尘，终年居下泂。

### 奉和袭美添渔具五篇·背蓬

敏手劈江筼，随身织烟壳。沙禽固不知，钓伴犹初觉。
闲从翠微拂，静唱沧浪濯。见说万山潭，渔童尽能学。

樵人十咏·樵溪

山高溪且深，苍苍但群木。抽条欲千尺，众亦疑朴樕。
一朝蒙翦伐，万古辞林麓。若遇燎玄穹，微烟出云族。

樵人十咏·樵家

草木黄落时，比邻见相喜。门当清涧尽，屋在寒云里。
山棚日才下，野灶烟初起。所谓顺天民，唐尧亦如此。

樵人十咏·樵叟

自小即胼胝，至今凋鬓发。所图山褐厚，所爱山炉热。
不知冠盖好，但信烟霞活。富贵如疾颠，吾从老岩穴。

樵人十咏·樵子

生自苍崖边，能谙白云养。才穿远林去，已在孤峰上。
薪和野花束，步带山词唱。日暮不归来，柴扉有人望。

樵人十咏·樵径

石脉青霭间，行行自幽绝。方愁山缭绕，更值云遮截。
争推好林浪，共约归时节。不似名利途，相期覆车辙。

樵人十咏·樵斧

淬砺秋水清，携持远山曙。丁丁在前涧，杳杳无寻处。
巢倾鸟犹在，树尽猿方去。授钺者何人，吾今易其虑。

樵人十咏·樵担

轻无斗储价，重则筋力绝。欲下半岩时，忧襟两如结。
风高势还却，雪厚疑中折。负荷诚独难，移之赠来哲。

樵人十咏·樵风

朝随早潮去，暮带残阳返。向背得清飙，相追无近远。
采山一何迟，服道常苦蹇。仙术信能为，年华未将晚。

### 樵人十咏·樵火

积雪抱松坞，蠧根然草堂。深炉与远烧，此夜仍交光。
或似坐奇兽，或如焚异香。堪嗟宦游子，冻死道路傍。

### 樵人十咏·樵歌

纵调为野吟，徐徐下云磴。因知负樵乐，不减援琴兴。
出林方自转，隔水犹相应。但取天壤情，何求郢人称。

### 奉和袭美酒中十咏·酒星

万古醇酎气，结而成晶荧。降为秫阮徒，动与尊罍并。
不独祭天庙，亦应邀客星。何当八月槎，载我游青冥。

### 奉和袭美酒中十咏·酒泉

初悬碧崖口，渐注青溪腹。味既敌中山，饮宁拘一斛。
春疑浸花骨，暮若酣云族。此地得封侯，终身持美禄。

### 奉和袭美酒中十咏·酒篘

山斋酝方熟，野童编近成。持来欢伯内，坐使贤人清。
不待盎中满，旋供花下倾。汪汪日可挹，未羡黄金籯。

### 奉和袭美酒中十咏·酒床

六尺样何奇，溪边濯来洁。糟深贮方半，石重流还咽。
闲移秋病可，偶听寒梦缺。往往枕眠时，自疑陶靖节。

### 奉和袭美酒中十咏·酒垆

锦里多佳人，当垆自沽酒。高低过反坫，大小随圆瓿。
数钱红烛下，涤器春江口。若得奉君欢，十千求一斗。

### 奉和袭美酒中十咏·酒楼

百尺江上起，东风吹酒香。行人落帆上，远树涵残阳。
凝睇复凝睇，一觞还一觞。须知凭栏客，不醉难为肠。

### 奉和袭美酒中十咏·酒旗

摇摇倚青岸，远荡游人思。风欹翠竹杠，雨澹香醪字。
才来隔烟见，已觉临江迟。大旆非不荣，其如有王事。

### 奉和袭美酒中十咏·酒尊

黄金即为侈，白石又太拙。斫得奇树根，中如老蛟穴。
时招山下叟，共酌林间月。尽醉两忘言，谁能作天舌。

### 奉和袭美酒中十咏·酒城

何代驱生灵，筑之为酿地。殊无甲兵守，但有糟浆气。
雉堞屹如狂，女墙低似醉。必若据而争，先登仪狄氏。

### 奉和袭美酒中十咏·酒乡

谁知此中路，暗出虚无际。广莫是邻封，华胥为附丽。
三杯闻古乐，伯雅逢遗裔。自尔等荣枯，何劳问玄弟。

### 添酒中六咏·酒池

万斛输曲沼，千钟未为多。残霞入醍齐，远岸澄白鼍。
后土亦沈醉，奸臣空浩歌。迩来荒淫君，尚得乘馀波。

### 添酒中六咏·酒龙

铜雀羽仪丽，金龙光彩奇。潜倾邺宫酒，忽作商庭糜。
若怒鳞甲赤，如酣头角垂。君臣坐相灭，安用骄奢为。

### 添酒中六咏·酒瓮

候暖麴糵调，覆深苫盖净。溢处每淋漓，沉来还瀰滢。
常闻清凉酎，可养希夷性。盗饮以为名，得非君子病。

### 添酒中六咏·酒船

昔人性何诞，欲载无穷酒。波上任浮身，风来即开口。
荒唐意难遂，沉湎名不朽。千古如比肩，问君能继不。

### 添酒中六咏·酒枪

景山实名士，所玩垂清尘。尝作酒家语，自言中圣人。
奇器质含古，挫糟未应醇。唯怀魏公子，即此飞觞频。

### 添酒中六咏·酒杯

叔夜傲天壤，不将琴酒疏。制为酒中物，恐是琴之馀。
一弄广陵散，又裁绝交书。颓然掷林下，身世俱何如。

### 奉和袭美茶具十咏·茶坞

茗地曲隈回，野行多缭绕。向阳就中密，背涧差还少。
遥盘云髻慢，乱簇香篝小。何处好幽期，满岩春露晓。

### 奉和袭美茶具十咏·茶人

天赋识灵草，自然钟野姿。闲来北山下，似与东风期。
雨后探芳去，云间幽路危。唯应报春鸟，得共斯人知。

### 奉和袭美茶具十咏·茶笋

所孕和气深，时抽玉若短。轻烟渐结华，嫩蕊初成管。
寻来青霭曙，欲去红云暖。秀色自难逢，倾筐不曾满。

### 奉和袭美茶具十咏·茶籯

金刀劈翠筠，织似波文斜。制作自野老，携持伴山娃。
昨日斗烟粒，今朝贮绿华。争歌调笑曲，日暮方还家。

### 奉和袭美茶具十咏·茶舍

旋取山上材，驾为山下屋。门因水势斜，壁任岩隈曲。
朝随鸟俱散，暮与云同宿。不惮采掇劳，只忧官未足。

### 奉和袭美茶具十咏·茶灶（《经》云茶灶无突）

无突抱轻岚，有烟映初旭。盈锅玉泉沸，满甑云芽熟。
奇香袭春桂，嫩色凌秋菊。炀者若吾徒，年年看不足。

### 奉和袭美茶具十咏·茶焙

左右捣凝膏，朝昏布烟缕。方圆随样拍，次第依层取。
山谣纵高下，火候还文武。见说焙前人，时时炙花脯。

### 奉和袭美茶具十咏·茶鼎

新泉气味良，古铁形状丑。那堪风雪夜，更值烟霞友。
曾过赪石下，又住清溪口。且共荐皋卢，何劳倾斗酒。

### 奉和袭美茶具十咏·茶瓯

昔人谢墝埞，徒为妍词饰。岂如珪璧姿，又有烟岚色。
光参筠席上，韵雅金罍侧。直使于阗君，从来未尝识。

### 奉和袭美茶具十咏·煮茶

闲来松间坐，看煮松上雪。时于浪花里，并下蓝英末。
倾馀精爽健，忽似氛埃灭。不合别观书，但宜窥玉札。

### 萤诗

肖翘虽振羽，戚促尽疑冰。风助流还急，烟遮点渐凝。
不须轻列宿，才可拟孤灯。莫倚隋家事，曾烦下诏征。

### 蝉

只凭风作使，全仰柳为都。一腹清何甚，双翎薄更无。
伴貂金换酒，并雀画成图。恐是千年恨，偏令落日呼。

### 鸂鶒

词赋曾夸鸑鷟流，果为名误别沧洲。虽蒙静置疏笼晚，不似闲栖折苇秋。
自昔稻粱高鸟畏，至今珪组野人仇。防徽避缴无穷事，好与裁书谢白鸥。

### 辛夷花（《和袭美扬州看辛夷花次韵》）

柳疏梅堕少春丛，天遣花神别致功。高处朵稀难避日，动时枝弱易为风。
堪将乱蕊添云肆，若得千株便雪宫。不待群芳应有意，等闲桃杏即争红。

### 奉和袭美病孔雀

懒移金翠傍檐楹，斜倚芳丛旧态生。唯奈瘴烟笼饮啄，可堪春雨滞飞鸣。
鸳鸯水畔回头羡，豆蔻图前举眼惊。争得鹧鸪来伴著，不妨还校有心情。

### 雁

南北路何长，中间万弋张。不知烟雾里，几只到衡阳。

### 芙蓉

闲吟鲍照赋，更起屈平愁。莫引西风动，红衣不耐秋。

### 风人诗四首

十万全师出，遥知正忆君。一心如瑞麦，长作两岐分。
破繲供朝爨，须怜是苦辛。晓天窥落宿，谁识独醒人。
旦日思双屦，明时愿早谐。丹青传四渎，难写是秋怀。
闻道更新帜，多应发旧旗。征衣无伴捣，独处自然悲。

### 和袭美木兰后池三咏·重台莲花

水国烟乡足芰荷，就中芳瑞此难过。风情为与吴王近，红萼常教一倍多。

### 和袭美木兰后池三咏·浮萍

晚来风约半池明，重叠侵沙绿罽成。不用临池更相笑，最无根蒂是浮名。

### 和袭美木兰后池三咏·白莲

素花多蒙别艳欺，此花真合在瑶池。还应有恨无人觉，月晓风清欲堕时。

### 子规一首

碧竿微露月玲珑，谢豹伤心独叫风。高处已应闻滴血，山榴一夜几枝红。

### 石竹花咏

曾看南朝画国娃，古萝衣上碎明霞。而今莫共金钱斗，买却春风是此花。

### 秋荷

蒲茸承露有佳色，菱叶束烟如效颦。盈盈一水不得渡，冷翠遗香愁向人。

## 白芙蓉

澹然相对却成劳，月染风裁个个高。似说玉皇亲谪堕，至今犹著水霜袍。

## 白鹭

雪然飞下立苍苔，应伴江鸥拒我来。见欲扁舟摇荡去，倩君先作水云媒。

## 华阳巾

莲花峰下得佳名，云褐相兼上鹤翎。须是古坛秋霁后，静焚香炷礼寒星。

## 开元杂题七首·舞马

月窟龙孙四百蹄，骄骧轻步应金鞞。曲终似要君王宠，回望红楼不敢嘶。

## 开元杂题七首·杂伎

拜象驯犀角抵豪，星丸霜剑出花高。六宫争近乘舆望，珠翠三千拥赭袍。

## 回文

静烟临碧树，残雪背晴楼。冷天侵极戍，寒月对行舟。

## 闲居杂题五首（以题十五字离合）·鸣蜩早

闲来倚杖柴门口，鸟下深枝啄晚虫。周步一池销半日，十年听此鬓如蓬。

## 闲居杂题五首·野态真

君如有意耽田里，予亦无机向艺能。心迹所便唯是直，人间闻道最先憎。

## 闲居杂题五首·松间斟

子山园静怜幽木，公干词清咏荜门。月上风微萧洒甚，斗醪何惜置盈尊。

## 闲居杂题五首·饮罍泉

已甘茅洞三君食，欠买桐江一朵山。严子濑高秋浪白，水禽飞尽钓舟还。

## 闲居杂题五首·当轩鹤

自笑与人乖好尚，田家山客共柴车。干时未似栖庐雀，鸟道闲携相尔书。

### 药名离合夏日即事三首

乘屐著来幽砌滑，石罂煎得远泉甘。草堂只待新秋景，天色微凉酒半酣。（隐药名三：滑石、甘草、景天）

避暑最须从朴野，葛巾筇席更相当。归来又好乘凉钓，藤蔓阴阴著雨香。（隐药名三：野葛、当归、钩（钓）藤）

窗外晓帘还自卷，柏烟兰露思晴空。青箱有意终须续，断简遗编一半通。（隐药名三：卷柏、空青、续断）

### 和袭美怀锡山药名离合二首

鹤伴前溪栽白杏，人来阴洞写枯松。萝深境静日欲落，石上未眠闻远钟。（隐药名三：杏仁（人）、松萝、络（落）石）

佳句成来谁不伏，神丹偷去亦须防。风前莫怪携诗槁，本是吴吟荡桨郎。（隐药名三：茯（伏）神、防风、槁本）

### 和袭美怀鹿门县名离合二首

云容覆枕无非白，水色侵矶直是蓝。田种紫芝餐可寿，春来何事恋江南。（隐县名三：白水、蓝田、寿春）

竹溪深处猿同宿，松阁秋来客共登。封径古苔侵石鹿，城中谁解访山僧。（隐县名三：宿松、登封、鹿城）

# 发展时期（宋代至元、明时期）

# 宋代

## 范仲淹谜选

### 谜诗一首

蚊蚋

饥如柳絮轻，饱似樱桃重。但知从此去，不用问前程。

### 词谜二首

黄齑

陶家瓮内，酿成碧绿青黄。措大口中，嚼出宫商角徵。

思夫

云母屏开，珍珠帘闭，防风吹散沉香。离情抑郁，金镂织流黄。柏影桂枝交映，从容起，弄水银塘。连翘首，惊过半夏，凉透薄荷裳。一钩藤上月，寻常山夜，梦宿沙场。早已轻粉黛，独活空房。欲续断弦未得，乌头白，最苦参商。当归也！茱萸熟，地老菊花荒。（隐"云母、珍珠、防风、沉香、郁金、硫黄、黄柏、桂枝、苁蓉、水银、连翘、半夏、薄荷、钩藤、常山、轻粉、黛粉、独活、续断、乌头、苦参、当归、茱萸、熟地、菊花"二十五味药名）

## 欧阳修谜选

### 和梅圣俞杏花

谁道梅花早？残年岂是春。何如艳风日，独自占芳辰。

### 望江南

江南月，如镜复如钩。似镜不侵红粉面，似钩不挂画帘头，长是照离愁。（隐"月亮"）

### 苏舜钦谜选

大雨哗哗飘湿墙，诸葛无计找张良。关公跑了赤兔马，刘备抢刀上战场。（隐"无盐（檐）、无蒜（算）、无姜（缰）、无酱（将）"）

## 秦观谜选

### 南歌子·玉漏迢迢尽

玉漏迢迢尽，银潢淡淡横。梦回宿酒未全醒，已被邻鸡催起、怕天明。

臂上妆犹在，襟间泪尚盈。水边灯火渐人行，天外一钩残月、带三星。（隐"心"字）

## 韩世忠谜选

兖州无儿去，下着无头衣，泪水一边流。（隐"滚"字）

## 梁红玉谜选

虫子钻进布匹里（隐"蛋"字）

## 范成大谜选

### 插秧

种密移疏绿毯平，行间清浅縠纹生。谁知细细青青草，中有丰年击壤声。

## 卢祖皋谜选

### 咏茉莉

玉肌翠袖，较似酴醾瘦。几度窨（熏）醒夜窗酒，问炎州何许清凉？尘不到，冰花剪就。晚来庭户悄，暗数流光，细拾芳英黯回首。念日暮江东，偏为魂销。人易老，幽韵清标似旧，正簟纹如水帐如烟，更奈问月明露浓时候。

——摘自清褚人获《坚瓠补集》

## 郑思肖谜选

本穴世界（隐"大宋天下"四字）

### 画菊

花开不并百花丛，独立疏篱趣未穷。宁可枝头抱香死，何曾吹落北风中。

# 元代

## 明本谜选

### 咏葫芦

秀结团团带晚秋，偏从根本易绸缪；墙头仿佛悬明月，架上依稀缀碧旒。

明引神仙三岛饭，稳乘罗江五湖游；将来剖破成双器，半赠颜回半许由。

## 张可久谜选

### 海棠

看佳人富贵天姿，点染胭脂，消得新诗。笑倚红妆，轻弹银烛，满饮金卮。伴庭院黄昏燕子，叹风流天宝环儿。老过花时，谁恨无香？我爱垂丝。

### 气球

元气初包混沌，皮囊自喜囫囵。闲田地著此身，绝世虑萦方寸。圆满也不必烦人，一脚腾空上紫云，强似向红尘乱滚。

### 水爆仗

械云气，走电光，翠烟流洞庭湖上。起蛰龙一声何处响？碎桃花禹门春浪。

## 巴尔图谜选

一字有四个口字，一个十字，又一个有四个十字，一个口字。（隐"圖（图）畢（毕）"二字）

——摘自元高德基《平江记事》

## 惟则谜选

苏州呆，苏州呆，门外雪成堆，彻骨还他冻一回。（隐"梅"字）

## 施耐庵谜选

一女牵牛过独桥，夕阳落在方井上。（隐"姓名"二字）

——摘自元末明初施耐庵《水浒传》

# 明代

## 姚广孝谜选

御笔洒甘霖，窑户沐皇恩。金银诚贵重，砖亦价不轻。

本是寻常泥，地因绝艺升。可知世间事，用途赖圣心。（隐"御窑金砖，本地可用"八字）

## 顾文昱谜选

### 白雁

万里西风吹羽仪，独传霜翰向南飞。芦花映月迷清影，江水含秋点素辉。

锦瑟夜调冰作柱，玉关晨度雪沾衣。天涯兄弟离群久，皓首江湖犹未归。

——摘自清褚人获《坚瓠续集》

## 沈周谜选

上一玄，中一玄，下一玄，色儿又玄，玄之又玄。（隐物"女髻"）

远看一只马桶，近看一只马桶，仔细看看，再是烟熏个只马桶。（隐物"走马灯"）

——摘自明冯梦龙《山中一夕话·谜语》

### 咏田

昔日其为富字足，今日其为累字头。拖下脚时成甲首，伸出头来不自由。

其安心上长思相，其在心中虑（虑）不休。当初只望其为福，谁料其多叠叠（叠叠）愁。

——摘自清褚人获《坚瓠四集》

### 咏帘

谁放春云下曲琼，一重薄隔万重情。珠光荡日花如梦，琐影通风笑有声。

外面令人倍惆怅，里边容眼自分明。知无缘分难轻入，敢与杨花燕子争。

### 送门神

抱关憔悴两疲兵，众欲麾之我漫麈。简尔功名惟故纸，傍谁门户有长情。

戟悲雨迹销残画，鏊赖虫丝恋绝缨。莫向新郎诉恩怨，明年今夜自分明。

### 咏钱（三首）

一

个许微躯万事任，似泉流动利源深。平章市物无偏价，泛滥儿童有爱心。
一饱莫充输白粟，五财同用愧黄金。可怜别号为赇赂，多少英雄就此沈。

二

匾匾团团铜作胎，能贫能富亦神哉。有堪使鬼原非谬，无任呼兄亦不来。
总尔苞苴莫漫臭，终然扑满要遭槌。寒儒也辨生涯地，四壁春苔绿万枚。

三

存亡未了复亡存，欲火难烧此利根。生化有涯真子母，圆方为象小乾坤。
指挥悉听何须耳，患难能排岂藉言。自笑白头穷措大，不妨明月夜开门。

## 吴宽谜选

有大人者，朝衣朝冠，爵禄可辞，择其善者而从之。（隐"门神"）

——摘自明冯梦龙《山中一夕话·谜语》

### 走马灯

铁骑交驰映落晖，长戈应籍鲁阳挥。真成烽火连三月，早筑金城已四围。
矢石深沉坚莫破，旌旗影转疾如飞。伯仁一炬非相戏，信落兵家第二机。

### 粉丸

净淘细碾玉霏霏，万颗完成素手稀。须上轻圆真易拂，腹中磊魂更堪围。
不劳刘裕呼方旋，若使陈平食更肥。既饱有人频咳唾，席间往往落珠玑。

### 观弈

高楼残雪照棋枰，坐觉窗间黑白明。袖手自甘终日饱，苦心谁惜两雄争。
豪鹰欲击形还匿，怒蚁初交阵已成。却笑面前歧路满，苏张何事学纵横。

### 竹

翛然数君子，落落俱长身。东家每借看，步去不嫌频。
移栽幸许我，已自前年春。自我得此辈，园居岂为贫。
但忧积雨霁，日暴少精神。终然勤灌溉，枝叶还如新。
因兹悟为学，黾勉在斯晨。

### 黄连

花细山桂然，阶下不堪嗅。野人剧其根，根长节应九。

苦节不可贞，服食可资寿。其功利于病，有客嫌苦口。
戒予勿种兹，味苦和难受。岂不见甘草，百药无不有。

## 马蔺草

嵬嵬叶如许，丰草名可当。花开类兰蕙，嗅之却无香。
不为人所贵，独取其根长。为帚或为拂，用之材亦良。
根长既入土，多种河岸旁。岸崩始不善，兰蕙亦寻常。

## 牡丹

嫣然国色眼中来，红玉分明簇一堆。最爱倚阑如欲语，缘知举酒特先开。
洛中旧谱头须接，吴下新居手自栽。若向花间求匹配，扬州琼树是仙材。

## 榴

团团复亭亭，园子巧相竞。都下朝千盆，花市此为盛。
我独解其缚，高枝遂其性。参差花更繁，绯绿错相映。
安石名已蒙，休从谢公姓。

## 葵

托身北墙隅，幸免人所践。苗长已过墙，入土根不浅。
叶间蕊何多，溅溅满圆茧。此种觉尤佳，观者尽云鲜。
倾心识忠臣，卫足存古典。作羹谅非菜，名同亦须辩。

## 决明

黄花隐绿叶，雨过仍离披。不为杜老叹，未是凉风时。
服食治目眚，吾将采掇之。不须更买药，园丁是医师。

## 梨

名果先从张谷来，纷纷碎雪欲成堆。淡妆自把娥眉扫，巧笑谁将瓠齿开。
园子岂求他种接，主人能使及时栽。夭桃灼灼惊凡目，缟素应甘自不材。

## 李

萧森何处为异来，曾带荒园宿土堆。燥壤岂劳长瓮灌，低枝不碍短篱开。
敢将艳色夸桃树，胜要清阴乞柳栽。赖有当时仙种语，为薪莫漫比樗材。

**杏**

花信风寒已早来，隔墙俄见赤云堆。并头两树长相倚，屈指三春始得开。
曲水少年谁复探，公门今日要兼栽。莫言结实供人啖，破核还堪作药材。

**芍药**

品高真自广陵来，旧谱空怜壁角堆。千叶连云如并拥，两枝迎日忽齐开。
诗中相谑何须赠，担上能赊也用栽。记取今年才看起，醉吟多藉曲生材。

## 王鏊谜选

有大人者，朝衣朝冠，祭之以礼，则可卷而怀之。（隐"喜神"）

——摘自明冯梦龙《山中一夕话·谜语》

## 祝允明谜选

### 叉袋谜

无佛不开口，开口便成佛，盘多罗诘，多罗破多刹，多佛多难陀。

——摘自明徐充《暖姝由笔》

口儿玄，肚儿玄，足儿玄，上下都玄，玄之又玄。（隐物"氅"）
远看一只脚桶，近看一只脚桶，仔细看看，再是洗面个只脚桶。（隐物"猫洗面"）

——摘自明冯梦龙《山中一夕话·谜语》

### 宝剑篇

我有三尺匣，白石隐青锋。一藏三十年，不敢轻开封。
无人解舞术，秋山锁神龙。时时自提看，碧水苍芙蓉。
家鸡未须割，屠蛟或当逢。想望张壮武，揄扬郭代公。
高歌抚匣卧，欲哭干将翁。幸得留光彩，长飞星汉中。

### 咏灯笼

淡竹枳壳制防风，一枝红花藏当中。熟地或须用半夏，生地车前仗此公。

来得巧，正逢时；对君莫吝盘中食。此公满腹锦绣才，不让吃喝哪来诗？（隐昆虫"蚕"）

## 唐寅谜选

### 蒲剑

三尺青青太古阿，舞风砟破一川波。长桥有影蛟龙惧，江水无声日夜磨。
两岸带烟生杀气，五更弹雨和渔歌。秋来只恐西风恶，削破锋棱恨转多。

### 白燕

惊见元禽故态非，霜翎玉骨世尘稀。越裳雉尾姬周化，瀚海乌头汉使归。
惧入梨花惟听语，轻沾柳絮欲添衣。朱帘不隔扬州路，任尔差池上下飞。

### 美人蕉

大叶偏鸣雨，芳心又展风。爱他新绿好，上我小庭中。

### 题画鸡

血染冠头锦作翎，昂昂气象羽毛新。大明门外朝天客，立马先听第一声。

### 咏鸡声

武距文冠五色翎，一声啼散满天星。铜壶玉漏金门下，多少王侯勒马听。

### 咏莲花

凌波仙子斗新妆，七窍虚心吐异香。何似花神多薄幸？故将颜色恼人肠。

### 咏蛱蝶

嫩绿深红色自鲜，飞来飞去趁风前。有时飞向渡头过，随向卖花人上船。

### 画鸡

头上红冠不用裁，满身雪白走将来。平生不敢轻言语，一叫千门万户开。

### 金莲子

表记留，香罗半幅诗一首，做一个香囊儿紧收。怕见那绣鸳鸯，一只只交颈睡沙头。

### 自题画寒蝉

高冠转羽粪中虫，六月乘炎嘈露风。一夜寒回千木落，噤声寂寂抱残丛。

### 咏帽

堪笑满中皆白发，不欺在上有青天。

——摘自《唐伯虎全集》

### 咏灯笼

口抹胭脂一点红，随你万里到西东。竹丝皮纸纵然密，也怕旁人一口风。

菜儿香，酒儿清；不唤自来是此君。不识人嫌生处恶，撞到筵上敢营营。（隐昆虫"苍蝇"）

## 文徵明谜选

上一玄，中一玄，下一玄，身儿又玄，玄之又玄。（隐物"行灶"）
——摘自明冯梦龙《山中一夕话·谜语》

### 咏灯笼

竹将军筑城自卫，纸将军四边包围；铁将军穿城而过，木将军把住后背。

夜向晚，睡思浓；不唤自来是此君。吃人嘴脸生来惯，枵腹贪图一饱充。（猜昆虫"蚊子"）

## 徐祯卿谜选

### 咏灯笼

墙里开花墙外红，心想采花路不通；通得路来花又谢，一场欢喜一场空。

### 燕

风暖池塘得意春，水芹烟草一回新。傍花掠羽差差影，冲雨归巢煦煦亲。
眼底兴衰王谢宅，楼中思怨绮罗人。闲追往事如相话，只有侬家似旧贫。

### 书海棠扇

春风吹堕胭脂泪，散作妖花一树丹。可奈五更清梦短，杜鹃声歇雨丝寒。

## 陈道复谜选

边儿玄，腹儿玄，眼儿玄，一身都玄，玄之又玄。（隐物"钹"）
远看四只提桶，近看四只提桶，仔细看看，再是坐起个只提桶。（隐物"驰马"）

——摘自明冯梦龙《山中一夕话·谜语》

## 冯汝弼谜选

曲川地可耕，长刀砍低树。元来腹有文，军中三十去。（隐"剿寇"二字）

——摘自明冯汝弼《祐山杂说》

## 文伯仁谜选

远看是个浴桶，近看是个浴桶，仔细看看，再是水浸个个浴桶。（隐物"浴鸡蛋"）

——摘自明冯梦龙《山中一夕话·谜语》

## 袁舜臣谜选

六经蕴藉胸中久，一剑十年磨在手。杏花头上一枝横，恐泄天机莫露口。一点累累大如斗，掩却半牀何所有。完名直待挂冠归，本来面目君知否？（隐"辛未状元"四字）

——摘自明李诩《戒庵老人漫笔》

## 江盈科谜选

### 磨子

我的肚皮压着你的肚皮，我的肚肠放在你的肚里。

——摘自明江盈科《雪涛阁外集》

## 陈继儒《精辑时兴雅谜》选

小时皮包头，大来皮弍头，越大越弍头，紫金光郎头。（隐物"茄儿"）

一物生来三寸长，一头有毛一头光。放进去干干净净，拿出来含水带浆。（隐物"牙刷"）

我有一家奴，身背两葫芦。喜的杨柳木，怕的洞庭湖。（隐"火"字）

粉蝶儿分飞去也，怨才郎心已成灰，年来一撇都丢下，夕阳（阳）易去不回来。（隐"鄰（邻）"字）

一画一直，一画一直，一画一直，一直一画，一直一画，一直一画。（隐"亞（亚）"字）

好面花腔皴（鼓），皮破难修补。拿住一个彪，走了一个虎。（隐"彭"字）

两画大，两画小。（隐"秦"字）

多一点又冷，少两点又小，换了一画便是木，挟直两边便是川。（隐"水"字）

上不在上，下不在下，不可在上，止宜在下。（隐"一"字）

两人两土两个口，不论贫富家家有。有人猜得着，两包三白酒。（隐"牆（墙）"字）

唐虞有，尧舜无；商周有，汤武无；古文有，今文无。（隐"口"字）

来时明星朗月，去时黑暗无光。好一片热心肠，撇在荒郊路旁。（隐物"流星"）

看时有节，摸时无节。两头冰冷，中间火热。（隐物"历日"）

一宅分为两院，五男二女成家。大家打得乱如麻，直到清明才罢。（隐物"算盘"）

相思病骨瘦如柴，若要团圆彻底开。只因情人耽误我，叫人提起泪盈腮。（隐物"伞"）

小小身儿不大，千两黄金无价。爱搽满面胭脂，常在花前月下。（隐物"印"）

家住深山草里眠，客人带我上舟船。一日还我三顿打，霎时推出黑云间。（隐物"水石"）

鸳鸯树下一个僧，不念弥陀不念经，五湖四海都游遍，不曾跨脚出山门。（隐物"船橹枝"）

有面没口，有脚没手。也好吃饭，也好吃酒。（隐物"桌子"）

少年发白老来黑，有事秃头闲戴巾。凭你先生管得紧，管得头来管不得身。（隐物"笔"）

大的不说小的，小的专说大的。若还要知大的，须是细问小的。（隐物"书注"）

有道则见，无道则隐。瞻之在前，忽焉在后。（隐物"枷（打谷具）"）

打鼓吹箫入洞房，红罗帐里戏鸳鸯。低头正饮鲜红酒，巴掌一下见阎王。（隐物"蚊子"）

姊妹们最轻狂，穿红着绿引才郎。苦了多少风流客，害了多少富家郎。（隐物"骰子"）

你也十六，我也十六，一般皮骨肉。日间同行，夜间同宿。做了一世夫妻，总是不和睦。（隐物"象棋"）

小生年方二十一，齿白唇红眼如漆。在灯前迎人送客，在灯后无颜绝色。（隐物"骰子"）

贼骨头，俏郎君打扮。我爱他识重知轻，他倒也心多不乱。（隐物"厘等"）

围棋盘里着象棋（隐四书一句"子路不对"）

——摘自明陈继儒《精辑时兴雅谜》

## 冯梦龙谜选

### 粽子

五月端午是我生辰到，身穿着一领绿罗袄，小脚儿裹得尖尖趱，解开香罗带，剥得赤条条，插上一根梢儿也，把奴浑身上下来咬。

### 镜

南面而立，北面而朝，象忧亦忧，象喜亦喜。

### 金针

你在纱窗下，不住的穿来过去，引得人眉儿留，目儿恋，费尽了心机。并头莲，双飞燕，绣出随人意，虽然拈着手，转眼传抛离，你是铁打的心肠也，不如不缝着你。

### 箫

紫竹儿，本是坚持操，被人通了节，破了体，做了箫，眼儿开合多关窍。舌尖儿舔着你的嘴，双手儿搂着你的腰，摸着你的腔儿也，还是我知音的人儿好。

### 毽踢

只为两文钱，做虚头，一线牵，浑身装裹些花毛片，撩人在眼前，卖俏在脚尖，翻来覆去一似风前燕，这身边方才着脚，又到那身边。

### 钻棋

黑白棋子儿一百廿个，或吃三，或吃五，或么一颗，成双捉对就骙骙坐，只为挨来擦去好，因此悄悄把他驮，一顶的当心也，教奴怎生样去躲。

### 围棋

三百六，棋路儿，分皂白，先下着，慢下着，便见高低，有双关，有扑跌，须防在意，被人点破眼，教人难动移，不如打一个和局也，与你两下里重着起。

### 象棋

要你做士与象，得力当家，小卒儿向前行，休说回头话话，须学车行直，莫似马行斜，若有他人阻隔了我恩情也，我就砲儿般一会儿打。

### 蜡烛

奴本是热心人，常把冤家来照顾，谁教你会风流抛闪了奴，害得我形消影瘦真难过，心灰始信他心冷，泪积方知奴泪多，我为你埋没了多少风光也，你去暗地里想一想我。

### 鳌等

俏娘儿，身体小，骨头轻俊，休把我满身上看做假星星，知轻识重人人信，虽有钮头儿系挂着我，我的心里自分明，莫道我惯会那移也，我那曾有半丝毫没定准。

### 磨子

两块儿合成了一块，亏杀那钱桩儿拴住了中核，两下里战不住，全没胜收。一个在上头，不住将身摆，一个在下头，对定了不肯开，正是上边的费尽了精神也，下边的忒自在。

铳

顶天立地，正直公平，吾今分付，火急奉行，急急如律令。

蚊子

恨杀咬人精，嘴儿尖，身子轻，生来害的是撩人病，我恰才睡醒，他百般做声，口儿到处胭脂赠，最无情，尝啖滋味，又向别人哼。 恨杀咬人精，是人儿，扑面迎，未曾伏枕他先凭，好的也一丁，歹的也一丁，逢人小嘴便生硬，镇朝昏，来来往往，尽是口头情。

蚊子

夜动昼伏似鼠，饥附饱去如鹰，不是文名取忌，从来利口招憎。
——摘自明冯梦龙《挂枝儿》八卷《咏部》

字谜

有了一个口，再加一个口，莫作吕字看。正子四字多两点，横子目字多两点，莫作贝（贝）字看。（隐"回囬"二字）

直看是五十，横看是五十，直子多两旁，横子多上下。（隐"車"字）

上无半片之瓦，下无立锥之地。腰间挂着一个葫芦，倒有些阴阳之气。（隐"卜"字）

天文谜

朝朝出来夜夜归，家中一直竖到西。雨落畔子晴干出，看渠立定走如飞。（隐"日"）

遇弱便欺，撞硬就住。有隙即入，无孔弗钻。（隐"风"）

驱除炎热，扫荡烟云。九江声著，四海成行。（隐"风"）

丝虽长，湿嘿搓弗得个钱；经虽密，干子织弗得个绢。（隐"雨"）

冷便爱，热便怕。有子花儿，结弗得个果。有子珠儿，穿弗得个花。（隐"雪"）

悬空弗突，月暗弗黑。日出倒弗见，月暗便无得。（隐"星"）

花木谜

头戴的是寄生草，身佩的是桂枝香，穿着的是小桃红，欢爱的是虞美人。（隐"花"）

小时皮包头，大来皮伐头，四肢百解是丫头，后来必是个老梢头。（隐"竹"）

鸟兽谜

上不在天，下不在田，中心藏之，玄之又玄。自西自东，自南自北，无思不服。（隐"蜘蛛"）

两条带儿翘翘，两只袖儿器器。方才穿柳巷，又去走花街，引得花姐姐儿拿扇打。（隐"蝶"）

行也是行，立也是行，坐也是行，卧也是行。（隐"鱼"）

行也是立，立也是立，坐也是立，卧也是立。（隐"鹤"）

行也是坐，立也是坐，坐也是坐，卧也是坐。（隐"蛙"）

行也是卧，立也是卧，坐也是卧，卧也是卧。（隐"蛇"）

## 文史谜

弗是亲也叫眷，就是年多也叫生，弗曾头低就说拜，推我首席坐居中。（隐"客束"）

## 器用谜

黄家女，杨家女，背儿滑滑光光，齿儿俐俐伶伶。乱法强私通，私通不到头。（隐"木梳"。吴语"梳""私"同音。）

日里插进去，夜里抽出来。（隐"靴"）

——摘自明冯梦龙《山中一夕话·谜语》

## 象棋诗

二国争强各用兵，摆成队伍定输赢。马行曲路当先道，将守深营戒远征。

乘险出车收散卒，隔河飞炮下重城。等闲识得军情事，一着功成定太平。

——摘自明冯梦龙《醒世恒言》

## 谚语谜

拨开竹叶见梅花（分青露白），日照檐前水不化（滴水难消）。梳妆娘子吃盐梅（游手好闲），腰带牙牌手劈柴（经官动府）。梅子青青麦禾黄（人生面不熟），贪看月色吹灯灭（外明不知暗）。

## 有好美酒

月在半天，女子并肩，火烧羊脚，鸡立水边。

## 何等小人

一人一口又一丁，竹林有寺却无僧，清霄不见雲头月，自古春无三日游。

## 古人名

我娘姊妹五十双（徐夷），我爹兄弟一般长（叔齐），新笋出林如旧竹（比干），绿杨堤畔紫兰香（柳下惠）。

## 药名
农夫月落出耕田（黑牵牛），行到溪头没渡船（当归），就在溪头眠一觉（宿沙），蓑衣箬笠护头边（防风）。

## 果名
水浇鸭骨（林（淋）禽），隔靴挝痒（枇杷（皮爬））。

## 字谜应古人
足兆为跳，竹大为笑，老莱子戏班衣，又跳又笑。
日十为早，子女为妙，甘罗十三为丞相，又早又好。

## 日字谜
画时圆，写时方，冬天短，夏天长。

## 晶字谜
一字九横六直，多少才人不识。就是水宫仙子，也要猜他三日。

## 十字谜
指天指地，指东指西。

## 亞字谜
内中十字空明，四面八方头角，纵然有口如哑，岂敢用心为恶？

## 夕字谜
夜里做一个，梦里做一个，多多做两个，便向死边过。

## 黄字谜
崖上一丛草，崖下一丘田。十人在田内，八人在门外。

## 竇字谜
头为穷人头，脚为贫人脚，不在穴中藏，几乎被賣却。

### 因字孝字谜

四方添一人，莫作囚字猜。十字一撇子，莫作千字猜。

### 朱字板字谜

木字加一撇，莫作禾字猜。木子又一撇，莫作禾字猜。

### 極字谜

木了又一口，莫作木字猜。非和亦非异，非困亦非呆。

### 佛字谜

我有一张弓，架着两支箭，欲射旁边人，且看菩萨面。

### 義字谜

我本欲骑羊，却被羊骑我。畜生大欺人，来我头上坐。

### 咏田谜

昔日因田成富足，今日因田累出头，田居心上思何极，田在胸中虑不休，田土相连克里长，田出头来不自由，田脚伸时当申首，田广差多叠叠愁。

### 门字谜

看花间，红日西坠。闭香闺，不见多才。倚阑干，東（东）君去也。闷无心，懒傍妆台。闭户才郎去，间关日已沉。闪些人不见，闷闷有何心？

#### 牆（墙）

两土两人两个口，不问贫富家家有。

#### 象形

一字似尺，口字似斗，而字似钯，易字似箒（帚）。

### 历日

一尺长，十二节。两头寒，中间热。

### 风箱谜
一窍粗通，难测其中。常有毛病，引动生气。

### 经书注解
大的不曾说小的，小的专一说大的。

### 镜谜
团团皎月，湛湛青天，两人对笑，一人不言。

### 灯花
造化管不得，要开时便开。雪霜风雨夜，春色满楼台。

### 灯笼
光明正直，密不通风。心同日月，暗地有功。

### 潮水
本家住在东海头，一日西江两度游。来时不待主人请，去时不被主人留。

### 船篷
一家都姓竹，能直又能曲。终世走江湖，与人做房屋。

### 珓杯
兄弟两个一般大，不行不动不说话，闲时坐在卓。

### 蛇
眠也眠，行也眠。

### 屋
立定擎天柱，平铺一片云。风霜都不怕，盖庇世间人。

### 磨
路迢迢而非远，石叠叠而无山。雷隆隆而不语，雪飘飘而不寒。
——摘自明冯梦龙《广笑府·隐语》

### 弹棉花槌

一物身长数寸，头圆颈细堪夸。佳人一见手来拉，揭起罗裙戏耍。席上交，无限欢，声音体态娇佳。看来俱是眼前花，直弄得成胎始罢。

——摘自清褚人获《坚瓠补集》

## 钱谦益谜选

### 蜘蛛

著物横丝巧，谋身长踦周。螫人惟果腹，送喜又当头。

映日文偏著，漫天网不收。禁持凭鼠妇，吞噬莫相尤。

### 灯蛾

蜡炬明宵宴，兰膏炳烛房。可怜争扑触，犹欲较低昂。

未许因人热，那能借壁光。君看焦烂客，仍得坐高堂。

### 蝉

貂尾同文彩，矮冠用羽仪。涂泥羞末品，鸣噪竞高枝。

聒耳荧丝竹，如簧乱鼓吹。何须诮瘖哑，饶舌正堪嗤。

### 蜜蜂

清都为观阁，紫殿作芳丛。不分针芒毒，偏于甜蜜中。

采花迷共主，嚼蜡赚家翁。又讲君臣礼，排衙傲倮虫。

### 蛱蝶

轻薄多生种，纨绣夙世群。梢花矜粉在，掠蜜与蜂分。

栩栩乘宵梦，翩翩傍日曛。滕王图画里，麟阁总输君。

### 萤

腐草只如此，余光能几何？偶陪金殿坐，长向玉阶过。

秘阁然藜少，荒原结燐多。天街昏黑候，咫尺乱星河。

### 苍蝇

附骥垂天表，鸣鸡聒禁中。巧能窥御笔，误欲点屏风。

国土为樊棘，分身作蜜虫。可能污白璧？摇翅任西东。

## 蚊

得志昏黄夕，偷生血肉身。雄豪推豹脚，丑类到浮尘。
下策聊攻火，中宵易及晨。蟭螟尔何族？巢睫自成邻。

## 蛔蛲

何物蛔蛲种，偏能帝所游？窟营脊腑秽，籍记肺肠幽。
刺探攒多□，钻营并九头。三彭行僇近，天听却悠悠。

## 蚁

党类闻膻夥，功夫时术多。真能倾栋宇，未可薄么麽。
辇重潜营坞，身轻稳占窠。拉逻忧大厦，一木竟如何？

## 米虫

宛尔能蝗黍，公然学蠹鱼。耗应雀鼠并，谋岂稻粱疏。
不惜春农苦，频分尚食余。秋风黄叶候，为尔重嗟吁。

## 蟋蟀

玉井更筹急，金笼帏幄长。枕函听选将，帘阁看登场。
盆盎成关塞，输赢一哄堂。襄樊频告急，莫恼贾平章。

## 杖二则

用之则行，舍之则藏，唯吾与尔。危而不持，颠而不扶，将焉用彼？崇祯八年春，牧翁铭。
挂百钱，沽一壶。登高不惧，涉远不孤。策扶老兮擅嘉名，嗟灵寿兮非吾徒。

## 武陵观棋六绝句

帘阁萧闲看弈时，初桐清露又前期。急须试手翻新局，莫对残灯覆旧棋。
满盘局面若为真？睹赛乾坤一番新。有客旁观须着眼，不衫不履定何人？
黑白分明下子时，局中两兔已雄雌。世间国手知谁是？镇日看棋莫下棋。
一着先人更不疑，侵边飞角欲何之？鸿沟赤壁多前局，从古原无自在棋。
水榭宾朋珠履多，后堂棋局应笙歌。可知今日鹅笼里，定有樵人烂斧柯。
太白芒寒秋气澄，楸枰剥啄闪残灯。袖中老手还孥撒，只合秋原去臂鹰。

# 鼎盛时期（清代至民国时期）

## 清代

### 冯班谜选

蚕吐五采，双双玉童。树覆宝盖，清谈梵宫。（隐"绝好宋诗"四字）

### 金圣叹谜选

天晚祭祀了，忽然闹吵吵。祭肉争肥瘦，馒头抢大小。颜回低头笑，子路把脚跳。夫子喟然叹："在陈我绝粮，未见此饿殍。"（隐"捌"字）

### 毛序始谜选

#### 诗隐美女

六宫娇面艳桃般（红儿），吐蕈含葩妃子颜（花蕊夫人）。一曲春风谁属和（杜韦娘），黄鹂柳外语间关（啭春莺）。

赤城女降馆娃宫（吴绛仙），媚态朱颜总不同（娇红）。桃杏满园如布锦（红绡），还输人面自然红（花不如）。

#### 【西江月】咏鲞鹤

只道生从胎卵，原来索自枯鱼。棱棱瘦骨欲凭虚，谁复假之毛羽。

纵使凌霄有志，那堪涸辙难舒。林逋支遁莫怜予，空说庄周知己。

#### 【西江月】咏茧鹤

才见春蚕欲死，忽有素鸟如生。马头娘子已藏形，幻作柱头丁令。

月羽还须剪就，缟衣不待裁成。若教冲举向青冥，应化游丝千仞。

### 褚人获谜选

#### 天干谜

颠倒没来由（甲），十事九不就（乙）。两人同出一人休（丙），可意儿难开口（丁）。

算佳期成了又还勾（戊），巴不得一点在心头（己）。莫向平康去小求（庚），虽幸书来无一语（辛）。任人儿耍丢（壬），挤一發把弓鞋罢绣（癸）。

## 地支谜

一日思君十二时——仔细思量，人儿无赖（子）；便狃做私情，也非奴不才（丑），衾衣怎挨？今夕撇奴不睬（寅）！记当年折柳，料此际成柴（卯）。既蒙辱爱，怎把寸衷丢开（辰）？这卷书，藏头露尾难猜（巳），多时候无言耐（午）。把朱鞋抛撇，懒铺排（未）。畅好恩情容易败（申）。挤一饮如泥睡醒来，看星儿稀暗灯还在（酉）。想姻缘成不到这半勾儿（戌）。也是命当該，不言了却相思债（亥）。

——摘自清褚人获《坚瓠三集》

## 天干地支谜三则

用闺情，隐地支云："实仔望，百年好事成姻眷，谁知儿女缘悭缺半边（子）。纽丝儿不觉和肠断（丑）。待要卜金钱，演卦前川，只恐怕水儿流不到砚池间（寅）。忽听柳阴中，聒噪新蝉，又被伐木丁丁响小园（卯）。黑漫漫一声霹雳空中震，霎时间云收雨散（辰）。抽身起，独自走，只见绿遍山原（巳）。也曾許我急整归鞭，到于今抛却前言（午）！昧心人，那管红日西沉，孤灯闪闪（未）。本待向神明，将他埋怨，且卸衣衫一晌眠（申）。直等到酒阑人倦，泪珠儿滚滚，似水如泉（酉）。梦魂中，越（音倏）地里走向阳台（戌）。骇得人纵辔扬鞭，猛可里，急恼恼，马儿都不见（亥）。"

用骨牌名，隐天干云："一枝花，卑人一点不容夸（甲）。梅梢月似钩，空把郎心挂（乙）。火烧眉，一人在内恨冤家（丙）。蝶恋花，向短亭闲耍（丁）。鱼游春水，茂林芳艹不须加（戊）。锦屏风，将杨妃半遮（己）。满堂红，照不到高唐脚下（庚）。橘子眼里盼伊家，可立在十字街儿上（辛）。踏梯望月，瞥见士头差（壬）。倘得个将军挂印，奴自揆才情少，恐难配着他（癸）。"

用曲牌名，隐地支云："好事近，半夜女儿生（子）。更漏子，听鸡鸣（丑）。下山虎伏神光退（寅）。香柳娘，抛闪木兰亭（卯）。点绛唇，掩却樱桃小口（辰）。十二时，刚轮一半。夏初临，拨草来寻（巳）。朱奴儿，藏头不见人儿面（午）。珍珠帘，将玉人半夏形和影（未）。二郎神告退衣巾（申）。沽美酒，点水无存（酉）。越恁好，走向花丛觅弹子（戌）。耍孩儿，半刻须分（亥）。"

## 天干二则

命书云："细推运道，向如身处匣中，颠倒不得自由，今交申运，方是出头之日（甲）。逢九之年，防有失脱，必撇得去，方妥（乙）。然赖内助有人，一无所损（丙）。将来添人进口，何所不可（丁）？家事草创，到头来，自然茂盛（戊）。交酉运帮身，金土配合（己）。得水为助，岂止小康而已（庚）。为人能自立，作事胜人十倍（辛）。却肯伐人任劳（壬），但未必名登科第。欲求發达，须去持弓挟矢，当有天然遇合（癸）。"

课引云："此卦本属干天，变成坤体，首爻落空，不但有土崩之势（甲）。且有瓦解之疑（乙），内中一人（丙），切不可与角口（丁）。事在欲成未成之间（戊），只恐巴不就（己）。终属荒唐，若无闲口舌，亦可望八分（庚）。辞不得劳苦做去（辛），莫信任旁人（壬）。倘發始之初，有二人相助，便可邀天之幸，其事十全矣（癸）。"

### 地支谜二则

学向上近孔孟（子），何事非君，偏不学伊尹（丑）。穴居亦如宇宙大（寅），遁去田间不留影（卯）。欲振衰微恐无才（辰），尾大不掉已难正（巳）。許人以身且莫言（午），一木岂能胜大任（未）。东方无一人着脚（申），不如高卧西山稳（酉）。只嫌茂草多点污（戌），顷刻将刀芟除尽（亥）。

孤男苦无女，好事终难就（子）。五体原来阙不全，笑君无脚又无口（丑）。家下有八人，田产止一亩（寅）。仰求于人被抛撇（卯），人当厄时已怎救（辰）？且顾已之前，莫管已之后（巳）。呼我以牛应以马（午），本来面目还辨否（未）？未能事人以求伸（申），焉能事鬼以露丑（酉）。操戈待下功不成（戌），小人假充不能久（亥）。

### 美女灯谜（十绝）

桃花烂熳遍河梁（张红桥），玄鸟双飞遶画堂（芜燕）。
对此春光宜解闷（莫愁），开怀正欲饮千觞（解忧）。
艳阳三月物华饶（丽春），掠水乌衣过小桥（飞燕）。
崔护重来花已谢（桃叶），只馀春柳尙垂条（杨枝）。
扬子滩头南涧滨（江采苹），锦鳞游泳乐天真（鱼玄机）。
河东波浪何偏急（薛涛），无那狂飙似转轮（飘风）。
声名藉藉岂虚称（真真），如玉丰姿非等恒（温超超）。
万选果然应万中（钱钱），门生衣钵遞相承（李师师）。
一叶梧飘白帝临（谢素秋），蟾宫丹粟胜南金（桂英）。
衣篝火冷余兰麝（寒香），更静惟闻秋夜砧（浣衣）。
——摘自清褚人获《坚瓠续集》

## 秦松龄谜选

麟之趾（打四书一句）好善足乎

横看成岭侧成峰，中有清溪一丝通；埋没盘盂怜缺损，苔痕错认血痕红。（打一字）盐

奴本凌霄操，怎禁得，斧斤斩伐火煎熬，生生落在烟花套，莫认漆和胶。恶磨头，日夜遭，身躯瘦得全无了，只落得，有才人，把我魂儿纸上描。（打一物）墨

丹墀，平沙，千钧，人皇。（打四字成一物·曹娥格）砵、砂、锺、馗

韩文公之墓（打四书一句）故退之

杏（打西厢记二句）倩疏林、与我挂住斜晖

是谁傅粉戴朝冠（打四书一句）何晏也

不是关公，不是项王，也向乌江自刎，也向吴下身亡。（打鸟名一）翡翠

运使做医（打古妇人名二）莫愁、无盐

美人唇上点胭脂（打四书一句）唯

几谏（打鸟名一）子规

殷二百周三百（打古人一）真半千

七月七日长生殿，夜半无人私语时。（打官职名一）玉环同知

勹向（打用物二）包头、高底

打胎（猜四书二句）既欲其生，又欲其死

生（打书经一句）牛一

上边一字是黑字，下边一字是黑字，中间十字大白字。（打一字）亞（亚）

独立鳌头辗转思（打一物）状元筹

——摘自清秦松龄《来生福弹词》

## 咄咄夫谜选

上又无画，下又无画（打一字）卜

三点水，六点水，称呼同，左右异。（打二字）洲、州

小生年方二十一，齿白唇红眼如漆。在灯前迎人送客，灯背后无颜绝色。（打一物）骰子

来质不须言,赴东君,可自怜,人居两地空相恋。财毕日厌,年华日添,乐昌镜合重相见,怨嫦娥佳期早赴,抛撇恐无缘。（打一物）当票

身儿圆圆，有耳不听旁人言，有脚不闲行，有口不说是和非，有时热心肠，有时心灰意冷。（打一物）香炉

贼骨头，巧郎君打扮，我爱他识重知轻，他倒也心多不乱（打一物）等子

傍妆台，端正好，踏莎行，步步娇，上小楼，节节高。（打一物）梯

一人有疾，一家不安，一贴补药，此病得痊。拜上大娘二娘，不要炒刮。你若炒刮，这病又发。（打一物）破锅

不用放在桌上，要用丢在地下。（打一物）笞

吾十有五，三十而立，色斯举矣，翔而后集。（打一物）双陆

碧蕊绽银花，金须间玉芽。街头乘露叫，日出即归家。（打一物）豆芽菜

两脚长，两脚短，头上顶漆碗，腰间插竹管。（打一物）善富

姊妹们最轻狂，穿红着绿引才郎。苦了多少风流客，害了多少富家郎。（打一物）骰子

半边铜钱（打骨牌名一）天地分

八（打骨牌名一）八不就

围棋盘里着象棋（打论语一句）子路不对

往来韩魏中间幕，不入寻常百姓家。（打古美人名一）赵飞燕

孔子到吴门，见其倚于衡。（打古人一）苏轼

——摘自清咄咄夫《一夕话·雅谜》


直看是五十，横看是五十，直子多两旁，横子多上下。（打一字）車

远看是株菜，近看是株菜，君子描一笔，好做花儿戴。（打一字）菊

黄赤白黑不敢语，两个胡为泥中苦，丐儿向人辞欲吐，茅盖板铺独自处。（打四字）请坐吃茶

牛头狗尾（打一字）孩

你的口对了我的口，我的口对了你的口。我的小口吞得你的大口，你的大口吞不得我的小口。（打一物）碗

孩儿意，只为功名半张纸。临行时，慈母手中线，费几许？只要去，扯不住。不愁你下第，只愁你际风云，肠断天涯何处？（打一物）鹞

一口棺材没有盖，几块骨头不自在，三十兵马赶将来，却把眼睛都踏坏。（打一物）双陆

你也十六，我也十六，一般皮骨，两般色目。行则同行，宿则同宿，做了一世夫妻，只是不曾和睦。（打一物）象棋

兄弟六房二十一，齿白唇红眼如漆。在灯前迎人送客，在灯后无颜绝色。（打一物）骰子

房屋六间，四面窗槅俱全。原价一百二十六两，值多少典多少。（打一物）骰子

俊毛儿生得伶俐，耍得人汗透香肌，脚尖儿勾着你，眼睛儿瞧着你。（打一物）毽子（原作"踢毽子"）

脱布衫，沽美酒（打俗语一句）顾嘴不顾身

片片桃花逐水流（打琵琶曲一句）见池面红妆零乱

此亦不敢先，彼亦不敢先。惟其不敢先，是以无所争。惟其无所争，是以入于不死不生。（打围棋术语一句）持棋

两周女儿嫁丈夫（打诗经一句）三岁为妇

——摘自清呦呦夫《又一夕话·续雅谜》

## 钱德苍谜选

仙翁指上清音发，谈笑樽前防劫杀。座拥牙签胜百城，云山四壁轻烟抹。（打四物）琴、棋、书、画

得此添修五凤楼，临池洗处黑鱼游，封侯万里曾投弃，励志磨穿铁未休。（打四物）纸、墨、笔、砚

一胎生四人，全亏二哥哥保全一家两口；大哥哥虽不成人，也亏他先前起首。（打一字）俭（儉）

姊妹们最轻狂，穿红着绿引才郎。误了多少贪杯客，害了多少有钱郎。（打一物）骰子

一半进，一半出；一半干，一半湿。（打一物）屋瓦

一字十二点，随你书上选。凭你好生员，也要猜三年。（打一字）斗

喜怒不形，物我无间，反之于己，亦若是而已矣。（打一物）镜子

身穿绿青衿，泮池暂托身。一日将皮剥，便是白衣人。（打一物）田鸡

——摘自清钱德苍《解人颐广集·消闷集》

## 毕沅谜选

### 观棋

清箪疏帘坐隐偏，参差月落不成眠。珠尘万斛浑输却，止失枰中一著先。

## 沈起凤谜选

【桂殿秋】隐"蓦然"云：吹铁笛，悄无言，小怜半面早偷看。几回欲把花枝撚，为怕春寒出手难。

【渔家傲】隐"包残余肉"云：碧玉半回身，今夜孤眠恼杀人。矛戟丛中同列阵，凭倚看，夫爱倒来妻爱顺。

【长相思】隐"倩疏林"云：数阑干，倚阑干，一半阑干可尽捐，还留一半闲。解双缠，系双缠，浓李夭桃且慢拈，宜男草已删。

【太平时】隐"红娘自思"云：八咏人归芍药残，步江边；相随直到小姑山，会婵娟。

欲采苹香人去远，空凝盼；梨涡晕处几时看，待冰蟾。

【生查子】隐“帮闲钻懒”云：捧得诏书迴（回），亲把儒冠赠。桃李正盈庭，好个充闾庆。却怪羡声多，只为钱囊润。改抹好良心，收拾穷书本。

【点绛唇】隐“瑞烟笼罩”云：玉体横陈，吁吁声颤难相告；银缸残了，为甚羊车到。我命逢辰，半面画中稿；求凰好，琴心雅操，愿伴题桥老。

【点绛唇】隐“伫立闲阶”云：翠盖擎来，秦淮水榭帘儿挂；移高就下，一对香肩亚。维暮之春，两处都残也；君听罢，郢中歌者，属和休嫌寡。

【浣溪沙】隐：“浮沙羹”云：宁断娇儿不断郎，玉钩偷下绣帘旁，三更点滴漏声长。照梦灯边香半炷，销金帐底酒同尝，风流佳婿本无双。

【浣溪沙】隐“先生无伴等”云：正是兰闺晚浴天，难将玉体试温泉，黄姑今夜只孤眠。几度摩挲还束手，全身风韵未齐肩，且过竹院问枯禅。

【菩萨蛮】隐“真乃乌合”云：千金声价无人估，佳期今夜逢三五。且慢佩宜男，熊罴恐未占。倘然开笑口，应扣秦人缶。斫去小琅玕，教侬酬赠难。

【菩萨蛮】隐“喘吁吁”云：倘然有意将他共，凭伊就把琼箫弄。试向一边看，欹斜小翠峦。若从底下见，可惜无三面。重叠费疑猜，弹冠个个来。

【海棠春】隐“厌的倒褪”云：鸾衾呓语浑难醒，早减却恹恹鬼病。婪尾洗残红，溷入梨花影。起来傍个人儿稳，问甚日归期才准。还却绣罗襦，何必劳相赠。

【双调望江南】隐“瑞烟笼罩”云：踏青去，莲步未曾移。已令全身嗔道蕴，还留半面感陈思，残烛照芳姿。嫣然笑，漫咏吠厖诗。芳草坟荒无尺土，珊瑚网密断千思，卖卦晓窗时。

【鹧鸪天】隐“月射书斋”云：裙屐争看座上宾，须知一半是闲身；筵前柳絮曾题句，宫里桃花复效颦。停短管，启朱唇，麝香生处十分春；只愁近日香肌减，添个衾裯学抱人。

【鹊桥仙】隐“只将鸳枕捱”云：樱唇一点，柳眉双画，吹转春风花片。麻姑长爪小摩挲，真个是十分美满。小园草殒，黄莺啼醜（丑），家令腰围半减，秋千架下手相扶，直送到江流断岸。

【一剪梅】隐“他已自把张敞眉来画”云：流水池边人影斜，认是侬家，却是奴家。阿谁联臂觑娇娃，半是儒家，半是僧家。淡淡螺峰色最佳，左也人家，右也人家。辛夷花发竹篱遮，到了农家，缺了山家。

【满江红】隐“权将这秀才来伛”云：不见当年，玄都内花开千树。还只怕春风谶识，都无凭据。反掩文窗刚半扇，中途金埒分嘶去。倒裳衣游子欲何之，休延伫。烧断了，同心炷，揉断了，双头蕊。怅金钱满橐，掌中难贮。归去斑衣犹自舞，莫教芳草迷人住。向旁人乞火最堪怜，心灰处。

【念奴娇】隐“佛啰成就了幽期密约”云：玉奴小立，正挥残麈尾，悄然停手。慢把千丝偷结网，一颗樱桃红溜。屈戍轻勾，牙篦半掠，倾国姿容秀。挽来双髻，上头还未分绺。

　　戏将彩线轻拈，生生劈断，要把孙郎扣。可惜残棋留半局，已散红闺小友。试问芝田，宓妃何处，却在巫峰岫。鲛绡剪破，赠人离别时候。

　　【散曲】隐"我一地胡拿"云：打头儿将撇下，枉教奴四处寻他。问夫郎，奴从来待他何曾大。丁香舌，没口儿吐着他。被池边三回两次，两次三回，和你说尽知心话。到如今道十分肠肚，割断了半边牵挂。阿弥陀佛，和你折证在莲台下。

　　（注：每阕隐《西厢记》词一句）
　　——摘自民国吴克歧《犬窝谜话》引沈起凤《绝妙好辞》


　　俺这里不用之乎者也（打古人一）沈休文

# 邱冈谜选

## 咏灯棚
照乘明珠尽滚球，幔亭彩幄恣云游。一村竞作三更市，两岸齐开百尺楼。
兰桂光腾能掩月，绮罗香暖不知秋。谁家好事挥文翰，字谜端如坡老不。

## 咏船歌
梯云桥下月明多，桃叶桃根纳纳过。碧浪轻浮青雀舫，华筵低唱雪儿歌。
金壶潋潋倾桑落，玉盏盈盈点竹窠，水郭神仙原不少，相思只为隔银河。
　　——摘自清徐达源《黎里志》

# 顾震涛谜选

## 打灯谜
一灯如豆挂门旁，草野能随艺苑忙。欲问还疑终缱绻，有何名利费思量。
　　——摘自清顾铁卿《清嘉录》

# 沈缃谜选

## 浣纱词
【貂裘换酒】《重赠》
廿四桥头步，听箫声等闲吹过，良宵十五。偷向十三楼上望，谩掩四围朱户。吹好梦十年一度。数遍巫山峰六六，第三峰留作行云路。双星照，七襄渡。 三三径里三生谱。

倚花前，阑干六曲，三弦同诉。弹到六么花十八，半晌魂销色舞。添八字一痕眉妩。卅六鸳鸯分四角，早二分明月三更鼓。且莫把，四愁赋。

（注：此词曲，猜法巧妙，或增或减，或乘或除，原著云："前阕隐九字，此阕仿玉局翁体。玉香仙子自记。"又，考沈起凤《谐铎》，词牌【貂裘换酒】乃《金缕曲》别称，《重赠》又名《程振鹭赠邢沟妓葛九》。盖程振鹭乃篑渔自射其姓名，词则蕙孙为乃父捉刀也。）

——摘自民国吴克歧《犬窝谜话》

## 孙原湘谜选

### 自题二十四诗后

吹箫桥畔月如环，亚字栏杆对照间。写遍乌丝三页满，弹来雁瑟一条闲。清波双现金钗影，和气全飞玉瑁斑。慢说荷花共生日，十年年减丽娟颜。（隐"二十四"）

### 艳体一章（前韵）

十二栏干花四环，美人二八倚中间。蛾眉那厌重新画，象戏刚抛一半闲。两度界笺书锦字，更番排卦炙香斑。嬉戏二九还初七，生过娇儿尚玉颜。（隐"十六"）

——摘自民国钱南扬《谜史》

### 谜诗十则

柳为风〇已乱丝（欺吹狂翻摇）三（底取第三字"狂"，下同）
〇月且将明烛代（秋皓缺无少）四
薄怒深愁〇更好（看态容卿情）一
蝶穿花去偏多〇（福碍乐恋阻）二
春〇不敢楼头望（深阴晴来回）三
春有去时〇定例（谁难先无休）一
羹汤亲手为〇调（君谁郎他吾）二
每〇难得有情郎（怜称言思愁）二
任郎〇搦指尖妍（偷轻暗私笑）一
玉人眉额照秋〇（河屏华光清）五

——摘自民国《游戏大观·谜诗》

## 郭麐谜选

郭（打四子一句）先生之号则不可
水晶卵泡（打礼记一句）凡奉者当心

## 无名氏谜选

松子（打四书一句）父为大夫

睢阳城（打四书一句）巡所守也

国士无双（打四书一句）何谓信

止子路宿（打四书一句）季氏旅于泰山

节孝祠祭品（打四书一句）食之者寡

怕妻羞下跪（打四书一句）懦夫有立志

千不是，万不是，都是小生的不是（打四书一句）平旦之气

四个头，六只眼，四只手，十二条腿（打四书一句）牛羊父母

才名犹是杨、卢、骆，勃也何因要在前（打书经一句）王不敢后

两个男的，两个女的；两个活的，两个死的；两个有名姓的，两个无名姓的。（打四书一句）华周、杞梁之妻

佯（打四书二句）何可废也，以羊易之

核（打四书二句【不连】）果在外　仁在其中矣

打胎（打四书二句）既欲其生，又欲其死

韩文公像（打四书二句【不连】）今日愈　故退之

朱笔写词字（打四书二句）未同而言，观其色赧赧然

游方和尚庙无人（打四书二句）所过者化，所存者神

分明《周易》语，却是《楚骚》心（打四书二句）象曰：郁陶思君尔

戊辰（打易经二句）天数五，地数五

吊者大悦（打易经一句）先号咷而后笑

佳文字（打书经一句）惟教学半

主器莫如长子（打诗经一句）笾豆大房

子贡曰：惜乎，夫子之说，君子也，驷不及舌。文犹质也，质犹文也。虎豹之鞟，犹犬羊之鞟。（打诗经一句）与子成说

前头吹笛子，后头敲破锣（打诗经二句）鱼丽于罶，鲿鲨

息上加息（打孟子一句）以利为本

带见小门生（打左传一句）老师费财

朗诵《汉书》《史记》（打左传一句）有班马之声

卫宣姜梦长庚入怀（打礼记二句）为伋也妻者，是为白也母

眉峰耸翠（打唐诗一句）山从人面起

幺二三四六（打宋诗一句）才有梅花便不同

掠（打西厢记一句）半推半就

禽（打西厢记一句）会少离（离）多

觅黑车王（打西厢记一句）全不见半點（点）轻狂

太史公下蚕室（打琵琶记二句）毕竟是文章误我，我误妻房

浣花草堂（打鸟名一）杜宇

事父母几谏（打鸟名一）子规

七月七日长生殿，夜半无人私语时（打官名一）玉环同知

用时丢在地下，不用时安在桌上（打物一）木玟

子龙单身保阿斗（打药名三）常山、独活、使君子

晋襄公（打字一）爺（爷）

春雨绵绵妻独宿（打字一）一

赋得偃武修文【得闲字】（打字一）败

正月小，二月小，三月小（打字一）人

夫妻猜拳，一个叫梅花，一个叫八马。（打字一）語（语）

左看三十一，右看一十三，合拢来是三百二十三。（打字一）非

从左看到右，此字在口头，从右看到左，居间却是我。（打字一）仲

上是马，下是字；下是马，上是字；两头是马，中间是字。（打字一）交

一个大，一个小，一个跑，一个跳，一个吃人，一个吃草。（打字一）骚

——摘自清梁章钜《归田琐记》卷七《近人杂谜》


一鞭残照里（打西厢记一句）马儿向西

连元（打西厢记一句）又是一个文章魁首

周公植璧秉珪，乃告太王、王季、文王（打西厢记一句）说哥哥病久

——摘自清梁章钜《浪迹丛谈》卷七《杂谜续闻》


## 顾禄谜选

### 龙舟竞渡

锣挟鸣涛鼓骇雷，红旗斜插剪波来。锦标夺到轩腾处，风卷龙鬐雪作堆。

——摘自清顾铁卿《清嘉录》


## 僻耽谜选

孙（打四书古人一）子产

古貌（打四书古人一）陈相

丝套（打四书古人一）绵驹

一捻红（打四书古人一）杨朱 准饬差（打四书古人一）许行

换建旗（打四书古人一）易牙

三尸守夜（打四书古人一）彭更

建安七子（打四书古人一）曹交

韩文公得道（打四书古人一）接舆

超升按察司（打四书古人一）飞廉

印度国月城（打四书古人一）西子

郁郁乎文哉（打四书古人一）华周

小雅得来多（打四书古人一）乌获

胜狄以名其子（打四书古人一）长息

日躔大梁之次（打四书古人一）离娄

莫把半肌认太真（打四书古人一）脊环

自诉平生不得志（打四书古人一）陈辛

春风才度玉门关（打四书古人一）泄柳

三千宠爱在一身（打四书古人一）王驩

老人望到夕阳低（打四书古人一）子西

诏书敦迫精光棍（打四书古人一）召忽

本来司马是含冤（打四书古人一）宫之奇

巨鳌无力冠灵山（打四书古人一）戴不胜

帝高阳之苗裔，帝高辛之苗裔（打四书古人一）龙子

阳在手，阴在首，根于心，祝于口，反是以求十八九（打物一）如意

——摘自清无名氏《韵鹤轩笔谈》卷下

## 映雪山房谜选

‖十（打四子一句）非由内也

中进士（打四子一句）举欣欣然有喜色

草木无知（打四子一句）柴也愚

背榜举人（打四子一句）犹解倒悬也

堂上牵羊（打四子一句）未入于室也

钱多难买竹（打四子一句）焉有君子而可以货取乎

医生问致富之方（打四子一句）大夫曰：何以利吾家？

同（打四子二句）不直，则有司存

心（打四子二句）如在其上，其恕乎

江鸟（打毛诗一句）鸿则离之

牧童遥指杏花村（打毛诗一句）彼有旨酒

灯谜无深意，一猜便着（打毛诗一句）浅则揭

捐个太学生，便觉非常荣耀（打毛诗一句）监亦有光

和靖生儿（打毛诗二句【不连】）其子在梅　有鹤在林

垚（打尚书一句）分土维三

鸣条（打尚书一句）树之风声

左为日角，右为月角（打尚书一句）元首明哉

儿童骑竹马（打周易一句）小人而乘君子之器

张颠醉后作书（打周易一句）饮酒濡首

窥镜自视（打卦名一）豫

木天（打礼记一句）其日甲乙

灯花（打礼记一句）油然生矣

总有双门常自掩，苦无二木不成材（打礼记一句）必重闭

艹（打左传一句）曹其首也

粤东粤西（打左传一句）分为二广

又（打文选一句）文不加点

会试报喜（打文选一句）贺举进士有名

車（车）（打春秋繁露一句）三画而连其中

个（打司空诗品一句）不着一字

桃李相投（打聊目一）果报

间（打三字经一句）削竹简

革（打三字经一句）勤有功

戏子捐官（打千字文一句）学优登仕

修理监狱（打方言一句）牢不可破

泰（打诗句一）一半是春水

贫而无怨（打六才一句·卷帘格）恨不穷

惟足下留意焉（打六才一句）只这脚踪儿将心事传

猜谜不赠彩（打六才三句【不连】）我图谋你东西来到此　仔细思量　只得了个纸条儿

南海观音（打词曲牌一）菩萨蛮

万国衣冠拜冕旒（打词牌一）朝天子

众仙同日咏霓裳（打词牌一）普天乐

临去秋波那一转（打词牌一）眼儿媚

两个子路（打物件一）笛

君子之子（打食物一）竹鼠

无可奈何花落去（打古人一）惜春

今日压倒元白矣（打古人一）杨得意

新月残月（打星名一）像弓

四（打草名一）横目

火枣（打兽名一）果然

行楷（打草名一）书带草

正看是四十，倒看亦是四十，左看是四十，右看亦是四十。（打字一）井

——摘自清无名氏《映雪山房谜语》

## 马如飞谜选

### 节气歌

西园梅放立春先，云镇霄光雨水连。（节气名：立春、雨水；戏目名：《西园记》、《霄光剑》）

惊蛰初交河跃鲤，春分蝴蝶梦花闲。（节气名：惊蛰、春分；戏目名：《跃鲤记》、《蝴蝶梦》）

清明时放风筝误，谷雨西厢好养蚕。（节气名：清明、谷雨；戏目名：《风筝误》、《西厢记》）

牡丹亭立夏花零落，玉簪小满布庭前。（节气名：立夏、小满；戏目名：《牡丹亭》、《玉簪记》）

隔溪芒种渔家乐，义侠同耘夏至间。（节气名：芒种、夏至；戏目名：《渔家乐》、《义侠记》）

小暑白罗衫着体，望湖亭大暑对风眠。（节气名：小暑、大暑；戏目名：《白罗衫》、《望湖亭》）

立秋向日葵花放，处暑西楼听晚蝉。（节气名：立秋、处暑；戏目名：《葵花记》、《西楼记》）

翡翠园中零白露，秋分折桂月华天。（节气名：白露、秋分；戏目名：《翡翠园》、《折桂记》）

烂柯山寒露惊鸿雁，霜降芦花红蓼滩。（节气名：寒露、霜降；戏目名：《烂柯山》、

《惊鸿记》）

　　立冬畅饮麒麟阁，绣襦小雪咏诗篇。（节气名：立冬、小雪；戏目名：《麒麟阁》、《绣襦记》）

　　幽闺大雪红炉暖，冬至琵琶懒去弹。（节气名：大雪、冬至；戏目名：《幽闺记》、《琵琶记》）

　　小寒高卧邯郸梦，一捧雪飘空交大寒。（节气名：小寒、大寒；戏目名：《邯郸梦》、《一捧雪》）

　　冬去春来天渐暖，白兔鸟飞又一年。（戏目名：《白兔记》）

## 张文虎谜选

　　月（打四书一句）明日遂行

　　如何如何（打四子一句）不知其人可乎

　　女（打四书二句）不知其仁，焉用佞

　　师严（打易经一句）夫子凶

　　鸦片烟（打易经一句）以此毒天下而民从之

　　聋者善听（打易经一句）聪不明也

　　无财不可以为说（打易经一句）家道穷必乘

　　排空御气奔如驰（打易经二句）初登于天，后入于地

　　上床夫妻，下床君子（打汉书四句）情欲之感，无介乎仪容；燕私之意，不形乎动静

　　一（打常语一句）道三不着两

　　种牛痘（打俗语一句）好肉上做疮

　　涩然汗出（打汉人名一）霍去病

　　凭君传语报平安（打唐宦官名一）马上言

　　——摘自清张文虎《舒辞偶存》

## 俞樾谜选

　　苏秦始说秦惠王（打古书名一）论衡

　　君臣上下同听之，父子兄弟同听之（打古书名二）国语、家语

　　祀典（打汉人名一）祭遵

　　厥考翼（打春秋时人名一）羽父

　　一十一（打史记人名一）王离

　　此章重出（打宋人名一）文同

南齐书梁书（打春秋时人名一）萧史

荀子言性恶（打春秋时人名一）孟之反

隋文帝定江南（打汉人名一）陈平

轻薄桃花逐水流（打汉人名一）朱浮

东家之西，西家之东（打四书人名一）屋庐连

君使臣，臣事君，如之何（打唐人名一）宋之问

赤也为之小，孰能为之大（打汉人名一）朱博

即从巴峡穿巫峡，便下襄阳向洛阳（打春秋时人名一）杜回

向（打史记人名二）白起、吴起

长兄为父，长嫂为母（打周初及春秋时人名各一）管仲、管叔

辰则伏（打易经一句）龙德而隐者也

鱼米（打诗经一句）鲜可以饱

有羽之虫三百六十，而凤皇为之长；有甲之虫三百六十，而神龟为之长；有鳞之虫三百六十，而蛟龙为之长。（打诗经一句）不属于毛

人（打礼记一句）先立春三日

不失人，亦不失（打礼记一句）以成其信

意（打礼记二句）凡音之起，由人心生也

巨屦小屦（打中庸一句）足以有别也

红瘦（打论语一句）赤也为之小

福寿（打论语一句）禄在其中矣

曰（打论语二句【不连】）若由也　直在其中矣

凭君传语报平安（打孟子一句）言不必信

铜（打孟子二句【不连】）去其金　是则同

九十九（打字一）白

隐桓庄闵僖文（打字一）秦

三人同行，其一我也（打字一）㐱

擘橙剥蟹（打古地名二）外黄、内黄

土生金（打药名一）地黄

金络索（打药名一）黄连

得过且过（打药名一）忍冬

约从散横，以抑强秦（打药名一）苏合

夫执舆者为谁？曰：为孔丘（打药名一）车前子

斗（打果名一）百合

鑫（打词调名一）重叠金

使真仙游其中，亦当自迷也（打词调名一）楼上曲

非车不东（打元曲西厢记一句）马儿向西

——摘自清俞曲园《隐书》

## 企杜谜选

倾（打四书一句）一夫百亩

尧（打四书一句）若火之始然

韦（打四书一句）言及之而不言

忽地娘心变（打四书一句）毋

满地梅花竹叶（打四书一句）兽蹄鸟迹之道

绝代有佳人（打左传一句）美而无子

一身兼作仆（打尚书一句）用人惟己

焚券（打礼记一句）合同而化

南郭吹竽（打礼记一句）竹声滥

周郎顾曲（打礼记一句）瑜不掩瑕

先生不知何许人也（打礼记二句）师与，有无名乎

射（打诗品一句）落花无言

达摩渡江（打诗经一句）一苇杭之

小红低唱（打诗经一句）不大声以色

元夜夺昆仑（打诗经一句）以望复关

香雪海边埋白骨（打诗经一句）墓门有梅

但愿生儿愚且鲁（打诗经一句）乐子之无知

乍（打易经一句）有言不信

腥（打易经一句）日月相推而明生

孕妇忌服（打易经一句）勿药有喜

煙（烟）（打西厢一句）厨房近西

旦（打西厢一句）袒下了偏衫

言（打西厢一句）怎得个人来信息通

负荆（打西厢一句）背着夫人

苗匪（打西厢一句）半萬（万）贼兵

南柯子（打西厢一句）梦儿相逢

离朱索珠（打西厢一句）美玉无瑕

皆（打西厢二句）不比一无成，百无成

元妃（打西厢二句）一个文章魁首，一个仕女班头

养在深闺人未识（打古文一句）杨氏潜其名

挑灯闲看牡丹亭（打古文一句）光照临川之笔

仄（打古文二句）凡出于口而为声者，其皆弗平者乎

眉峰（打五言唐诗一句）山从人面起

商山（打七言唐诗一句）画眉深浅入时无

十字街（打五言唐诗一句）古木无人径

香积寺（打五言唐诗一句）禅房花木深

皓首而归（打五言唐诗一句）他乡生白发

笑问客从何处来（打五言唐诗一句）生小不相识

恂（打七言宋诗一句）一心咒筍（笋）莫成竹

青（打千家诗二句）问渠那得清如许，为有源头活水来

蓬门今始向君开（打曲牌名一）入破第一

杨柳千条尽向西（打词牌名一）东风齐着力

御沟流叶（打书名一）韩诗外传

荡子行不归，空床难独守（打书名一）离骚

草色遥看近却无（打药名一）空青

梨花满地不开门（打纸名一）白关

春色满园关不住（打招牌一）各种花露

走方郎中（打山名一）医无闾

晏子更宅（打木名二）君迁、平仲

年几何矣（打殷人名一）盘庚

妆罢低声问夫婿，画眉深浅入时无？（打四书人名一）商容

人间草木（打字一）茶

大衍虚其一（打字一）棋

散步黄昏候（打字一）歲（岁）

思援弓缴而射之（打字一）忒

小舟三五傍江边（打字一）汾

洞中一抹远山痕（打字一）寶（宾）

两口子猜拳，一个叫五，一个叫八马。（打字一）語（语）

撑士，将军，吃车，开砲，包输，棋输木头在。（打字一）橐

——摘自清企杜《龙山灯虎》

## 姚福奎谜选

课徒草（打周易一句）夫子制义

三五而阙（打周易一句）盈不可久也

其不可者拒之（打周易一句）弗兼与也

夫子至于是邦也，必闻其政（打周易一句）或与或求

商家（打尚书一句）卜宅

金莲烛送归院，始于唐之令狐绹（打尚书一句）后来其苏

中兴（打毛诗一句）天监在下

子能食食（打毛诗一句）谁谓鼠无牙

大功乃出一儒生（打毛诗一句）允文允武

禁烟节（打礼记一句）有不火食者矣

回头是岸（打礼记一句）前有水

大将军为骖乘（打礼记一句）登车则有光矣

少年莫近杯中物（打礼记一句）酒者所以养老也

发解（打左传一句）武王亲释其缚

四书注（打左传一句）用集我文公

玉带生（打左传一句）信国之宝也

愁人知夜长（打左传一句）忧而不困者也

渊明（打四子一句）回也不愚

小楼（打四子一句）居上不宽

桓郁（打四子一句）其生也荣

不贪为宝（打四子一句）子罕言

子猷看竹（打四子一句）王顾左右

汉高帝到柏人，心动，去弗宿（打四子一句）危邦不入

云（打四书注一句）芸去草也

曹丕称帝（打四书注一句）武成文

孔子名子曰鲤（打四书注一句）荣君赐也

诸葛君食少事烦，其能久乎（打六朝文一句）报刘之日短也

钟子期听伯牙鼓琴（打宋文一句）在乎山水之间也

垂老别（打唐诗一句）出门搔白首

一钩残月（打唐诗一句）此曲只应天上有

亡羊（打唐诗二句）多歧路，今安在

名人书画真迹（打诗品一句）临之已非

钦赐翰林（打宪书一句）天恩玉堂

南宫（打古人一）容居

酒德（打古人一）刘颂

仆夫（打古人一）管辂

曰亡矣（打古人一）掩馀

四季花（打古人一）常遇春

野烧（打药名一）炙草

吕伋（打用物名一）望子

——摘自清姚福奎等《日河新灯录》

## 何绮谜选

四边静（打周易一句）动在其中矣

岁除（打尚书一句）正月上日

麻衣相（打尚书一句）有服在大僚

秋为白帝（打尚书一句）代夏作民主

客星犯帝座（打尚书一句）以近天子之光

林（打毛诗一句）杲杲出日

泄柳闭门（打毛诗一句）不见复关

今雨不来（打毛诗一句）访予落止

食夫稻，衣夫锦（打毛诗一句）莫知我艰

乡试额满见遗（打左传一句）不举过数

一日三餐（打四子一句）四饭缺

宗庙粢盛（打四子一句）君祭先饭

必欲烹而翁，幸分我一杯羹（打四子一句）子思以为鼎肉

春色满园关不住（打四子注一句）每种各出少许

茶神（打宋文一句）羽化而登仙

马儿向西（打唐诗一句）莫得同车归

长息（打诗品一句）生气远出

同是长干人（打三字经一句）都金陵

礼（打书名一）齐民要术

对曰：要政（打书名一）论语何晏解

小事糊涂（打经书篇名一）大明

商之先后（打用物一）汤婆子

围住广寒宫（打用物一）月封

二月既望（打曲牌一、词牌一）一半儿，春去也

开到荼蘼花事了（打市招一）各种俱全

搁浅船（打方言一句）推扳不起

——摘自清姚福奎等《日河新灯录》

## 姚屺瞻谜选

心星（打礼记一句）旦牵牛中

## 袁薇生谜选

伴婆（打周易一句）以喜随人者

阴虚面赤（打周易一句）火动而上

晶（打尚书一句）一日二日

梨园教习（打尚书一句）班师

口碑载道（打尚书一句）往来行言

破卵（打毛诗一句）黄流在中

蔡中郎撰郭有道碑（打左传一句）无愧辞

请以贵妃塞天下怒（打左传一句）何爱于一环

寅初初刻（打戴礼一句）虎始交

柳诚悬书法（打戴礼一句）以骨为主

迷路（打四子一句）道之不明也

日出而作（打四子一句）明则动

凶器（打老子一句）不祥之器

开辟以前（打庄子一句）未有天地

西子、无盐（打庄子二句）其一人美，其一人恶

古雅衣冠（打楚辞一句）非时俗之所服

扇坟（打古文一句）一抔之土未干

无盐专宠齐宫（打唐诗一句）承恩不在貌

鹦鹉（打经书篇名二）绿衣、巧言

以火德王（打年号一）炎兴

赤棒前导（打左传人名一）先丹木

雪月交辉（打古人一）寒朗

燕雀相贺（打古人一）禽庆

糟蟹（打词牌名一）醉公子

英皇二女（打词牌名一）潇湘神

寻寻觅觅，冷冷清清，凄凄惨惨戚戚（打词牌名一）字字双

子初（打六才一句）昨宵今日

尸解（打六才一句）留得形骸在

花底迷藏（打六才一句）遮遮掩掩穿芳径

矮子观场（打六才一句）踮着脚尖儿仔细定睛

久赌居然思戒赌（打六才一句）博得个意转心回

饮中八仙（打聊斋目一）酒友

相如完璧（打聊斋目二）保住、连城

红孩儿（打泊号一）铁扇子

手可摘星辰（打泊号一）摸着天

屡丰年（打县名一）常熟

方里而井（打县名一）古田

一夕三徙（打县名一）宿迁

一（打虫介一）石首

父兄勤苦（打鸟名一）伯劳

议论二三（打药名一）商陆

风平浪静（打药名一）水安息

虞美人（打字一）娪

寻常百姓（打字一）伻

死囚悉赦（打字一）笙

打扫嗓子（打物一·梨花格）箜篌

一路蝉声送马蹄（打戏名一）夏驿

敬（打戏名二）惊变、坠马

出（打戏名二）上山、下山

千里镜（打俗语一句）照远不照近

## 元夕咏狄武襄事

连山峰举瘴云开，钟鼓无声敌已摧，华月高扬旗五色，浑疑幕底放灯来。（打红楼人名四）岫烟、袭人、彩明、莲花

百钱撒地碎如星，囊底神机信有灵，济济凌烟诸将相，图形喜接涅痕青。（打红楼

人名四）小红、智通、多官、入画

### 调寄南歌子

生性爱缠绵，愁痕一点镌。香桃比骨瘦堪怜，除却玉纤扶起只贪眠。入握春云暖，投怀玉忤悬。才离袖底又裙边，最是不分明处最团圆。（打物一）线砣

——摘自清袁薇生《钩月庼词》

## 许成烈谜选

电报（打四书一句）速于置邮而传命

王勃腹稿（打药名一）通草

风流子弟害相思（打古文一句）潇洒出神之思

——摘自民国许豫《灯谜拾遗》

## 童叶庚谜选

### 第二笺　敬多才多艺及少年美秀客

叶青花白，水心抛撇。假仙之丹，真仙之骨。（打唐人名二）

燕羽差池卷簾（打三代人名一）

掷果盈车（打宋人名一）

下诏求贤，凡有奇才异能，穴处岩栖之士，皆屈致之（打唐人名二）

（谜底：柳泌、李泌；飞廉；潘美；罗艺、罗隐）

### 第三笺　敬曾任县官者

花放春园，霞蒸雪簇。半似半非，或同或独。同者是头，异者是足。花红是心，花白是肉。（打四书人名一、汉人名一）

南枝向暖北枝寒，岭上春风吹几番（打五代人名一）

记里鼓（打唐人名一）

新令旧令，有人无人。甲方乙方，有耳无耳（打三代人名一、宋人名一）

（谜底：桃應、李膺；庾信；程知节；伊尹、陈东）

### 第五笺　座有同居者各一杯，佩带香珠、香囊者一杯

十口不分一方住，四口同心共依附，十年一度拜双星，拜过双星一百度（打汉人名一）

红拂心倾李卫公（打三国人名一）

贾午赠香（打三国人名一）

至于子之身而反之（打四书人名一）

（谜底：田千秋；许靖；韩馥；滕更）

### 第六笺　善篆刻者一杯，喜骑马者一杯

四山合抱，两山相背，水面落花，平分无碍（打战国人名一、汉人名一）

刻画无盐（打三国人名一）

走马灯（打战国人名一）

似氏末世居下流，永居下流不回头（打四书人名二）

（谜底：田文、王章；文丑；烛之武；桀溺、长沮）

### 第八笺　江湖客饮

一江可望，半湖可观，观之无外，望之弥宽（打明人名二）

沃野千里，尽东其亩（打秦末人名二）

止戈（打唐人名一）

固一世之雄也，而今安在哉（打三国人名一）

（谜底：汪广洋、胡大海；田广、田横；武平一；曹休）

### 第十笺　善相者饮，貌魁梧者一杯

威凛凛，貌堂堂（打三国人名一）

霞光放晚晴，甲乙共知名（打战国人名一）

不因人热，不炫己长（打明人名一）

守者曰：此非吾君也，何其声似吾君（打唐人名一）

（谜底：严颜；段干木；冷谦；宋之问）

### 第十二笺　善书画者一杯

立锥有地，立国有主，美在其中，其色有五（打美人名一）

东壁图书发古香（打美人名一）

罗袜生尘（打美人名一）

深闭了寂寂香闺，望穿了盈盈秋水（打美人名一）

（谜底：卓文君；左芬；步非烟；关盼盼）

### 第十九笺　喜游览者一杯

二大二小，各居其半，大者居其大半，小者居其小半。上半二十分开，下半二十并排，

少了两个不算，不算也有大半。看到这个主儿，宝贝始终有点，只因不敢出头，把他藏在身畔。（打美人名一）

马融帐后列女乐，好比瑶池众侍儿（打美人名一）

急雨跳荷叶，轻风落杏花（打美人名二）

从游于山水之间，不亦乐乎（打美人名一）

（谜底：秦弄玉；绛仙；绿珠、红拂；隋（随）清娱）

### 第二十二笺　知医者饮，有说梦者一杯

黄昏风雨打园林，残菊飘零满地金（打词调名一）

怀梦草（打词调名一）

庄子（打词调名一）

稀痘丹，用苏子汤下（打词调名二）

（谜底：惜秋华；谢池春；蝴蝶儿；散天花、东坡引）

### 第三十三笺　敬多财客、乐为人说项者一杯

外举不弃仇，内举不失亲（打县名一）

梦吞北斗而生（打县名一）

百姓足，君孰与不足（打县名二）

纵一苇之所知，凌万顷之茫然（打县名一）

（谜底：进贤；星子；广丰、广饶；上杭）

——摘自清童叶庚《醉月隐语》

## 潘文勤谜选

臣东邻有女，窥臣已三年矣（打唐诗一句）总是玉关情

## 翁同龢谜选

伯姬归于宋（打七言唐诗一句）老大嫁作商人妇

## 倪瑞庭谜选

不百里（打四子一句）何必同

以绵上为田（打四子一句）文公与之处

自称臣是酒中仙（打四子一句）白之谓白

一个无言，一个怒发（打四子一句）不愤不启

得其民者，斯得天下矣（打四子一句）有人此有土

愿天下有情的都成了眷属（打四子一句）人人亲其亲

斋（打诗经一句）缁衣之席兮

吴为沼（打诗经一句）对越在天

茂才报绩（打诗经一句）在泮献功

卧榻之旁，岂容人酣睡耶（打诗经一句·卷帘格）独寐寤言

今吾于人也，听其言而观其行（打诗经一句）谓予不信

人役而耻为役（打书经一句）使羞其行

端阳酒，重阳糕（打易经一句·卷帘格）九五节饮食

天一地二，天三地四，天五地六（打易经一句）上下顺也

固一世之雄也（打礼记一句）三十曰壮

大匠诲人（打诗品一句）与之圆方

月明南内更无人（打诗品一句）落落玄宗

不才明主弃，多病故人疏（打诗品一句）浩然弥哀

费无极（打唐诗一句）花落知多少

三代以上无传焉（打唐诗一句）人生七十古来稀

行者让路（打古人一）陆逊

破人婚姻（打六才一句）分秦晋

睆予望之（打六才二句）踮着脚儿，仔细定睛

朕与汝结今生缘（打续六才一句）敕赐为夫妇

御道（打四书一句）惟君所行也

吕不韦（打四书一句）子为政

子游对子张曰（打四书一句）言告师氏

王熙凤（打志目一）巧娘

东道之不通（打唐诗一句）欲去问西家

大夫（打三字经一句）迁夏社

以迎王师（打泊号一）及时雨

——摘自清倪瑞璇《静观斋谜稿》

## 戴埛谜选

阐教（打书经一句）独夫受

陈蕃（打书经一句）孺子其朋

登科诗（打书经一句）五子之歌

继守将在齐其兆既成矣（打书经一句）卜陈惟若兹

舌本生莲（打礼记一句）则辞有枝叶

市面（打礼记一句）商人识之

无此疆尔界（打礼记一句）不画地

秀才不检束（打礼记一句）诸生荡

以不直坐诛（打礼记一句）有曲而杀也

庚（打四子一句）益则与

稽古录（打四子一句）今不取

有鸒踊者（打四子一句）齐之以刑

夜半起笙歌（打四子一句）子乐

王季何以称季（打四子一句）历年少

何时敲棋过夜半（打四子一句）以约失之者

圭社不封（打诗经一句）止于楚

两个四红，两个不同（打诗经一句）赫赫炎炎

石田（打古人一）微生亩

老师方正（打古人一）曲端

兰心蕙质（打诗品一句）花草精神

不义之财，理难久享（打诗品一句）强得易贫

——摘自清戴埻《厚斋谜剩》

## 徐宾华谜选

太极图（打四书一句）如日月所食

方寸之木（打四书一句）根于心

独坐幽篁里（打四书一句）庠者养也

子路闻之喜（打四书一句）以告者过也

所与饮食者尽富贵也（打四书一句）其味无穷

山（打四子注一句）重出而逸其半

御街（打易经一句）其道上行

竹径迢遥草径荒（打易经一句）君子道长，小人道消也

卡（打书经一句）达于上下

林（打书经一句）杲杲出日

儿童相见不相识（打诗经一句）乃生男子

酒人传（打唐诗一句）惟有饮者留其名

先生可以出而仕矣（打古人一）师宜官

五步一楼，十步一阁（打古人一）屋庐连

瞻榆望杏（打字一）相

九（打俗语一句）仇人休见面

以羊易牛（打俗语一句）丑未一冲

仕女班头（打聊目一）美人首

人生于寅（打泊号一）母大虫

肃静回避（打六才一句）休言语，靠后些

柳边人歇待船归（打六才一句）树儿下等准备着撑达

谁家红袖小窗寒，憔悴乌云不耐看，吹彻玉箫愁不解，羞颜无那倚阑干。（打物一）囚笼

一点相思一缕愁，心知蕉叶卷难抽，东君枉费吹嘘力，争奈红颜易白头。（打物一）
纸煤子

——摘自清东溪渔隐《隐语鲭腴》

## 俞吟香谜选

### 咏笔

管城春色艳，花向梦中开。一入文人手，经天纬地来。

菊圃（打六才一句）黄花地

君行好事（打鱼名一）黄鳝

潘金莲嫌武大（打诗经一句）不如叔也

子谓伯鱼曰一章（打四书人名一）告子

遥望山家正午炊（打红楼梦人名一）岫烟

飞渡蓬莱我不惧（打红楼梦一句）任凭弱水三千

喜洋洋儿子之子得还（打兽名一）猢狲

提出戟来天下定，温侯最喜作先锋（打用物一）拔枪太平貂领头

处女看春宫（打左传二句）他日我如此，必尝异味

——摘自清俞吟香《青楼梦》

## 石方洛谜选

半亩荒田颗粒物（打字一）一

学生背书，先生打盹（打四子一句）夫子卧而不听

二记锣，一记鼓，一记钹（打诗经一句）狂童之狂也

一只两筒，一只东，一只三索（打七言唐诗一句）二月春风似剪刀

王二胖弗怕鬼出现（打四子三句）彼丈夫也，吾丈夫也，吾何畏彼哉

教书先生跷出去做米行生意，忙得饭都没得吃（打四子三句）师行而粮食，饥者弗食，劳者弗息

——摘自民国朱枫隐《春灯追忆录》

## 沈景修《灯谜杂录》选

莲炬（打易经一句）君子之光

小面傅粉（打药名一）白丑

隆中对（打左传一句）一言而定三国

竹（打六才二句）一个这壁，一个那壁

秦王除逐客书（打四书一句）斯可以从政矣

吴汉（打四书一句）三分天下有其二

一日三浪（打四书人名一）四饭缺

金莲蹴损牡丹鞋（打四书一句）行乎富贵

故人具鸡黍（打聊斋志目一）鬼作筵

中元放河灯（打诗经一句）七月流火

老头儿（打字一）孝

夫子不言不笑不取（打俗语一句）三个弗相信

七月七日长生殿，夜半无人私语时（打诗经篇名一）巧言

害娘生（打左传一句）子产而死

孟施舍似曾子，北宫黝似子夏（打唐诗一句）动如参与商

虞美人（打字一）翠

凯风（打四子一句）作者七人矣

直捣黄龙府与诸君痛饮（打诗经一句·卷帘格、系铃格）燕燕于飞

二月春风似剪刀（打四子一句）不知所以裁之

叮（打四子半句）可离

晋人归楚公谷臣，与连尹襄老之尸于楚，以求知罃（打方言一句）两个换一个

虎鼓瑟（打方言一句）对牛弹琴

穷婊子相与富太监（打四子注一句）不资其势而利其有

星（打礼记一句）且牵牛中

天涯何处无芳草（打人名一）王孙满

褓负其子（打六才一句）兜的便亲

芦花深处一星红（打水浒绰号一）船火儿

乍（打唐诗一句）昨日之日不可留

丰都狱（打礼记一句）居鬼而从地

四个头，八只眼睛，四只手，十二只脚（打四书一句）牛羊父母

## 吴大澂谜选

聘则为妻，奔则为妾（打四书二句）取非其招不往也，如不待其招而往

## 程申玉谜选

夕阳似镜春闺色（打药名一）西湖柳

艳草如环素女心（打药名一）鲜佩兰

绿珠楼下玉骢骄（打昆曲名一）坠马

白莲池畔鸳鸯色（打昆曲名二）荷塘、交印

青简斋中燕雀图（打昆曲名二）书馆、叫画

才人歌律翻金缕（打昆曲名二）吟诗、题曲

艳女春心问玉兰（打昆曲名二）花婆、访素

一剑文章惊绮梦（打昆曲名二）侠试、吓痴

万花毛羽恋红尘（打昆曲名二）乱箭、思凡

风剪面前劈柳线（打昆曲名二）刀会、斩杨

雨声客路打桃花（打昆曲名二）落驿、拷红

越女黄花挥兔管（打药名二）浙菊、玉竹

瀚海长虹惊北极（打药名二）海带、胆星

梅花香梦醒南阳（打药名二）五味、苏叶

一镜山光海外心（打药名二）空青、远志

南门蝴蝶东门草（打药名二）天虫、青蒿

西府文章北府烟（打药名二）海藻、坎炁

状元白面着貂裘（打药名二）天花粉、蝉衣

六桥春色江南树（打药名二）西湖柳、苏梗

白石街头金雀梦（打昆曲名三）雪塘、十面、花婆

——摘自民国程瞻庐《吴门春灯录》

## 陆润庠谜选

色爱红鲜（打古语一句）杀人不怕血腥气

江州司马浔阳妓，同是天涯沦落人（打西厢一句）都管是衫儿袖儿

湿透了重重叠叠的泪，参奏严分宜二十四罪（打水浒人名一）杨志

落红（打窑器二）花边、滴水（即瓦与瓦当头也）

茶蕊叶（打六才二句【不连】）世间草木是无情　你心多好

朝秦暮楚绿非文（打水浒人名二）时迁、朱武

细雨湿酒旗（打叠上平韵四个）廉、纤、霑、帘

老将当头阵（打叠上平韵四个）龙、锺、冲、锋

## 管礼昌谜选

闰（打四子一句）五月居庐

家信（打四子一句）居之不疑

兖冀（打四子一句）其中有公田

百善孝为先（打四子一句）施由亲始

未冠乱场规（打四子一句）不成人之恶

缌麻以下无丧制（打四子一句）故远人不服

衣锦荣归复读书（打四子一句）有颜回者好学

非礼勿视，非礼勿听，非礼勿言，非礼勿动。（打四子一句）细论条目功夫

赖债（打诗经一句）借曰未知

慈善（打六才一句）母亲你好心多

鲤也死（打六才一句）怎把龙门跳

半是思郎半恨郎（打六才一句）可意冤家

武松力疾助兄迁（打六才一句）病行者将面杖火叉担

乘除（打字一）羁

无以为宝（打字一）贬

七分（打药方名一）六一散

生白（打药名三）牵牛、续断、百合

代他背纤（打吴谚一句）替俚拖路

教官夷灶（打吴谚一句）撺掇老爷煨沙锅

四海之内皆兄弟（打吴谚一句）人人叫我大阿哥

黄白穷搜开古墓（打吴谚一句）鸭蛋里寻出骨头来

感喟登上忆旧游（打吴谚一句）一口气呵到牛头热

商王外丙立不易方（打吴谚一句）换汤不换药

黛色波光近可餐（打吴谚二句）靠山吃山，靠水吃水

女子也好驰马（打词目一）字字双

祭如在，祭神如神在（打词目二）解连环、字字双

舍利子（打志目二）死僧、尸变

莫须有（打志目三）秦桧、织成、冤狱

云锦裳（打志目三）天宫、神女、织成

华堂行吉礼（打集宪书三句）不将，破屋，结婚姻

有声有色（打招牌一）花炮

国君好仁（打四子人一）王良

——摘自清管礼昌《新灯合璧》

## 王啸桐谜选

松子（打四书一句）父为大夫

泥马（打左传一句）康王跨之

甲长（打礼记一句）龟为前列

族谱（打诗经一句）在宗载考

白牡丹（打论语一句）素富贵

塞翁吟（打诗经一句）思马斯作

管仲不死（打左传一句）生夷吾

右徵角，左宫羽（打论语一句）商也不及

非实中心好吴也（打尚书一句）越在外服

伯牙终身不复鼓琴（打孟子一句）为期之丧

德行、言语、政事、文学（打孟子一句）夫子之设科也

太颠、闳夭、散宜生、南宫适（打尚书一句）乱为四辅

妆罢低声问夫婿，画眉深浅入时无（打古人一）商容

戊辰（打易经二句）天数五，地数五

——摘自民国薛凤昌《邃汉斋谜话》

## 朱昌鼎谜选

"苟合矣"到"庶矣哉"（打礼记一句）奔者为妾

## 陆鸿宾谜选

象有齿（打尚书一句）以自灾于厥身

庭有悬鱼（打尚书一句）腥闻在上

看财童子（打左传一句）守藏者也

风（打诗经一句）五日为期

夫也不良（打诗经一句）妇叹于室

还来就菊花（打诗经一句）秋以为期

瑟（打三国人二）王逢、王必

昱（打六才一句）半晌抬身

春光在眼前（打六才一句）杏脸桃腮

利（打春秋人一）子金

由基发射（打元人一·秋千格）柳贯

御沟流叶（打古人一）朱浮

巽（打四子一句）巽与之言

楚缘何灭蔡（打四子一句·解铃格）夫子不言

并（打吴谚一句）空开（开）心

姜维严颜（打吴谚一句）大胆老面皮

满话（打书名一）国语

专诸进鱼（打幼学一句）腹中有剑

易子而食（打周官名一）烹人

——摘自清管礼昌《新灯合璧》

## 朱世德谜选

管（打四子一句）君子之仕也

卡（打四子一句）无分于上下乎

共食不饱（打四子一句）齐饥

纸短情长（打四子一句）不得尽其辞

半途而废（打四子一句）其事不终者也

本欲因他特杀牲（打四子一句）原思为之宰

翟（打诗经一句）日出有曜

岚（打易经一句）山下有风

星（打易经一句）与日月合其明

斑（打易经一句、尚书一句）文在中也，王置之其左右

但闻人语响（打蒙读一句）空谷传声

射（打志目一）小人

好（打药名一）鼠妇

欠（打六才一句）节饮食

絮（打六才一句）樱桃红破

宫（打吴谚一句）戴仔箬帽亲嘴

菊残犹有傲霜枝（打唐诗一句）秋花落更迟

丹朱（打字一）赫

连捷（打字一）兢

梅雪争春未肯降（打字一）皆

一曲一曲又一曲，再加一百零三曲（打字一）弼

赤壁破曹（打词目二）东风齐着力、满江红

二世单传（打古文二句）既无叔伯，终鲜兄弟

全凭药石起沉疴（打集宪书三句）不将，针刺，疗病

——摘自清管礼昌《新灯合璧》

## 徐钺谜选

父（打用物一）堂对

督（打五才人一）顾大嫂

对策（打五才诨一）双鞭

草帽（打四子一句）其冠不正

丁帘（打蒙读一句）甲帐对楹

载驰（打吴谚一句）船头上跑马

明竝（并）日月（打词目一）字字双

安如泰山（打古人一）潘岳

小星服役（打四子一句）箕子为之奴

浑欲不胜簪（打六才一句）云鬟仿佛堕金钗

春宵苦短日高起（打礼记一句）幸而至于旦

一声声衣宽带松（打吴谚一句）开口弗见四两肉

一鸣而守吏先惊，三唱而行人尽起（打六才一句）鸡儿早叫

——摘自清管礼昌《新灯合璧》

## 徐国钧谜选

礼门（打四子一句·遥对格）配义与道

立春逢雨（打四子一句）三十三人

张王本白驹场盐贩（打四子一句）士诚小人也

秋娘老矣（打左传一句）姬之衰也

夏云多奇峰（打诗经一句）天作高山

炙（打六才一句）斜月残灯

颏（打六才一句）顷刻别离

莲步轻移（打六才一句）是金钩双动

夜深花影上东楼（打六才一句）月暗西厢

魏武追思赤壁败（打六才一句）无语怨东风

孙权父兄（打五才诨一）紫髯伯

箪瓢斯可矣（打吴谚一句）回味再思量

为恐人迷昼击钟（打吴谚一句）吓痴白日撞

子陵不作汉廷臣（打词目一）渔家傲

春酣一树海棠开（打词目一）醉红妆

樵夫晚担月为灯（打古人一）归有光

一时有翼，一时无足（打字一）配

二龙分守，一明一暗（打字二）宠、辱

——摘自清管礼昌《新灯合璧》

## 郑熙谜选

三复白圭（打四子一句）抑为之不厌

曲江涛（打毛诗一句）扬之水

蟠桃初熟（打毛诗一句）本支百世

汉鼎（打左传一句）三国争之

茹毛饮血（打左传一句）始杀而尝

十恶不赦（打左传二句）鞭七人，贯三人耳

不俟驾行矣（打周易一句）舍车而徒

乃审厥象，俾以形（打尚书一句）不见是图

至河而返（打卦名三）临、晋、未济

迎霜红叶早（打左人一）先丹木

生儿不象贤（打药名一）使君子

善观气色，不取分文（打方言一句）好白相

　　——摘自清姚福奎等《日河新灯录》

## 姚洪淦谜选

免（打公务语一句）点卯

秃鹙（打经书篇名一）释鸟

管仲（打方言一句）小白相

引导（打毛诗一句）为王前驱

姨甥（打毛诗一句）私人之子

吕后（打四子一句）邦君之妻

六军（打四子一句）是为王者师也

根于心（打四子一句）方寸之木

铁木真（打尚书一句）元首起哉

玭瑁梁（打毛诗一句）或燕燕居息

老而无子（打经书篇名一）木耳

辨色知证（打虫名一）脉望

老干无枝（打用物一）条脱

山呼万岁（打剧名一）嵩寿

心为天君（打四子一句）体群臣也

以宋义为上将军（打四子一句）简在帝心

莲台只合坐孤僧（打左传一句）君子不欲多上人

知邯郸姬有声，因献于异人（打四子一句）授之以政

饥寒交迫（打鸟名二）布谷、情急了

春秋左传（打礼记二句）"作者之谓圣"二句

天教迟我登龙愿（打四子二句）举而不能也，命也

　　——摘自清姚福奎等《日河新灯录》

## 雷恒谜选

鼎甲（打尚书一句）三人占

二百载（打药名一）半夏

　　——摘自清姚福奎等《日河新灯录》

## 孙骐谜选

麈尾（打唐人一）谭用之

一鼓二鼓四鼓五鼓（打词牌一）更漏子

石印书籍舟车便览（打毛诗一句）缩版以载

——摘自清姚福奎等《日河新灯录》

## 朱赓尧谜选

式庐（打尚书一句）卜宅

夫道（打四子一句）是为冯妇也

闺门训（打四子一句）诲女知之乎

王戎钻核（打四子一句）鲜矣仁

若时雨降（打四子一句）是为王者师也

众楚人咻之（打晋书一句）安得不作蛮语

收拾起大地山河一担装（打四子一句）其自任以天下之重也

夫婿在上头（打四子二句）良人也，所仰望而终身也

——摘自清姚福奎等《日河新灯录》

## 徐元熙谜选

士（打四子一句）心之所之谓之志

新科考卷（打礼记一句）近文章

——摘自清姚福奎等《日河新灯录》

## 杨兆椿谜选

辰龙巳蛇（打毛诗一句）不属于毛

孺悲闻鼓瑟（打四子一句）然则师愈与

终日不食，终夜不寝（打毛诗二句）于时言言，于时语语

——摘自清姚福奎等《日河新灯录》

## 顾薰谜选

杜仲（打汉人一）谢夷吾

桃花酸（打剧名一）艳醋

订婚店（打毛诗一句）女子有行

——摘自清姚福奎等《日河新灯录》

## 沈致实谜选

假王（打四子一句）信如君不君

平原村（打鳞别一）居陆

卯酉酒（打毛诗一句）朝夕从事

应声虫（打古诗一句）唧唧复唧唧

建寅之月（打明人一）夏时正

尧以不得舜为己忧（打四子一句）唐虞禅

——摘自清姚福奎等《日河新灯录》

## 汤复荪谜选

十（打礼记一句）王中

礼乐（打礼记一句）春秋教也

贵公子（打周易一句）翩翩不富

天颜有喜（打四子一句）一人陶

曰予未有室家（打左人一）陈无宇

脚大踏得江山稳（打四子一句）足以保四海

——摘自清姚福奎等《日河新灯录》

## 李光祖谜选

弟子韩幹早入室（打毛诗一句）乃造其曹

囹囵（打左传二句）两释累囚，以成其好

入云龙（打四子一句）视之而弗见

以二卵弃干城之将（打四子一句）苟无其位

两仪刀（打唐诗一句）阴阳割昏晓

乾德镜（打唐诗一句）自将磨洗认前朝

风云际会（打唐诗一句）龙吟虎啸一时发

定省旷而音无疏（打诗品二句）鸿雁不来，之子远行

薰风（打唐人一）虞世南

踏破贺兰山缺（打山名一）飞来峰

逝者如斯夫，不舍昼夜（打药名一）水安息

东风不与周郎便（打食物一）翻烧

赌得过一个副（打用物一）起马牌

嫛奚反命曰（打剧名一）告御状

上知天文（打佛事一）解星辰

太王居邠，狄人侵之（打方言一句）逼上梁山

——摘自清姚福奎等《日河新灯录》

## 陈锡三谜选

徐公来，熟视之，自以为不如（打毛诗一句）予美亡此

令子（打唐文一句）家君作宰

阴符经（打官名一）尚书

——摘自清姚福奎等《日河新灯录》

## 金佐清谜选

上客（打尚书一句）作宾于王家

小说（打左传一句）如君之言

得天下英才而教育之（打曲牌一）快活三

皇天后土，实所共鉴（打剧名一）密誓

——摘自清姚福奎等《日河新灯录》

## 金佐宸谜选

恭请同观花烛（打毛诗一句）以速诸舅

刘后主为安乐公（打毛诗一句）无使君劳

天一地二（打四子一句）其三人

风雨怀人（打四子一句）五十而慕

九二在师中（打四子一句）十一征

司马炎（打四子注一句）懿子之子

朱虚侯行酒（打唐诗一句）军令分明数举杯

息壤在彼（打经书篇名一）甘誓

上坟（打汉人一）王陵

离心离德（打汉人一）疏受

愿东家食（打县名一）宿迁

戚夫人（打曲牌一）如意娘

    ——摘自清姚福奎等《日河新灯录》

## 沈琨谜选

白公（打周易二句）其与木也，为坚多心

小乔（打毛诗一句）来嫁于周

与留侯同祖（打古人二）冯道、张裔

    ——摘自清姚福奎等《日河新灯录》

## 杨锡章谜选

言（打周易一句）人之所助者信也

紫禁城赐骑（打毛诗一句）来朝走马

熊耳（打四子一句）子路有闻

长妻（打四子一句）是为冯妇也

"加之以师旅"至"暮春者"（打唐诗一句）烽火连三月

山海经（打人事一）水陆道场

小小（打方言一句）当当头

    ——摘自清姚福奎等《日河新灯录》

## 蒋轼谜选

乡试全录（打左传一句）举人之周也

卒守边疆局势成（打药名一）车前子

    ——摘自清姚福奎等《日河新灯录》

## 姜世纶谜选

翩翩红紫怯东风（打唐文一句）动摇者或脱而落矣

    ——摘自清姚福奎等《日河新灯录》

## 陈宗铭谜选

功过册（打四子一句）所以考其善不善者

嚼蜡（打老子一句）味无味

"欲辟土地"四句（打书名一）大明一统志

座上客常满（打宋人一）孔延之

——摘自清姚福奎等《日河新灯录》

## 封裕道谜选

齐师败于鞍（打尚书一句）克成厥勋

首夏仍逢雨（打诗经二句）一日不见，如三月兮

座上客常满（打礼记一句）毋馂席

白首一先生（打左传一句）师老矣

斗山失仰（打四子一句）故退之

苏子卿胡地久留，无从见面；孟尝君幽关未启，何处藏身（打国语二句）武不可觌，文不可匿

函丈（打老子一句）师之所处

桓公杀公子纠（打汉书一句）兄弟二人不相容

张仪说六国（打唐诗一句）款款话归秦

东海之东，流沙之西（打唐诗一句）禹力不到处

落英缤纷（打药方名一）红花散

殷勤二曹长，各捧一银觥（打曲牌一）双劝酒

张仪无地与怀玉（打剧名一）负荆

游丝牵惹桃花片（打方言一句）弗着弗落

岂无一时好，不久当如何（打方言一句）眼前花

——摘自清姚福奎等《日河新灯录》

## 吴光绥谜选

再斯可矣（打周易一句）三则疑也

礼记（打论语一句）乐亦在其中

民无二王（打孟子一句）天子一位

柳絮飞来入砚池（打孟子二句）不归杨，则归墨

好灯谜（打史记一句）喜隐

二品（打西汉文一句）區區（区区）之心

也（打唐文一句）有水一池

花神庙（打唐诗一句）英灵尽来归

好移芍药到丰台（打唐诗一句）近侍归京邑

我既媚君姿，君亦悦我颜（打唐诗一句）相看两不厌

老的少的（打唐诗一句）人生七十古来稀

红杏枝头春破晓（打诗品一句）如月之曙

也是园（打千字文一句）亦聚群英

期期艾艾（打三字经一句）三百载

释箕子囚（打东汉人一）解奴辜

车载渭滨（三国人二）吕蒙、文聘

直抵黄龙府痛饮（打美人一）飞燕

九合诸侯，一匡天下（打药名三）十大功劳、当归、管仲

陛下（打鸟名一）叫天子

追舟（打用物一）步摇

两来船（打剧名一）双摇会

木欣欣以向荣（打剧名一）快活林

稣（打方言一句）蘇（苏）空头

同（打方言一句）漏水洞

僧纲司（打方言一句）秃头

——摘自清姚福奎等《日河新灯录》

## 胡国祥谜选

孩（打四子一句）水哉水哉

不为弃井（打左传一句）若掘地及泉

宅门（打六才一句）法堂北

饮泣（打六才一句）这是肚肠角落泪珠多

韩信亡（打六才一句）何必苦追求

女红（打五才诨一）玉臂匠

诸葛亮舌战群儒（打五才人一）白胜

万紫千红总是春（打五才人一）花荣

欲穷千里目，更上一层楼（打五才诨一）没遮拦

兑（打吴谚一句）空心大老官

因（打吴谚一句）烟撮火弗着

本折兼收（打吴谚一句）有吃有袋

玉筋双垂（打吴谚一句）缩鼻涕勿上

宏忍授法与惠能（打吴谚一句）五祖传六祖

龙图公案，玉历钞传（打吴谚一句）鬼话连篇

上方谷司马受困，五丈原诸葛禳星（打吴谚二句）死弗死，活弗活

固（打宪书一句）水始涸

龙颜大悦（打宪书一句）辰不哭泣

杜撰（打书名一）拾遗记

姥（打药名一）血竭

未亡人（打药名一）独活

恕不端楷（打植物一）书带草

道是春风及第花（打酒名一）状元红

画眉笔（打官名一）内阁中书

南北相争（打字一）斟

不问卜，不嫁娶（打字一）孩

甘泉县（打曲目一）甜水令

飞沙走石（打曲目一）刮地风

挑烟（打诗品一句）手把芙蓉

往来无白丁（打招牌一）仕宦行台

归妹（打县名一）震泽

妻妾俱膺一品封（打用物二）没大小、竹夫人

——摘自清管礼昌《新灯合璧》

## 陈祖德谜选

唯（打五才人一）鲁达

南宫适出（打五才人一）宣赞

留与后人补（打五才人一）杨志

后车（打诗经一句）尚可载也

无目者也（打诗经一句）不见子都

我本蓬飘无定人（打诗经一句）予未有室家

不齐（打志目一）单父宰

芸阁（打六才一句）向书房

色斯举矣（打六才一句）恐怕张罗

非吾徒也（打六才一句）桃李春风墙外枝

闭月团圞无片云，去年今日同惆怅（打六才二句）半明不灭，旧恨新愁

学士读文，天师念咒（打吴谚二句）人摇头，鬼缩退

东厨（打四子一句）先生馔

夙兴（打四子一句）明则动

处女（打四子一句）未有夫子也

饱食暖衣（打四子一句）此所谓养口体者也

不仅火烧眉（打四子一句）唯目亦然

谁言亚圣是邹人（打四子一句）谓之吴孟子

革车三百两，虎贲三千人（打四子一句）征商

糖果之敬（打古人一）谢傅

夫子莞尔而笑（打古人一）傅说

浦口夕阳明复暗（打古人一）南霁云

寒梅着花未（打词目一）探芳信

千般袅娜，万般旖旎（打词目一）风中柳

猫（打书名一）管子

两所空房（打尚书一句）五宅三居

驺虞（打诗篇名一）终南

吉（打字一）恫

——摘自清管礼昌《新灯合璧》

## 王恩普谜选

师卦（打四子一句）水由地中行

遵海滨而处（打四子一句）子为父隐

关中诸将轻韩信（打四子一句）何独不然

季氏本来是富家（打四子一句）非求益者也

同而进，不同而退（打四子一句）其交也以道

美髯公千里走单骑（打四子一句）求备马

太公择配（打诗经一句）尚求其雌

清风明月（打诗品一句）取之自足

复（打志目一）地震

白公（打志目一）金姑夫

祭月（打志目一）夜明

仲子之妻（打志目一）绩女

晋穆侯之夫人（打志目一）仇大娘

梢（打五才诨一）浪子

孟德欲迁都（打五才人一）关胜

六月之间，下齐七十余城（打五才人一）燕顺

飞楼春树外，侧殿夕阳中（打五才人一、五才诨一）燕青、双鞭

侧殿托言马落后（打六才一句）不是我敢

周太祖崩，世宗即位（打古人一）柴绍

将入门，策其马（打字一）闯

——摘自清管礼昌《新灯合璧》

## 陈曾绥谜选

独夫受（打六才一句）孤眠况味

糜（打县名一）钜鹿

云生处（打县名一）常山

中外肃清（打县名二）六合、太平

忠贤脚诏（打诗经一句）寺人之令

病中看竹是良医（打诗经二句）既见君子，云何不瘳

春雨连绵妻独宿（打词目二）桃花水、孤鸾

濯濯（打四子一句）无所取材

一鸣惊人（打四子一句）迅雷

曾子配享（打四子一句）颜渊后

下齐七十余城，谁之功欤（打四子一句）成于乐

芒（打六才一句）花残月缺

昌宗弟兄入侍（打六才一句）男妾

民之不能忘也（打六才一句）君须记

上台一纸公文递，保举头衔叠叠来（打四子人二）申详、戴不胜

虞姬（打字一）娶

舟正解维时（打字一）敷

元宵逢冬至（打童读一句）灯火夜偏长

百无一成称君子（打五才诨一）白日鼠

难兄难弟（打药方名一）二陈

——摘自清管礼昌《新灯合璧》

## 何维楝谜选

孟尝君度关（打六才一句）鸡儿早叫

先王耀德不观兵（打六才一句）自古文风盛

惟尔元孙某遘厉虐疾（打六才一句）说哥哥病久

汉人非翰林出身者，遇德即大贺（打六才一句）不可辄入中堂

父为父鹄，子为子鹄（打六才二句）老的，少的

九十八（打诗经一句）百两成之

经冬犹绿林（打诗经一句）枝叶未有害

将军帷幄图书府（打尔雅一句）营室东壁也

金兰（打古人一）黄香

无部曲行陈，人人自便，不击刁斗（打古人一·秋千格）疏广

七月为相（打易经一句·解铃格、系铃格）其行次且

儿童骑竹马（打易经一句）小人而乘君子之器（竹马，用物也）

昔（打四子一句）借人乘之

喜雨（打四子一句）乐以天下

以时子之言告孟子（打四子一句）陈代白

莲花似六郎耳（打六才一句）君子成人之美

老眼（打尚书一句）视远唯明

师保（打尚书一句）王置之其左右

呈（打古文一句）鉤（钩）心鬭（斗）角

天子呼来（打药名一）白前

——摘自清管礼昌《新灯合璧》

## 周良夫谜选

致书云："小忆去年（细辛），金闺款叙（苏合），黄姑笑指（牵牛），油壁香迎（车前）。猥以量斗之才（百合），得逐薰衣之队（香附）。前程万里，悔觅封侯（远志）；瘦影孤栖，犹思续命（独活）。问草心谁而主（王孙），怕花信之频催（防风）。虽傅粉郎君，青丝未老（何首乌），而侍香小史，玉骨先寒（腐婢）。惟有申礼自持（防己），残年独守（忍冬）。屈指瓜期之将及（当归），此心荼苦之全消（甘遂）。书到君前（白及），即希裁复（旋覆）。五月望日（半夏）玉瞻肃衽（白敛）。"

答书云："尺缣传馥（素馨），芳柬流丹（刺红）。肠宛转以如回（百结），岁循环而既改（四季）。忆前宵之欢会（夜合），怅祖道之分飞（将离）。玉女投壶，微开

香辅（合笑）；金莲贴地，小步软尘（红踯躅）。一自远索长安，空怜羞涩（米囊）；迟回洛浦，乍合神光（水仙）。在卿则脂盝粉奁，华容自好（扶丽）；在我已雪丝霜鬓，结习都忘（老少年）。过九十之春光，落英几点（百日红）；祝大千之法界，并蒂三生（西番莲）。计玉杓值寅卯之间（指甲），庶钿盒卜星辰之会（牵牛）。裁成霜素（剪秋罗），欲发偏迟（徘徊）。二月十六日（长春）寅刻名另肃（虎刺）。"

——摘自民国薛凤昌《邃汉斋谜话》

## 沈敬学谜选

篆（打四子一句）斯为美

九泉含笑（打四子一句）故能乐也

秦始皇本纪（打四子一句）政事

兄弟同科朱卷（打四子一句）三代共之

秋风吹动琅玕响（打四子一句）金声而玉振之也

皇天后土，实闻君之言（打四子一句）以要秦穆公

写作俱佳（打集四子二句）书同文　尽美矣

唐陵（打诗经一句）丘中有李

说文（打诗经一句）出言有章

矫诏（打诗经一句）假哉天命

西楼望月几时圆（打诗经一句）三五在东

医通（打书经一句）方行天下

闯（打礼记一句）自成其名也

诸佛国土（打礼记一句）以西方为上

钦加同知衔（打礼记一句）而升诸司马

年老梦长庚（打礼记一句）是为白也母

疑是玉人来（打礼记一句）行步则有环佩之声

谁谓鼠无牙（打左传一句）子之齿长矣

隔江犹唱后庭花（打左传一句）及陈之初亡也

只在此山中，云深不知处（打左传一句）童子言焉

欢天喜地（打童读一句）上和下睦

他家为我嚼桃花（打吴谚一句）带累乡邻吃薄粥

忽惊耳畔子规啼（打六才一句）猛听得一声去也

静观夫子钓（打唐诗一句）徒有羡鱼情

处处闻啼鸟（打唐诗一句）千门万户皆春声

煖室（打四子人一）冯妇

悬弧（打四子人一）子产

汉高祖（打四子人一）龙子

沧浪亭（打古人一）苏建

桐叶为主（打古人一）王翦

诸大夫皆曰贤（打古人一）满朝荐

鲁欲使乐正子为政（打古人一）孟喜

左传（打县名一）昭文

天地为炉（打县名一）大冶

飞来峰（打四子地名一）羽山

侍姬（打字一）倜

诩（打书名一）茶经

高唐赋（打书名一）玉篇

焕乎其有文章（打花名一）满天星

二酉（打禽名一）竹鸡

——摘自清管礼昌《新灯合璧》

## 姚涤源谜选

蠹（打谚语一句）咬文嚼字

八肆（打京戏目一）曾头市

胡考（打三字经一句）须讲究

寸木（打六才一句）树儿下等

离家（打诗品一句）终与俗违

门外（打古文一句）乃不知有汉

遗腹（打四子一句）乃寡人之身

鬼耳（打书经一句）其心愧可耻（耻）

端阳酒（打词目一·卷帘格）壶中天

解解解（打谚语一句）一举两便

承恩寺（打易经一句）以宫人宠

二南诗（打六才一句）掉下半天风韵

赤跌一尺（打地名一）大足

建设病院（打四子一句）患所以立

除夕守夜（打四子一句）终夜不寝

疆吏失守（打书经一句）畔官离次

梁上君子（打唐文一句·亥豕格）登高作赋（贼）

各邑戒严（打左传·庄公一句·卷帘格）城诸及防

宫中得储（打诗经一句·卷帘格）子有廷内

怒不可遏（打礼记·月令一句）生气方盛

邀月对影（打礼记一句）吾与尔三焉

戒之在斗（打五言唐诗一句）莫学武陵人

喝雉呼卢（打史记一句）鸡犬之声相闻

孕妇宜静（打易经一句）不养则不可以动

悍妇互相谋（打京戏目一）双狮图

僧房乍梦回（打古女一·卷帘格）苏若兰

鲁昭公即位（打三字经一句·卷帘格）九十年

遗腹得英男（打四子一句）故天之生物

有志作干城（打左传·隐公一句）则卫国之愿也

赌胜以身殉（打礼檀弓一句）葬于赢博之间

初凉读汉书（打唐文一句）班声动而北风起

羊字写法不一（打诗经目一）终南

孕妇宜慎起居（打诗经一句）有怀于卫

聘秀才掌书记（打左传·桓公一句）以名生为信

裁缝工资加倍（打谚语一句）一番生活两番做

衣衫脱去人如玉（打五才人一）解珍

为郎憔悴却羞郎（打六才一句）相思回避

今日俸钱过十万（打四书一句）夫微之显

不许卖解人入境（打左传·庄公一句）鬻拳弗纳

两宫怒意已全消（打古文一句）气息奄奄

为郎憔悴却羞郎（打西厢记一句）相思回避

调羹人更优韬略（打左传·庄公一句·卷帘格）战于长勺

贪心无厌求名马（打五言唐诗一句）欲穷千里目

休息室不禁谈笑（打五言唐诗一句·卷帘格）欢言得所憩

勾人毕竟仗双眸（打五言唐诗一句）应是钓秋水

薄暮偕归共品箫（打四书一句）吾与回言终日

忠厚存心荐引人（打礼记·曲礼一句）长者与之提携

蜀汉亦与魏吴等耳（打左传·隐公一句）大都不过三国也

隋炀帝继父统修父政（打书经一句）绍复先王之大业

失策之咎（打昆戏目二）堕马、鞭差

张大其词（打六才二句）貌堂堂，声朗朗

两朝领袖诮偷生（打四书二句）夫如是，奚而不丧

## 王均卿谜选

电梯（打礼记一句）升降上下

天地（打易经一句）兼三才而两之

圆圆墓（打古诗一句）下有陈死人

穷鸟赋（打礼记一句）壹似重有忧者

慰亭去世（打明人一）袁凯

小楼演剧（打三国人一）杨戏

新历一日（打地名一）阳朔

史公无恙（打地名一）迁安

压倒元白（打宋人别号一）杨无敌

子为大夫（打左传一句）鹤有乘轩者

牡丹花下死（打诗品一句）尽得风流

言行与年俱进（打诗经一句）曰为改岁

云台诸将合传（打四书一句）二十有八载

双声鼓下听分明（打诗韵目一）二冬

官私之间难为直（打聊斋目一）蛙曲

不到山阴不启行（打诗经一句）匪绍匪游

炮龙煮凤麟成脯（打易经一句）舍尔灵龟

一息犹存喜若狂（打唐诗一句）桃花依旧笑春风

怡红院主任众香国主（打唐诗一句·卷帘格）总是玉关情

南渡而后，天堑未失（打梁山泊人一）宋江

日月重光，难藏小丑（打书经一句）明明扬侧陋

吾犹不足，如之何其彻也（打聊斋目一）二商

一半儿似僧，一半儿似官，杀的杀，走的走，分明是那个兄和弟（打字一）赏

其人如玉泪沾襟（打左传二句）泣而为琼，瑰盈其怀

沉鱼落雁（打诗韵目去数四）遇、尤、物、陌

——摘自清王均卿、周至德《春灯新谜合刻》

## 徐兆玮谜选

八（打食物一）火腿

彳（打唐诗一句）对影成三人

午正（打县名一）马平

鸟笼（打三国人名一）关羽

观涛（打三国人名一）张松

子钧（打四书一句·遥对格）耦而耕

耳鸣（打诗经一句）有闻无声

秦桧（打诗经一句）妇有长舌

秦明（打唐诗一句）长安一片月

房房（打四书一句）仲子所居之室

京三须（打四书一句）燕毛

小本家（打县名一）蒙自

红浑成（打水浒人名一）朱仝

甲必丹（打左传一句）染指于鼎

十八公子（打动物一）松鼠

母子平安（打植物名一）慈孝竹

赌钱赢台报（打水浒人名一）白胜

去年今日此门中（打药名一）桃仁（按：作燕尾格解）

魏武追思赤壁败（打六才一句）无语怨东风

一枝秃笔，半卷残书（打字一）聿

愚者千虑，必有一得（打水浒人名一）鲁智深

洞房昨夜停红烛，待晓堂前拜舅姑（打礼记一句）昏定而晨省

远看像只狗，近看像是狗子，细看看只有一点不像狗。（打字一）成

安字脱帽子，不作女字猜，若作女字猜，两口永远合勿来。（打字一）好

四角方方一块田，田里种木头，木头上落子两点雨，一匹围巾盖没头。（打字一）番

屳（打唐诗二句）空山不见人，但闻人语响

诸葛灯（打水浒人名二）孔明、孔亮

火逼牡丹（打水浒人名二）柴进、花荣

麻雀儿打雄（打四书人名二）子禽、交

桃红柳绿（打水浒人名四）花荣、朱富、杨春、张青

## 薛凤钧谜选

午香（打礼记一句）我未之前闻也

脱出肚子（打孟子一句）然则饮食亦在外也

读刘后主传（打孟子一句）然后知生于忧患死于安乐也

## 沈文炯谜选

我武淮阳（打时人名一）张勋

孟尝君为相於齐（打时人名一）田文烈

笑拈髭须问夫婿（打尚书一句）汝何生在上

公曰：君子不重伤，不禽二毛（打时人名一）宋教仁

民之望之，若大旱之望云霓也（打时人名一）汤化龙

闻说康成读书处，而今剩有劫余灰（打论语一句）不其然乎

一自汉家骖乘祸，编诗怕诵黍离篇（打病名二）霍乱、伤风

## 曾朴谜选

### 嘲蜂

粘花到处费商量，寻隙还嫌意太强。入户腰长犹莫俏，出衙身小惯偷香。
甜人有术常怀蜜，毒我无言已露芒。笑尔喧阗谁结伴，春深徒叹往来忙。

### 嘲蝶

怪他生小住情天，隅院春深醉草边。扑惹美人仍栩栩，名为公子学翩翩。
偷香似欲墙头过，入梦空教枕上眠。毕世何曾知命薄，还求谢逸作诗篇。

### 嘲蚊

仓惶彻夜似无情，相遇宜加饕餮名。每到欺人夸利口，也知谋食作哀声。
如能满欲并忘险，设有登身不顾生。莫怪蟭蟟巢尔目，三餐无奈太钻营。

### 嘲蝇

何曾世味辨酸咸，上棘宜防信尔馋。噬墨居然存腹稿，涂朱久已耀顶衔。
贪人樽酒身先醉，见我盘餐口已馋。甘作巧言并逐臭，营营岂肯守三缄。

## 金松岑谜选

桃花扇（打古美女一）红拂

红娘随我来（打诗经一句）有莺其领

呆大新官人（打礼记一句）敢问何谓成亲

姊妹商量不嫁夫（打洛诰一句）我二人共贞

宝姑娘私叩怡红院（打古美女一）薛夜来

## 宗威谜选

阿堵何须绕满床，怀中惯卜小行藏。俸钱旧贮东方米，诗料曾分李贺囊。万里遨游随敝箧，十年清苦伴归装。此中是否黄金尽，傲彼苏秦到洛阳。（隐"旧皮夹"）

年年提絜走风尘，满载轻装与土珍。上下舟车频握手，零星行李亦随身。此中空洞容卿等，到处居留便旅人。骨节近来多碎损，怜他终作爨余薪。（隐"旧网篮"）

酒后茶边着意陪，一枝湘竹抵琼瑰。抛残剩草星星火，爇尽相思寸寸灰。余唾久将牙慧弃，清香犹带口脂来。胸中底事多焦灼，热度销沉日几回。（隐"旧烟嘴"）

岂真器量逊江河，点墨初储腹已皤。万丈文光垂启闭，一生笔债共销磨。本来外貌兼金重，休笑中间败絮多。留得当年渣滓在，云烟犹幻砚池波。（隐"旧墨盒"）

## 奚燕子谜选

相偎（打六才一句）兜的便亲

梅妻（打六才一句）无毒不丈夫

传授停孕（打三字经一句·卷帘格）养不教

野鸡手段（打京剧一）十八扯

家书抵万金（打成语一句）轻财重信

嫂溺援之以手乎（打京剧一）女起解

娶个家婆带胎来（打草名一）臭花娘子

争风男子何为者（打千字文一句）寸阴是竞

花柳病愈登报道谢（打五言唐诗一句）风流天下闻

花会打不着，求鬼亦不灵（打七言唐诗一句）也曾因梦送钱财

良人者，所仰望而终身也，今若此（打县名一）阳曲

妾不争夕（打三国人二）孙夫人、甘后

## 薛凤昌谜选

升冠格、脱靴格（打字一）卜

子路季氏（打集四书二）颜渊后　阳货先

褒公鄂公毛发动（打四书一句·梨花格）门人惑

力（打四书二句）二之中，四之下也

风声鹤唳，草木皆兵（打易经一句）为坚多心

五关斩六将，千里走单骑（打四书一句）求备焉

宝姑娘私扣怡红院（打古美人名一）薛夜来

红娘随我来（打诗经一句）有莺其领

禁用冥纸冥绽（打四书一句）亡人无以为宝

添设南京省（打书经一句）曰明都

扬州明月（打四书一句）三分天下有其二

二分（打四书一句）其惟春秋乎

伍奢（打流品名二）生员、和尚

庚（打药名二）石斛、百合

呆大新官人（打礼记一句）敢问何谓成亲

——摘自《小说林》第五期"射虎集"，清光绪三十三年（1907）七月


妆罢低声问夫婿，画眉深浅入时无（打古人一）商容

闻说康成读书处，而今剩有劫余灰（打四子一句）不其然乎

姊妹商量不嫁夫（打书经一句）我二人共贞

官冷闲温旧读书（打诗经一句）职凉善背

分明这脚踪儿将心事传（打四子一句·梨花格）足缩缩如有循

拳输要怕，棋输要罢，赌输要哭（打四子一句）无所不用其极

棋盘街（打四子一句·系铃格）行之而不着焉

防风（打诗经一句）凉曰不可

欲火（打四子一句）其势可然也

钱塘潮（打四子一句·升冠格）而注之江

三竿两竿之行（打四子二句）君子多乎哉，不多也

乃告太王、王季、文王（打六才一句）说哥哥病久

午香（打礼记一句）吾未之前闻也

死火山（打四子一句）今也不然

会九师不克破南京（打易经一句）地道无成

八卦（打诗经一句）匪用（原作"以"）为教
　　——摘自《小说林》第九期"灯虎"，光绪三十四年（1908）正月

戏叔（打四子一句）彼以爱兄之道来

红混成（打四子一句）赤之适齐也

玄都观里桃千树（打六才二句）将一座梵王宫，化作武陵源

佛骨表（打六才一句）参了（原作"过"）菩萨

桃花扇（打美人一）红拂

浪费浪用（打古人一）钱若水

月下掌灯（打古人一）提弥明

候补人员（打古人一）冀缺

御沟流叶（打书名一）韩诗外传

仄（打古文二）凡出乎（原作"于"）口而为声者（原作"音"），其皆有弗平者乎

三年而后（打礼记一句）此之谓大当

餐秋菊之落英（打礼记一句）其谢也可食

改良戏剧（打礼记一句）修其班制

御史参劾（打左传一句）从台上弹人

合欢被（打书经一句）鳏寡无盖

小拳匪（打书经一句）父义和

懊侬歌（打诗经一句）乱我心曲
　　——摘自《小说林》第十期"灯虎"，光绪三十四年（1908）三月；民国谲盦《百家隐语集》

塞翁吟（打诗经一句）思马斯作

梁夫人双骑出关（打诗经一句）并驱从两狼兮

系（打诗经一句）无思不服
　　——摘自《小说林》第十期"灯虎"，光绪三十四年（1908）三月

栞（打古人二）比干、段干木

乐只君子（打四书一句）小人长戚戚

欢郎（打六才一句）姐姐莺莺

色斯举矣（打六才一句）恐怕张罗

能负薪矣（打诗经一句·解铃格）助我举柴

杀嫡（打四书一句）贼夫人之子

少奶奶（打古人一）公子荆

读《刘后主传》（打四书二句）然后知生于忧患，而死于安乐也

佛法无边（打四书一句）弗去是也

他〝（打四子三句）均是人也，或从其大体，或从其小体

——摘自《小说林》第十二期"灯虎"，光绪三十四年（1908）九月

笔（打古文观止一句）大者如椽

美人手（打周易一句）一握为笑

退婚证据（打书名一）前汉书

看似分明（打诗经一句）其实离离

终须一个土馒头（打古文观止一句）故陵不免耳

风声鹤唳，草木皆兵（打易经一句）为坚多心

吾弟则爱（打古文观止二句）秦人视之，亦不甚惜

卵皮面孔（打四书人名三）颜路、有若、阳肤

——摘自民国薛凤昌《邃汉斋谜话》

## 王子薇谜选

执笔（打论语一句）中人以下

撮合山（打桃花源记一句）此中人语云

中人以上（打周礼一句）皆书年月日名焉

冂（打时宪书二句）进人口，交易立券

## 顾大椿谜选

若犹未也，阶之为祸（打古人一）申不害

## 王镜航谜选

且攻其右，右无良焉（打古人一）左难当

## 顾友兰谜选

结绳而治（打书名一）古微书

## 王清臣谜选

君臣上下同听之，父子兄弟同听之（书名二）国语、家语

## 于欧生谜选

座上客常满，樽中酒不空（打孟子二句【截搭】）北海，语人曰

## 陈星言谜选

避人焚谏草（打古文观止一句）臣密言

一樽在手对黄花（打古文观止一句）携酒与鱼

冷板凳之名未免太甚（打古文观止二句）先生坐，何至于此

## 戚牧谜选

一鞭春跳涧，大雪落梅花（打谚语一句）马怕狗欢喜

老母慈颜难细写（打谚语一句）自家家堂画勿成

入关细雨纸鸢飞（打食物一、用物一）到口酥、引线

写照（打用物一）对君坐

李靖红拂远送虬髯客（打六才二句）一个拨鞍上马，两个泪眼愁眉

红心中箭牢（打六才一句）亦紧的

有心人落伤时泪（打六才一句）感怀者断肠痛

秋风一棹尊鲈热，瓜破新娘问玉郎（打六才一句）归舟紧不紧

从来富贵之家妻小断难守节（打童歌一句）牡丹娘子要嫁人

阿环来报我，开放小樱桃（打词目二）传言玉女、点绛唇

一顾横波春意荡（打词目二）眼儿媚、花心动

馀响遏行云（打词目二）声声慢、透碧霄

相思宝玉为林颦（打词目一）潇湘忆故人

山水雨迷漫（打词目一）岫烟湘云

一肩细雨种灵芝（打词目一）挑云锄药

说话真难（打汉书一）谈何容易

未能即去（打牙籤一）过午忽逝

老夫高枕听涛飞（打唐诗一句）白首卧松云

斜倚玉楼中（打六才一句）称不起肩窝

遵海滨而处（打四子一句）子为父隐

满江红（打四子一句）丹之治水也

伍伍相乘（打字一）辆

郊祁并第（打韵目二）二宋、一屋

鹿门（打古人一）孟之反

出军（打唐诗一句）山山惟落晖

红雨（打窑货二）花边、滴水（花边、滴水，系房檐上下之瓦）

张飞喝断灞陵桥（打吴谚一句）出马一条枪

## 蒋浩泉谜选

鼻（打市招一）精造第一

柔橹（打吴谚一句）推扳弗起

门口个个宫中人（打论语一句）问管仲

# 中华民国

## 青衫谜选

### 蟋蟀

张牙舞爪一时雄，同类相残惯启戎。拼命捐生夸勇将，寻仇挑衅感顽童。
金风拂拂威名振，玉宵霏霏幸运终。尺寸地盘争未得，娟娟真是可怜虫。
——摘自《苏州明报》1925 年 9 月 18 日第三版

### 咏蟹

公子无肠兴却狂，年年江上战秋霜。黄花探首东篱矣，看尔横行怎下场。
——摘自《苏州明报》1925 年 10 月 16 日第三版

## 怀之谜选

### 绿帽子

尖顶圆形似碧荷，天生光满绿纹螺。做成七寸三分样，大老先生戴得多。

### 钉锤子

重打轻敲不一般，铿然没得价钱还。硬挨几下声戆做，忍痛含酸为好顽。

### 裙带子

动情之处易留情，昏夜敲门最好求。羡煞势家亲舅子，多亏裙带逞风流。

### 饭桶子

空空腹笥懒抽床，曹杜官司打得忙。连抢带扒还不够，本来生得进身长。

——摘自《苏州明报》1925 年 10 月 30 日第三版

## 许振时谜选

孔子坐之（打海上名媛一）席正

——摘自《苏州明报》1926 年 1 月 5 日第三版

## 胡瘦侬谜选

顾志华解除婚姻之原因（打四书一句）唯有学养子而后嫁者也

——摘自苏州《吴语》1926 年 3 月 4 日第三版

## 赵仲熊谜选

萤（打吴语一句）屁股头光塌塌

腹稿（打吴语一句）肚皮里做工夫

缺嘴唇（打吴语一句）豁边

假欢喜（打吴语一句）面和心不和

满身丧服（打吴语一句）白相

鱼鳞碎剐（打吴语一句）杀千刀

有饭无肴（打吴语一句）吃白食

穿胸国人（打吴语一句）空心大老倌

阴阳历年底间之二龄童（打吴语一句）三年活两岁

阴阳除夕适逢阴历望日（打吴语一句）大年夜出月亮

——摘自苏州《吴语》1926 年 3 月 4 日第三版

小便（打新名词一）解放

再醮妇（打新名词一）改良

百家种（打新名词一）共产

除夕不寐（打新名词一）守旧

舟轮往来（打新名词一）交涉

慈父慈母（打新名词一）亲善

挟之而去（打新名词一）执行

万里步行（打新名词一）远足

孔雀射屏（打新名词一）目的

帝适闽中（打新名词一）幸福

逃将报告战况（打新名词一）败诉

天癸色紫而黑（打新名词一）赤化

救客与患难之中（打新名词一）主义

乐工未汇暂缓演剧（打新名词一）优待

——摘自《苏州明报》1926 年 9 月 8 日第三版


铁箱（打观前街商店一·粉底格）汇金泉

读书乐（打观前街商店一）文怡

龙阳兄弟（打观前街商店一）交通

景星卿云（打观前街商店一）天祥

吴中名山（打观前街商店一）苏九华

状元书房（打观前街商店一）文魁斋

唐僧取经（打观前街商店一）西天宝

小朋友相见（打观前街商店一）青年会

不二法门（打观前街商店一）划一公司

日本人助赈（打观前街商店一）东来义

聊寄江南岭上海（打观前街商店一）一支香

出铳于打底阿姐（打观前街商店一）叶受和

——摘自《苏州明报》1926 年 11 月 10 日第三版


经布（打名伶一）盖灭红

童婚（打新名词一）小接触

歪嘴演讲（打名词一）邪说

天癸色紫（打新名词一）赤化

粪夫会议（打俗语一句）臭攀谈

乞丐嫖院（打俗语一句）穷开心

新夫妇行房（打俗语一句）初交

棺材里伸手（打俗语一句）要钱不要命

贾弼半面哭而半面笑（打成语一句）貌合神离

倒交（打四子三句）良人者，所仰望而终身焉，今若此

——摘自《苏州明报》1926 年 11 月 20 日第三版

焚裸体书（打新名词一）赤化

——摘自《苏州明报》1926 年 12 月 27 日第三版

## 眷瑛楼主谜选

史金奎足践电线（打六才一句）蘸着些儿麻上来

——摘自《苏州明报》1926 年 5 月 25 日第三版

## 陈柳桥谜选

快活鸳鸯（打明晶同志人名一）笑侣

误入天台（打明晶同志人名一）刘郎

佳音传递（打明晶同志人名一）知心

司马泪湿（打明晶同志人名一）青衫

态度消极（打明晶同志人名一）冥心

莫名其妙（打明晶同志人名一）惘然

——摘自《苏州明报》1926 年 8 月 5 日第三版

## 油嘴谜选

### 蟋蟀

将军有勇而无谋，善战长鸣得意秋。莫漫张牙夸武力，须防敛翼作俘囚。
寻仇挑衅残同类，伺隙乘机歼侣俦。结果地盘谁得失，渔翁旁侧笑颠头。

——摘自《苏州明报》1926 年 9 月 14 日第三版

## 慰庐谜选

### 蟋蟀

满腔幽怨诉谁知，如泣如歌意若痴。懒妇梦回愁促织，王孙肠断叹然其。

三秋勇志登堂日，十月灰心伏杨时。底事性顽难感化，一经挑拨便胡为。

——摘自《苏州明报》1926 年 9 月 15 日第三版

## 黄文选谜选

夜明珠（打本刊投稿者一）无价宝

食人之兽（打本刊投稿者一）一熊

阿斗之子（打本刊投稿者一）刘郎

三颗金星（打本刊投稿者一）鑫奎

尽力办工（打本刊投稿者一）敏事

把门将军（打本刊投稿者一）守楣

考场高中（打本刊投稿者一）文选

食人之兽二（打本刊投稿者一）仲熊

秋节大饮酒（打本刊投稿者一）醉月

想做读书人（打本刊投稿者一）士希

八月半挂龙（打本刊投稿者一）啸秋

五大常之一（打本刊投稿者一）智宏

烧菜不用猪油（打本刊投稿者一）素

理化上之名称（打本刊投稿者一）同素

日本爆发火山（打本刊投稿者一）震东

——摘自《苏州明报》1927 年 1 月 17 日第三版

## 曹叔衡谜选

得三百青铜钱，饮糙亦醉（打诗经一句）我龟既厌

今吾于人也，听其言而观其行（打诗经一句）谓予不信

子西管仲（打诗经一句）彼人是哉

都道是翩翩佳公子（打诗经一句）靡人弗胜

宋真宗末日（打四子一句）难乎有恒矣

底事窃娘拼一死，伤心悔作绿珠篇（打四子一句）知之为知之

贾阆仙论（打四子一句）齐东野人之语也

刃（打四子一句）言之得无訒乎

终明之世，三试第一者只一人，此一人谁欤（打四子注一句）商辂

方万里岂昧昧者（打四子一句）回也不愚

上海城隍庙（打三字经二句）光于前，裕于后

狄梁公卒（打三字经一句·卷帘格）二十七

闺房之内，夫妇之私，有甚于画眉者（打汉人一·秋千格）云敞

十六两（打北魏人一）元一斤

桑间濮上自由风（打唐人一）卫无忌

郎罢（打六朝人一）阳休

肥瘠不相关（打古人一）秦越人

上海常常来走走（打明人一）申时行

春柳映月（打年号一）光绪

德行以颜渊始，以仲弓终（打四子一、晋人一）二之中、冉闵

独夜扁舟少相识，棋声空负啼姑弹（打六才一句·碎锦格）列笙歌

## 程瞻庐谜选

### 元旦颂词春灯谜

元旦例作颂词，今以隐语代之。

文治日辉，军政告毕，宵小摒除，斠若画一。（隐元字）

辉字去军为光，光字去小为兀，兀字画一为元。

渲染新犹，祸水不生，欢呼脱帽，不一其声。（隐旦字）

渲字去水为宣，宣字去帽为亘，亘字去一为旦。

苍苍者天，其大无垠，不疑何卜，惠此下民。（隐二字）

天去大为一，下去卜亦为一，合而言之为二。

弢弓弗张，藏矢弗用，矧伊人矣，归于一统。（隐十字）

矧字去弓去矢为丨，加一为十。

——摘自上海《新闻报》1931 年 1 月 1 日第九版"中华民国二十年快活林元旦特刊"

阿二的步调，饭后的钟号，太上老君信了佛教（苏白一句）绰塌一记耳光

## 徐卓呆谜选

绿肥红瘦（打京戏名一）穷花富叶

报馆收入最大何来（打三国人名一·碎锦格）锺皓

红头阿三站街之口令（打词牌一）声声慢

## 亢廷钤谜选

庚哥（打四子一句）与其弟辛

少姜（打诗经一句）有齐季女

花落衫中（打四子一句）未坠于地

风雨怀人（打四子一句）五十而慕者

出入禁中（打唐诗一句）唯有幽人自来去

首夏犹清和（打聊斋人一）温如春

冤家怕人知道（打左传一句）怨而不言

入云中兮养鸡（打易经一句）翰音登于天

西望长安不见家（打周礼一句）秦无庐

春愁黯黯独成眠（打易经一句·卷帘格）困以寡怨

在人草无忘忧之意（打四子一句）小人长戚戚

蜀道之难，难于上青天（打六朝赋一句）川路长兮不可越

此丈夫而巾帼者，何畏之？（打左传一句）亡下阳不惧

中有一人字太真，雪肤花貌参差是（打古文一句）温乎其容

则天下之商皆悦，而愿藏于其市矣（打唐诗一句）欣欣此生意

兵部郎中（打四子二句）可使有勇，且知方也

潜虬且深蟠（打四子二句）今有无名之指，屈而不信

## 陆芸荪谜选

诵回文（打聊目一）王成

御制诗文（打书经一句·卷帘格）作之君

晋惠帝贾后（打聊目一）鲁公女

白从恶少遁去（打唐诗一句）云深不知处

晓来微雨接花梢（打字一）荛

行过函谷重回首（打美人一）关盼盼

桃叶渡头春涨生（打西厢记二句）恰对菱花，楼上晚妆罢

## 钱彝谜选

上品火柴（打四子一句）木若以美然

伪顺窃据，天下大乱（打唐诗一句）清明时节雨纷纷

## 吴双热谜选

杨妃洗儿（打今人一）濯汉

东风著力，落花无言。（隐"春雪"）

乾旋坤转辜弘愿，短叹长吁鸣不平。（隐"空钟"）

一片河山如此蹙，中原烽火几时平。（隐"熨斗"）

巧裁尺幅锦，掩护双鸳鸯。偷浣相思泪，竿头红夕阳。（隐"枕衣"）

上有天柱峰，下有双玉龙。玉龙夭矫欲入海，欲下不下如垂虹。（隐"鼻涕"）

不飞则已飞冲天，不鸣则已鸣惊人。可怜一蹶不复振，寸磔英雄刃后身。（隐"爆竹"）

夜深风定孕奇胎，悄向人前故故开。不共群芳斗春色，隔墙蝴蝶莫飞来。（隐"灯花"）

小红心事果然临，寸寸柔肠欲断时。惜别吞声滋味苦，杜鹃血挂海棠枝。（隐"烛泪"）

渊渊心井静无波，花事番番眼底过。拼与寒梅同玉碎，冰盟想结冻相呵。（隐"瓶胆"）

捉来天上团团月，普照人间艳艳花。愿把欢颜永相对，玉台春色到头赊。（隐"镜子"）

信手拈来意气雄，江山付与笑谈中。夜来戏把新诗赌，敲落灯花一点红。（隐"棋子"）

素素红红斗艳姿，淡妆浓抹总相宜。美人毕竟颜难驻，终有香销色褪时。（隐"脂粉"）

## 徐天啸谜选

蔺（打古人一）蔺相如

土匪（打诗经一句）胡为乎泥中

二斤（打古文二句）其在斯乎，其在斯乎

## 汪叔良谜选

吉（打孟子一句）士憎兹多口

梁书齐书（打古人一）萧史

七情一曰喜（打孟子一句）继之以怒

位在将相之间（打孟子一句）子为士

疑有新台之丑（打韩文一句）公不见信于人

汉家人杰从头数（打论语一句）于斯三者何先

士之子为农，农之子为工（打诗经一句）降而生商

——摘自民国吴梅《瞿安日记》

## 徐枕亚谜选

贾（打新名词一）代价

四（打四书一句）欲罢不能

斤（打四书一句）丘未能一焉

小雪（打算学名词一）微积

兰谱（打书名一）本草

春花（打聊斋目一）伍秋月

小勇（打聊斋目一）妾击贼

葛巾（打诗经一句）可以濯罍

天倾（打诗经一句）荡荡上帝

天翻（打诗经一句）上帝不宁

赖债（打诗经一句）借曰未知

天火（打俗语一句）自然而然

浴堂（打四书一句）人洁己以进

稿葬（打四书一句）则茅塞之矣

老少年（打古人一）颜回

潮无信（打书名一）易经

三上吊（打聊斋目一）戏缢

黄泉路（打俗语一句）魂灵经

萧何韩信（打今人一）张继

十扣柴扉（打官名一）游击

避居上海（打古人一）申不害

五子登科（打今人一）应桂馨

醉后大吐（打四书一句）饮食若流

诬为乱党（打易经一句）比之匪人

人民政事（打俗语一句·谐声格）上坟（按，读文）弗见土地

踏肩之戏（打四书一句）己欲立而立人

新种竹多死（打字一）笑

古文无沉字（打四子人名一）沈同

寒从脚上起（打成语一句）疾足先得

辗转频思妾（打唐诗一句）中宵劳梦想

共和真假面（打四书一句）如彼其专也

一二三四六（打千家诗一句）才有梅花便不同

上海消息灵通（打古人一）申详

死不肯剪辫子（打古人一）毛延寿

割鸡焉用牛刀（打成语一句）游刃有余

六宫粉黛无颜色（打花名一）抹丽

旁观者黑白分明（打算学名词一·系铃格）代数

事机失败走东洋（打古人一·秋千格）夷逸

民国方兴机忽挫（打外国人名一）华盛顿

元直方寸乱矣（打小说家名一）徐念慈

人比河清解带看（打小说家名一）包天笑

两度江南六月天（打小说家名一）吴双热

梅花半放日迟午（打小说家名一·卷帘格）徐卓呆

倩谁传语报平安（打俗语一句）口说无凭

杨柳千条齐向北（打诗经一句）飘风自南

画龙壁上谁留稿（打诗经一句）厥草维繇

醉里题诗字半斜（打四书一句）狂而不直

指上莫留鸦片迹（打四书一句）无使土亲肤

布奠倾觞鬼岂知（打唐诗一句）应有未招魂

翻书射谜仍弗中（打四书一句）习矣而不察焉

黛玉临终有紫鹃（打唐诗一句）雁声远过潇湘去

人死是哭不活的（打千家诗一句）一滴何曾到九泉

赤壁之役庞统有功焉（打算学名词一）连锁法

幻余胡蝶梦，啼损子规魂（打小说家名一）周瘦鹃

思郎思绝粒，蹙损两眉尖（打谚语一句）好汉不吃眼前亏

枯树風生常不足，坏牆月上已先斜（打字一）蝥

"谁知你总不理我，叫我摸不着头脑，少魂失魄，不知怎样才是"（打四书一句）

贾请见而解之

冉（打四书二句·缀锦格）一以贯之，再斯可矣

借光（打俗语二句）风扫地，月点灯

久旱老农忧（打聊斋目二）向杲、念秧

霜叶红于二月花（打春秋人名二）丹木、宛春

归来宅畔树扶疏（打春秋官名一、地名一）复陶、庐柳

庠者养也，序者射也，殷曰序，周曰庠（打新官名二）中校、上校

纤纤舞倦绿杨丝，风定余花尚满枝。绣罢抛针无个事，粉墙题遍断肠诗。（打聊斋目四）
细柳、小谢、织成、画壁

一双蝴蝶过墙东，睡醒幽欢事已空。一霎红销枝尽绿，低徊百舌骂春风。（打聊斋目四）
翩翩、梦别、叶生、禽侠

见面见知己，背面便相忘，阅尽人千万，无一知心郎。（隐"镜"）

粒粒珍珠尽值钱，纷纷出口忍轻捐。漏卮四溢浑难塞，从此苍生命倒悬。（隐"叉袋"）

一官弃置冷如冰，热不因人事未能。但使吹嘘能借力，一经吐气便升腾。（隐"烟袋"）

天生雅骨自玲珑，能画能书点缀工。毕竟卷舒难自主，只缘身入热场中。（隐"折扇"）

随奴逐婢太无才，作怪兴妖是祸胎。惭愧十年空面壁，只今满腹是尘埃。（隐"畚箕"）

功名事业若捕风，纸上谈兵气自雄。为问寸心灰也未，他时会见泣途穷。（隐"走马灯"）

非琴非瑟亦非琶，也有声从弦上闻。一曲从军弹未毕，梅花如雪落纷纷。（隐"弹棉弓"）

——摘自民国徐枕亚《枕亚浪墨》

## 邵清池谜选

非是己身难作主（打四子一句）有父兄在

登舟较射（打四子一句）南方之强与？北方之强与？

关雎（打四子一句）美目盼兮

金兰凋残随风转（打四子一句）朋友死无所归

梦别（打七千一句）睡觉东窗日已红

五谷丰登（打左传一句）大有年

雷乃发声（打左传一句）一鼓作气

未能即齿（打牙籤（签）一）过午忽逝

春光在眼前（打字一）晴

遍体无完肤（打三国人名一·粉底格）周仓

不谓之进不敢进（打四子一句）入云则入

花开堪折直须折（打常言一句）虚账不必实给

——摘自《北京醒世画报》第三十期，清宣统元年十一月十九日（1909年12月31日）

## 老苏州谜选

女红（打五才子诨名一）玉臂匠

秋收冬藏（打五才子一）时迁

万紫千红总是春（打五才子一）花荣

诸葛亮舌战群儒（打五才子一）白胜

李元霸天生其人（打五才子一）童猛

欲穷千里目，更上一层楼（打五才子诨名一）没遮拦

——摘自《苏州中报》1928 年 10 月 24 日第二版


赤道（打四子一句）公西华曰

守规则（打学而一句）无违

府库财（打左传一句）公家之利

何为信（打四子一句）不失人亦不失言

可以发财（打洋行名一）谋得利

曹操克下邳（打废物一）破布（吕布）

抛去金乌，又来玉兔（打古文二句）送夕阳，迎素月

——摘自《苏州中报》1928 年 10 月 26 日第二版


此中人语（打字一）讷

笼中之鸟（打三国人名一）关羽

意诚心正（打四子一句）思无邪

木像遭回录（打五才子诨名一）母大虫

——摘自《苏州中报》1928 年 10 月 27 日第二版


## 吴莲洲谜选

孔子至圣（打列国人名一）优孟

再斯可矣（打平剧一）三疑计

尊嫂（打论语一句）君夫人

民无德而称焉（打论语一句）未可与权

水流花开（打中西药房出品名一）一滴香

——摘自上海《黑皮书》第 2 期，民国 27 年（1938）9 月 5 日


## 范烟桥谜选

改步改玉（打字一）鞋

叔接嫂（打药名一·梨花格）滴滴涕（弟弟替）

枫桥夜泊（打唐诗一句）听钟未眠客

姑娘出嫁嫂不允（打昆虫名一·梨花格）蝼蛄（留姑）

一块油氽臭豆腐干（打古人三·朝阳格）黄盖、文丑（闻臭）、李白（里白）

## 陆澹安谜选

甲（打四子一句）使子路反见之

赤道（打四子一句）公西华曰

出气（打四子一句）不藏怒焉

木樨香（打四子一句）人皆掩鼻而过之

愤然别去（打四子一句）出辞气

弟子去之（打四子一句）辟兄离母

今儿明儿（打四子一句）是二天子也矣

无后为大（打四子一句·解铃格）子绝长者乎

喜以闭门羹待人（打四子一句）不愤不启

亭林笔录亦有未载者（打四子一句）日知其所亡

## 张千里谜选

自谓张一骏，人称张馆长（打古文一句）不以千里称也

## 郑逸梅谜选

王安石变法（打报人名一）宋一新

——摘自郑逸梅《艺林散叶·续编》

勾践被困于会稽（打报人名一）吴师猛

——摘自江更生、朱育珉主编《中国灯谜辞典·郑逸梅序》

## 张静盦谜选

门（打四子一句·卷帘格）耳无闻

元参（打四子一句）曾皙后

戏术（打四子一句）游于艺

共产（打四子一句）分人之财

木炭（打四子一句）然后用之

沟流（打四子一句）水由地中行

潜龙（打四子一句）视之而不见

缪斌（打四子一句）文武不以其道

无理由（打四子一句）子路不对

革命后（打四子一句）吾党之小子

读英语（打四子一句）无以异于白人之白也

斩钉截铁（打四子一句）断断兮

十恶不赦（打四子一句·解铃格）必杀之

冬日烈烈（打四子一句）行夏之时

终身长斋（打四子一句）不知肉味

手倦抛书（打四子一句）困而不学

民无能行（打四子一句）百姓不足

顷间出恭（打四子一句）百亩之粪

淮阴论兵（打四子一句）信则人任矣

丑露未隐（打四子一句）见牛不见羊也

结翰墨缘（打四子一句）其取友必端矣

分道而趋（打四子一句）不得中行而与之

无他可偶（打四子一句·解铃格）惟我与尔有是矣

妇女协会成立（打四子一句·解铃格、登楼格）道其不行矣夫

环水绕，疑无路（打四子一句）不直则道不见

梧桐叶落始敲枰（打四子一句）弈秋

鸿爪曾留廿四桥（打四子一句）我武惟扬

筹备北平联欢会（打四子一句）谋于燕众

修到菩提总是空（打四子一句）虽善无征

乘槎直到斗牛边（打四子一句·卷帘格）上天之载

笑问客从何处来（打四子一句）出门如见大宾

政府有令不准兼职（打四子一句）朝无幸位

钧（打集四子二句）去其金 一勺之多

电话（打集四子二句）在家必闻 夫何远之有

以虫饲鸟（打四子二句、俗语一句）爱之欲其生，恶之欲其死，杀命养命

日本出兵济南（打集四子二句）东夷之人也 至于鲁

讨家婆带胎来（打四子二句）娶妻非为养也，而有时乎为养

日蚀（打左传一句）恒星不见

战委会（打左传一句）军之善政也

绝代有佳人（打左传一句）美而无子

一缄惊泪红犹湿，满纸春愁墨未干（打左传一句）信内多怨

诞在纯阳下一日（打礼记一句）半夏生

壮士（打诗经一句）八月断壶

明日去骑（打诗经一句）来朝走马

筆下积阴功（打诗经一句）聿修厥德

过武侯祠而祭之（打诗经一句）祀事孔明

青云有路亦崎岖（打诗经一句）天步艰难

门（打诗经二句【连】）吁嗟阔兮，不我活兮

大（打集诗品二句）不著一字，夫岂可道

读聊斋（打蒙经一句）披蒲编

巫山之女（打三字经一句·卷帘格）唐高祖

红袖四围看点笔（打童读一句）时见美人

醋意（打唐诗一句）疑误有新知

黄花三四十种（打唐诗一句）秋菊有佳色

☽（打六才一句）原来是月色横空

元宵（打六才一句）破题儿第一夜

两个儿童捉柳花（打六才一句）对面抢白

便壶（打汉文一句）溲溺其中

强笑为欢（打诗经篇目一）假乐

轻舟已过万重山（打聊目一）快刀

糊涂县长（打词牌名一）如梦令

千呼万唤始出来（打曲牌名一）声声慢

君君臣臣父父子子（打曲牌名一）字字双

金铙法鼓迭相鸣，更有更锣作尾声（打韵目五【不连数】）齐、东、齐、东、庚

半拍（打成语一句）孤掌难鸣

凿壁偷光（打成语一句）一孔之见

休休亭外屡徘徊（打成语一句）司空见惯

佛地（打俗语一句·卷帘格）原来如此

节食（打俗语一句）白露鳗鲡霜降蟹

休息（打俗语一句）不动气

台高而安（打俗语一句）债多不愁

女自房观之（打俗语一句）门外汉

春城无处不飞花（打俗语一句）多谢

雀知报恩（打新名词一）门罗主义

青白眼（打新名词二）目的、党化

制中山服装的成衣匠（打法律名词一）仲裁人

匈（打药名一）葛根

棋盘街（打药名一）路路通

殖民地开联欢会（打药名一）土人参

举目无亲（打药名二）生地、独活

钟馗（打虫名一）鬼见怕

言犹在耳（打动物名一）龙

玄之又玄（打旧月份名一）闰九月

有（打市招一·卷帘格）应时名点

年方二十（打市招一·秋千格）冠正

古美人刻（打市招一）远年花雕

起草得双俸（打市招一）新薪

古公亶父（打时人名一）孙文

植矿不分（打时人名一·蝇头格）蒋介石

战胜天空（打外国人名一）克银汉

笼中鸟喜住（打三国人名二）关羽、乐进

与其妾讪其良人（打春秋人名一·解铃格、昆目一）夫差、相骂

不在其内（打字一）佁

四围山色中，万重窀画里（打字一）田

一户大人一、小人二、待人眷口二（打字一）儉

利似并剪（打谜格二）蝇头、燕尾

——摘自民国张静盫《绣石鹭谜语》

## 杨剑花谜选

猜拳（打新名词一）手数料

围棋合活（打四子一句）子路共之

灯下围棋（打吴谚一句）趁火打劫

## 吴江莘塔谜会谜选

婆媳粗麻重孝（打三言俗语一句·素腰格）无工夫

隔壁穷人逢大雪，呼来小憩饮姜汤（打莘塔俗语二句）贫邻碰冷，歇力喝辣

## 娑罗花馆谜选

酒（打鸟名一）水鸡（注：古名庸渠）

立秋（打词牌名一）叶落

武丑（打食物一）文旦

少寡（打古诗一句）红颜未老恩先断

鸦片烟（打用物一）墨

白牡丹（打四书一句）素富贵

君子之妻（打用物一）竹夫人

东风第一枝（打红楼梦人名一）探春

芭蕉分绿上纱窗（打红楼梦人名一）碧痕

挑灯无语替花愁（打古诗一句）夜来风雨声

——摘自苏州《大光明》1932 年 12 月 16 日第三版

火（打书名一）盡（尽）心

小弯腰（打古人一）柳如是

明朝会（打六才一句）今日别尔

归去来辞（打戏名一）回话

妻妾吃醋（打六才一句）好教我左右做人难

老兄将出门（打戏名一）别弟

重帘不卷留香久（打药名一）防风

血（打药名二）乌头、蘆（芦）根

乌师（打戏名二）教、歌

——摘自苏州《大光明》1932 年 12 月 18 日第三版

吾（打牡丹亭一句）似语无言

宫（打俗语一句）戴了箬帽亲嘴

女红（打五才子诨名一）玉臂匠

芭蕉扇（打古人一）叶纨纨

火烧赤壁（打词目一）满江红

恕不端楷（打植物一）书带草

万里桥西一草堂（打鸟一）杜宇

——摘自苏州《大光明》1932 年 12 月 21 日第二版


账（打官名一）主簿

自（打病名一）半身不遂

聿（打俗语一句）一筆（笔）写不出二个字

拷红（打用物一）丫叉

胭脂（打词牌一）点绛唇

失约（打俗语一句）道来不来

白璧无瑕（打红楼梦人名一）妙玉

损人不利己（打俗语一句）两不讨好

红袖添香好读书（打官名一）侍郎

此恨绵绵无尽期（打词牌一）长相思

——摘自苏州《大光明》1932 年 12 月 22 日第二版


妃（打红楼人一）王夫人

竹（打六才一）一个这壁一个那壁

鬟（打四书一句）唯女子与小人为难养也

泠泠七弦（打官名一）指挥

金屋藏娇（打六才一句）瞒过夫人

先生不换馆（打韵目一）一东

两时一样，两样一色，失了一样，剩了一样（打古诗四句）去年今日此门中，人面桃花相映红，人面不知何处去，桃花依旧笑春风

——摘自苏州《大光明》1932 年 12 月 23 日第二版


車（打药名一）莲（莲）心

百（打药名一）半夏

立夏（打词牌名一）春去也

中秋月（打食物一）桂圆

但闻其声（打聊斋目录一）耳中人

五个美女照镜（打戏名一）十面

——摘自苏州《大光明》1932 年 12 月 24 日第二版

炭（打字一）樵

卵（打韵目一）四支

斗（打果名一）百合

鑫（打词牌名一）重叠金

北诈（打五才诨名一）病尉迟

情书（打六才一）这叫做才子佳人信有之

猜灯谜（打戏名一）打虎

凌霄花（打苏州店名一）月中桂

难得糊涂（打俗语一句）懵懂一时

野人之语也（打字一）响（响，拆字格）

天地人四五六（打俗语一句）三长两短

——摘自苏州《大光明》1932 年 12 月 28 日第三版

梦（打四书一句）觉后知

专诸进鱼（打幼学一句）腹中有剑

一诺千金（打四书一句）富哉言乎

姜维严颜（打谚语一句）大胆老面皮

年年二三月（打明人一）常遇春

红娘随我来（打诗经一句）有莺其领

将入门，策其马（打字一）闯

一时有翼，一时无足（打字一）配

——摘自苏州《大光明》1932 年 12 月 29 日第三版

砾卷（打字一·拆字格）赦

桂香时节（打字一·拆字格）朕

伏波将军（打用物一）铁锚

雪却输梅一段香（打人名一）白胜

春风一路踏泥香（打词牌一）马蹄花

乃翁不若乃郎慧（打论语一句）公输子之巧

独守残棋待友来（打六才一句）是怕人搬弄

秋分以前春分以后（打字一）香

席（打药名三）廣（广）皮、三七、歸（归）尾
——摘自苏州《大光明》1932 年 12 月 30 日第三版

围棋无敌（打字一）捆
康王南渡（打五才子人一）宋江
周郑交质（打隋唐人一）王伯当
岳孝娥殉节（打白居易诗一句）银瓶乍破水浆迸
月点波心一颗珠（打明人一）圆圆
内无怨女外无旷夫（打左传一句）各有配偶
日出而作日入而息（打谚语一句）明中去了暗中来
轻薄儿，风流病（打水果二）桃子、杨梅
——摘自苏州《大光明》1932 年 12 月 31 日第二版

## 丁当谜选

黑心肠，尖尖头；跟着中国人，直走；跟着外国人，横走。走呀走，身子越走越没有，到末了，只剩一个小木头。（谜底：铅笔）
十字当中一条河，两边兵马不是一样多，多的少，少的多。（谜底：算盘）
为你打我，为我打你；打破你的皮，流出我的血。（谜底：蚊子）
一个黑孩子，自小不开口，偶然开一口，伸出白舌头。（谜底：西瓜子）
——摘自《苏州明报》1935 年 8 月 1 日第十版

## 彭清鹏谜选

千年白蝙蝠（打县名一）寿张
人见其濯濯也（打县名一）光山
秦弱兰为驿卒女（打县名一）馆陶
结绿（打古人一）宋玉
日月旗（打汉人一）王常
韩陵片石（打唐人一）温造
桓魋其如予何（打清人一）孔有德
小同克绍康成学（打汉人一）公孙述
从（打四书一句）比其反也
长鬚（须）奴（打四书一句·秋千格）冉仆

动物园（打四书一句）禽兽居之

高蹈独善（打四书一句）一人陶

昌黎复生（打四书一句）今日愈

再斯可矣（打四书一句）不待三

神工鬼斧（打四书一句）非人之所能为也

妙意有在终无言（打四书一句）默而识之

又见子卿持汉节（打四书一句）后来其苏

纵猎何妨更一圈（打四书一句）是为冯妇也

牡丹之爱，宜乎众矣（打四书一句）人亦孰不欲富贵

李太白死，世间无此乐三百年矣（打四书一句）后来其苏

士大夫见之者，莫不服深远去怮咨（打四书一句）宪宪令德

白莲（打诗经一句）匪用为教

反必面（打诗经一句）之子于归

秋风辞（打诗经一句）彼分一曲

窜在荆蛮（打诗经一句）于以湘之

独坐悲双鬓（打诗经一句）维忧用老

鲁侯觞之于庙，奏九韶以为乐，具太牢以为膳（打诗经一句）爱居爱处

——摘自民国陈冕亚《北平射虎社谜集》

怯春寒快把帘儿下（中药名）防风

## 徐子长《查先生（谜语集）》选

空山里面有口井（打一字）曲

十个少四，像个大字。（打一字）六

上面身体不曲，底下生出八足。（打一字）真

八十多了一横，六十少了一点。（打一字）平

有夫人，戴双花，趁月色，骑骏马。（打一字）腾

小小狗，小小狗，二十只脚，二十只头。（打一字）莽

一横一直，想要猜得，两只手儿齐伸出。（打一字）十

一个大人，在十字街头，捉住四个小人。（打一字）伞（伞）

查先生，真奇怪！足下的鞋，在头上歪戴。（打一字）香

两个人，赶一只鸟，一个弯腰，一个跌倒。（打一字）以

两只眼睛，一横一竖，两条眉毛，颠来倒去。（打一字）買（买）

这个字，真稀奇，池里没点水，地上没有泥。（打一字）也

一只老虎，有头没尾，飞奔天上，张着大嘴。（打一字）虞

何时请客？二月十八。请多少客？朋友十八。（打一字）棚

两根木头，追赶猛兽，彪被捉住，虎已逃走。（打一字）彬

二人无头，一人歪斜，伪人隐没，老翁羽化。（打四字）天、下、为、公

## 倪涤园谜选

易（打歌曲名一）交换

旧巢（打中国作家一）老舍

哑儿（打书名一）子不语

莽汉（打书名一）鲁男子

婆媳（打影名一）两代女性

单恋（打本城巷名一）胡厢使（相思）巷

无底洞（打歌曲名一）何处是尽头

赤种民族（打香烟名一）红人牌

双拳敌四手（打影名一）二对一

一望无际天接水（打影星一）汪洋

——摘自苏州《大华报》1946 年 2 月 11 日第二版

## 徐碧波谜选

粥（打党国要人一）于右任

鲁一变（打本刊人名一）高邦道

小放牛（打孟子一句）百姓皆以王为爱也

集体请愿（打本城路名一）包衙前

事父母几谏（打左传一句）子纠亲也

善战者斯有财（打字一）型

伪不管部大臣（打本城巷名一）乔司空

窈窕淑女，君子好逑（打本城巷名一）胡厢使（相思）巷

洞房春意暖，新郎失所在（打字一）臺（台）

国共和协（打地名一、本刊人名一）偃师、无武

——摘自《苏州明报》1947 年 2 月 5 日第二版

## 卢听雨谜选

续弦（打本国地名一）重庆

暗盘出售（打字一）黢

厌恶黑暗（打县名一）崇明

怕上大成殿（打吴谚一句）不要面孔

御笔写诏书（打小说人名一·皓首格）王文（皇文）

各地传来多哀鸣（打影片名一）处处闻啼鸟

——摘自《苏州明报》1947 年 12 月 16 日第四版

## 顾宜鸿谜选

奸（打话剧名一）三千金

童言无忌（打六才一句）小孩儿口没遮拦

双满月，又十天，始见才郎面（打伶人名一）芙蓉草（七十日见夫容）

建筑工程师，公输子之徒（打国际人名一·虾须格）杜鲁门（土木工程师鲁班之门墙也）

实头无恒心（打字一）宜

残年烧柏子（打市招一）燻腊

——摘自《苏州明报》1948 年 1 月 27 日第四版


壽头當心（打字一）吉

掠（打西片名一）半推半就

望（打本地巷名一）观前街

豆蔻年华（打三字经一句）方少时

怕家婆结婚（打四书二句）一则以喜，一则以惧

抽壮丁（打六才一句）待从军

——摘自《苏州明报》1948 年 2 月 22 日第四版


强奸（打幼学一句）受辱于胯下

弗去（打释教术语一句）佛法无边

报告员（打幼学一句）传语之人

个个在意中（打字一）昌

夜夜独个儿（打字一）佟

左也说苦，右也说苦（打字一）辩

配给户口米，一点也没有（打字一）屎

——摘自《苏州明报》1948 年 3 月 30 日第四版

## 吴公寿谜选

前事不忘，后事之师（打古人一）史可法

敢布腹心（打时人一）陈诚

中坚（打时人一）周至柔

驰骋（打外国地名一）马赛

悠哉悠哉，辗转反侧（打国产影剧名一）长相思

明皇初恋玉妃时（打外国影剧名一）夜夜春宵

顺风（打电影明星一）张帆

铜山烽火（打越剧名伶一）徐天红

予（打上海市招一）就是我（照相馆）

新陈代谢（打话剧名一）蜕变

救济物资来自"联总"（打古女子名一）西施

推行新生活（打上海名人一）张维

——摘自《苏州明报》1948 年 2 月 1 日第四版

## 张庆承谜选

抽壮丁（打四书一句）小子听之

子胥吹箫（打古人一）吴用

蟹壳作肥料（打成语一句）解甲归田

雲开龙始见（打字一）震

拾级上升拜重阳（打京剧名一·卷帘格）拿高登

一寸光阴一寸金（打京剧名一·玉带格）时慧宝

——摘自《苏州明报》1948 年 2 月 3 日第四版

跳浜（打古人一）马超

评话停讲（打字一）讟

孤峰疑雨沥（打京剧名一）荒山泪

鸡狗调位两点中（打字二）猷、猶

海上古树齐参天（打四书人名一·燕尾格）申枨

逛灯忽遇小姐（打七言唐诗一句）春宵一刻值千金
——摘自《苏州明报》1948年2月15日第四版

灯谜（打字一）處
二小姐（打字一）姿
满洲开篇（打俗语一句）胡调
百业谈困难（打四书一句）行行如也
提笔写年庚（打鸟名一）画眉
新夫妇行庙见礼（打古人一）吕奉先
——摘自《苏州明报》1948年4月20日第四版

## 宋伯彦谜选

外国谜语（打时人名一）胡文虎
所托非人（打字一）魏
空袭警报（打成语一句）见机而行
资金逃避香港（打本国地名一）南汇
曰字加直不加点（打字一）神
一袭孤裘已十年（打国药名一）陈皮
——摘自《苏州明报》1948年3月21日第四版

## 张汉卿谜选

戈（打俗语一句）七颠八倒
六月半（打字一）丹
长嫂似母（打古人一）管叔
百战一负（打五才人名一）白胜
浅草遮牛角，疏篱露马脚（打字一）蕉
帽子坏了边（打俗语一句）顶好
——摘自《苏州明报》1948年3月7日第四版

## 张漱石谜选

御驾亲征（打时人名一·皓首格）王耀武
往來不逢人（打字一）柱

风头出一半（打字一）凯

看明皇醉卧沉香榻（打小说人名一·粉底格）张君瑞

为何挑不起千斤担（打古人一）重耳

下半身像爷，上半身像娘（打西药名一）人丹

——摘自《苏州明报》1948年3月14日第四版

## 顽石谜选

### 蟹咏（五首）

也有团脐也有尖，身披坚甲不经煎；一朝江上秋风起，陡觉此君族类添。

生成劣性喜横行，那管前途路不平；凸出眼珠如绿豆，缘何视线不分明？

休言公子是无肠，黄白居然满腹藏；如许财源何自得？莫非到处"抢他娘"。

无端同类也相残，拼着双螯不放宽；久久争持徒自苦，原来病在没心肝。

束草条条缚已牢，枉云脚上有飞毛；移来一味蔷花醋，卸甲成堆饷老饕。

——摘自《苏州明报》1948年10月17日第四版

## 气东谜选

金圆券法币勤濡沫（打成语一句）同病相怜

——摘自《苏州明报》1948年11月25日第四版

## 无名氏谜选

一个冬瓜，两头开花。（打用物一）枕头

日里实博博，夜里空落落。（打用物一）袜（又可作鞋）

尖嘴无舌头，眼睛生在喉咙头。（打用物一）剪刀

日里避拉，夜里伸出仔唠望拉。（打用物一）门栓

姊妹两个一样长，跰浜过去偷菜秧。（打用物一）筷

小小萝卜三寸长，只见短来不见长。（打用物一）烛

一个枕头像饭瓜，肚皮里乡开红花。（打用物一）灯笼（注：里乡，即里面的意思）

铜船头，木船梢，小雨溟溟漫漫摇。（打用物一）熨斗

团团圈圈里乡空，一到冷天暖烘烘。（打用物一）脚炉（注：里乡，即里面的意思）

一个鲤鱼两个头，登在沙家浜里游咾游。（打用物一）梭子

一只小船狭扎扎，五个和尚登在船头乡活轧杀。（打用物一）鞋（注：狭扎扎，即狭窄的意思；船头乡，即船头上的意思）

铜船头，木摇橹，满船装热货，锦绣河山里，慢慢（原作"漫漫"）摇将过。（打用物一）熨斗

姊妹三个一样长，眉毛网王一样生。立仔呒白话，坐是做营生。（打用物一）脚车纱

弟兄七个七处登，一个住是独宅头，一阵横风吹进去，弟兄六个开关门。（打用物一）落米筛

方梗绿叶，开花像蝴蝶。（打食物一）寒豆

两扇黑墙面，当中一个白观音。（打食物一）西瓜子

苏州梅子十希奇，又无骨头又无皮。（打食物一）肉圆

爷来赤脚，娘来赤脚，养个儿子，无头无脚。（打食物一）蛋

小女人，篾条身，财香到，就开门。（打物一）戥子

有头无颈，有翅无毛，飞到树上，抱住吹箫。（打工具一）向板

轻轻薄，薄轻轻，年年涨，月月升。（打票证一）当票

大红被子白夹里，九个小囝睏来一斩齐（打水果一）橘子

红漆床，乌绒被，黄胖宝宝睏在被头里。（打干果一）栗子

红头船，黑梢棚，念四只篙子两边撑。（打动物一）蜈蚣

头戴红顶子，身穿白袍子，说话像蛮子，走路像公子。（打动物一）鹅

——摘自民国《吴县民间谜语》

# 附录一

## "谜"的名称

诸家瑜

　　清梁章钜云："古无谜字"，实乃后起字，会意兼形声，从言，迷声，本义"谜语"。源于民间的"谜"，是个俗名，古代被士大夫瞧不起，但是出于政治、军事或者某种文化娱乐的需要，他们又十分重视这"玩意儿"。为了不落俗套，历朝都赋予"谜"不同的名称，这是很有趣的，也很值得我们去查考和研讨。

**讔（yǐn）、隐、隐语、事隐（隐事）、廋（sōu）、廋辞、廋词、廋语、讔廋（隐廋）**

　　"讔"，是对"谜"的最早称呼，其流传经过了一个相当漫长的时期，是随着下层社会文化的传授、传播和影响，才逐渐被上层社会文化所接纳、吸收和运用的，直到距今 2600 多年前，它才在书本文学里出现。据《辞源》介绍，"讔，隐语。《吕氏春秋·重言》：'荆庄王立三年（前 611），不听政而好讔。'南朝梁·刘勰《文心雕龙》三《谐隐》：'讔者，隐也。遁辞以隐意，谲譬以指事也。'"

　　在汉字发生变化后，"讔"的言字旁去掉了，简化成了"隐"字，《韩非子·喻老》："右司马御座，而与王'隐'曰：'有鸟止南方之阜，三年不翅不飞不鸣，嘿然无声，此为何名？'"后来，"隐"又称"隐语"，《韩非子·外储右上》："（樗里疾）恐犀首之代之将也，凿穴于王之所常隐语者。"《辞源》解释：隐语"①犹密谈（言），②指不直述本意而借它辞暗示的话。""隐"还可称"事隐（隐事）"，语出《易·系辞下》："其言曲而中，其事肆而隐。"

　　另外，在汉字中有个"廋"（也作"廀"）字，亦有隐藏、藏匿的意思，从而成了"隐"的同义词。《论语·为政》："视其所以，观其所由，察其所安，人焉廋哉！人焉廋哉！"夏、商、周时，"廋"带有讽刺性，多流行于官宦与文人之间，作为一种讥诮消遣的游戏而盛行一时。由于"隐""廋"通义，所以"廋"也成了"谜"的古称。春秋时期，"廋"多了个名字叫"廋辞"，亦作"廋词"，左丘明《国语·晋语（五）》："范文子暮退于朝，武子曰：'何暮也？'对曰：'有秦客廋辞于朝，大夫莫之能对也。吾知三焉。'

武子怒曰：'大夫非不能也，让夫儿也。'……击之以杖，折委笄。"三国时韦昭注："廋，隐也。谓以隐伏谲诡之言问于朝也。"南宋周密《齐东野语》中说："古之所谓廋辞，即今之隐语，而俗所谓谜。"后又出现"廋语"一词，源于《新五代史·李邺传》："而帝方与业及聂文进、后赞、郭允明等狎昵，多为廋语以相诮戏，放纸鸢于宫中。"《辞源》注："廋语：隐语。犹廋辞。"之后，又出现了词汇"谜廋（隐廋）"。

廋辞、廋词、廋语，皆属于"廋文"，是一种用替代的方式构成的暗示语。这种替代的方式，有的是摹状，有的是一种婉曲的说法，有的则是利用拆字法。

古代，善隐廋之道者，有一定地位或身份。西汉刘向《说苑·正谏》中有咎犯与晋文公作"隐戏"，晋文公命"十二隐士"助他猜谜的记录；还有"平王问于隐官曰：占之，为何隐？"的记载。这里的"隐士"是古代对善于隐语、廋辞之人的美称，而"隐官"则是专设的一种官职。

### 射覆、覆射、射覆雕、谶、谶语、语谶、谶辞、谶词、谣谶、诗谶、图谶、离合、绝妙好辞、绝妙

自春秋、战国到西汉初期，隐廋之名从没中断过，但到了汉代，上层社会称这种民族传统文化叫"射覆"了，而且还赋予它游戏取乐的"新职能"。东汉班固《汉书·东方朔传》："上尝使诸数家射覆，置守宫（即蜥蜴，又称壁虎）盂下；射之，皆不能中。朔自赞曰：'臣尝受易，请射之。'乃别蓍布卦而对曰：'臣以为龙又无角，谓之蛇又有足，跂跂脉脉善缘壁，是非守宫即蜥蜴。'上曰：'善。'赐帛十匹。复使射他物，连中，辄赐帛。"颜师古注："于覆器之下而置诸物，令人暗射之，故云射覆。"

之后"射覆"成为谜语的别称，迨及五代，民呼"谜"叫"覆射"，就是从汉代演化而来的。后来，射覆变为酒令，别称"射覆雕"，至清末已演变成一种特殊形式的谜语了。

秦、汉间，"谶"术盛行，亦称"谶语""语谶""谶辞""谶词""谣谶""诗谶""图谶"。《史记·赵世家》："公孙支书而藏之，秦谶于是出矣。"《后汉书》八二上《谢夷吾传》："时博士渤海郭凤亦好图谶，善说灾异，吉凶占应。先自知死期，豫令弟子市棺敛具，至其日而终。"西汉成哀年间，"谶""纬"合二为一。至东汉初，会稽人袁康、吴平率先改良图谶中的文字之谶，合作创新"隐姓名谜"，为谜语增损、拆拼的制谜手法开创了先例，成为姑苏谜语文化成熟时期的肇始，也成为中华谜语文化成熟时期的肇始。东汉建武中元元年（56），刘秀在统一全国20余年后，"宣布图谶于天下"，于是谶纬之术笼罩全国，由此推动了离合体谜语的兴盛和发展。

"离合一经运用，朝野仿作，风靡一时，当时多以古体诗形式出现，其中孔融《郡姓名谜诗》为最有名，以袁康《越绝书》为最早。"（陆滋源《中华灯谜研究》，第16页，江苏科学出版社，1986年5月版）之后，东汉末年的蔡邕（当时有两个同姓同名的蔡邕，

一为陈圉人，一为上虞人。至于是谁题曹娥碑阴，学界有分歧）夜题曹娥碑阴，以"黄绢幼妇，外孙齑（jī）臼"赞谏辞是"绝妙好辞"。后人将"离合"和"绝妙好辞"作为了谜的代义词。

**谜、字谜、谲字、隐字、谜语、谐隐、嘲隐、反语（体语）、歇后、风人体**

"谜"，最早见于书籍是在南北朝时，距今约1600年，首见南朝宋时的鲍照撰写的《鲍参军诗注》卷四，内有"井""龜（龟）""土"字谜三首。鲍照首创了"谜"这个字，由此被后人奉为"百代字谜之祖"。其实，这个"谜"字源于民间。除此之外，鲍照还将历史上的隐语、廋辞、隐喻性的童谣、民谣编纂成集。宋代清源的庄绰（字季裕）《鸡肋编》云："箸履之谜，载于前史。《鲍照集》中亦有之，如一土、弓长、白水、非衣、卯金刀、千里草之类，其原出于反正、止戈，而后人因作字谜。""字谜"，亦称"谲字"或"隐字"也。

南朝梁、陈间，著名文字训诂学家顾野王在编著训诂书《玉篇》时，将"谜"这个字收入其中，释云："隐也。"自此，"谜"字成为字典中的"一员"。到了宋代，徐铉受诏校定《说文解字》时，又以"新附字"将这个"谜"字收进了《说文解字》里。刘勰《文心雕龙》"谐隐篇"云："谜也者，回互其词，使昏迷也。"又说："自魏代以来，颇非俳优，而君子嘲隐，化为谜语。"又因"谐隐篇"而诞生出一个评谜的代义词——"谐隐"，在民国时又被人作为指代"谜语"的书名。

汉末，百姓即知"反语"了，但此名盛行却在唐朝，而在南北朝则称"体语"。在汉时，还有"歇后语"之新词汇。其实"反语""歇后语"都是"谜"的异名。但随着"谜"的分流，"反语"和"歇后语"逐渐演变转化，至今所见已非昔日之貌，因此也就自然消失了它们原来指代"谜"的身份了，研究者在考证时可要注意。

"风人"一词，出自南朝梁时的钟嵘所撰的《诗品》（又名《诗评》），"风人诗"之省称，唐人谓之"风人体"，又名吴歌格、吴格、子夜体，这是古代民歌的一种体裁，由于其创作采用了谐音双关的手法，于是被列入"谜"之行列，并视为"谜"的代称。

**诗谜（谜诗）、敲诗（打诗宝）、词谜、戾谜、社谜、市语（切口、切语）、地谜、藏头（藏头隐语、藏头诗句）**

这八种新名字，都泛指谜语。

"诗谜"，又称"谜诗"，已故著名戏曲家、谜语文化学者钱南扬教授《谜史》云："宋代以前早有之，惟其名始见于宋耳。"

"敲诗"，亦名"打诗宝"，由射覆演变而成，"诗谜"之一种。清任曾贻《百字令》词："贳（shì）酒当垆，敲诗午夜，弹指成今昔。"清张焘在《津门杂记·敲诗》介绍：

"以纸条约四五寸长者，摘录时下新刻诗句，于句中隐去一字，注于纸尾，用信套笼插。即在诗句之旁，添拟大意相通者四字，并纸尾原字则为五。另摊方纸于桌，划为五度，以便押钱。射中者每一文赔三文。其五字中，大抵极不通者即其所隐之字也。向惟考试时为多，输赢亦甚微细。今则到处皆是，围绕争射者颇不乏人，托名风雅，实则赌博也。"

"词谜"，出自宋代。"唐宋八大家"之一的欧阳修所赋《望江南》，即是一首词谜。

"戾谜""社谜"，见于南宋灌园耐得翁《都城纪胜·瓦舍众伎》："商谜旧用鼓板吹《贺圣朝》，聚人猜诗谜、字谜、戾谜、社谜，本是隐语，有道谜（来客念隐语说谜，又名'打谜'）、正猜（来客索猜）、下套（商者以物类相似者讥之，又名'对智'）、贴套（贴智思索）、走智（改物类以困猜者）、横下（许旁人猜）、问因（商者喝问句头）、调爽（假作难猜，以定其智）。"

"市语"，是市中所用的隐语，即今人所说的行话，俗称"切口""切语"。钱南扬教授认为："'市语'想必自古有之，惟至宋代才见其名。"市语，有用反切构成，也有用谐音、会意和拆字的。古代三百六十行，"各有市语，不相通用"（明田汝成《西湖游览志余·委巷丛谈》），但皆属"谜"的大范围里。之后，市语游离，另立门户，成为行业专用术语。我们所熟悉的电报密码，也是市语之一种。

"地谜"，是画在地上的谜，宋代陆游《老学庵笔记》、孟元老《东京梦华录·元宵》中均介绍了这一谜种，属于画谜类。

"藏头"，宋、明两朝称它叫"藏头隐语""藏头诗句"，省称此名。南宋文学家周密《武林旧事·灯品》："又有以绢灯剪写诗词，时寓讥笑，及画人物，藏头隐语，及旧京诨语，戏弄行人。"由此可见，本属文学修辞的"藏头"（又名"藏词"），则是当时隐语的一种形式。因此，钱南扬教授认为，"宋、明人所谓'藏头隐语''藏头诗句'，有时乃泛指隐语，非真谓藏头诗也。"

### 独脚虎（缩脚语、缩脚韵）、谜韵、芦子语、回且语（迥且语）

元灭宋后，称"谜"为"独脚虎"，钱南扬《谜史》谓，独脚虎即缩脚语，又称缩脚韵，"'独''缩'叠韵，'独脚''缩脚'一音之转耳，惟独有一句，固无从叶韵也"。《图书集成·岁功典·汇考三》则泛指为灯谜："（登州）上元好事者作灯谜于通衢，群聚观之，谓之打独脚虎。"明代藏书家、学者郎瑛在为同朝贺从善的《千文虎》写序时，对"独脚虎"有详述："翌日踵门袖出一书，面书《自知风月》，乃问余曰：'此四字云何？'余解之曰：'即独脚虎儿。'曰：'何以颜兹名？'余曰：'尝闻先辈云，更作三句以成诗。惜乎独有一句，更难于谜，故曰独脚虎。'观其用心之处，抽黄对白，谐声假意，辘轳拆白，街谈市语，千奇百怪，应带歇曲，灿然靡所不备。"

"谜韵"，出自元代文学家周德清《中原音韵》："夫曹娥义社，天下一家，虽有谜韵，学者反被其误,半是南方之音,不能施于四方……"属隐谜中的一种法门,其原出于宋时"击鼓射字"之伎。但元至正年间朱士凯用此词冠书名,曰《包罗天地谜韵》,由元代文学家钟嗣成作序。于是,"谜韵"也就由谜书名转化为谜的代词了。

女真立国,有"芦子语""回且语",乃北地"隐语"之一种,谜风之盛,正不减江南也。元末明初的著名布衣学问家陶宗仪著有《南村辍耕录》一书,该著第二十五卷中有"芦子语、廻且语"的记载。

### 灯谜、猜灯、弹壁灯、弹壁、商灯、打灯、灯信、灯社、灯、反切

粘谜于灯壁,曰"灯谜",始于唐代,盛于宋朝,定名则始见明代。由此,"灯"也就同"谜"结缘通义了。明末常熟钱谦益《初学集》卷二中,有《癸亥元夕宿汶上》诗:"薄霭春泥暗暗吹,一灯风雨夜何其。愁依短檠听更漏,闷拨寒炉记岁时。好景良宵浑弃掷,暗尘明月费寻思。猜残灯谜无人解,何处凭添两鬓丝。""灯谜"一词入诗,此为嚆矢。

灯谜一词流传至今有好几百年了,可是在当时由于信息传递原始,因此尚未尽快统一。各地有各地的方言,各地对这新创举也就赋予了不同的名词。南宋将才文士田汝成《西湖游览志余》载:"杭人元夕多以此为猜灯。"《杭州府志》也云:"元宵前后五夜张灯……或粘灯谜于上,谓之'猜灯'。"明代大学士王鏊《姑苏志》云:"上元灯市藏谜者,曰'弹壁灯'。"清代顾禄《清嘉录》"亦曰'弹壁'"。明末散文家刘侗、于奕正《帝京景物略》则说:"灯市,有以诗影物,幌于寺观之壁,名之曰'商灯',立想而漫射之。"清李调元《粤东笔记》载:"元月元夕,灯师又为谜语,悬赏通衢,曰'灯信'。"清蓬道人著《灯社嬉春集》,近代胡朴安《中华风俗志》引《仪征岁时记》:"或有藏头诗句,任人摸猜,猜得者,赠以笔墨笺扇等事,谓之'灯社'。"

到了清末,人们干脆以一个"灯"字来指代"灯谜"。如光绪十四年(1888),苏州管礼昌编著的谜集《新灯合璧》;光绪年间,常熟姚福奎等一批华亭(今上海市松江区)"日河隐社"社友的谜集《日河新灯录》……即为例证。

除此之外,有些地区仍沿用旧说"反语",有的则将此改动一词叫"反切",给"谜"又添了一个异名。

### 诗禅、滑头禅、雅谜、谜语、春灯、春灯谜、春谜

明代中叶之后,谜籍涌市,虽书名各异,但都载谜语。明代文学家、戏曲作家李开先有《诗禅》传世,他在书中写道:"俗谓之谜,而士夫谓之诗禅。"他认为谜通禅义。此观点被后人所接受,清光绪十三年(1887),"东墅灯社"成员在将自己的谜语作品结集时,即命名为《东墅文字禅》。"诗禅"成了"谜"的别称后,在扬州一带起了变化,改称"滑头禅"。后来,"滑头禅"也成了晚明新兴的一个谜格名。

明代泰州学派一代宗师李贽辑有《开卷一笑》，卷六名为《雅谜类谈》。明代文学家、书画家陈继儒认为，民间中的"谜"是高雅作品、文雅之事，因此他亦将其辑集题为《精辑时兴雅谜》。清初咄咄夫受影响，在编著《一夕话》和《又一夕话》两书时，搜集了不少民间之"谜"，均冠曰"雅谜"。清末江峰青则将"雅谜"浓缩成了一个"雅"字，并将其编著的谜书命名为《莲廊雅集》。

"谜语"一词千余年前即有了，但成为书名恐怕要晚些。目前我们能见到的最早记载，大约是明代文学家、戏曲家、长洲（今苏州）冯梦龙的《山中一夕话·谜语》。在之后的4个多世纪里，以"谜语"作为书名甚多。而今，谜界通常把它作为事物谜的"省称"，与文义谜相区别，这是有失偏颇的。其实，两者一脉相承，是有"血缘"关系的，都是"谜"的后裔啊！

为新春、元宵点缀的谜，曰"春灯""春灯谜"。以《鸡肋篇》而名世的宋代庄绰有《春灯》传世。清末民初，广西临桂（今桂林）况周颐、江苏江都陈雨滋均以"春灯"为名，分别著有《辛巳春灯百谜》《春雨楼春灯谜格》。之后，福建永定张超南、起南昆仲，广东顺德黎国廉也皆以"春灯"为名，分别著有《素圃春灯录》（张超南），《橐园春灯话》、《续春灯话》、《橐园春灯谜》、《续春灯谜》（张起南），《玉蕊楼春灯录》（黎国廉），还合著了《张黎春灯合选录》。明代，安徽桐城（今安徽枞阳藕山）阮大铖的传奇《春灯谜》行市；清光绪三年（1877），北京琉璃厂书坊镌刻了一部谜书《春灯谜汇纂》，也用了"春灯谜"一词。

后来，世人以"春谜"作为"春灯""春灯谜"的省称。清末民初，浙江吴兴王文濡以此为名，著成洋洋大观的《春谜大观》。

## 虎、诗虎、文虎、灯虎、谜虎

将谜喻为"虎"，是形容虽属小道的谜语不易猜中，在元代，就有"独脚虎"一词了。明代贺从善编有《千文虎》一书，即以《千字文》为底的谜语，惜此书已佚。到了清代，文人将"虎"字频繁用于谜集里。光绪六年（1880），上元（今南京）葛笙谜著问世，取了个《余生虎口虎》的书名；光绪年间，苏州徐益孙在将自己的谜语作品汇于一编时，取了个《虎汇》的书名。

"虎"成为"谜"之雅称后，与"虎"联姻的新名字层出不穷。

"诗虎"一词，宋时有之，但喻作诗能手。后来其意"节上生枝"，明代束骐《留青别集》解释："其以诗文为谜语，谓之'诗虎'。"

"文虎"一词，起源于汉代许慎《说文解字》"虍"字注："虎文也。"五代宋初时期的文字训诂学家徐锴云："象其文章屈曲也。"明代束骐《留青别集》云："谓之文虎，譬其不宜中也。"嗣后，谜人著谜书冠以"文虎"之名，著名的有清末浙江仁和（今杭州市）

葛元煦《文虎》、浙江平湖李仿白《精选文虎大观》，清末民初常熟徐兆玮《文虎琐谈》、戴炳骢《文虎》和民国张石舟《文虎选》等。

"灯虎"一词，见于清代钱塘（今杭州）梁绍壬《两般秋雨庵随笔》卷二："今人以隐语粘于灯上，曰'灯谜'，亦曰'灯虎'。"咸丰六年（1856），梁溪（今无锡）企杜的谜语专著《龙山灯虎》刊世，书名就用了"灯虎"一词。光绪初年，苏州管礼昌等人结"五亩园谜社"，十多位谜社成员的作品集也都署"×××灯虎"，如《故史龛灯虎》《野竹庵灯虎》《知幻居灯虎》等等。

"谜虎"，盛行于清中叶。海州板浦（今江苏灌云北板浦镇）许桂林《七嬉》一书中，内有两篇富有传奇色彩的含谜故事，就是用"谜虎"命名的，一篇叫《冰天谜虎》，一篇叫《幻影山得冰天谜虎全本》。清末，平江（今苏州）张玉森《百二十家谜语》中，收有《啸月楼谜虎》《俞选谜虎》《冰天嬉谜虎》等用"谜虎"命名的谜稿。他有一部谜集，用"谜虎"命名的，曰《谜虎集腋》。

**谜子、谜谜子、谜儿、诗隐（诗谳）、谳谜、隐谜、谜隐、俗谜（破闷、破闷儿）**

在我国江南地区，"谜"称"谜子（读音：妹子）""谜谜子（读音：妹妹子）"，北方则叫"谜语""谜儿"。"谜子"这个名词早在宋代就有了，胡仔《苕溪渔隐丛话前集·宋朝杂记下》："刘义《落叶》诗云……郑谷《柳》诗云……或戏谓二诗乃落叶及柳谜子……"钱南扬《谜史》注解"谜谜子和谜子才是民间谜语，到清代才有"，那是因当时钱氏掌握材料不足而造成的与史实不符的说法。

"诗隐"，谜之别称，元代顾德润曾自刊一部谜集，以此为书名。明末常熟钱谦益《有学集》第二卷《秋槐诗支集》中，有《闽中徐存永、陈开仲乱后过访，各有诗见赠，次韵奉答四首》，其三："南国歌阑皆下泣，山阳诗谳倩谁传？"其四："莫讶和诗多谳谜，老来诞谩比虞初。"这里的"诗谳""谳谜"亦均为"谜"之别称。

"隐谜"是"谜"的又一个别称，见于明嘉兴沈德符《万历野获编》："以至签之长短、大小、厚薄，靡不各藏隐谜。"清乾隆年间，浙江吴兴费源（字星田）以《玉荷隐语》传世，名载谜史，他还著有《拟猜隐谜》一书。清末民初，江苏淮安顾震福将"隐谜"一词颠了个倒，著有《谜隐汇编》，给谜又增添了一个新名字。

"俗谜"，亦称通俗谜语，又称"破闷"，北京土话"破闷儿"，泛指事物谜，但亦包括文义谜。民国民间文学家钱肇基《俗谜溯源》对此进行了探索和研讨。民初吴克岐《犬窝谜话》："谜施诸灯，始于赵宋，沿及朱明，大都以俚言俗语，隐射事物。如今日妇孺所传之'破闷'，人多以'俗谜'鄙之，不知皆朱明佳制也。"民国杨汝泉《谜语之研究》"谜语之名称"："破闷（打闷、猜闷、打灯虎、猜灯虎等）——皆为俗称，于书无所考。"民国胡郎《怀蝶室谜话》引录此说。

### 占、射、解、破、辨、商、揭、猜、打、斗、弹

"猜谜"，古人叫法不一。

"占"，战国荀子《荀子·蚕赋》："请占于五泰。"西汉刘向《说苑·正谏篇》："平王问于隐官曰：'占之，为何隐？'"清代沈钦韩《两汉书疏证》谓古代隐语，掌于瞍，卜筮者也，故称曰"占"。

"射"，东汉班固《汉书·东方朔传》："臣尝受《易》，请射之。"北宋郑文宝《南唐近事》："钟傅镇江西日，客有以覆射之法求谒，傅以历日包一橘，致袖中，使射之。客口占一歌以揭之。"

"解"，南朝宋刘敬叔《异苑》："衡即以离合义解之。"南朝宋刘义庆《世说新语》："魏武谓修曰：'解否？'"

"破"，北齐颜之推《颜氏家训书证》："破字。"

"辨"，后魏杨衒之《洛阳伽蓝记》："高祖举杯曰：'三三横，两两纵，谁能辨之赐金钟。'"唐欧阳修《五代史》："时有沙门讼田，帝大署曰'贞'。有司未辨，遍问莫知。显曰：'贞字文为与上人。'"

"商"，北宋庄绰《鸡肋篇》："有官妓善商谜。"南宋孟元老《东京梦华录》："毛详、霍伯丑商谜。"南宋钱塘吴自牧《梦粱录》："商谜者，先用鼓儿贺之，然后聚人猜诗谜、字谜、戾谜、社谜。"

"揭"，北宋郑文宝《南唐近事》："傅以历日包一橘，致袖中，使射之。客口占一歌以揭之。"

"猜"，明田汝成《西湖游览志余·委巷丛谈》："古之所谓廋辞，即今之隐语也，而俗谓之谜……杭人元夕，多以此为猜灯，任人商略。"

"打"，南宋灌园耐得翁《都城纪胜》："来客念隐语说谜，又名打谜。"金董解元《西厢记诸宫调》卷四："成亲也先生喜、喜！贱妾是凡事庸辈，诗四句不知深意，只唤做先生解经理，解的文义差，争知快打诗谜。"清李调元《粤东笔记》载："元夕粘诗藏谜，以示博物通微，曰打灯。"清顾禄《清嘉录·打灯谜》："好事者巧作隐语，拈诸灯，灯一面覆壁，三面贴题，任人商揣，谓之'打灯谜'。"打灯谜，俗称"猜闷""打闷"。《燕京杂记》："上元设灯谜，猜中以物酬之，俗谓之'打灯虎'。"钱南扬《谜史》："今于灯谜则曰'打'，谜子则曰'猜'，不用'商''辨'诸名矣。"

"斗"，明冯梦龙《增广智囊补》记宋苏轼、苏小妹、秦观"木马"（墨斗）斗谜事。

"弹"，明王鏊《姑苏志》云："上元灯市藏谜者，曰'弹壁灯'。"江、震《志》云："好事者，或为藏头诗句，任人商揣，谓之'灯谜'，亦曰'弹壁'。"

# 附录二

## 经眼格名

韦梁臣 搜集整理

### 凡例及说明：

一、依各字序笔画排列；

二、每字依笔画数排列；

三、同字依笔顺：横（一）、竖（丨）、撇（丿）、点（丶）、捺（㇏）、折（乛）排列；

四、同时用两个及两个以上谜格者不取（省称除外）；

五、含少量谜面，加注；

六、含谜面用格；

七、含少量诗钟格名、谜体格名。

### 谜格书籍

《留青别集》，明束骃，1917，上海会文堂书局，24 格。

《诗禅》，明李开先，明嘉靖四十三年（1563）手抄本，"序""再序""又序"内载 45 格。

《广社》，明张云龙，明崇祯十六年（1643）刻本，"广社各格"载 16 格。

《镜花缘》，清李汝珍，1955，人民文学出版社，第八十回提及"广陵十二格"，第八十一回述及 3 格。

《清嘉录》，清顾禄，1986，上海古籍出版社，"打灯谜"载 24 格 +1 格。

《在园杂志》，清刘廷玑，2005，中华书局，14 格。

《冰天谈虎录》，清冯天啸，清乾隆八年（1743）刻本，24 格。

《韵鹤轩笔谈》，清无名氏，清道光十七年（1837）刻本，18 格。

《映雪山房谜语》，清无名氏，清咸丰二年（1852）稿本，8 格。

《龙山灯虎》，清企杜，清咸丰六年（1856）刻本，6 格。

《隐语鲭腴》，清徐宾华，清光绪四年（1878），"序"中提到8格，"跋文"提到："灯谜相传有'广陵十八格'。"（但只列举了3格）

《余生虎口虎》，清葛甡，清光绪六年（1880），"凡例"载26格。

《三借庐笔谈》，清邹弢，清光绪七年（1881），上海进步书局刊本，8格。

《隐林》，清郑永禧，清光绪十七年（1891），卷四《二十四谜格》收24格，还收别名8格。

《围炉新话》，清杨小湄，清光绪十九年（1893），听雪书屋刊本，"例言"载24格，另附1格。

《百二十家谜语》，清张玉森，清光绪三十二年（1906）稿本，"古格举例"载14格，"谜格丛编"载33格。

《春雨楼春灯谜格》，民国陈德润，1913年刊本，58格。

《俞曲园灯谜大观》，1914，上海文元书局印行，24格。

《辞源》，1915，商务印书馆，24格。

《橐园春灯话》上、下册，民国张起南，1917，商务印书馆，22格。

《谜格释例》（又名《谜格释例二百格》，民国张郁庭（赵凤池草拟），1919年刊本，200多格。

《文虎》，民国许德邻，1919，上海崇文书局，6格。

《拙庐谈虎集》，民国沈观格，60格。

《廋词百格》，民国王式文，100格。

《制谜味之素》，民国张笑侠、徐愚生，400余格。

《牧牛庵随笔·灯谜》，民国牛翁（即戚饭牛），1921年10月14日，《吴语》刊载，提及"广陵十八格"。

《增广隐格释例》，民国韩振轩，1922年刊本，454格（其中重复14格）。

《新年谜话》，民国钱南扬，1923，《半月》杂志第2卷（春节号）刊载，40格。

《谜史》，民国钱南扬，1928，广东中山大学民俗学会刊行，65格。

《评注灯虎辨类》上、下册，民国谢会心，1929，广东汕头，44格。

《灵箫阁谜话初集》，民国谢云声，1930，厦门新民书社，300余格。

《谈文虎》，民国戚饭牛，1931，上海《文虎》半月刊第二卷刊载，提及马苍山创为"广陵十八格"。

《春台谜稿》，民国李皋如，1932，刊本，1983年六安市工人文化宫职工谜协翻印，"谜格举例"载27格。

《裒（袍）碧斋谜语》，民国陈锐，1932，上海《青鹤》半月刊刊载，16格。

《怀蝶室谜话》，民国胡寄云，1935，1933—1940，《汕报》星期刊分期刊登，507

格（含别名800多格）。

《谜语之研究》，民国杨汝泉，1934，天津大公报社刊印，61格。

《打灯谜》，余真，1957，上海文化出版社，24格。

《拙庐谈虎录》，沈观格，1960，香港大新印刷厂，"谜格举例"载60格。

《灯谜体格类纂》，吴静阁，1973，大良印刷品有限公司，格数不详。

《谜谱》，柯国臻，1979，温州图书馆刊印，95格（含别名225格）。

《谜格便览》，何仰之，1981，广东佛山市工人文化宫，74格。

《中国灯谜》，杨晓歌，1982，天津科学技术出版社，111格。

《谜格例解》，一笑老人，1985，广东普宁县文化馆、博物馆，73格。

《谜格入门》，肖振华，1986，福建少年儿童出版社，106格。

《中华灯谜研究》，陆滋源，1986，江苏科学技术出版社，325格。

《中华谜语大辞典》，王学勤主编，1989，安徽文艺出版社，657格。

《中国灯谜知识》，柯国臻、吴仁泰、金瓯，1990，安徽科学技术出版社，117格。

《中国灯谜辞典》，江更生、朱育珉，1990，齐鲁书社，504格。

《榕荫射虎》，黄荣宽，福州市灯谜协会编印，"福州双谜"24格。

《中华谜典》，章品主编，1999，大连理工大学出版社，657格。

《中华谜海》，江更生，2000，学林出版社，305格。

《猜谜技巧与灯谜创作入门》，翟鸿起，2007，中国文史出版社，809格（其中古525格，今284格）。

## 谜语格名

### 一画

◎一二红豆 ◎一三红豆 ◎一下 ◎一下楼 ◎一上楼 ◎一气 ◎一气承上 ◎一升冠 ◎一双勾 ◎一玉带 ◎一去姓 ◎一节 ◎一只屐 ◎一只鞋 ◎一只履 ◎一白头 ◎一白首 ◎一半儿 ◎一亥豕 ◎一字一解 ◎一字古通 ◎一字亥豕 ◎一字别读 ◎一字梨花 ◎一字谐声 ◎一字谐音 ◎一字解铃 ◎一字摘顶 ◎一串牟尼 ◎一串念珠 ◎一串珠 ◎一串铃 ◎一折巾 ◎一折屐 ◎一折翼 ◎一画破天 ◎一转珠 ◎一卷 ◎一捲 ◎一卷帘 ◎一树梨花 ◎一带数 ◎一秋千 ◎一神龙 ◎一素履 ◎一徐妃 ◎一牵萝 ◎一粉底 ◎一读 ◎一掉头 ◎一掉尾 ◎一梨花 ◎一脱帽 ◎一脱靴 ◎一谐音 ◎一落帽 ◎一解带 ◎一摘遍 ◎一蝇头 ◎一燕尾 ◎一踢斗 ◎一箭双 ◎一箭双雕 ◎乙下 ◎乙上 ◎乙中 ◎乙尾

## 二画

◎二一红豆　◎二二红豆　◎二、三字均中分　◎二、三两字对调　◎二下　◎二上　◎二五红豆　◎二分　◎二目　◎二目去数　◎二四谐音　◎二句分见　◎二句拆　◎二鸟卷　◎二字双连珠　◎二字连珠　◎二字梨花　◎二字联珠　◎二进宫　◎二拆　◎二移三　◎七字破　◎七唐截对　◎入月　◎入耳　◎八卦　◎人事　◎力士　◎又转珠

## 三画

◎三一红豆　◎三二红豆　◎三三红豆　◎三上　◎三上楼　◎三凤求凰　◎三目　◎三目去数　◎三四红豆　◎三、四两字对调　◎三句拆　◎三字连珠　◎三字联珠　◎三连珠　◎三求凰　◎三条腿　◎三须　◎三峰　◎三捲　◎三翻　◎干戈　◎于归　◎土音　◎下一字离合　◎下乙　◎下卷　◎下卷帘　◎下虾须　◎下钩　◎下脱帽　◎下楼　◎大拢　◎大蜂腰　◎大意包　◎上一字虾须　◎上一字离　◎上一字凑　◎上二字秋千　◎上三下四　◎上下飞翔　◎上下楼　◎上五下三　◎上水　◎上四下三　◎上两字离　◎上卷　◎上虾须　◎上钩　◎上捲帘　◎上楼　◎上解带　◎上蜻蜓　◎上雕下覆双射　◎小楼　◎小意包　◎口吃　◎千秋　◎义对　◎义连　◎义实从兄　◎夕阳　◎丫叉　◎丫髻　◎己巳　◎女娲　◎女娲炼石　◎叉对　◎飞白　◎飞句　◎飞鸟　◎飞花　◎飞唱　◎子母　◎子羽修饰　◎乡风

## 四画

◎开网　◎开花　◎天衣避尘　◎夫妻　◎无车　◎无衣　◎无鱼　◎无底　◎无底囊　◎无定　◎无格　◎无缝锁　◎云出无心　◎不连　◎不胫　◎不胫而走　◎不语　◎五一红豆　◎五丁　◎五巧图　◎太公投竿　◎太极图　◎太平　◎太极　◎比干　◎比目　◎比翼　◎切反　◎切音　◎止戈　◎日出　◎易巾　◎中一字上下分　◎中一字离　◎中分　◎中分字　◎中投　◎中投影　◎中转　◎中骊双珠　◎内一掉尾　◎内秀　◎内附　◎内螺旋　◎水月　◎水流　◎牛臣善隐　◎竹影扫阶　◎长心　◎长腰　◎升冠　◎化格　◎仍铃　◎反锦屏　◎反衬　◎反义　◎反义词　◎反切　◎反双珠　◎反本　◎反扣　◎反多珠　◎反附　◎反面射击　◎反映　◎反格　◎反骊珠　◎反探骊　◎反曹娥　◎反猜　◎反商　◎从兄义实　◎分　◎分中　◎分见　◎分心　◎分匀　◎分飞双燕　◎分田　◎分头　◎分附　◎分身　◎分尾　◎分咏　◎分卷　◎分胫　◎分宫　◎分首　◎分袂赠药　◎分读　◎分领　◎分襟　◎公孙舞剑　◎月轮穿海　◎月移花影　◎月照海棠　◎丹心　◎丹忧　◎丹顶　◎丹胫　◎丹颈　◎丹腰　◎风头　◎风行草偃　◎风顶　◎心头　◎乌巾　◎乌头　◎乌角　◎乌

纱 ◎乌卷 ◎乌带 ◎乌胫 ◎乌焉 ◎乌帽 ◎勾连 ◎风兮 ◎风头 ◎风求凰 ◎风尾 ◎风顶 ◎六一 ◎六巧图 ◎方位字 ◎文评 ◎方朔伐毛 ◎引风 ◎引凰 ◎双下 ◎双下楼 ◎双上楼 ◎双千秋 ◎双飞 ◎双升冠 ◎双心 ◎双勾 ◎双凤求凰 ◎双龙戏珠 ◎双白头 ◎双句 ◎双头 ◎双加冠 ◎双加冕 ◎双成 ◎双亥豕 ◎双字秋千 ◎双关 ◎双异读 ◎双折巾 ◎双折腰 ◎双声 ◎双求凤 ◎双求凰 ◎双身 ◎双系 ◎双系铃 ◎双弃姓 ◎双尾 ◎双环 ◎双转 ◎双转注 ◎双转珠 ◎双卷 ◎双卷帘 ◎双带 ◎双秋千 ◎双钩 ◎双胎 ◎双珠 ◎双格 ◎双徐妃 ◎双铃 ◎双铃解 ◎双铃解一 ◎双牵萝 ◎双粉底 ◎双调 ◎双骊珠 ◎双探 ◎双脱巾 ◎双脱帽 ◎双脱靴 ◎双离 ◎双凑 ◎双谜 ◎双落帽 ◎双落靴 ◎双遗珠 ◎双皓首 ◎双登楼 ◎双揭顶 ◎双暗离 ◎双腰 ◎双解 ◎双解铃 ◎双遥 ◎双摘项 ◎双摘顶 ◎双燕分飞 ◎双履 ◎双繁 ◎双露春 ◎邓艾 ◎书扣 ◎书空 ◎书法 ◎书信体 ◎幻影

## 五画

◎玉人 ◎玉片 ◎玉冰 ◎玉连环 ◎玉树 ◎玉带 ◎玉冠 ◎玉版 ◎玉版清面 ◎玉胫 ◎玉袂 ◎玉壶 ◎玉壶冰 ◎玉笋 ◎玉雪 ◎玉盒子 ◎玉鸿沟 ◎玉颈 ◎玉腿 ◎玉腰 ◎玉璜 ◎玉颜 ◎玉璞 ◎玉藻 ◎末二字解铃 ◎末字徐妃 ◎巧言 ◎巧拿 ◎正负 ◎正冠 ◎正格 ◎正履 ◎去上三字 ◎去鸟 ◎去尾 ◎去姓 ◎去冠 ◎去首 ◎去圈 ◎去第二字 ◎去数 ◎艾艾 ◎古字 ◎古通 ◎节节珠 ◎丙下 ◎龙山 ◎龙山落帽 ◎龙头 ◎布衣 ◎石灰 ◎左折巾 ◎左侧帽 ◎右侧帽 ◎石勒观书 ◎龙齿 ◎平犁 ◎东阳巧对 ◎归心 ◎目无全牛 ◎甲下 ◎叶声 ◎叶底藏珠 ◎叱字 ◎只展 ◎只履 ◎四一红豆 ◎四三对 ◎四日 ◎四日举趾 ◎四字双连珠 ◎四字连珠 ◎四字联珠 ◎四求凰 ◎四目 ◎出日 ◎出岫 ◎出袖 ◎生虫 ◎生莲 ◎失马 ◎白一字 ◎白袜 ◎白水 ◎白头 ◎白字 ◎白冰 ◎白足 ◎白首 ◎白描 ◎白雪 ◎白颈 ◎白谜 ◎白喉 ◎白嗓 ◎白脖 ◎白鹭 ◎犯底 ◎甩靴 ◎句连 ◎外附 ◎外意 ◎外藏 ◎外螺旋 ◎夗央 ◎包白 ◎包孕 ◎包字 ◎包含 ◎包意 ◎立雪 ◎玄明伞 ◎兰芬持筹 ◎半句 ◎半句系铃 ◎半对 ◎半妆 ◎半妆部首 ◎半带 ◎半树梨花 ◎半面 ◎半面妆 ◎半袜 ◎半展 ◎半领 ◎半谐声 ◎半谐音 ◎半帽 ◎半靴 ◎半锦 ◎半腰 ◎半解铃 ◎半截梨花 ◎半遮面 ◎半壁 ◎半璧 ◎半露面 ◎汉印 ◎加字 ◎加相面仿 ◎加冠 ◎加冠脱靴 ◎加笔 ◎加铃 ◎加减 ◎加冕 ◎加圈 ◎加偏 ◎加履 ◎对 ◎对山 ◎对子 ◎对句 ◎对立 ◎对面写照 ◎对格 ◎对偶 ◎对离合字 ◎对联 ◎对趣对 ◎对影 ◎对镜

## 六画

◎共节不连　◎进退　◎扣字　◎老人　◎考据体　◎再访桃源　◎西文　◎有目　◎达摩面壁　◎夹山　◎夹山夹海　◎夹白　◎夹海　◎夹花　◎夹雪　◎夹雪昭阳　◎夹雪新赋　◎夹谐　◎夷齐　◎当归　◎曳白　◎团圆　◎同人　◎同义字　◎同心　◎同心结　◎同穴　◎同形字　◎同纳　◎同构字　◎同府　◎同衬　◎同音字　◎同消　◎同销　◎因字　◎回文　◎回头　◎回头是岸　◎回肠　◎回环　◎回首　◎回眸　◎回旋　◎肉好　◎朱顶　◎朱项　◎朱腰　◎朱颜　◎朱履　◎丢金　◎丢鞋　◎竹节　◎竹影扫阶　◎传神　◎伏羲画卦　◎优孟衣冠　◎优选　◎仲弓南面　◎华盖　◎华巅　◎仰孟　◎后捲帘　◎行云流水　◎全白　◎全白新谐　◎全谐　◎全谐音　◎全黑　◎会心　◎会声　◎会意　◎合牟尼　◎合欢　◎合纵　◎合咏　◎合咏兼嵌字　◎合猜　◎合璧　◎刖足　◎刖胫　◎刎颈　◎各卷　◎多字求凰　◎多求凰　◎多珠　◎凫胫　◎齐飞　◎交叉求凰　◎交颈　◎亥豕　◎亥豕对　◎闭花　◎问答　◎问答体　◎问答离合字　◎安壤　◎字义对　◎字义求凰　◎字义遥对　◎字字双　◎字连拼音　◎字解　◎羊角　◎并中　◎并头　◎并足　◎并尾　◎并柯　◎并首　◎并读　◎并展　◎并蒂　◎并履　◎米粉　◎冰心　◎次字解铃　◎江涵雁影　◎汤盘著铭　◎讳姓　◎论语对　◎论语截搭对　◎异名　◎异构字　◎异读　◎阳乌戒晓　◎阳虎似圣　◎阴阳　◎如字　◎牟尼　◎牟尼一串　◎红中　◎红心　◎红头　◎红字　◎红豆　◎红虎　◎红宝　◎红逗　◎红袜　◎红绣鞋　◎红菱　◎红领　◎红谜　◎红鞋　◎红影　◎红颜　◎孙膑

## 七画

◎寿星　◎寿星头　◎弄瓦　◎弄璋　◎形近字　◎形容　◎进口　◎进言　◎进履　◎运用干支　◎运典　◎抠衣　◎赤心　◎赤发　◎赤足　◎赤忱　◎赤尾　◎赤冠　◎赤颈　◎赤帽　◎赤嗉　◎赤腰　◎折巾　◎折中　◎折字　◎折足　◎折角　◎折尾　◎折钗　◎折项　◎折柳　◎折带　◎折胫　◎折展　◎折偏　◎折领　◎折脚　◎折颈　◎折腿　◎折腰　◎折履　◎折鬟　◎折翼　◎孝先腹笥　◎孝履　◎投竿　◎投桃报李　◎投笔　◎投影　◎抛杖　◎抖乱碎锦　◎扭颈　◎声东击西　◎拟问　◎劳燕分飞　◎花犯　◎花腰　◎芭蕉　◎苏黄　◎苏黄谐声　◎杏苑摘花　◎杏苑摘枝　◎还珠　◎求凤　◎求对　◎求皇　◎求偶　◎求凰　◎束胸　◎束腰　◎两目合并捲帘　◎两来船　◎两面夹击　◎套裙　◎连上一字　◎连扣　◎连纵　◎连环　◎连环扣　◎连姓　◎连珠　◎连琐　◎连理　◎连理枝　◎连锁　◎连横　◎连璧　◎步影　◎吴刚　◎围棋　◎串珠　◎串珠牟尼　◎串铃　◎吹帽　◎别字　◎别具　◎别读　◎别裁　◎别解　◎别赠当归　◎乱云　◎秃胫　◎作反意商　◎伯嚭肖

貌 ◎伯道 ◎低头 ◎低首 ◎皂底 ◎皂靴 ◎皂鞋 ◎返照 ◎针锋 ◎坐占沙鸥 ◎含沙 ◎肠胃 ◎龟头 ◎免冠 ◎免冕 ◎免履 ◎系一铃 ◎系铃 ◎系解 ◎系解一铃 ◎庐山 ◎弃玉 ◎弃屐 ◎弃履 ◎闲花 ◎闲珠 ◎间字 ◎间珠 ◎沈腰 ◎沪音白头格 ◎沪音谐音 ◎启下 ◎启合 ◎启阖 ◎补心 ◎补玉 ◎补石 ◎补画 ◎词曲体 ◎词格 ◎灵心 ◎张仪连横 ◎张旭草圣 ◎张冠李戴 ◎附注 ◎附格 ◎陀罗 ◎陀螺 ◎妙手空空 ◎纱帽朝靴 ◎纳同 ◎纳屐 ◎纳履 ◎廻文

## 八画

◎非正 ◎青项 ◎青领 ◎青简 ◎青鞋 ◎玲珑 ◎抹心 ◎抹面 ◎抹胘 ◎抹胸 ◎拢帜 ◎拢意 ◎垩泽呼门 ◎坦腹东床 ◎抽梅 ◎抽薪 ◎拆斗 ◎拆白 ◎拆合 ◎拆字 ◎拆字对 ◎拆首字 ◎拆离 ◎拆同 ◎拆消 ◎抵销 ◎析尾 ◎拗顶 ◎拗项 ◎拗相 ◎拗颈 ◎某书接某书 ◎苴履 ◎直赋 ◎枕漱 ◎画桥策塞 ◎画格 ◎雨来船 ◎雨雪交加 ◎雨霁 ◎雨滴残荷 ◎奇峰镶嵌 ◎斩头 ◎转尾 ◎转帘 ◎转注 ◎转注夹扣 ◎转首 ◎转珠 ◎转移 ◎鸦髻 ◎鸢肩 ◎叔重谐声 ◎歧头 ◎虎项系铃 ◎虎项解铃 ◎带目 ◎典扣 ◎典雅 ◎典雅传神 ◎明加数 ◎明离 ◎明解 ◎易巾 ◎易担 ◎易帜 ◎易珠 ◎易铃 ◎帖耳 ◎罗纹 ◎罗珠 ◎罗袜 ◎卸字求凰 ◎卸颈 ◎垂杨滴雨 ◎垂柳 ◎迭字 ◎迭尾 ◎迭锦 ◎迭韵 ◎侧巾 ◎侧扣 ◎侧佩 ◎侧胫 ◎侧珮 ◎侧领 ◎侧帽 ◎侧腰 ◎侧履 ◎侧翼 ◎的卢 ◎的颅 ◎的颡 ◎征对 ◎金人 ◎金刚脱靴 ◎金扭丝 ◎金钟 ◎金钩 ◎金钩双控 ◎金屋 ◎金屋藏娇 ◎金盒子 ◎金颈 ◎金锁 ◎金蝉 ◎金蟾 ◎钓鱼 ◎命题体 ◎贪泉易心 ◎采薪 ◎饰绢 ◎饰冠 ◎饰靴 ◎饰裘 ◎周昌 ◎周昌邓艾 ◎鱼尾 ◎鱼跃鸢飞 ◎鱼鲁 ◎鱼鲁亥豕 ◎变体 ◎变笔 ◎变通 ◎放踵 ◎盲目 ◎郑五作相 ◎郑婢泥中 ◎卷 ◎卷二、三字 ◎卷心 ◎卷红豆 ◎卷系 ◎卷尾 ◎卷尾抠衣 ◎卷饰 ◎卷帘 ◎卷虾须 ◎卷首 ◎卷首抠衣 ◎卷铃 ◎卷解 ◎卷遥 ◎卷箍 ◎单白 ◎单足 ◎单转柱 ◎单拼 ◎单珠 ◎单粉底 ◎单离 ◎单凑 ◎单揭顶 ◎单摘 ◎单摘顶 ◎泄白 ◎油桧 ◎泥足 ◎宝塔 ◎宝鼎 ◎定远 ◎空 ◎空心 ◎空白 ◎空字 ◎空谷传声 ◎空面 ◎空颈 ◎实者虚之 ◎诗人踏雪 ◎诗体 ◎诗钟 ◎诗钟体 ◎诗格 ◎诗谜 ◎诗谜求对 ◎居易 ◎居螺 ◎屈膝 ◎弥勒 ◎降龙字 ◎妹翼 ◎驾舆 ◎参军 ◎参意 ◎承上 ◎组字 ◎细腰 ◎织锦 ◎孟子对 ◎孟子截搭对 ◎孟嘉

## 九画

◎珍珠伞 ◎珍珠倒卷 ◎珍珠倒卷帘 ◎珍珠縂 ◎封闭 ◎垤泽呼斗 ◎荆公 ◎相似 ◎柳藏鹦鹉 ◎面玉版 ◎面只履 ◎面外附 ◎面红豆 ◎面拆 ◎面底字有别解 ◎面卷帘 ◎面调首 ◎面掉首 ◎面脱帽 ◎面脱靴 ◎面隐梨花 ◎面落花 ◎面蜓尾 ◎面解带 ◎挂甲 ◎挂冠 ◎挟山 ◎挟山超海 ◎挟前 ◎挟海 ◎指事 ◎拨云见日 ◎拨云见月 ◎拼字 ◎挖心 ◎转珠 ◎轱铲 ◎轱辘 ◎垫巾 ◎垫中 ◎垫足 ◎鸦头 ◎鸦髻 ◎点心 ◎点读 ◎带姓 ◎带数 ◎临文不讳 ◎竖头论沐 ◎削肩 ◎削剩 ◎削蕉 ◎星象拱辰 ◎昭阳 ◎虹见 ◎虾尾 ◎虾须 ◎虾燕 ◎蚁穿九曲 ◎迴文 ◎香囊 ◎种竹 ◎科草 ◎科头赤足 ◎秋 秋千 ◎重门 ◎重门一字 ◎重门金锁 ◎重门紧锁 ◎重斗 ◎重节 ◎重头 ◎重足 ◎重尾 ◎重帘 ◎重点 ◎重重门 ◎重射 ◎复射 ◎复帽 ◎复数 ◎乌化双凫 ◎顺逆 ◎俗四发破 ◎俗谚 ◎係铃 ◎皇华驿 ◎射阳 ◎射复 ◎射侯 ◎射喉 ◎射影 ◎射雕 ◎射雕复 ◎射雕覆 ◎射覆 ◎禹穴探书 ◎侯门 ◎独立 ◎独眠 ◎独眼 ◎独脚 ◎钩帘 ◎孪生 ◎亮体 ◎亮底 ◎音近形似 ◎帝虚 ◎美人 ◎美人簪花 ◎美玉 ◎类命为象 ◎首末秋千 ◎首字左右 ◎首字亥豕 ◎首字系铃 ◎首字解铃 ◎首系铃 ◎首尾秋千 ◎首尾轱铲 ◎首卷 ◎首拼 ◎将首作尾 ◎举火 ◎举头望月 ◎举趾 ◎浑成 ◎浑然 ◎浑然一气 ◎宣和 ◎穿心 ◎穿花 ◎穿胸 ◎穿靴 ◎冠玉 ◎冠清 ◎冠履倒置 ◎祖生着鞭 ◎神龙 ◎神龙伸缩 ◎神龟 ◎神龟缩头 ◎逆读 ◎剥笋 ◎剥蕉 ◎屏风 ◎陨首 ◎陛座 ◎除边 ◎除草 ◎羿射 ◎垒石 ◎绘声 ◎绝妙好辞 ◎绝胫 ◎绝袂 ◎绝缨 ◎骈肩 ◎贯珠

## 十画

◎素月 ◎素心 ◎素玉 ◎素项 ◎素面 ◎素胫 ◎素冠 ◎素珠 ◎素袜 ◎素屐 ◎素领 ◎素颈 ◎素腰 ◎素缟 ◎素履 ◎素餐 ◎秦晋 ◎珠 ◎珠帘倒卷 ◎珠联 ◎祙术 ◎祙数 ◎栽树 ◎载酒问字 ◎埋头 ◎袁李推背 ◎晋履 ◎莎鸥 ◎振翅 ◎振翼 ◎破头 ◎破金 ◎破损 ◎破绽 ◎破碎 ◎破锦 ◎破镜 ◎顿读 ◎眠分辚草 ◎晓日 ◎晓阳 ◎鸭掌 ◎鸭掌头 ◎踢斗 ◎蚓项 ◎蚓领 ◎蚓颈 ◎帨巾 ◎乘几加景 ◎积玉 ◎借景 ◎借冠 ◎倚切 ◎倒凤 ◎倒卷珠帘 ◎倒持手板 ◎倒读 ◎倒帽 ◎倒装 ◎倒影 ◎俱卷 ◎俱捲 ◎隻履 ◎息妫 ◎徐妃 ◎徐娘 ◎殷浩书空 ◎顾影 ◎铃 ◎留牛 ◎留头卷 ◎鸳肩 ◎鸳带 ◎鸳鸯 ◎鸳鸯二字 ◎鸳鸯交颈 ◎鸳鸯两作 ◎鸳鸯两坐 ◎鸳鸯两座 ◎鸳鸯征对 ◎鸳鸯相合 ◎鸳鸯带 ◎鸳鸯展翼 ◎鸳颈 ◎剖心 ◎剖胫 ◎

剖领 ◎剖腹 ◎竞走 ◎部首 ◎牵萝 ◎旁衬 ◎旁面推敲法 ◎凌云 ◎凌烟功臣 ◎粉头 ◎粉头戴 ◎粉衣 ◎粉肚 ◎粉尾 ◎粉底 ◎粉面 ◎粉胫 ◎粉袜 ◎粉梨 ◎粉领 ◎粉脚 ◎粉颈 ◎粉腿 ◎粉额 ◎粉腮 ◎粉膝 ◎烘云托月 ◎烘托 ◎烧尾 ◎海底取月 ◎海底捞月 ◎浮屠 ◎流水 ◎容光必照 ◎请庆多马 ◎请庆多码 ◎读一 ◎读一解铃 ◎读音 ◎读破 ◎调中 ◎调节 ◎调头 ◎调字 ◎调足 ◎调尾 ◎调首 ◎调声 ◎调腰 ◎调履 ◎祖腹东床 ◎袖手 ◎展翅 ◎展宴 ◎展翼 ◎展齿 ◎陪衬 ◎通假 ◎通假字 ◎骊双珠 ◎骊珠 ◎骊珠双探 ◎骊珠隐目 ◎绣鞋

## 十一画

◎赦尾 ◎赦冠 ◎堆金 ◎堆锦 ◎菱花 ◎黄瓜一摘 ◎黄瓜三摘 ◎黄瓜四摘 ◎黄瓜再搞 ◎黄台再损 ◎黄华驿 ◎梅花 ◎梅花不同 ◎梅花落 ◎梅影横溪 ◎盛白 ◎曹娥 ◎曹娥碑 ◎雪板 ◎雪面 ◎雪冠玉 ◎雪隐鹭鸶 ◎雪帽 ◎雪氅 ◎捧心 ◎描字形 ◎掉中 ◎掉头 ◎掉头尾 ◎掉字 ◎掉足 ◎掉尾 ◎掉首 ◎掉首尾 ◎掉胸 ◎掉颈 ◎掩右翼 ◎掩目 ◎掩耳 ◎掩尾 ◎掩翼 ◎推窗 ◎接木 ◎接搭 ◎接榫 ◎接踵 ◎捲 ◎捲尾 ◎捲帘 ◎探 ◎探冠 ◎探珠 ◎探骊 ◎探骊反珠 ◎探骊双珠 ◎探源星宿 ◎掘手 ◎虚怀 ◎虚者实之 ◎虚虎 ◎敝履 ◎常山 ◎悬露 ◎晦明 ◎趺坐 ◎蛇尾 ◎蛇腹 ◎唱好 ◎帷灯 ◎圈读 ◎梨花 ◎梨花一枝 ◎梨花对 ◎梨花字 ◎梨花里 ◎梨花面 ◎移玉 ◎移字 ◎移花 ◎移花接木 ◎移帜 ◎移珠 ◎移铃 ◎移铃字 ◎偕老 ◎偶合 ◎偶峰镶嵌 ◎偷春 ◎偷香 ◎停云 ◎偏左帽 ◎偏右帽 ◎偏袜 ◎偏帽 ◎偏裘 ◎偏裂 ◎偏履 ◎假借 ◎笼纱 ◎第二字拆 ◎第二虾须 ◎第三字拆 ◎第五字遗珠 ◎第四字拆 ◎得马 ◎衔尾 ◎猜一 ◎猜四 ◎盘足 ◎盘膝 ◎斜倚薰笼 ◎银盔 ◎银腰 ◎脱巾 ◎脱中 ◎脱左靴 ◎脱右靴 ◎脱尽恒蹊 ◎脱草 ◎脱袜 ◎脱帽 ◎脱靴 ◎脱靴一 ◎脱额 ◎脱鞋 ◎脱鞾 ◎脱履 ◎象字 ◎象形 ◎象形变体 ◎象形夹扣 ◎象物 ◎鸾凤 ◎离口 ◎离合 ◎离合字 ◎离合字混序 ◎离合体格 ◎康茶佉样 ◎康蔡花样 ◎旋珠 ◎旋螺 ◎望月 ◎凑合 ◎凑字 ◎凑法 ◎盖草 ◎断头 ◎断桥 ◎断袖 ◎断锦 ◎减字 ◎清底 ◎清面 ◎鸿爪 ◎鸿沟 ◎鸿雁分飞 ◎渐然一气 ◎混合 ◎混珠 ◎涸辙 ◎添丁 ◎添人 ◎添衣 ◎添花 ◎渔父 ◎渔樵 ◎梁孟 ◎寅川 ◎谐一字 ◎谐声 ◎谐言 ◎谐音 ◎谐音夹扣 ◎谐音字 ◎随格 ◎隐目 ◎隐带 ◎隐冠 ◎隐格 ◎隐袜 ◎隐袖 ◎隐领 ◎隐褌 ◎隐靴 ◎翌射 ◎绶带 ◎缀珠 ◎缁衣

## 十二画

◎挈领 ◎联珠 ◎越王约发 ◎喜雨 ◎颉颃 ◎彭祖 ◎裁锦 ◎斯文 ◎期艾 ◎期期 ◎葫芦 ◎董狐直笔 ◎落巾 ◎落花 ◎落花点地 ◎落冠 ◎落雁 ◎落帽 ◎落领 ◎落楼 ◎落缨 ◎韩信点兵 ◎朝阳 ◎厦音 ◎雁足 ◎雁翎 ◎颊上添毫 ◎揭顶 ◎揭冠 ◎揭盖 ◎换铃 ◎搭对 ◎握手 ◎蛰龙出水 ◎雅髻 ◎鼎足 ◎遗画 ◎遗珠 ◎蛱蝶 ◎蛱蝶穿花 ◎蛛网添丝 ◎蜓节 ◎蜓尾 ◎嵌字 ◎嵌珠 ◎嵌腰 ◎帽落 ◎黑心 ◎黑白 ◎黑带 ◎黑胸 ◎黑颈 ◎黑腿 ◎智物 ◎鹄立 ◎鹅项 ◎鹅颈 ◎鹅掌头 ◎集二句 ◎集六句 ◎集句 ◎集字 ◎集腋为裘 ◎集腋成裘 ◎集锦 ◎集履 ◎焦尾 ◎皓首 ◎铺地锦 ◎销剩 ◎鲁鱼 ◎鲁鱼亥豕 ◎鵌鼵同穴 ◎蛮腰 ◎童读 ◎奠山 ◎孳生 ◎割股 ◎寒谷生春 ◎寒食 ◎窗中美人 ◎湖上断桥 ◎游目 ◎游目字 ◎裣衽 ◎犀角 ◎疏篱漏影 ◎隔帘花影 ◎登楼 ◎登楼台 ◎缠腰 ◎缓带 ◎缘径

## 十三画

◎魂魄 ◎填充 ◎颓尾 ◎颓面 ◎颓冠 ◎蒜辣 ◎蒯彻相背 ◎蒯通相背 ◎蓬莱 ◎献靴 ◎楚腰 ◎槐妒 ◎楹联 ◎碑阴 ◎碎金 ◎碎格 ◎碎锦 ◎睡凫 ◎睡鸭 ◎暗 ◎暗加数 ◎暗附 ◎暗重门 ◎暗格 ◎暗离 ◎暗减 ◎暗喻 ◎暗解 ◎暗褪一字 ◎暗蝉蜕 ◎暗藏鸾凤 ◎戢左翼 ◎戢右翼 ◎戢翼 ◎歇后 ◎照中 ◎照影 ◎跣足 ◎跳涧 ◎蜂丑垂腰 ◎蜂腰 ◎蜂翼 ◎颣面 ◎�肩 ◎�垫 ◎筠梢 ◎筠领 ◎筠颈 ◎简繁二字 ◎毁舆 ◎魁斗 ◎像生 ◎错综 ◎错踪 ◎错履 ◎锦书 ◎锦字 ◎锦屏 ◎锦屏风 ◎腰牌 ◎解 ◎解一铃 ◎解刃 ◎解右带 ◎解连环 ◎解系 ◎解系一铃 ◎解带 ◎解铃 ◎解袜 ◎解领 ◎解裙 ◎解簭 ◎瘦腰 ◎新妆 ◎新赋 ◎雍正 ◎阙笔 ◎数典 ◎数学 ◎满天雪 ◎滑头 ◎滑头禅 ◎溯西厢 ◎溯源 ◎溯源明文 ◎�肩 ◎福州双谜 ◎遥对 ◎叠户 ◎叠字 ◎叠床 ◎叠尾 ◎叠唱 ◎叠锦 ◎叠腰 ◎叠韵 ◎叠韵字 ◎叠影 ◎叠履 ◎缟素

## 十四画

◎嘉禾 ◎截对 ◎截胫 ◎截搭 ◎截搭对 ◎摹仿笺注 ◎摹仿题纸 ◎蔽膝 ◎榴妬 ◎榴裙 ◎榴裾 ◎摘巾 ◎摘对 ◎摘瓜 ◎摘顶 ◎摘底 ◎摘项 ◎摘冠 ◎摘铃 ◎摘领 ◎摘盖 ◎摘遍 ◎摘缨 ◎摘鬓 ◎摺带 ◎疑阵 ◎瑶台花影 ◎雌黄 ◎踏雪 ◎蜻蜓 ◎蝇头 ◎蝇头转珠 ◎蝇首 ◎蝉脱 ◎蝉联 ◎蝉蜕 ◎算术 ◎算数 ◎膑膝 ◎瘦腰 ◎精卫 ◎漏字 ◎漏字谜 ◎漏纱 ◎漏底

◎漏春　◎遮月　◎遮目　◎遮膝　◎缩头　◎缩纵　◎缩颈

## 十五画

◎璇玑　◎增减　◎增门　◎增字　◎增金　◎增损　◎增笔　◎燕尾　◎燕项
◎燕剪　◎燕颈　◎燕颔　◎燕翦　◎蕉心　◎蕉头　◎辘轳　◎踦跷　◎踦履　◎踦
屡　◎踦属　◎踢斗　◎踏雪　◎蝴蝶　◎蝴蝶穿花　◎蝎尾　◎蝎背　◎蝎首　◎墨
带　◎墨袜　◎箭中红心　◎鲤鱼跳龙门　◎摩顶　◎摩顶格近　◎潮音　◎鹤立　◎
鹤立鸡群　◎鹤顶　◎鹤项　◎鹤胫　◎鹤颈　◎鹤膝　◎鹤颡　◎履雪　◎履霜　◎
劈头　◎劈脚

## 十六画

◎颠倒　◎颠倒衣冠　◎颠鸾　◎颠鸾倒凤　◎鹦稻　◎赠刀　◎赠金　◎篆烟凝
霭　◎雕覆　◎避尘　◎避实击虚

## 十七画

◎戴马　◎戴云　◎戴目　◎戴白　◎戴雪　◎戴帽　◎戴头　◎戴花　◎藏纳
◎藏玦　◎藏春　◎藏钩　◎藏珠　◎藏格　◎螺旋　◎鳊项

## 十八画

◎藕心　◎鞦鞯　◎藤萝　◎覆射　◎鹭颈　◎鹭胫　◎簪花

## 十九画

◎繫　◎繫铃　◎蟾足

## 二十画

◎鳞爪

## 二十一画

◎露白　◎露头　◎露尾　◎露底　◎露春　◎露面　◎露面一字　◎露胫　◎露骨
◎露颈　◎露腰　◎露腹

## 二十二画

◎镶嵌　◎灞桥

## 错讹格名

### 一画

◎一矢（亥）豕　◎一言豕（亥）亥（豕）　◎一黄（亥）豕

### 三画

◎下格（楼）楼（格）　◎下搂（楼）　◎□（蜓）尾　◎上柚（楼）　◎上格（楼）楼（格）　◎上搂（楼）　◎己己（巳）　◎已（己）巳　◎马（五）丁　◎马丽（骊）珠　◎子（于）归　◎飞包（白）

### 四画

◎开（升）冠　◎无（天）衣避尘　◎太台（公）投竿　◎比千（干）　◎比（叱）字　◎扎（摘）遍　◎中（巾）启浩然　◎内付（附）　◎手大（秋）　◎升官（冠）　◎仃（停）云　◎化（鸟）鸟（化）双鼠（鼍）　◎分袂增（赠）芍　◎分寇（冠）　◎公（分）田　◎公孙午（舞）剑　◎反附（衬）　◎丹枕（忱）　◎乌沙（纱）　◎勾（双）双（勾）　◎斗（斜）倚薰笼　◎双□（用）　◎双沟（钩）　◎双钧（钩）

### 五画

◎玉（五）巧图　◎玉壶水（冰）　◎玉横（璜）　◎击（系）铃　◎灭（夹）雪　◎旧（归）心　◎电（曳）白　◎只覆（履）　◎四（回）文　◎出袖（岫）　◎鸟（鸟）化双鼠　◎鸟（乌）焉　◎玄（亥）豕　◎半装（妆）　◎汉（反）锦屏　◎加相面妨（仿）　◎加相面枋（仿）　◎弁（牟）尼　◎幼（幻）影

### 六画

◎夹山（挟山挟海）　◎夹（夷）齐　◎夷习（齐）　◎竹影扫街（阶）　◎华蓄（盖）　◎全面（白）　◎会（全）谐　◎合壁（璧）　◎刎脛（颈）　◎亥丞（豕）　◎亥承（豕）　◎问（闻）珠　◎字字双双（删一双）　◎字（红）红（字）　◎导（异）读　◎妃（徐）徐（妃）　◎红字（字）

### 七画

◎运用干枝（支）　◎均（筠）垫　◎孝光（先）腹简（笴）　◎孝先□（腹）简（笴）　◎杏花（苑）摘花　◎杏院（苑）摘花　◎丽（骊）珠　◎豕（亥）亥（豕）　◎连壁（璧）　◎折口（翼）　◎折（拆、析）字　◎抖乱碎金（锦）　◎求风（凤）　◎伯偕（喈）肖貌　◎伯嗜（喈）肖貌　◎坐占鸥（沙）沙（鸥）　◎坐占莎（沙）鸥　◎系令（铃）　◎系铅

（铃）　◎辛（亥）豕　◎尾（燕）燕（尾）　◎纷（粉）底

### 八画

◎青径（胫）　◎直（亘）履　◎析（折）屐　◎析（折）履　◎奇峰镶钳（嵌）
◎转王求（珠）　◎转球（珠）　◎抽新（薪）　◎抵锁（销）　◎垫中（巾）　◎罗（螺）
旋　◎迥（回）文　◎迥（回）旋　◎迥（回）酒（头、肠、环、眸、首）　◎金刚胱（脱）
靴　◎钓（钩）帘　◎饰娶（裂，即綗）　◎郑王（五）作相　◎郑五作祖（相）　◎
卷卷（册一卷）帘　◎卷穴（帘）　◎卷句（勾）　◎卷希（帘）　◎卷帛（帘）　◎
卷审（帘）　◎卷卷（帘）　◎卷首枢（抠）衣　◎卷格（帘）帘（格）　◎卷廉（帘）
◎浅（溇）白　◎泻（泄）白　◎帘（卷）卷（帘）　◎屈（居）螺　◎径（绝）胫

### 九画

◎珍珠穗（繐）　◎珍珠德（繐）　◎珑（玲）玲（珑）　◎郝（赧）冠　◎面（回）
文　◎轻（转）珠　◎轳（辘）辘（轳）　◎挺（蜓）节　◎挺（蜓）尾　◎拨（拔）
帜　◎挥（探）骊　◎垫布（巾）　◎按（探）源星宿　◎竖头沦（论）沐　◎星象拱晨（辰）
◎虾次（须）　◎虾须资（格）　◎昭阴（阳）　◎种（神）龙　◎秋干（千）　◎皇
华朝（驿）　◎射候（侯）　◎待（转）珠　◎食（贪）泉易心　◎类（夹）雪　◎首
字（尾）辘轴（轳）　◎冠王（玉）　◎神寿（龟）缩头　◎除（徐）妃　◎姘（拼）
字　◎结（同）心结　◎绘（缟）素

### 十画

◎珠（骊）骊（珠）　◎素覆（履）　◎载（戴）雪　◎袁李对（推）背　◎桂
（挂）冠　◎格（夹）雪　◎莺（鸳）鸳（莺）　◎借（假）假（借）　◎倒持手扳（板）
◎倒持板（手）手（板）　◎倦（卷）帘　◎徐妃梅（格）　◎徐肥（妃）　◎殷洁（浩）
书空　◎徐姬（妃）　◎逢（遥）对　◎鸳鸳（莺）　◎牵罗（萝）　◎粉头栽（戴）
◎粉浓（底）　◎粉格（底）底（格）　◎烘之（云）托月　◎浩（皓）首　◎祖（袒）
生著鞭　◎剥焦（蕉）　◎展翘（翅）　◎桑（叠）绵（锦）

### 十一画

◎萑（蕉）心　◎梅隐（影）横溪　◎检（裣）衽　◎探马丽（骊）　◎探丽（骊）
◎推（堆）金　◎接笋（榫）　◎接塔（搭）　◎掸（掉）尾　◎蛇（蝇）头　◎梨兰
（花）　◎犁（梨）花　◎移玲（铃）　◎偶峰镶钳（嵌）　◎皑（皓）首　◎斜倚董（薰）
笼　◎敛（裣）衽　◎脱□（袜）　◎脱化（靴）　◎脱革化（靴）　◎凰（求）求（凰）

◎离合市（字）　◎康蔡（茶）佉样　◎康茶（蔡）法（花）样　◎敝（蔽）膝　◎鸿瓜（爪）
◎涸澈（辙）　◎隐吕（目）　◎绳（蝇）头　◎绿（徐）妃　◎缁花（衣）

### 十二画

◎颉顽（颀）　◎斯文可（格）　◎棹（掉）头　◎鹏（骊）珠　◎颊上添花（毫）
◎跌（跣）足　◎跌（趺）坐　◎遗球（珠）　◎蛲（烧）尾　◎帽（脱）脱（帽）
◎集家（字）　◎集屦（履）　◎焦（蕉）心　◎鲁直（鱼）　◎属（居）螺

### 十三画

◎靴（脱）脱（靴）　◎楼（上）格（楼）　◎碑扬（阴）　◎碎饰（锦）　◎碎格（锦）
锦（格）　◎碎绵（锦）　◎碎镜（锦）　◎蜓（蜓）尾　◎筹捎（梢）　◎筹稍（梢）
◎解丰（带）　◎解令（铃）　◎解钤（铃）　◎遥村（对）　◎睡甲（鸭）　◎跨（骑）
屉　◎路（鹭）径（胫）　◎蜂丑垂腹（腴）　◎叠形（影）　◎缘锦（径）

### 十四画

◎截塔（搭）　◎蔽滕（膝）　◎榴柘（妬）　◎摘匾（遍）　◎摘偏（遍）　◎摘樱（缨）
◎疑陈（阵）　◎蜻（蜓）尾　◎蝉退（蜕）　◎鲜（解）领　◎鲜（解）颈

### 十五画

◎燕领（颔）　◎醉（碎）锦　◎鹤滕（膝）　◎黎（梨）花　◎稿（缟）素

### 十六画

◎整（正）冠　◎雕复（覆）

### 十七画

◎藏藏（格）格（删）　◎螺文（纹）　◎螺璇（旋）

### 十八画

◎鹭（鸳）鸯

# 后 记

"谜语入志"，以及编著一部以"谜语"为唯一题材的史志类书籍，这是我们这一代谜人梦寐以求的两件大事。

我最初生发出"将'姑苏谜语'编入史志"这个念头，是在30年前的"姑苏谜会"期间。1986年11月中旬，苏州在纪念建城2500年之际，举办了一场全国性的大型谜会。就在这次活动中，全市人民和来自全国各地的谜语爱好者首次看到了自清代以来的"中华谜语"文献资料，我亦从中得到启迪。未几，即找挚友家麟兄商议，决定联袂搜集、整理历代"姑苏谜语"文史资料。半年多后，我俩合作撰写出一篇将近3万字的文章，题为《姑苏谜话两千年》，在时任苏州市工人文化宫宣传科长汪日荣先生的襄助与安排下，分13次刊登在《文化宫》月报上，历时2年。与此同时，又整理出一份资料——《苏州市工人文化宫灯谜研究组三十年纪要》。之后数年里，我一直留意搜集各种有关"姑苏谜语"方面的资料，迄今积得40余万字，其中成文发表20多万言。

1990年，江苏省民间文艺家协会组织编写《江苏省民间文学志》，南京谜宿陆滋源、周问萍二老负责编写其中的《谜语志》，我与常熟谜师韦梁臣先生亦参与其中，各自提供了一些资料。《谜语志》完稿后，由于编印迭起变化，直至陆、周二老相继去世，未能出版。进入新世纪，《苏州市志（1986—2005）》编写启动，我提供了"灯谜"条目及谜语书目资料。前年底新市志出版，"姑苏谜语入志"这个梦想终于成真！

2013年底，我向苏州市文联建议编著、出版一部以"姑苏谜语"为题材的史志类书籍，在得到领导的首肯后，递交了编写《姑苏谜语文化资料汇编》的课题申报材料。第二年下半年，市文联在批准课题的同时，将此列为"2015年苏州市'十二五'文学艺术建设工程主题宣传项目"，并决定于2016年出版一部反映"姑苏谜语"历史文化的专著。这个项目交由我负责实施，谜师韦梁臣先生应邀共襄盛举，将其积累数十年的资料悉数献出。至此，第二个梦想亦由此得以实现！

"姑苏谜语"，是苏派谜语的俗称，是"中华谜语"的一个重要流派，发轫于江南，主要以太湖流域为轴心，以苏州为核心。苏州，自有文字记载以来的历史已有4000多年，古称吴、吴都、吴中、东吴、吴门、古吴，别称姑苏。先秦时期，吴地先民择此聚居，继后此地成为吴国政治、经济、文化的中心。越灭吴、楚灭越之后，更为江南地区的政治、经济、文化之中心。秦王政二十五年（前222），设立会稽郡，以吴县（今苏州市）为治所，"辖境相当今江苏省长江以南，浙江省仙霞岭、牛头山、天台山以北和安徽水阳江流域以东及新安江、率水流域地。西汉时扩大，相当今江苏省长江以南，茅山以东，浙江省大部（仅天目山、淳安县以西小部分地区除外）及福建全省"（《辞海》）。汉高祖五年（前202）正月，领吴、无锡、曲阿、毗陵、丹徒、娄、阳羡、乌程、由拳（后改禾兴、嘉兴）、余杭、富春（后改富阳）、钱唐（后改钱塘）、海盐、余暨、山阴、诸暨、余姚、上虞、剡、太末、句章、鄞、鄮、乌伤24县。元封元年（前110），增设治、回浦2县。东汉永建四年（129）十二月，会稽郡一分为二，西部改称吴郡，领吴、海盐、乌程、余杭、毗陵、丹徒、曲阿、由拳、永安、富春、娄、阳羡、无锡13县。嗣后，吴郡先后改称吴州、苏州、平江府、平江路、苏州府、苏州地区、苏州市，其间，辖境时有变化，但治所一直未变，处于江南的政治、经济、文化中心地位亦没被撼动。正因为如此，苏州在各个时期亦自然而然地引领着"姑苏谜语"的发展潮流。嗣后，随着姑苏谜语文化的大力传播和谜语知识的广为普及，其内涵外延越发丰富多彩，由此派生出苏州灯谜、海虞谜语、毗陵谜语、海派灯谜（亦称海上文虎、沪上灯谜、上海灯谜）、嘉定谜语、梁溪灯谜（亦称无锡灯谜）、娄东灯谜（亦称太仓灯谜）、吴江灯谜（含平望灯谜、松陵灯谜）等等诸多的支系。

以《姑苏谜语通览》为书名，这个主意是至交继承兄想出来的。全书分为"谜事篇""谜人篇""谜社篇""谜书篇""谜语篇"五个篇章，记述的主要内容上限尽量溯源，来由无法查找的，以历史记载为源，下限至2014年12月31日止；记述的地域范围，清代前以苏州、常州、松江三府辖境为主，民国时期以原清末苏州府辖境为主，新中国成立后只限于1949年至1983年1月前的苏州地区（包括苏州市）和1983年1月18日地、市合并后的苏州市；人物传主收录与"姑苏谜语"有密切关系、对"姑苏谜语"有较大贡献和影响的，其中绝大多数已故世，极个别在世（入选条件为中国民间文艺"山花奖"获得者或著有谜书者），排列先后以生年为序。书末"附录"，谈各朝"谜"之名称，集历代"格"之大成，此乃首开先河矣。

本书的编著，得到了苏州市文联的重视和政府项目资金扶持，得到了苏州市民间文艺家协会的关心，得到了王尧、成从武、陆菁、徐惠泉、朱建华、胡韵荪、卢群、柯继承、邱景衡等有关领导、文化学者、谜学专家的指导，得到了各界人士尤其是谜界诸位师友们（见"参与撰稿及提供资料者"名单）的帮助，在此谨向他们表示由衷的感谢！

限于主客观条件等原因，本书在资料收辑、鉴别和文字撰写等方面，难免有不少缺点和错误，敬请专家、学者和广大读者予以批评赐正！

编者
2016年1月26日

参与撰稿及提供资料者（按姓氏笔画为序）：

| | | | | | | | |
|---|---|---|---|---|---|---|---|
| 马啸天 | 王大经 | 王子安 | 王火山 | 王水根 | 王　进 | 王　泓 | 王能父 |
| 韦荣先 | 仇国良 | 尹山青 | 尹渝来 | 邓解华 | 卢　群 | 宁一虎 | 朱元达 |
| 朱纪仁 | 朱育珉 | 朱墨兮 | 刘二安 | 刘雁云 | 庄荣坤 | 江更生 | 孙同庆 |
| 孙再吉 | 孙惠明 | 纪银剑 | 苏才果 | 苏纳戈 | 李玉复 | 李志红 | 吴仁泰 |
| 吴　超 | 邱景衡 | 汪日荣 | 汪寿林 | 沈一鸣 | 沈人安 | 沈家麟 | 汤健安 |
| 张允和 | 张可华 | 张寿鹏 | 张伯人 | 张学群 | 张国义 | 张国光 | 张国荣 |
| 张荣铭 | 张奕虎 | 张惠珍 | 张筱弇 | 张瑞照 | 陆振荣 | 陆滋源 | 陆　醒 |
| 陈士良 | 陈苏馨 | 陈志强 | 陈其弟 | 陈振鹏 | 陈　惠 | 陈廉贞 | 林智宏 |
| 林植霖 | 杨梓章 | 范胜雄 | 金　炬 | 周　明 | 周宗廉 | 单鑫华 | 郑和平 |
| 郑明义 | 柯国臻 | 赵锡章 | 柯继承 | 查坤林 | 胡文明 | 胡安义 | 荣耀祥 |
| 俞　涌 | 费之雄 | 费新我 | 顾　斌 | 秦志伟 | 袁松麒 | 徐志钧 | 徐恭时 |
| 徐碧波 | 钱南扬 | 钱振球 | 钱　玮 | 郭龙春 | 郭　矛 | 高伯瑜 | 高明明 |
| 高　琪 | 诸　峥 | 萧瑾瑜 | 黄启之 | 黄国泓 | 曹建中 | 龚海波 | 戚重华 |
| 戚　渊 | 章　镳 | 韩永康 | 谢　虹 | 曾　康 | 鲍善安 | 潘振元 | 潘振亮 |
| 樊秋华 | 戴德林 | | | | | | |

图书在版编目（CIP）数据

姑苏谜语通览/诸家瑜编著.--上海：文汇出版
社,2016.11

ISBN 978-7-5496-1921-4

Ⅰ.①姑… Ⅱ.①诸… Ⅲ. ①谜语－汇编－苏州
Ⅳ.①I277.8

中国版本图书馆CIP数据核字(2016)第278777号

# 姑苏谜语通览

编　　著 / 诸家瑜

责任编辑 / 许　峰

装帧设计 / 李树声

出版发行 / 文匯出版社

上海市威海路755号

（邮政编码200041）

印刷装订 / 苏州市大元印务有限公司

版　　次 / 2016年11月第1版

印　　次 / 2016年11月第1次印刷

开　　本 / 889×1194　　1/16

印　　张 / 42.75

字　　数 / 500千

ISBN 978-7-5496-1921-4

定　　价 / 90.00元